ANNE PERRY

Das Gesicht des Fremden
Die russische Gräfin

Das Gesicht des Fremden

London zur Zeit Königin Viktorias: Major Joscelin Grey, ein hochdekorierter Veteran aus dem Krimkrieg, wird in seiner Wohnung brutal ermordet. Inspektor William Monk soll den brisanten Fall übernehmen, doch zwielichtige Informanten locken ihn auf eine lebensbedrohliche Fährte …

Die russische Gräfin

Wegen seiner Liebe zur bürgerlichen Gisela hat Kronprinz Friedrich aus dem Fürstentum Felzburg auf seine Thronansprüche verzichtet, dennoch sind die beiden gern gesehene Gäste in allen Adelshäusern Europas. Eines Tages jedoch stirbt Friedrich bei einem Jagdunfall. Niemand zweifelt an einer natürlichen Todesursache – bis auf die russische Gräfin Zorah Rostava. Sie beauftragt William Monk, diskrete Nachforschungen anzustellen …

Autorin

Die Engländerin Anne Perry verbrachte einen Teil ihrer Jugend in Neuseeland und auf den Bahamas. Schon früh begann sie zu schreiben. Mittlerweile begeistert sie mit ihren Helden, dem Privatdetektiv William Monk sowie dem Detektivgespann Thomas und Charlotte Pitt, ein Millionenpublikum.

Von Anne Perry außerdem bei Goldmann lieferbar:

Die William-Monk-Romane:

Eine Spur von Verrat (5469)
Im Schatten der Gerechtigkeit (45748)
In feinen Kreisen (45957)
In den Fängen der Macht (45112)
Tod eines Fremden (46088)
Schwarze Themse (46199)
Das dunkle Labyrinth (46326)

Außerdem lieferbar:
Der Racheschwur. Roman (45683)

Anne Perry

Das Gesicht des Fremden

Die russische Gräfin

Zwei Romane in einem Band

GOLDMANN

Die Originalausgabe von »Das Gesicht des Fremden«
erschien unter dem Titel »The Face of a Stranger«,
die von »Die russische Gräfin« unter dem Titel
»Weighed in the Balance« bei Ballantine Books, New York.

FSC
Mix
Produktgruppe aus vorbildlich
bewirtschafteten Wäldern und
anderen kontrollierten Herkünften

Zert.-Nr. SGS-COC-1940
www.fsc.org

Verlagsgruppe Random House FSC-DEU-0100
Das für dieses Buch verwendete FSC-zertifizierte Papier
Holmen Book Cream liefert Holmen Paper, Hallstavik, Schweden.

Einmalige Sonderausgabe Juni 2008

Die Werke wurden vermittelt durch die Literarische Agentur
Thomas Schlück GmbH, 30827 Garbsen
Umschlaggestaltung: Design Team München
Umschlagfoto: buchcover.com/doblepointpictures/visum
Druck und Einband: GGP Media GmbH, Pößneck
Printed in Germany
ISBN: 978-3-442-13433-5

www.goldmann-verlag.de

Das Gesicht des Fremden

Deutsch von Carla Blesgen

Für Christine M. J. Lynch
In Dankbarkeit für die
Erneuerung einer alten Freundschaft

1

Er öffnete die Augen und sah nichts als fahles Grau über sich, eintönig wie ein Winterhimmel, bleiern und bedrohlich. Er lag flach auf dem Rücken; das Grau war eine Zimmerdecke, in die sich der Schmutz und die Ausdünstungen etlicher Jahre eingebrannt hatten.

Er bewegte sich leicht. Die Pritsche, auf der er lag, war hart und kurz. Er machte den Versuch, sich aufzusetzen, und spürte augenblicklich einen starken Schmerz. Er hatte das Gefühl, in seine Brust würde ein Messer gebohrt, und sein linker Arm, der unter einem enormen Verband verschwunden war, tat unerträglich weh. Kaum hatte er sich halb aufgerichtet, klopfte es in seinem Kopf, als hätte sich sein Pulsschlag in einen Hammer verwandelt, der unerbittlich hinter seinen Augen auf- und niedersauste.

Wenig mehr als einen Meter neben seiner stand eine ähnliche hölzerne Bettstatt, auf der sich ein Mann mit teigiger Gesichtsfarbe unruhig herumwarf; das Hemd unter seiner durchlöcherten grauen Decke war schweißdurchtränkt. Dahinter folgte eine weitere Pritsche mit einem Paar Beinen darauf, das mit bluttriefenden Verbänden umwickelt war, dann wieder eine und wieder eine, bis zu dem bauchigen, schwarzen Ofen am anderen Ende des Raums und der rauchgegerbten Decke darüber.

Er wurde unvermittelt von heller Panik übermannt, spürte ein brennendheißes Prickeln auf der Haut. Er war in einem Armenhaus! Was, um alles in der Welt, hatte er hier zu suchen?

Aber es war hellichter Tag! Er brachte sich unbeholfen in eine andere Lage und besah sich den Raum genauer. Pritschen säumten die Wände. Auf jeder lag jemand, auch die im hintersten Winkel waren belegt. Das gab es in keinem Armenhaus im ganzen Land! Die Leute hätten auf den Beinen sein und arbeiten sollen, wenn schon nicht für den Geldbeutel des Hauses, dann wenigstens für den eigenen Seelenfrieden. Nicht einmal Kindern war es dort vergönnt, dem Laster des Müßiggangs zu frönen.

Natürlich – es war ein Krankenhaus. Was sonst! Er ließ sich sehr vorsichtig zurücksinken. Erleichterung überwältigte ihn, als sein Kopf das rauhe Kissen berührte. Er hatte keine Ahnung, welchem Umstand er diesen Aufenthalt zu verdanken hatte, erinnerte sich an keinen Unfall – und doch war er zweifellos verletzt. Obwohl sein Arm steif und unförmig war, spürte er mittlerweile einen ziehenden Schmerz im Knochen, seine Brust tat bei jedem Atemzug weh, und in seinem Kopf tobte ein wahres Unwetter. Was war passiert? Es mußte ein schlimmerer Unfall gewesen sein: eine einstürzende Mauer, ein heftiger Tritt von einem Pferd, ein Sturz aus größerer Höhe vielleicht? Er erinnerte sich an nichts, nicht einmal an ein Gefühl der Angst.

Er quälte sich noch mit seinem Gedächtnis ab, als plötzlich ein grinsendes Gesicht über ihm auftauchte und eine muntere Stimme rief:

»Na so was, wir sind wohl mal wieder aufgewacht, wie?«

Er starrte nach oben und versuchte, sich auf das mondförmige Gesicht über seinem Kopf zu konzentrieren. Es war breit und grob, hatte rissige Haut und grinste von einem Ohr zum andern, wodurch zwei Reihen schwärzlichbraune Zahnstummel zur Schau gestellt wurden.

Er gab sich alle Mühe, den Nebel in seinem Kopf zu durchdringen.

»Wieder?« fragte er verwirrt. Die Vergangenheit lag unter traumlosem Schlaf begraben, wie ein weißer Korridor ohne Anfang.

»Sie sind mir vielleicht einer«, seufzte die Stimme gutmütig. »Können Sie sich von heut auf morgen an nix mehr erinnern, was? Würd mich gar nich wundern, wenn Se nicht mal Ihren eigenen Namen wüßten! Wie geht's denn so? Was macht der Arm?«

»Mein Name?« Nichts, absolute Leere.

»Genau.« Die Stimme klang heiter und geduldig. »Und – wie isser, Ihr Name?«

Dumme Frage, natürlich kannte er seinen Namen. Und ob! Er hieß . . . Die Sekunden strichen grausam leer vorbei.

»Na?« drängte die Stimme.

Er strengte sich wirklich an, doch alles, worauf er stieß, war die nächste helle Panik, die wie ein Schneesturm durch seinen Geist wirbelte, furchterregend und ohne erkennbaren Kern.

»Sie habn's vergessen!« stellte die Stimme stoisch und resigniert zugleich fest. »Hab ich mir schon gedacht. Tja, vor zwei Tagen waren die Polypen hier und haben irgendwas gefaselt, Sie würden ›Monk‹ heißen – ›William Monk‹. Was habn Se denn ausgefressen, daß die Polypen hinter Ihnen her sind?« Zwei riesige Hände stauchten das Kissen zusammen und zogen die Decke glatt. »Habn Se vielleicht Lust auf 'n schönen warmen Tee? Richtig frostig isses, sogar hier drin. Juli – und benimmt sich wie'n gottverdammter November! Ich hol Ihnen mal 'n schönen warmen Tee oder 'ne Portion Haferschleim, was halten Se davon? Draußen schüttet's wie aus Kübeln. Hier drinnen sind Se gut aufgehoben.«

»William Monk?« wiederholte er.

»Genau, jedenfalls haben die Polypen das gesagt. So 'n Typ namens Runcorn. Mr. Runcorn, 'n waschechter Inspektor sogar!« Er zog ein Paar zerfranste Augenbrauen hoch. »Na – was habn Se angestellt? Sind Se vielleicht so 'n Hochstapler, der den feinen Pinkeln die Brieftaschen und goldenen Uhren klaut?« Es lag nicht die geringste Spur Mißbilligung in den runden, gütigen Augen. »So habn Se nämlich ausgesehn, als man Se hergebracht hat. Richtig schick und adrett angezogen unter dem ganzen Dreck und dem zerrissenen Mantel – und dem ganzen Blut.«

Monk sagte nichts. In seinem Kopf drehte sich alles. Mit pochenden Schläfen versuchte er, seinem umnebelten Gedächtnis einen Anhaltspunkt abzuringen, irgend etwas, nur eine einzige greifbare, klar umrissene Erinnerung. Doch nicht einmal der Name sagte ihm etwas. »William« war ihm zwar auf diffuse Weise vertraut, aber schließlich handelte es sich dabei um einen ziemlich gebräuchlichen Vornamen. Bestimmt kannte jeder Dutzende von Männern, die Wiliam hießen.

»Sie wissen's also nich mehr«, konstatierte der Mann mit freundlichem und leicht amüsiertem Gesicht. Er hatte sämtliche Varianten menschlicher Schwächen und Verfehlungen kennengelernt, nichts war so beängstigend oder ausgefallen, daß es ihn aus der Fassung bringen konnte. Er hatte Menschen an Pocken und Pest zugrunde gehen sehen, hatte miterlebt, wie sie voller Entsetzen über Dinge, die gar nicht vorhanden waren, die Wände hochgingen. Ein erwachsener Mann, der sich nicht mehr an die Vergangenheit erinnern konnte, war zwar eine Kuriosität, aber beileibe kein Grund, vor Staunen aus dem Häuschen zu geraten. »Oder Sie wolln's nich sagen«, fügte er hinzu. »Is schon in Ordnung.« Er zuckte die Achseln. »Geben Se den Polypen nix in die Hand, wenn's nich unbedingt sein muß. Na, wie wär's mit 'nem bißchen Haferschleim? Is richtig schön heiß und dick, hat die ganze Zeit auf 'm Ofen gestanden. Is gut für die Lebensgeister.«

Monk war hungrig, außerdem fror er unter der Decke.

»Ja, gern«, sagte er dankbar.

»Na, wer sagt's denn, kommt sofort! Wahrscheinlich muß ich Ihnen Ihren Namen morgen auch wieder sagen, und Sie glotzen mich dann genauso blöd an wie vorhin.« Er schüttelte den Kopf. »Entweder habn Se sich irgendwo ganz furchtbar den Schädel angehaun, oder die Polypen haben Ihnen so 'n Schrecken eingejagt, daß Sie ganz durchgedreht sind. Was habn Se bloß gemacht! Die Kronjuwelen geklaut?« Damit schlurfte er in sich hinein kichernd auf den dickbäuchigen, schwarzen Ofen am andern Ende des Krankensaals zu.

Polypen! War er ein Dieb? Er schreckte vor dem Gedanken zurück, nicht wegen der beängstigenden Konsequenzen, sondern vor dieser Möglichkeit selbst. Trotz alledem – er hatte nicht den leisesten Schimmer, ob es stimmte.

Wer war er? Was für ein Mensch? Hatte er sich verletzt, während er etwas Mutiges tat, etwas Unbesonnenes? Oder hatte man ihn wegen eines Verbrechens gehetzt wie ein Tier? Oder hatte er schlicht und einfach Pech gehabt, sich zur falschen Zeit am falschen Ort befunden?

Er zermarterte sich das Hirn und fand nichts, nicht den Funken eines Gedankens oder Gefühls. Er mußte doch irgendwo wohnen, Leute kennen, die Gesichter, Stimmen, Regungen hatten. Aber da war nichts! Danach zu urteilen, was sein Gedächtnis zu bieten hatte, konnte er seine Existenz genausogut hier, auf dem harten Lager dieser tristen Krankenhausstation, begonnen haben.

Einen allerdings gab es, der ihn kannte. Ein Inspektor!

In dem Moment kehrte der Pfleger mit dem Haferschleim zurück. Vorsichtig flößte er ihn Monk löffelweise ein. Das Zeug war dünn und fad, aber er war für jeden Tropfen dankbar. Anschließend ließ er sich zurücksinken, und so sehr er auch dagegen ankämpfte, nicht einmal die Angst konnte verhindern, daß er in tiefen, scheinbar traumlosen Schlaf fiel.

Als er am nächsten Morgen aufwachte, waren ihm zwei Dinge vollkommen klar: sein Name und wo er sich befand. Er konnte sich genau an die spärlichen Ereignisse des vergangenen Tages erinnern – den Pfleger, den heißen Haferschleim, den stöhnenden und sich windenden Mann auf der Nachbarpritsche, die grauweiße Zimmerdecke, die kratzige Bettdecke auf seiner Haut und den Schmerz in seiner Brust.

Er hatte keine Ahnung, wie spät es war, hielt es seinem Gefühl nach jedoch für den späteren Nachmittag, als der Polizeibeamte erschien. Er war ein großer Mann oder wirkte zumindest so mit dem Cape und dem Zylinder der Peel's Metropolitan Police. Sein Gesicht war knochig, die Nase lang, der Mund breit, die Stirn recht hoch, nur die tiefliegenden Augen waren zu klein, als daß man ihre Farbe ohne weiteres hätte identifizieren können. Trotz der schwachen Ärgerfalten zwischen den Augenbrauen und um die Mundwinkel ein durchaus freundliches und intelligentes Gesicht. Neben Monks Bett blieb er stehen.

»Na, erkennen Sie mich heute?« erkundigte er sich fröhlich.

Monk versagte sich ein Kopfschütteln; es tat zu weh.

»Nein.«

Der Mann zügelte seine Verdrossenheit und noch etwas anderes, bei dem es sich womöglich um Enttäuschung handelte. Er musterte Monk eingehend von oben bis unten, wobei er ein Auge nervös zusammenkniff, als wolle er seinem Sehvermögen auf diese Weise auf die Sprünge helfen.

»Sie sehen heute viel besser aus«, verkündete er.

Stimmte das? Sah er tatsächlich besser aus? Oder wollte Runcorn ihn lediglich aufheitern? Was das betraf – wie sah er eigentlich überhaupt aus? Er hatte nicht die leiseste Ahnung. War er dunkelhaarig oder blond, häßlich oder eher ansehnlich? Er konnte nicht einmal seine Hände sehen, geschweige denn den unter der Decke verborgenen Körper. Nein, er würde jetzt nicht nachschauen – er mußte warten, bis Runcorn wieder verschwunden war.

»Sie erinnern sich an gar nichts, nehme ich an?« fuhr Runcorn fort. »Keine Ahnung, was Ihnen zugestoßen ist?«

»Nein.« Monk schlug sich mit einer absolut formlosen Wolke der Vergessenheit herum. Kannte dieser Mann ihn persönlich oder nur vom Hörensagen? War er eine Figur des öffentlichen Lebens, die Monk ein Begriff sein sollte? Oder verfolgte er ihn in irgendeiner dienstlichen und geheimen Mission? War er lediglich auf Informationen aus, oder konnte er Monk etwas über seine Person erzählen, das über den bloßen Namen hinausging, der schlichten Tatsache seiner Existenz Form und Inhalt geben?

Monk lag bis zum Kinn eingepackt auf dem Bett und fühlte sich doch innerlich nackt und verletzlich, wie es alle Entlarvten und dem Spott Preisgegebenen sind. Sein Instinkt riet ihm, eine Maske aufzusetzen, seine Schwäche zu kaschieren. Gleichzeitig wollte er so viel wie möglich über sich erfahren. Wahrscheinlich gab es Dutzende, vielleicht sogar Hunderte von Menschen auf der Welt, die ihn kannten, und er erinnerte sich an nichts! Damit war er auf der ganzen Linie und auf äußerst zermürbende Weise im Nachteil. Er wußte nicht einmal, wer ihn gemocht oder gehaßt hatte. Er befand sich in der Lage eines Verhungernden, der für etwas Eßbares sein Leben geben würde und doch entsetzliche Angst hat, in jedem Bissen könnte Gift stecken.

Monk konzentrierte sich wieder auf den Polizisten. Runcorn hieß er, hatte der Pfleger gesagt. Er mußte einen Vorstoß wagen.

»Hatte ich einen Unfall?« fragte er.

»Sah ganz danach aus«, gab Runcorn nüchtern zurück. »Der Hansom, in dem sie saßen, hatte sich überschlagen – schöner Schlamassel! Sie müssen mit wahnwitzigem Tempo irgendwo gegen geknallt sein. Das Pferd war vor Schreck ganz aus dem Häuschen.« Er schüttelte den Kopf und zog die Mundwinkel nach unten. »Der Kutscher war auf der Stelle tot, der arme Teufel. Schlug mit dem Kopf auf die Bordsteinkante. Vermutlich sind Sie nur deshalb mit einem blauen Auge davongekommen, weil Sie in der Kabine gesessen haben. War eine Schweinearbeit, Sie mit Ihrem ganzen Gewicht da wieder rauszukriegen. Hätte nie gedacht, daß Sie so ein stabiler Bursche sind. Sie erinnern sich wohl nicht mehr daran? Auch nicht an die Angst?« Wieder verengte sich sein linkes Auge ein wenig.

»Nein.« Kein einziges Bild tauchte in Monks Kopf auf, keine Erinnerung an eine rasante Fahrt, einen Zusammenstoß oder gar Schmerzen.

»Keine Ahnung, was sie vorhatten?« bohrte Runcorn ohne echten Optimismus in der Stimme weiter. »Ob es mit einem Fall zusammenhing?«

Ein strahlender Hoffnungsschimmer durchbrach die Finsternis, das erste greifbare Etwas. Er fürchtete sich fast zu fragen, da er sich bei genauerem Hinsehen womöglich in Luft auflösen könnte. Er starrte Runcorn an. Er mußte diesen Mann kennen, persönlich kennen, vielleicht war er ihm sogar täglich begegnet. Trotzdem wurde nicht die leiseste Erinnerung in ihm wach.

»Was ist, Mann?« versetzte Runcorn ungeduldig. »Erinnern Sie sich? Wir hatten Sie nicht dahin geschickt, wo Sie waren! Was, zum Teufel, hatten Sie vor? Sie müssen irgendwas im Alleingang getan haben. Wissen Sie vielleicht noch, was?«

Die Leere war unergründlich.

Monk brachte die Andeutung eines Kopfschüttelns zustande, aber das leuchtende Brodeln in seinem Innern blieb. Er war selbst ein Polyp, ein Peeler, deshalb kannten sie ihn! Er war kein Dieb – kein flüchtiger Verbrecher.

Runcorn, dem die frisch erwachte Spannkraft in seinem Gesicht nicht entgangen war, beugte sich ein wenig vor und beobachtete ihn scharf.

»Sie erinnern sich an etwas!« stellte er triumphierend fest. »Kommen Sie, Mann – was ist es?«

Monk konnte ihm unmöglich begreiflich machen, daß nicht eine aufgetauchte Erinnerung für die Veränderung in ihm verantwortlich war, sondern das allmähliche Schwinden der Angst, die sich bis an die Grenze des Erträglichen in ihm ausgebreitet hatte. Die alles erstickende Decke über seinem Geist war zwar noch vorhanden, jetzt aber bedeutungslos, keine spezifische Bedrohung mehr.

Runcorn wartete nach wie vor auf eine Antwort und starrte ihn eindringlich an.

»Nein«, sagte Monk langsam. »Es ist zu früh.«

Runcorn richtete sich auf. Er seufzte und versuchte sich zu beherrschen. »Wird schon wieder.«

»Seit wann bin ich hier? Ich habe jedes Zeitgefühl verloren.« Das klang doch ganz vernünftig: Jedem Bettlägerigen würde es so gehen.

»Seit über drei Wochen. Heute ist der 31. Juli 1856«, fügte Runcorn mit dem Anflug von Sarkasmus hinzu.

Großer Gott! Über drei Wochen, und alles, woran er sich erinnerte, war der gestrige Tag. Er schloß die Augen. Es war sogar weitaus schlimmer – ein ganzes Leben von ... wer weiß wie vielen Jahren lag hinter ihm, und er erinnerte sich nur an gestern! Wie alt war er? Wie viele Jahre waren ihm verlorengegangen? Wieder stieg Panik in ihm hoch, und einen Moment lang hätte er am liebsten gebrüllt: Warum hilft mir denn keiner? Wer bin ich? Gebt mir mein Leben zurück, mein Ich!

Aber Männer schrien ihren Kummer nicht einfach so heraus, weder in der Öffentlichkeit noch im stillen Kämmerlein. Seine Haut war mit kaltem Schweiß bedeckt; er lag starr und reglos da, die Hände neben dem Körper zu Fäusten geballt. Runcorn würde es als Schmerzverhalten deuten, als normale Reaktion des Körpers auf physische Pein, und diesen Eindruck mußte er aufrechterhalten. Runcorn durfte auf keinen Fall denken, er hätte vergessen, wie ein guter Polizist seine Arbeit tut. Ohne Arbeit würde das Armenhaus tatsächlich in erschreckend greifbare Nähe rücken – und damit ein tägliches Einerlei aus striktem Gehorsam und Unterwürfigkeit, sinnlosem Schuften und Ausweglosigkeit.

Er zwang sich, in die Gegenwart zurückzukehren.

»Über drei Wochen?«

»Ja«, bestätigte Runcorn. Dann hustete er und räusperte sich. Wahrscheinlich war ihm die ganze Angelegenheit peinlich. Was sagt man zu einem Mann, der nicht weiß, wer man ist, der nicht mal weiß, wer er selbst ist?

»Wird schon wieder«, sagte Runcorn noch einmal. »Wenn Sie erst wieder auf den Beinen sind, wenn Sie wieder arbeiten können. Sie brauchen Urlaub, eine kleine Pause, um zu Kräften zu kommen. Nehmen Sie sich eine oder zwei Wochen frei. Ja, tun Sie das! Kommen Sie erst ins Revier zurück, wenn Sie sich wieder ganz fit fühlen. Ich bin sicher, dann kommt alles ins Lot.«

»Bestimmt«, pflichtete Monk ihm bei, eher Runcorn zuliebe als aus Überzeugung. Er glaubte nicht daran.

Drei Tage später verließ er das Krankenhaus. Er war kräftig genug, um laufen zu können, und niemand blieb länger als unbedingt nötig in einer solchen Einrichtung. Das hatte nicht nur finanzielle Gründe, sondern entsprang dem reinen Selbsterhaltungstrieb. In Krankenhäusern starben mehr Menschen an einer Kreuzinfektion als an den Krankheiten oder Verletzungen, denen sie den Aufenthalt ursprünglich zu verdanken hatten. Diese Tatsache wurde ihm auf sonderbar vergnügt-resignierte Weise von dem Pfleger mitgeteilt, der ihm als erster seinen Namen verraten hatte.

Er glaubte es gern. In den wenigen Tagen, die in seinem Gedächtnis haften geblieben waren, hatte er die Ärzte von einer blutenden oder eiternden Wunde zur nächsten hetzen sehen, vom Fieberkranken zu Erbrochenem und Ausfluß, dann zu wundgelegenen Stellen – und das Ganze wieder von vorn. Auf dem Fußboden lagen benutzte Verbände herum, gewaschen wurde nicht oft. Dennoch tat jeder zweifellos sein Bestes für den Hungerlohn, den er bekam.

Außerdem mußte man der Krankenhausbelegschaft fairerweise zugestehen, daß sie alles menschenmögliche unternahm, ohne je zu wissen, ob sie einen Typhus-, Cholera- oder Pockenkranken vor sich hatte. Wurde später eine dieser Seuchen entdeckt, war sogleich Abhilfe zur Hand: Die armen Seelen wurden kurzerhand in ihren eigenen Behausungen unter Quarantäne gestellt, damit sie in Ruhe sterben oder – so Gott wollte – sich wieder erholen konnten. Dort waren sie am wenigsten eine Gefahr für die Allgemeinheit.

Jeder kannte die Bedeutung der schwarzen Fahne, die schlaff am Ende irgendeiner Straße baumelte.

Runcorn hatte ihm seinen nach dem Unfall sorgfältig gesäuberten und geflickten Peeler-Umhang nebst Zylinder mitgebracht und dagelassen. Die Sachen paßten wie angegossen, wenn der Mantel auch aufgrund seiner Gewichtsabnahme durch das lange Liegen ein wenig weit war. Um die verlorenen Pfunde machte er sich die geringsten Sorgen. Er war ein großer, kräftiger und muskulöser Mann, nur sein Gesicht hatte er noch nicht gesehen, da der Pfleger das Rasieren übernommen hatte. Er hatte es lediglich befühlt, mit den Fingerspitzen auskundschaftet, wenn ihn gerade niemand beobachtete. Der Knochenbau war kräftig, der Mund anscheinend breit, mehr hatte er nicht in Erfahrung bringen können. Seine Handteller waren glatt, ohne Schwielen, dafür sprossen aus den Handrücken vereinzelt dunkle Härchen hervor.

Offenbar hatte er bei der Einlieferung etwas Silbergeld in der Tasche gehabt, das man ihm zum Abschied nun aushändigte. Jemand anders mußte für die Behandlungskosten aufgekommen sein – es sei denn, sein Polizistengehalt hatte dafür gereicht. Da stand er jetzt also draußen auf der Treppe, acht Schilling und elf Pence, ein baumwollenes Taschentuch sowie einen Briefumschlag in der Hand, auf dem sein Name und »Grafton Street 27« stand; er enthielt eine Rechnung seines Schneiders.

Er betrachtete die Umgebung, ohne etwas wiederzuerkennen. Die Sonne schien, die Wolken fegten mit schwindelerregendem Tempo über den Himmel, der Wind war warm. Fünfzig Meter vor ihm lag eine Kreuzung, auf der ein kleiner Junge die Straße von Pferdemist und sonstigem Müll befreite, indem er emsig mit einem Besen herumfuhrwerkte. Zwei schnell galoppierende Braune mit einem klapprigen Gefährt im Schlepptau jagten an ihm vorbei.

Monk stapfte die Stufen hinunter und schlug die Richtung zur Hauptstraße ein. Er fühlte sich immer noch schwach. Es dauerte fünf Minuten, dann hatte er einen unbesetzten Hansom geortet, ihn angehalten und dem Kutscher die Adresse genannt. Er lehnte sich auf der Sitzbank zurück und betrachtete die vorbeifliegenden Straßen und Plätze, die zum Teil von livrierten Lakaien gesteuerten

Kutschen, andere Hansoms, Brauereiwagen, Lastenkarren. Er kam an Hausierern und Straßenhändlern vorbei, von denen einer frischen Aal, der nächste warme Pasteten und Plumpudding zum Verkauf anbot – was wirklich verlockend klang, denn er hatte großen Hunger –, aber da er nicht wußte, was solche Dinge kosteten, wagte er nicht zuzuschlagen.

Ein Zeitungsjunge schrie irgend etwas, doch sie fuhren zu schnell an ihm vorbei, als daß man seine Worte durch das Pferdegetrappel hindurch hätte verstehen können. Ein Mann mit einem Bein verkaufte Streichhölzer.

Er schien die Straßen schon einmal gesehen zu haben, allerdings war die Erinnerung daran ganz tief in seinem Gedächtnis vergraben. Er hätte keine einzige benennen können, sie waren ihm lediglich nicht vollkommen fremd.

Tottenham Court Road. Der dort herrschende Betrieb war enorm: Kutschen, Rollwagen, Handkarren, mehrere Frauen in umfangreichen Röcken, die einen großen Schritt über den Abfall im Rinnstein machten, zwei lachende, angesäuselte Soldaten, deren leuchtende Rotröcke farbenfroh hervorstachen, ein Blumenverkäufer und zwei Wäscherinnen.

Der Hansom bog links in die Grafton Street ein und blieb stehen.

»Da wären wir, Sir, Nummer siebenundzwanzig.«

»Danke sehr.« Monk stieg unbeholfen aus; er war immer noch steif und schwach. Schon dieser kurze Ausflug hatte ihn erschöpft. Er hatte keine Ahnung, wieviel er dem Kutscher bezahlen sollte, also hielt er ihm die geöffnete Hand mit einem Zweischillingstück, zwei Sixpencemünzen, einem Penny und einem Halfpenny hin.

Der Kutscher zögerte einen Augenblick, entschied sich für eine der Sixpencemünzen sowie den Halfpenny, tippte an seinen Hut, ließ die Zügel auf den Rücken seines Pferdes klatschen und Monk mutterseelenallein auf dem Bürgersteig zurück. Er war vor Furcht plötzlich wie gelähmt; er hatte nicht die geringste Vorstellung, was – oder wen – er vorfinden würde.

Zwei Männer gingen an ihm vorbei und musterten ihn mit neugierigen Blicken. Bestimmt dachten sie, er hätte sich verlaufen. Monk schämte sich, kam sich vor wie ein Idiot. Wer würde ihm die Tür öffnen? Jemand, den er kennen sollte? Falls er tatsächlich dort wohnte, konnte er für diese Leute kein Fremder sein! Wer waren sie überhaupt – Freunde oder lediglich seine Hauswirte? Es war absurd, aber er wußte nicht einmal, ob er Familie hatte.

Nein, in dem Fall hätte man ihn bestimmt besucht. Runcorn war gekommen, folglich hätte man seinen Angehörigen mitgeteilt, wo er sich aufhielt. Oder hatte er zu der Sorte Mann gehört, die keine Liebe braucht, sondern voll und ganz im Beruf aufgeht? War aus diesem Grund auch Runcorn erschienen? Weil es sein Job war?

War er ein guter Polizist gewesen, hatte er seine Arbeit zufriedenstellend erledigt? Hatten die Kollegen ihn gemocht? Das Ganze war lächerlich – geradezu mitleiderregend.

Er schüttelte den Gedanken ab. Nein, das war kindisch. Hätte er Familie – eine Frau, Bruder oder Schwester –, Runcorn hätte es ihm gesagt. Er mußte die Dinge nehmen, wie sie kamen. Wenn er es geschafft hatte, einen Job bei der Metropolitan Police zu bekommen, mußte er ein guter Detektiv sein. Er würde nach und nach jede Einzelheit in Erfahrung bringen, bis er sich schließlich ein vollständiges Bild machen könnte, ein Modell seines Lebens sozusagen. Der erste Schritt bestand darin, an diese dunkelbraune, abweisende Tür zu klopfen.

Er hob eine Hand und pochte energisch gegen das Holz. Es dauerte endlos lange Minuten voller Verzweiflung, die er mühsam und mit dröhnendem Kopf durchstand, bis ihm die Tür von einer breithüftigen Frau mittleren Alters geöffnet wurde. Sie trug eine Schürze; ihr Haar war lieblos zurückgebürstet, aber dicht und frisch gewaschen, und das auf Hochglanz geschrubbte Gesicht deutete auf ein gutes Herz hin.

»Na, haste Töne!« entfuhr es ihr. »Der Herr sei meiner Seele gnädig, wenn das nich unser Mr. Monk is! Erst heute morgen hab ich zu Mr. Worley gesagt, wenn Se nich bald wieder da wären, müßt ich Ihr Zimmer weitervermieten. Nich, daß ich so was gern tu, aber der Mensch lebt schließlich nicht von Luft allein. Ihr Mr. Runcorn war hier und hat erzählt, Sie hätten 'nen Unfall gehabt und wären schlimm verletzt und würden in irgend so 'nem schrecklichen Krankenhaus liegen.« Sie legte angewidert eine Hand an die Wange. »Der

Herr verschone uns vor solchen Orten. Sie sind der erste, den ich auf seinen eigenen zwei Beinen da rauskommen seh. Wenn Se die Wahrheit wissen wolln, ich hab sogar jeden Tag damit gerechnet, daß so 'n Laufbursche kommt und sagt, Sie wären tot.« Sie verzog das Gesicht und musterte ihn scharf. »Besonders gut sehen Se wirklich nich aus. Jetzt kommen Se erst mal rein, dann bring ich Ihnen was Vernünftiges zu essen. Sie müssen ja halb verhungert sein. Möchte wetten, Sie haben nix Ordentliches mehr zwischen die Zähne gekriegt, seit Se hier weg sind. War das vielleicht 'n rabenschwarzer Tag, als Se plötzlich verschwunden sind! Genauso rabenschwarz wie die Seele von 'nem Armenhausschinder!« Mit diesen Worten raffte sie ihre gigantischen Röcke zusammen und ließ ihn ein.

Er folgte ihr durch die getäfelte Eingangshalle, deren Wände mit kitschigen Bildern behängt waren, dann die Treppe hinauf in einen breiten Gang. Dort angekommen, löste sie ein Schlüsselbund von ihrem Gürtel und schloß eine der Türen auf.

»Sie haben Ihren Schlüssel wohl verloren, sonst hätten Se nich geklopft, was? Klingt doch logisch, oder?«

»Ich hatte einen eigenen Schlüssel?« erkundigte er sich überrascht und merkte erst hinterher, wie sehr er sich durch solche Fragen verriet.

»Der Herr steh uns bei – sicher hatten Se den!« erwiderte sie verwundert. »Sie glauben doch wohl nich, daß ich die ganze Nacht auf den Beinen bleib, nur um Sie rein- und rauszulassen, oder? Ein guter Christ braucht seinen Schlaf. Und das sind wirklich unchristliche Zeiten, wann Sie unterwegs sind, kann ich Ihnen sagen! Liegt sicher daran, daß Se ständig hinter so 'nem unchristlichen Gesindel herjagen.« Sie drehte sich um und musterte ihn wieder. »Meine Güte, Sie sehen richtig krank aus. Sie gehen jetzt sofort da rein und setzen sich hin, und ich bring Ihnen gleich 'ne feine heiße Mahlzeit und was zu trinken. Wird Ihnen guttun.« Sie schnaubte und strich mit grimmiger Vehemenz ihre Schürze glatt. »Hab schon immer gesagt, daß man in diesen Krankenhäusern nicht ordentlich versorgt wird. Wetten, daß die Hälfte von denen, die da drin sterben, vor lauter Hunger verrecken?« Jeder Muskel unter dem schwarzen Taft schien vor Empörung zu zucken, als sie mit diesen Worten aus dem Raum rauschte. Die Tür ließ sie weit offen stehen.

Monk machte sie zu, dann drehte er sich um und betrachtete das Zimmer. Es war groß, dunkelbraun getäfelt und grün tapeziert. In der Mitte stand ein schwerer Eichentisch mit vier dazu passenden Stühlen, beides aus der Zeit Jacobs I., mit geschnitzten Beinen und gedrechselten Klauenfüßen. Die Anrichte an der gegenüberliegenden Wand stammte offenbar aus derselben Zeit, er fragte sich allerdings, welchen Zweck sie erfüllen mochte. Sie enthielt weder Porzellan noch Besteck. Lediglich in den untersten Schubladen entdeckte er frisch gewaschene Tischdecken und Servietten, die sich allesamt eines ausgezeichneten Zustandes erfreuten. Ansonsten gab es noch einen Eichensekretär mit zwei kleinen, flachen Schubladen und an der Wand neben der Tür ein recht hübsches, randvolles Bücherregal. Waren die Bücher Bestandteil des Mobiliars, oder gehörten sie ihm? Er würde sich die Titel später ansehen.

Die Fenster waren mit Plüschvorhängen von sattgrüner Farbe versehen, die eher um die Scheiben herumdrapiert als vor ihnen aufgehängt waren. An den reichverzierten Armen der Wandleuchter fehlte hier und da ein Stück. Der Ledersessel hatte verblichene Flecken auf den Lehnen, der Flor des Sitzkissens war abgenutzt. Die Farben des Teppichs bestanden aus längst verblichenem Pflaumenblau, Marineblau und Waldgrün – was sein Auge als überaus angenehm empfand. An den Wänden hingen einige Bilder, die etwas Schwülstiges ausstrahlten, über dem Kaminsims thronte ein Spruchband mit der furchtbaren Drohung DER HERR SIEHT ALLES.

Gehörten diese Dinge ihm? Bestimmt nicht. Schauer jagten ihm über den Rücken, und er erwischte sich dabei, daß er angesichts der rührseligen Gegenstände das Gesicht verzog, ja sogar einen Anflug von Verachtung empfand.

Es war ein gemütliches, wohnliches Zimmer, nur eigenartig unpersönlich, ohne Fotografien oder Andenken, ohne Spuren seines eigenen Geschmacks. Seine Augen glitten wieder und wieder über die Einrichtung, doch nichts war ihm vertraut, nichts rief auch nur im entferntesten eine Erinnerung in ihm wach.

Er versuchte es mit dem angrenzenden Schlafraum – genau das gleiche: gemütlich, alt, schäbig. In der Mitte stand ein breites Bett. Es war mit einem frischen Laken bezogen, zudem mit einer adretten, weißen Nackenrolle und einem weinfarbenen Federbett ausgestattet, dessen Seitenränder Rüschen zierten. Auf dem massiven Waschtisch standen eine recht ansehnliche Waschschüssel aus Porzellan sowie ein Wasserkrug, auf der hohen Schlafzimmerkommode lag eine entzückende Haarbürste mit echtem Silberrücken.

Er strich über die Möbel – seine Finger blieben sauber. Mrs. Worley war eine gute Hausfrau.

Er wollte gerade die Schubladen herausziehen und sich weiter umsehen, da klopfte es energisch an die äußere Tür, und Mrs. Worley rauschte herein. Sie trug ein Tablett mit einem dampfenden Teller, randvoll mit Fleischpastete, gekochtem Kohl, Erbsen und Möhren nebst einem Schälchen Pudding in Vanillesoße.

»So, das hätten wir!« sagte sie zufrieden und stellte das Tablett auf dem Tisch ab. Erleichtert registrierte er, daß auch Messer, Löffel, Gabel und ein Glas Apfelwein vorhanden waren. »Essen Sie erst mal, dann fühlen Sie sich bestimmt besser.«

»Vielen Dank, Mrs. Worley.« Seine Dankbarkeit war nicht gespielt; er hatte nichts Ordentliches mehr zwischen die Zähne bekommen seit...?

»Ich tu nur meine Christenpflicht, Mr. Monk«, wehrte sie mit leichtem Kopfschütteln ab. »Und Sie haben immer pünktlich bezahlt. Ja, mit Ihnen hat's deshalb noch nie Streit gegeben, Sie sind nich mal einen Tag zu spät dran gewesen oder sonst irgendwas. Jetzt essen Se das auf, und dann legen Se sich 'n bißchen aufs Ohr. Sie sehen total erledigt aus! Ich weiß nich, was Se getrieben haben, und ich will's auch gar nicht wissen. Zuviel Neugier is wahrscheinlich sowieso nich gesund.«

»Was soll ich nachher damit machen...?« Er warf einen vielsagenden Blick auf das Tablett.

»Na, vor die Tür stellen, wie sonst auch!« sagte sie mit hochgezogenen Brauen, sah ihn scharf an und seufzte. »Und wenn's Ihnen heut nacht schlechtgeht, rufen Se einfach, ich komm dann rüber und schau nach Ihnen.«

»Das wird nicht nötig sein – ich werde sicher ausgezeichnet schlafen.«

Sie rümpfte die Nase, schnaufte ein wenig, raffte die Röcke und rauschte hinaus. Die Tür fiel mit einem lauten Klicken hinter ihr ins Schloß. Kaum war sie verschwunden, wurde ihm klar, wie unhöflich er gewesen war. Sie hatte ihm angeboten, mitten in der Nacht aufzustehen, falls er Hilfe brauchen sollte, und ihm war nichts Besseres eingefallen, als ihr zu sagen, ihre Hilfe wäre überflüssig. Trotzdem schienen seine Worte sie nicht verletzt, ja nicht einmal überrascht zu haben. War er immer so flegelhaft? Er hätte stets pünktlich und ohne Widerrede gezahlt, sagte sie. War das alles, was ihr Verhältnis zueinander ausmachte? Keine Herzlichkeit, keine Gefühlswärme – war er lediglich ein Mieter, auf den man sich in finanzieller Hinsicht verlassen konnte, und sie eine Wirtin, die ihre Christenpflicht an ihm erfüllte, weil es eben ihre Art war?

Keine besonders schöne Vorstellung.

Monk wandte seine Aufmerkamkeit dem Essen zu. Es war einfach, aber köstlich zubereitet, außerdem war sie, was die Portionen betraf, bestimmt nicht knickerig. Er fragte sich flüchtig und mit einer gewissen Besorgnis, wieviel er für diese Annehmlichkeiten wohl hinblättern mußte und ob er sich den Luxus noch lange würde leisten können, wenn er nicht in der Lage war zu arbeiten. Je eher er genug Kraft und klaren Verstand beisammen hatte, um den Dienst bei der Polizei wieder anzutreten, desto besser. Er konnte sie schlecht um Kredit bitten – schon gar nicht nach ihren Bemerkungen und seinem Benehmen. Gebe Gott, daß er ihr nicht bereits für die Zeit während des Krankenhausaufenthalts etwas schuldig war!

Nach dem Essen deponierte er das Tablett draußen im Gang auf einem Tisch. Zurück in seinem Zimmer, schloß er die Tür und ließ sich in der Absicht, den Inhalt des Sekretärs in der Fensternische durchzusehen, auf einem der Lehnstühle nieder; er war jedoch so ausgelaugt und das Polster so bequem, daß er einschlief.

Als er einige Zeit später steif, verfroren und mit schmerzender Seite wach wurde, war es bereits dunkel. Obwohl er immer noch müde war und sich gern ins Bett gelegt hätte, tastete er sich zu den Gasleuchtern und machte Licht. Er wußte genau, die Versuchung, den Schreibtisch zu erforschen, und die gleichzeitige Furcht vor möglichen Entdeckungen würden auch den allernotwendigsten Schlaf verhindern.

Er zündete auch die Öllampe über dem Sekretär an, klappte den Aufsatz hoch und brachte so eine ebene Arbeitsplatte mit Tintenfaß, einen in Leder eingefaßten Schreibblock sowie ein Dutzend kleine, geschlossene Schubladen zum Vorschein.

Er begann mit der obersten auf der linken Seite und arbeitete sich von dort aus nach unten rechts durch. Er mußte ein methodischer Mensch sein. Quittierte Rechnungen; ein paar Zeitungsausschnitte, in denen es ausschließlich um Verbrechen und die Genialität der Polizei bei deren Aufklärung ging; drei Fahrpläne der Bahn; Geschäftsbriefe – und eine Benachrichtigung von einem Schneider.

Ein Schneider! Dorthin war sein Geld also geflossen. Eitler Pfau! Er mußte unbedingt seine Garderobe durchsehen, um festzustellen, was für einen Geschmack er hatte. Laut der Rechnung in seiner Hand einen teuren. Ein Polizeibeamter, der wie ein Gentleman aussehen wollte! Er lachte hart auf; ein Rattenfänger mit Ambitionen – so einer war er also? Eine reichlich lächerliche Figur. Die Vorstellung tat weh, und er schob sie mit Galgenhumor beiseite.

In den übrigen Schubladen befanden sich Briefumschläge und Briefpapier, alles von bester Qualität – wieder ein Zeichen von Eitelkeit! Wem hatte er geschrieben? Außerdem gab es Siegellack, eine Schnur, ein Papiermesser und eine Schere sowie eine Reihe unwichtiger Gerätschaften zur Arbeitserleichterung. Er mußte sich bis zur zehnten Schublade vorarbeiten, bis er endlich auf die Privatkorrespondenz stieß. Sämtliche Briefe waren in derselben Handschrift verfaßt und stammten, nach der Stellung der Buchstaben zu urteilen, von einem jungen oder gering gebildeten Menschen. Anscheinend schrieb ihm nur eine einzige Person – oder aber deren Briefe waren die einzigen, die es seiner Meinung nach wert gewesen waren, aufgehoben zu werden. Er öffnete den ersten und mußte verärgert feststellen, daß seine Hände dabei zitterten.

Es war ein sehr schlichter Brief, der mit »Lieber William« begann, voll belangloser Neuigkeiten steckte und mit »deine dich liebende Schwester Beth« schloß.

Die runden Buchstaben schienen zu lodern, als er den Brief benommen vor Aufregung und von Erleichterung überwältigt zur Seite legte. Vielleicht war er auch ein bißchen enttäuscht, doch dieses Gefühl wurde eilends verdrängt. Er hatte eine Schwester, es gab jemand, der ihn kannte, der ihn zeit seines Lebens gekannt hatte – mehr noch, der ihn gern hatte. Er nahm den Brief rasch wieder in die Hand und hätte ihn vor lauter Unbeholfenheit in seiner Hast beinah zerrissen. Ein netter, ein sehr offener, ja geradezu liebevoller Brief; kein Zweifel, niemand war so offen einem Menschen gegenüber, dem er nicht vertraute, den er nicht mochte.

Dennoch wies der Inhalt in keiner Weise darauf hin, daß es sich um einen Antwortbrief handelte, er nahm keinerlei Bezug auf etwas, das er ihr geschrieben hatte. Und er hatte, oder? Unmöglich, daß er eine solche Frau kaltlächelnd ignoriert haben konnte.

Und wenn doch? Wenn er sie tatsächlich ignoriert, ihr nicht geschrieben hatte, mußte es einen Grund dafür geben. Wie konnte er es sich erklären, sich rechtfertigen, wenn er sich an nichts erinnerte? Er kam sich vor wie ein Verbrecher, der unfähig, sich zu verteidigen, auf der Anklagebank saß.

Die Minuten zogen sich endlos und qualvoll dahin, bis er plötzlich auf die Idee verfiel, nach der Adresse zu sehen. Als er es schließlich tat, war er endgültig verwirrt. Der Brief kam aus einem Ort in Northumberland. Er sagte den Namen immer wieder laut vor sich hin. Er klang vertraut, dennoch konnte er ihn geographisch in keiner Weise einordnen und mußte erst einen Atlas aus dem Bücherschrank holen, um ihn nachzuschlagen. Selbst dann fand er ihn nicht auf Anhieb. Es war ein sehr kleiner Ort, kaum lesbare Buchstaben direkt an der Küste – ein Fischerdorf.

Ein Fischerdorf? Was hatte seine Schwester nur in ein solches Nest verschlagen? Hatte sie geheiratet und war dann dort hingezogen? Der Nachname auf dem Umschlag lautete Bannerman. Oder war er selbst dort geboren und später nach Süden, nach London gegangen? Er lachte abermals hart auf. War das der Schlüssel zu seiner Eitelkeit? Der Sohn eines Fischers aus der Provinz, der unbedingt etwas Besseres sein wollte?

Wann? Wann war er hierhergekommen?

Er stellte mit einem ziemlichen Schrecken fest, daß er keine Ahnung hatte, wie alt er war. Noch immer hatte er keinen Blick in den Spiegel riskiert. Weshalb? Fürchtete er sich davor? Was spielte es schon für eine Rolle, wie ein Mann aussah? Trotzdem zitterte er am ganzen Körper.

Er schluckte schwer, bewaffnete sich mit der Öllampe, ging zögend ins Schlafzimmer und stellte sie auf der Kommode ab. Irgendwo mußte ein Spiegel sein, wenigstens groß genug, um sich darin rasieren zu können.

Der Spiegel war auf einem Ständer mit Drehgelenk befestigt; deshalb hatte er ihn vorher nicht bemerkt. Er stellte die Lampe kleiner und kippte den Spiegel langsam zu sich um.

Das Gesicht darin war ernst und energisch, die Nase breit und etwas gebogen, der Mund groß. Die Oberlippe war ziemlich dünn, die untere eher voll, direkt darunter befand sich eine alte Narbe. Zwei graue Augen leuchteten ihm in dem flackernden Licht intensiv entgegen. Es war ein ausdrucksvolles, aber nicht unschwieriges Gesicht. Falls es Humor verriet, dann eher einen von der schroffen Sorte, der sich mehr in ironischen Bemerkungen als in Gelächter äußerte. Wahrscheinlich war er zwischen fünfunddreißig und fünfundvierzig Jahre alt.

Er nahm die Lampe und kehrte ins Wohnzimmer zurück, ohne den Weg wahrzunehmen. Vor seinem geistigen Auge schwebte immer noch das Gesicht, das ihn aus dem trüben Spiegelglas heraus angestarrt hatte. Nicht, daß es ihm besonders mißfallen hätte, es war nur das Gesicht eines Fremden – eines Fremden, der nicht leicht zu durchschauen war.

Am folgenden Tag faßte er einen Entschluß. Er würde in den Norden fahren, um seine Schwester zu besuchen. Sie konnte ihm zumindest etwas über seine Kindheit, seine Familie verraten. Außerdem schien sie ihn – ihren Briefen und dem Datum des letzten nach zu urteilen – noch zu mögen, ob er es nun verdiente oder nicht. Am frühen Morgen schrieb er ihr einen kurzen Brief, in dem lediglich stand, er habe einen Unfall gehabt, sich mittlerweile einigermaßen erholt und trage sich mit dem Gedanken, ihr einen Besuch abzustatten, wenn er sich für die Reise fit genug fühle, was seiner Ansicht nach nicht mehr länger als ein oder zwei Tage dauern könne.

Unter den restlichen Dingen in den Schreibtischschubladen entdeckte er auch einen bescheidenen Geldvorrat. Abgesehen von seiner Vorliebe für exklusive Mode – sämtliche Stücke in seinem Kleiderschrank waren ausgezeichnet geschnitten und aus erstklassigem Stoff – und der Büchersammlung, sofern sie ihm gehörte, war er offenbar nicht besonders verschwenderisch veranlagt. Andernfalls mußte er regelmäßig gespart haben, doch er fand keine Notiz, die darauf hinwies, außerdem spielte das momentan keine Rolle. Er zahlte Mrs. Worley die Miete für den nächsten Monat im voraus – abzüglich des Betrages für das Essen, das er während seiner Abwesenheit nicht verbrauchen würde – und teilte ihr mit, er würde nach Northumberland fahren, um seine Schwester zu besuchen.

»Gute Idee.« Sie nickte weise mit dem Kopf. »Hätten Se schon viel öfter machen sollen, wenn Se mich fragen. Nich, daß Sie's überhaupt mal getan hätten! Ich bin bestimmt niemand, der sich überall einmischt«, sie schnappte geräuschvoll nach Luft, »aber Sie waren die ganze Zeit, die ich Sie kenn, nich einmal dort, und das is jetzt schon 'n paar Jahre her. Dabei schreibt Ihnen das arme Ding regelmäßig – obwohl ich den Verdacht hab, daß sie noch nie 'ne Antwort gekriegt hat!«

Sie verstaute das Geld in ihrer Rocktasche und sah ihn scharf an.

»Na, dann passen Se mal gut auf sich auf – futtern Se ordentlich, und lassen Se die blöden Eskapaden, hinter irgendwelchen Halunken herzujagen. Lassen Sie die mal 'ne Zeitlang in Ruh und kümmern Se sich um sich selbst!« Mit diesem gutgemeinten Rat zum Abschied strich sie ihre Schürze glatt, drehte sich um und marschierte mit klappernden Absätzen den Gang Richtung Küche hinunter.

Man schrieb den vierten August, als er sich in London in den Zug setzte und es sich für die lange Fahrt bequem machte.

Northumberland entpuppte sich als unendlich weit und trostlos, der Wind fegte über baumlose, dunkle Heidemoore, aber der stürmische Himmel und die klar umrissene Landschaft hatten etwas Schlichtes, das ihm ausgesprochen gut gefiel. War sie ihm vertraut, rief sie Kindheitserinnerungen wach, oder war es nur die Schönheit der Gegend, die solche Gefühle in ihm weckte, auch wenn sie ihm unbekannt war wie ein Plateau auf dem Mond? Er blieb lange Zeit vor dem Bahnhof stehen, den Koffer in der Hand, und starrte auf die Hügel hinaus, ehe er sich endlich in Bewegung setzte. Er mußte irgendein Gefährt auftreiben, denn das Meer und das Dörfchen, zu dem er wollte, lagen siebzehn Kilometer weit entfernt. Im Normalzustand hätte er diese Strecke leicht zu Fuß bewältigt, aber er fühlte sich immer noch schwach. Wenn er tief Luft holte, schmerzte seine Rippe, und der Arm war längst nicht voll einsatzfähig.

Es war nur ein Ponykarren, und er hatte königlich dafür bezahlt, aber er war froh, daß der Fahrer ihn und seinen Koffer direkt vor der Haustür in der schmalen Gasse absetzte, nachdem er ihm Namen und Adresse seiner Schwester genannt hatte. Während die Räder über das Kopfsteinpflaster von dannen holperten, bezwang er seine dunklen Ahnungen und das Gefühl, einen unwiderruflichen Schritt zu tun, und klopfte laut an.

Er wollte eben zum zweitenmal klopfen, als die Tür aufschwang und eine hübsche Frau mit frischem Gesicht auf der Schwelle erschien. Sie war gerade noch an der Grenze zum Molligsein, hatte dichtes, dunkles Haar und Gesichtszüge, die seinen lediglich durch die breite Stirn und die Form der Wangenknochen ähnelten. Ihre Augen waren blau, die Nase war zwar ebenfalls breit, dafür ohne jede Spur von Arroganz, der Mund wesentlich weicher. All das schoß ihm simultan mit der Erkenntnis durch den Kopf, daß dies Beth sein mußte, seine Schwester. Sie würde es nicht verstehen und wahrscheinlich gekränkt sein, wenn er nicht so tat, als kenne er sie.

»Beth.« Er streckte ihr die Hände entgegen.

Ihr Gesicht verzog sich zu einem breiten, erfreuten Lächeln.

»William! Mein Gott, hast du dich verändert, ich hätte dich fast nicht erkannt! Wir haben deinen Brief bekommen. Ein Unfall, schreibst du – bist du schlimm verletzt? Wir haben dich gar nicht so bald erwartet –« Sie wurde rot. »Das soll natürlich nicht heißen, daß du nicht willkommen bist.« Sie sprach breiten Northumberland-

Akzent, was in seinen Ohren ausgesprochen angenehm klang. War auch der Grund hierfür Vertrautheit, oder lag es nur an der wohltuenden Abwechslung nach der harten Londoner Aussprache?

»William?« Sie schaute ihn eindringlich an. »Komm rein – du mußt ja völlig erschöpft sein. Bestimmt hast du Hunger.« Sie machte Anstalten, ihn ins Haus zu zerren.

Er folgte ihr lächelnd, plötzlich ungeheuer erleichtert. Sie kannte ihn; anscheinend nahm sie ihm weder sein langes Fernbleiben noch die unbeantworteten Briefe übel. Sie benahm sich so natürlich, daß lange Erklärungen unnötig waren. Und er merkte, daß er tatsächlich sehr hungrig war.

Die Küche war klein, aber peinlich sauber; das Zentrum bildete ein großer, fast weißer Tisch. In seinem Gedächtnis regte sich nichts. Es duftete anheimelnd nach frischgebackenem Brot, gebratenem Fisch und salziger Seeluft. Zum erstenmal seit er im Krankenhaus aufgewacht war, begann er sich zu entspannen, so daß sich die Knoten in seinem Innern allmählich lockerten.

Nach und nach, bei Suppe und Brot, erzählte er ihr, was er über den Unfall wußte. Hier und da dichtete er ein Detail hinzu, um überzeugend zu klingen. Sie stand am Herd und rührte im Kochtopf, während sie ihm zuhörte, wärmte dann das Bügeleisen an und machte sich damit über ein paar Kindersachen und das weiße Sonntagshemd eines Mannes her. Falls ihr seine Geschichte merkwürdig oder unglaubwürdig erschien, so ließ sie es sich nicht anmerken. Vielleicht war ihr die ganze Londoner Welt ohnehin ein Rätsel, bevölkert von Leuten, die ein unverständliches und für einen normalen Menschen wenig erstrebenswertes Leben führten.

Die Abenddämmerung senkte sich bereits über den Spätsommertag, als ihr Mann nach Hause kam, ein breiter, blonder Kerl mit wettergegerbtem, freundlichem Gesicht. Seine grauen Augen schienen immer noch in den Anblick der See vertieft zu sein. Er begrüßte Monk mit freundlicher Überraschung, wirkte aber in keiner Weise unangenehm berührt oder in seinem häuslichen Frieden gestört.

Niemand verlangte Erklärungen von Monk, nicht einmal die drei schüchternen Kinder, die mittlerweile ebenfalls heimgekehrt waren. Es war eine deutliche Distanz zwischen ihnen, wie er sich mit schmerzlicher Ironie eingestand. Offenbar hatte er nie viel von seinem Leben mit dem bißchen Familie geteilt, das er besaß, daß das Ausbleiben wichtiger Informationen aufgefallen wäre.

Ein Tag nach dem andern verging. Manche waren von goldenem Licht erfüllt, wenn die Sonne heiß vom Himmel brannte, der Wind vom Land kam und der Sand unter seinen Füßen weich und nachgiebig war. Ein andermal drehte der Wind nach Osten und blies mit eisiger Schärfe und fast mit Sturmwindstärke von der Nordsee her über die Küste. Dann spürte Monk, wie er an ihm zerrte, während er am Strand entlanglief; er peitschte ihm ins Gesicht, riß ihn an den Haaren, und das Ausmaß seiner Kraft war furchterregend und trostspendend zugleich. Der Wind hatte nichts Menschliches; er war unpersönlich, richtete ihn nicht.

Er war nun schon eine Woche hier und spürte die alten Lebensgeister allmählich zurückkehren, als eines Abends Alarm gegeben wurde. Es war fast Mitternacht, der Wind fegte heulend um die steinernen Häuserecken, als das Geschrei und das Hämmern gegen die Tür begann.

Rob Bannerman war binnen weniger Minuten auf den Beinen; man konnte beinah glauben, er würde Öljacke und Gummistiefel selbst im Bett nicht ausziehen. Monk stand ratlos und vollkommen durcheinander auf dem Treppenabsatz herum; er konnte sich den plötzlichen Aufruhr im ersten Moment nicht erklären. Erst als er Beths Gesicht sah, ihr zum Fenster folgte und die tanzenden Laternen und die von deren Lichtschein geisterhaft beleuchteten Gestalten mit dem in Regen glänzenden Öljacken erblickte, wußte er, was los war. Instinktiv legte er seine Arme um Beth. Sie rückte kaum merklich näher an ihn heran, aber ihr Körper blieb steif. Mit gepreßter Stimme, in der Tränen mitschwangen, murmelte sie ein Gebet vor sich hin.

Rob war bereits aus dem Haus. Er hatte zu keinem von ihnen ein Wort gesagt, war nicht einmal stehengeblieben, als er hinter Beth vorbeilief und kurz ihre Hand drückte.

Der Grund für den Tumult war ein Wrack, irgendein Schiff, das der brüllende Wind auf die ausgestreckten Finger eines Felsens geworfen hatte und an dessen berstenden Planken sich nun wer weiß wie viele Menschen klammerten, das Wasser schon bis zu den Hüften.

Nachdem sie sich vom ersten Schock erholt hatte, rannte Beth wieder die Treppe hinauf, um sich anzuziehen. Sie forderte Monk im Vorbeikommen auf, das gleiche zu tun. Dann ging es nur noch darum, Decken aufzutreiben, Suppe warm zu machen, die Öfen wieder anzuwerfen, um den Überlebenden zu helfen – falls, so Gott gebe, welche da sein sollten.

Die ganze Nacht wurde geschuftet, Rettungsboote fuhren hin und her, Menschen wurden aneinandergeseilt. Fünfunddreißig Personen konnten aus dem Meer gezogen werden, zehn blieben verschollen. Die Überlebenden wurden auf die wenigen Haushalte des Dörfchens verteilt. Beths Küche war voll totenbleicher, zitternder Menschen, die sie und Monk mit heißer Suppe und allen erdenklichen beruhigenden Worten überhäuften.

Es wurde nicht geknausert. Beth gab den letzten Bissen her, ohne sich Gedanken darüber zu machen, was ihre eigene Familie am nächsten Tag essen sollte. Auch der winzigste trockene Kleidungsfetzen wurde hervorgekramt und weitergegeben.

In einer Ecke saß eine Frau, die vor Kummer so betäubt war, daß sie den Verlust ihres Mannes nicht einmal beweinen konnte. Beth betrachtete sie mit einem Mitgefühl, das sie wunderschön aussehen ließ. In einem kurzen Augenblick zwischen zwei Handgriffen sah Monk, wie sie sich vorbeugte und die Hände der Frau nahm. Sie hielt sie ganz fest zwischen ihren, um etwas Wärme in das kalte Fleisch zu pressen, und redete beschwichtigend auf sie ein, als wäre sie ein Kind.

Monk wurde sich schlagartig und schmerzhaft seiner Einsamkeit bewußt; er fühlte sich wie ein Außenseiter, der rein zufällig in dieses Passionsspiel um Leid und Mitleid geraten war. Er hatte nichts zu geben als köperliche Hilfe; er konnte sich nicht einmal erinnern, ob er etwas Derartiges vielleicht schon früher getan hatte, ob das hier wirklich seine Leute waren oder nicht. Hatte er jemals sein Leben riskiert – ohne zu fragen oder nachzudenken, wie Rob Bannerman es tat? Ein Teil von ihm sehnte sich entsetzlich nach der Befriedigung, die es mit sich bringen mußte. Hatte er jemals Mut oder

Selbstlosigkeit bewiesen? Gab es irgend etwas in seiner Vergangenheit, worauf er stolz sein, woran er sich klammern konnte?

Da war niemand, den er hätte fragen können...

Doch der Moment ging vorüber, und die Dringlichkeit der Gegenwart nahm ihn wieder voll in Anspruch. Er beugte sich hinunter, um ein vor Angst und Kälte zitterndes Kind auf den Arm zu nehmen, wickelte es in eine warme Decke und hielt es fest an sich gepreßt, während er es mit sanftem Streicheln und leisen, immer gleichen Worten beruhigte wie ein verschrecktes Tier.

Bei Tagesanbruch war alles vorbei. Die See ging immer noch schwer und rauh, aber Rob, zu müde zum Sprechen und deprimiert wegen der Menschenleben, die das Meer gefordert hatte, war zurück. Wortlos entledigte er sich seiner nassen Sachen und legte sich ins Bett.

Nach einer weiteren Woche hatte Monk sich physisch vollkommen erholt. Nur seine Träume machten ihm zu schaffen. Sie handelten von Furcht und Schmerzen, von dem Gefühl, brutal geschlagen zu werden und das Gleichgewicht zu verlieren, und endeten jedesmal mit der Angst zu ersticken. Er schreckte dann schweißgebadet und nach Luft schnappend, mit Herzrasen und rasselndem Atem aus dem Schlaf, doch das einzige, was blieb, war die Angst. Nirgends ein Faden, den er aufrollen konnte, um seinem Gedächtnis auf die Sprünge zu helfen. Nach London zurückzufahren wurde immer dringlicher. Er hatte seine ferne Vergangenheit, seine Wurzeln aufgespürt, aber sein Gedächtnis war nach wie vor in jungfräuliches Schwarz gehüllt, und Beth konnte ihm auch nicht sagen, was er getrieben hatte, seit er von zu Hause fortgegangen war. Sie war zu der Zeit gerade erst den Kinderschuhen entwachsen gewesen. Er hatte ihr offenbar nur Belanglosigkeiten geschrieben und von nichtssagenden kleinen Begebenheiten berichtet, wie man sie ebensogut in Illustrierten und Zeitungen nachlesen konnte. Lediglich kleine Randbemerkungen hatten durchblicken lassen, daß sie und ihre Familie ihm nicht völlig egal waren. Dies war sein erster Besuch seit acht Jahren, was ihn nicht gerade mit Stolz erfüllte. Er mußte ein ziemlich gefühlskalter, ehrgeiziger Geselle sein. Hatte dieser Ehrgeiz ihn dazu getrieben, hart zu arbeiten, oder war er so arm gewesen? Nur zu gern hätte er sich an irgendeine Rechtfertigung geklammert, doch der Geldbetrag in seinem Schreibtisch in der Grafton Street sprach eher dafür, daß es ihm zumindest in letzter Zeit nicht allzu schlecht gegangen sein konnte.

Er zermarterte sich das Hirn auf der Suche nach der Erinnerung an eine Gefühlsregung, irgendeine blitzartige Erleuchtung, was für ein Mensch er gewesen war, worauf es ihm im Leben angekommen war – vergebens. Rein gar nichts fiel ihm ein, auch keine Ausflüchte, weshalb er anscheinend immer nur mit sich selbst beschäftigt war.

Er verabschiedete sich von Beth und Rob und dankte ihnen recht unbeholfen für den freundlichen Empfang, was die beiden verwunderte und verlegen machte. Durch ihr Verhalten wurde auch ihm das Ganze peinlich, aber er meinte es wirklich ernst. Weil sie Fremde für ihn waren, hatte er das Gefühl, sie hätten ihn, der auch für sie ein Fremder sein mußte, bei sich aufgenommen und ihm jede Menge Verständnis, ja Vertrauen entgegengebracht. Die beiden machten verwirrte Gesichter, Beth wurde sogar rot, aber er versuchte nicht, es ihnen zu erklären. Zum einen hatte er keine Worte parat, zum andern wollte er gar nicht, daß sie Bescheid wußten.

London kam ihm riesig, schmutzig und gleichgültig vor, als er aus dem Zug stieg und den pompösen, rauchgeschwängerten Bahnhof verließ. Er nahm einen Hansom zur Grafton Street, meldete Mrs. Worley seine Rückkehr, ging dann nach oben und wechselte die zerknitterte Reisekleidung gegen frische. Danach machte er sich auf den Weg zu dem Polizeirevier, dessen Namen Runcorn im Gespräch mit dem Pfleger erwähnt hatte. Die Erlebnisse in Northumberland und seine Schwester Beth hatten sein Selbstbewußtsein etwas gestärkt. Auch der Gang zur Polizei war ein Ausflug ins Ungewisse, doch mit jedem Schritt, den er ohne unliebsame Überraschungen hinter sich brachte, ließen seine Befürchtungen nach.

Er stieg aus der Kutsche, bezahlte den Fahrer und blieb auf dem Bürgersteig stehen. Das Polizeirevier war ihm genausowenig bekannt wie alles andere – nicht direkt fremd, einfach ohne jeden Funken Vertrautheit. Er öffnete die Tür und ging hinein, erblickte einen Sergeant am Dienstschalter und fragte sich, wieviel hundertmal er wohl schon haargenau das gleiche getan hatte.

»Tag, Mr. Monk.« Der Mann schaute ihn leicht überrascht und ohne ersichtliche Freude an. »Dumme Sache, das mit dem Unfall. Geht's wieder besser, Sir?«

Seine Stimme klang frostig, mißtrauisch. Monk besah ihn sich genauer. Der Mann war etwa vierzig, hatte ein rundes Gesicht und machte einen sanften und vielleicht etwas unsicheren Eindruck – ein Mann, der leicht einzunehmen und leicht zu vernichten war. Tief in Monk regte sich Scham, wofür er außer der Vorsicht in den Augen seines Gegenübers keinerlei Grund finden konnte. Offenbar rechnete er damit, daß Monk etwas sagen würde, worauf ihm keine entsprechende Antwort einfiel. Er war ein Untergebener, schwerfällig mit Worten, und das wußte er.

»Ja, vielen Dank.« Monk erinnerte sich nicht an den Namen des Mannes, sonst hätte er ihn gebraucht. Er spürte Selbstverachtung in sich hochsteigen; welcher Mensch stieß jemand vor den Kopf, der nicht in der Lage war zurückzuschlagen? Warum? Hatte sich der andere irgendwann einmal als unfähig oder hinterhältig erwiesen – erklärte das die Spannung?

»Sie wollen bestimmt zu Mr. Runcorn, Sir.« Der Sergeant schien keine Veränderung an Monk zu bemerken und war offenbar ganz versessen darauf, ihn so schnell wie möglich loszuwerden.

»Ja, bitte – sofern er da ist.«

Der Mann trat einen Schritt zur Seite und ließ Monk durch.

Auf der anderen Seite blieb Monk stehen; er kam sich absolut lächerlich vor. Er hatte nicht die leiseste Ahnung, welche Richtung er einschlagen sollte, und würde gewiß Argwohn erregen, wenn er sich für den falschen Weg entschied. Es durchfuhr ihn siedendheiß, daß man seinetwegen kaum bereit war, Konzessionen zu machen – hier mochte man ihn nicht.

»Sind Sie in Ordnung, Sir?« erkundigte sich der Sergeant besorgt.

»Jaja, mir geht's gut. Sitzt Mr. Runcorn« – er warf einen Blick in die Runde und tippte auf gut Glück – »immer noch da oben, am Ende der Treppe?«

»Genau, Sir, wie eh und je.«

»Danke.« Damit stapfte Monk hastig die Treppe hinauf; er fühlte sich wie ein Vollidiot.

Runcorns Büro war das erste im Gang. Monk klopfte an und trat ein. Der Raum war düster, mit Aktenschränken und Aktenkörben vollgestopft. Überall lagen Zeitungen herum, dennoch wirkte er trotz einer gewissen, für Behörden typischen Nüchternheit gemütlich. Die Gaslampen an den Wänden stießen ein leises, beruhigendes Zischen aus. Runcorn saß hinter einem gewaltigen Schreibtisch und kaute auf einem Füllfederhalter.

»Ah!« machte er zufrieden, als Monk hereinkam. »Wieder auf den Beinen, was? Wird auch Zeit. Es gibt nichts Besseres als Arbeit – ein Mann braucht das. Na, dann setzen Sie sich mal. Im Sitzen läßt sich's besser denken.«

Monk kam der Aufforderung nach, jeden Muskel zum Zerreißen gespannt. Er glaubte, sein Atem ginge so schwer, daß er selbst das Zischen der Gaslampen übertönen mußte.

»Schön, schön«, fuhr Runcorn fort. »Haufenweise unerledigte Fälle, wie immer. Ich wette, in manchen Vierteln dieser Stadt wird mehr geklaut als auf ehrliche Art und Weise erworben und verkauft.« Er schob einen Stapel Unterlagen zur Seite und stellte seinen Füllfederhalter in den Ständer zurück. »Die Londoner Hochstaplergilde hat immer mehr Zulauf. Denken Sie bloß an diese schrecklichen, gigantischen Reifröcke! Reifröcke sind nur erfunden worden, damit man die Leute besser bestehlen kann. Unmöglich, bei so vielen Unterröcken noch zu merken, wenn einer an einem herumgrapscht! Aber das soll nicht Ihr Problem sein, für Sie hab ich was besonders Hübsches zum Zähneausbeißen.« Er lächelte freudlos.

Monk wartete schweigend.

»Einen Mord von der übelsten Sorte.« Er lehnte sich zurück und schaute Monk direkt in die Augen. »Es ist uns bis jetzt nicht gelungen, auch nur das geringste herauszukriegen, obwohl wir wirklich alle Hebel in Bewegung gesetzt haben. Lamb war mit der Sache betraut, aber jetzt ist der arme Kerl krank und muß das Bett hüten. Ich werde Sie auf den Fall ansetzen. Machen Sie Ihre Sache gut, Monk, wir müssen langsam mit Resultaten aufwarten.«

»Wer wurde ermordet?« wollte Monk wissen. »Und wann?«

»Ein Bursche namens Joscelin Grey, Lord Shelburnes jüngerer Bruder. Sie sehen, es ist ziemlich wichtig, daß wir die Angelegenheit aufklären.« Sein Blick ruhte unverwandt auf Monks Gesicht. »Wann? Tja, das ist das Schlimme – schon vor einer ganzen Weile, und wir haben bisher nicht den geringsten Anhaltspunkt. Die Tat liegt fast sechs Wochen zurück, geschah etwa zur selben Zeit wie Ihr Unfall. Halt – wenn ich genau darüber nachdenke, fiel sie sogar damit zusammen. Eine fürchterliche Nacht war das, es donnerte und blitzte und schüttete wie aus Kübeln. Wahrscheinlich ist ihm irgendein Halunke nach Hause gefolgt, aber er hat seinen Job ziemlich lausig erledigt, hat den armen Kerl bis zur Unkenntlichkeit zusammengeschlagen. Für die Zeitungen war das natürlich ein gefundenes Fressen. Wo bleibt die Gerechtigkeit, wie weit ist es mit der Welt bloß gekommen, hat die Polizei die ganze Zeit nichts zu tun und so weiter, und so fort. Können Sie sich ja vorstellen. Sie bekommen natürlich sämtliche Informationen, die der arme Lamb bisher zusammengekratzt hat, außerdem einen guten Mann, der Ihnen helfen soll. Sein Name ist Evan, John Evan; hat schon mit Lamb zusammengearbeitet, bis der krank wurde. Versuchen Sie Ihr Glück. Liefern Sie den Leuten irgendwas!«

»Jawohl, Sir.« Monk erhob sich. »Wo finde ich Mr. Evan?«

»Der ist irgendwo unterwegs; die Spur ist inzwischen ziemlich kalt. Legen sie morgen früh los, frisch und ausgeruht. Heute ist es zu spät. Gehen Sie nach Hause und ruhen Sie sich aus, ist Ihre letzte Nacht in Freiheit, hm? Machen Sie das Beste draus; ab morgen müssen Sie schuften wie ein Schienenleger!«

»Verstanden, Sir.« Monk entschuldigte sich und ging. Draußen dämmerte es bereits, und der Wind wehte ihm den Geruch von kommendem Regen ins Gesicht, aber er wußte, wohin er gehen würde, und er wußte, was er morgen zu tun hatte. Er hatte eine Identität – und ein Ziel.

2

Monk traf zeitig in der Wache ein, um sich mit John Evan und den Fakten vertraut zu machen, die Lamb bisher über den Mord an Lord Shelburnes Bruder Joscelin Grey in Erfahrung gebracht hatte.

Er war nach wie vor von dunklen Ahnungen überfallen; bislang hatte er nichts als Banalitäten über sich selbst herausbekommen, Kleinigkeiten, wie man sie ohne große Menschenkenntnis bei jedermann entdeckt: spezifische Vorlieben und Abneigungen, gewisse Eitelkeiten – die hatte ihm seine Garderobe klar vor Augen geführt – und seine Umgangsformen, mit denen es offensichtlich nicht weit her war, dem Benehmen des Sergeants am Aufnahmeschalter nach zu schließen. Doch die Erinnerung an die Wärme und Geborgenheit von Northumberland reichte aus, ihm neuen Auftrieb zu geben. Und schließlich mußte er wieder arbeiten. Das Geld wurde allmählich knapp.

John Evan entpuppte sich als großgewachsener, junger Bursche. Er war sehr mager, wirkte fast schon schwächlich, aber Monk schloß aus der Art seiner Haltung, daß dieser Eindruck trog; durchaus vorstellbar, daß der Körper unter dem recht eleganten Jackett ziemlich drahtig war, zudem sah er in der relativ schicken Aufmachung vollkommen natürlich aus, nicht die Spur weibisch. Sein feingeschnittenes Gesicht schien nur aus Augen und Nase zu bestehen, das wellige, honigfarbene Haar war aus der Stirn gekämmt. Er machte einen ausgesprochen intelligenten Eindruck, was Monk einerseits als notwendige Voraussetzung erachtete, ihm andererseits aber auch etwas Angst einjagte. Er fühlte sich einem Kollegen mit klarem Verstand und rascher Auffassungsgabe noch nicht gewachsen.

Was das betraf, hatte er allerdings kaum ein Wörtchen mitzureden. Runcorn machte die beiden miteinander bekannt und knallte einen Wust Unterlagen auf den breiten, zerkratzten Holzschreibtisch in Monks Büro, einem angenehm großen Raum mit etlichen Aktenschränken und Bücherregalen sowie einem Schiebefenster, das auf eine schmale Gasse hinausging. Bei dem Teppich handelte es sich offenbar um das ausrangierte Stück aus irgendeinem Privathaushalt, doch das war immer noch besser als der blanke Holzfußboden, außerdem standen zwei recht ansehnliche Stühle mit Ledersitzen darauf. Runcorn ging hinaus und ließ sie allein.

Evan zögerte einen Moment, da er Monks Autorität nicht untergraben wollte, streckte dann aber, als dieser sich nicht vom Fleck rührte, einen langen Finger aus und tippte damit auf den Papierstapel.

»Das hier sind sämtliche Zeugenaussagen, Sir. Leider nicht besonders hilfreich, fürchte ich.«

Monk stellte die erstbeste Frage, die ihm einfiel.

»Waren Sie dabei, als Mr. Lamb die Zeugen verhörte?«

»Ja, nur beim Straßenfeger nicht. Ich war gerade dabei, den Kutscher ausfindig zu machen, als er bei ihm war.«

»Den Kutscher?« Für den Bruchteil einer Sekunde gab Monk sich der wilden Hoffnung hin, der Mörder wäre gesehen worden, hätte seine Identität preisgegeben, so daß man nur noch seinen Aufenthaltsort herauskriegen mußte, doch er begrub den Gedanken gleich wieder. Sie hätten kaum sechs Wochen gebraucht, wenn es so einfach wäre, zudem war ihm in Runcorns Gesicht ein provozierender Ausdruck aufgefallen, fast eine Art perverse Befriedigung.

»Der Kutscher, der Mr. Grey nach Hause gefahren hat, Sir«, machte Evan seine Hoffnungen mit bedauernder Miene endgültig zunichte.

»Ach so.« Monk wollte ihn fragen, ob der Mann irgend etwas Brauchbares zu sagen gehabt hatte, dachte dann aber bei sich, was für einen unfähigen Eindruck das machen mußte. Schließlich lagen sämtliche Unterlagen direkt vor ihm. Er nahm das oberste Blatt in die Hand und begann zu lesen, während Evan schweigend am Fenster stand und wartete.

In sauberer, klarer Schrift stand oben auf der Seite die Zeugenaussage von Mary Ann Brown, die in besagter Straße Bänder und

Spitzen verkauft hatte. Monk stellte sich vor, wie man ein wenig an der Grammatik des Originals herumgebastelt und ein paar Hauchlaute hinzugefügt hatte, doch am Grundtenor hatte sich dadurch nichts geändert.

»Ich stand an meinem üblichen Platz in der Doughty Street in der Nähe vom Mecklenburg Square – wie ich das immer tue, gleich an der Ecke, wo ich genau weiß, daß da in den Häusern jede Menge feine Damen wohnen, besonders so welche, die sich von ihren Mädchen die Sachen nähen lassen, Sie wissen schon.«

Frage von Mr. Lamb: »Sie sind also um sechs Uhr am fraglichen Abend dort gewesen?«

»Muß ich wohl, aber ich weiß nicht, wie spät es war, ich hab nämlich keine Uhr. Jedenfalls hab ich den Herrn ankommen sehen, der ermordet wurde. Schrecklich, wenn nicht mal mehr sicher ist, was Rang und Namen hat.«

»Sie sahen Major Grey ankommen?«

»Jawohl, Sir. Ein Gentleman, wie er im Buche steht, so richtig fröhlich und unbeschwert.«

»War er allein?«

»Ja, Sir, er war allein.«

»Ging er direkt ins Haus? Nachdem er den Kutscher bezahlt hat, selbstverständlich?«

»Ja, Sir, das tat er.«

»Wann haben Sie den Mecklenburg Square verlassen?«

»Weiß ich nicht genau. Aber die Glocke von St. Mark schlug die Viertelstunde, kurz bevor ich da war.«

»Wo, zu Hause?«

»Ja, Sir.«

»Und wie weit liegt Ihre Wohnung vom Mecklenburg Square entfernt?«

»Ungefähr anderthalb Kilometer, würd ich sagen.«

»Wo wohnen Sie?«

»In der Nähe von Pentonville Road, Sir.«

»Eine halbe Stunde Fußweg etwa?«

»Gütiger Gott, wo denken Sie hin, Sir! Nicht viel mehr als 'ne Viertelstunde. Es war viel zu naß draußen, um rumzutrödeln.

Außerdem werden Mädchen, die sich um diese Zeit am Abend auf der Straße rumtreiben, leicht mißverstanden – oder Schlimmeres.«

»Verstehe. Sie verließen den Mecklenburg Square also gegen sieben Uhr.«

»Ich glaub schon.«

»Haben Sie nach Mr. Grey noch jemanden Haus Nummer sechs betreten sehen?«

»Hab ich, Sir, noch einen Gentleman in einem schwarzen Mantel mit breitem Pelzkragen.«

Auf diese Behauptung folgte eine eingeklammerte Anmerkung, die besagte, man habe überprüft, daß es sich bei fraglicher Person um einen Bewohner des Hauses handelte, der von jeglichem Verdacht frei sei.

Unten auf der Seite stand in derselben Handschrift Mary Ann Browns Name, daneben prangte ein unförmiges Kreuz.

Monk legte das Blatt aus der Hand. Diese Aussage war lediglich von negativem Wert; durch sie wurde ziemlich unwahrscheinlich, daß Joscelin Grey von seinem Mörder nach Hause verfolgt worden war. Andererseits hatte sich die Tat im Juli ereignet, wenn es bis neun Uhr abends hell war. Jemand, der einen Mord oder auch nur einen Raubüberfall plant, würde kaum scharf darauf sein, in nächster Nähe seines Opfers gesehen zu werden.

Evan stand reglos am Fenster und beobachtete ihn, ohne sich um den Radau unten in der Gasse zu kümmern, wo ein Rollkutscher lautstark fluchte, während er versuchte, sein Pferd zum Rückwärtsgehen zu bewegen, ein fahrender Händler seine Waren anpries und ununterbrochen die Räder aller möglichen Gefährte über das Pflaster klapperten.

Monk nahm sich die nächste Aussage vor, die von einem gewissen Alfred Cressent stammte. Alfred war ein elfjähriger Junge, der die Kreuzung an der Ecke Mecklenburg Square und Doughty Street mit dem Besen von Pferdemist und anderem Unrat säuberte.

Sein Beitrag lautete im wesentlichen gleich, nur daß er die Doughty Street erst eine halbe Stunde nach dem Mädchen mit den Bändern verlassen hatte.

Der Kutscher behauptete, Grey kurz vor sechs vor einem Regimentsklub aufgelesen und direkt zum Mecklenburg Square gefahren zu haben. Sein Fahrgast war außer ein paar nichtssagenden Bemerkungen über das Wetter – das an jenem Tag ganz besonders scheußlich gewesen war – und einem »Schönen Abend noch« zum Abschied recht wortkarg gewesen. Sonst erinnerte sich der Mann an nichts, vor allem nicht an eventuelle Verfolger. Ihm waren weder auf dem Hin- noch auf dem Rückweg in der Nähe von Guilford Street oder des Mecklenburg Square irgendwelche verdächtigen Gestalten aufgefallen. Er hatte lediglich die allerorts vertretenen Hausierer, Straßenkehrer und Blumenverkäufer sowie eine Handvoll unauffällig aussehender Herren gesichtet, bei denen es sich genausogut um Büroangestellte handeln konnte, die nach einem langen Arbeitstag nach Hause kamen, wie um Taschendiebe, die nach potentiellen Opfern auf der Lauer lagen. Also war auch diese Aussage keine echte Hilfe.

Monk legte das Blatt auf die beiden anderen, hob den Kopf und mußte feststellen, daß Evan ihn nach wie vor anschaute. Sein Blick war scheu und enthielt einen Anflug kritischer Selbstbetrachtung. Er war Monk auf Anhieb sympathisch gewesen, doch vielleicht lag das nur an seiner Einsamkeit, an der traurigen Tatsache, daß er keine Freunde hatte, keine Beziehungen zu anderen Menschen, die über das höfliche Miteinander im Büro oder Mrs. Worleys unpersönliche Freundlichkeit bei der Ausübung ihrer »Christenpflicht« hinausgingen. Hatte er früher Freunde gehabt – oder auch nur den Wunsch danach verspürt? Wenn ja, wo steckten sie? Weshalb hatte ihn niemand zu seiner Rückkehr in die Welt der Lebenden beglückwünscht? Nicht einen einzigen Brief hatte er bekommen! Die Antwort war unangenehm und lag auf der Hand; er hatte es nicht verdient. Er war schlau und ehrgeizig, ein wahrhaft erstklassiger Spürhund – aber kein besonders ansprechender Charakter. Evan gegenüber durfte er sich diese Selbstzweifel allerdings nicht anmerken lassen. Er mußte professionell wirken – schließlich war er eine Respektsperson.

»Sind die alle in dem Stil?« fragte er.

»So ziemlich«, erwiderte Evan; nun, da er angesprochen wurde, richtete er seinen langen Körper ein wenig auf. »Niemand hat etwas gehört oder gesehen, anhand dessen wir die Tatzeit oder den Tathergang bestimmen könnten. Und wir haben nicht mal ein eindeutiges Motiv.«

Das überraschte Monk und lenkte seine Aufmerksamkeit wieder aufs Berufliche. Er mußte bei der Sache bleiben. Es würde schon ohne Tagträumereien schwer genug werden, den Eindruck eines kompotenten Polizeibeamten zu vermitteln.

»Kein Raubüberfall?«

Evan schüttelte den Kopf und zuckte kaum merklich mit den Achseln. Er strahlte mühelos genau die Eleganz aus, die Monk anstrebte und Runcorn so völlig fehlte.

»Es sei denn, der Dieb wurde durch irgend etwas verscheucht«, sagte er. »In Greys Brieftasche war Geld, darüber hinaus befanden sich in dem Zimmer einige wertvolle Gegenstände, die er leicht hätte transportieren können. Eine Sache ist möglicherweise von Bedeutung: Er trug keine Uhr. Männer wie er besitzen gewöhnlich recht teure Uhren, mit Gravur und so, und eine Uhrenkette hatte er bei sich.«

Monk ließ sich auf der Schreibtischkante nieder.

»Vielleicht hat er sie versetzt?« schlug er vor. »Hat schon mal jemand eine Uhr an ihm gesehen?« Eine durchaus intelligente Schlußfolgerung und obendrein ganz instinktiv gezogen. Auch Reiche hatten gelegentlich kein Geld flüssig, zu kostspielig gespeist oder sich eine Garderobe zugelegt, die ihre Mittel überstieg, so daß sie vorübergehend in finanzielle Verlegenheit gerieten. Was wußte er über derartige Dinge, daß er auf diese Idee gekommen war? War er auf dem Gebiet detektivischer Spitzfindigkeiten ein solches Naturtalent, daß er gut und gern ohne Erfahrung und Erinnerungen auskam?

Evan errötete leicht. Der Blick seiner rehbraunen Augen wurde etwas verlegen.

»Ich fürchte, das werden wir nie erfahren, Sir. Die Leute, die wir danach gefragt haben, wissen es offenbar nicht mehr genau. Manche erinnern sich dunkel an so etwas wie eine Uhr, andere nicht. Jedenfalls gab uns niemand eine exakte Beschreibung. Wir haben uns auch schon gefragt, ob er sie versetzt haben könnte, aber wir fanden keinen

Pfandschein bei ihm und haben uns alle hiesigen Leihhäuser vorgeknöpft.«

»Erfolglos?«

Evans nickte. »Auf der ganzen Linie, Sir.«

»Wir würden also gar nicht merken, wenn sie urplötzlich irgendwo auftaucht?« fragte Monk enttäuscht und machte eine Handbewegung in Richtung Tür. »Irgendein hundserbärmlicher Teufel könnte hier hereinspazieren und damit herumprotzen, und wir wären keinen Deut schlauer. Trotzdem – falls der Mörder sie einsteckte, bin ich ziemlich sicher, daß er sie in den Fluß geworfen hat, als das ganze Zeter und Mordio losging. Wenn nicht, ist er wirklich so dämlich, daß er nicht frei rumlaufen dürfte.« Er widmete sich wieder dem Papierstapel und blätterte ihn achtlos durch. »Mal sehen, was wir hier sonst noch haben.«

Die nächste Aussage stammte von einem Mann, der in der gegenüberliegenden Wohnung wohnte, einem gewissen Albert Scarsdale. Sie klang reichlich barsch und bissig. Mr. Scarsdale nahm es Grey offensichtlich übel, daß er sich als derart egoistisch und geschmacklos erwiesen hatte, sich ausgerechnet am Mecklenburg Square ermorden zu lassen. Er war wohl der Ansicht, je weniger er darüber zu sagen hatte, desto schneller würde die Angelegenheit in Vergessenheit geraten und desto eher könnte er sich von der schmutzigen Geschichte distanzieren.

Er glaubte, so räumte er ein, erst gegen acht und dann wieder um Viertel vor zehn jemand auf dem Flur zwischen seiner und Greys Wohnung gehört zu haben. Er könne unmöglich sagen, ob es sich dabei um ein und denselben oder zwei verschiedene Besucher gehandelt habe, er sei nicht einmal sicher, ob es nur ein streunendes Tier gewesen war, eine Katze vielleicht, oder der Portier auf seinem Rundgang – Scarsdales Wahl der Worte nach zu urteilen rangierten beide ohnehin auf derselben Stufe. Es könne auch ein Laufbursche gewesen sein, der sich verlaufen hatte, oder wer weiß was sonst noch. Er sei mit seinen eigenen Angelegenheiten beschäftigt gewesen und habe nichts Auffälliges gehört oder gesehen. Diese Erklärung war mit verschnörkelter, unausgeglichener Handschrift unterzeichnet und somit als wahr bescheinigt worden.

Monk sah zu Evan hinüber, der nach wie vor am Fenster stand. »Mr. Scarsdale klingt wie ein störrischer, alter Gaul«, bemerkte er trocken.

»Und wie, Sir«, pflichtete Evan ihm mit leuchtenden Augen, aber ohne jede Spur eines Lächelns bei. »Vermutlich liegt's an dem Skandal in seinem Haus; zieht natürlich die Aufmerksamkeit der verkehrten Leute auf sich und ist ausgesprochen schlecht für das gesellschaftliche Ansehen.«

»Er ist ohnehin alles andere als ein Gentleman«, lautete Monks unbarmherziges und promptes Urteil.

Evan gab vor, ihn nicht ganz zu verstehen, obschon das eine offenkundige Lüge war.

»Alles andere als ein Gentleman, Sir?« Er runzelte fragend die Stirn.

»Ganz recht. Jemand, der sich seines sozialen Status sicher ist, würde sich kaum durch einen Skandal aus der Ruhe bringen lassen, der ihn lediglich durch einen geographischen Zufall betrifft und nichts mit ihm persönlich zu tun hat. Es sei denn, er kannte Grey gut.«

»Tat er nicht, Sir«, erwiderte Evan, doch seine Augen verrieten, daß er absolut Monks Meinung war. Offensichtlich litt Scarsdale immer noch unter der Schande, die über Grey gekommen war, und Monk konnte sich das lebhaft vorstellen. »Er stritt jede persönliche Beziehung zwischen ihnen ab, und das ist entweder eine Lüge oder doch sehr seltsam. Wenn er wirklich der Gentleman wäre, für den er sich ausgibt, hätte er Grey bestimmt besser gekannt oder zumindest hin und wieder ein paar Worte mit ihm gewechselt. Immerhin waren sie direkte Nachbarn.«

Monk hatte nicht die geringste Lust, um Mißerfolge zu buhlen. »Selbst wenn er bloß versucht, seine gesellschaftliche Position zu wahren, sollte man dem nachgehen. Also weiter im Text«, sagte er und nahm sich wieder die Unterlagen vor, dann blickte er jäh auf. »Wer hat die Leiche überhaupt gefunden?«

»Die Putzfrau und der Portier, Sir. Ihre Aussagen decken sich, nur daß die des Portiers etwas ergiebiger ist, weil wir ihn selbstverständlich auch zu dem fraglichen Abend befragt haben.«

»Auch?« Monk fand sich kurzzeitig nicht zurecht.

Evan wurde vor lauter Ärger über seinen Mangel an klarer Ausdrucksweise rot.

»Die Leiche wurde erst am anderen Morgen entdeckt, als die Frau, die für Grey kochte und saubermachte, erschien und nicht in die Wohnung kam. Er hatte sich geweigert, ihr einen Schlüssel zu geben, offenbar traute er ihr nicht; er ließ sie immer persönlich rein, und wenn er nicht da war, ging sie einfach wieder und kam später zurück. Normalerweise hinterließ er in dem Fall eine Nachricht beim Portier.«

»Ich verstehe. Ging er oft weg? Ich nehme an, wir wissen wohin?« Monks Stimme klang plötzlich ungewollt herrisch und ungeduldig.

»Laut Portier verbrachte er die Wochenenden bisweilen woanders. Manchmal, während der Ferien, blieb er auch länger fort, ein oder zwei Wochen in irgendeinem Landhaus«, erwiderte Evan.

»Was geschah also, als Mrs. – wie heißt sie eigentlich – eintraf?«

Evan nahm beinahe Haltung an. »Huggins. Sie klopfte wie üblich an die Tür, und als sie nach dem drittenmal keine Antwort erhielt, ging sie nach unten zum Portier – Grimwade –, um nachzusehen, ob Grey eine Nachricht hinterlassen hatte. Grimwade sagte ihr, er hätte Grey am vergangenen Abend heimkommen und das Haus bisher nicht wieder verlassen sehen, und schickte sie wieder hinauf. Vielleicht wäre Grey ja im Bad oder ungewöhnlich fest eingeschlafen gewesen und würde inzwischen zweifellos oben am Treppengeländer stehen und ungeduldig auf sein Frühstück warten.«

»Was er natürlich nicht tat«, warf Monk überflüssigerweise ein.

»Nein. Ein paar Minuten später war Mrs. Huggins vollkommen aufgelöst und fürchterlich aufgeregt zurück – diese Frauen kommen ohne Dramatik einfach nicht aus – und verlangte, daß Grimwade endlich etwas unternehmen sollte. Mit unendlichem Genuß«, Evan grinste freudlos, »prophezeite sie, Grey würde dort oben bestimmt kaltblütig abgeschlachtet in seinem eigenen Blut liegen. Sie meinte, man müsse unbedingt etwas tun und die Polizei rufen. Das hat sie mir bestimmt ein halbes dutzendmal erzählt.« Er schnitt eine Grimasse. »Sie ist mittlerweile felsenfest davon überzeugt, daß sie das zweite Gesicht hat, und ich habe eine Viertelstunde lang auf sie eingeredet, damit sie die Putzerei nicht an den Nagel hängt, um den Leuten künftig die Zukunft vorauszusagen. Eins steht jedenfalls fest: Für das Lokalblatt – und zweifellos auch in der hiesigen Kneipe – ist sie längst eine Art Heldin!«

Jetzt mußte auch Monk lachen.

»Wieder eine vor einer steilen Karriere in einer Rummelplatzbude bewahrt und in den sicheren Dienst der Herrschaft zurückgeführt«, meinte er. »Heldin für einen Tag – und kostenlosen Gin für das nächste halbe Jahr, wann immer sie ihre Geschichte zum besten gibt. Ging Grimwalde mit ihr nach oben?«

»Ja, bewaffnet mit dem Generalschlüssel.«

»Und was genau fanden sie vor?« Das war wahrscheinlich das einzige, was sie wirklich in der Hand hatten: die präzisen Fakten über den Fund der Leiche.

Evan dachte dermaßen angestrengt nach, daß Monk nicht sicher war, ob er sich die Zeugenaussage oder sein eigenes Bild der Räumlichkeiten in Erinnerung zu rufen versuchte.

»Die kleine Diele war perfekt aufgeräumt«, begann er schließlich. »Da standen die üblichen Dinge, ein Garderobenständer samt Mänteln und Hüten, ein weiterer, recht hübscher Ständer für Stöcke und Schirme und dergleichen, ein Schuhschrank, ein kleines Tischchen für Visitenkarten, sonst nichts. Alles war an seinem Platz. Die einzige Tür führt direkt ins Wohnzimmer, von dem aus man dann Bad, Küche und Schlafzimmer erreicht.« Ein Schatten glitt über sein ungewöhnliches Gesicht. Er entspannte sich ein wenig und lehnte sich, ohne es zu merken, gegen den Fensterrahmen.

»Nach der Diele war das Wohnzimmer wie ein Schlag ins Gesicht. Die Vorhänge waren zugezogen, und das Gaslicht brannte noch, obwohl es draußen längst hellichter Tag war. Mitten im Raum lag Grey, halb auf dem Fußboden, halb auf einem riesigen Sessel, mit dem Kopf nach unten. Überall war Blut – er sah ziemlich schlimm aus.« Evans Blick flackerte nicht die Spur, aber Monk sah deutlich, daß er es nur mit Mühe verhindern konnte. »Ich habe schon einige Leichen gesehen – aber die hier war mit Abstand im grauenhaftesten Zustand. Man hatte mit einem recht dünnen Gegenstand auf den Mann eingedroschen, bis er tot war, und das muß ganz schön lange gedauert haben; jedenfalls kann es kein Totschläger gewesen sein. Es hat allem Anschein nach einen heftigen Kampf gegeben. Ein kleiner Tisch war umgekippt und hatte dabei eins seiner Beine eingebüßt, auf dem Boden lagen überall Ziergegenstände herum, und einer der schwarzen Polstersessel lag auf dem Rücken – der, über dem die eine Hälfte von Greys Leiche hing.« Evans runzelte die Stirn, während er sich das Bild in Erinnerung rief; er sah blaß aus. »In den übrigen Zimmern war nichts verändert«, fuhr er mit einer fahrigen Handbewegung fort. »Es dauerte eine ganze Weile, bis Mrs. Huggins wieder so weit bei Sinnen war, daß wir sie überreden konnten, einen Blick in Küche und Schlafzimmer zu werfen, aber schließlich tat sie es doch und erklärte anschließend, beide Räume sähen noch genauso aus, wie sie sie am vorigen Tag zurückgelassen hatte.«

Monk holte tief Luft und dachte nach. Er mußte jetzt unbedingt etwas Intelligentes sagen, nicht nur irgendeinen albernen Kommentar zum Offensichtlichen abgeben. Evan behielt ihn abwartend im Auge, und er fühlte sich gehemmt.

»Er hat also irgendwann im Lauf des Abends Besuch bekommen«, begann er zaghafter als geplant. »Von jemandem, der mit ihm stritt oder ihn einfach ohne Vorwarnung angriff. Es gab einen heftigen Kampf, und Grey zog den kürzeren.«

»Mehr oder weniger«, stimmte Evan ihm zu und stellte sich wieder gerade hin. »Jedenfalls haben wir keinen weiteren Anhaltspunkt, dem wir nachgehen könnten. Wir wissen nicht mal, ob es sich um einen Fremden handelte oder um jemand, den Grey kannte.«

»Kein Anzeichen für gewaltsames Eindringen?«

»Nichts, Sir. Es ist auch ziemlich unwahrscheinlich, daß ein Einbrecher sich gewaltsam Zutritt zu einem Haus verschafft, in dem noch alle Lichter brennen.«

»Richtig.« Monk verfluchte sich im stillen für seine idiotische Frage. War er immer so blöd? Evan wirkte nicht im mindesten verwundert. War das reine Höflichkeit – oder befürchtete er nur, einen Vorgesetzten zu verärgern, der für seine Nachsicht nicht gerade berühmt war? »So dumm wäre er nicht«, sagte er laut. »Ich nehme an, er kann auch nicht von Grey überrascht worden sein und erst später das Licht angemacht haben, um uns an der Nase herumzuführen.«

»Genauso unwahrscheinlich, Sir. Wenn er tatsächlich so kaltblütig gewesen wäre, hätte er doch sicher ein paar Wertsachen mitgehen lassen, nicht wahr? Wenigstens das Geld aus Greys Brieftasche, denn das hätte man nicht zurückverfolgen können.«

Dem war nichts weiter hinzuzufügen. Monk seufzte und verschwand hinter seinem Schreibtisch. Er machte sich nicht die Mühe, Evan ebenfalls einen Stuhl anzubieten, und las die Zeugenaussage des Portiers zu Ende.

Lamb hatte ihn unermüdlich über sämtliche Lebewesen ausgefragt, die am fraglichen Abend in dem Haus ein- und ausgegangen waren, ob es sich nun um Lieferanten, Botenjungen oder streunende Tiere handelte, und immer wieder wissen wollen, ob jemand unbemerkt in Greys Wohnung hätte gelangen können. Grimwade, der offenbar eine boshafte Unterstellung heraushörte, war pikiert. Selbstverständlich nicht! Botenjungen würden stets zur richtigen Adresse begleitet, nach Möglichkeit nehme er ihnen die Nachricht sogar höchstpersönlich ab und leite sie weiter. Und kein einziges streunendes Tier hätte das Gebäude je durch seine Anwesenheit besudelt – ekelhafter Abschaum, solch streunendes Viehzeug, zu nichts Besserem nutze, als überall Dreck zu hinterlassen. Wofür hielt ihn die Polizei eigentlich – wollte man ihn auf Teufel komm raus beleidigen?

Monk hätte zu gern gewußt, was Lamb darauf erwidert hatte. Ihm wäre bestimmt eine passende Antwort über den relativen Nutzen herumstreunenden Viehzeugs und herumstreunender Menschen eingefallen! Selbst jetzt noch schossen ihm automatisch ein paar scharfe Entgegnungen durch den Kopf.

Grimwade schwor Stein und Bein, es wären zwei Besucher gekommen – und nur zwei! Er war absolut sicher, daß sonst niemand an seinem Fensterchen vorbeigekommen war. Bei dem ersten, etwa gegen halb acht, habe es sich um eine Frau gehandelt, und er hätte nicht die Absicht zu verraten, zu wem sie wollte, denn Privatangelegenheiten müßten schließlich mit der nötigen Diskretion behandelt werden. Zu Mr. Grey wollte sie jedenfalls nicht, das wisse er ganz genau. Außerdem sei sie ein ziemlich zerbrechliches Geschöpf gewesen, das dem Toten bestimmt nicht diese furchtbaren Verletzungen hätte zufügen können. Der zweite Besucher war ein Mann, den Grimwade selbst zur entsprechenden Tür eskortiert und auch dahinter verschwinden gesehen hatte.

Wer immer Grey ermordet hatte, mußte allem Anschein nach entweder einen der anderen Besucher als Köder für ein Ablenkungsmanöver benutzt haben, oder er hatte sich bereits in irgendeiner geschickten Tarnung unbemerkt ins Haus geschlichen und längst dort aufgehalten. Das klang zuumindest logisch.

Monk legte das Blatt zur Seite. Sie mußten sich Grimwade noch einmal vornehmen, auch die entferntesten Möglichkeiten mit ihm durchsprechen. Eventuell stießen sie dabei auf etwas Neues.

Evan ließ sich auf das Fensterbrett sinken.

Mrs. Huggins Erklärung war genauso, wie Evan sie beschrieben hatte, wenn auch ein wenig wortreicher. Monk las sie nur, weil er Zeit zum Nachdenken schinden wollte.

Anschließend widmete er sich dem letzten Blatt, dem Bericht des Gerichtsmediziners. Er war von allen der unerfreulichste, wahrscheinlich aber der wichtigste. Die Handschrift war klein, unglaublich präzise und sehr rund. Monk stellte sich den Verfasser als schmächtigen Arzt mit runder Brille und peinlich sauberen Fingern vor. Erst viel später fragte er sich, ob er je eine solche Person gekannt hatte und ob es vielleicht die erste zarte Andeutung für seine wiederkehrende Erinnerung war.

Der Bericht klang extrem klinisch, er erörterte den Zustand der Leiche, als handle es sich bei Joscelin Grey um irgendeine fremdartige Spezies, nicht um ein Individuum, ein menschliches Wesen mit Leidenschaften und Sorgen, Hoffnungen und Träumen, das gewaltsam und unvermittelt aus dem Leben gerissen worden war und in den letzten Augenblicken seines Daseins – die hier dermaßen gefühllos auseinandergepflückt wurden – unvorstellbares Entsetzen und unvorstellbaren Schmerz empfunden haben mußte.

Die Leiche war um kurz nach halb zehn Uhr vormittags untersucht worden. Sie war laut Untersuchungsprotokoll die eines schlanken, aber gut genährten Mannes Anfang dreißig, der außer einer relativ frischen Wunde am rechten Oberschenkel, wegen der er möglicherweise etwas gehinkt hatte, allem Anschein nach unter keinerlei Gebrechen oder Krankheiten litt. Dem Arzt zufolge handelte es sich um eine fünf oder sechs Monate alte, recht oberflächliche Verletzung, wie er sie bei vielen Exsoldaten gesehen hatte. Der Mann war seines Erachtens zwischen acht und zwölf Stunden tot. Genaueres konnte er bedauerlicherweise nicht sagen.

Die Todesursache war selbst für einen Laien auf den ersten Blick erkennbar gewesen: eine Reihe heftiger und brutaler Hiebe auf Kopf und Schultern des Opfers, vermutlich mit einem schweren Stock oder einer massiven Stange.

Monk legte den Bericht auf den Schreibtisch zurück; die detailgetreue Darstellung der Todesumstände hatte ihn ernüchtert. Die emotionslose, kalte Sprache ließ ein so unangenehmes Faktum wie den Tod nur noch greifbarer werden. Monk sah deutlich den Leichnam vor seinem geistigen Auge, beschwor in seiner Phantasie den süßlichen Verwesungsgestank und das Summen der Fliegen herauf. Hatte er mit vielen Mordfällen zu tun gehabt? Er konnte schlecht danach fragen.

»Ekelhaft«, sagte er, ohne Evan anzusehen.

»Und wie«, pflichtete der ihm kopfschüttelnd bei. »Die Zeitungen machten damals ein Mordstheater, gingen auf uns los, weil wir der Öffentlichkeit keinen Mörder präsentieren konnten. Abgesehen davon, daß Greys Tod viele Leute nervös gemacht hatte, ist der Mecklenburg Square eine ziemlich gute Adresse, und wenn man dort schon nicht sicher war, wo dann? Außerdem war Joscelin Grey ein allseits beliebter, recht harmloser, junger Exoffizier aus bester Familie. Er diente an der Krim und wurde wegen einer Kriegsverletzung aus dem Heer entlassen. Seine Akte kann sich sehen lassen: Mitglied der Charge of the Light Brigade, schwerverwundet während der Belagerung von Sewastopol.« In Evans Gesicht zuckte es ein wenig, teils aus Verlegenheit, teils aus Mitgefühl. »Viele Leute haben den Eindruck, sein Vaterland hätte ihn im Stich gelassen. Erst läßt es quasi zu, daß ihm so etwas überhaupt passiert, und dann wird der Täter noch nicht mal gefaßt.« Er schaute Monk an und bat ihn mit seinem Blick für diese unfaire Einstellung um Verzeihung – und dafür, daß er sie verstand. »Ich weiß, das ist ungerecht, aber ein Anflug von Kreuzrittertum läßt nun mal die Zeitungskassen klingeln; Sie wissen doch – das Motiv heiligt die Mittel! Und die herumziehenden Revolverschnauzen haben natürlich jede Menge Liedchen darüber komponiert: von wegen heimgekehrter Volksheld und so weiter!«

Monks Mundwinkel bogen sich nach unten.

»War's schlimm?«

»Ziemlich«, gab Evan achselzuckend zu. »Und wir haben nicht die geringste Spur. Wir haben das bißchen Beweismaterial immer wieder durchgekaut, und es gibt nichts, aber auch gar nichts, wodurch man ihn mit einer anderen Person in Verbindung bringen könnte. Jeder x-beliebige Straßenstrolch kann ins Haus gelangt sein, wenn er schlau genug war, den Portier zu umgehen. Niemand sah oder hörte irgendwas Nützliches. Wir sind genau da, wo wir angefangen haben.« Er stand verdrossen auf und kam zum Tisch getrottet. »Ich denke, Sie sollten sich die Beweisstücke einmal ansehen, auch wenn es nicht viel zu sehen gibt. Und dann möchten Sie vermutlich einen Blick in die Wohnung werfen, um wenigstens einen Eindruck vom Tatort zu gewinnen.«

Monk stand ebenfalls auf.

»Ja, das möchte ich. Man weiß ja nie, vielleicht fällt uns doch noch etwas auf.« Obschon er es sich beim besten Willen nicht vorstellen konnte. Wenn Lamb und dieser scharfsinnige, gewiefte Polizeinovize schon keinen Erfolg gehabt hatten, was sollte er dann noch ausrichten? Er spürte, wie ihn die Angst zu versagen langsam von allen Seiten einkreiste, dunkel und bedrohlich. Hatte Runcorn ihm diesen Fall übergeben, weil er genau wußte, daß Monk scheitern würde? War es ein dezenter und ausgesprochen wirkungsvoller Weg, Monk loszuwerden, ohne herzlos zu erscheinen? Wie konnte er mit Sicherheit ausschließen, daß Runcorn kein alter Feind von ihm war? Hatte er seinem Vorgesetzten irgendwann einmal übel mitgespielt? Die Möglichkeit bestand durchaus. Was bisher an schemenhaften Umrissen seines Charakters aufgetaucht war, hatte nicht gerade durch spontan empfundenes Mitgefühl oder plötzliche

Freundlichkeit und Wärme geglänzt. Er lernte sich kennen, wie ein Fremder ihn kennenlernen würde, und was er bis jetzt an sich entdeckt hatte, erfüllte ihn keineswegs mit Stolz. Er konnte Evan wesentlich besser leiden als sich selbst.

Sein junger Kollege marschierte in flottem Tempo vor ihm her, seine langen Beine trugen ihn erstaunlich schnell davon. Jede Faser in Monk wollte ihm vertrauen, trotzdem war er durch seine Unwissenheit fast bis zur Bewegungslosigkeit gelähmt. Jedes sichere Fleckchen Erde unter seinen Füßen verwandelte sich durch sein Gewicht in Treibsand. Er wußte nichts. Sein Leben war eine einzige Mutmaßung, ein sich ständig wiederholendes Rätselraten.

Er handelte und reagierte automatisch und hatte außer seinem Instinkt und seinen eingefleischten Angewohnheiten nichts, worauf er sich verlassen konnte.

Die Beweisstücke waren verblüffend spärlich; man hatte sie wie abhanden gekommene, besitzerlose Gegenstände in einem Fundbüro nebeneinander aufgereiht. Es waren die traurigen und reichlich peinlich anrührenden Überbleibsel aus dem Leben eines andern, die plötzlich ihren Sinn und Zweck verloren hatten und Monk ein wenig an seine eigenen Habseligkeiten in der Grafton Street erinnerten: lauter Gegenstände, deren Geschichte und Bedeutung für immer ausgelöscht waren.

Er blieb neben Evan stehen und nahm einige Kleidungsstücke in die Hand. Die dunkle, aus exzellentem Tuch gearbeitete Hose war mit Blutflecken übersät. Die auf Hochglanz polierten Stiefel waren kaum abgelaufen, die Unterwäsche offensichtlich erst vor ganz kurzer Zeit gewechselt worden. Oberhemd und Seidentuch waren auf der Brust und im Nacken stark blutverschmiert. Auch das hochmodische Jackett war durch das Blut vollkommen ruiniert, außerdem an einem Ärmel eingerissen. Außer einer ungefähren Ahnung von Joscelin Greys Größe und Körperbau sowie einer gewissen Bewunderung für seinen Geldbeutel und Geschmack brachten ihm die Sachen nichts Neues. Da die Herkunft der Verletzungen bereits feststand, ließ sich auch aus den Blutflecken nichts ableiten.

Er legte die Kleidungsstücke zurück und wandte sich zu Evan um, der ihn beobachtete.

»Nicht sehr hilfreich, was, Sir?« Evan betrachtete die Sachen mit einer Mischung aus Bedauern und Unwillen. Etwas in seinem Gesicht schien echter Kummer zu sein; vielleicht war er für den Beruf eines Polizisten einfach zu sensibel.

»Nein, nicht besonders«, meinte Monk trocken. »War das alles?«

»Die Tatwaffe noch, Sir.« Evan streckte einen Arm aus und nahm einen schweren Ebenholzstock mit Silberknauf in die Hand. Er war mit getrocknetem Blut und Haaren überkrustet.

Monk zuckte zusammen. Sollte er jemals zuvor etwas derart Gräßliches gesehen haben, mußte sich seine Immunität dagegen zusammen mit seinem Erinnerungsvermögen auf und davon gemacht haben.

»Widerlich.« Evans Mundwinkel wanderten nach unten, während er die rehbraunen Augen weiterhin auf Monk gerichtet hielt.

Monk wurde sich des Blickes plötzlich voll bewußt und geriet beinah aus der Fassung. Diese Abneigung, dieses Mitleid – galt das alles ihm? Fragte Evan sich, wie ein ranghöherer Polizeibeamter nur so zimperlich sein konnte? Er kämpfte seinen Ekel mit einiger Anstrengung nieder und nahm den Stock in die Hand. Er war ungewöhnlich schwer.

»Kriegsverletzung«, bemerkte Evan, ohne den Blick von ihm zu wenden. »Laut Zeugenaussagen lief er tatsächlich damit rum, er benutzte ihn nicht nur zur Zierde.«

»Das rechte Bein.« Monk rief sich den Bericht des Gerichtsmediziners in Erinnerung. »Erklärt auch das Gewicht.« Er legte den Stock weg. »Sonst nichts?«

»Nur ein paar zerbrochene Gläser und eine ebenfalls zerbrochene Karaffe, Sir. Muß der Lage nach alles auf dem umgekippten Tischchen gestanden haben; eine Reihe Ziergegenstände lagen auch noch herum. In Mr. Lambs Ordner befand sich eine Skizze, wie es in dem Raum ausgesehen hat. Ich weiß zwar nicht, wie die uns weiterhelfen soll, aber Mr. Lamb hat stundenlang darüber gebrütet.«

Monk empfand erst einen Anflug von Mitgefühl für Lamb, dann für sich selbst. Einen Moment lang wünschte er, er könnte mit Evan die Rollen tauschen, sämtliche Entscheidungen und Beurteilungen jemand anders überlassen, die Verantwortung für jegliches Scheitern von sich schieben. Er haßte es zu versagen! Er merkte plötzlich, was für ein verzehrendes, brennendes Verlangen er hatte, diesen Fall aufzuklären, zu gewinnen, dieses süffisante Lächeln aus Runcorns Gesicht zu vertreiben.

»Ach so – das Geld, Sir.« Evan brachte eine Pappschachtel zum Vorschein und öffnete sie. In ihrem Innern befanden sich eine Brieftasche aus feinstem Schweinsleder und – fein säuberlich davon getrennt – mehrere Sovereigns nebst einer Reihe Geschäftskarten von einem Klub und einem exklusiven Restaurant. Etwa ein Dutzend Karten stammten vom Opfer selbst. Sie trugen die Aufschrift »Major the Honorable Joscelin Grey, Mecklenburg Square 6, London«.

»Ist das jetzt endgültig alles?« fragte Monk.

»Ja, Sir. Es sind insgesamt sieben Schilling und Sixpence. Falls es tatsächlich einen Dieb gab, ist es ziemlich seltsam, daß er sie nicht eingesteckt hat.«

»Vielleicht hatte er Angst – er kann selbst verletzt gewesen sein.« Etwas anderes fiel ihm nicht ein, statt dessen forderte er Evan mit einem Wink auf, die Pappschachtel wegzulegen. »Wir sollten uns besser auf den Weg machen und uns am Mecklenburg Square umsehen.«

»Jawohl, Sir.« Evan richtete sich gehorsam zu voller Größe auf. »Es ist ein Fußmarsch von etwa einer halben Stunde. Schaffen Sie das schon?«

»Was, die paar Kilometer? Ich hab mir den Arm gebrochen, Mann, nicht beide Beine!« Und mit diesen Worten riß Monk Hut und Mantel vom Haken.

Evan erwies sich als eine Spur zu optimistisch. Dank Gegenwind und der nötigen Umsicht, um nicht mit Hausierern, anderen Fußgängern sowie dem Verkehr und dem Pferdemist auf den Straßen zu kollidieren, brauchten sie gut vierzig Minuten, bis sie den Mecklenburg Square erreicht, die Vorgärten umrundet und Nummer sechs ausfindig gemacht hatten. An der Ecke zur Doughty Street fuhrwerkte ein Junge emsig mit dem Besen auf der Kreuzung herum, und Monk fragte sich unwillkürlich, ob es wohl derselbe war wie an jenem Abend im Juli. Er spürte kurzzeitig Mitleid für dieses Kind in sich hochsteigen, das bei jedem Wetter hier draußen war, oft bei Hagel oder Schnee, und sich vor die Rollwagen und Karren stürzen mußte, um Dung aufzuschaufeln. Was für eine jämmerliche Art und Weise, seinen Lebensunterhalt zu verdienen! Doch dann ärgerte er sich über sich selbst – das war dummer und sentimentaler Blödsinn. Er mußte auf dem Boden der Tatsachen bleiben! Er straffte sich und marschierte in die Eingangshalle. Vor der Tür zu einem winzigen Büro, einem engen Kabuff besser gesagt, stand der Portier.

»Kann ich Ihnen helfen, Sir?« Er trat ihnen mit liebenswürdiger Miene entgegen, machte jedoch gleichzeitig ein weiteres Vordringen unmöglich.

»Grimwade?« fragte Monk.

»Ja, Sir?« Der Mann war ganz offensichtlich verblüfft und auch verlegen. »Tut mir leid, Sir, aber ich wüßte nicht, daß ich Ihnen schon mal begegnet bin. Normalerweise habe ich ein gutes Gedächtnis für Gesichter –« Er ließ den Satz unvollendet und hoffte anscheinend, Monk würde ihm weiterhelfen. Dann schaute er zu Evan hinüber, woraufhin ein Funken von Wiedererkennen in seinem Gesicht aufblitzte.

»Polizei«, sagte Monk schlicht. »Wir möchten uns Major Greys Wohnung gern noch einmal ansehen. Haben Sie den Schlüssel?«

Die Erleichterung des Mannes war sehr gemischt.

»O ja, Sir, und wir haben niemand reingelassen. Das Schloß is immer noch so, wie Mr. Lamb es hinterlassen hat.«

»Gut. Vielen Dank.« Monk hatte damit gerechnet, daß der Portier einen Dienstausweis sehen wollte, doch der Mann schien voll und ganz damit zufrieden zu sein, daß er Evan kannte, und verschwand hinter seinem Kämmerchen, um den Schlüssel zu holen.

Einen Augenblick später war er zurück und führte sie mit dem gebührenden Ernst angesichts eines Todesfalles – obendrein eines gewaltsam herbeigeführten – die Treppe hinauf. Monk beschlich kurzzeitig die beklemmende Befürchtung, Joscelin Greys Leiche könnte noch dort oben liegen, unberührt und nur auf ihr Erscheinen wartend.

Aber das war albern, und er schüttelte den Gedanken entschlossen ab. Allmählich wuchs sich das Ganze zu einem immer wiederkehrenden Alptraum aus. Lächerlich – als könnten sich Ereignisse wiederholen!

»Wir sind da, Sir.« Evan stand mit dem Schlüssel des Portiers in der Hand vor einer Tür. »Es gibt natürlich auch eine Hintertür, die in die Küche führt und für Lieferanten und Dienstpersonal bestimmt ist, aber sie mündet ebenfalls in diesen Flur, nur etwa zehn Meter weiter vorn.«

Monk konzentrierte sich mühsam auf die aktuellen Geschehnisse. »Am Portier muß man aber trotzdem vorbei?«

»Sicher, Sir. Es hat nicht viel Sinn, einen Portier einzustellen, wenn man trotzdem unbemerkt ins Haus gelangen kann. Dann könnte einen ja jeder Bettler und Hausierer nach Herzenslust belästigen.« Er schnitt eine einzigartige Grimasse, während er versuchte, sich die Gepflogenheiten der Bessergestellten auszumalen. »Und die Gläubiger erst!«

»Ja, die ganz besonders«, bestätigte Monk mit sardonischem Grinsen.

Evan drehte sich um und schob den Schlüssel ins Schloß. Er zögerte, als würde ihn etwas zurückhalten, als wäre der Ort noch von der Erinnerung an die brutale Gewalt behaftet, deren Spuren er dort drinnen gesehen hatte. Oder projizierte Monk lediglich seine eigenen Phantastereien auf jemand anderen?

Die kleine Diele war genauso, wie Evan sie beschrieben hatte: aufgeräumt, sehr sauber und gepflegt, dem georgianischen Stil getreu ganz in Blau gehalten und mit weißlackierten Zierleisten versehen. Monk sah den Hutständer mit der Abstellmöglichkeit für Stöcke und Regenschirme, das Tischchen mit den Visitenkarten. Evan stakste steifbeinig voraus und öffnete die Tür zum Wohnzimmer.

Monk ging ihm nach. Er war nicht sicher, was er vorzufinden erwartete. Auch sein Körper befand sich in Alarmbereitschaft, als rechne er mit einem Angriff, mit irgend etwas Plötzlichem und Grauenhaftem, das jeglicher Vernunft zuwiderlief.

Der Raum war aufwendig tapeziert, was eine horrende Summe Geld verschlungen haben mußte, im trüben Tageslicht – ohne den warmen Schein der Gaslampen oder des Kaminfeuers – jedoch kaum zur Geltung kam. Die wedgwoodblauen Wände wirkten auf den ersten Blick makellos, die weißen Zierleisten schienen nicht den kleinsten Kratzer zu haben, doch über dem polierten Holz von Chiffoniere und Sekretär lag eine zarte Staubschicht, und die Farben des Teppichs wurden durch einen unsichtbaren Film gedämpft. Sein Blick glitt automatisch zum Fenster, von dort aus über die restlichen Möbel – ein Beistelltischchen mit gedrechselten Beinen, dessen Kanten wie umgestülpte Teigdecken aussahen, einen Blumenständer mit einer japanischen Schale darauf, einen Bücherschrank aus Mahagoni – und blieb schließlich an dem umgestürzten Sessel und dem direkt davor liegenden, ramponierten Wohnzimmertisch hängen. Seine bleiche Holzunterseite bildete einen beinah obszönen Kontrast zu der weichen Satinhaut des Sessels; er sah aus wie ein Tier, das alle viere in die Luft streckt.

Und dann sah Monk den Blutfleck auf dem Boden. Er war nicht besonders groß, aber sehr dunkel, fast schwarz. Grey mußte an dieser Stelle ziemlich viel Blut verloren haben. Er blickte zur Seite und stellte auf diese Weise fest, daß es sich bei dem, was er für ein Teppichmuster gehalten hatte, offensichtlich um weitere Blutspritzer handelte, nur waren sie heller. An der gegenüberliegenden Wand hing ein Bild schief. Er ging hinüber, um es sich genauer anzusehen, und entdeckte neben dem Bild eine Schramme an der Wand sowie einige leichte Kratzer auf dem Motiv selbst. Es handelte sich um ein miserables, in grellen Blautönen gehaltenes Aquarell der Bucht von Neapel; im Hintergrund ragte ein unförmiger Vesuv gen Himmel.

»Es muß ein beachtlicher Kampf stattgefunden haben«, sagte er ruhig.

»Allerdings, Sir«, erwiderte Evan, der unschlüssig mitten im Raum stand. »Arme, Schultern und Rumpf wiesen zahlreiche Blutergüsse auf, außerdem war ein Knöchel aufgeschürft. Ich würde sagen, er hat sich ordentlich gehalten.«

Monk schaute ihn stirnrunzelnd an.

»Ich kann mich nicht erinnern, etwas Derartiges im Bericht des Gerichtsmediziners gelesen zu haben.«

»Ich glaube, dort hieß es bloß ›Anzeichen für einen Kampf‹, Sir.

Aber das geht aus dem Zustand dieses Zimmers sowieso eindeutig hervor.« Evan ließ seinen Blick durch den Raum schweifen. »Auf dem Sessel ist auch Blut.« Er deutete auf das dick gepolsterte Monstrum, das auf dem Rücken lag. »Dort hat er gelegen – mit dem Kopf auf dem Fußboden. Wir sind hinter einem äußerst brutalen Kerl her, Sir«, verkündete er abschließend und schüttelte sich leicht.

»In der Tat.« Monk starrte finster umher und versuchte sich vorzustellen, was vor etwa sechs Wochen in diesem Raum vorgegangen sein mochte, welches Grauen, welche Furcht hier geherrscht haben mußten, wie Körper aneinanderprallten, zwei Schatten hin- und herglitten – Schatten deshalb, weil er sie nicht kannte –, wie Möbel umstürzten, Glas klirrend zu Bruch ging. Und plötzlich wurde die Vorstellung fast real, klarer und weitaus drastischer als alles, was sich seine Phantasie ausdenken konnte, glutrote Augenblicke der Raserei und des Entsetzens, der niedersausende Stock – und dann war es wieder vorbei, und er blieb zitternd und der Übelkeit nahe zurück. Was, in Gottes Namen, hatte sich in diesem Zimmer abgespielt, daß der Widerhall des Geschehenen immer noch überall lauerte wie ein gequälter Geist – oder wie eine reißende Bestie?

Er wandte sich ab und ging, tastete wie blind nach der Tür, ohne sich weiter um Evan zu kümmern. Er mußte hier raus, hinunter auf die vertraute und schmutzige Straße – dorthin, wo es Stimmen gab, wo der Alltag zwar anstrengend, aber greifbar war. Er wußte nicht einmal, ob Evan ihm folgte.

3

Kaum stand Monk draußen auf der Straße, ging es ihm besser, auch wenn es ihm nicht gelang, die beklemmende Vision ganz abzuschütteln, die ihn oben mit derartiger Heftigkeit überfallen hatte. Immerhin war sie einen Augenblick lang real genug gewesen, ihm den kalten Angstschweiß aus sämtlichen Poren zu treiben, und hatte ihm einen solch klaren Eindruck von der Brutalität der Tat vermittelt, daß ihm regelrecht schlecht geworden war und er vor Entsetzen gezittert hatte.

Er strich sich mit bebender Hand über die nasse Wange. Der Wind peitschte schwere, harte Regentropfen vor sich her.

Als Monk sich wieder zum Haus umwandte, sah er Evan hinter sich stehen. Falls dieser oben in der Wohnung das gleiche wahrgenommen haben sollte wie er, so war es ihm jedenfalls nicht anzumerken. Er schien verwirrt, ein wenig bedrückt, das war alles.

»Ein brutaler Kerl«, wiederholte Monk Evans Worte mit steifen Lippen.

»Ja, Sir«, bestätigte Evan feierlich und trat neben ihn. Er machte Anstalten, noch etwas zu sagen, überlegte es sich aber anders und fragte statt dessen: »Wo wollen Sie jetzt anfangen?«

Es dauerte eine Weile, bis Monk das Chaos in seinem Kopf so weit im Griff hatte, daß er in der Lage war zu antworten. Sie gingen die Doughty in Richtung Guilford Street hinunter.

»Bei den Zeugenaussagen. Ich werde sie noch einmal überprüfen«, meinte er schließlich und blieb jäh an der Bordsteinkante einer Straßenecke stehen, wo gerade ein Hansom vorbeiraste; unter den Rädern spritzte nach allen Seiten Regenwasser und Dreck weg. »Etwas Besseres fällt mir momentan nicht ein, also beginne ich erst einmal mit dem, das am wenigsten Erfolg verspricht. Da hätten wir den Straßenfeger.« Er deutete auf ein Kind, das wenige Meter vor ihnen emsig mit dem Aufkehren von Tierexkrementen beschäftigt war und währenddessen hastig nach einem Penny grapschte, den ihm jemand hingeworfen hatte. »Ist es derselbe?«

»Ich glaube wohl, Sir. Ich kann sein Gesicht von hier aus nicht erkennen.« Mit diesen Worten beschönigte Evan den Umstand, daß die Gesichtszüge des Jungen unter einer dicken Schicht Dreck verborgen lagen; außerdem steckte die obere Hälfte seines Kopfes unter einer riesigen Stoffmütze, die ihm offenbar als Regenschutz diente.

Monk und Evan betraten die Kreuzung und gingen auf ihn zu.

»Na?« erkundigte sich Monk, als sie den Jungen erreicht hatten.

Evan nickte.

Monk durchforstete seine Manteltaschen nach Kleingeld; er fühlte sich verpflichtet, dem Kind den Verdienstausfall zu ersetzen, der ihm in der verlorenen Zeit entstehen würde. Er brachte eine Twopencemünze zum Vorschein und hielt sie ihm hin.

»Ich bin von der Polizei, Alfred. Ich möchte gern mit dir über den Gentleman sprechen, der hier in Nummer sechs ermordet wurde.«

Der Junge griff nach dem Geldstück.

»Tja, ich hab dem andern Bullen schon alles gesagt, Mister. Sonst weiß ich nix.« Er zog die Nase hoch und schaute Monk hoffnungsvoll an. Zu einem Typen, der mit Twopencemünzen um sich warf, konnte man ruhig nett sein.

»Schon möglich«, räumte Monk ein, »ich würde mich aber trotzdem gern mit dir unterhalten.« Der Karren eines Straßenhändlers polterte in Richtung Grey's Inn Road an ihnen vorbei; er bespritzte sie mit Schlamm und warf fast direkt vor ihren Füßen einige Kohlblätter ab. »Warum gehen wir nicht auf den Bürgersteig?« erkundigte sich Monk, wobei er mühsam seinen Ärger unterdrückte. Seine guten Stiefel waren ruiniert, die Hosenbeine trieften vor Nässe.

Der Junge nickte und dirigierte sie dann, als er ihre Ungeschicklichkeit im Ausweichen bemerkte, mit der nur echten Profis eigenen Herablassung für Amateure zur Bordsteinkante zurück.

Dort angekommen, ließ er die Twopence irgendwo in den Falten seiner vier oder fünf Jacken verschwinden, meinte zuversichtlich:

»Na, dann schießen Se mal los!« und zog noch einmal geräuschvoll die Nase hoch. Aus Respekt vor dem gesellschaftlichen Rang seiner Begleiter sah er davon ab, sie sich mit dem Ärmel abzuwischen.

»Du hast Major Grey am Tag seines Todes heimkommen sehen?« begann Monk in angemessen feierlichem Ton.

»Jawoll, und ihm is niemand gefolgt. Mir is jedenfalls keiner aufgefallen.«

»War viel los auf der Straße?«

»Nee, gar nich! War 'n ganz fieser Abend für Juli, hat gegossen wie aus Eimern. Kaum 'ne Menschenseele zu sehen, und wenn, sind se alle gerannt, so schnell se die Füße tragen konnten.«

»Wie lang arbeitest du schon hier auf der Kreuzung?«

»'n paar Jahre.« Die dünnen blonden Augenbrauen wanderten verblüfft nach oben; mit dieser Frage hatte der Junge offensichtlich nicht gerechnet.

»Dann kennst du bestimmt die meisten Leute, die hier in der Gegend wohnen?«

»Klar, ich denk schon.« Plötzlich blitzte in seinen Augen Verstehen auf. »Sie meinen, ob ich jemand gesehen hab, der nich hierher gehört?«

Monk nickte beifällig angesichts soviel Klugheit. »Den Nagel auf den Kopf getroffen.«

»Dem haben se den Schädel eingeschlagen, nicht wahr?«

»Ja.« Monk zuckte innerlich zusammen; die Floskel paßte leider nur allzugut.

»Dann sind Se also nich hinter 'ner Frau her?«

»Nein«, bestätigte Monk und dachte im selben Moment, daß der Täter durchaus ein als Frau verkleideter Mann gewesen sein konnte – falls Greys Mörder kein Fremder gewesen war, sondern jemand, der ihn kannte, der Zeit genug gehabt hatte, im Lauf der Jahre den enormen Haß in sich aufzustauen, der in jedem Winkel dieses unheilvollen Zimmers zu lauern schien. »Es sei denn, sie war sehr groß«, fügte er hinzu, »und sehr stark.«

Der Junge unterdrückte ein anzügliches Grinsen. »Die, die ich gesehen hab, war von der kleinen Sorte. Die meisten Frauen gehn doch sowieso bloß in hochmodernen Klamotten raus, worin se so hübsch wie möglich aussehen oder doch wenigstens so, wie 'ne richtige Frau aussehen soll. Große, starke Flittchen laufen hier nicht rum und Frauen, die wie Putzlappen aussehen, schon gar nich!«

Er zog vielsagend die Nase hoch und die Mundwinkel zum Zeichen seiner Mißbilligung grimmig nach unten. »Nur erstklassige, wie se sich die feinen Herren hier leisten können.« Er machte eine ausladende Handbewegung über die stattlichen Häuserfronten.

»Ich verstehe.« Monk ließ sich seine Belustigung nicht anmerken. »Und du hast gesehen, wie eine solche Frau an jenem Abend in Nummer sechs verschwand?« Vermutlich hatte es nichts zu bedeuten, aber schließlich mußten sie bei diesem Stand der Ermittlungen jedem Hinweis nachgehen.

»Keine, die das nich regelmäßig getan hat, Mister.«

»Um wieviel Uhr?«

»Gerade, als ich nach Hause gehn wollte.«

»Um halb sieben?«

»Stimmt genau.«

»Und davor?«

»Sie meinen nur die, die in Nummer sechs reingegangen sind?«

»Ja.«

Der Junge schloß die Augen und dachte angestrengt nach; er gab sich alle Mühe, gefällig zu sein, denn vielleicht sprang ja noch ein Twopencestück heraus. »Ein so 'n Herr aus Nummer sechs kam zusammen mit 'nem andern nach Hause, 'n kleinerer Typ mit so 'nem Kragen, der wie 'n Pelz mit ganz viel Locken aussieht.«

»Astrachan?« schlug Monk vor.

»Keine Ahnung, wie so was heißt. Jedenfalls ging er so um sechs Uhr rein und kam nich wieder raus. Hilft Ihnen das, Mister?«

»Durchaus möglich. Ich muß mich wirklich sehr bei dir bedanken.« Monk klang vollkommen ernst; er gab dem Jungen zu Evans größter Überraschung noch einen Penny und schaute ihm nach, wie er sich fröhlich in den Verkehr auf der Durchgangsstraße stürzte und seine Pflichten wieder aufnahm.

Evans Gesicht war in nachdenkliche, grüblerische Falten gelegt, aber Monk traute sich nicht zu fragen, ob nun die Antworten des

Jungen dafür verantwortlich waren oder ein Rätselraten über die Vermögensverhältnisse seines Vorgesetzten.

»Das Mädchen mit den Bändern ist heute nicht da.« Evans Augen suchten den Bürgersteig längs der Guilford Street ab. »Wen wollen Sie sich als nächstes vornehmen?«

Monk überlegte einen Moment. »Was ist mit dem Kutscher? Ich nehme an, wir haben seine Adresse?«

»Schon, Sir, aber ich bezweifle, daß er jetzt zu Hause ist.«

Monk drehte sich um; Nieselregen und schneidender Ostwind schlugen ihm ins Gesicht. »Wenn er nicht zufällig krank ist, ja«, stimmte er Evan zu. »Ein glänzender Tag fürs Geschäft. Bei diesem Wetter geht niemand freiwillig zu Fuß.« Das gefiel ihm – es klang intelligent und war doch nur gesunder Menschenverstand. »Wir werden ihm eine Ladung aufs Revier schicken, auch wenn ich mir nicht vorstellen kann, daß er seiner Aussage noch irgend etwas hinzufügen könnte.« Er grinste sarkastisch. »Es sei denn natürlich, er hat Grey selbst ins Jenseits befördert.«

Evan starrte ihn mit großen Augen an; er war sich offenbar nicht sicher, ob Monk nur Spaß machte. Der stellte plötzlich fest, daß er es selbst nicht genau wußte. Es gab keinen Grund, dem Kutscher zu glauben. Vielleicht hatte es ein hitziges Wortgefecht zwischen den beiden gegeben, irgendeinen dummen Streit – beispielsweise wegen des Fahrpreises. Vielleicht hatte der Mann Grey nach oben begleitet, weil er einen Koffer oder ein Paket für ihn tragen mußte, die Wohnung gesehen – den Platz, die anheimelnde Wärme, den ganzen wertvollen Klunker – und war daraufhin in einem Anfall von Neid handgreiflich geworden. Er könnte betrunken gewesen sein; er wäre nicht der erste Kutscher, der sich etwas zu reichlich gegen Regen, Kälte und langweilige, einsame Stunden gewappnet hätte. Schließlich gingen die meisten seiner Kollegen an Bronchitis oder übermäßigem Alkoholkonsum zugrunde.

Evan sah ihn immer noch unsicher an.

Monk beschloß, die letzten Gedanken auszusprechen.

»Wir müssen uns beim Portier noch einmal vergewissern, ob Grey das Haus tatsächlich allein betreten hat. Er könnte einen bepackten Kutscher zum Beispiel genauso leicht übersehen haben, wie man einen Postboten übersieht; solche Leute sind zu einer derart festen Einrichtung geworden, daß die Augen sie zwar sehen, das Gehirn aber nicht registriert.«

»Möglich wär's.« Evan klang allmählich überzeugter. »Vielleicht hat er sich auch im Auftrag eines andern die Adressen von allen wohlhabenden Fahrgästen notiert, bei denen eventuell was zu holen wäre. Als kleinen Nebenverdienst sozusagen.«

»Ja, vielleicht.« Monk hatte das Gefühl, auf dem Bürgersteig langsam zu Eis zu erstarren. »Er würde das Haus zwar nicht so gut kennen wie der Junge, der den Müll abholt, wüßte aber eher, wann das Opfer nicht zu Hause ist. Nur daß es in Greys Fall gründlich danebenging – falls es sich tatsächlich so abgespielt hat.« Er schauderte. »Wahrscheinlich wäre es besser, dem Mann einen Besuch abzustatten, als ihn aufs Revier zu zitieren; er könnte nervös werden. Wissen Sie eigentlich, wie spät es schon ist? Kommen Sie, gehen wir in eine Schenke, essen eine Kleinigkeit und hören uns den neuesten Klatsch an. Anschließend gehen Sie zum Revier zurück und stellen fest, ob irgend etwas über diesen Kutscher vorliegt. Ich werde mir noch mal den Portier und ein paar Nachbarn vornehmen.«

Die Schenke entpuppte sich als angenehmer, lärmender Ort. Man brachte ihnen Bier und Sandwich mit ausgesuchter Höflichkeit, behielt sie jedoch vorsichtshalber im Auge; zum einen waren sie fremd, zum andern sahen sie verdächtig nach Polizei aus. Das einzig Neue, was sie zu hören bekamen, waren ein paar deftige Zoten. Joscelin Grey schien das Lokal nicht mit seiner Anwesenheit beehrt zu haben, weshalb ihm auch kein spezielles Mitgefühl zuteil wurde, sondern lediglich jenes allgemeine Interesse, das ein makabres Ereignis wie Mord auf sich zieht.

Evan begab sich nach dem kurzen Imbiß schnurstracks zur Polizeiwache, während Monk zum Mecklenburg Square und zu Grimwade zurückkehrte. Er begann noch einmal von vorn.

»Jawohl, Sir«, sagte Grimwade geduldig. »Major Grey kam um Viertel nach sechs nach Hause, vielleicht auch etwas früher, und er sah genauso aus wie immer.«

»Kam er mit einer Kutsche?« Monk wollte ganz sichergehen, daß er dem Mann die gewünschte Antwort nicht suggerierte.

»Ja, Sir.«

»Woher wissen Sie das? Haben Sie die Kutsche gesehen?«

»Ja, Sir, das hab ich.« Grimwade konnte sich nicht recht entscheiden, ob er nun nervös oder gekränkt sein sollte. »Sie hielt genau hier vor der Tür; das war kein Abend, an dem man zu Fuß gegangen wär, wenn man nich unbedingt mußte.«

»Haben Sie auch den Kutscher gesehen?«

»Also, ich versteh wirklich nich, was das soll!« Das klang allerdings beleidigt.

»Haben Sie ihn gesehen?« beharrte Monk.

Grimwade verzog das Gesicht. »Kann mich jedenfalls nich dran erinnern.«

»Ist er vielleicht abgestiegen, um Major Grey beim Tragen eines Koffers oder eines Pakets zu helfen?«

»Nich daß ich wüßte – nein, isser nich.«

»Sind Sie sicher?«

»Ja, völlig sicher. Er hat keinen Fuß durch diese Tür gesetzt!«

Damit war zumindest diese Theorie beim Teufel. Eigentlich war er zu alt, um deswegen enttäuscht zu sein, doch schließlich hatte er keinerlei Erfahrung, auf die er sich berufen konnte. Das meiste schien ihm ohnehin wie von selbst zuzufliegen, auch wenn der Großteil davon wahrscheinlich bloß gesunder Menschenverstand war.

»Er ging allein nach oben?« versuchte er es ein letztes Mal, um auch den allerletzten Zweifel zu beseitigen.

»Jawohl, Sir. Mutterseelenallein.«

»Hat er etwas zu Ihnen gesagt?«

»Weiß nich mehr. Wenn's der Rede wert gewesen wär, würd ich mich wohl dran erinnern. Jedenfalls hat er ganz bestimmt nich gesagt, daß er Angst hat oder irgendwen erwartet.«

»Aber es waren am fraglichen Nachmittag und Abend doch ein paar Besucher hier?«

»Keine, die irgendwen ermorden wollten.«

»So, meinen Sie.« Monk zog die Augenbrauen hoch. »Sie wollen doch nicht etwa andeuten, Major Grey hätte eine Art bizarren Unfall gehabt? Oder daß es noch eine andere Alternative gibt – daß der Mörder sich nämlich bereits im Haus befand?«

Grimwades Gesichtsausdruck durchlief einen fliegenden Wechsel von Resignation über extremes Pikiertsein zu blankem Entsetzen. Er starrte Monk vollkommen verdattert an.

»Oder haben Sie vielleicht eine bessere Idee? Ich hab jedenfalls keine.« Monk seufzte. »Denken wir noch mal in Ruhe darüber nach. Sie sagten, nach Major Greys Ankunft wären noch zwei Personen gekommen: gegen sieben Uhr eine Frau und später dann, etwa um Viertel vor zehn, ein Mann. Also, Mr. Grimwade, zu wem wollte diese Frau, und wie sah sie aus? Und bitte – keine kosmetischen Alterationen um der lieben Diskretion willen!«

»Keine was?«

»Die Wahrheit, Mann!« schnappte Monk. »Es könnte verdammt unangenehm für Ihre Mieter werden, wenn wir der Sache auf eigene Faust auf den Grund gehen müßten.«

Grimwade funkelte ihn wütend an, hatte die Bedeutung dieser Worte jedoch absolut erfaßt.

»Eins der hiesigen Freudenmädchen, Sir. Molly Ruggles«, stieß er zwischen den Zähnen hervor. »'n hübsches Ding, rothaarig. Ich weiß auch, wo sie wohnt, und Sie verstehn doch bestimmt, daß ich mich sehr freun würd und mich Ihnen auch erkenntlich zeig, wenn Sie so diskret sind und nich verraten, von wem Sie wissen, daß die hier war, oder?« Er sah komisch aus, wie er versuchte, seine Abneigung aus dem Gesicht zu verbannen und gewinnend zu lächeln.

Monk unterdrückte ein hämisches Grinsen – er würde den Mann damit nur vor den Kopf stoßen.

»Einverstanden«, sagte er statt dessen; er tat es auch in seinem eigenen Interesse. Richtig behandelt, konnten Prostituierte nützliche Informanten sein. »Mit wem hatte sie ein Rendezvous?«

»Mit Mr. Taylor aus Nummer fünf, Sir. Sie besucht ihn ziemlich regelmäßig.«

»Und es war ganz sicher sie?«

»Bestimmt, Sir.«

»Haben Sie sie zu Mr. Taylors Wohnung begleitet?«

»O nein, Sir. Sie müßte den Weg inzwischen eigentlich kennen, und Mr. Taylor – na ja ...« Er zog die Schultern hoch. »Das wär wohl wirklich ziemlich taktlos, finden Sie nich, Sir? Nich, daß ich etwa glaub, Takt wär bei Leuten mit Ihrem Beruf besonders gefragt!« fügte er vielsagend hinzu.

»Nein, nicht besonders.« Monk lächelte leicht. »Sie haben Ihren Platz also nicht verlassen, als sie kam?«

»Nein.«

»War sonst noch eine Frau hier, Mr. Grimwade?« Er sah dem Portier direkt in die Augen.

Grimwade wich seinem Blick aus.

»Muß ich erst meine eigenen Nachforschungen anstellen?« versetzte Monk drohend. »Im ganzen Haus Polizisten verteilen, damit sie den Leuten nachspionieren?«

Grimwade war entsetzt; sein Kopf fuhr ruckartig hoch.

»Das dürfen Sie nich tun, Sir! Hier wohnen schließlich lauter feine Herren! Die würden sofort ausziehen – so was lassen die sich doch niemals gefallen!«

»Dann zwingen Sie mich nicht dazu.«

»Sie sind ein harter Mann, Mr. Monk.« Hinter Grimwades jammerndem Tonfall verbarg sich widerwilliger Respekt. Ein schwacher Trost.

»Ich will den Kerl finden, der Major Grey auf dem Gewissen hat«, erwiderte Monk. »Irgend jemand ging in dieses Haus, lief die Treppe hinauf, verschaffte sich Zutritt zu seiner Wohnung und schlug mit einem Stock auf ihn ein, immer wieder, bis er tot war – und selbst dann ließ er nicht von ihm ab.« Er sah Grimwade zusammenzucken und spürte den bereits vertrauten Ekel auch in sich selbst hochsteigen. Er dachte an das grenzenlose Entsetzen, daß ihn in diesem Raum überfallen hatte. Konnten Mauern Geschehenes speichern? Konnten Gewalt und Haß auch nach der Tat noch die Atmosphäre vergiften und den Sensiblen, den Phantasievollen mit einem Hauch des stattgefundenen Grauens streifen?

Nein, lächerlich. Es war nicht der Phantasievolle, sondern der von Alpträumen Geplagte, der solche Dinge spürte. Er ließ zu, daß seine eigene Furcht und die Grabesstille, die seine Vergangenheit umhüllte, sich mit der Gegenwart vermischten und seine Urteilskraft trübten. Nur etwas mehr Zeit, einige Fragmente mehr, die ihm dabei halfen, seine neue Identität weiter auszubauen, dann konnte er fundierte Erinnerungen in die Realität miteinbeziehen. Seine Zurechnungsfähigkeit würde zurückkehren; er würde endlich wieder eine Vergangenheit haben, in der er selbst und andere Menschen einen festen Platz hatten.

Oder war es möglich, daß ihn seine Erinnerungen bereits überfallen hatten – in wirrer, traumartig verzerrter Form? War es ein Echo der Schmerzen und der Furcht, die er empfunden haben mußte, als sich die Kutsche überschlug und ihn unter sich begrub, ein Widerhall der Entsetzensschreie, als das Pferd stürzte, der Kutscher kopfüber auf das Kopfsteinpflaster geschmettert wurde und mit gespaltenem Schädel liegenblieb? Ohne Zweifel hatte er Todesangst durchlebt und in den wenigen Sekunden, bis er in gnädige Bewußtlosigkeit gefallen war, einen heftigen, ja mörderischen Schmerz gespürt. War dieses Erlebnis der Grund für das Grauen, das ihn in Greys Wohnung überfallen hatte? Hatte es gar nichts mit Grey zu tun gehabt, sondern war lediglich eine aufblitzende Erinnerung an jene fürchterliche Erfahrung gewesen, lang bevor er sein ungetrübtes Wahrnehmungsvermögen wiedererlangt hatte?

Er mußte um jeden Preis mehr über sich selbst in Erfahrung bringen, mußte herausfinden, was er in jener Nacht getan hatte, woher er gekommen war, wohin er gegangen war. Was war ihm im Leben wichtig gewesen, wen hatte er gemocht, wen nicht? Jeder Mensch hatte Beziehungen zu anderen, jeder hatte Gefühle und Begierden; jeder löste bei seinen Mitmenschen irgendwelche Regungen aus. Bestimmt gab es irgendwo Leute, die etwas für ihn empfanden, und zwar mehr als rein berufliche Rivalität – oder nicht? So farblos und unbedeutend konnte er nicht gewesen sein, daß er keinerlei Spuren im Herzen eines anderen hinterlassen hatte.

Sobald sein Dienst beendet war, mußte er Grey vergessen und damit aufhören, dessen Leben Stück für Stück zu rekonstruieren. Er brauchte Zeit, um sich mit den wenigen Puzzleteilen seines eigenen beschäftigen und sie mit intuitivem Gespür zusammensetzen zu können – sofern er so etwas besaß.

Grimwade harrte immer noch der Dinge, die da kommen würden, und sah ihn neugierig an. Es war ihm nicht entgangen, daß Monks Gedanken abgeschweift waren.

Monk erwiderte den Blick.

»Na, Mr. Grimwade?« Seine Stimme klang überraschend sanft. »Was für eine andere Frau?«

Grimwade interpretierte den gedämpften Tonfall als Drohung.

»Eine, die zu Mr. Scarsdale wollte, Sir; auch wenn der mir 'ne hübsche Stange Geld dafür gegeben hat, daß ich's nich verrat.«

»Um wieviel Uhr war das?«

»So um acht.«

Scarsdale hatte laut eigener Aussage gegen acht Uhr etwas auf dem Flur gehört. Spielte er damit auf seinen eigenen Besuch an, um kein Risiko einzugehen, falls jemand anders die Dame ebenfalls bemerkt hatte?

»Gingen Sie mit ihr nach oben?« Er sah Grimwade scharf an.

»Nein, Sir, sie meinte, sie wär schon mal dagewesen und würd den Weg kennen. Außerdem wußte ich, daß sie erwartet wird.«

Grimwade verzog den Mund zu einem anzüglichen Grinsen und setzte eine wissende Miene auf, ganz von Mann zu Mann.

Monk grinste zurück. »Und um Viertel vor zehn? Da wollte ein Mann zu Mr. Yeats, sagten Sie. War der auch nicht zum erstenmal hier?«

»Doch, Sir. Ich ging mit nach oben, weil er Mr. Yeats nich gut kannte und nich wußte, wo er hin mußte. Das hab ich Mr. Lamb aber gesagt.«

»Ich weiß.« Monk verzichtete darauf, ihn ins Gebet zu nehmen, weil er Scarsdales Gast geflissentlich zu erwähnen vergessen hatte. Es würde seiner Sache nur schaden, wenn er den Mann noch mehr gegen sich aufbrachte. »Sie haben ihn also zu Mr. Yeats' Wohnung begleitet?«

»Jawohl, Sir.« Grimwade war wieder die Bestimmtheit in Person. »Und ich hab auch gesehen, wie Mr. Yeats ihm die Tür aufmachte.«

»Wie sah er aus, dieser Mann?«

Grimwade verdrehte die Augen. »Puh, ein Riese von einem Kerl war das, kräftig und – Mann!« Seine Kinnlade klappte hinunter. »Sie denken doch wohl nich, er hat's getan?« Mit weit aufgerissenen Augen ließ er langsam den Atem entweichen. »Großer Gott – er muß es gewesen sein, wenn ich jetzt so drüber nachdenk!«

»Vielleicht, ja«, stimmte Monk ihm vorsichtig zu. »Es wäre jedenfalls möglich. Würden Sie ihn wiedererkennen?«

Grimwades Gesicht fiel zusammen. »Tja, jetzt haben Sie mich erwischt, Sir. Hab ihn nämlich nich von nahem gesehen, als er hier unten war, und auf der Treppe war's viel zu dunkel, da mußte ich auf meine Füße aufpassen. Er hatte so 'nen dicken Mantel an, schließlich war's ganz eklig draußen und hat in Strömen gegossen. Sie wissen schon, so 'n Wetter, wo man den Mantelkragen so weit wie möglich hoch und den Hut so weit wie möglich runterzieht. Ich glaub, er hatte dunkle Haare, und mit seinem Bart kann's nich allzuweit hergewesen sein, sonst wär er mir aufgefallen; mehr kann ich nich sagen.«

»Er war also höchstwahrscheinlich dunkelhaarig und glattrasiert.« Monk gab sich alle Mühe, seine Enttäuschung zu verbergen. Er mußte verhindern, daß sich der Mann aus lauter Angst, ihn zu verärgern, etwas Gefälliges ausdachte, auch wenn es nicht ganz der Wahrheit entsprach.

»Er war wirklich kräftig gebaut, Sir«, gab Grimwade hoffnungsvoll zu bedenken, »und ziemlich groß, mindestens einsachtzig. Damit fallen doch 'ne Menge Leute aus, oder?«

»Ja, ja, das tun sie«, versicherte Monk. »Wann ist er wieder gegangen?«

»Hab aus den Augenwinkeln gesehen, Sir, wie er an meinem Fenster vorbeigekommen ist. Das muß so halb elf oder vielleicht 'n bißchen früher gewesen sein.«

»Sie haben ihn nur aus den Augenwinkeln gesehen? Sind Sie sicher, daß er es war?«

»Er muß es gewesen sein! Er hat das Haus weder davor noch danach verlassen, außerdem sah er genauso aus: selber Hut, selber Mantel, selbe Größe. Hier wohnt sonst keiner, der so aussieht.«

»Haben Sie mit ihm gesprochen?«

»Nein, er schien's eilig zu haben. Wahrscheinlich wollte er schnellstens nach Hause. Wie gesagt, draußen war's an dem Abend ganz eklig, da hätte man nicht mal 'n Hund vor die Tür gejagt.«

»Ja, das sagten Sie schon. Schön, Mr. Grimwade, erst mal vielen Dank. Falls Ihnen noch etwas einfallen sollte, sagen Sie's mir, oder hinterlassen Sie auf dem Polizeirevier eine Nachricht für mich. Auf Wiedersehen.«

»Auf Wiedersehen, Sir«, erwiderte Grimwade aus tiefstem Herzen erleichtert.

Monk beschloß, auf Scarsdale zu warten, ihn zunächst mit seiner Lüge bezüglich der Frau zu konfrontieren und dann nach Möglichkeit etwas mehr über Joscelin Grey aus ihm herauszubekommen. Er stellte einigermaßen erstaunt fest, daß er außer der Art und Weise, wie Grey ums Leben gekommen war, rein gar nichts über den Mann wußte. Greys Leben war ein genauso unbeschriebenes Blatt für ihn wie sein eigenes. Er war ebenfalls nicht mehr als eine schemenhafte Gestalt, deren einzige Charakterisierung in ein paar wenigen physischen Fakten bestand. Und bei einem Menschen hatte Grey mit Sicherheit Antipathie geweckt, und zwar bei demjenigen, der ihn erst totgeschlagen und danach wieder und wieder auf ihn eingedroschen hatte, selbst als es längst nicht mehr nötig war. Hatte Grey etwas an sich gehabt – bewußt oder unbewußt –, das derartigen Haß erzeugen konnte, oder war er nur der Katalysator für etwas gewesen, mit dem er nichts zu tun gehabt hatte, und dem zum Opfer gefallen?

Monk schlenderte über den Platz und machte eine Sitzgelegenheit ausfindig, von der aus er den Eingang von Nummer sechs bequem im Auge behalten konnte.

Es dauerte über eine Stunde, bis Scarsdale endlich in Sichtweite kam. Die Abenddämmerung hatte bereits eingesetzt, und die Luft war stark abgekühlt, aber Monk hatte sich zum Warten gezwungen, weil ein Gespräch mit dem Mann sehr wichtig für ihn sein konnte.

Scarsdale war zu Fuß, und Monk nahm die Verfolgung auf – bis in die Eingangshalle, wo er sich von Grimwade bestätigen ließ, daß es sich tatsächlich um Scarsdale handelte.

»Ja, Sir, er ist es«, bescheinigte er widerstrebend, doch Monk interessierte sich momentan wenig für das weitere Schicksal des Portiers.

»Soll ich Sie hinbringen?«

»Nicht nötig, danke. Ich finde den Weg schon.« Mit diesen Worten war er auch schon bei der Treppe, nahm jeweils zwei Stufen auf einmal und traf genau in dem Augenblick auf dem entsprechenden

Treppenabsatz ein, als die Tür ins Schloß fiel. Er marschierte mit großen Schritten auf sie zu und klopfte forsch an. Nach kurzem Zögern wurde die Tür geöffnet. Während Monk seinen Dienstausweis vorzeigte, erklärte er in knappen Worten sein Anliegen.

Scarsdale war keineswegs erfreut, ihn zu sehen. Er entpuppte sich als kleiner, drahtiger Mann, dessen angenehmstes körperliches Merkmal in einem blonden Schnurrbart bestand, mit dem sich weder die leichte Stirnglatze noch seine mittelmäßigen Gesichtszüge messen konnten. Er war ausgesprochen schick, fast übertrieben pingelig gekleidet.

»Tut mir leid, ich habe heute abend keine Zeit«, versetzte er schroff. »Ich muß mich jetzt umziehen, ich bin auswärts zum Dinner verabredet. Kommen Sie morgen oder übermorgen wieder.«

Monk war der größere von beiden und keineswegs in der Stimmung, sich einfach so hinauswerfen zu lassen.

»Morgen stehen andere Leute auf meiner Liste«, gab er zurück, während er sich Scarsdale halb in den Weg stellte. »Ich brauche sofort ein paar Informationen von Ihnen!«

»Nun, ich wüßte nicht, welche –«, begann Scarsdale und wich zurück, als wolle er die Tür schließen.

Monk machte einen Schritt vorwärts. »Mich interessiert zum Beispiel der Name der jungen Frau, die Sie am Abend von Major Greys Tod besucht hat – und warum Sie uns ihretwegen belogen haben.«

Der Vorstoß zeigte den gewünschten Erfolg. Scarsdale blieb wie angewurzelt stehen. Er suchte krampfhaft nach Worten, unschlüssig, ob er sich herausreden oder einen etwas verspäteten Einlenkungsversuch starten sollte. Monk betrachtete ihn verächtlich.

»Ich – äh«, stammelte Scarsdale, »ich – ich glaube, Sie haben das falsch verstanden . . .« Er hatte offenbar noch keine Entscheidung getroffen.

Monks Gesicht wurde hart. »Würden Sie nicht vielleicht vorziehen, dieses Thema an einem diskreteren Ort als dem Treppenhaus zu besprechen?« Er ließ seinen Blick vielsagend über die Treppe und den Flur schweifen, von dem eine Menge andere Wohnungstüren abzweigten – unter anderem auch die von Joscelin Grey.

»Ja – doch, ich denke schon.« Scarsdale war mittlerweile deutlich anzusehen, wie unbehaglich ihm zumute war. Auf seiner Stirn stand eine dünne Schweißschicht. »Obwohl ich Ihnen in diesem Zusammenhang wirklich nichts Neues sagen kann.« Er entfloh in seine Diele; Monk ging ihm nach. »Die junge Dame, die an jenem Abend bei mir war, steht in keinerlei Verbindung zu dem armen Grey und hat auch sonst nichts gehört oder gesehen!«

Monk zog die Wohnungstür hinter sich zu und folgte Scarsdale ins Wohnzimmer.

»Sie haben sie folglich gefragt, Sir?« Er gestattete seinem Gesicht, Interesse zu bekunden.

»Selbstverständlich tat ich das!« Nun, da er sich unter seinen eigenen Besitztümern befand, kehrte Scarsdales Gelassenheit allmählich zurück. Das Gaslicht war voll aufgedreht; sein warmer Schein fiel weich auf poliertes Leder, einen antiken, türkischen Teppich und Fotografien, die in Silberrahmen steckten. Er war ein Mann von Stand, Monk lediglich einer von Peels Polizeischergen. »Falls es etwas gegeben hätte, das Ihnen bei Ihrer Arbeit weiterhelfen könnte, hätte ich es Sie natürlich wissen lassen müssen.« Als Hinweis auf die Kluft zwischen ihnen sprach er das Wort »Arbeit« eine Spur verächtlich aus. Er bot Monk keinen Stuhl an und blieb ebenfalls stehen, wobei er so zwischen Sideboard und Sofa eine ziemlich unbeholfene Figur machte.

»Und diese junge Dame ist Ihnen sicherlich gut bekannt?« Monk versuchte gar nicht erst, den Sarkasmus aus seiner Stimme zu verbannen.

Scarsdale war verwirrt. Sollte er nun den Beleidigten spielen oder sich dumm stellen? Da ihm keine vernichtende Erwiderung einfiel, entschied er sich für Letzteres.

»Wie soll ich das verstehen, bitte?« meinte er steif.

»Können Sie sich für ihre Ehrlichkeit verbürgen?« Monk sah Scarsdale direkt in die Augen und verzog den Mund zu einem finsteren Lächeln. »Ist sie – abgesehen von ihrer ... *Arbeit*«, er wählte bewußt das gleiche Wort, »eine respektable Person?«

Scarsdale lief dunkelrot an, und Monk wurde im selben Moment klar, daß er jede Aussicht auf Kooperation verspielt hatte.

»Sie überschreiten Ihre Kompetenzen!« brauste Scarsdale auf. »Das ist unerhört! Meine Privatangelegenheiten gehen Sie überhaupt nichts an! Hüten Sie Ihre Zunge, oder ich sehe mich gezwungen, mich bei Ihren Vorgesetzten über Sie zu beschweren.« Er musterte Monk mit einem raschen Blick und kam zu dem Schluß, daß das wohl keine allzu gute Idee war. »Die betreffende Dame hat nicht den geringsten Grund zu lügen«, fuhr er hölzern fort. »Sie kam und ging allein und hat beide Male außer Grimwade niemanden gesehen; das können Sie sich von ihm bestätigen lassen. Ohne seine Zustimmung darf niemand dieses Gebäude betreten.« Er rümpfte kaum merklich die Nase. »Das hier ist keine gewöhnliche Pension!« Er ließ seinen Blick kurz über die hübschen Möbel, dann wieder zu Monk schweifen.

»Also muß Grimwade logischerweise auch den Mörder gesehen haben«, entgegnete Monk ungerührt, ohne Scarsdale eine Sekunde aus den Augen zu lassen.

Dieser begriff die Anspielung sofort und erbleichte; er mochte arrogant und vielleicht bigott sein, aber dumm war er nicht.

Monk packte das, was er für seine wahrscheinlich einzige Chance hielt, unverzüglich beim Schopf.

»Sie als Mann von Stand haben den gleichen gesellschaftlichen Rang wie Major Grey« – er wand sich innerlich angesichts seiner Heuchelei – »und sind sein direkter Nachbar. Sie müssen doch in der Lage sein, mir etwas über ihn zu erzählen. Ich weiß nicht das geringste.«

Scarsdale war überglücklich, das Thema wechseln zu dürfen, und fühlte sich trotz allen Ärgers geschmeichelt.

»Selbstverständlich kann ich das«, lenkte er hastig ein. »Sie wissen gar nichts?«

»Gar nichts«, bestätigte Monk.

»Er war der jüngere Bruder von Lord Shelburne, müssen Sie wissen.« Scarsdales Augen weiteten sich. Er verließ endlich seinen Standort, schlenderte in die Mitte des Raumes und ließ sich auf einem mit Schnitzereien verzierten Stuhl mit harter Rückenlehne nieder. Anschließend wedelte er unbestimmt mit dem Arm, anscheinend als Aufforderung an Monk, es ihm gleichzutun.

»Was Sie nicht sagen!« Monk entschied sich für einen zweiten Stuhl mit harter Rückenlehne, um auf gleicher Höhe mit Scarsdale zu sitzen.

»O ja, eine sehr alte Familie«, fuhr Scarsdale genüßlich fort. »Seine Mutter, die Witwe Lady Shelburne, war die älteste Tochter des Duke of Ruthven, zumindest glaube ich, daß er so hieß; jedenfalls ein Duke von irgendwas.«

»Joscelin Grey«, ermahnte Monk ihn.

»Ach ja. Ein sehr angenehmer Bursche. War Offizier an der Krim, welches Regiment, habe ich vergessen, aber seine Beurteilung war ausgezeichnet.« Er nickte energisch mit dem Kopf. »Wurde bei Sewastopol verwundet, wenn ich mich recht entsinne, und daraufhin aus der Armee entlassen. Mußte am Stock gehen, der arme Teufel, aber Sie müssen nicht denken, daß ihn das entstellt hätte. War ein sehr gutaussehender Bursche, überaus charmant und überall beliebt.«

»Die Familie ist wohlhabend?«

»Die Shelburnes?« Monks Ignoranz schien Scarsdale zu belustigen; seine Selbstsicherheit kehrte zurück. »Ich bitte Sie! Das müßte Ihnen aber bekannt sein – na ja, vielleicht wissen Sie's tatsächlich nicht.« Er sah Monk geringschätzig von oben bis unten an. »Das Geld fiel allerdings dem ältesten Sohn zu, dem gegenwärtigen Lord Shelburne. So ist das eben: der Älteste bekommt zusammen mit dem Titel auch alles andere. Dadurch wird der Besitz zusammengehalten, sonst würde er ja völlig auseinandergerissen, wenn Sie verstehen. Alle Macht des Landes zum Teufel!«

Obwohl Monk sich ziemlich gönnerhaft behandelt fühlte, hielt er sich zurück; er kannte die Rechte eines Erstgeborenen.

»Ja, ich verstehe. Danke. Und woher stammt Joscelin Greys Geld?«

Scarsdale wedelte mit den Händen; sie waren klein, die Knöchel breit und platt, die Nägel unglaublich kurz geschnitten. »Oh, aus irgendwelchen Geschäften, nehme ich an. Ich glaube nicht, daß er besonders reich war, aber man hatte nie den Eindruck, daß es ihm an irgend etwas fehlte. War immer gut angezogen. Aus der Kleidung kann man eine Menge schließen, wissen Sie.« Er schürzte die Lippen und bedachte Monk mit einem weiteren abschätzenden Blick, wobei er die ausgezeichnete Qualität von dessen Jackett und Hemd registrierte und ein leicht verwirrtes Gesicht machte, da er sein Vorurteil offensichtlich neu überdenken mußte.

»Und er war Ihres Wissens weder verlobt noch verheiratet?« Monk schaffte es, sich seine Genugtuung nicht anmerken zu lassen.

Soviel Unkenntnis verwunderte Scarsdale nun doch.

»Nicht mal das wissen Sie?«

»Wir wissen, daß es keine offiziellen Pläne in dieser Richtung gab«, erwiderte Monk hastig, um seinen Fehler zu überspielen. »Aber Sie in Ihrer Position sind vielleicht über eventuelle andere Bindungen informiert – gab es vielleicht jemand, für den er ... Interesse zeigte?«

Scarsdale zog die Winkel seines recht üppigen Mundes nach unten.

»Falls Sie damit gelegentliche Verabredungen meinen: nicht daß ich wüßte. Aber ein Mann mit guter Kinderstube fragt einen anderen Gentleman nicht nach seinen persönlichen Neigungen – oder wie er sich das Leben angenehmer gestaltet.«

»Oh, ich meinte keine Liebesdienste gegen Bezahlung«, erwiderte Monk mit leicht spöttischem Unterton. »Ich wollte auf irgendeine Dame hinaus, der er möglicherweise besonders ... den Hof gemacht hat.«

Scarsdale stieg die Zornesröte ins Gesicht. »Davon weiß ich nichts!«

»Hat er gespielt?«

»Keine Ahnung. Ich spiele selbst nicht – das heißt, nur mit Freunden natürlich, und dazu hat Grey nicht gehört. Jedenfalls ist mir nichts dergleichen zu Ohren gekommen, falls Sie das meinen.«

Monk wurde klar, daß er an diesem Abend nicht mehr viel weiter kommen würde, außerdem war er müde. Das Mysterium seines eigenen Lebens ließ ihn nicht los. Sonderbar, wie aufdringlich Leere sein konnte. Er erhob sich.

»Ich danke Ihnen, Mr. Scarsdale. Ich bin sicher, Sie lassen es uns wissen, falls Sie irgend etwas hören sollten, das Licht auf die letzten Tage in Major Greys Leben wirft oder einen Hinweis auf mögliche

Widersacher gibt. Je eher wir den Kerl festnehmen, desto besser für uns alle.«

Auch Scarsdale stand auf; sein Gesicht wirkte plötzlich verkniffen. Schuld daran war der zarte, aber lästige Wink, daß sich der Mord gleich gegenüber zugetragen hatte und seine Kreise sogar bis hierher zog, in Scarsdales eigene vier Wände.

»Selbstverständlich«, entgegnete er ein wenig scharf. »Wenn Sie mir nun gestatten würden, mich umzuziehen – wie Sie wissen, bin ich zum Dinner verabredet.«

Evan erwartete ihn bereits, als er auf dem Revier eintraf. Monk staunte, wie sehr er sich darüber freute, den jungen Kollegen wiederzusehen. War er immer einsam gewesen, oder lag es nur an der Isolation, in die er durch seine Amnesie geraten war? Bestimmt existierte irgendwo ein Freund – jemand, mit dem er Freud und Leid geteilt oder zumindest über alltägliche Erlebnisse gesprochen hatte. Hatte es denn keine Frau in seinem Leben gegeben, wenigstens früher? Gab es keinerlei Erinnerungen an Zärtlichkeit, an fröhliche oder traurige Stunden? Wenn nicht, mußte er ein regelrechter Eisblock gewesen sein! Hatte sich vielleicht eine Tragödie abgespielt? Irgendein fürchterliches Unrecht?

Wieder stürmte ein Gefühl unbeschreiblicher Leere auf ihn ein und drohte die ohnehin unsichere Gegenwart zu verschlingen. Er besaß anscheinend nicht einmal Angewohnheiten, mit denen er sich trösten konnte.

Evans kluges Gesicht war ihm jedenfalls willkommen.

»Irgendwas rausgekriegt, Sir?« Er rappelte sich eilends von dem Stuhl hoch, auf dem er gesessen hatte.

»Nicht viel«, erwiderte Monk lauter und barscher als beabsichtigt. »Abgesehen von dem Mann, der gegen Viertel vor zehn bei Yeats war, kann kaum jemand ins Haus gekommen sein, ohne daß der Portier ihn gesehen hätte. Laut Grimwade war er ziemlich groß und bis über die Ohren vermummt, was bei so einem Wetter kein Wunder ist. Kurz nach halb elf ging er wieder. Grimwade brachte ihn rauf, hatte ihn aber nicht aus der Nähe gesehen und würde ihn wohl nicht wiedererkennen.«

Evan sah aufgeregt und frustriert zugleich aus.

»Mist!« entfuhr es ihm. »Dann kann's ja jeder x-beliebige gewesen sein!« Er warf Monk rasch einen anerkennenden Blick zu. »Immerhin haben wir jetzt eine ungefähre Vorstellung, wie er ins Haus gekommen ist. Das ist ein riesengroßer Schritt vorwärts! Meinen Glückwunsch, Sir.«

Monk spürte seine Lebensgeister vorübergehend neu erwachen, obwohl ihm klar war, daß es eigentlich keinen Grund dafür gab; in Wirklichkeit war der Schritt sehr, sehr klein. Er ließ sich auf dem Stuhl hinter dem Schreibtisch nieder.

»Um die Einsachtzig«, wiederholte er Grimwades Beschreibung, »dunkelhaarig und höchstwahrscheinlich ohne Bart. Ich nehme an, das schränkt den Kreis der in Frage Kommenden ein wenig ein.«

»Oh, ganz gewaltig, Sir!« versicherte Evan eifrig, während er sich wieder hinsetzte. »Wir wissen jetzt, daß es kein Gelegenheitsdieb war. Wenn der Kerl Yeats einen Besuch abgestattet hat – oder zumindest so tat als ob –, hat er das Ganze geplant und sich die Mühe gemacht, das Gebäude auszukundschaften. Er wußte, wer sonst noch dort wohnte. Und dann ist da natürlich noch Yeats selbst. Waren Sie bei ihm?«

»Nein, er war nicht zu Hause, außerdem möchte ich mir erst ein Bild von ihm machen, bevor ich ihn mit der Sache konfrontiere.«

»Klar. Falls er tatsächlich etwas weiß, wird er vermutlich ganz versessen darauf sein, es abzustreiten.« Trotzdem verrieten Evans Gesicht und Stimme ungeduldige Vorfreude; sein ganzer Körper schien sich unter dem eleganten Mantel anzuspannen, als rechne er jeden Moment damit, daß im Polizeirevier ein unerwarteter Tumult ausbrechen würde. »Der Kutscher war übrigens eine Niete. Absolut respektabel, arbeitet seit zwanzig Jahren in der Gegend, hat eine Frau und sieben oder acht Kinder. Es hat nie irgendwelche Beschwerden gegen ihn gegeben.«

»Hm.« Monk nickte. »Grimwade sagt, er hätte keinen Fuß ins Haus gesetzt. Er glaubt sogar, daß er nicht mal abgestiegen ist.«

»Was soll ich wegen diesem Yeats unternehmen?« erkundigte sich Evan; ein schwaches Lächeln umspielte seinen Mundwinkel. »Morgen ist Sonntag – kein guter Tag, um viel ans Licht zu bringen.«

Daran hatte Monk nicht gedacht.

»Stimmt. Warten Sie bis Montag. Das Ganze liegt fast sieben Wochen zurück, ist sowieso keine heiße Spur mehr.«

Das Lächeln auf Evans Gesicht wurde blitzschnell breit.

»Danke, Sir. Einen Sonntag kann ich mir wirklich anders vorstellen.« Er stand auf. »Schönes Wochenende, Sir. Gute Nacht.«

Monk schaute ihm nach. Er fühlte sich allein gelassen und wußte gleichzeitig, daß das Unsinn war. Evan hatte selbstverständlich auch andere Interessen, Freunde, Familie oder eine Freundin. Was fing *er* gewöhnlich mit seiner Freizeit an? Besuchte er Freunde, ging er irgendeiner Nebenbeschäftigung oder einem Hobby nach? Er mußte doch mehr zu bieten haben als diese Zielstrebigkeit, diesen Ehrgeiz, den er bis jetzt an sich entdeckt hatte.

Er war noch damit beschäftigt, sich erfolglos das Hirn zu zermartern, als es kurz an seine Tür klopfte.

»Herein!« sagte Monk laut und deutlich.

Die Tür schwang auf, und ein stämmiger, junger Bursche in Konstableruniform betrat den Raum. Sein Blick war ängstlich, das ziemlich unscheinbare Gesicht leicht gerötet.

»Ja?« fragte Monk.

Sein Gegenüber räusperte sich. »Mr. Monk, Sir?«

»Ja?« Wiederholte Monk. Sollte er den Mann kennen? Seinem wachsamen Gesichtsausdruck nach zu schließen mußte in ihrer gemeinsamen Vergangenheit etwas geschehen sein, das zumindest ihn stark beeindruckt hatte. Er stand mitten im Raum und trat nervös von einem Fuß auf den anderen. Monks schweigsames Starren machte es auch nicht gerade besser.

»Kann ich was für Sie tun?« erkundigte er sich schließlich und versuchte so beruhigend wie möglich zu klingen. »Haben Sie vielleicht eine Nachricht für mich?« Er wünschte, er wüßte den Namen seines Besuchers.

»Nein, Sir – ich mein, ja, Sir, ich muß Sie was fragen.« Er holte tief Luft. »Hier ist der Bericht über 'ne Uhr, die heut nachmittag bei 'nem Pfandleiher aufgetaucht ist, Sir, und – und da hab ich mir gedacht, vielleicht hat's ja was mit dem Gentleman zu tun, den sie umgebracht haben – weil er doch bloß 'ne Kette ohne Uhr dran bei sich hatte, richtig? Hier, Sir.« Er streckte Monk ein mit gestochen scharfen Buchstaben übersätes Papier entgegen, als würde es jeden Moment in die Luft gehen.

Monk befreite ihn von seiner Bürde und überflog den Bericht kurz. Es handelte sich um die Beschreibung einer goldenen Herrentaschenuhr, in deren Deckel die verschnörkelten Initialen J. G. eingraviert waren. Die Innenseite war leer.

»Danke«, sagte er lächelnd. »Klingt vielversprechend, die Initialen stimmen jedenfalls. Was wissen Sie über die Sache?«

Der Konstabler wurde puterrot. »Nicht viel, Mr. Monk. Der Typ von der Pfandleihe schwört Stein und Bein, daß er sie von 'nem Stammkunden gekriegt hat, aber dem darf man kein Wort glauben, weil er sowieso nix andres sagen würde, richtig? Der hat bestimmt keine Lust, in 'nen Mordfall verwickelt zu werden.«

Monk besah sich das Blatt noch einmal. Es enthielt Namen und Adresse des Pfandleihers, also konnte er der Spur nachgehen, wann immer er Lust dazu verspürte.

»Ja, er würde zweifellos lügen«, pflichtete er dem jungen Polizisten bei. »Trotzdem bringt es uns vielleicht ein gutes Stück weiter, wenn wir beweisen können, daß es sich tatsächlich um Greys Uhr handelt. Nochmals vielen Dank – da haben Sie sehr gut aufgepaßt. Darf ich den Bericht behalten?«

»Sicher, Sir. Wir brauchen ihn nicht; wir haben genug andre Sachen gegen den Kerl auf Lager.« Jetzt war der Grund für das kräftige Rosarot seines Gesichts in der offenkundigen Freude und der beträchtlichen Verwunderung seines Besuchers zu finden. Er stand wie angewurzelt da.

»Gib's sonst noch was?« Monk hob die Brauen.

»Nein, Sir. Nein, alles in Ordnung! Vielen Dank, Sir.« Mit diesen Worten machte der Konstabler auf den Hacken kehrt, um aus dem Zimmer zu flüchten, stolperte über die Türschwelle und schoß dann wie eine Rakete davon.

Fast im selben Moment wurde die Tür wieder aufgerissen, diesmal von einem drahtigen Sergeant mit schwarzem Schnurrbart.

»Alles in Ordnung, Sir?« fragte er, als er Monks Stirnrunzeln sah.

»Jaja. Aber was ist denn in – äh...« Er machte eine hilflose Handbewegung in Richtung auf die davonflitzende Gestalt; wieder wünschte er verzweifelt, der Name des Mannes würde ihm einfallen.

»Harrison?«

»Harrison, richtig. Was ist denn in den gefahren?«

»Gar nichts. Er hat bloß 'ne Heidenangst vor Ihnen, sonst nix. Ist ja auch kein Wunder, nachdem Sie ihn vor versammelter Mannschaft zur Minna gemacht haben, bloß weil ihm dieser eine Ganove durch die Lappen gegangen ist – obwohl er eigentlich gar nichts dafür konnte, wo der Knabe doch 'n regelrechter Schlangenmensch war; schwerer festzuhalten als 'n eingeöltes Schwein. Und wenn wir ihn abgeknallt hätten, wären wir noch vorm Frühstück selber fällig gewesen!«

Monk war verwirrt; was sollte er dazu sagen? Hatte er sich Harrison gegenüber unfair benommen, oder hatte er guten Grund gehabt für das, was er dem Mann an den Kopf geworfen hatte? Oberflächlich betrachtet, klang es ganz so, als hätte es ihm Spaß gemacht, grausam zu sein, doch schließlich hatte er nur die eine Seite der Geschichte zu hören bekommen – es war niemand da, der ihn verteidigen, der eine Erklärung, eine Rechtfertigung liefern oder ihm verraten konnte, was er wußte.

Und wenn man ihn auf die Folterbank spannte – er erinnerte sich an nichts, nicht einmal an Harrisons Gesicht, von besagtem Zwischenfall ganz zu schweigen.

Er kam sich wie ein Idiot vor, wie er so dasaß und von unten in die kritischen Augen des Sergeants stierte, der ihn unverkennbar nicht mochte – seiner Meinung nach aus gutem Grund.

Monk hätte sich liebend gern gerechtfertigt, aber weitaus wichtiger war ihm, daß er sich selbst begriff! Wie viele Zwischenfälle dieser Art würden noch aus der Versenkung auftauchen, von außen besehen Gemeinheiten, die er jemandem angetan hatte, der seine Sicht der Dinge nicht kannte?

»Mr. Monk – Sir?«

Er war sofort wieder bei der Sache. »Ja, Sergeant?«

»Ich dachte, 's interessiert Sie vielleicht, daß wir den Irren geschnappt haben, der dem ollen Billy Marlowe Saures gegeben hat. Wenn der nicht baumeln muß, freß ich ’nen Besen. So ’n Stinktier!«

»Oh – prima. Gut gemacht.« Er hatte keinen Schimmer, wovon der Mann sprach, aber offenbar erwartete man es von ihm, also fügte er ein hastiges »Alle Achtung!« hinzu.

»Danke, Sir.« Der Sergeant richtete sich zu voller Lebensgröße auf, drehte sich um und ließ die Tür mit lautem Klicken hinter sich ins Schloß fallen, als er aus dem Raum ging.

Monk vertiefte sich wieder in die Arbeit.

Eine Stunde später verließ er das Polizeirevier und spazierte langsam über das nasse, dunkle Pflaster in die Grafton Street zurück.

Wenigstens wurden ihm Mrs. Worleys Zimmer allmählich vertraut. Er wußte, wo welche Dinge zu finden waren, außerdem – und das war wesentlich mehr wert – verschafften sie ihm eine Privatsphäre; niemand störte ihn, niemand konnte ihn unterbrechen, wenn er damit beschäftigt war, einen roten Faden in seinem Leben zu finden.

Nachdem er ein heißes, sättigendes und schwerverdauliches Gericht aus Hammelfleisch, Gemüse und Klößen verspeist, sich bei Mrs. Worley dafür bedankt und ihr nachgeschaut hatte, bis sie mit dem Tablett am Fuß der Treppe verschwunden war, nahm er sich noch einmal seinen Schreibtisch vor. Die Rechnungen waren keine große Hilfe; er konnte schwerlich zu seinem Schneider marschieren und sagen: »Was für ein Mensch bin ich? Was ist mir wichtig? Mögen Sie mich, mögen Sie mich nicht – und warum?« Nur eins ging aus den Belegen hervor: Er schien seine Rechnungen stets prompt zu begleichen. Es gab keine Mahnungen, und die Quittungen waren alle wenige Tage nach Rechnungseingang datiert. Nun war er also ein Fitzelchen schlauer – sein Tun hatte Methode.

Beths Briefe verrieten eine Menge über ihren eigenen Charakter; sie war unkompliziert, zeigte ihre Gefühle vollkommen unbefangen, führte ein Leben, das aus lauter wichtigen Nebensächlichkeiten bestand. Kein Worte über irgendwelche Entbehrungen, über harte Winter, nicht einmal über Schiffswracks oder die Leute auf den Rettungsbooten. Ihre Anteilnahme basierte offensichtlich auf ihren eigenen Empfindungen, denn sie schien nicht viel über ihn zu wissen. Er mußte ihr so bald wie möglich schreiben – einen Brief, der einerseits vernünftig klang, ihr andererseits aber eine Antwort entlocken würde, die ihm mehr über sich verriet.

Am nächsten Morgen wurde er durch ein Klopfen an seiner Tür geweckt. Es war bereits spät, Mrs. Worley brachte das Frühstück. Er ließ sie herein, woraufhin sie das Tablett mit einem Seufzen und einem mißbilligenden Kopfschütteln lautstark auf den Tisch stellte. Es blieb ihm nichts anderes übrig, als im Pyjama zu frühstücken, sonst wäre das Essen kalt geworden. Anschließend nahm er die Suche wieder auf, doch sie führte auch diesmal zu keinerlei neuen Erkenntnissen. Nur eins schien festzustehen: Er hatte einen guten Geschmack. Monk fühlte sich zu der Spekulation verführt, ob er es darauf anlegte, bewundert zu werden – aber was war die ganze Bewunderung schon wert, wenn sie sich nur auf Preis und Erlesenheit seiner Sachen erstreckte? War er oberflächlich? Eingebildet? Oder jemand auf der Suche nach Sicherheit, die er in sich selbst nicht fand? Jemand, der sich einen Platz in einer Welt erkämpfen wollte, die ihn seiner Meinung nach nicht so akzeptierte, wie er war?

Die Wohnung selbst war unpersönlich, mit kitischigen Bildern und altmodischen Möbeln vollgestopft. Bestimmt war das eher Mrs. Worleys Geschmack als sein eigener.

Nach dem Mittagessen gab es nur noch einen Ort, an dem er nachsehen konnte: die Taschen sämtlicher Kleidungsstücke, die in seinem Schrank hingen. In dem feinsten Exemplar, einem sehr gut geschnittenen, recht streng aussehenden Mantel, entdeckte er ein Stück Papier. Er faltete es vorsichtig auseinander und sah, daß es sich um das Flugblatt eines Vespergottesdienstes in einer Kirche handelte, deren Namen er noch nie gehört hatte.

Vielleicht lag sie ganz in der Nähe. Hoffnung stieg in ihm auf. Vielleicht war er ein Gemeindeglied, so daß ihn der Pfarrer kannte. Vielleicht hatte er Freunde dort, einen Glauben, ja sogar irgendein Amt oder eine spezielle Ausgabe! Er faltete das Blatt sorgfältig zusammen und verstaute es im Schreibtisch, dann ging er ins Bad, um sich noch einmal zu waschen und zu rasieren. Anschließend zog er seine besten Sachen an, unter anderem den Mantel, in dem er das

Flugblatt entdeckt hatte. Um fünf Uhr war er fertig und machte sich auf den Weg nach unten, um Mrs. Worley zu fragen, wie er zur St.-Marylebone-Kirche kam.

Die Enttäuschung war niederschmetternd, als diese völlige Unwissenheit zur Schau stellte. Er kochte innerlich vor Wut. Sie mußte die Kirche einfach kennen! Ihr sanftes, schlichtes Gesicht blieb jedoch vollkommen ausdruckslos.

Er war drauf und dran, einen Streit vom Zaun zu brechen, sie anzubrüllen, daß sie es doch wissen müsse, aber im selben Moment wurde ihm klar, wie idiotisch das war. Er würde es sich mit einem der wenigen Freunde verderben, die er ohnehin bitterlich brauchte.

Er starrte sie mit gerunzelter Stirn aus zusammengekniffenen Augen an.

»Du meine Güte, sind Sie aber aufgeregt! Ich werd mal Mr. Worley fragen, der kennt sich gut aus in der Stadt. Ich glaub auch, daß die Kirche in der Marylebone Street liegt, aber wo genau, weiß ich nich. Is 'ne ganz schön lange Straße.«

»Ja, danke«, sagte Monk vorsichtig; er kam sich vor wie ein Volltrottel. »Es ist wirklich wichtig.«

»Sie wollen wohl zu 'ner Hochzeit, was?« Mrs. Worleys Blick glitt anerkennend über den sorgfältig gebürsteten, dunklen Mantel. »Was Sie brauchen, is 'n ordentlicher Kutscher, der was versteht von seiner Arbeit und Sie schnell da hinbringt.«

Natürlich – das war die Lösung! Warum war er nicht selbst darauf gekommen? Er dankte ihr für ihren Einfallsreichtum und verließ, nachdem Mr. Worley zu Rate gezogen worden war, der meinte, es müsse irgendwo gegenüber vom York Gate sein, das Haus, um nach einem Kutscher Ausschau zu halten.

Der Vespergottesdienst hatte bereits angefangen, als er die Stufen hinaufrannte und in den Vorraum stürzte. Die Stimmen hoben sich soeben recht dünn, um das erste Loblied einzustimmen. Es klang eher pflichtergeben als froh. War er religiös? Oder religiös gewesen? Abgesehen von einer gewissen Wertschätzung für die schlichte Schönheit der Steinmetzarbeit, empfand er nicht die Spur Wohlbehagen oder wenigstens Ehrfurcht.

Er betrat den Hauptraum und ging dabei fast auf den Außenkanten seiner polierten Stiefel, um sowenig Lärm wie möglich zu machen. Ein oder zwei Köpfe drehten sich nach ihm um, die dazugehörenden Gesichter strotzten vor beißendem Vorwurf. Er kümmerte sich nicht darum, glitt in eine der hinteren Bänke und tastete ungeschickt nach einem Gesangbuch.

Nichts klang vertraut; er lauschte dem Kirchenlied nur deshalb, weil die Melodie unglaublich abgedroschen klang und voll von musikalischen Klischees steckte. Er kniete sich hin, wenn alle knieten, stand auf, wenn alle aufstanden. Die Antwortstrophen ließ er aus.

Als der Pfarrer die Kanzel bestieg, um das Wort zu erheben, forschte Monk in jeder Falte seines Gesichts nach einer Winzigkeit, die seinem Gedächtnis auf die Sprünge helfen könnte. Konnte er zu ihm gehen, ihm die Wahrheit anvertrauen und ihn bitten, ihm alles zu sagen, was er wußte? Die Stimme gab dröhnend einen Gemeinplatz nach dem anderen zum besten; bestimmt hatte der Mann gute Absichten, aber er war derart bemüht, sie in Worte zu zwängen, daß man ihn kaum noch verstand. Monk versank immer tiefer in einem Gefühl der Hilflosigkeit. Der Pfarrer schien nicht einmal seinen eigenen Gedankengängen folgen zu können, wie sollte er sich an Wesen und Charakter eines einzelnen Schäfchens seiner Herde erinnern?

Nachdem das letzte Amen gesungen war, beobachtete Monk die hinausströmenden Leute. Er hoffte, ein bekanntes Gesicht zu entdekken – oder, besser noch, von jemandem angesprochen zu werden.

Er wollte gerade aufgeben, als ihm eine junge, schlanke Frau von mittlerer Größe ins Auge fiel. Sie trug Schwarz und hatte das dunkle Haar in weichen Wellen aus einem recht intelligent aussehenden Gesicht gebürstet. Ihre Augen waren ebenfalls dunkel, die Haut zart, der Mund im Verhältnis eine Spur zu voll und zu groß. Obwohl es kein direkt nachgiebiges Gesicht war, konnte es vermutlich leicht in Gelächter oder Tränen ausbrechen. Ihr Gang hatte etwas Anmutiges, das Monk dazu verleitete, sie weiterhin zu betrachten.

Als sie auf gleicher Höhe mit ihm war, bemerkte sie ihn und wandte sich zu ihm. Die Augen weiteten sich; sie zögerte und holte Atem, wie um etwas zu sagen.

Doch der Moment verging; sie schien die Kontrolle über sich wiedererlangt zu haben, hob ein wenig das Kinn, raffte unnötigerweise ihren Rock und setzte ihren Weg fort.

Er folgte ihr, aber sie mischte sich unter eine Grupe von Leuten, mit denen sie offensichtlich gekommen war. Zwei waren ebenfalls schwarz gekleidet, ein großer, blonder Mann Mitte Dreißig mit glattem Haar, langer Nase und ernstem Gesicht und eine Frau, die sich auffallend gerade hielt und über bemerkenswert ausgeprägte Gesichtszüge verfügte. Die drei marschierten auf die Straße zu, wo mehrere Kutschen warteten; keiner von ihnen sah sich noch einmal um.

Monk fuhr in einem Zustand abgrundtiefer Verwirrung, bodenloser Furcht und wilder, verzehrender Hoffnung nach Hause.

4

Als Monk am Montagmorgen völlig außer Atem und ein wenig zu spät auf dem Revier eintraf, war es erst einmal unmöglich, mit den Nachforschungen über Yeats und seinen geheimnisvollen Gast zu beginnen. Runcorn lief in seinem Büro auf und ab und wedelte unablässig mit einem blauen Briefbogen, den er in der rechten Hand hielt. Kaum hörte er Monks Schritte vor der Tür, blieb er abrupt stehen und wirbelte herum.

»Ah!« Mit funkelnden, vor Wut blitzenden Augen fing er wieder an, das Blatt durch die Luft zu schwenken; sein linkes Auge war fast gänzlich geschlossen.

Die morgendlichen Begrüßungsworte erstarben auf Monks Lippen.

»Post von oben!« Runcorn hielt ihm den Briefbogen hin. »Die maßgeblichen Stellen gehen mal wieder auf uns los. Unsre ehrenwerte Witwe Lady Shelburne hat an Sir Willoughby Gentry geschrieben und besagtem Mitglied des Unterhauses vertraulich mitgeteilt«, er legte in jede Silbe seine ganze Verachtung für jenes Geschöpf, »wie unglücklich sie über das absolute Versagen der Metropolitan Police bezüglich der Festnahme des abscheulichen Irren sei, der ihren lieben Sohn auf derart widerliche Weise in seinen eigenen vier Wänden umgebracht hat. Sie würde keine weiteren Entschuldigungen für unsere Verzögerungstaktik, unsere lustlose Einstellung und das komplette Fehlen von Tatverdächtigen akzeptieren.« Runcorns Teint färbte sich angesichts solch tolldreister Ungerechtigkeit dunkellila; er machte keinen bekümmerten Eindruck, schien lediglich am Rand eines Tobsuchtsanfalls zu stehen. »Was, zum Teufel, treiben Sie die ganze Zeit, Monk? Überall heißt's, Sie wären ein verdammt guter Detektiv. Soweit ich weiß, sind Sie sogar scharf drauf, irgendwann mal Polizeichef, ja Regierungsbeauftragter zu werden! Was sollen wir dieser – dieser Ladyschaft sagen?«

Monk atmete tief durch. Runcorns Anspielung auf ihn selbst setzte ihm wesentlich mehr zu als alles, was in dem Brief stand. War er tatsächlich so anmaßend ehrgeizig? Leider blieb ihm nicht die Zeit, sich zu verteidigen; Runcorn hatte sich vor ihm aufgebaut und verlangte eine Antwort.

»Lamb hat die gesamte Basisarbeit erledigt, Sir.« Der Mann hatte wirklich ein bißchen Lob verdient. »Er hat getan, was er konnte, die übrigen Hausbewohner, die Straßenhändler, die Leute in der Gegend befragt – jeden, der etwas gehört oder gesehen haben könnte.« Obwohl Monk Runcorn deutlich ansah, daß ihn seine Ausführungen keineswegs zufriedenstellten, ließ er sich nicht davon abbringen. »Unglücklicherweise war an jenem Abend besonders scheußliches Wetter, so daß die Leute mit hochgeschlagenem Kragen und eingezogenem Kopf unterwegs waren. Wegen des Regens trieb sich niemand länger als nötig auf den Straßen herum, und wegen der starken Bewölkung wurde es früher dunkel als gewöhnlich.«

Runcorn wurde vor Ungeduld immer zappeliger.

»Lamb verbrachte viel Zeit damit, die uns bekannten Bösewichte zu überprüfen. In seinem Bericht steht, daß er sich jeden einzelnen Spitzel und Informanten aus der Gegend um den Mecklenburg Square vorgenommen hat. Nichts. Kein Pieps. Niemand weiß etwas – oder wenn, dann rücken sie nicht damit raus. Lamb glaubte, daß sie die Wahrheit gesagt haben. Ich wüßte nicht, was er sonst noch hätte tun können.« Monk konnte zwar nicht aus seiner abhanden gekommenen Erfahrung sprechen, doch fiel ihm kein Versäumnis auf. Er stand voll und ganz auf Lambs Seite.

»Constable Harrison stieß in einer Pfandleihe auf eine Uhr mit den Initialen J. G. – aber wir wissen nicht, ob sie Grey gehört hat.«

»In der Tat«, bestätigte Runcorn grimmig und fuhr mit dem Zeigefinger über den hübsch gesägten Rand des Briefbogens; einen solchen Luxus konnte er sich nicht leisten. »Sie wissen es nicht! Was wollen Sie also unternehmen? Fahren Sie damit nach Shelburne Hall – lassen Sie sie identifizieren.«

»Harrison ist bereits unterwegs.«

»Konnten Sie wenigstens rauskriegen, wie der Mistkerl reingekommen ist?«

»Ich denke schon«, erwiderte Monk gemessen. »Einer der Hausbewohner, ein gewisser Mr. Yeats, bekam am fraglichen Abend Besuch. Er kam um neun Uhr fünfundvierzig und ging gegen halb elf – ein kräftiger, dunkelhaariger Mann, gut vermummt. Er kommt als einziger in Frage, die restlichen Besucher waren Frauen. Ich möchte mich nicht zu vorschnellen Schlüssen hinreißen lassen, aber alles weist darauf hin, daß er der Mörder ist. Ansonsten wüßte ich nicht, wie ein Fremder ins Haus gelangt sein könnte. Grimwade schließt um Mitternacht die Haustür ab – wenn alle Bewohner anwesend sind, auch früher –, danach müssen selbst sie läuten, damit er sie reinläßt.«

Runcorn legte den Brief vorsichtig auf Monks Schreibtisch.

»Und wann hat er an jenem Abend abgeschlossen?«

»Um elf. Alle waren zu Hause.«

»Was weiß Lamb über den Mann, der bei Yeats war?« Runcorn verzog das Gesicht.

»Nicht viel. Er hat anscheinend nur einmal mit Yeats gesprochen und sich dann darauf konzentriert, etwas über Grey in Erfahrung zu bringen. Vielleicht ist ihm zu der Zeit die Bedeutung dieses Besuchers nicht ganz klargewesen. Grimwade sagte, er hätte ihn zu Yeats' Wohnung gebracht und Yeats hätte ihn hereingelassen. Lamb war damals auf der Suche nach einem Einbrecher –«

»Damals!« Runcorn stürzte sich wie besessen auf das eine Wort. »Und wonach suchen Sie jetzt?«

Monk begriff plötzlich, was er gesagt hatte und daß er es tatsächlich so meinte. Er runzelte die Stirn und wählte die nächsten Worte so vorsichtig wie möglich.

»Ich denke, ich suche jemand, der Grey kannte – und der ihn haßte; jemand, der ihn tot sehen wollte.«

»Lassen Sie das um Himmels willen nicht unsre ehrenwerte Lady Shelburne hören!« sagte Runcorn drohend.

»Es ist wohl ziemlich unwahrscheinlich, daß ich je ein Wort mit ihr wechseln werde«, gab Monk mit mehr als einer Spur Sarkasmus zurück.

»Oh, und ob Sie werden!« Runcorns Stimme barst vor Triumph; sein großes, rotes Gesicht begann fast zu leuchten. »Sie begeben sich noch heute nach Shelburne Hall, um Ihrer Ladyschaft zu versichern, daß wir alles Menschenmögliche unternehmen, um den Mörder zu fassen, und daß wir nach unendlichen Mühen und dank unsrer brillanten Arbeit endlich eine Spur haben, die geradewegs zur Entdeckung dieses Monsters führt.« Seine Oberlippe kräuselte sich andeutungsweise. »Sie sind für gewöhnlich dermaßen unverblümt, fast schon unverschämt – trotz Ihres oberfeinen Getues –, daß sie Ihnen glauben wird.« Sein Ton schlug plötzlich um; er wurde sanft wie ein Lamm. »Weshalb glauben Sie, daß es jemand war, der ihn kannte? Verrückte können sich die übelsten Mordmethoden ausdenken; solche Irren schlagen einfach blind drauflos, hassen einen für nichts.«

»Mag sein.« Monk gab sowohl Runcorns Blick als auch dessen Abneigung aus ganzem Herzen zurück. »Aber sie spionieren nicht die Namen der restlichen Hausbewohner aus, statten ihnen einen Besuch ab und machen sich dann wieder auf den Weg, um jemand anders umzubringen. Wenn der Täter lediglich ein mordlüsterner Psychopath war, warum hat er sich dann nicht an Yeats ausgetobt? Wozu sich noch mit Grey abgeben?«

Runcorn machte große Augen; es widerstrebte ihm, aber er mußte die Logik des Gedankens einsehen.

»Finden Sie soviel wie möglich über diesen Yeats heraus«, befahl er. »Und unauffällig, denken Sie dran! Ich will nicht, daß er verscheucht wird!«

»Was ist mit Lady Shelburne?« Monk tat ganz unschuldig.

»Fahren Sie zu ihr. Und benehmen Sie sich wie ein zivilisierter Mensch, Monk, versuchen Sie's wenigstens! Evan soll die Yeats-Sache übernehmen und Ihnen Bericht erstatten, wenn Sie zurück sind. Nehmen Sie den Zug. Sie werden ein oder zwei Tage in Shelburne bleiben. Nach dem Krawall, den sie geschlagen hat, wird es Lady Shelburne kaum überraschen, Sie zu sehen. Schließlich hat sie einen persönlich überbrachten Rapport über unsere Fortschritte verlangt. Also, auf geht's. Stehen Sie hier nicht rum wie ein Ölgötze, Mann!«

Monk entschied sich für einen Zug der Great Northern Line. Er rannte über den Bahnsteig in der King's Cross Station und schaffte es gerade noch, aufzuspringen und die Waggontür hinter sich zuzuschlagen, als die Lok sich mit einem kräftigen Ruck in Bewegung setzte. Es war ein aufregendes Gefühl, diese Woge aus gewaltiger Kraft, gesteuertem Maschinenlärm und der zunehmenden Geschwindigkeit, als sie aus dem höhlenartigen Gewölbe des Bahnhofsgebäudes in das grelle Licht der Spätnachmittagssonne hinausschossen.

Monk ließ sich auf dem freien Platz gegenüber einer voluminösen Frau nieder. Sie trug ein Kleid aus schwarzem Bombasin, hatte ungeachtet der Jahreszeit eine Pelzpelerine um, und ihren Kopf zierte ein gefährlich schief sitzendes, schwarzes Hütchen. Auf ihrem Schoß lag ein Proviantpaket, über das sie sich unverzüglich hermachte. Ein kleines Männchen mit riesenhafter Brille beäugte die Brote hoffnungsvoll, sagte jedoch nichts. Ein weiterer Mann in gestreiften Hosen war voll und ganz in seine *Times* vertieft.

Sie brausten zischend und stampfend an Mietskasernen, Häusern und Fabriken, Krankenhäusern, Kirchen, Gasthäusern und Bürogebäuden vorbei. Nach und nach waren sie immer dünner gesät, so daß auch einmal ein Fetzen Grün zwischen ihnen aufblitzte, bis sie die Stadt endlich hinter sich gelassen hatten. Monk ließ seinen Blick mit Vergnügen über die liebliche Landschaft schweifen, die sich in ihrer hochsommerlichen Pracht endlos weit vor ihm erstreckte. Mächtige Äste hingen in grünen Wolken über Kornfeldern, deren Ähren sich unter der Last des reifen Getreides bogen, und buschigen Wildrosenhecken. In den Senken zwischen den sanften Hügeln drängten sich kleine Baumgruppen aneinander. Spitze oder auch gelegentlich eckige, mit normannischen Rundbögen ausgestattete Kirchtürme wiesen schon von weitem auf eine Ansiedlung hin.

Shelburne kam Monk viel zu schnell, denn er konnte sich an der Schönheit des Ganzen nicht sattsehen. Ungehalten nahm er seine Reisetasche von der Gepäckablage, zwängte sich entschuldigend – und ihre stumme Mißbilligung auf sich ziehend – an der fetten Dame in Schwarz vorbei und öffnete hastig die Tür. Auf dem Bahnsteig erkundigte er sich bei dem verloren wirkenden Bahnwärter, wo Shelburne Hall liege, und bekam zur Antwort, kaum mehr als einen Kilometer entfernt. Der Mann wies mit dem Arm in die entsprechende Richtung, zog die Nase hoch und meinte dann: »Aber zum Dorf sind's drei Kilometer in die andere Richtung, und wahrscheinlich wollen Se da hin!«

»Danke, aber ich muß zum Herrenhaus. Geschäftlich«, erwiderte Monk.

Der Bahnwärter zuckte mit den Schultern. »Sie werden's ja wissen, Sir. Dann nehmen Se die Straße nach links, dann laufen Se genau drauf zu.«

Monk bedankte sich noch einmal und machte sich auf den Weg.

Er brauchte nur fünfzehn Minuten vom Bahnhof bis zu dem Tor, das den Besitz von der Außenwelt trennte. Das Anwesen entpuppte sich wahrlich als überwältigend; das im frühgeorgianischen Stil erbaute Wohnhaus war drei Stockwerke hoch und verfügte über eine ganz entzückende Fassade, die an manchen Stellen mit blühenden Weinranken und Kletterpflanzen bewachsen war. Ein befahrbarer, gewundener Weg führte zum Haus hin. Er war mit den gleichen Zedern und Birken gesäumt, die das gesamte parkartige Grundstück sprenkelten, das sich bis zu den in der Ferne erkennbaren Feldern und einem – vermutlich hauseigenen – Gut ausdehnte.

Monk stand unter dem Tor und ließ den Anblick einige Minuten auf sich wirken. Die harmonische Symmetrie, die Art und Weise, wie der Besitz die Gegend schmückte – all das war nicht nur ausgesprochen schön anzusehen, sondern ließ auch einiges über das Wesen der Menschen ahnen, die dort geboren und aufgewachsen waren.

Schließlich machte er sich an das letzte Drittel seines Weges, die beträchtliche Strecke bis zum eigentlichen Wohnhaus. Dort angekommen, umrundete er die Außengebäude und Ställe bis zum Dienstboteneingang. Ein reichlich unfreundlicher Lakai trat ihm in den Weg.

»Wir kaufen nichts«, sagte er kalt und mit einem Seitenblick auf Monks Koffer.

»Das trifft sich gut, ich habe nämlich nichts zu verkaufen«, gab Monk bissiger als beabsichtigt zurück. »Ich bin von der Metropolitan Police. Lady Shelburne wünschte einen Bericht über die Fortschritte, die wir bei den Ermittlungen hinsichtlich Major Greys Tod gemacht haben. Ich bin gekommen, um ihn ihr zu liefern.«

Die Brauen des Lakais gingen in die Höhe.

»Tatsächlich? Dann muß es sich um die Witwe Shelburne handeln. Werden Sie erwartet?«

»Nicht daß ich wüßte. Vielleicht sagen Sie ihr, daß ich hier bin.«

»Na, Sie kommen wohl besser rein.« Widerstrebend hielt er die Tür auf. Monk trat ein. Der Mann verschwand ohne weitere Erklärung und ließ ihn in der rückwärtigen Eingangshalle stehen. Diese war eine kleinere, kahlere und zweckmäßiger ausgestattete Version der vorderen Halle; die Gemälde fehlten, das Mobiliar war nach praktischen Gesichtspunkten ausgesucht – angemessen den Bedürfnissen der Dienerschaft. Vermutlich war der Lakai aufgebrochen, um eine höhergestellte Person zu Rate zu ziehen, den Alleinherrscher über den Dienstbotenbereich oder den Butler. Es dauerte mehrere Minuten, bis er zurück war und Monk mit einer Handbewegung aufforderte, ihm zu folgen.

»Lady Shelburne wird Sie in einer halben Stunde empfangen.« Diesmal ließ er Monk in einem kleinen Salon zurück, der an das Domizil des Hausmeisters grenzte, dem passenden Ort für solche Leute wie Polizisten.

Nachdem der Lakai verschwunden war, begann Monk langsam in dem Raum umherzugehen. Er besah sich die abgenutzten Möbel, die braun aufgepolsterten Stühle mit den gebogenen Beinen, einen Tisch und eine Anrichte, beides aus Eichenholz. Die Papiertapete war verblichen, die Bilder namenlos – übertrieben sittenstrenge Erinnerungen an die soziale Stellung und die Tugendhaftigkeit der Pflichterfüllung. Monk persönlich war der saftige Rasen mit den mächtigen Bäumen, der jenseits der Fensterscheibe schräg zu einem Zierbrunnen hin abfiel, wesentlich lieber.

Er fragte sich, was für eine Frau das sein mochte, die eher dreißig endlose Minuten lang verbissen ihre Neugier zügelte, als einem gesellschaftlich unter ihr Stehenden ein Fünkchen ihrer Würde zu opfern. Lamb hatte sie mit keinem Wort erwähnt. War es möglich, daß er sie gar nicht zu Gesicht bekommen hatte? Je länger Monk darüber nachdachte, desto wahrscheinlicher erschien es ihm. Lady Shelburne würde ihre Anfragen niemals an einen einfachen Polizisten richten; außerdem hatte es keinen Grund gegeben, ihr Fragen zu stellen.

Monk hatte allerdings genau das vor; falls Grey nicht von einem Wahnsinnigen, sondern von einem Bekannten umgebracht worden war – den man lediglich insofern als verrückt bezeichnen konnte, als er sein Temperament so sehr mit sich hatte durchgehen lassen, daß ein Mord dabei herauskam –, war es unerläßlich, Grey besser kennenzulernen. Ob beabsichtigt oder nicht, Greys Mutter würde bestimmt etwas über ihn verraten, in ihrem Kummer und im Gedenken an ihn etwas preisgeben, das seiner substanzlosen Gestalt ein wenig Farbe verlieh.

Er hatte eine Menge Zeit, über Grey nachzudenken und sich ein paar Fragen zurechtzulegen, bis der Lakai zurückkehrte, um ihn durch eine mit grünem Fries bespannte Tür in Lady Fabias schräg gegenüberliegendes Wohnzimmer zu führen. Es war mit diskretem dunkelrosa Samt und Rosenholzmöbeln ausstaffiert. Lady Fabia thronte auf einem Louis-Quinze-Sofa. Je näher Monk ihr kam, desto mehr verließen ihn seine Vorsätze. Sie war recht klein, wirkte hart und zugleich zerbrechlich wie Porzellan. Ihr perfekter Teint wurde nicht durch den kleinsten Makel getrübt, nicht ein einziges, seidenweiches Härchen befand sich fehl am Platze. Ihre Züge waren regelmäßig, die blauen Augen groß, lediglich das leicht vorspringende Kinn tat der Zartheit des Gesichts ein wenig Abbruch. Und sie war vielleicht eine Spur zu dünn; ihre Schlankheit hatte etwas Eckiges. Ihre Kleidung war ganz in Schwarz und Violett gehalten, wie es einer Trauernden anstand, auch wenn es so wirkte, als unterstreiche sie damit eher ihr würdevolles Auftreten denn irgendwelches Leid. Sie strahlte keinerlei Schwäche aus.

»Guten Tag«, sagte sie energisch, während sie den Lakai mit einer Handbewegung entließ. Lady Fabia schien Monk kein allzu großes Interesse zu zollen und warf kaum mehr als einen flüchtigen Blick auf sein Gesicht. »Setzen Sie sich, wenn Sie möchten. Wie ich höre, sind Sie hier, um mich über Ihre Fortschritte hinsichtlich der Entdeckung und Festnahme des Mörders meines Sohnes zu unterrichten. Also, was haben Sie mir zu sagen?«

Sie saß mit kerzengeradem Rücken vor ihm, als hätte sie einen Stock verschluckt. Vermutlich hatte sie jahrelang unter der Fuchtel von Gourvernanten gestanden, als Kind mit einem Buch auf dem Kopf für die rechte Haltung trainiert und war aufrecht im Damensattel durch den Park geritten. Monk blieb nicht viel anderes übrig als zu gehorchen, sich widerwillig auf einen der verschnörkelten Stühle zu setzen und sich seiner selbst nicht mehr sicher zu fühlen.

»Nun?« fragte sie ungeduldig, als von ihm keine Reaktion kam. »Die Uhr, die uns ihr Konstabler gezeigt hat, war nicht die meines Sohnes.«

Ihr Tonfall, dieses fast unbewußte Überzeugtsein von ihrer Überlegenheit, verletzte Monk. Früher mußte er so etwas gewöhnt gewesen sein – obwohl er sich nicht daran erinnern konnte –, aber heute traf es ihn wie ein Hagelschlag aus Schottersteinen, der zwar keine tiefe Wunde, aber durchaus eine schmerzhafte brennende Hautabschürfung nach sich zog.

Lady Shelburne starrte ihn unwillig an.

»Uns ist inzwischen der Zeitpunkt bekannt, wann sich jemand Zutritt zu dem Haus am Mecklenburg Square verschafft haben kann«, sagte er recht hölzern, da sein Stolz verletzt war. »Und wir sind im Besitz einer Beschreibung des einzigen Mannes, der dies getan hat.« Er blickte gelassen in die eisigen und nicht schlecht überraschten blauen Augen. »Er war an die Einsachtzig groß, kräftig gebaut – soweit das unter einem dicken Mantel beurteilbar ist –, dunkelhaarig und trug keinen Bart. Sein Besuch galt angeblich einem Mr. Yeats, der auch in dem Haus wohnt. Wir haben bisher noch nicht mit Mr. Yeats gesprochen –«

»Warum nicht?«

»Weil Sie verlangt haben, daß ich herkommen und Sie über unsere Fortschritte informieren soll, Ma'am.«

Sie hob in einer Mischung aus Skepsis und Geringschätzung die Brauen. Monks Sarkasmus ging vollkommen an ihr vorbei.

»Gewiß sind Sie nicht der einzige, der mit den Ermittlungen in einem derart wichtigen Fall betraut ist? Mein Sohn war ein tapferer

Soldat, ein ausgezeichneter Soldat, der für sein Vaterland das Leben riskiert hat. Ist das alles, was Sie zu bieten haben, um es ihm zu lohnen?«

»London ist ein Sündenbabel, Ma'am; jeder ermordete Mensch, ob Mann oder Frau, ist für irgendwen ein schlimmer Verlust.«

»Sie können den Sohn eines Marquis wohl kaum auf eine Stufe mit einem hergelaufenen Dieb oder dem ganzen mittellosen Gesindel stellen!« blaffte Lady Fabia zurück.

»Niemand hat mehr als ein Leben zu verlieren, Ma'am. Und vor dem Gesetz sind wir alle gleich – oder sollten es zumindest sein.«

»Unsinn! Manche Männer sind geborene Führernaturen und leisten einen wichtigen Beitrag zur Gemeinschaft; die meisten tun es nicht. Mein Sohn gehört zu denen, die es taten.«

»Manche haben nichts, um –«

»Dann sind sie selbst schuld!« fiel sie ihm ins Wort. »Ich habe allerdings nicht den geringsten Wunsch, mir Ihre philosophischen Betrachtungen anzuhören. Mir tun die Menschen leid, die in der Gosse leben, weiß der Himmel warum, aber sie interessieren mich nicht. Was beabsichtigen Sie zu unternehmen, um dieses Wahnsinnigen, der meinen Sohn ermordet hat, habhaft zu werden? Wer ist er?«

»Wir wissen nicht –«

»Was werden Sie unternehmen, um es herauszufinden?« Falls unter der exquisiten Oberfläche Gefühle existierten, war sie wie Generationen ihres Standes von Kindesbeinen an darauf getrimmt worden, sie zu verbergen, niemals eine Schwäche zu zeigen. Beherztheit und guter Geschmack waren ihre Hausgötter, für sie war kein Opfer zu groß oder wurde je in Frage gestellt, sondern tagtäglich und ohne zu murren dargebracht.

Monk schlug Runcorns Mahnungen in den Wind und fragte sich, wie oft er das in der Vergangenheit bereits getan haben mochte. Runcorns Ton hatte an diesem Morgen eine Schärfe gehabt, hinter der mehr stecken mußte als bloße Frustration über seinen Mißerfolg im Mordfall Grey oder Lady Shelburnes diesbezüglichen Brief.

»Unserer Ansicht nach handelt es sich bei dem Täter um jemanden, der Major Grey kannte«, antwortete er, »und seinen Tod sorgfältig geplant hat.«

»Dummes Zeug!« kam es wie aus der Pistole geschossen. »Weshalb sollte jemand, der meinen Sohn kannte, den Wunsch gehabt haben, ihn zu töten? Er war ein durch und durch reizender Mensch; alle mochten ihn, sogar die, denen er nicht nahestand.« Lady Fabia stand auf und ging zum Fenster hinüber. Mit halb angewandtem Rücken blickte sie hinaus. »Für Sie ist das vielleicht nicht leicht zu verstehen. Sie sind ihm nie begegnet. Lovel, mein ältester Sohn, besitzt eine Menge Ernsthaftigkeit, Verantwortungsgsgefühl und eine Art natürlicher Begabung, Leute zu führen. Menard kann ausgezeichnet mit Zahlen und Fakten umgehen; er ist imstande, aus allem Profit zu schlagen. Aber es war Joscelin, der einen zum Lachen bringen konnte, Joscelin, der vor Charme sprühte.« Ihre Stimme geriet kaum merklich ins Stocken, klang andeutungsweise ehrlich bekümmert. »Menard kann nicht singen, wie Joscelin es konnte – und Lovel fehlt jegliche Phantasie. Er wird einen hervorragenden Hausherren abgeben, den Besitz glänzend verwalten, zu jedem gerecht sein – aber, mein Gott ...«, ihr Ton wurde plötzlich hitzig, fast leidenschaftlich, »verglichen mit Joscelin ist er ein solcher Langweiler!«

Monk ging der Kummer über den Verlust des geliebten Sohnes nahe, der aus ihren Worten herausklang. Sie war einsam, hatte das Gefühl, daß etwas unersetzbar Wohltuendes aus ihrem Leben verschwunden war und ein Teil von ihr nur noch zurückschauen konnte.

»Es tut mir leid«, sagte er wahrheitsgemäß. »Ich weiß, es bringt ihn nicht zurück, aber wir werden den Täter finden, und er wird seine Strafe erhalten.«

»Den Strang«, erwiderte sie tonlos. »Man wird ihn eines Morgens nach draußen schaffen, und ein Seil wird ihm das Genick brechen.«

»Ja.«

»Das nützt mir wenig.« Sie wandte sich wieder zu ihm. »Aber es ist besser als nichts. Sorgen Sie dafür, daß es bald geschieht.«

Damit war er offenbar entlassen, aber er war noch nicht bereit zu gehen. Es gab noch einiges, das er wissen mußte. Er stand ebenfalls auf.

»Das habe ich vor, Ma'am, aber ich brauche Ihre Hilfe –«

»Meine?« Ihr Tonfall drückte sowohl Erstaunen als auch Mißfallen aus.

»Jawohl, Ma'am. Um herauszufinden, wer Major Grey genügend gehaßt hat, um ihm den Tod zu wünschen« – er erntete einen ärgerlichen Blick – »aus welchem Grund auch immer. Auch die prächtigsten Menschen sind nicht gegen Neid, Habgier und Eifersucht gefeit...«

»Schon gut, Sie haben mich überzeugt!« Sie kniff die Augen zusammen, wodurch ihre Muskelstränge ihres dünnen Halses deutlich hervortraten. »Wie ist Ihr Name?«

»William Monk.«

»Aha. Und was, Mr. Monk, ist es, das Sie unbedingt über meinen Sohn wissen möchten?«

»Zuerst würde ich gern den Rest der Familie kennenlernen.«

Lady Fabia zog leicht amüsiert die Brauen hoch.

»Sie halten mich für voreingenommen, Mr. Monk?« erkundigte sie sich spöttisch. »Denken Sie, ich hätte Ihnen etwas verschwiegen?«

»Wir zeigen denen, die wir am meisten mögen – und die uns gern haben –, häufig nur unsere schmeichelhaften Seiten«, gab er gelassen zurück.

»Wie außerordentlich scharfsinnig von Ihnen«, bemerkte sie mit beißendem Sarkasmus. Er versuchte sich vorzustellen, wieviel gut kaschierter Schmerz sich hinter diesen Worten verbarg.

»Wann könnte ich mit Lord Shelburne sprechen? Und mit jedem andern, der Major Grey gut kannte?«

»Ich frage mich, warum Sie das nicht längst getan haben, wenn es dermaßen wichtig ist.« Sie ging zur Tür. »Warten Sie hier. Ich werde mich erkundigen, ob er die Zeit erübrigen kann, mit Ihnen zu sprechen.« Mit diesen Worten marschierte sie aus dem Zimmer, ohne sich noch einmal umzublicken.

Monk setzte sich so, daß er aus dem Fenster schauen konnte. Draußen lief gerade eine Frau in einem einfachen Stoffkleid vorbei; auf dem Arm trug sie einen Korb. Einen verrückten Augenblick lang wurde er von einer Erinnerung heimgesucht. Vor seinem geistigen Auge sah er ein Kind, ein Mädchen mit dunklen Haaren, und eine Kopfsteinpflasterstraße, die zum Wasser hinabführte. Er kannte die Gegend, aber etwas fehlte; er grübelte angestrengt nach, und dann fiel ihm ein, daß es der Wind war, der Wind und Geschrei der Möwen. Es war die Erinnerung an eine glückliche Zeit, eine Zeit völliger Geborgenheit. Die Kindheit? Erinnerte er sich vielleicht an seine Mutter, an Beth?

Doch da war es bereits vorbei. Er gab sich alle Mühe, die Vision zurückzuholen, sie klarer und detaillierter zu sehen – vergebens. Er war ein Erwachsener in Shelburne, der sich mit dem Mord an Joscelin Grey herumschlagen mußte.

Eine weitere Viertelstunde verging, ehe sich die Tür auftat und Lord Shelburne hereinschritt. Er war achtunddreißig bis vierzig Jahre alt und, nach Joscelins Beschreibung und Kleidung zu urteilen, etwas stärker gebaut als sein Bruder. Monk überlegte, ob Joscelin ebenfalls diese selbstsichere, fast unbewußt überlegene Ausstrahlung besessen haben mochte. Lovel Greys Haar war dunkler als das seiner Mutter, sein Gesicht sensibler und ohne jede Spur von Sinn für Humor.

Monk sprang dem Anstand zuliebe auf die Füße – und haßte sich dafür.

»Sie sind der Bursche von der Polizei?« fragte Shelburne mit leichtem Stirnrunzeln. Da er sich nicht hinsetzte, blieb Monk keine andere Wahl, als ebenfalls stehenzubleiben. »Und – was wollen Sie? Ich kann mir beim besten Willen nicht vorstellen, wie Ihnen irgend etwas, das ich über meinen Bruder zu sagen habe, dabei helfen soll, den Psychopathen zu finden, der bei ihm eingebrochen und ihn getötet hat, den armen Teufel.«

»Niemand ist eingebrochen, Sir«, berichtigte Monk. »Wer immer es war, Major Grey ließ ihn aus freien Stücken herein.«

»Ach wirklich?« Die waagerechten Augenbrauen hoben sich ein paar Millimeter. »Das halte ich für ziemlich unwahrscheinlich.«

»Dann sind Sie mit den Fakten nicht vertraut, Sir.« Monk ärgerte sich über die arrogante, herablassende Art dieses Mannes, der offenbar glaubte, er verstünde mehr von Monks Job als der selbst, nur weil er ein Mann von Stand war. Hatte er Geringschätzung schon immer schlecht vertragen? Fuhr er leicht aus der Haut? Runcorn hatte so etwas angedeutet. Seine Gedanken flogen zum vergangenen Tag zurück, zu der Frau in der Kirche. Er sah ihr Gesicht deutlich vor sich, erinnerte sich an das Rascheln ihres Taftrockes, den schwachen, fast imaginären Duft ihres Parfums, den verblüfften Ausdruck in ihren Augen. Es war eine Erinnerung, die sein Herz schneller schlagen, seine Kehle vor Erregung eng werden ließ.

»Ich weiß, daß mein Bruder von einem Geistesgestörten erschlagen wurde.« Shelburnes Stimme sauste wie ein Fallbeil auf seine Gedanken nieder, zertrümmerte sie in tausend Stücke. »Und daß Sie den Kerl noch nicht geschnappt haben. Das sind die Fakten!«

Monk zwang sich, seine Aufmerksamkeit wieder auf die Gegenwart zu richten.

»Bei allem Respekt, Sir«, er wählte seine Worte bewußt taktvoll, »wir wissen zwar, daß er erschlagen wurde, wir wissen jedoch nicht, von wem oder weshalb. Es weist nichts darauf hin, daß sich der Mörder gewaltsam Zutritt zu seiner Wohnung verschafft hat. Die einzige verdächtige Person, die das Gebäude betreten hat, scheint jemand anders aufgesucht zu haben. Wer immer über Major Grey hergefallen ist, hat allergrößte Sorgfalt darauf verwendet und unseres Wissens nichts gestohlen.«

»Und daraus schließen Sie, daß es jemand war, den er kannte?« Shelburne blieb skeptisch.

»Daraus und aus der Brutalität, mit der das Verbrechen begangen wurde«, bestätigte Monk. Shelburne stand ihm schräg gegenüber, so daß er sein Gesicht in dem Licht, das durchs Fenster fiel, gut sehen konnte. »Ein Einbrecher drischt nicht immer wieder auf sein Opfer ein, wenn es längst tot ist.«

Shelburne zuckte zusammen. »Es sei denn, er ist verrückt! Und genau das ist meine Meinung: Sie haben es mit einem Irren zu tun, Mr. – äh.« Er erinnerte sich nicht mehr an Monks Namen und wartete auch nicht ab, bis dieser ihn wiederholte. »Es besteht wohl kaum die Chance, daß Sie ihn jetzt noch schnappen. Man sollte Sie wahrscheinlich besser dafür einsetzen, Straßenräuber oder Taschendiebe zur Strecke bringen – oder was immer Sie normalerweise tun.«

Monk mußte ziemlich kämpfen, um seine Wut hinunterzuschlukken. »Lady Shelburne ist da offensichtlich anderer Meinung.«

Lovel Grey war sich seiner Unverschämtheit nicht bewußt; einem Polizisten gegenüber konnte man gar nicht unverschämt sein.

»Mama?« Für den Bruchteil einer Sekunde flackerte in seinem Gesicht eine Gefühlsregung auf. »Ja, sicher. Frauen sind nun mal so. Ich fürchte, sie hat Joscelins Tod sehr schwergenommen – schwerer noch, als wenn er an der Krim ums Leben gekommen wäre.« Letzteres schien ihn ein wenig zu verblüffen.

»Das ist ganz normal«, fuhr Monk hartnäckig fort; er hatte beschlossen, es anders zu versuchen. »Soviel ich weiß, war er ein schrecklich netter Bursche – überall beliebt?«

Shelburne lehnte am Kaminsims; seine Stiefel glänzten im hellen Licht der Sonnenstrahlen, die sich durch die breiten Fenster verschwenderisch in das Zimmer ergossen. Er kickte verdrossen gegen das Kamingitter aus echtem Messing.

»Joscelin? Ja, ich schätze, das war er. Immer fröhlich, immer ein Lächeln auf den Lippen. Talentierter Musiker und Geschichtenerzähler und so weiter. Sie wissen schon. Ich weiß, daß meine Frau ihn sehr gern hatte. Was für ein Jammer – und auch noch so sinnlos! Alles nur wegen einem miesen, dahergelaufenen Irren!« Er schüttelte den Kopf. »Furchtbar für Mutter.«

»Kam er oft hierher?« Monk glaubte, einen verheißungsvollen Nerv getroffen zu haben.

»Ach, alle paar Monate. Wieso?« Shelburne hob den Kopf. »Sie denken doch wohl nicht, jemand wäre ihm von hier aus gefolgt?«

»Jede Möglichkeit verdient es, daß man sich mit ihr beschäftigt, Sir.« Monk verteilte sein Gewicht ein wenig auf der Kante der Anrichte. »War er kurz vor seinem Tod noch hier?«

»Ja, das war er tatsächlich! Vor einigen Wochen, vielleicht etwas weniger. Aber ich glaube, Sie sind auf der falschen Spur. Jeder hier kannte ihn seit Jahren, und keiner hatte etwas gegen ihn.« Ein Schatten glitt über sein Gesicht. »Meiner Meinung nach war er der erklärte Liebling des gesamten Dienstpersonals. Hatte stets ein freundliches Wort für die Leute parat, erinnerte sich an ihre Namen, obwohl er schon viele Jahre nicht mehr hier wohnte.«

Monk versuchte sich ein Bild zu machen: der solide, schwerfällige ältere Bruder – achtbar, aber langweilig; der mittlere bislang nicht mehr als eine schemenhafte Silhouette; schließlich der jüngste, der sich große Mühe gab und letztlich begriff, daß ihm sein Charme das eintrug, was seine Abstammung nicht vermochte, der die Leute zum Lachen brachte und ein wenig aus ihren selbsterrichteten Mausoleen der Förmlichkeiten hervorlockte, der sich für die Diener und ihre Angehörigen interessierte und somit anders als seine Brüder kleine Pluspunkte für sich verbuchen konnte – und die Zuneigung seiner Mutter.

»Der Mensch kann seinen Haß verbergen, Sir«, sagte Monk laut, »und gewöhnlich tut er das auch, wenn ihm der Sinn nach Mord steht.«

»Muß er wohl in dem Fall«, räumte Lovel ein; er richtete sich auf, blieb jedoch weiterhin mit dem Rücken zu der leeren Feuerstelle stehen. »Dennoch glaube ich, daß Sie auf dem Holzweg sind. Sehen Sie sich lieber in London nach einem gemeingefährlichen Irren um, einem gewalttätigen Einbrecher zum Beispiel; die Stadt muß voll davon sein! Haben Sie keine Kontaktpersonen? Leute, die der Polizei bestimmte Informationen liefern? Warum versuchen Sie's nicht bei denen?«

»Das haben wir getan, Sir – bis zum Umfallen. Mr. Lamb, mein Vorgänger, hat wochenlang jede Möglichkeit in dieser Richtung untersucht. Es war das erste, worum wir uns überhaupt gekümmert haben.« Monk beschloß, das Thema zu wechseln. Er hoffte, daß sich der Argwohn seines Gegenübers etwas gelegt hatte. »Womit hat Major Grey seine Lebenshaltungskosten finanziert, Sir? Wir konnten bisher keinerlei Geschäftsverbindungen entdecken.«

»Wozu, in aller Welt, wollen Sie das nun wieder wissen?« Lovel war fassungslos. »Sie können doch nicht im Ernst annehmen, er hätte Geschäftskonkurrenten von der Sorte gehabt, die ihn mit einem Spazierstock totprügeln würden! Das ist wirklich absurd!«

»Jemand hat es getan.«

Shelburne verzog das Gesicht zu einer angewiderten Grimasse. »Das habe ich nicht vergessen! Ob er Geschäfte betrieb, weiß ich beim besten Willen nicht. Er erhielt eine kleine Beihilfe von uns.«

»Wie klein, Sir?«

»Ich glaube kaum, daß Sie das zu kümmern braucht.« Shelburnes Gereiztheit kehrte zurück; ein Polizist hatte es gewagt, sich in seine persönlichen Angelegenheiten zu drängen. Er begann erneut, das Kamingitter abwesend mit dem Stiefel zu traktieren.

»Natürlich kümmert es mich, Sir.« Monk hatte sich inzwischen völlig in der Hand. Er bestimmte die Richtung des Gesprächs, und er hatte auch ein bestimmtes Ziel im Auge. »Ihr Bruder wurde umgebracht, wahrscheinlich von einer Person, die ihn kannte. Geld kann durchaus eine Rolle gespielt haben; es ist eins der häufigsten Mordmotive.«

Lovel hüllte sich in Schweigen.

Monk wartete.

»Ja, vermutlich«, ließ Lord Shelburne sich schließlich vernehmen. »Vierhundert Pfund jährlich – zuzüglich der Invalidenrente selbstverständlich.«

Für Monks Empfinden ergab das ein ordentliches Sümmchen; man konnte mit knapp tausend Pfund jährlich ein großes Haus inklusive Frau, Kindern und sogar zwei Dienstmädchen unterhalten. Wahrscheinlich hatte Joscelin Grey jedoch einen ziemlich extravaganten Lebensstil gehabt: Kleidung, Klubs, Pferde, Glücksspiel, Frauen vielleicht oder zumindest Geschenke für sie. Sein soziales Umfeld hatten sie bislang nicht erforscht, da sie den Täter für einen Gelegenheitsdieb und Grey für das Opfer eines unglücklichen Umstands gehalten hatten.

»Danke«, sagte er zu Lord Shelburne. »Von anderen Einnahmequellen ist Ihnen nichts bekannt?«

»Mein Bruder hat seine Finanzlage nicht mit mir besprochen.«

»Ihre Frau hatte ihn sehr gern, sagen Sie? Wäre es möglich, daß ich sie kurz sprechen kann? Er könnte ihr gegenüber bei seinem letzten Besuch etwas erwähnt haben, das uns eventuell weiterhilft.«

»Wohl kaum, sonst wüßte ich es – und hätte Sie, oder wer immer dafür zuständig ist, selbstverständlich darüber in Kenntnis gesetzt.«

»Auch Dinge, die Lady Shelburne vollkommen belanglos erscheinen, können für mich von Wichtigkeit sein«, erklärte Monk. »Einen Versuch ist's allemal wert.«

Lovel marschierte in die Mitte des Raumes, als hätte er die Absicht, Monk in Richtung Tür zu drängen. »Das denke ich nicht. Außerdem hat sie bereits einen ernsthaften Schock erlitten; ich sehe keinen Sinn darin, sie auch noch mit schmutzigen Details zu quälen.«

»Ich wollte mich eigentlich über Major Greys Charakter mit ihr unterhalten, Sir«, versetzte Monk mit leiser Ironie in der Stimme, »über seine Freunde und seine Interessen, nichts weiter. Oder war sie ihm derart zugetan, daß sie selbst das zu sehr quälen würde?«

»Ihre Frechheiten treffen mich nicht im geringsten!« fuhr Lovel ihn an. »Natürlich war sie das nicht. Ich möchte es nur nicht noch schlimmer machen – es ist nämlich nicht sehr angenehm, wenn ein Familienmitglied erschlagen wird!«

Monk sah ihm direkt in die Augen. Sie standen nicht weiter als einen Meter auseinander.

»Allerdings, aber das ist sicherlich ein Grund mehr, den Mörder zu finden.«

»Wenn Sie darauf bestehen ...« Mißmutig forderte er Monk mit einer Handbewegung auf, ihm zu folgen, und führte ihn aus dem femininen Wohnzimmer durch einen kurzen Gang in die Haupthalle. Monk versuchte in den wenigen Sekunden, die Shelburne vor ihm her stolzierte, soviel wie möglich von der Umgebung aufzunehmen. Die Holzvertäfelung an den Wänden reichte bis auf Schulterhöhe, den Parkettboden zierten zahlreiche handgewebte, chinesische Teppiche in wunderschönen Pastellfarben. Beherrscht wurde das Ganze von einer prachtvollen Treppe, die sich auf halber Höhe teilte und nach beiden Seiten in einer Galerie mit stattlichem Geländer fortgesetzt wurde. Überall hingen Gemälde in überladenen Goldrahmen; um sie genauer zu betrachten, reichte die Zeit allerdings nicht aus.

Shelburne öffnete die Tür zum Salon, wartete ungeduldig, bis Monk ihm in den Raum gefolgt war, und zog sie dann hinter sich zu. Das Zimmer war länglich und ging nach Süden hinaus, wo eine Terrassentür den Blick auf einen mit blühenden Blumenrabatten umgebenen Rasen freigab. Rosamond Shelburne saß mit einem Stickrahmen in der Hand auf einer mit Brokat bezogenen Chaiselongue. Bei ihrem Eintreten hob sie den Kopf. Auf den ersten Blick sah Lovel Greys Frau ihrer Schwiegermutter nicht unähnlich: Sie war ebenso blond, hatte die gleiche hohe Stirn, die gleiche Augenform – nur waren ihre Augen dunkelbraun und das harmonische Verhältnis ihrer Gesichtszüge anders gelagert; es war ein resolutes, aber nicht hartes Gesicht, das Humor und viel Phantasie verriet, die nur darauf wartete, sich austoben zu dürfen. Sie war so schmucklos gekleidet, wie es sich für jemand schickte, der vor kurzem den Schwager verloren hatte, obwohl ihr weiter Rock nur die Farbe von roten Trauben hatte, die im Schatten standen, und lediglich die Perlen ihres Rosenkranzes schwarz waren.

»Entschuldige die Störung, Liebes«, meinte Shelburne mit einem spitzen Seitenblick auf Monk, »aber hier ist jemand von der Polizei, der glaubt, du könntest ihm vielleicht etwas Hilfreiches über Joscelin sagen.« Er ging an ihr vorbei zum Fenster und schaute blinzelnd gegen das Sonnenlicht auf den Rasen hinaus.

Rosamonds helle Haut färbte sich schwach rosa; sie mied Monks Blick.

»Wirklich?« fragte sie höflich. »Ich weiß nur sehr wenig über Joscelins Leben in London, Mr. –?«

»Monk, Ma'am. Soviel ich weiß, mochte Major Grey Sie recht gern, also hat er Ihnen gegenüber vielleicht irgendwann einmal einen Freund oder Bekannten erwähnt, der uns seinerseits einen Hinweis geben könnte, verstehen Sie?«

»Oh.« Sie ließ die Stickerei sinken; es handelte sich um einen Text inmitten eines Flechtwerks aus Rosen. »Selbstverständlich. Ich fürchte allerdings, mir fällt nichts dergleichen ein. Aber nehmen Sie doch bitte Platz, ich will gern versuchen, Ihnen so gut wie möglich zu helfen.«

Monk nahm das Angebot an und begann ihr auf liebenswürdige Weise Fragen zu stellen. Er glaubte nicht, auf direktem Wege viel von ihr zu erfahren, aber er beobachtete sie unauffällig, lauschte auf Veränderungen in ihrem Tonfall und gab auf die Bewegungen ihrer Finger acht, die sie im Schoß ineinander verschlungen hatte.

Allmählich bekam er ein Bild von Joscelin Grey.

»Er wirkte sehr jung auf mich, als ich nach der Heirat hierherkam«, sagte Rosamond lächelnd, den Blick an Monk vorbei aus dem Fenster gerichtet. »Das war natürlich, bevor er an die Krim ging. Offizier war er damals; er hatte gerade erst das Offizierspatent erworben und war so ...« – sie suchte nach dem richtigen Wort – »so unbeschwert! Ich erinnere mich noch genau an den Tag, als er hier in seinen glänzenden Stiefeln und dem scharlachroten Uniformrock mit den goldenen Tressen hereinmarschiert kam. Man mußte sich einfach mit ihm freuen.« Ihre Stimme wurde leise. »Zu der Zeit hielten wir das alles noch für ein großes Abenteuer.«

»Und später?« fragte Monk prompt. Er beobachtete die zarten Schatten auf ihrem Gesicht, verfolgte, wie sie nach etwas forschte, das sie geahnt, jedoch nicht verstanden hatte.

»Er wurde verwundet – wissen Sie das?« Rosamond schaute ihn stirnrunzelnd an.

»Ja.«

»Zweimal, und obendrein schwer.« Sie versuchte seinem Blick zu entnehmen, ob er mehr wußte als sie. »Er hat viel durchgemacht. Bei der Schlacht von Balaklawa wurde er von seinem Pferd abgeworfen, und in Sewastopol holte er sich eine tiefe Schwertwunde am Bein. Über die Zeit im Krankenhaus von Skutari sprach er nicht gern; er meinte, es wäre zu furchtbar, um wiedergegeben zu werden, und würde uns nur aufregen.« Die Stickerei glitt auf dem glatten Stoff ihres Rocks ab und fiel auf den Boden. Sie machte sich nicht die Mühe, sie aufzuheben.

»Er hatte sich verändert?« fragte Monk rasch.

Rosamond lächelte traurig. Sie hatte einen hübschen Mund, weicher und empfindsamer als der ihrer Schwiegermutter. »Ja – aber seinen Sinn für Humor hatte er nicht verloren, er konnte nach wie vor lachen und sich an schönen Dingen freuen. Zu meinem Geburtstag schenkte er mir eine Spieldose.« Ihr Lächeln wurde bei dem Gedanken daran breiter. »Sie hat einen Emailledeckel, auf den eine Rose gemalt ist. Die Melodie heißt ›Für Elise‹ – Beethoven, müssen Sie wissen ...«

»Also wirklich, meine Liebe!« Lovels Stimme schnitt ihr brutal das Wort ab, während er sich kurz auf seinem Standort am Fenster herumdrehte. »Der Mann ist hier, weil er Nachforschungen für die

Polizei betreibt. Er schert sich nicht um Beethoven oder Joscelins Spieldose. Versuche doch bitte, dich auf das Wesentliche zu konzentrieren – für den recht unwahrscheinlichen Fall, daß so etwas überhaupt existiert. Er will wissen, ob Joscelin jemand gekränkt haben könnte, irgendwem Geld schuldete – der Himmel weiß, was noch!«

In Rosamonds Zügen spielte sich eine derart schwache Veränderung ab, daß diese leicht auf einen Wechsel der Lichtverhältnisse hätte zurückgeführt werden können, wäre der Himmel vor den Fenstern nicht von ungetrübtem, wolkenlosem Blau gewesen. Sie sah plötzlich müde aus.

»Ich weiß, daß Joscelins hin und wieder finanzielle Schwierigkeiten hatte«, erwiderte sie ruhig, »aber Genaueres ist mir nicht bekannt, ebensowenig ob oder wem er Geld schuldete.«

»Er hätte solche Dinge wohl kaum mit meiner Frau besprochen!« Jetzt wirbelte Lovel endgültig herum. »Falls er etwas hätte borgen wollen, hätte er sich an mich gewendet, aber dazu war er viel zu klug. Er bekam nämlich bereits einen ausgesprochen großzügigen Zuschuß.«

Monk ließ seinen Blick fassungslos über das prachtvolle Zimmer, die gerafften Samtvorhänge und die dahinterliegende Parklandschaft gleiten und versagte sich eine Bemerkung zum Thema Großzügigkeit. Seine Augen hefteten sich wieder auf Rosamund.

»Sie haben ihm niemals unter die Arme gegriffen, Ma'am?«

Rosamond zögerte.

»Womit, zum Beispiel?« wollte Lovel wissen und hob die Brauen.

»Mit einem Geschenk etwa?« schlug Monk vor; er bemühte sich nach Kräften, taktvoll zu bleiben. »Ein kleines Darlehen vielleicht, um einen unerwarteten Engpaß zu überbrücken?«

»Ich kann mir nur vorstellen, daß Sie böses Blut schaffen wollen«, rief Lovel erbost. »Eine unglaubliche Frechheit ist das! Wenn Sie nicht damit aufhören, werde ich dafür sorgen, daß man Ihnen den Fall wegnimmt!«

Monk war bestürzt; er hatte nicht vorgehabt, irgendwen zu beleidigen, er wollte die Wahrheit ans Licht bringen. Solche Überempfindlichkeiten taten nun gar nichts zur Sache, außerdem fand er es albern, jetzt darauf Rücksicht zu nehmen.

Lovel bemerkte seine Verdrossenheit und interpretierte sie fälschlicherweise als Begriffsstutzigkeit. »Eine verheiratete Frau besitzt nichts, das sie geben könnte, Mr. Monk – ob nun ihrem Schwager oder sonst wem.«

Monk wurde rot – zum einen, weil er einen Narren aus sich gemacht hatte, zum andern wegen Shelburnes herablassender Art. Natürlich kannte er das Gesetz – jetzt, wo man ihn darauf gestoßen hatte. Selbst Rosamonds eigener Schmuck gehörte ihr rechtlich gesehen nicht. Sollte Lovel ihr verbieten, ihn zu verschenken, durfte sie es nicht tun – was Monk allerdings keine Sekunde daran zweifeln ließ, daß genau das passiert war. Ihr plötzliches Verstummen und das Flackern in ihren Augen hatten sie eindeutig verraten.

Da er sie nicht in Schwierigkeiten bringen wollte, verkniff er sich die Antwort, die er gern gegeben hätte. Was er wußte, reichte ihm.

»Ich hatte nicht die Absicht anzudeuten, es wäre irgend etwas ohne Ihr Einverständnis geschehen, Mylord, ich meinte lediglich eine freundschaftliche Geste von Lady Shelburnes Seite.«

Lovel öffnete den Mund, als wolle er etwas entgegnen, besann sich eines Besseren und sah wieder aus dem Fenster; sein Gesicht war hart, die breiten Schultern steif.

»Hat der Krieg Major Grey sehr zugesetzt?« wandte sich Monk wieder an Rosamond.

»O ja!« Einen Moment lang schien sie von ihren Gefühlen überwältigt zu werden, wurde sich dann aber ihrer Umgebung bewußt und rang mühsam um Beherrschung. Wäre sie nicht so hervorragend geschult gewesen, was die Rechte und Pflichten einer Frau ihres Standes anbelangte, hätte sie vermutlich geweint. »Ja«, wiederholte sie. »Obwohl er seinen Kummer ungeheuer tapfer gemeistert hat. Es ist erst wenige Monate her, daß er allmählich anfing, wieder der alte zu sein – wenigstens die meiste Zeit über. Er spielte wieder Klavier und sang uns manchmal etwas vor.« Ihre Augen sahen durch Monk hindurch, auf einen Ort tief in ihren eigenen Erinnerungen. »Er gab immer noch lustige Geschichten zum besten und brachte uns damit zum Lachen, aber es gab Zeiten, da dachte er an die Männer, die im Krieg umgekommen waren, und wahrscheinlich auch an sein eigenes Leid.«

Joscelin Grey nahm langsam konkretere Formen an: ein flotter junger Offizier, ungezwungen und unkompliziert, vielleicht eine Spur unreif. Dann, nach den furchtbaren Kriegserfahrungen und der für ihn vollkommen ungewohnten Verantwortung, die Rückkehr nach Hause mit dem festen Entschluß, das frühere Leben soweit wie möglich wiederaufzunehmen. Der jüngste Sohn einer vornehmen Familie, ein Mann mit wenig Geld und viel Charme sowie einer gehörigen Portion Courage.

Kaum jemand, der sich Feinde geschaffen hatte, indem er anderen übel mitspielte. Aber man mußte nicht mit übermäßiger Phantasie ausgestattet sein, um auf den Gedanken zu kommen, daß er Neid und Mißgunst hervorgerufen haben könnte, die stark genug waren, in Mord zu eskalieren. Alles dazu Erforderliche hatte seine Wurzeln vielleicht in diesem entzückenden Raum mit den gewirkten Tapeten und dem Blick auf die Parklandschaft.

»Meinen aufrichtigen Dank, Lady Shelburne«, sagte Monk förmlich. »Durch Sie habe ich jetzt ein wesentlich klareres Bild von Major Grey. Sie haben mir sehr geholfen.« Dann wandte er sich an Lovel: »Vielen Dank, Mylord. Wenn ich nun mit Mr. Menard Grey sprechen dürfte –«

»Der ist nicht da«, erwiderte Lovel schroff. »Er ist bei einem der Pächter. Es hat keinen Zweck, wenn Sie sich hier noch länger aufhalten. Außerdem ist es Ihre Aufgabe, Joscelins Mörder zu finden, nicht einen Nachruf zu schreiben!«

»Der Nachruf ist meiner Meinung nach erst fertig, wenn der Fall aufgeklärt ist«, gab Monk zurück, während er Grey gerade und herausfordernd in die Augen sah.

»Worauf warten Sie dann noch?« fuhr Lovel ihn aufgebracht an. »Gehen Sie und tun Sie etwas Nützliches, anstatt sich hier die Sonne auf den Pelz scheinen zu lassen!«

Monk machte sich wortlos auf den Weg und zog die Salontür ohne besondere Sanftheit hinter sich zu. In der Halle wurde er von einem diskret herumstehenden Lakai erwartet, der ihn offenbar hinausbegleiten sollte – oder aber den Auftrag hatte, aufzupassen, daß Monk nicht das silberne Kartentablett oder den Brieföffner mit dem Ebenholzgriff verschwinden ließ.

Das Wetter hatte sich geändert. Wie aus dem Nichts waren schwere Gewitterwolken aufgezogen, und als er aus dem Haus trat, klatschten bereits die ersten dicken Tropfen auf die Erde.

Monk stapfte die Auffahrt hinab in Richtung Tor durch den reinigenden Regenguß, da kreuzte das nächste Mitglied der Familie Grey seinen Weg. Flotten Schrittes eilte ihm eine ältere Frau entgegen. An Alter und Kleidung glich sie Fabia Shelburne, nur fehlte ihr deren kalte Schönheit. Die Nase war länger, das Haar widerspenstiger – sie war vermutlich nie schön gewesen, auch nicht vor vierzig Jahren.

»Guten Tag.« Zur Bezeugung seiner Ehrerbietung lüftete Monk kurz den Hut.

Sie hielt inne und musterte ihn neugierig. »Guten Tag. Ich kenne Sie nicht. Was tun Sie hier? Haben Sie sich verlaufen?«

»Nein, trotzdem vielen Dank, Ma'am. Ich bin von der Metropolitan Police und habe über unsere Fortschritte bezüglich des Mordes an Major Grey Bericht erstattet.«

Sie kniff die Augen zusammen, und er war sich nicht im klaren, ob der Grund dafür Belustigung oder etwas anderes war.

»Für jemand, der Nachrichten überbringt, scheinen Sie recht gut etabliert zu sein, junger Mann. Sie waren bei Fabia, nehme ich an?«

Da Monk keine Ahnung hatte, wer sie war, wußte er nicht, wie er sie ansprechen sollte.

Sie begriff sofort.

»Ich bin Callandra Daviot; der letzte Lord Shelburne war mein Bruder.«

»Dann war Major Grey Ihr Neffe, Lady Callandra?« Erst nachdem die Worte ausgesprochen waren, kam ihm zu Bewußtsein, daß er ihren Titel vollkommen korrekt und ohne nachzudenken benutzt hatte.

»Zwangsläufig«, bestätigte sie. »Ich wüßte nicht, was Ihnen das weiterhelfen könnte.«

»Sie müssen ihn gekannt haben.«

Ihre ziemlich struppigen Augenbrauen hoben sich ein wenig.

»In der Tat. Wahrscheinlich sogar ein bißchen besser als Fabia. Warum?«

»Standen Sie ihm nahe?« fragte er rasch.

»Im Gegenteil, ich hielt mich stets in einiger Entfernung.« Dieses Mal war Monk sicher, daß aus ihren Augen trockener Humor blitzte.

»Und haben um so klarer gesehen?« spann er ihre Andeutung weiter.

»Schon möglich. Bestehen Sie darauf, mich hier unter den Bäumen auszuhorchen, junger Mann? Ich werde allmählich naß.«

Monk schüttelte den Kopf und wandte sich um, um sie denselben Weg zurückzubegleiten, den er soeben gekommen war.

»Ein Jammer, daß Joscelin umgebracht wurde«, fuhr sie fort. »Es wäre viel besser gewesen, wenn er die letzte Ruhe in Sewastopol gefunden hätte – für Fabia sowieso. Aber was wollen Sie von mir? Ich war nicht besonders verrückt nach Joscelin – was durchaus auf Gegenseitigkeit beruhte. Ich habe weder eine Ahnung, was er die ganze Zeit getrieben hat, noch irgendwelche Mutmaßungen, wer ihm ein derart furchtbares Ende gewünscht haben könnte.«

»Sie mochten ihn nicht besonders?« hakte Monk verblüfft nach. »Bis jetzt hat jeder nur so von seinem Charme geschwärmt.«

»O ja, davon besaß er jede Menge«, bestätigte sie, während sie mit langen Schritten nicht etwa auf den Haupteingang des Hauses zusteuerte, sondern in einen Schotterweg einbog, der zu den Stallungen führte. »Ich schere mich nicht allzuviel um Charme.« Lady Callandra schaute ihm gerade ins Gesicht, und er stellte fest, daß ihm ihre spröde Direktheit immer besser gefiel. »Vielleicht weil er mir nie beschieden war, aber charmante Leute wirken auf mich wie Chamäleons, und ich kann nie sicher sein, welche Farbe das Tier darunter tatsächlich hat. Würden Sie nun bitte ins Haus zurückgehen oder wo immer Sie hinwollten? Ich habe nicht die geringste Lust, noch nasser zu werden, als ich bereits bin, und es wird garantiert gleich wieder regnen. Es ist doch vollkommen zwecklos, hier draußen vor den Ställen herumzustehen und höflichen Unsinn zu reden, der Ihnen ganz bestimmt nicht weiterhelfen kann.«

Monk lächelte breit und neigte zum Abschied leicht den Kopf. Lady Callandra war der einzige Mensch in Shelburne Hall, der ihm spontan sympathisch war.

»Schon unterwegs, Ma'am. Vielen Dank für Ihre« – er zögerte, denn er wollte nicht zu direkt sein und Offenheit sagen – »Zeit. Einen schönen Tag noch.«

Sie warf ihm einen sarkastischen Blick zu, nickte leicht und marschierte geradewegs in den Raum mit dem Pferdegeschirr, wo sie lautstark nach dem ersten Stallburschen verlangte.

Monk ging zum zweitenmal die Auffahrt hinunter – wie befürchtet durch einen kräftigen Schauer – und ließ das Tor nun endgültig hinter sich. Er folgte der Straße die viereinhalb Kilometer bis zum Dorf. Die vom Regen reingewaschene Landschaft um ihn herum glänzte im Licht der wieder durchbrechenden Sonne; gierig nahm er den Anblick der unbeschreiblich schönen Gegend in sich auf, als hätte er Angst, sie für immer aus dem Gedächtnis zu verlieren, sobald sie einmal außer Sicht war. Hier und da hob sich ein schimmerndes, dunkelgrünes Baumgrüppchen als bauschige Silhouette über der sanft wogenden Grasflut gegen den Himmel ab, jenseits der steinernen Mauern der Dorfhäuser ergossen sich tiefgoldene Weizenfelder, deren schwere Ähren sich wie Wellen im Wind wiegten.

Während dieses erbaulichen Spaziergangs, der etwas weniger als eine Stunde dauerte, fand Monk die innere Ruhe wieder, seine Gedanken von der lediglich vorübergehend wichtigen Frage, wer Joscelin Grey ermordet hatte, loszureißen und sich dem prekären Thema seiner eigenen Vergangenheit zuzuwenden. Hier kannte ihn niemand; wenigstens einen Abend lang würde er in der Lage sein, ganz neu anzufangen, keine vorangegangene Tat konnte ihn dabei behindern – oder ihm helfen. Vielleicht gelang es ihm ja, etwas über sein Inneres zu erfahren, wenn sämtliche Erwartungen wegfielen.

Er verbrachte die Nacht im Dorfgasthaus und erkundigte sich dort am kommenden Morgen unauffällig über gewisse Lokalgrößen, woraufhin er seinem Bild von Joscelin Grey zwar keine bedeutsamen neuen Details hinzufügen konnte, jedoch herausfand, daß seinen beiden Brüdern beträchtlicher Respekt gezollt wurde, jedem auf seine Weise. Beliebt waren sie nicht – dazu waren ihr Stand und Lebensstil einfach zu anders –, aber man verließ sich auf sie. Sie entsprachen haargenau der Vorstellung, die man sich von Leuten ihresgleichen machte; man registrierte sorgsam jede kleine Gefälligkeit und achtete darauf, daß eine Art wechselseitiger Ehrenkodex eingehalten wurde.

Mit Joscelin verhielt es sich anders, bei ihm war eine gewisse Sympathie nicht ausgeschlossen. Laut einhelliger Meinung war er mehr als nur höflich gewesen; man erinnerte sich an seine enorme Freigebigkeit, die mit seinem Status als Sproß des Hauses Shelburne gerade noch vereinbar gewesen war. Sollte jemand etwas anderes gedacht oder gefühlt haben, er hätte es einem Fremdling wie Monk niemals auf die Nase gebunden. Außerdem war Joscelin bei der Armee gewesen, und eine gewisse Ehrerbietung stand den Toten zu!

Monk genoß es unendlich, einmal umgänglich, ja sogar freundlich sein zu dürfen. Niemand fürchtete sich vor ihm – obschon man ihn im Auge behielt, er war schließlich ein Peeler –, keiner behandelte ihn mit ehrfürchtigem Resepekt, und alle waren genauso erpicht darauf, den Mörder ihres Helden zu finden, wie er selbst.

Das Mittagessen nahm er in der Schankstube zu sich, in Gesellschaft einiger bedeutender hiesiger Persönlichkeiten, und schaffte es tatsächlich, mit ihnen ins Gespräch zu kommen. In dem hellen Sonnenlicht, das durch die offene Tür strömte, begannen sich die Zungen bei Apfelwein, Apfelkuchen und Käse schon bald zu lösen. Monk wurde miteinbezogen, und es dauerte nicht lang, da gingen die Pferde mit ihm durch, und er gab geistreiche, ironische und witzige Bemerkungen zum besten. Erst auf dem Rückweg wurde ihm klar, daß sie stellenweise auch unverschämt geklungen haben mußten.

Am frühen Nachmittag brach er auf, um von dem winzigen, verschlafenen Bahnhof aus die polternde, dampfzischende Rückreise nach London anzutreten.

Kurz nach vier kam er dort an und fuhr mit einem Hansom schnurstracks zum Polizeirevier.

»Und?« drängelte Runcorn mit gezückten Brauen. »Haben Sie's fertiggebracht, Ihre Ladyschaft einzulullen? Ich darf wohl davon ausgehen, daß Sie sich wie ein Gentleman benommen haben?«

Wieder hörte Monk diese gewisse Schärfe und anklingende Antipathie aus seiner Stimme heraus. Was hatte er dem Mann bloß getan? Er versuchte verzweifelt, sich an etwas zu erinnern, das

Runcorns Abneigung rechtfertigen konnte. Sein schroffes Benehmen konnte nicht der einzige Grund dafür sein, oder war er tatsächlich so dumm gewesen, sich mit einem Vorgesetzten anzulegen? Er mußte es herausfinden, denn es spielte eine große, beinah lebenswichtige Rolle: Runcorn hielt den Schlüssel zu seiner Beschäftigung in der Hand, dem einzig sicheren Bestandteil seines augenblicklichen Lebens. Ohne Arbeit wäre er nicht nur absolut identitätslos, sondern binnen weniger Wochen auch vollkommen verarmt, und dann wäre ihm das gleiche traurige Schicksal beschieden wie jedem armen Schlucker: die Bettelei mit dem allzeit drohenden Hungertod oder die Gefahr, wegen Landstreicherei ins Gefängnis geworfen zu werden, oder das Armenhaus; und es gab weiß Gott so manchen, der das Armenhaus für das größere Übel hielt.

»Ich denke, Ihre Ladyschaft hat begriffen, daß wir alles menschenmögliche tun«, erwiderte er. »Und daß wir zuerst den nächstliegenden Möglichkeiten auf den Grund gehen mußten – wie zum Beispiel der Einbrechertheorie. Sie hat Verständnis dafür, daß wir inzwischen auch jemand aus Greys Bekanntenkreis als Mörder in Betracht ziehen.«

Runcorn stöhnte. »Sie haben Sie nach ihm ausgefragt, stimmt's? Was für ein Knabe er war und so?«

»Ja, Sir. Sie war verständlicherweise voreingenommen –«

»Verständlicherweise«, pflichtete Runcorn ihm säuerlich bei, während seine Brauen von neuem hochzuckten. »Sie sollten allerdings schlau genug sein, das zu durchschauen.«

Monk überhörte die Anspielung. »Er schien ihr Lieblingssohn gewesen zu sein – und mit Abstand der liebenswerteste. Darüber waren alle einer Meinung, sogar im Dorf; abzüglich derer, die sich weigern, schlecht über die Toten zu sprechen.« Er grinste verzerrt. »Oder über den Sohn aus dem großen Haus! Wie auch immer, zurück bleibt jedenfalls ein Mann mit schier unerträglichem Charme, einer ausgezeichneten Laufbahn beim Militär und ohne besondere Laster oder Schwächen, wenn man einmal davon absieht, daß er bisweilen Schwierigkeiten hatte, mit dem familiären Zuschuß auszukommen, gelegentlich ein wenig aufbrauste und dann und wann seinen spöttischen Witz versprühte. Dafür war er um so spendabler, merkte sich die Geburtstage und Namen der Dienerschaft – und verstand es, die Leute zu unterhalten. Allmählich sieht es ganz so aus, als ob Eifersucht im Spiel sein könnte.«

Runcorn seufzte.

»Brenzlig, brenzlig«, verkündete er entschieden, das linke Auge bis auf einen Spalt geschlossen. »Misch dich niemals in Familienangelegenheiten, denn je höher du kommst, desto widerlicher wird's!« Er zupfte geistesabwesend an seinem Mantel, wenn dieser deshalb auch nicht die Spur besser saß. »Bitte, da haben Sie Ihre große Welt; können ihre Spuren besser verwischen als jeder von Ihren Durchschnittsganoven, auch wenn die sich noch soviel Mühe geben. Macht zwar nicht oft einen Fehler, dieses Pack, aber wenn – dann gnade einem Gott!« Sein Finger stieß ruckartig in die Luft und zeigte auf Monk. »Ich gebe Ihnen mein Wort drauf, falls da wirklich was nicht stimmt, wird's erst noch viel ungemütlicher, bevor es besser werden kann. Sie mögen von den oberen Klassen angetan sein, mein Freund, aber wenn's darum geht, die eigenen Angehörigen zu schützen, greifen die zu den schmutzigsten Mitteln, die man sich nur denken kann, das dürfen Sie mir ruhig glauben!«

Monk wußte nichts darauf zu erwidern. Er fragte sich wieder, weshalb Runcorn so gegen ihn aufgebracht war. War ihm früher auch jedes Mittel recht gewesen, um gesellschaftlich aufzusteigen? Die Vorstellung, sich für etwas auszugeben, was man nicht ist, nur um bei Leuten Eindruck zu schinden, die sich nicht im mindesten um einen scherten und mit ziemlicher Sicherheit bereits über die wahre Herkunft Bescheid wußten, ehe man überhaupt den Mund auftat, war abstoßend, auf gewisse Weise sogar bemitleidenswert.

Versuchte andererseits nicht jeder, seine Position zu verbessern, wenn sich ihm die Gelegenheit bot?

Runcorn starrte ihn voll Ungeduld an.

»Na, was haben Sie dazu zu sagen?« fragte er unwirsch.

»Jawohl, Sir. Ganz Ihrer Meinung.« Monk hatte sich wieder im Griff. »Wir könnten tatsächlich auf etwas ausgesprochen Schmutziges stoßen. Man muß einen Menschen schon sehr hassen, um ihn auf die Art totschlagen zu können, wie es Grey widerfuhr. Falls die Familie in die Geschichte verwickelt ist, wird sie garantiert alles daransetzen, es zu vertuschen. Der älteste Sohn, unser gegenwärtiger Lord Shelburne, war auch gar nicht erbaut von meiner Idee, die Zusammenhänge dahingehend zu erforschen. Er tat sein Bestes, mich auf die Theorie zurückzubringen, der Mörder sei ein Gelegenheitsdieb oder ein Psychopath.«

»Und Ihre Ladyschaft?«

»*Sie* will, daß wir weitermachen.«

»Dann hat sie aber Glück, was?« Runcorn nickte; sein Mund war zu einer merkwürdigen Grimasse verzogen. »Weil Sie haargenau das tun werden!«

Monk begriff, daß er entlassen war.

»Jawohl, Sir. Ich fange mit Yeats an.« Er entschuldigte sich und ging in sein eigenes Büro.

Evan saß emsig vor sich hin kritzelnd am Schreibtisch. Bei Monks Eintreten schaute er mit einem kurzen Lächeln auf. Monk seinerseits war unbeschreiblich glücklich, ihn zu sehen. Er merkte plötzlich, daß er Evan bereits mehr als Freund denn als Kollegen betrachtete.

»Wie war's in Shelburne?«

»Außerordentlich entzückend – und außerordentlich steif. Und Yeats?«

»Ausgesprochen achtbar.« Evans Mund kräuselte sich flüchtig vor unterdrückter Belustigung. »Und ausgesprochen mittelmäßig. Niemand hat etwas zu seinen Ungunsten zu sagen. Genaugenommen hat niemand überhaupt viel zu sagen; man hat Schwierigkeiten, sich exakt an ihn zu erinnern.«

Monk verbannte Yeats aus seinen Gedanken und kam auf ein Thema zu sprechen, das ihm mehr am Herzen lag.

»Runcorn scheint zu glauben, daß das Ganze noch ziemlich unangenehm wird. Er erwartet eine ganze Menge von uns –«

»Klar.« Evan sah ihm offen ins Gesicht. »Deshalb hat er Sie ja auf den Fall angesetzt, obwohl Sie gerade erst aus dem Krankenhaus raus waren. Es wird immer brenzlig, wenn wir mit dem Adel zu tun haben. Lassen Sie's uns ruhig beim Namen nennen: Ein Polizist wird für gewöhnlich behandelt, als hätte er den gleichen gesellschaftlichen Rang wie ein Dienstmädchen – wie jemand, den man genausogern in seiner Nähe hat wie eine Sickergrube. In einer unvollkommenen Welt zwar ein notwendiges Übel, in einem feinen Salon allerdings völlig fehl am Platz.«

Bei einer anderen Gelegenheit hätte Monk gelacht, doch momentan war er viel zu betroffen.

»Warum ich?« bestürmte er Evan.

Der war zutiefst verwirrt. Er überspielte, was wie Verlegenheit aussehen mußte, mit Förmlichkeit.

»Sir?«

»Warum ich?« wiederholte Monk eine Spur schärfer. Er hörte selbst, daß seine Stimme ein paar Töne hinaufging, war jedoch außerstande, es zu verhindern.

Evan schlug peinlich berührt die Augen nieder.

»Wollen Sie eine ehrliche Antwort von mir – obwohl Sie's eigentlich genau wissen müßten?«

»Ja, das will ich! Also bitte.«

Evan schaute ihn mit brennenden Augen an. »Weil Sie der beste Mann im ganzen Revier sind – und der ehrgeizigste. Weil Sie wissen, wie man sich kleidet und wie man sich ausdrückt. Wenn jemand den Shelburnes gewachsen ist, dann Sie.« Er verstummte, biß sich auf die Lippe und fuhr dann jäh fort: »Und falls Sie doch scheitern sollten – entweder weil Sie das Ganze verpfuschen und den Mörder nicht zu fassen kriegen oder Ihrer Ladyschaft blöd kommen und sie sich über Sie beschwert –, gäb's nur wenige, denen Ihre Degradierung leid tun würde . . . Und Schlimmeres natürlich, wenn sich herausstellt, daß der Mörder tatsächlich zur Familie gehört, und Sie ihn festnehmen müssen –«

Sein Vorgesetzter starrte ihn an, doch diesmal wich Evan dem Blick nicht aus. Es überlief Monk siedendheiß.

»Einschließlich Runcorn?« fragte er ruhig.

»Ich denke schon.«

»Und Sie?«

Wieder war Evan ehrlich überrascht. »Nein, ich nicht«, sagte er schlicht. Er erging sich nicht in Protestgeschrei, weshalb Monk ihm um so mehr glaubte.

»Gut.« Er holte tief Luft. »Für heute reicht's. Um Yeats kümmern wir uns morgen.«

»In Ordnung, Sir.« Evan grinste, der Schatten auf seinem Gesicht war verflogen. »Um acht bin ich hier.«

Monk schrak innerlich zusammen, als er die Uhrzeit hörte, mußte sich aber wohl oder übel damit einverstanden erklären. Er wünschte Evan einen angenehmen Abend und machte sich auf den Heimweg.

Unbemerkt schlug er jedoch die entgegengesetzte Richtung ein. Er registrierte erst nach einer ganzen Weile, daß er auf die Gegend um die St.-Marylebone-Kirche zusteuerte. Es war eine Strecke von mehr als drei Kilometern, und er war müde. Seine Beine taten ihm noch von dem langen Fußmarsch in Shelburne weh, seine Füße waren wund gelaufen, also hielt er eine Kutsche an und nannte dem Fahrer die Adresse der Kirche.

Dort war es sehr still. Durch die in Windeseile dunkler werdenden Fenster drang kaum noch Helligkeit, lediglich die Kandelaber warfen kleine, gelbe Lichtbögen in den Raum.

Warum die Kirche? Er fand all die Ruhe, allen Frieden, den er sich wünschte, in seinen eigenen vier Wänden, und große Gottesfürchtigkeit hatte ihn bestimmt nicht getrieben. Monk glitt in eine der Bankreihen und grübelte darüber, was er an diesem Ort zu suchen hatte.

Nachdem er bereits wer weiß wie lang ohne jegliches Zeitgefühl reglos im Dunkeln gesessen hatte, wie immer auf der Suche nach irgendeiner Erinnerung – einem Gesicht, einem Namen, einem Gefühl –, sah er plötzlich nur wenige Meter entfernt die junge Frau in Schwarz.

Er konnte es nicht fassen. Sie erschien ihm so voller Leben, so unglaublich vertraut. Faszinierte sie ihn lediglich, weil sie ihn an etwas erinnerte, das er um jeden Preis wieder fühlen wollte?

Im Grunde war sie nicht schön, nicht wirklich. Der Mund war zu groß, die Augen lagen zu tief – und aus eben diesen Augen schaute sie ihn nun an.

Monk bekam plötzlich Angst. Kannte er sie? War es unverzeihlich flegelhaft von ihm, sie nicht anzusprechen? Aber wahrscheinlich kannte er Dutzende von Leuten aus allen möglichen Gesellschaftsschichten! Sie konnte alles sein, von der Pfarrerstochter bis zur Prostituierten!

Nein, ausgeschlossen bei dem Gesicht.

Blödsinn, natürlich konnten auch Huren ein nettes Gesicht mit strahlenden Augen haben – zumindest solange sie jung waren und das Leben noch keine sichtbaren Spuren auf der äußeren Hülle hinterlassen hatte.

Ohne sich dessen bewußt zu sein, sah er sie unverwandt an.

»Guten Abend, Mr. Monk«, sagte sie zögernd; es fiel ihr offenbar nicht leicht, denn sie blinzelte verlegen.

Monk stand auf. »Guten Abend, Ma'am.« Er hatte keine Ahnung, wie sie hieß, und war mittlerweile wirklich zu Tode erschrocken. Wäre er bloß nie hergekommen! Was sollte er zu ihr sagen? Wie gut kannte sie ihn? Er spürte, wie ihm der Schweiß aus allen Poren drang; sein Mund war trocken, seine Gedanken waren ein einziges, alles vernichtendes, stummes Chaos.

»Sie haben so lang nichts mehr von sich hören lassen«, fuhr sie fort. »Ich hatte schon Angst, Sie hätten etwas entdeckt, das Sie mir nicht sagen wollen.«

Entdeckt! Hatte sie mit irgendeinem Fall zu tun? Monk suchte krampfhaft nach einer Erwiderung, die halbwegs vernünftig klang, ohne daß er sich kompromittieren mußte.

»Tut mir leid, ich fürchte, ich habe nichts Neues herausgefunden.« Seine Stimme hallte schrecklich künstlich in seinen Ohren wider. Er betete zu Gott, daß er sich nicht wie ein Vollidiot anhörte.

»Ach so.« Sie senkte den Blick. Für einen Moment sah es so aus, als wüßte sie nicht, was sie noch sagen sollte, dann hob sie den Kopf wieder und schaute ihn direkt an. Monk konnte an nichts anderes denken als an ihre Augen; wie dunkel sie waren – braun, nein, eher ein ganzes Meer unterschiedlicher Farbschattierungen. »Sie dürfen mir die Wahrheit sagen, Mr. Monk, was immer es ist. Auch wenn er sich selbst getötet hat, möchte ich es wissen. Genau wie den Grund.«

»Es ist die Wahrheit«, entgegnete er schlicht. »Ich hatte vor ungefähr sieben Wochen einen Unfall. Die Kutsche, in der ich saß, überschlug sich; ich brach mir einen Arm und ein paar Rippen und holte mir eine Platzwunde am Kopf; an den Unfall selbst erinnere ich mich nicht. Fast einen Monat lang lag ich im Krankenhaus, dann bin ich zu meiner Schwester gefahren, um mich zu erholen. Seit damals habe ich mich nicht mehr um den Fall gekümmert.«

»Sie Ärmster!« In ihrem Gesicht spiegelte sich tiefe Besorgnis. »Das ist ja furchtbar. Fühlen Sie sich denn jetzt wieder gut? Sind Sie sicher, daß es Ihnen besser geht?«

Das klang ganz so, als meinte sie es wirklich ernst. Monk stellte fest, daß ihm warm ums Herz wurde. Gewaltsam schob er den Gedanken beiseite, sie könnte lediglich ein mitfühlender oder auch nur guterzogener Mensch sein.

»Jaja, danke. Ich habe nur ein paar kleine Gedächtnislücken.« Weswegen hatte er das gesagt? Um sein Benehmen zu rechtfertigen, für den Fall, daß er sie gekränkt haben sollte? Er bildete sich zuviel ein! Warum sollte ihr Interesse an ihm über bloße Höflichkeit hinausgehen? Er dachte plötzlich wieder an Sonntag; auch da hatte sie Schwarz getragen, sündhaft teure, elegante, schwarze Seide, und der Mann in ihrer Begleitung hatte Sachen angehabt, die er sich im Traum nicht leisten konnte. Ihr Ehemann? Die Vorstellung war ausgesprochen deprimierend, geradezu schmerzhaft. Die andere Frau kam ihm gar nicht in den Sinn.

»Oh.« Sie war von neuem um Worte verlegen.

Monk versuchte sich in dem Irrgarten seiner Empfindungen zurechtzufinden, während er sich ihrer Gegenwart ständig in aller Schärfe bewußt war; er glaubte sogar, den Duft ihres Parfums wahrzunehmen, obwohl sie einige Meter weit weg stand. War auch das pure Einbildung?

»Was war denn das letzte, was ich Ihnen gesagt habe? Ich meine –« Was er meinte, wußte er nicht.

Sie aber antwortete fast ohne die kleinste Verzögerung.

»Nicht viel. Sie sagten, Papa hätte mit Sicherheit herausgefunden, daß das Geschäft ein Schwindel war – daß Sie aber noch nicht wüßten, ob er die restlichen Partner bereits zur Rede gestellt hätte. Irgendwen – seinen Namen haben sie mir nicht verraten – hätten Sie bereits mehrfach aufgesucht, dafür wäre ein Mr. Robinson allerdings jedesmal unauffindbar, wenn Sie sich um ihn bemühen würden.« Ihr Gesicht wurde hart. »Sie wußten nicht, ob Papa von den anderen ermordet worden war, um ihn zum Schweigen zu bringen, oder ob er sich aus Scham das Leben genommen hatte. Vielleicht war es falsch von mir, Sie um Hilfe zu bitten. Ich fand den Gedanken so furchtbar, er könnte sich eher für die zweite Möglichkeit entschieden haben als dafür, den andern den Kampf anzusagen. Es ist doch kein Verbrechen, betrogen zu werden!« Trotz des angestrengten Versuchs, sich zu beherrschen, konnte sie einen gewissen Zorn nicht verbergen. »Ich wollte unbedingt glauben, daß er am Leben geblieben wäre und es mit ihnen aufgenommen hätte, daß er sich eher seinen Freunden stellen würde – auch denen, die tatsächlich Geld verloren hatten – als . . . als –« Hätte sie weitergesprochen, wäre sie in Tränen ausgebrochen. Statt dessen stand sie einfach reglos da und schluckte schwer.

»Es tut mir sehr leid für Sie«, sagte Monk vollkommen ruhig. Er hätte sie gern berührt, war sich jedoch der Kluft zwischen ihnen schmerzhaft bewußt. Eine solche Geste wäre viel zu vertraulich gewesen und hätte unweigerlich die Intimität des Augenblicks, diese herrliche Illusion von Nähe, zerstört.

Sie verharrte noch einen Moment, als warte sie auf etwas, das ohnehin nicht eintreffen würde. Dann gab sie es schließlich auf.

»Ich danke Ihnen. Ich bin sicher, Sie haben getan, was in Ihrer Macht stand. Vielleicht habe ich die Dinge nur so gesehen, wie ich sie sehen wollte.«

Im vorderen Teil des Seitenschiffs, in der Nähe der Tür, bewegte sich etwas. Der Pfarrer kam mit ausdrucksloser Miene auf sie zu, gefolgt von der Frau mit dem bemerkenswert eigenwilligen Gesicht, die Monk bereits am Sonntag aufgefallen war. Sie trug auch diesmal schlichte, schwarze Kleidung; das kräftige, nur leicht gewellte Haar war eher zweckmäßig als modisch frisiert.

»Sind Sie das, Mrs. Latterly?« rief der Vikar unsicher, während er blinzelnd ins Halbdunkel spähte. »Wirklich, meine Liebe! Was tun Sie denn hier so allein? Es ist nicht gut, wenn Sie grübeln. Oh!« Er hatte Monk entdeckt. »Ich bitte um Verzeihung. Ich wußte nicht, daß jemand bei Ihnen ist.«

»Das ist Mr. Monk«, klärte sie ihn auf, »von der Polizei. Er war so freundlich, uns nach Papas – Tod – zu helfen.«

Der Pfarrer musterte Monk mit mißbilligendem Blick.

»Soso. Mein liebes Kind, ich denke wirklich, es wäre für jeden von uns besser, wenn Sie die Sache auf sich beruhen lassen könnten. Die Trauerzeit sollen Sie natürlich einhalten, aber lassen Sie Ihren armen Schwiegervater doch in Frieden ruhen.« Er malte geistesabwesend das Kreuzzeichen in die Luft. »Jawohl – in Frieden.«

Monk trat aus der Bank. Mrs. Latterly! Sie war also verheiratet – oder verwitwet? Halt, das ging nun wirklich zu weit!

»Falls ich noch etwas herausfinden sollte, Mrs. Latterly« – seine Stimme klang angespannt, fast erstickt – »möchten Sie darüber informiert werden?« Er wollte sie nicht verlieren, wollte verhindern, daß sie spurlos in der Vergangenheit verschwand. Wahrscheinlich fand er nicht das geringste heraus, aber er mußte wissen, wo sie lebte, mußte einen Grund haben, sie wiedersehen zu dürfen.

Sie schaute ihn einen langen Augenblick unschlüssig an. In ihrem Innern schien ein Kampf stattzufinden, und sie sagte schließlich vorsichtig: »Ja bitte, das wäre sehr nett, aber vergessen Sie Ihr Versprechen nicht.« Dann drehte sie sich schwungvoll um, wobei ihre Röcke seine Füße streiften. »Gute Nacht, Herr Pfarrer. Komm, Hester, es wird Zeit, nach Hause zu gehen; Charles erwartet uns zum Dinner.« Sie ging langsam auf die Tür zu. Monk blickte ihr nach, wie sie die Kirche Arm in Arm mit der anderen Frau verließ. Es kam ihm so vor, als nähme sie alles Licht mit.

Draußen in der kühlen Abendluft drehte sich Hester Latterly zu ihrer Schwägerin um.

»Ich finde, du schuldest mir langsam eine Erklärung, Imogen«, meinte sie ruhig, jedoch mit einem Quentchen Nachdruck in der Stimme. »Also, wer ist dieser Mann?«

»Er gehört zur Polizei«, erwiderte Imogen, während sie energisch auf die Kutsche zuschritt, die am Bordsteinrand wartete. Der Kutscher stieg ab, hielt ihnen die Tür auf und half erst ihr, dann Hester hinein. Beide ließen sich wortlos auf der Sitzbank nieder, wobei Hester ihre Röcke in Ordnung brachte, damit sie es bequemer hatte, Imogen, damit der feine Stoff nicht zerknitterte.

»Was soll das heißen, ›gehört zur Polizei‹?« fragte Hester ungehalten, als sich die Kutsche in Bewegung setzte. »Man ›gehört‹ nicht zur Polizei. So wie du es sagst, klingt es ja direkt wie ein gesellschaftliches Ereignis! ›Miss Smith gehört heute abend zu Mr. Jones.‹«

»Nun sei nicht pedantisch«, beschwerte sich Imogen. »Man sagt sogar über ein Dienstmädchen: ›Tilly gehört momentan zu den Robinsons!‹«

Hesters Augenbrauen schossen in die Höhe. »Ach! Und spielt dieser Herr momentan den Lakai für die Polizei?«

Imogen schwieg.

»Tut mir leid«, lenkte Hester schließlich ein. »Aber ich weiß genau, daß dir irgendwas zu schaffen macht. Ich fühle mich einfach völlig hilflos, weil ich keine Ahnung habe, was es ist.«

Imogen streckte eine Hand aus und drückte die ihrer Schwägerin.

»Es ist nichts«, sagte sie so leise, daß die Worte durch das Rattern der Räder, das dumpfe Pferdegetrappel und den allgemeinen Straßenlärm kaum zu hören waren. »Mir setzt nur Papas Tod und das anschließende Trara immer noch zu. Keiner von uns hat den Schock schon verkraftet, und ich bin wirklich sehr froh, daß du alles stehen- und liegengelassen hast und sofort nach Hause gekommen bist.«

»Das war doch selbstverständlich«, erwiderte Hester wahrheitsgemäß, obwohl ihre Arbeit in den Lazaretten an der Krim sie so sehr verändert hatte, daß weder Imogen noch Charles es auch nur ansatzweise begreifen konnten. Es war ihr ziemlich schwergefallen, die krankenpflegerische Tätigkeit aufzugeben, den leidenschaftlichen Wunsch, zu verbessern, zu verändern und zu heilen, hintanzusetzen – ein Wunsch, der auch unbekanntere Frauen als Miss Nightingale motiviert hatte. Doch als erst ihr Vater und dann binnen weniger Wochen ihre Mutter gestorben war, hatte sie es als eine Art heilige Pflicht betrachtet, nach Hause zurückzukehren, um zu trauern und ihrem Bruder und seiner Frau bei all den Dingen zu helfen, die zwangsläufig anfielen. Natürlich hatte Charles die geschäftlichen und finanziellen Belange geregelt, aber der Haushalt mußte aufgelöst, Bedienstete entlassen, unendlich viele Briefe geschrieben, Kleidungsstücke an die Armen verteilt, die persönliche Hinterlassenschaft verwaltet und die allzeit wichtige gesellschaftliche Fassade aufrechterhalten werden. Es wäre äußerst unfair gewesen, von Imogen zu erwarten, daß sie die ganze Last und Verantwortung allein trug. Hester hatte keinen zweiten Gedanken daran verschwendet, ob ihr Kommen zu ermöglichen war; sie hatte sich entschuldigt, ihre wenigen Habseligkeiten zusammengepackt und war an Bord gegangen.

Das Leben in London war ein ungeheurer Kontrast zu den Jahren an der Krim, in denen sie jede Menge menschliches Leid in all seinen Erscheinungsformen kennengelernt hatte: Verwundete, die vor Schmerz schrien, von Gewehrkugeln und Schwertern zerfetzte Leichen und – was ihr am meisten zusetzte – unzählige Menschen, die ohne jeden Sinn von Krankheiten dahingerafft wurden. Sie kannte die furchtbaren Krämpfe und schlimmen Brechanfälle von Cholera, Typhus und Ruhr, den Hungertod in eisiger Kälte – und die Unfähigkeit, etwas dagegen zu unternehmen, die sie an den Rand des Wahnsinns getrieben hatte.

Sie und eine Handvoll andere Frauen hatten bis zur Erschöpfung geschuftet, Menschen von ihren Exkrementen gesäubert, wo keine sanitären Einrichtungen vorhanden waren, den Urin der Hilflosen aufgewischt, der auf den Boden rann und in die Kellerräume durchsickerte, wo die schlimmsten Fälle zusammengepfercht waren – die, für die keine Hoffnung mehr bestand. Sie hatte Männer gepflegt, die im Fieberwahn delirierten, denen brandig gewordene Glieder amputiert werden mußten, nachdem sie von einer Muskete, einer Kanone oder einem Schwert getroffen worden waren – manche deshalb, weil sie sich Frostbeulen geholt hatten in den ungeschützten und gefürchteten Biwaks der Winterlager, in denen jedesmal Tausende von Soldaten und Pferden jämmerlich umkamen. Sie hatte die Babys der unterernährten und vernachlässigten Soldatenfrauen auf die Welt geholt, viele davon wenig später begraben und versucht, den trauernden Müttern Trost zu spenden.

Und als sie das Elend nicht länger tragen konnte, hatte sich ihr letztes bißchen Energie in unvorstellbarer Wut entladen, hatte sie begonnen, die Unzulänglichkeit der Kommandobehörde zu bekämpfen, die ihrer Ansicht nach über kein Jota gesunden Menschenverstand verfügte, von Führungstalent ganz zu schweigen.

Sie hatte einen Bruder und viele Freunde verloren, allen voran

Alan Russell, einen brillanten Kriegsberichterstatter, der die Zeitungen in der Heimat mit einigen unerfreulichen Wahrheiten über einen der glorreichsten und verwegensten Feldzüge versorgte, der je geführt worden waren. Die meisten Artikel hatte er mit ihr besprochen und sie lesen lassen, bevor er sie abschickte.

Als das Fieber ihn so weit geschwächt hatte, daß er nicht mehr schreiben konnte, hatte er ihr den letzten Brief diktiert, und sie hatte ihn aufgegeben. Bei seinem Tod im Krankenhaus von Skutari war sie auf die Idee verfallen, selbst einen Bericht zu verfassen, den sie mit seinem Namen unterzeichnete.

Er wurde angenommen und gedruckt. Von den anderen verwundeten und fiebernden Männern hatte sie genug über Schlachten, Belagerungen und Stellungskrieg, aussichtslose Angriffe und endlose Wochen bodenloser Langeweile erfahren, um weitere Artikel schreiben zu können, alle mit Alans Namen unterschrieben. In dem allgemeinen Chaos fiel es niemandem auf.

Und nun war sie wieder zu Hause, inmitten des gesittet, würdevoll, ja ausgesprochen nüchtern trauernden Haushalts ihres Bruders, wo man Schwarz trug, als wäre der Tod der Eltern der einzige Verlust, den es zu beklagen gab; als gäbe es nicht mehr zu tun, als in aller Stille einen Stickrahmen in die Hand zu nehmen, Briefe zu verschicken und gemeinsam mit den hiesigen Wohlfahrtseinrichtungen diskrete, kleine gute Taten zu vollbringen. Außerdem mußte Charles' ständigen, reichlich aufgeblasenen Anordnungen Folge geleistet werden, was wann, wie und wo zu erledigen war. Es war fast nicht zum Aushalten. Sie kam sich vor, als hätte man ihre Lebensgeister zeitweilig außer Kraft gesetzt. Sie war daran gewöhnt, eine gewisse Machtbefugnis zu haben, Entscheidungen zu treffen und jederzeit mit Leib und Seele im Geschehen zu stehen, stets verzweifelt gebraucht zu werden und da zu sein, auch wenn sie vollkommen übermüdet, bitter enttäuscht, voller Zorn oder Mitleid war.

Sie brachte Charles zur Raserei, weil er sie nicht verstand, weil er nicht begreifen konnte, wie sich das grüblerische, intellektuelle Mädchen, das er von früher kannte, nur so hatte verändern können – zudem fiel ihm beim besten Willen kein respektabler, potentieller

Heiratskandidat für sie ein. Die Vorstellung, für den Rest seines Lebens mit ihr unter einem Dach zu wohnen, war ihm unerträglich.

Es war auch für Hester keine erbauliche Aussicht, und sie hatte nicht vor, es soweit kommen zu lassen. Sie würde bleiben, solange Imogen sie brauchte, dann konnte sie sich immer noch Gedanken über ihre Zukunft machen.

Während sie jetzt neben ihrer Schwägerin in der Kutsche saß und sie über die staubigen Straßen holperten, wuchs in ihr plötzlich die feste Überzeugung, daß Imogen sich große Sorgen machte, und zwar wegen einer Sache, die sie weder Charles noch ihr anvertrauen wollte. Es mußte mehr dahinterstecken als Kummer; es war etwas, das nicht nur mit der Vergangenheit, sondern auch mit der Zukunft zusammenhing.

5

Monk und Evan sagten Grimwade nur flüchtig guten Tag und begaben sich direkt nach oben zu Yeats. Es war gerade acht Uhr vorbei; sie hofften, ihn beim Frühstück, wenn möglich noch davor zu erwischen.

Yeats öffnete ihnen die Tür selbst. Er war ein kleiner, leicht rundlicher Mann um die Vierzig mit sanftem Gesicht und schütterem Haar, das ihm in die Stirn fiel. In der Hand hielt er eine mit Orangenkonfitüre bestrichene Toastscheibe. Er machte einen recht erschrockenen Eindruck; bei Monks Anblick schien eine Alarmglocke in ihm anzuschlagen.

»Guten Morgen, Mr. Yeats«, sagte dieser ruhig. »Wir sind von der Polizei und möchten uns noch einmal mit Ihnen über den Mord an Major Grey unterhalten. Dürfen wir bitte hereinkommen?« Er machte keinerlei Anstalten, es von sich aus zu tun, doch seine Größe schien Yeats einzuschüchtern, was er bewußt ausspielte.

»J-ja, s-s-sicher«, stammelte Yeats im Zurückweichen. »Aber ich versichere Ihnen, ich weiß nichts, das ich n-nicht schon erzählt hätte. Zwar nicht Ihnen, a-a-aber einem Mr. Lamb, der –«

»Ich weiß.« Monk folgte ihm in die Wohnung. Er war sich seines schikanösen Benehmens bewußt, konnte und wollte es sich jedoch nicht leisten, allzu großes Zartgefühl an den Tag zu legen. Immerhin hatte Yeats dem Mörder direkt gegenübergestanden und ihm höchstwahrscheinlich bei seinem Verdunklungsmanöver geholfen, ob nun wissentlich oder nicht. »Uns liegen allerdings einige neue Fakten vor, seit Mr. Lamb krank geworden ist und ich den Fall übernommen habe.«

»So?« Yeats ließ den Toast fallen und hob ihn wieder auf, ohne sich um die Marmelade auf dem Teppich zu kümmern. Das Wohnzimmer war kleiner als Greys und wirkte durch die massiven Eichenmöbel überladen. Überall standen gerahmte Fotografien auf bestickten Deckchen. Beide Sessel steckten unter Schonbezügen.

»Was –?« begann Yeats nervös. »Tatsächlich? Ich kann mir nicht vorstellen, daß ich Ihnen irgendwie helfen kann, um – um . . . äh –«

»Vielleicht wären Sie so freundlich, uns ein paar Fragen zu beantworten, Mr. Yeats«, sagte Monk beschwichtigend. Der Mann durfte auf keinen Fall derart in Angst und Schrecken geraten, daß er zu keinem klaren Gedanken mehr fähig war.

»Tja – wenn Sie meinen . . . Natürlich, ja – gern.« Er machte einige Schritte rückwärts und ließ sich auf der äußersten Kante des Sessels nieder, der dem Tisch am nächsten stand.

Monk setzte sich ebenfalls und registrierte, daß Evan das gleiche tat und es sich auf einem an der Wand stehenden Stuhl bequem machte. Er fragte sich flüchtig, was Evan von ihm halten mochte, ob er ihn zu grob fand, zu sehr von seinem Ehrgeiz, von seiner Sucht nach Erfolg bestimmt. Yeats konnte leicht genau das sein, nach dem er aussah – ein verängstigtes Männchen, das nur aus Pech zur Schlüsselfigur in einem Mordfall avanciert war.

Monk beschloß, sanfter mit ihm umzuspringen, und überlegte mit einem Anflug von Selbstironie, daß sein gemäßigter Ton möglicherweise gar nicht dazu dienen sollte, Yeats zu beruhigen, sondern bei Evan Lorbeeren zu ernten. Was hatte ihn bloß in so große Isolation getrieben, daß Evans Meinung ihm derart wichtig war? War er so darin aufgegangen, aufzusteigen, sein Wissen zu erweitern, sein Image zu polieren, daß kein Raum mehr für Freundschaften geblieben war?

Yeats beäugte ihn wie ein Kaninchen, das einen Marder gesehen hat; er saß vor Furcht wie versteinert da.

»Sie hatten am fraglichen Abend Besuch«, erinnerte Monk ihn relativ freundlich. »Um wen handelte es sich?«

»Das weiß ich nicht!« stieß Yeats mit unnatürlich hoher Stimme hervor; es klang fast wie ein Quieken. »Ich weiß nicht, wer das war! Ich hab's Mr. Lamb doch schon gesagt! Der Mann hatte sich in der Tür geirrt – er wollte gar nicht zu mir!«

Monk hob unwillkürlich eine Hand, um ihn zu besänftigen, wie man es bei einem überdrehten Kind tat oder einem Tier.

»Sie haben ihn aber gesehen, Mr. Yeats«, fuhr er bewußt leise fort. »Bestimmt erinnern Sie sich an irgend etwas – an seine Stimme zum Beispiel? Sicher hat der Mann wenigstens ein paar Worte zu Ihnen gesagt?« Ob Yeats nun log oder nicht – wenn Monk seine Aussage offen anzweifelte, würde er garantiert nichts erreichen; der Mann würde sich nur noch tiefer hinter seinem Nichtwissen verschanzen.

Yeats zwinkerte nervös mit den Augen.

»Ich – wirklich, ich – ich . . . tut mir leid, Mr. –, Mr. –«

»Monk. Verzeihen Sie«, sagte Monk rasch, der weder sich noch Monk vorgestellt hatte. »Und das hier ist Mr. Evan. War der Mann groß oder klein?«

»Oh, groß. Sehr groß!« kam es wie aus der Pistole geschossen. »So groß wie Sie, und er sah ziemlich kräftig aus, obwohl er einen dicken Mantel anhatte, denn draußen war es an dem Abend ganz scheußlich. Hat fürchterlich geregnet.«

»Richtig, ich erinnere mich. War er größer als ich?« Monk stand auf, damit er sich ein besseres Bild machen konnte.

Yeats spähte an ihm hoch. »Nein, ich glaube nicht. Ungefähr genauso, wenn mich mein Gedächtnis nicht täuscht. Das ist alles so lange her.« Er schüttelte unglücklich den Kopf.

Monk setzte sich wieder. Evan machte sich im Hintergrund unauffällig Notizen.

»Er war nicht länger als ein, zwei Sekunden hier!« protestierte Yeats. Er hielt nach wie vor den Toast in der Hand, der sich allmählich in seine Bestandteile auflöste und seine Hose vollkrümelte. »Er hat geklingelt, mir eine Frage bezüglich meiner Tätigkeit gestellt, daraufhin gemerkt, daß ich nicht die Person bin, die er suchte, und ist wieder gegangen. Mehr war wirklich nicht!« Er wischte ohne großen Erfolg über seine Hosenbeine. »Glauben Sie mir, wenn ich könnte, würde ich Ihnen sofort helfen! Armer Major Grey – so ein furchtbarer Tod.« Er schauderte. »Und so ein reizender Mann! Das Leben kann einem schon übel mitspielen, finden Sie nicht?«

In Monk regte sich Hoffnung.

»Sie kannten Major Grey?« Er ließ die Frage so beiläufig wie möglich klingen.

»Nein, nicht besonders gut, wo denken Sie hin!« verwahrte sich Yeats entschieden, um von vornherein jeglichen Gedanken an Standesdünkel oder persönliches Betroffensein auszuschalten. »Wir haben uns gegrüßt, sonst nichts. Aber er war stets ausgesucht höflich, fand immer ein freundliches Wort – ganz anders als diese jungen Burschen von Stand. Und er hat niemals so getan, als hätte er den Namen vergessen.«

»Worin besteht eigentlich Ihre Tätigkeit, Mr. Yeats? Ich glaube, das haben Sie noch nicht erwähnt.«

»Nicht? Ja, kann sein.« Die Toastscheibe in seiner Hand bestand nur mehr aus einzelnen, größeren Brocken, wofür er jedoch vollkommen blind war. »Ich handle mit seltenen Briefmarken und Münzen.«

»Und Ihr Besucher handelte ebenfalls damit?«

Yeats schaute Monk verblüfft an.

»Das hat er nicht gesagt, aber ich kann es mir im Grunde nicht vorstellen. Diese Berufssparte ist sehr klein, müssen Sie wissen; man lernt früher oder später alle Kollegen kennen.«

»Er war folglich Engländer?«

»Wie bitte? Ich verstehe nicht ganz –«

»Er war kein Ausländer, den Sie auch dann nicht hätten kennen können, selbst wenn er im selben Bereich tätig gewesen wäre?«

»Ah, jetzt begreife ich, was Sie meinen.« Yeats Stirn glättete sich wieder. »Richtig, er war Engländer.«

»Und zu wem wollte er, wenn nicht zu Ihnen, Mr. Yeats?«

»I-ich habe keine Ahnung.« Seine Hand fuhr verzweifelt durch die Luft. »Er wollte wissen, ob ich Kartensammler bin. Als ich das verneinte, sagte er, dann wäre er wohl falsch informiert, und ging sofort wieder.«

»Das glaube ich nicht, Mr. Yeats. Ich glaube, er ging geradewegs zu Major Grey und schlug ihn im Verlauf der nächsten Dreiviertelstunde tot.«

»Großer Gott!« Yeats' Knochen gaben unter seinem Gewicht nach, so daß er nach hinten rutschte und halb in seinem Sessel versank. Hinter Monks Rücken rührte sich Evan, als wolle er ihm zu Hilfe eilen, besann sich dann eines Besseren und setzte sich wieder hin.

»Das überrascht Sie?« erkundigte sich Monk seinerseits verwundert.

Yeats schnappte sprachlos nach Luft.

»Haben Sie den Mann bestimmt nicht gekannt?« beharrte Monk, der ihm nicht die Möglichkeit geben wollte, sich wieder in den Griff zu bekommen. Es war genau der richtige Zeitpunkt, Yeats ein wenig unter Druck zu setzen.

»Aber nein. Ganz sicher nicht!« Er schlug die Hände vors Gesichts. »Gütiger Himmel!«

Monk betrachtete Yeats verdrossen. Der Mann war zu nichts mehr zu gebrauchen, entweder war er das Entsetzen in Person oder er gab ungemein geschickt vor, es zu sein. Er drehte sich nach Evan um. Dessen Gesicht war vor Verlegenheit völlig starr; wahrscheinlich schämte er sich wegen ihrer Anwesenheit und ihres Schuldanteils an dem Elend des kleinen Mannes – vielleicht auch nur, weil er Zeuge eines Zusammenbruchs war.

Monk erhob sich; seine Stimme klang wie aus weiter Ferne. Er wußte, daß er das Risiko einging, einen Fehler zu machen, und er wußte ebenfalls, daß er es um Evans willen tat.

»Ich danke Ihnen, Mr. Yeats. Es tut mir leid, daß ich Sie derart quälen muß. Nur eine letzte Frage noch: Hatte der Mann einen Spazierstock bei sich?«

Yeats hob den Kopf; sein Gesicht war leichenblaß, seine Stimme kaum mehr als ein Flüstern.

»Ja, einen recht stattlichen, deshalb ist er mir aufgefallen.«

»Leicht oder schwer?«

»Schwer – sehr schwer. O nein!« Er schloß rasch die Augen, als könne er dadurch der schrecklichen Vision entgehen, die auf ihn einstürmte.

»Sie brauchen keine Angst zu haben, Mr. Yeats«, ließ sich Evan aus dem Hintergrund vernehmen. »Unsrer Ansicht nach war es jemand, der Major Grey kannte, kein hergelaufener Geistesgestörter. Es gibt nicht den geringsten Grund für die Annahme, daß er Ihnen etwas tun wollte. Ich bin überzeugt, er wollte zu Major Grey und hat sich tatsächlich in der Tür geirrt.«

Erst draußen auf der Straße wurde Monk klar, daß Evan diese

Worte ausschließlich gesagt hatte, um den armen Mann zu beruhigen, denn es konnte unmöglich stimmen. Der Fremde hatte sich beim Portier ausdrücklich nach Yeats erkundigt. Monk warf seinem Kollegen, der schweigsam an seiner Seite durch den Nieselregen schritt, einen kurzen Blick zu und äußerte sich nicht weiter zu dem Thema.

Grimwade war auch keine Hilfe, da er den Mann weder hatte herunterkommen sehen, nachdem er bei Yeats gewesen war, noch bezeugen konnte, daß er tatsächlich zu Grey ging. Er hatte die Gelegenheit genutzt, dem Ruf der Natur zu folgen, und erst gegen halb elf, eine Dreiviertelstunde später, beobachtet, wie Yeats' vermeintlicher Gast das Haus verließ.

»Es gibt nur eine logische Erklärung«, meinte Evans bedrückt, während er mit gesenktem Kopf vor sich hin stapfte. »Der Kerl muß von Yeats' Tür schnurstracks zu Greys Wohnung gegangen sein, hat sich etwa eine halbe Stunde bei ihm aufgehalten, ihn dann getötet und ist vor Grimwades Augen verschwunden.«

»Was uns immer noch nicht verrät, wer er war«, sagte Monk. Er wich einer Pfütze aus und kam dadurch dicht an einem Krüppel vorbei, der Schnürsenkel feilbot. Ein Lumpensammlerkarren wälzte sich an ihnen vorbei, dessen Fahrer die Umwelt in nahezu unverständlichem Singsang auf seine Anwesenheit hinwies. »Ich komme immer zum selben Punkt zurück«, nahm Monk den Faden wieder auf, als es einigermaßen ruhig war. »Was kann der Grund für den enormen Haß auf Joscelin Grey gewesen sein? Die Atmosphäre in seinem Wohnzimmer war voll davon. Irgend jemand wurde dermaßen von seinem Haß beherrscht, daß er noch auf ihn eindrosch, als er längst tot war.«

Evan schauderte; der Regen lief ihm an Nase und Kinn hinab. Mit blassem Gesicht zog er den Mantelkragen bis über die Ohren hoch.

»Mr. Runcorn hatte recht«, stellte er unglücklich fest. »Diese Geschichte ist wirklich brenzlig. Man muß jemand gut kennen, um ihn derart zu verabscheuen.«

»Oder tödlich gekränkt worden sein«, fügte Monk hinzu. »Aber wahrscheinlich trifft Ihre Vermutung zu. Die Wurzeln des Ganzen werden in der Familie liegen, das ist meistens so. Entweder das – oder Grey hatte mit irgendwem ein Verhältnis.«

Evan starrte ihn entgeistert an. »Sie meinen, Grey war –«

»Nein.« Monk verzog den Mund zu einem sarkastischen Lächeln. »Das habe ich nicht gemeint, obwohl es natürlich möglich ist – gut möglich sogar. Ich dachte allerdings eher an eine Frau, eventuell mit Ehemann.«

Evans Gesicht entspannte sich geringfügig.

»Etwas so Simples wie Spielschulden und dergleichen kommt als Motiv wohl nicht in Frage – dazu war die Tat zu brutal, stimmt's?« sagte er ohne große Hoffnung.

Monk dachte einen Augenblick nach.

»Erpressung vielleicht«, schlug er aufrichtig erleichtert vor. Die Idee war ihm völlig unerwartet durch den Kopf geschossen, aber sie gefiel ihm.

Evan runzelte die Stirn. Sie gingen mittlerweile die Grey's Inn Road in südlicher Richtung hinunter.

»Glauben Sie?« Er warf Monk von der Seite her einen skeptischen Blick zu. »Für mich ergibt das keinen Sinn, außerdem sind wir bisher auf keine unerklärlichen Geldeingänge bei Grey gestoßen – aber wir haben uns in der Richtung auch noch nicht umgesehen! Das Opfer einer Erpressung könnte tatsächlich zu abgrundtiefem Haß getrieben werden, was ich ihm offengestanden nicht mal verübeln würde. Wenn jemand wochen- oder monatelang gepiesackt, quasi bis aufs letzte Hemd ausgezogen wird und sich dann mit dem gesellschaftlichen Bankrott konfrontiert sieht, kommt vermutlich irgendwann der Punkt, wo ihm eine Sicherung durchbrennt.«

»Wir müssen seinen Freundes- und Bekanntenkreis überprüfen, um herauszufinden, wer einen derart fatalen Fehler gemacht haben könnte, daß er erpreßbar wurde – so erpreßbar, daß er sich nur noch mit einem Mord zu helfen wußte.«

»Weil er zum Beispiel homosexuell war?« meinte Evan mit neu erwachendem Mißfallen; Monk wußte, daß er nicht daran glaubte. »Und einen Liebhaber hatte, der ihm für sein Schweigen Geld gab – und ihn umbrachte, weil er den Hals nicht vollkriegen konnte?«

»In der Tat eine brenzlige Angelegenheit.« Monk starrte auf das nasse Pflaster. »Runcorn hatte wirklich recht.« Doch der Gedanke an Runcorn lenkte seine Überlegungen in völlig andere Bahnen.

Er gab Evan den Auftrag, sich sämtliche Ladenbesitzer des Viertels vorzunehmen sowie alle Personen, die sich am Mordabend gemeinsam mit Grey in dessen Klub aufgehalten hatten. Auf diese Weise hoffte er, soviel wie möglich über seinen Bekanntenkreis herauszufinden.

Evan begann mit der Weinhandlung, deren Adresse sie auf dem Briefkopf einer Rechnung in Greys Wohnung entdeckt hatten. Der Besitzer entpuppte sich als dicker Mann mit schlaff herabhängendem Schnurrbart und salbungsvollem Gehabe. Zunächst bekundete er seine Trauer über den tragischen Verlust von Major Grey. Welch entsetzliches Pech! Welche Ironie des Schicksals, daß ein derart prächtiger Offizier den Krieg überstand, nur um in seinen eigenen vier Wänden von einem Verrückten erschlagen zu werden! Was für eine Tragödie! Er wisse gar nicht, was er dazu sagen solle – und tat dies in aller Ausführlichkeit, während Evan verzweifelt versuchte, auch einmal zu Wort zu kommen und eine sinnvolle Frage zu stellen.

Als es ihm schließlich gelang, fiel die Antwort genau so aus, wie er sie sich vorgestellt hatte. Der ehrenwerte Major Joscelin Grey war ein äußerst geschätzter Kunde gewesen. Er hatte einen ausgezeichneten Geschmack – aber was würde man auch anderes von einem derart vornehmen Gentleman erwarten? Er kannte sich sowohl mit französischen wie auch mit deutschen Weinen aus. Er kaufte nur die besten, und die bezog er von eben diesem Unternehmen. Seine Rechnungen? Nein, er bezahlte nicht immer pünktlich – aber zu gegebener Zeit. So waren diese vornehmen Typen nun mal, wenn's um Geld ging; man hatte gelernt, damit zu leben. Ansonsten wüßte er nichts, rein gar nichts hinzuzufügen. War Mr. Evan Weintrinker? Er könnte ihm einen ausgezeichneten Bordeaux empfehlen!

Nein, Mr. Evan war, wenn auch unfreiwillig, kein Weintrinker; er war der Sohn eines Landpfarrers und bestens in Vornehmtuerei unterrichtet worden, doch sein Geldbeutel erlaubte ihm nur das Nötigste und hin und wieder vielleicht ein gutes Kleidungsstück, was ihm wesentlich besser zustatten kam als der beste Wein. Dem Händler gegenüber erwähnte er das alles natürlich mit keinem Wort.

Als nächstes versuchte Evan sein Glück in den hiesigen Restaurants. Er arbeitete sich vom Steakhouse bis zur Bierschenke durch, die einen hervorragenden Eintopf nebst Rosinenpudding zu bieten hatte – wie er an Ort und Stelle eigens nachprüfte.

»Major Grey?« meinte der Wirt nachdenklich. »Ach der, den se umgebracht haben? Klar kenn ich den! War regelmäßig hier.«

Evan wußte nicht recht, ob er ihm glauben sollte. Möglich war es durchaus; das Essen war billig und sättigend und die Atmosphäre für jemand, der beim Militär gewesen war und zwei Jahre auf den Schlachtfeldern an der Krim verbracht hatte, wahrscheinlich ganz angenehm. Andererseits konnte die Behauptung, ein berühmtes Mordopfer habe hier gespeist, das – ohnehin blühende – Geschäft beträchtlich ankurbeln.

»Wie hat er ausgesehen?« wollte Evan wissen.

»Kommen Sie!« Der Wirt beäugte ihn mißtrauisch. »Sie sind doch dran an dem Fall, oder? Wissen Sie's nich selber?«

»Ich bin ihm nie begegnet, als er noch am Leben war«, setzte Evan ihm überzeugend auseinander. »Das ist ein ganz schöner Unterschied, wissen Sie?«

Der Wirt nagte an seiner Unterlippe. »Klar isses das. Tut mir leid, Mann, war 'ne blöde Frage. Groß war er, ungefähr so gebaut wie Sie, 'n bißchen dünn – und immer piekfein angezogen! Sah schon wie 'n richtiger Edelmann aus, bevor er 'n Wort gesagt hat. Und richtig schöne blonde Haare hat er gehabt – und 'n unheimlich nettes Lächeln.«

»Charmant«, sagte Evan; es war eher eine Feststellung als eine Frage.

»Können Se laut sagen.«

»Beliebt?«

»Und ob. Hat immer 'n Haufen Geschichten erzählt. So was mögen die Leute – is gut gegen Langeweile.«

»Spendabel?«

»Spendabel?« Der Wirt hob die Brauen. »Nee – spendabel nich.

Hat eigentlich mehr gekriegt als gegeben. Glaub nich, daß er besonders reich war. Die andern haben ihm gern einen spendiert – wie ich schon gesagt hab, war 'n ziemlich unterhaltsamer Knabe. Manchmal 'n bißchen protzig. War nich oft hier, einmal im Monat vielleicht, aber wenn, dann war er immer zu jedem freundlich.«

»Kam er regelmäßig?«

»Wie meinen Se das?«

»An einem bestimmten Tag?«

»Nee – immer ganz nach Lust und Laune. Manchmal zweimal im Monat, dann wieder zwei Monate gar nich.«

Hasardeur, dachte Evan bei sich; laut sagte er: »Vielen Dank.« Er trank seinen Apfelwein aus, legte ein Sixpencestück auf den Tisch und begab sich widerwillig in den nachlassenden Nieselregen hinaus.

Den restlichen Nachmittag verbrachte er bei Stiefelmachern, Hutmachern, Hemdenmachern und Schneidern, wo er genau das erfuhr, womit er gerechnet hatte – nichts, was ihm sein gesunder Menschenverstand nicht bereits geflüstert hätte.

Vor dem Findelhaus in der Guilford Street erstand er bei einem Straßenhändler ein frisches Stück Aalpastete, leistete sich für den langen Weg von dort nach St. James eine Kutsche und ließ sich direkt vor dem exquisiten Klub »Boodles« absetzen, in dem Joscelin Grey Mitglied gewesen war.

Hier mußte er seine Fragen wesentlich dezenter formulieren. Er befand sich in einem der vornehmsten Londoner Klubs für Männer von Stand, und die Dienerschaft tratschte nicht über Klubmitglieder, wenn ihr an dem ausgesprochen angenehmen und lukrativen Beschäftigungsverhältnis gelegen war. Alles, was er in anderthalb Stunden umständlicher Fragerei herausbekam, war die Bestätigung, daß Major Grey tatsächlich Klubmitglied gewesen war, ziemlich regelmäßig hereingeschaut hatte, wenn er sich in der Stadt aufhielt, selbstverständlich – wie andere vornehme Herren auch – gelegentlich dem Glücksspiel frönte und es möglicherweise hin und wieder eine Zeitlang dauerte, bis seine diesbezüglichen Schulden beglichen wurden, doch bezahlt wurden sie natürlich anstandslos. Kein Gentleman drücke sich vor einer Ehrenschuld; Händler vielleicht, aber andere Gentlemen – ausgeschlossen. Das stünde überhaupt nicht zur Debatte.

Dürfte sich Mr. Evan wohl mit einigen seiner engeren Bekannten unterhalten?

Sofern Mr. Evan eine entsprechende Vollmacht besaß, sei das gar keine Frage. Besaß Mr. Evan eine solche Vollmacht?

Nein, Mr. Evan besaß sie nicht.

Er machte sich wenig schlauer, dafür um so nachdenklicher auf den Rückweg.

Nach Evans Aufbruch lief Monk in flottem Tempo zum Polizeirevier und verschanzte sich in seinem Büro. Er suchte sämtliche Akten seiner früheren Fälle heraus und las sie durch. Was er erfuhr, war nur ein schwacher Trost.

Falls sich seine Befürchtungen bezüglich des Mordfalls Grey als zutreffend erweisen sollten – ein gesellschaftlicher Eklat, sexuelle Perversion, Erpressung und Mord –, blieben ihm als zuständigem Leiter der Ermittlungen nur zwei Möglichkeiten: Entweder er geriet in die prekäre Lage, daß sein Scheitern an die große Glocke gehängt wurde, oder er mußte die noch riskantere Aufgabe in Angriff nehmen, die mißlichen Umstände zu enthüllen, die letztlich zum großen Knall geführt hatten. Und ein Mensch, der seinen Geliebten – seinen Erpresser – erschlug, damit er den Mund hielt, würde kaum davor zurückschrecken, einen einfachen Polizisten zu vernichten. »Brenzlig« war die pure Untertreibung!

Hatte Runcorn das absichtlich getan? Während er seine eigene Akte studierte, seine glänzende Karriere, die von einem Erfolg nach dem andern geprägt war, fragte er sich unwillkürlich, was der Preis dafür gewesen sein mochte und wer alles – außer ihm selbst – diesen Preis bezahlt hatte. Offensichtlich hatte er seine gesamten Kräfte in die Arbeit gesteckt, in die Perfektionierung seines kriminalistischen Spürsinns, seines Wissens, seines Benehmens, seiner Kleidung und seiner Sprache. Von seinem Blickwinkel – dem eines Fremden – aus betrachtet, trat sein Ehrgeiz nur allzu kraß hervor: die unzähligen Überstunden, das peinlich genaue Achten aufs Detail, die brillanten Geistesblitze, die Beurteilung seiner Kollegen und deren Fähigkeiten – und Schwächen . . . Er hatte stets für jede Aufgabe den Richtigen ausgesucht und dann, nach ihrer Erledigung, einen andern auserkoren. Seine ganze Loyalität schien dem Streben nach Gerechtigkeit gegolten zu haben. Hatte er allen Ernstes geglaubt, all das sei Runcorn verborgen geblieben, Runcorn, der ihm im Weg stand?

Sein Aufstieg vom Provinzler aus einem Northumberlander Fischerdorf zum Inspektor bei der Metropolitan Police war geradezu kometenhaft gewesen. Er hatte in zwölf Jahren mehr erreicht als die meisten Männer in zwanzig! Und er war Runcorn dicht auf den Fersen; beim gegenwärtigen Stand durfte er in Kürze auf die nächste Beförderung hoffen, was nichts anderes bedeutete als Runcorns Stuhl – oder noch eine Stufe höher.

Hing vielleicht alles weitere von dem Fall Grey ab?

Er wäre niemals so schnell so weit gekommen, ohne unterwegs auf einer Menge Leute herumzutrampeln. Monk fürchtete immer mehr, daß es ihm vollkommen egal gewesen sein könnte. Er hatte die Wahrheit zu seinem Gott erklärt und – wenn die Stimme des Gesetzes einmal unsicher war oder schwieg – gegebenenfalls auch das, was er für Gerechtigkeit hielt. Sollte er so etwas wie Mitleid oder echte Gefühle für die Opfer empfunden haben, ging es zumindest nirgends hervor. Selbst sein Zorn war unpersönlich gewesen: Er richtete sich gegen gesellschaftliche Zwänge, die Armut und Hilflosigkeit und infolgedessen Kriminalität hervorriefen, gegen die unbeschreiblich miserablen Zustände in den Elendsquartieren, gegen Ausbeutungsbetriebe, Wucher, Gewalt, Prostitution und Säuglingssterblichkeit.

Monk bewunderte den Mann, von dessen Persönlichkeit die Akten ein recht klares Bild zeichneten, bewunderte seine Sachkenntnis und seinen Verstand, seine Energie und Zähigkeit, sogar seinen Mut – aber es gelang ihm nicht, ihn zu mögen. Er entdeckte keine Spur von Wärme, nicht den leisesten Hinweis auf Hoffnungen oder Ängste, keine Eigenart, die verriet, daß ein menschliches Herz in seiner Brust schlug. Was einer entfernten Form von Gemütsbewegung noch am nächsten kam, war eine gewisse Rücksichtslosigkeit, mit der er Ungerechtigkeiten verfolgte; doch auch hier gewann er anhand der Worte auf dem Papier den Eindruck, daß der Mann, von dem die Rede war, lediglich das Unrecht haßte und die Leute, denen Unrecht geschah, für ihn nicht mehr waren als ein Nebenprodukt des eigentlichen Verbrechens.

Warum war Evan so versessen darauf, mit ihm zusammenzuarbeiten? Um von ihm zu lernen? Bei der Vorstellung, was er ihm da möglicherweise beibrachte, überkam ihn heftige Scham. Sollte er nicht besser von Evan etwas über Gefühle lernen und ihm zeigen, wie man exzellente Arbeit leistete, ohne vom Ehrgeiz zerfressen zu sein?

Es war nicht schwer nachzuvollziehen, daß Runcorn ihm bestenfalls mit gemischten Gefühlen gegenüberstand. Was mochte er ihm angetan haben während seines gnadenlosen Aufstiegs? Hatte er je einen Gedanken an Runcorn als Mensch verschwendet, nicht nur als Hindernis, das zwischen ihm und der nächsten Sprosse auf der Karriereleiter lag?

Monk starrte auf den Aktenberg. Der Mann, um den es darin ging, war ein völlig Fremder für ihn, ebenso eindimensional wie Joscelin Grey. Im Grunde war er ihm sogar noch fremder, da es, was Grey anbelangte, zumindest Leute gab, die ihn gemocht, ihn charmant und lustig gefunden hatten und seinen Verlust aus tiefstem Herzen bedauerten.

Monk dachte an die Frau aus der Kirche, Mrs. Latterly. Weshalb erinnerte er sich nicht an sie? Seit seinem Unfall hatte er sie erst zweimal gesehen, dennoch konnte er ihr reizendes Gesicht nicht vergessen; es schien allgegenwärtig zu sein. Hatte er viel Zeit auf den Fall verwendet, den sie erwähnt hatte, war er deswegen oft bei ihr gewesen? Die Vorstellung, ihre Beziehung zueinander sei persönlicherer Natur gewesen, war absurd. Die Kluft zwischen ihnen war unüberbrückbar, und wenn er tatsächlich mit derartigen Gedanken gespielt haben sollte, mußte er noch arroganter und eingebildeter gewesen sein, als er ohnehin vermutete. Bei dem Gedanken daran, was er ihr durch sein Benehmen, seine Worte möglicherweise zu verstehen gegeben haben mochte, wurde er vor Scham rot. Außerdem hatte der Pfarrer sie mit »Mrs.« angesprochen – trug sie wegen des Todes ihres Schwiegervaters Schwarz oder weil sie Witwe war? Wenn er sie das nächste Mal sah, mußte er die Dinge unbedingt richtigstellen und ihr klarmachen, daß er absolut keine unlauteren Absichten hatte.

Zuvor mußte er allerdings herausfinden, worum es bei dem Fall ging, abgesehen davon, daß ihr Schwiegervater vor kurzem gestorben war.

Er durchsuchte sämtliche Unterlagen, alle Akten und den ganzen Schreibtisch, ohne auch nur den leisesten Hinweis auf einen Mr. Latterly zu entdecken. Dann kam ihm plötzlich ein deprimierender und naheliegender Gedanke: Man hatte den Fall einem Kollegen übergeben! Wie sollte es auch anders sein, wenn es ihm nicht gutgegangen war. Runcorn hätte die Sache kaum ruhen lassen, besonders wenn eventuell Mord im Spiel war.

Warum hatte sich der neue Bearbeiter dann aber nicht mit Mrs. Latterly oder ihrem Ehemann in Verbindung gesetzt, sofern ein solcher existierte? Weil es keinen mehr gab? War das der Grund, weshalb *sie* ihn angesprochen hatte? Monk legte die Akten beiseite und machte sich auf den Weg zu Runcorns Büro. Als er an einem Fenster vorbeikam, stellte er zu seiner Überraschung fest, daß es draußen bereits dämmerte.

Runcorn war zwar noch da, jedoch gerade im Begriff zu gehen. Monks Erscheinen schien ihn nicht zu wundern.

»Na? Arbeiten Sie wieder zu den gewohnten Zeiten?« begrüßte er ihn spöttisch. »Kein Wunder, daß Sie keine Frau haben – sind eben mit Ihrem Job verheiratet. Tja, in kalten Winternächten ist das allerdings ein schwacher Trost«, fügte er mit unverhohlener Genugtuung hinzu. »Was gibt's denn?«

»Latterly.« Monk ärgerte sich über die Anspielung auf seine Arbeitswut. Vor dem Unfall hatte er seine Charaktereigenschaften und Angewohnheiten nicht sehen können, weil ihm die dazu nötige Distanz gefehlt hatte, doch jetzt war er in der Lage, sie leidenschaftslos zu beurteilen, als gehörten sie zu einem völlig Fremden.

»Was?« Runcorn schaute ihn entgeistert an, die Stirn in verständnislose Falten gelegt; der nervöse Tick in seinem linken Auge erwachte zu neuem Leben.

»Latterly«, wiederholte Monk. »Sie haben den Fall während meiner Abwesenheit vermutlich jemand anders übergeben?«

»Nie davon gehört«, erwiderte Runcorn scharf.

»Es ging um einen Mann namens Latterly. Er hat entweder Selbstmord begangen oder ist umgebracht worden –«

Runcorn erhob sich. Er ging zum Garderobenständer und nahm seinen zweckdienlichen, fad aussehenden Mantel vom Haken.

»Ach, der! Sie meinten, es wäre Selbstmord gewesen, und haben ihn bereits Wochen vor dem Unfall zu den Akten gelegt. Was ist los mit Ihnen? Läßt Ihr Gedächtnis langsam nach?«

»Nein, mein Gedächtnis läßt nicht nach!« fuhr Monk ihn an. Er spürte eine Hitzewelle in sich hochsteigen und betete zu Gott, daß man es seinem Gesicht nicht ansah. »Aber ich konnte die Unterlagen nicht mehr finden, also nahm ich an, irgend etwas hätte Sie veranlaßt, den Fall wiederaufzunehmen, und Sie hätten ihn jemand anders übergeben.«

»Soso.« Runcorn warf ihm einen finsteren Blick zu und fuhr fort, Mantel und Handschuhe anzuziehen. »Nun, nichts hat mich veranlaßt, und der Fall ist abgeschlossen. Niemand hat ihn übernommen. Vielleicht haben Sie einfach vergessen, es zu notieren? Würden Sie Latterly, der sich aller Wahrscheinlichkeit nach selbst ins Jenseits befördert hat, der arme Teufel, jetzt aus Ihren Gedanken verbannen und sich wieder mit Grey befassen, der das mit hundertprozentiger Sicherheit nicht tat? Sind Sie schon weitergekommen? Meine Güte, Monk – man ist Besseres von Ihnen gewohnt! Haben Sie aus diesem Yeats irgendwas rausgekriegt?«

»Nein, Sir, nichts Wesentliches«, gab Monk unüberhör gereizt zurück.

Runcorn wandte sich zu ihm und sah ihm mit breitem Grinsen und leuchtenden Augen voll ins Gesicht.

»Dann sollten Sie Ihre Ermittlungen wohl allmählich auf Greys Familie und Freundeskreis ausweiten, finden Sie nicht?« sagte er mit offenkundiger Befriedigung. »Vor allem auf seine Frauenbekanntschaften. Vielleicht gibt's irgendwo einen eifersüchtigen Ehemann – das Ganze sieht mir nämlich genau nach der Sorte von Haß aus. Glauben Sie mir, dieser Fall stinkt fürchterlich zum Himmel!« Er gab dem Hut auf seinem Kopf einen leichten Schubs, was jedoch nur schief und kein bißchen verwegen aussah. »Und Sie, Monk, sind genau der Richtige, um es ans Tageslicht zu bringen. Fahren Sie nach Shelburne, und versuchen Sie noch mal Ihr Glück!«

Mit diesem abschließenden Hieb warf er sich innerlich frohlokkend seinen Schal um den Hals und stolzierte hinaus.

Monk fuhr weder am nächsten noch an einem anderen Tag der Woche nach Shelburne. Er wußte, daß er nicht daran vorbeikommen würde, doch wenn es soweit war, wollte er so gut wie möglich gewappnet sein. Zum einen erhöhte es die Erfolgsaussichten, Joscelin Greys Mörder zu finden, zum andern – und das war ihm mittlerweile fast ebenso wichtig – half es ihm vielleicht, die Privatsphäre der Shelburnes sowenig wie möglich zu verletzen. Monk wußte zwar, daß die Mächtigen und Einflußreichen nicht weniger verwundbar waren als der Rest der Menschheit, für gewöhnlich setzten sie aber weitaus härtere Mittel ein, um die entsprechenden Schwachpunkte vor dem Gespött des Mobs in Sicherheit zu bringen. Das sagte ihm weniger seine Erfahrung als sein Instinkt – genau wie er ihm half, sich zu rasieren oder die Krawatte zu binden.

Statt dessen machte er sich am folgenden Morgen mit Evan auf den Weg zum Mecklenburg Square, diesmal nicht, um nach Spuren eines Eindringlings zu suchen, sondern um soviel wie möglich über Grey herauszufinden. Obwohl keiner von ihnen unterwegs besonders gesprächig war und jeder seinen Gedanken nachhing, war Monk froh, nicht allein zu sein. Greys Wohnung bedrückte ihn; es gelang ihm nicht, sich von den grausamen Geschehnissen freizumachen, die sich dort ereignet hatten. Es waren nicht das Blut und der Mord, was ihm zu schaffen machte, sondern dieser unbeschreibliche Haß. Er mußte dem Tod schon dutzend-, wenn nicht hundertmal begegnet sein, und er konnte ihn unmöglich jedesmal derart entsetzt haben. Wahrscheinlich hatte es sich meist um normalen gewaltsamen Tod gehandelt, um selbstsüchtigen und hirnlosen Mord, ausgeführt von einem habgierigen Straßenräuber, der sich holt, was er begehrt, oder einem Dieb, dessen Fluchtweg blockiert ist. Greys Tod indes besaß eine völlig andere Komponente, hatte etwas ausgesprochen Intimes. Täter und Opfer waren durch ein untrennbares Band tiefer Emotionalität miteinander verbunden.

Obwohl es im restlichen Haus warm war, begann Monk in Greys Wohnzimmer zu frösteln. Das durch die Fenster sickernde Tageslicht war farblos; statt Helligkeit zu verbreiten, schien es sie zu absorbieren. Die schweren Möbel machten plötzlich einen trostlosen und schäbigen Eindruck, wirkten für den Raum viel zu groß, obschon sich nicht das geringste verändert hatte. Monk schaute Evan an, um festzustellen, ob er ähnlich empfand, doch der schien lediglich nicht ganz glücklich darüber zu sein, daß er in den Briefen fremder Leute herumschnüffeln sollte; mit angewidertem Gesicht klappte er den Sekretär auf und begann die Schubladen zu durchsuchen.

Monk ging an ihm vorbei ins Schlafzimmer, wo es ein wenig muffig roch. Die Möbel waren, wie schon bei seinem ersten Besuch, mit einer dünnen Staubschicht bedeckt. Er warf einen Blick in den Kleiderschrank, in die Wäscheschubladen, die Frisierkommode; Greys Garderobe war exzellent – nicht allzu umfangreich, aber ausgezeichnet gearbeitet und von hervorragender Qualität. Er mußte in der Tat einen erstklassigen Geschmack gehabt haben, wenn ihn sein Geldbeutel vermutlich auch daran gehindert hatte, diesen in vollen Zügen auszuleben. Monk entdeckte mehrere Paar goldene Manschettenknöpfe, eins davon mit eingraviertem Familienwappen, zwei mit seinen Initialen. Außerdem stieß er auf drei Krawattennadeln, eine war mit einer Perle von ansehnlicher Größe bestückt, sowie eine silberne Toilettengarnitur nebst einem schweinsledernen Kulturbeutel. Kein Einbrecher konnte bis hierher vorgedrungen sein! Es gab jede Menge hübsche Brusttaschentücher mit eingesticktem Monogramm, Hemden aus Seide oder Leinen, Krawatten, Socken, saubere Unterwäsche. Monk stellte überrascht und leicht beunruhigt fest, daß er den Preis jedes einzelnen Artikels bis auf wenige Schilling genau benennen konnte, und fragte sich unwillkürlich, welchen Ambitionen er dieses Wissen zu verdanken hatte.

Er hatte gehofft, in den Schubladen Briefe zu finden, die zu persönlich waren, um zwischen Rechnungen und anderer Korrespondenz im Schreibtisch aufbewahrt zu werden, wurde allerdings enttäuscht und kehrte schließlich ins Wohnzimmer zurück. Evan stand reglos vor dem Sekretär. Es war mucksmäuschenstill im Raum, als hätten beide das Gefühl, ungebeten in das Reich eines Toten eingedrungen zu sein.

Von der Straße scholl das Gerumpel von Rädern, der härtere Klang von Hufschlägen und der Schrei eines Straßenhändlers herauf, der wie »Olle Wolle – olle Wolle!« klang.

»Und?« fragte Monk unbewußt im Flüsterton.

Evan blickte erschrocken auf; sein Gesicht war angespannt.

»Ein ganzer Haufen Briefe, Sir, aber ich weiß nicht, ob sie uns was nützen. Mehrere von seiner Schwägerin Rosamond Grey und ein ziemlich unfreundlicher von seinem Bruder Lovel – das ist doch Lord Shelburne, oder? Seine Mutter hat ihm vor gar nicht langer Zeit geschrieben, aber es ist nur ein Brief von ihr da, die andern hat er offenbar nicht aufgehoben. Dann gibt's noch ein paar von einer Familie Dawlish, alle erst kurz vor seinem Tod abgeschickt, unter anderem die Einladung, sie für eine Woche zu besuchen. Haben anscheinend auf freundschaftlichem Fuß mit ihm gestanden.« Er schürzte leicht die Lippen. »Einer stammt von Miss Amanda Dawlish höchstpersönlich und klingt reichlich ungeduldig. Es gibt eine ganze Reihe Einladungen, die sich auf Termine nach seinem Tod beziehen. Die älteren hat er weggeworfen, wie's aussieht. Einen Terminkalender habe ich leider nicht gefunden. Komisch eigentlich.« Er hob den Kopf. »Man sollte wirklich denken, jemand wie er hätte einen Kalender für all die gesellschaftlichen Anlässe, meinen Sie nicht?«

»Und ob ich das meine!« Monk trat einen Schritt vor. »Vielleicht hat ihn der Mörder eingesteckt. Sind Sie sicher, daß keiner da ist?«

»Im Sekretär jedenfalls nicht.« Evan schüttelte den Kopf. »Und nach Geheimfächern hab ich bereits geschaut. Allerdings wüßte ich keinen Grund, warum man so einen Kalender verstecken soll, Sie vielleicht?«

»Keine Ahnung«, erwiderte Monk wahrheitsgetreu, trat näher an den Schreibtisch heran und spähte hinein. »Es sei denn, der Mörder hat ihn tatsächlich mitgenommen, zum Beispiel weil sein Name zu oft vorkommt. Diesen Dawlishs werden wir auf jeden Fall einen Besuch abstatten müssen. Steht auf den Briefen ein Absender?«

»Hm, hab ihn schon aufgeschrieben.«

»Prima. Was sonst noch?«

»Mehrere Rechnungen. Er hat nicht immer sofort bezahlt, was ich aber schon von den Ladenbesitzern wußte. Drei sind von seinem Schneider, vier oder fünf von einem Hemdenmacher – der, bei dem ich war, zwei von dem Weinhändler, und dann gibt's noch einen recht knappen Brief vom Familienanwalt, der die Antwort auf Greys Forderung nach einem höheren Zuschuß enthält.«

»Abschlägiger Natur, nehme ich an?«

»Eindeutig.«

»Nichts vom Klub – bezüglich Spielschulden oder so?«

»Nein, aber für gewöhnlich verewigt man seine Spielschulden nicht auf Papier – nicht mal im Boodles –, es sei denn, man selbst ist derjenige, der sie eintreiben muß.« Er grinste plötzlich. »Nicht, daß ich mich da auskenne – außer vom Hörensagen.«

Monk entspannte sich ein wenig. »Wie wahr! Keine weiteren Briefe?«

»Ein ausgesprochen frostiger von einem Charles Latterly noch, in dem nicht viel –«

»Latterly?« Monk erstarrte.

»Ja. Kennen Sie den Mann?« Evan sah ihn neugierig an.

Monk atmete tief durch und riß sich mühsam zusammen. Mrs. Latterly hatte in St. Marylebone einen »Charles« erwähnt, und er hatte befürchtet, es handle sich dabei um ihren Ehemann.

»Ich habe vor einiger Zeit an einem Fall Latterly gearbeitet«, gab er zurück, wobei er versuchte, seine Stimme möglichst gleichmütig klingen zu lassen. »Ist wahrscheinlich purer Zufall. Gestern suchte ich die Akte noch, konnte sie aber nicht finden.«

»Könnte er irgendwas mit Grey zu tun gehabt haben? Einen Skandal zu vertuschen oder –«

»Nein!« Das klang härter als beabsichtigt und verriet seinen inneren Aufruhr. Monk mäßigte den Ton. »Ausgeschlossen. Der arme Kerl ist ohnehin tot. Starb noch vor Grey.«

»Oh.« Evan widmete sich wieder dem Schreibtisch. »Ich fürchte, das war's. Immerhin dürfte es uns jetzt gelingen, eine Menge Leute aufzutreiben, die ihn gekannt haben, was uns eventuell neue Anhaltspunkte liefert.«

»Ja, richtig. Trotzdem schreibe ich mir Latterlys Adresse sicherheitshalber auf.«

»Natürlich – hier ist sie.« Evan fischte einen der Briefe heraus und reichte ihn weiter.

Monk las ihn durch. Er klang frostig, wie Evan gesagt hatte, aber nicht unfreundlich. Nichts wies auf offenkundige Abneigung hin, man gewann lediglich den Eindruck, daß kein Wunsch nach einer Vertiefung der Beziehungen bestand. Nach dreimaligem Lesen, wobei ihm nichts Ungewöhnliches auffiel, schrieb Monk die Adresse auf einen Zettel und gab den Brief an Evan zurück.

Sie beendeten die Durchsuchung und verließen die Wohnung. Als sie unten in der Halle an Grimwade vorbeikamen, vergaßen sie nicht, ihm zum Abschied kurz zuzunicken.

»Gehen wir essen«, sagte Monk knapp. Er wollte unter Menschen, wollte sie lachen und reden hören, Menschen, die nichts über Mord, Gewalt und schmutzige Geheimnisse wußten, die vollauf mit den banalen Freuden und Ärgernissen des Alltags beschäftigt waren.

»Gute Idee.« Evan fiel in seinen Schritt ein. »Etwa einen Kilometer von hier gibt's ein recht ordentliches Wirtshaus, da bekommt man die besten Klöße weit und breit. Das heißt« – er hielt abrupt inne –, »es ist nichts Besonderes, vielleicht möchten Sie lieber . . .«

»Hervorragend«, sagte Monk. »Genau das, was wir jetzt brauchen. Ich bin halb erfroren nach unsrem Aufenthalt hier. Komisch eigentlich, denn man ist schließlich im Haus.«

Evan zog die Schultern hoch und grinste ein wenig einfältig. »Vielleicht ist's ja bloß Einbildung – aber ich kriege immer einen richtigen Schüttelfrost. Ich hab mich einfach noch nicht an Mord und Totschlag gewöhnt. Sie stehen vermutlich über solchen Gefühlsanwandlungen, aber ich bin noch nicht so weit, daß –«

»Tun Sie's nicht!« entfuhr es Monk heftiger als gewollt. »Gewöhnen Sie sich niemals dran!« Es war ihm egal, daß er seine eigene Verletzbarkeit, seine plötzliche Sensibilität preisgab. »Ich meine, Sie sollten unbedingt einen klaren Kopf behalten«, fuhr er in ruhigerem Ton fort, da seine Vehemenz Evan etwas aus der Fassung gebracht hatte, »aber versuchen Sie auf keinen Fall, das Entsetzen um jeden Preis abzuschalten. Seien Sie kein Kriminalbeamter, bevor Sie ein Mann sind!« Kaum hatte er die Worte ausgesprochen, bedauerte er sie; sie mußten ziemlich salbungsvoll und abgedroschen geklungen haben.

Evan schien das jedoch nicht zu bemerken.

»Ich hab sowieso noch einen langen Weg vor mir, bis ich dazu in der Lage bin, Sir. Offengestanden wird mir in diesem Zimmer sogar immer ein bißchen schlecht. Es ist der erste Mord dieser Art, mit dem ich zu tun habe.« Er hörte sich befangen und unglaublich jung an. »Sicher, ich hab schon eine Menge Leichen gesehen, aber das waren normalerweise die Opfer von Unfällen oder Landstreicher, die auf offener Straße verreckt sind – im Winter passiert das oft. Und deshalb bin ich auch so froh, daß ich mit Ihnen zusammenarbeiten darf. Es gibt niemand, von dem ich mehr lernen könnte.«

Monk spürte, daß er vor Freude rot wurde, doch zugleich war es ihm peinlich, denn dieses Lob hatte er im Grunde nicht verdient. Er stapfte verlegen durch den stärker werdenden Regen, während er vergebens versuchte, sich eine passende Erwiderung einfallen zu lassen. Evan lief stumm neben ihm her; er brauchte offenbar keine Antwort.

Am nächsten Montag stiegen Monk und Evan in Shelburne aus dem Zug und machten sich auf den Weg nach Shelburne Hall. Es war einer dieser Sommertage, an denen der Himmel tiefblau und wolkenlos war und einem von Osten her eine frische Brise ins Gesicht schlug, als bekäme man leichte Ohrfeigen. Die im Wind flüsternden Bäume schmiegten sich in dichten, grünen Wogen in die Talsenken. In der vergangenen Nacht hatte es geregnet, und bei jedem Schritt stieg ihnen der angenehme Duft feuchter Erde in die Nase.

Sie gingen schweigend nebeneinander her. Jeder genoß den Spaziergang auf seine Weise. Monk war sich – abgesehen vom Vergnügen beim Betrachten des endlosen Himmels und der weiten Felder – keines konkreten Gedankens bewußt, als er plötzlich erneut von einer lebhaften Erinnerung an Northumberland überfallen wurde. Vor seinem geistigen Auge tauchte eine ausgedehnte, kahle Hügellandschaft auf, an deren Grasbüscheln ein heftiger Nordwind zerrte.

Am milchigen Himmel trieben Schäfchenwolken in Richtung Meer, begleitet von lauthals kreischenden Seemöwen.

Er sah seine Mutter, dunkelhaarig wie Beth, inmitten des Geruchs nach Hefe und Mehl in der Küche stehen. Sie war stolz auf ihn, weil er lesen und schreiben konnte. Er mußte damals noch ziemlich klein gewesen sein. Er sah einen sonnenlichtdurchfluteten Raum, wo ihm die Pfarrersfrau das Abc beibrachte; Beth, die ein Kinderschürzchen trug, stand dabei und starrte ihn mit kugelrunden, ehrfürchtigen Augen an. Ihr sagten die Buchstaben nichts. Monk konnte spüren, wie er Jahre später ihre Hand führte, ganz langsam, Strich für Strich. Ihre Schrift trug noch heute die Spuren dieser endlosen Stunden, der großen Sorgfalt und des unermüdlichen Lerneifers. Sie hatte ihn geliebt, von ganzem Herzen – vorbehaltlos. Dann verschwand die Erinnerung, und er hatte das Gefühl, in eiskaltes Wasser getaucht und frierend und verängstigt zurückgelassen zu werden. Monk war wie betäubt. Er merkte nicht, daß Evan ihm einen verwunderten Blick zuwarf, jedoch gleich darauf wegschaute, weil er instinktiv spürte, daß alles andere ein Eindringen in Monks Privatsphäre gewesen wäre.

Shelburne Hall war inzwischen in Sichtweite gekommen. Knappe tausend Meter vor ihnen hob es sich von Bäumen eingerahmt gegen den Horizont ab.

»Soll ich auch was sagen oder nur zuhören?« wollte Evan wissen. »Vielleicht ist es besser, wenn ich still bin.«

Monk wurde schlagartig klar, wie nervös sein Kollege sein mußte. Es war gut möglich, daß er sich noch nie mit einer Dame von Stand unterhalten, geschweige denn ihr Fragen über persönliche oder gar unangenehme Dinge gestellt hatte. Wahrscheinlich hatte er ein solches Haus bisher nur aus der Ferne gesehen. Monk fragte sich, woher seine eigene Sicherheit diesbezüglich stammte und warum er erst jetzt darüber nachdachte. Runcorn hatte recht: Er war ehrgeizig und arrogant – und unsensibel.

»Kümmern Sie sich um die Diener«, erwiderte er. »Diese Leute bekommen eine Menge mit. Sie lernen manchmal Seiten der gnädigen Herrschaften kennen, die sich Ihre Lord- und Ladyschaften unter ihresgleichen wohlweislich verkneifen.«

»Wie wär's mit dem Kammerdiener?« schlug Evans vor. »Wenn man nur seine Unterwäsche anhat, fällt's einem vermutlich am schwersten, sich zu verstellen.« Bei dem Gedanken mußte er unvermittelt grinsen. Die Vorstellung, ein gesellschaftlich Höhergestellter könnte in Belangen der Körperpflege derart hilflos sein, daß er dafür Hilfe benötigte, war wirklich zu komisch; außerdem lenkte sie ihn von der Befürchtung ab, der Situation nicht gewachsen zu sein.

Lady Fabia Shelburne war nicht schlecht überrascht, Monk so bald schon wiederzusehen. Sie ließ ihn über eine halbe Stunde warten, diesmal im Aufenthaltsraum des Butlers, der die Silberpolitur, ein abgeschlossenes Pult für Weinbuch und Kellerschlüssel sowie einen bequemen Lehnstuhl vor einer winzigen Feuerstelle enthielt. Die Kemenate des Hausmeisters war offenbar besetzt. Er ärgerte sich über Lady Fabias Anmaßung, kam jedoch nicht umhin, ihre unglaubliche Selbstbeherrschung zu bewundern. Sie hatte nicht die geringste Ahnung, was er von ihr wollte – es war immerhin denkbar, daß er gekommen war, um ihr mitzuteilen, wer ihren Sohn umgebracht hatte und warum!

Als er endlich in das Rosenholzzimmer geführt wurde, welches ausschließlich ihr Reich zu sein schien, gab sie sich distanziert huldvoll, als sei er gerade erst eingetroffen und sie selbst lediglich aus Gründen der Höflichkeit an seinem Anliegen interessiert.

Auf eine Handbewegung ihrerseits hin ließ er sich auf demselben rosaroten Stuhl nieder wie beim letztenmal.

»Nun, Mr. Monk?« erkundigte sie sich mit leicht gehobenen Brauen. »Gibt es noch etwas, das Sie mir sagen wollen?«

»Jawohl, Ma'am, verzeihen Sie bitte die Störung. Unsere Vermutung, Major Grey sei aus persönlichen Gründen getötet worden und nicht das zufällige Opfer einer Gewalttat gewesen, hat sich erhärtet. Aus diesem Grund müssen wir soviel wie möglich über ihn in Erfahrung bringen. Was seine sozialen Kontakte anbelangt –«

Ihre Augen weiteten sich. »Falls Sie glauben sollten, seine sozialen Kontakte seien von solcher Art gewesen, daß sie zu Mord und Totschlag geführt haben, sind Sie über die Gepflogenheiten unserer Gesellschaftskreise außerordentlich schlecht informiert, Mr. Monk.«

»Ich fürchte, fast alle Menschen sind zu einem Mord imstande, wenn sie genügend unter Druck stehen oder das bedroht sehen, was sie am meisten lieben, Ma'am.«

»Da bin ich anderer Meinung.« Ihr Tonfall wies darauf hin, daß das Thema für sie beendet war; wie zur Bekräftigung drehte sie den Kopf ein wenig zur Seite.

»Hoffen wir, daß sie selten sind.« Er unterdrückte mit Mühe den Impuls aufzubrausen. »Allem Anschein nach existiert zumindest einer, und Ihnen liegt gewiß daran, ihn zu finden – vermutlich noch mehr als mir.«

»Sie haben eine flinke Zunge, junger Mann.« Sie sagte es ungern, fast tadelnd. »Und was erhoffen Sie sich von mir?«

»Eine Liste seiner engsten Bekannten. Freunde der Familie, Einladungen, denen er in den letzten Wochen vor seinem Tod nachgekommen ist, besonders übers Wochenende oder länger – alles, was Ihnen in der Richtung einfällt. Vielleicht gab es ja eine Frau, für die er sich interessiert hat.« Über ihre makellosen Züge glitt ein unwilliger Ausdruck. »Er muß ein ausgesprochen anziehender Mensch gewesen sein.«

»Das war er.« Ihr Mund zuckte kaum merklich, und ihr Blick geriet flüchtig ins Wanken, als sie sekundenlang von ihrem Schmerz überwältigt wurde. Doch sofort war jegliche Gefühlsregung wieder ausradiert und alles so glatt und perfekt wie zuvor.

Monk ließ ihr Zeit. Zum erstenmal bekam er eine Ahnung vom wahren Ausmaß ihres Kummers.

»Gab es eventuell eine Dame, die sich stärker zu ihm hingezogen fühlte, als ihre übrigen Verehrer oder gar ihr Ehemann hinnehmen konnten?« fragte er nach einer Weile in beträchtlich sanfterem Ton, obwohl seine Entschlossenheit, Joscelin Greys Mörder zu finden, eher noch zugenommen hatte und ihm eigentlich jede Rücksichtnahme verbat.

Lady Fabia dachte eine Zeitlang nach, ehe sie beschloß, darauf einzugehen. »Ausgeschlossen ist es nicht«, meinte sie schließlich. »Vielleicht war irgendeine junge Person zu unbedacht und hat durch ihr Verhalten Eifersucht provoziert.«

»Zum Beispiel bei jemandem, der ein bißchen zuviel getrunken hatte?« forschte Monk mit einem Taktgefühl, das ihm normalerweise völlig fremd war. »Und mehr dahinter sah, als tatsächlich war?«

»Ein Gentleman weiß, wie man sich benimmt.« Sie schaute Monk mit leicht herabgezogenen Mundwinkeln an. Der »Gentleman« sollte ihm offenbar eine Lehre sein. »Auch wenn er zuviel getrunken hat. Aber leider sind manche Leute bei der Wahl ihrer Gäste nicht so anspruchsvoll, wie sie sein sollten.«

»Es wäre sehr freundlich, wenn Sie mir ein paar Namen und Adressen nennen könnten, Ma'am. Ich werde die Nachforschungen so diskret wie möglich durchführen und Ihren Namen selbstverständlich nicht erwähnen. Ich denke, jeder, der ein reines Gewissen hat, ist genauso erpicht darauf, Major Greys Mörder zu finden, wie Sie.«

Dieses Argument entbehrte nicht einer gewissen Logik, was sie mit einem kurzen Blick direkt in seine Augen belohnte.

»Also schön. Wenn Sie etwas zum Notieren dabeihaben, werde ich Ihnen den Gefallen tun.« Sie streckte die Hand nach dem Rosenholztischchen aus, das gleich neben ihr stand, zog eine Schublade auf und entnahm ihr ein Adreßbuch mit Ledereinband und Goldziselierung.

Monk zückte Stift und Papier und geriet etwas aus der Fassung, als Lovel Grey plötzlich hereinschneite. Er trug auch diesmal bequeme Kleidung: Kniebundhosen und ein Norfolkjackett aus abgetragenem Tweed. Bei Monks Anblick verdüsterte sich seine Miene.

»Wenn Sie etwas zu berichten haben, Mr. Monk, wenden Sie sich gefälligst an mich!« sagte er erbost. »Wenn nicht, sehe ich keinen Sinn in Ihrer Anwesenheit, es sei denn, Sie wollen meine Mutter um jeden Preis quälen. Ich bin ohnehin überrascht, Sie wieder hier zu sehen.«

Monk stand instinktiv auf und ärgerte sich, daß ihm diese unumgängliche Geste der Ehrerbietung derart in Fleisch und Blut übergegangen war.

»Ich bin gekommen, Mylord, weil ich weitere Informationen brauche. Lady Shelburne war so freundlich, sie mir zu geben.« Er spürte, wie ihm das Blut in die Wangen stieg.

»Wir können Ihnen nichts, aber auch gar nichts sagen, das auch nur im geringsten von Bedeutung wäre«, fuhr Lovel ihn an. »Um Himmels willen, Mann – können Sie Ihren Job nicht erledigen, ohne alle paar Tage hier aufzukreuzen?« Er marschierte ruhelos auf und ab, wobei er mit einer kurzen Reitpeitsche ungehalten gegen sein Bein klopfte. »Wir können Ihnen nicht helfen! Wenn Sie geschlagen sind, geben Sie es endlich zu! Manche Verbrechen werden nun mal nie aufgeklärt, besonders dann, wenn Geistesgestörte am Werk waren.«

Monk versuchte gerade, eine halbwegs höfliche Entgegnung zustande zu bringen, da schaltete sich Lady Fabia mit gepreßter, angespannter Stimme ein.

»Mag sein, Lovel, aber in diesem Fall ist es anders. Joscelin wurde von jemandem ermordet, den er kannte, wie ungern wir das auch wahrhaben wollen. Selbstverständlich könnte der Mörder auch in diesem Haus verkehrt haben. Es ist wesentlich taktvoller von Mr. Monk, an uns persönlich heranzutreten, als sich in der ganzen Nachbarschaft umzuhören.«

»Großer Gott!« Lovel machte ein entsetztes Gesicht. »Das kann doch nicht dein Ernst sein. Ihm das zu erlauben, wäre ungeheuerlich! Es würde unsren Untergang bedeuten.«

»Unsinn!« Sie ließ das Adreßbuch geräuschvoll zuschnappen und legte es in die Schublade zurück. »So schnell gehen wir nicht unter. Die Shelburnes existieren seit fünfhundert Jahren und werden es auch weiterhin tun. Wie dem auch sei – ich habe keineswegs die Absicht, Mr. Monk zu gestatten, daß er die Leute aushorcht.« Sie warf Monk einen kalten Blick zu. »Deshalb werde ich ihn selbst mit einer Namensliste sowie einigen Fragen versorgen, die er stellen darf – oder zu vermeiden hat.«

»Das ist schon viel zu viel, außerdem absolut unnötig!« Lovel wirbelte außer sich vor Wut von seiner Mutter zu Monk herum und wieder zurück; sein Gesicht war dunkelrot. »Wer immer Joscelin ermordet hat, muß aus seinem Londoner Bekanntenkreis stammen – falls es tatsächlich jemand war, den er kannte, was ich nach wie vor bezweifle. Egal was Sie sagen, meiner Meinung nach war es purer Zufall, daß ausgerechnet er das Opfer war. Wahrscheinlich hat sich jemand in irgendeinem Klub oder sonstwo gedacht, er müsse ziemlich reich sein, und daraufhin den Entschluß gefaßt, ihn auszurauben.«

»Es war kein Raub, Sir«, wandte Monk entschieden ein. »In seiner Wohnung befanden sich alle möglichen wertvollen Gegenstände. Obwohl sie nicht zu übersehen waren, wurden sie nicht angerührt. Sogar das Geld in seiner Brieftasche war noch da.«

»Und woher, bitte, wollen Sie wissen, wieviel in seiner Brieftasche war?« versetzte Lovel. »Es könnten Hunderte von Pfund gewesen sein!«

»Diebe zählen gewöhnlich kein Wechselgeld ab und geben es einem zurück«, erwiderte Monk; er dämpfte den Sarkasmus in seiner Stimme nur geringfügig.

Lovel war zu sehr in Fahrt, um sich aufhalten zu lassen. Woraus schließen Sie eigentlich, daß es kein *gewöhnlicher* Dieb war? Ich wußte gar nicht, daß Sie bereits so weit gekommen sind. Offengestanden wußte ich nicht, daß Sie überhaupt irgendwohin gekommen sind!«

»Gelegenheitsdiebe verhalten sich, Gott sei Dank, anders.« Monk überhörte den bissigen Seitenhieb. »Sie töten nicht. Lief Major Grey häufiger mit Hunderten von Pfund in der Gegend herum?«

Die Adern auf Lovels Stirn drohten jeden Moment zu platzen. Er warf die Reitpeitsche durch den Raum; sie hatte anscheinend auf dem Sofa landen sollen, fiel jedoch daneben und schlug klappernd auf dem Boden auf. Er ignorierte es und schrie: »Selbstverständlich nicht! Dann war es eben ein einmaliges Ereignis. Er wurde schließlich nicht nur ausgeraubt und liegengelassen, er wurde erschlagen, falls Sie das vergessen haben sollten.«

Lady Fabias Gesicht wurde vor Elend und Abscheu ganz schmal.

»Wirklich, Lovel, der Mann tut sein Bestes – wozu auch immer das gut sein soll. Es besteht kein Grund, ausfallend zu werden.«

Lord Shelburnes Ton schlug abrupt um. »Du bist aufgeregt, Mama, was unter diesen Umständen auch nicht weiter verwunderlich ist. Bitte überlaß das mir. Wenn ich es für nötig halte, Mr. Monk etwas mitzuteilen, werde ich es tun. Warum gehst du nicht in den Salon und trinkst mit Rosamond eine Tasse Tee?«

»Behandle mich nicht wie ein kleines Kind, Lovel!« fuhr sie ihn an und erhob sich würdevoll. »Ich bin nicht so aufgeregt, daß ich mein gutes Benehmen vergessen und der Polizei nicht dabei helfen würde, den Mörder meines Sohnes zu finden.«

»Es gibt beileibe nichts, was wir tun könnten, Mama!« Er drohte schon wieder aus der Haut zu fahren. »Am allerwenigsten sollten wir sie dabei unterstützen, das halbe Land in Aufregung zu versetzen, um Informationen über Leben und Freunde des armen Joscelin zu erzwingen.«

»Es war einer seiner *Freunde*, der den armen Joscelin erschlagen hat!« Lady Fabias Gesicht war aschfahl; eine weniger starke Frau wäre längst in Ohnmacht gefallen, doch sie stand kerzengerade da, die weißen Hände ineinander verkrampft, und funkelte ihn mit glühenden Augen an.

»Blödsinn! Wahrscheinlich war's jemand, mit dem er Karten gespielt hat und der nicht verlieren konnte. Joscelin hat sich öfter mit Glücksspielen die Zeit vertrieben, als er dich hätte merken lassen. Manche Leute spielen um Einsätze, die sie sich nicht leisten können, und verlieren dann, wenn sie ruiniert sind, die Beherrschung und vorübergehend den Kopf.« Sein Atem ging heftig. »Spielklubs sind nicht immer so wählerisch in der Auswahl der Leute, die sie hereinlassen, wie sie sein sollten. Glaubst du im Ernst, jemand hier in Shelburne könnte etwas über die Sache wissen?«

»Es ist ebensogut denkbar, daß es aus Eifersucht wegen einer Frau geschah«, gab sie eisig zurück. »Joscelin war ausgesprochen anziehend, wie du weißt.«

Lovel wurde rot; die Haut in seinem Gesicht schien bis zum Zerreißen gespannt.

»Woran man niemals versäumt, mich zu erinnern«, sagte er mit verhaltener, gefährlich leiser Stimme. »Aber nicht jeder war so empfänglich dafür wie du, Mama. Es ist ein rein äußerlicher Vorzug.«

»Du hast nie begriffen, was es mit Charme auf sich hat, Lovel, das ist dein großes Pech. Vielleicht bist du nun so freundlich und bestellst eine Extraportion Tee in den Salon.« Sie schenkte ihrem Sohn keine weitere Beachtung und verstieß obendrein – wie um ihn zu ärgern – gegen die Etikette, indem sie fragte: »Wollen Sie sich uns anschließen, Mr. Monk? Vielleicht kann meine Schwiegertochter Ihnen weiterhelfen. Ihr oblagen zum Teil die gleichen Aufgaben wie Joscelin. Außerdem besitzen Frauen häufig eine bessere Beobachtungsgabe, was andere Frauen betrifft, besonders« – sie stockte –, »wenn es um Gefühlsangelegenheiten geht.«

Ohne auf seine Antwort zu warten und einen Blick an Lovel zu verschwenden, ging sie, Monks Einverständnis voraussetzend, zur Tür und blieb vor ihr stehen. Lord Shelburne zögerte für den Bruchteil einer Sekunde, dann folgte er ihr gehorsam und hielt seiner Mutter die Tür auf. Sie rauschte hinaus, wobei sie keinem von ihnen mehr die geringste Beachtung zukommen ließ.

Im Salon herrschte eine gezwungene Atmosphäre. Rosamond konnte nur mit Mühe ihre Verwunderung ob der Tatsache verbergen, daß man von ihr erwartete, mit einem Polizisten Tee zu trinken, als wäre er ein Mann von Stand. Selbst das Hausmädchen fühlte sich augenscheinlich unwohl, als es mit der Extratasse und dem zusätzlichen Gebäck erschien. Der Klatsch an der Hintertreppe hatte sie offenbar bereits über Monks Status informiert. Der dachte insgeheim an Evan und fragte sich, ob er wohl irgendwelche Fortschritte machte.

Nachdem das Mädchen jeden mit einer Tasse und einem Teller versorgt hatte und wieder verschwunden war, ergriff Lady Fabia mit gemessener, ruhiger Stimme das Wort. Lovels Blick wich sie weiterhin aus.

»Meine liebe Rosamond, die Polizei möchte alles über Joscelins gesellschaftliche Aktivitäten während der letzten Monate seines Lebens wissen. Du warst zum Großteil mit den gleichen Aufgaben betraut wie er, folglich wirst du mehr über seine Bekanntschaften wissen als ich – unter anderem zum Beispiel, wer ein stärkeres Interesse an ihm gezeigt haben könnte, als klug war?«

»Ich?« Entweder war Rosamond wirklich überrascht oder aber eine bessere Schauspielerin, als Monk vermutet hatte.

»Ja – du, meine Liebe.« Lady Fabia reichte ihr das Gebäck, das sie jedoch ignorierte. »Du bist genau die Richtige dafür. Ursula werde ich natürlich auch noch fragen.«

»Wer ist Ursula?« warf Monk ein.

»Miss Ursula Wadham; sie ist mit meinem zweiten Sohn Menard verlobt. Überlassen Sie es getrost mir, sie nach nützlichen Informationen auszuhorchen.« Damit war Monks Frage für sie erledigt, und sie wandte sich wieder Rosamond zu. »Also?«

»Ich – ich wüßte nicht, daß Joscelin eine . . . spezielle Bekanntschaft gehabt hätte«, erklärte Rosamond ein wenig lahm, als spräche sie nicht gern über das Thema. Während er sie beobachtete, überlegte Monk flüchtig, ob sie eventuell selbst in Joscelin verliebt gewesen war und Lovel sich deshalb dermaßen gegen die Ermittlungen sperrte.

War ihr Verhältnis zueinander über bloße Anziehung hinausgegangen?

»Das habe ich nicht gefragt«, versetzte Lady Fabia nicht allzu sanft. »Ich fragte, ob jemand ein starkes Interesse für Joscelin gezeigt hat – wenn auch ein unerwidertes?«

Rosamonds Kopf fuhr ruckartig hoch. Einen Moment lang hatte Monk den Eindruck, sie würde sich gegen ihre Schwiegermutter auflehnen, doch der rebellische Funken in ihrem Blick war gleich wieder erloschen.

»Norah Partridge mochte ihn sehr gern«, sagte sie langsam und wohl durchdacht. »Aber das ist wohl nichts Neues. Außerdem kann ich mir nicht vorstellen, daß Sir John es so schwer genommen hat, um sich auf den weiten Weg nach London zu machen und einen Mord zu begehen. Natürlich mag er Norah, aber so sehr nun auch wieder nicht.«

»Du bist doch tatsächlich scharfsichtiger, als ich dachte«, bemerkte Lady Fabia mit bissigem Erstaunen. »Nur leider recht unbedarft, was das Verständnis der männlichen Natur betrifft. Es ist nicht nötig, etwas selbst haben zu wollen, um einem andern zu verübeln, daß er es einem wegnehmen könnte; vor allem, wenn er die Unverfrorenheit besitzt, es in aller Öffentlichkeit zu tun.« Sie wandte sich an Monk, dem kein Gebäck angeboten wurde. »Das wäre doch ein Anhaltspunkt für Sie. Ich bezweifle zwar, daß sich John Partridge zu einem Mord hinreißen lassen oder – falls doch – einen Spazierstock dazu benutzen würde«, auf ihrem Gesicht erschien erneut ein gequälter Ausdruck, »aber Norah hat eine ganze Menge Verehrer. Sie ist ein recht extravagantes Geschöpf und nicht mit besonders viel Urteilsvermögen ausgestattet.«

»Danke für den Tip, Ma'am. Fällt Ihnen sonst noch etwas ein?«

Im Verlauf der nächsten Stunde wurden erst vergangene Romanzen, dann aktuelle und mutmaßliche Affären aufgewärmt. Monk hörte nur mit einem Ohr hin. Ihn interessierten weniger die Fakten als die feinen Abstufungen in der Art und Weise, wie sie präsentiert wurden. Joscelin war zweifellos Mamas Liebling gewesen, was ihn nicht im geringsten wunderte, sollte der abwesende Menard seinem Bruder Lovel ähnlich sein. Wie immer ihre Gefühle jedoch geartet sein mochten, die Primogenitur sorgte dafür, daß nicht nur Titel und Ländereien, sondern auch das für deren Erhaltung erforderliche Geld und der damit verbundene Lebensstil an Lovel übergingen, den Erstgeborenen.

Lord Shelburne steuerte nichts zu dem Gespräch bei und seine Frau Rosamond gerade genug, um ihre Schwiegermutter zufriedenzustellen, vor der sie wesentlich mehr Respekt zu haben schien als vor ihrem Ehemann.

Lady Callandra Daviot war zu Monks Enttäuschung offenbar nicht zu Hause. Er hätte gern gehört, was sie in ihrer unverblümten Art zu dem Thema zu sagen hatte, obwohl er nicht sicher war, daß sie sich im trauernden Familienkreis genauso freimütig äußern würde wie an jenem verregneten Nachmittag im Garten.

Er bedankte sich und machte sich nach den üblichen Abschiedsfloskeln eilends auf den Weg, Evan abzuholen, damit sie sich im Dorf noch ein Glas Apfelwein genehmigen konnten, ehe der Zug nach London ging.

»Und – wie war's?« fragte Monk ungeduldig, sobald sie vom Haus aus nicht mehr zu sehen waren.

»Mmmmm.« Evan hatte Schwierigkeiten, seine Verzückung geheimzuhalten. Seine Schritte waren ausladend, sein dürrer Körper barst geradezu vor Energie; er lief laut platschend durch sämtliche Wasserpfützen, ohne sich im mindesten um seine immer nasser werdenden Stiefel zu kümmern. »Es war umwerfend! Ich bin noch nie in einem so großen Haus gewesen – hinter den Kulissen, meine ich. Mein Vater war Geistlicher, und da bin ich als Kind manchmal mit ihm zum Herrensitz gegangen, aber das war was völlig anderes. Meine Güte, diese Hausdiener kriegen Dinge mit, bei denen ich vor Scham im Erdboden versinken würde! Ihre Herrschaft behandelt sie buchstäblich, als ob sie blind und taub wären.«

»Für die Herrschaft sind sie auch keine Menschen – jedenfalls keine, die mit ihnen vergleichbar wären«, erwiderte Monk. »Sie kommen aus einer anderen Welt und haben, abgesehen von ihrer Handlangerfunktion, nicht in Erscheinung zu treten. Deshalb spielen ihre Ansichten auch nicht die geringste Rolle. Haben Sie sonst noch was dazugelernt?« Er mußte über Evans Naivität schmunzeln.

Der grinste. »Ich würde sagen, sie haben mir alles über die Familie verraten, was ihrer Meinung nach vertraulich ist – obwohl sie das einem Polizisten oder sonst wem gegenüber natürlich nie offen tun würden! Sie halten sich nach wie vor für außerordentlich verschwiegen.«

»Wie haben Sie das geschafft?« erkundigte sich Monk gespannt, während er verblüfft in das unschuldige, sensible Gesicht seines Kollegen schaute.

Evans Wangen färbten sich schwachrosa. »Hab mich auf Gedeih und Verderb der Köchin ausgeliefert«, verkündete er und senkte den Kopf, ohne jedoch das Tempo zu drosseln. »Und meine arme Wirtin gräßlich verleumdet, fürchte ich. Hab mich ziemlich abfällig über ihre Kochkünste geäußert – oh, und ich mußte eine Weile draußen warten, deshalb waren meine Hände ganz kalt –« Er hob den Kopf, sah Monk kurz an und gleich wieder weg. »Ungemein mütterlicher Typ, Lady Shelburnes Köchin. Wie's aussieht, hab ich einiges mehr erreicht als Sie«, fügte er mit ziemlich blasiertem Lächeln hinzu.

»Jedenfalls hab ich nichts zu essen gekriegt«, gab Monk verdrossen zurück.

»Oh, das tut mir leid«, versicherte Evan, ohne weiter nachzuhaken.

»Und was hat Ihnen Ihr dramatisches Debüt eingebracht, außer einem Mittagessen, versteht sich? Ich darf wohl annehmen, daß Sie die Ohren ordentlich aufgesperrt haben – während Sie den armen

Tropf markiert und den Leuten die Haare vom Kopf gefressen haben?«

»Aber sicher! Wußten Sie, daß Rosamond aus wohlhabender, aber recht junger Familie stammt? Außerdem verliebte sie sich zuerst in Joscelin, aber ihre Mutter bestand darauf, daß sie den ältesten Bruder heiratet, der ihr ebenfalls den Hof machte; also war sie ein braves, folgsames Mädchen und tat, wie ihr geheißen. Das habe ich zumindest aus dem rausgehört, was das Hausmädchen zur Waschfrau gesagt hat – bevor das Stubenmädchen auftauchte, ihnen das Klatschen verbot und sie wieder an die Arbeit scheuchte.«

Monk pfiff leise durch die Zähne.

»Ach ja«, fuhr Evan fort, ehe er ein Wort einwerfen konnte, »in den ersten Jahren blieb die Ehe kinderlos, aber dann, vor etwa anderthalb Jahren, brachte sie einen Sohn zur Welt: den Erben des Titels. Ein paar besonders böse Zungen behaupten, der Junge hätte zwar die charakteristischen Züge der Shelburnes, erinnere jedoch mehr an Joscelin als an Lovel – das hätte jedenfalls der zweite Lakai in der Dorfschenke aufgeschnappt. Blaue Augen, dabei ist Lord Shelburne ein durch und durch dunkler Typ, genau wie sie – jedenfalls was ihre Augen betrifft ...«

Monk blieb wie angewurzelt stehen und starrte Evan entgeistert an.

»Sind Sie sicher?«

»Ich bin sicher, daß sie genau das gesagt haben, und Lord Shelburne muß es auch wissen, schließlich –« Evan machte ein entsetztes Gesicht. »Du liebe Zeit! Das hat Runcorn gemeint, nicht wahr? *Brenzlig* – o Mann, brenzlig ist gar kein Ausdruck!« In seiner Bestürzung wirkte er geradezu komisch; alle Begeisterung hatte ihn verlassen. »Und was machen wir jetzt? Ich kann mir lebhaft vorstellen, wie Lady Shelburne reagiert, wenn Sie versuchen, ihr damit zu kommen!«

»Das kann ich auch«, pflichtete Monk ihm düster bei. »Und ich habe nicht die leiseste Ahnung, was wir jetzt machen sollen.«

6

Hester Latterly stand am Fenster des winzigen Salons im Haus ihres Bruders in der Thanet Street, ganz in der Nähe der Marylebone Road, und betrachtete die vorbeifahrenden Vehikel. Das Haus war kleiner und bei weitem nicht so beeindruckend wie das Heim ihrer Eltern am Regent Square. Nach dem Tod ihres Vaters war ihnen nichts anderes übriggeblieben, als es zu verkaufen. Eigentlich hatte sie sich immer vorgestellt, Charles und Imogen würden dorthin zurückziehen, aber das Familienvermögen hatte gerade gereicht, die anfallenden Kosten zu decken, und keiner von ihnen hatte auch nur einen Penny geerbt. So wohnte Hester also bei Charles und Imogen, woran sich so lange nichts ändern würde, bis ihr etwas Besseres einfiel – und genau darum drehten sich ihre Gedanken.

Ihre Möglichkeiten waren begrenzt. Der gesamte Besitz ihrer Eltern war veräußert, alle erforderlichen Briefe geschrieben, die Hausdiener hatten ausgezeichnete Empfehlungsschreiben bekommen. Zum Glück waren die meisten von ihnen gleich woanders untergekommen. Nun war es für sie an der Zeit, eine Entscheidung zu treffen. Charles hatte natürlich gemeint, sie wäre herzlich eingeladen, so lang zu bleiben, wie sie wollte – gern auf unbestimmte Zeit. Allein die Vorstellung war schrecklich. Sie als Dauergast, weder von Gebrauchs- noch von Schönheitswert, ständiger Eindringling in einem Haushalt, der eigentlich Privatsphäre für ein Ehepaar und zu gegebener Zeit für deren Kinder sein sollte. Tante zu sein war ja ganz nett, aber nicht zum Frühstück, Mittagessen und Abendessen, und das jeden Tag der Woche!

Das Leben hatte mehr zu bieten.

Charles hatte selbstverständlich auch vom Heiraten gesprochen, doch wenn man das Kind einmal beim Namen nannte: Sie war gewiß nicht das, was man sich unter einer guten Partie vorstellte, dafür garantierte schon ihre augenblickliche Situation. Ihr Äußeres war im Grunde ganz passabel, nur war sie etwas groß geraten; sie schaute über die Köpfe zu vieler Männer hinweg. Außerdem hatte sie keine Mitgift zu erwarten und infolgedessen keinerlei Hoffnungen. Sie stammte aus guter Familie, verfügte aber über keine Kontakte zu den großen Häusern; man war vornehm genug gewesen, Ambitionen zu haben und die Töchter in allerlei unnützen Künsten unterrichten zu lassen, jedoch nicht privilegiert genug, daß die bloße Herkunft als Köder ausreichte.

Was vielleicht alles zu überwinden gewesen wäre, hätte sie ein ebenso angenehmes Wesen wie Imogen gehabt – nur war das unglücklicherweise nicht der Fall. Wo Imogen durch Sanftmut, Charme, ungeheures Taktgefühl und Zurückhaltung glänzte, war Hester schroff, voll Verachtung gegenüber Heuchelei, absolut unnachgiebig, was Wankelmut und Dilettantismus betraf, und nicht im geringsten gewillt, Dummheit auch nur mit einem Funken Charme zu begegnen. Sie las lieber und widmete sich intensiver ihrer Weiterbildung, als bei einer Frau als attraktiv empfunden wurde. Obendrein war sie nicht ganz frei von der intellektuellen Überlegenheit eines Menschen, dem das Denken leichtfiel.

Sie war als eine der ersten dazu bereit gewesen, England zu verlassen und unter haarsträubenden Bedingungen an die Krim zu segeln, um Florence Nightingale im Militärkrankenhaus von Skutari hilfreich unter die Arme zu greifen.

Hester erinnerte sich deutlich an den Augenblick, als sie die Stadt zum erstenmal gesehen hatte. Sie hatte erwartet, ein vom Krieg verwüstetes Ruinenfeld vorzufinden, statt dessen war ihre Kehle beim Anblick der weißen Mauern und grünkupfernen Kathedralenkuppeln am tiefblauen Horizont vor Ehrfurcht wie zugeschnürt gewesen.

Später lagen die Dinge anders. Sie war Zeugin unglaublichen Elends und sinnlosen Sterbens geworden, beides durch die bodenlose Inkompetenz der Autoritäten verschlimmert, und hatte dennoch nicht den Mut sinken lassen, niemals eine Belohnung für ihre Aufopferungsbereitschaft gefordert und stets gleichbleibend viel Geduld für die schwer Leidenden gezeigt. Gleichzeitig war sie durch die harten Erfahrungen strenger gegen sich und andere geworden als angemessen. Jeder Mensch nahm sein Leid im akuten Stadium sehr schwer, der Gedanke, anderen könnte es wesentlich schlechter gehen, kam nur wenigen. Das vergaß Hester nie, es sei denn, man zwang sie dazu, und genau das taten die meisten Leute: Sie schreckten davor zurück, unangenehme Dinge beim Namen zu nennen.

Sie war hochintelligent und besaß eine besondere Begabung für logisches Denken, was den Großteil ihrer Mitmenschen zu stören schien – vor allem Männer, die so etwas bei einer Frau weder vermuteten noch zu schätzen wußten. Dank dieses Talents war sie für die Verwaltungsabteilung von Krankenhäusern voll schwerverletzter und todkranker Menschen unentbehrlich geworden, doch in den gutbürgerlichen Privathaushalten englischer Edelleute war dafür kein Platz. Hester hätte eine ganze Burg samt der zu ihrer Verteidigung erforderlichen Ritter befehligen können und trotzdem genug Zeit für sich gehabt. Unseligerweise bestand kein Bedarf an Leuten, die Burgen befehligen konnten – und keiner griff sie mehr an.

Zudem marschierte sie stramm auf die Dreißig zu.

Die für sie realistischen Möglichkeiten lagen zum einen auf dem Gebiet der praktischen Krankenpflege, worin sie mittlerweile versiert genug war – wenn sie auch mehr mit Kriegsverletzungen zu tun gehabt hatte als mit Krankheiten, wie sie gemeinhin in England vorkamen –, und zum andern in der Verwaltung in einem Krankenhaus. Trotzdem rechnete sie sich in beiden Bereichen keine allzu großen Chancen aus; Frauen waren weder als Ärzte noch in leitenden Positionen tätig. Dennoch, der Krieg hatte viel verändert, und die Aussicht auf die Arbeit, die getan werden mußte, sowie auf die Reformen, die eventuell durchgesetzt werden konnten, reizte sie mehr, als sie sich selbst eingestehen wollte. Leider waren die Möglichkeiten, dabei mitzuwirken, äußerst gering.

Dann war da noch dieser Hang zum Journalismus, obwohl sie damit kaum genug verdienen konnte, um über die Runden zu kommen. Sollte sie ihn vollkommen verdrängen . . .?

Sie brauchte einen Rat. Charles würde das Ganze genauso mißfallen wie ihre verrückte Idee, auf die Krim zu gehen. Er würde sich um ihre Sicherheit, ihren guten Ruf, ihre Ehre sorgen – und um ähnlich unkonkrete und undefinierbare Dinge, an denen sie zu Schaden kommen könnte. Armer Charles, was hatte er doch für einen schablonenhaften Verstand! Wie sie beide Geschwister sein konnten, war ihr unbegreiflich.

Imogen zu behelligen hatte ebenfalls wenig Sinn. Ihr fehlte das nötige Hintergrundwissen, außerdem schien sie neuerdings ganz mit ihren eigenen Problemen beschäftigt zu sein. Hester hatte vorsichtig versucht, mit ihr darüber zu sprechen, doch außer der relativen Gewißheit, daß Charles noch weniger wußte als sie selbst, nicht das mindeste aus ihrer Schwägerin herausbekommen.

Während sie versunken auf die Straße hinausstarrte, konzentrierten sich Hesters Gedanken auf Lady Callandra Daviot, ihre Mentorin und Freundin aus den Tagen vor der Zeit auf der Krim. Sie war die richtige Ratgeberin. Sie wußte einerseits, was im Rahmen des Möglichen lag, andererseits aber auch, wieviel Hester riskieren konnte und ob es sie – im Falle ihres Erfolgs – glücklich machen würde. Callandra hatte sich niemals darum geschert, ob ihr Tun den Leuten in den Kram paßte, und war der Meinung, daß das, was die Gesellschaft von einem verlangte, nie mit dem übereinstimmte, was man selbst wollte.

Sie hatte Hester sowohl in ihr Londoner Domizil als auch nach Shelburne Hall eingeladen, wo sie eine eigene Zimmerflucht besaß und jederzeit Gäste beherbergen durfte. Hester hatte an beide Adressen geschrieben und gefragt, ob sie kommen dürfe, und an diesem Morgen ein positives Antwortschreiben erhalten.

In dem Moment ging hinter ihr die Tür auf. Sie hörte Charles' Schritte und drehte sich um, den Brief noch in der Hand.

»Ich habe beschlossen, ein paar Tage, vielleicht auch eine Woche oder mehr, bei Lady Callandra Daviot zu verbringen, Charles.«

»Kenne ich sie?« fragte er wie aus der Pistole geschossen; seine Augen weiteten sich kaum merklich.

»Das halte ich für ziemlich unwahrscheinlich. Sie ist Ende Fünfzig und tritt öffentlich kaum in Erscheinung.«

»Hast du vor, ihre Gesellschafterin zu werden?« Charles dachte wie üblich praktisch. »Ich glaube nicht, daß du dafür geeignet bist,

Hester. Bei aller Liebe, ich kann mir nicht vorstellen, daß sich eine ältere Dame mit zurückhaltendem Wesen in deiner Gegenwart wohl fühlen würde. Du bist extrem rechthaberisch – und hast außerdem nur sehr wenig Verständnis für die Mühsal des täglichen Lebens. Und du hast es noch nie geschafft, deine Meinung für dich zu behalten, auch wenn sie noch so unsinnig war.«

»Ich habe es auch nie versucht!« erwiderte sie scharf; obwohl sie wußte, daß er es im Grunde gut meinte, hatten seine Worte sie verletzt.

Er, mit seinem etwas verschrobenen Sinn für Humor, lächelte. »Das ist mir vollkommen klar, meine Liebe. Ansonsten hättest selbst du mehr Erfolg haben müssen!«

»Ich habe nicht die Absicht, Gesellschafterin zu werden«, betonte Hester. »Sie ist die Witwe von Colonel Daviot, ehemals Chirurg bei der Armee. Ich wollte sie um ihren Rat fragen, was zu tun am besten für mich ist.«

»Glaubst du wirklich, ihr fällt zu dem Thema irgendwas Vernünftiges ein?« meinte Charles überrascht. »Ich kann's mir beim besten Willen nicht vorstellen. Aber wenn du unbedingt willst, bitte, fahr hin. Jedenfalls bist du uns eine wunderbare Hilfe gewesen, und wir sind dir von ganzem Herzen dankbar. Du bist sofort gekommen, als wir dich gebraucht haben.«

»Es handelte sich schließlich um eine Familientragödie.« Ausnahmsweise war sie in ihrer Unverblümtheit einmal gnädig gestimmt. »Ich wäre nirgendwo lieber gewesen. Aber um zum Thema zurückzukommen: Lady Callandra verfügt über beträchtliche Lebenserfahrung, und ihre Meinung bedeutet mir sehr viel. Wenn es dir recht ist, breche ich morgen früh auf.«

»Sicher –« Charles stockte; etwas schien ihm auf der Seele zu lasten. »Äh –«

»Was ist denn?«

»Verfügst du über – äh – ausreichende Mittel?«

Hester mußte lächeln. »Ja, danke. Im Moment reicht's.«

Er machte einen erleichterten Eindruck. Sie wußte sehr gut, daß er nicht von Natur aus spendabel war, seiner eigenen Familie gegenüber hatte er sich jedoch niemals knickerig benommen. Sein Zögern war nur eine weitere Untermauerung ihrer These, daß sich die Finanzlage in den letzten vier, fünf Monaten drastisch verschlechtert hatte. Schon andere Kleinigkeiten hatten darauf hingedeutet: Es waren nicht mehr so viele Bedienstete vorhanden wie vor ihrer Abreise auf die Krim; es gab lediglich noch die Köchin, eine Küchenmagd, ein Spülmädchen, ein Hausmädchen und ein Stubenmädchen, das zugleich als Imogens Zofe fungierte. Der Butler war der einzige männliche Hausdiener; einen Lakai gab es nicht, nicht einmal einen Stiefelputzer. Das Spülmädchen kümmerte sich um die Schuhe.

Imogen hatte ihre Sommergarderobe nicht mit der üblichen Sorglosigkeit erneuert, Charles hatte wenigstens ein Paar seiner kostbaren Stiefel in Reparatur gebracht. Das Silbertablett, auf dem die Visitenkarten der Besucher transportiert wurden, war aus der Halle verschwunden.

Es war allerhöchste Zeit, daß sie sich Gedanken über ihre eigene Position und die Notwendigkeit machte, selbst Geld zu verdienen. Vielleicht käme auch eine allgemeinwissenschaftliche Tätigkeit in Frage; Studien jeglicher Art fesselten sie, andererseits waren die für Frauen zugänglichen Tutorenposten dünn gesät, und die Beschränkungen der damit verbundenen Lebensweise schreckten sie ab. Hester las zum Vergnügen.

Nachdem Charles sich zurückgezogen hatte, ging sie nach oben. Imogen war in der Wäschekammer damit beschäftigt, Kissenbezüge und Bettlaken zu inspizieren. Das Instandhalten der Wäsche war selbst für einen so bescheidenen Haushalt eine umfangreiche Angelegenheit, besonders, wenn man ohne Wäschemagd auskommen mußte.

»Darf ich?« Hester ging ihrer Schwägerin zur Hand, indem sie die Kantenstickerei nach Rissen oder aufgetrennten Stichen untersuchte. »Ich werde für kurze Zeit zu Lady Callandra Daviot aufs Land fahren. Ich brauche ihren Rat, wie ich mein weiteres Leben gestalten soll.« Sie bemerkte Imogens verwunderten Blick und fügte erklärend hinzu: »Zumindest wird sie besser wissen als ich, welche Möglichkeiten mir überhaupt offenstehen.«

»Oh.« Imogens Gesichtsausdruck bekundete Freude und Enttäuschung zugleich. Einerseits verstand sie gut, daß Hester eine Entscheidung treffen mußte, andererseits würde sie die Schwägerin vermissen. Die beiden waren mittlerweile enge Freundinnen geworden; ihre grundverschiedenen Wesenszüge hatten sich eher ergänzt als zu Konflikten geführt. »Dann solltest du Gwen mitnehmen. Du kannst dich nicht ohne Kammerzofe bei Leuten von Stand aufhalten.«

»Natürlich kann ich«, protestierte Hester entschieden.»Ich habe keine, also bleibt mir nichts anderes übrig. Es macht mir nichts aus, und Lady Callandra ist die letzte, die so was stört.«

Imogen schaute sie zweifelnd an. »Und wer zieht dich zum Dinner um?«

»Du meine Güte! Das schaffe ich allein!«

»Ja, meine Liebe, das habe ich gemerkt.« In Imogens Gesicht zuckte es leicht. »Ich bin sicher, deine Aufmachung ist hervorragend geeignet, um kranke Menschen zu pflegen oder sich mit störrischen Respektspersonen beim Militär rumzuschlagen –«

»Imogen!«

»Und was ist mit deiner Frisur? Du wirst wahrscheinlich bei Tisch erscheinen, als ob dich gerade eine heftige Windbö zum Seitenfenster reingeweht hätte.«

»Imogen!« Hester warf mit einem Stapel Handtücher nach ihr. Eins davon streifte Imogens Haar, so daß ihre sorgfältig gedrehten Locken sich lösten, die übrigen Handtücher landeten in wildem Durcheinander auf dem Fußboden.

Imogen revanchierte sich mit einem Bettlaken, das bei Hester ein ähnliches Resultat erzielte. Sie musterten gegenseitig ihr derangiertes Aussehen und brachen in Gelächter aus.

In dem Moment ging die Tür auf, und Charles erschien auf der Schwelle; er machte ein verwirrtes, leicht beunruhigtes Gesicht.

»Was ist passiert?« rief er gebieterisch, in der Annahme, bei ihrem Schluchzen handle es sich um die Begleiterscheinung einer Notsituation. »Fühlt ihr euch nicht wohl? Was ist denn los, um Himmels willen!« Dann erst merkte er, daß Hester und Imogen sich glänzend amüsierten, was ihn nur um so mehr durcheinanderzubringen schien. Und als keine der beiden Anstalten machte, aufzuhören oder wenigstens ernsthaft Notiz von seiner Anwesenheit zu nehmen, wurde er regelrecht wütend.

»Imogen! Reiß dich zusammen!« sagte er scharf. »Was ist bloß in dich gefahren?«

Imogen konnte nicht anders, als nach wie vor hilflos lachen.

»Hester!« Charles' Gesicht färbte sich rosa. »Hester, sei still! Hör sofort auf!«

Hester sah ihn an und konnte sich erst recht nicht beruhigen.

Charles rümpfte die Nase, tat das Ganze als typisch Frau und infolgedessen unerklärbar ab und ließ sie allein, wobei er die Tür fest hinter sich ins Schloß zog, damit keiner der Bediensteten Zeuge einer derart lächerlichen Szene werden konnte.

Für Hester war Reisen nichts Neues, und die Fahrt von London nach Shelburne war wirklich kaum der Rede wert, verglichen mit der fürchterlichen Schiffsreise durch die Bucht von Biscaya, das Mittelmeer, den Bosporus und schließlich das Schwarze Meer hinauf bis Sewastopol. Übervölkerte und mit verängstigten Pferden vollgepfropfte Truppentransporter ohne den geringsten Komfort gehörten zu den Dingen, die das Vorstellungsvermögen der meisten, insbesondere der weiblichen, Engländer überstiegen. Eine Zugfahrt durch hochsommerliche Landstriche war die reine Freude, und die letzten, von Sonnenschein, wohltuender Stille und süßem Blumenduft begleiteten eineinhalb Kilometer im Dogcart nach Shelburne Hall bedeuteten ein Fest für Hesters Sinne.

Der leichte Einspänner hielt direkt vor dem Hauptportal mit dem dorischen Säulengang. Der Kutscher kam nicht dazu, ihr vom Wagen zu helfen, denn Hester war an solche Artigkeiten nicht mehr gewöhnt und bereits heruntergestiegen, während er noch die Zügel festband. Stirnrunzelnd lud er ihren Koffer ab, und fast im selben Augenblick öffnete ein Lakai die Tür, um sie Hester aufzuhalten. Ein zweiter Lakai bemächtigte sich des Koffers und verschwand damit im oberen Bereich des Hauses.

Hester wurde in den Salon geführt, wo Fabia Shelburne sie erwartete. Es war ein ausgesprochen schöner Raum; durch die weit geöffneten Terrassentüren mit Blick auf den Garten und den sich in sanften Hügeln dahinter erstreckenden Park strömte nach Rosen duftende, warme Sommerluft. Angesichts dieser Kulisse wirkte der in Marmor eingelassene Kamin vollkommen deplaziert. Die Gemälde kamen ihr wie Schlüssellöcher vor, durch die man in eine andere, überflüssige Welt spähte.

Lady Fabia lächelte, als sie Hester erblickte, stand jedoch nicht auf.

»Willkommen in Shelburne Hall, Miss Latterly. Ich hoffe, die Fahrt hat Sie nicht zu sehr angestrengt. Sie sehen etwas mitgenommen aus! Im Garten ist es wohl sehr windig, fürchte ich. Wenn Sie sich von der Reise erholt und umgezogen haben, möchten Sie vielleicht mit uns zusammen den Nachmittagstee einnehmen? Unsere Köchin versteht sich ausgezeichnet auf süße Pfannkuchen.« Sie lächelte wieder, was auf Hester den Eindruck einer kühlen, gut einstudierten Gebärde machte. »Sie sind bestimmt hungrig, außerdem ist es eine glänzende Gelegenheit, uns besser kennenzulernen. Lady Callandra und meine Schwiegertochter, Lady Shelburne, werden herunterkommen. Sie sind ihr bisher noch nicht begegnet, wenn ich mich recht entsinne?«

»Nein, Lady Fabia, aber ich freue mich schon darauf.« Hester registrierte, daß Fabia ein dunkelviolettes Kleid trug, eine Farbe, die nicht so düster war wie Schwarz, dennoch häufig mit Trauer in Verbindung gebracht wurde. Abgesehen davon hatte Callandra ihr von Joscelins Tod berichtet. »Mein aufrichtiges Beileid zum Tod Ihres Sohnes. Ich kann mir vorstellen, wie Ihnen zumute ist.«

Fabia wölbte die Brauen und meinte ungläubig: »Tatsächlich?«

Hester war gekränkt. Glaubte diese Frau allen Ernstes, sie wäre die einzige, die einen geliebten Menschen verloren hatte? Wie egozentrisch man in seinem Kummer doch sein konnte.

»Ja. Ich habe meinen ältesten Bruder auf der Krim verloren und vor wenigen Monaten im Abstand von drei Wochen meinen Vater und meine Mutter«, gab sie vollkommen ruhig zurück.

»Oh –« Fabia fehlten ausnahmsweise einmal die Worte. Sie hatte Hesters triste Kleidung für eine Reiseerleichterung gehalten. Ihre eigene Trauer nahm sie offenbar dermaßen in Anspruch, daß sie für die anderer Menschen blind war. »Das tut mir leid.«

Hester lächelte; wenn es von Herzen kam, strahlte ihr Lächeln immense Wärme aus.

»Danke. Und jetzt würde ich gern Ihrer ausgezeichneten Idee Folge leisten und mir etwas Passenderes anziehen, ehe ich Ihre Einladung zum Tee annehme. Sie haben absolut recht – schon bei dem Gedanken an Pfannkuchen knurrt mir der Magen.«

Das ihr zugedachte Schlafzimmer lag im Westflügel, wo sich auch Callandras Schlaf- und Wohnräume befanden, seit sie dem Kinderzimmer entwachsen war. Sie war gemeinsam mit ihren älteren Brüdern in Shelburne Hall aufgewachsen. Vor dreißig Jahren hatte sie das Haus anläßlich ihrer Heirat verlassen, sich jedoch häufig dort aufgehalten, und als sie Witwe wurde, hatte man ihr freundlicherweise gestattet, die ihrem Status angemessene Gastfreundschaft weiterhin in Anspruch zu nehmen.

Hesters Zimmer war groß und ein wenig düster. Eine Wand verschwand gänzlich hinter einem Wandteppich, die restlichen waren mit grüngrauen Papiertapeten bedeckt. Das schönste war ein herrliches Gemälde, auf dem zwei Hunde abgebildet waren und dessen Blattgoldrahmen die Sonnenstrahlen einfing. Die Fenster gingen nach Westen hinaus; ein sommerlich klarer Abendhimmel tauchte die mächtigen Buchen vor dem Haus und den dahinterliegenden, von einer Steinmauer umgebenen Kräutergarten in verschwenderisch sattes Licht. Die knorrigen Äste von Obstbäumen streckten sich wie grotesk verrenkte Finger nach der angrenzenden Parklandschaft aus.

In einem großen, blauweißen Porzellankrug stand heißes Wasser bereit, daneben befanden sich eine passende Waschschüssel sowie frische Handtücher. Hester verlor keine Zeit, entledigte sich ihrer schweren, staubigen Röcke, wusch sich Hals und Gesicht und stellte die Schüssel anschließend auf den Boden, um ihre heißen, schmerzenden Füße darin zu versenken.

Sie gab sich gerade diesem Vergnügen hin, als es an die Tür klopfte.

»Wer ist da?« rief sie einigermaßen entsetzt, da sie nichts als Pantalons und Mieder trug.

»Callandra.«

»Oh –« Vermutlich war es dumm, Callandra Daviot mit etwas beeindrucken zu wollen, das man ohnehin nicht aufrechterhalten konnte. »Kommen Sie rein!«

Callandra öffnete die Tür und blieb auf der Schwelle stehen; sie lächelte erfreut.

»Liebste Hester! Wie schön, Sie zu sehen. Sie scheinen sich nicht im geringsten verändert zu haben – zumindest innerlich.« Damit zog sie die Tür hinter sich ins Schloß, marschierte quer durch den Raum und ließ sich auf einem der Polstersessel nieder. Lady Callandra Daviot war weder jetzt eine Schönheit, noch war sie es je gewesen; die Hüften waren zu breit, die Nase zu lang, die Augen von leicht unterschiedlicher Farbe. Ihr Gesicht zeugte allerdings von Intelligenz, Humor und beträchtlicher Willenskraft, und Hester kannte niemand, den sie lieber mochte. Ihr Anblick reichte aus, um bessere Laune zu bekommen und neue Zuversicht zu fassen.

»Schon möglich.« Hester wackelte in dem mittlerweile abgekühlten Wasser mit den Zehen; das Gefühl war herrlich. »Aber es ist eine Menge passiert. Meine Situation hat sich vollkommen geändert.«

»Ja, das haben Sie mir geschrieben. Es tut mir sehr leid, was mit Ihren Eltern geschehen ist. Glauben Sie mir bitte, Sie haben mein tiefstes Mitgefühl.«

Hester wollte nicht darüber sprechen, die Wunde war noch zu frisch. Imogen hatte sie schriftlich über den Tod ihres Vaters in Kenntnis gesetzt, wenn sie sich auch nicht groß über die Begleitumstände ausgelassen hatte. Aus dem Brief ging lediglich hervor, daß er entweder beim Reinigen seiner Duellpistolen von einer Kugel getroffen worden war oder einen Einbrecher überrascht hatte. Letzteres war allerdings recht unwahrscheinlich, da sich das Ganze am späten Nachmittag ereignete. Die Polizei hatte zwar nicht darauf bestanden, jedoch durchblicken lassen, daß es Selbstmord war, und die definitive Feststellung der Todesumstände aus Rücksicht auf die Angehörigen offengelassen. Selbstmord war nicht nur ein Verstoß gegen das Gesetz, sondern auch eine Versündigung gegen die Kirche, welche ihm daraufhin ein Begräbnis auf geheiligtem Boden verweigert hätte. Diese Schande sollte der Familie erspart bleiben.

Es schien nichts weiter unternommen worden zu sein, und ein

Einbrecher wurde nie gefaßt. Die Polizei stellte die Ermittlungen ein.

Eine Woche später traf ein weiterer Brief ein – tatsächlich war er bereits vor zwei Wochen aufgegeben worden –, in dem es hieß, ihre Mutter sei ebenfalls gestorben. Es wurde mit keinem Wort erwähnt, daß sie ein gebrochenes Herz gehabt hatte, aber das war auch nicht nötig.

»Danke«, sagte Hester und brachte die Andeutung eines Lächelns zustande.

Callandra betrachtete sie eine Weile, war sensibel genug, ihren Schmerz zu spüren, und begriff, daß er nur schlimmer werden würde, wenn sie weiter in ihren Gast eindrang; Gespräche konnten den Heilungsprozeß nicht mehr fördern. Sie beschloß, das Thema aufs Praktische zu bringen.

»Und welche Pläne haben Sie jetzt? Schlittern Sie, um Gottes willen, nicht in eine Ehe!«

Hester wunderte sich ein wenig über diesen unorthodoxen Rat, erwiderte jedoch mit selbstkritischer Offenheit: »Die Gefahr besteht kaum. Ich bin fast dreißig, ein gutes Stück zu groß, habe kein besonders erbauliches Wesen und obendrein weder Geld noch Beziehungen. Jeder Mann, der mich heiraten wollte, wäre hochgradig suspekt, was seine Beweggründe oder sein Urteilsvermögen anbelangt.«

»Die Welt ist nicht gerade knapp an Männern mit der einen oder anderen Unzulänglichkeit«, erwiderte Callandra lächelnd. »Worauf Sie mich selbst des öfteren in Ihren Briefen hingewiesen haben. Beim Militär scheint es jedenfalls von Männern, deren Beweggründen Sie mißtrauen und deren Urteilsvermögen Ihnen ein Greuel ist, nur so zu wimmeln.«

Hester schnitt eine Grimasse. »Touché. Trotzdem, wenn's um ihre eigenen Interessen geht, beweisen sie gelegentlich erstaunlich viel Verstand.« Ihre Gedanken schweiften zu einem der Militärchirurgen im Lazarett ab. Sie sah sein erschöpftes Gesicht vor sich, das unerwartet durchbrechende Lächeln, erinnerte sich, wie schön es gewesen war, seinen Händen bei der Arbeit zuzusehen. Eines schrecklichen Morgens während der Belagerung hatte sie ihn zum

Redan begleitet. Für einen kurzen Augenblick stieg Hester wieder der Leichen- und Schießpulvergeruch in die Nase, glaubte sie, die bittere Kälte zu spüren. Die Nähe, die Vertrautheit zwischen ihnen war so groß gewesen, daß sie alles andere wettmachte – und dann kam jener furchtbare Moment, jenes entsetzlich flaue Gefühl im Magen, als er zum erstenmal von seiner Frau sprach. Sie hätte es wissen müssen, sie hätte daran denken sollen – aber sie hatte es nicht getan.

»Ich müßte entweder ungeheuer schön oder ungeheuer hilflos sein, am besten beides, damit sie mir in Scharen die Türen einrennen würden. Sie wissen genausogut wie ich, daß ich keins von beidem bin.«

Callandra sah sie scharf an. »Höre ich da einen Anflug von Selbstmitleid heraus, Hester?«

Hester spürte, wie ihr das Blut in die Wangen stieg, womit sich jede Antwort erübrigte.

»Sie werden lernen müssen, dieses Gefühl zu überwinden«, meinte Callandra, während sie sich tiefer in ihren Sessel rutschen ließ. Ihre Stimme klang sehr sanft; sie enthielt nicht die leiseste Spur von Tadel, sondern brachte lediglich eine Tatsache zum Ausdruck. »Viel zuviel Frauen blasen ihr Leben lang Trübsal, weil sie etwas nicht haben, von dem ihnen andere Leute einreden, sie würden es unbedingt brauchen. Fast alle verheirateten Frauen werden Ihnen erzählen, die Ehe wäre ein gesegneter Zustand, und Sie zutiefst bedauern, weil Sie nicht in diesen Genuß kommen. Das ist kompletter Blödsinn! Ob man glücklich ist oder nicht, hängt zwar auch von den äußeren Umständen ab, zum größten Teil aber davon, wie man sich selbst entscheidet, die Dinge zu sehen – und wie man selbst beurteilt, was man hat oder auch nicht.«

Hester runzelte die Stirn; sie wußte nicht recht, wieviel sie von Callandras Worten verstand beziehungsweise glauben sollte.

Die wurde etwas ungeduldig, beugte sich ruckartig vor und sagte ebenfalls stirnrunzelnd: »Mein liebes Kind, glauben Sie denn, jede Frau mit einem lächelnden Gesicht ist tatsächlich glücklich? Niemand, der halbwegs bei Sinnen ist, läßt sich gern von andern bemitleiden, und der beste Weg, das zu vermeiden, ist, seine Probleme für sich zu behalten und eine unbeschwerte Miene aufzusetzen. Dann denkt der Rest der Welt, man wäre so selbstzufrieden, wie man aussieht. Also: bevor Sie in Selbstmitleid versinken, sollten Sie sich Ihre Mitmenschen erst einmal genauer ansehen. Hinterher entscheiden Sie, mit wem Sie tauschen möchten oder könnten und wieviel von Ihrer persönlichen Freiheit Sie dafür zu opfern bereit sind. So wie ich Sie kenne, wohl herzlich wenig.«

Hester ließ sich das eine Weile durch den Kopf gehen. Schließlich nahm sie geistesabwesend die Füße aus dem Wasser und begann sie mit einem der Handtücher abzutrocknen.

Callandra erhob sich. »Kommen Sie zum Tee in den Salon? Wenn mich mein Gedächtnis nicht täuscht, ist er ausgezeichnet – genau wie Ihr Appetit. Anschließend besprechen wir, welche Möglichkeiten Sie haben, um Ihre Talente am sinnvollsten einzusetzen. Es gibt jede Menge zu tun; auf allen möglichen Gebieten sind dringend Reformen nötig, und Ihre Erfahrung und Ihr Engagement dürfen auf keinen Fall brachliegen.«

»Danke, das ist sehr nett.« Hester fühlte sich plötzlich wesentlich besser. Ihre Füße waren wieder frisch und sauber, ihr Magen knurrte tatsächlich vor Hunger, und obwohl die Zukunft nach wie vor in Dunst und Nebel gehüllt vor ihr lag, hatte sie binnen einer halben Stunde jegliches Grau verloren und strahlte beinah in neuem Glanz. »Und ob ich kommen werde!«

Callandra musterte Hesters Frisur. »Ich schicke Ihnen mein Mädchen. Sie heißt Effie und hat geschicktere Hände, als mein Äußeres vermuten läßt.« Mit diesen Worten marschierte sie gutgelaunt und mit voller Altstimme vor sich hin summend aus dem Zimmer. Hester horchte ihren forschen Schritten nach, die sich rasch über den Gang entfernten.

Den Nachmittagstee nahmen die Damen unter sich ein, Rosamond kam aus dem Boudoir, einem Raum, der speziell für die weiblichen Mitglieder des Haushalts gedacht war; sie hatte dort Briefe geschrieben. Die Zeremonie wurde von Fabia geleitet, obwohl selbstverständlich das Stubenmädchen zugegen war, um die Tassen sowie die belegten Brote, Pfannkuchen und Gebäck zu reichen.

Die Konversation war höflich und nichtssagend. Man sprach über Mode, welche Farbe und welcher Schnitt wem am besten stand, was in dieser Saison der letzte Schrei sein würde. Zeugte es von gutem Geschmack, Grün zu tragen – war das überhaupt für irgendwen vorteilhaft? Machte es nicht zu blaß? Ein schöner Teint war so überaus wichtig!

Hester schaute des öfteren zu Callandra hinüber und mußte den Blick rasch wieder abwenden, damit sie nicht zu kichern anfing. Niemand sollte glauben, sie mache sich über ihre Gastgeberin lustig, was in der Tat unverzeihlich wäre – aber wahr.

Das Dinner verlief vollkommen anders. Effie entpuppte sich als ausgesprochen nettes Mädchen vom Lande, das mit einer naturkrausen, kastanienbraunen Haarpracht ausgestattet war, für die so manche Herrin ihre Mitgift geopfert hätte; zudem verfügte sie über eine flinke, redselige Zunge. Sie war erst knapp fünf Minuten im Raum – in deren Verlauf sie mit unglaublicher Geschicklichkeit Hesters Kleid zurechtzupfte, hier etwas hochsteckte, dort ein paar Rüschen formte, überhaupt alles änderte –, da teilte sie bereits die aufsehenerregende Neuigkeit mit, daß die Polizei dagewesen war, um der Herrschaft Fragen über den Tod des armen Majors in London zu stellen, und das schon zweimal! Zwei Männer hatten sie geschickt, der eine ein ziemlich verbiesterter Typ mit grimmiger Visage und einem Gehabe, das jedes Kind in Furcht und Schrecken versetzt hätte; er hatte mit der Herrin gesprochen und sogar im Salon Tee getrunken, als ob er ein Edelmann wäre!

Der andere war ein ganz reizender Bursche gewesen und so schrecklich elegant – obwohl man beileibe nicht verstehen konnte, was der Sohn eines Geistlichen in so einem schmutzigen Beruf zu suchen hatte! Ein dermaßen netter Kerl sollte irgendwas Anständiges tun, zum Beispiel selbst das Gewand nehmen oder Söhne aus reichem Hause unterrichten.

»Da sieht man's mal wieder!« verkündete Effie, packte die Bürste und stürzte sich energisch auf Hesters Haare. »Die nettesten Leute tun die seltsamsten Dinge, sag ich immer. Die Köchin hat jedenfalls einen Narren an ihm gefressen. Du meine Güte!« Sie musterte

Hesters Hinterkopf mit kritischem Blick. »Sie sollten das Haar wirklich anders tragen, Miss, wenn ich das mal sagen darf.« Kaum hatte sie die Worte ausgesprochen, begann sie mit festen Strichen zu bürsten, türmte die Haare schließlich auf, steckte sie fest und betrachtete ihr Werk. »Schon besser; Sie haben wirklich ganz prächtiges Haar, wenn man's richtig frisiert. Sie sollten ein Wort mit Ihrem Mädchen reden, wenn Sie wieder zu Hause sind, Miss – sie kümmert sich nicht richtig um Sie. Es gefällt Ihnen hoffentlich?«

»Oh – und wie!« versicherte Hester verblüfft. »Du bist in der Tat ganz große Klasse.«

Effies Wangen färbten sich vor Freude tiefrot. »Lady Callandra meint, ich rede zuviel«, gab sie bescheiden zu bedenken.

»Eindeutig.« Hester lächelte. »Genau wie ich. Vielen Dank für deine Hilfe – sag das bitte auch Lady Callandra.«

»Jawohl, Miss.« Das Mädchen machte einen leichten Knicks, griff nach dem Nadelkissen und stürzte aus der Tür, ohne sie hinter sich zuzumachen. Hester hörte sie über den Gang davoneilen.

Sie sah wirklich umwerfend aus; der herbe Stil, in dem sie sich seit Beginn ihrer Krankenschwesternlaufbahn aus Bequemlichkeitsgründen gekleidet hatte, wirkte plötzlich weicher und runder. Ihr Kleid war so gekonnt um ihren Körper drapiert, daß es weniger schlicht aussah und sich vorteilhaft über einem geborgten Petticoat bauschte, so daß Hesters Größe unversehens von einem Minus- in einen Pluspunkt verwandelt wurde. Als es an der Zeit war, sich zum Dinner zu begeben, rauschte sie sehr mit sich zufrieden die breite Treppe hinunter.

Sowohl Lovel als auch Menard Grey waren mittlerweile nach Hause gekommen. Hester wurde zunächst im Salon mit ihnen bekannt gemacht und begab sich dann ins Eßzimmer, um sich an der langen, auf Hochglanz polierten Tafel niederzulassen. Sie war für sechs Personen gedeckt, hätte jedoch genug Raum für zwölf geboten; an zwei Stellen befanden sich Fugen im Holz, so daß das Fassungsvermögen bei Bedarf durch das Einschieben zusätzlicher Platten auf vierundzwanzig erhöht werden konnte.

Hester ließ ihren Blick über den Tisch gleiten und registrierte die frischgestärkten Leinenservietten mit eingesticktem Familienwappen, das ebenso geschmückte, schimmernde Silberbesteck, die Gewürzmenagen, die Kristallgläser, in denen sich die unzähligen Lichter des Kronleuchters spiegelten. In der Mitte standen drei flache Vasen mit sorgfältig arrangierten Blumengestecken aus dem Garten und dem Gewächshaus. Alles glitzerte und funkelte, als befände man sich auf einer Kunstausstellung.

Diesmal konzentrierte sich die Konversation auf das Anwesen sowie Themen eher politischer Natur. Lovel hatte sich offenbar den ganzen Tag im nahegelegenen Marktflecken aufgehalten und über die Ländereien diskutiert, Menard war zu einem der Gutspächter gefahren, um den Verkauf eines Zuchtbocks und die anstehende Ernte zu besprechen.

Ein Lakai und das Stubenmädchen sorgten für das rasche und reibungslose Auftragen der Speisen. Keiner zollte ihnen auch nur die geringste Aufmerksamkeit.

Man hatte soeben den zweiten Gang – geschmorten Hammelrükken – zur Hälfte hinter sich gebracht, als Menard, ein gutaussehender Mann Anfang dreißig, Hester zum erstenmal direkt ansprach. Er hatte ähnlich dunkelbraunes Haar wie sein älterer Bruder und eine frische Gesichtsfarbe, die er den zahllosen Stunden unter freiem Himmel verdankte. Seine besondere Vorliebe galt der Fuchsjagd, bei der er beträchtliche Verwegenheit an den Tag legte, außerdem schoß er zur Jagdzeit Fasane. Menard konnte durchaus lachen, wenn er sich wohl fühlte, ein Gespür für hintergründigen Witz bewies er allerdings nur selten.

»Wie reizend, daß Sie hergekommen sind, um Tante Callandra zu besuchen, Miss Latterly. Ich hoffe, Sie können noch eine Weile bleiben?«

»Vielen Dank, Mr. Grey, das ist sehr freundlich von Ihnen«, erwiderte Hester huldvoll. »Es ist wunderschön hier. Ich werde meinen Aufenthalt bestimmt sehr genießen.«

»Kennen Sie Tante Callandra schon lange?« Er trieb höfliche Konversation, und sie wußte, welchen Kurs die Unterhaltung nehmen würde.

»Seit fünf oder sechs Jahren. Sie hat mir hin und wieder wertvolle Ratschläge erteilt.«

Lady Fabia legte die Stirn in Falten und meinte skeptisch: »Tatsächlich?« Die Paarung von Callandra und wertvollen Ratschlägen war ihr offensichtlich fremd. »In welcher Beziehung, wenn ich fragen darf?«

»Was ich mit meiner Zeit und meinen Fähigkeiten anfangen soll, zum Beispiel«, gab Hester gelassen zurück.

Rosamond machte ein erstauntes Gesicht. »Was Sie damit anfangen sollen? Ich verstehe nicht recht.« Sie sah erst Lovel, dann ihre Schwiegermutter an, das hübsche Gesicht und den dunkelbraunen Blick voll Neugier und Verwirrung.

»Ich bin gezwungen, für meinen Lebensunterhalt selbst aufzukommen, Lady Shelburne«, setzte Hester ihr lächelnd auseinander, während sie unvermittelt an Callandras Worte über das Glücklichsein denken mußte.

»Oh, das tut mir leid«, murmelte Rosamond und senkte den Blick beschämt auf ihren Teller, als hätte sie etwas Taktloses gesagt.

»Das muß es ganz und gar nicht«, beruhigte Hester sie eilends. »Ich habe bereits so manche inspirierende Erfahrung gemacht und hoffe, daß weitere folgen werden.« Sie wollte hinzufügen, welch berauschendes Gefühl es sei, etwas Nützliches zu tun, merkte aber, wie grausam das wäre, und schluckte die Worte mit einem Bissen Hammelfleisch in Soße hinunter.

»Inspirierend?« Lovel schaute sie stirnrunzelnd an. »Sind Sie religiös, Miss Latterly?«

Callandra hüstelte in ihre Serviette; sie hatte offenbar etwas Sperriges in die Kehle bekommen. Fabia reichte ihr ein Glas Wasser. Hester riß ihren Blick von den beiden los.

»Nein, Lord Shelburne«, entgegnete sie. »Ich war Krankenschwester auf der Krim.«

Der Raum versank in betretenem Schweigen; selbst das Klirren von Silber auf Porzellan war verstummt.

»Mein Schwager, Major Joscelin Grey, hat auf der Krim gedient«, sagte Rosamond in die Leere hinein. Ihre Stimme klang sanft und traurig. »Er starb kurz nach seiner Heimkehr.«

»Lassen wir die Beschönigungen«, fügte Lovel mit plötzlich angespanntem Gesicht hinzu. »Er wurde in seiner Londoner Wohnung ermordet, wie Ihnen zweifellos zu Ohren kommen wird. Die Polizei ermittelt deswegen, sogar hier bei uns! Bisher ist es ihnen jedoch nicht gelungen, einen Verdächtigen festzunehmen.«

»Wie furchtbar für Sie!« Hester war aufrichtig schockiert. Sie hatte im Krankenhaus von Skutari einen Joscelin Grey gepflegt, allerdings nur kurz; seine Verwundung war schlimm gewesen, verglichen mit den Leiden der Schwerverletzten aber eine Kleinigkeit. Angestrengt versuchte sie, sich sein Bild ins Gedächtnis zu rufen: ein junger, blonder Bursche mit breitem, sorglosem Lächeln und ungezwungenem Charme. »Ich erinnere mich an ihn –« Effies Bericht über die Polizisten fiel ihr wieder ein.

Rosamond ließ ihre Gabel fallen; ihre Wangen wurden erst rot, dann aschfahl. Fabia schloß die Augen, atmete tief ein und ganz, ganz langsam und geräuschvoll wieder aus.

Lovel stierte auf seinen Teller. Nur Menard sah ihr in die Augen. Sein Gesichtsausdruck verriet eher eine Art tiefsitzendes, sorgfältig gehütetes Leid als Überraschung oder Betroffenheit.

»Was für ein bemerkenswerter Zufall«, sagte er langsam. »Sie haben vermutlich Hunderte, wenn nicht Tausende von Soldaten gesehen. Soviel ich weiß, waren unsere Verluste enorm hoch.«

»O ja, das waren sie!« bestätigte Hester grimmig. »Weit höher, als gemeinhin angenommen wird. Es waren über achtzehntausend, und viele davon starben umsonst – acht Neuntel kamen nicht auf dem Schlachtfeld, sondern als Folge von Verwundungen oder Seuchen ums Leben.«

»Sie erinnern sich an Joscelin?« fragte Rosamond begierig, ohne die horrenden Zahlen weiter zur Kenntnis zu nehmen. »Er wurde am Bein verwundet – so schlimm, daß er gehinkt hat. Er hat sogar oft einen Stock gebraucht, um besser gehen zu können.«

»Nur wenn er müde war!« warf Fabia scharf ein.

»Wenn er Mitleid erregen wollte«, fügte Menard kaum hörbar hinzu.

»Wie kannst du es wagen!« Fabias Stimme klang gefährlich sanft und enthielt einen drohenden Unterton. Die blauen Augen ruhten voll eisiger Verachtung auf ihrem Zweitältesten. »Ich will diese Bemerkung überhört haben.«

»Richtig, vergessen wir nicht die Konvention, daß man nicht schlecht von den Toten spricht«, erwiderte Menard mit für ihn untypischer Ironie. »Was den Themenkreis erheblich einschränkt.«

Rosamond starrte auf ihren Teller. »Deinen Humor werde ich wohl nie verstehen, Menard.«

»Das liegt daran, daß Menard kaum jemals absichtlich komisch ist«, versetzte Fabia böse.

»Wohingegen Joscelin allzeit amüsant war.« Menard war wütend und gab sich nicht mehr die Mühe, es zu verbergen. »Ist es nicht fabelhaft, wieviel Macht ein kleines Lachen hat? Unterhalte dich nur gut, dann bist du für alles andere blind!«

»Ich habe Joscelin geliebt.« Fabia sah ihn mit steinernem Gesicht an. »Und ich habe mich in seiner Gesellschaft stets wohl gefühlt, genau wie viele andere. Dich liebe ich auch, aber du langweilst mich zu Tode.«

»Von den Früchten meiner Arbeit zu profitieren scheust du dich allerdings nicht!« Sein Gesicht glühte vor Zorn. »Ich kümmere mich um die finanziellen Belange des Anwesens und sorge dafür, daß es ordentlich verwaltet wird, während Lovel den Familiennamen weiterleben läßt, im Oberhaus sitzt und wer weiß was für Dinge tut, die sich für einen Peer gehören mögen. Joscelin hat nie etwas anderes getan, als sich in Klubs und Salons rumzutreiben, um beim Glücksspiel alles zu verlieren!«

Jede Farbe wich aus Fabias Gesicht. Sie klammerte sich an Messer und Gabel, als wären sie ein Rettungsring.

»Und du nimmst ihm das übel?« Ihre Stimme war kaum mehr als ein Flüstern. »Er war im Krieg, hat für Königin und Vaterland unter furchtbaren Bedingungen sein Leben riskiert, hat Blut und Elend gesehen, die ganze furchtbare Schlächterei ... Und als er dann verwundet nach Hause kam, konntest du ihm nicht einmal ein bißchen Spaß mit seinen Freunden gönnen?«

Menard holte Atem, um zu kontern, sah dann aber den tiefen Schmerz im Gesicht seiner Mutter und verbiß sich die Bemerkung. Statt dessen sagte er sanft: »Ein paar seiner Spielschulden haben mich in finanzielle Schwierigkeiten gebracht, das ist alles.«

Hester warf einen flüchtigen Blick auf Callandra. In deren ausdrucksvollen Zügen spiegelte sich eine Mischung aus Ärger, Mitleid und Hochachtung, wenn Hester auch nicht wußte, wem welche Gefühle galten. Die Hochachtung ordnete sie spontan Menard zu.

Lovel lächelte freudlos. »Ich fürchte, Sie werden feststellen, daß die Polizei uns nach wie vor belästigt, Miss Latterly. Sie haben einen ungehobelten Burschen hergeschickt, einen Emporkömmling – obwohl er vermutlich bessere Umgangsformen hat als die meisten Polizisten. Jedenfalls scheint er nicht im mindesten zu wissen, was er tut, und stellt eine Menge unverschämte Fragen. Falls Sie ihm während Ihres Aufenthaltes hier begegnen sollten und er Ihnen auch nur die geringsten Unannehmlichkeiten bereitet, sagen Sie ihm, er soll sich zum Teufel scheren, und lassen Sie es mich wissen.«

»Das werde ich, keine Sorge«, versicherte Hester entschieden. »Das alles muß Sie sehr belasten.«

»In der Tat«, bestätigte Fabia. »Aber wir werden diese Belastung notgedrungen aushalten müssen. Es ist mehr als wahrscheinlich, daß der arme Joscelin von einem Menschen umgebracht wurde, den er kannte.«

Hester fiel keine Entgegnung darauf ein.

»Vielen Dank für den Hinweis«, sagte sie zu Lovel, senkte den Blick und widmete sich wieder dem Essen.

Nachdem auch die Früchte verspeist waren, zogen sich die Frauen zurück, während Lovel und Menard ein halbes Stündchen bei einem Glas Portwein zubrachten. Anschließend schlüpfte Lovel in seine Hausjacke und machte es sich im Herrenzimmer gemütlich, Menard begab sich in die Bibliothek. Gegen zehn verschwanden alle unter irgendeinem Vorwand, weshalb der Tag für sie lang und anstrengend gewesen wäre, auf ihren Zimmern und legten sich schlafen.

Das Frühstück erwies sich wie erwartet als überaus reichlich: Porridge, Speck, Eier, gefüllte Nierchen, Koteletts, Reis mit Fisch und harten Eiern, geräucherter Schellfisch, Toast, Butter, eingemachtes Obst, Aprikosenkompott, Marmelade, Honig, Tee und Kaffee. Hester hielt sich zurück; bei der bloßen Vorstellung, von all dem etwas in sich hineinzustopfen, hatte sie das Gefühl zu platzen. Sowohl

Rosamond als auch Fabia frühstückten auf ihren Zimmern, Menard hatte bereits gegessen und das Haus verlassen. Callandra war noch nicht aufgestanden. Lovel war ihre einzige Tischgesellschaft.

»Guten Morgen, Miss Latterly. Haben Sie gut geschlafen?«

»Ausgezeichnet, danke, Lord Shelburne.« Sie bediente sich an den warmgehaltenen Speisen, die auf der Anrichte standen, und setzte sich. »Sie ebenfalls, hoffe ich.«

»Wie bitte? Ach so – ja, danke. Ich schlafe immer gut.« Er fuhr fort, den Essensberg auf seinem Teller nach und nach abzubauen, und es dauerte einige Minuten, bis er wieder aufblickte. »Was ich noch sagen wollte – Sie nehmen es Menard hoffentlich nicht übel, daß er gestern beim Abendessen etwas aus der Rolle gefallen ist. Jeder von uns trauert auf seine Weise. Menard hat noch jemand durch den Krieg verloren, seinen besten Freund. Er war mit ihm zusammen auf der Schule und in Cambridge. Hat ihn unglaublich hart getroffen. Im Grunde mochte er Joscelin sehr gern, nur hatte er als älterer Bruder die – die...« Lovel gab sich alle Mühe, die richtigen Worte zu finden, und scheiterte kläglich. »Er – äh, er hatte –«

»Eine gewisse Verantwortung für ihn?« schlug Hester vor.

Sein Gesicht leuchtete dankbar auf. »Genau. Offen gesagt spielte Joscelin gelegentlich ausgiebiger, als ihm guttat, und dann war Menard zur Stelle, um – äh...«

»Ich verstehe«, sagte sie, mehr um ihn aus seiner Verlegenheit zu befreien und der peinlichen Unterhaltung ein Ende zu machen, als aus Überzeugung.

Als sie später neben Callandra im Schatten der Bäume durch den klaren, stürmischen Morgen schritt, wurde sie um einiges schlauer.

»Alles Märchen!« verkündete Callandra scharf. »Joscelin war ein Betrüger. Schon immer, sogar als er noch in den Kinderschuhen steckte. Es würde mich nicht wundern, wenn er diese Eigenart nie abgelegt hätte und Menard immer hinter ihm aufräumen mußte, um einen Skandal zu vermeiden. Unglaublich empfindlich, was den guten Ruf der Familie angeht, dieser Menard.«

»Lord Shelburne etwa nicht?« fragte Hester erstaunt.

»Ich bezweifle, daß Lovel genug Phantasie besitzt, um sich einen betrügerischen Grey vorstellen zu können. So etwas übersteigt sein Begriffsvermögen. Ein Mann von Stand betrügt nicht; Joscelin war sein Bruder – aus diesem Grund zwangsläufig ebenfalls ein Mann von Stand –, also kann er nicht betrogen haben. So einfach ist das.«

»Sie mochten Joscelin wohl nicht besonders?« Hester schaute forschend in Callandras Gesicht.

»Nein, nicht besonders.« Callandra lächelte. »Obwohl ich zugeben muß, daß er bisweilen unwahrscheinlich witzig war, und wir vergeben bekanntlich Leuten, die uns zum Lachen bringen, eine ganze Menge. Außerdem spielte er wundervoll Klavier, und wir sehen über vieles bei einem Menschen hinweg, der herrliche Klänge für uns produziert – vielleicht sollte ich besser sagen: reproduziert. Soviel ich weiß, hat er keine eigenen Stücke komponiert.«

Während der nächsten hundert Meter sprach keine ein Wort. Nur das Rauschen und Rascheln des Windes in den riesigen Eichen erfüllte die Stille. Es klang wie ein tosender Wasserfall oder wie die unermüdliche Brandung an einer Felsküste. Es war eins der angenehmsten Geräusche, das Hester je gehört hatte, und die klare, süß duftende Luft hatte eine reinigende Wirkung auf ihre Seele.

»Und, Hester?« meinte Callandra nach einer Weile. »Wie stellen Sie sich Ihre weitere Zukunft vor? Ich bin überzeugt, Sie können einen ausgezeichneten Posten finden, wenn Sie sich weiterhin für die Krankenpflege entscheiden – in einem Lazarett zum Beispiel oder auch in einem Londoner Krankenhaus, das sich überreden läßt, Frauen einzustellen.« Ihrem Ton fehlte jeglicher Enthusiasmus.

»Aber?« sagte Hester an ihrer Stelle.

Callandras Mundwinkel verzogen sich zu einem Hauch von Lächeln. »Aber das hieße meiner Meinung nach, Perlen vor die Säue zu werfen. Sie haben großes Organisationstalent, außerdem jede Menge Kampfgeist. Sie sollten sich eine Herausforderung und eine Schlacht suchen, die Sie gewinnen wollen. Auf der Krim haben Sie viel über bessere Pflegebedingungen gelernt. Geben Sie dieses Wissen hier weiter, zwingen Sie die Leute, Ihnen zuzuhören. Helfen Sie, Kreuzinfektionen, unhygienische Verhältnisse, unfähige Schwestern und unzulängliche Behandlungsmethoden zu beseitigen, die jeder guten Haushälterin ein Greuel sein würden. Sie würden mehr Leben retten und wären eine glücklichere Frau.«

Hester wagte nicht, die Kriegsberichte zu erwähnen, die sie in Alan Russells Namen geschrieben hatte, außerdem war an Callandras Worten etwas Wahres. Sie erfüllten sie mit ungewohnter Wärme und riefen ein befreites Gefühl in ihrem Innern hervor, als hätte sich ein dissonanter in einen harmonischen Klang aufgelöst.

»Und wie soll ich das anstellen?« Das Artikelschreiben konnte warten. Je mehr sie wußte, desto eher war sie in der Lage, ihre Ziele mit Nachdruck zu verfolgen. Miss Nightingale würde ihren Feldzug mit einem Fanatismus fortsetzen, der an die Grenzen ihrer nervlichen und körperlichen Kraft ging. Aber allein würde sie nicht viel erreichen, mochten ihr Heimatland und ihre mächtigen Freunde sie noch so sehr mit Lobhudeleien überschütten. Zu viele Menschen würden sich ändern und damit zugeben müssen, daß sie schlecht beraten, unklug, ja unfähig gewesen waren.

»Wie komme ich an eine solche Stelle?«

»Oh, ich habe Freunde«, erwiderte Callandra mit ruhiger Zuversicht. »Ich werde ein paar Briefe schreiben – äußerst diskret, versteht sich –, die Leute um einen Gefallen bitten, an ihr Pflichtgefühl appellieren, ihnen ins Gewissen reden . . . und wenn das alles nicht hilft, werde ich damit drohen, ihnen einen schrecklichen Skandal zu machen!« Sie machte einen leicht amüsierten Eindruck, wirkte jedoch fest entschlossen, jedes Wort in die Tat umzusetzen.

»Ich danke Ihnen. Und ich werde mich nach Kräften bemühen, meine Fähigkeiten so einzusetzen, daß Ihre Mühe nicht umsonst gewesen ist.«

»Davon bin ich überzeugt. Wenn ich nicht an Ihren Erfolg glauben würde, hätte ich Ihnen den Vorschlag nicht gemacht.« Mit diesen Worten fiel Callandra in Hesters Schritt ein, und sie gingen gemeinsam durch ein kleines Wäldchen, bis sie den offenen Park erreichten.

Zwei Tage später wurde General Wadham mit seiner Tochter Ursula, die seit mehreren Monaten mit Menard Grey verlobt war, zum

Dinner erwartet. Sie kamen früh genug, um vor dem Essen im Salon noch ein wenig Konversation mit der Familie betreiben zu können. Hesters Taktgefühl wurde bei dieser Gelegenheit unversehens auf eine harte Probe gestellt. Ursula war ein hübsches Mädchen mit einer blonden Mähne, die einen leichten Stich ins Rötliche hatte. Ihre Haut schimmerte rosig, als würde sie viel Zeit im Freien verbringen – und tatsächlich stellte sich bald ihre Begeisterung für die Fuchsjad heraus. Ursula war in leuchtendes Blau gekleidet, das Hesters Ansicht nach zu kräftig für sie war; eine gedämpfte Farbe hätte ihr mehr geschmeichelt und ihre natürliche Vitalität besser zur Geltung kommen lassen. So wirkte sie wie ein greller Farbklecks zwischen Fabias lavendelfarbener Seide, Rosamonds mattem, düsteren Dunkelblau und Hesters tiefem Traubenrot, das zwar intensiv war, ihrer Trauerzeit jedoch nicht widersprach. Sie fand insgeheim, daß ihr noch nie eine Farbe besser gestanden hatte!

Callandra trug ein schwarzes Kleid mit hier und da einem Fleckchen Weiß, das nicht ganz der aktuellen Mode entsprach. Doch was immer Callandra anzog, sie wirkte würdevoll, niemals extravagant; es lag ihr nicht, optisch viel herzumachen.

General Wadham war groß und kräftig, hatte borstige Koteletten und blaßblaue Augen, von denen Hester nicht genau sagen konnte, ob sie nun weit- oder kurzsichtig waren; nur eins war sicher: Als er sie ansprach, schien sich sein Blick nicht richtig auf sie zu konzentrieren.

»Zu Besuch, Miss – äh, Miss –?«

»Latterly.«

»Ja, natürlich – Latterly.« Er erinnerte Hester auf groteske Art an Dutzende in die Tage gekommene Soldaten, über die sie und Fanny Bolsover sich lustig gemacht hatten, wenn sie die ganze Nacht über müde bei den Verwundeten gesessen, sich dann auf dem einzigen Strohlager auf der Suche nach Wärme aneinandergekuschelt und sich alberne Geschichten ins Ohr geflüstert hatten. Lachen war besser gewesen als Weinen, und bei dem, was sie tagtäglich aushalten mußten, hatten sie weder den Nerv noch die Energie gehabt, sich zusammenzureißen.

»Eine Freundin von Lady Shelburne, was?« sagte General Wadham mechanisch. »Charmant, charmant.«

Hester spürte bereits, wie sich Ärger in ihr breitmachte.

»Nein. Eine Freundin von Lady Callandra Daviot. Ich hatte das große Glück, sie vor einiger Zeit kennenzulernen.«

»Ah ja.« Er wußte dem nichts hinzuzufügen und widmete sich Rosamond, die sich auf jedes Thema einließ, das ihm in den Sinn kam.

Als sie zum Dinner gerufen wurden, fand sich keine männliche Begleitung für Hester, folglich blieb ihr nichts anderes übrig, als mit Callandra ins Eßzimmer zu gehen. An der Tafel saß sie schließlich General Wadham gegenüber.

Nachdem der erste Gang serviert worden war, begann man zu speisen, die Damen grazil, die Männer mit gesundem Appetit. Die Unterhaltung verlief zunächst recht spärlich, doch als der gröbste Hunger gestillt und Suppe und Fisch vertilgt waren, fing Ursula ein Gespräch über die Jagd sowie die Vorzüge und Nachteile diverser Pferderassen an.

Hester hielt sich raus. Außer auf der Krim war sie nie geritten, und der Anblick der verwundeten, verhungernden und an Seuchen dahinsiechenden Tiere war so furchtbar gewesen, daß sie ihn nach Kräften verdrängt hatte. Sie verschloß ihre Ohren derart effektiv vor dem Gerede, daß Lady Fabia sie dreimal ansprechen mußte, ehe sie es merkte.

»Verzeihen Sie bitte!« entschuldigte sie sich verlegen.

»Sagten Sie nicht, Sie wären meinem verstorbenen Sohn, Major Joscelin Grey, flüchtig begegnet, Miss Latterly?«

»Ja. Bedauerlicherweise sehr flüchtig – es gab so viele Verwundete.« Ihr Ton war absolut höflich, als ginge es um einen Gebrauchsgegenstand, doch ihre Gedanken schweiften zu der bitteren Krankenhausrealität zurück, zu den verwundeten, halb erfrorenen und verhungerten, cholera- und ruhrkranken Menschen, die bereits so dicht beeinander lagen, daß kein Platz für weitere war. Nur die Ratten fanden immer ein freies Fleckchen.

Eine noch schlimmere Erinnerung waren die Erdschanzen während der Belagerung von Sewastopol, die eisige Kälte, die Lichtkreise der Lampen auf dem allgegenwärtigen Schlamm, sie, die am ganzen Leib zitternd einen Menschen festhielt, damit der Chirurg seine Arbeit tun konnte, den Blick fest auf das schummrig beleuchtete Sägeblatt gerichtet. Sie dachte an das erste Mal, als sie die Ehrfurcht einflößende Gestalt von Rebecca Box gesehen hatte, wie sie weit über die Schützengräben hinaus aufs Schlachtfeld schritt, in ein Gebiet, das unlängst von russischen Truppen besetzt worden war, sich die Leichen der Gefallenen über die Schulter warf und ins Lager zurückschleppte. Ihre unbeschreibliche Kraft wurde lediglich von ihrem Mut übertroffen. Kein Mann fiel weit genug draußen von einer Kugel getroffen um, daß sie nicht zu ihm gegangen wäre, um ihn in die provisorische Krankenbaracke oder eins der Lazarettzelte zu bringen.

Die andern starrten Hester an. Man erwartete anscheinend, daß sie weitersprach, daß sie irgendein rühmliches Wort über Joscelin äußerte. Schließlich war er Soldat gewesen – Major bei der Kavallerie.

»Soweit ich mich erinnere, war er sehr liebenswürdig.« Sie weigerte sich zu lügen, und wenn es hundertmal seine Familie war. »Und er hatte ein wunderbares Lächeln.«

Fabia entspannte sich und lehnte sich zurück. »Ja, so war Joscelin.« Die blauen Augen verschleierten sich. »Tapfer und fröhlich, selbst unter den furchtbarsten Begleitumständen. Ich kann immer noch nicht recht glauben, daß er von uns gegangen ist – ein Teil von mir erwartet, daß er die Tür aufreißt und hereinspaziert kommt, während er sich für sein Zuspätkommen entschuldigt und verkündet, wie hungrig er ist.«

Hester betrachtete den Tisch, auf dem sich Lebensmittel türmten, die für ein halbes Regiment gereicht hätten. Wie leichtfertig diese Leute doch mit dem Wort *Hunger* umgingen.

General Wadham lehnte sich ebenfalls zurück und betupfte sich mit seiner Serviette die Lippen.

»Ein prachtvoller Bursche«, sagte er gemessen. »Sie müssen sehr stolz auf ihn gewesen sein, meine Liebe. Das Leben eines Soldaten währt leider nur allzuoft nicht lange, aber er geht in Ehren und wird niemals vergessen.«

Das einzige Geräusch in der darauf folgenden Stille war das Klappern des Silberbestecks auf Porzellan. Niemand wußte etwas zu sagen. In Fabias Gesicht spiegelte sich tiefes, hoffnungsloses Leid, eine fast vernichtende Einsamkeit. Rosamond starrte ins Leere, und auch Lovel machte einen deprimierten Eindruck, ob wegen ihres oder seines eigenen Kummers, war schwer zu sagen. Hester fragte sich, was ihm mehr zusetzte – seine Erinnerungen oder die Gegenwart?

Menard kaute auf seinem Bissen herum, als wäre seine Kehle zu eng und sein Mund zu trocken, um ihn hinunterzuschlucken.

»Ein glorreicher Feldzug«, sagte der General in das Schweigen hinein. »Wird in die Geschichtsbücher eingehen – ist an Mut und Tapferkeit durch nichts zu übertreffen. Rote Gefechtslinie und so weiter!«

Hester spürte unvermittelt, wie ihr die Tränen in die Augen stiegen, wie sie von grenzenloser Wut und unerträglicher Enttäuschung gepackt wurde. Sie sah das Gebirge jenseits der Alma deutlicher vor sich als die Gesichter am Tisch. Sie sah die Brustwehre auf der vorderen Hügelkette, die an jenem verhängnisvollen Morgen von den Gewehren der feindlichen Truppen strotzten, die Redouten, die mit Steinen gefüllten Flechtwerkbarrikaden. Dahinter lagen die fünfzigtausend Mann von Fürst Menschikow. Die Luft roch nach Meer. Gemeinsam mit den anderen Frauen, die sich der Armee angeschlossen hatten, stand sie da und beobachtete Lord Raglan, wie er in Gehrock und blütenweißem Hemd mit kerzengeradem Rücken im Sattel saß.

Um ein Uhr mittags wurde zum Angriff geblasen; die Infanteristen rückten Schulter an Schulter vor und wurden niedergemäht wie Grashalme. Neunzig Minuten dauerte das Massaker, dann wurde der Befehl gegeben, der die Husaren, Ulanen und Füsiliere in peinlich genauer Marschfolge einmarschieren ließ.

»Sehen Sie sich das gut an«, sagte ein Major zu einer der Frauen. »Die Königin von England würde ihre Augen hergeben, um dabeisein zu können.«

Die Männer starben wie die Fliegen. Die emporgereckten Flaggen waren durch den Beschuß völlig zerfetzt. Stürzte ein Träger zu

Boden, nahm der Mann hinter ihm seinen Platz ein, bis er ebenfalls getroffen und seinerseits ersetzt wurde. Die Befehle waren widersprüchlich, so daß die Soldaten wild durcheinanderrannten. Zum Schluß rückten die Grenadiere vor, eine wandelnde Mauer aus Bärenfellmützen, und schließlich des 42. Hochländerregiment.

Die Dragoner wurden zurückgehalten, warum wußte niemand. Als man ihn fragte, erwiderte Lord Raglan, er sei mit seinen Gedanken bei Agnes gewesen!

Hester erinnerte sich, wie sie später über das Schlachtfeld gelaufen war, über blutdurchtränkten Boden und an Leichen vorbei, die teilweise so zerfetzt waren, daß ihre Glieder meterweit weg lagen. Sie hatte alles Menschenmögliche getan, bis sie vor Erschöpfung vollkommen gefühllos und von dem Geschrei und dem Elend um sie herum wie betäubt war. Die Verwundeten wurden zuhauf auf Karren verfrachtet und ins Feldlazarett geschafft, wo man sich Tag und Nacht um sie kümmerte. Die Sanitäter versuchten nach Kräften, die Blutungen zu stillen, aber gegen Schock und Schmerzen gab es nichts als ein paar kostbare Tropfen Brandy. Was hätte sie damals für den Inhalt von Shelburnes Kellergewölben gegeben!

Sie wurde sich wieder der höflichen und außerordentlich dummen Konversation bewußt, die munter um sie herumsummte.

»Ein prachtvoller Mann«, meinte Lord Wadham gerade, während er in sein Rotweinglas stierte. »Einer der größten Helden Englands. Lucan und Cardigan sind miteinander verwandt, aber das wissen Sie vermutlich. Lucan hat eine von Lord Cardigans Schwestern geheiratet – was für eine Familie!« Er schüttelte verwundert den Kopf. »Was für eine Bestimmung!«

»Ja, das beflügelt uns alle«, pflichtete Ursula ihm mit leuchtenden Augen bei.

»Es war Haß auf den ersten Blick«, entfuhr es Hester, ehe sie ihre Zunge im Zaum halten konnte.

»Wie bitte?!« Der General sah sie kalt an, die buschigen Brauen leicht gewölbt. In seinem Blick lag die ganze Fassungslosigkeit ob einer solchen Frechheit, all seine Verachtung für Frauen, die redeten, obwohl sie niemand dazu aufgefordert hatte. Er war genau der Typ blinder, arroganter Dummkopf, der zu den unermeßlichen

Verlusten auf dem Schlachtfeld beigetragen hatte, indem er vor wichtigen Informationen die Ohren verschloß und die Wahrheit nicht akzeptieren wollte.

»Ich sagte, Lord Lucan und Lord Cardigan konnten sich von Anfang an nicht ausstehen.« Ihre Worte fielen klar und deutlich wie Wassertropfen in die unheilvolle Stille.

»Sie sind wohl kaum in der Lage, das zu beurteilen, Madame.« Wadham musterte sie mit unverhohlener Geringschätzung. Sie war weniger als eine Subalterne, weniger als eine Privatperson – um Himmels willen: Sie war eine Frau! Und sie hatte ihm bei Tisch widersprochen, zumindest andeutungsweise.

»Ich war bei der Schlacht an der Alma dabei, in Inkerman und Balaklawa und bei der Belagerung von Sewastopol, Sir.« Hester sah ihn unverwandt an. »Und Sie?«

Sein Gesicht lief dunkelrot an. »Meine Erziehung und die Rücksichtnahme auf unsere Gastgeber verbieten mir, Ihnen die Antwort zu geben, die Sie verdienen, Madame«, sagte er steif. »Da wir nun mit dem Dinner fertig sind, möchten sich die Damen vielleicht in den Salon zurückziehen?«

Rosamond machte gehorsam Anstalten aufzustehen, Ursula legte ihre Serviette neben den Teller, obwohl noch ein halber Pfirsich darauf lag.

Fabia blieb wie angewurzelt sitzen; auf ihren Wangen prangten zwei hellrote Flecken. Callandra griff betont vorsichtig und bedächtig nach einem Pfirsich und rückte ihm mit Messer und Gabel zu Leibe; ein kleines Lächeln umspielte ihre Mundwinkel.

Niemand rührte sich von der Stelle. Die Stille wurde beinahe greifbar.

»Ich glaube, wir bekommen einen harten Winter«, sagte Lovel schließlich. »Der alte Beckinsale rechnet damit, daß er die halbe Ernte verliert.«

»Das sagt er doch jedes Jahr«, brummte Menard und stürzte in einem Zug den Rest seines Weines hinunter.

»Viele Leute sagen jedes Jahr dasselbe.« Callandra entfernte sorgfältig eine matschige Stelle aus ihrem Pfirsich und schob sie an den Tellerrand. »Unser Sieg über Napoleon bei Waterloo ist jetzt vierzig

Jahre her, und die meisten glauben immer noch, unser Heer wäre genauso unschlagbar wie damals. Wir erwarten, mit den gleichen Taktiken zu siegen, mit der gleichen Disziplin und Kühnheit, die in jenen Tagen halb Europa in die Knie gezwungen und den Untergang eines Imperiums bedeutet hat.«

»Und – bei Gott, Madame – das werden wir!« Der General ließ seine Faust derart heftig auf den Tisch sausen, daß das Besteck hochhüpfte. »Der britische Soldat ist allen Menschen ein Vorbild!«

»Zweifellos«, bestätigte Callandra. »Es ist der britische General auf dem Schlachtfeld, der sich wie ein bornierter, unfähiger Esel benimmt.«

»Um Gottes willen, Callandra!« Fabia war außer sich.

Menard schlug die Hände vors Gesicht.

»Vielleicht hätten wir uns nicht so dumm angestellt, wenn Sie dagewesen wären, General Wadham. Wenigstens verfügen Sie über beträchtliche Vorstellungskraft!«

Rosamond schloß die Augen und sackte auf ihrem Stuhl in sich zusammen. Lovel stöhnte.

Hester drohte in hysterisches Gelächter auszubrechen und preßte sich rasch die Serviette gegen den Mund, um es zu verhindern.

General Wadham brachte einen verblüffend würdevollen Rückzug zustande, indem er die Bemerkung als Kompliment nahm.

»Ich danke Ihnen, Madame. Vielleicht hätte ich das Abschlachten der ›Light‹-Brigade tatsächlich verhindern können.«

Damit war das Thema erledigt. Fabia rappelte sich mit etwas Hilfe von Lovel hoch und entschuldigte die Damen, die sich daraufhin in den Salon begaben, um über Musik, Mode, den Adel, ins Haus stehende Hochzeiten zu sprechen und ausnehmend reizend zueinander zu sein.

Nachdem sich der Besuch verabschiedet hatte, hielt Fabia die Zeit für gekommen, ihre Schwägerin ins Gebet zu nehmen. Sie fixierte Callandra mit einem Blick, unter dem diese eigentlich hätte schrumpfen müssen.

»Das werde ich dir nie verzeihen, Callandra!«

»Wie du mir auch nie verziehen hast, daß mein Kleid bei unsrer ersten Begegnung vor über vierzig Jahren die gleiche Farbe hatte wie deins. Ich werde es mit derselben Fassung tragen wie alle derartigen Episoden.«

»Du bist unausstehlich. Mein Gott, wie ich Joscelin vermisse!« Fabia erhob sich langsam, woraufhin Hester aus Anstandsgründen ebenfalls aufstand, und ging zur Tür. »Ich lege mich jetzt hin. Wir sehen uns morgen.« Damit verließ sie den Raum.

»Manchmal bist du wirklich unausstehlich, Tante Callandra«, bestätigte Rosamond, die mit verwirrtem und unglücklichem Gesicht mitten im Zimmer stand. »Ich verstehe nicht, warum du solche Sachen sagst.«

»Ich weiß«, entgegnete Callandra sanft. »Das liegt daran, daß du dich dein Leben lang nur in den besten Kreisen von Middleton, Shelburne und London bewegt hast. Wenn Hester hier nicht Gast wäre, würde sie das gleiche sagen – vielleicht sogar noch mehr. Unser militärischer Einfallsreichtum ist seit Waterloo in Konventionen erstarrt.« Sie stand auf und strich ihre Röcke glatt.

»Joscelin ist tot«, sagte Rosamond verdrossen, den Blick auf die zugezogenen Vorhänge geheftet.

»Ich weiß, meine Liebe. Aber er starb nicht auf der Krim.«

»Aber vielleicht war der Krieg dran schuld!«

»Ja, das könnte durchaus sein«, räumte Callandra ein; ihr Gesicht wurde plötzlich weich. »Ich weiß, daß du ihn sehr, sehr gern hattest. Er konnte Freude verbreiten und empfinden, wozu weder Lovel noch Menard in der Lage zu sein scheinen. Aber ich denke, das Thema ist mittlerweile ebenso erschöpft wie wir. Gute Nacht, Rosamond. Wein dich aus, wenn dir danach ist; es schadet nur, wenn man die Tränen zu lange zurückhält. Haltung ist gut und schön, es kommt aber auch manchmal der Punkt, da muß man seinem Schmerz freien Lauf lassen.« Sie legte ihren Arm um die schmalen Schultern und drückte Rosamond kurz an sich. Dann nahm sie Hester am Ellbogen und führte sie aus dem Raum, damit Rosamond allein war.

Hester verschlief am kommenden Morgen. Als sie schließlich aufwachte, tat ihr der Kopf weh. Sie hatte keinen Appetit und noch weniger Lust, irgendeinem Familienmitglied am Frühstückstisch gegenüberzusitzen. Sie hatte sich beim Dinner schlecht benommen, und der Gedanke daran ließ sie nicht los, wie sehr sie sich auch bemühte, den Zwischenfall so zu sehen, daß sie keine Schuld traf. Das Grübeln machte die Kopfschmerzen und die innere Unruhe nur noch schlimmer.

Sie nahm sich vor, so lange durch den Park zu laufen, bis ihre Energien erschöpft waren, zog sich entsprechend warm an und marschierte um neun Uhr in flottem Tempo durch das nasse Gras.

Ihre erste Reaktion beim Anblick der männlichen Gestalt war Ärger, denn sie wollte allein sein. Vermutlich war er vollkommen harmlos und hatte genausoviel Recht, sich hier aufzuhalten, wie sie – vielleicht sogar mehr? Zweifellos erfüllte er irgendeine Funktion. Dennoch störte er sie, war er ein anderes menschliches Wesen in dieser Welt aus Wind und Bäumen, einem grenzenlosen Himmel voll ziehender Wolkenmassen und zitterndem, singendem Gras.

Auf ihrer Höhe blieb er stehen und sprach sie an. Er war dunkelhaarig, hatte ein arrogantes, hageres Gesicht und sehr klare Augen.

»Guten Morgen, Ma'am. Sie kommen von Shelburne Hall –«

»Scharf beobachtet«, unterbrach Hester ihn schroff, während sie einen vielsagenden Blick auf den absolut leeren Park warf. Es gab keinen Ort, wo sie sonst hätte hergekommen sein können, es sei denn aus einem Loch im Boden.

Sein Gesicht wurde hart; ihr Spott hatte sein Ziel nicht verfehlt. »Gehören Sie zur Familie?« Er starrte sie mit einer Intensität an, die sie als ziemlich unangenehm, fast schon beleidigend empfand.

»Was sollte Sie das interessieren?«

Sein Blick schien sich noch mehr auf sie zu konzentrieren, und dann leuchtete darin plötzlich so etwas wie Wiedererkennen auf, obwohl sie sich beim besten Willen nicht erinnern konnte, ihm je zuvor begegnet zu sein. Merkwürdig, daß er nichts darüber sagte.

»Ich untersuche den Mordfall Joscelin Grey. Ich wüßte gern, ob Sie ihn gekannt haben.«

»Gütiger Gott!« stieß sie unfreiwillig aus, riß sich aber schnell zusammen. »Man hat *mir* ja schon jede Menge Taktlosigkeit vorgeworfen, aber Sie sind wirklich eine Klasse für sich! Sie hätten verdient, daß ich jetzt sagen würde, ich sei seine Verlobte gewesen – und auf der Stelle in Ohnmacht fiele.«

»Dann muß es aber ein heimliches Verlobungsverhältnis gewesen sein«, konterte er. »Und wenn Sie so für verstohlene Romanzen schwärmen, müßten Sie darauf vorbereitet sein, daß Ihre Gefühle des öfteren verletzt werden.«

»Worauf Sie sich offensichtlich hervorragend verstehen!« Ihr Rock plusterte sich im Wind, während sie reglos dastand und sich immer noch fragte, wieso er glaubte, sie zu kennen.

»Haben Sie ihn gekannt?« wiederholte er hartnäckig.

»Jawohl!«

»Lang?«

»Drei Wochen, wenn ich mich recht entsinne.«

»Ein sonderbarer Zeitraum für eine Bekanntschaft!«

»Was wäre denn Ihrer Ansicht nach eine angemessene Zeit dafür?«

»Drei Wochen sind ziemlich kurz«, setzte er ihr bewußt gönnerhaft auseinander. »Folglich können Sie kaum eine Freundin des Hauses gewesen sein. Haben Sie ihn erst kurz vor seinem Tod kennengelernt?«

»Nein. Ich habe ihn in Skutari kennengelernt.«

»Sie haben was?«

»Hören Sie schlecht? Ich habe ihn in Skutari kennengelernt!« Sie dachte an die ähnlich gönnerhafte Art des Generals, und plötzlich fielen ihr sämtliche Situationen ein, in denen man sie herablassend behandelt hatte. Die Offiziere zum Beispiel, die Frauen beim Militär für vollkommen deplaziert hielten, für Ziergegenstände, die nur zur Entspannung und aus Gründen der Bequemlichkeit recht nützlich waren. Vornehme Damen wurden verhätschelt, beherrscht und vor allem und jedem beschützt – inklusive Abenteuerlust, Entscheidungswut und Freiheitsliebe. Das weibliche Fußvolk bestand aus Huren und Arbeitstieren, die man wie anderes Ungeziefer auch zu behandeln hatte.

»Ach so.« Er nickte stirnrunzelnd. »Er war verwundet. Sind Sie da draußen bei Ihrem Mann gewesen?«

»Nein, bin ich nicht!« Warum tat diese Frage eigentlich ein bißchen weh? »Ich bin dortgewesen, um die Verwundeten zu pflegen, um Miss Nightingale und den andern Frauen zu helfen.«

Auf seinem Gesicht erschien weder die Bewunderung noch der an Ehrfurcht grenzende Respekt, den der Name gemeinhin auslöste, was Hester ein wenig aus der Fassung brachte. Dieser Mann schien sich ehrlich für Joscelin Grey zu interessieren.

»Sie haben Joscelin Grey gepflegt?«

»Ihn und viele andere. Würde es Ihnen etwas ausmachen weiterzugehen? Mir wird langsam kalt.«

»Sicher, gehen wir.« Er folgte ihr den schmalen Pfad entlang, der zu einem Eichenwäldchen führte. »Welchen Eindruck hatten Sie von ihm?«

Hester bemühte sich, ihre eigenen Erinnerungen und das Bild, das sie aufgrund der Äußerungen seiner Familie von Joscelin gewonnen hatte, auseinanderzuhalten.

»Ich erinnere mich besser an sein Bein als an sein Gesicht«, gab sie freimütig zu.

Er starrte sie sichtlich verärgert an.

»Mich interessieren weder ihre weiblichen Phantasien noch Ihr eigenartiger Sinn für Humor, Madame! Es geht hier um einen ungewöhnlich brutalen Mord!«

Jetzt platzte ihr wirklich der Kragen.

»Sie aufgeblasener Idiot! Sie verdorbener, lächerlicher Einfaltspinsel!« brüllte sie in den Wind. »Ich habe ihn gepflegt! Ich habe ihn angezogen und seine Wunde gesäubert, die sich – falls Sie es vergessen haben sollten – an seinem Bein befand! Sein Gesicht war unversehrt, deshalb hat es mich nicht mehr beeindruckt als die Gesichter der restlichen zehntausend Verwundeten und Toten. Ich würde ihn nicht mal wiedererkennen, wenn er geradewegs auf mich zumarschiert käme und mich ansprechen würde.«

Sein Gesicht war verbittert und zornig. »Das wäre in der Tat ein denkwürdiges Ereignis, Madame. Er ist seit acht Wochen tot – zu Brei geschlagen.«

Falls er gehofft haben sollte, sie damit zu schockieren, erlebte er eine Enttäuschung.

Sie schluckte schwer und hielt seinem Blick stand. »Klingt ganz nach dem Schlachtfeld bei Inkerman. Nur daß wir dort wußten, was den Leuten zugestoßen war – wenn auch keiner einen Schimmer hatte, warum!«

»Wir wissen genau, was ihm zugestoßen ist, aber wir wissen nicht, wer es getan hat. Glücklicherweise muß ich nicht den Krimkrieg rechtfertigen, sondern nur Joscelin Greys Tod klären.«

»Was Ihre Fähigkeiten bei weitem zu übersteigen scheint«, versetzte sie barsch. »Ich kann Ihnen auch nicht weiterhelfen. Ich weiß nur, daß er sympathisch war, daß er seine Verwundung mit der gleichen Tapferkeit getragen hat wie die meisten und daß er, als es ihm wieder besser ging, den Großteil seiner Zeit damit verbrachte, von Bett zu Bett zu gehen, um die andern aufzuheitern, insbesondere die, die nicht mehr lang zu leben hatten. Wenn ich so darüber nachdenke, war er sogar ein ziemlich bewundernswerter Mensch. Er hat sich verstärkt um die gekümmert, die im Sterben lagen, und ihre Familien später dann mit einem Brief über ihren Tod informiert, vermutlich auf sehr schonende Art. Es ist wirklich tragisch, daß er das alles überlebt haben soll, um hier ermordet zu werden.«

»Es war ein unglaublich brutaler Mord. Die Art und Weise, wie er erschlagen wurde, läßt auf enormen Haß schließen.« Er beobachtete sie scharf, und Hester war verblüfft, wieviel Intelligenz dieser unangenehm durchdringende Blick verriet – weitaus mehr, als sie ihm zugetraut hätte. »Ich glaube, daß er den Mörder gekannt hat. Man haßt keinen Fremden so sehr, wie er gehaßt wurde.«

Sie schauderte. So furchtbar es auf den Schlachtfeldern auch zugegangen sein mochte – es gab einen riesigen Unterschied zwischen dem hirnlosen Gemetzel auf der Krim und der persönlichen Böswilligkeit, die zu Joscelin Greys Tod geführt hatte.

»Es tut mir leid«, sagte sie etwas freundlicher, doch nach wie vor in dem steifen Ton, den er bei ihr hervorrief, »aber ich weiß wirklich nichts über ihn, das Ihnen einen Hinweis auf eine solche Bekanntschaft geben könnte. Wenn doch, würde ich es Ihnen sagen. Das Krankenhaus hat die Akten sämtlicher Verwundeter aufgehoben. Sie könnten also auf diese Weise herausfinden, wer zur selben Zeit dort war, aber das haben Sie bestimmt längst getan.« Sie sah einen Schatten über sein Gesicht gleiten und wußte im selben Moment, daß er es nicht getan hatte. Ihre Geduld war am Ende. »Um Himmels willen, was haben Sie denn gemacht in den vergangenen acht Wochen?«

»Fünf davon mußte ich mich selbst von einer Verletzung erholen«, blaffte er zurück. »Sie ziehen zu viele voreilige Schlüsse, Madame. Sie sind arrogant, anmaßend, übellaunig und herablassend – außerdem stellen Sie Hypothesen auf, die jeglicher Grundlage entbehren. Bah! Ich hasse kluge Frauen!«

Hester war für den Bruchteil einer Sekunde wie erstarrt, dann hatte sie die passende Antwort parat.

»Und ich liebe kluge Männer!« Ihre Augen wanderten verächtlich an ihm auf und ab. »Anscheinend sollen wir wohl beide enttäuscht werden.« Daraufhin raffte sie die Röcke und marschierte energisch an ihm vorbei auf das Wäldchen zu, wobei sie über den Ausläufer eines Brombeerstrauchs stolperte. »Verdammt!« fluchte sie erbost. »Tod und Teufel auch!«

7

»Guten Morgen, Miss Latterly«, sagte Fabia kühl, als sie am folgenden Morgen gegen Viertel nach zehn im Wohnzimmer erschien. Sie sah elegant und zerbrechlich aus und war bereits zum Ausgehen angezogen. Nachdem sie mit einem flüchtigen Blick auf Hester deren schlichtes Musselinkleid zur Kenntnis genommen hatte, wandte sie sich Rosamond zu, die an ihrem Stickrahmen herumstocherte. »Guten Morgen, Rosamond. Du fühlst dich hoffentlich wohl? Es ist ein sehr schöner Tag. Ich glaube, wir sollten die Gelegenheit nutzen, um den weniger vom Glück verwöhnten Dorfbewohnern einen Besuch abzustatten. Wir haben es lange nicht mehr getan, und du bist im Grunde noch mehr dazu verpflichtet als ich, meine Liebe.«

Rosamonds Wangen wurden eine Spur röter, während sie den Rüffel demütig hinnahm. Sie reckte lediglich das Kinn ein wenig, und Hester fragte sich, ob vielleicht mehr hinter dieser Gebärde steckte, als man auf den ersten Blick annahm. Die ganze Familie war in Trauer, aber Fabia hatte der Verlust eindeutig am stärksten getroffen – zumindest für den außenstehenden Beobachter. Hatte Rosamond das normale Leben für ihren Geschmack zu früh wiederaufgenommen, und das war Fabias eigene Art, den Zeitpunkt für gekommen zu erklären?«

»Natürlich, Schwiegermama«, erwiderte Rosamond, ohne aufzublicken.

»Miss Latterly wird sich uns selbstverständlich anschließen«, fuhr Fabia fort, ohne deren Einverständnis abzuwarten. »Um elf Uhr fahren wir los. Sie haben also genug Zeit, sich entsprechend anzuziehen. Es ist recht warm draußen – lassen Sie sich nicht dazu verleiten, Ihren Rang zu vergessen.« Nach dieser mit frostigem Lächeln vorgebrachten Warnung wandte sie sich zum Gehen, blieb jedoch bei der Tür noch einmal stehen und fügte hinzu: »Vielleicht nehmen wir das Mittagessen bei General Wadham und seiner Tochter Ursula ein.« Dann schwebte sie endgültig aus dem Zimmer.

Rosamond schleuderte die Stickerei in ihren Handarbeitskorb, doch sie prallte daran ab und rutschte scheppernd über den Boden. »Verflucht!« sagte das Mädchen mit verhaltener Stimme, fing Hesters Blick auf und entschuldigte sich eilends.

Hester lächelte und meinte freimütig: »Oh, lassen Sie nur. Bei der Vorstellung, die gute Fee bei den *armen Dörflern* spielen zu müssen, würde wahrscheinlich jeder in eine Sprache verfallen, die eher in die Stallungen paßt.«

»Fehlt Ihnen die Krim, jetzt, wo Sie wieder zu Hause sind?« fragte Rosamond unvermittelt; sie schaute Hester forschend, beinah furchtsam an, als habe sie Angst vor der Antwort. »Ich meine –« Aber es fiel ihr plötzlich schwer, die Worte auszusprechen, die ihr gerade noch auf den Lippen gelegen hatten, und sie wandte beschämt den Blick ab.

Hester hatte die Vision eines Lebens, das aus endlosen Tagen des Nettseins gegenüber Fabia bestand, aus dem bißchen Haushaltsführung, das Rosamond gestattet war, ohne daß sie dabei jemals das Gefühl hatte, es sei ihr Haus, solange Fabia lebte. Vielleicht würde deren Geist sogar danach noch allgegenwärtig sein. Morgendliche Pflichtbesuche mußten gemacht, das Mittagessen mit Leuten von gleichem Stand eingenommen, die Armen frequentiert werden – und während der Saison gab es Bälle, Rennen in Ascot, die Regatta in Henley und im Winter natürlich die Jagd – alles ohne Sinn und Bedeutung.

Aber Rosamond hatte weder eine Lüge erwartet, noch verdiente sie das, was Hester für die grausame Wahrheit hielt. Es war ihre Wahrheit; Rosamond sah es vielleicht ganz anders.

»Ja, manchmal schon«, erwiderte sie. »Aber man kann einen Krieg nicht endlos führen. Es ist eine mindestens genauso furchtbare wie intensive und reale Erfahrung. So verfroren, schmutzig und übermüdet zu sein, daß man sich völlig zerschlagen fühlt, ist nicht besonders lustig – und die Armeerationen sind auch keine Gaumenfreude. Etwas wirklich Nützliches zu tun ist eins der schönsten

Dinge im Leben – aber man kann sich bestimmt einen weniger aufreibenden Ort dafür aussuchen, und ich bin sicher, hier in England gibt es für mich davon mehr als genug.«

»Sie sind wirklich nett«, sagte Rosamond sanft und schaute sie wieder an. »Ich hätte nie gedacht, daß Sie sich so viele Gedanken machen.« Sie stand auf. »Wir sollten uns jetzt wohl besser umziehen. Haben Sie etwas Unauffälliges und Unelegantes, aber äußerst Würdevolles dabei?« Rosamond erstickte ein Kichern in einem Niesanfall. »Tut mir leid. Was für eine blöde Frage!«

»Doch, doch – der Großteil meiner Garderobe sieht so aus«, gestand Hester amüsiert. »Lauter reizendes Dunkelgrün und schrecklich fades Blau – wie verblichene Tinte. Geht das?«

»Es könnte gar nicht besser sein. Kommen Sie!«

Menard kutschierte sie in einem offenen Einspänner durch den Park. Bald hatten sie das Anwesen hinter sich gelassen und fuhren durch dichte Kornfelder auf das Dorf zu, dessen Kirchturmspitze sich scharf gegen die dahinterliegende Anhöhe abhob. Es machte ihm großen Spaß, das Pferd zu führen, und er tat es mit dem Geschick eines Menschen, der viel Übung darin hat. Er ging davon aus, daß sie ebensosehr von der Schönheit der Gegend gefangengenommen wurden wie er, und sagte kein einziges Wort.

Hester saß da und sah ihm zu, das Reden überließ sie Fabia und Rosamond. Sie registrierte, mit welcher Leichtigkeit die kräftigen Hände die Zügel hielten, wie geschickt er das Gleichgewicht hielt; er hatte sich völlig in sich zurückgezogen. Seine alltäglichen Pflichten auf dem Anwesen schienen keine Last für ihn zu sein. Während ihres Aufenthalts in Shelburne war ihr zwar gelegentlich ein grüblerischer, bisweilen verärgerter Gesichtsausdruck sowie ein gewisses Angespanntsein und eine leichte Nervosität aufgefallen, aber immer nur dann, wenn Fabia bei Tisch versucht hatte, ihre quälende, innere Einsamkeit zu überspielen, und dennoch den Eindruck erweckte, daß Joscelin der einzige Mensch auf der Welt war, den sie ohne Vorbehalt geliebt hatte.

Ihr erster Besuch galt einem Landarbeiter, der mit seiner Familie in einer winzigen Kate am Rand des Dorfes wohnte. Unten gab es nur ein Zimmer, in dem sich eine sonnenverbrannte, ungepflegte Frau und ihre sieben Kinder tummelten, die sich gerade einen Laib Brot mit Schweineschmalz teilten. Die schmutzigen, dünnen Beinchen der barfüßigen Kinder lugten unter einfachen Kitteln hervor; anscheinend waren sie erst vor kurzem von der Garten- oder Feldarbeit heimgekehrt. Sogar die Jüngste – sie war dem Aussehen nach nicht älter als drei oder vier – hatte vom Ernten Obstflecken an den Fingern.

Fabia stellte ein paar Fragen und erteilte praktische Tips, wie man das Geld besser einteilen und die Symptome der Diphterie lindern könnte, welche die Frau mit höflichem Schweigen entgegennahm. Hester schämte sich wegen des herablassenden Charakters, den das Ganze hatte; aber dann wurde ihr klar, daß bereits seit über tausend Jahren auf diese oder ähnliche Art und Weise verfahren wurde und sich beide Seiten in der Vertrautheit des Rituals wohl fühlten; außerdem wußte sie nicht, wodurch man es ersetzen konnte.

Rosamond unterhielt sich mit der ältesten Tochter, löste das breite, rosafarbene Band von ihrem Hut und band es dem Kind zu dessen scheu demonstriertem Entzücken ins Haar.

Menard wartete geduldig beim Pferd. In dem hellen Sonnenlicht waren die Sorgenfalten um Mund und Augen nicht zu übersehen. Hier draußen, inmitten der verschwenderischen Pracht der Natur mit ihren mächtigen Bäumen, dem Wind und der fruchtbaren Erde, wirkte er jedoch vollkommen entspannt, und Hester bekam zum erstenmal einen flüchtigen Eindruck von der anderen Seite des sturen, leicht reizbaren Zweitältesten, den er in Shelburne Hall herauskehrte. Sie fragte sich, ob Fabia wohl je versucht hatte, diesen anderen Menard zu sehen, oder ob Joscelins sprühender Charme dem stets im Wege gestanden war.

Der zweite Hausbesuch verlief ähnlich, nur setzte sich die Familie diesmal aus einer zahnlosen, betagten Alten und ihrem senilen Mann zusammen, der entweder betrunken war oder einen Anfall erlitten hatte, durch den er seines Sprach- und Bewegungsvermögens beraubt war.

Fabia widmete ihm ein paar knappe, unpersönliche Worte der Ermutigung, die er vollkommen ignorierte, und als sie ihm den

Rücken zudrehte, schnitt er ihr eine Fratze. Die Alte vollführte einen ruckartigen Knicks, nahm zwei Gläser Zitronenpaste in Empfang, man stieg wieder in den Einspänner, und weiter ging die Reise.

Nachdem sie ein Stück gefahren waren, hielt Menard an, um einen kurzen Abstecher auf die überreifen Kornfelder zu machen. Überall schwangen die Schnitter ihre Sicheln, während ihnen die Sonne heiß auf Rücken und Arme brannte, der Schweiß in kleinen Sturzbächen über ihre Körper rann. Man sprach über das Wetter, über die Jahreszeit, über die Windrichtung, stellte Spekulationen an, wann der nächste Regen fallen würde. Der hitzeschwangere Geruch nach Getreide und gemähtem Stroh war einer der angenehmsten Düfte, die Hester kannte.

Das Mittagessen verlief bei weitem unerfreulicher. Der Empfang war überaus herzlich – zumindest bis zu dem Augenblick, als General Wadham Hester erblickte. Sein Gesicht erstarrte auf der Stelle, sein Benehmen wurde förmlich.

»Guten Tag, Miss Latterly. Wie reizend, daß Sie uns Ihre Aufwartung machen. Ursula wird entzückt sein, daß Sie uns beim Mittagessen Gesellschaft leisten.«

»Vielen Dank, Sir«, erwiderte Hester entsprechend feierlich. »Das ist sehr großzügig von Ihnen.«

Ursula machte keineswegs einen besonders entzückten Eindruck, überhaupt jemand von ihnen zu sehen. Sie war unfähig, ihren Verdruß darüber zu verbergen, daß Menard draußen bei den Erntearbeitern geblieben war, anstatt mit ihr am Eßtisch zu sitzen.

General Wadham hatte seine Schlappe bei Hester während ihrer letzten Begegnung weder vergeben noch vergessen. Sein eisiger, glasiger Blick bohrte sich mehrmals über die Gewürzmenagen hinweg in ihren, ehe er sich endlich während einer Flaute zwischen Fabias Kommentaren zu den Rosen und Ursulas Mutmaßungen, ob Mr. Danbury nun Miss Fothergill oder Miss Ames ehelichen würde, zum Angriff entschloß.

»Miss Ames ist eine prachtvolle junge Dame«, bemerkte er an Hester gewandt. »Eine unglaublich gute Reiterin, nimmt's bei der Fuchsjagd mit jedem Mann auf. Hat sehr viel Mut. Und sieht gut aus – verteufelt gut!« Er warf einen säuerlichen Blick auf ihr dunkelgrünes Kleid. »Ihr Großvater fiel im Peninsularkrieg, 1810 bei Coruña. Da waren Sie wohl nicht, nehme ich an, oder, Miss Latterly? Ein bißchen vor Ihrer Zeit, was?« Er lächelte absolut unschuldig.

»1809«, korrigierte Hester. »Es war vor Talavera und nach Vimiero und dem Abkommen von Cintra. Ansonsten haben Sie vollkommen recht – dort war ich nicht.«

Das Gesicht des Generals lief dunkelrot an. Er verschluckte sich an einer Gräte und hielt sich hustend die Serviette vor den Mund.

Fabia reichte ihm weiß vor Zorn ein Glas Wasser.

Hester, die es besser wußte, stellte es augenblicklich weg und ersetzte es durch ein Stück Brot.

Der General aß das Brot, die Gräte rutschte seine Kehle hinunter.

»Danke«, sagte er eisig und nahm zusätzlich einen Schluck Wasser.

»Oh, es freut mich, daß ich helfen konnte«, flötete Hester. »Es ist äußerst unangenehm, wenn man eine Gräte verschluckt, und es passiert so leicht, egal wie gut der Fisch ist – und dieser hier ist wirklich köstlich.«

Fabia murmelte etwas Unverständliches und Gotteslästerliches, während sich Rosamond in überschwengliche Betrachtungen über die allsommerliche Gartenparty des Pfarrers rettete.

Als Fabia sich später entschieden hatte, bei Ursula und dem General zu verweilen, und Rosamond Hester mehr oder minder zum Einspänner schubste, damit sie mit den Armenbesuchen fortfahren konnten, flüsterte sie ihr atemlos und ein wenig befangen zu: »Das war phantastisch! Manchmal erinnern Sie mich an Joscelin. Er konnte mich genauso zum Lachen bringen.«

»Ist mir gar nicht aufgefallen, daß Sie gelacht haben«, erwiderte Hester wahrheitsgetreu, während sie hinter Rosamond auf den Kutschbock kletterte.

»Natürlich nicht, wo denken Sie hin!« Rosamond nahm die Zügel und trieb das Pferd an. »Man läßt sich das nicht anmerken. Sie werden doch wiederkommen, nicht wahr?«

»Ich bin mir nicht sicher, ob man mich noch mal einladen wird«, gab Hester reuevoll zurück.

»O doch, man wird. Tante Callandra wird Sie einladen. Sie mag Sie sehr – manchmal glaube ich, wir langweilen sie alle zu Tode. Kannten Sie Colonel Daviot eigentlich?«

»Nein.« Zum erstenmal bedauerte Hester diesen Umstand. Sie hatte lediglich ein Porträt von ihm gesehen; es zeigte einen untersetzten Mann mit kerzengerader Haltung und einem markanten, intelligenten und charaktervollen Gesicht. »Leider nicht.«

Rosamond trieb ihr Pferd noch schneller an, bis sie schließlich in beträchtlichem Tempo und mit klappernden Rädern über den unebenen Boden jagten.

»Er konnte sehr nett sein«, sagte sie, ohne den Blick von der Fahrspur zu wenden. »Wenn er wollte. Wenn er glücklich war, hatte er ein ungeheuer ansteckendes Lachen – aber zuweilen war er auch eklig und furchtbar herrschsüchtig, sogar Tante Callandra gegenüber. Er mischte sich ständig ein, schrieb ihr vor, wie sie was zu tun hatte – bis ihn wieder eine seiner Marotten packte. Dann ließ er alles stehen und liegen, und sie durfte das Chaos beseitigen.«

Rosamond zog leicht die Zügel an, damit sie das Pferd besser unter Kontrolle bekam.

»Im Grunde hatte er ein gutes Herz; wenn man sein Freund war, konnte man sich völlig auf ihn verlassen. Außerdem war er der beste Reiter, den ich je gesehen habe, wesentlich besser als Menard oder Lovel – und General Wadham.« Der Wind verwüstete ihre Frisur, was sie jedoch nicht zu stören schien. Statt dessen kicherte sie ausgelassen. »Sie konnten sich nicht ausstehen.«

Hester entwickelte allmählich ein neues Verständnis für Callandra und deren einsames und freies Leben. Sie begriff, warum sie nie mit dem Gedanken gespielt hatte, wieder zu heiraten. Wer konnte schon einem derart außergewöhnlichen Mann das Wasser reichen? Vielleicht hatte sie im Lauf der Zeit gelernt, die Unabhängigkeit zu genießen, vielleicht war sie aber auch unglücklicher, als ihre Äußerungen vermuten ließen.

Hester lächelte, ließ Rosamond durch eine beipflichtende Bemerkung wissen, daß sie ihr zugehört hatte, und wechselte das Thema. Wenig später erreichten sie einen kleinen Weiler, wo noch einige Besuche zu absolvieren waren, und es war bereits früher Abend, als sie schließlich durch den heißen, blaugoldenen Sommertag an den Feldern vorbei nach Shelburne Hall zurückfuhren. Die Rücken der Schnitter beugten sich immer noch über das Korn. Hester genoß den leichten Fahrtwind und empfand es als wahres Vergnügen, unter den dichten, schattenspendenden Bäumen hindurchzugleiten, die sich von beiden Seiten der schmalen Straße entgegenlehnten. Außer dem Getrappel der Hufe, dem gedämpften Zischen der Räder und einer gelegentlichen Vogelstimme war es vollkommen still. Wo die Landarbeiter bereits gewesen waren, schimmerten die hellen Getreidehalme blaß im Sonnenlicht, an anderen Stellen häuften sich die dunkleren, noch nicht eingesammelten Ähren. Oben am Himmel trieben ein paar wenige zarte Wölkchen, fein wie gesponnene Seide, in Richtung Horizont.

Hester betrachtete die Hände, die die Zügel hielten, und Rosamonds ruhiges, konzentriertes Gesicht. Sie überlegte, ob Lovels Frau wohl die zeitlose Schönheit des Ganzen sah, oder ob sie es nur als unendlich eintönig empfand. Aber das war eine Frage, die selbst sie nicht stellen konnte.

Den Abend verbrachte Hester in Callandras Gemächern, das Dinner im Familienkreis ließ sie ausfallen. Als sie am nächsten Morgen zum Frühstück im Eßzimmer erschien, empfing Rosamond sie mit offenkundiger Freude.

»Würden Sie gern meinen Sohn sehen?« fragte sie mit rotem Kopf, anscheinend über ihre Dreistigkeit und ihre Sensibilität gleichermaßen überrascht.

»Ja, und ob!« antwortete Hester wie aus der Pistole geschossen; was hätte sie auch anderes sagen sollen. »Ich kann mir gar nichts Netteres vorstellen.« Das entsprach sogar der Wahrheit. »Es wäre eine wundervolle Art, den Tag zu beginnen«, fügte sie rasch hinzu.

Das Kinderzimmer war ein heller, nach Süden gelegener Raum voller Sonnenlicht und Chintz. Neben dem Fenster stand ein niedriger Stillschemel, neben dem gut verbarrikadierten und gesicherten Kamin ein Schaukelstuhl und daneben wiederum, da das Kind noch sehr klein war, eine Kinderkrippe. Das Kindermädchen, ein junges Ding mit nettem Gesicht und einer Haut wie Milch und Honig, war gerade damit beschäftigt, das etwa anderthalbjährige Kind zu füttern. Es stocherte begeistert mit seinen verschmierten Fingerchen in einem weichgekochten Ei herum. Hester und Rosamond hielten sich im Hintergrund und schauten zu.

Das Baby, dessen blonde Haarkrone wie der Kamm eines kleinen Vogels aussah, hatte augenscheinlich einen Riesenspaß. Gehorsam ließ es sich einen Löffel nach dem anderen in den Mund schieben, während seine Backen dicker und dicker wurden. Dann holte es mit glänzenden Augen tief Luft und spuckte alles wieder aus. Daraufhin mußte der Kleine so lachen, daß sein Gesicht ganz rot wurde und er schließlich hilflos vor Entzücken auf seinem Stühlchen zur Seite kippte.

Rosamond war der Vorfall peinlich, doch Hester stimmte in das Gelächter des Babys ein, während das Mädchen mit einem feuchten Tuch an ihrer ehemals fleckenlosen Schürze herumtupfte.

»Master Harry, das tut man aber nicht!« sagte sie so streng, wie es ihr zustand, aber in ihrem Ton schwang kein Ärger mit. Sie schien auf sich selbst wütend zu sein, weil sie sich wieder mal hatte überlisten lassen.

»Ach, du schreckliches Kind!« Rosamond ging zu ihm, nahm ihn auf den Arm und preßte das blasse Köpfchen an ihre Wange. Er krähte vor Vergnügen und schaute Hester mit völligem Gottvertrauen, daß sie voll und ganz auf seiner Seite stand, über die Schulter seiner Mutter hinweg an.

Sie verbrachten eine unbeschwerte Stunde mit fröhlichem Geplauder, dann ließen sie das Kindermädchen allein, damit es wieder seine Arbeit tun konnte. Rosamond zeigte Hester das Spielzimmer, in dem sich Lovel, Menard und Joscelin als Kinder die Zeit vertrieben hatten. Es gab ein Schaukelpferd, Spielzeugsoldaten, Holzschwerter, Spieldosen, ein Kaleidoskop und Puppenhäuser, die aus einer früheren Generation von Töchtern stammen mußten – aus Callandras Ära vielleicht?

Anschließend begaben sie sich in das Schulzimmer, das voller Tische und Bücherregale stand. Hesters Hand glitt zunächst eher beiläufig über die alten Übungshefte, die die ersten linkischen Schreibversuche eines Kindes enthielten. Als sie dann aber zu den

Aufsätzen aus dem Heranwachsendenalter vorgedrungen war, begannen sie die in reiferer Schrift verfaßten Sätze zu fesseln. Der Stil war locker und flüssig und von einer scharfen Beobachtungsgabe und einem intelligenten, oft frechen Witz geprägt, der für einen so jungen Menschen verblüffend war. Es ging um ein Familienpicknick, und Hester mußte beim Lesen unwillkürlich lachen, obwohl die Geschichte traurig klang und sich unter dem Humor des Verfassers ein feines Gespür für Grausamkeiten aller Art verbarg. Sie mußte nicht erst auf den Deckel sehen, um zu wissen, daß Joscelin sie geschrieben hatte.

Es war auch ein Aufsatzheft von Lovel vorhanden. Sie blätterte die Seiten durch, bis sie auf eine ähnlich lange Geschichte stieß. Rosamond durchsuchte ein kleines Pult nach irgendwelchen Versen, also hatte sie genug Zeit, in Ruhe zu lesen. Diese Geschichte war von Grund auf anders; sie klang verträumt und romantisch, verwandelte die spärlichen Waldungen um Shelburne in einen riesigen, geheimnisvollen Wald, in dem Heldentaten vollbracht wurden und eine idealisierte Frau erobert und geliebt werden konnte – und zwar mit einer Reinheit des Herzens, die von der Realität der menschlichen Bedürfnisse und Probleme so meilenweit entfernt war, daß Hester die Tränen in die Augen stiegen, als sie sich vorstellte, wie hart die unvermeidliche Desillusionierung den Jungen getroffen haben mußte.

Sie klappte das Heft zu und schaute zu Rosamond hinüber. Die Sonne schien auf ihren gesenkten Kopf, während sie die Schulhefte auf der Suche nach einem bestimmten Gedicht durchblätterte.

Es dauerte eine Weile, bis sie auch das dritte Heft aufgestöbert hatte – Menards. Sein Stil war steif und ein wenig holprig. Er konnte wesentlich weniger gut mit Worten umgehen, doch die Quintessenz seiner Aufsätze war klar zu erkennen. Es ging um leidenschaftlich empfundenes Ehrgefühl und um grenzenlose Loyalität den Freunden gegenüber. Der Lauf der Geschichte wurde wie ein einziger Reiterzug der Stolzen und Guten dargestellt und mit einigen Anleihen aus der Artussage ausgeschmückt. Obwohl das Ganze geklaut und gestelzt klang, kam es eindeutig von Herzen, und Hester bezweifelte, daß der Mann die Wertvorstellungen abgelegt hatte, die er als Junge derart leidenschaftlich – und unbeholfen – aufgeschrieben hatte.

Rosamond war fündig geworden und so in ihr Gedicht vertieft, daß sie weder merkte, wie Hester sich ihr näherte noch wie sie einen kurzen Blick über ihre Schulter warf und sah, daß es sich um ein sehr kurzes und sehr zärtliches, anonymes Liebesgedicht handelte.

Hester wandte sich ab und ging zur Tür. Das war nichts, bei dem man sich einmischte.

Kurz darauf klappte Rosamond das Büchlein zu. Es gelang ihr nur mühsam, den Frohsinn von vorhin wiederzufinden, aber Hester ließ sich nicht anmerken, daß es ihr auffiel.

»Danke, daß Sie mitgekommen sind«, meinte Rosamond, als sie auf die Hauptgalerie mit den riesigen Blumenständern zurückgekehrt waren. »Es war sehr freundlich, daß Sie so viel Interesse gezeigt haben.«

»Das hat überhaupt nichts mit Freundlichkeit zu tun«, protestierte Hester rasch. »Meiner Meinung nach ist es ein großes Privileg, einen Blick in die Vergangenheit werfen zu dürfen, indem man sich ehemalige Kinder- und Schulzimmer anschaut. Ich danke Ihnen, daß Sie mich mitgenommen haben. Und Harry ist wirklich ein Schatz! In seiner Gegenwart muß es einem einfach gutgehen.«

Rosamond lachte und machte eine abwehrende Handbewegung, war aber unübersehbar erfreut. Sie gingen gemeinsam nach unten ins Eßzimmer, wo das Mittagessen bereitstand und Lovel auf sie wartete. Als sie hereinkamen, stand er auf und machte einen Schritt auf Rosamond zu. Für einen Augenblick sah es so aus, als wolle er etwas sagen, dann war der Impuls verpufft.

Rosamond zögerte einen Moment; ihr Blick war hoffnungsvoll. Hester haßte es, gerade jetzt hier zu sein, aber einfach zu gehen, wäre absurd gewesen. Das Essen stand auf der Anrichte, der Lakai wartete darauf, es zu servieren. Sie wußte, daß Callandra außer Haus war, um eine alte Bekannte zu besuchen – und zwar um Hesters willen –, doch Fabia fehlte überraschenderweise ebenfalls: Ihr Platz war nicht besetzt.

Lovel fing ihren Blick auf.

»Mama fühlt sich nicht wohl«, erklärte er kühl. »Sie bleibt auf ihrem Zimmer.«

»Oh, wie schade«, sagte Rosamond automatisch. »Hoffentlich nichts Ernstes?«

»Hoffentlich«, pflichtete Lovel ihr bei, wartete, bis sie sich gesetzt hatten, ließ sich dann ebenfalls nieder und forderte den Lakai mit einem Handzeichen auf, das Essen zu servieren.

Rosamond versetzte Hester unter dem Tisch einen leichten Tritt, woraufhin diese die Situation richtigerweise als heikel einschätzte und nicht weiter nachfragte.

Nach dem Essen zog sie sich zurück, um das zu tun, was sie für ihre Pflicht hielt. Sie mußte sich bei Fabia für ihr freches Benehmen General Wadham gegenüber entschuldigen. Er hatte es zwar verdient, aber sie war Fabias Gast und hätte sie nicht in Verlegenheit bringen dürfen, ganz gleich, wie groß die Provokation war.

Sie brachte es am besten sofort hinter sich; je länger sie darüber nachdachte, desto schwerer würde es werden. Hester hatte für kleine Wehwehchen wenig Verständnis. Sie hatte zu viele schwere Krankheiten gesehen und war selbst kerngesund, so daß sie nie am eigenen Leib zu spüren bekommen hatte, wie sehr auch kleine Wehwehchen an den Kräften zehren konnten, wenn sie sich über einen längeren Zeitraum hinzogen.

Sie klopfte an Fabias Tür, wartete die Aufforderung zum Eintreten ab und ging hinein.

Der Raum wirkte weniger weiblich, als sie erwartet hatte. Er war in schlichtem, hellem Wedgwoodblau gehalten und spärlich möbliert. Auf einem Tischchen beim Fenster stand eine einzige silberne Vase mit voll aufgeblühten Rosen. Das Bett hatte einen Baldachin aus dem gleichen weißen Musselin, aus dem auch die Innenseite der Vorhänge bestand. An der Stirnwand hing das ausgezeichnet gemalte Porträt eines jungen Mannes in der Uniform eines Kavallerieoffiziers. Er war schlank und hielt sich sehr gerade; das blonde Haar fiel ihm locker in die breite Stirn, die Augen waren hell und intelligent, der Mund machte einen beweglichen, humorvollen und wortgewandten Eindruck, wenn er Hester auch auf eine gewisse Labilität hinzudeuten schien.

Fabia saß aufrecht im Bett. Ein blaues Satinbettjäckchen bedeckte ihre Schultern, das gebürstete und gelöste Haar fiel ihr in konischen Spiralen über die Brust. Sie sah schmächtig und wesentlich älter aus, als Hester sich je hätte träumen lassen. Die Entschuldigung war plötzlich kein Problem mehr. In dem blassen Gesicht spiegelte sich die jahrelange Einsamkeit, der schlimme Verlust, der nie wiedergutzumachen war.

»Ja, bitte?« fragte Fabia hörbar abweisend.

»Ich komme, um mich zu entschuldigen. Ich war gestern sehr unfreundlich zu General Wadham, was mir als Gast in Ihrem Haus auf keinen Fall hätte passieren dürfen. Es tut mir aufrichtig leid.«

Fabia hob verblüfft die Brauen, dann lächelte sie kaum merklich.

»Ich nehme Ihre Entschuldigung an. Es überrascht mich, daß Sie soviel Anstand besitzen, zu mir zu kommen. Ich hätte es Ihnen offengestanden nicht zugetraut – und ich irre mich nur selten in einer jungen Frau.« Das Lächeln vertiefte sich, wodurch ihr Gesicht plötzlich viel lebendiger aussah; man konnte ein wenig von dem Mädchen darin entdecken, das sie einmal gewesen sein mußte. »Es war mir ausgesprochen peinlich, General Wadham dermaßen... kleingemacht zu sehen, aber es entbehrte auch nicht einer gewissen Genugtuung. Er ist ein überheblicher, alter Trottel, und ich bin es manchmal leid, so gönnerhaft behandelt zu werden.«

Hester verschlug es die Sprache. Zum erstenmal seit ihrer Ankunft in Shelburne Hall war Fabia ihr sympathisch.

»Sie dürfen sich setzen«, meinte Fabia, wobei es in ihren Augen humorvoll aufblitzte.

»Danke.« Hester ließ sich auf dem mit blauem Samt bespannten Ankleideschemel nieder und betrachtete die übrigen, weniger guten Gemälde sowie die wenigen Fotografien. Die darauf abgelichteten Personen wirkten allesamt gezwungen und fürchterlich steif, was vermutlich auf das endlose Posieren vor der Kamera zurückzuführen war. Eins der Bilder zeigte Rosamond und Lovel, allem Anschein nach bei der Hochzeit. Sie machte einen zerbrechlichen und überglücklichen Eindruck – er blickte voll Optimismus direkt in die Linse.

Auf der Kommode stand eine frühe Daguerreotypie, auf der ein

Mann mittleren Alters mit stattlichen Koteletten, schwarzem Haar und eitlem, launischem Gesichtsausdruck zu sehen war. Aufgrund der Ähnlichkeit mit Joscelin nahm Hester an, daß es sich um den verstorbenen Lord Shelburne handelte. Dann gab es noch eine recht kitschige Federzeichnung von den drei Brüdern als Jungen; die Gesichtszüge waren etwas idealisiert dargestellt.

»Ich bedaure, daß es Ihnen nicht gutgeht«, sagte sie schließlich. »Kann ich irgend etwas für Sie tun?«

»Das halte ich für ziemlich unwahrscheinlich. Schließlich bin ich kein Kriegsopfer – zumindest nicht in dem herkömmlichen Sinn.«

Hester hatte keine Lust zu streiten. Es lag ihr auf der Zunge zu erwidern, daß sie alle möglichen Verletzungen kannte, aber das wäre herzlos gewesen. Sie hatte keinen Sohn verloren, und das war Fabias einziger Kummer.

»Mein ältester Bruder ist auf der Krim gefallen.« Es fiel ihr schwer, die Worte auszusprechen. Ihre Kehle war plötzlich wie zugeschnürt. »Und kurz darauf starben meine Eltern«, fügte sie mühsam hinzu. »Könnten wir bitte das Thema wechseln?«

»Sie Ärmste! Mein Gott, das tut mir leid. Natürlich – Sie haben es schon erwähnt. Vergeben Sie mir. Was haben Sie heute morgen gemacht? Würden Sie später gern mit dem Einspänner ausfahren? Das ließe sich ohne Schwierigkeiten einrichten.«

»Ich war im Kinderzimmer und habe Harry kennengelernt.« Hester lächelte und blinzelte die Tränen fort. »Er ist wirklich ein Schatz –«

Sie blieb noch ein paar Tage länger in Shelburne Hall. Von Zeit zu Zeit machte sie einen einsamen, ausgiebigen Spaziergang durch die windige, glasklare Luft. Die Schönheit des Parks erfüllte sie mit einem inneren Frieden, den sie bislang nur an sehr wenigen Orten gespürt hatte. Sie konnte besser über die Zukunft nachdenken, und Callandras Rat erschien ihr immer annehmbarer. Die Spannungen unter den Familienmitgliedern kamen seit dem Dinner mit General Wadham anders zum Ausdruck. Oberflächlicher Ärger wurde mit guten Manieren überspielt, aber Hester wurde anhand vieler kleiner Beobachtungen klar, daß Unglücklichsein und Unzufriedenheit zum Leben der Shelburnes gehörten wie die Nacht zum Tag.

Fabia besaß eine Courage, die vermutlich zur Hälfte auf ihre strenge Erziehung sowie einen immensen Stolz zurückzuführen war, der es ihr nicht erlaubte, andern gegenüber Schwäche zu zeigen. Sie war von einer Selbstherrlichkeit erfüllt, die an Egoismus grenzte. Fabia liebte ihre beiden übriggebliebenen Söhne ohne Zweifel, aber sie war nicht besonders verrückt nach ihnen, und keiner von beiden verstand es, sie zu verzaubern oder zum Lachen zu bringen wie Joscelin.

Mit Joscelin war ihre Lebenslust verschwunden.

Hester verbrachte viel Zeit mit Rosamond und schloß diese nach und nach auf etwas distanzierte Art in ihr Herz. Bei so mancher Gelegenheit kamen ihr Callandras Worte über das tapfere, dem Selbstschutz dienende Lächeln in den Sinn, insbesondere eines frühen Abends, als sie vor dem Kamin saßen und eins ihrer belanglosen, oberflächlichen Gespräche führten.

Ursula Wadham war zu Besuch. Ihrer Ansicht nach hatte Rosamond alles, was eine Frau sich nur wünschen konnte: einen reichen, adligen Ehemann, einen kräftigen Sohn, Schönheit, Gesundheit und ausreichendes Talent in der Kunst, auf andere einen guten Eindruck zu machen.

Was wollte sie mehr?

Hester lauschte Rosamonds Bekräftigungen, wie wunderbar alles sein würde, wie rosig die Zukunft aussähe, und entdeckte dabei in den dunklen Augen nicht die leiseste Zuversicht, nicht die mindeste Hoffnung – lediglich Verlorenheit, Einsamkeit und einen gewissen Mut der Verzweiflung, der sie weitermachen ließ, weil es keine Möglichkeit gab auszusteigen. Rosamond lächelte, damit sie ihre Ruhe hatte, um Fragen aus dem Weg zu gehen und sich ein bißchen Stolz zu bewahren.

Lovel war beschäftigt. Er hatte eine Aufgabe, und solang er diese erfüllen mußte, wurde jedes dunklere Gefühl in Schach gehalten. Nur beim gemeinsamen Abendessen verriet eine gelegentlich eingeflochtene Bemerkung sein stilles Wissen um die innerfamiliären Dissonanzen.

Menard steckte voller Wut, schien jedoch gleichzeitig unter etwas zu leiden, das er als große Ungerechtigkeit empfand. Hatte er zu oft hinter Joscelin aufgeräumt, um seiner Mutter die bittere Wahrheit zu ersparen, daß ihr Liebling ein Betrüger war? Oder wollte er sich und den Ruf der Familie schützen?

Nur wenn sie mit Callandra zusammen war, konnte Hester sich entspannen, obwohl sie sich auch bei ihr schon gefragt hatte, ob die Selbstgenügsamkeit das Resultat vieler glücklicher Jahre oder auf Callandras kämpferisches Wesen zurückzuführen war.

Diese Gedanken waren ihr eines Abends gekommen, als sie in Callandras Wohnzimmer ein leichtes Abendbrot zu sich nahmen, anstatt sich dem Dinner im Hauptflügel anzuschließen, und Callandra eine Bemerkung über ihren längst verstorbenen Ehemann machte.

Hester war bislang davon ausgegangen, daß die Verbindung glücklich gewesen war, nicht etwa, weil sie etwas darüber wußte oder Callandra Daviot es ihr erzählt hätte. Sie hatte es aus dem inneren Frieden geschlossen, den Callandra ausstrahlte.

Und jetzt wurde ihr plötzlich klar, wie voreilig sie sich zu dieser Schlußfolgerung hatte hinreißen lassen.

Callandra mußte ihr die Gedanken angesehen haben. Sie lächelte etwas schief und verzog amüsiert das Gesicht.

»Sie haben eine ordentliche Portion Mut, Hester, und sind obendrein von einer Lebenslust beseelt, die ein weit größerer Segen ist, als Sie annehmen – aber manchmal sind Sie unglaublich naiv. Das Elend hat viele Gesichter – genau wie das Glück –, und Sie dürfen sich auf keinen Fall dazu verleiten lassen, aufgrund Ihrer Kenntnis des einen den Wert des anderen so zu konstruieren, wie es Ihnen in den Kram paßt. Sie werden von dem starken, ja leidenschaftlichen Verlangen getrieben, den Menschen ein besseres Dasein zu ermöglichen. Seien Sie sich stets bewußt, daß Sie einen Menschen nur dann wirklich weiterbringen können, wenn Sie ihm helfen, so zu werden, wie er ist, nicht wie *Sie* sind. Ich habe Sie des öfteren sagen hören: ›Wenn ich Sie wäre, würde ich dieses oder jenes tun.‹ – Ich bin niemals Sie, und meine Art und Weise, ein Problem zu lösen, entspricht nicht unbedingt Ihrer.«

Hester mußte an den Polizisten denken, der ihr an den Kopf geworfen hatte, sie sei herrschsüchtig und anmaßend und derlei unangenehme Charaktereigenschaften mehr.

Callandras Lächeln vertiefte sich. »Eins dürfen Sie nie vergessen: Sie müssen es mit der Welt aufnehmen, wie sie ist, nicht wie sie Ihrer Meinung nach sein sollte. Man kann auch mit einem Quentchen Schmeichelei eine Menge erreichen, ohne gleich in die Offensive zu gehen. Hören Sie auf, sich den Kopf darüber zu zerbrechen, was Sie wirklich wollen, legen Sie lieber die Wut und die Eitelkeit ab, die Sie behindern. Unsre Urteilskraft wird sooft von unsren Gefühlen getrübt – und dann bilden wir uns auch noch ein, wir kämen zu einem völlig anderen Ergebnis, wenn wir nur noch ein Detail mehr wüßten.«

Hester war versucht, in Gelächter auszubrechen.

»Jaja, ich weiß«, sagte Callandra rasch. »Ich sollte selber üben, was ich predige! Aber glauben Sie mir, wenn mir etwas wirklich am Herzen liegt, bringe ich auch die Geduld auf, den rechten Augenblick abzupassen und mir zu überlegen, wie ich es am geschicktesten anstelle.«

»Ich werd's versuchen«, versprach Hester und meinte es ernst. »Dieser garstige Polizist wird auf keinen Fall recht behalten – ich werde es nicht zulassen.«

»Wie bitte?«

»Wir sind uns zufällig bei einem Spaziergang begegnet. Er meinte, ich wäre anmaßend und dickköpfig, etwas in der Art jedenfalls.«

Callandras Augenbrauen schossen ruckartig in die Höhe; sie versuchte gar nicht erst, ernst zu bleiben.

»Ach, tatsächlich? Was für eine Unverschämtheit! Und was für eine rasche Auffassungsgabe – nach so kurzer Bekanntschaft. Und was halten Sie von ihm, wenn ich fragen darf?«

»Ich halte ihn für einen unfähigen, unbeschreiblichen Einfaltspinsel!«

»Was Sie ihn zweifelsohne wissen ließen?«

Hester funkelte sie wütend an. »Was glauben Sie denn!«

»Genau das. Trotzdem denke ich, er hatte mehr Recht dazu als

Sie. Ich halte ihn nicht für unfähig. Man hat ihm eine Aufgabe gegeben, die extrem schwer zu lösen ist. Es gibt eine Menge Leute, die etwas gegen Joscelin gehabt haben könnten, und es wird für einen Polizisten ungemein schwierig sein herauszufinden, wer der Täter war. Gar nicht dran zu denken, wenn es erst ans Beweisen geht!«

»Soll das heißen, Sie glauben –« Hester ließ den angefangenen Satz unvollendet.

»Allerdings! Aber jetzt lassen Sie uns besprechen, was wir Ihretwegen unternehmen sollen. Ich werde, wie gesagt, einigen Freunden schreiben, und wenn es Ihnen gelingt, Ihre Zunge im Zaum zu halten, was Ihre Meinung über Männer im allgemeinen und die Generäle der Armee Ihrer Majestät im besonderen betrifft, habe ich große Hoffnung, daß wir einen Platz in der Krankenhausverwaltung für Sie finden werden, der nicht nur Sie zufriedenstellt, sondern auch die Menschen, die durch ihre Krankheit bereits gestraft genug sind.«

»Vielen Dank. Das ist furchtbar nett.« Hester blickte einen Moment lang auf ihre im Schoß gefalteten Hände, hob dann jäh den Kopf und schaute Callandra mit blitzenden Augen an. »Wissen Sie, ich habe gar nichts dagegen, zwei Schritte hinter einem Mann zu gehen – wenn es nur einen geben würde, der mir zwei Schritte voraus ist! Ich hasse es einfach, daß man durch Konventionen gezwungen wird, so zu tun, als ob man lahm wäre, nur damit jemand anders nicht in seiner Eitelkeit verletzt wird.«

Callandra schüttelte belustigt und traurig zugleich den Kopf. »Ich weiß. Vielleicht müssen Sie erst ein paarmal hinfallen und sich von jemand anderem wieder auf die Beine helfen lassen, um einen ausgeglicheneren Schritt zu finden. Aber machen Sie nicht den Fehler, nur deshalb langsam zu gehen, weil Sie nicht allein gehen wollen – niemals! Selbst Gott würde nicht verlangen, daß Sie sich unterjochen lassen und als Konsequenz gleich zwei Menschen auf einmal ins Unglück stürzen; Gott wahrscheinlich am allerwenigsten!«

Hester lehnte sich zurück, zog die Knie an und umklammerte sie auf wenig damenhafte Weise. »Ich wette, ich werde noch oft hinfallen und eine schrecklich dumme Figur dabei machen – und einer Menge Leute, die mich nicht mögen, zur Erheiterung dienen. Aber das ist immer noch besser, als es gar nicht zu versuchen.«

»Genau«, bestätigte Callandra. »Sie würden es allerdings sowieso tun, da mache ich mir keine Sorgen.«

8

Die ergiebigsten Informationen über Joscelin Grey erhielten sie bei einer der letzten Adressen von Personen aus seinem Bekanntenkreis; sie stammte nicht von Lady Fabias Liste, sondern hatte auf einem der Briefe in Greys Wohnung gestanden. Evan und Monk hatten sich über eine Woche in der Gegend um Shelburne aufgehalten und sich unter dem Vorwand, einem auf Landhäuser spezialisierten Juwelendieb auf den Fersen zu sein, unauffällig umgehört. Sie hatten etwas mehr über Joscelins Lebenswandel erfahren, zumindest während der Zeit, die er auf Shelburne Hall verbrachte. Außerdem hatte Monk eines schönen Tages das Pech gehabt, ausgerechnet mit der Frau zusammenzustoßen, die mit Mrs. Latterly in der Marylebone-Kirche gewesen war. Wahrscheinlich war es nicht so verwunderlich, aber ihn hatte die Begegnung völlig aus der Bahn geworfen. Die ganze emotionsgeladene Episode in der Kirche war an jenem Tag im Park von Shelburne Hall wieder auferstanden.

Wie sich herausstellte, gab es nicht den geringsten Grund, weshalb sie die Greys nicht hätte besuchen sollen. Sie war eine gewisse Miss Hester Latterly, die als Krankenpflegerin auf der Krim gewesen und mit Lady Callandra Daviot befreundet war. Laut ihrer recht unfreundlichen Ausführungen hatte sie Joscelin Grey zur Zeit seiner Verwundung flüchtig gekannt. Es war natürlich, daß sie nach ihrer Heimkehr persönlich vorbeikam, um der Familie ihr Beileid auszudrücken – und genauso sicher entsprach es ihrem Charakter, einen Polizisten über alle Maßen grob zu behandeln.

Aber er hatte es ihr, getreu der Devise »Jedem das Seine«, mit gleicher Münze zurückgezahlt und beträchtliche Genugtuung daraus geschöpft. Der Zwischenfall wäre spurlos an ihm vorübergegangen, wäre sie nicht offenkundig mit der Frau aus der Kirche verwandt, deren Gesicht ihn bis in seine Träume verfolgte.

Was hatte sich Neues ergeben? Joscelin Grey war wegen seiner umgänglichen, amüsanten Art und dem allzeit paraten Lächeln beliebt gewesen und beneidet worden; der oft sarkastische Unterton seiner Scherze schien den einen oder anderen etwas geärgert zu haben. Monk überraschte die Tatsache, daß man Mitgefühl, wenn nicht gar Mitleid an den Tag legte, weil er der Letztgeborene war. Die herkömmliche Laufbahn für Letztgeborene aus gutem Hause, eine Karriere beim Klerus oder bei der Armee, kam für ihn nicht in Frage. Für ersteren war er vollkommen ungeeignet, und letztere wollte ihn aufgrund der Kriegsverletzung nicht haben. Die von ihm hofierte reiche Erbin hatte seinen älteren Bruder geheiratet, und Ersatz war nicht in Sicht, zumindest keiner, dessen Familie ihn für eine annehmbare Partie hielt. Schließlich war er aus der Armee entlassen worden und hatte weder kaufmännisches Geschick noch finanzielle Einnahmequellen aufzuweisen.

Evan, der auf diese Weise einen Schnellkurs in Benehmen und Moral der Bessergestellten absolviert hatte, saß nun verwirrt und desillusioniert im Zug. Er starrte schweigsam aus dem Fenster, während Monk ihn mit einer Mischung aus Mitleid und Belustigung betrachtete. Er wußte, wie seinem Kollegen zumute war, wenn er sich auch nicht an seine eigenen Erfahrungen auf dem Gebiet erinnern konnte. War er womöglich nie so naiv und unbedarft gewesen? Die Vorstellung, schon immer ein Zyniker gewesen zu sein, war verdammt unangenehm.

Sich selbst zu erforschen wie einen Fremden zerrte mehr an seinen Nerven, als er sich bisher eingestanden hatte. Manchmal schreckte er nachts aus dem Schlaf, weil er von undefinierbaren Ängsten und Zweifeln gequält wurde, doch je mehr er versuchte, Licht in die Ungewißheit zu bringen, desto hartnäckiger wurde ihm der Zugang zu seiner Vergangenheit verweigert.

Wo hatte er seine zurückhaltende, präzise Ausdrucksweise gelernt? Wer hatte ihm seine angenehmen Umgangsformen beigebracht, ihm gezeigt, wie man sich bewegte und kleidete wie ein Edelmann? Oder hatte er lediglich jahrelang nachgeäfft, was von Rang und Namen war? Tief in seinem Gedächtnis regte sich eine vage Erinnerung, daß es tatsächlich einen Mentor gegeben hatte, einen Menschen, der weder Zeit noch Mühe scheute – doch er konnte ihn nicht sehen, konnte ihn nicht hören, erinnerte sich bloß an stundenlanges Lernen und Üben.

Die Leute, die ihnen etwas Neues über Joscelin zu sagen hatten, waren die Dawlishs. Ihr Haus lag in Primrose Hill, nicht weit vom zoologischen Garten entfernt, und Monk und Evan machten sich gleich am Tag nach ihrer Rückkehr aus Shelburne auf den Weg dorthin. Sie wurden von einem Butler empfangen, der so gut geschult war, daß er sich nicht einmal bei dem sensationellen Anblick zweier Polizisten am Haupteingang auch nur die geringste Überraschung anmerken ließ. Mrs. Dawlish erwartete sie im Damenzimmer. Sie war eine kleine, sanftmütig aussehende Frau mit blaßbraunen Augen und einer widerspenstigen Haarpracht, die auf permanentem Kriegsfuß mit den Haarnadeln zu stehen schien.

»Mr. Monk?« Sein Name sagte ihr offensichtlich nichts.

Monk machte eine leichte Verbeugung.

»Ja, Ma'am – und Mr. Evan. Dürfte Mr. Evan vielleicht mit den Bediensteten sprechen und versuchen, etwas Hilfreiches von Ihnen zu erfahren?«

»Ich wüßte zwar nicht was, Mr. Monk, aber solang er sie nicht von der Arbeit abhält, darf er das natürlich tun.«

»Vielen Dank, Ma'am.« Evan stürmte eifrig von dannen, während Monk abwartend dastand.

»Es geht um den armen Joscelin Grey?« Mrs. Dawlish war durcheinander und etwas nervös, anscheinend jedoch nicht abgeneigt zu helfen. »Was soll ich dazu sagen? Es war eine furchtbare Tragödie. Wir kannten ihn noch nicht sehr lang, müssen Sie wissen.«

»Wie lang, Mrs. Dawlish?«

»Ungefähr fünf Wochen, dann ... dann ist er gestorben.« Sie setzte sich, und er war froh, ihrem Beispiel folgen zu dürfen. »Ja, es kann nicht länger gewesen sein.«

»Trotzdem luden Sie ihn in Ihr Haus ein? Tun Sie das oft, wenn Sie jemand erst so kurz kennen?«

Sie schüttelte den Kopf, wobei sich eine weitere Haarsträhne löste und unordentlich herunterhing; sie kümmerte sich nicht darum.

»Nein, nie. Aber er war schließlich Menard Greys Bruder –« Sie sah plötzlich ganz elend aus, als wäre sie aus dem Hinterhalt überfallen und an einer Stelle getroffen worden, die sie in Sicherheit wähnte. »Und Joscelin war so charmant, so natürlich ... Außerdem war er auch ein Bekannter von Edward, meinem Ältesten. Er fiel bei Inkerman.«

»Mein aufrichtiges Beileid.«

Ihr Gesicht war starr, und Monk fürchtete einen Moment, sie würde die Nerven verlieren. Er sprach schnell weiter, um ihr über das peinliche Schweigen hinwegzuhelfen.

»Sie sagten ›auch‹ – kannte Menard Grey Ihren Sohn?«

»O ja. Die beiden waren gute Freunde, schon seit Jahren.« Ihre Augen füllten sich mit Tränen. »Seit der Schulzeit.«

»Und deshalb forderten Sie Joscelin auf, einige Tage bei Ihnen zu verbringen?« Monk wartete ihre Antwort nicht ab, sie war ohnehin unfähig zu sprechen. »Das ist verständlich.« Da kam ihm plötzlich eine ganz neue Idee, die ihn mit wilder Hoffnung erfüllte. Hatte der Mord eventuell gar nichts mit einem aktuellen Skandal, sondern mit dem Krieg, mit einem Zwischenfall an der Front zu tun? Ja, das war durchaus möglich. Warum war er nicht eher darauf gekommen!

»Ja«, sagte Mrs. Dawlish ruhig; sie hatte sich wieder in der Gewalt. »Wir wollten mit ihm sprechen, weil er Edward aus dem Krieg kannte, wollten hören, was er zu erzählen hatte. Wissen Sie – hier bei uns bekommt man so wenig von dem mit, was dort wirklich geschah.« Sie holte tief Luft. »Ich habe keine Ahnung, ob es tatsächlich hilft, in mancherlei Hinsicht wird es sogar schlimmer, aber wir ... wir fühlen uns einfach weniger abgeschnitten. Ich weiß, daß Edward tot ist, daß es für ihn jetzt keine Rolle mehr spielt; es klingt unlogisch, aber ich fühle mich ihm dadurch näher, egal wie weh es tut.«

Sie blickte ihm mit einer eigenartigen Sehnsucht nach Verständnis in die Augen. Vielleicht hatte sie das gleiche schon anderen Leuten erklärt, die daraufhin versuchten, sie davon abzubringen, ohne sich bewußt zu sein, daß es für sie keine Erleichterung, sondern einen zusätzlichen Schmerz bedeutete.

»Das finde ich nicht«, sagte er ruhig. Obwohl er sich in einer vollkommen anderen Situation befand, war auch für ihn jedes Wissen besser als diese Ungewißheit. »In seiner Phantasie beschwört man so viele Dinge herauf, und ehe man nicht weiß, was wirklich geschah, ist jeder einzelne Gedanke eine Tortur.«

Ihre Augen weiteten sich vor Verblüffung. »Sie verstehen das? Die meisten meiner Freunde wollen mich überreden, die Situation so zu akzeptieren, wie sie ist, aber ich kann das nicht. Die Zweifel lassen mir einfach keine Ruhe. Manchmal – wenn mein Mann nicht zu Hause ist –«, sie wurde rot, »lese ich die Zeitungen. Aber ich bin nicht sicher, wieviel man ihnen glauben kann. Die Berichterstattung ist –«, sie zerknüllte seufzend ihr Taschentuch im Schoß und hielt es krampfhaft fest. »Nun ja, manchmal kommt sie mir etwas schonend vor, damit die Leute sich nicht aufregen oder gar Kritik üben. Außerdem weichen die Darstellungen voneinander ab.«

»Das glaube ich gern.« Monk spürte eine irrationale Wut über die Verwirrung dieser Frau in sich hochsteigen, wurde von einem plötzlichen Groll auf die schweigende Mehrheit gepackt, die ähnlich wie sie empfand. Da hockten sie hier zu Hause herum, beweinten ihre Toten und ließen sich tatsächlich damit abspeisen, die Wahrheit wäre zu hart für sie. Vielleicht stimmte das sogar, vielleicht hätten viele die Wahrheit nicht ertragen, aber man hätte sie wenigstens fragen können. Man hatte sie vor vollendete Tatsachen gestellt, genauso wie man ihre Söhne vor die Tatsache gestellt hatte, in den Krieg ziehen zu müssen. Und wofür? Er hatte nicht die leiseste Ahnung. Obwohl er in den vergangenen Wochen etliche Zeitungen gelesen hatte, wußte er lediglich, daß das Ganze mit dem Osmanischen Reich und dem politischen Gleichgewicht zusammenhing.

»Joscelin hat sich immer so – so behutsam ausgedrückt«, fuhr sie fort, ohne ihn aus den Augen zu lassen. »Er hat uns viel über seine Empfindungen erzählt, und Edward muß das gleiche gefühlt haben. Ich hätte nie gedacht, daß es so furchtbar war. Woher soll man das auch wissen, wenn man hier in England sitzt –« Ihr Blick wurde ängstlich, und in ihrem Gesicht zuckte es. »Ich danke Gott, daß Edward, wenn er schon sterben mußte, wenigstens ein schnelles Ende durch eine Kugel oder ein Schwert gefunden hat und nicht an der Cholera hat dahinsiechen müssen. Können Sie das verstehen, Mr. Monk?«

»Ja«, versicherte er rasch. »Ich verstehe Sie gut, und es tut mir leid, daß ich Sie jetzt obendrein mit Fragen über Major Greys Tod belästigen muß – aber wir müssen seinen Mörder finden.«

Sie schauderte.

»Wie kann jemand so grausam sein? Wieviel Böses muß in einem Menschen stecken, daß er einen anderen so brutal erschlagen kann? Raufereien sind mir zuwider, ich kann sie jedoch bis zu einem gewissen Punkt verstehen – aber einen Toten noch zu verstümmeln . . .! In den Zeitungen stand, er hätte grauenhaft ausgesehen. Mein Mann weiß selbstverständlich nicht, daß ich sie gelesen habe, aber ich fühlte mich einfach dazu verpflichtet; schließlich kannte ich den armen Kerl. Können Sie sich einen Reim darauf machen, Mr. Monk?«

»Nein. In meiner ganzen Laufbahn habe ich noch kein dermaßen brutales Verbrechen gesehen.« Er wußte zwar nicht genau, ob das stimmte, aber er hatte es im Gefühl. »Irgend jemand muß ihn mit einer Intensität gehaßt haben, die unsereins nur schwer begreifen kann.«

»Ich kann es mir einfach nicht vorstellen.« Sie schloß die Augen und schüttelte kaum merklich den Kopf. »Diesen Wunsch zu zerstören, zu . . . zu verunstalten. Armer Joscelin, daß er ausgerechnet einer solchen . . . Kreatur zum Opfer fallen mußte! Allein bei dem Gedanken, jemand könnte mich derart hassen, würde ich Angst bekommen. Ob der Ärmste es wohl geahnt hat?«

Auf die Idee war Monk noch gar nicht gekommen. Hatte Joscelin Grey gewußt, wie sehr sein Mörder ihn haßte? Hatte er ihm nur nicht zugetraut, daß er zur Tat schreiten würde?

»Er kann sich jedenfalls nicht vor ihm gefürchtet haben«, sagte er laut. »Ansonsten hätte er ihn kaum in die Wohnung gelassen, als er allein dort war.«

»Der arme Mann.« Sie zog unwillkürlich die Schultern hoch, als wäre ihr plötzlich kalt. »Ein furchtbarer Gedanke, daß so ein Verrückter frei herumlaufen kann und dabei nicht gefährlicher aussieht als Sie und ich. Ich wüßte wirklich gern, ob mich auch jemand aus tiefstem Herzen verabscheut und ich nur keine Ahnung davon habe. Früher habe ich mir darüber nie den Kopf zerbrochen, aber das hat sich inzwischen geändert. Ich werde den Menschen nie mehr so unbefangen begegnen können wie früher. Werden viele Leute von guten Bekannten umgebracht?«

»Ja, Ma'am, ich fürchte schon; und am häufigsten von einem Verwandten.«

»Das ist ja furchtbar«, sagte sie sehr leise; ihr Blick war auf einen fernen Punkt hinter ihm gerichtet. »Regelrecht tragisch.«

»Da haben Sie recht.« Er wollte weder grob noch gleichgültig wirken, aber er mußte allmählich wieder auf den Punkt kommen. »Hat Major Grey je von irgendwelchen Drohungen gesprochen oder einen Menschen erwähnt, der eventuell Angst vor ihm hätte haben können?«

Sie schaute ihn mit gerunzelter Stirn an, während die nächste Haarsträhne den offenbar untauglichen Haarnadeln entkam. »Angst vor ihm? Er war es doch, der umgebracht wurde!«

»Die Menschen sind wie alle Tiere«, entgegnete er ruhig. »Meistens töten sie aus Furcht.«

»Ja, vermutlich stimmt das; von der Seite habe ich es noch nie gesehen.« Dann schüttelte sie wieder den Kopf, nach wie vor verwirrt. »Aber Joscelin war der harmloseste Kerl, den man sich vorstellen kann! Ich habe ihn nicht ein einziges Mal ein wirklich böses Wort über jemanden sagen hören. Sicher, seine Scherze waren oft recht scharfzüngig, aber deshalb bringt man niemanden um.

»Trotzdem – gegen wen richteten sich diese Bemerkungen?«

Sie zögerte, anscheinend war ihr die Erinnerung unangenehm.

»Zum Großteil gegen seine Familie«, sagte sie schließlich. »Wenigstens hörte es sich für mich so an – und für andere wohl auch. Seine Kommentare über Menard waren nicht besonders nett – obwohl mein Mann bestimmt darüber mehr weiß als ich. Ich mochte Menard schon immer, aber das lag zweifellos daran, daß Edward und er sich so nahegestanden haben. Edward liebte ihn über alles. Die beiden haben soviel miteinander erlebt.« Sie blinzelte, was ihr sanftes Gesicht noch verknitterter aussehen ließ. »Außerdem hat Joscelin oft ziemlich abfällig über sich selbst gesprochen – es ist schwer zu begreifen.«

»Über sich selbst?« Monk war überrascht. »Ich war im Rahmen

der Ermittlungen auch bei seiner Familie und kann einen bestimmten Groll verstehen, aber warum über sich selbst?«

»Ach, weil er als Letztgeborener keinerlei Vermögensansprüche hatte. Und dann noch diese Kriegsverletzung, wegen der er hinken mußte; eine Karriere bei der Armee kam folglich nicht in Frage. Er schien das Gefühl gehabt zu haben, daß er irgendwie weniger ... weniger wert wäre. Aber das bildete er sich natürlich nur ein. Er war ein Held – alle mochten ihn, die unterschiedlichsten Leute!«

»Ja, ich verstehe.« Monk dachte an Rosamond Shelburne, die von ihrer Mutter gezwungen worden war, den Sohn mit dem Titel und den vielversprechenden Aussichten zu heiraten. Hatte Joscelin sie geliebt, oder hatte ihn ihre Absage mehr beleidigt als verletzt, ihn einmal mehr daran erinnert, daß er dritte Wahl war? Falls sie ihm tatsächlich etwas bedeutet hatte, mußte es ihn sehr getroffen haben.

Monk beschloß, das Thema zu wechseln. »Hat er irgendwann einmal erwähnt, womit er sein Geld verdiente? Er muß außer der Familienbeihilfe noch eine andere Einnahmequelle gehabt haben.«

»O ja. Er hat mit meinem Mann darüber gesprochen und es mir gegenüber angedeutet, aber ich weiß keine Einzelheiten.«

»Worum handelte es sich dabei, Mrs. Dawlish?«

»Ich glaube, es ging um die Teilhaberschaft an einer Gesellschaft, die in Handelsbeziehungen mit Ägypten stand.« Auf ihrem Gesicht spiegelten sich der damalige Enthusiasmus und Optimismus wider.

»War Mr. Dawlish an der Investition beteiligt?«

»Er zog es in Erwägung; er hielt es für ein recht vielversprechendes Projekt.«

»Aha. Dürfte ich vielleicht noch einmal vorbeikommen, wenn Mr. Dawlish zu Hause ist? Ich würde gern Genaueres über diese Gesellschaft von ihm erfahren.«

Die Begeisterung verschwand. »Ich habe mich wohl etwas ungeschickt ausgedrückt. Diese Gesellschaft gibt es nicht. Wie ich es verstanden habe, war es lediglich ein Plan, den Joscelin ins Auge gefaßt hatte.«

Monk ließ sich das durch den Kopf gehen. Wenn Grey gerade erst dabeigewesen war, eine Gesellschaft zu gründen, und möglicherweise versucht hatte, Dawlish zu einer finanziellen Beteiligung zu überreden, womit hatte er dann bis zu diesem Zeitpunkt seine umfangreichen Lebenshaltungskosten bestritten?

»Ich danke Ihnen.« Er stand auf. »Trotzdem würde ich mich gern mit Mr. Dawlish unterhalten; er kann durchaus über Major Greys Einkünfte im Bilde gewesen sein. Wenn er mit dem Gedanken gespielt hat, in eins seiner Geschäfte einzusteigen, wäre es nur natürlich gewesen, sich vorher dahingehend zu informieren.«

»Ja, da haben Sie wohl recht.« Sie zupfte ohne Erfolg an ihrer Frisur. »So gegen sechs vielleicht.«

Evans Bemühungen bei dem halben Dutzend Bediensteter ergaben außer dem Eindruck eines durch und durch normalen Haushalts nichts Neues. Geführt wurde er von einer stillen, traurigen Frau, die ihren Kummer so tapfer wie möglich trug, ohne daß er jedoch verborgen geblieben wäre. Außerdem war fast jeder selbst persönlich betroffen. Der Butler hatte einen Neffen, der als Fußsoldat in den Krieg gezogen und als Krüppel zurückgekehrt war. Das sechzehnjährige Hausmädchen hatte bei Inkerman seinen älteren Bruder verloren. Evan stellte ernüchtert fest, wie viele andere es gab, die einen geliebten Menschen verloren hatten und dabei ohne das Mitgefühl der Öffentlichkeit auskommen mußten, das Joscelin Greys Familie zuteil wurde.

Die gesamte Belegschaft erinnerte sich an Major Greys einnehmendes Wesen und wußte noch, wie angetan Miss Amanda von ihm gewesen war. Sie hatten gehofft, er würde bald wiederkommen, und waren entsetzt, daß er auf so grausige Art in seiner Wohnung ermordet worden war. Ihre offenkundig zweigleisige Denkweise verwirrte Evan. Einerseits faßten sie es nicht, daß ein Mann von Stand dermaßen scheußlich abgeschlachtet werden konnte, andererseits betrachteten sie ihre eigenen Verluste als relative Belanglosigkeit, die man mit stiller Würde zu tragen hatte.

Er verließ sie mit aufrichtiger Bewunderung für ihre stoische Haltung und einem bohrenden Zorn, weil sie den Klassenunterschied so einfach hinnahmen. Als er dann in die Halle trat, überlegte er, daß es wahrscheinlich die einzige Möglichkeit war, dieses Leben auszuhalten. Alles andere wäre selbstzerstörerisch und im Endeffekt fruchtlos gewesen.

Dawlish war ein stämmiger, recht kostspielig gekleideter Herr mit hoher Stirn und klugen, dunklen Augen, doch die Aussicht auf ein Schwätzchen mit der Polizei schien ihn nicht gerade zu beglücken; er fühlte sich sichtlich unwohl in seiner Haut.

Nach und nach stellte sich heraus, daß er bemerkenswert wenig über das Unternehmen wußte, das er sich bereits halbwegs zu unterstützen bereit erklärt hatte. Offenbar hatte er sich Joscelin Grey persönlich verpflichtet gefühlt und ihm aus diesem Grunde versprochen, seine Gelder sowie seinen guten Namen zur Verfügung zu stellen. »Reizender Bursche«, meinte er, das Gesicht halb abgewandt, während er vor dem Kamin im Salon stand. »Schlimme Sache, wenn man in einer Familie aufwächst und immer zusammengehört, bis der älteste Bruder heiratet und man plötzlich ein Niemand ist.« Er schüttelte verbittert den Kopf. »Verdammt schwierig, seinen Weg zu machen, wenn man für die Kirche ungeeignet und aus der Armee entlassen worden ist. Da bleibt nur eine standesgemäße Heirat.« Er warf Monk einen kurzen Blick zu, um sicherzugehen, daß der ihn verstand. »Keine Ahnung, warum Joscelin es nie getan hat; gut genug ausgesehen hat er bestimmt, und mit Frauen umgehen konnte er auch. War immer charmant, das rechte Wort zur rechten Zeit, na, Sie wissen schon – Amanda hielt große Stücke auf ihn.« Er räusperte sich. »Meine Tochter, wissen Sie. Das arme Ding war ganz verstört durch seinen Tod. Furchtbare Sache! Richtig scheußlich!« Er starrte auf die Glut; Traurigkeit verdunkelte seinen Blick und ließ die Falten um seinen Mund weicher erscheinen. »So ein anständiger junger Mann. Hätte eigentlich damit gerechnet, daß es ihn auf der Krim erwischt – gib dein Leben für dein Vaterland und so, Sie wissen schon –, aber das hier ...? Den ersten Verehrer hat sie in Sewastopol verloren, das arme Kind, dann natürlich ihren Bruder in Balaklawa. Dort hatten der junge Grey und er sich kennengelernt.« Er schluckte schwer und blickte trotzig zu Monk auf, als würde er seinen eigenen Gefühlen die Stirn bieten wollen. »War ein verdammtes Glück!« Er holte tief Luft und kämpfte mit Mühe seine schmerzhaften Erinnerungen nieder. »Die beiden haben sich in der Nacht vor der Schlacht miteinander unterhalten. Gute Sache, jemand zu kennen, der in der Nacht vor seinem Tod mit Edward zusammen war. War ein großer –« Er räusperte sich wieder und mußte den Blick abwenden; in seinen Augen standen Tränen. »War ein großer Trost für meine Frau und mich. Hat sie furchtbar mitgenommen, die Arme. Einziger Sohn und so, Sie wissen schon. Fünf Töchter – und dann das!«

»Soviel ich weiß, war Menard Grey ebenfalls eng mit ihrem Sohn befreundet«, sagte Monk, um das Schweigen zu überbrücken.

Dawlish schien völlig in den Anblick der Kohlen vertieft. »Unangenehmes Kapitel, das. Spreche nicht gern darüber«, brachte er mühsam und mit rauher Stimme hervor. »Habe eigentlich immer viel von Menard gehalten, aber er hat Edward auf dumme Gedanken gebracht – daran besteht kein Zweifel. Es war Joscelin, der seine Schulden bezahlt hat, damit er wenigstens nicht in Schande sterben mußte.«

Er schluckte krampfhaft. »Joscelin ist uns sehr ans Herz gewachsen, obwohl er nur wenige Tage hier bei uns verbracht hat.« Er nahm den Feuerhaken aus der Halterung und begann, heftig in der Glut zu stochern. »Ich bete zu Gott, daß Sie den Unmensch finden, der ihn auf dem Gewissen hat.«

»Wir tun, was wir können, Sir.« Monk hätte gern mehr gesagt, um sein Bedauern über soviel sinnloses Leid auszudrücken.

Dawlish sah ihn erwartungsvoll an. Der Mann rechnete augenscheinlich damit, daß er etwas sagte, irgendeine gefällige Phrase von sich gab.

»Ich bedaure sehr, daß Ihr Sohn auf diese Weise sein Leben lassen mußte«, meinte Monk schließlich und streckte spontan die Hand aus. »Und in so jungen Jahren. Wenigstens konnte Joscelin Grey Sie überzeugen, daß er tapfer und würdevoll starb und nicht lange zu leiden hatte.«

Dawlish ergriff die Hand, ehe er groß zum Nachdenken kam.

»Ich danke Ihnen.« Er errötete leicht und war sichtlich gerührt. Erst als Monk längst verschwunden war, ging ihm auf, daß er einem

Polizisten so ungeniert die Hand geschüttelt hatte, als wäre er ein Mann von Stand.

Am folgenden Abend machte Monk sich zum erstenmal Gedanken über Grey, die persönlicherer Natur waren. Er saß in seinem Wohnzimmer, in dem es, abgesehen von den schwach heraufdringenden Straßengeräuschen, absolut still war. Durch die kleinen Aufmerksamkeiten den Dawlishs gegenüber und durch die Tatsache, daß er für die Schulden eines Toten aufgekommen war, hatte der Schemen Grey beträchtlich mehr an Dichte gewonnen als durch Schwärmereien seiner Mutter oder die erfreulichen, doch recht gehaltlosen Erinnerungen seiner Nachbarn. Er war plötzlich ein Mann, dessen Vergangenheit durch mehr geprägt wurde als ein bequemes Leben auf Shelburne Hall.

Nachdem er die erfrorenen Körper auf den Hügeln vor Sewastopol, das Blutbad von Balaklawa, den Dreck und die Seuchen in Skutari gesehen hatte, brachte er nicht mehr viel Geduld für die gesellschaftlichen Nichtigkeiten auf.

Unten auf der Straße polterte ein Wagen vorbei. Jemand schrie etwas, woraufhin brüllendes Gelächter erscholl.

Monk wurde auf einmal von dem gleichen unbestimmten Ekel befallen, den Grey bei seiner Rückkehr nach England empfunden haben mußte.

Etwas Ähnliches hatte er nach einem Besuch in den »Rookeries« verspürt, jenen höllenartigen, verrotteten Elendsvierteln, in denen es von Ungeziefer und Krankheitserregern nur so wimmelte – und die manchmal lediglich ein paar Dutzend Meter von den hellerleuchteten Prachtstraßen entfernt lagen, auf denen vornehme Herrschaften in vornehmen Kutschen von einem vornehmen Haus zum nächsten eilten. Er hatte dort fünfzehn bis zwanzig Personen in einem Raum zusammengepfercht gesehen, Männer, Kinder, Frauen, ohne Ofen oder sanitäre Einrichtungen. Er hatte acht- bis zehnjährige Kinder gesehen, die sich zur Prostitution anboten, mit Augen, so müde und alt wie die Sünde, und Körpern, die von Geschlechtskrankheiten zerfressen waren. Und er hatte fünfjährige und noch jüngere gesehen, die erfroren im Rinnstein lagen, weil es ihnen nicht gelungen war,

Unterkunft für eine Nacht zu erbetteln. Kein Wunder, daß sie stahlen oder das einzige verkauften, was sie besaßen – ihren Körper.

Wie konnte er das wissen, wo ihm das Gesicht seines eigenen Vaters nach wie vor ein Rätsel war? Das Erlebnis mußte ihm einen derart nachhaltigen Schock versetzt haben, daß er es bis heute nicht hatte vergessen können. War das vielleicht die Triebfeder hinter seinem Ehrgeiz, hinter dem unablässigen Drang, sich zu verbessern und den geheimnisvollen Mentor nachzuahmen, an dessen Gesicht er sich nicht erinnerte? Gebe Gott, daß es so war; es würde ihn zu einem erträglicheren Menschen machen, eventuell sogar zu einem, den er akzeptieren konnte.

Hatten Joscelin Grey solche Dinge etwas ausgemacht?

Monk hatte die feste Absicht, seinen Tod zu rächen. Er würde kein Mann sein, an dessen Tod man sich eher erinnerte als an seine Taten zu Lebzeiten.

Außerdem mußte er Licht in den Fall Latterly bringen. Er konnte kaum zu Mrs. Latterly gehen, ohne wenigstens in groben Zügen über das auf dem laufenden zu sein, was er ihr aufzuklären versprochen hatte – wie unangenehm die Wahrheit auch sein mochte. Und er *hatte* vor, zu ihr zu gehen! Wie er jetzt so darüber nachdachte, wurde ihm plötzlich klar, daß er es die ganze Zeit über vorgehabt hatte, daß er ihr Gesicht sehen, ihre Stimme hören, ihre Bewegungen beobachten wollte; er wollte ein einziges Mal im Mittelpunkt ihrer Aufmerksamkeit stehen, wenn auch nur für kurze Zeit.

Sich die Akten noch einmal anzusehen hatte wenig Sinn; das hatte er bereits zur Genüge getan. Wahrscheinlich war es sinnvoller, gleich zu Runcorn zu gehen.

»Morgen, Monk.« Runcorn saß nicht hinter seinem Schreibtisch, sondern stand am Fenster. Er klang munter und fidel. Sein bleiches Gesicht hatte Farbe, als ob er einen ausgiebigen Spaziergang in der Sonne gemacht hätte. Seine Augen strahlten. »Na, was macht der Mordfall Grey? Gibt's was Neues für die Presse? So schnell geben die nicht auf, wissen Sie.« Er rümpfte leicht die Nase und fischte in seiner Tasche nach einer Zigarre. »Es dauert nicht mehr lang, dann wollen sie Blut sehen – Rücktritt und so weiter, man kennt das ja!«

Monk sah an seiner Haltung, wie zufrieden er war. Die Schultern waren gestrafft, das Kinn etwas emporgereckt, die frischgeputzten Schuhe hatten einen beinah triumphierenden Glanz.

»Ja, Sir, das werden sie wohl«, räumte er ein. »Aber wie Sie selbst vor über einer Woche festgestellt haben, handelt es sich um eine dieser Ermittlungen, die geradezu prädestiniert dazu sind, schmutzige Wahrheiten ans Licht zu bringen. Wir sollten auf keinen Fall ohne entsprechende Beweise eine überstürzte Stellungnahme abgeben.«

»Haben Sie überhaupt was in der Hand, Monk?« Runcorns Gesicht wurde härter, doch seine hoffnungsvolle Vorfreude war ungetrübt. »Oder sind Sie genauso verloren wie Lamb?«

»Im Moment sieht es ganz nach einem Familiendrama aus, Sir«, gab Monk so gelassen wie möglich zurück. Er hatte das unangenehme Gefühl, daß Runcorn alle Fäden in der Hand hielt und es überaus genoß. »Zwischen den Brüdern bestanden enorme Spannungen. Die gegenwärtige Lady Shelburne wurde von Joscelin hofiert, ehe sie Lord Shelburne heiratete.«

»Kaum ein Grund, ihn zu ermorden«, unterbrach ihn Runcorn verächtlich. »Würde höchstens einen Sinn ergeben, wenn Shelburne das Opfer wäre. Anscheinend haben Sie nichts auf Lager!«

Monk beherrschte sich mühsam. Er spürte, daß Runcorn ihn provozieren wollte. Schließlich war ein Sieg wesentlich süßer, wenn die Niederlage offen zugegeben wurde und man ihn in Gegenwart des Besiegten auskosten konnte. Monk fragte sich, warum ihm das nicht schon vorher klargewesen war. Wieso hatte er dem nicht vorgebeugt oder war der Situation nicht gleich ganz aus dem Weg gegangen?

»Nichts Konkretes«, sagte er bewußt gleichgültig. »Aber ich denke, Joscelin war der Dame nach wie vor lieber, und ihr einziges Kind, das kurz vor seiner Abreise auf die Krim zur Welt kam, sieht ihm wesentlich ähnlicher als seiner Lordschaft.«

Runcorn machte im ersten Moment ein langes Gesicht, doch dann verzog er es langsam zu einem breiten Grinsen, das eher an ein Zähnefletschen erinnerte. Die Zigarre steckte immer noch unangezündet in seiner Hand.

»Ach, was Sie nicht sagen! Tja, ich hab Sie ja gewarnt, daß es brenzlich werden kann. Passen Sie bloß auf, Monk. Behaupten Sie nichts, was Sie nicht beweisen können. Die Shelburnes lassen Sie suspendieren, ehe Sie Piep sagen können.«

Und genau das wünschst du dir, dachte Monk.

»Richtig, Sir«, sagte er laut. »Und aus diesem Grund tappen wir – was die Presse betrifft – auch nach wie vor im dunkeln. Ich wollte eigentlich mit Ihnen über den Fall Latterly sprechen.«

»Latterly! Was, zum Teufel, spielt das jetzt für eine Rolle? Irgendein armer Hund hat Selbstmord begangen!« Runcorn schlenderte zu seinem Schreibtisch, setzte sich hin und begann ihn nach Streichhölzern zu durchsuchen. »Dafür ist die Kirche zuständig, nicht wir. Haben Sie zufällig Feuer, Monk? Wir hätten uns gar nicht drum gekümmert, wenn dieses unselige Weib nicht so ein Geschrei gemacht hätte. Ah – lassen Sie nur, da sind sie ja. Sollen sie ihre Toten doch gefälligst ohne Wirbel unter die Erde bringen!« Er zündete ein Streichholz an, hielt es an die Zigarre und begann gemütlich zu paffen. »Der Mann steckte bis über beide Ohren in einem Geschäft, das danebenging. Auf seinen Rat hin hatten all seine Freunde in das Unternehmen investiert, und damit wurde er nicht fertig. Hat sich eben für diesen Ausweg entschieden; manche nennen es feige, andere nennen es ehrenhaft.« Er blies den Rauch aus und blickte zu Monk hoch. »Ich nenn's verdammt albern. Aber in dieser Klasse ist man nun mal empfindlich, wenn es um den guten Ruf geht. Stolz ist ein übler Ratgeber – vor allem gesellschaftlicher Stolz.« Aus seinen Augen blitzte boshaftes Vergnügen. »Vergessen Sie das nicht, Monk.«

Er wandte sich wieder den Papieren auf seinem Schreibtisch zu. »Was verschwenden Sie überhaupt Ihre Zeit mit Latterly? Kümmern Sie sich lieber um Grey. Wir müssen den Fall aufklären, egal was dabei herauskommt. Die Öffentlichkeit läßt sich nicht mehr lange hinhalten; haben Sie gewußt, daß man sich sogar im Oberhaus schon wundert?«

»Nein, Sir, aber wenn ich an Lady Shelburnes Verfassung denke, überrascht's mich nicht. Haben Sie eine Akte über den Fall Latterly, Sir?«

»Sie sind ein sturer Bock, Monk – das ist eine recht zweifelhafte Charaktereigenschaft. Ich habe einen Bericht von Ihnen, in dem schwarz auf weiß steht, daß es Selbstmord war und uns nicht weiter betreffen würde. Sie wollen das Ganze doch nicht noch mal durchkauen?«

»Doch, Sir. Genau das will ich.« Monk nahm die Akte und ging.

Er besuchte die Latterlys nach Dienstschluß, in seiner Freizeit, da er nicht offiziell an dem Fall arbeitete. Irgendwann mußte er schon einmal dort gewesen sein; Mrs. Latterly und er konnten sich kaum zufällig kennengelernt haben, und daß sie auf dem Revier aufgetaucht war, erschien ihm unwahrscheinlich. Er ließ seinen Blick durch die Straße vor ihrem Haus wandern, ohne etwas wiederzuerkennen.

Monk stand vor der Haustür der Latterlys und war nervös wie ein Backfisch. Würde sie da sein? Er hatte sooft an sie gedacht. Erst in diesem Moment kam ihm der Gedanke, daß sie ihn wahrscheinlich vergessen hatte, und er wurde sich seiner Naivität und Verletzlichkeit schmerzhaft bewußt. Womöglich mußte er ihr sogar erklären, wer er war, und zweifellos würde er einen fürchterlich plumpen und unbeholfenen Eindruck machen, wenn er ihr mitteilte, daß er keine Neuigkeiten zu überbringen hatte.

Er wußte nicht recht, ob er bleiben oder gehen sollte; vielleicht war es besser, ein andermal wiederzukommen. In dem Moment erschien eine Magd im Kellervorhof, und er hob die Hand und klopfte an.

Das Stubenmädchen öffnete ihm fast augenblicklich. Sie hob leicht überrascht die Brauen.

»Guten Abend, Mr. Monk. Möchten Sie eintreten, Sir?« Am liebsten hätte sie ihn gleich auf der Türschwelle abgewimmelt. »Die Herrschaft hat gerade zu Abend gegessen und ist im Salon. Soll ich fragen, ob man Sie empfängt?«

»Ja, bitte. Das wäre nett.« Monk gab ihr seinen Mantel und folgte ihr in ein kleines Damenzimmer. Nachdem sie verschwunden war, ging er ruhelos auf und ab, ohne die Möbel, die Gemälde oder den abgetretenen Teppich wahrzunehmen. Was sollte er sagen? Er war in eine Welt eingedrungen, in der er nichts verloren hatte, nur weil das Gesicht einer Frau diffuse Träume in ihm weckte. Wahrscheinlich fand sie ihn abscheulich und würde ihn nicht weiter ertragen, wenn sie wegen ihres Schwiegervaters nicht derart bedrückt wäre und die Hoffnung hätte, er könnte sie zumindest teilweise von ihrem Kummer erlösen. Selbstmord war eine unverzeihliche Schandtat und in den Augen der Kirche mit finanziellen Problemen nicht zu rechtfertigen. Es war durchaus denkbar, daß Mr. Latterly auf ungeweihten Boden überführt wurde, wenn der Schuldspruch unwiderruflich feststand.

Für eine Flucht war es eindeutig zu spät, dennoch war die Vorstellung verlockend. Er spielte gerade mit dem Gedanken, sich eine andere Erklärung für sein Kommen einfallen zu lassen, etwas, das mit Grey und dem Brief in seiner Wohnung zusammenhing, als das Stubenmädchen zurückkam und weitere Überlegungen abrupt beendete.

»Mrs. Latterly erwartet Sie, Sir. Würden Sie mir bitte folgen –«

Gehorsam schlich er mit klopfendem Herzen und trockenem Mund hinter ihr her.

Der Salon war gemütlich, nicht zu groß und nicht zu klein, und ursprünglich mit einem Aufwand möbliert worden, der Leuten mit viel Geld zu eigen ist. Der Raum wirkte nach wie vor elegant, doch die Vorhänge waren etwas ausgebleicht, und an den mit Quasten besetzten Kordeln fehlte hier und da eine Troddel. Auch die Qualität des Teppichs konnte mit der des Chippendaletischchens und der Chaiselongue nicht mithalten. Monk fühlte sich in der Umgebung sofort wohl und fragte sich, wo im Verlauf seiner Selbstverfeinerung er soviel über guten Geschmack gelernt hatte.

Sein Blick glitt zu Mrs. Latterly, die vor dem Kamin saß. Sie trug nicht mehr Schwarz, sondern tiefes Dunkelrot, was ihrem Teint einen rosigen Schimmer verlieh. Ihr Hals und ihre Schultern waren schlank und anmutig wie die eines Kindes, ihr Gesicht war jedoch das einer erwachsenen Frau. Sie sah ihn mit großen, leuchtenden Augen an, deren Ausdruck er nicht deuten konnte, da sie zu sehr im Schatten lagen.

Er konzentrierte sich eilends auf den Rest der Anwesenden. Der

Mann mit dem helleren Haar und den schmalen Lippen mußte ihr Mann sein, die ihm gegenübersitzende Frau mit dem hochmütigen Gesicht, das so voller Unwillen, aber auch Einfallsreichtum war, kannte er bereits; sie hatten sich bei ihrer Begegnung auf Shelburne Hall miteinander gestritten – Miss Hester Latterly.

»Guten Abend, Monk«, sagte Charles, ohne aufzustehen. »Sie erinnern sich an meine Frau?« Er machte eine vage Handbewegung in Imogens Richtung. »Und das ist meine Schwester, Miss Hester Latterly. Sie war auf der Krim, als Vater starb.« Seinem Ton nach zu schließen, hatte er eindeutig etwas dagegen, daß Monk die Nase in seine Angelegenheiten steckte.

Monk wurde von einem grauenhaften Verdacht befallen. Hatte er ihren Kummer nicht genügend respektiert, war er zu forsch aufgetreten? Hatte er vielleicht etwas Unüberlegtes gesagt oder sich zu sehr in ihre Privatsphäre gedrängt? Das Blut stieg ihm in den Kopf, und er rettete sich hastig in unverfängliche Begrüßungsfloskeln, um das peinliche Schweigen zu durchbrechen.

»Guten Abend, Sir.« Dann, mit einer angedeuteten Verbeugung erst vor Imogen, anschließend vor Hester: »Guten Abend, Ma'am; Miss Latterly.« Er hatte nicht die Absicht, ihre frühere Begegnung zur Sprache zu bringen. Dazu war die Episode zu unerfreulich gewesen.

»Was können wir für Sie tun?« erkundigte sich Charles, während er mit dem Kopf auf einen Stuhl deutete, um Monk zu verstehen zu geben, daß er sich notfalls setzen durfte.

Kaum hatte er sich niedergelassen, schoß Monk der nächste beklemmende Gedanke durch den Kopf. Imogen hatte sich bei ihrem sonderbaren Zusammentreffen in der Kirche sehr zurückhaltend, fast heimlichtuerisch benommen. War es möglich, daß weder ihr Mann noch ihre Schwägerin wußten, daß sie die Angelegenheit über den Abschluß der üblichen Formalitäten hinaus verfolgt hatte? Wenn es so war, durfte er sie auf keinen Fall verraten.

Er atmete tief durch und hoffte inständig, daß er keinen vollkommen verrückten Eindruck machen würde. Wenn er sich nur an irgend etwas erinnern könnte, das Charles ihm erzählt hatte – oder Imogen, unter vier Augen. Es blieb ihm keine andere Wahl, als zu bluffen; er mußte so tun, als hätte sich etwas Neues ergeben, etwas, das mit dem Mordfall Grey zusammenhing, denn das war der einzige Fall, über den er einigermaßen Bescheid wußte. Diese Leute kannten ihn, egal wie flüchtig. Er hatte bis kurz vor seinem Unfall für sie gearbeitet – war da nicht anzunehmen, daß sie ihm etwas über seine Person verraten konnten?

Aber das war nicht mal die halbe Wahrheit, und er wußte es. Wozu sich selbst belügen? Er war einzig und allein wegen Imogen Latterly hier. Ihr Gesicht verfolgte ihn wie eine ferne Erinnerung, die in keinerlei Bezug zur Realität stand.

Die Latterlys sahen ihn unverwandt an; sie warteten.

»Wäre es denkbar...«, begann er, aber seine Stimme klang so heiser, daß er sich hastig räusperte. »Ich habe eine überraschende Entdeckung gemacht, aber bevor ich Sie darüber in Kenntnis setze, muß ich mir absolut sicher sein. Es betrifft nämlich auch andere.« So – auf diese Weise waren sie dazu verpflichtet, nicht weiter in ihn zu dringen. Er räusperte sich noch einmal. »Unser letztes Gespräch liegt eine ganze Weile zurück, und ich habe mir damals – aus Gründen der Diskretion – keine Notizen gemacht...«

»Danke«, sagte Charles zögernd. »Das war sehr rücksichtsvoll von Ihnen.« Es fiel ihm sichtlich schwer, die Worte über die Lippen zu bringen. Offensichtlich erkannte er nur ungern an, daß ein Polizist zu derartiger Feinfühligkeit imstande sein sollte.

Hester musterte ihn mit unverhohlenem Argwohn.

»Könnten wir die uns bekannten Details noch einmal durchgehen?« fragte Monk in der Hoffnung, sie würden vielleicht die klaffenden Lücken in seinem Gedächtnis schließen. Er wußte lediglich, was Runcorn ihm erzählt hatte, und das war wiederum nicht mehr, als er bereit gewesen war, Runcorn preiszugeben. Jedenfalls reichte es bei weitem nicht aus, um zu rechtfertigen, daß er seine Zeit auf den Fall Latterly verwendete.

»Ja, sicher.« Es war wieder Charles, der das Wort ergriff, aber Monk spürte deutlich die Blicke der beiden Frauen auf sich. Imogen machte einen verängstigten Eindruck; sie hatte die Hände in den üppigen Falten ihres Rockes vergraben, die dunklen Augen weit aufgerissen. Hester machte ein nachdenkliches Gesicht und war anscheinend jederzeit bereit, über ihn herzufallen. Er mußte beide aus seinen Gedanken verbannen und sich darauf konzentrieren, Charles' Bemerkungen aufzugreifen und sinnvolle Kommentare dazu abzugeben, ansonsten würde er wie ein Narr dastehen – und das wollte er in ihrer Gegenwart um jeden Preis vermeiden.

»Ihr Vater starb am vierzehnten Juni im Arbeitszimmer seines Hauses in Highgate«, begann er vorsichtig. Soviel wußte er von Runcorn.

»Richtig«, bestätigte Charles. »Am frühen Abend, noch vor dem Dinner. Meine Frau und ich waren ebenfalls dort. Wir waren fast alle oben, um uns umzuziehen.«

»Fast alle?«

»Meine Mutter und ich waren oben. Meine Frau kam später, weil sie Mrs. Standing besuchte, die Frau des Pfarrers, und mein Vater hielt sich, wie wir bald erfahren sollten, in seinem Arbeitszimmer auf.«

Der Tod war durch eine Kugel herbeigeführt worden, folglich fiel die nächste Frage nicht schwer.

»Und wie viele von Ihnen hörten den Knall?«

»Nun, ich nehme an, jeder von uns hat ihn gehört, aber meine Frau war die einzige, die das Geräusch richtig deutete. Sie hatte das Haus durch die Haustür betreten und befand sich im Wintergarten.«

Monk drehte sich zu Imogen um.

Sie schaute ihn mit leicht gerunzelter Stirn an, als ob sie etwas sagen wollte, es aber nicht wagte. Ihr Blick war gequält.

»Mrs. Latterly?« Er hatte vergessen, was er sie fragen wollte, und merkte, daß er die Hände seitlich am Körper zu Fäusten geballt hatte. Er zwang sich, sie unauffällig zu öffnen; sie klebten vor Schweiß.

»Ja, Mr. Monk?« erwiderte sie ruhig.

Er suchte krampfhaft nach taktvollen Worten, aber sein Kopf war wie leergefegt. Was mochte er bei ihrer ersten Begegnung zu ihr gesagt haben? Sie war zu ihm gekommen, zweifellos hatte sie ihm alles erzählt, was sie wußte. Die anderen beobachteten ihn und warteten – Charles Latterly abweisend und unverkennbar mißbilligend, Hester Latterly wütend wegen seiner stümperhaften Vorgehensweise. Er mußte sich schleunigst eine Frage einfallen lassen!

»Warum vermuteten Sie als einzige, daß es sich um einen Schuß handelte, Mrs. Latterly?« Seine Stimme dröhnte durch den totenstillen Raum wie die plötzlichen Schläge einer Standuhr. »Ahnten Sie, daß Ihr Schwiegervater mit dem Gedanken spielte, sich das Leben zu nehmen, oder daß er in Gefahr war?«

»Selbstverständlich nicht, Mr. Monk. Sonst hätte ich ihn kaum allein gelassen.« Sie schluckte und fügte etwas freundlicher hinzu: »Ich wußte, daß er Sorgen hatte, das wußten wir alle. Aber ich wäre nie auf die Idee gekommen, daß er sich deshalb erschießen würde oder derart durcheinander und unkonzentriert war, um einen Unfall haben zu können.« Ein tapferer Versuch.

»Falls Sie tatsächlich eine Entdeckung gemacht haben sollten«, warf Hester steif ein, »fände ich es besser, Sie würden sich erst dahingehend überzeugen und dann wiederkommen, um uns aufzuklären, Mr. Monk. Ihr momentanes Herumtappen ist sinnlos und unnötig belastend. Und Ihre Andeutung, meine Schwägerin hätte mehr gewußt, als sie damals zu Protokoll gab, ist eine Beleidigung!« Sie musterte ihn mit Abscheu. »Haben Sie wirklich nicht mehr zu bieten? Es ist mir ein Rätsel, wie Sie überhaupt jemand zu fassen kriegen, es sei denn, Sie stolpern direkt über ihn!«

»Hester!« Imogens Ton klang ziemlich scharf, obwohl sie den Blick gesenkt hielt. »Mr. Monk muß diese Frage stellen. Es könnte schließlich sein, daß ich etwas gehört oder gesehen habe, das mir erst im nachhinein verdächtig vorgekommen ist.«

Monk empfand einen kurzen, freudigen Stich. Eigentlich hatte er nicht verdient, in Schutz genommen zu werden.

»Danke, Ma'am.« Er versuchte Imogen anzulächeln und spürte, wie sich seine Lippen statt dessen zu einer grotesken Grimasse verzerrten. »Waren Sie damals über das volle Ausmaß des finanziellen Fiaskos Ihres Schwiegervaters im Bilde?«

»Es war nicht das Geld, was ihn ins Grab gebracht hat«, meinte sie, ehe Charles zu einer Entgegnung ansetzen konnte; Hester hatte sich vorübergehend in resigniertes Schweigen gehüllt. »Es war die Schande.« Sie biß sich gequält auf die Lippen, ihre Stimme war kaum mehr als ein Flüstern. »Sehen Sie, er hatte fast all seinen Freunden geraten, in das Projekt zu investieren. Er hat es sogar unter seinem Namen laufen lassen, und sie haben ihm das Geld gegeben, weil sie ihm vertrauten.«

Monk hätte ihr gern etwas Tröstendes gesagt. War es das, was er so intensiv spürte – Mitleid? Und das Bedürfnis zu beschützen?

»Und wohin hat das Ganze geführt? Zu einem einzigen Drama«, fuhr Imogen leise fort, den Blick auf den Boden gerichtet. »Erst Schwiegerpapa, dann Schwiegermama und jetzt auch noch Joscelin.«

Für einen kurzen Moment schienen Raum und Zeit stillzustehen, dann traf ihn die Bedeutung ihrer Worte mit voller Wucht.

»Sie kannten Joscelin Grey?« Seine Stimme schien einem andern zu gehören. Er hatte das Gefühl, hinter einer Glaswand zu stehen und durch sie hindurch auf eine Gruppe völlig fremder Menschen zu sehen.

Imogen runzelte leicht die Stirn, als würde sie seine Begriffsstutzigkeit verwirren. Ihre Wangen waren hochrot, und sie vermied es, irgendeinen von ihnen anzuschauen, insbesondere ihren Mann.

»Das darf doch nicht wahr sein!« Charles verlor die Beherrschung. »Wollen Sie uns zum Narren halten, Mann?«

Monk war absolut hilflos. Was in aller Welt hatte Grey mit dem Ganzen zu tun? Hatte er ihn am Ende gekannt?

Bei der Vorstellung, was sie jetzt von ihm denken mochten, wurde ihm übel. Wie sollte er aus diesem Dilemma wieder herausfinden? Entweder hielten sie ihn für vollkommen übergeschnappt, oder sie glaubten, er triebe ein übles Spiel mit ihnen. Das Leben mochte ihnen nicht heilig sein – der Tod war es zweifellos. Er spürte, wie sein Gesicht vor Verlegenheit brannte, und war sich Imogens Gegenwart so deutlich bewußt, als würde sie ihn berühren. Hesters Augen schienen sich voller Verachtung in seinen Rücken zu bohren.

Wieder war es Imogen, die als Retter in der Not fungierte.

»Mr. Monk ist Joscelin nie begegnet, Charles«, erklärte sie ruhig. »Man vergißt leicht einen Namen, wenn man den dazugehörenden Menschen nicht kennt.«

Hester blickte skeptisch von einem zum andern. In ihren klaren, intelligenten Augen spiegelte sich die wachsende Überzeugung, daß hier etwas ganz und gar nicht stimmte.

»Wie sollte er auch«, fügte Imogen etwas forscher hinzu, wobei sie ihre Gefühle geschickt verbarg. »Er war nach Papas Tod zum erstenmal hier – folglich hatte er gar keine Gelegenheit.« Diese Worte galten eindeutig ihrem Mann, obwohl sie ihn nicht ansah. »Und Joscelin hat sich von dem Zeitpunkt an nicht mehr hier sehen lassen, wenn du dich erinnerst.«

»Was man ihm kaum verdenken kann«, sagte Charles spitz, als wolle er durchblicken lassen, daß Imogen ungerecht war. »Es hat ihn genauso getroffen wie uns. Er schrieb mir einen sehr anständigen Brief, in dem er sein Beileid ausdrückte.« Er schob die Hände in die Taschen und zog die Schultern hoch. »Unter den gegebenen Umständen hielt er es für unpassend, persönlich vorbeizukommen. Er verstand, daß wir den Umgang miteinander abbrechen mußten – was ich überaus taktvoll fand«, schloß er mit einem ungeduldigen Blick auf seine Frau. Hester ignorierte er völlig.

»Ja, das paßt zu ihm. Er war immer sehr feinfühlig.« Imogens Blick war in weite Ferne gerichtet. »Ich vermisse ihn wirklich.«

Charles fuhr zu ihr herum und schaute ihr voll ins Gesicht. Er schien etwas sagen zu wollen, verkniff es sich jedoch, nahm statt dessen eine Hand aus der Tasche und legte den Arm um ihre Schultern. »Sie sind nicht bei ihm gewesen?« fragte er Monk, der nach wie vor kein Land sah.

»Nein. Er war nicht in der Stadt.« Das hörte sich halbwegs glaubhaft an.

»Armer Joscelin.« Imogen nahm weder ihren Mann noch die Hand auf ihrer Schulter wahr, deren Griff sich leicht verstärkte. »Er muß sich furchtbar gefühlt haben. Natürlich konnte er nichts dafür, er wurde genauso um sein Geld betrogen wie alle andern, aber er gehörte zu den Menschen, die immer zuerst sich selbst die Schuld geben.« Die Worte klangen traurig und sanft; sie enthielten nicht die leiseste Spur von Tadel.

Monk konnte lediglich raten, nachzufragen traute er sich nicht. Grey war offenbar an dem Unternehmensprojekt beteiligt gewesen, bei dem Latterly senior – und auf seine Empfehlung hin all seine

Freunde – so viel Geld verloren hatte. Folglich mußte auch Joscelin einen großen finanziellen Verlust erlitten haben, was er sich schwerlich hatte leisten können. Daher vielleicht die Bitte um einen höheren Familienzuschuß? Dem Datum auf dem Brief des Anwalts nach zu urteilen, kam es zeitlich ungefähr hin. Vermutlich hatte dieses finanzielle Debakel Joscelin Grey dazu verleitet, um Unsummen zu spielen oder sich auf das Niveau eines Erpressers zu begeben. Mit den Gläubigern im Nacken und dem drohenden gesellschaftlichen Skandal vor Augen hatte er allen Grund, verzweifelt zu sein. Außer seinem Charme hatte er nichts zu bieten; sein Unterhaltungswert öffnete ihm die Türen zur Gastfreundschaft anderer Häuser und war der einzige Weg, der zu einer reichen Erbin führte, die ihn letzten Endes aus der Abhängigkeit von seiner Mutter und seinem ungeliebten Bruder befreien konnte.

Aber wer? Wer aus seinem Bekanntenkreis war verwundbar genug, um Schweigegeld zu zahlen – und wer so verzweifelt und blutrünstig, daß er sogar vor Mord nicht zurückschreckte?

In welchen Häusern hatte Grey verkehrt? Im Verlauf eines langen Wochenendes auf dem Land konnte man Zeuge aller möglichen Indiskretionen werden. Ein Skandal wurde nicht durch das heraufbeschworen, was geschah, sondern durch das Wissen, daß etwas geschehen war. War Joscelin über einen sorgsam gehüteten Ehebruch gestolpert?

Aber Ehebruch war kein Grund zum Töten, es sei denn, es existierte ein erbberechtigtes Kind oder das Paar steckte in einer Krise, wie es bei einem laufenden Scheidungsverfahren und der anschließenden gesellschaftlichen Ächtung der Fall gewesen wäre. Für einen Mord bedurfte es eines verfänglicheren Geheimnisses, Blutschande etwa, Perversion oder Impotenz. Der Himmel allein wußte, warum Impotenz als entsetzliche Schmach betrachtet wurde, aber sie galt als abscheulichste aller Heimsuchungen, als etwas, worüber man nicht einmal hinter vorgehaltener Hand sprach.

Runcorn hatte recht. Die bloße Erwähnung einer solchen Möglichkeit würde reichen, um bei oberster Instanz Beschwerde gegen ihn einlegen und seine Karriere für immer blockieren zu können –

wenn man ihn nicht gleich vor die Tür setzte. Man würde ihm niemals verzeihen, daß er einen Mann dem Ruin ausgesetzt hatte, der einer derartigen Enthüllung zwangsläufig folgen mußte.

Charles, Hester, Imogen – sie alle starrten ihn an. Charles machte keinen Hehl daraus, daß er mit seiner Geduld am Ende war. Hester war so wütend, daß sie sich kaum noch beherrschen konnte. Ihre Finger fummelten nervös an ihrem Baumwolltaschentuch herum, ihr rechter Fuß wippte schnell und lautlos gegen den Boden. Was sie dachte, war jedem Quadratzentimeter ihres Gesichts deutlich anzusehen.

»Was müßten Sie Ihrer Ansicht nach sonst noch wissen, Mr. Monk?« erkundigte sich Charles scharf. »Wenn das alles war, möchte ich Sie bitten, uns in Zukunft nicht weiter zu quälen, indem Sie an Dinge rühren, die für uns nur schmerzhaft sind. Ob mein Vater sich nun das Leben genommen hat oder aufgrund seiner Zerstreutheit einen Unfall erlitt, läßt sich nicht beweisen, aber wir wären Ihnen sehr verbunden, wenn Sie die Leute, die nachsichtig genug sind, es als Unfall zu betrachten, auch in ihrem Glauben ließen! Meine Mutter starb, weil sie seelisch gebrochen war, und einer unserer Freunde wurde brutal ermordet. Wenn wir Ihnen ohnehin keine Hilfe mehr sein können, würde ich vorschlagen, Sie lassen uns in Ruhe und geben uns die Möglichkeit, auf unsre Weise mit all dem fertig zu werden. Vielleicht können wir dann endlich wieder in ein normales Leben zurückfinden. Es war ein Fehler, daß meine Frau hoffte, durch ihre Hartnäckigkeit eine angenehmere Alternative präsentiert zu bekommen, aber Frauen sind nun mal weichherzig, und es fällt ihr schwer, die bittere Wahrheit zu akzeptieren.«

»Sie bat mich lediglich festzustellen, ob es tatsächlich die Wahrheit ist«, warf Monk hastig ein; es ärgerte ihn, daß Imogen kritisiert wurde. »Ich kann daran beim besten Willen nichts Falsches finden«, fügte er kalt hinzu.

»Das ist sehr liebenswürdig von Ihnen, Mr. Monk«, erwiderte Charles mit einem gönnerhaften Blick auf Imogen, als wolle er andeuten, wie tapfer Monk deren Launen ertragen habe, »aber ich habe nicht den geringsten Zweifel, daß sie zu demselben Schluß kommen wird. Vielen Dank für Ihren Besuch. Ich bin sicher, Sie haben getan, was Sie für Ihre Pflicht hielten.«

Monk mußte sich dieser Aufforderung zum Gehen wohl oder übel fügen. Erst in der Halle wurde ihm klar, was er getan hatte. Er hatte sich durch die Gedanken an Imogen und durch Hesters beißende Verachtung aus dem Konzept bringen lassen, war viel zu sehr von dem Haus, von Charles Latterlys Selbstsicherheit und Arroganz sowie seinen Versuchen beeindruckt gewesen, eine Familientragödie zu bemänteln und zu verharmlosen.

Er machte auf dem Absatz kehrt und stand wieder vor der verschlossenen Tür. Er wollte ihnen ein paar Fragen über Grey stellen, wozu er genug Berechtigung hatte. Er machte einen Schritt vorwärts und kam sich plötzlich unglaublich lächerlich vor. Sollte er wie ein Lakai, der um Einlaß bittet, an die Tür klopfen? Er streckte die Hand aus und zog sie schnell wieder zurück.

In dem Moment öffnete sich die Tür, und Imogen kam heraus. Sie blieb verblüfft stehen, nur einen Schritt von ihm entfernt, den Rücken an der Wandvertäfelung. Das Blut stieg ihr ins Gesicht.

»Oh, Verzeihung.« Sie holte tief Luft. »Ich – ich wußte nicht, daß Sie noch hier sind.«

Auch er suchte krampfhaft nach Worten, doch er war sprachlos. Die Sekunden verstrichen wie eine Ewigkeit, dann sagte sie schließlich: »Was ist, Mr. Monk? Haben Sie etwas herausgefunden?« Ihre Stimme klang eifrig, ihre Augen leuchteten hoffnungsvoll, und er wußte nun mit Bestimmtheit, daß sie auf eigene Faust zu ihm gekommen war und ihm etwas anvertraut hatte, das weder ihrem Mann noch Hester bekannt war.

»Ich untersuche den Mordfall Grey.« Was hätte er sonst sagen sollen? Er steckte in einem Sumpf aus Unsicherheit und Unwissen. Wenn er sich nur erinnern könnte!

Die Hoffnung in ihren Augen erlosch. »Ach so. Dann sind Sie deswegen gekommen. Entschuldigen Sie, es war ein Mißverständnis meinerseits. Sie – Sie möchten etwas über Major Grey wissen?«

Es gab kaum etwas, das der Wahrheit ferner gelegen hätte.

»Ich –« Monk atmete tief durch. »Ich will Sie nur ungern damit quälen, nachdem Sie gerade erst –«

Sie hob abrupt den Kopf; in ihren Augen schimmerte Wut. Er hatte keine Ahnung, weshalb. Sie war so liebenswert, so sanft – sie weckte eine Sehnsucht in ihm, deren Inhalt sich seiner Erinnerung entzog; es war etwas Bittersüßes, das lange zurücklag, eine Zeit voll Gelächter und Vertrauen. Wie konnte er nur so dumm sein, diesen Wirbelsturm von Gefühlen für eine Frau zu empfinden, die ihn lediglich um Unterstützung bei einem familiären Drama gebeten hatte und ihn mit ziemlicher Sicherheit auf eine Stufe mit dem Klempner oder dem Feuerwehrmann stellte?

»Ein Unglück kommt selten allein«, entgegnete sie leise und ein wenig distanziert. »Und ich kenne die Ansicht der Presse. Was wollen Sie denn über ihn wissen? Wenn uns irgend etwas bekannt wäre, das Ihnen weiterhelfen könnte, hätten wir es Ihnen vorhin erzählt.«

»Ich weiß.« Ihr rätselhafter, unterschwelliger Zorn setzte ihm erheblich zu; er traf ihn mit vernichtender Intensität. »Natürlich hätten Sie das getan. Ich – ich habe mich nur gefragt, ob ich vielleicht etwas übersehen habe. Aber ich glaube nicht. Gute Nacht, Mrs. Latterly.«

»Gute Nacht, Mr. Monk.« Sie hob den Kopf etwas höher. Hatte sie gerade geblinzelt, um die Tränen zurückzudrängen? Aber das war absurd – aus welchem Grund sollte sie weinen? Aus Enttäuschung? Aus Resignation? Aus Ernüchterung, weil sie mehr von ihm erhofft und erwartet hatte? Könnte er sich bloß erinnern!

»Parkin, Mr. Monk möchte gehen.« Ohne ihn noch einmal anzusehen oder auf das Mädchen zu warten, wandte sie sich um und ließ ihn allein.

9

Monk beschäftigte sich wieder mit dem Mordfall Grey, aber sowohl Imogen Latterlys unvergeßliche Augen als auch Hester Latterly mit ihrem Zorn und ihrer raschen Auffassungsgabe gingen ihm nicht aus dem Kopf. Er mußte sich zwingen, seine Konzentration auf den aktuellen Stand der Ermittlungen zu lenken und die amorphe Masse von Fakten und Mutmaßungen, über die sie bisher verfügten, zu einem Bild zusammenzusetzen.

Er saß mit Evan in seinem Büro, und sie versuchten gemeinsam, aus der wachsenden Anzahl der Informationen schlau zu werden. Der gesamte Tatbestand erwies sich als wenig schlüssig und ohne Beweiskraft. Nur eins stand fest: Da nichts auf ein gewaltsames Eindringen des Mörders hinwies, mußte Grey ihn selbst hereingelassen haben – und wenn das der Fall war, war er sich nicht bewußt gewesen, daß er Grund hatte, die Person zu fürchten. Es war nicht sehr wahrscheinlich, daß er um diese Zeit einen Fremden empfangen hatte.

Oder war Grey über die Gefühle seines Mörders im Bilde gewesen, hatte sich aber davor in Sicherheit gewähnt? Hatte er geglaubt, der Betreffende wäre aus irgendeinem Grund nicht in der Lage, ihn anzugreifen? Nicht einmal darauf wußte Monk die Antwort.

Sowohl Yeats' als auch Grimwades Personenbeschreibungen des möglichen Täters paßten nicht auf Lovel Grey, allerdings waren sie so ungenau, daß es nicht viel heißen mußte. Falls Rosamond Greys Sohn tatsächlich Joscelins und nicht Lovels Kind war, würde das als Mordmotiv durchaus genügen – vor allem wenn Joscelin es wußte und Lovel ständig daran erinnerte. Es wäre nicht das erste Mal gewesen, daß eine höhnische, grausame Bemerkung, über Impotenz beispielsweise, einen unkontrollierten Gefühlsausbruch zur Folge hatte.

An diesem Punkt riß Evan ihn aus seinen Überlegungen; es schien fast so, als könne er Gedanken lesen.

»Glauben Sie, Shelburne hat Joscelin selbst umgebracht?« Seine Stirn war in Falten gelegt, sein Gesichtsausdruck besorgt, die großen Augen umwölkt. Um seine eigene Karriere konnte er kaum fürchten, weder die Regierung noch die Shelburnes würden ihm die Schuld an dem Skandal in die Schuhe schieben. Zitterte er für seinen Vorgesetzten? Ein erwärmender Gedanke.

Monk blickte auf.

»Nicht unbedingt. Aber wenn er irgendwen dafür bezahlt hätte, wäre derjenige sauberer und schneller vorgegangen – und weniger brutal. Profikiller erschlagen ihre Opfer normalerweise nicht. Sie erstechen oder erdrosseln sie; und das nicht in deren Wohnung.«

Evans empfindsamer Mund verzog sich angewidert. »Sie meinen eine Attacke auf offener Straße, in einem einsamen Winkel, wo alles ganz schnell vorbei ist?«

»So ungefähr. Und die Leiche wird in einer finsteren Gasse zurückgelassen, in der sie nicht so bald gefunden wird, vorzugsweise nicht in der Nähe ihrer ehemaligen Wohnung. Auf diese Weise wird das Risiko verringert, mit dem Opfer in Verbindung gebracht oder wiedererkannt zu werden.«

»Vielleicht war er in Eile und konnte den richtigen Ort und die richtige Zeit nicht mehr abwarten?« schlug Evan vor, während er sich samt seinem Stuhl zurücklehnte und zu kippeln begann.

»Wozu in Eile sein?« Monk zuckte mit den Schultern. »Falls es Shelburne war, bestand kein Grund zur Eile, schon gar nicht, wenn es um Rosamond ging. Da hätten ein paar Tage mehr oder weniger kaum eine Rolle gespielt.«

»Stimmt.« Evan ließ die vorderen Stuhlbeine wieder auf den Boden sinken. »Ich hab nicht die leiseste Ahnung, wie wir irgendwas beweisen wollen. Ich weiß nicht mal, wo anfangen.«

»Finden Sie heraus, wo sich Shelburne zur Tatzeit aufgehalten hat. Das hätte ich eigentlich längst tun sollen.«

»Oh, danach hab ich mich bereits bei den Bediensteten erkundigt – ganz unauffällig, versteht sich.« Trotz seiner Überraschung konnte Evan eine gewisse Genugtuung nicht verbergen.

»Und?« fragte Monk gespannt, um ihm nicht die Freude zu verderben.

»Er war nicht zu Hause; man hatte ihnen gesagt, er würde das Dinner in der Stadt einnehmen. Ich bin der Sache nachgegangen, und das mit dem Dinner stimmt. Den Rest des Abends verbrachte er in seinem Klub, in der Nähe vom Tavistock Place. Es wäre etwas schwierig für ihn gewesen, zur rechten Zeit am Mecklenburg Square zu sein, weil man ihn leicht hätte vermissen können, aber unmöglich war es nicht. Er mußte bloß die Compton Street entlanggehen, rechts in die Hunter abbiegen, um den Brunswick Square herum, am Lansdowne Place und dem Findelhaus vorbei bis zum Caroline Place – und schon war er da. Höchstens zehn Minuten, wahrscheinlich weniger. Nach ungefähr einer Dreiviertelstunde, das Gerangel mit Grey eingerechnet, wäre er wieder im Klub gewesen. Er hätte es jedenfalls zu Fuß schaffen können – leicht sogar.«

Monk lächelte. Evan hatte ein dickes Lob verdient, und er sagte es ihm gern.

»Phantastisch, gut gemacht; das wäre eigentlich meine Aufgabe gewesen. Wenn es bei dem Streit um eine alte Sache ging, hat es vielleicht gar nicht so lang gedauert – sagen wir mal, zehn Minuten für den Hinweg, zehn Minuten für den Rückweg und fünf Minuten für den Kampf selbst. In einem Klub kommt es öfter vor, daß jemand für diese Zeit scheinbar verschollen ist.«

Evan blickte auf den Boden. Er war etwas rot und grinste glücklich.

»Bringt uns nur leider auch nicht viel weiter«, meinte er schließlich. »Shelburne könnte es zwar gewesen sein, genausogut aber auch jemand anders. Wir müssen wohl in den sauren Apfel beißen und alle Leute unter die Lupe nehmen, die Joscelin erpreßt haben könnte, oder? Es dauert bestimmt nicht lang, und wir sind noch berüchtigter als Frankensteins Monster. Haben Sie den Verdacht, daß es Shelburne war, Sir, wir es aber niemals beweisen können?«

Monk erhob sich.

»Ich weiß es nicht, aber ich will verdammt sein, wenn's am mangelnden Einsatz scheitert.« Er überlegte, was Joscelin Grey auf der Krim alles durchgemacht haben mußte, während sein Bruder

Lovel bequem in seinem stattlichen Herrenhaus hockte, Rosamond heiratete und immer mehr Geld und Luxusgüter anhäufte.

Ein Gefühl bodenloser Ungerechtigkeit begann an ihm zu nagen, wütend und schmerzhaft wie ein eiterndes Geschwür. Er drückte die Türklinke heftig hinunter und riß die Tür auf.

»Sir!« Evan war halb aufgesprungen.

Monk wandte sich um.

Evan wußte nicht, in welche Worte er seine dunklen Ahnungen kleiden sollte, wovor er Monk warnen wollte, aber sein innerer Kampf war ihm deutlich anzusehen.

»Machen Sie nicht so ein entsetztes Gesicht«, sagte Monk ruhig, während er die Tür wieder schloß. »Ich bin auf dem Weg zu Greys Wohnung. Soweit ich mich erinnere, steht dort eine Familienfotografie, inklusive Lovel und Menard. Mich interessiert, ob Grimwade oder Yeats einen von beiden wiedererkennen. Wollen Sie mitkommen?«

Evans Gesichtsausdruck machte eine abrupte Wandlung durch. Sein Mund verzog sich zu einem breiten Lächeln.

»Klar, Sir. Und ob ich will.« Er riß Mantel und Schal vom Haken. »Könnten Sie den beiden das Bild vielleicht zeigen, ohne ihnen zu verraten, wer die Männer sind? Wenn die hören, daß es sich um seine Brüder handelt – na ja, Sie wissen schon . . . ich meine, Lord Shelburne –«

Monk schaute ihn von der Seite her an, und Evan schnitt augenblicklich eine reuevolle Grimasse.

»Jaja, schon gut«, brummte er, während er Monk durch den Flur folgte. »Aber die Shelburnes werden sowieso alles abstreiten und uns die Hölle heiß machen, wenn wir einen von ihnen beschuldigen!«

Darüber war Monk sich im klaren, und er hatte keinen Plan, wie er sich verhalten sollte, falls tatsächlich einer von ihnen identifiziert werden würde. Trotzdem war es eine Möglichkeit, der er nachgehen mußte.

Grimwade steckte wie üblich in seinem Kämmerchen. Er schien ausgezeichneter Laune zu sein.

»Wunderbar milder Tag heute, Sir«, meinte er, zog den Kopf ein und schaute blinzelnd aus dem Fenster. »Sieht fast so aus, als ob mal die Sonne scheinen würde.«

»Hm«, bestätigte Monk mechanisch. »Tolles Wetter.« Er wußte nur, daß er nicht naß war. »Wie müssen noch mal in Major Greys Wohnung, ein paar Dinge herausholen.«

»Du meine Güte, bei so vielen von Ihnen, die an dem Fall dran sind, müssen Sie den Kerl ja bald schnappen.« In Grimwades Gesicht schlich sich ein spöttischer Ausdruck. »So 'n vielbeschäftigten Haufen hab ich wirklich noch nie gesehen, Ehrenwort!«

Monk, den Schlüssel in der Hand, befand sich bereits auf halber Höhe der Treppe, als er den tieferen Sinn von Grimwades Bemerkung erfaßte. Er blieb so abrupt stehen, daß Evan ihm in die Hacken trat.

»Oh, Verzeihung.«

»Was hat er damit gemeint?« Monk drehte sich stirnrunzelnd um. »So viele von uns? Es gibt doch nur Sie und mich – oder?«

Evans Blick verdüsterte sich. »Meines Wissens schon! Glauben Sie, Runcorn war hier?«

Monks Körper wurde steif wie ein Stock. »Warum sollte er? Schließlich will er um keinen Preis derjenige sein, der das Rätsel löst, besonders wenn Shelburne der Täter ist. Er möchte nicht das geringste mit dem Fall zu tun haben.«

»Aus Neugier womöglich?« Es spiegelten sich noch andere Vermutungen in Evans Gesicht, doch die sprach er nicht aus.

Monk hegte ähnliche Gedanken. Hatte Runcorn etwa einen Beweis für Shelburnes Schuld herbeigeschafft, den Monk zwangsläufig finden mußte? In dem Fall wäre er gezwungen, den Mann öffentlich zu beschuldigen. Evan und er starrten sich einen Moment in stummem Einverständnis an.

»Das haben wir gleich«, sagte Evan und stieg langsam die Treppe hinunter.

Es dauerte einige Minuten, bis er zurückkam. Während Monk auf der Treppe auf ihn wartete, suchte sein Verstand nach einem Ausweg, nach einer Möglichkeit, die Anklageerhebung gegen Shelburne zu vermeiden. Dann erst grübelte er über Runcorn nach. Bestand die Feindschaft zwischen ihnen schon lang? Mochte Runcorn ihn nur deshalb nicht, weil er den jüngeren und schlaueren Rivalen in ihm sah?

Jünger und schlauer – sonst nichts? Vielleicht auch härter? Skrupellos, wenn es darum ging, den eigenen Ehrgeiz zu befriedigen? Ein Mensch, der andere für sich arbeiten ließ und dann die Lorbeeren einheimste, dem der Beifall der Öffentlichkeit wichtiger war als Gerechtigkeit? Der sich stets die reißerischsten, publicityträchtigsten Fälle aussuchte? Am Ende gar einer, der seine eigenen Fehler mit unendlichem Geschick auf andere abwälzte, nachdem er ihnen die Ideen gestohlen hatte?

Nun – in dem Fall hatte er sich Runcorns Haß zu Recht zugezogen.

Monk blickte zu der alten, sorgfältig verputzten Decke hoch. Gleich darüber befand sich der Raum, in dem Grey erschlagen worden war. Im Augenblick war er weit davon entfernt, skrupellos zu sein – er war durcheinander und deprimiert und fürchtete sich davor zu versagen. Konnte ihn die Kopfverletzung so stark verändert haben – und wenn nicht sie, dann vielleicht der Schock? Er sah sich von neuem mit der völligen Leere konfrontiert, die sich bereits im Krankenhaus wie ein gähnender Abgrund vor ihm aufgetan hatte.

Doch da kam Evan zurück und unterbrach ihn in seinen Gedanken. Sein Kollege machte ein hochgradig besorgtes Gesicht.

»Runcorn!« Nun, da er seine Befürchtung bestätigt sah, wurde Monk unvermittelt von heftiger Angst überfallen.

Evan schüttelte den Kopf.

»Nein. Es waren zwei Männer, denen ich noch nie begegnet bin, so wie Grimwade sie mir beschrieben hat. Aber er besteht darauf, daß sie von der Polizei waren, weil er einen Blick auf ihre Papiere geworfen hat, ehe er sie reinließ.«

»Ihre Papiere?« Es hatte wenig Sinn zu fragen, wie die beiden ausgesehen hatten. Er konnte sich nicht mal an die Männer aus seiner eigenen Abteilung erinnern, geschweige denn an die aus den anderen.

»Ja. Grimwade sagt, sie hätten die gleichen Dienstausweise gehabt wie wir.«

»Konnte er sehen, ob sie von unserem Revier waren?«

»Ja, Sir, das waren sie.« Evans Gesicht wurde noch bekümmerter. »Aber ich kann mir beim besten Willen nicht vorstellen, wer die beiden gewesen sein sollen. Warum sollte Runcorn noch jemand herschicken? Ich begreif das nicht.«

»Sie haben nicht zufällig ihre Namen genannt?«

»Grimwade hat sie sich nicht gemerkt, fürchte ich.«

Monk drehte sich um und stieg die Treppe hinauf. Er war beunruhigter, als er Evan sehen lassen wollte. Vor Greys Tür blieb er stehen, schob den Schlüssel ins Schloß und stieß sie auf. Die kleine Diele war unverändert und unangenehm vertraut; sie erschien ihm wie ein böses Omen auf das, was dahinter lag.

Evan folgte ihm auf dem Fuße. Sein Gesicht war blaß, sein Blick düster, aber Monk wußte, daß Runcorn und die beiden Männer, die er geschickt hatte, der Grund für seine Niedergeschlagenheit waren, nicht der Nachhall der brutalen Gewalttat.

Es noch länger hinauszuschieben hatte wenig Sinn. Monk öffnete die Tür.

Dicht hinter ihm, fast an seiner Schulter, ertönte ein langgezogener Seufzer, als Evan verblüfft den Atem ausstieß.

In Greys Wohnzimmer herrschte ein wildes Durcheinander. Der Schreibtisch war umgeworfen, sein gesamter Inhalt in die Zimmerecken geschleudert worden – die Schriftstücke offensichtlich Blatt für Blatt. Aus den Stühlen waren die Sitzflächen herausgerissen, das Polstersofa mit einem Messer aufgeschlitzt. Die Bilder waren auf dem ganzen Fußboden verstreut, die Rahmen an der Rückseite aufgetrennt.

»Großer Gott!« Mehr brachte Evan nicht heraus.

»Das war wohl kaum die Polizei«, stellte Monk ruhig fest.

»Aber sie hatten Dienstausweise«, protestierte Evan. »Grimwade hat sie mit eigenen Augen gesehen!«

»Noch nie was von Kopierkünstlern gehört?«

»Eine Fälschung?« meinte Evan matt. »Na ja, Grimwade wäre der Unterschied bestimmt nicht aufgefallen.«

»Uns wahrscheinlich auch nicht, wenn der Mann gut war.« Monk schnitt ein finsteres Gesicht.

»Wer kann das gewesen sein?« Evan ging an Monk vorbei, um den Trümmerhaufen besser betrachten zu können. »Und was, zum Teufel, wollten die hier?«

Monks Augen wanderten zu den Regalen, die einst voll Zierrat gestanden hatten.

»Da oben befand sich eine silberne Zuckerdose«, sagte er und wies auf die entsprechende Stelle. »Sehen Sie mal nach, ob sie irgendwo unter den Blättern liegt. Dort auf dem Tisch standen mehrere Jadefiguren und in der Nische da drüben zwei Schnupftabaksdosen; eine davon hatte einen Deckel mit Einlegearbeit. Und dann nehmen Sie sich die Anrichte vor – in der mittleren Schublade müßten Sie auf Silberbesteck stoßen.«

»Du meine Güte, Ihr Gedächtnis ist wirklich unglaublich!« Evan war beeindruckt und warf seinem Vorgesetzten einen bewundernden Blick zu, ehe er vorsichtig durch das Chaos auf dem Boden kroch und daruntersch aute, ohne etwas zu verändern.

Monk staunte selbst. Er erinnerte sich nicht, dermaßen große Aufmerksamkeit auf nebensächliche Details verwendet zu haben. Hatte er sich nicht gleich nach dem Eintreten auf die Spuren des Kampfes konzentriert, auf die Blutflecken, die umgekippten Möbelstücke, die beschädigte Wand und die schief hängenden Bilder? Er hatte ganz bestimmt keinen Blick in die Schubladen der Anrichte geworfen, dennoch konnte er das Silberbesteck in den dafür vorgesehenen, mit grünem Filz ausgelegten Fächern deutlich vor sich sehen.

War das irgendwo anders gewesen? Brachte er diesen Raum mit einem anderen durcheinander? Handelte es sich um eine elegante Anrichte aus der Vergangenheit, die er in einer anderen Wohnung gesehen hatte? Womöglich bei Imogen Latterly?

Aber Imogen mußte er aus seinen Gedanken verbannen, wie hartnäckig und wunderbar sich ihm ihr Bild auch immer wieder aufdrängte. Sie war ein Traum, ein Produkt seiner Erinnerungen und Sehnsüchte.

Monk konzentrierte sich wieder auf die Gegenwart, auf Evan, der in der Anrichte herumstöberte, und auf dessen Bemerkung über sein Gedächtnis.

»Alles Übung«, sagte er lakonisch. »Kommt im Lauf der Zeit wie von selbst. Vielleicht war es gar nicht die mittlere Schublade, sehen Sie besser in allen nach.«

Evan tat, wie ihm geheißen, während Monk sich dem Chaos auf dem Fußboden widmete. Er suchte nach Anhaltspunkten, die ihm etwas über den Verursacher oder sein Motiv verraten konnten.

»Da ist nichts«, verkündete Evan, die Mundwinkel empört herabgezogen. »Aber die Stelle stimmt. Das ganze Schubfach ist mit Stoff ausgekleidet, und die Spalten sind eindeutig für die Besteckteile bestimmt. Die haben sich mächtig ins Zeug gelegt für ein Dutzend Silberbesteckgarnituren; hatten sich wohl mehr erwartet. Wo, sagten Sie, waren die Jadefiguren?«

»Hier.« Monk machte einen großen Schritt über einen Berg aus Papier und Polsterfüllung, um zu einem leeren Regal zu gelangen. Er fragte sich zum zweitenmal, ziemlich beunruhigt, woher er etwas wissen konnte, das er nicht einmal bemerkt hatte.

Er beugte sich hinunter, um den Boden abzusuchen, wobei er alles wieder so hinlegte, wie es gewesen war. Evan sah ihm zu.

»Keine Figuren?«

»Nein. Sie sind weg.« Monk richtete sich mit steifem Rücken auf. »Es fällt mir schwer zu glauben, daß gewöhnliche Diebe all die Mühen und Kosten auf sich nehmen, die mit der Beschaffung von gefälschten Polizeipapieren verbunden sind, nur um etwas Silber, etwas Jade und, wenn ich mich recht entsinne, ein oder zwei Tabaksdosen zu ergattern.« Er schaute sich um. »Viel mehr hätten sie auch nicht mitgehen lassen können, ohne aufzufallen. Grimwade wäre bestimmt mißtrauisch geworden, wenn sie mit Möbelstücken oder Gemälden an ihm vorbeimarschiert wären.«

»Das Silber und die Jade wird schon einiges wert sein, nehme ich an.«

»Nicht mehr besonders viel, nachdem der Hehler seinen Anteil eingestrichen hat.« Monk warf einen Blick auf das Durcheinander und stellte sich vor, wieviel Wirbel und Radau das Unternehmen verursacht haben mußte. »Bei weitem weniger jedenfalls, als das Risiko gerechtfertigt hätte. Es wäre wesentlich einfacher gewesen, in eine Wohnung einzubrechen, die nicht gerade im Brennpunkt des polizeilichen Interesses steht. Nein – sie waren auf irgend etwas anderes scharf. Das Silber und die Jade waren lediglich eine Sonderzulage. Welcher Profieinbrecher läßt außerdem ein solches Chaos zurück?«

»Sie meinen, es war Shelburne?« Aus lauter Ungläubigkeit ging Evans Stimmlage eine halbe Oktave in die Höhe.

Monk wußte selbst nicht, was er meinte.

»Ich kann mir nicht vorstellen, was Shelburne damit bezweckt haben sollte«, sagte er, während er seinen Blick noch einmal durch den Raum schweifen ließ und sich ausmalte, wie er vorher ausgesehen hatte. »Selbst wenn noch etwas hier war, das ihm gehörte, hätte er uns Dutzende von Erklärungen auftischen können, denn schließlich ist Joscelin tot und kann nichts mehr dagegen einwenden. Er könnte zum Beispiel behaupten, es hier vergessen zu haben, egal was es war, oder daß er es Joscelin geliehen oder der es einfach genommen hat.« Er musterte den zarten Akanthusstuck an der Decke. »Und ich halte es für ziemlich unwahrscheinlich, daß er ein paar Männer angeheuert hat, sich falsche Polizeiausweise zu besorgen und die Wohnung seines Bruders zu plündern. Nein, Shelburne kann es nicht gewesen sein.«

»Aber wer dann?«

Monk stellte erschrocken fest, daß das Ganze plötzlich keinen Sinn mehr ergab. Alles, was noch vor zehn Minuten halbwegs vernünftig geklungen hatte, paßte auf einmal nicht mehr zusammen, vergleichbar mit zwei Puzzleteilchen, die aus zwei vollkommen verschiedenen Motiven stammten. Andererseits war er beinah in Hochstimmung, denn wenn nicht Shelburne hierfür verantwortlich war, sondern jemand, der sich mit Fälschern und Einbrechern auskannte, hatte es vielleicht nie ein skandalträchtiges Geheimnis und infolgedessen auch keine Erpressung gegeben.

»Ich weiß es nicht«, erwiderte er in unerwartet energischem Ton. »Aber um das herauszufinden, müssen wir nicht mit Samthandschuhen vorgehen und auf Zehenspitzen durch die Gegend schleichen. Niemand wird uns unsren Job wegnehmen, nur weil wir ein paar Fälschern unangenehme Fragen stellen, einen Spitzel schmieren oder einem Hehler ein bißchen auf die Füße treten.«

Evans Gesicht entspannte sich. Seine Augen leuchteten auf, sein Mund verzog sich zu einem zaghaften Lächeln. Monk überlegte, daß er bislang wahrscheinlich kaum mit der Unterwelt in Berührung gekommen war, so daß sie für ihn noch im vollen Glanz des Geheimnisvollen erstrahlte. Nur zu bald würde er die dunklen Flecken darin entdecken: das Grau des Elends, das Schwarz des lebenslangen Leids und der ständigen Angst. Und er würde den schrillen Galgenhumor kennenlernen, der allgegenwärtig war.

Evan konnte es offensichtlich nicht erwarten, endlich die wahren Herausforderungen eines kriminalistischen Ermittlungsverfahrens kennenzulernen und in das Herz von Laster und Verbrechen vorzudringen.

»Ja«, nahm Monk den Faden wieder auf. »In dieser Angelegenheit können wir ganz so verfahren, wie es uns beliebt.« Und Runcorn einen Strich durch die Rechnung machen, fügte er im stillen hinzu.

Er ging, dicht gefolgt von Evan, zur Tür. Das Aufräumen konnten sie sich sparen; besser, alles blieb, wie es war. Selbst dieses Chaos konnte einen Hinweis enthalten – ein andermal.

In der Diele fiel sein Blick eher zufällig auf den Stockständer, den er schon früher bemerkt, sich jedoch nicht genauer angesehen hatte, weil er mit den Spuren der Gewalt im Wohnzimmer beschäftigt gewesen war. Außerdem hatten sie den Stock, der als Tatwaffe fungiert hatte, bereits sichergestellt. Jetzt sah er, daß noch vier weitere Exemplare vorhanden waren. Vielleicht hatte Grey, da er gewöhnlich einen Spazierstock als Gehhilfe verwenden mußte, im Lauf der Zeit eine Sammlerleidenschaft entwickelt. Das wäre nicht verwunderlich gewesen; nach dem zu urteilen, was über ihn bekannt war, hatte er viel Wert auf seine äußere Erscheinung gelegt. Wahrscheinlich hatte er einen Stock für den Morgen besessen, einen für den Abend, einen saloppen für die Freizeit und einen robusteren für den Aufenthalt auf dem Land.

Monks Augen blieben an einem dunkelmahagonifarbenen Prachtstück hängen. Direkt unterhalb des Knaufs war ein schmaler Messingstreifen eingehämmert, der die Form einer Gliederkette hatte. Der Anblick löste ein fast schwindelerregendes Gefühl in ihm aus – er wußte mit völliger Sicherheit, daß er diesen Stock schon gesehen hatte, und zwar mehr als einmal.

Evan stand neben ihm und wartete, verwundert, daß er stehengeblieben war. Monk versuchte, einen klaren Kopf zu bekommen und herauszufinden, wer diesen Stock wo und wann gehalten hatte. Er erreichte lediglich, daß sich das prickelnde Gefühl der Vertrautheit verstärkte – genau wie das der Angst.

»Sir?« Evan klang eine Spur argwöhnisch. Er verstand nicht, weshalb ihr Aufbruch so plötzlich zum Erliegen gekommen war. Sie standen beide wie angewurzelt in der Diele, und die einzige Erklärung dafür befand sich in Monks Kopf. Doch sosehr er sich auch anstrengte – er sah nichts als den Stock, nicht einmal die Hand, die ihn hielt.

»Ist Ihnen noch etwas eingefallen, Sir?« riß ihn Evans Stimme aus seinen Gedanken.

»Nein.« Wenigstens konnte er sich wieder bewegen. »Nichts.« Er suchte verzweifelt nach einer Erklärung für sein sonderbares Benehmen. »Ich habe nur überlegt, wie wir's am besten angehen. Grimwade konnte die Namen auf diesen Dienstausweisen nicht entziffern, sagen Sie?«

»Ja. Allerdings hätten sie wohl kaum ihre richtigen Namen benutzt, oder?«

»Nein, ganz bestimmt nicht, aber dann wüßten wir immerhin, welche Namen der Fälscher verwendet hat.« Das war keine allzu intelligente Frage gewesen, aber wenigstens klang sie halbwegs plausibel. Evan schien eine Art Lehrer in ihm zu sehen und sog jedes seiner Worte begierig auf. »Fälscher gibt's in London wie Sand am Meer«, sagte er mit Nachdruck, als wüßte er genau, wovon er sprach, und als wäre es tatsächlich von Bedeutung. »Und ich wage zu behaupten, daß in den vergangenen vierzehn Tagen sicher mehr als einer falsche Polizeipapiere ausgestellt hat.«

»Klar. Hätte ich auch selbst draufkommen können.« Evan war zufriedengestellt. »Ich hab Grimwade auch schon nach den Namen gefragt, als ich noch gar nicht wußte, daß es Einbrecher waren, aber er hat nicht darauf geachtet. War wohl mehr an dem Abschnitt über die Befugnis interessiert.«

»Macht nichts.« Monk hatte sich wieder unter Kontrolle. Er öffnete die Wohnungstür und ging hinaus. »Der Name des Reviers reicht wahrscheinlich vollkommen aus.« Evan folgte ihm, zog die Tür hinter sich zu und schloß ab.

Als sie auf der Straße standen, änderte Monk seine Meinung. Er wollte Runcorns Gesicht sehen, wenn er ihm von dem Einbruch erzählte und wenn ihm langsam dämmerte, daß Monk, auch ohne schmutzige Skandale aufzudecken, Greys Mörder finden konnte. Plötzlich hatte sich ein völlig neuer Weg aufgetan, der sich schlimmstenfalls als Fehlschlag erweisen konnte – aber es bestand eine reelle Chance auf Erfolg.

Er versorgte Evan mit einem belanglosen Auftrag und der Anweisung, sich in einer Stunde wieder mit ihm zu treffen, und ließ sich in einem Hansom durch das lärmende, sonnenüberflutete London zum Revier kutschieren. Runcorn war in seinem Büro. Ein hämischer Ausdruck trat in sein Gesicht, als er Monk hereinkommen sah.

»Morgen, Monk«, begrüßte er ihn gutgelaunt. »Nichts Neues, wie ich sehe?«

Monk gab sich ganz seinem inneren Hochgefühl hin. Er fühlte sich wie jemand, der langsam in ein heißes Bad steigt, Zentimeter für Zentimeter, um jeden Moment in vollen Zügen zu genießen.

»Dieser Fall steckt wirklich voller Überraschungen«, erwiderte er nichtssagend und sah Runcorn mit gespielter Besorgnis an.

Runcorns Gesicht verdüsterte sich, aber Monk konnte seinen heimlichen Triumph förmlich riechen.

»Fatalerweise kann sich die Öffentlichkeit für unser Staunen nicht viel kaufen«, versetzte er und badete seinerseits in freudiger Erwartung. »Ihre Verwirrung gibt uns in den Augen der Bevölkerung noch lange nicht das Recht, es ebenfalls zu sein. Sie machen nicht genug Druck, Monk.« Er runzelte kaum merklich die Stirn und lehnte sich auf seinem Stuhl zurück. Das durchs Fenster einfallende Sonnenlicht legte sich wie ein breiter Balken über sein Profil. »Sind Sie wirklich wieder ganz auf dem Damm?« fragte er mit vor Anteilnahme triefender Stimme. »Sie scheinen nicht mehr der alte zu sein. Früher waren Sie nicht so« – er lächelte genießerisch – »so zaghaft. Gerechtigkeit war Ihr oberstes Ziel, Ihr einziges sogar! Ich hab noch nie erlebt, daß Sie vor irgendwas zurückgeschreckt sind, auch nicht vor den übelsten Ermittlungen.« Irgendwo tief in Runcorns Augen regten sich Zweifel. Er pendelte wie ein Anfänger auf dem Fahrrad mühsam zwischen Kühnheit und praktischer Erfahrung hin und her. »Sie glauben doch, daß Ihre Erstklassigkeit Sie so schnell so weit gebracht hat«, fügte er hinzu und wartete auf eine Reaktion. Monk hatte die flüchtige Vision einer fetten Spinne, die träge im Zentrum ihres Netzes hockt und sich ganz der Gewißheit hingibt, daß sich die Fliegen früher oder später schon einstellen werden; das Wann interessierte sie höchstens bezüglich ihrer Gefräßigkeit, kommen würden sie auf jeden Fall.

Er beschloß, noch eine Weile mitzuspielen. Auf diese Weise konnte er Runcorn im Auge behalten, ihn vielleicht dazu bringen, Gefühle preiszugeben und eigene Schwachpunkte zu enthüllen.

»Dieser Fall ist anders«, antwortete er zögernd, wobei er sich einen bekümmerten Anschein gab. Er ließ sich auf dem Stuhl vor Runcorns Schreibtisch nieder. »Er übertrifft alles, was ich bisher erlebt habe. Man kann ihn unmöglich vergleichen.«

»Mord ist Mord.« Runcorn schüttelte wichtigtuerisch den Kopf. »Das Gesetz kennt keinen Unterschied – und die Öffentlichkeit auch nicht. Und wenn doch, bewegt dieser Fall die Gemüter ganz besonders. Er hat alles, was die Bevölkerung liebt, alles, was Reporter brauchen, um die Emotionen hochzupeitschen und die Leute in Furcht und Schrecken zu versetzen – und ihre Empörung anzustacheln.«

»Nicht alles«, gab Monk zu bedenken. »Es fehlt die Love-Story, und Affären liebt die Bevölkerung am meisten. Es ist keine Frau im Spiel.«

»Keine Love-Story?« Runcorns Brauen schossen in die Höhe. »Also, es ist schon eine Überraschung, daß Sie feige sind, Monk, aber obendrein noch dumm? Das hätte ich im Leben nicht gedacht!« Sein Gesicht verzerrte sich zu einer grotesken Mischung aus Genugtuung und simulierter Betroffenheit. »Geht es Ihnen wirklich gut?« Er beugte sich vor, um seinen Worten mehr Gewicht zu verleihen. »Sie haben nicht zufällig manchmal Kopfschmerzen, wie? Der Schlag auf Ihren Kopf war ziemlich heftig, wissen Sie. Ich glaube kaum, daß Sie sich noch dran erinnern, aber bei meinem ersten Besuch im Krankenhaus haben Sie mich nicht erkannt.«

Monk weigerte sich standhaft, den furchtbaren Gedanken zur Kenntnis zu nehmen, der sich ihm plötzlich aufdrängte.

»Eine Affäre?« fragte er verdutzt, als hätte er die folgenden Worte gar nicht gehört.

»Joscelin Grey und seine Schwägerin!« Runcorn beobachtete ihn scharf, obwohl sein Blick verschleiert war und er so tat, als würde er Monk nur vage anschauen.

»Weiß die Öffentlichkeit davon?« Genauso mühelos gelang es Monk, den Unschuldigen zu markieren. »Ich bin noch nicht dazu gekommen, einen Blick in die Zeitungen zu werfen.« Er schob skeptisch die Unterlippe vor. »Meinen Sie, es war klug, das jetzt schon verlauten zu lassen? Lord Shelburne wird nicht gerade begeistert sein!«

Die Haut über Runcorns Wangen straffte sich.

»Selbstverständlich habe ich noch nichts darüber verlauten lassen!« Er gab sich kaum noch Mühe, seine Wut zu verbergen. »Aber irgendwann muß es sein. Sie können das nicht ewig aufschieben.« In seine Augen trat ein hartes, fast lüsternes Glitzern. »Sie haben sich verändert, Monk, sagen Sie, was Sie wollen. Was waren Sie für ein Kämpfer! Es kommt mir fast so vor, als wären Sie plötzlich ein anderer Mensch. Haben Sie vergessen, wie Sie früher gewesen sind?«

Für die nächsten Sekunden war Monk unfähig zu antworten; er war unfähig, etwas anderes zu tun, als den Schock halbwegs zu verarbeiten. Eigentlich hätte er damit rechnen müssen, aber er war sich seiner selbst zu sicher gewesen, hatte dem Offensichtlichen gegenüber die Augen verschlossen. Runcorn wußte, daß er das Gedächtnis verloren hatte! Wenn es ihm nicht von Anfang an klargewesen war, dann hatte er es aus Monks vorsichtigem Lavieren und seiner völligen Unkenntnis hinsichtlich der Beschaffenheit ihrer Beziehung geschlossen. Runcorn war kein Anfänger; er hatte sein ganzes Leben damit verbracht, Gelogenes von der Wahrheit zu unterscheiden, intuitiv Motive zu erkennen, Verborgenes ans Licht zu holen. Was für ein eingebildeter Esel war er doch gewesen, zu glauben, er könnte Runcorn aufs Glatteis führen! Er schämte sich so sehr für seine Dummheit, daß ihm das Blut in die Wangen stieg.

Da Runcorn ihn nicht aus den Augen ließ, konnte ihm der plötzliche Farbwechsel in seinem Gesicht kaum entgangen sein. Er mußte wieder die Oberhand über seine Emotionen gewinnen, ein Schutzschild oder, besser noch, eine Waffe finden. Er richtete den Oberkörper ein wenig auf und begegnete Runcorns Blick.

»Sie mögen sich vielleicht nicht mit mir auskennen, Sir, ich hingegen schon. Schließlich sind die wenigsten von uns so unkompliziert, wie es nach außen hin scheint. Vermutlich bin ich einfach besonnener, als Sie angenommen haben – und das ist gut so!« Er kostete genüßlich den letzten Moment vor der großen Enthüllung aus, wenn er auch nicht ganz die erwartete Süße besaß. Dann sah er Runcorn direkt in die Augen.

»Eigentlich bin ich hier, um Sie darüber zu informieren, daß in Greys Wohnung eingebrochen wurde. Zwei Männer, die sich als Polizisten ausgegeben haben, haben alles auf den Kopf gestellt und ein paar wertvolle Gegenstände mitgehen lassen. Die Dienstausweise, die sie dem Portier gezeigt haben, müssen von einem Experten stammen.«

Runcorns Gesicht erstarrte; auf seiner Haut erschienen rote Flekken. Monk konnte der Versuchung nicht widerstehen, dem Ganzen noch eins draufzusetzen.

»Das wirft ein völlig neues Licht auf die Angelegenheit, finden Sie nicht?« fügte er fröhlich hinzu, als wäre es für sie beide tatsächlich ein Grund zur Freude. »Ich kann mir beim besten Willen nicht vorstellen, daß Lord Shelburne zusammen mit einem gedungenen Komplizen den Peeler spielt und die Wohnung seines Bruders durchsucht.«

Die wenigen Sekunden hatten Runcorn genug Zeit zum Nachdenken verschafft.

»Dann hat er eben zwei Männer angeheuert. Ist doch klar!«

Doch damit hatte Monk gerechnet. »Wenn Shelburne auf etwas aus war, das ein dermaßen großes Risiko gerechtfertigt hätte«, konterte er, »warum hat er es sich dann nicht früher geholt? Es würde sich mittlerweile schon seit zwei Monaten in der Wohnung befinden.«

»Welches große Risiko?« Runcorns Stimme war deutlich anzuhören, wie absurd er die Idee fand. »Sie haben's doch phantastisch eingefädelt – es muß ein Kinderspiel gewesen sein. Sie brauchten nichts weiter zu tun, als das Haus ein bißchen im Auge zu behalten, um sicherzugehen, daß die echte Polizei nicht da war. Dann sind sie mit ihren gefälschten Papieren hineinspaziert, haben sich geholt, was sie wollten, und sind wieder verschwunden. Ich wette, die haben sich hinterher ordentlich ins Fäustchen gelacht.«

»Ich dachte eigentlich nicht an die Gefahr, während des Einbruchs geschnappt zu werden«, sagte Monk spöttisch. »Mir schwebte das Risiko vor, daß Shelburne eingehen würde, indem er sich potentiellen Erpressern in die Hände gibt.«

Runcorns Gesichtsausdruck verriet, zu Monks heimlicher Freude, daß er daran nicht gedacht hatte.

»Er blieb natürlich anonym«, versuchte er den Gedanken abzutun.

Monk lächelte süß. »Wenn das, was er suchte, so wertvoll war, daß er ein paar Einbrecher und einen erstklassigen Fälscher dafür bezahlt hat, kann sich auch ein nicht besonders schlauer Dieb ausrechnen, daß es sicher auch wichtig genug ist, den Preis dafür ein wenig in die Höhe zu treiben. Ganz London weiß, daß in dieser Wohnung ein Mord geschah. Was immer sich dort befand, müßte wirklich vernichtend gewesen sein.«

Runcorn starrte wütend auf die Tischplatte. Monk wartete geduldig.

»Und? Was haben Sie vorzuschlagen? Irgendwer hat was gesucht. Oder behaupten Sie im Ernst, es war ein Gelegenheitsdieb, der mal schnell sein Glück versuchen wollte?« Runcorns Stimme triefte vor Verachtung; er schürzte angewidert die Lippen.

Monk ignorierte die Frage und meinte statt dessen: »Ich werde herausfinden, was so begehrt gewesen ist.« Er schob den Stuhl zurück und stand auf. »Vielleicht ist es etwas, das wir bis jetzt völlig übersehen haben.«

»Da müßten Sie aber ein verdammt guter Detektiv sein, wenn Sie das schaffen wollen!« Der triumphierende Ausdruck kehrte in Runcorns Augen zurück.

»Oh, das bin ich«, gab er ungerührt zurück. »Dachten Sie, das hätte sich auch geändert?«

In Wirklichkeit hatte er keine Ahnung, wo er beginnen sollte. Er hatte sämtliche Kontakte vergessen. Selbst wenn ihn ein Hehler oder ein Informant auf offener Straße anrempeln würde, würde er ihn nicht erkennen. Die Kollegen konnte er auch nicht fragen. Wenn Runcorn ihn schon haßte, war mehr als wahrscheinlich, daß viele von ihnen es ebenfalls taten. Sich so verwundbar zu zeigen, würde förmlich dazu einladen, ihm den Gnadenstoß zu versetzen. Runcorn wußte, daß er das Gedächtnis verloren hatte, soviel stand fest, auch wenn er es lediglich mit doppeldeutigen Anspielungen hatte durchblicken lassen. Es bestand jedoch eine gute Chance, diesen gefährlichen Mitwisser so lange in Schach zu halten, bis er wieder über genügend Erinnerungen und Know-how verfügte, um es mit allen aufnehmen zu können. Wenn es ihm gelang, den Mordfall Grey aufzuklären, war er unangreifbar – und dann konnte Runcorn erzählen, was er wollte.

Wie sollte er es anstellen, die Einbrecher aufzuspüren? Sosehr er Evan mochte – und er tat es jeden Tag mehr, denn der Mann war begeisterungsfähig und liebenswürdig, hatte Humor und ein durch und durch reines Herz, um das Monk ihn beneidete –, er durfte sich ihm auf keinen Fall auf Gedeih und Verderb ausliefern, indem er ihm die Wahrheit sagte. Und wenn er ehrlich sein sollte (zugegeben, ein bißchen Eitelkeit war auch dabei), war Evan außer Beth der einzige Mensch, der nichts gegen ihn zu haben schien, der ihn allem Anschein nach sogar gern hatte. Das durfte er sich nicht verscherzen.

Evan konnte er nicht um die Namen der Hehler und Informanten bitten, er mußte sie auf eigene Faust in Erfahrung bringen. Aber wenn er tatsächlich so ein guter Detektiv gewesen war, wie alle Anzeichen vermuten ließen, kannte er eine Menge, und die würden sich an ihn erinnern.

Monk war spät dran, und Evan wartete bereits. Er entschuldigte sich – zu Evans Überraschung – und wurde sich erst hinterher bewußt, daß ein Vorgesetzter etwas Derartiges nicht nötig hatte. Wenn er sein Vorhaben und sein Unvermögen geheimhalten wollte, mußte er vorsichtiger sein. Er hatte die Absicht, das Mittagessen in einem der billigen Eßlokale zu sich zu nehmen, die als beliebte Treffpunkte der Unterwelt galten. Vielleicht meldete sich jemand bei ihm, wenn er dem Wirt gegenüber eine entsprechende Bemerkung fallenließ. Es würde zwar einige Zeit dauern, bis er sämtliche Läden abgeklappert hatte, doch nach drei oder vier Tagen sollte er zumindest einen Punkt gefunden haben, von dem er ausgehen konnte.

Monk erinnerte sich zwar weder an Namen noch Gesichter, das Ambiente dieser finsteren Kaschemmen war ihm jedoch bestens vertraut. Er wußte auf Anhieb, wie er sich zu benehmen hatte: wie ein Chamäleon die Farbe wechseln und mit hängenden Schultern durch die Gegend schlurfen, den wachsamen Blick vermeintlich auf den Boden gerichtet. Man erkannte einen Menschen nicht an seiner Kleidung; jeder Falschspieler und Betrüger, jeder gute Taschendieb und jedes Mitglied der Londoner Hochstaplergilde konnte sich ebensogut kleiden wie die meisten anderen. Hatte der Pfleger im Krankenhaus nicht sogar ihn für einen Hochstapler gehalten?

Evan mit seinem netten Gesicht und dem offenen, humorvollen Blick sah allerdings viel zu sauber aus, um als Gauner durchzugehen. Er hatte nicht das geringste von der Verschlagenheit eines Überlebenskünstlers, wenn auch einige Vertreter dieser Spezies ausgesprochen geschickt waren, was die Vorspiegelung falscher Tatsachen betraf, und das unschuldigste Gesicht besaßen, das man sich vorstellen konnte. In der Unterwelt war genug Raum für Lügner und Betrüger aller Variationen; es gab keine menschliche Schwäche, aus der nicht Kapital geschlagen wurde.

Sie begannen westlich vom Mecklenburg Square und arbeiteten sich in Richtung King's Cross Road vor. Als sich gleich die erste Wirtschaft als Fehlschlag entpuppte, schlugen sie sich nach Norden, zur Pentonville Road, dann wieder nach Südwesten bis Clerkenwell.

Trotz aller logischen Betrachtungen regte sich in Monk am zweiten Tag des Unternehmens allmählich das Gefühl, er sei vollkommen auf dem Holzweg und Runcorn würde schließlich doch als letzter lachen. Da glitt plötzlich – in einer Schenke, die sich »Zur grinsenden Ratte« nannte und aus allen Nähten platzte – ein schmuddeliger kleiner Mann neben sie auf die Sitzbank und entblößte mit einem argwöhnischen Seitenblick auf Evan feixend eine Reihe gelbbrauner Zähne. Es herrschte ein ziemliches Getöse, und über allem hing ein strenger Geruch von Bier, Schweiß, schmutziger Kleidung, Körpern, bei denen ein Bad längst überfällig war, und dampfendem Essen. Der Fußboden war mit Sägemehl bedeckt, unablässig ertönte das Klirren aneinandergestoßener Gläser.

»Hallo, Mr. Monk. Lang nich mehr gesehen. Wo waren Se denn die ganze Zeit?«

Monk wurde von heftiger Erregung erfaßt, gab sich jedoch alle Mühe, es zu verbergen.

»Hatte einen Unfall«, sagte er bewußt gleichgültig.

Der Mann musterte ihn kritisch von oben bis unten und tat sodann mit einem Grunzen kund, daß ihn das Thema nicht weiter interessiere.

»Hab gehört, Sie suchen wen, der Ihnen 'n bißchen was pfeift?«

»Richtig«, bestätigte Monk. Er durfte nicht überstürzt vorgehen, denn das würde den Preis in die Höhe treiben, und zum Feilschen hatte er keine Zeit. Wenn er es nicht richtig anstellte, hielt man ihn für naiv. Die ganze Atmosphäre verriet ihm, daß Schachern unbedingt zum Spiel gehörte.

»Is was drin bei der Sache?«

»Schon möglich.«

»Hm.« Der Mann ließ sich das durch den Kopf gehen. »Sie sind immer fair gewesen, deshalb komm ich auch zu Ihnen, anstatt zu den anderen Bullen. So was von knickerig, 'n paar von denen, da würden Se sich richtig schämen!« Er schüttelte den Kopf und zog lautstark die Nase hoch, während er das Gesicht zu einer angewiderten Grimasse verzog.

Monk lächelte.

»Was brauchen Se denn?«

»So einiges.« Monk dämpfte die Stimme noch mehr. Sein Blick war starr auf den Tisch gerichtet. »Ein paar gestohlene Gegenstände, einen Hehler und einen erstklassigen Fälscher.«

Auch der Mann hielt den Blick gesenkt und studierte scheinbar gefesselt die ringförmigen Abdrücke der Bierkrüge auf der Tischplatte.

»Mann, Hehler gibt's haufenweise, aber nur 'n paar gute Fälscher. Irgendwas Besonderes, das geklaute Zeugs?«

»Eigentlich nicht.«

»Warum wolln Se den Kram dann zurück? Is jemand was passiert?«

»Genau.«

»Na schön, dann packen Se mal aus.«

Monk begann die Sachen so gut es ging zu beschreiben; er konnte sich dabei lediglich auf seine Erinnerung stützen.

»Tafelsilber –«

Der Mann warf ihm einen vernichtenden Blick zu.

Monk schrieb das Tafelsilber ab und fuhr fort: »Eine Jadefigur, etwa fünfzehn Zentimeter hoch – eine Tänzerin, die die Arme vor die Brust hält, die Ellbogen nach außen gedreht. Rosa Jade.«

»Na, wer sagt's denn! Schon besser.« Der Mann hob ein wenig die Stimme. Monk vermied es, ihn anzusehen. »Rosa Jade kriegt man hier nich oft zu sehen. Sonst noch was?«

»Eine silberne Zuckerdose, so um die zehn bis zwölf Zentimeter hoch, und zwei Schnupftabaksdosen mit Einlegearbeit.«

»Was für Schnupftabaksdosen, Mann – Silber, Gold, Emaille? Da müssen Se mir schon mehr verraten!«

»Ich weiß es nicht.«

»Was? Und der Knabe, dem se's geklaut haben, auch nicht?« Sein Gesicht verdüsterte sich mißtrauisch, dann sah er Monk zum erstenmal an. »Mensch! Isser abgekratzt oder was?«

»Genau«, sagte Monk gelassen, während er die Wand anstarrte. »Aber es besteht kein Verdacht, daß der Dieb dafür verantwortlich ist. Er war schon lange vor dem Einbruch tot.«

»Sicher? Woher wolln Se denn das wissen?«

»Er starb vor zwei Monaten.« Monk lächelte säuerlich. »Sogar ich kann mich da nicht irren. Man hat seine unbewohnte Wohnung geplündert.«

Der Mann hatte eine Weile daran zu kauen, ehe er seine Meinung äußern konnte.

Irgendwo in der Nähe des Schanktresens ertönte brüllendes Gelächter.

»'n toten Kerl haben se beklaut?« meinte er mit Todesverachtung. Is 'n bißchen unsicher, ob da überhaupt noch was zu holen is, finden Se nich? Aber haben Se nich was von 'nem Fälscher gesagt? Was wolln Se denn mit dem?«

»Die Einbrecher benutzten gefälschte Polizeiausweise, um ins Haus zu kommen«, erklärte Monk.

Bei dieser Vorstellung hellte sich das Gesicht des Mannes auf; er begann vergnügt zu kichern.

»Ganz schön gerissen. Gefällt mir!« Er wischte sich mit dem Handrücken über den Mund und mußte wieder lachen. »Is ja fast 'ne Schande, 'n Kerl mit soviel Köpfchen in 'n Knast zu bringen.«

Monk fischte einen halben Goldsovereign aus der Tasche und legte ihn demonstrativ auf den Tisch. Der Mann starrte darauf, als hätte die Münze magische Kräfte.

»Ich will den Kerl, der die Papiere gefälscht hat«, wiederholte Monk, streckte eine Hand nach dem Geldstück aus und versenkte es wieder in der Innentasche seines Mantels. Der Mann verfolgte jede seiner Bewegungen. »Und keine krummen Touren! Ich merke es, wenn Sie Ihre Finger in meine Tasche stecken. Das sollten Sie nicht vergessen, es sei denn, Sie sind scharf darauf, Hanf zu zupfen. Würde Ihren zarten Fingerchen allerdings gar nicht gut bekommen!« Wie aus heiterem Himmel stürmte plötzlich die quälende Erinnerung an blutige Männerhände auf ihn ein, die tagein, tagaus Seilenden auftrennten, während das Leben ihrer Besitzer Jahr für Jahr sinnlos verstrich.

Der Mann zuckte zusammen. »Das war jetzt aber nich nett, Mr. Monk. Bei Ihnen hab ich mein Lebtag noch nich lange Finger gemacht!« Er bekreuzigte sich hastig, und Monk war nicht sicher, ob er es tat, um seine Aufrichtigkeit zu bekräftigen oder weil er wegen der Lüge um Vergebung bat. »In den Wonneschuppen haben

Se's wohl schon probiert, wie?« fuhr der Mann fort und schnitt eine Grimasse. »Schwer loszuwerden, so 'ne Jade-Lady.«

Evan machte ein etwas verwirrtes Gesicht, wenn Monk auch nicht ganz verstand weshalb.

»Pfandhäuser«, übersetzte er. »Die Diebe entfernen natürlich alles, was zur Identifizierung der Beute führen könnte, aber bei Jade läßt sich das schlecht bewerkstelligen, ohne das Objekt zu beschädigen.« Er zog fünf Schillinge aus der Tasche und gab sie dem Mann. »Kommen Sie übermorgen wieder. Wenn Sie dann was Brauchbares für mich haben, kriegen Sie den Sovereign.«

»Is gut, Mann, aber nich hier. Unten inner Plumbers Row, gleich bei der Whitechapel Road, gibt's 'ne Kneipe, die heißt ›Zur purpurroten Ente‹. Kommen Se dahin!« Er musterte Monk mißbilligend. »Und kommen Se bloß in vernünftigen Klamotten – nich so wie jetzt, daß Se aussehn wie 'n voll aufgetakelter Schwafler! Und vergessen Se die Kohle nich, ich werd Ihnen nämlich was liefern. Macht's gut, Leute.« Er warf Evan einen letzten skeptischen Blick zu, rutschte von der Bank und verschwand im allgemeinen Gedränge. Monk war in Hochstimmung; er jubilierte innerlich. Sogar der viel zu schnell abgekühlte Pflaumenpudding war auf einmal erträglich. Er schaute Evan mit breitem Grinsen an.

»Wir sollen uns verkleiden«, klärte er ihn auf. »Damit man uns nicht für zwei Moralapostel hält.«

»Ach so.« Evan entspannte sich und begann allmählich selbst Spaß an dem Ganzen zu finden. »Alles klar.« Er betrachtete den Pulk von Gesichtern, hinter deren Schmutzschicht er wahre Mysterien vermutete, die ihm seine Phantasie in den schillernden Farben ausmalte.

Am übernächsten Tag stieg Monk gehorsam in entsprechend zerschlissene Kleidungsstücke; ihr Informant hätte sie wahrscheinlich »Aufpäppler« genannt. Er wünschte, er könnte sich an den Namen des Mannes erinnern, aber er blieb ihm genauso hartnäckig verborgen wie beinah alles nach seinem siebzehnten Lebensjahr.

Wenig später saßen Evan und er im Schankraum der »Purpurroten Ente«. Evans Gesicht spiegelte sowohl seinen Abscheu als auch seine Bemühungen, sich diesen nicht anmerken zu lassen, wider. Während er ihn betrachtete, rätselte Monk, wie oft er selbst schon hier gewesen sein mußte, daß es ihm so gar nichts ausmachte. Der Krach, der Gestank, der ungewollt enge Kontakt zu andern Menschen – all das schien sein Unterbewußtsein zu kennen, während sein Verstand nicht das geringste davon wußte.

Sie mußten fast eine Stunde warten, bis ihr Mann erschien. Dafür grinste er siegessicher, als er sich ohne ein Wort auf den Platz neben Monk plumpsen ließ.

Monk hatte nicht die Absicht, den Preis zu gefährden, indem er zu wißbegierig erschien.

»Durstig?« erkundigte er sich.

»Nee, höchstens auf den Guinee. Bin nich scharf drauf, mit Kerlen wie euch beim Trinken gesehn zu werden. Nix für ungut, aber die Jungs hier haben 'n scharfes Gedächtnis und 'n loses Mundwerk.«

»Das glaub ich gern«, pflichtete Monk ihm bei. »Aber die Guinee müssen Sie sich erst verdienen.«

»Bah – jetzt machen Se aber mal halblang, Mr. Monk! Hab ich Sie je aufs Kreuz gelegt, hä? Hab ich?«

Monk hatte keine Ahnung.

»Haben Sie meinen Fälscher gefunden?«

»Wo die Jade is, weiß ich nich. Jedenfalls nich genau.«

»Haben Sie den Fälscher gefunden?«

»Kennen Se Tommy, den Blütenmann?«

Monk spürte einen Anflug von Panik. Evan, den das Gefeilsche zu faszinieren schien, ließ ihn nicht aus den Augen. Sollte er diesen Tommy kennen? Was ein »Blütenmann« war, wußte er: jemand, der Falschgeld unter die Leute brachte.

»Tommy?« fragte er verständnislos.

»Hab ich doch gesagt, oder?« kam es unwirsch zurück. »Tommy der Blinde. Jedenfalls tut er so, als ob er blind wär. Wenn Se mich fragen, iss er nich blinder als Sie oder ich.«

»Und wo finde ich ihn?« Wenn es ihm gelang, zu nichts und niemand eine konkrete Aussage zu machen, konnte er sich vielleicht auch so durchmogeln.

»Wo Se den finden?« Der Mann schnaubte verächtlich; die Vorstellung war einfach absurd. »Sie finden den nie allein! Is auch viel zu gefährlich, der sitzt mitten in 'n Rookeries. Wenn Se da mutterseelenallein reinspaziert kommen, kriegen Se garantiert 'ne nette kleine Scherbe in Ihren netten Bauch – da können Se Gift drauf nehmen! Ich werd Sie hinbringen.«

»Ist Tommy neuerdings unter die Fälscher gegangen?« Monk versuchte seine Erleichterung mit dieser allgemeinen und, wie er hoffte, unverfänglichen Bemerkung zu überspielen.

Der kleine Mann sah ihn fassungslos an.

»Der doch nich! Der kann nich mal seinen eigenen Namen kritzeln, wie soll er da Papiere fälschen! Aber er kennt 'n richtig gerissenen Knaben, der's kann. Wenn Se mich fragen, hat der Ihre Wische ausgestellt. Hat 'n prima Ruf.«

»Gut. Jetzt zu der Jade – gar nichts rausgefunden?«

Der Mann verzog seine gummiartigen Züge, bis er aussah wie ein beleidigtes Nagetier.

»'n harter Brocken, das. Ich kenn 'n Bruder, der hat so 'n Ding gehabt, aber er schwört bei seiner Seele, daß er's von 'nem Schleicher gekriegt hat – und Sie haben nix von 'nem Schleicher gesagt.«

»Nein, ein Hoteldieb war das nicht«, bestätigte Monk. »Ist das alles?«

»Alles, was ich sicher weiß.«

Monk wußte genau, daß der Mann log, woher, konnte er nicht sagen. Es war die Summe etlicher Eindrücke und viel zu subtil, um analysiert werden zu können.

»Ich glaube Ihnen nicht, Jake, aber das mit dem Fälscher haben Sie gut gemacht.« Er griff in die Tasche und brachte die versprochene Goldmünze zum Vorschein. »Wenn die Spur tatsächlich zu dem Mann führt, den ich suche, springt noch eine für Sie raus. Und jetzt bringen Sie mich zu Tommy dem Blinden, unserm Blütenmann.«

Sie standen auf und zwängten sich an den Menschenmassen vorbei auf die Straße. Erst nach etwa zweihundert Metern wurde Monk bewußt, daß er den Mann mit seinem Namen angesprochen hatte; eine Woge der Erregung durchlief seinen Körper. Das war mehr als eine bloße Erinnerung, es war sein Wissen – es kehrte zurück! Er beschleunigte seine Schritte und stellte fest, daß er Evan überglücklich angrinste.

Das Elendsquartier, in das Jake sie führte, war eine monströse Ansammlung faulender, nebeneinandergezwängter Wohnbaracken, die bedenklich krumm und schief aussahen. Das Holz hatte sich durch die Feuchtigkeit verzogen, Böden und Wände waren mehrmals an denselben Stellen ausgebessert. Trotz des frühen Sommerabends war es düster, und die klamme, nach menschlichen Ausscheidungen stinkende Luft schlug ihnen unangenehm kalt ins Gesicht. Die Rinnsteine in den engen Gassen quollen über vor Dreck. Im Hintergrund hörte man ein stetiges Quieken und Rascheln, das von den allgegenwärtigen Ratten stammte. Überall waren Menschen; sie kauerten in den Hauseingängen, lagen auf den Pflastersteinen, manchmal mehrere auf einem Haufen, manche davon lebendig, andere bereits an Unterernährung oder Seuchen gestorben. Typhus und Lungenentzündung waren ständige Begleiter, und die Geschlechtskrankheiten breiteten sich in ebenso rasantem Tempo aus wie die Fliegen und Läuse.

Monks Blick fiel auf ein fünf- bis sechsjähriges Kind, das im Rinnstein lag. Sein Gesicht war ein grauer, schrecklich abgehärmter Fleck in dem trüben Zwielicht; man konnte unmöglich sagen, ob es sich um ein Mädchen oder einen Jungen handelte. Monk dachte mit dumpfem Zorn, daß Greys Tod – egal auf welch bestialische Weise er auch erschlagen worden war – immer noch eine bessere Art war zu sterben als das jämmerliche Verenden dieses Kindes.

Er schaute Evan an, dessen Gesicht wachsbleich in der Düsternis hervortrat; die Augen waren zwei dunkle Höhlen in seinem Kopf. Es gab nichts, das er ihm sagen konnte, nichts, das irgendwie geholfen hätte. Statt dessen streckte er eine Hand aus, um ihm kurz den Arm zu drücken – eine Vertraulichkeit, die ihm an einem solchen Ort des Schreckens vollkommen natürlich erschien.

Sie folgten Jake durch eine Gasse nach der andern, dann eine Treppe hinauf, die bei jedem Schritt unter ihnen zusammenzubrechen drohte, bis er auf dem vorletzten Absatz schließlich stehenblieb. Seine Stimme klang sanft, als ließe das Elend um ihn herum selbst ihn nicht kalt; es war die Stimme eines Menschen, der den Tod in seiner Nähe spürt.

»Noch 'n paar Stufen weiter, Mr. Monk, und Tommy der Blinde is gleich hinter der nächsten Tür rechts.«

»Danke. Sie bekommen Ihre Guinee, wenn sich herausgestellt hat, daß er uns helfen kann.«

Ein Grinsen spaltete Jakes Gesicht in zwei Teile.

»Hab Sie schon, Mr. Monk.« Er hielt eine leuchtende Münze hoch. »Sie haben wohl gedacht, ich weiß nich mehr, wie's geht, was? Ich war immer 'n prima Fummler, ja, das war ich – in jungen Jahren.« Er lachte und ließ das Geldstück in seiner Tasche verschwinden. »War beim besten Meister von 'ner ganzen Branche. Wir sehen uns, Mr. Monk. Wenn Se die Diebe kriegen, schulden Se mir noch eine!«

Monk mußte gegen seinen Willen schmunzeln. Der Mann war zwar ein Taschendieb, aber er hatte es bei einem der Halsabschneider gelernt, die Kinder für sich stehlen ließen, um sie als Gegenleistung für die Beute durchzubringen. Eine Lehre in Überlebenskunst! Jakes Alternative wäre der gleiche Hungertod gewesen, an dem das Kind im Rinnstein zugrunde gegangen war. Nur die mit den flinken Fingern, die Kräftigen und die, die Glück hatten, erreichten das Erwachsenenalter. Es stand ihm nicht zu, den Richter zu spielen.

»Wenn ich sie kriege, Jake, gehört sie Ihnen«, versprach er und stapfte vorsichtig und dicht gefolgt von Evan die letzten Stiegen hinauf. Oben angekommen, öffnete er die Tür, ohne anzuklopfen.

Tommy der Blinde hatte sie offensichtlich erwartet. Er war ein flinker kleiner Kerl, etwa einsfünfzig groß, mit spitzem, unbeschreiblich häßlichem Gesicht; er war auf eine Art gekleidet, die er selbst vermutlich »abgefahren« genannt hätte. Allem Anschein nach handelte es sich bei seiner Blindheit um nicht mehr als Kurzsichtigkeit, denn er erkannte Monk auf Anhieb.

»'n Abend, Mr. Monk. Sie interessieren sich für 'n Fälscher? 'n ganz besonderen, hab ich gehört?«

»Stimmt genau, Tommy. Und zwar einen, der zwei Ganoven mit falschen Papieren versorgt hat, damit sie eine Wohnung am Mecklenburg Square ausräumen konnten. Machten dem Portier weis, sie wären Peeler.«

Tommys Gesicht leuchtete amüsiert auf.

»Nich übel. Ganz schön clever, echt.«

»Vorausgesetzt, sie werden nicht geschnappt.«

»Was 'n drin bei der Sache?« Seine Augen wurden schmal.

»Es geht um Mord, Tommy. Der Mörder wird baumeln müssen, und seine Helfershelfer haben gute Chancen, das nächste Boot zu erwischen.«

»Großer Gott!« Tommy wurde sichtlich blaß. »Nach Australien zieht's mich nu überhaupt nich – und Bootfahren hab ich noch nie vertragen, echt! Der Mensch is nich dazu gemacht, so 'n elendes Leben zu führen. Is einfach unnatürlich! Außerdem hab ich grauenhafte Geschichten von da gehört.« Tommy der Blinde erschauerte theatralisch. »Nix als Wilde und Kreaturen, die kein Christengott im Leben nich erschaffen haben kann. Monster mit Dutzenden von Beinen und dann wieder welche ganz ohne! Uahh!« Er rollte die Augen. »'n richtiger Höllenort, echt. Glauben Se mir!«

»Dann gehen Sie kein Risiko ein, dort hingeschickt zu werden«, riet ihm Monk ohne jedes Mitgefühl. »Bringen Sie mich zum Fälscher.«

»Sind Se auch sicher, daß es Mord war?« Tommy hegte offenbar Zweifel. Monk fragte sich, wieviel davon einer gewissen Loyalität entsprang und wieviel auf das Abwägen der Vor- und Nachteile zurückzuführen war.

»Und ob ich sicher bin!« erwiderte er mit gedämpfter Stimme; er wußte, daß ein drohender Unterton darin mitschwang. »Erst Mord, dann Raub. Silber und Jade sind gestohlen worden. Wissen Sie zufällig was über eine Tänzerin aus Jade? Rosa Jade, ungefähr fünfzehn Zentimeter hoch?«

Tommy befand sich in der Defensive. Seine Stimme klang vor Furcht dünn und nasal.

»Mit Hehlerei hab ich nix am Hut. Versuchen Se bloß nich, mir das anzuhängen.«

»Was ist mit dem Fälscher?«

»Schon gut, schon gut, ich bring Sie hin! Is dann was für mich drin?« Sein Optimismus war unverwüstlich. Wenn ihn schon die furchtbare Realität der Rookeries nicht kleinkriegen konnte, dann Monk erst recht nicht.

»Wenn's der richtige Mann ist«, brummte er resigniert.

Während Tommy sie durch ein weiteres Labyrinth aus Gassen und Treppenfluchten dirigierte, überlegte Monk, wie weit sie wohl tatsächlich vorwärts gekommen waren. Er hatte den starken Verdacht, daß die Aktion nur dazu diente, ihren Orientierungssinn durcheinanderzubringen. Schließlich blieben sie vor einer großen Tür stehen. Tommy der Blinde hämmerte kurz und energisch dagegen und verschwand, ehe sie vor ihnen aufging.

Der dahinterliegende Raum war hell erleuchtet; es roch verbrannt. Monk trat ein, blickte unwillkürlich an die Decke und sah gläserne Oberlichter. Auch die Wände waren mit großen Fenstern ausgestattet. Die mühsame Detailarbeit eines Fälschers erforderte viel Licht.

Der einzige Anwesende drehte sich um, um die Eindringlinge zu begutachten. Er war untersetzt, hatte mächtige Schultern und riesige, spachtelförmige Hände. In seine ursprünglich blasse Haut hatte sich der Schmutz vieler Jahre gegraben, das farblose Haar sproß wie zerbrechliche Stacheln aus seinem Kopf.

»Was gibt's?« erkundigte er sich gereizt. Monk fiel auf, daß seine Zähne zu schwarzen Stummeln degradiert waren. Er bildete sich ein, ihre fauligen Ausdünstungen selbst auf die Entfernung riechen zu können.

»Sie haben zwei Männern Polizeiausweise ausgestellt, laut denen sie auf dem Revier in der Lye Street arbeiten.« Das war eine Feststellung, keine Frage. »Ich will deshalb nicht Ihnen an den Kragen, ich will diese Männer. Es geht um Mord, also würden Sie gut dran tun, sich auf die richtige Seite zu schlagen.«

Sein Gegenüber verzog die schmalen Lippen zu einem anzüglichen Grinsen, als mache er sich über etwas lustig. »Sie sind Monk?«

»Und wenn ich es bin?« Es wunderte ihn, daß der Mann von ihm gehört hatte. Hatte sein Ruf solche Kreise gezogen?

»Sie sind der, dem se mitten in 'nen Fall reingeplatzt sind, stimmt's?« Seine Erheiterung eskalierte in einem geräuschlosen Glucksen, das seine Fleischmassen bedenklich durchschüttelte.

»Ich bin der, der den Fall jetzt und hier untersucht«, gab Monk zurück. Er hatte nicht die Absicht zu erwähnen, daß der Mord und der Einbruch zwei verschiedene Paar Schuhe waren; der Einschüchterungseffekt, der vom drohenden Tod durch den Strang ausging, war zu nützlich.

»Also, was wolln Se von mir?« fragte der Mann. Seine Stimme war heiser, als hätte er zuviel gelacht oder zu laut geschrien, obwohl man sich beides nur schwer bei ihm vorstellen konnte.

»Wer sind die beiden?«

»Kommen Sie, Mr. Monk – woher soll ich das wissen?« Die massigen Schultern bebten immer noch. »Frag ich die Leute vielleicht, wie se heißen?«

»Wohl kaum, aber Sie wissen, wer sie sind. Spielen Sie nicht den Dummen – steht Ihnen nicht.«

»Klar kenn ich 'n paar Leute«, räumte er beinah im Flüsterton ein, »aber doch nich jeden armen Hund, der sein Glück beim Klauen versucht.«

»Armen Hund?« Monk sah ihn spöttisch an. »Machen Sie Ihre Arbeit neuerdings umsonst? Sie sind kein Wohltäter für verkrachte Existenzen! Jemand hat Sie bezahlt, wenn nicht die beiden selbst, dann jemand anders. Sagen Sie mir, wer es war – das reicht.«

Die zusammengekniffenen Augen öffneten sich etwas. »Oh, raffiniert, Mr. Monk. Sehr, sehr raffiniert.« Die kräftigen, breiten Hände klatschten lautlos Beifall.

»Also wer?«

»Meine Arbeit is vertraulich, Mr. Monk. Wenn ich anfang, die Kundschaft ans Messer zu liefern, kann ich gleich einpacken. Ein Geldverleiher war's, mehr sag ich nich.«

»In Australien besteht kein großer Bedarf an Urkundenfälschern.« Monk musterte die geschickten, sensiblen Finger. »Harte Arbeit – ungesundes Klima.«

»Wolln mich wohl aufs Boot schicken, hä?« Der Mann schürzte die Lippen. »Erst müssen Se mich mal kriegen, und Sie wissen genausogut wie ich, daß Se mich nie finden werden.« Das Grinsen auf seinem Gesicht hatte sich nicht die Spur verändert. »Außerdem werden Se ganz schön in Schwierigkeiten kommen; grausige Dinge passieren mit 'nem Peeler in 'n Rookeries, wenn erst mal was durchsickert.«

»Und grausige Dinge passieren mit einem Fälscher, der seine Kunden verpfeift – wenn erst mal was durchsickert«, konterte Monk prompt. »Grausige Dinge – gebrochene Finger zum Beispiel. Und was ist ein Fälscher schon wert, ohne seine Finger?«

Der Mann starrte ihn plötzlich mit unverhohlenem Haß an.

»Und warum sollte was durchsickern, Mr. Monk, wenn ich Ihnen gar nix erzählt hab?«

Evan, der an der Tür stand, machte eine unruhige Handbewegung; er fühlte sich nicht wohl in seiner Haut. Monk ignorierte ihn.

»Weil ich verbreiten werde, Sie hätten.«

»Dann haben Se aber immer noch keinen für Ihren Einbruch.« Das heisere Flüstern klang wieder gelassen und enthielt sogar eine Spur Belustigung.

»Ich finde schon jemand.«

»Das dauert aber, Mr. Monk, das dauert. Und können Se mir mal verraten, wie Se das ohne meine Hilfe anstellen wolln?«

»Sie ziehen voreilige Schlüsse, Fälscher!« Monk ließ sich nicht erweichen. »Es müssen ja nicht die richtigen sein; mir wär jeder recht. Und bis endlich durchsickert, daß ich die Falschen habe, kommt für Ihre Finger jede Rettung zu spät. Sich die Finger zu brechen, tut verdammt weh, und man hat noch Jahre danach Schmerzen, hab ich mir sagen lassen.«

Der Mann bedachte ihn mit einem obszönen Schimpfwort.

»Ganz meinerseits.« Monk sah ihn angeekelt an. »Also, wer hat Sie bezahlt?«

Sein Gegenüber starrte haßerfüllt zurück.

»Wer?« Monk beugte den Oberkörper vor.

»Josiah Wigtight«, spuckte der Mann aus. »Geldverleiher in der Gun Lane, Whitechapel. Und jetzt raus!«

»Geldverleiher. Und an welche Leute verleiht er Geld?«

»Die Sorte, die's zurückzahlen kann, Blödmann!«

»Danke.« Monk richtete sich lächelnd auf. »Danke, Fälscher. Ihrem Geschäft droht keine Gefahr; Sie haben uns nichts verraten.«

Der Fälscher wünschte ihn ein letztes Mal zum Teufel, doch Monk war bereits zur Tür hinaus, Evan dicht auf den Fersen. Monk lieferte ihm weder eine Erklärung, noch erwiderte er seinen fragenden Blick.

Um dem Geldverleiher einen Besuch abzustatten, war es zu spät. Er wollte so schnell wie möglich von hier verschwinden, ehe einer von ihnen ein Messer zwischen die Rippen bekam.

Er verabschiedete sich wortkarg und merkte, daß Evan noch etwas auf der Seele lag. Sein Kollege zögerte, wünschte ihm dann aber leise eine gute Nacht und machte sich auf den Weg. Im Licht der Gaslaternen wirkte seine elegante, hochgewachsene Gestalt eigenartig jung.

Zu Hause angekommen, verschlang Monk dankbar eine warme Mahlzeit; er genoß jeden Bissen und haßte ihn gleichzeitig, weil es ihm nicht gelang, den Gedanken an all die Menschen zu verdrängen, für die es einen Sieg bedeutete, einen Tag mehr überstanden und genug zwischen die Zähne bekommen zu haben, um nicht zu verhungern.

Im Gegensatz zu Evan war ihm nichts davon neu; anscheinend hatte er sich des öfteren in solchen Gegenden aufgehalten. Er hatte sich den Gegebenheiten instinktiv angepaßt, die Körperhaltung verändert, gewußt, wie man am effektivsten mit der Umgebung verschmolz, um ja nicht als Außenseiter, geschweige denn Amtsperson aufzufallen. Das Elend der Bettler, Kranken und Verzweifelten erfüllte ihn mit unerträglichem Mitleid und ohnmächtigem, bohrendem Zorn – aber es setzte ihn nicht in Erstaunen.

Die gnadenlose Art, wie er mit dem Fälscher umgesprungen war, war nicht kalkuliert, sondern eine instinktive Reaktion gewesen. Er kannte die Rookeries und ihre Bewohner – womöglich hatte er selbst einmal dort ums Überleben gekämpft.

Erst als auch das letzte Krümelchen vom Teller geputzt war, lehnte er sich zurück und dachte über den Fall nach.

Ein Geldverleiher paßte ins Bild. Joscelin Grey konnte sich Geld geborgt haben, nachdem er sein bißchen Vermögen bei dem Projekt mit Latterly eingebüßt hatte und seine Familie nicht bereit war, ihm unter die Arme zu greifen. Hatte dieser Kreditgeber ihn zu triezen versucht, ihn wegen der Rückzahlung unter Druck gesetzt? Und als Grey dagegen aufmuckte, war das Ganze außer Kontrolle geraten? Durchaus möglich. Yeats unerwarteter Gast konnte tatsächlich der Schläger eines Wucherers gewesen sein. Sowohl Yeats als auch Grimwade hatten den Mann als groß und kräftig beschrieben, soweit sie das unter dem Wust von Kleidungsstücken hatten erkennen können.

Was für eine Feuertaufe für den armen Evan. Er hatte kein Wort mehr darüber fallenlassen, ja nicht einmal wissen wollen, ob Monk wirklich unschuldige Leute verhaftet und anschließend das Gerücht verbreitet hätte, sie wären vom Fälscher verpfiffen worden.

Monk schüttelte sich bei der Erinnerung an das, was er alles gesagt hatte, auch wenn er nur seinem Instinkt gefolgt war. Er hatte eine Skrupellosigkeit an sich entdeckt, die ihn bei jedem anderen Menschen entsetzt hätte. War das sein wahres Gesicht? Nein, bestimmt hatte er dem Mann gegenüber bloß eine leere Drohung gemacht, die er nie im Leben in die Tat umgesetzt hätte. Oder doch?

Was mochte Evan jetzt von ihm halten? Die Vorstellung, Evan könnte ernüchtert sein, seine Methoden genauso verdammenswert finden wie das Verbrechen, gegen das er sich stark machte, war Monk schrecklich. Womöglich begriff er nicht, daß Monk die Worte lediglich als Waffe eingesetzt hatte.

Oder wußte Evan mehr über ihn als er selbst? Schließlich kannte er ihn von früher. Waren solche Worte damals eine Warnung gewesen, die prompt in die Tat umgesetzt wurde?

Und Imogen Latterly – was hätte sie wohl empfunden? Absurder Gedanke! Die Elendsquartiere waren ihr mindestens so fremd wie die Planeten des Universums. Allein bei ihrem Anblick würde ihr schlecht werden, würde sie sich angewidert abwenden. Wenn sie gesehen hätte, wie er in dem vor Dreck starrenden Raum stand und den Fälscher in die Zange nahm, würde sie ihm wahrscheinlich Hausverbot erteilen.

Monk saß da und starrte zornig und verbittert an die Decke. Daß er am nächsten Tag dem Wucherer gegenüberstehen würde, der

Joscelin Grey möglicherweise auf dem Gewissen hatte, war nur ein schwacher Trost. Er haßte die Seite der Welt, mit der er sich herumschlagen mußte. Er wollte auf der sauberen, auf der schönen Seite stehen, wo er als Gleicher unter Gleichen mit Leuten wie den Latterlys verkehren konnte. Ohne die Barrieren des Klassendenkens zwischen ihnen würde Charles ihn nicht herablassend behandeln, könnte er ein freundschaftliches Gespräch mit Imogen führen und sich ausgiebig mit Hester streiten. Es wäre ihm ein Vergnügen, dieser überheblichen jungen Frau einmal die Meinung zu sagen!

Doch eben weil er die Rookeries so abgrundtief haßte, konnte er ihre Existenz nicht ignorieren. Er war dort gewesen, hatte die Verkommenheit und die Ausweglosigkeit der Verhältnisse kennengelernt, und das waren Eindrücke, die ihn nie wieder loslassen würden.

Aber er könnte seine Wut wenigstens in sinnvollere Bahnen lenken und den brutalen, habgierigen Kerl ausfindig machen, der einen Killer angeheuert hatte, um Joscelin Grey erschlagen zu lassen. Dann wäre er in der Lage, seinen Frieden mit Grey zu schließen – und hätte Runcorn endgültig besiegt.

10

Monk erteilte Evan den Auftrag, sämtliche Leihhäuser nach der Figur aus rosa Jade abzusuchen, und machte sich selbst auf den Weg zu Josiah Wigtight. Er fand die Adresse auf Anhieb; sie führte ihn in eine Seitenstraße der Mile End Road, knapp einen Kilometer östlich von Whitechapel. Das Haus war so schmal, daß es fast zwischen einer schäbigen Anwaltskanzlei und einem Ausbeutungsbetrieb unterging, in dessen schummriger Beleuchtung und verbrauchter Luft gehetzte Frauen achtzehn Stunden täglich für eine Handvoll Kleingeld Hemden nähten. Manche von ihnen hatten keine andere Wahl, als zusätzlich nachts auf die Straße zu gehen, um mit den schnell verdienten Silbermünzen Miete und Nahrungsmittel zahlen zu können. Einige waren die Ehefrauen oder Töchter mittelloser, trunksüchtiger oder einfach nichtsnutziger Männer, viele hatten früher in einem Privathaushalt gearbeitet und waren auf die eine oder andere Art »gefallen«: wegen ihres unverschämten Benehmens, ihrer Verlogenheit, ihrer lockeren Moral, weil die Hausherrin sie zu hochnäsig oder der Hausherr sie zu anziehend gefunden hatte. Meistens waren sie irgendwann schwanger geworden und aus diesem Grund nicht nur unmöglich weiterzubeschäftigen, sondern eine Schande und eine Beleidigung für die ganze Familie.

Die Rolläden von Wigtights Büro waren heruntergelassen, so daß der Raum im Halbdunkel lag; es roch nach Möbelpolitur, Staub und altem Leder. Auf einem hohen Hocker thronte ein schwarz gekleideter Sekretär. Als Monk hereinkam, hob er den Kopf.

»Guten Morgen, Sir. Können wir etwas für Sie tun?« Seine Stimme war weich wie Schlamm. »Haben Sie ein kleines Problem?« Er rieb sich die Hände, als wäre ihm trotz der Jahreszeit kalt. »Ein vorübergehendes Problem, selbstverständlich?« Seine Scheinheiligkeit schien ihn zu amüsieren; er lächelte.

»Das hoffe ich doch«, Monk lächelte zurück.

Der Mann verstand seinen Job. Er beobachtete Monk wachsam, jedoch ohne die Nervosität, die dieser gemeinhin auslöste. Sein Gesicht war ausdruckslos. Monk sah ein, daß er zu plump vorgegangen war. Sicher hatte er früher mehr Einfühlungsvermögen bewiesen und sich den Gegebenheiten besser angepaßt.

»Das hängt zum Großteil von Ihnen ab«, fügte er hinzu, um den Mann zu ermuntern und eventuell entstandenes Mißtrauen zu beseitigen.

»Wie wahr, wie wahr«, bestätigte der Sekretär. »Genau das ist unsere Aufgabe: einem Gentleman aus einem vorübergehenden finanziellen Engpaß zu helfen. Sie verstehen, daß es gewisse Bedingungen gibt?« Er zog ein blütenweißes Blatt Papier hervor und setzte den Füllhalter an. »Dürfte ich um einige Details bitten, Sir?«

»Mein Problem ist nicht, daß ich knapp bei Kasse bin«, erwiderte Monk, nun kaum noch lächelnd. Er verabscheute Kredithaie; er verabscheute die Wonne, mit der sie ihr widerwärtiges Gewerbe betrieben. »Jedenfalls nicht so sehr, daß es mich zu Ihnen treiben würde. Ich habe etwas Geschäftliches mit Mr. Wigtight zu besprechen.«

»Aber natürlich.« Der Mann nickte und verzog die Lippen zu einem dümmlichen, verständnisvollen Grinsen. »Alle geschäftlichen Angelegenheiten werden letztlich an Mr. Wigtight weitergeleitet, Mr. – äh?« Er hob fragend die Brauen.

»Ich bin nicht hier, um Geld zu leihen«, klärte Monk ihn um einiges schärfer auf. »Sagen Sie Mr. Wigtight, es geht um etwas, das er verlegt hat und sicher sehr gern zurückhaben möchte.«

»Verlegt?« Der Mann zog sein bleiches Gesicht in Falten. »Was soll das heißen, Sir? Mr. Wigtight verlegt nichts.« Er rümpfte gekränkt die Nase.

Monk beugte sich vor und legte beide Hände auf die Theke, so daß der Sekretär nicht umhin kam, ihn direkt anzusehen.

»Bringen Sie mich jetzt zu Mr. Wigtight?« fragte er überdeutlich. »Oder muß ich mir die Information woanders beschaffen?« Wenn er dem Kerl verriet, wer er war, wäre Wigtight vorgewarnt, und er hatte den leichten Vorteil eines Überraschungsangriffs bitter nötig.

»Äh –« Der Sekretär änderte in Windeseile seine Meinung. »Ja, Sir, äh – sofort. Bitte folgen Sie mir, Sir.« Er klappte das Hauptbuch geräuschvoll zu und ließ es in einer Schublade verschwinden. Dann zog er, ohne Monk aus den Augen zu lassen, einen Schlüssel aus der Westentasche und schloß sie ab. »Bitte, Sir. Hier entlang.«

Zwischen Josiah Wigtights persönlichem Refugium und dem vorderen Raum, dem man auf erfolglose Weise den Anschein von Anonymität und Ehrbarkeit zu verleihen versucht hatte, bestand ein himmelweiter Unterschied. Alles hier war luxuriös, diente ausschließlich dem Komfort. Die breiten Lehnsessel waren mit Samt bezogen, die Polster dick und weich. Der Teppich verschluckte jedes Geräusch. Die Wandleuchten, die ein sanftes Zischen von sich gaben, hatten rosarote Schirme, so daß über dem Raum ein leichtes Glühen lag, in dem Konturen verwischt und wütende Blicke gemildert wurden. Die schweren, in Falten gelegten Vorhänge hielten das störende, schonungslose Tageslicht fern. Das Ganze wirkte weder geschmackvoll noch vulgär, es diente allein den Sinnesfreuden; nach wenigen Augenblicken war der Effekt einschläfernd. Monks Respekt für Wigtight wuchs; raffiniert, wie er das gemacht hatte.

»Aaah.« Wigtight atmete genüßlich aus. Er hockte wie eine fette Kröte hinter seinem Schreibtisch, die wulstigen Lippen zu einem Lächeln verzogen, das längst abgestorben war, ehe es seine Glubschaugen erreichen konnte. »Aaah«, machte er noch einmal. »Es geht wohl um eine in gewisser Hinsicht heikle Angelegenheit, Mr. –?«

»In gewisser Hinsicht, ja«, pflichtete Monk ihm bei und beschloß, sich nicht auf dem weichen, dunklen Sessel niederzulassen. Er befürchtete, darin zu versinken wie in einem Sumpf und zu keinem klaren Gedanken mehr fähig zu sein. Er spürte, daß er sich in diesem verlockenden Ungetüm in der schlechteren Position befinden würde, und er durfte sich auf keinen Fall einlullen lassen.

»Setzen Sie sich, setzen Sie sich!« Wigtight machte eine drängende Handbewegung. »Lassen Sie uns darüber reden. Ich bin sicher, wir werden zu einer Einigung kommen.«

»Das hoffe ich.« Monk ließ sich auf die Armlehne sinken. Das war zwar unbequem, doch in diesem Zimmer zog er die Unbequemlichkeit vor.

»Sie sind vorübergehend zahlungsunfähig?« begann Wigtight. »Sie möchten die Gelegenheit nutzen und eine vielversprechende Investition tätigen? Sie haben demnächst eine größere Summe von einem leidenden Verwandten zu erwarten, der Ihnen wohlgesonnen ist?«

»Danke vielmals, ich verfüge über ein Einkommen, das für die Deckung meiner Bedürfnisse vollkommen reicht.«

»Dann sind Sie ein glücklicher Mann.« Wigtights glatte, ausdruckslose Stimme klang nicht überzeugt. Er hatte schon jede Lüge und Ausflucht gehört, die der menschliche Verstand hervorbringen konnte.

»Glücklicher als Joscelin Grey!« versetzte Monk.

Wigtights Gesicht veränderte sich so gut wie nicht – ein leichter Schatten glitt darüber hinweg, das war alles. Wenn Monk ihn nicht daraufhin beobachtet hätte, wäre es ihm nicht aufgefallen.

»Joscelin Grey?« wiederholte er. Monk sah ihm die Unentschlossenheit an, ob er nun leugnen sollte, Grey zu kennen, oder ob es nicht ratsamer wäre, es angesichts dessen allgemeiner Popularität zuzugeben. Er entschied sich für den falschen Weg.

»Mir ist keine Person dieses Namens bekannt, Sir.«

»Sie haben noch nie von ihm gehört?« Monk gab sich Mühe, ihn nicht zu sehr unter Druck zu setzen. Er haßte Geldverleiher über alle Maßen. Er wollte, daß sich dieser schleimige, fette Mensch in seinen eigenen Worten verfing, wollte sehen, wie er in der Falle saß und seinen aufgequollenen Körper wand.

Doch Wigtight witterte Gefahr.

»Ich höre so viele Namen«, meinte er vorsichtig.

»Dann sollten Sie vielleicht einen Blick in Ihre Bücher werfen und nachsehen, ob er drinsteht.«

»Ich behalte keine Schuldscheine, nachdem die Schulden beglichen sind.« Wigtights vorstehende, blasse Augen nahmen einen gelangweilten Ausdruck an. »Eine Frage der Diskretion, wissen Sie. Die Leute werden nicht gern an schlechte Zeiten erinnert.«

»Wie zuvorkommend von Ihnen«, erwiderte Monk sarkastisch. »Wie steht's mit den Listen der Schuldner, die noch nicht zurückgezahlt haben?«

»Dort werde ich Mr. Grey nicht finden.«

»Folglich hat er bezahlt.« Monk ließ nur einen Bruchteil seines Triumphs in seinem Tonfall mitschwingen.

»Ich habe nicht behauptet, ihm etwas geliehen zu haben.«

»Und warum haben Sie dann zwei Männer beauftragt, sich mit gefälschten Papieren Zugang zu seiner Wohnung zu verschaffen, sie auf den Kopf zu stellen und ganz nebenbei sein Silber und einige Wertgegenstände mitgehen zu lassen?« Er sah voller Genugtuung, daß Wigtight zusammenzuckte. »Das war nicht besonders geschickt, Mr. Wigtight. Sie haben ein paar ziemlich jämmerliche Gestalten in Ihrem Stall. Ein kluger Mann hätte sich nie auf derart plumpe Weise geholfen; ist viel zu gefährlich – bringt noch eine weitere Belastung mit sich.«

»Sie sind von der Polizei!« stieß Wigtight giftig aus; er hatte plötzlich begriffen.

»Ganz recht.«

»Ich beschäftige keine Diebe.« Er versuchte Zeit zu schinden, was Monk nicht verborgen blieb.

»Sie beschäftigen Geldeintreiber, die sich als Diebe entpuppen. Vor dem Gesetz macht das keinen Unterschied.«

»Natürlich habe ich Leute, die für mich das Geld kassieren. Schließlich kann ich schlecht selbst hinter jedem herrennen!«

»Und wie vielen lassen Sie anhand falscher Polizeiausweise einen kleinen Besuch abstatten, zwei Monate, nachdem sie sich umgebracht haben?«

Alle Farbe wich aus Wigtights Gesicht. Monk dachte einen Moment lang, er hätte einen Schock, und es war ihm völlig egal.

Es dauerte eine Weile, bis Wigtight wieder in der Lage war zu sprechen. Monk wartete geduldig.

»Umgebracht!« Das Wort klang durch und durch hohl. »Ich schwöre beim Grab meiner Mutter, daß ich damit nichts zu tun hatte! Warum hätte ich das tun sollen? Warum? Ist doch verrückt. Sie sind ja übergeschnappt!«

»Weil Sie ein Wucherer und ein Halsabschneider sind!« In Monks Innern schien sich ein Hahn geöffnet zu haben, aus dem brodelnder Zorn und siedendheiße Verachtung hervorsprudelten. »Und Wucherer erlauben ihren Schuldnern nicht, die Rückzahlung zu verweigern, wenn der Betrag samt Zins und Zinseszins fällig ist.« Er beugte sich drohend zu Wigtight vor und fügte mit fast zusammengebissenen Zähnen hinzu: »Schlecht fürs Geschäft, wenn man sie einfach so davonkommen läßt. Ermuntert die andern, das gleiche zu tun! Wo käme man denn hin, wenn sich Hinz und Kunz weigern würden, ihre Schulden zu zahlen! Sollen sie doch vor die Hunde gehen – Hauptsache, die Kasse stimmt. Besser eine tote Gans als eine ganze Schar, die fett und zufrieden frei herumläuft, was?«

»Ich hab ihn nicht umgebracht!« Wigtight hatte mittlerweile wirklich Angst, nicht nur aufgrund der Fakten, sondern in erster Linie wegen Monks Haß. Er erkannte, wann jemand nicht mehr zur Räson zu bringen war, und Monk kostete seine Furcht regelrecht aus.

»Nein, Sie haben ihn umbringen lassen – das kommt aufs gleiche raus.«

»Hören Sie auf! Das ergibt doch keinen Sinn!« Wigtights Stimme wurde allmählich höher und nahm einen leicht hysterischen Klang an. Seine Panik ging Monk runter wie Öl. »Also schön.« Er hob die schwabbligen, fetten Hände. »Ich habe die beiden hingeschickt, weil sie nachsehen sollten, ob Grey noch irgendwelche Unterlagen über seinen Kredit bei mir hatte. Ich wußte, daß er ermordet worden war, und dachte mir, er wäre vielleicht noch im Besitz des ungültig gewordenen Schuldscheins. Ich wollte nicht mit ihm in Verbindung gebracht werden. Mehr war nicht, glauben Sie mir!« Sein schweißnasses Gesicht glitzerte im Schein der Gaslampen. »Er hat alles zurückgezahlt. Heilige Muttergottes, es waren sowieso nur fünfzig Pfund! Denken Sie etwa, ich lasse jemand wegen fünfzig Pfund umbringen? Das wäre doch bescheuert – vollkommen verrückt! Die Kerle hätten mich für den Rest meiner Tage in der Hand. Die würden mich ausziehen bis aufs letzte Hemd – oder mich an den Galgen bringen!«

Monk starrte ihn an. Langsam dämmerte ihm die Stichhaltigkeit von Wigtights Worten. Der Mann mochte ein Schmarotzer sein, aber er war kein Idiot. Er hätte niemals einen dermaßen unprofessionellen Helfershelfer angeheuert, um einen Mann wegen seiner

Schulden aus dem Weg räumen zu lassen, egal um welche Summe es ging. Wenn ihm tatsächlich der Sinn nach Mord gestanden hätte, wäre er klüger und weniger spektakulär vorgegangen. Ein wenig Gewalt hätte nicht geschadet, doch nicht in diesem Ausmaß und nicht in Greys Wohnung.

Außerdem war verständlich, daß er sichergehen wollte, keine Spuren bei Grey hinterlassen zu haben, einfach um Scherereien zu vermeiden.

»Warum haben Sie so lang damit gewartet?« fragte Monk in nüchternem Tonfall, der keine Spur der vorherigen Leidenschaft mehr enthielt. »Warum sind Sie nicht gleich hingegangen, um den Schuldschein zu suchen?«

Wigtight wußte, daß er gewonnen hatte, und dieses Wissen stand ihm groß und breit ins bleiche, glänzende Gesicht geschrieben. Er sah aus wie ein Frosch, der soeben einem schlammigen Tümpel entstiegen war.

»Anfangs wimmelte es dort von Polizisten.« Er spreizte selbstgefällig die Hände. Monk hätte ihn zu gern einen Lügner genannt, aber das konnte er nicht – noch nicht. »Konnte niemand auftreiben, der bereit war, ein solches Risiko einzugehen«, fuhr Wigtight fort. »Zahl einem Kerl zu viel für einen Auftrag, und er fragt sich auf der Stelle, ob nicht mehr dahintersteckt, als du ihm verraten hast. Womöglich denkt er noch, du hast vor irgendwas Angst! Ihr Haufen hielt es zunächst für das Werk eines Einbrechers, aber das hat sich offenbar geändert. Sie stellen Fragen über seine Einkünfte, über Geschäfte –«

»Wie kommen Sie darauf?« Monk glaubte ihm, es blieb ihm gar nichts anderes übrig, aber er wollte dem Mann soviel Unbehagen wie möglich bereiten.

»Man hört so verschiedenes. Sie waren bei seinem Schneider, in seiner Weinhandlung, haben sich erkundigt, ob er auch brav bezahlt hat.«

Monk erinnerte sich, Evan mit diesen Nachforschungen beauftragt zu haben. Anscheinend hatte der Wucherer überall Augen und Ohren, die für ihn aufpaßten. Im Grunde war das vorauszusehen gewesen; auf diese Weise kam er an seine Kunden, so fand er ihre

Schwachpunkte heraus und wußte, wie er sie anzupacken hatte. Gott, wie er sich vor diesem Schwein und seinesgleichen ekelte!

»Oh.« Ohne daß er es wollte, gab Monks Gesicht seine Niederlage preis. »Ich werde meine Ermittlungen wohl etwas diskreter durchführen müssen.«

Wigtight lächelte kalt.

»Ich an Ihrer Stelle würde mir nicht weiter den Kopf darüber zerbrechen. Es ändert sowieso nichts mehr.« Für ihn war Erfolg nichts Neues; den gleichen Genuß empfand er bei einem reifen Stilton-Käse und einem Gläschen Portwein nach dem Essen.

Es gab nichts weiter zu sagen, zudem konnte Monk Wigtights Genugtuung nicht länger verkraften. Er ging und ließ ihn und seinen Speichellecker, den Sekretär, allein, aber er war wild entschlossen, Josiah Wigtight bei der erstbesten Gelegenheit etwas anzuhängen – vorzugsweise etwas, das ihm ein ausgiebiges Studium der Gefängnistretmühle ermöglichen würde. Vielleicht war sein Haß auf jede Form von Wucher und das dadurch verursachte Leid, das den Betroffenen die Seele auffraß, für diesen Rachedurst verantwortlich, vielleicht war es Wigtight selbst mit seinem fetten Bauch und seinen kalten Augen; höchstwahrscheinlich lag es jedoch an der herben Enttäuschung, daß es nicht der Kredithai gewesen war, der Joscelin Grey auf dem Gewissen hatte.

Dieser Fehlschlag brachte ihn in die altvertraute Einbahnstraße zurück, die ihn zu Joscelin Greys Freunden führte, zu den Menschen, über die er etwas Anstößiges gewußt haben könnte. Er sah sich von neuem mit der Shelburne-Theorie und Runcorns Triumph konfrontiert.

Doch bevor er diesen Weg mit seinen unausweichlichen Endpunkten einschlug – entweder Shelburnes Festnahme und sein eigener Ruin oder das Eingeständnis, daß er versagt hatte, und Runcorns Siegesgeheul –, wollte er den anderen, wenn auch schwachen Spuren nachgehen. Eine davon begann bei Charles Latterly.

Er hielt den frühen Abend für einen Besuch am besten geeignet. Imogen würde zu Hause sein, und es war eine angemessene Zeit, um Charles um Audienz zu bitten.

Man empfing ihn mit zurückhaltender Höflichkeit. Das Stubenmädchen war zu gut geschult, um sich ein Erstaunen anmerken zu lassen. Er mußte nur wenige Minuten warten, bis man ihn in den Salon führte, dessen unaufdringliche Behaglichkeit ihn sofort in ihren Bann schlug.

Charles stand neben einem kleinen Tisch im Erker.

»Guten Tag, Mr. – äh – Monk«, sagte er hörbar frostig. »Welchem Umstand haben wir zu verdanken, daß Sie uns noch einmal beehren?«

Monk spürte, wie ihn der Mut verließ. Es kam ihm so vor, als würde der Gestank der Rookeries noch an ihm haften. Wahrscheinlich war offensichtlich, was für ein Mensch er war, wo er arbeitete, womit er zu tun hatte – und das schon immer. Er hatte es nur nicht gemerkt, weil er zu sehr mit sich selbst beschäftigt gewesen war.

»Ich untersuche nach wie vor den Mord an Joscelin Grey«, gab er etwas gestelzt zurück. Er war sich Imogens und Hesters Anwesenheit bewußt, vermied aber, sie anzusehen. Statt dessen machte er eine leichte Verbeugung, ohne den Blick zu heben, in ihre Richtung.

»Wäre es dann nicht langsam an der Zeit, zu irgendeinem Ergebnis zu kommen?« Charles wölbte die Brauen. »Natürlich bedauern wir seinen Tod, schließlich war er ein Bekannter von uns, aber wir brauchen keinen täglichen Report über Ihre Fortschritte – beziehungsweise den Mangel daran.«

»Das trifft sich gut«, erwiderte Monk bissig. Er war gekränkt und sich schmerzlich bewußt, daß er nie in diesen leicht verwohnten, behaglichen Raum mit seinen Polstermöbeln und dem glänzenden Walnußholz gehören würde. »Ich könnte mir so etwas nicht leisten. Der Grund für meinen Besuch ist die Tatsache, daß Sie Major Grey kannten.« Er schluckte. »Wir haben uns zunächst mit den Möglichkeiten befaßt, daß sein Mörder ein Gelegenheitsdieb war oder jemand, dem er Geld schuldete, entweder aufgrund von Spielschulden oder eines Kredits. Diese Theorien sind inzwischen erschöpft, so daß wir uns erneut an dem Punkt befinden, der sich – bedauerlicherweise – immer wieder als der wahrscheinlichste –«

»Anscheinend habe ich mich nicht verständlich genug ausgedrückt, Mr. Monk«, unterbrach ihn Charles scharf. »Es interessiert uns nicht! Und ich möchte meiner Frau und meiner Schwester nicht zumuten, sich solche Dinge anhören zu müssen. Die Frauen Ihrer« – er suchte ein Wort, das am wenigsten beleidigend klang –, »Ihrer Kreise mögen an Brutalität und Gewalt gewöhnt sein, aber meine Frau und meine Schwester sind Damen der Gesellschaft und wissen nicht das geringste darüber. Ich muß Sie bitten, Rücksicht auf ihre Gefühle zu nehmen!«

Monk spürte, wie seine Wangen brannten. Er hätte gern eine gebührend unverschämte Bemerkung zurückgegeben, doch die Gewißheit, daß Imogen Latterly kaum mehr als einen Meter neben ihm stand, hielt ihn zurück. Was Hester von ihm dachte, war ihm egal: Im Grunde genommen hätte es ihm Spaß gemacht, sich auf einen erfrischenden Streit mit ihr einzulassen, was vermutlich genauso belebend gewesen wäre wie eine Handvoll eiskaltes Wasser ins Gesicht.

»Es war nicht meine Absicht, irgend jemand unnötig zu quälen, Sir.« Mühsam preßte er die Worte hervor. »Außerdem bin ich nicht gekommen, um Sie zu informieren, sondern um mir von Ihnen einige Fragen beantworten zu lassen. Ich habe versucht, Ihnen den Grund dafür verständlich zu machen, damit Ihnen die Antworten eventuell leichter fallen.«

Charles schaute ihn aus zusammengekniffenen Augen an. Er lehnte inzwischen am Kaminsims und wurde augenblicklich steif wie ein Stock.

»Weder ich noch der Rest meiner Familie weiß auch nur das geringste zu diesem Thema zu sagen.«

»Sonst hätten wir es Ihnen bestimmt erzählt«, fügte Imogen hinzu. Einen Moment lang hatte Monk den Eindruck, sie würde sich für das herablassende Benehmen ihres Mannes schämen.

Hester stand auf, marschierte quer durch den Raum und blieb gegenüber von Monk stehen.

»Bis jetzt sind uns noch keine Fragen gestellt worden«, appellierte sie an Charles' Vernunft. »Woher sollen wir also wissen, daß wir sie nicht beantworten können? Ich kann zwar nicht für Imogen sprechen, aber was mich betrifft, habe ich damit keinerlei Probleme.

Wenn du in der Lage bist, über den Mord nachzudenken, bin ich es auch. Es ist sogar unsere Pflicht!«

»Hester, meine Liebe – du weißt nicht, wovon du sprichst.« Mit angespanntem Gesicht streckte Charles eine Hand nach ihr aus, was sie jedoch völlig ignorierte. »Du hast ja keine Ahnung, was für grauenhafte Einzelheiten ans Licht kommen könnten – schlimmere Dinge, als du sie dir vorstellen kannst.«

»Blödsinn!« fegte Hester seine Bemerkung resolut beiseite. »Meine Erlebnisse beinhalten einen Haufen *Dinge*, die dir nicht mal in deinen Alpträumen einfallen würden. Ich habe zerstückelte und zerfetzte Leichen gesehen, verhungerte und erfrorene Menschen, Menschen, die an Seuchen –«

»Hester!« Charles explodierte. »Um Gottes willen, reiß dich zusammen!«

»Also versuch nicht mir einzureden, ich würde das Salongeplänkel über einen einzigen, jämmerlichen Mord nicht überstehen«, brachte Hester ihren Satz zu Ende.

Charles' Gesicht war dunkelrot. Monk beachtete er nicht mehr. »Ist dir eigentlich noch nie in deinen unweiblichen Sinn gekommen, daß Imogen ein empfindsames Gemüt besitzt und bisher ein wesentlich schicklicheres Leben geführt hat, als du es dir für dich ausgesucht hast? Ehrlich – manchmal bist du unerträglich!«

»Imogen ist nicht annähernd so hilflos, wie du sie anscheinend gern hättest«, konterte Hester, obwohl sie leicht errötet war. »Genausowenig, denke ich, möchte sie die Wahrheit vertuschen, nur um einem unangenehmen Gespräch aus dem Weg zu gehen. Du traust ihr viel zu wenig zu.«

Monk warf Charles einen raschen Blick zu und war sicher, daß er seine Schwester nach Kräften ins Gebet genommen hätte, wenn sie allein gewesen wären – auch wenn das vermutlich nicht weit geführt hätte. Er war heilfroh, daß es nicht sein Problem war.

Imogen nahm die Angelegenheit selbst in die Hand.

»Sie sagten, Sie wären zu einem unausweichlichen Schluß gekommen, Mr. Monk. Bitte verraten Sie uns, zu welchem.« Sie sah ihn verlegen, fast abbittend an. Diese Frau schien ein bewegteres Innenleben und eine größere Sensibilität für Kränkungen zu haben als jeder Mensch, dem er bislang begegnet war. Er wußte nicht, was er ihr antworten sollte; sein Schweigen hing im Raum wie schwere Gewitterwolken. Sie hob ein wenig das Kinn, wandte den Blick jedoch nicht ab.

»Ich –« begann er und scheiterte kläglich. Dann machte er einen zweiten Anlauf: »Daß – daß der Mörder jemand ist, den Major Grey kannte, jemand aus denselben Gesellschaftskreisen –«

»Dummes Zeug!« fiel Charles ihm unfreundlich ins Wort und baute sich in der Mitte des Raumes auf, als würde er es notfalls auch physisch mit ihm aufnehmen. »Leute aus Joscelin Greys Kreisen laufen nicht in der Gegend herum und bringen andere um. Wenn das alles ist, was Sie zu bieten haben, sollten Sie den Fall besser an einen fähigeren Kopf abgeben.«

»Du bist unverhältnismäßig grob, Charles.« Imogens Augen brannten wie Feuer. »Es besteht keinerlei Grund zu der Annahme, daß Mr. Monk für seinen Beruf untauglich ist, und erst recht keine Veranlassung, es auszusprechen.«

Charles' ganzer Körper verkrampfte sich; eine solche Dreistigkeit konnte er beim besten Willen nicht hinnehmen.

»Imogen –« begann er eisig, erinnerte sich dann aber an seinen Verweis auf die weibliche Zerbrechlichkeit, um seinen Ton zu mäßigen. »Ich kann gut verstehen, daß dich diese Angelegenheit mitnimmt. Wahrscheinlich ist es besser, du läßt uns allein. Geh auf dein Zimmer, und ruh dich etwas aus. Wenn du dich beruhigt hast, kannst du gern wieder runterkommen. Vielleicht nimmst du ein bißchen Baldrian?«

»Ich bin weder müde, noch steht mir der Sinn nach Baldrian. Ich bin vollkommen ruhig, und die Polizei möchte mir ein paar Fragen stellen.« Sie wirbelte herum. »Das stimmt doch, Mr. Monk?«

Er wünschte, er könnte sich an das erinnern, was er über die Latterlys wußte, doch fiel ihm nichts ein. Durch die Gefühle und Sehnsüchte, die Imogen in ihm weckte, benahm er sich wie ein Idiot. Sie sprach eine weichere, menschlichere Seite in ihm an. Er war mehr als der brillante, ehrgeizige, scharfzüngige, einzelgängerische Detektiv, und daran erinnerte sie ihn.

»Hat Major Grey« – wagte er einen letzten Versuch –, »da Sie ihn relativ gut gekannt haben, Ihnen gegenüber vielleicht etwas darüber verlauten lassen, daß er um seine Sicherheit fürchtete, oder eine Person erwähnt, die ihn nicht mochte oder ihn schikanierte?« Er verfluchte sich insgeheim wegen der Holprigkeit, mit der er sich ausdrückte. »Hat er jemals mit Ihnen über Neider oder Rivalen gesprochen?«

»Nein, gar nicht. Warum hätte ihm auch jemand den Tod wünschen sollen? Er war nett. Ich habe kein einziges Mal erlebt, daß ein Streit mit ihm über ein paar scharfe Worte hinausging. Sein Humor war vielleicht manchmal etwas boshaft, aber kaum ein Grund, Mordgelüste zu wecken.«

»Meine liebe Imogen, deine Phantasie geht mit dir durch!« schnappte Charles. »Es war Raub – es muß Raub gewesen sein!«

Imogen atmete tief durch, beachtete ihren Mann nicht weiter und schaute Monk unverwandt mit ernstem Blick an. Sie wartete auf eine Antwort.

»Meiner Meinung nach war Erpressung im Spiel«, sagte Monk. »Oder es ging um eine Frau.«

»Erpressung!« stieß Charles entrüstet aus; er legte seinen gesamten Unglauben in dieses eine Wort. »Sie glauben, Grey hat jemanden erpreßt? Und womit, wenn ich fragen darf?«

»Wenn wir das wüßten, Sir, wüßten wir auch mit ziemlicher Sicherheit, wer der Täter ist, und der Fall wäre gelöst.«

»Folglich wissen Sie nichts.« Charles' Spott kehrte zurück.

»Im Gegenteil, wir wissen eine Menge. Wir haben sogar einen Verdächtigen, doch solange wir nicht alle anderen Möglichkeiten ausgeschaltet haben, können wir nicht Anklage gegen ihn erheben.« Das war eine riskante Übertreibung, aber Charles' blasiertes Gesicht, seine herablassende Art brachten Monk dermaßen in Rage, daß er sich nicht mehr unter Kontrolle hatte. Am liebsten hätte er den Mann geschüttelt, um ihn aus seiner selbstgerechten Ruhe zu reißen.

»Dann begehen Sie einen schwerwiegenden Fehler.« Charles musterte ihn aus zusammengekniffenen Augen. »Was mich nicht im geringsten überrascht.«

»Genau das versuche ich zu vermeiden, Sir, indem ich so viele

Informationen zusammentrage, wie ich bekommen kann. Ich bin überzeugt, Sie haben nichts dagegen.«

Monk sah aus den Augenwinkeln, daß Hester schmunzelte, und stellte verblüfft fest, daß es ihn tatsächlich freute.

Charles brummte etwas Unverständliches.

»Wir möchten Ihnen wirklich helfen«, sagte Imogen in das Schweigen hinein. »Mein Mann versucht nur, uns Unannehmlichkeiten zu ersparen, was ich sehr rücksichtsvoll von ihm finde. Aber da wir Joscelin außerordentlich gern hatten, sind wir bestimmt stark genug, uns Ihren Fragen zu stellen.«

»›Außerordentlich gern‹ ist ein wenig übertrieben, meine Liebe«, bemerkte Charles peinlich berührt. »Natürlich mochten wir ihn – schon wegen George.«

»George?« Monk runzelte die Stirn; dieser Name fiel zum erstenmal.

»Mein jüngerer Bruder«, klärte Charles ihn auf.

»Und er kannte Major Grey?« fragte Monk eifrig. »Könnte ich ihn auch sprechen?«

»Ich fürchte, das ist unmöglich. Aber er kannte Grey recht gut. Die beiden standen sich eine Zeitlang ziemlich nahe.«

»Eine Zeitlang? Gab es Differenzen?«

»Nein, George ist tot.«

»Oh –« Monk stockte verlegen. »Mein aufrichtiges Beileid.«

»Danke.« Charles räusperte sich. »Wir mochten Grey, aber daß wir ihn über alle Maßen gern hatten, ist zuviel gesagt. Ich nehme an, meine Frau überträgt einen Teil unsrer Zuneigung zu George auf Georges Freunde.«

»Ich verstehe.« Monk wußte nicht, wie er fortfahren sollte. Hatte Imogen in Joscelin den Freund ihres toten Schwagers gesehen – oder war auch sie seinem Witz und seinen Schmeicheleien erlegen? Wann immer sie von ihm sprach, nahmen ihre Züge einen leidenschaftlichen Ausdruck an, der ihn an Rosamond Shelburne erinnerte. Es war die gleiche Zärtlichkeit, der gleiche Widerhall gemeinsam erlebter Stunden voll Gelächter und Verzauberung, der sich darin spiegelte. War Charles blind gewesen – oder zu eingebildet, um es als das zu erkennen, was es war?

Ein häßlicher, gefährlicher Gedanke kam ihm in den Sinn und wurde auf der Stelle verdrängt. War nicht Rosamond die geheimnisvolle Frau gewesen, sondern Imogen Latterly? Monk verspürte den verzweifelten Drang, das Gegenteil zu beweisen. Aber wie? Wenn Charles für die Tatzeit ein nachweisbares Alibi hätte, wäre die lästige Frage ein für allemal aus der Welt geschafft.

Er starrte forschend in Charles' glattes Gesicht. Der Mann stellte eine verärgerte, aber vollkommen unschuldige Miene zur Schau. Monk sann fieberhaft nach einem indirekten Weg, herauszufinden, wo er sich zur Zeit des Mordes aufgehalten hatte, aber sein Verstand arbeitete zäh und schwerfällig wie Kleister. Warum, in drei Teufels Namen, mußte Charles auch Imogens Mann sein!

Gab es eine andere Möglichkeit? Waren seine Befürchtungen unsinnig? Die Ausgeburt einer Phantasie, die durch den Gedächtnisverlust über die Stränge schlagen konnte, weil sie nicht durch Erinnerungen in Schach gehalten wurde? Oder war es sein wiedererwachendes Gedächtnis, waren es gerade Erinnerungen, die diese Befürchtungen hervorriefen?

Der Stock in Joscelin Greys Diele. Sein Bild hatte sich ihm auf ewig eingebrannt. Könnte er dieses Bild nur ausweiten, die Hand und den Arm, den ganzen Menschen sehen, der ihn hielt! Das war es, was ihm wie Blei im Magen lag: Er kannte den Besitzer des Stocks, und er wußte mit absoluter Sicherheit, daß er Lovel Grey nie zuvor begegnet war. In Shelburne Hall hatte man ihn nicht mit der geringsten Spur von Wiedererkennen empfangen. Und warum sollten sie so etwas vortäuschen? Es wäre sogar riskant gewesen, denn schließlich konnten sie nicht wissen, daß er das Gedächtnis verloren hatte. Lovel Grey war auf keinen Fall der Besitzer des Stocks mit den Messingbeschlägen am Knauf.

Aber vielleicht Charles Latterly.

»Waren Sie jemals in Major Greys Wohnung, Mr. Latterly?« Die Frage war heraus, ehe er recht wußte, wie ihm geschah. Er hatte das Gefühl, mit Charles Latterly um die Antwort zu pokern, und wollte sie plötzlich nicht mehr hören. Wenn das Ganze erst ins Rollen kam, würde er nicht mehr lockerlassen können, sei es auch nur, um für sich selbst Gewißheit zu haben.

Charles sah ihn erstaunt an.

»Nein. Wieso? Sie waren doch sicher selbst dort. Das geht nun wirklich zu weit!«

»Sie waren niemals da?«

»Das habe ich Ihnen doch gerade gesagt. Es ergab sich keine Gelegenheit.«

»Für die übrigen Familienmitglieder auch nicht, nehme ich an?« Monk wich den Blicken der Frauen aus; er war sich bewußt, daß die Frage taktlos, wenn nicht unverschämt klang.

»Selbstverständlich nicht!« Charles beherrschte sich. Er schien etwas hinzufügen zu wollen, doch da ergriff Imogen das Wort.

»Möchten Sie, daß wir Sie über unseren Verbleib zur Zeit von Joscelins Tod unterrichten, Mr. Monk?«

Er sah sie vorsichtig an, konnte aber keine Spur von Sarkasmus in ihren Zügen entdecken. Sie hielt seinem Blick mit ihren unergründlichen Augen stand.

»Mach dich nicht lächerlich, Imogen!« schnappte Charles, der langsam wieder in Wut geriet. »Wenn du nicht den nötigen Ernst für diese Angelegenheit aufbringen kannst, gehst du besser auf dein Zimmer!«

»Es war mein völliger Ernst«, erwiderte sie und drehte sich ihrem Mann zu. »Falls es tatsächlich einer von Joscelins Freunden war, der ihn getötet hat, gehören wir natürlich auch zu den Verdächtigen. Es wäre sinnvoller, Charles, uns durch die Tatsache, daß wir zur fraglichen Zeit woanders gewesen sind, von diesem Verdacht zu befreien, als Mr. Monk klarzumachen, daß wir kein Motiv hatten, indem wir ihm Einblick in unsere Privatangelegenheiten gewähren.«

Charles erbleichte; er starrte Imogen an, als wäre sie ein giftiges Insekt, das plötzlich unter dem Teppich hervorgekrochen war und ihn gebissen hatte. Monk spürte, wie sich sein Magen zusammenzog.

»Ich war bei Freunden zum Dinner eingeladen«, sagte er mit dünner Stimme.

Nachdem ihm klargeworden war, daß er soeben eine Art Alibi zum besten gegeben hatte, sah er besonders elend aus. Monk konnte nicht anders – er mußte nachdenken.

»Wo genau, Sir?«

»In der Doughty Street.«

Imogen schaute Monk offen und unschuldig an, nur Hester hatte sich abgewandt.

»Welche Hausnummer, Sir?«

»Ist das wichtig, Mr. Monk?« erkundigte sich Imogen arglos.

Hester hob gespannt den Kopf.

Monk erklärte mit einem Schuldbewußtsein, das ihn selbst überraschte: »Die Doughty Street mündet auf den Mecklenburg Square, Mrs. Latterly. Beides liegt nicht mehr als einen zwei- bis dreiminütigen Fußmarsch auseinander.«

»Ach«, sagte sie matt und blickte ihren Mann an.

»Zweiundzwanzig«, preßte dieser zwischen zusammengebissenen Zähnen hervor. »Ich war den ganzen Abend dort, außerdem hatte ich keine Ahnung, daß Grey in der Nähe wohnte.«

»Es fällt mir schwer, das zu glauben, Sir, da Sie ihm an diese Adresse geschrieben haben. Wir fanden unter seinen persönlichen Dingen einen Brief von Ihnen.«

»Verdammt noch mal, ich –« Das Wort blieb Charles im Halse stecken.

Monk wartete. Die Stille war so tief, daß er das Pferdegetrappel aus der übernächsten Straße zu hören vermeinte. Er vermied es, die Frauen anzusehen.

»Ich wollte sagen –« versuchte Charles einen zweiten Anlauf und verstummte wieder.

Monk hielt es nicht länger aus. Das Ganze war ihm entsetzlich peinlich; diese Leute taten ihm furchtbar leid. Er schaute Imogen an – er wollte, daß sie es wußte, auch wenn es ihr nichts bedeutete.

Sie stand reglos da. Ihre Augen waren so dunkel, daß es unmöglich war, sie zu ergründen, aber sie schienen nichts von dem befürchteten Abscheu zu enthalten. Einen Moment lang hatte er das Gefühl, ihr die Unumgänglichkeit seiner Fragen, den schrecklichen Zwang, der ihn dazu trieb, begreiflich machen zu können – wäre er nur ein paar Minuten mit ihr allein.

»Meine Freunde können beschwören, daß ich den ganzen Abend bei ihnen war.« Unsanft zerschnitt Charles' Stimme das zarte Band zwischen ihnen. »Ich werde Ihnen ihre Namen geben, auch wenn das absolut lächerlich ist! Ich hatte nichts gegen Joscelin; wir befanden uns in derselben unglücklichen Lage. Es gab nicht den geringsten Grund, ihm etwas Böses zu wünschen, und sogar Sie werden keinen finden!«

»Würden Sie mir die Namen bitte nennen, Mr. Latterly?«

Charles' Kopf fuhr ruckartig hoch.

»Um Gottes willen – Sie werden sie keinesfalls dazu zwingen, Rechenschaft über mich abzulegen! Ich gebe Ihnen die Namen nur, wenn –«

»Ich werde diskret vorgehen, Sir.«

Charles schnaubte verächtlich; die Vorstellung eines zartfühlenden Polizeibeamten war grotesk.

Monk sah ihn gelassen an.

»Es wäre wesentlich einfacher, Sie geben mir die Namen selbst, Sir. Ansonsten muß ich sie mir auf andere Weise beschaffen.«

»Der Teufel soll Sie holen!« Die Adern auf Charles Stirn drohten jeden Moment zu platzen.

»Die Namen, Sir.«

Charles begab sich zu einem der kleinen Beistelltischchen, öffnete das Schubfach und zog ein Blatt Papier sowie einen Stift heraus. Er brauchte eine Weile, bis er die Adressen notiert hatte, faltete das Blatt dann zusammen und reichte es Monk.

Monk steckte es ungelesen ein.

»Ich danke Ihnen, Sir.«

»War das endlich alles?«

»Nein. Ich würde Ihnen gern noch einige Fragen über Major Greys Freunde stellen. Es könnte durchaus sein, daß er etwas über einen von ihnen in Erfahrung gebracht hat, das der Betreffende unbedingt geheimhalten wollte.«

»Und was, bitte, schwebt Ihnen da vor?« Charles betrachtete ihn mit extremer Abneigung.

Monk verspürte keinerlei Drang, die Dinge auszusprechen, die er sich in seiner Phantasie ausgemalt hatte, besonders nicht in Imogens Anwesenheit.

»Nichts Konkretes, Sir, und ohne handfeste Beweise wäre es vermessen, diesbezüglich Spekulationen anzustellen.«

»Vermessen«, wiederholte Charles höhnisch. »Soll das etwa heißen, so etwas spielt für Sie eine Rolle? Es wundert mich, daß Sie das Wort kennen!«

Imogen wandte sich verlegen ab, während Hesters Gesicht erstarrte. Sie öffnete den Mund, als hätte sie die Absicht, etwas zu sagen, hielt es dann aber für klüger zu schweigen.

Auch Charles schien sich in der darauffolgenden Stille nicht wohl zu fühlen, war jedoch unfähig, sich zu entschuldigen.

»Er erwähnte eine Familie namens Dawlish«, sagte er gereizt. »Außerdem verbrachte er meines Wissens ein- oder zweimal längere Zeit bei Gerry Fortescue.«

Monk notierte alles, was sie ihm über die Dawlishs, die Fortescues und ein paar andere Leute zu berichten wußten, obwohl es ihm sinnlos erschien und er sich Charles' Skepsis deutlich bewußt war; der Mann behandelte ihn wie einen frei herumlaufenden Irren, den man tunlichst nicht reizte. Im Grunde blieb er nur, um nicht vollkommen unglaubwürdig zu wirken, denn schließlich hatte er seinen Besuch damit erklärt, weitere Nachforschungen über Grey anstellen zu müssen.

Als er ging, meinte er in seinem Rücken schwere Seufzer der Erleichterung zu vernehmen. Er stellte sich vor, wie sie sich heimliche Blicke zuwarfen und sich in stillschweigendem Einverständnis freuten, den lästigen Eindringling endlich losgeworden zu sein und eine extrem unangenehme Begegnung hinter sich gebracht zu haben. Während des ganzen Wegs zum Revier waren seine Gedanken in dem behaglichen Salon – und bei Imogen. Er versuchte sich auszumalen, was sie tat, was sie von ihm dachte, ob sie auch den Mann in ihm sah oder nur den Inhaber eines Amts, vor dem sie plötzlich zurückschreckte.

Warum hatte sie ihn so eindringlich angesehen? Mehr als einmal hatte er das Gefühl gehabt, Raum und Zeit würden stillstehen, als er diesem Blick begegnet war – nur weil er den Moment um jeden Preis festhalten wollte? Womit hatte sie ihn ursprünglich beauftragt? Welche Worte waren zwischen ihnen gefallen?

Wieviel Macht doch die Einbildungskraft besaß, und zu welchen törichten Schlüssen sie einen verleiten konnte! Wenn er nicht genau wüßte, wie idiotisch das war, würde er fast glauben, daß sie beide schwerwiegende Erinnerungen miteinander teilten.

Hester, Imogen und Charles standen wie betäubt in dem kleinen Salon, nachdem Monk gegangen war. Helles Sonnenlicht schien durch das hinter den breiten Terrassentüren schimmernde Blattwerk in den Raum hinein. Es war absolut still.

Charles holte Atem, wie um etwas zu sagen, sah erst seine Frau, dann Hester an, ließ einen Seufzer entweichen und schwieg. Einen Augenblick später ging er mit angespanntem und unglücklichem Gesicht zur Tür, entschuldigte sich mechanisch und verschwand.

In Hesters Kopf überschlugen sich die Gedanken. Sie mochte Monk nicht, und er brachte sie zur Weißglut, doch je länger sie ihn beobachtete, desto mehr mußte sie ihre frühere Meinung bezüglich seiner Inkompetenz revidieren. Seine Fragen waren zwar scheinbar ziellos, und er schien Joscelin Greys Mörder seit ihrer ersten Begegnung keinen Schritt näher gekommen zu sein, trotzdem waren seine Intelligenz und seine unerbittliche Hartnäckigkeit nicht zu übersehen. Der Fall berührte ihn – es war sein Gerechtigkeitssinn, der ihn antrieb.

Wenn es nicht so weh tun würde, wäre es ein Grund zum Lachen, diese verblüffende Sanftheit im Umgang mit Imogen, diese Anhimmelei und dieser Beschützerinstinkt – alles Regungen, die Hester gewiß nicht bei ihm hervorrief. Ihr war dieser Gesichtsausdruck schon bei vielen Männern aufgefallen; genau die gleichen Gefühle hatte Imogen bei Charles geweckt, als sie sich zum erstenmal begegnet waren, und seitdem bei unzähligen anderen. Hester war sich nie im klaren, ob Imogen sich dessen bewußt war oder nicht.

Hatte sie etwas Ähnliches auch bei Joscelin Grey bewirkt? War auch er dem Zauber ihres Charmes, ihrer strahlenden Augen und dieser Unschuld erlegen, die jedes ihrer Worte, jede ihrer Taten zu umgeben schien?

Charles liebte sie. Ihr Bruder war ein ruhiger Mensch, der sich, zugegeben, manchmal etwas zu wichtig nahm und seit dem Tod des Vaters bedrückter war und leichter aufbrauste als davor – aber er war auch ehrlich, konnte großmütig sein, bisweilen sogar lustig;

zumindest war das früher so gewesen. In letzter Zeit war er ernster geworden, als ob ihm etwas schwer auf der Seele lasten würde.

Hatte Imogen den witzigen, galanten, vor Charme sprühenden Joscelin Grey interessanter gefunden? In dem Fall mußte Charles schrecklich gelitten haben, trotz seiner scheinbaren Selbstbeherrschung, und es war nicht auszuschließen, daß er die Kontrolle über sich verloren hatte. Imogen hütete eine Geheimnis. Hester kannte sie gut genug, um die leichten Spannungen zu spüren, um zu merken, wann sie schwieg, statt sich wie früher mitzuteilen, und wie vorsichtig sie sich zuweilen ausdrückte, wenn sie alle zusammen waren. Es war nicht etwa Charles, vor dem sie sich in acht nahm; der war unempfänglich für solche Dinge, ging sowieso davon aus, die Frauen niemals verstehen zu können. Nein, es war Hester. Imogen war so herzlich wie eh und je, nach wie vor sehr großzügig, wenn es darum ging, ihr eine Kleinigkeit auszuleihen, sie zu loben oder ihr zu danken – aber sie war vorsichtig geworden, sie war nicht mehr spontan.

Was mochte dieses Geheimnis sein? Etwas an Imogens Verhalten ließ Hester ahnen, daß es mit Joscelin Grey zusammenhing, denn Imogen hatte einerseits Angst vor dem Polizisten Monk, andererseits verfolgte sie ihn regelrecht.

»Du hast nie erwähnt, daß Joscelin Grey mit George befreundet war«, sagte sie laut.

Imogen blickte aus dem Fenster. »Nein? Na, wahrscheinlich wollte ich dich nicht unnötig quälen und dachte mir, es wäre besser, dich weder an ihn noch an Mama oder Papa zu erinnern.«

Daran war nichts auszusetzen. Hester glaubte ihr zwar nicht, aber es war exakt das, was Imogen in so einer Situation getan hätte.

»Danke«, erwiderte sie. »Das war sehr rücksichtsvoll von dir, vor allem, wo du Major Grey so gern hattest.«

Imogen lächelte, den verträumten Blick auf einen fernen Punkt jenseits der sonnenlichtgesprenkelten Scheibe gerichtet. Hester fand nicht, daß es ihr zustand, darüber nachzugrübeln, was ihre Schwägerin sah.

»Er war so lustig«, sagte Imogen langsam. »Joscelin war ganz anders als alle, die ich kenne. Er ist auf schreckliche Art ums Leben gekommen, aber ich schätze, es ging schnell, und er mußte weniger leiden als die meisten, die du sterben gesehen hast.«

Auch dagegen war nichts einzuwenden.

Als Monk im Revier eintraf, erwartete Runcorn ihn bereits. Er saß hinter seinem Schreibtisch und blätterte in irgendwelchen Papieren, die er bei Monks Anblick zur Seite legte.

»Ihr Dieb war also ein Geldverleiher«, meinte er zynisch und schnitt eine Grimasse. »Die Presse ist nicht an Geldverleihern interessiert, das garantier ich Ihnen.«

»Das sollte sie aber!« blaffte Monk zurück. »Die Kerle sind schlimmer als eine Rattenplage; sie sind eins der abstoßendsten Symptome von Armut –«

»Du liebe Zeit! Wollen Sie sich für die Parlamentschaftswahlen aufstellen lassen, oder sind Sie Polizist? Wenn Ihnen Ihr Job am Herzen liegt, sollten Sie sich für eins von beiden entscheiden – und Polizisten werden eingestellt, weil sie Verbrechen aufklären sollen, nicht um hochmoralische Kommentare abzugeben.«

Monk funkelte ihn wütend an.

»Wenn wir nur einen Teil der Armut – samt der Schmarotzer, die daraus ihren Nutzen ziehen – beseitigen könnten, würde es vermutlich gar nicht mehr so viel aufzuklären geben.« Seine Hitzigkeit überraschte ihn selbst. Allmählich wußte er wieder, was Leidenschaft war, wenn ihm auch die Beweggründe dafür nach wie vor verborgen blieben.

»Joscelin Grey«, sagte Runcorn ungerührt; er hatte nicht vor, sich ablenken zu lassen.

»Ich arbeite daran.«

»Dann sind Ihrer Tatkraft erstaunlich enge Grenzen gesetzt!«

»Haben Sie vielleicht Beweise für Shelburnes Schuld?« fragte Monk gelassen. Er wußte, was Runcorn im Schilde führte, und war entschlossen, es bis zum bitteren Ende mit ihm durchzukämpfen. Falls Runcorn ihn tatsächlich zwingen sollte, Shelburne festzunehmen, bevor er dafür gewappnet war, würde er dafür sorgen, daß die Öffentlichkeit es für Runcorns Werk hielt.

Doch so leicht war Runcorn nicht aus der Reserve zu locken.

»Das ist Ihre Aufgabe«, erwiderte er säuerlich. »Es ist nicht mein Fall.«

»Das ist womöglich ein Fehler.« Monk hob nachdenklich die Brauen, als zöge er die Möglichkeit ernsthaft in Betracht. »Ja, vielleicht sollten Sie ihn übernehmen.«

Runcorns Augen wurden schmal. »Soll das heißen, Sie kommen nicht klar?« erkundigte er sich unglaublich sanft. »Daß diese Sache eine Nummer zu groß für Sie ist?«

Monk hielt seinen Bluff aufrecht.

»Wenn Shelburne der Mörder ist, ist sie es wahrscheinlich wirklich. Vielleicht sollten Sie die Verhaftung durchführen – schließlich sind Sie der Ranghöhere.«

Runcorns Gesicht fiel in sich zusammen, und Monk wurde von einer süßen Woge der Genugtuung erfaßt, die jedoch gleich wieder abebbte.

»Anscheinend haben Sie nicht nur das Gedächtnis, sondern auch die Nerven verloren«, sagte Runcorn, während er mühsam ein höhnisches Grinsen zustande brachte. »Geben Sie auf?«

Monk holte tief Luft.

»Ich habe gar nichts verloren – schon gar nicht meinen Verstand! Ich denke nicht im Traum dran, einen Mann festzunehmen, gegen den ich außer einem schwerwiegenden Verdacht nichts in der Hand habe. Wenn Sie das wollen, müssen Sie mir den Fall offiziell abnehmen und es selbst tun. Und helf Ihnen Gott, wenn Lady Fabia von dem Ganzen Wind bekommt. Dann kommt für Sie nämlich jede Hilfe zu spät, das garantiere ich *Ihnen!*«

»Feigling! Meine Güte, wie haben Sie sich verändert, Monk!«

»Wenn ich früher einen Menschen ohne stichhaltige Beweise hinter Gitter gebracht hätte, war eine Veränderung wohl bitter nötig. Nehmen Sie mir den Fall ab?«

»Ich gebe Ihnen noch eine Woche. Länger wird sich die Öffentlichkeit wohl kaum von Ihnen hinhalten lassen.«

»Von *uns*«, korrigierte Monk. »Soviel die Öffentlichkeit weiß, ziehen wir alle am selben Strang. Haben Sie jetzt vielleicht einen konstruktiven Vorschlag, zum Beispiel wie man Shelburne die Tat ohne Zeugen nachweisen kann? Oder wären Sie in dem Fall längst vorgeprescht und hätten die Angelegenheit selbst in die Hand genommen?«

Die Anspielung tat ihre Wirkung. Verblüffenderweise lief Runcorn vor Wut rot an; vermutlich fühlte er sich ertappt.

»Es ist, wie gesagt, Ihr Fall«, schnaubte er. »Ich werde Sie erst dann von ihm befreien, wenn Sie zu mir kommen und zugeben, daß Sie versagt haben, oder wenn ich von höherer Instanz dazu aufgefordert werde.«

»Gut. Dann werde ich jetzt weitermachen.«

»Tun Sie das. Tun Sie das, Monk – wenn Sie nicht zu blöd dazu sind!«

Der Himmel über der Stadt war bleigrau; schwere Regentropfen prasselten auf die Erde. Während Monk nach Hause ging, überlegte er voll Bitterkeit, daß die Zeitungen mit ihrer Kritik vollkommen recht hatten. Er war inzwischen kaum schlauer als damals, als Evan ihn mit dem dürftigen Beweismaterial vertraut gemacht hatte. Shelburne war der einzige, der seines Wissens ein klares Motiv hatte, trotzdem gab ihm dieser unselige Spazierstock in Greys Diele zu denken. Er war nicht die Mordwaffe, aber er hatte ihn schon mal gesehen. Joscelin Grey konnte der Stock nicht gehört haben, denn Imogen hatte deutlich gesagt, daß er sich nach dem Tod ihres Schwiegervaters nicht mehr bei den Latterlys hatte blicken lassen, und davor war Monk zweifellos noch nie dort gewesen.

Aber wem gehörte er dann?

Shelburne auch nicht.

Ohne daß es ihm aufgefallen war, hatten ihn seine Füße nicht zu seiner Wohnung, sondern zum Mecklenburg Square getragen.

Unten in der Halle traf er auf Grimwade.

»'n Abend, Mr. Monk. So ein Sauwetter draußen, Sir. Der Sommer is auch nich mehr, was er mal war. Erst Hagelkörner im Juli, daß es aussieht, als wenn's geschneit hat, und jetzt das! 'ne richtige Strafe, bei so 'nem Wetter unterwegs zu sein.« Mitleidig beäugte er Monks triefenden Mantel. »Kann ich Ihnen irgendwie helfen, Sir?«

»Der Mann, der bei Mr. Yeats war –«

»Der Mörder?« Obwohl Grimwade erschauerte, sprach der melodramatische Ausdruck in seinem hageren Gesicht dafür, daß er die Vorstellung genoß.

»Es sieht so aus, ja«, räumte Monk ein. »Würden Sie ihn mir bitte noch einmal beschreiben?«

Grimwade verdrehte die Augen und fuhr sich mit der Zunge über die Lippen.

»Tja, is nich so einfach, Sir. Is schließlich schon 'ne ganze Weile her, und je mehr ich versuch, mich dran zu erinnern, desto schwieriger wird's. Groß war er, das weiß ich noch, aber für 'ne Übergröße, wie Sie vielleicht sagen würden, hat's nich gereicht. Schwer zu sagen, wenn jemand 'n Stück von einem weg steht. Als er kam, sah er 'n paar Zentimeter kleiner aus als Sie, obwohl er mir irgendwie größer vorkam, als er wieder ging. Kann mich aber auch täuschen, Sir.«

»Das ist doch schon mal was. Was für eine Gesichtsfarbe hatte er denn: frisch, fahl, blaß, dunkel?«

»Eher frisch, Sir. Aber das lag vielleicht an der Kälte. Mann, war das 'ne scheußliche Nacht, nich normal für Juli! Wie im Winter ging's zu, mit 'nem Ostwind, daß einem alles vergangen is.«

»Und Sie wissen nicht mehr, ob er einen Bart hatte?«

»Ich glaub nich, Sir, und wenn, dann muß er so winzig gewesen sein, daß er unter 'nem Schal verschwinden konnte.«

»Aber er war dunkelhaarig? Er könnte nicht auch braun oder sogar blond gewesen sein?«

»Nee Sir, nich blond und nich rotblond, ausgeschlossen; braun vielleicht schon. Aber ich erinner mich, daß er furchtbar graue Augen hatte. Die sind mir aufgefallen, als er rausgegangen is – so richtig stechende Augen hat der gehabt, genau wie die Typen, die Leute hypnotisieren.«

»Stechende Augen? Sind Sie sicher?« fragte Monk ungläubig; Grimwades Hang zur Melodramatik machte ihn etwas skeptisch.

»Jawohl, Sir. Je länger ich drüber nachdenk, desto sicherer bin ich mir. An sein Gesicht kann ich mich nich mehr erinnern, aber den Blick werd ich nie vergessen – nich als er reinkam, als er rausging! Komische Sache, versteh ich selbst nich. Hätt ich eigentlich schon merken müssen, als er mit mir gesprochen hat, hab ich aber nich – so wahr ich hier stehe!« Er schaute Monk treuherzig an.

»Vielen Dank, Mr. Grimwade. Und jetzt werde ich nachsehen, ob Mr. Yeats zu Hause ist. Wenn nicht, warte ich auf ihn.«

»Oh – der is da, Sir. Schon 'ne ganze Weile. Soll ich Sie hochbringen, oder wissen Sie noch, wo's langgeht?«

»Ich kenne den Weg, danke.« Monk lächelte grimmig und machte sich an den Aufstieg. Dieser Ort wurde ihm allmählich widerwärtig vertraut. Er lief schnell an Greys Wohnungstür vorbei und klopfte heftig an Yeats Tür. Einen Moment später schwang sie auf, und Yeats bekümmertes, kleines Gesicht blickte zu ihm auf.

»Oh!« entfuhr es ihm entsetzt. »Ich – ich wollte auch schon mit Ihnen sprechen. Ich – ich, äh . . . ich nehme an, das hätte ich längst tun sollen.« Er rang nervös die Hände, deren Knöchel schon ganz rot waren. »Aber Mr. – äh – Grimwade hat mir alles von dem Einbrecher erzählt, wissen Sie, und – und da dachte ich, Sie – Sie hätten den Mörder schon – äh . . . gefunden, also –«

»Darf ich hereinkommen, Mr. Yeats?« fiel Monk ihm ins Wort. Es war zu erwarten gewesen, daß Grimwade den Einbrecher erwähnt hatte, sei es auch nur, um die übrigen Mieter zu warnen – außerdem konnte man kaum davon ausgehen, daß ein geschwätziger, einsamer alter Mann ein derart aufregendes und spektakuläres Geheimnis für sich behalten würde. Trotzdem ärgerte es Monk, an diesen Fehlschlag erinnert zu werden.

»Es – es tut mir leid«, stammelte Yeats, als Monk an ihm vorbeiging. »Ich – ich weiß, daß ich es Ihnen schon früher hätte sagen sollen.«

»Was sagen, Mr. Yeats?« Monk sah seine Geduld auf eine harte Probe gestellt. Der kleine Mann stand offenbar am Rand eines Nervenzusammenbruchs.

»Na, das mit meinem Besucher, natürlich. Als ich Sie in der Tür stehen sah, dachte ich eigentlich, Sie wüßten Bescheid.« Yeats' Stimme steigerte sich zu einem fassungslosen Quieken.

»Was ist mit ihm? Ist Ihnen noch etwas eingefallen?« Er spürte Hoffnung in sich aufsteigen. Kam er nun vielleicht doch noch zu seinem Beweis?

»Na ja, Sir, ich habe herausbekommen, wer er ist.«

»Was sagen Sie da?« Monk traute seinen Ohren nicht. Das Zimmer um ihn herum begann zu singen und vor Aufregung auf und ab zu hüpfen. Gleich würde ihm dieses sonderbare kleine Männchen den Namen von Joscelin Greys Mörder nennen. Unglaublich – nicht zu fassen!«

»Ich habe herausbekommen, wer er ist«, wiederholte Yeats. »Ich weiß, ich hätte es Ihnen längst sagen sollen, aber ich dachte –«

Der Bann war gebrochen.

»Wer?« fragte Monk scharf; er wußte, daß seine Stimme bebte. »Wie heißt er?«

Erschrocken begann Yeats etwas Unverständliches zu stammeln.

»Wer war dieser Mann?« Obwohl Monk sich mit aller Kraft zusammenriß, steigerte sich sein Tonfall fast zu einem Brüllen.

»Ja, also – nun ja, Sir, ein Mann namens Bartholomew Stubbs. Soviel er sagte, handelt er mit alten Landkarten und dergleichen. Ist – ist das denn wichtig? Mr. Monk?«

Monk war völlig vor den Kopf gestoßen.

»Bartholomew Stubbs?« wiederholte er dümmlich.

»Ja, Sir. Ich bin ihm zufällig noch einmal begegnet und dachte mir, es wäre eine gute Gelegenheit, ihn nach seinem Namen zu fragen.« Er wedelte mit den Händen. »Ich war schrecklich nervös, das können Sie mir glauben – aber angesichts des schlimmen Schicksals des armen Major Grey fühlte ich mich verpflichtet, ihn anzusprechen. Er war sehr entgegenkommend und meinte, er hätte das Haus nach dem kurzen Besuch bei mir auf direktem Wege verlassen. Er mußte eine Viertelstunde später auf einem Abstinenzlertreffen in der Farringdon Road erscheinen, gleich in der Nähe der Jugendstrafanstalt. Ich weiß, daß das stimmt, weil ein Freund von mir ebenfalls dort war.« Er trat aufgeregt von einem Fuß auf den andern. »Mein Freund erinnert sich ganz deutlich an Mr. Stubbs' Ankunft, da der erste Redner schon mit seinem Vortrag begonnen hatte.«

Monk starrte ihn verständnislos an. Wenn Stubbs das Haus sofort wieder verlassen hatte, und das hatte er allem Anschein nach, wer war dann der Mann, den Grimwade später hatte gehen sehen?

»Blieb er den ganzen Abend auf dem Abstinenzlertreffen?« fragte er verzweifelt.

»Nein, Sir.« Yeats schüttelte den Kopf. »Er war dort nur mit meinem Freund verabredet – er ist ebenfalls Sammler, ein ziemlich versierter –«

»Er ging also wieder?« Monk stürzte sich darauf wie ein Tiger auf die Beute.

»Ja, Sir.« Yeats tänzelte mit zuckenden Händen um ihn herum. »Das versuche ich Ihnen ja die ganze Zeit klarzumachen! Sie gingen zusammen weg und nahmen ein leichtes Abendessen ein –«

»Zusammen?«

»Jawohl, Sir. Ich fürchte, Mr. Stubbs kann unmöglich der Kerl gewesen sein, der den bedauernswerten Major Grey so heimtükkisch überfallen hat.«

»Nein.« Enttäuscht stand Monk wie angewurzelt da. Er hatte nicht die leiseste Ahnung, was er jetzt tun sollte.

»Geht es Ihnen gut, Mr. Monk?« erkundigte sich Yeats zaghaft. »Es tut mir so leid. Wahrscheinlich hätte ich es Ihnen schon früher sagen sollen, aber ich hielt es nicht für wichtig, weil er unschuldig ist.«

»Schon gut, machen Sie sich deshalb keine Sorgen«, hauchte Monk. »Ich verstehe das.«

»Oh, da bin ich aber froh! Ich dachte schon, ich hätte einen Fehler gemacht.«

Monk murmelte ein paar freundliche Worte, weil er dem kleinen Kerl nicht noch ärger zusetzen wollte, und trat wieder ins Treppenhaus. Er registrierte weder, wie er die Treppe hinunterstieg, noch daß ihm der Regen ins Gesicht schlug, nachdem er an Grimwade vorbeigegangen war und auf der Straße stand. Die Gaslaternen brannten, in den Rinnsteinen gurgelte das Wasser.

Er stapfte blind vor sich hin und merkte erst, als er mit Schlamm bespritzt wurde und eine Kutsche in weniger als einem Schritt Entfernung an ihm vorbeiraste, daß er sich in der Doughty Street befand.

»He!« schrie ihm der Kutscher ins Gesicht. »Passen Se auf, wo Se hinlaufen! Oder wolln Se sich umbringen?«

Monk blieb stehen und sah zu ihm hoch. »Sind Sie besetzt?«

»Nee, Mann. Soll ich Sie wo hinfahrn? Wär vielleicht besser, sonst sind Se noch schuld an 'nem Unfall!«

»Ja«, stimmte Monk ihm zu, ohne sich vom Fleck zu rühren.

»Na los, steigen Se schon ein«, rief der Kutscher unwirsch, beugte sich etwas vor und beäugte ihn argwöhnisch. »Bei dem Wetter sollte man nich mal 'n Hund vor die Tür jagen, wirklich nich. 'n Kumpel von mir hat's an so 'nem Abend bös erwischt, das arme Schwein. Erst is ihm der Gaul durchgegangen, und dann is auch noch die Kutsche umgekippt. Mausetot is er gewesen! Hat sich auf 'm Pflaster den Schädel eingeschlagen. Seinen Fahrgast hat's auch ganz schön gebeutelt, aber der is wieder in Ordnung, hab ich gehört. Mußten se natürlich ins Krankenhaus bringen. He – wollen Se die ganze Nacht da rumstehen, Mann? Was is, entweder Sie steigen ein, oder Sie lassen's bleiben, aber entscheiden Se sich endlich!«

»Ihr Freund« – sagte Monk mit verzerrter Stimme, die klang, als käme sie von weit her – »wann ist der gestorben? Wann genau war dieser Unfall?«

»Juli war's – und 'n richtiges Sauwetter! Hagelkörner im Juli, daß es ausgesehen hat, als wenn's geschneit hätte. Nich zu fassen! Da fragt man sich wirklich, wo das mit 'm Wetter noch hinkommen soll!«

»Wann im Juli?« Monks Körper war eiskalt und absolut bewegungsunfähig.

»Nu machen Se mal, Mann«, säuselte der Kutscher, als hätte er einen Betrunkenen oder ein widerspenstiges Tier vor sich. »Kommen Se aus dem Regen raus. Is doch furchtbar naß – Sie holen sich noch 'n Tod.«

»Wann?«

»Ich glaub, am vierten. Wieso? Jetzt haben Se mal keine Angst vor 'nem Unfall, ich paß schon auf. Ich fahr so vorsichtig, als ob Se meine Mutter wärn. Los, steigen Se ein!«

»Kannten Sie ihn gut?«

»Ja, Sir. War 'n Freund von mir. Kannten Se ihn auch? Sie wohnen doch hier, oder? Hat immer dieselbe Gegend abgeklappert, der arme Hund, und 'n letzten Fahrgast hat er hier aufgesammelt, genau wo wir jetzt stehn – steht jedenfalls im Fahrtenbuch. Hab ihn selbst noch an dem Abend gesehn, jawoll. Also, kommen Se jetzt, Sir, oder kommen Se nich? Hab nich die ganze Nacht Zeit. Aber wenn Se nur so zum Vergnügen hier rumlaufen, sollten Se besser jemand mitnehmen – so sind Se nämlich nich sicher.«

In dieser Straße. Der Kutscher hatte ihn, Monk, in dieser Straße aufgegriffen, weniger als hundert Meter vom Mecklenburg Square entfernt, in der Nacht, als Joscelin Grey ermordet wurde. Was hatte er hier zu suchen gehabt? Was?

»Is Ihnen schlecht, Sir?« Der Tonfall des Kutschers änderte sich plötzlich; er klang besorgt. »He – haben Se einen zuviel gekippt?« Er stieg vom Kutschbock und öffnete Monk die Tür.

»Nein, nein, mir geht's gut.« Monk stieg gehorsam ein, während der Kutscher etwas über feine Herren murmelte, deren Familien besser auf sie aufpassen sollten, wieder auf den Bock kletterte und die Zügel auf den Rücken des Pferdes klatschen ließ.

In der Grafton Street angelangt, zahlte Monk ihn hastig aus und stürmte ins Haus.

»Mrs. Worley!«

Stille.

»Mrs. Worley!« Seine Stimme war hart und rauh.

Sich die Hände an der Schürze trocknend, tauchte sie endlich auf.

»Gott im Himmel, Sie sind ja völlig naß – können bestimmt was Warmes zu trinken vertragen! Ziehen Se erst mal die nassen Sachen aus. Wie kann man sich nur so vollregnen lassen. Wo waren Se bloß wieder mit Ihren Gedanken!«

»Mrs. Worley.«

Der Klang seiner Stimme brachte sie zum Schweigen.

»Du liebe Zeit, Mr. Monk, was is denn passiert? Sie sehn ja ganz furchtbar aus!«

»Ich –« Wieder drangen die Worte wie aus weiter Ferne an sein Ohr. »Ich vermisse einen Spazierstock, Mrs. Worley. Haben Sie ihn vielleicht gesehen?«

»Nein, Mr. Monk, hab ich nich. Abgesehen davon is mir auch schleierhaft, was Sie bei so 'nem Wetter mit 'nem Stock wollen. Was Sie brauchen, is 'n Regenschirm!«

»Haben Sie ihn gesehen?«

Matronenhaft stand sie vor ihm. »Seit dem Unfall nich mehr, nein. Meinen Se diesen dunklen? Den rotbraunen mit der Goldkette drumrum, den Se erst einen Tag vorher gekauft hatten? Schönes Stück, ja, aber wozu Sie so 'n Ding brauchen, werd ich mein Lebtag nich verstehn. Na, hoffentlich haben Se ihn nich verloren! Wenn doch, muß das bei dem Unfall passiert sein. Als Se weggegangen sind, hatten Se ihn nämlich dabei. Ich seh Sie noch richtig vor mir, stolz wie Oskar. 'n richtiger kleiner Dandy!«

Das Blut rauschte in Monks Ohren. In die Finsternis um ihn herum bohrte sich ein winziger Gedanke, grell und schmerzhaft wie ein gewaltiger Blitz: Er war am Abend von Greys Tod in dessen Wohnung gewesen; es war sein eigener Stock, den er im Ständer in der Diele vergessen hatte. Er war der Mann mit den stechenden grauen Augen, den Grimwade um halb zehn hatte gehen sehen. Er mußte hineingegangen sein, als Grimwade Bartholomew Stubbs zu Yeats' Wohnung brachte.

Es gab nur einen logischen Schluß, grauenhaft und unsinnig, aber der letzte, der ihm blieb: Der Himmel wußte warum, aber er selbst hatte Joscelin Grey ermordet!

11

Monk saß in seinem Lehnstuhl und starrte an die Decke. Obwohl es aufgehört hatte zu regnen und die Luft warm und klamm war, war ihm eiskalt.

Warum?

Ja, warum? Es war so unbegreiflich und unsinnig wie ein Alptraum, verworren und unentrinnbar.

Er war an jenem Abend in Greys Wohnung gewesen. Irgend etwas mußte sich dort abgspielt haben, nach dem er in solcher Hast davongelaufen war, daß er den Stock vergessen hatte. In der Doughty Street war er von dem Kutscher aufgegriffen und dann, kaum einen Kilometer weiter, in einen Unfall verwickelt worden, der den Mann das Leben und ihn sein Gedächtnis gekostet hatte.

Aber warum hätte er Grey töten sollen? In welcher Beziehung hatte er zu ihm gestanden? Bei den Latterlys konnte er ihn nicht kennengelernt haben, und in seinen Gesellschaftskreisen hatte er nicht verkehrt. Wenn Grey mit irgendeinem Fall in Verbindung gestanden hätte, würde Runcorn sich daran erinnern – außerdem wäre es vermutlich auch aus seinen eigenen Unterlagen hervorgegangen.

Warum also? Warum den Mann umbringen? Man verfolgte einen Fremden nicht bis in seine Wohnung und prügelte ihn dann grundlos zu Tode – es sei denn, man war verrückt.

War das der Schlüssel? Er war verrückt? Sein Gehirn hatte schon vor dem Unfall nicht mehr richtig funktioniert? Er erinnerte sich nicht an das Verbrechen, weil diese Greueltat von seinem anderen Ich begangen worden war und sein momentanes Ich nichts davon wußte, keine Ahnung von den Begierden und Trieben, nicht einmal von der Existenz des anderen Monk hatte? Und der Mörder war einzig und allein von seinem Gefühl regiert worden; von einem ultimativen, verzehrenden, verabscheuungswürdigen Gefühl – von abgrundtiefem Haß. War das möglich?

Er mußte nachdenken. Logik war der einzige Weg, sich in diesem Chaos zurechtzufinden, einen Fluchtweg zu entdecken, der in die Welt der Vernunft zurückführte. Er begann jedes Detail zu untersuchen, Stück für Stück, wieder und wieder, ohne es wirklich glauben zu können.

Die Minuten wurden zu Stunden, die Stunden gingen ins Morgengrauen über. Anfangs ging er ruhelos auf und ab, hin und her, vor und zurück, bis ihm die Beine weh taten, dann warf er sich in den Sessel und saß da wie erstarrt. Seine Hände und Füße waren mittlerweile so kalt, daß er sie kaum mehr spürte, der Alptraum dagegen noch so real und unsinnig wie vor ein paar Stunden. Er zermarterte sich das Hirn nach Erinnerungen von der Schulzeit bis zur Gegenwart, doch nirgends tauchte Joscelin Grey auf. Er stieß nicht auf das leiseste Motiv, auf keine Erklärung, entdeckte kein Fünkchen Wut, keine Eifersucht, keinen Haß, keine Furcht – nur die erdrückenden Beweise. Er war dort gewesen, und zwar als Grimwade wegen Bartholomew Stubbs einen Augenblick nicht auf seinem Posten gewesen war.

Eine Dreiviertelstunde lang mußte er sich dort aufgehalten haben, und als er wieder ging, nahm Grimwade an, er wäre Stubbs. In Wirklichkeit mußte Stubbs auf der Treppe an ihm vorbeigekommen sein, als er kam und Stubbs ging. Grimwade hatte gesagt, der Mann wäre ihm beim Hinausgehen kräftiger und etwas größer vorgekommen, außerdem waren ihm besonders die Augen in Erinnerung geblieben. Monk dachte an die Augen, die ihn aus dem Schlafzimmerspiegel heraus angestarrt hatten, damals, als er gerade aus dem Krankenhaus gekommen war. Es waren ungewöhnliche Augen gewesen, genau wie Grimwade gesagt hatte: durchdringend, klar und grau, beinah hypnotisch. Doch weder er noch Grimwade waren auf die Idee verfallen, in dem ernsten Polizistenblick das eisige Starren jenes unglückseligen Fremden wiederzuerkennen.

Es ließ sich nicht leugnen: Er war in Greys Wohnung gewesen. Anscheinend hatte er auch genau gewußt, wo der Mann wohnte, denn gefolgt war er ihm nicht. Aber warum in Gottes Namen hatte er ihn so sehr gehaßt, daß er völlig den Verstand verlor, alles vergaß, was er im Leben gelernt und geschätzt hatte, und wie ein Wahnsinniger auf ihn eindrosch, selbst als er längst tot war?

Das Gefühl der Angst war ihm nicht neu. Er erinnerte sich dunkel an die lähmende Furcht, die der Anblick des Meeres bei ihm ausgelöst hatte, wenn sich seine finstren Eingeweide auftaten, um Menschen und Schiffe, ganze Küstenstriche zu verschlingen. Das Brüllen des Ozeans begleitete seine Kindheitserinnerungen wie ein düsteres Echo.

Und später dann die Angst in den dunklen Gassen Londons, die Angst in den Rookeries. Selbst heute noch bekam er eine Gänsehaut, wenn er an die dortigen Zustände dachte, an den Hunger und die Mißachtung des menschlichen Lebens, wenn es darum ging, die eigene Haut zu retten. Er war wohl zu stolz und zu ehrgeizig gewesen, um feige zu sein, und hatte sich ohne Gewissensbisse geholt, was er wollte.

Aber wie stellte man sich dem Unbekannten, der Finsternis und dem Grauen seiner eigenen Seele?

Er hatte so manches an sich entdeckt, das ihm nicht gefiel: Unsensibilität, übertriebenen Ehrgeiz, eine gewisse Skrupellosigkeit – doch mit all dem wurde er fertig; solche Dinge konnte er wiedergutmachen, versuchen abzulegen, womit er im Grunde schon begonnen hatte.

Aber weshalb sollte er Joscelin Grey getötet haben? Je mehr er es zu verstehen versuchte, desto unbegreiflicher wurde es. Warum sollte ihm der Mann so wichtig gewesen sein? Es gab nichts, gar nichts, das eine derart heftige Gemütsregung rechtfertigte.

Daß er verrückt war, konnte er nicht glauben. Wie auch immer, er hatte nicht etwa einen x-beliebigen Fremden auf offener Straße überfallen, er hatte es speziell auf Grey abgesehen gehabt und das Risiko auf sich genommen, zu ihm nach Hause zu gehen; und selbst Verrückte haben ihre Gründe, wie verzerrt sie auch sein mögen.

Er mußte das Motiv herausfinden, schon seinem eigenen Seelenfrieden zuliebe – und zwar bevor Runcorn es tat.

Nur würde es nicht Runcorn sein, sondern Evan.

Die Kälte in ihm wurde stärker. Das war eine der schlimmsten

Vorstellungen: der Moment, in dem Evan klar wurde, daß er Grey ermordet hatte, daß er der Mörder war, der sie beide mit solchem Grauen, mit solchem Abscheu vor seinem bestialischen Werk erfüllt hatte. Der Mörder war ein Monster aus einer anderen Welt für sie gewesen, eine unmenschliche Kreatur, denn nur ein Unmensch war zu einer solchen Tat fähig. Was Evan betraf, würde sich daran nichts ändern, wohingegen Monk es nicht länger als fremd und unbegreiflich abtun und vergessen konnte. Er mußte mit dieser Deformation und Perversion seiner selbst leben.

Er nahm sich vor, noch ein wenig zu schlafen; die Uhr auf dem Kaminsims zeigte dreizehn Minuten nach vier. Aber nach dem Aufstehen würde er mit einer vollkommen neuen Ermittlung beginnen – er würde alles menschenmögliche tun, um herauszufinden, weshalb er Joscelin Grey ermordet hatte. Und er würde Evan zuvorkommen.

Als er am nächsten Morgen in sein Büro kam, war er nicht darauf gefaßt, Evan zu begegnen, doch das würde er in Zunkunft wohl nie mehr sein.

»Guten Morgen, Sir«, sagte Evan fröhlich.

Monk erwiderte den Gruß, hielt das Gesicht jedoch abgewandt, so daß Evan den Ausdruck darin nicht sehen konnte. Es fiel ihm schwer zu lügen – aber das würde er von nun an Tag für Tag tun müssen.

»Ich hab mir ein paar Gedanken gemacht, Sir.« Evan schien nichts Ungewöhnliches zu bemerken. »Wir sollten uns erst mal die restlichen Leute vornehmen, ehe wir Lord Shelburne öffentlich beschuldigen. Joscelin Grey könnte sehr gut auch mit andren Frauen Affären gehabt haben. Dawlishs haben zum Beispiel eine Tochter, dann wäre da noch Fortescues Frau, und Charles Latterly ist vielleicht auch verheiratet.«

Monk erstarrte. Er hatte vollkommen vergessen, daß Evan Charles' Brief in Greys Schreibtisch gefunden hatte. Dummerweise war er davon ausgegangen, daß Evan nichts über die Latterlys wußte.

»Sir?« riß ihn Evans sanfte Stimme aus seinen Gedanken; sie klang besorgt.

»Sie haben recht«, stimmte Monk ihm hastig zu. Er durfte jetzt nicht die Nerven verlieren. »Ja, ich glaube, das wäre besser.«

Wie scheinheilig von ihm, Evan loszuschicken, um im Rahmen einer Mördersuche die heimlichen Schwachpunkte aus unschuldigen Menschen herauszupressen. Was würde Evan wohl denken, fühlen, wenn er herausfand, daß Monk dieser Mörder war?

Evan brach das Schweigen. »Soll ich mit Latterly anfangen, Sir? Über ihn wissen wir noch gar nichts.«

»Nein!«

Evan machte ein bestürztes Gesicht.

Monk riß sich zusammen. Seine Stimme klang wieder ruhig, aber er riskierte es nicht, Evan anzuschauen.

»Ich kümmere mich um die Recherchen hier in London. Sie fahren bitte nach Shelburne Hall.« Um etwas Zeit zu gewinnen, war es dringend erforderlich, Evan für eine Weile aus der Stadt zu entfernen. »Versuchen Sie noch mal Ihr Glück bei den Dienstboten. Am besten wär's, Sie könnten sich mit dem Stubenmädchen anfreunden. Stubenmädchen sind schon früh auf den Beinen; sie bekommen alles mögliche mit, wenn die meisten Leute noch schlafen. Der Mörder könnte zwar auch jemand aus den anderen Familien sein, aber Shelburne ist nach wie vor unser Hauptverdächtiger. Einem Bruder vergibt man schwerer, daß er einen zum Hahnrei gemacht hat, als einem Fremden, denn das ist nicht nur eine Beleidigung, es ist Verrat – außerdem wird man durch seine Anwesenheit ständig daran erinnert.«

»Glauben Sie wirklich, Sir?« Evan schien überrascht.

O Gott. Konnte er so schnell Verdacht geschöpft haben? Monk brach der kalte Schweiß aus.

»Ist es nicht genau das, was Mr. Runcorn glaubt?« fragte er zurück. Vor lauter Anstrengung, seiner Stimme einen beiläufigen Klang zu geben, war sie ganz rauh. Er fühlte sich schrecklich isoliert; sein grausiges Geheimnis machte jeden zwischenmenschlichen Kontakt unmöglich.

»Schon, Sir.« Er wußte, daß Evan ihn verwirrt anstarrte. »Das stimmt, aber er könnte sich doch irren. Er will Sie nur soweit bringen, Shelburne zu verhaften.« Zum erstenmal gab Evan klar und deutlich zu erkennen, daß er Runcorns Spiel durchschaute. Monk war so verblüfft, daß er aufsah, was er jedoch auf der Stelle bereute. Evans besorgter Blick war scheußlich direkt.

»Tja, das wird ihm nicht gelingen – jedenfalls nicht, bevor ich sichere Beweise habe«, sagte Monk langsam. »Und deshalb fahren Sie nach Shelburne Hall; versuchen Sie, welche zu finden. Aber gehen Sie behutsam vor – sperren Sie die Ohren auf, und lassen Sie vor allem keine Andeutungen fallen!«

Evan zögerte.

Monk schwieg. Ihm war nicht nach reden zumute.

Als Evan verschwunden war, ließ Monk sich auf seinem Stuhl zurücksinken. Er schloß die Augen. Die Zukunft sah noch schwärzer aus, als er sie sich vergangene Nacht vorgestellt hatte. Evan hatte an ihn geglaubt, ihn gemocht. Auf eine kräftige Ernüchterung folgte für gewöhnlich erst Mitleid, dann Haß.

Und Beth? So weit oben in Northumberland blieb ihr die schreckliche Wahrheit vielleicht erspart. Vielleicht fand er jemand, der ihr schreiben würde, er sei plötzlich gestorben. Nein, ihm zuliebe würde das bestimmt niemand tun, aber wenn er von ihren Kindern erzählte, wenn er alles erklären konnte, dann vielleicht um ihretwillen?

»Eingeschlafen, Monk? Oder darf ich hoffen, Sie denken nach?« Runcorn. Seine Stimme triefte vor Sarkasmus.

Monk schlug die Augen auf. Seine Karriere, seine Zukunft – alles war beim Teufel, aber einer der wenigen Vorteile, den das Ganze hatte, war, daß er keine Angst mehr vor Runcorn zu haben brauchte. Nichts, was Runcorn tun konnte, spielte noch eine Rolle, verglichen mit dem, was er sich selbst angetan hatte.

»Ich denke nach«, erwiderte er kalt. »Meiner Meinung nach tut man das besser, bevor man einem Zeugen gegenübertritt, als wenn man bereits vor ihm steht. Ansonsten schweigt man wie ein Idiot, oder man rettet sich in blödsinnige Plattheiten, um die Lücken zu füllen.«

»Oho, schon wieder Gesellschaftsspiele?« Runcorn hob die Brauen. »Es wundert mich, daß Sie für so was überhaupt Zeit haben.« Er stand direkt vor Monks Schreibtisch und wippte leicht auf und ab, die Hände hinter dem Rücken verschränkt. Eine davon ließ er plötzlich vorschnellen und hielt Monk streitlustig eine Tageszeitung unter die Nase. »Heute schon einen Blick in die Zeitung geworfen? In Stepney hat man eine Leiche gefunden – einen Mann, der auf offener Straße erstochen wurde. Hier steht, wir sollten langsam unsre Arbeit tun, sonst müßte man uns durch jemand ersetzen, der mehr taugt.«

»Wie kommen die Leute bloß auf die Idee, es gäbe in ganz London nur einen, der dazu fähig ist, einen Menschen zu erstechen?« fragte Monk verbittert.

»Weil sie wütend und verängstigt sind«, fuhr Runcorn ihn an. »Und weil sie sich von denen im Stich gelassen fühlen, die sie eigentlich schützen sollen. Deshalb.« Er knallte die Zeitung auf die Tischplatte. »Es ist ihnen egal, ob Sie sich wie ein Gentleman ausdrücken können oder wissen, wie man Messer und Gabel benutzt, Mr. Monk. Aber es ist ihnen nicht egal, ob Sie in der Lage sind, Ihren Job zu tun und Mörder zu fangen und die Straßen von verbrecherischen Elementen zu säubern!«

»Denken Sie, Lord Shelburne hätte diesen Mann in Stepney erstochen?« Monk sah Runcorn direkt in die Augen. Er war froh, jemand offen hassen zu dürfen und ohne schlechtes Gewissen ins Gesicht lügen zu können.

»Natürlich nicht! Aber ich denke, es ist höchste Zeit, daß Sie Ihr affektiertes Getue endlich sein lassen und so mutig sind, Ihre Karriere für einen Augenblick zu vergessen, um Lord Shelburne zu verhaften.«

»Ach ja? Nun, da muß ich Sie leider enttäuschen, denn ich bin keineswegs von seiner Schuld überzeugt«, sagte Monk gelassen, während er seinen Vorgesetzten unerschüttert ansah. »Falls Sie es sein sollten, müssen Sie ihn schon selbst festnehmen.«

»Ich kriege Sie wegen Beleidigung dran!« brüllte Runcorn, die Hände zu kalkweißen Fäusten geballt. »Ich werde verdammt noch mal dafür sorgen, daß Sie nie auf einen höheren Posten kommen, solang ich hier im Revier bin! Haben Sie mich verstanden?«

»Und ob ich Sie verstanden habe.« Monk blieb gelassen. »Obwohl es vollkommen überflüssig war, das extra zu erwähnen. Ihr Benehmen hat es längst offensichtlich gemacht. Es sei denn, Sie möchten, daß es die gesamte Belegschaft erfährt – geschrien haben Sie jedenfalls laut genug. Was mich betrifft, weiß ich schon lange, was Sie vorhaben. Und jetzt« – er stand auf und ging an Runcorn vorbei zur Tür –, »würde ich mich gern auf den Weg machen, wenn Sie mir sonst nichts zu sagen haben. Ich muß noch ein paar Zeugen vernehmen.«

»Ich gebe Ihnen bis Ende der Woche Zeit«, kreischte Runcorn mit hochrotem Kopf hinter ihm her, aber Monk lief bereits die Treppe hinunter, um sich unten Hut und Mantel zu holen. Das einzig Gute am totalen Desaster war, daß alle kleineren Übel darin untergingen.

Bis er das Haus der Latterlys erreicht hatte und vom Stubenmädchen hineingelassen worden war, stand sein Entschluß fest, das einzige zu tun, was ihn vielleicht zur Wahrheit führen könnte. Laut Runcorn hatte er noch eine Woche, Evan würde lange davor zurück sein. Ihm blieb nicht viel Zeit.

Er verlangte Imogen zu sprechen, und zwar unter vier Augen. Das Stubenmädchen zögerte, doch da es recht früh am Vormittag war, Charles sich außer Haus befand und es ihr nicht zustand, ihm etwas abzuschlagen, bat sie ihn, im Salon zu warten.

Monk lief unruhig auf und ab, bis er in der Halle schließlich leichte, energische Schritte vernahm und die Tür aufging. Er fuhr herum. Vor ihm stand nicht Imogen, sondern Hester Latterly.

Im ersten Moment empfand er bodenlose Enttäuschung, dann ein Gefühl, das beinah an Erleichterung grenzte. Er bekam noch einen Aufschub! Hester war noch nicht lange in England; wenn Imogen ihr nicht alles anvertraut hatte, konnte sie ihm nicht weiterhelfen. Es würde ihm nichts anderes übrigbleiben, als wiederzukommen. Und er mußte die Wahrheit herausfinden, so sehr er sich auch davor fürchtete.

»Guten Morgen, Mr. Monk«, sagte Hester neugierig. »Was können wir diesmal für Sie tun?«

»Ich fürchte, Sie können mir nicht helfen«, erwiderte er. Er mochte sie zwar nicht, aber es war sinnlos und unvernünftig, unfreundlich zu ihr zu sein. »Ich muß mit Mrs. Latterly sprechen, weil sie hier war, als Major Grey starb. Sie waren zu der Zeit noch im Ausland, soviel ich weiß?«

»Ja, das stimmt. Aber es tut mir leid, Imogen ist den ganzen Tag nicht zu Hause und kommt wahrscheinlich erst am späten Abend zurück«, meinte sie mit leichtem Stirnrunzeln. Monk war sich ihres scharfen Verstands und ihrer guten Beobachtungsgabe unangenehm bewußt. Imogen war herzlicher, bei weitem nicht so schroff, aber Hesters Intelligenz war seinem Anliegen womöglich zweckdienlicher.

»Wie ich sehe, macht Ihnen etwas große Sorgen«, sagte sie ernst. »Bitte setzen Sie sich. Falls es mit Imogen zusammenhängt, wäre mir lieb, Sie vertrauen mir und sagen, worum es geht. Ich werde alles tun, damit die Angelegenheit so schmerzlos wie möglich geklärt werden kann. Imogen hat in letzter Zeit viel durchgemacht, genau wie mein Bruder. Was haben Sie herausgefunden, Mr. Monk?«

Er blickte forschend in die klugen, klaren Augen. Sie war eine bemerkenswerte Frau. Wieviel Mut mußte es gekostet haben, der Familie die Stirn zu bieten und mutterseelenallein zu einem der furchtbarsten Kriegsschauplätze der Welt zu segeln, um das eigene Leben und die eigene Gesundheit für die Verwundeten aufs Spiel zu setzen. Sicher hatte sie nur noch wenig Illusionen, und diese Vorstellung war plötzlich sehr tröstlich. Zwischen Imogen und ihm lagen unendlich viele unterschiedliche Erfahrungen: Grauen, Gewalt, Haß und Elend – alles außerhalb ihres Begriffsvermögens und von nun an sein ständiger Begleiter, die eigene Haut. Hester hatte Menschen in Extremsituationen erlebt, hatte einen Blick auf die nackte, ungeschützte Seele werfen können, die immer dann zum Vorschein kommt, wenn die Angst alles andere verdrängt und man die Maske ablegt, weil Verstellen keinen Sinn mehr hat.

Vielleicht war es ganz gut, daß er mit ihr sprechen mußte.

»Ich habe ein grundlegendes Problem, Miss Latterly.« Die Worte gingen ihm leichter über die Lippen als erwartet. »Weder Sie noch sonst jemand wissen die ganze Wahrheit über meine Ermittlungen im Mordfall Grey.«

Sie ließ ihn reden; sie wußte genau, wann sie zu schweigen hatte.

»Ich habe zwar nicht gelogen«, fuhr er fort, »aber ich habe ein wesentliches Detail ausgelassen.«

Hester wurde blaß. »Imogen betreffend?«

»Nein, überhaupt nicht. Abgesehen von dem, was sie mir selbst erzählt hat, weiß ich gar nichts über sie – nur daß Sie Joscelin Grey kannte und mochte und daß er als Freund Ihres Bruders George des öfteren hier war. Was ich Ihnen verschwiegen habe, betrifft mich selbst.«

Er sah den Anflug von Besorgnis auf ihrem Gesicht, kannte aber den Grund nicht. War es die Reaktion einer geschulten Krankenschwester, oder geschah es aus Angst um Imogen? Hielt sie etwas vor ihm zurück? Sie fiel ihm auch diesmal nicht ins Wort.

»Durch den Unfall, den ich hatte, bevor ich mit der Untersuchung des Falls anfing, gibt es eine ernste Komplikation, die ich bisher nicht erwähnt habe.« Einen schrecklichen Moment lang dachte er, sie würde vielleicht glauben, daß er lediglich Mitleid heischen wollte. Er spürte, wie ihm das Blut in die Wangen stieg. »Ich verlor das Gedächtnis. Total. Als ich im Krankenhaus zu mir kam, wußte ich nicht einmal meinen Namen.« Wie unbedeutend war dieser winzige Alptraum mittlerweile geworden! »Als ich dann wieder so weit auf den Beinen war, daß ich nach Hause konnte, war mir meine eigene Wohnung so fremd wie die eines Menschen, den ich noch nie im Leben gesehen hatte. Ich hatte keine Ahnung, welche Leute ich kannte, wie alt ich war, geschweige denn, wie ich aussah. Sogar mein Spiegelbild sagte mir nicht das geringste.«

Sie machte einen betroffenen Eindruck. Ihr Blick war sanft und mitfühlend; Monk konnte nicht die leiseste Spur von Verachtung oder Abgrenzung darin erkennen. Ihr Verständnis war viel angenehmer als alles, womit er gerechnet hatte.

»Das tut mir sehr leid«, sagte sie ruhig. »Jetzt wird mir auch klar, warum ein paar Ihrer Fragen so sonderbar geklungen haben. Sie mußten Schritt für Schritt herausfinden, was überhaupt passiert ist.«

»Miss Latterly – ich glaube, Ihre Schwägerin kam vor dem Unfall zu mir und bat mich, irgendwelche vertraulichen Nachforschungen für sie anzustellen, aber ich kann mich an nichts mehr erinnern.

Vielleicht ging es dabei um Joscelin Grey. Wenn sie mir alles erzählen könnte, was sie über mich weiß, was ich zu ihr gesagt habe –«

»Aber wie könnte Ihnen das helfen, den Mord an Joscelin Grey aufzuklären?« Sie senkte plötzlich den Blick und betrachtete ihre im Schoß gefalteten Hände. »Denken Sie etwa, Imogen hätte etwas mit seinem Tod zu tun?« Ihr Kopf fuhr ruckartig hoch. »Glauben Sie, daß Charles ihn ermordet hat, Mr. Monk?«

»Nein – nein. Ich bin absolut sicher, daß er es nicht war.« Er konnte ihr unmöglich die Wahrheit sagen, aber er brauchte ihre Hilfe. »Ich habe Aufzeichnungen von mir gefunden, die noch aus der Zeit vor dem Unfall stammen. Sie lassen darauf schließen, daß ich bereits etwas Wichtiges herausgefunden hatte, ich kann mich nur nicht mehr daran erinnern. Bitte, Miss Latterly, bringen Sie Ihre Schwägerin dazu, mir zu helfen!«

Ihr Gesicht hatte sich etwas verdüstert, als fürchte sie sich selbst vor dem, was da zum Vorschein kommen könnte.

»Selbstverständlich, Mr. Monk. Wenn Sie zurückkommt, werde ich ihr erklären, wie wichtig es ist, und falls sie mir etwas erzählt, werde ich zu Ihnen kommen und es Ihnen mitteilen. Wo können wir ungestört miteinander reden?«

Er hatte recht: Sie fürchtete sich tatsächlich. Sie wollte nicht, daß ihre Familie Zeuge des Gesprächs wurde – vermutlich ging es ihr in erster Linie um Charles. Er lächelte bitter, und ihre Blicke trafen sich in schweigendem Einverständnis. Sie hatten sich zu einer absurden Verschwörung zusammengetan, sie, um ihre Familie soweit wie möglich zu schützen, er, um die Wahrheit über sich zu erfahren, ehe Evan oder Runcorn ihm einen Strich durch die Rechnung machten. Er *mußte* wissen, warum er Joscelin Grey umgebracht hatte.

»Lassen Sie mir eine Nachricht zukommen, dann treffen wir uns im Hydepark an der Serpentine, und zwar unten, Richtung Piccadilly. Zwei Spaziergänger werden niemandem auffallen.«

»Einverstanden, Mr. Monk. Ich werde tun, was ich kann.«

»Vielen Dank, Miss Latterly.« Er stand auf und verabschiedete sich. Hester schaute der aufrechten, eigenwilligen Gestalt nach, wie sie die Treppen hinunterging und auf die Straße hinaustrat. Sie hätte diesen Gang überall wiedererkannt; er erinnerte sie an den flotten Schritt eines Soldaten, der an stundenlanges Marschieren gewöhnt war, dennoch hatte er nichts Militärisch-Verbissenes an sich.

Als er außer Sichtweite war, kehrte Hester in den Salon zurück. Ihr war kalt, und sie fühlte sich eigenartig bedrückt, da sie aber wußte, daß kein Weg daran vorbeiführte, war sie entschlossen, seiner Bitte nachzukommen. Besser sie fand die Wahrheit gleich heraus, bevor andere es taten.

Sie verbrachte einen einsamen und elenden Abend auf ihrem Zimmer, wo sie auch das Dinner zu sich nahm. Ehe sie nicht mit Imogen gesprochen hatte, war es zu riskant, längere Zeit mit Charles zu verbringen, wie es am Eßtisch der Fall gewesen wäre. Ihre Gedanken hätten sie verraten, und das Ganze wäre in einem Fiasko geendet. Als Kind hatte sie sich eingebildet, ungeheuer gerissen und zu äußerster Verschlagenheit imstande zu sein. Mit ungefähr Zwanzig hatte sie das einmal bei Tisch erwähnt, und dadurch war die ganze Familie spontan in Gelächter ausgebrochen. Sie erinnerte sich noch deutlich an Georges verzerrtes Gesicht, während er sich vor Lachen auf seinem Stuhl gebogen hatte. Allein die Vorstellung war komisch gewesen, Hesters Gefühle waren so leicht zu durchschauen. Wenn sie glücklich war, fegte ihre Freude durchs Haus wie ein Wirbelwind – war sie traurig, verwandelte sich ihr Heim in ein Jammertal.

Es wäre nutzlos und schmerzhaft, Charles jetzt etwas vormachen zu wollen.

Erst am kommenden Nachmittag ergab sich die Möglichkeit für ein längeres, ungestörtes Gespräch mit Imogen. Sie war den Vormittag über unterwegs gewesen und kam soeben mit wehenden Röcken durch die Haustür in die Halle gerauscht. Aufgebracht stellte sie einen Korb voller Wäsche auf das Bänkchen neben der Treppe und nahm den Hut ab.

»Ich wüßte wirklich gern, was im Kopf dieser Pfarrersfrau vorgeht«, rief sie wütend. »Manchmal könnte ich schwören, sie glaubt tatsächlich, jedem Übel dieser Welt wäre mit einem gestickten Bibelspruch über gutes Benehmen, einem sauberen Unterhemd und einem Topf hausgemachter Suppe beizukommen! Und Miss Wentworth ist die letzte, die einer jungen Mutter mit zu vielen Kindern – aber ohne Dienstmädchen – helfen würde.«

»Mrs. Addison?« fragte Hester prompt.

»Die Ärmste weiß nicht mehr, ob sie Männlein ist oder Weiblein! Sieben Kinder, und sie ist dünn wie ein Handtuch und vollkommen ausgelaugt. Meiner Meinung nach ißt sie nicht mal genug, um einen Spatz am Leben zu halten – geschweige denn all diese hungrigen kleinen Mäuler, die ständig nach mehr verlangen. Und was tut unsere liebe Miss Wentworth? Steigert sich alle fünf Minuten in Ohnmachtsanfälle hinein! Die Hälfte der Zeit war ich damit beschäftigt, sie vom Fußboden aufzusammeln.«

»Ich hätte auch Ohnmachtsanfälle, wenn mein Korsett so eng geschnürt wäre wie ihrs«, bemerkte Hester sarkastisch. »Bestimmt muß sich ihre Zofe dabei mit einem Fuß am Bettpfosten abstützen. Armes Ding. Und Mrs. Wentworth versucht natürlich, sie mit Syndey Abernathy zu verkuppeln. Er hat einen Haufen Geld und eine Schwäche für geisterhafte Zerbrechlichkeit – sie gibt ihm ein Gefühl von Überlegenheit.«

»Ich sollte versuchen, einen passenden Bibelspruch über Eitelkeit für sie zu finden.« Imogen ließ den Korb unbeachtet stehen, ging zum Salon und warf sich in einen der breiten Sessel. »Puh, ist mir heiß; ich bin vollkommen erledigt. Martha soll uns etwas Limonade bringen. Kommst du an die Glocke?«

Die Frage war müßig, da Hester noch stand. Abwesend zog sie an der Schnur. »Es ist keine Eitelkeit«, sagte sie und meinte damit nach wie vor Miss Wentworth. »Es ist der nackte Überlebenstrieb. Was bleibt ihr denn, wenn sie nicht heiratet? Ihre Mutter und ihre Schwestern haben ihr eingeredet, daß die einzige Alternative in Armut, Schande und einem einsamen Lebensabend besteht.«

»Wo du gerade davon sprichst –« Imogen streifte ihre Stiefeletten ab. »Hast du schon was von Lady Callandras Krankenhaus gehört? Von dem, meine ich, das du verwalten möchtest?«

»So hoch will ich gar nicht hinaus. Mir reicht eine Assistenzstelle.«

»Quatsch!« Imogen streckte genüßlich die Füße aus und ließ sich noch tiefer in den Sessel sinken. »Du würdest doch am liebsten die ganze Belegschaft rumkommandieren.«

In dem Moment kam das Mädchen herein; respektvoll wartend blieb es in der Tür stehen.

»Bringen Sie uns bitte Limonade, Martha«, sagte Imogen. »Mir ist so heiß, daß ich das Gefühl habe zu verdampfen! Dieses Wetter ist wirklich absurd. Den einen Tag regnet's, um eine ganze Arche in Bewegung zu setzen, am nächsten kommt man um vor Hitze.«

»Jawohl, Ma'am. Hätten Sie auch gern ein paar Gurkensandwiches?«

»Oh – eine tolle Idee! Sehr gern, vielen Dank.«

»Jawohl, Ma'am.« Das Mädchen raffte die Röcke und wehte davon.

Hester überbrückte die wenigen Minuten bis zu ihrer Rückkehr mit einem belanglosen Thema. Es war ihr immer leichtgefallen, sich mit Imogen zu unterhalten. Ihre Beziehung zueinander war eher schwesterlicher Natur als die zweier grundverschiedener Frauen, die durch eine Heirat plötzlich miteinander verwandt waren. Nachdem Martha sie mit den versprochenen Broten und der Limonade versorgt und wieder allein gelassen hatte, kam sie endlich auf das zu sprechen, was ihr so dringend am Herzen lag.

»Imogen, dieser Polizist, Mr. Monk, war gestern noch mal hier –«

Imogens Hand blieb in der Luft stehen; sie hatte gerade nach einem Sandwich greifen wollen. Auf ihrem Gesicht spiegelten sich Neugier und eine gewisse Belustigung, jedoch nichts, das auch nur im entferntesten an Angst erinnerte. Andererseits war Imogen ein Mensch, der seine Gefühle perfekt verbergen konnte, wenn er wollte.

»Monk? Was wollte er denn schon wieder?«

»Worüber lachst du?«

»Über dich, meine Liebe. Du ärgerst dich zwar schrecklich über ihn, aber irgend etwas sagt mir, daß du ihn im Grunde magst. Ihr seid euch nicht unanähnlich; du bist genauso leicht aufbrausend und ungeduldig, wenn es um das Verfechten der Gerechtigkeit geht, außerdem kannst du jederzeit aus heiterem Himmel unverschämt werden.«

»Ich mag ihn nicht die Spur«, brauste Hester auf. »Und diese Angelegenheit ist keineswegs lustig!« Sie spürte ein irritierendes Brennen in den Wangen. Wenn sie doch nur hin und wieder etwas von dieser weiblichen List an den Tag legen könnte, die Imogen so leichtfiel wie das Atmen. Um sie zu beschützen, würde nie ein Mann herbeigestürzt kommen – wie das bei Imogen der Fall war. Die Männer gingen davon aus, daß sie ausgezeichnet auf sich selbst aufpassen konnte – ein Kompliment, das ihr langsam zum Hals raushing!

Imogen verspeiste gelassen ihr Sandwich, ein winziges Ding von etwa fünf Zentimetern Durchmesser.

»Verrätst du mir jetzt, warum er hier war, oder nicht?«

»Sofort.« Hester nahm sich ebenfalls eins der Brote und biß vorsichtig in das hauchdünne Gebilde; die Gurkenscheibe war angenehm knackig und kühl. »Etwa zu der Zeit, als Joscelin Grey ums Leben kam, hatte er einen sehr schweren Unfall.«

»Oh – das tut mir leid. Fehlt ihm denn was? Er macht einen vollkommen gesunden Eindruck.«

»Sein Körper hat sich wohl wieder erholt«, sagte Hester. Als sie den ernsten und betroffenen Ausdruck in Imogens Augen sah, wurde ihr selbst warm ums Herz. »Aber er bekam einen heftigen Schlag auf den Kopf und kann sich an absolut nichts mehr erinnern, was vor der Zeit passiert ist, als er im Krankenhaus aufwachte.«

»Absolut nichts mehr ...« Ein verblüffter Ausdruck glitt über Imogens Gesicht. »Du meinst, er erinnerte sich nicht mehr an mich – ich meine, an uns?«

»Er erinnert sich nicht mal an sich selbst«, erwiderte Hester schroff. »Er wußte weder seinen Namen, noch womit er sein Geld verdient. Ihm war sogar sein Spiegelbild völlig fremd.«

»Wie ungewöhnlich – und wie schrecklich! Ich mag mich ja auch nicht immer, aber sich ganz zu verlieren ... Ich kann mir überhaupt nicht vorstellen, wie es ist, wenn man plötzlich keine Vergangenheit mehr hat, wenn sämtliche Erfahrungen ausradiert sind und alles auf einmal verschwunden ist.«

»Warum bist du zu ihm gegangen, Imogen?«

»Was? Ich meine, wie bitte?«

»Du hast mich schon verstanden! Als wir Monk zum erstenmal begegnet sind, in St. Marylebone, bist du zu ihm gegangen und hast mit ihm gesprochen. Du kanntest ihn schon. Ich nahm damals an, er würde dich ebenfalls kennen, aber das war ein Irrtum. Er kannte überhaupt niemand.«

Imogen sah weg und griff sehr behutsam nach einem weiteren Sandwich.

»Ich vermute, es handelt sich um etwas, wovon Charles nichts weiß«, fuhr Hester fort.

»Willst du mir angst machen?« fragte Imogen, die großen Augen weit aufgerissen.

»Wie kommst du denn darauf?« Hester ärgerte sich, zum Teil über ihre eigene Tolpatschigkeit, zum Teil, weil Imogen so etwas für möglich hielt. »Ich habe nicht angenommen, daß du Grund hast, dich zu fürchten. Ich wollte dir lediglich sagen, daß ich ihm nichts erzählen werde, wenn es sich vermeiden läßt. Hatte es was mit Joscelin Grey zu tun?«

Imogen, die gerade auf einer Gurkenscheibe herumkaute, mußte sich eilends vorbeugen, um nicht daran zu ersticken.

»Nein«, sagte sie schließlich, als sie wieder bei Atem war. »Nein, das hatte es nicht! Im nachhinein kommt es mir selbst dumm vor, aber damals hoffte ich wirklich –«

»Du hofftest was? Du meine Güte, mach doch nicht so ein Geheimnis draus.«

Stück für Stück, unter Zuhilfenahme einer ganzen Menge Unterstützung, Kritik und Zuspruch von Hesters Seite, rückte Imogen mit der Sprache heraus und erzählte ihr haarklein, was sie getan, was sie wo, wie und warum zu Monk gesagt hatte.

Vier Stunden später stand Hester im goldenen Licht der Abendsonne an der Serpentine und betrachtete die glitzernde, gekräuselte Wasseroberfläche. Ein kleiner Junge in blauem Kittelchen kam mit seinem Kindermädchen an ihr vorbei. Er hatte eine Spielzeugboot unter den Arm geklemmt. Das Mädchen trug ein schlichtes Baumwollkleid und ein gestärktes Spitzenhäubchen; kerzengerade wie ein Soldat bei der Ehrenparade marschierte sie den Weg entlang. Ein

Musiker der Blaskapelle, die gerade Pause hatte, warf ihr bewundernde Blicke nach.

Jenseits der Wiesen und Bäume ritten zwei vornehme Damen auf glänzenden Rappen die Rotten Row entlang. Das Klingeln des Pferdegeschirrs und das leise Getrappel der Hufe drang schwach an Hesters Ohr. Die Kutschen, die an Knightsbridge vorbei auf den Piccadilly zuratterten, wirkten auf die Entfernung wie Spielzeuge, die in eine andere Welt gehörten.

Sie erkannte Monk an seinem Schritt, noch bevor sie ihn sah. Erst als er sich fast auf einer Höhe mit ihr befand, drehte sie sich um. Er blieb etwa einen Meter vor ihr stehen. Ihre Blicke begegneten sich. Keiner sagte etwas, langatmige Höflichkeitsfloskeln wären in ihrer Situation lächerlich gewesen. Äußerlich war ihm nicht anzumerken, daß er Angst hatte, aber Hester wußte sehr gut, wie leer und verloren er sich fühlen mußte.

Sie sprach als erste.

»Imogen kam nach dem Tod meines Vaters zu Ihnen, weil sie die vage Hoffnung hegte, Sie könnten vielleicht beweisen, daß es kein Selbstmord war. Der emotionale Zustand der Familie war verheerend. Erst war George im Krieg gefallen, dann hatte Papa sich erschossen – was die Polizei zwar freundlicherweise als Unfall bezeichnete, ohne daß es jemand geglaubt hätte. Er hatte eine Menge Geld verloren. Imogen versuchte, um Charles und meiner Mutter willen noch etwas aus dem Chaos zu retten.« Sie stockte einen Moment und bemühte sich, nicht die Fassung zu verlieren. Der Schmerz saß sehr tief.

Monk stand reglos da und sagte kein Wort, wofür sie ihm ausgesprochen dankbar war. Anscheinend begriff er, daß er sie nicht unterbrechen durfte, denn sonst wäre ihr das Sprechen noch schwerer gefallen.

»Für Mama kam jede Hilfe zu spät – ihre ganze Welt war zusammengebrochen. Der jüngste Sohn tot, die Familie am Rand des finanziellen Ruins, ihr Mann ein Selbstmörder. Es war nicht nur sein Verlust, was sie quälte, sondern auch die beschämende Art und Weise, wie es geschehen war. Zehn Tage später folgte sie ihm ins Grab. Sie war seelisch gebrochen ...« Hester konnte zum zweitenmal einige Minuten lang nicht weitersprechen. Monk ergriff wortlos ihre Hand und hielt sie ganz fest. Der Druck seiner Finger war so tröstlich wie der Rettungsring für einen Ertrinkenden.

In der Ferne tollte ein Hund durchs Gras, ein kleiner Junge jagte einem Reifen hinterher.

»Charles wußte nichts von Imogens Vorhaben – er hätte es nicht gebilligt. Deshalb hat sie es Ihnen gegenüber nicht noch einmal erwähnt, außerdem hatte sie natürlich keine Ahnung von Ihrem Gedächtnisverlust. Sie sagt, Sie hätten ihr zuerst alle möglichen Fragen über die Zeit vor dem Tod meines Vaters gestellt, dann, bei den späteren Treffen, über Joscelin Grey. Ich werde Ihnen möglichst genau wiedergeben, was sie mir erzählt hat.«

Ein Paar in makellosen Reitkleidern galoppierte gemessen über die Row. Monk hielt weiterhin ihre Hand.

»Meine Familie begegnete Joscelin Grey zum erstenmal im März. Keiner von ihnen hatte je zuvor etwas von ihm gehört, folglich war sein erster Besuch ziemlich überraschend. Er schneite ihnen eines Abends ins Haus. Sie können es nicht beurteilen, weil Sie ihn nie kennengelernt haben, aber er war wirklich ein sehr netter Mensch – das ist sogar mir während der kurzen Zeit aufgefallen, die er im Krankenhaus von Skutari verbracht hat. Er strengte sich unglaublich an, um die anderen Verwundeten aufzuheitern, und schrieb oft stundenlang Briefe für die, die nicht dazu in der Lage waren. Er hatte für jeden ein Lächeln und sorgte für Heiterkeit, indem er kleine Witze erzählte. Es gelang ihm tatsächlich, die allgemeine Stimmung um einiges zu heben. Sicher, er war nicht so schwer verwundet wie die meisten und hatte zum Glück weder Cholera noch Ruhr.«

Sie setzten sich langsam und dicht nebeneinander in Bewegung, um nicht die Aufmerksamkeit auf sich zu ziehen.

Hester zwang sich, an die Zeit in Skutari zurückzudenken. Sie stellte sich Joscelin Grey vor, wie sie ihn zuletzt gesehen hatte: ein hinkender Mann, der hastig an der Seite eines Korporals die Krankenhausstufen hinunterhumpelte, um das Schiff nach England noch zu erwischen.

»Er war etwas größer als der Durchschnitt«, sagte sie laut,

»schlank, blond und hinkte relativ stark – daran hätte sich vermutlich nie mehr etwas geändert. Er nannte meiner Familie seinen Namen, sagte, er wäre der jüngere Bruder von Lord Shelburne, und teilte ihnen natürlich mit, daß er auf der Krim gedient hatte und aufgrund seiner Kriegsverletzung aus der Armee entlassen worden war. Er sprach über die Zeit in Skutari und erklärte sein verspätetes Auftauchen mit der Verwundung am Bein.«

Sie schaute in Monks Gesicht und las die unausgesprochene Frage darin.

»Er sagte, er hätte George kurz vor der Schlacht an der Alma kennengelernt. Wie Sie wissen, kostete dieser Wahnsinn meinen Bruder das Leben. Grey war meiner Familie selbstverständlich sehr willkommen – wegen George und auch wegen sich selbst. Mama ging es sehr schlecht. Wenn junge Männer in den Krieg ziehen, weiß man zwar rational, daß sie umkommen können, aber das ist nur eine jämmerliche Vorbereitung auf den Schock, wenn es tatsächlich passiert. Für Papa bedeutete Georges Tod einen schlimmen Verlust, meint Imogen, aber für Mama war es, als hätte man ihr das Beste und Wertvollste in ihrem Leben genommen. Er war ihr Jüngster, vermutlich hatte sie deshalb immer besonders an ihm gehangen. George war –« Gegen ihren Willen stiegen Bilder aus der Kindheit in ihr hoch. Sie waren wie ein Sonnenstrahl, den man hinter Gartenmauern einzusperren versucht. »Er sah Papa von uns allen am ähnlichsten – er hatte das gleiche Lächeln, den gleichen Haarwuchs, auch wenn seins dunkel war wie Mamas. Er liebte Tiere über alles und war ein ausgezeichneter Reiter. Es lag nahe, daß er sich der Kavallerie anschloß.« Sie machte eine kleine Pause. »Jedenfalls stellte man Grey bei seinem ersten Besuch nicht allzu viele Fragen über George. Sie hielten es für unhöflich, als würden sie seinem kameradschaftlichen Verhalten dadurch nicht genug Achtung erweisen, und luden ihn ein, jederzeit wiederzukommen, wenn er die Zeit und den Wunsch dazu hätte.«

»Und er tat es?« Es war das erste Mal, daß Monk eine Frage einwarf. Seine Stimme klang ruhig und gefaßt, aber sein Gesicht wirkte plötzlich ganz schmal, der Blick düster.

»Ja, er kam sogar recht oft, und nach einer Weile fand Papa es annehmbar, über George zu sprechen. Sie hatten zwar Briefe von ihm bekommen, aber George hatte nur sehr wenig darüber geschrieben, wie es wirklich war.« Sie verzog den Mund zu einem bitteren Lächeln. »Genau wie ich. Mittlerweile denke ich, wir hätten es vielleicht tun sollen. Wenigstens Charles hätte eingeweiht werden müssen. Heute ist das nicht mehr möglich; es würde ihn nur sinnlos quälen.«

Sie schaute an Monk vorbei zu einem Paar, das Arm in Arm durch den Park schlenderte.

»Na ja, es spielt sowieso keine Rolle mehr. Joscelin Grey kam wieder, und eines Abends beim Dinner begann er ihnen von den Verhältnissen auf der Krim zu erzählen. Imogen meint, er hätte sich immer sehr vorsichtig ausgedrückt und wäre sehr zartfühlend gewesen. Obwohl Mama schrecklich aufgeregt war und nicht fassen konnte, unter welchen grauenhaften Bedingungen die Leute dort leben mußten, besaß er ein intuitives Gespür dafür, wieviel er sagen konnte, ohne daß bei ihr die feine Grenze zwischen tiefem Mitleid und echtem Entsetzen überschritten wurde. Er sprach über die Schlachten, aber die Seuchen und die Hungersnot verschwieg er ihnen. Außerdem redete er nur in den höchsten Tönen über George, so daß sie alle furchtbar stolz waren.

Sie wollten natürlich auch wissen, wie es ihm selbst ergangen war. Er hatte sich in Balaklawa der ›Charge of the Light‹-Brigade angeschlossen und meinte, die Tapferkeit der Truppe wäre unvorstellbar gewesen; nirgends hätte es bisher mutigere und aufopferungsbereitere Soldaten gegeben. Andererseits sagte er aber auch, nie etwas Scheußlicheres als das dortige Gemetzel gesehen zu haben. Die Soldaten seien geradewegs in die feindlichen Gewehre hineingeritten.« Sie fröstelte, als sie an die Wagenladungen halbzerfetzter Leichen dachte, an Verzweiflung, Ohnmacht und Angst. Hatte Joscelin Grey denselben Zorn, denselben überwältigenden Schmerz empfunden wie sie?

»Sie hatten von Anfang an nicht die geringste Chance, mit dem Leben davonzukommen«, sagte sie so leise, daß die Worte fast im Murmeln des Windes untergingen. »Darüber ärgerte er sich am meisten. Er sagte ein paar schreckliche Dinge über Lord Cardigan, und als Imogen das erwähnte, war er mir zum erstenmal durch und durch sympathisch.«

So weh es auch tat – Monk kam nicht umhin, ihn ebenfalls dafür zu mögen. Er hatte von dieser selbstmörderischen Attacke gehört, und nachdem sich die erste Bewunderung gelegt hatte, war nichts zurückgeblieben als ein wachsender Zorn auf die unfaßbare Eitelkeit und Unfähigkeit der Befehlshaber, auf die idiotischen Eifersüchteleien, die so viele Menschenleben gefordert hatten.

Weswegen, in Gottes Namen, konnte er Joscelin Grey dermaßen gehaßt haben?

Sie sprach weiter, aber er hörte nicht mehr zu. Ihr Gesicht war ernst und sah abgehärmt aus. Er hätte sie gern berührt, um ihr auf diese Weise zu zeigen, daß er das gleiche empfand wie sie.

Wie groß würde ihr Abscheu wohl sein, wenn sie erfuhr, daß er Grey in jenem grausigen Zimmer erschlagen hatte?

»... wuchs ihnen mehr und mehr ans Herz, je besser sie ihn kennenlernten«, sagte sie gerade. »Mama fieberte seinem nächsten Besuch regelrecht entgegen. Sie traf schon Tage davor alle erdenklichen Vorbereitungen. Gott sei Dank hat sie keine Ahnung, was mit ihm geschehen ist.«

Er verkniff sich im letzten Moment die Frage, wann ihre Mutter gestorben war. Soweit er sich erinnerte, hatte Hester etwas von einem Schock und einem gebrochenen Herzen gesagt.

»Sprechen Sie weiter«, meinte er statt dessen. »Oder war das alles?«

Sie schüttelte den Kopf. »Nein, da ist noch viel mehr. Wie gesagt, sie mochten ihn alle sehr gern, auch Imogen und Charles. Imogen ließ sich mit Vorliebe die Tapferheit der Soldaten schildern und war ganz begierig auf seine Geschichten über das Krankenhaus in Skutari. Das lag vermutlich zum Teil daran, daß ich dort war.«

Monk rief sich in Erinnerung, was er über das Militärlazarett, über Florence Nightingale und ihre Gefolgschaft gehört hatte. Die Krankenpflege war traditionsgemäß eine Männerdomäne, und die wenigen Frauen, die sich dennoch in ihr behaupten konnten, waren stark und hart im Nehmen. Der Großteil ihrer Tätigkeit bestand darin, den schlimmsten und ekelhaftesten Schmutz aufzuwischen.

»Ungefähr vier Wochen, nachdem sie ihn kennengelernt hatten, erwähnte er zum erstenmal die Uhr –«

»Die Uhr?« Abgesehen davon, daß sie bei der Leiche keine gefunden hatten, hatte eine Uhr bislang keine Rolle gespielt. Constable Harrison war zwar bei einem Pfandleiher auf ein Exemplar gestoßen, was sich jedoch als bedeutungslos erwiesen hatte.

»Sie gehörte Joscelin Grey«, erklärte Hester. »Eine goldene Taschenuhr, die einen besonders großen, ideellen Wert für ihn besaß. Sie stammte von seinem Großvater, der Seite an Seite mit dem Duke of Wellington in der Schlacht bei Waterloo gekämpft hatte. An einer Stelle war sie eingedrückt; diese Delle war das Werk einer Kugel aus einer französischen Muskete, die an ihr abgeprallt war und seinem Großvater das Leben gerettet hatte. Der alte Mann schenkte sie ihm, als Joscelin zum erstenmal den Wunsch äußerte, Soldat werden zu wollen. Er sah in ihr eine Art Talisman. Joscelin meinte, der arme George wäre in der Nacht vor der Schlacht an der Alma furchtbar nervös gewesen – vielleicht handelte es sich auch um eine Art Vorahnung –, woraufhin er ihm die Uhr lieh. George fiel am nächsten Tag und konnte sie ihm nicht mehr zurückgeben. Joscelin machte keine große Sache daraus, aber er sagte, falls man sie ihnen zusammen mit Georges Sachen schicken würde, wäre er sehr dankbar, wenn er sie zurück haben könnte. Er beschrieb sie bis ins kleinste Detail, auch die Gravur auf der Innenseite des Deckels.«

»Und – bekam er sie wieder?«

»Nein. Niemand wußte, was mit der Uhr passiert war. Man fand sie weder bei seiner Leiche, noch unter seiner persönlichen Habe. Ich denke mir, daß sie gestohlen wurde; eine widerliche, aber weitverbreitete Unsitte in Kriegsgebieten. Meiner Familie war das Ganze sehr unangenehm, vor allem Papa.«

»Und Joscelin Grey?«

»Er war verständlicherweise betrübt, gab sich aber laut Imogen große Mühe, es zu verbergen. Er erwähnte das Thema so gut wie nicht mehr.«

»Und Ihr Vater?«

Sie starrte an Monk vorbei auf das im Wind raschelnde Laub in den Bäumen, ohne es wahrzunehmen. »Er konnte ihm die Uhr weder zurückbringen, noch konnte er sie ersetzen, weil das kostbarste an ihr der ideelle Wert war. Als Joscelin dann wenig später Interesse an einem bestimmten Unternehmensprojekt zeigte, hielt er es für seine Pflicht, ihm wenigstens die Teilhaberschaft anzubieten. Sowohl meinem Vater als auch Charles erschien das Vorhaben damals durchaus erfolgversprechend.«

»Sprechen Sie von dem Projekt, bei dem Ihr Vater sein gesamtes Vermögen verlor?«

Ihr Gesicht wurde hart.

»Nicht alles, aber einen großen Teil, ja. Doch der Grund für seinen Selbstmord – Imogen hat ihn mittlerweile auch als solchen akzeptiert – war, daß er das Unternehmen an einige Freunde weiterempfohlen hatte. Manche von ihnen waren zu guter Letzt vollkommen ruiniert, und damit wurde er nicht fertig. Natürlich hatte Joscelin Grey ebenfalls sehr viel Geld verloren, so daß er sich selbst in einer prekären Lage befand.«

»Wurden die freundschaftlichen Beziehungen von dem Moment an eingestellt?«

»Nein, nicht sofort. Erst eine Woche später, als Papa sich erschoß. Joscelin Grey schickte ein Beileidsschreiben, woraufhin Charles ihm in einem Antwortbrief dankte und ihm vorschlug, den Umgang miteinander unter den gegebenen Umständen nicht fortzusetzen.«

»Ja, ich habe diesen Brief gesehen. Grey hob ihn auf – ich weiß nicht warum.«

»Wenige Tage später starb Mama. Sie brach zusammen und kam nicht wieder auf die Beine. Es war nicht der richtige Zeitpunkt, gesellschaftliche Kontakte zu pflegen – sie waren alle in Trauer.« Nach kurzem Zögern fügte sie hinzu: »Wir sind es immer noch.«

»Und nach dem Tod Ihres Vaters kam Imogen zu mir?« half er ihr nach einer Weile auf die Sprünge.

»Ja, aber nicht gleich. Einen Tag nach Mamas Beerdigung. Ich kann mir nicht vorstellen, was Sie von Ihnen erwartet hat, aber Imogen war viel zu aufgeregt, um noch klar denken zu können, und wer kann ihr das schon verübeln? Sie wollte sich nicht mit dem abfinden, was wohl oder übel die Wahrheit war.«

Sie kehrten um und gingen langsam zurück.

»Sie kam also zum Revier?«

»Ja.«

»Und erzählte mir genau das, was Sie mir gerade berichtet haben?«

»Ja. Sie stellten ihr eine Menge Fragen über Papas Tod: wie er starb, exakt um welche Zeit, wer sich im Haus befand und so weiter.«

»Habe ich mir Notizen gemacht?«

»Ja. Sie meinten, es wäre entweder Mord oder ein Unfall gewesen, was sie jedoch bezweifeln würden. Sie wollten der Sache nachgehen.«

»Wissen Sie zufällig, wie das aussah?«

»Ich fragte Imogen danach, aber sie hat keine Ahnung. Sie weiß nur, daß Sie keinerlei Beweise fanden, die gegen das Offensichtliche sprachen: daß er sich nämlich in einem Anfall tiefster Verzweiflung das Leben genommen hatte. Sie wollten die Ermittlungen jedoch fortsetzen und versprachen ihr, sich zu melden, falls sich etwas Neues ergeben sollte. Sie haben es nicht getan, jedenfalls nicht bis zu dem Moment, als wir Sie über zwei Monate später in der Kirche trafen.«

Monk war enttäuscht und spürte gleichzeitig, wie sich Angst in ihm breitmachte. Er hatte keine direkte Verbindung zwischen sich und Joscelin Grey entdeckt, geschweige denn einen Grund, den Mann zu hassen. Er wagte einen letzten Versuch.

»Sie weiß nicht das geringste über diese Ermittlungen? Ich habe ihr nichts erzählt?«

»Nein.« Hester schüttelte den Kopf. »Aber angesichts der Fragen, die Sie über Papa und das Unternehmensprojekt gestellt haben, würde ich annehmen, Sie haben in dieser Richtung nachgeforscht.«

»Habe ich mit Joscelin Grey darüber gesprochen?«

»Nein, mit einem Mr. Marner; er war einer der Auftraggeber. Sie erwähnten ihn Imogen gegenüber, aber Joscelin haben Sie ihres Wissens nie kennengelernt. Sie haben es bei der letzten Begegnung sogar ausdrücklich bestätigt. Er war demselben Mißgeschick zum Opfer gefallen, und Sie schienen Mr. Marner für den Verantwortlichen zu halten, ob er es nun absichtlich getan hatte oder nicht.«

Das war immerhin etwas, egal wie dürftig. Ein Punkt, an dem er ansetzen konnte.

»Haben Sie eine Ahnung, wo ich diesen Mann finden kann?«

»Nein, tut mir leid. Imogen weiß nichts weiter über ihn.«

»Habe ich ihr seinen Vornamen genannt?«

Hester schüttelte wieder den Kopf. »Leider auch nicht. Sie haben nur ganz kurz von ihm gesprochen. Ich wünschte, ich könnte Ihnen mehr helfen.«

»Sie haben mir sehr viel geholfen. Wenigstens weiß ich jetzt, was ich vor dem Unfall getan habe, und das bringt mich ein gutes Stück weiter.« Das war eine glatte Lüge, aber mit der Wahrheit war erst recht nichts zu erreichen.

»Glauben Sie, Joscelin Grey wurde wegen dieses mysteriösen Projekts umgebracht? Könnte er etwas über Mr. Marner in der Hand gehabt haben?« Obwohl ihr die Erinnerung an das Familiendrama sichtlich zusetzte, versuchte sie nicht, den Gedanken zu verdrängen. »Womöglich hatte er herausgefunden, daß das Ganze ein Schwindel war?«

Er konnte wieder nur lügen.

»Ich weiß es nicht. Ich werde nochmals ganz von vorn anfangen. Haben Sie eine Vorstellung, um welche Art Geschäft es sich drehte, oder können Sie mir die Namen der Freunde Ihres Vaters nennen, die daran beteiligt waren? Sie wären wahrscheinlich in der Lage, mir Näheres zu sagen.«

Sie nannte ihm einige Namen, die er samt den dazugehörigen Adressen notierte. Anschließend bedankte er sich mit dem dummen Gefühl, schrecklich plump zu sein. Er hätte ihr gern ohne Worte zu verstehen gegeben – um ihnen beiden eine peinliche Situation zu ersparen –, *wie* dankbar er ihr war: für ihre Offenheit und ihr Mitgefühl, das keine Spur von Mitleid enthielt, für eine erholsame Atempause ohne Streit und gesellschaftliche Spielereien.

Er schwieg hilflos und suchte nach Worten. Hester legte eine federleichte Hand auf seinen Ärmel und sah ihm sekundenlang direkt in die Augen. Einen Moment lang gab er sich der wilden Hoffnung auf eine tiefe Freundschaft hin, auf grenzenlose Nähe, die besser, reiner und ehrlicher war als jede Form von Romanze – dann war der Bann gebrochen. Zwischen ihm und jedem anderen stand der zerschmetterte Körper von Joscelin Grey.

»Nochmals danke«, sagte er ruhig. »Sie waren mir eine große Hilfe. Es war sehr nett, daß Sie mir soviel Zeit und Mühe geopfert haben.« Er schaute sie ein letztes Mal an und lächelte leicht. »Guten Abend, Miss Latterly.«

12

Der Name Marner sagte Monk nichts. Auch nachdem er am nächsten Tag bei drei der Adressen gewesen war, die Hester ihm genannt hatte, war er nicht viel schlauer. Er hatte lediglich erfahren, daß es sich bei dem Projekt um ein Importgeschäft handelte. Offenbar hatte niemand den ominösen Mr. Marner kennengelernt. Sämtliche Informationen der Teilhaber stammten von Latterly, der sie wiederum von Joscelin Grey bezogen hatte. Es ging um Tabakimport aus den Vereinigten Staaten von Amerika, der in Zusammenarbeit mit einer türkischen Firma betrieben werden sollte und im Einzelhandel beträchtliche Gewinne abzuwerfen versprach. Mehr wußte keiner – abgesehen von einer hohen Summe, die als Grundkapital investiert werden mußte, um das Unternehmen und die daraus resultierende Vermögenssteigerung der Beteiligten in Gang zu bringen.

Als Monk sich bei der letzten Adresse verabschiedete, war es bereits später Nachmittag, aber eine Pause konnte er sich nicht leisten. Er schlang in aller Eile ein köstlich-frisches Sandwich hinunter, das er bei einem Straßenverkäufer erstand, und machte sich auf den Weg zum Revier. Dort wollte er einen Kollegen zu Rate ziehen, der Fälle von Unternehmensbetrug untersuchte. Vielleicht kannte der Mann die Namen einiger Tabakhändler und konnte ihn so auf die Spur der türkischen Tabakfirma bringen.

»Marner?« wiederholte der Kollege, während er sich mit den Fingern durch das schüttere Haar fuhr. »Glaub nicht, daß ich schon mal von ihm gehört hab. Den Vornamen wissen Sie nicht, sagen Sie?«

»Nein, aber er soll eine Handelsgesellschaft gegründet haben, die Tabak aus Amerika importiert, ihn mit türkischem verschneidet und dann mit Gewinn weiterverkauft.«

Monks Gegenüber schnitt eine Grimasse.

»Klingt ja scheußlich. Ich kann türkischen Tabak nicht ausstehen – na ja, ist egal, ich mag lieber Schnupftabak. Marner?« Er schüttelte den Kopf. »Ich kenn bloß den guten, alten Zebedee Marner, aber den werden Sie kaum meinen. Wenn Sie's bei dem nicht schon versucht hätten, wären Sie vermutlich nicht hier. Ist ein schlauer, alter Fuchs, aber daß er mit Tabak zu tun hat, ist mir neu.«

»Was tut er dann?«

Der Mann hob verblüfft die Brauen.

»Wo haben Sie denn Ihren Grips gelassen, Monk? Stimmt was nicht mit Ihnen?« Er warf Monk einen schiefen Blick zu. »Sie müssen Zebedee Marner kennen! Es ist mir bis jetzt nie gelungen, ihm was anzuhängen, weil er sich immer wieder aus der Affäre ziehen kann, aber wir wissen genau, daß er hinter der Hälfte aller Pfandleihen, Ausbeutungsbetriebe und Bordelle von Limehouse bis zur Isle of Dogs steckt. Ich persönlich glaub ja, daß er außerdem einen fetten Gewinnanteil an der Kinderprostitution und am Opiumgeschäft einstreicht. Leider ist er viel zu gerissen, um sich irgendwo blicken zu lassen.«

Monk wagte kaum zu hoffen. Falls es sich um ein und denselben Marner handelte, hätte er zumindest einen Ansatzpunkt. Die Spur führte wieder einmal in die Unterwelt, zu Laster, Gier und Betrügerei – Grund genug für Joscelin Grey, jemand zu töten, aber warum sollte er das Opfer gewesen sein?

Hatte Grey gemeinsame Sache mit Marner gemacht? Gab es irgendwo in dem Gewirr von Beweismaterial etwas, wodurch wenigstens er überführt werden konnte?

»Wo steckt dieser Marner?« drängte er. »Ich brauche ihn, und die Zeit ist knapp.« Er hatte keine Zeit, Marners Adresse selbst hervorzukramen. Wenn er dem Mann vom Betrugsdezernat stümperhaft vorkam, konnte er auch nichts daran ändern. Das würde ohnehin bald keine Rolle mehr spielen.

Der Kollege war plötzlich hellhörig geworden. Er richtete sich kerzengerade auf und schaute Monk gespannt an.

»Wissen Sie was über Marner, das ich nicht weiß, Monk? Ich versuche schon seit Jahren, den schleimigen Mistkerl festzunageln.

Weihen Sie mich ein?« Er sah unglaublich eifrig aus; seine Augen leuchteten, als stünde er kurz davor, das große Los zu ziehen. »Keine Bange, ich bin nicht scharf auf die Lorbeeren. Keiner erfährt ein Wort. Ich will nur sein blödes Gesicht sehen, wenn er endlich geschnappt wird.«

Monk verstand das gut. Es tat ihm aufrichtig leid, daß er dem Mann nicht helfen konnte.

»Ich habe nicht das geringste über Marner in der Hand«, gab er zu. »Ich weiß nicht einmal, ob die Gesellschaft, um die es geht, tatsächlich in betrügerischer Absicht gegründet wurde. Einer der Investoren hat Selbstmord begangen, und ich will den Grund dafür herausfinden.«

»Wieso?« fragte der andere neugierig und sichtlich verblüfft; er legte den Kopf auf die Seite. »Was kümmert Sie ein Selbstmord? Ich dachte, Sie untersuchen den Mordfall Grey. Sagen Sie bloß nicht, Runcorn hat Sie davon freigestellt – ohne Festnahme?«

Also wußte sogar er über Runcorns Absichten Bescheid. Genau wie der Rest der Belegschaft? Kein Wunder, daß Runcorn über seinen Gedächtniverlust im Bilde war! Bestimmt hatte er sich über seine geistige Verwirrung und Unsicherheit schier totgelacht.

»O nein.« Monk machte ein bitteres Gesicht. »Nein, das gehört alles zusammen. Grey war an dem Unternehmen beteiligt.«

»An einem Importgeschäft?« stieß der Kollege mit schriller Stimme aus. »Sagen Sie bloß nicht, er wurde wegen einer Schiffsladung Tabak ermordet!«

»Der Tabak war nicht der Grund. Aber es wurde ein Haufen Geld investiert, und dann ging das Geschäft allem Anschein nach bankrott.«

»Ach wirklich? Das wär ja eine ganz neue Richtung von Marner.«

»Wenn des derselbe Mann ist«, gab Monk zu bedenken. »Und ich bin mir keineswegs sicher. Alles, was ich über den Kerl weiß, ist sein Name – und den nicht mal vollständig. Wo kann ich ihn finden?«

»Gun Lane dreizehn, Limehouse.« Der Mann schien zu überlegen. »Wenn Sie irgendwas rauskriegen, Monk, sagen Sie's mir dann? Solang es nichts mit dem Mord zu tun hat, meine ich? Glauben Sie, Marner hat da die Finger drin?«

»Nein, überhaupt nicht. Ich brauche nur ein paar Informationen. Falls ich auf irgendwelche Beweise für Betrug stoßen sollte, gebe ich sie an Sie weiter.« Er lächelte freudlos. »Ehrenwort.«

Das Gesicht seines Gegenübers entspannte sich. »Danke, Monk. Nett von Ihnen.«

Monk brach früh am Morgen auf und traf gegen neun in Limehouse ein. Er hätte auch schon früher dort sein können, wenn das einen Sinn gehabt hätte, denn ab sechs hatte er wach gelegen und sich den Kopf zerbrochen, was er sagen sollte.

Für einen Fußmarsch war die Strecke von der Grafton Street aus zu lang, also beschloß er, eine Kutsche zu nehmen. Wenig später rollte er durch Clerkenwell und Whitechapel Richtung Osten, bis endlich die schmalen, überfüllten Docks und Limehouse in Sicht kamen. Es war ein stiller, ruhiger Morgen. Das Sonnenlicht verwandelte den Fluß in ein schimmerndes Band; auf den Wellenkronen zwischen den schwarzen Schleppkähnen, die den Pool of London hinuntergeschippert kamen, funkelte und glitzerte es. Auf der anderen Seite der Themse lagen Bermondsey – das »Venedig der Abwässerkanäle« – und Rotherhithe mit den Surrey Docks, vor ihm erstreckte sich die im Sonnenlicht flirrende Isle of Dogs. Ihr gegenüber, am anderen Ufer, folgte erst Deptfort und schließlich das wunderschöne Greenwich mit seinen zahllosen Grünflächen und Parks und der architektonisch bewundernswürdigen Marineakademie.

Sein Weg führte ihn leider in die verkommenen Gassen von Limehouse, zu Bettlern, Wucherern und Dieben – und natürlich zu Zebedee Marner.

Die Gun Lane ging von der West India Dock Road ab, und Monk fand die Hausnummer dreizehn ohne Schwierigkeiten. Er kam an zwei finster dreinschauenden Tagedieben vorbei, von denen der eine mitten auf dem Bürgersteig hockte, der andere in einem Hauseingang lehnte, wurde aber von keinem der beiden belästigt. Offensichtlich sah er nicht wie jemand aus, der sein Geld an Bettler verschenkte, und hatte einen zu forschen Schritt, als daß sie es für ratsam gehalten hätten, ihn zu überfallen. Schließlich gab es jede

Menge andere, leichtere Beute. Er verachtete die jämmerlichen Gestalten und konnte sie gleichzeitig verstehen.

Das Glück stand auf seiner Seite: Zebedee Marner war anwesend. Nachdem sein Sekretär ein paar dezente Erkundigungen eingeholt hatte, brachte er Monk in ein Büro im ersten Stock.

»Guten Morgen, Mr. – Monk.« Marner saß hinter einem einschüchternden breiten Schreibtisch. Das weiße Haar fiel ihm in sanften Löckchen über die Ohren, die weißen Hände lagen auf einer in Leder eingefaßten Schreibunterlage. »Was kann ich für Sie tun?«

»Man hat Sie mir als äußerst vielseitigen Geschäftsmann empfohlen, Mr. Marner.« Es gelang Monk spielend, seinen Abscheu hinter glatten Worten zu verbergen.

»Und Sie werden sehen, Mr. Monk, daß es der Wahrheit entspricht. Ihnen schwebt eine Investition vor?«

»Was können Sie mir anbieten?«

»Oh, alles mögliche. Wieviel möchten Sie investieren?« Marner beobachtete ihn scharf, was er hervorragend mit ungezwungener Fröhlichkeit zu tarnen verstand.

»Für mich spielt Sicherheit eine große Rolle. Das ist mir wichtiger als schneller Profit«, sagte Monk, ohne auf seine Frage einzugehen. »Ich habe nicht die gerinste Lust, mein Kapital zu verlieren.«

»Natürlich nicht, wer hat das schon.« Marner spreizte die Hände und zuckte vielsagend mit den Schultern, mit kalten, starren Schlangenaugen fixierte er sein Gegenüber. »Sie wollen, daß Ihr Geld sicher angelegt wird?«

»Oh – unbedingt. Und da ich noch eine Reihe andere Herren kenne, die an einer Investition interessiert sind, muß außer Frage stehen, daß sie durch meine Empfehlung nicht zu Schaden kommen werden.«

Der starre Blick flackerte kaum merklich, dann wurde er rasch gesenkt, um die Gedanken seines Besitzers nicht zu verraten. »Ausgezeichnet, Mr. Monk. Ich kann Ihre Vorsicht sehr gut verstehen. Haben Sie schon mal Import oder Export in Betracht gezogen? Ein sehr einträgliches Geschäft – wirft immer Gewinne ab.«

»Ja, das habe ich auch gehört.« Monk nickte. »Aber ist es sicher?«

»Manchmal ja, manchmal nein. Leute wie ich verfügen über die nötige Erfahrung, um das entscheiden zu können.« Er verschränkte selbstgefällig die Hände auf seinem fetten Bauch und fixierte Monk von neuem. »Deshalb sind Sie schließlich hergekommen, anstatt auf eigene Faust zu investieren.«

»Wie wär's mit Tabak?«

Marner verzog keine Miene.

»Ein hervorragender Handelsartikel. Ganz hervorragend. Ein Mann von Welt gibt die kleinen Freuden des Daseins nicht auf, egal wie die Wirtschaftslage steht. Solange es Männer von Welt gibt, existiert auch ein Absatzmarkt für Tabak. Und sofern sich die Klimaverhältnisse in unsrem Land nicht auf drastische und unvorstellbare Weise ändern sollten« – er grinste über seinen eigenen kleinen Witz und wiegte erheitert seine enormen Fleischmassen –, »werden wir ihn nicht anbauen können, also müssen wir importieren. Haben Sie eine spezielle Handelsgesellschaft im Auge?«

»Kennen Sie sich auf dem Markt aus?« Monk konnte seinen Ekel vor diesem Mann, der wie eine fette, weiße Spinne bequem in seinem teuer eingerichteten Büro hockte, nur mit Mühe hinunterschlucken. In seinem schmutzigen Netz aus Lügen und Heuchelei verfingen sich ausschließlich so gutgläubige Fliegen wie Latterly – und vielleicht Joscelin Grey.

»Und ob«, erwiderte Marner selbstgefällig. »Wie in meiner Westentasche.«

»Sie haben selbst schon gehandelt?«

»Ja. Keine Sorge, Mr. Monk, ich weiß genau, was ich tue.«

»Sie würden sich nicht überrumpeln lassen und am Ende vor einem Haufen Scherben stehen?«

»Ganz gewiß nicht!« Marner sah ihn an, als hätte er bei Tisch eine obszöne Bemerkung gemacht.

»Sind Sie sicher?« bohrte Monk weiter.

»Ich bin mehr als sicher, mein lieber Herr.« Das klang geradezu gequält. »Ich bin todsicher.«

»Gut.« Endlich konnte Monk sein Gift verspritzen. »Genau das habe ich erwartet. Dann können Sie mir bestimmt erklären, wie es zu der Katastrophe kam, die Major Joscelin Grey sein gesamtes Kapital beim Handel mit eben diesem Artikel gekostet hat.«

Marner erbleichte. Er war derart vor den Kopf gestoßen, daß es ihm vorübergehend die Sprache verschlug.

»Ich – äh – versichere Ihnen, daß sich so etwas nicht wiederholen wird«, sagte er schließlich mit gesenktem Blick, dann sah er Monk plötzlich sehr direkt an, um seine Lüge zu kaschieren.

»Das ist ungemein beruhigend«, erwiderte Monk kühl, »hilft nur leider niemandem mehr. Dieses Desaster hat bereits zwei Menschenleben gefordert. Haben Sie auch eigenes Kapital verloren, Mr. Marner?«

»Von meinem eigenen Geld?« Marner schien verwirrt.

»Major Grey ist, soviel ich weiß, um einen ansehnlichen Betrag erleichtert worden, oder nicht?«

»Nein, da sind Sie falsch informiert.« Marner schüttelte so heftig den Kopf, daß ihm die weißen Löckchen um die Ohren flogen. »Die Gesellschaft ging im Grunde nicht bankrott. Du meine Güte, nein! Sie wurde lediglich übernommen. Niemand erwartet von Ihnen, daß Sie, als Laie, das verstehen. Geschäfte zu betreiben ist heutzutage außerordentlich kompliziert, Mr. Monk.«

»Scheint so, ja. Sie behaupten also, Major Grey hätte nicht viel Geld verloren? Können Sie das belegen?«

»Natürlich könnte ich.« Der blasiert-verschlagene Ausdruck kehrte in Marners Augen zurück. »Aber Major Greys Geschäfte gehen nur ihn etwas an, und ich würde sie genausowenig mit Ihnen besprechen wie die Ihren mit ihm. Die Grundvoraussetzung jeder guten Geschäftsbeziehung ist Diskretion, Sir.« Er lächelte selbstzufrieden. Allem Anschein nach hatte er sich vom ersten Schrecken erholt.

»Selbstverständlich«, pflichtete Monk im bei. »Nur bin ich unseligerweise von der Polizei und untersuche Major Greys Tod, folglich unterscheidet sich meine Wißbegier etwas von der anderer Leute.« Er senkte die Stimme, wodurch sie einen deutlich drohenden Beiklang erhielt. Marners Gesicht wurde hart. »Und Sie, als gesetzestreuer Mensch, sind sicher froh, mir in jeder Hinsicht helfen zu können. Ich würde gern die Unterlagen über das fragliche Projekt sehen. Wieviel hat Major Grey verloren, Mr. Marner – bis auf die Guinee, bitte?«

Marners Kinn fuhr ruckartig hoch. Er funkelte Monk beleidigt an.

»Polizei? Sagten Sie nicht, Sie wollten Geld anlegen?«

»Nein, das sagte ich nicht. Es war eine Mutmaßung Ihrerseits. Wieviel hat Major Grey verloren, Mr. Marner?«

»Nun ja, auf die Guinee genau, Mr. Monk – überhaupt nichts.«

»Ich denke, die Gesellschaft wurde aufgelöst.«

»Ja, das stimmt auch; eine dumme Sache war das damals. Aber Major Grey zog sein eigenes Kapital im letzten Moment zurück, direkt vor der ... der Übernahme.«

Monk dachte an den Kollegen, der ihm Marners Adresse gegeben hatte. Wenn der Mann tatsächlich seit Jahren hinter Marner her war, wurde es allmählich Zeit, daß er ihn erwischte.

»Sieh an.« Er lehnte sich zurück. Sein Verhalten änderte sich schlagartig. »Dann war er von dem Verlust gar nicht betroffen?« erkundigte er sich beinah liebenswürdig.

»Nein, nicht im geringsten.«

Monk stand auf.

»In dem Fall ist es für den Mord unerheblich. Es tut mir leid, daß ich Ihre Zeit verschwendet habe, Mr. Marner. Vielen Dank für die Zusammenarbeit. Bestimmt besitzen Sie Unterlagen, die Ihre Worte belegen? Nur für den Bericht, versteht sich.«

»Ja, natürlich.« Marner entspannte sich merklich. »Wenn Sie einen Moment warten würden –« Er kam hinter seinem Schreibtisch hervor, ging zu einem großen Büroschrank voller Aktenordner, zog eine Schublade heraus und entnahm ihr ein schmales Notizbuch, das wie die Miniaturausgabe eines Hauptbuchs aussah. Er legte es aufgeschlagen vor Monk hin.

Monk nahm es in die Hand, begutachtete es kurz, las die Eintragung über die Rücknahme von Greys Kapital und klappte es zu.

»Danke sehr.« Er schob das Büchlein in die Innentasche seines Mantels.

Marners Hand schoß vor, um anzudeuten, daß er das gute Stück zurückhaben wollte. Als ihm klar wurde, daß er es nicht bekommen würde, rang er mit sich, ob er auf die Rückgabe bestehen sollte, entschied dann aber, daß er dadurch mehr Aufmerksamkeit auf das

Buch lenken würde, als ihm lieb war. Er zwang sich zu einem Lächeln, was seinem aufgedunsenen, weißen Gesicht ein unvorteilhaftes Aussehen verlieh.

»Immer gern zu Diensten, Sir. Wo würden wir hinkommen ohne Polizei? Heutzutage gibt es soviel Kriminalität, soviel Gewalt.«

»Ein wahres Wort«, bestätigte Monk. »Und soviel Betrug, der Gewalt erzeugt. Guten Tag, Mr. Marner.«

Während er mit raschen Schritten die Gun Lane in Richtung West India Dock Road zurückging, dachte Monk angestrengt nach. Falls das Beweisstück echt war und Zebedee Marner nicht daran herumgepfuscht hatte, mußte der mehr oder minder redliche Joscelin Grey rechtzeitig gewarnt worden sein, um mit heiler Haut davonzukommen und es Latterly samt Freunden zu überlassen, das Fiasko auszubaden. Nicht gerade redlich, aber auch nicht direkt illegal. Es wäre interessant zu wissen, wer die Aktionäre der Gesellschaft waren, die den Tabakimport gekauft hatte, und ob Grey sich womöglich darunter befand.

War er vor dem Unfall auch so weit gekommen? Marner kannte ihn nicht. Er hatte sich benommen, als höre er das alles zum erstenmal. Wahrscheinlich entsprach es der Wahrheit, denn andernfalls hätte Monk ihm unmöglich vormachen können, er wäre ein Investor.

Selbst wenn Zebedee Marner ihn vorher noch nie gesehen hatte, konnte er vor Greys Tod soviel herausbekommen haben, weil er zu der Zeit noch über sein Gedächtnis und genügend Informanten verfügt hatte und genau wußte, wen er fragen, wen schmieren, wem er drohen konnte – und womit.

Er erwischte in der West India Dock Road einen Hansom, machte es sich für die lange Fahrt bequem und dachte weiter nach.

Auf dem Revier begab er sich schnurstracks zu dem Mann, der ihm Marners Adresse gegeben hatte. Er erzählte ihm von dem Besuch, gab ihm das Notizbuch und zeigte ihm, womit Marner seiner Meinung nach als Betrüger entlarvt werden konnte. Der Kollege schäumte förmlich über vor Entzücken und freudiger Erwartung; er wirkte wie jemand, der einem Festschmaus entgegenfiebert. Monk empfand ein flüchtiges, heftiges Aufwallen von Zufriedenheit.

Das Gefühl hielt nicht lange an.

Runcorn erwartete ihn in seinem Büro.

»Immer noch keine Festnahme?« fragte er mit boshaftem Vergnügen. »Keine Anklageerhebung?«

Monk machte sich nicht die Mühe zu antworten.

»Monk!« Runcorns Faust knallte auf den Tisch.

»Ja, Sir?«

»Sie haben John Evan nach Shelburne geschickt, um die Dienstboten auszufragen?«

»Ja. Ist es nicht genau das, was Sie wollten?« Monk hob spöttisch die Brauen. »Beweise gegen Lord Shelburne?«

»Da draußen werden Sie die nicht finden. Wir kennen sein Motiv. Was wir brauchen, ist ein Beweis, daß er die Gelegenheit hatte. Jemand, der ihn hier in London gesehen hat.«

»Ich werde mich danach umsehen«, erwiderte Monk in beißend ironischem Ton. Innerlich mußte er lachen, was Runcorn keineswegs entging, aber sein Vorgesetzter hatte keine Ahnung weshalb, und das machte ihn fuchsteufelswild.

»Sie hätten sich den ganzen letzten Monat umsehen sollen!« brüllte er. »Was, zum Teufel, haben Sie, Monk? Sie waren zwar immer ein knallharter, arroganter Kerl mit Aufsteigerallüren, aber sie waren wenigstens ein guter Polizist. Jetzt benehmen Sie sich wie ein Idiot. Dieser Schlag auf den Kopf scheint in Ihrem Gehirn was durcheinandergebracht zu haben. Brauchen Sie vielleicht noch mehr Genesungsurlaub?«

»Ich bin völlig in Ordnung.« Monk fühlte sich hundsmiserabel. Zu gern würde er diesem Mann, der ihn so sehr haßte und letzten Endes den Sieg davontragen würde, ein wenig angst machen. »Aber vielleicht sollten Sie den Fall übernehmen. Sie haben recht, ich komme nicht weiter.« Er sah Runcorn unerschüttert in die Augen. »Die maßgeblichen Stellen wollen Resultate sehen – nehmen Sie es lieber selbst in die Hand.«

»Sie halten mich wohl für einen Dummkopf! Ich habe Evan eine Nachricht schicken lassen. Er ist morgen wieder hier.« Runcorn hob einen dicken Zeigefinger und schwenkte ihn drohend vor Monks Gesicht. »Nehmen Sie Shelburne noch diese Woche fest, oder Sie sind den Fall los.« Mit diesen Worten stolzierte er hinaus.

Monk starrte ihm nach. Er hatte Evan also zurückgepfiffen. Die Zeit war noch knapper, als er befürchtet hatte. Es würde nicht mehr lang dauern, dann mußte Evan zu dem gleichen Schluß kommen wie er selbst – und das bedeutete das Ende.

Evan kam tatsächlich am nächsten Tag zurück. Sie hatten sich zum Mittagessen in einer verrauchten Schenke verabredet. Es roch nach verschwitzten Körpern, verschüttetem Bier, Sägemehl und undefinierbarem Gemüseeintopf.

»Irgendwas Neues?« erkundigte sich Monk der Form halber. Hätte er es unterlassen, wäre das aufgefallen.

»Jede Menge Verdachtsmomente«, sagte Evan stirnrunzelnd. »Aber manchmal frag ich mich, ob ich sie nur mitbekomme, weil ich muß.«

»Sie meinen, Sie denken sich womöglich welche aus?«

Evan warf Monk einen raschen, verheerend offenen Blick zu.

»Sie glauben doch nicht ernsthaft, daß er es war, oder, Sir?«

Konnte er die Wahrheit so schnell erkannt haben? Blitzschnell ging Monk alle in Frage kommenden Antworten durch. Würde Evan es merken, wenn er log? Hatte er ihn bereits durchschaut? War er raffiniert genug, Monk ganz sanft in die eigene Falle zu locken? Wußte vielleicht sogar die gesamte Abteilung Bescheid und wartete nur darauf, daß er sich selbst ans Messer lieferte, daß er seine eigene Verurteilung herbeiführte? Einen Moment lang wurde Monk von grenzenloser Furcht überwältigt; der ausgelassene Wirtshaustrubel verwandelte sich in den Lärm eines Tollhauses – irr, inhaltslos, verfolgend. Ja, alle wußten es. Sie fieberten dem Augenblick entgegen, in dem er sich verraten und das Geheimnis preisgeben würde. Und dann würden sie Farbe bekennen, lachend mit den Handschellen klappern, Fragen stellen, sich beglückwünschen, daß ein weiterer Mordfäll gelöst war; es käme eine Gerichtsverhandlung, ein kurzer Gefängnisaufenthalt und schließlich das feste, starke Seil, ein schneller Schmerz – und das Nichts.

Aber warum? Warum hatte er Joscelin Grey ermordet? Wohl kaum, weil Grey dem Bankrott der Tabakfirma entronnen war, selbst wenn er daraus Profit geschlagen hatte?

»Sir? Sir – sind Sie in Ordnung?« Wie von fern bohrte sich Evans Stimme in das entsetzliche Gefühl der Panik. Verschwommen sah er, wie ihn sein Kollege ängstlich musterte. »Sie sehen ein bißchen blaß aus, Sir. Geht es Ihnen gut?«

Monk zwang sich, gerade zu sitzen und Evans Blick zu begegnen. Hätte er in diesem Moment einen Wunsch äußern dürfen, dann den, daß Evan es niemals erfuhr. Imogen Latterly war nie mehr gewesen als ein Traum, ein Fingerzeig, daß er zu menschlicheren Gefühlen als kaltem Ehrgeiz imstande war – Evan dagegen ein Freund. Vielleicht hatte es einmal auch andere gegeben, aber davon wußte er nichts mehr.

»Ja«, sagte er vorsichtig. »Danke, machen Sie sich keine Sorgen. Ich habe nur nachgedacht. Sie haben recht: Ich halte Shelburne nicht für den Täter.«

Evan beugte sich eifrig vor.

»Ich bin froh, daß Sie das sagen, Sir. Lassen Sie sich nicht von Mr. Runcorn in die Enge treiben.« Seine langen Finger spielten mit dem Brot; er war zu aufgeregt, um etwas hinunterzukriegen. »Der Täter muß jemand aus London sein. Ich bin unsre und Mr. Lambs Aufzeichnungen noch mal durchgegangen, und je länger ich darin gelesen habe, desto sicherer bin ich geworden, daß es irgendwas mit Geld zu tun hat, mit Geschäften. Joscelin Grey hat ein wesentlich luxuriöseres Leben geführt, als der Familienzuschuß erlaubt hätte.« Er legte die Gabel aus der Hand und gab es auf, so zu tun, als würde ihn das Essen interessieren. »Entweder hat er jemand erpreßt, oder er hatte unvorstellbares Glück im Spiel, oder – und das halte ich für das wahrscheinlichste – er betrieb Geschäfte, von denen wir nichts wissen. Wenn diese Geschäfte legal gewesen wären, hätten wir Unterlagen darüber finden oder auf seine Partner stoßen müssen. Und wenn er sich etwas geliehen hätte, hätten die Gläubiger ihre Ansprüche in Shelburne Hall geltend gemacht.«

»Es sei denn, sie waren Kredithaie«, sagte Monk mechanisch. Sein Geist war vor Angst wie erstarrt, während er zusah, wie Evan der Wahrheit näher und näher kam. Seine feingliedrigen, sensiblen Hände konnten ihn jeden Moment zu fassen bekommen.

»Ich kann mir nicht vorstellen, daß die sich jemand wie Grey ausgesucht hätten«, wandte Evan mit leuchtenden Augen ein. »Kredithaie sind unglaublich vorsichtig, was ihre Investitionen betrifft, das hab ich inzwischen gelernt. Die geben keinen zweiten Kredit, bevor der erste nicht bezahlt ist, samt Zins und Zinseszins oder wenigstens einem Pfandrecht auf das persönliche Eigentum.« Eine schwere Haarlocke fiel ihm in die Stirn und wurde nicht weiter beachtet. »Was uns wieder auf dieselbe Frage zurückwirft: Wie hat Grey die Rückzahlung und die Zinsen finanziert? Er war der drittgeborene Sohn und besaß kein eigenes Vermögen. Nein Sir, er hat irgendwelche Geschäfte gemacht, da bin ich sicher. Und ich hab auch schon eine Idee, wie ich das herauskriege.«

Mit jeder Idee kam er dem verhängnisvollen Finale näher.

Monk sagte nichts. Seine Gedanken überschlugen sich mit aberwitziger Geschwindigkeit. Er mußte sich etwas einfallen lassen, womit er Evan von seiner heißen Spur ablenken konnte. Es war zwar nicht ewig hinauszuschieben, aber zuerst wollte er selbst Klarheit haben, und die lag zum Greifen nah.

»Sehen Sie das anders, Sir?« Evan war sichtlich enttäuscht; er machte ein geradezu deprimiertes Gesicht. Oder war er deprimiert, weil Monk ihn die ganze Zeit belog?

Monk riß sich zusammen und verdrängte den Schmerz. Er mußte unbedingt einen klaren Kopf behalten, nur noch für kurze Zeit.

»Nein, vielleicht liegen Sie gar nicht so falsch. Dawlish erwähnte ein Geschäftsunternehmen. Ich weiß nicht mehr, wieviel ich Ihnen davon erzählt habe. Meines Wissens ist das Projekt noch nicht angelaufen, aber es kann gut sein, daß es schon Teilhaber gab.« Wie er es haßte zu lügen! Besonders, was Evan betraf – dieser Verrat war der schlimmste. Der Gedanke, was Evan empfinden mochte, wenn er die Wahrheit erfuhr, war unerträglich. »Wir sollten der Sache nachgehen.«

Evans Gesicht hellte sich wieder auf.

»Sehr gut. Sie wissen, daß wir den Mörder meiner Meinung nach schnappen können. Ich glaube, wir sind ganz nah dran. Es müssen nur noch ein oder zwei Lücken geschlossen werden, dann paßt alles zusammen.«

War ihm eigentlich klar, *wie* scheußlich nah dran er war?

»Schon möglich«, stimmte Monk zögernd zu. Er starrte auf seinen Teller. »Trotzdem müssen Sie dezent vorgehen. Dawlish genießt enormes Ansehen.«

»Sicher, Sir, da brauchen Sie keine Angst zu haben. Ihn hab ich nicht in Verdacht. Was ist mit diesem Brief von Charles Latterly? Der war ganz schön eisig, fand ich. Ich hab übrigens eine Menge über Latterly rausgefunden.« Er führte sich nun doch noch eine Gabelladung seines Eintopfs zu Gemüte. »Wußten Sie, daß sich sein Vater wenige Wochen vor Greys Tod das Leben genommen hat? Dawlish mag mit einem zukünftigen Geschäft zu tun haben, aber Latterly könnte an einem früheren beteiligt gewesen sein. Was halten Sie davon, Sir?« Evan schlang den Bissen hinunter, ohne sich um Geschmack oder Beschaffenheit der Speise zu kümmern; er war viel zu beschäftigt. »Vielleicht war an der Sache irgendwas nicht ganz sauber, woraufhin sich Latterly senior das Leben nahm, als es publik wurde, und Latterly junior, der mit dem Brief, sich rächte, indem er Grey erschlug?«

Monk holte tief Luft. Er brauchte nur etwas mehr Zeit.

»Der Brief klang zu beherrscht für einen Menschen, der aus Rachsucht tötet«, sagte er bedächtig, während er seinerseits zu essen begann. »Aber ich werde mich dahingehend umhören. Versuchen Sie Ihr Glück bei Dawlish und meinetwegen auch bei den Fortescues. Wir tappen bei beiden ziemlich im dunklen, was ihre Verbindung zu Grey betrifft.« Er durfte nicht zulassen, daß Evan Charles wegen seiner Untat zusetzte. Er mochte Charles nicht, aber schließlich gab es so etwas wie Ehrgefühl – und er war Hesters Bruder.

»Genau –«, fügte er hinzu, »nehmen Sie sich ruhig auch die Fortescues vor.«

Nachdem Evan am Nachmittag voll Enthusiasmus zu Dawlish und den Fortescues davongestürzt war, kehrte Monk zum Revier zurück und begab sich noch einmal zu dem Mann, von dem er Marners Adresse bekommen hatte. Sein Gesicht leuchtete auf, als er Monk hereinkommen sah.

»Hallo, Monk. Ich schulde Ihnen was. Jetzt hat's den guten alten Zebedee doch noch erwischt.« Er wedelte triumphierend mit dem

Notizbuch. »Bin aufgrund des netten, kleinen Büchleins von Ihnen zu ihm gegangen und hab das ganze Haus auf den Kopf gestellt. Du meine Güte, hatte der die Hosen voll!« Vor lauter Überschwang bekam er einen leichten Schluckauf. »Hatte überall die Finger drin, bei sämtlichen zwielichtigen Geschichten in ganz Limehouse – bis zur Isle of Dogs. Der Himmel weiß, wieviel tausend Pfund dem durch die Hände gegangen sind, dem alten Gauner.«

Monk freute sich mit ihm; wenigstens hatte er einmal einen Beitrag zu einer anderen Karriere geleistet als seiner eigenen.

»Ausgezeichnet. Die Art von Blutsaugern stelle ich mir immer gern dabei vor, wie sie sich ein paar Jährchen ihre Speckrollen in der Gefängnistretmühle ablaufen.«

Der andere grinste.

»Geht mir auch so, vor allem bei diesem Vogel. Ach, wußten Sie übrigens, daß die Tabakimportgesellschaft eine Scheinfirma war?« Sein Schluckauf meldete sich wieder, woraufhin er sich hastig entschuldigte. »Sie existierte zwar dem Namen nach, aber es bestand nie eine reelle Chance, daß sie tatsächlich ins Geschäft einsteigen, geschweige denn Gewinn abwerfen würde. Ihr guter Grey hat sein Geld genau im richtigen Moment zurückgezogen. Wenn er nicht tot wäre, hätte ich große Lust, ihm ebenfalls eine Klage anzuhängen.«

Grey verklagen? Monk erstarrte. Bis auf einen kleinen Lichtstrudel vor seinen Augen und das Gesicht seines Gegenübers hatte sich der Raum plötzlich in Nichts aufgelöst.

»Große Lust? Wieso nur Lust?« Er wagte kaum zu fragen. Hoffnung begann an ihm zu nagen wie ein schmerzhaftes Geschwür.

»Weil es keine Beweise gibt«, erwiderte der Mann, ohne Monks Glücksgefühl zu bemerken. »Er tat nichts, was eindeutig illegal war, aber ich würd Stein und Bein drauf wetten, daß er bei dem Schwindel mitgemischt hat; war einfach zu clever, um übers Gesetz zu stolpern. Glauben Sie mir, er hat das Ganze auf die Beine gestellt und das Geld nach Hause gebracht.«

»Aber er war doch selbst von dem Betrug betroffen«, protestierte Monk, der sich davor fürchtete, die Worte für bare Münze zu nehmen. Er konnte nur mit Mühe dem Drang widerstehen, den Mann zu packen und durchzuschütteln. »Sind Sie absolut sicher?«

»Was denken Sie denn?« Der andere hob die Brauen. »Ich bin vielleicht nicht so ein brillanter Detektiv wie Sie, Monk, aber von meinem Job versteh ich was. Und einen Schwindler erkenn ich sieben Meilen gegen den Wind. Ihr Freund Grey war einer der Besten; hat unglaublich saubere Arbeit geleistet.« Er rutschte auf seinem Stuhl herum, bis er es möglichst bequem hatte. »Immer nur eine kleine Summe Geld, nie soviel, daß es aufgefallen wäre. Ein winziger Profit bloß – und eine blütenweiße Weste. Wenn er das gewohnheitsmäßig betrieben hat, muß er prächtig bei Kasse gewesen sein. Wie er allerdings die ganzen Leute dazu gebracht hat, ihm ihr Geld anzuvertrauen, ist mir ein Rätsel. Sie sollten mal ein paar der Namen sehen, die auf der Liste der Investoren stehen.«

»Sie haben recht«, sagte Monk langsam. »Ich würde auch gern wissen, wie er sie dazu überreden konnte. Das, und noch ein paar Dinge mehr.« Seine Gedanken wirbelten durcheinander. Wo war der Zusammenhang? »Tauchen noch andere Namen in dem Buch auf? Partner von Marner zum Beispiel?«

»Nur der des Sekretärs, der im Vorzimmer sitzt.«

»Keine Partner. Seltsam – gab es keine? Wer könnte sonst noch über dieses Geschäft Bescheid gewußt haben? Wer bekam denn den größten Teil vom Kuchen, wenn nicht Grey?«

Der Mann hickste gedämpft und seufzte dann. »Ein ziemlich nebulöser Mr. Robinson, aber ein Großteil floß in geheime Kanäle. Es gibt bisher keinen Beweis, daß dieser Robinson im Bilde war. Wir lassen ihn beschatten, haben allerdings noch nichts entdeckt, das für eine Festnahme reichen würde.«

»Wo wohnt er?« Monk mußte herausfinden, ob er besagtem Robinson im Verlauf seiner früheren Nachforschungen bezüglich Grey bereits begegnet war. Wenn Marner ihn nicht kannte, dann vielleicht er?

Der Mann kritzelte etwas auf ein Stück Papier und reichte es über den Tisch.

Monk nahm den Zettel und studierte die Adresse: Sie befand sich oberhalb der Elephant Stairs in Rotherhithe, auf der andren Seite vom Fluß. Er faltete das Papier zusammen und schob es in die Tasche.

»Ich habe nicht vor, Ihnen dazwischenfunken«, versprach er. »Ich will dem Kerl nur eine einzige Frage stellen, und die hängt mit Grey zusammen, nicht mit dem Betrug.«

»Ist schon in Ordnung«, meinte der andere zwischen zwei erleichterten Seufzern. »Mord hat immer Vorrang vor Betrug, zumindest wenn es der Sohn eines Lords ist, der abgemurkst wurde.« Zur Abwechslung seufzte und hickste er gleichzeitig. »Die Sache sähe natürlich vollkommen anders aus, wenn's bloß um einen Ladenbesitzer oder ein Zimmermädchen ginge. Kommt immer ganz drauf an, wer ausgeraubt oder ermordet wird, finden Sie nicht?«

Monk gab ihm mit einer bitteren, kleinen Grimasse zu verstehen, daß er es ebenfalls als himmelschreiende Ungerechtigkeit empfand, bedankte sich und ging.

Robinson war nicht zu Hause. Monk brauchte den ganzen Nachmittag, um ihn zu finden, doch als er ihn endlich in einer kleinen Spelunke in Seven Dials aufstöberte, erfuhr er auf Anhieb – ohne daß der Mann den Mund auftun mußte –, was er wissen wollte. Robinsons Gesicht wurde hart, kaum daß Monk zur Tür hereingekommen war, während sich gleichzeitig ein wachsamer Ausdruck in seine Augen schlich.

»Tag, Mr. Monk. Hätte nicht gedacht, Sie jemals wiederzusehen. Was gibt's denn diesmal?«

Monk bebte innerlich vor Aufregung. Er schluckte mühsam.

»Immer noch dasselbe –«

Robinsons leise Stimme, die zischende Aussprache – all das besaß eine Vertrautheit, die ihn elektrisierte. Der Schweiß auf seiner Haut begann zu prickeln. Sein Gedächtnis kehrte zurück! Er erinnerte sich – endlich. Sein Blick bohrte sich in den des Mannes, der vor ihm saß.

Robinsons schmales, keilförmiges Gesicht blieb unbewegt.

»Ich hab Ihnen schon alles erzählt, was ich weiß, Mr. Monk. Was spielt das noch für eine Rolle, jetzt, wo Grey tot ist?«

»Sie haben nichts ausgelassen, nicht die geringste Kleinigkeit? Können Sie das beschwören?«

Robinson schnaubte verächtlich.

»Ja, kann ich. Und jetzt lassen Sie mich bitte in Ruh. Man kennt

Sie hier. Ist nicht gut für mich, wenn die Bullen hier rumschnüffeln und blöde Fragen stellen. Die Leute denken noch, ich hätte was zu verbergen.«

Monk hatte keine Lust, mit ihm zu streiten. Der Kollege vom Betrugsdezernat würde ihn sich noch früh genug vorknöpfen.

»Gut«, sagte er. »Ich werde Sie nicht mehr belästigen.« Er trat wieder auf die flirrende, graue Straße hinaus, die von Bettlern und Obdachlosen überquoll. Seine Füße trugen ihn über das Pflaster, ohne daß er den Boden unter sich spürte. Er hatte also über Grey Bescheid gewußt, ehe er zu ihm gegangen war – ehe er ihn getötet hatte.

Aber weshalb hatte sich sein Haß ausgerechnet gegen Grey gerichtet? Marner war der Drahtzieher, der Kopf, der den Schwindel ausgebrütet hatte, der eigentliche Nutznießer. Gegen ihn hatte er anscheinend nichts unternommen.

Er mußte nachdenken, Ordnung in das Chaos in seinem Kopf bringen und sich überlegen, wo er sich nach dem letzten fehlenden Puzzleteil umsehen sollte.

Es war heiß und stickig, die Luft durch die Feuchtigkeit, die vom Fluß hochstieg, zum Schneiden dick. Sein Geist war erschöpft, versunken in einen Zustand der Stagnation, eingesponnen in das lähmende Netz der neuesten Erkenntnisse. Er brauchte etwas zu essen und ein wenig Flüssigkeit, um diesen furchtbaren Durst zu löschen, um den Gestank der Rookeries aus dem Mund zu spülen.

Ohne sich dessen bewußt zu sein, hatte er die Tür eines einfachen Eßlokals angesteuert. Er stieß sie auf und wurde augenblicklich von einem tröstlich frischen Duft nach Sägemehl und Apfelwein eingehüllt. Automatisch bahnte er sich einen Weg zum Schanktresen. Er wollte kein Bier, sondern frischgebackenes Brot und etwas von den hausgemachten Mixed Pickles, deren scharfer, süßsaurer Geruch ihn angenehm in der Nase kitzelte.

Der Wirt grinste ihn an, legte einige Brotkrusten, etwas krümeligen Wensleydale-Käse sowie mehrere eingelegte Silberzwiebeln auf einen Teller und stellte ihn vor ihm hin.

»Sie waren ja lang nich mehr hier, Sir«, sagte er gutgelaunt. »War wohl 'n bißchen zu spät damals, um den Typen noch zu erwischen.«

Monk hielt den Teller unbeholfen mit beiden Händen fest. Er konnte den Blick nicht von dem Gesicht hinter der Theke losreißen. Wieder kehrte ein Teil seines Erinnerungsvermögens zurück. Er hatte diesen Mann schon mal gesehen.

»Den Typen?« fragte er heiser.

»Genau.« Das Gesicht vor ihm grinste immer noch breit. »Major Grey. Als Sie das letzte Mal hier waren, haben Se den doch gesucht. Das war am selben Abend, als er umgebracht wurde, also hatten Se wohl kein Glück mehr.«

Das war es, das letzte fehlende Teil, zum Greifen nah – und entzog sich doch immer wieder mit aufreizender Geschicklichkeit dem endgültigen Zugriff.

»Sie haben ihn gekannt?« sagte er langsam, ohne den Teller loszulassen.

»So was! Klar hab ich ihn gekannt, Sir. Wissen Se doch.« Er zog die Stirn in Falten. »Erinnern Se sich nich mehr?«

»Nein.« Zum Lügen war es zu spät. »Ich hatte an diesem Abend einen Unfall. Tut mir leid, ich weiß tatsächlich nicht mehr, was Sie mir erzählt haben. Könnten Sie's vielleicht wiederholen?«

Der Mann wackelte bedauernd mit dem Kopf und fuhr fort, die Gläser zu polieren. »Hat keinen Sinn mehr, Sir. Major Grey wurde in derselben Nacht umgebracht, den werden Se nich mehr zu sehen kriegen. Lesen Se denn keine Zeitung?«

»Jedenfalls kannten sie ihn«, beharrte Monk. »Woher? Aus der Armee? Sie haben ihn ›Major‹ genannt.«

»Stimmt genau. Hab unter ihm gedient, stellen Se sich das mal vor. Bis man mich als Invalide aus 'm Heer entlassen hat.«

»Erzählen Sie mir von ihm. Erzählen Sie mir alles, was Sie mir damals schon erzählt haben.«

»Ich hab jetzt wirklich zu tun, Sir. Wenn ich bloß faul rumsteh, komm ich nich über die Runden«, beschwerte sich der Mann. »Was halten Se davon, wenn Se später wiederkommen?«

Monk wühlte in seinen Taschen und brachte alles Geld zum Vorschein, das er darin finden konnte, bis auf die letzte Münze. Er breitete es auf dem Tresen aus.

»Gar nichts. Ich muß es sofort wissen.«

Der Mann musterte erst die funklenden Geldstücke, dann Monk, und kam zu dem Schluß, daß es anscheinend sehr dringend war. Seine Hand glitt über die Theke und ließ das Geld blitzschnell in dem Lederbeutel unter seiner Schürze verschwinden. Als das vollbracht war, griff er wieder nach seinem Tuch.

»Sie haben mich gefragt, was ich von Major Grey weiß, Sir. Ich hab Ihnen gesagt, daß ich ihn auf der Krim kennengelernt hab – bei der Armee. Er war Major und ich 'n einfacher Soldat, aber ich hab 'ne ganze Weile unter ihm gedient. Als Offizier war er ganz ordentlich, nich besonders übel, nich besonders toll – wie die meisten eben. Hat seine Männer gut behandelt und war leidlich tapfer, genau wie die andern. Die Pferde hatten's bei ihm besonders gut, aber das is für diese adligen Typen wohl normal.« Er kniff die Augen zusammen und meinte dann, während er sich weiterhin abwesend an seinem Glas zu schaffen machte: »Hat Sie aber alles nich so schrecklich interessiert. Sie haben zwar zugehört, schien Ihnen allerdings egal zu sein. Dann haben Se mich über die Schlacht an der Alma ausgequetscht, wo irgend so 'n Leutnant Latterly gefallen sein soll. Ich hab Ihnen erklärt, daß wir nich an der Alma gewesen sind und ich Ihnen deshalb auch nix über diesen Leutnant Latterly erzählen kann.«

»Major Grey war aber in der Nacht vor dieser Schlacht mit Leutnant Latterly zusammen.« Monk packte seinen Arm. »Er lieh ihm seine Uhr. Latterly hatte Angst, und die Uhr galt als eine Art Glücksbringer, ein Talisman. Sein Großvater hatte sie schon in Waterloo dabei.«

»Tut mir leid, Sir, ich kenn keinen Leutnant Latterly, und Major Grey war nie auch nur in der Nähe von der Alma. Und 'ne besondere Uhr hat er auch nich gehabt.«

»Sind Sie sicher?« Monk verdrehte dem Mann das Handgelenk, ohne sich dessen bewußt zu sein.

»Klar bin ich sicher, Sir.« Er machte sich los. »Ich war ja dabei! Seine Uhr war ganz normal vergoldet und so neu wie seine Uniform. Die hat genausowenig von Waterloo gesehen wie er.«

»Und ein Offizier namens Dawlish?«

Der Wirt massierte stirnrunzelnd sein Handgelenk. »Dawlish?« Nach dem haben Se mich aber nich gefragt.«

»Ja, kann sein. Erinnern Sie sich trotzdem an ihn?«

»Nein, Sir. Hab den Namen noch nie gehört.«

»Und was die Schlacht an der Alma betrifft, sind Sie völlig sicher?«

»Todsicher, Sir, ich schwör's bei Gott. Wenn Sie auf der Krim gewesen wären, Sir, wüßten Se auch noch ganz genau, bei welcher Schlacht Sie dabeigewesen sind und bei welcher nich! Das war wohl der schlimmste Krieg, den's je gegeben hat. Überall Dreck und Männer, die am Krepieren waren – und die furchtbare Kälte ...«

»Vielen Dank für Ihre Hilfe.«

»Wolln Se denn nich mehr Ihr Brot und Ihren Käse essen, Sir? Die Silberzwiebeln da sind 'ne Spezialität des Hauses. Sollten Se unbedingt probieren. Schaden tut's Ihnen bestimmt nich; Sie sehen 'n bißchen spitz aus.«

Monk tat ihm den Gefallen, bedankte sich nochmals mehr oder minder mechanisch und ließ sich an einem der Tische nieder. Er aß, ohne etwas von dem zu schmecken, was er aß. Anschließend begab er sich wieder nach draußen, wo gerade die ersten, schweren Regentropfen auf den Boden klatschten. Er erinnerte sich, die langsam wachsende Wut schon einmal empfunden zu haben. Das Ganze war eine Lüge gewesen, ein grausamer und sorgfältig vorausgeplanter Schwindel, um sich Zutritt zum Haus der Latterlys zu verschaffen, sich allmählich ihre Freundschaft zu erschleichen und ihnen schließlich aufgrund der angeblich abhanden gekommenen Uhr solche Schuldgefühle einzureden, daß ihnen nichts anderes übrigblieb, als es durch eine Teilhaberschaft an seinem Geschäftsunternehmen wiedergutzumachen. Grey hatte sein gesamtes schauspielerisches Talent aufgeboten, um sich erst ihren Kummer, dann ihr Verantwortungsgefühl zunutze zu machen. Gut möglich, daß er auf die gleiche Weise mit den Dawlishs verfahren war.

Der Zorn in ihm wurde heftiger – genau wie damals. Er lief immer schneller durch den mittlerweile starken Regen. Die Tropfen peitschten seine Haut, er merkte es nicht. Das Schmutzwasser im überlaufenden Rinnstein spritzte unter seinen Füßen zur Seite weg, als er achtlos auf die Fahrbahn sprang, um eine Kutsche anzuhalten. Er befahl dem Kutscher, ihn zum Mecklenburg Square zu bringen – auch das hatte er schon einmal getan.

Dort angekommen, verschwand er sofort im Haus. Dieses Mal gab Grimwade ihm den Schlüssel, beim letztenmal war sein Platz verlassen gewesen.

Er ging hinauf. Die Umgebung kam ihm fremd und unbekannt vor, als wäre er tatsächlich zum erstenmal hier – wie vor zwei Monaten. Vor der Tür blieb er unschlüssig stehen. Damals hatte er geklopft, jetzt schob er den Schlüssel ins Schloß. Die Tür schwang auf, und er trat ein. An jenem anderen Abend hatte Joscelin Grey ihm geöffnet, in blasses Taubenblau gehüllt, das hübsche Gesicht zu einem freundlichen, nur leicht überraschten Lächeln verzogen. Er sah ihn so deutlich vor sich, als wäre es lediglich wenige Minuten her.

Grey hatte ihn vollkommen ungezwungen hereingebeten. Er hatte seinen Stock in den Ständer gestellt – den Mahagonistock mit der eingehämmerten Messingkette am Knauf, der sich nach wie vor dort befand. Dann war er Grey ins Wohnzimmer gefolgt und hatte ihn über den Grund seines Besuchs informiert: den Bankrott der Tabakfirma, Latterlys Tod, die Tatsache, daß er, Grey, gelogen hatte, daß er George Latterly nie begegnet war, daß überhaupt keine Uhr existierte.

Grey hatte sich von der Anrichte abgewandt, Monk einen Drink angeboten, sich selbst einen gemixt. Sein Lächeln war breiter geworden.

»Mein lieber Freund, nur eine harmlose kleine Lüge, kaum der Rede wert. Ich erzählte ihnen, was für ein guter Kamerad der arme George gewesen sei, wie tapfer, wie nett, wie beliebt. Es war genau das, was sie hören wollten. Was spielt es für eine Rolle, ob es der Wahrheit entsprach oder nicht?«

»Es war gelogen«, hatte Monk ihm ins Gesicht geschrien. »Sie haben George Latterly nicht mal gekannt. Alles, worauf Sie aus waren, war Geld!«

Grey hatte lediglich gegrinst.

»So ist es, und ich werde es wieder tun. Ich verfüge über einen unerschöpflichen Vorrat an goldenen Taschenuhren oder was immer – und es gibt nichts, was Sie dagegen unternehmen könnten, verehrter Herr Polizist. Ich werde so lange damit fortfahren, wie es auf der Welt noch jemand gibt, der sich an den Krimkrieg erinnert – und die Toten werden mir ganz bestimmt nicht ausgehen!«

Monk hatte ihn mit ohnmächtiger, ständig wachsender Wut angestarrt, bis er am liebsten geweint hätte wie ein hilfloses Kind.

»Es stimmt, ich habe Latterly nie kennengelernt«, war Grey fortgefahren. »Sein Name stand auf der Liste der Gefallenen. Sie haben ja keine Vorstellung, wie viele Namen dort stehen. Natürlich wußte ich die besseren Adressen von den armen Teufeln selbst – aus Skutari, wo sie von Seuchen geschüttelt alles vollgeblutet und vollgespuckt haben. Ich habe ihnen ihre letzten Briefe geschrieben. Unser bedauernswerter George muß ein rechter Feigling gewesen sein, nach allem, was ich über ihn gehört habe. Was für einen Sinn hätte es gehabt, seiner Familie das mitzuteilen? Ich hatte zwar keine Ahnung, wie er wirklich war, aber man braucht nicht viel Phantasie, um sich ausmalen zu können, was sie gern hören wollten! Die süße kleine Imogen betete ihn an, und wer kann ihr das verübeln? Charles ist ein gotterbärmlicher Langweiler; erinnert mich ein bißchen an meinen ältesten Bruder – auch so ein aufgeblasener Idiot.« Sein hübsches Gesicht war einen Moment häßlich vor Neid. Ein boshafter sinnlicher Ausdruck hatte sich hineingeschlichen, während er Monk mit wissendem Blick musterte.

»Und wer hätte unsrer reizenden Imogen nicht erzählt, was immer sie zu hören wünschte? Ich sagte ihr alles über dieses außergewöhnliche Wesen namens Florence Nightingale. Gewiß, ich schmückte ihren Heroismus noch ein wenig aus, verschönerte sie mit allem Ruhm und Glanz der ›Engel von Gottes Gnaden‹, die des Nachts beim sanften Schein ihrer Laternen bei den sterbenden Soldaten wachten. Sie hätten ihr Gesicht sehen sollen!« Er war in Gelächter ausgebrochen, hatte dann aber mit einem Blick erfaßt, daß er einen wunden Punkt getroffen hatte. »O ja, Imogen.« Ein langgezogenes Seufzen. »Ich kenne sie mittlerweile sehr, sehr gut.« Das Lächeln war in ein lüsternes Grinsen übergegangen. »Hmmm, dieser Gang – so voller Erwartung, voller Versprechen und Hoffnung.« Er hatte Monk spöttisch und mit einem Glanz in den Augen betrachtet, der so alt war wie die Begierde und die Lust selbst. Dann hatte er plötzlich zu kichern begonnen. »Mir scheint, Sie sind auch ganz angetan von ihr.«

»Sie eingebildeter Schwachkopf! Sie würde Sie nur aus diesem einzigen Grund anfassen – um Sie sich vom Leib zu halten!«

»Sie ist ganz verrückt nach Florence Nightingale und dem Glanz und der Herrlichkeit des Krimkriegs!« Greys glitzernder Blick hatte sich in seinen gebohrt. »Ich hätte sie jederzeit haben können – sie wäre mir zitternd und bebend vor Erwartung in die Arme gesunken.« Er hatte die Lippen gekräuselt und ein Lachen unterdrückt. »Ich bin Soldat. Ich habe die nackte Wirklichkeit kennengelernt, Blut und Leidenschaft, habe für unsre Königin und unser Land mein Leben riskiert. Ich lag unter Hunderten von Sterbenden im Militärlazarett von Skutari und habe die ›Charge of the Light‹-Brigade miterlebt. Wieviel, glauben Sie, bedeutet ihr dagegen ein schmuddeliger, kleiner Londoner Polzist, dessen Leben darin besteht, sich mit menschlichem Abschaum abzugeben, um Bettler und Degenerierte zur Strecke zu bringen? Sie sind nichts als ein Straßenkehrer, einer, der den Dreck andrer Leute wegputzt – eine notwendige Einrichtung, wie die Kanalisation.« Er hatte einen kräftigen Schluck Brandy genommen und Monk über den Rand seines Glases hinweg verächtlich fixiert.

Und in dem Moment, als er mit diesem lüsternen Zug um den Mund vor ihm stand, hatte Monk sein Glas erhoben und ihm den Inhalt ins Gesicht geschüttet. Er spürte den blinden, unbändigen Zorn genauso deutlich wie damals, als wäre er Bestandteil eines Alptraums, aus dem er soeben aufgewacht war. Fast meinte er, den bitteren, galligen Geschmack wieder auf der Zunge zu haben.

Die scharfe Flüssigkeit hatte in Greys Augen gebrannt, aber in erster Linie war es sein Stolz gewesen, der unerträglich verletzt war. Er war ein Mann von Stand, der sich durch die späte Geburt seines Vermögens beraubt sah, und nun kam dieser Lümmel von Polizist daher, erdreistete sich über alle Maßen und beleidigte ihn in seiner eigenen Wohnung! Seine hübschen Züge waren zu einem häßlichen Zähnefletschen entartet, dann hatte er seinen Stock gepackt und Monk damit einen Schlag auf die Schulter versetzt. Das Ziel war der

Kopf gewesen, doch Monk hatte den Hieb vorausgeahnt und war rechtzeitig ausgewichen.

Sie waren unter dem Vorwand, sich verteidigen zu müssen, aufeinander losgegangen, aber es hatte weitaus mehr dahintergesteckt. Monk war die Gelegenheit willkommen gewesen; er hatte so lang auf dieses Gesicht einschlagen wollen, bis das lüsterne Grinsen zertrümmert war – bis alles, was dieser Mann gesagt und über Imogen gedacht hatte, vernichtet, bis wenigstens ein Teil des Leids, das er ihrer Familie zugefügt hatte, wettgemacht war. In erster Linie aber wollte er ihm austreiben, jemals wieder aus der Leichtgläubigkeit und Trauer unschuldiger Menschen Profit zu schlagen, ihnen anhand von Lügen Schuldgefühle einzureden und den Toten das einzige zu nehmen, was sie zurückließen – die Erinnerung, wie sie gewesen waren und wie man sie geliebt hatte.

Grey hatte sich gewehrt, für einen Mann, der als Invalide aus dem Heer entlassen worden war, mit erstaunlichen Kräften. Sie hatten ineinander verschlungen um den Stock gekämpft, waren gegen Möbelstücke geprallt, hatten Stühle umgeworfen. Die rücksichtslose Gewalt war eine Katharsis gewesen, und all die herausbrechenden, aufgestauten Gefühle ließen ihn keinerlei Schmerz empfinden, nicht einmal in dem Moment, als Grey ihm einen fürchterlichen Hieb mit dem Stock auf die Rippen versetzte.

Doch Monks Körpergewicht und Stärke hatten den Ausschlag gegeben. Vielleicht lag es auch daran, daß sein Zorn größer gewesen war als Greys Angst und dessen stille Verbitterung über die langen Jahre, die er sich übergangen und nicht genügend anerkannt gefühlt hatte.

Monk erinnerte sich genau an den Augenblick, als er den schweren Stock aus Greys Hand entwunden und damit auf ihn einzuschlagen begonnen hatte, um zu zerstören, wogegen das Gesetz anscheinend machtlos war.

Und dann hatte er unvermittelt innegehalten, nach Luft ringend und über sich selbst zutiefst entsetzt. Grey lag fluchend wie ein Stallknecht auf dem Boden.

Er hatte sich umgedreht, war aus der Wohnung gestürzt und die Treppe hinuntergestolpert, hatte auf dem Weg nach unten den

Mantelkragen hochgeschlagen und sich den Schal über das Gesicht gezogen, um die Verletzungen zu verbergen. Als er unten in der Halle an Grimwade vorbeigekommen war, hatte das plötzliche Schrillen einer Glocke den Portier veranlaßt, seinen Posten zu verlassen.

Draußen hatte ein fürchterlicher Sturm getobt. Beinah wäre er von einem Windstoß ins Haus zurückgedrängt worden, als er die Tür öffnete. Er hatte den Kopf gesenkt und sich in den Regen gestürzt, der ihm eisig ins Gesicht schlug, dann hatte er sich, mit dem Rücken zum Licht, von Laterne zu Laterne durch die Dunkelheit geschlichen.

Ein Mann war ihm entgegengekommen, hatte sich dem erleuchteten Haus und der vom Wind aufgedrückten Tür genähert – so daß er einen flüchtigen Blick auf sein Gesicht hatte erhaschen können, ehe er in der hellen Öffnung verschwand. Es war Menard Grey.

Plötzlich ergab alles einen Sinn. Es war nicht George Latterlys Tod, beziehungsweise dessen Mißbrauch, gewesen, der Joscelin Greys Mörder getrieben hatte, sondern Edward Dawlishs – und Joscelins Verrat an jedem Ideal, das seinem Bruder wichtig gewesen war.

Das Hochgefühl verschwand so schnell, wie es gekommen war; die Erleichterung löste sich auf und machte einer ungeheuren Kälte Platz. Wie sollte er das beweisen? Sein Wort stand gegen das von Menard. Grimwade war nach dem Läuten der Glocke im Haus verschwunden und hatte nichts gesehen. Als er aus Greys Wohnung geflohen war, hatte er die Tür in seiner Erregung offenstehen lassen, so daß Menard nur noch einzutreten brauchte. Es gab keinen Beweis, nichts Handgreifliches, lediglich seine Erinnerung an Menards Gesicht, das kurz im Gaslicht vor ihm aufgetaucht war.

Man würde ihn hängen. Er stellte sich die Gerichtsverhandlung vor, malte sich aus, wie er vor der Anklagebank stand und zur allgemeinen Erheiterung zu erklären versuchte, was Joscelin Grey für ein Mensch gewesen war und daß nicht er, William Monk, sondern sein eigener Bruder Menard ihn umgebracht hatte. Er sah die ungläubigen Gesichter vor sich, voller Verachtung für einen

Mann, der sich der gerechten Strafe entziehen wollte, indem er eine ungeheuerliche Beschuldigung vorbrachte.

Verzweiflung drohte ihn zu erdrücken. Und er bekam Angst. Seine Zeit lief ab; es blieben ihm nur noch wenige Wochen in einer nackten Zelle, umgeben von steinernen Mauern und abgestumpften Wärtern, die ihn bemitleideten und haßten, dann die Henkersmahlzeit, der Priester, der kurze Gang zum Galgenbaum, der Geruch nach feuchtem Seil, der Schmerz, das Ringen mit dem Tod und – das Vergessen.

Er war noch immer wie gelähmt, als er im Treppenhaus Schritte hörte. Das Schnappschloß sprang auf, und Evan stand in der Tür. Dieser Moment war schlimmer als alles andere. Es war nutzlos zu lügen – Evan stand das Wissen ins Gesicht geschrieben –, aber er hatte ohnehin keine Kraft mehr dazu.

»Wie sind Sie dahintergekommen?« fragte er ruhig.

Evan zog die Tür hinter sich zu. »Sie haben mir den Auftrag gegeben, mich über Dawlish umzuhören. Ich stöberte einen Offizier auf, der mit Edward Dawlish bei derselben Truppe war. Er hat weder gespielt, noch ist Joscelin Grey für irgendwelche Schulden seinerseits aufgekommen. Alles, was er über ihn wußte, hatte Joscelin von Menard erfahren. Es war verdammt riskant, Edwards Familie ein solches Lügenmärchen aufzutischen, aber es hat funktioniert. Wenn er nicht ermordet worden wäre, hätten sie ihn finanziell unterstützt. Sie gaben Menard die Schuld an Edwards Abstieg in dubiose Gesellschaftskreise und verbaten ihm das Haus. Ein hübscher Streich, den Joscelin ihnen da gespielt hat.«

Monk starrte ihn an. Alles paßte zusammen und würde dennoch niemals ausreichen, einen Geschworenen an seiner Überzeugung zweifeln zu lassen.

»Das muß Greys mysteriöse Einnahmequelle gewesen sein: die Familien der Gefallenen durch geschickten Schwindel dazu zu bringen, seinen Lebensunterhalt zu bestreiten«, fuhr Evan fort. »Der Fall Latterly beschäftigte Sie so sehr, daß man nicht viel Phantasie brauchte, um auf den Gedanken zu kommen, daß die Latterlys ebenfalls zu seinen Opfern gehört hatten – woraufhin sich Charles Latterlys Vater das Leben nahm.« Er schaute Monk bekümmert an.

»Hatten Sie das damals auch schon alles herausgefunden – vor dem Unfall?«

Er wußte über Monks Gedächtnisverlust Bescheid. Wahrscheinlich war dieser Umstand offensichtlicher gewesen, als er angenommen hatte: sein unsicheres Gestammel, die völlige Unkenntnis, was Straßen, Schenken, altbekannte Schlupfwinkel von Informanten, ja sogar Runcorns Haß anbelangte. Egal – es war nicht mehr von Bedeutung.

»Ja. Aber ich habe Joscelin Grey nicht getötet. Wir haben uns geprügelt, vielleicht war er sogar verletzt – ich war es jedenfalls –, aber er war quicklebendig und fluchte lauthals, als ich ging.« Monk sprach sehr langsam, als würden die Worte an Glaubhaftigkeit gewinnen, wenn er sie eins nach dem andern in die Stille fallenließ. »Draußen auf der Straße kam mir Menard Grey entgegen. Ich sah, wie er im Haus verschwand. Er bewegte sich auf das Licht zu, während ich mich davon entfernte. Der Sturm hatte die Haustür aufgedrückt.«

Unbeschreibliche Erleichterung überflutete Evans Züge. Er sah plötzlich wieder jung und harmlos aus, und unglaublich müde. »Dann hat Menard ihn umgebracht.« Das war eine Feststellung.

»Ja.« Monk hatte das Gefühl, eine zarte Blüte würde sich in ihm auftun und eine Süße verströmen, die ihn mit tiefer Dankbarkeit erfüllte. Auch wenn es keine Hoffnung gab, Evans Vertrauen war ein unermeßlich wertvoller Schatz. »Es gibt nur keine Beweise dafür.«

»Aber –«, begann Evan eifrig, doch die Worte erstarben ihm auf den Lippen, als ihm klar wurde, wie recht Monk hatte. All ihre Nachforschungen hatten nichts Konkretes ergeben. Menard hatte zwar ein Motiv, aber das hatte Charles Latterly auch; genau wie Mr. Dawlish oder jede andere Familie, die Joscelin hinters Licht geführt hatte, wie jeder Freund, der von ihm entehrt worden war, wie Lovel Grey – den er womöglich auf die grausamste Art und Weise verraten hatte – und wie Monk. Und Monk war zur Tatzeit dort gewesen. Jetzt, wo sie das wußten, wußten sie auch, wie leicht es zu beweisen war. Man mußte lediglich das Geschäft ausfindig machen, in dem er diesen auffälligen Stock gekauft hatte, dieses Paradebeispiel männlicher Eitelkeit. Mrs. Worley würde sich daran erinnern – wie auch an sein plötzliches Verschwinden. Lamb würde wieder einfallen, daß er ihn am Morgen nach dem Mord in Greys Wohnung gesehen hatte. Imogen Latterly würde zugeben müssen, daß Monk den Tod ihres Schwiegervaters untersucht hatte.

Das Dunkel um sie herum wurde dichter, rückte näher, verdrängte das Licht.

»Wir müssen Menard zu einem Geständnis bringen«, sagte Evan schließlich.

Monk lachte hart auf. »Und wie, schlagen Sie vor, sollen wir das anstellen? Es gibt nicht den geringsten Beweis, und das weiß er. Niemand würde mir abkaufen, daß ich ihn gesehen habe, wenn er es leugnet, zumal ich erst jetzt damit herausrücke. Es würde wie ein schäbiger und ausgesprochen dummer Versuch aussehen, die Schuld von mir auf einen anderen abzuwälzen.«

Das klang logisch; Evan zermarterte sich das Gehirn vergeblich nach einer Entkräftung. Monk saß schlaff und erschöpft in dem großen Sessel. Die emotionale Berg- und Talfahrt hatte ihn stark mitgenommen.

»Gehen Sie nach Hause«, sagte Evan sanft. »Hier können Sie nicht bleiben. Eventuell –« Er hatte plötzlich eine Idee, die ihn hoffen ließ. Eine Person konnte ihnen vielleicht noch helfen. Es war zwar nur eine winzige Chance, aber sie hatten sowieso nichts mehr zu verlieren. »Ja«, wiederholte er energisch. »Gehen Sie nach Hause. Ich komme bald nach, muß nur noch was erledigen. Einen Besuch machen –« Damit drehte er sich auf dem Absatz um und stürmte aus dem Raum. Die Tür ließ er angelehnt.

Er jagte in großen Sprüngen die Treppe hinunter, schoß an Grimwade vorbei und stürzte in den Wolkenbruch hinaus. Dann rannte er um den Mecklenburg Square herum und die Doughty Street entlang, bis er auf einen Hansom stieß, dessen Fahrer den Mantelkragen weit über die Ohren und den Zylinder tief in die Stirn gezogen hatte.

»Bin nich im Dienst, Mann«, brummte der Kutscher unwirsch. »Für heut is Feierabend. Bin auf 'm Weg nach Hause, zum Abendessen.«

Ohne auf sein Gerede zu achten, stieg Evan ein und schrie ihm die Adresse der Latterlys zu.

»Haben Se nich gehört? Ich fahr nirgendwo mehr hin!« wiederholte der Mann etwas lauter. »Mein Abendessen wartet. Suchen Se sich wen anders!«

»Sie bringen mich jetzt sofort in die Thanet Street!« brüllte Evan zurück. »Polizei! Also ein bißchen dalli, oder Sie sind Ihre Lizenz los!«

»Verdammte Bullen«, schimpfte der Kutscher verdrossen. Er kam zu dem Schluß, daß er einen Irren hinten im Wagen sitzen hatte und daß es klüger wäre, zu tun, was er verlangte. Er nahm die Zügel und ließ sie auf den triefenden Rücken des Pferdes klatschen. Wenig später holperten sie in flottem Trab durch die Straßen.

Kaum hatten sie die Thanet Street erreicht, sprang Evan aus dem Wagen und befahl dem Kutscher unter Androhung von Lebenslänglich, auf ihn zu warten.

Hester war sogleich zur Stelle, als Evan von einem konsternierten Mädchen in die Halle geführt wurde. Das Wasser tropfte ihm vom ganzen Körper, und sein häßliches, wunderschönes Gesicht war kreideweiß. Das Haar klebte ihm in der Stirn, unter der ein gehetztes Augenpaar hervorstarrte.

Sie hatte Hoffnung und Verzweiflung zu oft gesehen, um sie nicht sofort zu erkennen.

»Können Sie mit mir kommen?« bat er eindringlich. »Bitte! Ich erklär's Ihnen unterwegs. Miss Latterly – ich –«

»Sicher.« Sie brauchte nicht lang zu überlegen. Eine Weigerung stand nicht zur Debatte, außerdem mußte sie verschwunden sein, bevor Charles oder Imogen erschienen und den triefenden, rasenden Polizisten in der Halle vorfanden. Sie konnte nicht einmal ihren Umhang holen – aber was hätte er bei diesem sintflutartigen Regen schon genützt? »Ich komme.« Ohne sich umzublicken, marschierte sie an ihm vorbei zur Tür hinaus. Sie hatte das Gefühl, gegen eine schiere Regenwand anzulaufen, kümmerte sich nicht darum, überquerte den Bürgersteig, machte einen großen Schritt über den gurgelnden Rinnstein und saß in der Kutsche, ehe Evan oder der Fahrer noch Gelegenheit gehabt hätten, ihr eine Hand zu reichen.

Evan kletterte hinter ihr her, schlug die Tür zu und befahl dem Kutscher brüllend, sie zur Grafton Street zu bringen. Da der Mann noch nicht bezahlt worden war, blieb ihm nichts anderes übrig.

»Was ist passiert, Mr. Evan?« fragte Hester, sobald sie losfuhren. »Es muß etwas Furchtbares sein. Haben Sie herausgefunden, wer Major Grey ermordet hat?«

Wozu es noch länger hinausschieben? Die Würfel waren gefallen.

»Ja, Miss Latterly. Mr. Monk ist noch einmal alle Schritte seiner ersten Untersuchung durchgegangen – mit Ihrer Hilfe.« Evan atmete tief durch. Jetzt, wo es endlich soweit war, kroch die Kälte in ihm hoch; er war naß bis auf die Haut und zitterte. »Joscelin Grey bestritt seinen Lebensunterhalt, indem er die Familien von Männern ausfindig machte, die auf der Krim gefallen waren, und ihnen vorgaukelte, er hätte den Betreffenden gekannt und sich mit ihm angefreundet. Er behauptete entweder, mit seinem Geld für die Spielschulden dieser Freunde nach deren Tod aufgekommen zu sein, oder – wie im Fall ihres Bruders – ihnen einen wertvollen, persönlichen Gegenstand geliehen zu haben, zum Beispiel eine Uhr. Fühlte sich die Familie daraufhin schuldig, weil sie sie ihm nicht zurückgeben konnte – was unmöglich war, da sie nicht existierte –, zog er geschickt Nutzen daraus. Er ließ sich einladen, finanziell unterstützen oder gewann durch den gesellschaftlichen Einfluß der Leute erhebliche Vorteile. Meistens ging es nur um ein paar hundert Guinee oder um einen zeitweiligen, kostenlosen Aufenthalt im Haus der Hinterbliebenen. Im Fall Ihres Vaters führte es zum Bankrott und anschließend zum Tod. Aber wie die Sache auch ausging, Grey war es egal, und er hatte nicht die Absicht, damit aufzuhören.«

»Was für ein abscheuliches Verbrechen«, sagte sie ruhig. »Er muß ein erbärmlicher Mensch gewesen sein. Ich bin froh, daß er tot ist – der Mörder tut mir sogar ein bißchen leid. Aber Sie haben noch nicht gesagt, wer es war.« Ihr wurde plötzlich ebenfalls kalt. »Mr. Evan –?«

»Ja, Ma'am. Mr. Monk ging zu ihm in die Wohnung am Mecklenburg Square und stellte ihn zur Rede. Sie gerieten aneinander. Mr. Monk hat ihn geschlagen, aber er war definitiv am Leben und nicht ernsthaft verletzt, als Mr. Monk das Haus wieder verließ. Unten auf der Straße kam ihm aber jemand anders entgegen und verschwand in der Tür, die im Wind klapperte und offenstand.«

Er sah Hester im fahlen Licht der Straßenlaternen, das durch die Fenster fiel, erbleichen.

»Wer?«

»Menard Grey.« Evan wartete auf ein Zeichen, ob sie ihm glaubte. Sie schwieg. »Vermutlich weil Joscelin das Andenken an seinen Freund Edward Dawlish beschmutzt hat und Edwards Vater dazu brachte, ihm seine Gastfreundschaft zu gewähren – genau wie Ihren Vater. Später hätte er dann auch Geld genommen.«

Hester hüllte sich einige Minuten in Schweigen. Sie rumpelten durch die dunklen Straßen, nur hin und wieder gestreift von dem schwachen Strahl einer Laterne. Der Regen trommelte aufs Dach und lief in Sturzbächen die Fenster hinab.

»Was für eine traurige Geschichte«, sagte sie schließlich. Ihre Stimme klang gepreßt, als schnüre ihr der Kummer die Kehle zu. »Armer Menard. Ich nehme an, Sie werden ihn festnehmen. Weshalb sind Sie zu mir gekommen? Ich kann Ihnen nicht helfen.«

»Wir können ihn nicht festnehmen«, gab Evan hastig zurück. »Wir haben keine Beweise.«

»Sie –« Hester fuhr auf ihrem Sitz herum. Er spürte ihre Anwesenheit eher, als daß er sie sah. »Aber was wollen Sie dann tun? Man wird Mr. Monk für den Täter halten. Man wird ihn anklagen, ihn – ihn . . .« Sie schluckte. »Man wird ihn hängen.«

»Ich weiß. Wir müssen Menard zu einem Geständnis bringen. Ich dachte, Sie hätten vielleicht eine Idee, wie wir das bewerkstelligen können. Sie kennen die Greys besser als wir, außerdem war Joscelin für den Tod Ihres Vaters verantwortlich – und indirekt auch für den Ihrer Mutter.«

Hester versank wieder in Schweigen, diesmal so ausgiebig, daß Evan schon fürchtete, sie beleidigt oder gekränkt zu haben. Die Kutsche näherte sich der Grafton Street. Gleich würden sie aussteigen und Monk gegenübertreten müssen – entweder mit einem Lösungsvorschlag oder dem Eingeständnis, daß es keinen gab. War letzteres der Fall, stünde er an dem Punkt, bei dessen Vorstellung sich ihm der Magen umdrehte. Entweder er erzählte Runcorn die

Wahrheit – daß Monk sich in der Nacht von Greys Tod mit diesem geprügelt hatte –, oder er hielt die Information zurück und riskierte damit die Suspendierung vom Dienst und eine mögliche Anklage wegen Beihilfe zum Mord.

Sie hatten mittlerweile die Tottenham Court Road erreicht. Die regennassen Bürgersteige glänzten im Gaslicht, die Rinnsteine waren unter den Wassermassen verschwunden. Und die Zeit war abgelaufen.

»Miss Latterly!«

»Ja. Ja! Ich komme mit nach Shelburne Hall. Ich glaube, es besteht eine Aussicht auf Erfolg, wenn Sie Lady Fabia die Wahrheit über Joscelin sagen, und ich werde Ihnen den Rücken stärken. Auch meine Familie ist ihm zum Opfer gefallen – es wird ihr nichts anderes übrigbleiben, als mir zu glauben, denn ich hätte kaum ein Interesse, sie zu belügen. Der Tod meines Vaters ist nach Ansicht der Kirche ohnehin nicht zu entschuldigen.« Sie stockte kurz. »Wenn Sie ihr dann von Edward Dawlish erzählen und sie ahnt – was bestimmt der Fall sein wird –, daß Menard Joscelin getötet hat, sieht er vielleicht keinen anderen Ausweg, als die Tat zu gestehen. Es wird sie niederschmettern, vielleicht sogar zerstören.« Sie sprach jetzt sehr leise. »Und Menard wird möglicherweise gehängt. Aber wir dürfen nicht zulassen, daß Mr. Monk an seiner Stelle hängen muß, nur weil die Wahrheit so schrecklich ist, daß sie eventuell eine tödliche Wunde reißt. Joscelin Grey hat viel Böses getan. Wir dürfen seine Mutter weder davor schützen, sich ihre eigene Schuld daran einzugestehen, noch können wir ihr den Schmerz ersparen, über den geliebten Sohn Bescheid zu wissen.«

»Sie kommen morgen mit nach Shelburne Hall?« Er mußte es noch einmal hören. »Sie werden ihr sagen, was Joscelin Ihrer Familie angetan hat?«

»Ja. Und wie er sich in Skutari die Namen der Sterbenden beschafft hat, um ihre Familien später hinters Licht zu führen. Wann wollen Sie aufbrechen?«

Evan wurde von einer Woge der Erleichterung erfaßt und bewunderte Hester für ihre Entschlußfreudigkeit. Aber es erforderte auch mehr als den üblichen Mut, auf die Krim zu gehen, um dort als

Krankenschwester zu arbeiten; und um dort zu bleiben, brauchte man manchmal enorme Willenskraft.

»Das habe ich mir noch nicht überlegt«, gab er verlegen zu. »Wenn Sie sich nicht bereit erklärt hätten mitzukommen, hätten wir uns den Weg sparen können. Lady Shelburne ist sicher nicht durch die Aussage von zwei Polizisten zu überzeugen. Sagen wir, mit dem ersten Zug nach acht Uhr früh?« Dann fiel ihm ein, daß er es mit einer Dame vornehmer Herkunft zu tun hatte. »Oder sollen wir lieber etwas später fahren?«

»Nein, das ist nicht nötig.« Hätte er ihr Gesicht sehen können, wäre ihm das schwache Lächeln nicht entgangen.

»Danke, Miss Latterly. Was halten Sie davon, wenn ich jetzt aussteige und Mr. Monk informiere, und Sie fahren mit der Kutsche nach Hause zurück?«

»Das ist vermutlich das praktischste«, stimmte sie zu. »Wir sehen uns morgen früh am Bahnhof.«

Evan hätte gern noch etwas hinzugefügt, doch alles, was ihm in den Sinn kam, war entweder bereits gesagt oder würde zu gönnerhaft klingen. Er bedankte sich noch einmal kurz und kletterte in die kalte, regnerische Nacht hinaus. Erst als die Kutsche längst von der Dunkelheit verschluckt worden war und er sich bereits auf halber Höhe zu Monks Wohnung befand, schoß ihm siedendheiß durch den Kopf, daß er es ihr überlassen hatte, den Fahrer zu bezahlen.

Die erste Hälfte der Zugfahrt nach Shelburne war von hitzigen Wortgefechten erfüllt, die zweite von tiefem Schweigen. Monk war wegen Hesters Anwesenheit furchtbar erbost. Wäre der Zug nicht bereits aus dem Bahnhof gerollt, als sie vom Gang ins Abteil trat, ihnen einen guten Morgen wünschte und sich ihm gegenüber niederließ, hätte er sie nach Hause zurückgeschickt.

»Ich habe Miss Latterly gebeten, uns zu begleiten«, erklärte Evan, ohne rot zu werden, »weil ihre Aussage bei Lady Fabia schwer ins Gewicht fallen wird. Uns allein würde sie kaum glauben, da wir ein offensichtliches Interesse daran haben, Joscelin als Schuft hinzustellen. Die Erfahrungen, die Miss Latterly und ihre Familie mit ihm gemacht haben, kann sie nicht anzweifeln.« Leider beging er nicht den Fehler zu behaupten, Miss Latterly habe aufgrund ihres eigenen Kummers und ihres Beitrags zur Lösung des Problems jedes moralische Recht, dabei zu sein. Monk wünschte, er hätte, denn dann hätte er das Recht gehabt, aus der Haut zu fahren und ihn der Faselei zu bezichtigen. Das Argument, das Evan ihm statt dessen präsentierte, war vernünftig und zutreffend. Hesters Bestätigung konnte die Situation sehr gut zum Kippen bringen, was die Greys ansonsten mit vereinten Kräften verhindern würden.

»Ich verlasse mich darauf, daß Sie nur etwas sagen, wenn Sie gefragt werden«, sagte er kalt. »Das hier ist ein Polizeieinsatz, ein ausgesprochen heikler!« Daß ausgerechnet sie es sein mußte, deren Hilfe er brauchte, war in höchstem Maße ärgerlich – wenn auch unbestreitbar. Sie war in vieler Hinsicht genau das, was er an Frauen nicht ausstehen konnte, das totale Gegenteil jener Sanftheit, die nach wie vor tief in seinem Gedächtnis schlummerte.

»Selbstverständlich, Mr. Monk«, gab sie mit hoch erhobenem Kinn und direktem Blick zurück – und er wußte im selben Moment, daß sie damit gerechnet hatte und zu spät zum Zug gekommen war, um die Möglichkeit auszuschalten, wieder nach Hause geschickt zu werden. Und fraglich war, ob sie überhaupt gegangen wäre! Abgesehen davon würde Evan es niemals gutheißen, sie auf dem Bahnsteig in Shelburne stehenzulassen. Und ihm war wichtig, was Evan guthieß.

So blieb ihm nichts anderes übrig, als ihr gegenüberzusitzen und sie grimmig anzustarren.

Sie erwiderte seinen Blick mit einem fügsamen, offenen Lächeln, das ihm weniger freundlich als triumphierend vorkam.

Den weiteren Verlauf der Fahrt brachten sie mit Höflichkeitsfloskeln über die Runden, gegen Ende versank jedoch jeder in seinen eigenen Grübeleien und Befürchtungen.

Als sie in Shelburne aus dem Zug stiegen, schlug ihnen ein eiskalter Wind entgegen. Der Winter lag in der Luft. Es hatte aufgehört zu regnen, aber der Himmel war verhangen und wirkte düster und bedrohlich.

Sie mußten etwa fünfzehn Minuten auf den Einspänner warten, der sie zum Herrenhaus bringen sollte. Auch diesen Teil der Reise legten sie schweigend zurück, während sie dicht aneinandergedrängt auf der schmalen Sitzbank saßen. Jeder von ihnen harrte bedrückt der Dinge, die da kommen würden, so daß ein banales Gespräch grotesk gewesen wäre.

Der Lakai ließ sie zwar widerstrebend hinein, weigerte sich aber hartnäckig, sie in den Salon zu führen. Statt dessen mußten sie im Damenzimmer warten – dessen kleines Kaminfeuer sie weder aufzuheitern noch zu erwärmen vermochte –, bis Ihre Ladyschaft sich entschieden hatte und bereit war, sie zu empfangen.

Nach fünfundzwanzig Minuten kehrte der Lakai zurück und brachte sie ins Boudour. Fabia thronte blaß und etwas mitgenommen, aber gefaßt auf ihrem Lieblingssofa.

»Guten Morgen, Mr. Monk.« Sie nickte Evan zu: »Constable«, dann wurde ihr Blick eisiger. »Guten Morgen, Miss Latterly. Sie können Ihr Erscheinen in derart kurioser Begleitung erklären, nehme ich an?«

Hester packte den Stier bei den Hörnern, ehe Monk sich eine Erwiderung einfallen lassen konnte.

»Ja, Lady Fabia. Ich bin hier, um Sie über die wahren Hintergründe meiner – und Ihrer – Familientragödie aufzuklären.«

»Sie dürfen sich meines aufrichtigen Beileids sicher sein, Miss Latterly.« Fabia betrachtete sie mitleidig und angewidert zugleich. »Aber ich habe weder das geringste Verlangen, die Einzelheiten Ihrer Familientragödie kennenzulernen, noch wünsche ich, meine eigene Trauer mit Ihnen zu besprechen. Das ist eine Privatangelegenheit. Ich weiß Ihre guten Absichten zu schätzen, sie sind nur fehl am Platze. Guten Tag. Der Lakai wird Sie zur Tür begleiten.«

Monk spürte Wut in sich hochsteigen. Ihre Blindheit und totale Gleichgültigkeit anderen Menschen gegenüber waren ungeheuerlich.

Hester war ihre Entschlossenheit anzusehen. Ihr Gesicht wurde hart wie Granit, bis es Fabias in nichts nachstand.

»Es handelt sich um ein und dieselbe Tragödie, Lady Fabia. Ich bin nicht gekommen, um Ihnen meine guten Absichten zu demonstrieren, sondern um mich einer Wahrheit zu stellen, der sich keiner von uns verschließen darf. Es macht mir nicht den geringsten Spaß, genausowenig gedenke ich, davor wegzulaufen.«

Fabia hob das Kinn, wodurch die dünnen Muskelstränge ihres Halses deutlich hervortraten. Sie wirkte plötzlich mager und ausgezehrt, als wäre sie seit ihrer Ankunft um Jahre gealtert.

»Ich bin noch nie von einer Wahrheit davongelaufen, Miss Latterly. Ihre unverschämte Andeutung berührt mich nicht im mindesten. Sie vergessen sich!«

»Ich würde gern alles vergessen und einfach nach Hause gehen.« Ein geisterhaftes Lächeln glitt über Hesters Züge und machte sich sofort wieder aus dem Staub. »Aber ich kann nicht. Ich denke, es wäre besser, Lord Shelburne und Mr. Menard Grey hereinzurufen, damit sie die Geschichte mit eigenen Ohren hören können. Vielleicht haben sie die eine oder andere Frage – schließlich war Major Grey ihr Bruder, und sie haben ein gewisses Anrecht darauf zu erfahren, wie und warum er starb.«

Lady Fabia saß stocksteif, mit starrem Gesicht auf dem kleinen Sofa, die Hände halb nach dem Glockenstrang ausgestreckt. Sie hatte nicht nur keinen von ihnen gebeten, Platz zu nehmen, es hatte ihr sichtlich auf der Zunge gelegen, sie endgültig zum Gehen aufzufordern. Die Erwähnung von Joscelins Tod veränderte die Situation grundlegend. Abgesehen von dem Ticken der Uhr auf dem Kaminsims war es totenstill.

»Sie kennen Joscelins Mörder?« fragte sie Monk, ohne Hester eines Blickes zu würdigen.

»Ja, Ma'am, so ist es.« Sein Mund war wie ausgedörrt, das Blut pochte in seinen Schläfen. War das Angst? Mitleid? Beides?

Fabia starrte ihn herausfordernd an, dann wich der kämpferische Ausdruck aus ihren Augen. Sie hatte etwas in seinen Zügen entdeckt, dem sie nicht gewachsen war, ein Wissen und eine Unabwendbarkeit, die einen ersten Anflug namenloser Angst in ihr hervorrief. Ihre Hand zog mechanisch am Glockenstrang, und als das Mädchen erschien, wies sie es an, Menard und Lovel augenblicklich hereinzuschicken. Von Rosamond sagte sie kein Wort. Da Lovels Frau keine gebürtige Grey war, fand Fabia es überflüssig, sie an der Enthüllung teilnehmen zu lassen.

Man wartete schweigend, jeder in eigenen Jammer und dunkle Ahnungen vertieft. Lovel betrat den Raum als erster. Er warf einen gereizten Blick von Fabia zu Monk, dann einen überraschten auf Hester. Man hatte ihn allem Anschein nach aus einer wichtigen Betätigung aufgescheucht.

»Was ist denn?« fragte er seine Mutter stirnrunzelnd. »Gibt es Neuigkeiten?«

»Mr. Monk behauptet zu wissen, wer Joscelin getötet hat«, erwiderte sie mit vorgetäuschter Ruhe.

»Wer?«

»Das hat er bisher nicht verraten. Er wartet noch auf Menard.«

Lovel wandte sich zu Hester, das Gesicht in verwirrte Falten gelegt. »Miss Latterly?«

»Das betrifft auch den Tod meines Vaters, Lord Shelburne«, sagte sie ernst. »Ich habe ein paar Dinge zu berichten, die dem besseren Verständnis dienen.«

Lovel machte plötzlich einen besorgten Eindruck, doch ehe er Hester weiter ausfragen konnte, kam Menard zur Tür herein, sah von einem zum andern und erbleichte.

»Monk weiß, wer Joscelin ermordet hat«, klärte Lovel ihn auf. »So, jetzt rücken Sie um Himmels willen mit der Sprache heraus! Ich darf wohl annehmen, daß Sie den Kerl festgenommen haben?«

»Wir sind dabei, die nötigen Schritte in die Wege zu leiten, Sir.« Monk stellte erstaunt fest, daß seine Umgangsformen den Shelburnes gegenüber höflicher waren als sonst. Vermutlich war es ein Versuch, sich zu distanzieren, eine Art verbale Verteidigungsstrategie.

»Ja, warum sind Sie dann hier?« fragte Lovel ungeduldig.

»Major Grey verdiente sich seinen Lebensunterhalt anhand gewisser Erfahrungen, die er im Krimkrieg gesammelt hat –« begann er unbeholfen. Was sollte diese elende Schönfärberei? Mußte er die Wahrheit mit gepflegten Worten bemänteln?

»Mein Sohn ›verdiente sich nicht seinen Lebensunterhalt‹, wie Sie es ausdrücken!« fuhr Fabia ihn an. »Das brauchte er nicht – er war ein Mann von Stand. Er erhielt einen monatlichen Zuschuß aus dem Familienfonds.«

»Der nicht annähernd reichte, die Kosten seines Lebensstils zu decken«, warf Menard grimmig ein. »Wenn ihr ihn nur ein einziges Mal genau angesehen hättet, würdet ihr das wissen.«

»Ich wußte es.« Lovel funkelte seinen Bruder wütend an. »Ich dachte immer, er hätte enormes Glück im Spiel gehabt.«

»Ja, das hatte er – manchmal. Und dann hat er wieder verloren, kräftig verloren; mehr als er besaß. Er spielte immer weiter, in der Hoffnung, das Geld zurückzugewinnen, und ohne auf die Schulden zu achten – bis ich sie schließlich bezahlt habe, um das Ansehen der Familie zu retten.«

»Du bist ein Lügner«, sagte Fabia angewidert. »Du warst schon immer auf Joscelin eifersüchtig, sogar als Kind. Er war tapferer und verständiger als du und hatte ein einnehmenderes Wesen!« Für einen Moment hoben ihre Erinnerungen die Gegenwart auf und wischten die Verbitterung aus ihrem Gesicht. Dann kehrte der Zorn schlimmer als vorher zurück. »Das konntest du ihm nie verzeihen.«

Menard wurde hochrot; er zuckte zusammen, als hätte sie ihn geschlagen, setzte sich jedoch nicht zur Wehr. Aus seinem Blick sprach trotz allem ein tiefes Mitleid für sie, ein Mitleid, hinter dem sich die schreckliche Wahrheit verbarg.

Monk haßte die Situation. Vergeblich versuchte er einen Weg zu finden, wie er Menard die Bloßstellung ersparen konnte.

Da schwang die Tür auf, und Callandra Daviot marschierte herein. Sie wechselte einen Blick mit Hester, registrierte deren Erleichterung, sah die grenzenlose Verachtung in Fabias Augen, die grenzenlose Qual in Menards.

»Wir besprechen gerade eine Familienangelegenheit«, sagte Fabia unfreundlich. »Es gibt keinen Grund, weshalb du dich damit belasten solltest.«

Callandra ging an Hester vorbei und setzte sich hin.

»Falls du es vergessen haben solltest, Fabia: Ich bin eine gebürtige Grey – im Gegensatz zu dir. Wie ich sehe, ist die Polizei da. Vermutlich haben Sie etwas Neues über den Mord an Joscelin in Erfahrung gebracht – möglicherweise kennen Sie sogar den Mörder. Aber was tust du hier, Hester?«

»Ich habe eine Menge über Joscelins Tod zu sagen, was man jemand anderem wahrscheinlich nicht glauben würde.«

»Und warum haben Sie so lang damit gewartet?« stieß Fabia ungläubig aus. »Ich denke, Sie ziehen ein persönliches Vergnügen daraus, sich auf vulgäre Art und Weise in unsere Angelegenheit einzumischen, Miss Latterly, was wohl auf dieselbe Halsstarrigkeit zurückzuführen ist, die Sie veranlaßt hat, sich auf die Krim davonzumachen. Kein Wunder, daß Sie nicht verheiratet sind.«

Hester war schon Schlimmeres als vulgär genannt worden, und das von Leuten, deren Meinung sie wesentlich mehr interessierte als Fabia Greys.

»Weil ich nicht wußte, daß es von Bedeutung war«, erwiderte sie ungerührt. »Jetzt weiß ich es. Joscelin besuchte meine Eltern, nachdem mein Bruder auf der Krim gefallen war. Er erzählte ihnen, er hätte George in der Nacht vor seinem Tod eine goldene Uhr geliehen, und bat darum, sie zurückzubekommen, falls sie sich unter Georges Sachen befinden sollte.« Ihre Stimme wurde eine Spur leiser, ihr Rücken noch steifer. »Nun – es war keine Uhr unter Georges Sachen, und mein Vater schämte sich deshalb so sehr, daß er alles tat, um Joscelin zu entschädigen. Er gewährte ihm jederzeit seine Gastfreundschaft, willigte schließlich ein, sich finanziell an einem von Joscelin ins Leben gerufenen Unternehmen zu beteiligen – und veranlaßte seine Freunde, es ebenfalls zu tun. Das Unternehmen scheiterte, so daß mein Vater und seine Freunde ihr ganzes Geld verloren. Er ertrug die Schande nicht und nahm sich das Leben. Kurz danach starb meine Mutter. Der Kummer war zuviel für sie.«

»Ich bedaure den Tod Ihrer Eltern zutiefst«, warf Lovel ein, während er erst seine Mutter, dann wieder Hester ansah. »Aber was hat das alles mit Joscelins Tod zu tun? Für mich klingt das nicht ungewöhnlich: Ein Mann mit Ehrgefühl möchte wiedergutmachen, was sein gefallener Sohn einem Regimentskameraden schuldig geblieben ist.«

Hesters Stimme schwankte. Sie drohte die Fassung zu verlieren.

»Es hat nie eine Uhr existiert. Joscelin hat George nicht mal gekannt – genausowenig wie das andere Dutzend Männer, deren Namen ihm auf den Verlustlisten aufgefallen waren oder die er in Skutari sterben gesehen hatte. Ich habe ihn selbst dabei beobachtet, nur war mir damals der Grund dafür nicht klar.«

Alles Blut war aus Fabias Lippen gewichen. »Was für eine skandalöse, niederträchtige Lüge! Wenn Sie ein Mann wären, würde ich Sie auspeitschen lassen.«

»Mutter!« rief Lovel sie zur Ordnung, was sie jedoch überhörte.

»Joscelin war ein wunderbarer Mensch – beherzt, talentiert, amüsant und ausgesprochen charmant«, brach es aus ihr heraus. »Jeder hatte ihn gern, ausgenommen die natürlich, die von Neid zerfressen waren.« Fabias Blick schoß mit einem an Haß grenzenden Ausdruck zu Menard. »Kleine, unbedeutende Männer, die nicht ertragen konnten, daß jemand ihre armseligen Bemühungen um Erfolg spielend in den Schatten stellte.« Ihre Lippen zitterten. »Lovel, weil Rosamond Joscelin liebte; er brachte sie zum Lachen – und zum Träumen. Und Menard«, fuhr sie mit harter Stimme fort, »weil er nicht mit der Tatsache leben konnte, daß ich Joscelin von Anfang an mehr geliebt habe als jeden andern.«

Sie schauderte, und ihr Körper schien zusammenzuschrumpfen, als würde er vor etwas furchtbar Schmutzigem zurückweichen. »Und jetzt taucht dieses Weib mit ihrer absurden, erfundenen Geschichte hier auf, und ihr steht einfach nur da und hört euch den Unsinn an! Wenn ihr Männer wärt, die diese Bezeichnung verdienen, würdet ihr sie hinauswerfen und wegen übler Nachrede zur Rechenschaft ziehen. Aber allem Anschein nach muß ich das wohl selbst tun.« Sie stützte sich auf der Sofalehne ab und machte Anstalten aufzustehen.

»Du wirst niemanden hinauswerfen, bevor ich es nicht sage«, fuhr Lovel ihr unerwartet in gefaßtem, ruhigem Ton über den Mund. »Du bist nie diejenige gewesen, die die Familienehre verteidigt hat. Alles, was du verteidigt hast, war Joscelin – ob nun zu Recht oder nicht. Menard ist für seine Schulden aufgekommen und hat die kleinen Betrügereien vertuscht, die er überall –«

»Dummes Zeug! Wessen Wort hast du dafür? Menards?« Sie spuckte den Namen förmlich aus. »Er nennt Joscelin einen Betrüger, sonst keiner! Und wenn Joscelin noch am Leben wäre, würde er es niemals wagen. Er traut sich das nur, weil er damit rechnet, daß du ihm den Rücken stärkst. Und er denkt, keiner von uns würde ihm auf den Kopf zu sagen, was für ein erbärmlicher, heimtückischer Lügner er ist.«

Menard stand da wie zur Salzsäule erstarrt. Ihm war deutlich anzusehen, wie schwer ihn dieser endgültige Hieb getroffen hatte. Nein, er würde Joscelin nie wieder um ihretwillen in Schutz nehmen.

Callandra stand auf.

»Du irrst dich, Fabia. Du hast dich immer geirrt! Miss Latterly hier bestätigt zum Beispiel, daß Joscelin ein Schwindler war. Er hat die Hinterbliebenen von Kriegsopfern um ihr Geld gebracht, weil sie ihn aufgrund ihres Kummers nicht als das sehen konnten, was er war. Menard war immer der bessere von beiden, aber du hast dich von Joscelins Schmeicheleien blenden lassen. Vielleicht hat er dich am allermeisten hinters Licht geführt.« Nicht einmal Fabias gramgebeugte Erscheinung – jetzt, wo ihr allmählich die furchtbare Wahrheit dämmerte – vermochte Callandra noch aufzuhalten. »Du wolltest ja getäuscht werden. Er sagte dir stets, was du hören wolltest: wie schön, wie charmant, wie bezaubernd du wärst – das ganze Zeug, was ein Mann an einer Frau schätzt. Und er machte eine Kunst daraus, machte sich deine Leichtgläubigkeit, deine unglaubliche Versessenheit darauf, unterhalten zu werden und im Mittelpunkt zu stehen, schamlos zunutze. Er hat das alles nicht etwa gesagt, weil er auch nur ein einziges Wort davon glaubte, nein – er wußte, daß du ihn dafür lieben würdest. Und du hast es getan, du bist blind und absolut unkritisch gewesen und hast jeden andern darüber vergessen. Ihr seid beide Opfer dieser Tragödie!«

Fabia welkte zusehends dahin.

»Du hast Joscelin noch nie leiden können«, machte sie einen letzten, verzweifelten Versuch, ihre Welt und ihre Träume zu retten, eine Vergangenheit zu bewahren, die einst in einem goldenen, wunderschönen Licht erstrahlt war und vor ihren Augen zu zerbrechen drohte. Es ging nicht allein um das, was Joscelin gewesen war – es ging um sie selbst. »Du bist eine boshafte, alte Frau.«

»O nein, Fabia«, gab Callandra zurück. »Eine sehr, sehr traurige.« Sie wandte sich zu Hester um. »Ich gehe nicht davon aus, daß Ihr Bruder Joscelin getötet hat, sonst wären Sie kaum hierhergekommen, um uns das alles zu erzählen. Wir hätten der Polizei geglaubt, und die Details wären überflüssig gewesen.« Sie warf

Menard einen unbeschreiblich schmerzerfüllten Blick zu. »Du hast seine Schulden bezahlt. Was hast du sonst noch getan?«

Der Raum versank in qualvollem Schweigen.

Monks Herz schlug so heftig, daß er das Gefühl hatte, sein ganzer Körper wankte. Sie bewegten sich am Rande der Wahrheit und waren dennoch so weit davon entfernt. Ein winziger Ausrutscher, und sie würden in die Abgründe der Furcht stürzen, in das Schattenreich geflüsterter Zweifel, unausgesprochener Verdächtigungen, unmißverständlicher Zweideutigkeiten – bis aus dem Hinterhalt Schritte nahten und man die Hand auf der Schulter spürte.

Gegen seinen Willen wanderten seine Augen zu Hester. Sie schaute ihn an, und er konnte ihrem Blick entnehmen, daß sie die gleichen unheilvollen Gedanken hegte.

»Was hast du sonst noch getan?« beharrte Callandra. »Du wußtest, was für ein Mensch Joscelin war.«

»Ich habe seine Schulden bezahlt.« Menards Stimme war zu einem Flüstern geschrumpft.

»Seine Spielschulden, ja. Und was ist mit seiner Ehrenschuld, Menard? Was ist mit der furchtbaren Schuld gegenüber Männern wie Hesters Vater und Hesters Bruder? Hast du die auch bezahlt?«

»Ich – ich wußte nichts von den Latterlys«, stammelte Menard.

Callandra betrachtete ihn unglücklich.

»Weich mir nicht aus, Menard. Du magst die Latterlys dem Namen nach nicht gekannt haben, aber du wußtest genau, was Joscelin trieb. Du wußtest, daß er eine heimliche Einnahmequelle haben mußte, weil du über die Summen informiert warst, die er beim Spiel einsetzte. Mach mir nicht weis, du wärst nicht dahintergekommen, woher dieses Geld stammte. Dazu kenne ich dich zu gut. Du hättest dich mit dieser Ungewißheit nie zufriedengegeben, außerdem war dir klar, was für ein Schwindler und Betrüger Joscelin war; er konnte das Geld unmöglich auf legalem Weg beschafft haben. Menard ...« Ihre Züge waren weich, voll Mitgefühl. »Du warst bisher immer ein anständiger, grundehrlicher Kerl. Willst du das jetzt zunichte machen, indem du uns belügst? Es wäre unsinnig – und zwecklos.«

Wieder zuckte er zusammen, als hätte man ihn geschlagen. Monk befürchtete einen Moment lang, er würde zusammenbrechen. Da richtete er sich kerzengerade auf und sah Callandra direkt in die Augen, als wäre sie ein lang erwartetes Exekutionskommando. Der Tod war nicht das schlimmste aller Übel.

»Was hat den Ausschlag gegeben? Edward Dawlish?« Jetzt war auch ihre Stimme kaum mehr als ein Flüstern. »Ich kann mich noch gut daran erinnern, wie ihr als junge Männer immer zusammengesteckt habt und wie sehr dich sein Tod getroffen hat. Weshalb hat sich sein Vater mit dir überworfen?«

Menard ging der Wahrheit nicht länger aus dem Weg, aber er richtete seine Worte nicht an Callandra, sondern an seine Mutter. Man spürte deutlich, daß er ein Leben lang Liebe gesucht hatte und immer wieder zurückgestoßen worden war.

»Weil Joscelin ihm einredete, ich hätte Edward zum Spielen verführt, woraufhin er sich auf der Krim bis über die Ohren bei seinen Regimentskameraden verschuldet hätte und in Schande gestorben wäre – wenn Joscelin nicht alles für ihn geregelt hätte.«

Die grausame Ironie des Ganzen verfehlte ihre Wirkung bei keinem. Sogar Fabia schrak zusammen.

»Seiner Familie zuliebe«, fuhr Menard heiser fort, den Blick wieder auf Callandra gerichtet. »Schließlich war ich derjenige, der ihn angeblich in den Ruin getrieben hat.«

Er mußte würgen. »Natürlich existierten gar keine Schulden. Joscelin war nicht mal im selben Kriegsgebiet gewesen wie Edward, wie ich später herausfand. Es war nur ein weiterer Bestandteil seines Lügengebäudes – seiner Methode, zu Geld zu kommen.« Sein Blick glitt zu Hester. »Trotzdem hat es die Dawlishs nicht so schlimm erwischt wie Sie. Edwards Vater hat sich wenigstens nicht das Leben genommen. Es tut mir sehr leid, was mit Ihrer Familie passiert ist.«

»Er hatte kein Geld verloren«, ließ sich Monk plötzlich vernehmen. »Noch nicht. Sie brachten Joscelin um, ehe es soweit kommen konnte. Aber er hatte bereits alles in die Wege geleitet.«

Das folgende Schweigen war tödlich. Callandra schlug die Hände vors Gesicht. Lovel stand da wie betäubt; er hatte offensichtlich Schwierigkeiten, zu begreifen. Fabia schien nicht länger zu existieren; ihr war alles egal, auch was mit Menard geschah. Joscelin, ihr über alles geliebter Joscelin, war vor ihren Augen ermordet worden, auf eine neue und weitaus schlimmere Art. Man hatte ihr nicht nur die Gegenwart und die Zukunft gestohlen, man hatte ihr darüber hinaus jede Minute ihrer verklärten, süßen, kostbaren Vergangenheit genommen. Es war nichts übriggeblieben als eine Handvoll bitterer Staub.

Sie warteten, jeder von ihnen hin- und hergerissen zwischen Hoffnung und Ausweglosigkeit. Nur Fabia hatte nichts mehr zu verlieren.

Monk merkte, wie sich seine Fingernägel in die Handflächen bohrten, so fest hatte er die Hände zu Fäusten geballt. Ihm konnte immer noch alles entgleiten. Menard konnte die Tat leugnen, ausreichende Beweise gab es nicht. Runcorn würde sich anhand der Fakten mit Vergnügen auf ihn stürzen, und wer wäre zur Stelle, um für ihn zu sprechen?

Die Stille war wie eine nach und nach verschärfte Folter, die mit jeder Sekunde unerträglicher wurde.

Menards Kopf drehte sich zu seiner Mutter um. Sie sah die Bewegung und wandte ihr Gesicht langsam ab.

»Ja«, sagte er ruhig. »Ich habe es getan. Ich habe ihn gehaßt. Nicht nur wegen dem, was er Edward Dawlish oder mir angetan hat, sondern weil er nicht die Absicht hatte, damit aufzuhören. Jemand mußte ihn aufhalten – bevor das Ganze herausgekommen und der Name Grey eine Umschreibung für einen Mann geworden wäre, der die Familien seiner gefallenen Waffengefährten ausbeutet. Er kam mir vor wie ein wesentlich subtilerer und schlimmerer Leichenfledderer als die, die sich am Morgen nach der Schlacht über die gefallenen Soldaten hermachen.«

Callandra trat zu ihm und legte eine Hand auf seinen Arm.

»Wir werden dir den besten Strafverteidiger besorgen, den es gibt«, sagte sie freundlich. »Deine Motive für die Tat sind durchaus nachvollziehbar. Ich glaube nicht, daß man auf Mord plädieren wird.«

»Das werden wir nicht!« Fabias Stimme war nur noch ein Knattern, fast ein Schluchzen. Sie starrte Menard mit unbeschreiblichem Haß an.

»Dann werde ich es tun«, klärte Callandra sie auf. »Ich verfüge über ausreichende Mittel.« Sie wandte sich wieder an Menard. »Keine Angst, ich lasse dich nicht im Stich, Lieber. Wahrscheinlich wird Mr. Monk dich erst einmal mitnehmen müssen, aber ich werde alles Nötige in die Wege leiten, das verspreche ich dir.«

Menard hielt einen Augenblick ihre Hand. Um seinen Mund spielte etwas, das fast an ein Lächeln erinnerte. Dann drehte er sich zu Monk um.

»Gehen wir.«

Evan erwartete sie an der Tür; die Handschellen hatte er griffbereit in der Tasche. Monk schüttelte den Kopf, und Menard ging langsam, von ihnen eingerahmt, hinaus. Das letzte, was Monk hörte, waren Hesters Worte an Callandra: »Ich werde zu seinen Gunsten aussagen. Wenn die Geschworenen hören, was Joscelin meiner Familie angetan hat, werden Sie vielleicht verstehen . . .«

Monk fing Evans Blick auf und spürte einen Anflug von Optimismus. Wenn Hester Latterly sich für Menard einsetzte, war die Schlacht nicht unbedingt verloren. Er hielt Menards Arm – aber sanft.

Die russische Gräfin

Deutsch von Peter Pfaffinger

Jean Merrow
in tiefer Freundschaft gewidmet

1. Kapitel

Sir Oliver Rathbone ließ den Blick voller Zufriedenheit durch sein Sprechzimmer schweifen. Er war auf dem Höhepunkt seiner beruflichen Laufbahn, hatte er es doch vom einfachen Anwalt zum vermutlich angesehensten Barrister von England mit Kanzlei in der Vere Street gebracht. Und vor kurzem hatte ihn die Königin auf eine Empfehlung des Premierministers hin in Anerkennung seiner Verdienste in den Adelsstand erhoben.

Der Raum war elegant, aber nicht prunkvoll. Kompetenz und Zweckdienlichkeit galten mehr als der Wunsch, die Mandanten zu beeindrucken. Komfort war notwendig. Hinter der Tür, im Empfangsbüro, wurde emsig gearbeitet. Die Kanzlisten erstellten Abschriften, kalkulierten, schlugen in Gesetzestexten nach und erteilten den vielen Besuchern, die ihre Geschäfte hierher führten, bereitwillig Auskunft.

Rathbone stand kurz vor dem Abschluß eines Falles, in dem er einen der Unterschlagung angeklagten vornehmen Herrn verteidigt hatte. So wie es aussah, konnte er mit einem befriedigenden Urteil rechnen.

Jetzt, nach einem vorzüglichen Mittagsmahl in der Gesellschaft eines Bischofs, eines prominenten Parlamentsabgeordneten und eines Richters, war es an der Zeit, die Arbeit wiederaufzunehmen.

Er hatte sich gerade über ein Bündel Dokumente gebeugt, als es klopfte und sein Sekretär die Tür öffnete. In seinem sonst immer unbewegten Gesicht spiegelte sich fassungslose Überraschung.

»Sir Oliver, eine Gräfin Zorah Rostova wünscht Sie wegen einer, wie sie sagt, äußerst wichtigen Angelegenheit dringend zu sprechen.«

»Dann führen Sie sie herein, Simms.« Rathbone erhob sich. Er sah keinerlei Anlaß, sich über den Besuch einer Gräfin zu wundern. Sie war nicht die erste Adelige, die bei ihm Rat suchte, und mit Sicherheit auch nicht die letzte.

»Sehr wohl, Sir Oliver.« Simms wandte sich um und sprach kurz mit einer Person, die noch von der Tür verborgen war. Dann rauschte auch schon eine Frau herein. Ihr Gang erinnerte an den eines Reiters, der soeben vom Pferd gestiegen ist. Sie trug ein schwarzgrünes Krinolinenkleid mit allerdings so kleinem Reifen, daß es den Namen kaum verdiente. Einen Hut hatte sie nicht aufgesetzt. Das Haar war hinten zu einem losen Knoten zusammengebunden und mit einem schwarzen Chenillenetz bedeckt. Sie hatte ihre Handschuhe abgestreift und hielt sie nonchalant in einer Hand. Ihre Schultern wirkten eckig und ihr Körper war bei durchschnittlicher Größe für den gängigen Geschmack vielleicht etwas zu mager. Wirklich auffällig an ihr war das Gesicht. Es bannte unweigerlich Rathbones Blick. Die Nase war eine Spur zu breit und zu lang, der Mund sinnlich, ohne schön zu wirken, die Wangenknochen waren ausgeprägt und die Augen unter den schweren Lidern weit auseinanderliegend. Als sie den Mund öffnete, sprach sie mit leiser, leicht rauher Stimme. Ihre Ausdrucksweise war von wunderbarer Eleganz.

»Guten Tag, Sir Oliver.« Sie blieb mitten im Büro stehen. Statt sich umzusehen, musterte sie ihn mit lebhaftem, neugierigem Blick. »Ich stehe wegen Verleumdung vor Gericht. Ich brauche Sie zu meiner Verteidigung.«

So direkt und zugleich so schlicht war Rathbone noch nie angesprochen worden. Kein Wunder, daß Simms so perplex reagiert hatte, wenn sie in ähnlicher Weise auf ihn zugegangen war.

»Nun gut, Ma'am«, sagte er mit wohltönender Stimme und deutete auf den prächtigen, mit grünem Leder bezogenen Stuhl vor seinem Schreibtisch. »Möchten Sie sich setzen und mir die genauen Umstände schildern?«

Sie blieb stehen.

»Es ist ganz einfach. Prinzessin Gisela… Sie ist Ihnen doch

ein Begriff?« Sie zog die Brauen in die Höhe. Erst jetzt bemerkte Rathbone, daß sie ausdrucksstarke grüne Augen hatte. »Aber was frage ich? Natürlich kennen Sie sie! Sie hat mich wegen Verleumdung angeklagt. Das trifft nicht zu.«

Rathbone blieb ebenfalls stehen. »Ich verstehe. Was sollen Sie ihr unterstellt haben?«

»Die Ermordung ihres Mannes, Prinz Friedrich, dem Kronprinzen meines Vaterlandes, der seinerzeit von der Thronfolge zurückgetreten ist, um sie heiraten zu können.«

»Das haben Sie selbstverständlich nie behauptet...«

Sie reckte das Kinn. »Im Gegenteil! Aber im englischen Gesetz ist es doch gewiß keine üble Nachrede, wenn man die Wahrheit sagt.«

Rathbone starrte sie an. Sie wirkte vollkommen ruhig und beherrscht, und doch war ihre Behauptung unerhört. Simms hätte sie nicht vorlassen dürfen. Diese Frau mußte geistesgestört sein.

»Madam, wenn...«

Den Blick unablässig auf Rathbone gerichtet, setzte sie sich nun doch auf den grünen Stuhl und zupfte zerstreut an den offenbar störenden Röcken. »Ist nicht die Wahrheit im englischen Gesetz geschützt, Sir Oliver?« beharrte sie.

»Doch, das ist sie«, gab er zu. »Aber man muß sie auch beweisen. Wer sie lediglich feststellt, ohne sich auf Fakten zu stützen, macht sich der Verleumdung schuldig. Natürlich gilt hier ein weniger hoher Grad der Beweispflicht als in Strafprozessen.«

»Grad der Beweispflicht? Etwas kann doch nur wahr oder unwahr sein. Welchen Grad des Beweises brauche ich da?«

Rathbone setzte sich ebenfalls und beugte sich diskret über den Schreibtisch. »Der Beweis einer wissenschaftlichen Theorie muß über jeden Zweifel erhaben sein«, erklärte er. »In der Regel wird dazu die Unzulänglichkeit sämtlicher anderen Theorien vorgeführt. Im Strafrecht dagegen muß der Beweis über jeden vernünftigen Zweifel erhaben sein. In Ihrem Fall wiederum handelt es sich um eine zivilrechtliche Sache. Hier ist die Plausibilität ausschlaggebend. Die Geschworenen lassen sich von den Argumenten überzeugen, die sie als die wahrscheinlich wahren ansehen.«

»Ist das gut für mich?« platzte sie heraus.

»Nein. Es wird Ihrer Gegnerin nicht schwerfallen, den Geschworenen nahezulegen, daß Sie sie verleumdet haben. Dazu muß sie nur beweisen, daß Sie diese Behauptung tatsächlich aufgestellt und damit ihren Ruf geschädigt haben. Letzteres wird wohl nicht schwer nachvollziehbar sein.«

»Ersteres auch nicht«, sagte die Gräfin mit einem leisen Lächeln. »Ich habe es wiederholt und in aller Öffentlichkeit festgestellt und verteidige mich damit, daß es die Wahrheit ist.«

»Aber haben Sie auch einen Beweis dafür?«

»Der über jeden vernünftigen Zweifel erhaben ist?« Ihre Augen weiteten sich. »Ich würde sagen, das hat zwangsläufig die Frage: ›Was ist vernünftig?‹ zur Folge. Nun, ich bin überzeugt davon.«

Er lehnte sich zurück und schlug die Beine übereinander. »Dann überzeugen Sie mich, Ma'am«, bat er mit einem galanten Lächeln.

Urplötzlich warf sie den Kopf zurück und brach in ein Gelächter aus, in dem sich der reiche Klang ihrer etwas rauhen Stimme offenbarte. Nur mit Mühe gewann sie die Fassung zurück. »Ich glaube, ich mag Sie, Sir Oliver!« keuchte sie. »Sie sind schrecklich englisch, aber das ist gewiß nur von Vorteil.«

Rathbone blieb auf der Hut. »Allerdings.«

»Aber natürlich! Alle Engländer sollten sich immer englisch verhalten. Ich soll Sie also davon überzeugen, daß Gisela Friedrich ermordet hat?«

»Wenn Sie die Güte hätten«, erwiderte er etwas steif.

»Und dann übernehmen Sie den Fall?«

»Unter Umständen.« Ein groteskes Ansinnen, das diese Frau da an ihn stellte!

»Wie vorsichtig Sie sind!« rief sie mit einem Anflug von Erheiterung. »Na gut, dann fange ich mit dem Anfang an. So hätten Sie es doch gerne, nicht wahr? Ich kann mir nicht vorstellen, daß Sie je einen anderen Anfang wählen würden. Was mich betrifft, würde ich das Pferd jedoch lieber beim Schwanz aufzäumen, dann wäre der Fall bedeutend leichter zu verstehen.«

»Dann zäumen Sie das Pferd beim Schwanz auf, wenn Sie möchten«, bot er ihr eilig an.

»Bravo.« Sie deutete mit den Fingerspitzen ein Händeklatschen an. »Gisela erkannte die Notwendigkeit, ihren Mann zu ermorden, und fast im selben Moment bot sich ihr die Gelegenheit. Sie brauchte sie nur noch beim Schopfe zu ergreifen. Er hatte sich bei einem Reitunfall verletzt. Er lag hilflos im Krankenbett.« Sie senkte die Stimme und beugte sich etwas vor. »Niemand konnte beurteilen, wie schlimm seine Verletzung war und ob er sich davon erholen würde oder nicht. Sie war mit ihm allein. Sie tötete ihn.« Die Gräfin breitete die Arme aus. »Es ist vollbracht.« Sie zuckte die Schultern. »Niemand schöpfte Verdacht. Wer hätte eine solche Tat denn auch für möglich gehalten? Abgesehen davon war das Ausmaß seiner Verletzungen niemandem bekannt.« Sie schürzte die Lippen. »Wie natürlich. Wie tragisch.« Sie seufzte. »Giseal ist untröstlich. Sie trauert. Die ganze Welt fühlt mit. Was könnte einfacher sein?«

Rathbone musterte diese außergewöhnliche Frau. Schön konnte man sie gewiß nicht nennen, doch strahlte sie etwas Lebendiges aus, das, obwohl sie jetzt still dasaß, den Blick auf sie zog, als gebühre ihr Aufmerksamkeit. Und dennoch waren ihre Äußerungen skandalös und nach dem Gesetz mit größter Sicherheit ehrenrührig.

»Warum sollte sie so etwas tun?« fragte er in skeptischem Ton.

»Ach, um das zu erklären, muß ich nun wohl doch zum Anfang zurückkehren.« Sie lehnte sich zurück und musterte ihn in der Manier einer Lehrerin. »Verzeihen Sie mir, wenn ich auf Dinge zurückgreife, die Ihnen bereits bekannt sind. Manchmal bilden wir uns ein, unsere Angelegenheiten seien anderen ebenso wichtig wie uns – was natürlich nicht der Fall ist. Gleichwohl ist fast die ganze Welt über die Romanze zwischen Friedrich und Gisela auf dem laufenden – einem Kronprinzen, der sich in eine Frau verliebt hat, die von seiner Familie nicht akzeptiert wurde und deretwegen er sogar auf die Thronfolge verzichtete, um sie nicht aufgeben zu müssen.«

Rathbone nickte. Es ging um nichts weniger als die Romanze des Jahrhunderts, die Europa fasziniert und verzaubert hatte. Aber gerade aus diesem Grund war der Vorwurf des Mordes, den diese Frau da erhob, so absurd. Nur sein Taktgefühl hinderte ihn daran, sie zu unterbrechen und zum Gehen aufzufordern.

»Sie müssen wissen, daß unser Land sehr klein ist«, fuhr die Gräfin in einem belustigten und zugleich eindringlichen Ton fort. Man konnte den Eindruck gewinnen, sie habe sich diese Angelegenheit wider besseres Wissen zur Herzenssache gemacht und verstehe seine Skepsis durchaus. »Es ist ringsum von deutschen Fürstentümern umgeben. Wir befinden uns mitten in großen Umwälzungen. Das trifft für fast ganz Europa zu. Doch anders als Frankreich, Britannien oder Österreich steht uns – ob wir wollen oder nicht – die Vereinigung mit dem großen deutschen Reich bevor. Einige von uns sind dafür …« – ihre Lippen wurden schmal –, »andere dagegen.«

»Hat das denn wirklich mit Prinzessin Gisela und Friedrichs Tod zu tun?« unterbrach er sie. »Wollen Sie behaupten, es handle sich um einen politischen Mord?«

»Natürlich nicht!« rief sie entnervt. »Wie können Sie nur so naiv sein?«

Unvermittelt überlegte er, wie alt sie sein mochte, was sie früher alles erlebt hatte. Wen hatte sie geliebt oder gehaßt? Welche kühnen Träume hatte sie verfolgt, welche davon verwirklicht, welche nicht? Ihre Bewegungen waren die einer jungen Frau und verrieten die Eleganz und den Stolz eines geschmeidigen Körpers. Und doch hatte ihre Stimme keinen jugendlichen Tonfall, sprachen aus ihren Augen zuviel Wissen, Abgeklärtheit und Selbstvertrauen, als daß er sie für unreif hätte halten können.

Ihm lag schon eine Antwort auf der Zunge, doch dann überlegte er es sich anders. Sie wäre zu steif gewesen, und er hätte damit nur gezeigt, daß er sich verletzt fühlte.

»Die Geschworenen werden naiv sein, Madam«, korrigierte er sie, sorgfältig darauf bedacht, keine Miene zu verziehen. »Erklären Sie mir, erklären Sie *uns*, den Geschworenen, warum die Prinzessin, deretwegen Prinz Friedrich auf die Krone verzichtet und sein Land verlassen hat, jetzt auf einmal nach zwölf Jahren Ehe ihren Mann ermorden sollte. Für meine Begriffe kann sie dabei nur verlieren. Können Sie mir erläutern, welche Vorteile sie davon hätte?«

In das dumpfe Rattern des Verkehrs auf der Straße mischten sich jäh die Rufe eines Bierkutschers.

Der Ausdruck der Belustigung in ihren Augen erstarb.

»Wir müssen zur Politik zurückkehren, auch wenn es sich nicht um einen politischen Mord handelt«, erklärte sie gehorsam. »Im Gegenteil, es war eine hochgradig persönliche Angelegenheit. Gisela ist ausschließlich auf Materielles bedacht. Es gibt wenig politische Frauen, wissen Sie. Dafür sind die meisten von uns zu direkt und pragmatisch. Auch das ist noch kein Verbrechen, aber ich muß Ihnen den politischen Hintergrund erklären, damit Sie verstehen, was sie zu gewinnen und zu verlieren hatte.« Sie rutschte auf dem Stuhl herum. Obwohl er winzig war, schien der Reifen unter ihrem Rock sie zu stören. Offenbar wäre es ihr am liebsten, sie könnte ganz ohne leben.

»Möchten Sie Tee?« fragte er. »Ich kann Simms bitten, Ihnen ein Tablett zu bringen.«

»Ich würde nur zuviel reden und ihn kalt werden lassen«, wehrte sie ab. »Und ich verabscheue kalten Tee. Aber danke für das Angebot. Sie haben herrliche Manieren, so absolut korrekt! Nichts bringt Sie aus der Fassung. Nie mit der Wimper zucken – dafür seid ihr Briten ja so berühmt. Ich finde das empörend und charmant zu gleicher Zeit.«

Sehr zu seinem Ärger lief er rot an.

Sie ging nicht darauf ein, auch wenn sie es zweifellos bemerkt hatte.

»König Karl ist nicht gesund«, nahm sie den Faden wieder auf. »Das war er noch nie. Und offen gesagt wissen wir alle, daß ihm noch höchstens zwei, drei Jahre bleiben. Da Friedrich abgedankt hat, wird sein zweitältester Sohn, Prinz Waldo, auf den Thron kommen. Waldo ist kein Gegner der Vereinigung. Er sieht vielmehr gewisse Vorteile darin. Sich dagegen zu stemmen wäre mit vielen Risiken verbunden – vor allem würde ein Krieg drohen, den wir verlieren würden. Profitieren könnten nur die Waffenhersteller und ihresgleichen.« Aus ihren Augen blitzte auf einmal Verachtung.

»Prinzessin Gisela«, mahnte er sachte.

»Auf sie wollte ich gerade zu sprechen kommen. Friedrich war für die Unabhängigkeit, selbst für den Preis eines Kriegs. Viele von uns dachten ähnlich wie er, insbesondere am und um den Hof.«

»Aber Waldo nicht? Er hätte doch gewiß am meisten zu verlieren!«

»Die Menschen haben die verschiedensten Auffassungen von Vaterlandsliebe, Sir Oliver. Die einen verstehen darunter den Kampf um die Unabhängigkeit und würden dafür sogar ihr Leben opfern.« Sie sah ihm unverwandt in die Augen, beobachtete seine Reaktionen. »Für Königin Ulrike besteht sie in einer gewissen Lebensweise: Es geht ihr darum, Selbstbeherrschung, Willensstärke zu beweisen, im ganzen Land einen Ehrenkodex durchzusetzen, der ihr heilig ist. Waldo wiederum will, daß seine Untertanen täglich Brot auf dem Tisch haben und ohne Angst in ihren Betten schlafen können. Meiner Meinung möchte er auch dafür sorgen, daß sie lesen und schreiben können, woran sie auch immer glauben – aber vielleicht wäre das etwas zuviel verlangt.« In ihren grünen Augen schimmerte unergründliche Trauer. »Niemand kann alles haben. Aber für meine Begriffe hat Waldo noch die realistischsten Vorstellungen. Er wird nicht versuchen, sich gegen eine, wie er spürt, unaufhaltsame Flutwelle zu stemmen, und uns alle in die Tiefe reißen.«

»Und Gisela?« fragte Rathbone erneut, um nicht nur ihr, sondern auch sein Augenmerk auf das Thema zu lenken.

Ihre Züge spannten sich. »Gisela kennt keine Vaterlandsliebe! Sonst hätte sie nie versucht, Königin zu werden. Sie wollte die Krone für sich, aber nicht um des Volkes, der Unabhängigkeit, der Vereinigung oder sonstiger nationaler Ziele willen. Es ging ihr ausschließlich um den Glanz.«

»Sie mögen sie nicht«, stellte Rathbone gelassen fest.

»Ich verabscheue sie!« rief sie mit einem Lachen, das ihren unversöhnlichen Zorn nicht ganz zu verdecken vermochte. »Aber das tut nichts zur Sache. Das, was ich sage, wird deswegen nicht bestätigt oder entwertet...«

»Aber es wird die Geschworenen beeinflussen. Sie werden vielleicht denken, es stecke Neid dahinter.«

Sie verstummte für einen Moment.

Rathbone wartete. Kein Laut drang vom Vorzimmer ins Büro; die Droschken auf der Straße ratterten wie gehabt vorbei.

»Sie haben recht«, räumte die Gräfin schließlich ein. »Wie schrecklich, daß man sich auch mit einer solch banalen Logik abgeben muß, aber ich sehe ein, daß das nötig ist.«

»Zurück zu Gisela, bitte. Warum sollte sie den Wunsch haben, Friedrich zu ermorden? Doch nicht, weil er für die Unabhängigkeit war, und sei es auf Kosten eines Krieges?«

»Nein, und indirekt doch.«

»Aha. Könnten Sie sich bitte näher erklären?«

»Ich versuche es ja!« Ungeduld blitzte in ihren Augen auf. »Es gibt im Land ernstzunehmende Strömungen, die zum Krieg für die Unabhängigkeit bereit sind. Sie brauchen nur noch einen Führer, um den sie sich scharen...«

»Ich verstehe! Friedrich, der eigentliche Kronprinz. Aber er hat doch abgedankt und lebt im Exil!«

Sie beugte sich vor. Ihr Gesicht verriet ihre Erregung. »Aber er hätte zurückkehren können.«

»Ach?« Rathbone blieb skeptisch. »Und Waldo? Und die Königin?«

»Darum geht es ja!« rief sie triumphierend. »Waldo hätte sich dagegen gewehrt – nicht um der Krone willen, sondern um einen Krieg zu verhindern, sei es mit Preußen, sei es mit jeder anderen Macht, die sich uns einverleiben will. Die Königin dagegen hätte sich um die Unabhängigkeit willen mit Friedrich verbündet.«

»Dann hätte Gisela nach Friedrichs Tod Königin werden können«, bemerkte Rathbone. »Haben Sie nicht gesagt, daß sie darauf aus war?«

Zorah funkelte ihn mit ihren grünen Augen an. Ihre Züge verrieten mühsam bezähmte Ungeduld. »Die Königin hätte Gisela nie im Land geduldet. Friedrich hätte ohne seine Frau zurückkehren müssen! Rolf Lansdorff, der Bruder der Königin und ein äußerst mächtiger Mann, war ebenfalls für Friedrichs Heimkehr – er hält Waldo für einen Schwächling, der das Land in den Ruin führen wird –, aber auch er hätte Gisela unter keinen Umständen akzeptiert.«

»Wäre Friedrich denn seinem Land zuliebe ohne Gisela zurückgekehrt? Immerhin hatte er schon einmal auf den Thron verzichtet. Hätte er diese Entscheidung rückgängig gemacht?«

Sie sah ihm fest in die Augen. Sie hatte wirklich ein außergewöhnliches Gesicht. Enorme Überzeugungskraft, Willensstärke und tiefe Gefühle spiegelten sich darin. Wenn sie von Gisela sprach, wurde es häßlich; dann war die Nase zu breit, und die Augen lagen zu weit auseinander. War dagegen von ihrem Land, von Liebe und Pflicht die Rede, wurde es auf einmal wunderschön. Dann erschienen alle anderen Menschen im Vergleich zu ihr flach und belanglos. Rathbone vergaß ganz die Außenwelt, den Verkehr, das Klappern der Hufe, die gelegentlichen Schreie, das Sonnenlicht auf der Glasscheibe und auch Simms und die übrigen Kanzlisten jenseits der Tür. Seine Gedanken drehten sich nur noch um ein kleines deutsches Königreich und den Kampf um Macht und Überleben, das Geflecht von Liebe und Haß in einer königlichen Familie und die Leidenschaft, die diese Frau ihm gegenüber beflügelte, ja, ihr etwas aufregend Lebendiges verlieh, das ihn faszinierte. Er spürte, wie sie ihn damit ansteckte. »Hätte Friedrich seine Entscheidung rückgängig gemacht?« wiederholte er.

Ein Ausdruck von Schmerz, Mitleid und vielleicht einer Spur Verlegenheit huschte über ihr Gesicht. Zum erstenmal mied sie seinen Blick, als wolle sie ihre Gefühle vor ihm verbergen. »Im Grunde seines Herzens glaubte Friedrich immer daran, daß sein Land ihn eines Tages doch zum König haben wolle und dann auch Gisela akzeptieren und ihren wahren Wert erkennen würde – den allerdings nur er sah und sonst niemand. Auf diesen Träumen beruhte sein Leben. Er versprach ihr, daß sie Wirklichkeit werden würden, und wiederholte sein Gelübde Jahr für Jahr aufs neue.« Sie hob den Blick wieder zu Rathbone. »Um Ihre Frage zu beantworten, Friedrich hätte nie geglaubt, daß seine Rückkehr nach Felzburg den Bruch mit Gisela bedeuten würde, sondern stellte sich einen Triumphzug Seite an Seite mit ihr vor. Aber sie ist nicht dumm. Sie spürte, daß es nie dazu kommen würde. Er würde Einzug halten, aber sie würde man nicht ins Land lassen – eine Demütigung vor aller Öffentlichkeit. Er wäre erschrocken, bestürzt und verzweifelt gewesen, aber Rolf Lansdorff und die Königin hätten schon dafür gesorgt, daß er kein zweites Mal zurückgetreten wäre …«

»Sie glauben, daß es so gekommen wäre?« fragte Rathbone.

»Wir werden es nie erfahren, nicht wahr?« erwiderte Zorah mit einem müden Lächeln. »Er ist ja tot.«

Die Erkenntnis traf Rathbone wie ein Schlag ins Gesicht. Plötzlich erschien ihm der Mordverdacht gar nicht mehr so abwegig. Menschen waren schon für weit weniger getötet worden. Gleichwohl ließ er sich seine Erregung nicht anmerken.

»Ich verstehe. Das ist in der Tat ein überzeugendes Argument, das auch den Geschworenen einleuchten würde.« Er verschränkte die Hände ineinander und stützte die Ellenbogen auf den Schreibtisch. »Aber warum sollen sie glauben, die bedauernswerte Witwe habe den Mord begangen und nicht ein Anhänger Prinz Waldos oder einer der anderen deutschen Herrscher, die an die Einheit glauben? Sie alle hätten doch gewiß auch handfeste Motive. Unzählige Morde sind im Kampf für oder gegen ein Königreich begangen worden. Soll sie ihn wirklich getötet haben, um ihn nicht zu verlieren?«

Zorah beugte sich vor. Ihre schmalen, doch kräftigen Finger umklammerten die Armlehnen, ihre Miene war ernst. »Ja!« rief sie. »Felzburg und wir sind ihr völlig egal. Wenn er zurückgekehrt wäre und ihr abgeschworen hätte – ob aus eigenem Antrieb oder auf Druck, das ist unwesentlich, denn niemand hätte es erfahren oder sich darum geschert –, dann wäre der ganze Traum von der großen Liebe zerplatzt. Sie wäre eine jämmerliche, wenn nicht sogar lächerliche Gestalt gewesen, eine Frau, die nach zwölf Jahren Ehe plötzlich sitzengelassen wird und dazu auch nicht mehr in der Blüte ihrer Jugend ist.«

Ihre Züge wurden herber, ihre Stimme rauher. »Andererseits ist sie nun, dank seinem Tod, die Heldin einer Familientragödie und steht im Mittelpunkt von Bewunderung und Neid. Sie hat die Aura des Geheimnis- und Reizvollen. Und sie hat die Freiheit, Bewunderern ihre Gunst zu schenken, oder auch nicht, solange sie diskret bleibt. Sie kann als eine der großen Geliebten in die Geschichte eingehen, derer man in Liedern und Legenden gedenkt. Sie wäre auf gewisse Weise unsterblich. Hand aufs Herz: Wer würde nicht davon träumen? Und das Wichtigste, man erinnert sich ihrer voller Respekt, ja, Ehrfurcht. Niemand lacht. Und...«, fügte sie mit einem Augenzwinkern hinzu, »...selbstverständlich hat sie ihr eigenes Vermögen.«

»Ich verstehe.« Rathbone hatte sich gegen seine Absicht mitreißen lassen. Er überlegte unwillkürlich, welche übermächtige Leidenschaft diese Frau im Prinzen entfacht haben mußte, daß er ihr die Krone und sein Land geopfert hatte. Was für ein Mensch mußte sie sein? Über welche Ausstrahlung, welchen einzigartigen Zauber gebot sie, daß jemand ihr so verfallen konnte?

Ging von ihr am Ende eine Faszination ähnlich der von Zorah Rostova aus, daß sie in Friedrich Träume und Begierden geweckt hatte, die er bis dahin bei sich nie für möglich gehalten hätte?

Hatte sie ihm Elan und den Glauben an sich selbst und seine ungeahnten Möglichkeiten eingeflößt? Wie viele schlaflose Nächte hatte ihn das Ringen zwischen Pflicht und Sehnsucht gekostet? Wie war für ihn der Vergleich zwischen der Vorstellung vom höfischen Dasein – das endlose tägliche Zeremoniell, die Aura der Distanz, die einen König zwangsläufig umgab, die Einsamkeit einer Existenz ohne die Frau, die er liebte – mit den Lockungen eines Lebens im Exil zusammen mit einer so außergewöhnlichen Geliebten. Sie würden gemeinsam alt werden, zwar getrennt von Familie und Vaterland, doch eben nie einsam. Wäre nur nicht das schlechte Gewissen. Fühlte er sich schuldig, weil er den Weg des Herzens und nicht den der Pflicht beschritten hatte?

Und die Frau. Zwischen welchen Alternativen hatte sie gestanden? Oder war es für sie einfach ein Kampf gewesen, den man gewann oder verlor? Hatte Zorah recht, und Gisela hatte verzweifelt Königin werden wollen – und verloren? Oder war sie aus Liebe zu diesem Mann bereit gewesen, in ihrer Heimat als Verräterin beschimpft zu werden, solange sie nur mit ihm zusammen sein konnte? War sie jetzt eine von einem schweren Schicksalsschlag getroffene Frau? Oder hatte sie diesen Umstand mit eigener Hand herbeigeführt, weil es sonst keine andere Möglichkeit gegeben hatte, nach einer glanzvollen Romanze der Demütigung zu entgehen, vor den Augen der Öffentlichkeit als verlassene Frau dazustehen?

»Nehmen Sie meinen Fall nun an?« fragte Zorah nach minutenlangem Schweigen.

»Vielleicht.« Er war immer noch auf der Hut, obwohl er den Kitzel der Herausforderung spürte und der Hauch der Gefahr, wie er zugeben mußte, etwas Erregendes an sich hatte. »Sie haben mich davon überzeugt, daß sie ein Motiv gehabt haben könnte, aber nicht, daß sie es getan hat.« Er gab sich Mühe, mit fester Stimme zu sprechen. Er mußte doch kühl wirken. »Angenommen, Königin Ulrike verlangte, daß er Gisela opferte, welche Beweise haben Sie, daß Friedrich tatsächlich heimkehren wollte?«

Sie biß sich auf die Lippe. Verärgerung huschte über ihr Gesicht, dann lachte sie. »Gar keine. Aber Ende des Frühlings war Rolf Lansdorff für eine Woche im Landsitz von Lord und Lady Wellborough. Prinz Friedrich und Prinzessin Gisela waren ebenfalls eingeladen – wie übrigens auch ich. Rolf führte immer wieder Gespräche mit Friedrich. Es wäre naiv, anzunehmen, er hätte ihm diesen Vorschlag nicht unterbreitet. Wir werden nie erfahren, was Friedrich getan hätte, wäre er am Leben geblieben. Er ist tot. Genügt Ihnen das nicht?«

»Für einen Verdacht – ja.« Rathbone beugte sich weit vor. »Aber das ist kein Beweis. Wer war noch im Haus der Wellboroughs zugegen? Was geschah dort? Geben Sie mir Details, Indizien, aber keine persönlichen Gefühle.«

Sie musterte ihn mit stetem Blick. Um ihre Mundwinkel spielte ein ironisches Lächeln. »Lord Wellborough ist Waffenhersteller und -händler. Ein Krieg, jeder Krieg, es sei denn in England, käme ihm sehr gelegen.«

Rathbone zuckte zusammen.

»Sie haben um eine realistische Darstellung gebeten«, erklärte sie. »Oder fällt das in den Bereich Gefühle? Sie selbst scheinen bestimmte Gefühle zu empfinden, Sir Oliver.« Ihre Augen funkelten spöttisch.

Rathbone war nicht bereit, ihr seine Abscheu kundzutun. Wellborough war für ihn kein Engländer. Es beschämte ihn zutiefst, daß ein Landsmann mit dem Tod anderer Geschäfte machte. Gut, er hatte alle möglichen klugen Argumente wie Notwendigkeit, Unvermeidbarkeit, Wahl und Freiheit gehört, und doch widerten ihn die Profite der Waffenhändler an. Aber das konnte er dieser faszinierenden deutschen Gräfin unmöglich sagen.

»Ich habe die Rolle der Geschworenen gespielt«, erklärte er kühl. »Jetzt bin ich wieder der Anwalt. Die Gästeliste, wenn ich bitten darf.«

»Gerne. Wie ich vorhin schon gesagt habe, war Graf Lansdorff zugegen. Rolf ist der Bruder der Königin und ein äußerst mächtiger Mann. Er verachtet Prinz Waldo, den er für einen Schwächling hält, und war für Friedrichs Rückkehr – natürlich ohne Gisela. Allerdings bin ich mir nicht sicher, ob er persönliche Vorbehalte gegen Gisela hatte oder sich nur Ulrike anschloß, die sie auf keinen Fall geduldet hätte. Schließlich trägt sie die Krone, nicht er.«

»Der König hätte sie auch nicht geduldet?«

Zorah hätte ihm fast ins Gesicht gelacht. »Ich glaube, es ist schon lange her, Sir Oliver, daß sich der König einem Wunsch der Königin widersetzt hat. Sie ist klüger als er, aber er ist klug genug, um das zu erkennen. Außerdem war und ist er zu krank, um für oder gegen etwas zu kämpfen. Aber ich wollte auf etwas anderes hinaus: Rolf ist kein Monarch. So nah er der königlichen Familie auch steht, zwischen einem gekrönten und einem ungekrönten Haupt liegen immer noch Welten. Wenn sie sich etwas in den Kopf gesetzt hat und zum Kämpfen bereit ist, wird Ulrike immer gewinnen. Rolf ist zu stolz, um sich auf einen Kampf einzulassen, den er verlieren muß.«

»Sie haßt Gisela so sehr?« Rathbone konnte das kaum nachvollziehen. Doch es mußte etwas Einscheidendes zwischen ihnen vorgefallen sein, daß die eine die Rückkehr der anderen hintertrieb und dafür sogar bereit war, unter Umständen die Unabhängigkeit ihres Landes zu opfern.

»O ja«, antwortete Zorah. »Aber ich glaube, Sie haben mich mißverstanden, teilweise zumindest. Sie glaubte nicht, daß Gisela ihrem Ziel dienen würde. Die Königin ist weder dumm, noch würde sie die Erfüllung ihrer Pflichten hinter persönliche Gefühle stellen. Ich dachte, das hätte ich bereits erklärt. Trauen Sie meinen Worten nicht?«

Er verlagerte sein Gewicht. In der Gegenwart dieser Frau fühlte er sich merkwürdig befangen. »Ich glaube alles nur unter Vorbehalt, Ma'am. Hier scheint ein Widerspruch vorzuliegen, aber fahren Sie trotzdem fort. Wer außer Prinz Friedrich, Prinzessin Gisela, Graf Lansdorff und Ihnen war noch zugegen?«

»Graf Klaus von Seidlitz mit seiner Gattin Evelyn.«

»Und sein politischer Standpunkt?«

»Er war gegen Friedrichs Rückkehr. Meiner Meinung nach schwankt er noch in der Frage der Vereinigung mit dem Deutschen Reich, aber er befürchtete, daß Friedrichs Thronbesteigung Unruhe im Volk, vielleicht sogar offenen Widerstand provozieren würde, wovon nur unsere Feinde hätten profitieren können.«

»Hatte er recht? Hätte ein Bürgerkrieg ausbrechen können?«

»Noch mehr Waffen von Lord Wellborough?« fragte sie spitz. »Ich weiß es nicht. Uneinigkeit und Führungsschwäche wären wohl die wahrscheinlichere Folge gewesen.«

»Und seine Frau? Hat sie Verpflichtungen?«

»Nur dem guten Leben gegenüber.«

Ein hartes Urteil, und er sah in ihren Zügen keinerlei Anzeichen für eine Milderung. »Ich verstehe. Wer noch?«

»Baronin Brigitte von Arlsbach, die die Königin ursprünglich als Gattin für Friedrich vorgesehen hatte, bevor er wegen Gisela auf alles verzichtete.«

»Liebte sie ihn?«

Ein rätselhafter Ausdruck huschte über ihr Gesicht. »Das glaube ich nicht, auch wenn sie danach nie geheiratet hat.«

»Auf welcher Seite steht sie? Und, gesetzt den Fall, Friedrich hätte Gisela verlassen, hätte er später sie geheiratet und mit ihr den Thron bestiegen?«

Erneut lachte sie auf, doch mischte sich auch Schmerz in ihre Belustigung. »Doch, ich nehme an, daß es so gekommen wäre, wenn er am Leben geblieben und heimgekehrt wäre und Brigitte sich dazu verpflichtet gefühlt hätte. Wahrscheinlich hätte sie zugestimmt, allein schon um den Thron zu stärken. Andererseits hätte Friedrich sich aus politischen Gründen für eine jüngere Frau entscheiden können. Für den Thron muß es doch auch einen Erben geben. Mittlerweile ist Brigitte den Vierzig näher als den Dreißig, zu alt für eine Frau, die noch nie ein Kind hatte. Aber sie ist im ganzen Land sehr beliebt.«

»Friedrich und Gisela hatten keine Kinder?«

»Nein, Waldo übrigens auch nicht.«

»Ist Waldo verheiratet?«

»O ja, mit Prinzessin Gertrudis. Ich würde gern sagen, daß ich sie nicht mag, aber das kann ich nicht.« Mit einem Auflachen machte sie sich über sich selbst lustig. »Sie ist all das, was ich eigentlich verachte und hoffnungslos öde finde. Sie ist häuslich, gehorsam, sanft, züchtig gekleidet, nett anzusehen und zu jedermann freundlich. Sie scheint zu allem die angemessenen Worte zu wissen und sagt sie auch!«

Er schmunzelte. »Und das finden Sie öde?«

»Unglaublich sogar! Jede Frau kann Ihnen das bestätigen, Sir Oliver. Wenn sie ehrlich ist, wird sie Ihnen sagen, daß solche Wesen eine Beleidung unserer Natur sind.«

Ihm kam spontan Hester Latterly in den Sinn, die so stur, unnachgiebig, ungerecht und aufbrausend werden konnte, wenn sie woanders Dummheit, Grausamkeit, Feigheit oder Heuchelei entdeckte. Als gehorsam konnte er sie sich auf keinen Fall vorstellen. Sie mußte für die Soldaten ein einziger Alptraum gewesen sein, als sie im Krimkrieg im Lazarett gearbeitet hatte. Er lächelte unwillkürlich. Sie hätte Zorah garantiert zugestimmt.

»Jemand, den Sie sehr gern mögen, ist Ihnen eingefallen.«

Zorah hatte ihn aus seinen Gedanken gerissen, und wieder spürte er, wie ihm die Röte ins Gesicht stieg. »Sagen Sie mir, warum Sie Gertrudis trotz allem mögen«, brummte er unwirsch.

Seine Verlegenheit amüsierte sie. »Weil ihr Humor einfach köstlich ist«, erwiderte sie lachend. »So einfach ist das. Es fällt uns schwer, jemanden abzulehnen, der uns mag und zudem die Gabe hat, das Absurde im Leben zu sehen und es dennoch zu genießen.«

Dem mußte Rathbone wohl oder übel zustimmen, obwohl er lieber widersprochen hätte. Schon wieder war es ihr gelungen, ihn aus der Fassung zu bringen. Er kehrte abrupt zu seiner noch unbeantworteten vorangegangenen Frage zurück. »Was will Brigitte? Auf welcher Seite steht sie? Ist sie für oder gegen die Vereinigung? Wollte sie Königin werden? – Oder ist das eine törichte Frage?«

»Nein, Ihre Frage ist ganz und gar nicht töricht. Ich glaube nicht, daß Brigitte Königin werden wollte, aber sie wäre dazu bereit gewesen, wenn sie es als ihre Pflicht angesehen hätte.« Mit einem Schlag war alle Belustigung aus Zorahs Gesicht gewichen. »Öffentlich sprach sie sich dafür aus, daß er zurückkehren und den Kampf für die Unabhängigkeit anführen sollte. Insgeheim hoffte sie allerdings wohl eher, er möge in seinem Exil bleiben und ihr die Erniedrigung einer Hochzeit mit ihm ersparen.«

»Erniedrigung?« Das konnte Rathbone nun wirklich nicht verstehen. »Was kann an einer Hochzeit mit einem König erniedrigend sein, zumal wenn man im Volk sehr beliebt ist?«

»Ganz einfach!« rief sie in scharfem Ton und blitzte ihn verächtlich an. »Eine Frau von Format heiratet keinen Mann, der vor aller Öffentlichkeit einer anderen zuliebe auf Thron und Land verzichtet hat! Würden Sie eine Frau heiraten, die in einer der größten Liebesgeschichten der Welt die weibliche Hauptrolle gespielt hat, während Sie nicht einmal Statist waren?«

Er kam sich vor wie ein dummer Junge. Wie wenig er doch begriffen hatte! Ein Mann mochte nach Macht, Ämtern, Ansehen streben; aber er hätte sich denken können, daß eine Frau entweder Liebe wollte, oder, wenn sie die nicht bekam, dann wenigstens einen äußeren Anschein davon. Er kannte nicht viele Frauen sehr gut, aber er hatte geglaubt, über sie Bescheid zu wissen. Er hatte genügend Fälle mit Frauen erlebt, wie sie gemeiner oder verletzlicher oder durchtriebener, klüger oder grenzenlos dümmer nicht hätten sein können. Und doch stellte ihn Hester immer noch vor Rätsel – bisweilen zumindest.

»Überlegen Sie nur, wie das für Sie wäre, wenn Sie sich von jemandem lieben lassen müßten, der das nur tut, weil es seine Pflicht ist!« setzte sie unbarmherzig nach. »Mir würde davon schlecht werden. Genausogut könnte man mit einer Leiche ins Bett gehen!«

»Also bitte!« protestierte er. Diese Frau konnte im einen Augenblick ungemein einfühlsam sein und im nächsten abstoßend vulgär. Er war peinlich berührt. »Ich habe Ihr Anliegen verstanden, Madam. Sie brauchen es nicht zu illustrieren.« Er senkte die Stimme, kämpfte mühsam um Beherrschung. Sie sollte doch nicht merken, wie sehr sie ihn aus der Fassung gebracht hatte. »Sind das nun alle, die diese unglückselige Woche bei Lord und Lady Wellborough verbrachten?«

»Nein«, seufzte sie. »Stephan von Emden war auch dabei. Er gehört dem alten Adel an. Und Florent Barberini. Seine Mutter ist eine entfernte Verwandte des Königs, und sein Vater ist Venezianer. Sie brauchen mich nicht nach seinen und Stephans politischen Anschauungen zu fragen, weil ich sie nicht kenne. Aber Stephan ist ein sehr guter Freund von mir und wird Ihnen in meinem Fall weiterhelfen; das hat er mir schon versprochen.«

»Schön!« bellte Rathbone. »Sie werden nämlich jede nur denkbare Hilfe und Freunde bitter nötig haben.«

Nun erst dämmerte ihr, daß sie ihn verärgert hatte. Ihre Augen wurden weicher, ihr Ton ernst. »Es tut mir leid. Meine Sprache war wohl etwas zu unverblümt. Aber ich wollte doch nur, daß Sie mich verstehen… Nein, das stimmt nicht! Ich bin wütend, weil sie Brigitte so etwas antun wollten, und erwarte, daß Sie Ihre männliche Selbstgefälligkeit aufgeben und das endlich begreifen! Ich mag Sie, Sir Oliver. Sie haben eine gewisse Gelassenheit, diese englische Unterkühltheit an sich, die Sie äußerst attraktiv macht.« Sie schenkte ihm auf einmal ein strahlendes Lächeln.

Er unterdrückte einen Fluch. Offene Schmeichelei, noch mehr aber die Freude, die er darüber empfand, waren ihm zuwider.

Sie lehnte sich zurück. »Sie möchten erfahren, was vorgefallen ist? Nun, es geschah am dritten Tag nach dem Eintreffen der letzten Gäste. Wir ritten bis zur Erschöpfung, wie ich zugeben muß. Wir jagten über die Felder und sprangen im Galopp über mehrere Hecken. Dabei stürzte Friedrichs Pferd und warf ihn ab. Er landete sehr unglücklich. Das Pferd kam wieder hoch, doch Friedrichs Fuß hatte sich im Steigbügel verfangen. So schleifte es ihn noch ein Stück mit, bevor wir es festhalten und ihn befreien konnten.«

»War Gisela auch dabei?« unterbrach er sie.

»Nein. Sie reitet nur, wenn es sich nicht vermeiden läßt, und dann nur im Schritt in exklusiven Parks oder bei festlichen Umzügen. Ihr liegen Kunst und Verfeinerung, aber nicht die Natur. Was sie auch unternimmt, es steckt immer ein Zweck, ein gesellschaftlicher Anlaß dahinter, aber nie Freude am Leben.« Selbst wenn Zorah versuchte, ihre Verachtung zu verbergen – es gelang ihr nicht.

»Demnach scheidet sie als Verursacherin des Unglücks aus.«

»Ja. Soweit ich das beurteilen kann, war es pures Pech. Niemand half nach.«

»Brachten Sie Friedrich ins Haus zurück?«

»Ja. Das war wohl das einzige, was wir tun konnten.«

»War er bei Bewußtsein?«

»Ja, warum?«

»Er muß entsetzliche Schmerzen gehabt haben.«

»Ja.« Ihr Gesicht drückte auf einmal größte Bewunderung aus. »Friedrich mag in mancherlei Hinsicht töricht gewesen sein, aber Tapferkeit kann ihm niemand absprechen. Er war sehr stark.«

»Sie haben natürlich sofort einen Arzt gerufen.«

»Selbstverständlich. Und um Ihrer nächsten Frage zuvorzukommen: Gisela war völlig aufgelöst.« Ein müdes Lächeln flakkerte über ihre Lippen. »Sie wich nicht von seiner Seite. Aber das war nichts Außergewöhnliches. Sie waren nie lange voneinander getrennt. Sie beide schienen es so zu wünschen, er vielleicht etwas mehr als sie. Daß sie ihn nicht aufmerksam und gewissenhaft gepflegt hätte, kann ihr gewiß niemand vorwerfen.«

Rathbone erwiderte ihr Lächeln. »Nun, wenn nicht einmal Sie das können, dann gibt es wohl wirklich niemanden.«

Sie hob anmutig den Zeigefinger. »*Touché*, Sir Oliver.«

»Und wie hat sie ihn ermordet?«

»Mit Gift natürlich!« Sie zog erstaunt die Augenbrauen hoch, weil er da noch fragte. »Woran dachten Sie denn? Daß sie eine Pistole aus dem Waffenschrank genommen und ihn erschossen hätte? Sie könnte sie ja nicht einmal laden und wüßte wohl auch nicht, wo vorne und hinten ist.« Schon wieder hatte sie diesen verächtlichen Tonfall. »Dr. Gallagher mag zwar dumm sein, aber nicht so dumm, daß er ein Einschußloch übersieht, wenn das Opfer an einem Pferdesturz verstorben sein soll.«

»Es gibt Ärzte, die auch schon mal ein gebrochenes Genick übersehen haben«, rechtfertigte sich Rathbone. »Oder Tod durch Ertrinken, wenn die betreffende Person bereits krank war und mit einer raschen Genesung nicht zu rechnen war.«

Die Gräfin schnitt eine Grimasse. »Ich kann mir ehrlich gesagt nicht vorstellen, daß Gisela ihn erwürgt hat. Und sie wüßte mit Sicherheit nicht, wie man einem Menschen das Genick bricht.«

»Und daraus leiten Sie ab, daß sie ihn vergiftet hat?« fragte er ruhig.

Sie starrte ihn mit ihren funkelnden Augen an. »Sie sind zu scharfsinnig, Sir Oliver«, gab sie mit ironischem Unterton zu. »Richtig, ich leite es ab. Ich habe keine Beweise. Wäre das der Fall, hätte ich sie nicht öffentlich beschuldigt, sondern wäre ganz einfach zur Polizei gegangen. Dann hätte man sie angeklagt, und alles andere wäre nicht nötig gewesen.«

»Und warum ist es nötig?«

»Wegen der Gerechtigkeit?« Sie legte den Kopf schief – eine eindeutige Geste: Es war eine Frage, keine Antwort.

»Nein.«

»Ach, Sie glauben nicht, daß mein Gerechtigkeitssinn mich zum Handeln veranlaßt hat?«

»Nein.«

Sie seufzte. »Sie haben recht. Von mir aus könnten sich der Teufel oder der liebe Gott darum scheren.«

»Aber warum dann, Madam?« bohrte er nach. »Sie setzen viel aufs Spiel. Wenn Sie Ihre Behauptung nicht stützen können, sind Sie ruiniert, nicht nur finanziell, sondern auch gesellschaftlich. Womöglich droht Ihnen sogar Gefängnis. Hier geht es um einen sehr ernsten Fall von Verleumdung, noch dazu in aller Öffentlichkeit.«

»Nun, privat hätten solche Äußerungen wohl wenig Sinn«, erwiderte sie.

»Und was wollen Sie überhaupt?«

»Sie dazu zwingen, sich zu verteidigen, was sonst?«

»Aber Sie sind doch diejenige, die sich verteidigen muß. Sie stehen unter Anklage!«

»Von Rechts wegen, ja. Aber sie wird von mir beschuldigt, und wenn sie weiter vor der Welt als Unschuldige dastehen will, muß sie mich der Lüge überführen.« Sie machte ein Gesicht, als gebe es nichts Selbstverständlicheres.

»Nein, das muß sie nicht«, widersprach er. »Gisela muß lediglich beweisen, daß Sie diese Äußerungen getan haben und daß sie ihr geschadet haben. Die Beweislast liegt allein bei Ihnen. Wenn Sie nicht alle Zweifel ausräumen können, hat sie gewonnen. Sie braucht Ihre Behauptungen nicht zu widerlegen.«

»Nicht vor dem Gesetz, Sir Oliver, aber vor der Welt sehr wohl! Können Sie sich wirklich vorstellen, daß Sie oder jemand in ähnlicher Lage sich zufrieden gibt, wenn noch Fragen offen sind?«

»Ich gestehe, das ist unwahrscheinlich, wenn auch denkbar. Aber sie wird mit Sicherheit zurückschlagen und Ihnen eigennützige Motive für Ihre Bezichtigungen vorwerfen. Sie müssen sich auf eine häßliche Schlacht gefaßt machen, in der man auch Sie persönlich angreifen wird. Sind Sie dazu bereit?«

Zorah Rostova holte tief Luft und straffte ihre schmalen Schultern. »Ja, das bin ich.«

»Warum tun Sie das, Gräfin?« Er mußte es wissen. Dieser Fall war so bizarr wie gefährlich. Ihr Gesicht mochte unbekümmert wirken, aber sie war nicht dumm. Auch wenn sie vielleicht nicht mit den Gesetzen vertraut war, so war sie ganz gewiß weltgewandt.

Auf einmal verschwand jeder Ausdruck von Spott oder Streitlust aus ihrer Miene, und sie sah ihm ernst in die Augen. »Weil sie einen Mann bis zu seiner Selbstzerstörung benutzt hat. Und dieser Mann hätte trotz seiner Leichtfertigkeit und Undiszipliniertheit unser König werden sollen. Ich werde nicht dulden, daß die Welt eine der großen Liebenden in ihr sieht, während sie in Wahrheit eine von Ehrgeiz und Gier zerfressene Frau ist, die zuallererst sich selbst und sonst nichts und niemanden auf der Welt liebt. Ich hasse Heuchelei. Wenn Sie schon nicht glauben können, daß ich die Gerechtigkeit liebe, glauben Sie mir dann wenigstens das?«

»Ich glaube Ihnen, Madam«, sagte er, ohne zu zögern. »Ich hasse Heuchelei und bin zutiefst davon überzeugt, daß jeder normale britische Geschworene genauso empfindet.«

»Dann übernehmen Sie den Fall?« drängte sie.

Es war eine Herausforderung, die an allem rüttelte, was er in den Jahren gepflegt hatte: seinem Sicherheitsdenken, seiner Korrektheit, seinem stets so brillanten wie taktvollen Auftreten vor Gericht.

»Ja«, willigte er, ohne zu zögern, ein.

Er sah es als eine moralische Pflicht, nach der beide Seiten von den bestmöglichen Anwälten vertreten werden mußten, was gleichermaßen dem Ruf Giselas galt, sollte sie sich tatsächlich als unschuldig erweisen, wie auch dem von Recht und Gesetz. Geschah dies nicht, würde die Öffentlichkeit nie aufhören, Fragen zu stellen, und der Streit würde immer wieder neu ausbrechen.

Zugleich sah er auch eine Gefahr, aber eine Gefahr von der Sorte, die den Herzschlag beschleunigte und den Blick auf den unermeßlichen Reichtum des Lebens öffnete.

An diesem Abend ging Rathbone mit einem Freund ins Theater in der Shaftersbury Avenue und danach zum Essen. Sie saßen mit einer Reihe Bekannter am Tisch und führten höchst anregende Gespräche. Das Stück war mehr als unterhaltsam gewesen, voll sprühendem Witz und Anzüglichkeiten, die Schauspieler hatten geglänzt, und das Bühnenbild und die Kostüme hatten alle beeindruckt. Auch das Dinner war vorzüglich. Rathbone hätte also den Abend in vollen Zügen genießen können, zumal seine Erhebung in den Adelsstand gefeiert wurde und er im Mittelpunkt stand. Jedermann beglückwünschte ihn, es wurde viel gelacht, und der Champagner floß in Strömen.

Um ihn herum plätscherte die Konversation dahin.

»Wunderbares Glück!« schwärmte Lady Whickham, die zu seiner Rechten saß und sich nun vorbeugte. Ihre drallen Arme schimmerten weiß im Kerzenlicht. »Und ungemein raffiniert! Ich schwöre, ich hätte nie geahnt, daß es so ausgehen würde.«

»Konstruiert, wenn Sie mich fragen«, widersprach Colonel Keogh, und wie zur Bekräftigung sträubten sich seine grauen Koteletten. »Niemand, der auch nur einen Funken Verstand hat, würde sich so verhalten. Der Mann war eindeutig verrückt. Das konnte jeder sehen. Nur ein Dummkopf hätte ihm vertraut.«

»Aber genau das war doch der Witz, meine ich.« Mrs. Lacey sah belustigt zwischen den beiden hin und her. Sie hatte ein unauffälliges Gesicht und trug braune Kleider, die ihr nicht standen, aber Rathbone hatte sie schon immer gemocht, weil sie so offen war und nie versuchte, sich anzubiedern. Ihren Mann, ein sehr guter Anwalt am Amtsgericht, schätzte er ebenfalls.

»Ah, aber Sie müssen doch sehen ...« Colonel Keogh beugte sich über den Tisch und setzte zu einem ausführlichen Vortrag über die menschliche Natur an.

Rathbone hörte nicht mehr hin. Die Handlung des Stücks war an manchen Stellen in der Tat etwas zu verwickelt gewesen und hatte zu sehr auf Zufall und hohe Gefühle gebaut. Freilich war das alles bieder, wenn man es mit der Geschichte der Gräfin Zorah Rostova verglich, die er heute nachmittag in seiner Kanzlei gehört hatte. Gewiß, die Bühnenheldin war unbeschreiblich schön und nach der neuesten Mode gekleidet gewesen. Auch hatte es beträchtliches Geschick erfordert, in diesem riesigen Reifrock über die Bühne zu schweben, ohne die Möbelstücke umzuwerfen. Aber neben Zorah verblaßte sie, wirkte sie mit ihren allzu wohlgeformten Zügen, ihrem zu offensichtlich goldenem Haar, ihrer zu sorgfältig modulierten Stimme langweilig. Ihre Rolle voll geballter Leidenschaft angelegt, dennoch strahlte sie weniger Präsenz aus als Zorah, war sie um so vieles leichter zu durchschauen. Von ihr ging kein echtes Feuer aus, keine Gefahr, die den Herzschlag beschleunigte und den Blick auf den unermeßlichen Reichtum des Lebens öffnete.

»Sehen Sie es nicht auch so, Sir Oliver?« fragte Lady Whickham.

Rathbone hatte keine Ahnung, wovon sie redete. »Sie haben gewiß recht«, pflichtete er ihr hastig bei.

»Na also«, wandte sie sich triumphierend an Mrs. Keogh, die genausowenig zugehört hatte. »Alles nur Klatsch und Gerüchte.«

»Ich gebe grundsätzlich nichts auf Klatsch«, stellte Colonel Keogh im Brustton der Überzeugung fest. »Schädliche Unsitte.«

»Kein Wunder, daß du so öde bist«, murmelte Mrs. Lacey.

Der Colonel blitzte sie an. »Wie bitte?«

Sie sah ihm treuherzig in die Augen. »Kein Wunder, daß das gelogen ist.«

»Wieso gelogen?« Der Colonel verstand nun überhaupt nichts mehr und wurde ärgerlich.

»Haben Sie schon den neuesten Skandal gehört?« fragte Lady Whickham in die Runde. »Es wird der größte Verleumdungsprozeß des Jahrhunderts. Vorausgesetzt, es kommt zum Verfahren, was ich allerdings bezweifle, denn man wird es wohl unter den Teppich kehren. Sie wird sich bestimmt entschuldigen oder sich für verrückt erklären oder etwas Ähnliches versuchen.«

»Worüber in Gottes Namen sprichst du?« fragte Lord Whickham und blinzelte sie über sein im Kerzenlicht glitzerndes Champagnerglas hinweg besorgt an.

»Über die Gräfin Zorah Rostova natürlich. Stellt sie sich doch glatt in aller Öffentlichkeit hin und behauptet, die arme Prinzessin Gisela von Felzburg hätte den ehemaligen Kronprinzen ermordet.«

»Gott im Himmel!« Das Champagnerglas glitt Lord Whickham aus der Hand, und sein ganzer Inhalt ergoß sich über die Tischdecke. »Wie absurd! Diese Frau ist verrückt! Es wird doch sicher alles getan, um sie zum Schweigen zu bringen? Welche Schritte …«

»Sie ist natürlich verklagt worden«, erklärte seine Frau.

»Von wem? Von König, wie hieß er gleich wieder …?«

»Natürlich nicht.« Sie tat den Gedanken mit einer wegwerfenden Handbewegung ab. »Von Prinzessin Gisela selbst! Die arme Frau! Niemand steht ihr bei. Die ganze Königsfamilie hat sie vor Jahren fallenlassen.«

»Niemand hat sie fallenlassen«, widersprach Rathbone. »Wenn Sie schon diesen Ausdruck benutzen wollen, dann trifft er wohl eher auf Friedrich zu, der seine Pflicht und sein Land aufgegeben hat. Und das hat er nur ihretwegen getan. Ob bewußt oder nicht, sie ist der Grund dafür.«

»Die Liebe war der Grund, Sir Oliver«, korrigierte Lady Whickham. »Es war eine der größten Liebesgeschichten des Jahrhunderts. Ihre Liebe war leidenschaftlich, ausschließlich und hoffnungslos. Sie konnte nicht ohne ihn sein, und er verzichtete auf Reich und Krone, um für immer mit ihr im Exil zu leben, statt allein zu herrschen. Jetzt ist er tot und sie allein, mittellos und ohne Freunde – und da wird sie von dieser Gräfin Soundso in den Schmutz gezogen. Ich kann einfach nicht fassen, daß ein Mensch so gemein sein kann!« Ihr Gesicht verzerrte sich vor Abscheu und auch Anstrengung, weil sie versuchte, sich das Ausmaß dieser Gemeinheit auszumalen.

»Neid, wie ich annehme«, warf Mr. Lacey unwirsch dazwischen und drehte das Glas zwischen den Fingern. »Die Frau war selbst in Prinz Friedrich verliebt und rächt sich jetzt auf diese Weise. Eifersucht kann eine Seele vergiften, so daß sie am Ende zu jedem Verbrechen bereit ist, egal wie abstoßend oder verwerflich es allen anderen erscheinen mag. Aber ich denke, die Sache wird schnell geregelt.« Er nippte an seinem Glas. »An ihrer Schuld bestehen kaum Zweifel. Darum glaube ich nicht, daß es zu dem Sensationsprozeß kommt, mit dem Sie anscheinend rechnen.«

Mrs. Keogh schüttelte betrübt den Kopf. »Armes Ding. Erst

die Trauer, und dann das! Sie muß völlig am Ende sein. Vor einem Jahr fehlte ihr nichts von all dem, was das totale Glück ausmacht, und jetzt ist das alles zerstört. Was für ein tragischer Schicksalsschlag.«

»Nun, zumindest würde kein Mann von Ehre diese Bestie verteidigen«, stieß Colonel Keogh hervor. »Sie wird auf einen jüngeren Referendar zurückgreifen müssen, von dem noch keiner gehört hat, oder auf einen Anwalt von der Sorte, die der schlechte Ruf schon widerlegt, bevor sie überhaupt den Mund aufgemacht haben.«

Rathbone wollte die anderen schon darauf hinweisen, daß er Zorah Rostovas Verteidigung übernommen hatte, merkte aber noch rechtzeitig, wie peinlich das für Mrs. Keogh und wahrscheinlich auch für Laceys wäre. Andere bewußt in Verlegenheit zu stürzen war ein übler Verstoß gegen die guten Sitten, zumal dann, wenn sie ihm zu Ehren ein Fest gaben. Abgesehen davon würde niemand auch nur ansatzweise seine Motive verstehen.

»Eine schlechte Verteidigung wäre doch gewiß der englischen Gesetze unwürdig«, sagte er vorsichtig. »Und letztlich auch einer Prinzessin Gisela.

Keogh starrte ihn an. Erneut bauschten sich seine Koteletten. »Der Teufel soll mich holen, wenn ich das verstehe, Sir«, brummte er. »Klingt für mich nach Sophistereien. Seien Sie so freundlich und erklären Sie sich.«

»Selbstverständlich.« Rathbone kam dieser Aufforderung bereitwillig nach. Zum einen mochte er Keogh nicht, zum anderen hatte er auf die Gelegenheit gewartet, seinen Standpunkt darzulegen. »Der Kerngedanke unseres Rechtswesens ist es, daß es niemanden verurteilt, bevor nicht sämtliche Beweise vorgelegt und unparteiisch geprüft worden sind. Es begünstigt keine bestimmten Personen, Altersgruppen, gesellschaftlichen Ränge, politischen Überzeugungen, Rassen, Hautfarben oder Glaubensrichtungen. Ob Engländer oder Hottentotten, Prinzessinnen deutscher Staaten, Witwen oder deren Ankläger, alle werden gleich behandelt.«

Mr. Lacey murmelte seine Zustimmung. Keogh gab mit zusammengebissenen Zähnen ein Grunzen von sich.

»Nun zu der anderen Frage«, fuhr Rathbone fort. »Gräfin Rostova weniger als die bestmögliche Verteidigung zu geben hieße, ihre Vorwürfe nicht in der entsprechenden Form zu überprüfen. Angenommen, Sie wären Prinzessin Gisela, wäre Ihnen damit gedient, wenn gemunkelt würde, Sie hätten nur gewonnen, weil der Anwalt der Gegenseite imkompetent war?«

»Hm…« Keoghs Gesicht färbte sich rosa. »So weit wird es wohl kaum kommen. Wer ehrenhaft und geistig zurechnungsfähig ist, wird einer der großen Damen Europas so etwas doch nie unterstellen!«

»Die Welt besteht aber nicht nur aus ehrenhaften und geistig zurechnungsfähigen Menschen«, wandte Lord Whickham ein. »Nein, Rathbone hat recht. Es ist besser für unseren Ruf – und den ihren –, wenn sich versierte Leute dieses Falles annehmen. Es soll doch nicht heißen, wir hätten ihn nur so nebenbei erledigt; sonst greift am Ende irgendwer den Streit wieder auf, wenn die Beweise längst kalt sind.«

»Arme Frau«, wiederholte Lady Whickham betrübt. »Sie muß an der Grenze ihrer Leistungsfähigkeit angelangt sein. Hoffentlich hat sie wenigstens Freunde, die ihr in dieser Not helfen. Ich fürchte, Trost ist inmitten einer solchen Situation nicht möglich.«

»Ich glaube nicht, daß sie wieder heiraten wird«, sinnierte Mr. Lacey.

»Himmel! Natürlich nicht!« Colonel Keogh war entsetzt. »Der arme Friedrich war die Liebe ihres Lebens. Unvorstellbar, daß sie es je erwägen würde! Es wäre wie… wie… ich weiß nicht…, wie wenn Julia Romeos Grab verließe und sich mit… irgendeinem anderen vermählte.« Er schnitt sich ein Stück vom Stiltonkäse herunter und schob es sich genüßlich in den Mund. »Eine solche Frau liebt nur einmal im Leben, mit ganzem Herzen und für immer!« fügte er voller Inbrunst hinzu.

Mrs. Lacey sagte nichts.

Rathbones Gedanken trieben schon wieder in eine andere Richtung. Nur noch am Rande registrierte er die sorgfältig gekämmten und mit Diademen verzierten Köpfe der Frauen, ihre weißen Schultern, die durchgestreckten Rücken, die schlanken Taillen, die Halstücher und Chemisetten bei den Männern. Ihre Konversation, das Klirren der Gläser und des Bestecks ging ganz an ihm vorbei. Was würde wohl Zorah Rostova von dieser so höflichen wie einfältigen Gesellschaft halten? Arglistig war keiner von ihnen. Und sollten sie einmal einen bösen Gedanken hegen, so war ihr Horizont zu begrenzt, als daß er sich entfalten könnte. Sie fürchteten, was sie nicht kannten, und sie hatten Vorurteile, weil das so viel leichter war, als sich mit Neuem zu beschäftigen, das am bisher Geglaubten rütteln konnte. Aber sie hatten auch ihre Träume, waren verletzlich und hatten Anwandlungen von Mitgefühl.

Gleichwohl waren sie im Vergleich mit Zorah unglaublich flach. Er sehnte sich danach, diese Runde zu verlassen und irgendwo eine unkonventionelle, geistreiche Person zu finden, die dem Verstand – und auch den Gefühlen – neues, prickelndes Leben einhauchte. Und wenn das mit Gefahren verbunden war, so machten vielleicht gerade sie das Vergnügen aus.

Zorah hatte ihre Karte hinterlassen. So suchte Rathbone sie am Nachmittag des folgenden Tages in ihrer Londoner Residenz auf. Zuvor hatte er ihr allerdings seine Absicht schriftlich mitgeteilt.

Sie empfing ihn mit einer Freude, die die meisten Damen der Gesellschaft als unziemlich empfunden hätten. Rathbone dagegen wußte durch langjährige Erfahrung, daß Menschen, denen ein Zivil- oder Strafprozeß droht, ihre Angst, häufig ganz entgegen ihrem üblichen Wesen zu erkennen gaben. Wenn man genauer hinsah, entdeckte man bei jedem Facetten, die sich in Zeiten ohne Not vielleicht noch gut bemänteln ließen, doch die Angst legte alle Hüllen bloß und durchbrach die gekünstelten Manieren, die nur dem Selbstschutz dienten.

»Sir Oliver! Schön, daß Sie gekommen sind!« rief Zorah spontan. »Ich habe mir die Freiheit genommen, auch Baron Stephan von Emden einzuladen. Damit spare ich mir die Mühe, später nach ihm zu senden. Sie haben auch sicher keine Zeit zu verlieren. Wenn Sie mich unter vier Augen zu sprechen wünschen, dann können wir uns in ein anderes Zimmer zurückziehen.« Damit wandte sie sich um und führte ihn durch das eher belanglose Vestibül in einen Salon, bei dessen Anblick es Rathbone den Atem verschlug. An der Wand gegenüber der Tür hing ein gigantisches Seidentuch mit raffiniert hineingemalten Mustern in den Farben Rotbraun, Tiefrot, Schokoladenbraun und Pechschwarz sowie zu äußerst komplizierten Knoten verflochtenen Fransen an der Borte. Auf einem Ebenholztisch stand ein silberner Samowar, und der Boden war bedeckt mit Bärenfellen, alle in freundlichem Braun. Dazu gab es eine rote Ledercouch, die unter einer Vielzahl von ganz verschiedenen bestickten Kissen schier ertrank.

Vor einem der zwei hohen Fenster stand ein junger Mann mit braunem Haar und einem freundlichen Gesicht, das im Moment allerdings bedrückt wirkte.

»Baron Stephan von Emden«, stellte Zorah in fast beiläufigem Ton vor. »Sir Oliver Rathbone.«

»Es ist mir eine Ehre, Sir Oliver.« Stephan verbeugte sich tief und schlug die Hacken zusammen, wenn auch fast lautlos. »Ich bin unendlich erleichtert, daß Sie die Verteidigung der Gräfin Rostova übernommen haben.« Seinem Gesicht war abzulesen, daß er es wirklich so meinte. »Sie ist in einer extrem schwierigen Lage. Wenn ich irgendwie helfen kann, so will ich es gerne tun.«

»Danke.« Rathbone war sich noch nicht sicher, ob das lediglich eine freundschaftliche Geste sein sollte, oder ob der Baron noch andere Absichten verfolgte. Da Zorah so offen gewesen war, wollte auch er ohne Umschweife zum Thema kommen. Abgesehen davon war in diesem Raum jede Halbherzigkeit von vornherein ausgeschlossen. Man war entweder aufrichtig, egal was das für Folgen hatte, oder man zog sich entsetzt zurück.

»Glauben Sie, daß die Prinzessin des Mordes an ihrem Mann schuldig ist?«

Stephan wirkte zunächst perplex, doch schnell trat ein belustigtes Leuchten in seine Augen.

Zorah stieß einen Seufzer aus. War sie erleichtert, weil Rathbone nicht den korrekten Engländer herauskehrte?

»Ich weiß es nicht«, antwortete Stephan auf Rathbones Frage. »Aber ich habe keinen Zweifel an dem, was Zorah glaubt. Ich gehe davon aus, daß es wahr ist, und bin sicher, daß sie ihre Ansicht weder leichtfertig noch in böser Absicht geäußert hat.«

Rathbone schätzte ihn auf Anfang dreißig und damit etwa zehn Jahre jünger als sich selbst. Ihm war immer noch nicht klar, in welcher Beziehung er zur Gräfin stehen mochte. Warum zeigte er sich bereit, einer Frau zuliebe, die eine solch verwegene Behauptung aufgestellt hatte, seinen Namen und Ruf zu riskieren? War er am Ende davon überzeugt, nicht nur, daß sie die Wahrheit sagte, sondern auch, daß sie sich beweisen ließe? Oder waren seine Motive in dieser Tragödie mehr emotionaler anstatt rationaler Natur und von Liebe oder Haß bestimmt?

»Ihre Zuversicht ist sehr wohltuend«, sagte Rathbone höflich. »Und Ihre Hilfe ist hochwillkommen. Woran denken Sie im einzelnen?«

Wenn er erwartet hatte, Stephan aus dem Gleichgewicht zu bringen, so wurde er jetzt enttäuscht. Der Baron, der eben noch lässig dagestanden hatte, reckte sich kerzengerade auf und stolzierte zum Stuhl in der Mitte des Raums, um sich seitlich darauf zu setzen. Er starrte Rathbone unverwandt an.

»Ich könnte mir vorstellen, daß Sie jemanden zu den Wellboroughs schicken wollen, damit er – natürlich in aller Diskretion – sämtliche Gäste befragt, die sich seinerzeit dort aufhielten. Die meisten von ihnen werden jetzt wieder dort anzutreffen sein, allein schon wegen dieses Skandals. Was mich betrifft, so würde ich Ihnen alles erzählen, woran ich mich erinnern kann; aber meine Aussagen würden wohl als voreingenommen gelten, und Sie werden etwas von mehr Gewicht brauchen.« Er zuckte seine schmalen Schultern. »Wie auch immer, ich weiß nichts Nützliches. Wäre das der Fall, hätte ich es Zorah längst gesagt. Ich wüßte auch nicht, wonach ich Ausschau halten sollte, aber ich kenne viele Gleichgesinnte, die die richtigen Fragen stellen könnten, und würde für jeden die Hand ins Feuer legen. Möchten Sie ihre Dienste in Anspruch nehmen?«

Rathbone war überrascht. Es war ein großzügiges Angebot. Und in Stephans haselnußbraunen Augen lag nichts als Aufrichtigkeit und leichte Besorgnis. »Danke«, sagte er. »Das ist ein sehr guter Vorschlag.« Sein Freund William Monk fiel ihm ein, der eine Laufbahn bei der Polizei aufgegeben hatte und Privatdetektiv geworden war. Wenn jemand in der Lage war, Beweismittel zu finden, ob nützlich oder schädlich für seine Mandantin, dann er. Auch würden ihn die Brisanz dieses Falles und die zu befürchtenden Erschütterungen nicht abschrecken. »Allerdings wird wahrscheinlich noch mehr nötig sein. Der Beweis in diesem Fall ist äußerst schwer zu führen. Maßgebliche Kreise werden uns daran zu hindern suchen.«

Stephan sah ihm ernst in die Augen. »Natürlich. Ich bin Ihnen sehr dankbar für Ihren Mut, Sir Oliver. Ein Geringerer als Sie wäre vor dieser Aufgabe zurückgeschreckt. Ich stehe Ihnen jederzeit zu Diensten.«

Er trug sein Angebot so aufrichtig vor, daß Rathbone nicht anders konnte, als sich noch einmal zu bedanken. Dann wandte er sich an Zorah, die es sich auf dem Sofa bequem gemacht hatte und sich auch nicht weiter von ihren sich bauschenden Röcken stören ließ. Ihre Züge waren angespannt, ihe Augen auf Rathbone gerichtet. Sie lächelte, wirkte aber ganz und gar nicht fröhlich oder behaglich.

»Wir werden andere Freunde finden«, sagte sie mit leicht rauher Stimme. »Aber es werden wenige sein. Die Leute glauben das, was sie glauben müssen oder dem sie sich verpflichtet haben. Ich habe Feinde, aber die hat ja auch Gisela. Viele alte Rechnungen sind noch offen, alte Verletzungen, Liebesaffären und Haß. Und dann gibt es auch noch diejenigen, die sich ausschließlich für die zukünftige Politik interessieren, dafür, ob wir unabhängig bleiben oder von einem großdeutschen Reich geschluckt werden, und wer die Profite einstreicht. Sie werden sowohl Tapferkeit als auch Klugheit beweisen müssen, Sir Oliver.«

Ihre markanten Züge wurden wieder weicher, und auf einmal waren sie wunderschön, denn das Leuchten kehrte zurück. »Aber wenn ich Ihnen nicht beides zutrauen würde, hätte ich mich auch nicht an Sie gewandt. Wir werden ihnen einen großen Kampf liefern, nicht war? Niemand soll einen Mann – und Prinzen – ermorden dürfen, und wir werden nicht danebenstehen und zulassen, daß die Welt es für einen Unfall hält. Gott, wie ich die Heuchler hasse! Wir wollen Aufrichtigkeit! Sie ist es wert, daß man dafür lebt – und stirbt!«

»Unbedingt!« sagte Rathbone im Brustton der Überzeugung.

Am Abend fuhr Rathbone im langen Zwielicht des Sommers nach Primrose Hill im Norden von London, wo sein Vater lebte. Es war ein weiter Weg, aber er hatte es nicht eilig. Für die Fahrt benutzte er einen offenen Zweiradwagen, der sich am leichtesten zwischen all den Landauern und Vierspännern bewegen ließ. Und es herrschte ein Gedränge auf den Straßen und Alleen, weil viele eine Spazierfahrt im vom Sonnenlicht gesprenkelten Halbschatten der Bäume unternahmen, und außerdem die in London Berufstätigen nach einem langen Arbeitstag in der Hitze der Stadt auf dem Heimweg waren. Rathbone fuhr selten aus – dafür fehlte ihm meistens die Zeit –, aber wenn er es tat, genoß er es.

Henry Rathbone war nach einem langen Arbeitsleben als Forscher und Mathematiker in den Ruhestand gegangen. Zwar betrachtete er mit seinem Teleskop noch gelegentlich die Sterne, aber nur, um sich daran zu erfreuen. An diesem Abend stand er bei Olivers Ankunft im Garten auf dem langen Rasen mit Blick auf die Heckenkirschen und den dahinter liegenden Obstgarten mit seinen Apfelbäumen und überlegte, ob das Obst dieses Jahr trotz des zu trockenen Sommers eine akzeptable Qualität erreichen würde. Der alte Rathbone war ein hochgewachseneer Mann, größer als sein Sohn, breitschultrig und schlank. Er hatte ein mildes Gesicht mit Adlernase und weitsichtigen blauen Augen. Wenn er etwas aus der Nähe betrachten wollte, mußte er seine Brille aufsetzen.

»Guten Abend, Vater.« Rathbone kam über den Rasen. Der Butler hatte ihn ins Haus gelassen und über die Terrasse zum Garten geführt.

Henry drehte sich überrascht um. »Ich hatte gar nicht mit dir gerechnet. Leider kann ich dich nur mit Brot und Käse bewirten. Aber ich habe auch eine ziemlich gute Pastete und einen vorzüglichen Rotwein, wenn dir danach ist.«

»Danke, gern.«

»Bißchen zu trocken für das Obst«, meinte Henry und wandte sich wieder den Bäumen zu. »Aber ich müßte noch ein paar Erdbeeren haben.«

»Danke, Vater«, wiederholte Oliver. Da er nun hier war, wußte er auf einmal nicht mehr, wie er anfangen sollte. »Ich habe einen Verleumdungsfall übernommen.«

»Oh. Ist dein Mandant Kläger oder Beklagter?« Henry drehte sich wieder um und schlenderte langsam zum Haus. Die noch immer über dem Horizont stehende Sonne warf lange Schatten auf das golden schimmernde Gras und brachte den Rittersporn zum Leuchten.

»Beklagter«, antwortete Oliver.

»Wen hat er verleumdet?«

»Es geht um eine Sie«, erklärte Oliver. »Prinzessin Gisela von Felzburg.«

Henry blieb abrupt stehen. »Du übernimmst doch nicht etwa die Verteidigung der Gräfin Zorah?«

Oliver hielt ebenfalls inne. »Doch. Sie ist davon überzeugt, daß Gisela Friedrich getötet hat und sich das auch beweisen läßt.« Im selben Atemzug bemerkte er, daß er übertrieben hatte. Bislang konnte nur von Glaube und Entschlossenheit die Rede sein. Es bestanden weiterhin Zweifel.

Henry legte besorgt die Stirn in Falten. »Hoffentlich hast du es dir reiflich überlegt, Oliver. Nun, vielleicht möchtest du mir mehr darüber erzählen, vorausgesetzt, du brichst damit deine Schweigepflicht nicht.«

»Nein, nein, ganz und gar nicht. Ich glaube, ihr liegt sogar daran, daß es möglichst weit verbreitet wird.« Oliver setzte sich wieder in Bewegung und erreichte den leicht gewundenen Weg, der zum Haus führte, wo sich hinter der Terrasse der wohlvertraute Salon mit seinen bequemen Sesseln vor dem Kamin, seinen Gemälden und dem mit Büchern beladenen Regal befand.

Henry war noch immer nicht beruhigt. »Aber warum? Ich nehme an, du kennst ihre Gründe. Unzurechnungsfähigkeit ist bei übler Nachrede kein Strafmilderungsgrund, nicht wahr?«

Oliver musterte seinen Vater einen Moment, bis er sicher war, Spuren seines trockenen, wenn auch ernsten Humors entdeckt zu haben.

»Natürlich nicht. Und sie wird auch nichts widerrufen. Sie ist fest davon überzeugt, daß Prinzessin Gisela Prinz Friedrich ermordet hat, und ist nicht bereit zu dulden, daß dieses Verbrechen und ihre Heuchelei ungesühnt bleiben.« Er holte tief Luft. »Und ich bin es auch nicht.«

Sie erklommen die Stufen und gingen ins Haus. Die Tür ließen sie weiterhin offen – es war ein milder Abend, und die Luft roch süß nach Garten.

»Hat sie dir das so gesagt?« fragte Henry und öffnete die Tür zur Vorhalle, um dem Butler mitzuteilen, daß Oliver zum Dinner bleiben würde.

»Hast du Zweifel?« fragte Oliver und setzte sich in den zweitbequemsten Sessel.

Henry nahm ihm gegenüber Platz und schlug die Beine übereinander. Entspannt wirkte er dennoch nicht. Ernst sah er Oliver ins Gesicht. »Was weißt du zum Beispiel über ihr Verhältnis zu Prinz Friedrich, bevor Gisela ihn heiratete?«

Daran hatte Oliver auch schon gedacht, aber Zorah hatte

seine Frage nicht als peinlich empfunden, sondern als nüchterne Überlegung, der man sich stellen mußte. »Ihre Gefühle ihm gegenüber wirkten nicht persönlich; außerdem wäre sie die letzte, die sich vom höfischen Protokoll einschränken ließe. Sie hat einen Freiheitsdrang, eine leidenschaftliche Liebe zum Leben, die zu mächtig ist ...« Er zögerte. Am Blick seines Vaters erkannte er bereits, daß er sich verraten hatte.

»Vielleicht«, sagte Henry nachdenklich. Erneut huschte ein Ausdruck von Besorgnis über sein Gesicht. »Aber trotzdem kann man jemandem verübeln, daß er einem etwas weggenommen hat, obwohl man es nicht unbedingt für sich wollte.«

Oliver blieb skeptisch.

»Mein Gott, Oliver! Wie viele Männer in deinem Bekanntenkreis lieben ihre Frau nicht besonders, würden aber toben, wenn sie einen anderen vorzögen?«

»Das ist doch etwas ganz anderes. Was du meinst, ist Betrug und – häßlich ausgedrückt – Entzug von Eigentumsrechten.«

»Aber kann es nicht sein, daß Gräfin Zorah eine gewisse Position als Mätresse des Prinzen hatte, die sie verlor, als er eine andere Frau heiratete und so sehr anbetete, daß er ihretwegen ins Exil ging?« fragte Henry.

»Sie wollte ihn nicht heiraten«, sagte Oliver bestimmt. »Wenn du sie kennen würdest, wärest du davon genauso überzeugt wie ich. Sie ist eine äußerst lebhafte und selbständige Person und hätte im ganzen Leben nicht daran gedacht, Königin zu werden, ja, ihr hätte davor gegraut!«

»Ich weiß nicht ...«

Oliver beugte sich vor. Seine Stimme nahm einen bei ihm ungewöhnlich eindringlichen Ton an. »Ich kann mir durchaus vorstellen, daß sie seine Mätresse war und andere Frauen ablehnte, die an ihre Stelle traten, aber es entspräche nicht ihrem Wesen, einem Verlust zwölf Jahre lang nachzutrauern. Sie ist zu vital, zu lebensfroh, um ihre Energie auf nutzlose Gefühle zu vergeuden.«

Henry lächelte, doch seine Augen blickten ernst und besorgt. »Du kennst diese Gräfin Rostova also sehr gut?«

Oliver spürte, wie seine Wangen brannten. »Ich habe mir eine gute Menschenkenntnis angeeignet, Vater. Das gehört zu meinem Beruf und macht zu einem großen Teil meinen Erfolg aus.«

»Nimm deine Fähigkeiten nicht als selbstverständlich hin«, warnte ihn sein Vater milde. »Sobald man beginnt, sich zu sicher zu fühlen, begeht man den ersten Fehler. Ich bezweifle nicht, daß sie eine außergewöhnliche Frau ist – eine gewöhnliche Frau würde nie solche Beschuldigungen gegen eine der größten Romantikerinnen der Welt erheben.« Er legte die Fingerspitzen aneinander. »Aber welche Beweise hat sie? Offensichtlich genügen sie nicht, um damit zur Polizei zu gehen, sonst hätte sie das längst getan. Und die Beweislast liegt bei ihr, nicht bei Prinzessin Gisela.«

»Ich weiß«, sagte Oliver gereizt. Er wußte, daß sein Vater nur besorgt um ihn war, doch auf einmal fühlte er sich wieder in seine Jugend versetzt und empfand aufs neue die eigene Verletzlichkeit und die damit einhergehende Unsicherheit. »Die hohen Ansprüche der Gesetze sind mir sehr wohl bewußt!« – Er merkte selbst, wie störrisch er klang. – »Aber wir haben bis zum Prozeß noch etwas Zeit. Ich werde sie nutzen und noch mehr in Erfahrung bringen. Monk wird für mich ermitteln. Wenn jemand Beweise aufspüren kann, dann er.«

Henrys Sorgen konnte er damit freilich nicht ausräumen. »Aber hast du auch die möglichen Folgen bedacht? Was immer du zutage förderst, wird große Kreise ziehen und vielen Leuten peinlich sein. Einige davon sind sehr mächtig...«

Olivers Augen weiteten sich. »Willst du damit sagen, ich soll nicht nach der Wahrheit suchen, weil sie jemanden in Verlegenheit stürzen könnte? Das entspräche aber gar nicht deinem sonstigen Wesen.«

Henry starrte ihn kühl an.

Oliver errötete, wich seinem Blick aber nicht aus.

»Komm mir nicht mit Sophistereien, Oliver«, brummte sein Vater müde. »Das ist unter deiner Würde und, wie ich hoffe, unter unserer Wertschätzung füreinander. Du weißt ganz genau, daß ich etwas anderes meine. Du sprichst über die Wahrheit, als wäre sie etwas Absolutes, Unbestreitbares, das man aufspüren und erklären kann und womit sich über Nacht Gerechtigkeit herstellen ließe. Das ist naiv, und ich bin sicher, daß du es selbst ebenso siehst, wenn du nur ein bißchen ehrlicher zu dir bist. Du wirst Aspekte der Wahrheit herausfinden, bestimmte Wahrheiten, aber welchen Teil des Gesamtbildes sie ausmachen, wirst du nie erfahren. Auch kannst du nicht vorhersehen, wie andere darauf reagieren und ob sie überhaupt bereit sein werden, etwas zu glauben, das ihnen mißfällt, oder ob sie lieber die Augen zumachen, wenn sie etwas Unangenehmes über sich selbst oder ihnen nahestehende Menschen erfahren.« Er neigte sich vor. »Die Menschen können sehr heftig reagieren, wenn ihre Träume zerstört werden, Oliver. Und die Romanze zwischen Friedrich und Gisela ist eine der größten Liebesgeschichten Europas. Bist du wirklich sicher, daß die Wahrheit – oder deine Version davon – um jeden Preis ans Licht kommen soll?«

»Ich bin mir sicher, daß Mord nicht unter den Teppich gekehrt werden darf!« entgegnete Oliver hitzig.

»Warum glaubst du denn, daß es Mord war?« fragte Henry in ernstem Ton, der aufrichtiges Interesse erkennen ließ.

»Ich halte Mord für möglich. Ich bin mir nicht sicher, daß die Tat von Gisela begangen wurde, auch wenn sie wohl ein triftiges Motiv dafür hatte. Aber es gibt noch andere. Die politische Situation in Felzburg ist höchst brisant: Es wird darüber gestritten, ob das Land unabhängig bleiben oder im Deutschen Reich aufgehen soll. Stolz und Nationalismus kommen ins Spiel und auch die Interessen der Waffenhändler. Es wird gemunkelt, daß Friedrich aufgefordert wurde, in seine Heimat zurückzukehren und die Unabhängigkeitsbewegung anzuführen, während der gegenwärtige Kronprinz zur Vereinigung neigt. Ein Krieg ist nicht auszuschließen. Folglich könnte es sich auch um ein politisches Attentat gehandelt haben. Ob so oder so, die Tat muß gesühnt werden.«

»Allerdings«, stimmte Henry zu. »Aber damit kannst du deine Mandantin nicht verteidigen, Oliver. Sie hat ja nicht gesagt, daß Friedrich ermordet wurde, sondern sie hat seine Frau des Mordes bezichtigt. Es mag zutreffen, daß du sie verteidigst, weil es bei diesem Tod nicht mit rechten Dingen zugegangen ist, aber du hast es nicht nur mit maßgeblichen Leuten zu tun, die viel Macht und Geld haben, sondern auch mit gefährlichen Emotionen. Man macht sich unbeliebt, wenn man bestimmten Leuten die Glaubensgrundlagen entzieht.«

»Mir geht es doch nicht um Popularität«, schnaubte Oliver verächtlich.

»Natürlich nicht, mein lieber Junge. Aber du hast ja auch noch nie erlebt, was es heißt, unbeliebt zu sein. Im Vergleich zu den meisten anderen hast du bisher ein bequemes und absolut sicheres Leben geführt, hast immer gewußt, wer du bist und wo du stehst, und wurdest stets respektiert. Du weißt nicht, was es bedeutet, Mächtige gegen sich aufzubringen oder den Haß des Mannes und der Frau auf der Straße zu spüren, weil man ihre Träume zerstört hat. Ich bitte dich ja nur, noch einmal genau nachzudenken, bevor du dich auf diesen Fall einläßt. Er könnte sich als weitaus größer – und gefährlicher – erweisen, als dir lieb sein kann.«

Oliver schluckte. Dagegen fiel ihm kein Argument mehr ein. Sein Vater hatte vollkommen recht, und er zweifelte nicht einen Moment daran, daß er dies nur aus Sorge um ihn gesagt hatte. Aber jetzt war es zu spät für derartige Warnungen. Er hatte Zorah Rostova schon sein Wort gegeben und konnte es nicht mehr brechen; das ließen weder sein Stolz noch seine Berufsehre zu.

»Das kann ich leider nicht mehr«, murmelt er. »Ich habe schon zugesagt.«

Henry seufzte. »Ich verstehe.« Auf weitere Kommentare zu soviel Leichtsinn verzichtete er. Es würde ja nichts mehr nützen. Außerdem gehörte er nicht zu denen, die es nötig hatten, ihre Siege auszukosten. »Nun, wenn das so ist, dann laß es mich bitte wissen, wenn ich dir irgendwie helfen kann. Und sei um Himmels willen vorsichtig, Oliver.«

»Natürlich«, versprach sein Sohn, obwohl er wußte, daß es dafür schon zu spät war.

2. Kapitel

Monk nahm Oliver Rathbones Brief gespannt entgegen, als er ihm mit der ersten Post überreicht wurde. Er hatte soeben sein Frühstück beendet und las ihn im Stehen neben dem Tisch.

Rathbones Fälle waren immer bedeutend; oft drehten sie sich um Gewaltverbrechen und leidenschaftliche Gefühle, und jedesmal zwangen sie Monk, bis an seine Grenzen zu gehen. Freilich entsprach das auch seinem Wesen. Er wollte es so, er genoß es, auszuloten, wie weit seine Fähigkeiten, sein Einfallsreichtum, seine physische und mentale Belastbarkeit reichten. Mehr als den meisten anderen war es ihm ein Bedürfnis, sich stets aufs neue selbst zu erfahren – und das hatte auch einen konkreten Grund: Vor drei Jahren hatte er bei einem Kutschenunfall das Gedächtnis verloren. Alles, was er bis dahin erlebt hatte, war in schwärzeste Dunkelheit getaucht; nur hin und wieder tanzte ein Funke schemenhaft durch seine Erinnerung, um gleich wieder im Nichts zu verschwinden. Manche dieser Fetzen waren angenehm, sie hatten mit seiner Kindheit zu tun, seiner Mutter, seiner Schwester Beth und der wilden Küste von Northumberland mit ihren Sandstränden und ihrem endlosen Horizont. Er hörte das Kreischen der Möwen, sah die bemalten Fischerboote durch das graugrüne Wasser gleiten und roch den salzigen Wind über der Heide.

Andere Erinnerungen, vor allem seine Auseinandersetzungen mit Runcorn, seinem Vorgesetzten bei der Polizei, waren weniger schön. Es gab Momente, da ahnte er, daß Runcorns Groll auf ihn zu einem großen Teil von seiner eigenen Arroganz herrührte. Er war ungeduldig mit ihm gewesen, weil er für seine Begriffe zu langsam war. Zudem hatter er sich über Runcorns Geltungsdrang lustig gemacht und ihn wiederholt vor anderen bloßgestellt. Wenn er es genau bedachte, konnte er Runcorn diesen Haß nicht verübeln. Wäre er an seiner Stelle gewesen, hätte er wahrscheinlich nicht anders reagiert. Und das war das Schmerzhafte an diesen Erinnerungsbruchstücken. Vieles von dem, was er über sich erfuhr, gefiel ihm nicht. Natürlich hatte er auch gute Seiten gehabt. Niemand hätte ihm Mut, Intelligenz oder Ehrlichkeit abgesprochen. So hatte er bisweilen unverblümt die Wahrheit gesagt, obwohl Schweigen rücksichtsvoller und ganz gewiß klüger gewesen wäre.

Über seine sonstigen Beziehungen, insbesondere zu Frauen, hatte er wenig erfahren. Keine hatte unter einem guten Stern gestanden. Offenbar hatte er sich immer in stille, sanfte Schönheiten ohne Lebensmut oder -freude verliebt, so daß er nach jedem Bruch nur noch einsamer und enttäuschter gewesen war. Vielleicht hatte er das, wonach er sich sehnte, bei den Falschen gesucht. Nun, die Wahrheit war, das bißchen, was er zu wissen glaubte, beruhte auf wenigen kalten Fakten, die er rekonstruiert hatte, und auf Erinnerungen an Gefühle, die diese Frauen in ihm ausgelöst hatten. Die wenigsten davon waren schön, und wirklich erklären ließ sich kein einziges.

Mit Hester Latterly aber war es anders. Er hatte sie nach dem Unfall kennengelernt und war mit jedem Detail ihrer Freundschaft vertraut. Wenn »Freundschaft« der zutreffende Begriff war; manchmal grenzte ihre Beziehung an Feindschaft. Am Anfang hatte er sie nicht ausstehen können. Und auch jetzt noch konnte sie ihn mit ihrer Rechthaberei und Dickköpfigkeit bis zur Weißglut reizen. An ihr war so gar nichts Romantisches, Feminines oder Anziehendes. An die Kunst der Verführung machte sie keine Zugeständnisse.

Nein, ganz zutreffend war diese Einschätzung auch wieder nicht. Eins mußte der Neid ihr lassen: Bei Schmerz, Angst, Trauer oder Schuld gab es auf der ganzen Welt keinen stärkeren, mutigeren oder geduldigeren Menschen als Hester. Niemand konnte versöhnlicher sein. Er schätzte diese Eigenschaften über alle Maßen. Und zugleich ärgerten sie ihn. Die Frauen, zu denen er sich hingezogen fühlte, waren lustig, charmant, unkritisch, redeten, schmeichelten und lachten im richtigen Moment, verstanden es, sich zu vergnügen, zeigten sich empfänglich für kleine Freuden, wiesen jedoch nie die großen Dinge von sich, teure Geschenke zum Beispiel, und sie gingen auf ihn ein, paßten sich an.

Andererseits hatte gerade Hester ihm nach seinem bitteren Abschied von der Polizei seine Räume eingerichtet, damit sie auf die Klienten ansprechender wirkten. Und das mußten sie auch. Schließlich waren seines Wissens Ermittlungen das einzige, wovon er eine Ahnung hatte.

So stand er nun in seinem Salon und las Rathbones knappen Brief.

Mein lieber Monk,
ich habe einen neuen Fall, der diskrete und vermutlich sehr komplizierte Ermittlungen erfordert. Wenn es zum Prozeß kommt, ist mit einem erbitterten Streit zu rechnen. Die Beweisführung wird äußerst schwer sein. Falls Sie sich bereit und in der Lage sehen, diesen Auftrag zu übernehmen, finden Sie sich bitte zum frühestmöglichen Zeitpunkt in meiner Kanzlei ein. Ich werde versuchen, Ihnen zur Verfügung zu stehen.

Ihr ergebenster
Oliver Rathbone

Merkwürdig, so dürftig waren Rathbones Informationen sonst nie. Er wirkte besorgt. Aber wenn der weltläufige und leicht arrogante Rathbone nervös war, dann reizte allein das schon Monks Neugier. Ihre Beziehung war geprägt von höchst widerwillig gezolltem gegenseitigem Respekt, gemischt mit immer wieder aufflackernder Antipathie als Folge von Arroganz, ihrer Ähnlichkeit, was Ehrgeiz und Intelligenz betraf, und unverträglichen Unterschieden im Wesen, gesellschaftlichen Hintergrund

und beruflichen Werdegang. Was sie gemein hatten, das waren die zusammen mit aller Leidenschaft ausgefochtenen Fälle, egal ob sie mit Desaster oder Triumph geendet hatten, und größte Achtung vor Hester Latterly, in der aber keiner mehr sehen wollte als bloße Freundschaft.

Monk zog sich lächelnd seinen Frack an, trat in die Fitzroy Street hinaus und winkte eine Droschke herbei, die ihn zu Rathbones Kanzlei in die Vere Street brachte.

Nachdem Rathbone ihn in aller Form beauftragt hatte, suchte Monk die Gräfin kurz vor vier Uhr nachmittags in deren Residenz am Picadilly Circus auf. Seiner Einschätzung nach war sie um diese Zeit noch am ehesten anzutreffen; schließlich mußte sie sich fürs Dinner umziehen. Vorausgesetzt, sie ging überhaupt noch auswärts essen, denn nach ihren schockierenden Anschuldigungen war sie wohl aus den meisten Gästelisten gestrichen worden.

Eine Zofe, vermutlich eine Französin, erschien in der Tür. Sie war klein, dunkelhaarig und sehr hübsch. Monk erinnerte sich vage, daß nur die vornehmsten Damen sich französische Bedienstete leisten konnten. Nun, dieses Mädchen sprach ganz gewiß mit auffälligem Akzent.

»Guten Tag, Sir.«

»Guten Tag.« Monk hielt es nicht für nötig, sich um ihre Gunst zu bemühen. Nicht er brauchte Hilfe, sondern die Gräfin, sofern sie sich nicht in eine absolut hoffnungslose Lage hineinmanövriert hatte. »Mein Name ist William Monk. Sir Oliver Rathbone« – der Titel ›Sir‹ war ihm gerade noch eingefallen – »hat mich gebeten, Gräfin Rostova aufzusuchen und ihr meine Dienste anzubieten.«

Sie lächelte ihn an. Sie war wirklich äußerst hübsch.

»Aber natürlich. Bitte treten Sie ein.« Sie machte die Tür weiter auf und wartete, bis er im geräumigen, doch ansonsten unauffälligen Vestibül stand. Auf einem Blumentisch stand eine große Vase voller Margeriten, die einen herrlich frischen Duft nach Sommer verbreiteten. Das Mädchen schloß hinter ihm die Tür und führte Monk in den nächsten Raum und bat ihn zu warten, bis sie ihre Herrin verständigt hatte.

Wie vor ihm auch schon Rathbone stachen Monk das riesige Tuch mit den Erdfarben, der Ebenholztisch mit dem silbernen Samowar, die Felle auf dem Boden und das rote Ledersofa ins Auge. Obwohl das alles fremdartig für ihn war und überhaupt nicht seinem Geschmack entsprach, konnte er nicht sagen, daß er sich unbehaglich fühlte. Er fragte sich, was Rathbone davon gehalten hatte. Nun, offenbar wohnte hier jemand, der sich nicht um Konventionen scherte. Er schlenderte zum Ebenholzregal hinüber. Die Bücher waren in verschiedenen Sprachen: deutsch, französisch, russisch und englisch. Es waren Romane, Gedichtbände, Reisebände und auch philosophische Werke darunter. Er blätterte in zweien davon und stellte fest, daß sie gelesen, aber pfleglich behandelt worden waren. Sie standen also nicht um des bloßen Effekts willen herum, sondern wurden von jemandem benutzt, der gerne las.

Zu Monks Enttäuschung schien es die Gräfin nicht eilig zu haben. Bestimmt gehörte sie zu der Sorte von Frauen, die Männer warten ließen, um ihnen ihre Macht zu zeigen. Er wollte sich eben wieder in die Mitte des Raumes begeben, als er erstarrte. Sie stand wortlos in der Tür und beobachtete ihn. Rathbone hatte ihm verschwiegen, wie schön sie war – ein sträfliches Versäumnis! Er wußte nicht warum, aber er hatte sich eine Durchschnittserscheinung vorgestellt. Sie hatte dunkles Haar, das hinten locker zusammengebunden war. Von Größe und Figur her war sie nicht bemerkenswert, aber das Gesicht war aufregend. Über hohen Wangenknochen hatte sie leicht schräg stehende, leuchtend grüne Augen. Aber das Faszinierendste an ihr waren nicht die äußeren Merkmale, sondern der Humor, die Intelligenz, der unbändige Lebensdrang, die aus ihren Zügen sprachen. Ihr gegenüber mußte jeder andere Mensch behäbig und apathisch wirken. Monk registrierte gar nicht, was sie trug. Es hätte irgendwas sein können; darauf kam es nicht an.

Sie musterte ihn neugierig und machte immer noch keine Anstalten, auf ihn zuzugehen. Um ihre Lippen spielte die Andeutung eines – sei es interessierten, sei es amüsierten – Lächelns. »Sie sind also der Mann, der Sir Oliver unterstützen wird. Ich hatte Sie mir ganz anders vorgestellt.«

»Was ich gewiß als Kompliment werten soll«, bemerkte Monk trocken.

Jetzt lachte sie. Es waren reiche, leicht rauhe Laute ungetrübter Heiterkeit. Sie ging nun völlig unbefangen auf den Stuhl in der Mitte des Raums zu. »Unbedingt«, stimmte sie zu. »Nehmen Sie doch Platz, Mr. Monk. Es sei denn, Sie fühlen sich im Stehen wohler.« In einer einzigen anmutigen Bewegung ließ sie sich, den Rücken gerade durchgestreckt, die Beine seitlich angezogen, auf dem Stuhl nieder. Der sicherlich unbequeme Reifrock schien sie so gut wie nicht zu behindern. Sie sah ihm unverwandt in die Augen. »Was möchten Sie von mir erfahren?«

Monk hatte sich das auf dem Herweg reiflich überlegt. Er wollte sie nicht nach ihren Gefühlen, Meinungen oder Überzeugungen über die Motive anderer befragen. Dafür war später auch noch Zeit, wenn zum Beispiel mehrdeutige Informationen bewertet werden mußten. Ausgehend von Rathbones Andeutungen, hatte er sich auf jemand weit weniger Intelligenten eingestellt, nichtsdestoweniger wollte er an seinem ursprünglichen Plan festhalten.

Er machte es sich auf dem Ledersofa bequem. »Erzählen Sie mir doch, was seit dem ersten Ereignis, das Sie für relevant halten, geschehen ist. Bitte beschränken Sie sich auf das, was Sie selbst gesehen oder gehört haben. Wenn Sie sagen, daß Sie etwas wissen, dann erwarte ich, daß Sie es beweisen können.« Er beobachtete sie aufmerksam auf irgendwelche Anzeichen von Irritation oder Überraschung hin, entdeckte aber nichts.

Sie faltete in der Manier eines braven Mädchens die Hände. »Wir alle genossen zusammen ein vorzügliches Abendessen. Gisela war bester Laune und unterhielt die ganze Gesellschaft mit Anekdoten über Venedig, wo sie und Friedrich die meiste Zeit verbrachten. Dort lebten sie mit ihrem kleinen Hofstaat im Exil. Klaus von Seidlitz versuchte immer wieder, das Gespräch auf die Politik zu lenken, aber da dieses Thema uns alle langweilte, hörte niemand hin, am allerwenigsten Gisela. Sie ließ auch ein, zwei abfällige Bemerkungen über ihn fallen. An ihre Formulierungen kann ich mich heute nicht mehr erinnern, aber wir bogen uns alle vor Lachen, bis auf Klaus natürlich. Niemand mag Witze auf seine Kosten, vor allem dann nicht, wenn sie wirklich lustig sind.«

Monk beobachtete sie voller Interesse. Zugleich ließ er seine Phantasie schweifen und spekulierte darüber, wie diese Frau wohl sein mochte, wenn sie unbelastet war vom Zorn der Gesellschaft und einem Prozeß, der ihren Ruin bedeuten konnte. Warum um alles auf der Welt hatte sie es nur darauf angelegt, ihren Verdacht zu äußern? Hatte sie nicht geahnt, was das zur Folge haben konnte? War sie eine derart fanatische Patriotin? Oder hatte sie Friedrich einmal selbst geliebt? Was für eine verzehrende Leidenschaft mochte wohl hinter ihren wiederholt vorgebrachten Beschuldigungen stecken?

Inzwischen war sie bei den Ereignissen des folgenden Tages angelangt. »Es war am Vormittag.« Sie musterte ihn mißtrauisch. Ihr war nicht entgangen, daß er nur mit halbem Ohr zuhörte. »Wir sollten uns zu einem gemeinsamen Picknick mit dem Prince of Wales treffen. Die Bediensteten führten mit Körben beladene Ponys zur vereinbarten Stelle. Gisela und Evelyn folgten mit einer Gig nach.«

»Wer ist Evelyn?« unterbrach Monk. Auf den britischen Thronfolger ging er bewußt nicht ein. Bei seiner bloßen Erwähnung hatte er ein flaues Gefühl in der Magengrube bekommen. Rathbone mußte vollständig übergeschnappt sein!

»Klaus von Seidlitz' Frau«, antwortete Zorah. »Sie reitet auch nicht.«

»Gisela reitet nicht?«

Ein Anflug von Belustigung huschte über ihr Gesicht. »Nein. Hat Ihnen Sir Oliver das nicht gesagt? Der Gedanke, sie könnte den Unfall absichtlich herbeigeführt haben, wäre abwegig. Zu etwas so Wagemutigem oder Gefährlichem wäre sie nie in der Lage. Die wenigsten sterben nach einem Sturz vom Pferd. Dabei bricht man sich allenfalls ein Bein oder vielleicht das Rückgrat. Und einen Krüppel hätte sie nun wirklich nicht gebrauchen können!«

»Aber auch in diesem Falle hätte er nicht mehr heimkehren und den Widerstand gegen die Vereinigung anführen können«, warf Monk ein.

»Dazu hätte er ja nicht unbedingt auf einem Schimmel voranreiten müssen«, entgegnete sie mit einem spöttischen Lachen. »Er hätte auch im Rollstuhl die Galionsfigur abgeben können.«

»Und Sie glauben, er wäre auch unter solchen Umständen zurückgekehrt?«

Sie zögerte nicht eine Sekunde. »Er hätte es mit Sicherheit in Erwägung gezogen. Er hat nie den Glauben daran aufgegeben, daß sein Volk ihn eines Tages wieder umjubeln würde.«

»Aber es stand doch außer Zweifel, daß man sie nie akzeptieren würde«, gab er zu bedenken.

»Sie sagen es.«

»Warum glaubte Friedrich dann immer noch daran?«

Sie zuckte fast unmerklich mit den Schultern. »Um das zu verstehen, muß man Friedrich kennen. Er war zum König geboren. Während seiner gesamten Kindheit und Jugend wurde er darauf vorbereitet. Und Ulrike ist eine strenge Zuchtmeisterin. Er befolgte jede Regel. Die Krone war zugleich eine Bürde und ein Preis.«

»Aber er hat das alles für Gisela aufgegeben!«

Ein Ausdruck von Überraschung trat in ihre Augen. »Wie ich das sehe, hielt er es bis zum letzten Moment nicht für möglich, daß man ihn vor die Alternative stellen würde. Aber dann war es natürlich zu spät, auch wenn er nie verstehen konnte, daß ein Kompromiß ausgeschlossen war. Er war davon überzeugt, daß man am Hof nachgeben und ihn zurückholen würde. Seine Verbannung sah er immer als eine Geste, aber nicht als unumstößliche Entscheidung an.«

»Anscheindend hatte er sich nicht getäuscht«, meinte Monk. »Sie wollten ihn ja.«

»Aber nicht um den Preis, daß er Gisela mitbrachte. Und das begriff er nicht – im Gegensatz zu ihr! Sie war weitaus realistischer.«

»Der Unfall …«, half er nach.

»Er wurde ins Haus zurückgebracht«, erklärte sie. »Selbstverständlich wurde sofort der Arzt geholt. Leider war ich nicht dabei, als er seine Diagnose gab, und kann nur das wiederholen, was mir gesagt wurde.«

»Und was wurde Ihnen gesagt?«

»Daß Friedrich sich mehrere Rippen, an drei Stellen das rechte Bein und das rechte Schlüsselbein gebrochen und außerdem innere Prellungen erlitten hatte.«

»Prognose?«

»Wie bitte?«

»Wie beurteilte der Arzt die Aussichten auf Genesung?«

»Er rechnete mit einer langsamen Besserung, sah aber keine unmittelbare Lebensgefahr, sofern keine unentdeckten inneren Verwundungen vorlagen.«

»Wie alt war Friedrich?«

»Zweiundvierzig.«

»Und Gisela?«

»Neununddreißig – warum?«

»Er war also kein junger Mann mehr. Und dann dieser schwere Sturz.«

»Er starb nicht an seinen Verletzungen. Er wurde vergiftet.«

»Woher wissen Sie das?«

Zum erstenmal zögerte sie.

Er wartete, den Blick auf ihre Augen gerichtet.

Schließlich meinte sie, erneut mit der Andeutung eines Achselzuckens: »Wenn ich es beweisen könnte, wäre ich zur Polizei gegangen. Ich weiß es, weil ich eine gute Menschenkennerin bin. Das bin ich im Laufe der Jahre geworden. Ich habe die Entfaltung des Verhaltensmusters von Anfang an verfolgt. Sie spielt die untröstliche Witwe wirklich sehr gut – zu gut… Sie steht mitten auf der Bühne, und das genießt sie.«

»Gut, das mag geheuchelt und widerwärtig sein«, gab er zu bedenken, »aber es ist noch kein Verbrechen. Und selbst das ist nur eine Mutmaßung, ausgehend von Ihrer Wahrnehmung dieser Frau.«

»Ich weiß, Mr. Monk. Aber ich war doch die ganze Zeit im Haus. Ich sah jeden, der kam und ging. Ich hörte sie reden und beobachtete ihr Mienenspiel. Ich verkehre seit meiner Kindheit mit Höflingen und weiß ganz einfach, was geschehen ist, auch wenn ich keinen Beweis in Händen habe. Gisela hat Friedrich ermordet, weil sie befürchtete, er würde am Ende doch dem Ruf der Pflicht folgen und heimkehren, um den Kampf gegen die Vereinigung anzuführen. Waldo wäre dazu nicht bereit gewesen, und auch sonst niemand. Friedrich mag geglaubt haben, er könne sie mitbringen, aber Gisela war klar, daß die Königin das niemals dulden würde, auch dann nicht, wenn das Land am Rande seiner Auflösung oder eines Krieges stand.«

»Warum wartete sie dann eine ganze Woche?« fragte Monk. »Warum brachte sie ihn nicht schon am Tag des Sturzes um? Das wäre doch sicherer gewesen, und niemand hätte Verdacht geschöpft.«

»Dazu bestand kein Anlaß, wenn er sowieso gestorben wäre. Und das wurde schließlich allseits befürchtet.«

»Warum haßt die Königin Gisela so sehr?« bohrte Monk nach. Ihm wollte nicht in den Kopf, daß ein Mensch derart von seinen Rachegefühlen zerfressen sein konnte, daß sie sein Urteil selbst in einer solchen Staatskrise trübten. Monk fragte sich, ob die Königin aufgrund ihres Charakters zu so etwas neigte oder ob Gisela etwas an sich hatte, das extrem leidenschaftliche Gefühle auslöste – bei Friedrich, der Königin und allem Anschein nach auch bei dieser außergewöhnlichen Frau, die ihm in diesem eigenwilligen Raum mit seinem erdfarbenen Wandschmuck gegenübersaß.

»Ich weiß es nicht.« Zorahs Stimme ließ Überraschung anklingen, und ihr Blick verlor sich, als suche sie etwas in ihrem Innersten. »Darüber habe ich oft gegrübelt, ohne je eine Antwort zu finden.«

»Haben Sie eine Vorstellung davon, welches Gift Gisela benutzt haben könnte?«

»Nein. Er starb so plötzlich. Laut Gisela wurde ihm schwindlig und kalt, und dann verfiel er ins Koma. Die Bediensteten bestätigten das und natürlich auch der Arzt.«

»Eine ganze Reihe von Ursachen sind denkbar«, seufzte Monk. »Er könnte genausogut an inneren Blutungen gestorben sein.«

»Natürlich«, entgegnete Zorah schroff. »Was haben Sie denn erwartet? Daß es nach einer Vergiftung aussehen würde? Gisela ist egoistisch, geldgierig, eitel und grausam, aber sie ist nicht dumm.« Wut und Trauer verzerrten plötzlich ihr Gesicht, das vorhin noch so schön gewesen war. Man konnte förmlich sehen, daß ihr jäh ein schrecklicher Verlust bewußt geworden war, als sei ihr etwas durch die Finger geglitten, das sie verzweifelt zu fassen suchte.

Monk erhob sich. »Danke für Ihre offenen Antworten, Gräfin Rostova. Ich kehre jetzt zu Mr. Rathbone zurück, um mit ihm über die weiteren Schritte zu beratschlagen.«

Erst nachdem er ins Sonnenlicht getreten war, wurde ihm bewußt, daß er Rathbones neuen Titel vergessen hatte.

»Ich kann nicht verstehen, daß Sie diesen Fall übernommen haben!« sagte Monk heftig, nachdem er Rathbone von seiner Begegnung mit der Gräfin berichtet hatte. Die Kanzlisten waren heimgegangen, und die untergehende Sonne warf einen goldenen Schein durch die Fenster. Draußen drängten sich die Kutschen fast Rad an Rad durch die Straße, die Fahrer schimpften, die erhitzten Pferde waren erschöpft, und in der Luft hing der Geruch von Dung.

Rathbones Nerven waren aufs äußerste gespannt. Er war sich seiner Fehleinschätzung längst bewußt. »Wollen Sie auf diese

Weise zu verstehen geben, daß dieser Fall Ihre Fähigkeiten als Ermittler übersteigt?« fragte er kühl.

»Wenn ich das so gemeint hätte, dann hätte ich es auch gesagt«, entgegnete Monk und nahm unaufgefordert Platz. »Habe ich mich Ihnen gegenüber je auf Umwegen ausgedrückt?«

Rathbone runzelte die Stirn. »Sie meinen taktvoll? Nein, nie. Verzeihen Sie mir bitte. Meine Frage war nicht angebracht. Werden Sie den Behauptungen nachgehen?«

Monk geriet etwas aus dem Konzept. So unverblümt hatte er Rathbone noch nie erlebt. »Wie denn? Ich kann doch wohl kaum den Prince of Wales verhören!«

Rathbone sah ihn verwirrt an. »Was hat denn der Kronprinz damit zu tun?«

»Am Tag des Unfalls hatten sie sich zu einem Picknick mit ihm verabredet. Hat sie Ihnen das etwa nicht gesagt?«

»Nein«, erwiderte Rathbone unwirsch. Er hatte Monks sarkastischen Ton sehr wohl verstanden. »Wahrscheinlich, weil es irrelevant war. Es sei denn, Sie sind zu der Auffassung gelangt, daß der Unfall bewußt herbeigeführt wurde.«

»Nein, das bin ich nicht. Sogar die Gräfin ist sich sicher, daß zumindest bei diesem Sturz der Schein nicht trügt. Sie glaubt, daß Gisela ihren Mann vergiftet hat, auch wenn sie nicht weiß, wie oder womit, und nur eine eher allgemeine Vorstellung vom Motiv hat.«

Rathbone lächelte, ohne allerdings seine Zähne zu entblößen. »Sie muß Sie ja ganz schön durcheinandergebracht haben, Monk. Sonst würden Sie ihren Standpunkt nicht so unzutreffend wiedergeben. Sie ist sich über das Motiv sehr wohl im klaren. Es bestand Grund zur Annahme, daß Friedrich ohne Gisela zurückkehren und sich in seiner Heimat von ihr scheiden lassen würde. Dann wäre es vorbei gewesen mit ihrer Glanzrolle als von der ganzen Welt beneidete reiche, schillernde Liebende. Statt dessen wäre sie eine von Alimenten abhängige Exprinzessin gewesen und von ihren vormaligen Freunden nur noch bemitleidet worden. Es bedarf keiner großen Phantasie, um sich ihre Gefühle angesichts solcher Alternativen vorzustellen.«

»Sie glauben auch, daß sie ihn ermordet hat?« Monk fiel aus allen Wolken. Dabei wunderte ihn nicht so sehr, daß Rathbone der Gräfin glaubte – das konnte er gut nachvollziehen – , sondern daß er sie tatsächlich vor Gericht verteidigten wollte. Töricht war noch die höflichste Bezeichnung dafür; eigentlich hätte er sagen müssen: Der Mann hatte den Verstand verloren!

»Ich halte es für höchst wahrscheinlich, daß er ermordet wurde«, verbesserte Rathbone ihn kühl und lehnte sich mit verkniffener Miene zurück. »Ich möchte Sie bitten, Lord und Lady Wellborough auf ihrem Landsitz aufzusuchen. Man wird Sie dort Baron Stephan von Emden vorstellen, einem Freund der Gräfin, den Sie aber schon vorher kennenlernen werden.« Er schürzte die Lippen. »Sie müssen alles in Erfahrung bringen, was nach dem Unfall geschehen ist. Dazu werden Sie das Gespräch mit den Bediensteten suchen müssen, um sie zu befragen. Und beobachten Sie die Leute, die damals zugegen waren. Offenbar haben diese Anschuldigungen sie wieder zusammengeführt, was ja wohl nachvollziehbar ist. Hoffentlich werden Ihre Beobachtungen Ihnen wenigstens Schlüsse darüber erlauben, wer alles die Möglichkeit hatte, den Prinzen zu vergiften, und ob diese vor Gericht verwertet werden können. Weiter werden Sie den Arzt befragen müssen, der den Prinzen behandelte und den Totenschein ausstellte.«

Einen Moment war nur der Verkehrslärm von draußen zu hören, während in der Kanzlei Stille herrschte.

Monk sah viele Gründe, den Fall anzunehmen: Rathbone war dringend auf Hilfe angewiesen, und ihm selbst würde es immense Genugtuung bereiten, wenn dieser Mann einmal in seiner Schuld stünde. Außerdem hatte er zur Zeit keine nennenswerten Aufträge und konnte eine neue Tätigkeit und das damit verbundene Honorar gut gebrauchen. Aber vor allem lockte ihn die Neugierde. »Natürlich nehme ich an«, sagte er mit einem mehr gierigen als freundlichen Lächeln.

»Schön. Ich bin Ihnen sehr dankbar. Sie bekommen von mir die Adresse des Barons von Emden, damit Sie sich ihm vorstellen können. Sie könnten ihn vielleicht als sein Butler zum Landsitz der Wellboroughs begleiten …«

Monk riß entsetzt die Augen auf. »Was?«

»Sie könnten seinen Butler spielen«, wiederholte Rathbone lächelnd. »Das würde Ihnen eine hervorragende Möglichkeit eröffnen, mit den anderen Bediensteten ins Gespräch zu kommen und von ihnen zu erfahren, was …« Er hielt abrupt inne. Sein Lächeln erstarrte. »Vielleicht können Sie auch als bloßer Bekannter mitfahren, wenn Sie sich dabei wohler fühlen. Mir ist eingefallen, daß Sie nicht unbedingt mit den Pflichten eines Dieners vertraut sind.«

Monk erhob sich. »Ich werde ihn als Bekannter begleiten«, erklärte er steif. »Falls ich etwas in Erfahrung bringe, lasse ich es Sie wissen. Sie werden ohne Zweifel gespannt auf meine Meldung warten.« Und damit wünschte er Rathbone eine gute Nacht, packte seine Unterlagen und ging.

Sechs Tage nachdem sich Zorah Rostova an Rathbone um Hilfe gewandt hatte, traf Monk auf dem Landsitz der Wellboroughs ein. Es war ein goldener Herbsttag Anfang September. Die Stoppelfelder erstreckten sich bis in den Horizont, das Laub der Kastanien fing an, sich zu färben, und hier und da zeigte die feuchte dunkelbraune Erde frisch umgepflügter Äcker an, daß sie für die Herbstaussaat bereit war.

Wellborough Hall war ein weitausladender Bau im klassischen Stil der Zeit von König George. Zu erreichen war er über eine gut eine Meile lange Ulmenallee quer durch eine herrliche Parklandschaft, die in einen Wald überging, und dahinter erstreckten sich offene Felder. Man konnte sich unschwer ausmalen, wie die Eigentümer solcher Ländereien fürstliche und königliche Hoheiten bewirtet hatten und mit ihnen durch diese Idylle geritten waren, bis eine Tragödie das Glück jäh beendet und sie an die eigene Vergänglichkeit erinnert hatte.

Monk hatte Stephan von Emden aufgesucht, der ihm bereitwillig jede erdenkliche Hilfe anbot und gerne dafür sorgen wollte, daß die Wellboroughs ihn als seinen ›Freund‹ mit auf ihren Landsitz einluden. Es faszinierte ihn, daß Ermittlungen angestellt werden sollten, und Monk selbst, dessen Leben sich in allem von dem seinen unterschied, interessierte ihn. Bei diesem ersten Gespräch machte er Monk auch darauf aufmerksam, daß man mit dem Treffen in Wellborough Hall beabsichtigte, die jeweiligen Versionen zur Vorgeschichte von Friedrichs Tod aufeinander abzustimmen, falls es zu einem Prozeß kommen sollte.

Monk fühlte sich unbehaglich, derart aus allernächster Nähe beobachtet zu werden. Zugleich wurden ihm während der gemeinsamen Reise seine Vorurteile gegen die Adeligen eindringlich bewußt. Anders als er angenommen hatte, war Stephan weder engstirnig noch unpraktisch. Im Gegenteil – und Monk nahm sich seine Vorurteile zu Herzen. Er versuchte, sich als Gentleman zu geben, begriff aber, daß wahre Gentlemen nicht so schnell empfindlich reagierten und nicht unter allen Umständen auf ihre Würde achteten – sie hatten es schlichtweg nicht nötig.

Es ärgerte Monk, daß er sich von bornierten Vorurteilen hatte leiten lassen, wo er doch nichts so sehr verabscheute wie Ungerechtigkeit, vor allem wenn sie auch noch mit Dummheit gepaart war.

Als sie in der prächtigen Einfahrt ankamen und aus der Kutsche stiegen, nahm sie ein livrierter Diener in Empfang. Monk wollte schon selbst nach seinen sorgfältig gepackten Koffern greifen, als ihm gerade noch rechtzeitig einfiel, daß dafür ja die Bediensteten zuständig waren und man sich mit so etwas nicht abgab. Ein Gentleman spazierte einfach ins Schloß, in vollem Vertrauen darauf, daß seine Sachen in sein Zimmer gebracht, ausgepackt und ordentlich aufgehängt würden.

Sie wurden von Lady Wellborough willkommen geheißen, die viel jünger war, als Monk erwartet hatte. Sie sah aus wie Mitte dreißig, war schlank und vielleicht ein bißchen größer als der Durchschnitt. Ihr von dichtem braunem Haar umrahmtes Gesicht war hübsch, aber nicht schön. Ihren Reiz machten ihre Intelligenz und Lebhaftigkeit aus. Kaum hatte sie die Neuankömmlinge entdeckt, da rauschte sie auch schon die prächtige Treppe mit ihrem schmiedeeisernen und an manchen Stellen mit Gold besetzten Geländer hinunter.

Sie strahlte über das ganze Gesicht. »Mein lieber Stephan!« rief sie noch im Laufen. Und als sie stehenbleb, vollführten ihre Röcke einen wahren Tanz, bis die überdimensionalen Reifen schließlich zur Ruhe kamen. Der neuesten Mode entsprechend hatte ihr Kleid ein separates Mieder und bauschige Ärmel und war betont eng um die Taille, damit jeder sehen konnte, wie schlank sie war. »Wie schön, Sie wiederzusehen! Und das muß Ihr Freund Mr. Monk sein.« Sie wandte sich nun Monk zu und betrachtete neugierig sein hageres Gesicht mit den hohen Wangenknochen, der Adlernase und dem breiten Mund.

Monk kannte diesen überraschten Blick schon; sie war nicht die erste Frau, die etwas anderes erwartet hatte, aber dennoch nicht enttäuscht war. Er verneigte sich.

»Es ist mir eine Ehre, Lady Wellborough. Ich fühle mich glücklich, daß ich dieses Wochenende Ihr Gast sein darf.«

Sie lächelte ihn liebenswürdig an. Und daran war nichts Einstudiertes. »Ich hoffe, Sie werden das auch noch bei Ihrer Abreise sagen können.« Sie wandte sich wieder an Stephan. »Danke, daß Sie uns einen so interessanten Gast mitgebracht haben. Allsop wird Sie zu Ihren Zimmern führen, auch wenn Sie den Weg inzwischen sicherlich allein finden würden. Sie kennen ja unsere Gepflogenheiten, aber Ihnen, Mr. Monk, muß ich sie noch erklären. Das Dinner wird um neun Uhr gereicht. Gegen acht werden wir uns wohl alle im Salon versammelt haben. Graf Lansdorff und Graf von Seidlitz unternehmen gerade einen Spaziergang. Ich glaube, sie wollen sich das Jagdgebiet ansehen. Schießen Sie auch, Mr. Monk?«

Monk konnte sich nicht erinnern, je ein Gewehr in der Hand gehalten zu haben. Abgesehen davon hatten Leute seines Standes so gut wie keine Gelegenheit zur Jagd. »Leider nein, Lady Wellborough. Ich bevorzuge Wettkämpfe, bei denen alle die gleiche Chance haben.«

»Gute Güte!« rief sie mit einem fröhlichen Lachen. »Boxkämpfe mit bloßen Fäusten? Oder Pferderennen? Oder spielen Sie Billard?«

Er hatte von keiner dieser Sportarten eine Ahnung. Seine Zunge war zu schnell gewesen, und jetzt riskierte er, sich lächerlich zu machen. »Ich werde mich allem stellen, was mir angeboten wird«, erwiderte er und spürte schon, wie seine Wangen zu brennen begannen. »Mit Ausnahme der Betätigungen, bei denen ich die anderen Gäste durch mein Ungeschick gefährden könnte.«

»Wie originell!« rief sie. »Ich freue mich schon aufs Dinner.«

Monk graute bereits davor.

Der Abend sollte Monks Nerven in dem Maße strapazieren, wie er es befürchtet hatte. Nun, mit seinem Aussehen war alles in Ordnung. Das konnte ihm der Spiegel bestätigen. Soweit er sich erinnern konnte, hatte er auch immer auf gute Kleidung Wert gelegt. Das bewiesen schon seine Schneider-, Hemdmacher- und Schusterrechnungen. Da er einen Großteil seines Berufslebens im Polizeidienst verbracht hatte, hatte er beträchtliche Summen für seine äußere Erscheinung ausgeben müssen. So hatte er es nicht nötig, sich Geld zu leihen, um sich für diese Gesellschaft extra herauszuputzen.

Aber mit der Etikette am Tisch war es etwas anderes. All diese Leute waren mit demselben Lebensstil aufgewachsen, waren miteinander und noch mit Hunderten anderen vertraut, von denen er noch nie gehört hatte. Binnen zehn Minuten würden sie wissen, daß er in jeder Hinsicht ein Außenseiter war. Welchen plausiblen Grund konnte er nur angeben, damit er nicht nur seine Würde bewahren, sondern außerdem die Ehre dieses Dummkopfes Rathbone retten konnte?

Sie saßen zu acht am Tisch, eine extrem kleine Gruppe für

einen gesellschaftlichen Anlaß, auch wenn die Zeit der im Winter üblichen großen Ereignisse erst noch bevorstand, bei denen die Gäste oft über einen Monat blieben und nach Belieben kamen und gingen.

Monk war allen recht zwanglos vorgestellt worden, als hätte man mit seinem Besuch gerechnet und bräuchte ihn nicht weiter zu erklären. Ihm gegenüber saß in militärisch steifer Haltung Friedrichs Onkel, der Bruder der Königin, Graf Lansdorff. Er war ein recht großgewachsener Mann mit am Kopf klebendem dunkelbraunem Haar, das sich über der Stirn gelichtet hatte. Sein Gesicht wirkte freundlich, doch die dünnen Lippen und die breite Nase ließen keine Zweifel an seiner Willenskraft. Er sprach ein geschliffenes, präzises Englisch, und seine Stimme war wohltönend. Für Monk hatte er nur beiläufiges Interesse übrig.

Klaus von Seidlitz war sein glattes Gegenteil. Er war eine imposante Erscheinung, größer als alle anderen und breitschultrig, und er wirkte eher lässig. Weil sein dichtes Haar ihm immer wieder ins Gesicht fiel, strich er es stets aufs neue mit der Hand zurück. Er hatte runde blaue Augen unter Brauen, die am Rand schräg abfielen. Seine Nase war gekrümmt, als hätte er sie sich einmal gebrochen. Auch wenn er liebenswürdig wirkte und Witze erzählte, so verriet sein Gesicht doch eine Wachsamkeit, die den ersten Eindruck Lügen strafte. Monk fragte sich, ob dieser Mann nicht weitaus schlauer und gefährlicher war, als er zu sein vorgab.

Seine Frau, Gräfin Evelyn, gehörte zu den entzückendsten Personen, denen Monk je begegnet war. Es fiel ihm schwer, sie nicht länger anzusehen, als den guten Sitten entsprach. Gerne hätte er auf den Rest der Gesellschaft verzichtet und sich statt dessen in ein angeregtes Gespräch mit ihr vertieft. Sie war trotz ihrer äußerst femininen Figur zierlich, aber was ihn wirklich verzauberte, das war ihr Gesicht. Sie hatte große braune Augen, die vor Witz und Intelligenz zu sprühen schienen. Ihr Mund lächelte die ganze Zeit, und wenn man sie so sah, konnte man meinen, daß sie sich ungemein wohl fühlte. Sie gab auch offen zu, daß sie Monk hochinteressant fand. Die Tatsache, daß er nicht die gleichen Leute kannte wie sie, faszinierte sie, und wäre es nicht ein unverzeihlicher Bruch der Etikette gewesen, hätte sie ihn den ganzen Abend über sein Leben befragt.

Brigitte von Arlsbach, die laut Rathbone ihrem Land zuliebe Prinz Friedrich hätte heiraten sollen, saß direkt neben Monk. Sie sagte sehr wenig. Sie war eine große Frau mit breiten Schultern, mächtigem Busen und außergewöhnlich zarter Haut. Monk glaubte bei ihr trotz allen Reichtums und ihrer Beliebtheit eine tiefe Trauer zu spüren.

Beim letzten Gast handelte es sich um Florent Barberini, einen entfernten Cousin von Friedrich, in dessen Adern zur Hälfte italienisches Blut floß. Er sah wirklich so gut aus, wie man es bei einer solchen Abstammung erwartete und bewies in allem Eleganz und totales Selbstvertrauen. Er hatte kräftiges gewelltes Haar, buschige Augenbrauen und dunkle Augen. Sein Mund verriet zugleich Humor und Sinnlichkeit. Und er flirtete mit allen drei Damen in seiner Umgebung. Wahrscheinlich war er nichts anderes gewöhnt. Monk war er auf Anhieb unsympathisch.

Ihr Gastgeber, Lord Wellborough, saß am Kopfende des sieben Meter langen Eichentisches. Er war vielleicht etwas kleiner als der Durchschnitt, doch wie um ihm mehr Größe zu verleihen, ragte sein verhältnismäßig kurzes blondes Haar steil nach oben. Er hatte scharfe, klare graublaue Augen, kräftige Wangenknochen und einen extrem schmallippigen Mund. In Ruhe wirkte sein Gesicht hart und verschlossen.

Der blau und rosa gestrichene Speisesaal selbst war nichts weniger als prächtig; neben der langen Tafel waren da noch drei Sideboards, alle aus massiver Eiche, sowie ein gewaltiger Kamin, in dem ein munteres Feuer prasselte.

Der erste Gang wurde aufgetragen; die Gäste konnten zwischen Fadennudel- und Fischcremesuppe wählen. Monk entschied sich für letztere und fand sie vorzüglich. Dann folgten Lachs und gegrillter Breitling. Monk nahm den Lachs. Er war herrlich rosa und zart, daß er fast von der Gabel fiel. Als Monk sah, wieviel auf der Platte liegenblieb, überlegte er unwillkürlich, ob man es später den Bediensteten geben würde. Bestimmt waren alle anderen Gäste mit der angemessenen Anzahl von Butlern, Zofen und womöglich auch Reitknechten und Kutschern gekommen. Auf die Frage, warum er, Monk, keinen Butler dabei habe, hatte Stephan geistesgegenwärtig geantwortet, der arme Kerl sei über Nacht krank geworden. Was immer sich die anderen gedacht haben mochten, keiner war so unhöflich gewesen, sich näher zu erkundigen.

Dem Fisch folgten mit Curry gewürzte Eier, Bries und Kaninchenfleischbällchen.

Während des ganzen Essens stand Evelyn im Mittelpunkt – für Monk die Chance, sie ausgiebig zu betrachten. Sie war entzückend, besaß sie doch die Offenheit und den unschuldigen Schalk eines Kindes, gepaart mit der Wärme und dem Witz einer klugen Frau. Die schamlosen Schmeicheleien Florents parierte sie anmutig mit Scherzen, ohne ihn je vor den Kopf zu stoßen. Sollte sich Klaus daran stören, so verriet seine Miene nichts davon. Ohnehin schien ihn sein Gespräch mit Wellborough, das sich um alle möglichen gemeinsamen Bekannten drehte, mehr zu interessieren.

Dann wurden die Teller für die Vorspeisen abgeräumt und ein Entremets serviert – eisgekühlter Spargel. Der ganze Tisch war in ein funkelndes Meer aus Kristall getaucht. Die Lichter unzähliger Kerzen und der Kronleuchter spiegelten sich in dem geschliffenen Glas in allen Richtungen wider und ließen das silberne Besteck, die Gewürzstreuer und die Kelche schimmern. Dazu verströmten die Blumen aus dem Gewächshaus, die den Tisch mit den zur Zierde ausgelegten Früchten übersäten, einen betörenden Duft.

Nur ungern wandte sich Monk von Evelyn ab, um die übrigen Gäste diskret zu beobachten. Bei Friedrichs Sturz, seiner scheinbaren Genesung und seinem Tod waren sie alle dagewesen. Was hatten sie gesehen oder gehört? Wie bewerteten sie die

Ereignisse? Für wieviel Wahrheit waren sie bereit und um welchen Preis? Diese Fragen galt es zu klären. Er war nicht gekommen, um exquisit zu speisen, den Gentleman zu spielen und bei seinem Drahtseilakt vor dem Hochadel tausend Ängste auszustehen. Aber nicht um seinen Absturz ging es. Zorahs Ruf, ihre ganze Lebensart standen auf dem Spiel. Und auch Rathbones Ehre. Er stand bei ihm im Wort. Jetzt mußte er ihm helfen. Die Tatsache, daß das so gut wie unmöglich war, tat da nichts mehr zur Sache. Es war ja durchaus möglich, daß Prinz Friedrich ermordet worden war. Aber außer Gisela hätte es jeder von den Leuten sein können, die an diesem prächtigen Tisch miteinander sprachen, lachten und die Weingläser an ihre Lippen führten, während ihre Diamanten im Kerzenlicht funkelten.

Als sie den Spargel aufgegessen hatten, wurde das Geflügel gebracht, Wachteln, Perlhuhn, Rebhuhn und Birkhahn, und natürlich noch mehr Wein. Monk hatte im ganzen Leben noch nicht so viele Delikatessen gesehen.

Um ihn herum wirbelte die Konversation durch die Themen Theater, Mode, wer in welcher Begleitung bei welcher gesellschaftlichen Funktion gesehen worden war, mögliche Verlobungen oder Hochzeiten. Monk kam es so vor, als sei jede bedeutende Familie mit den anderen über Verzweigungen verwandt, die zu kompliziert waren, um sie zu entwirren. Je länger der Abend dauerte, desto isolierter fühlte er sich. Vielleicht hätte er doch Rathbones Vorschlag, so abstoßend er auch gewesen war, aufgreifen und als Stephans Diener auftreten sollen. Sein Stolz wäre angekratzt worden, aber die Folgen wären nicht so schlimm, wenn man ihn womöglich als Hochstapler bloßstellte. Wie ihm seine Rolle hier doch gegen den Strich ging! Als ob ihm die Anerkennung anderer soviel wert wäre, daß er dafür auch noch log! Wut stieg in ihm hoch, so daß er immer mehr verkrampfte, bis er völlig steif auf seinem mit Seide bezogenen Stuhl saß und sein Rücken schmerzte.

»Ich bezweifle, daß sie uns einlädt«, sagte Brigitte in bedauerndem Ton auf irgendeine Bemerkung von Klaus hin.

Er zog eine verdrießliche Miene. »Warum nicht? Ich gehe immer hin. Schon seit... '53.«

Evelyn hielt sich die Finger vor den Mund, um ihr Lächeln zu verbergen. Ihre Augen weiteten sich. »Ach Gott, glauben Sie wirklich, daß das einen Unterschied macht, wenn wir von jetzt an *personae non gratae* sind? Wie lächerlich! Das hat doch nichts mit uns zu tun!«

»Und ob«, widersprach Rolf. »Es ist unsere königliche Familie, und wir alle waren hier, als es geschah.«

»Kein Mensch glaubt dieser Hexe!« bellte Klaus. »Wie immer ging es ihr nur darum, Aufmerksamkeit zu erregen, koste es, was es wolle, und vielleicht auch um Rache, weil Friedrich sie vor zwölf Jahren hat fallenlassen. Diese Frau ist verrückt..., das war sie schon immer.«

Monk begriff, daß es um Zorah und die Auswirkungen ihrer Beschuldigungen auf das Gesellschaftsleben ging. Diesen Aspekt hatte er noch nie bedacht. Aber auch wenn ihn dieses Geschwätz anwiderte, durfte er die Gelegenheit nicht auslassen, mehr in Erfahrung zu bringen. Er beschloß, den Unschuldigen zu spielen. »Aber nach dem Prozeß wird das doch alles sicher bald in Vergessenheit geraten?«

»Das wird von den weiteren Äußerungen dieser elenden Frau abhängen«, erklärte Klaus mit säuerlicher Miene. »Es gibt immer Dummköpfe, die jeden noch so albernen Klatsch nachplappern.«

Monk verstand nicht so recht, warum sich Klaus um das Gerede von Leuten kümmerte, die er verachtete, aber fürs erste schien dieses Thema erschöpft. »Was könnte sie denn schon sagen, das vernünftige Leute ernst nehmen müßten?« fragte er in einem Ton der Anteilnahme.

Evelyn starrte ihn mit weit aufgerissenen Augen an. »Sie müssen doch den Klatsch gehört haben! Es gibt ja kein anderes Thema mehr. Sie hat doch tatsächlich Gisela beschuldigt, den armen Friedrich ermordert zu haben! ... Noch dazu kaltblütig! Als ob das denkbar wäre! Sie haben einander vergöttert! Und die ganze Welt weiß das!«

Rolf schnitt eine Grimasse. »Es hätte eher Sinn ergeben, wenn jemand anderes *sie* getötet hätte. Das wäre nachvollziehbar.«

Nun brauchte Monk kein Interesse vorzutäuschen. »Warum?«

Alle am Tisch wandten sich zu ihm um. Jäh begriff er, daß er in seiner Naivität zu schnell gefragt hatte. Ein unverzeihlicher Fehler! Aber jetzt war es zu spät. Er mußte die Frage so stehenlassen, wollte er es nicht noch schlimmer machen.

Nicht Rolf, sondern Evelyn gab ihm Antwort. »Nun, sie ist sehr geistreich und schlagfertig. Die anderen stehen immer ein bißchen in ihrem Schatten. Es ließe sich schon denken, daß jemand, auf dessen Kosten sie sich lustig gemacht hat, wütend auf sie ist, sich erniedrigt fühlt und darum ...« Sie zuckte ihre reizenden Schultern und ließ das Ende offen. Da sie lächelte, empfand niemand ihre Worte als boshaft.

Diesen Aspekt hatte Monk noch nie gesehen. Gisela konnte also auch grausam in ihrem Witz sein. Aber warum wunderte ihn das? Diese Leute hatten wenig zu befürchten, brauchten anders als seine Bekannten nicht darauf zu achten, was sie mit ihren Worten anrichteten. Ihm schoß die Frage in den Sinn, inwieweit die guten Manieren bei ihm und seinesgleichen mit Selbsterhaltung und der aufrichtigen Besorgnis um andere Menschen zu tun hatten. Nun, bei denen, die über solchen Sorgen standen, glaubte er die Antwort zu wissen.

Er wandte den Blick von Evelyns entzückendem Gesicht und sah nacheinander Lady Wellborough, Rolf und Klaus an. »Wenn es tatsächlich zum Prozeß kommt, wird man doch sicher die Wahrheit mühelos beweisen können, nicht wahr? Jeder, der hier war, wird sie bezeugen. Und wenn Ihre Aussagen übereinstimmen, wird man sie schnell der Lüge oder etwas noch Schlimmeren überführen.«

»Wohl kaum ›jeder‹«, korrigierte ihn Klaus in einem merkwürdig hochnäsigen Ton, ohne jedoch deutlicher zu werden.

Nun wurden die Süßigkeiten gebracht: Eispudding, Erdbeerkonfitüre, Baisers und Nektarinenkonfitüre.

»Das ist ja das Problem«, seufzte Lady Wellborough und

nahm ein Baiser. »Der Prince of Wales war unmittelbar vor Friedrichs Tod auch hier. Natürlich müssen wir ihn unbedingt aus dieser Angelegenheit heraushalten.«

Monk hatte auf einmal ein flaues Gefühl im Magen. Ahnte Rathbone überhaupt, in was er da verstrickt war? »Können Sie bei Ihrer Aussage nicht einfach seine Anwesenheit verschweigen, wenn Sie sich darauf einigen?« fragte er.

»Sieht so aus, als müßten wir das«, knurrte Klaus. »Diese verfluchte Schwätzerin.«

»Zuallererst werden wir feststellen müssen, worin Einigkeit besteht«, meinte Stephan mit einem schiefen Lächeln. »Was geschehen ist, wissen wir ja mehr oder weniger. Es kommt eher darauf an, zu klären, was wir nicht wissen, damit wir uns nicht in Widersprüche verheddern.«

»Was zum Teufel soll das heißen?« fauchte Lord Wellborough. »Wir wissen doch, was geschehen ist. Prinz Friedrich ist seinen Verletzungen erlegen.« Er zog das Gesicht angewidert in die Länge, so daß seine Lippen fast völlig verschwanden. Man konnte fast meinen, seine Worte bereiteten ihm Schmerzen.

Monk stellte sich unwillkürlich die etwas boshafte Frage, was den Lord mehr beschäftigte: seine Zuneigung zu Friedrich oder sein beschädigter Ruf als Gastgeber. Ohne die Nektarinenkonfitüre vor sich anzurühren, legte er seinen Löffel beiseite. »Ich könnte mir vorstellen, daß man gezielt nach den Umständen fragen wird – wie der Alltag im Haus geregelt wurde, wer alles Zugang zu Friedrichs Zimmer hatte, wer das Essen zubereitete, wer es ihm brachte, wer zu welcher Uhrzeit kam und ging.«

»Aber wozu?« wollte Evelyn wissen. »Niemand wird glauben, daß wir ihm etwas zuleide getan haben! Warum auch? Was hätten wir davon gehabt? Wir waren doch seine Freunde, und das seit Jahren!«

»Morde innerhalb von Häusern werden in der Regel von Familienmitgliedern oder Freunden verübt«, erwiderte Monk.

Rolf verzog angewidert das Gesicht. »Das mag sein. Gott sei Dank wissen wir über diese Art von Dingen sehr wenig. Ich nehme an, Gisela wird sich den besten Barrister nehmen, wenn nicht einen Kronanwalt. Der wird die nötigen Schritte unternehmen, um den Skandal in erträglichen Grenzen zu halten.« Er bedachte Monk mit einem kühlen Blick. »Hätten Sie die Güte, mir den Käse zu reichen, Sir?«

Vor ihm stand bereits ein Brett mit sieben verschiedenen Käsesorten! Die Botschaft war unmißverständlich. Ohne das Thema noch einmal anzuschneiden, gingen sie zum Eis über, neapolitanische Creme in Himbeerwasser, und beendeten das Dinner mit den Früchten: Ananas, Erdbeeren, Aprikosen, Kirschen und Melonen.

Monk schlief schlecht in dieser Nacht, und das trotz einer anstrengenden Zugreise, den Strapazen bei Tisch und danach im Herrenzimmer und nicht zuletzt trotz eines bequemen Betts mit Daunendecke und -kissen. Als Stephans Diener am Morgen in sein Zimmer kam und ihm mitteilte, daß man ein Bad für ihn bereitet und seine Kleider zurechtgelegt hatte, wachte er benommen und alles andere als erholt auf.

Das Frühstück war opulent, aber zwanglos. Die Leute kamen und gingen, wie es ihnen gefiel, und nahmen sich vom kalten Buffet, wonach ihnen gerade der Sinn stand: Eier, Fleisch, Gemüse, Gebäck und verschiedene Brotsorten. Auf dem Tisch warteten dampfender Tee – leere Kannen wurden regelmäßig durch volle ersetzt –, Butter, Eingelegtes, frisches Obst und sogar Leckereien.

Bei Monks Eintreffen saßen lediglich Stephan, Florent und Lord Wellborough am Tisch. Das Gespräch plätscherte dahin. Als sie aufgegessen hatten, bot Stephan Monk an, ihm die nähere Umgebung zu zeigen. Monk nahm ohne zu zögern an.

»Was wollen Sie jetzt unternehmen, um Zorah zu helfen?« erkundigte sich Stephan, während sie durch die Orangerie spazierten. »Keiner reiste nach Friedrichs Sturz ab, nur bekamen wir ihn kaum zu Gesicht. Er lag in seinem Zimmer, und Gisela ließ niemanden zu ihm. Die einzige Ausnahme war Rolf, aber auch er sah ihn meines Wissens nur zweimal. Die anderen hätten höchstens in die Küche gehen oder die Bediensteten abfangen können, wenn sie mit einem Tablett beladen rauskamen.«

»Glauben Sie deswegen, daß es Gisela war?«

Monks Frage schien Stephan zu verblüffen. »Natürlich nicht! Wie soll man das auch beweisen? Damit hätte sogar der Teufel Schwierigkeiten! Ich glaube, daß es Gisela war, weil Zorah es sagt. Und sie hat völlig richtig erkannt, daß Friedrich als König hätte zurückkehren können und Gisela genau wußte, daß sie dabei auf der Strecke bleiben würde.«

»Nicht gerade überzeugend«, brummte Monk.

Sie hatten die Orangerie verlassen und schlenderten zwischen eleganten Hornbaumhecken weiter. Das Ende dieses Weges markierte ein gewaltiger Steintrog voll roter Geranien, und dahinter lag eine dunkle Eibenhecke.

Stephan mußte unvermittelt lächeln. »Ich weiß«, sagte er, »aber wenn Sie diese Leute kennen würden, dann würden Sie mich verstehen. Hätten Sie nur Gisela gesehen…«

»Erzählen Sie mir doch von dem Tag vor dem Unfall«, fiel ihm Monk ins Wort, »oder, wenn Ihnen das lieber ist, von dem Tag, den Sie am lebhaftesten in Erinnerung haben.«

Darüber mußte Stephan minutenlang nachdenken. Sie waren langsam weitergegangen und betraten gerade eine Ulmenallee von einer guten halben Meile Länge, als er schließlich, die Stirn voll Konzentration in Falten, begann. »Beim Frühstück war es immer das gleiche. Gisela kam nie herunter, sondern aß in ihrem Zimmer, meistens zusammen mit Friedrich. Das war bei ihnen ein Ritual. Ich glaube, er sah ihr gerne zu, wenn sie sich anzog. Egal zu welcher Jahreszeit, sie sieht immer blendend aus. Sie hat eben Geschmack.«

Daruf ging Monk nicht weiter ein. »Was machten die anderen nach dem Frühstück?« wollte er wissen.

Stephan lächelte. »Ich glaube, Florent flirtete mit Zorah in der Orangerie. Brigitte ging allein spazieren. Wellborough und Rolf sprachen in der Bibliothek über Geschäftliches. Lady Wellborough hatte im Haus zu tun. Was mich betrifft, so spielte ich den ganzen Vormittag mit Friedrich und Klaus Golf. Gisela und Evelyn hielten sich in etwa an der Stelle auf, wo wir jetzt sind. Sie müssen sich gestritten haben, denn sie kamen jede für sich und ziemlich erregt zurück.«

Im Schatten der Ulmen entfernten sie sich immer weiter vom Haus. Ein Gärtner mit Schubkarren überholte sie. Er zog ehrerbietig seine Mütze und murmelte einen Gruß. Stephan bedankte sich mit einem Nicken. Monk empfand es als unhöflich, daß er nicht stehenblieb und ein paar Worte mit diesem Mann wechselte, doch da eine solche Geste hier nicht erwartet wurde, wollte er nicht auffallen.

»Und am Nachmittag?« fragte er.

»Ach, es gab ziemlich früh Mittagessen. Danach zog sich jeder zurück, um etwas für den Abend vorzubereiten. Es war nämlich eine Party mit einer Theatervorführung geplant. Da wollte noch jeder üben. Der Prince of Wales wurde zusammen mit mehreren Freunden erwartet. Es war also ziemlich aufregend. Gisela ist eine phantastische Schauspielerin und sollte die Hauptrolle spielen.«

»War das ungewöhnlich?«

»Überhaupt nicht. Sie stand meistens im Mittelpunkt. Sie ist nicht nur sehr talentiert und spielt gerne, sondern hat auch die Gabe, die anderen mitzureißen. Sie kann sehr impulsiv sein, hat spontane, wirklich originelle Einfälle und probiert sie ganz einfach aus! Und sie klappen, ohne daß sie lange herumredet oder sie ewig einübt, was ja den Spaß verderben würde. Ich kenne sonst niemanden, der so spontan, so lebhaft ist. Darum hat sich Friedrich wohl auch so in sie verliebt. Bis dahin kannte er ja nur das streng geregelte Leben am Hof, wo alles Wochen im voraus geplant werden muß. Sie fegte wie ein Sommerwind durch ein jahrhundertelang verschlossenes Haus.«

»Mögen Sie sie?«

Stephan lächelte. »Ich würde nicht sagen, daß ich sie mag, aber sie fasziniert mich mit ihrer Ausstrahlung.«

»Und wie wirkt die sich aus?«

Stephan sah ihn mit leuchtenden Augen an. »Ganz verschieden. Aber eins kann ich sicher sagen: Gleichgültig reagiert niemand.«

»Und Evelyn und Zorah? Wie kamen sie damit zurecht, daß sie nur Nebenrollen spielten?«

Stephans Miene war schwer zu interpretieren. »Evelyn versteht es hervorragend, unschuldige Mädchen und auch Knaben darzustellen. Letztere Rolle spielte sie auch an diesem Abend. Sie war wirklich bezaubernd. Sie wirkte zugleich jungenhaft und aufregend feminin.«

Monk sah sie förmlich vor sich. Mit ihrem verschmitzten Gesicht, ihrer jugendlichen Frische, den großen Augen und ihren sanften Zügen mußte Evelyn in der Tat einen höchst betörenden Jugendlichen abgeben. Bestimmt betonte auch ein Männerkostüm ihren schlanken und unverkennbar fraulichen Körper. »Und Zorah?« fragte er. »Ich kann sie mir nicht in einer solchen Rolle vorstellen.«

Stephan zögerte. Erst nachdem sie mehrere Schritte weitergegangen waren, setzte er zu einer Antwort an. »Nein. Sie spielte eine treue Freundin, die die Botschaften übermittelte, die die Handlung weitertrugen.«

Monk wartete, doch Stephan schwieg.

»Wer war der Held?« fragte er schließlich.

»Florent natürlich.«

»Und der Schurke?«

»Ach, das war ich.« Stephan lachte. »Hat mir sogar Spaß gemacht. Die kleinen Rollen wurden von Leuten gespielt, die Sie nicht kennen. Außer Brigitte. Sie spielte irgendeine Mutter, glaube ich.«

Monk zuckte zusammen. Vielleicht hatte Stephan es nicht so gemeint, aber ihm kam diese Bemerkung grausam vor.

»War das Stück ein Erfolg?«

»Ein großer sogar. Gisela war sehr gut. Sie erfand mitten im Stück etwas dazu. Die anderen hatten natürlich Schwierigkeiten, sich darauf einzustellen, aber weil ihre Ideen wirklich witzig waren, störte sich niemand daran. Das Publikum klatschte frenetisch Beifall. Florent war übrigens auch phantastisch. Er schien instinktiv zu wissen, was er bei ihren Improvisationen sagen mußte, und wirkte dabei auch noch ganz natürlich.«

»Und Zorah?«

Schlagartig umwölkte sich Stephans Gesicht. »Ich fürchte, ihr gefiel es nicht so sehr. Giselas witzigste Bemerkungen waren alle auf sie gemünzt, aber weil der Prince of Wales und Friedrich, der neben ihm saß, begeistert waren, konnte sie nichts sagen, ohne ihren eigenen Ruf zu schädigen. Sie hatten alle nur Augen für Gisela, und Zorah war klug genug, ihre Gefühle nicht zu zeigen.«

»Aber sie war wütend.«

»Ja. Aber ihr bot sich am Tag drauf die Gelegenheit zur Rache.« Sie erklommen ein Dutzend flacher Steinstufen und gingen immer noch im Schatten der Ulmen auf einem grasüberwachsenen Weg weiter. »Sie ritten aus«, fuhr Stephan fort. »Gisela folgte in einer Gig nach. Sie kann nicht gut reiten und hat auch nie Lust darauf. Zorah dagegen ist eine wunderbare Reiterin. Sie forderte Florent zu einem halsbrecherischen Rennen über unwegsames Gelände heraus. Gisela blieb in ihrer Gig zurück und mußte allein zurückfahren. Florent und Zorah kehrten eine Stunde später lachend und erhitzt zurück. Und er hatte den Arm um sie gelegt. Jeder konnte sehen, daß sie sich herrlich vergnügt hatten.« Er brach in Lachen aus, und seine Augen leuchteten. »Gisela schäumte.«

Monk sah ihn verwundert an. »Ich dachte, sie vergötterte Friedrich? Was kümmerte es sie dann, wenn Zorah mit Florent ausritt?«

Damit erheiterte er Stephan nur noch mehr. »Seien Sie nicht so naiv! Natürlich vergötterte sie Friedrich, aber sie genießt es, Bewunderer zu haben. Es gehört zu ihrer Rolle als große Liebende, daß alle Männer sie verehren. Sie ist die Frau, die für den Thron wie geschaffen ist – immer aufregend, immer begehrenswert, immer restlos glücklich. Sie muß im Mittelpunkt der Gesellschaft stehen, aufreizender und geistreicher als alle anderen sein. Sie war an diesem Abend besonders witzig, aber Zorah zeigte sich ihr ebenbürtig. Es war eine königliche Schlacht am Eßtisch.«

»Unerfreulich?« Monk versuchte, sich die Szene auszumalen, die Gefühle der Beteiligten zu erfassen. Sollte Zorah von solchem Haß zerfressen sein, daß sie deswegen ihre Beschuldigung ersonnen oder die Augen vor der Wahrheit verschlossen hatte? Stand hinter all dem nur verletzte Eitelkeit, ein Krieg um Ruhm und Liebe?

Stephan blieb stehen und musterte Monk nachdenklich. Erst nach einer ganzen Weile sagte er mit einem bedächtigen Nicken: »Ja. In gewisser Hinsicht waren diese Abende wohl schon immer auch unangenehm. Nun, vielleicht verstehe ich die Leute in diesem Kreis nicht so gut, wie ich sie damals zu verstehen glaubte. Mit Menschen, die ich mag, konnte ich nie so sprechen, wie sie es getan hat, aber wahrscheinlich habe ich nie wirklich begriffen, was sie empfanden.« Aufkommender Wind stellte ihm die Haare hoch. Im Westen bewölkte sich der Himmel. »Zorah hat Gisela von Anfang an für egoistisch gehalten – eine Frau, die um des Ranges willen geheiratet hat und sich dann um die Krönung ihres Ruhms betrogen fühlte. Die meisten glaubten an eine Liebesheirat, und damit hatte sich der Fall. Wäre Zorah nicht zu klug gewesen, um ihre Meinung zu sagen, hätten sie ihr nur Neid und Eifersucht unterstellt. Sie und Gisela konnten einander nie ausstehen. Sie sind in ihrem Wesen grundverschieden.«

»Aber Sie glauben Zorah?«

»Ich glaube, daß sie aufrichtig ist.« Stephan zögerte. »Aber ich bin mir nicht absolut sicher, daß sie recht hat.«

»Und doch setzen Sie alles daran, um mir bei ihrer Verteidigung zu helfen?«

Stephan zuckte die Achseln, doch unvermittelt lächelte er sein Gegenüber strahlend an. »Ich mag sie … ich mag sie sehr gern.

Und ich halte es sehr wohl für möglich, daß Friedrich ermordet wurde. Und wenn das der Fall ist, müssen wir es klären. Man darf Prinzen nicht ermorden und sich dann einfach umdrehen. Soviel schulde ich meinem Land.«

Ein ganz anderes Bild bot sich Monk, als er mit Evelyn einen wunderbaren Nachmittag im Rosengarten verbrachte. Dort waren sie vor dem Wind geschützt, die Blumen standen in voller Blüte und umhüllten sie mit ihrem schweren, süßen Duft. Kletterrosen rankten sich an den Säulen und Bogen empor; prächtige Rosenbüsche, die aussahen wie mit Blüten bedeckte Hügel, säumten zu beiden Seiten die Wege durch das Gras. Von allen Seiten waren Monk und Evelyn von Farben und Düften umgeben. Ihre gewaltigen Krinolinenröcke streiften den Lavendel in den Beeten und lösten neue Geruchswolken aus.

»Was Zorah da getan hat, ist wirklich unsäglich!« rief Evelyn, Ihre Augen waren ungläubig geweitet, ihre Stimme bebte vor Empörung. »Sie war ja schon immer etwas merkwürdig, aber das ist sogar für ihre Verhältnisse unglaublich!«

Als sie über Steinstufen zur nächsten Empore emporstiegen, bot Monk ihr seinen Arm an, und sie hängte sich mit der größten Selbstverständlichkeit ein. Wie eine Feder hing ihre schöne, zierliche Hand an seinem Ärmel. Ihn erstaunte, welche Freude er bei ihrer Berührung empfand.

»Ach, wirklich?« fragte er in beiläufigem Ton. »Warum halten Sie sie denn für so merkwürdig? Sie kann doch unmöglich glauben, daß ihre Vorwürfe zutreffen. Schließlich spricht alles dagegen.«

»Natürlich!« lachte Evelyn. »Was hätte Gisela denn schon auch davon gehabt? Brutal ausgedrückt, genoß sie dank Friedrich Reichtum, einen hohen Rang und ein glanzvolles Leben. Als Witwe hat sie keinen Rang mehr, und Felzburg wird sie links liegenlassen, so daß ihr Vermögen ziemlich bald aufgebraucht sein wird, wenn sie ihren gewohnten Lebensstil in dieser Form weiter pflegt. Und, glauben Sie mir, sie hat ihn gründlich genossen.

Friedrich gab Unsummen für sie aus: Edelsteine, Kleider, Kutschen, der Palast in Venedig, Feste, Reisen, wohin sie auch wollte. Zugegeben, sie blieben immer in Europa – anders als Zorah, die in den absonderlichsten Gegenden gewesen ist.« Sie blieb vor einer weinroten Bourbonenrose stehen und sah zu Monk auf. »Verstehen Sie mich richtig, was will eine Frau denn in Südamerika? Oder in der Türkei, am Nil oder in China? Ausgerechnet China! Kein Wunder, daß sie nie geheiratet hat. Wer würde sie schon wollen? Sie ist ja nie da!« Sie stieß ein glockenhelles Lachen aus. »Ein geachteter Mann will eine Frau, die weiß, wie sie sich zu benehmen hat, und die nicht rittlings auf Pferden über Felder jagt, in Zelten schläft und sich auch noch mit Männern aus den unteren Ständen unterhält.«

Monk wußte, daß ihre Schilderung Zorahs Charakter genau traf; auch er würde nicht mit einer solchen Person verheiratet sein wollen. Er fühlte sich zu sehr an Hester Latterly erinnert, die genauso stur und unverblümt war. Andererseits konnte er sich eine Freundschaft mit dieser tapferen und interessanten Frau gut vorstellen, wenn auch nicht mehr.

»Und Gisela ist anders?« half er nach.

»Und ob!« Seine Frage schien Evelyn zu erheitern. Sie kicherte leise. »Sie liebt die Annehmlichkeiten des Lebens und sie ist unterhaltsam. Bei ihr wirkt auch das Banalste interessant und lustig. Diese Gabe haben die wenigsten. Der junge Prince of Wales war ganz fasziniert von ihr. Wie allein schon seine Augen leuchteten, als er sie ansah. Und er hat sie immer wieder um ihre Meinung gefragt. Sie vermittelt jedem, mit dem sie spricht, das Gefühl, er sei schrecklich interessant und ihre Aufmerksamkeit gehöre ihm allein. Auch dafür muß man Talent haben.«

Und sie kann schmeicheln, schoß es Monk in den Sinn. Eine machtvolle Kunst und obendrein eine sehr gefährliche.

Sie erreichten einen mit weißen Rosen bewachsenen Laubengang. Evelyn schmiegte sich an Monk, damit sie Seite an Seite durchgehen konnten.

»Und was hielt der Prince auf Wales von Gräfin Zorah?«

fragte Monk und überlegte zugleich, warum ihn das eigentlich interessierte. Das war doch völlig belanglos, es sei denn, es gewährte Aufschluß über den Neid der zwei Frauen aufeinander. Sollte er Evelyn nicht besser fragen, wie sie über Gisela dachte? Und wieviel von all dem, was über Gisela gesagt wurde, im Grunde mit Neid zu tun hatte?

»Ich bin mir offen gesagt gar nicht sicher, ob er sie überhaupt bemerkt hat«, sagte Evelyn mit fröhlich funkelnden Augen. Sie hatte ein vernichtendes Urteil gesprochen und war sich dessen auch bewußt.

»Störte es denn Friedrich nie, daß ständig sie im Mittelpunkt stand?« fragte Monk. Sie hatten mittlerweile die Rosen verlassen und flanierten zwischen allerdings längst verblühten Schwertlilien.

Evelyn lächelte. »O ja, manchmal konnte er ganz schön eingeschnappt sein. Aber sie wickelte ihn jedesmal um den Finger. Sie brauchte nur lieb zu ihm zu sein, und schon vergaß er alles. Er war ja so verliebt in sie. Sogar nach zwölf Jahren noch. Er vergötterte sie.« Sie spähte zwischen den grünen Blättern der Schwertlilien hindurch in den Rosengarten. Ihr Blick wirkte klar und zugleich entrückt. Monk rätselte, was er bedeuten mochte.

»Und sie hat einen wunderbaren Geschmack für Kleider«, fuhr sie fort. »Ich warte immer gespannt darauf, was sie als nächstes anzieht. Das muß Friedrich ein Vermögen gekostet haben, aber er war unendlich stolz auf sie. Was immer sie in der einen Woche trägt, in der nächsten ist es die große Mode. Ihr steht aber auch alles. Sie sieht einfach wunderbar aus, verstehen Sie. So feminin.«

Er betrachtete Evelyns goldbraunes Kleid mit seinen gewaltigen Röcken, dem fein gearbeiteten, über dem Busen mit zarten Spitzen besetzten Mieder, der betonten Taille und den weiten Ärmeln. Sie hatte es nicht nötig, andere um deren Gaben zu beneiden. Unwillkürlich erwiderte er ihr Lächeln.

Vielleicht las sie ihm die Bewunderung an den Augen ab,

jedenfalls zwinkerte sie und senkte den Blick. Dann setzte sie sich lächelnd wieder in Bewegung. Die Anmut ihrer Schritte verriet ihre Zufriedenheit.

Monk folgte ihr und erkundigte sich nach den Wochen vor Friedrichs Unfall, dem Leben im venezianischen Exil und auch dem Leben am Hof vor Gisela. Das Bild, das sie ihm zeichnete, war voller Farben und Abwechslung, zeigte aber auch die steife Förmlichkeit am Hof und die strenge Disziplin, der die Königsfamilie unterworfen war. Dort herrschte Luxus, wie er ihn nie geahnt, geschweige denn gesehen hatte. Er kannte niemanden in London, der soviel Geld ausgab, wie es nach Evelyns beiläufiger Schilderung in Felzburg der Fall zu sein schien.

Monk schwirrte der Kopf. Einerseits lockten ihn Evelyn und ihre Schilderungen, gleichzeitig war er zur Genüge mit dem Hunger, den Erniedrigungen, der ständigen Angst und den Gebrechen derer vertraut, die von früh bis spät arbeiten mußten und trotzdem nicht genug zum Leben hatten. Voller Unbehagen dachte er auch an die Bediensteten, die dazu da waren, den Gästen dieses vornehmen Hauses jeden Wunsch von den Augen abzulesen, damit sie Tag und Nacht von einem Vergnügen zum nächsten schreiten konnten.

Und doch ginge ohne Orte wie Wellborough Hall unendlich viel Schönheit verloren. Monk fragte sich, wer denn nun glücklicher war: die hinreißende Gräfin, die durch die Gärten flanierte, mit ihm flirtete und von allen möglichen Festen und Maskenbällen in den Hauptstädten Europas erzählte, oder der Gärtner, der fünfzig Meter vor ihnen verwelkte Rosenblüten abschnitt und mit geschickten Händen die Ranken von Jungpflanzen um die Gitter der Spaliere flocht. Wer nahm die Blüten bewußter wahr? Und wer fand mehr Freude daran?

Auch an diesem Abend konnte Monk das Dinner nicht genießen, und sein Unwohlsein wurde noch gesteigert, als Lord Wellborough ihn diskret bat, ihn und die anderen für den Rest des Abends zu entschuldigen. Sie wollten eine höchst delikate

Angelegenheit besprechen, mit der Monk zwar inzwischen vertraut sei, die aber nur sie direkt betreffe. Er als Nichtbeteiligter habe doch sicher Verständnis, wenn sie unter sich bleiben wollten. In der Bibliothek gebe es übrigens einen recht guten Armagnac und exzellente holländische Zigarren …

Monk war wütend, brachte aber ein Lächeln und eine diplomatische Antwort zuwege. Er hatte so sehr gehofft, bei der Erörterung dabei sein zu können, und sich auch schon einen Vorwand zurechtgelegt, wie er als unvoreingenommener Dritter neue Ideen einbringen könne. Nun, es war verständlich, wenn sie ihn zwar als interessanten Gast, aber eben auch als Außenseiter betrachteten. So hatte Monk auf Protest verzichtet und war froh, daß wenigstens Stephan teilnehmen und ihm das Wesentliche berichten konnte.

Immerhin ergab sich für Monk am nächsten Tag die Gelegenheit, Dr. Gallagher aufzusuchen, den Arzt, der Friedrich nach seinem Sturz bis zu seinem Tod betreut hatte.

Während alle anderen jagen gingen, täuschte Stephan eine Handverletzung vor und bat Monk, ihm zum Arzt zu begleiten, da er selbst die Gig nicht lenken könne.

»Worum ging es denn gestern?« fragte Monk, sobald sie die Straße zum Dorf hinunterfuhren. Obwohl er am Morgen wieder mit Stephan in den Gärten spazierengegangen war, konnte er erst jetzt in der frischen, klaren Herbstluft seine Beklemmungen abschütteln.

»Ich muß Sie enttäuschen«, erklärte Stephan bedauernd. »Anscheinend konnte ich mich an mehr erinnern als alle anderen. Nur dank mir wissen einige heute mehr als gestern abend noch.«

Monk runzelte die Stirn. »Nun, alles werden Sie ihnen wohl kaum gesagt haben. Aber zumindest wissen wir jetzt, was sie sagen werden, wenn es zum Prozeß kommt.«

»Aber Sie haben das Gefühl, eine Gelegenheit verpaßt zu haben, nicht wahr?«

Monk nickte stumm. Er war zu wütend, um etwas zu sagen, und nahm sich vor, Rathbone nichts davon zu melden.

Dr. Gallagher war ein liebenswürdiger Herr um die fünfzig, den es keineswegs störte, seine Bücher beiseitezulegen und die zwei Herren hereinzubitten.

»Na, so was«, sagte er freundlich. »Lassen Sie mich mal sehen, Baron von Emden. Das rechte Handgelenk, nicht wahr?«

»Bitte verzeihen Sie mir meine kleine Täuschung, Doktor.« Lächelnd schüttelte Stephan beide Hände, um ihm zu zeigen, wie beweglich sie waren. »Es geht um eine ziemlich heikle Angelegenheit, die ich nicht an die große Glocke hängen wollte. Ich hoffe, Sie haben Verständnis dafür. Mr. Monk...« – er deutete auf den neben ihm stehenden Ermittler – »hilft uns bei der Untersuchung der ungeheuerlichen Vorwürfe der Gräfin Rostova.«

Gallagher starrte ihn verständnislos an.

»Ach, Sie haben noch nichts davon gehört?« Stephan zog ein bekümmertes Gesicht. »Ich fürchte, sie benimmt sich äußerst... ungewöhnlich. Die ganze Angelegenheit wird wohl vor Gericht geklärt werden müssen.«

»War für eine Angelegenheit?«

»Der Tod von Prinz Friedrich«, sprang Monk ein. »Es tut mir leid, Ihnen das sagen zu müssen, aber sie äußert in aller Öffentlichkeit den Verdacht, er sei nicht infolge des Unfalls gestorben, sondern vergiftet worden.«

»Was?« rief Gallagher entsetzt. »Was meinen Sie damit? Doch nicht etwa, daß... daß ich...?«

»Nein, nein, natürlich nicht Sie!« beschwichtigte Monk ihn hastig. »Kein Mensch hat im entferntesten daran gedacht. Es ist die Witwe, Prinzessin Gisela, die sie beschuldigt.«

»O Gott, wie entsetzlich!« Gallagher wich benommen zurück und plumpste auf seinen Stuhl. »Wie kann ich helfen?«

Stephan setze schon zu einer Antwort an, doch Monk kam ihm zuvor. »Man wird Sie zweifelsohne um eine Aussage bitten, es sei denn, wir finden genügend Beweise, die sie zwingen, die Beschuldigungen fallenzulassen und sich in aller Form zu entschuldigen. Sie könnten uns wertvolle Hilfe leisten, wenn Sie unsere Fragen freimütig beantworten. Dann wüßten wir, wo wir stehen und was wir schlimmstenfalls zu befürchten haben, wenn sie einen gewitzten Anwalt an ihrer Seite hat.«

»Gewiß! Gewiß! Ich stehe Ihnen ganz zur Verfügung!« Gallagher preßte sich die Hand an die Stirn. »Arme Frau. Erst verliert sie ihren Mann, den sie über alles liebt, und dann wird sie auf so teuflische Weise verleumdet, noch dazu von einer Frau, die sie für ihre Freundin hielt! Fragen Sie mich, was Sie wollen!«

Monk setzte sich ihm gegenüber auf einen abgewetzten braunen Stuhl. »Sie werden verstehen, wenn ich jetzt als *advocatus diaboli* auftrete. Ich werde nach Schwachstellen fahnden, und wenn ich welche finde, weiß ich, wo die Verteidigung ansetzen kann.«

»Selbstverständlich!« rief Gallagher eifrig. »Fahren Sie fort!«

Monk spürte einen Anflug von Gewissensbissen, ließ sich davon aber nicht beirren. Was zählte, war die Wahrheit. »Waren Sie der einzige Arzt, der Prinz Friedrich behandelte?«

»Ja, vom Unfall bis zu seinem Tod.« Bei der Erinnerung wurde Gallagher blaß. »Ich ... ich dachte wirklich, er sei auf dem Weg der Besserung. Eigentlich sah es so aus, als wäre er schon über den Berg. Natürlich hatte er große Schmerzen, aber das ist bei Knochenbrüchen normal. Das Fieber hatte dafür merklich nachgelassen, und er nahm sogar wieder etwas Nahrung zu sich.«

»Wie ging es ihm bei Ihrem letzten Besuch vor dem Rückfall?«

»Er saß aufrecht im Bett.« Gallagher wirkte bekümmert. »Er schien sich über meinen Besuch zu freuen. Ich sehe die Szene noch genau vor mir. Es war Frühling, wissen Sie, Frühlingsende. Das Wetter war herrlich. Das Sonnenlicht flutete durch die Fenster herein. Auf dem Sekretär stand eine Vase voller Maiglöckchen – sie füllten das ganze Zimmer mit ihrem Duft. Das waren die Lieblingsblumen der Prinzessin. Wie ich gehört habe, kann sie sie seitdem nicht mehr sehen. Armes Ding. Sie hat ihren Mann doch so vergöttert. Von dem Moment, in dem er schwerverletzt ins Haus getragen wurde, wich sie nicht mehr von seiner

Seite. Sie war verzweifelt, schrecklich verzweifelt. Außer sich vor Sorge.«

Er holte tief Luft und ließ sie langsam ausströmen. »Als er starb, war sie völlig anders. Man hätte meinen können, das Ende der Welt wäre für sie gekommen. Sie war leichenblaß, saß bloß da, rührte sich nicht und sagte kein Wort. Sie schien uns gar nicht wahrzunehmen.«

»Woran starb er?« fragte Monk mit sanfter Stimme. Er spürte, wie aufgewühlt dieser Mann war. »Im medizinischen Sinne.«

Gallaghers Augen weiteten sich.»Ich habe keine Autopsie vorgenommen, Sir. Er war doch ein Königssohn! Er starb an den bei seinem Sturz erlittenen Verletzungen. Er hatte mehrere Knochenbrüche. Sie schienen zwar zu heilen, aber man kann nicht in einen lebenden Menschen hineinschauen und feststellen, welche Organe gequetscht oder durchbohrt wurden. Er ist inneren Blutungen erlegen. Sämtliche Symptome deuteten darauf hin. Ich hatte nicht damit gerechnet, weil er auf dem Wege der Besserung zu sein schien, aber das lag vielleicht auch an seinem Lebenswillen, der ihn auch dann nicht im Stich ließ, als er mit schweren inneren Verletzungen dalag, die bei der geringsten falschen Bewegung den Riß eines Gefäßes und tödliche Blutungen herbeiführen konnten.«

»Die Sympome ...«, gab ihm Monk mit leiser Stimme das nächste Stichwort. Was oder wer auch immer schuld gewesen sein mochte, er hatte Mitleid mit dem Mann, dessen Tod er nun mit so klinischer Kühle zu ergründen suchte. Alles, was er über ihn gehört hatte, wies auf einen Mann von Mut und Charakterstärke hin, der seinem Herzen gefolgt war und dafür, ohne zu klagen, den Preis gezahlt hatte, einen Menschen, der zu tiefster Liebe und Aufopferung fähig war, einen von seinem Pflichtbewußtsein durchdrungenen Mann, der am Ende vielleicht gerade deswegen ermordet worden war.

»Kälte«, erklärte Gallagher. »Klamme Haut.« Er schluckte, seine Hände verkrampften sich. »Schmerzen im Unterleib. Übelkeit. Ich glaube, daß dort die Blutung ausbrach. Dem folgten der Verlust der Orientierung, Schwindel, Taubheit an Händen und Füßen, Koma und schließlich der Tod. Herzversagen, um es genau zu sagen. Das sind die Symptome innerer Blutungen.«

»Gibt es Gifte, die ähnliche Symptome hervorrufen?« Monk runzelte die Stirn, als widerstrebe es ihm, diese Frage zu stellen.

Gallagher starrte ihn an.

Monk dachte an die Eiben am Ende der Hornbaumhecke, die den Steintrog so überschattet hatten. Jedermann wußte, daß die nadelartigen Eibenblätter hochgradig giftig waren. Und sie waren für alle im Haus zugänglich. Man brauchte nur im Garten spazierenzugehen – die natürlichste Sache der Welt. »Gibt es welche?«

Stephan scharrte mit den Füßen.

»Gewiß«, sagte Gallagher widerstrebend. »Es gibt Tausende von Giften, aber warum, in Gottes Namen, sollte eine solche Frau ihren Mann vergiften wollen? Das ergäbe doch überhaupt keinen Sinn!«

»Könnten Eibenblätter diese Symptome hervorrufen?« setzte Monk nach.

Gallagher überlegte lange. Monk wollte schon die Frage wiederholen, als er endlich den Mund aufbrachte. Er war weiß wie die Wand. »Doch … ja.«

»Genau dieselben Symptome?« Monk ließ nicht locker.

»Nun …« Gallagher zögerte. Er litt, das verriet schon sein Gesicht. »Ja … Ich bin kein Experte auf diesem Gebiet, aber gelegentlich stecken sich Kinder diese Blätter in den Mund. Und es gibt auch Fälle von Frauen, die …« – er hielt inne, um dann stockend weiterzusprechen – »… die versuchen, damit eine Abtreibung herbeizuführen. Vor etwa acht Jahren kostete das einer Frau im Nachbardorf das Leben.«

Stephan scharrte erneut mit den Füßen. »Aber Gisela wich keinen Moment von Friedrichs Seite«, sagte er leise. »Selbst wenn er vergiftet wurde, ist sie die einzige Person im ganzen Haus, die von vornherein als Täterin ausscheidet. Und das können Sie mir glauben: Wenn Sie Gisela kennen würden, kämen Sie erst gar nicht auf den Gedanken, sie könnte jemanden bitten, ihr das Gift zu besorgen. Sie würde ihr Schicksal nie in die Hände anderer legen.«

»Das ist ungeheuerlich«, ächzte Gallagher. »Hoffentlich werden Sie alles in Ihrer Macht Stehende tun, um den guten Ruf dieser armen Frau wiederherzustellen.«

»Wir werden alles tun, um die Wahrheit zu beweisen«, versprach Monk mit zweideutigen Worten.

Gallagher war damit zufrieden. Er stand auf und ergriff Monks Hand. »Danke, Sir! Jetzt bin ich aber erleichtert! Wenn ich irgend helfen kann, lassen Sie es mich bitte wissen. Und Sie natürlich auch, Baron von Emden. Guten Tag, Gentlemen, guten Tag.«

»So kommen wir überhaupt nicht weiter«, brummte Stephan, als sie in die Gig kletterten. »Es mag ja Eibengift gewesen sein, aber dann hat Gisela es nicht besorgt.«

»Es sieht ganz danach aus«, stimmte Monk zu. »Ich fürchte, wir haben noch einen langen Weg vor uns.«

3. Kapitel

Hester Latterly, die Frau, an die Monk und Rathbone hatten denken müssen, wußte zwar noch nichts von deren Aktivitäten in der Streitsache Prinzessin Gisela gegen Gräfin Rostova, war aber mit den Gerüchten über diese Affäre wohlvertraut.

Seit ihrer Rückkehr von der Krimhalbinsel, wo sie unter Florence Nightingale Verwundete gepflegt hatte, war sie in verschiedenen Anstellungen als Krankenpflegerin tätig gewesen, meistens in privaten Haushalten. Jetzt hatte sie gerade wieder eine ältere Dame nach einem schweren Sturz soweit gesundgepflegt, daß sie ihrer Hilfe nicht mehr bedurfte. In dieser Situation des Wartens auf eine neue Tätigkeit war sie entzückt, als ihre Freundin und frühere Wohltäterin Lady Callandra Daviot sie besuchte. Callandra war in den Fünfzigern und etwas älter, als ihr lieb gewesen wäre, hätte sie jemals einen Gedanken an dieses Thema verschwendet. Ihr Gesicht spiegelte all ihren Humor und ihre Charakterstärke wider, doch als schön hätten sie nicht einmal ihre glühendsten Verehrer bezeichnet. Dafür war sie zu exzentrisch. Sie hatte eine äußerst liebenswürdige Zofe, die es schon vor Jahren aufgegeben hatte, so etwas wie Ordnung und Eleganz in Callandras Haar zu bringen. Wenn es sich halbwegs den Nadeln fügte, so war das schon ein Sieg.

Heute sah Callandra noch zerfahrener aus als sonst, als sie mit einem riesigen Blumenstrauß in den Armen und aufgeregter Miene hereinrauschte.

»Für Sie, meine Liebe«, verkündete sie und legte den Strauß auf den Couchtisch in Hesters kleinem Wohnzimmer – eine geräumigere Wohnung hätte in Hesters Fall kaum Sinn gehabt, denn selbst wenn sie sich die Miete hätte leisten können, wäre sie doch zu selten zu Hause. »Hoffentlich werden Sie aber nicht allzu lange die Muße haben, sich daran zu erfreuen. Ich habe sie nur mitgebracht, weil sie so wunderschön sind.« Damit setzte sie sich auf den erstbesten Stuhl. Aber weil der Rock nicht richtig saß, verhakten sich die Reifen. Sie schlug zerstreut danach, ohne daß sich etwas besserte.

Hester ließ sich ihr gegenüber nieder. Ihr Gesicht zeigte ganz ungeniert gespannte Erwartung. »Trotzdem, herzlichen Dank«, sagte sie.

»Ich hätte einen Fall für Sie und wäre Ihnen sehr dankbar, wenn Sie ihn übernehmen könnten. Es geht um einen jungen Mann, den ich flüchtig kenne. Er stellte sich mir als Robert Oliver vor; allerdings hat er den Namen nur dem Englischen angepaßt, wohl weil er hier geboren wurde und sich bei uns heimisch fühlt. In Wirklichkeit ist er aber der Sohn des Barons und der Baronin Ollenheim aus Felzburg, die sich hier niedergelassen haben …«

»Felzburg?« fragte Hester überrascht. Ihr dämmerte bereits der Grund für Callandras Interesse. Sie unterstützte auch Monk in mageren Zeiten, wofür sie im Gegenzug an seinen dramatischeren Fällen teilhaben durfte. »Ich verstehe.«

»Das glaube ich nicht«, widersprach Callandra lächelnd. »Soweit ich das beurteilen kann, hat es nichts mit Gisela oder Gräfin Rostova zu tun.« Schlagartig wich alle Fröhlichkeit in ihrem Gesicht tiefem Mitleid. »Der junge Robert hat sich eine schwere Krankheit zugezogen. Er hatte hohes Fieber, daß jetzt zwar abgeklungen ist, aber seitdem kann er sich von der Hüfte abwärts nicht mehr bewegen. Er liegt im Bett und ist in allem auf Hilfe angewiesen. Zwar kümmern sich täglich der Arzt, seine Mutter und die Bediensteten um ihn, doch jetzt wird dringend eine ausgebildete Schwester gebraucht. Ich habe mir die Freiheit genommen, Ihren Namen zu erwähnen, und das aus drei guten Gründen.«

Hester hörte schweigend, doch mit wachsendem Interesse zu.

»Der erste und der wichtigste: Robert wird womöglich

schwer behindert bleiben. Es ist nicht auszuschließen, daß er seine Beine nie wieder wird benutzen können. Wenn sich das bewahrheitet, ist das ein grausamer Schlag. Er wird jede erdenkliche Hilfe brauchen. Sie, meine Liebe, haben dank Ihrer Tätigkeit im Krieg Erfahrung in der Pflege gräßlich verstümmelter junger Männer. Wenn jemand Robert die bestmögliche Pflege angedeihen lassen kann, dann Sie.

Mein zweiter Grund ist, daß, als wir den Mörder der armen Prudence Barrymore suchten«, ihr Gesicht überschattete sich bei der Erinnerung an diesen traurigen Fall, »ich Victoria Stanhope kennenlernte. Sie vertraute mir an, daß sie ein Opfer von Inzest und einer dilettantisch durchgeführten Abtreibung ist, bei der ihr unheilbare innere Verletzungen zugefügt wurden. Seitdem leidet sie unter ständigen Schmerzen und wird nie heiraten können, weil sie nicht mehr in der Lage ist, die physischen Pflichten einer Frau zu erfüllen. Ich war dabei, als sie den jungen Robert kennenlernte. Die zwei fühlten sich auf Anhieb zueinander hingezogen. Natürlich redete ich es ihr aus, bevor das Schicksal seinen Lauf nehmen konnte. Nun, heute sieht alles anders aus. Robert ist ebenfalls behindert. Mit ihrem Mut und ihrer Unschuld kann sie ihm vielleicht am ehesten helfen, sich mit der neuen Situation abzufinden.«

»Und wenn er sich erholt?« fragte Hester. »Und sie ist in ihn verliebt. Sie wird nie eine ganze Frau sein können. Was passiert dann?«

»Ich weiß es nicht«, gab Callandra zu. »Aber stellen Sie sich nur vor, sein Zustand ändert sich nicht, und sie kann ihm tatsächlich über seine Verzweiflung hinweghelfen – dann wäre es doch schrecklich, wenn wir das mit unseren Befürchtungen verhindert hätten, zumal ein Erfolgserlebnis auch ihrem Selbstwertgefühl nur guttäte.«

Hester schwankte noch immer. Beides barg Gefahren in sich.

In Callandras Augen funkelte indes feste Entschlossenheit. »Selbst wenn sich unsere Entscheidung als falsch erweisen sollte, bin ich davon überzeugt, daß wir eher einen Fehler begehen, wenn wir das Risiko scheuen und nichts tun. Wollen Sie es versuchen?

Hester lächelte sie an. »Und Ihr dritter Grund?«

»Sie brauchen eine neue Stellung.«

Das stimmte. Seit dem Ruin ihres inzwischen verstorbenen Vaters hatte Hester keine eigenen Mittel zur Verfügung. Und weil sie auf keinen Fall auf Zuwendungen ihres Bruders angewiesen sein wollte, mußte sie ihren Unterhalt selbst bestreiten. Verbittert war sie deswegen gewiß nicht. Ihrem Beruf verdankte sie Unabhängigkeit und geistige Wachheit. Beides schätzte sie gleichermaßen hoch. Weniger schön war der Zwang, Geld zu verdienen, aber darunter standen ja fast alle.

»Ich würde sehr gerne helfen, wenn Sie glauben, daß Baron und Baronin Ollenheim mich akzeptieren würden.«

»Dafür habe ich schon gesorgt«, antwortete Callandra bestimmt. »Je früher Sie die Stelle antreten, desto besser.«

Hester stand auf.

»Ach übrigens!« rief Callandra mit leuchtenden Augen. »Oliver Rathbone hat die Verteidigung der Gräfin Rostova übernommen.«

Hester starrte sie verdattert an. »Wie bitte? Was haben Sie gesagt?«

Callandra wiederholte die Nachricht.

»Dann kann das nur heißen, daß mehr hinter dem Fall steckt, als es den Anschein hat«, murmelte Hester.

»Und William ermittelt für ihn«, fügte Callandra hinzu. »Nur deshalb habe ich ja davon erfahren.«

»Ich verstehe«, sagte Hester. Aber sie verstand überhaupt nichts mehr. »Wie dem auch sei, wenn Sie sicher sind, daß Baron und Baronin Ollenheim mich erwarten, dann sollte ich wohl besser meine Sachen packen und hinausfahren.«

»Ich nehme Sie gerne mit«, erbot sich Callandra. »Ihr Haus ist in der Hill Street in der Nähe des Berkely Square.«

»Das ist sehr freundlich von Ihnen.«

Callandra hatte Hester in der Tat den Weg geebnet. Die Ollenheims hießen sie in ihrem Haus herzlich willkommen. Die Bürde, jetzt auf einmal ihren Sohn pflegen zu müssen, belastete sie sehr. Hester empfand Baronin Dagmar als eine äußerst charmante Frau, die sogar eine Schönheit gewesen wäre, hätten Kummer und Sorgen sie nicht gezeichnet. So aber war sie blaß vor Erschöpfung, und die schlaflosen Nächte hatten tiefe Ringe unter ihren Augen gegraben. Daß sie weder Interesse noch Zeit für mehr als schlichte Kleidung hatte, war angesichts dessen nur zu verständlich.

Baron Bernd war genauso mitgenommen wie seine Frau, doch er gab sich mehr Mühe, seine Schmerzen zu verbergen, wie es ja auch von Männern, zumal von Aristokraten erwartet wurde. Dennoch empfing er Hester auf das freundlichste und verhehlte ihr seine Aufgewühltheit keineswegs.

Robert Ollenheim war ein junger Mann von etwa zwanzig Jahren mit hellem Teint und dichtem hellbraunem Haar, das ihm links immer wieder ins Gesicht fiel. Unter normalen Umständen wäre er ein ansehnlicher Mann gewesen, doch auch jetzt, da er vom heftigen Fieber noch geschwächt und mit schmerzenden Knochen im Bett lag, begrüßte er Hester durchaus mit einer gewissen Würde. Er mußte den Ernst der Lage ahnen und sah wohl auch die Gefahr einer dauerhaften Lähmung, erwähnte sie aber mit keinem Wort.

Die technischen Aspekte der Pflege fielen Hester nicht schwer. Sie mußte Robert versorgen, es ihm so bequem wie möglich machen, seine Schmerzen lindern und darauf achten, daß er regelmäßig seine Suppe löffelte, viel Tee trank und allmählich wieder festere Nahrung zu sich nahm. Auch kam der Arzt jeden Tag vorbei, so daß sie die wichtigen Entscheidungen nicht selbst treffen mußte. Schwierig war es allerdings, mit der Angst umzugehen, die die ganze Familie belastete. Niemand nahm das Wort ›Lähmung‹ in den Mund, doch je mehr Tage verstrichen, ohne daß Robert seinen Körper unterhalb der Hüfte spüren, geschweige denn bewegen konnte, desto gedrückter wurde die Stimmung.

Hester vergaß bei all dem nicht, in was für einen brisanten Fall Monk und Rathbone verwickelt waren, und zweimal hörte sie zufällig auch Bernd und Dagmar darüber reden, als sie sich allein fühlten.

Eines Tages, etwa eine Woche nach ihrer Ankunft, sprach sie Dagmar beim Aufräumen frisch gewaschener Wäsche direkt an. »Wird Prinz Friedrichs Tod sich eigentlich auf die Politik in Ihrem Land auswirken?« Seit sie Monk kannte und selbst an der Mordsache Joscelin Grey teil hatte, war ihr das Stellen von Fragen fast zur zweiten Natur geworden.

»Ich glaube, ja«, erwiderte Dagmar und untersuchte die Stickerei auf einem Kissenbezug. »Es wird viel über die Vereinigung des Deutschen Reichs unter einer Krone geredet. Das würde natürlich bedeuten, daß wir geschluckt würden. Wir sind zu klein, um das Zentrum einer solchen Nation zu werden. Die Pläne des Königs von Preußen gehen in diese Richtung, und Preußen ist eine militärische Großmacht. Dann gibt es noch Bayern, Hannover, Holstein, Westfalen, Württemberg, Sachsen, Schlesien, Pommern, Mecklenburg und nicht zu vergessen Nassau, Thüringen, das Kurfürstentum Hessen und vor allem Brandenburg. Berlin ist eine abscheuliche Stadt, aber es ist zentral gelegen und könnte wohl unsere Hauptstadt werden.«

»Sie meinen als Hauptstadt aller deutschen Staaten als einem Land?« Hester hatte sich noch nie damit beschäftigt.

»Es wird viel darüber geredet. Ob es wirklich so kommt, weiß ich aber nicht.« Dagmar zog einen der Bezüge heraus. »Das hier muß ausgebessert werden. Wenn jemand mit dem Finger darin hängenbleibt, geht alles kaputt. Na ja, ein paar von uns sind für die Vereinigung, ein paar dagegen. Der derzeitige König ist sehr gebrechlich und wird höchstens noch zwei Jahre leben. Sein Nachfolger wird Waldo sein, und er ist für die Vereinigung.«

»Und Sie?« Es war vielleicht eine indiskrete Frage. Hester hatte sie gestellt, ohne vorher zu überlegen.

Dagmar zögerte. Als sie schließlich antwortete, ruhten ihre Hände regungslos auf dem Bezug, und ihre Stirn war in Falten gelegt. »Ich weiß es nicht. Ich habe viel darüber nachgedacht. Man muß bei solchen Dingen kühlen Kopf bewahren. Am Anfang war ich vehement dagegen. Ich wollte meine Identität als Felzburgerin bewahren.« Sie biß sich auf die Lippen, als müßte sie sonst über ihre eigene Dummheit lachen. Den Blick unverwandt auf Hester gerichtet, fuhr sie fort. »Ich weiß, daß das Ihnen als Britin und Untertanin der größten Weltmacht lächerlich erscheinen mag, aber mir war das wichtig.«

»Es ist überhaupt nicht lächerlich«, widersprach Hester spontan, und sie meinte es aufrichtig. »Sich selbst zu kennen gehört mit zum Glück eines Menschen.« Unvermittelt kam ihr Monk in den Sinn, der vor drei Jahren bei einem Unfall das Gedächtnis restlos verloren hatte. Selbst das eigene Spiegelbild hatte er nicht wiedererkannt. Und unter welchen inneren Qualen hatte er gelitten, als ihm Erinnerungsfetzen durch den Sinn geschossen waren oder er mit konkreten Hinweisen auf sein früheres Ich konfrontiert worden war! Bei weitem nicht alles davon war angenehm oder leicht zu akzeptieren. Auch jetzt noch verfügte er über nicht mehr als vereinzelte Bruchstücke. Das meiste war weiterhin in einem abgelegenen Teil seines Gehirns vergraben. Andererseits fühlte er sich zu verletzlich, um diejenigen, die es wissen mußten, danach zu fragen. Es waren Feinde und Rivalen drunter und auch ehemalige Kollegen, die er auf einmal nicht mehr kannte. »Es ist wirklich ein besonderes Geschenk, wenn man seine eigenen Wurzeln kennt«, sinnierte sie laut. »Sie bewußt zu zerreißen käme einer Selbstverstümmelung gleich, die man unter Umständen nicht überlebt.«

»Auch die Weigerung, Veränderungen anzunehmen, ist eine Art Selbstverstümmelung«, erwiderte Dagmar nachdenklich. »Und mit dem Widerstand gegen die Vereinigung, die offenbar von allen anderen Staaten gewünscht wird, könnten wir uns isolieren. Oder schlimmer noch, wir könnten einen Krieg vom Zaun brechen. Wir könnten aber auch so geschluckt werden.«

»Ach, wirklich?« Hester nahm ihr den Bezug ab und legte ihn zusammen.

Dagmar hob den letzten Bezug auf. »O ja. Es wäre doch viel besser, sich freiwillig dem Deutschen Reich anzuschließen, als nach einem verlorenen Krieg von Preußen als Provinz einverleibt zu werden. Wenn Sie mit der preußischen Politik vertraut wären, würden Sie es bestimmt auch so sehen. Der preußische König ist kein schlechter Mensch, aber auch er kann die Armee nicht ewig kontrollieren; über die Landeigentümer und die Bürokraten hat er ja auch nicht mehr soviel Macht. Darum ging es doch hauptsächlich in der Revolution von '48: Eine Art Mittelklasse beanspruchte mehr Rechte, eine gewisse Geistesfreiheit und ein erweitertes Wahlrecht.«

»In Preußen oder in Ihrem Land?«

Dagmar zuckte die Schultern. »Eigentlich überall. Damals gab es in so gut wie allen Ländern Europas Revolutionen. Aber so wie es aussieht, hat nur Frankreich dadurch gewonnen. Preußen jedenfalls nicht.«

»Sie glauben also, es könnte zu einem Unabhängigkeitskrieg kommen?« Hester war entsetzt. Die Realität des Krieges kannte sie zur Genüge: gräßlich zugerichtete Leichen auf den Schlachtfeldern, entsetzliche Schmerzen, Verstümmelungen und zahllose Tote. Für sie war der Krieg kein Mittel der Politik, sondern die endlose Wiederholung von Qualen, Erschöpfung, Angst und Hunger und je nach Jahreszeit Hitze oder Kälte bis hin zum Erfrieren. Kein vernünftiger Mensch, der das gesehen hatte, konnte einen Krieg wollen, wenn nicht gerade die Eroberung und Versklavung seines Landes drohte.

»Das ist durchaus möglich.« Wie aus weiter Ferne drang Dagmars Stimme an ihr Ohr, obwohl sie nebeneinander im von der Sonne durchfluteten Flur standen. In Gedanken war Hester freilich im mit Ratten und Bakterien verseuchten Krankenhaus von Skutari und bei den Gemetzeln von Balaklawa und Sewastopol.

»Es gibt zu viele unter uns, die mit dem Krieg Geschäfte machen«, fuhr Dagmar düster fort. Den Kissenbezug in ihrer Hand hatte sie ganz vergessen. »Sie sehen nichts als die Profite, die sie aus dem Verkauf von Gewehren, Munition, Pferden, Proviant, Uniformen und was weiß ich noch allem schlagen können.«

Hester schluckte. Einem Volk all dieses Grauen aus purer Geldgier zuzumuten erschien ihr als das Böse schlechthin.

Dagmar fuhr zerstreut über den Saum des Bezugs, das Blumenmuster und die in die Ecke gestickten Initialen. »Gebe Gott, daß es nicht so weit kommt. Friedrich war für die Unabhängigkeit, selbst wenn er dafür hätte kämpfen müssen. Aber ich weiß nicht, ob die anderen Führer des Landes auch so denken. Wie dem auch sei, jetzt ist er ja tot. Und ohne Gisela wäre er sowieso nicht zurückgekehrt. Aber mit ihr hätte ihn die Königin nicht ins Land gelassen, egal was das für die Zukunft bedeutet hätte.«

Jetzt konnte sich Hester ihre Frage nicht länger verkneifen. »Wäre er notfalls auch ohne sie gegangen, wenn die Unabhängigkeit seines Landes davon abgehangen hätte?«

Dagmar sah ihr fest in die Augen. Ihre Züge wirkten auf einmal angespannt. »Ich weiß es nicht. Früher hätte ich es ausgeschlossen, aber jetzt weiß ich es einfach nicht…«

Der erste, der zweite, der dritte Tag verstrichen. Roberts Fieber hatte sich gelegt, und er nahm nun auch allmählich wieder feste Nahrung zu sich, ja, sie schmeckte ihm sogar. Auch verheilten seine Wunden ohne Komplikationen. Jedesmal, wenn Hester den Verband wechselte, stellte sie zufrieden fest, daß das Fleisch gut zusammenwuchs und die Schwellungen zurückgingen. Aber noch immer zeigte sein Körper unterhalb der Hüften keinerlei Anzeichen vom Leben.

Bernd setzte sich jeden Abend zu seinem Sohn ans Bett und plauderte mit ihm. Hester entfernte sich dann immer diskret, aber Bemerkungen, die sie aufschnappte, und Roberts Haltung nach diesen Besuchen verrieten ihr, daß die vollständige Heilung für ihn nur eine Frage der Zeit war.

Nach außen hin gab sich Dagmar in Roberts Gegenwart ähnlich zuversichtlich, doch kaum war sie mit Hester allein, zeigte sie ihr ihre ganze Angst. »Es wird und wird nicht besser«, klagte sie am vierten Tag nach ihrem Gespräch über die deutsche Politik. Ihre Augen waren verhüllt und ihre Schultern unter dem Wollmieder und dem weißen Kragen steif. »Erwarte ich zuviel auf einmal? Ich hatte gedacht, nach so vielen Tagen müßte er langsam wieder die Füße bewegen können, aber er liegt einfach nur da. Und ich habe nicht den Mut, ihn zu fragen, was er jetzt denkt!«

Hester spürte, daß sie verzweifelt auf ein Wort wartete, das sie von allen Ängsten erlöste, zumindest für eine Weile. Aber tat sie ihr damit einen Gefallen oder quälte sie sie nicht vielmehr, wenn sie sie mit einer Lüge vertröstete? War der Glaube an sich selbst nicht noch wichtiger?

»Vielleicht sollten Sie nicht soviel fragen«, antwortete sie. Ihre Erfahrung mit unzähligen Verstümmelten hatte sie gelehrt, daß es Dinge gab, bei denen niemand Trost spenden konnte. Man konnte nichts tun, als dazusein und zu warten, bis die Schmerzen ein Eingreifen erforderten oder der Patient sprechen wollte. Früher oder später würde schon etwas geschehen. »Er wird sprechen, wenn er soweit ist. Vielleicht würde ihn Besuch ein bißchen ablenken. Ich glaube, Lady Callandra hat eine Miss Victoria Stanhope erwähnt, die selbst auch einen Schicksalsschlag erlitten hat und ihm vielleicht ermutigende...« Sie wußte nicht, wie sie den Satz zu Ende führen sollte.

Dagmar sah sie skeptisch an und wollte den Vorschlag schon abweisen, als Hester noch einmal nachsetzte: »Jemand, der ihm nicht so nahe steht und dem er die Sorgen nicht gleich anmerkt, könnte ihm vielleicht helfen.«

»Ja, warum nicht...?« Dagmar schöpfte wieder Hoffnung. »Vielleicht gelingt ihr das wirklich. Ich werde ihn fragen.«

Am nächsten Tag fand sich Victoria Stanhope bei Hester ein und wurde Robert zum zweitenmal vorgestellt.

Dagmar war zunächst noch unschlüssig gewesen, ob es sich wirklich schickte, eine alleinstehende junge Frau zu ihrem Sohn zu lassen. Doch ihre Bedenken lösten sich in Luft auf, als sie Victoria kennenlernte. Ihr schüchternes Auftreten, ihre auffällige Gehbehinderung und ihr schlichtes Kleid verrieten sofort, daß von ihr keine Gefahr drohte. Sie stammte aus einfachen Verhältnissen, aber ihre Würde und gepflegte Wortwahl nahmen Dagmar sofort für sie ein. Der Name ›Stanhope‹ kam ihr irgendwie bekannt vor, wenngleich sie ihn nicht auf Anhieb einordnen konnte.

Victoria blieb neben Hester auf dem Treppenabsatz stehen. Jetzt, da es soweit war, verließ sie aller Mut.

»Ich kann nicht hineingehen«, flüsterte sie. »Was soll ich ihm denn sagen? Wenn er sich überhaupt an mich erinnert, dann bestimmt nur, weil ich ihm damals einen Korb gegeben habe.« Sie schluckte und wandte ihr weißes Gesicht Hester zu. »Und dann auch noch meine Familie... Er wird nichts mit mir zu tun haben wollen. Ich...«

»Die Situation Ihrer Familie hat nichts mit Ihnen zu tun«, sagte Hester sanft und legte Victoria die Hand auf den Arm. »Robert ist zu gerecht, um vorschnell Urteile zu fällen. Gehen Sie einfach hinein und denken Sie an seine Probleme und nicht an die Ihren. Dann werden Sie auch nichts bedauern.« Kaum hatte sie das gesagt, als ihr auch schon bewußt wurde, wie weit sie sich vorgewagt hatte, doch Victorias Lächeln zerstreute ihre Befürchtungen.

Die junge Frau holte tief Luft, ließ sie mit einem Seufzer entweichen und klopfte an.

»Darf ich eintreten?«

Robert sah neugierig auf. Hester hatte ihm den Besuch natürlich angekündigt und war überrascht gewesen, wie genau er sich an ihre kurze Begegnung vor über einem Jahr erinnerte.

»Aber bitte, Miss Stanhope«, sagte er lächelnd. »Ich muß mich entschuldigen, daß ich derzeit kein guter Gastgeber sein kann. Im Moment bin ich leider etwas eingeschränkt. Setzen Sie sich doch bitte. Der Stuhl hier neben dem Bett ist recht bequem.«

Victoria leistete der Aufforderung Folge. Einen Moment lang

nestelte sie an ihren Röcken herum. Auch wenn die neuen Drahtgestelle einen Fortschritt gegenüber den alten Fischbeinreifen bedeuteten, so waren auch sie unbequem genug. Victoria zwang sich, nicht mehr daran zu denken, und ließ die Röcke einfach fallen, wie sie wollten.

Hester wartete schon auf das unvermeidliche ›Wie fühlen Sie sich?‹ Auch Robert schien damit zu rechnen.

»Jetzt, da das Fieber und die schlimmsten Schmerzen ausgestanden sind, kann ich mir vorstellen, daß Sie sich schrecklich langweilen«, meinte Victoria mit einem dezenten Kopfschütteln.

Robert starrte sie verblüfft an. Dann verzog er den Mund zu einem breiten Lächeln. »Mit einer solchen Frage hatte ich nicht gerechnet«, gab er zu. »Aber Sie haben recht. Und ich habe es satt, allen zu versichern, daß ich mich gut fühle, viel besser als noch vor einer Woche. Ich lese natürlich sehr viel, aber manchmal dröhnt mir die Stille regelrecht in den Ohren und ich schweife in Gedanken ab. Ich bräuchte irgendein Geräusch, eins, das auf mich reagiert. Ich habe die Nase voll davon, ständig umsorgt zu werden und selbst keinen Finger zu rühren.« Auf einmal lief er dunkelrot an, als er merkte, wieviel er da einer praktisch wildfremden Frau erzählte. »Verzeihen Sie mir! Sie sind bestimmt nicht gekommen, um sich meine Klagen anzuhören. Alle waren fürchterlich lieb zu mir, wirklich.«

»Natürlich waren sie das«, antwortete sie mit einem schüchternen Lächeln. »Aber bestimmte Dinge kann nun mal niemand ändern. Was lesen Sie denn gerade?«

Er schnitt eine Grimasse. »*Schwere Zeiten* von Charles Dickens. Es muntert mich zugegebenermaßen nicht unbedingt auf, aber ich mag die Gestalten darin. Ihr Schicksal geht mir nahe, und in der Nacht träume ich, ich würde in diesem Coketown leben.«

»Darf ich Ihnen etwas anderes bringen?« fragte sie. »Etwas Lustigeres vielleicht? Kennen Sie Edward Lears *Buch vom Nonsens*?«

Seine Augenbrauen wölbten sich. »Nein, aber ich glaube, es

könnte mir gefallen. Es klingt ganz so, als könnte man sich damit vorzüglich von Dickens' Coketown erholen.«

»Das kann man«, versprach sie. »Es enthält köstlich schrullige Einfälle.«

»O ja, bitte bringen Sie es mir!«

»Und es sind auch Zeichnungen darin«, fügte sie hinzu.

Hester war zufrieden. Auf Zehenspitzen verließ sie den Raum und ging die Treppe hinunter zu Dagmar, die schon im Vestibül wartete.

Victoria Stanhope stattete Robert weitere Besuche ab und blieb jedesmal länger.

»Ich glaube, sie tut ihm gut«, sagte Dagmar, nachdem das Dienstmädchen Victoria bei ihrem vierten Besuch zu Robert geführt hatte. »Er scheint sich richtig auf sie zu freuen, und sie ist ja auch ein wirklich angenehmes Mädchen. Sie könnte eine Schönheit sein, wenn sie nicht...« Sie stockte. »O Gott, das war jetzt gemein von mir!« Sie standen im Licht der Frühherbstsonne im Wintergarten, einem charmanten, mit weiß lackierten schmiedeeisernen Möbeln eingerichteten Raum. Für Schatten sorgten mehrere Palmen und tropische Farne mit gewaltigen Blättern. Die Luft war durchdrungen vom Duft spätblühender Lilien. »Das mit ihrer Familie war ja wirklich schrecklich«, fügte Dagmar betrübt hinzu. »Ich nehme an, damit sind ihr alle Chancen für die Zukunft geraubt worden. Armes Ding.«

Sie meinte natürlich Victorias Chancen auf eine Ehe. Einer jungen Frau stand im Leben nichts anderes offen, es sei denn, sie hatte viel Geld, eine besondere Begabung oder genügend Kraft und den glühenden Wunsch, Gutes zu tun. Hester erzählte Dagmar nicht, daß Victoria auch ohne die Schande ihrer Familie nie eine Chance gehabt hätte, eins dieser Dinge zu erreichen. Sie respektierte Victorias Wunsch, selbst zu entscheiden, wem sie ihr Geheimnis anvertrauen wollte. An ihrer Stelle hätte sie es wahrscheinlich nie preisgegeben. Tragödien wie diese gehörten zur Intimsphäre, die niemanden etwas anging.

»Ja«, sagte sie geradeheraus. »Das ist richtig.«

»Wie ungerecht!« rief Dagmar kopfschüttelnd. »Aber man weiß nie, was auf einen zukommt. Vor sechs Wochen hätte ich mir nicht träumen lassen, daß Robert einmal ein solches Unglück zustoßen könnte. Und jetzt wird es unser aller Leben verändern.« Sie mied Hesters Blick, ob bewußt oder nicht, war nicht zu erkennen. Und als wolle sie keine Antwort hören, redete sie gleich weiter. »Die arme Prinzessin Gisela muß sich genauso fühlen. Vor einem Jahr war sie noch wunschlos glücklich. Ich glaube, jede Frau beneidete sie darum, ein bißchen zumindest.« Sie lächelte. »Ich war jedenfalls neidisch. Träumen wir nicht alle von einem gutaussehenden, charmanten Mann, der uns so leidenschaftlich liebt, daß er alles aufgeben würde, nur um mit uns zusammenzusein?«

Hester dachte an die Zeit zurück, als sie achtzehn gewesen war, und an die Träume, die sie damals gehabt hatte. »Ja, da haben Sie wohl recht«, stimmte sie widerstrebend zu. Irgendwie kam ihr das Mädchen, das sie damals gewesen war, fremd vor. Sie hatte sich für unendlich klug und unverletzlich gehalten. Dabei war sie so furchtbar naiv gewesen.

»Die meisten von uns finden sich mit der Realität ab«, fuhr Dagmar fort. »Und letztlich sind sie auch ganz zufrieden damit. Oder machen etwas Gutes daraus. Aber trotzdem sind Träume doch etwas Natürliches! Gisela hat sich ihre Träume erfüllt... Das heißt bis zu diesem Frühling, als Friedrich starb. Seitdem ist sie untröstlich. So eine... Einheit zu bilden!« Jetzt sah sie zu Hester auf. »Sie wissen doch, daß sie unzertrennlich waren? Er liebte sie so sehr, daß er nie müde wurde, sie anzuschauen, ihr zuzuhören, sich an ihrem Lachen zu erfreuen. Nach zwölf Jahren fand er sie so faszinierend wie am Anfang.«

»Da Neid zu empfinden wäre nur zu natürlich«, gab Hester zu. Ihr wäre es schwer gefallen, solchem Glück zuzusehen, ohne es auch für sich zu wünschen. Und wenn sie früher einmal in den Prinzen verliebt gewesen wäre, dann hätte sie sein Glück mit der anderen Frau jeden Tag aufs neue verletzt. Sie hätte sich gefragt, warum nicht sie diese Leidenschaft in ihm geweckt hatte, woran es ihr fehlte – an Charme, Fröhlichkeit, Zärtlichkeit, Geistesgegenwart, Großzügigkeit oder an Ehre. Ob sie ihm schlichtweg nicht genug bot, sei es mit ihrem Aussehen, sei es in der Liebe, die sie selbst ja nur von ihren Träumen, ihren Sehnsüchten kannte. Rührte von all dem eine Wunde in Zorah Rostova her, die seit Jahren in ihr schwelte und vielleicht ihren Verstand getrübt hatte?

Dagmar riß zerstreut vertrocknete Palmenwedel ab.

»Wie war der Prinz?« wollte Hester wissen.

»Sie meinen, wie er aussah?« fragte Dagmar lächelnd.

»Nein, als Mensch. Womit beschäftigte er sich gern? Angenommen, ich hätte einen Abend in seiner Gesellschaft verbracht, bei einer Dinnerparty zum Beispiel, woran hätte ich mich danach am besten erinnert?«

»Bevor er Gisela kennenlernte oder danach?«

»Bitte erzählen Sie mir von beidem.«

Beim Bemühen, sich zu konzentrieren, vergaß Dagmar ganz die Pflanzen. »Nun, vor Gisela dachte man bei ihm zuallererst an seinen Charme.« Sie lächelte unwillkürlich. »Sein Lächeln war wunderschön. Er sah einen an, als würde ihn alles, was man sagte, aufrichtig interessieren, ja als würde er es richtig in sich aufsaugen, um auch wirklich nichts zu verpassen. Und das war keine bloße Höflichkeit! Ich glaube, woran man sich später als erstes erinnerte, das war die Gewißheit, daß er einen mochte.«

Hester lächelte ebenfalls. Ihr wurde ganz warm ums Herz bei diesem Bild von einem Menschen, der voll und ganz in der Begegnung mit anderen aufging. Kein Wunder, daß Gisela ihn so geliebt hatte. Und wie schrecklich mußte sie sich jetzt fühlen! Als wäre sie mit diesem Verlust, ihrer Einsamkeit nicht genug gestraft, wurde sie nun auch noch mit dieser ungeheuerlichen Beschuldigung verfolgt. Was war nur in Rathbone gefahren, daß er Zorahs Verteidigung übernommen hatte? Der Adelstitel mußte ihm zu Kopfe gestiegen sein!

»Und nachdem er Gisela kennengelernt hatte …«, fuhr Dagmar fort.

Hester gab sich einen Ruck. Sie hatte ganz vergessen, daß sie auch das hatte wissen wollen. »Ja?« fragte sie, um einen gespannten Tonfall bemüht.

»Ich glaube, er war anders«, erklärte Dagmar nachdenklich. »Es verletzte ihn, daß Gisela nicht akzeptiert wurde. Aber auch wenn er seiner Familie nie allzu nahe stand, vor allem seiner Mutter nicht, ging er schweren Herzens ins Exil. Insgeheim glaubte er immer daran, daß man ihn eines Tages zurückholen und dann auch Giselas Wert erkennen würde.« Sie schaute zwischen Farnblättern hindurch zu den Fenstern. »Ich kann mich noch gut an den Tag erinnern, an dem er fortging. Tausende säumten die Straßen. Viele Frauen weinten, und jeder wünschte ihm alles Gute. ›Gott segne dich!‹ riefen sie alle und winkten mit Taschentüchern und streuten Blumen über den Weg.«

»Und Gisela?« fragte Hester. »Wie waren die Gefühle ihr gegenüber?«

»Sie wurde abgelehnt. Es herrschte eine Stimmung, als hätte sie ihn uns gestohlen.«

»Was für ein Mensch ist sein Bruder?«

»Waldo?« rief Dagmar mit einem amüsierten Auflachen. »Ach, auf den ersten Blick ist er viel einfacher, ja, langweiliger. Sein Charme reichte bei weitem nicht an den von Friedrich heran. Aber wir lernten ihn schätzen. Und natürlich ist seine Frau überall beliebt. So etwas macht wirklich enorm viel aus, verstehen Sie. Vielleicht hatte Ulrike ja doch recht. Die Person, die wir heiraten, verändert uns mehr, als ich früher dachte. Jetzt, da Sie mich danach fragen, wird mir so richtig klar, wie sehr sich die zwei Brüder in den Jahren verändert haben. Waldo ist stärker und klüger geworden und hat gelernt, die Zuneigung der Menschen zu gewinnen. Ich glaube, daß er glücklich ist, und zufriedene Menschen sind freundlicher, finden Sie nicht auch?«

»Ja«, sagte Hester emphatisch. »Das stimmt wirklich. Aber was wurde aus der Gräfin Rostova, nachdem Friedrich und Gisela das Land verlassen hatten? Vermißte sie ihn?«

Diese Frage schien Dagmar zu überraschen. »Ich weiß es

nicht«, sagte sie zögernd. »Sie tat ein paar höchst seltsame Dinge. So fuhr sie nach Kairo und von dort auf dem Nil weiter nach Karnak. Allerdings weiß ich nicht, ob das mit Friedrich zusammenhing oder ob sie die Reise ohnehin geplant hatte. Ich mochte Zorah, aber ich kann nicht behaupten, daß ich sie je verstanden habe. Sie hatte ganz bizarre Ideen.«

»Zum Beispiel?«

»Über die Möglichkeiten der Frauen zum Beispiel.« Dagmar schüttelte lachend den Kopf. »Sie meinte doch glatt, wir sollten uns zusammentun und uns unseren Männern verweigern, solange sie uns nicht an der politischen Macht teilhaben ließen. Wenn das nicht verrückt war... Natürlich war sie damals noch jünger.«

Hester legte nachdenklich die Stirn in Falten. »Gab es nicht ein griechisches Theaterstück über dieses Thema?«

»Griechisch?« fragte Dagmar perplex.

»Ja, im klassischen Altertum. Da wollten die Frauen einen Krieg zwischen zwei Stadtstaaten beenden.«

»Ach, ich weiß nicht. Das ist ja auch völlig absurd.«

Hester wollte ihr nicht widersprechen, aber mit einem Mal kam ihr Zorah gar nicht mehr so merkwürdig vor. So ähnlich dachte sie ja auch. Sie konnte sich gut vorstellen, wie Rathbone auf solche Thesen reagieren würde, und schmunzelte auf einmal.

Dagmar, die Hesters Reaktion als Zustimmung mißverstand, lächelte nun ebenfalls. Für eine Weile gerieten alte Tragödien und gegenwärtige Ängste in Vergessenheit. Die zwei Frauen blieben noch ein bißchen und sogen den Geruch der Blumen und der feuchten Erde in sich auf, bis Hester schließlich wieder bei Robert nach dem Rechten sehen mußte.

Wie immer ging sie fast lautlos die Treppe hinauf. Die Tür zu Roberts Zimmer stand halb offen, wie es sich gehörte, wenn ein Mann Damenbesuch hatte. Weil sie nicht in ein Gespräch platzen wollte, sah Hester zunächst nur hinein.

Das Zimmer war in Sonnenlicht gebadet.

Robert lag lächelnd da und hörte gebannt Victoria zu. Sie las ihm aus Malorys *Der Tod Arthurs* die Liebesgeschichte von Tristan und Isolde vor. Ihre Stimme war sanft und zugleich eindringlich. Und wenn sie auch das Tragische voll erfaßte, so schwang in ihr doch auch eine Musikalität mit, die das Hier und Jetzt eines Krankenzimmers in einem eleganten Londoner Haus hinter sich ließ: Aus ihr sprach alle magische, doch hoffnungslose Liebe, der Ausdruck einer universellen Sehnsucht.

Hester schlich ins Nachbarzimmer, wo sie ein Feldbett hatte, damit sie auch in der Nacht in Roberts Nähe sein und im Notfall sofort zur Hilfe eilen konnte. Dort gab es genug zu tun: aufräumen und die Kleidungsstücke, die die Wäscherin zurückgebracht hatte, zusammenlegen und in den Schränken verstauen.

Fünfzehn Minuten später klopfte sie bei Robert an und öffnete nach kurzem Zögern die Tür. Sie mußte wissen, ob er etwas essen oder vielleicht einen Tee wollte.

Victoria hatte soeben das Buch zugeklappt. »Beim nächsten Mal lese ich Ihnen die Belagerung und die Ankunft von Sir Galahad vor«, versprach sie. »Nirgendwo sonst werden Mut und Ehre so schön beschrieben!«

Robert seufzte. Hester konnte sein Gesicht sehen. Es war bleich, und die Mundwinkel waren herabgezogen. War er traurig, oder hatte er Angst? Er mußte doch begriffen haben, daß sein Rücken viel zu langsam verheilte. Zu ihr hatte er noch nie etwas gesagt, aber woran mochte er nur in all den Stunden denken, in denen er allein in diesem sauberen, stillen Zimmer lag, das seine Eltern so liebevoll für ihn hergerichtet hatten? Sie taten alles für ihn, hielten sich ständig in seiner Nähe auf, lasen ihm jeden Wunsch von den Augen ab, und doch wußten sie, daß sie mit allem, was sie für ihn taten, bestenfalls die Oberfläche berührten. An die darunterliegende, alles verzehrende Angst kamen sie nicht heran. Auch wenn sie in ihrem Bewußtsein allgegenwärtig war, wagten sie es nie, darüber zu sprechen.

Roberts Augen und die Ringe auf der dünnen Haut darunter verrieten Hester, daß sich hinter allem, was er sagte, Angst verbarg.

»Schön«, sagte er höflich zu Victoria. »Das ist sehr liebenswürdig von Ihnen.«

Sie sah ihm fest in die Augen. »Ist es Ihnen lieber, ich lese nichts vor?«

»Nein!« rief er eilig. »Es ist eine wunderschöne Geschichte. Ich kenne zwar schon das meiste, aber es tut gut, sie so zu hören, wie sie erzählt gehört. Sie lesen so wunderschön.« Obwohl er sich jede Mühe gab, sich dankbar und höflich zu zeigen, erstarb seine Stimme beim letzten Wort.

»Aber Sie wollen keine Geschichten über Helden hören, die kämpfen, Schwerter schmieden und wild galoppieren können, während Sie im Bett liegen und zu keiner Bewegung fähig sind«, sagte Victoria mit brutaler Offenheit.

Hester überlief ein eiskalter Schauer.

Robert wurde kreidebleich. Da er kein Wort sagte, befürchtete Hester schon, er lege sich verletzende Worte zurecht, die er später nie wieder würde gutmachen können.

Wenn Victoria dasselbe glaubte, verbarg sie ihre Gefühle meisterhaft. Mit kerzengeradem Rücken, straffen Schultern und erhobenem Kopf saß sie da und wartete.

»Es gab Zeiten, als ich das auch nicht wollte«, fuhr sie mit leicht bebender Stimme fort. Die Erinnerung tat immer noch weh.

»Sie können ja laufen!« brach es aus Robert hervor. Man konnte fast meinen, das Sprechen bereite ihm Qualen.

»Das konnte ich lange nicht«, entgegnete sie in fast beiläufigem Ton. »Und bis heute habe ich Schmerzen dabei«, fügte sie mit zitternder Stimme hinzu. Die Scham und die Erinnerung an ihre Leiden hatten ihre Wangen gerötet. Unter dem allzu dünnen Fleisch zeichneten sich ihre zerbrechlichen Knochen ab. »Ich bin schlecht zu Fuß. Ich bin schrecklich ungeschickt. Ich stoße alles mögliche um. Sie haben wenigstens keine Schmerzen.«

»Ich…« Er setzte zu Widerspruch an, begriff aber, daß er keine Argumente dafür hatte. Tatsächlich waren seine physischen Schmerzen fast überstanden. Zurück blieben aber hilflose, nagende Verzweiflung, das Wissen, mit seinen leblosen Beinen ans Bett gekettet zu sein.

Victoria wartete stumm.

»Es tut mir leid, daß Sie Schmerzen haben«, sagte Robert schließlich. »Aber ich würde gerne Schmerzen ertragen, wenn ich mich nur bewegen könnte, und sei es auch ungeschickt, statt mein Leben lang herumzuliegen wie ein Kohlkopf.«

»Und ich würde lieber bequem auf einem Bett liegen«, entgegnete sie mit belegter Stimme. »Ich möchte von anständigen Eltern geliebt werden, die Gewißheit haben, daß sich immer jemand um mich kümmert, nie unter Kälte und Hunger leiden und nie allein sein. Es wäre so schön, keine Angst mehr zu haben, daß die Schmerzen zurückkehren. Aber wir können es uns nun mal nicht aussuchen. Und wer weiß, vielleicht können Sie ja eines Tages wieder laufen.«

Erneut sagte er lange nichts.

»Werden Ihre Schmerzen irgendwann nachlassen?« fragte er zu guter Letzt.

»Nein. Mir wurde gesagt, daß ich mich damit abfinden muß.«

Er holte Luft, als setze er zur nächsten Frage an, über ihren Unterhalt oder die Gründe ihrer Angst vor Kälte und Hunger vielleicht, aber trotz seiner Verzweiflung wahrte er nun wieder die höfliche Distanz.

»Das tut mir leid.«

»Das glaube ich Ihnen gern. Aber es hilft weder mir noch Ihnen etwas, wenn wir wissen, daß wir nicht die einzigen sind, die leiden.«

Er wandte sich ab. Daß ihm dabei die weichen braunen Haare ins Gesicht fielen, schien er gar nicht zu registrieren. Das Sonnenlicht warf helle Muster auf den Boden.

»Wahrscheinlich werden Sie mir gleich sagen, daß es mit der Zeit besser wird«, stieß er bitter hervor.

»Ganz bestimmt nicht«, entgegnete sie. »Es gibt Tage, an denen es besser ist, und dann wird es wieder schlechter. Aber wenn der Körper nicht kann, dann muß man eben mit dem Geist das Beste aus dem Leben machen.«

Diesmal blieb seine Antwort aus. Schließlich stand Victoria auf. Im Sonnenlicht sah Hester Tränen auf ihrem Gesicht schimmern. »Es tut mir leid«, sagte sie sanft. »Vielleicht hätte ich lieber nichts sagen sollen. Ich war zu voreilig. Vielleicht war ich die falsche Person, die darüber geredet hat. Ich habe es getan, weil es denen, die Sie so sehr lieben, zu schwerfällt. Außerdem waren sie nie in Ihrer Situation.« Sie schüttelte kaum wahrnehmbar den Kopf. »Sie wissen nicht, ob sie ehrlich sein sollen oder nicht oder wie sie es Ihnen beibringen sollen. Sie zermartern sich in schlaflosen Nächten das Hirn und können sich nicht entscheiden.«

Er drehte sich mit wutverzerrtem Gesicht zu ihr um. »Aber Sie können es? Sie wurden auch mal verletzt, und darum wissen Sie alles! Sagen Sie bloß, daß Sie deswegen das Recht haben, zu entscheiden, was Sie mir wann und wie sagen!«

Victoria sah drein, als hätte man sie ins Gesicht geschlagen, aber sie gab nicht nach. »Wird es morgen oder nächste Woche anders sein?« Sie gab sich Mühe, mit fester Stimme zu sprechen. Es gelang ihr nicht ganz. »Sie liegen da und grübeln. Und wagen es nicht, die Worte auszusprechen. Nicht einmal in Gedanken! Als ob sie Ihre Lage noch realer machen könnten! Ein Teil Ihrer selbst hat sich ihr schon gestellt, ein anderer schreit noch, das sei alles nicht wahr. Wie lange wollen Sie noch mit sich selbst kämpfen?«

Er gab keine Antwort, sondern starrte sie nur stumm an.

Sie atmete tief durch, straffte die Schultern und humpelte zur Tür. Fast stieß sie dabei einen Stuhl um. Auf der Schwelle drehte sie sich noch einmal um. »Danke, daß Sie Tristan und Isolde mit mir geteilt haben. Ich habe Ihre Gesellschaft und unsere gemeinsame Reise durch die Welt der Gedanken genossen. Guten Abend.« Ohne seine Reaktion abzuwarten, stieß sie die Tür ganz auf und ging die Treppe hinunter.

Hester ließ Robert allein, bis es Zeit war, ihm das Abendessen zu bringen. Er lag noch genauso da, wie Victoria ihn verlassen hatte, und wirkte deprimiert.

»Ich will nichts essen«, murmelte er, als er sie bemerkte. »Und sagen Sie mir nicht, das würde mir guttun. Ich würde daran ersticken.«

»Das hatte ich auch nicht vor«, sagte Hester gelassen. »Sie haben recht. Vielleicht brauchen Sie wirklich Zeit für sich allein. Soll ich die Tür schließen und die anderen bitten, Sie nicht zu stören?«

Er sah sie erstaunt an. »O ja, bitte tun Sie das.«

Sie nickte, und nachdem sie die Tür zum Flur geschlossen hatte, kehrte sie ins Nachbarzimmer zurück, dessen Tür sie ebenfalls hinter sich zuzog. Von den Lichtern ließ sie nur eine kleine Lampe brennen. Wenn er weinte, sollte er das in aller Stille tun können, ohne daß andere etwas davon bemerkten.

4. Kapitel

Robert fand die ganze Nacht keine Ruhe. Hester entging das nicht, doch sie wußte, daß sie ihm nicht helfen konnte. Es wäre ein unverzeihlicher Fehler gewesen, ihn zu stören.

Als sie am Morgen nachsehen ging, schlief er. Sein Gesicht war leichenblaß. Er sah so jung aus und unendlich erschöpft. Er war etwas über zwanzig, doch in seinen Zügen konnte sie nur allzuleicht das Kind erkennen, das unter der Isolation und den Schmerzen litt. Sie verzichtete darauf, ihn zu wecken. Das Frühstück war nicht so wichtig.

Auf dem Treppenabsatz wartete Dagmar auf sie. »Fehlt ihm auch nichts?« fragte sie besorgt. »Die Tür zu seinem Zimmer war in der Nacht zu. Ich wollte nicht hineingehen.« Da sie errötete, wußte Hester sofort, daß sie nachgeschaut und ihn weinen gehört hatte. Was mußte diese Frau leiden! Es mußte unerträglich für sie sein, wenn sie nichts tun konnte, außer stark zu bleiben. Und ihrem Sohn zuliebe wollte sie sich nichts anmerken lassen.

Hester wußte nicht, was sie ihr sagen sollte. War es am Ende besser, wenn sie die Wahrheit nicht länger bemäntelte? Wollte sie das jetzt noch tun, müßte sie lügen.

»Ich glaube, er stellt sich der Tatsache, daß er vielleicht nie wieder wird laufen können«, erklärte sie zögernd.

Dagmar setzte zu einer Antwort an, blieb jedoch stumm. An ihren Augen erkannte Hester, daß ihr sehr wohl Worte in den Sinn kamen, aber keins, das hätte helfen können. Einen Moment noch blieb Dagmar vor ihr stehen, dann verlor sie die Fassung. Sie wandte sich abrupt ab, rannte die Treppe hinunter und rettete sich ins Frühstückszimmer, wo sie allein sein konnte.

Hester kehrte in ihr Zimmer zurück. Ihr war unwohl.

Am späten Morgen wachte Robert mit rasenden Kopfschmerzen und trockenem Mund auf. Hester half ihm vom Bett auf den Stuhl. Im Krankenhaus von Skutari hatte sie gelernt, wie man Leute hob, die nicht mehr aus eigener Kraft aufstehen konnten. Und einige davon waren größer und schwerer als Robert gewesen. Sie gab ihm eine Schüssel mit Wasser, damit er sich waschen und rasieren konnte, während sie Bett und Kissen ordentlich ausschüttelte und frisch bezog. Sie war gerade dabei, die Tagesdecke glattzustreichen, als Dagmar anklopfte und eintrat.

Robert sah immer noch mitgenommen aus, hatte sich aber wieder gefaßt. Als seine Mutter ihm helfen wollte, sich ins Bett zu legen, wehrte er ab, doch natürlich schaffte er es ohne Hesters Hilfe nicht.

Dagmar räusperte sich. »Wenn Miss Stanhope dich gestern verärgert hat, werde ich sie in einem höflichen Dankesbrief bitten, auf weitere Besuche zu verzichten. Das läßt sich alles arrangieren, ohne daß du belästigt wirst.«

»Sie wird wahrscheinlich sowieso nicht mehr kommen«, seufzte Robert. »Ich war sehr unhöflich zu ihr.«

»Es war bestimmt nicht deine Schuld …«, fing Dagmar an.

»Doch!« fuhr er ihr über den Mund. »Du brauchst mich nicht zu verteidigen, als ob ich ein Kind, ein Idiot oder nicht für mein Tun verantwortlich wäre. Ich habe den Gebrauch meiner Beine, aber nicht den Verstand verloren!«

Dagmar schnappte nach Luft. Tränen stiegen ihr in die Augen.

»Es tut mir leid«, entschuldigte sich Robert sofort. »Aber laß mich jetzt besser allein. Ich kann anscheinend zu niemandem mehr freundlich sein, außer zu Miss Latterly. Zumindest wird sie dafür bezahlt, daß sie mich pflegt, und ist Leute wie mich gewöhnt, die so widerspenstig reagieren, obwohl sie eigentlich allen Grund zu Dankbarkeit hätten.«

»Soll das heißen, daß du mich los sein willst?« Dagmar rang um Fassung, doch ihr stand ins Gesicht geschrieben, wie verletzt sie war.

»Nein, natürlich nicht! Oder doch! Ja! Es ist abscheulich,

wenn ich dir weh tue! Und ich finde mich abscheulich!« Er drehte sich weg.

Hester konnte sich nicht zum Eingreifen durchringen. Vielleicht mußte endlich gesagt werden, was sonst schwelen und alle genauso verletzen würde, weil sie es ja wußten. Oder blieben diese Worte doch besser ungesagt? Dann müßte sie niemand mit einer Entschuldigung zurücknehmen. Und Zweifel, ob sie vergeben worden waren oder nicht, gäbe es auch nicht.

»Und wenn ich Miss Stanhope einfach so schreibe ...«, begann Dagmar zögernd.

Robert drehte sich wieder zu ihr um. »Nein! Bitte laß das. Ich ... ich möchte ihr selbst schreiben. Ich will mich entschuldigen. Das ist meine Pflicht.« Er biß sich auf die Lippe. »Nimm mir nicht alles ab, Mama. Laß mir meine Würde. Ich kann zumindest meine Entschuldigung selbst schreiben.«

»Ja ...« Sie schluckte. »Ja, natürlich. Willst du sie bitten, wiederzukommen oder ihre Besuche bleiben zu lassen?«

»Ich werde sie bitten, wiederzukommen. Sie wollte mir von Sir Galahad und der Suche nach dem heiligen Gral vorlesen. Er hat ihn gefunden, wußtest du das?«

»Ach, wirklich?« Obwohl ihr Tränen über die Wangen strömten, zwang sie sich zu einem Lächeln. »Ich ... ich bringe dir Papier und ein Brett. Glaubst du, du kannst im Bett mit Tinte schreiben?«

Ein verzerrtes Lächeln flackerte über seine Lippen. »Das sollte ich wohl schleunigst lernen, oder?«

Wie fast jeden Tag, stattete der Arzt am Nachmittag seinen Besuch ab. Er war noch recht jung und verbreitete nicht die Aura der Allwissenheit vieler Kollegen, die normalerweise Distanz zu den Patienten schafft. Das bestimmte Auftreten, das die einen als tröstlich, die anderen als herablassend empfinden, gab es bei ihm nicht. Während der Untersuchung stellte er Robert viele Fragen, wobei er sich stets an ihn direkt wandte und nie falschen Optimismus verbreitete.

Robert gab zwar nur einsilbige Antworten, doch Hester war

sich sicher, daß ihm nur noch das Quentchen Mut zu der Frage fehlte, ob er je wieder würde laufen können.

»Sie machen durchaus zufriedenstellende Fortschritte«, meinte der Arzt am Ende und klappte seinen Koffer zu. Wie die ganze Zeit zuvor, wandte er sich an Robert, nicht an Dagmar oder Hester. »Das viele Liegen hat Ihren Kreislauf offenbar nicht beeinträchtigt.«

Dagmar öffnete den Mund, überlegte es sich dann aber wieder anders.

»Ich werde mich noch mit Schwester Latterly über die weitere Pflege unterhalten«, fuhr der Arzt fort. »Wir müssen verhindern, daß Sie sich die Haut wundliegen.«

Robert atmete tief ein und ließ alle Luft mit einem Seufzer entweichen.

»Ich weiß es nicht«, sagte der Doktor unvermittelt und beantwortete so die Frage, die Robert nicht gestellt hatte. »Das ist die Wahrheit, Mr. Ollenheim. Das soll nicht heißen, daß ich sie Ihnen notwendigerweise sagen würde, wenn ich sie wüßte, aber ich würde Sie nie anlügen. Es ist nicht auszuschließen, daß Ihre Nerven so gravierend geschädigt wurden, daß es noch lange dauern wird, bis Sie Ihre Beine wieder benutzen können. Ich weiß es wirklich nicht.«

»Danke«, sagte Robert mit unsicherer Stimme. »Ich war mir nicht sicher, ob ich Sie gefragt hätte.«

Der Arzt lächelte.

Aber bei der Besprechung mit Hester, Dagmar und Bernd im Raucherzimmer wurde er schlagartig sehr ernst.

»Nun?« fragte Bernd. Seine Augen waren verhüllt. Er hatte Angst.

»Es sieht nicht gut aus«, antwortete der Arzt und stellte seine Tasche auf einen der Sessel. »Ab dem Lendenwirbel ist alles völlig taub.«

»Aber das wird doch wieder besser!« rief Bernd in flehendem Ton. »Sie haben uns gesagt, daß es Wochen oder sogar Monate dauern kann, daß wir geduldig sein müssen.«

»Ich habe gesagt, daß es vielleicht wieder besser wird«, korrigierte ihn der Arzt. »Es tut mir leid, Baron Ollenheim, aber Sie müssen sich darauf gefaßt machen, daß es so bleiben könnte. Es wäre unfair Ihrem Sohn gegenüber, ihm die Wahrheit zu verschweigen. Natürlich besteht immer noch Hoffnung, aber keineswegs Gewißheit. Sie müssen auch die andere Möglichkeit ins Auge fassen und sich darauf vorbereiten.«

»Worauf vorbereiten?« Bernd starrte ihn entsetzt an. »Wie sollen wir uns darauf vorbereiten?« Er fuchtelte wütend mit den Armen. Seine Stimme wurde lauter. »Und was sollen wir tun? Einen Rollstuhl kaufen? Ihm sagen, daß er vielleicht nie wieder stehen, geschweige denn laufen wird? Daß... daß...« Er wußte nicht mehr weiter.

»Seien Sie mutig«, sagte der Arzt gequält. »Aber tun Sie vor Robert nicht so, als ob Sie nicht mit dem Schlimmsten rechnen würden. Damit täten Sie ihm keinen Gefallen, wenn er sich später tatsächlich damit auseinandersetzen muß.«

»Können wir denn gar nichts tun? Ich scheue keine Unkosten... Ich...«

Der Arzt schüttelte betrübt den Kopf. »Wenn es etwas gäbe, hätte ich es Ihnen gesagt.«

Mit leiser Stimme schaltete sich Dagmar ein. »Was können wir sagen oder tun, um es ihm leichter zu machen, wenn... wenn es wirklich soweit kommt? Ich weiß es einfach nicht, was besser für ihn wäre: darüber sprechen oder nicht.«

»Ich weiß es selbst nicht«, gab der Arzt zu. »Ich habe es noch nie gewußt. Es gibt keine fertigen Antworten. Versuchen Sie, sich Ihren Kummer nicht allzusehr anmerken zu lassen. Aber verleugnen Sie ihn auch nicht, wenn er sich damit abzufinden beginnt. Er wird genug mit sich zu kämpfen haben; da muß er sich nicht auch noch mit Ihren Problemen belasten.«

Dagmar nickte. Bernd stand stumm neben ihr. Sein Blick ging vorbei am Arzt auf ein prächtiges Gemälde. Es zeigte eine Gruppe von muskulösen Reitern, die in perfekter Eleganz über die Landschaft preschten.

Hester unternahm früh am nächsten Morgen einen kurzen Spaziergang im Garten, als sie Bernd allein vor einem Beet mit verblühenden Blumen antraf. Der September näherte sich seinem Ende, und die Astern im Beet gegenüber – lila, rosa und rot – standen in voller Pracht. Die verwelkten Lupinen und Delphinien hatte der Gärtner bereits zurückgeschnitten. Die übrigen Sommerblumen waren schon längst entfernt worden. Es roch nach feuchter Erde. Die warme Jahreszeit ging zu Ende.

Eigentlich hatte Hester nur Ringelblumen pflücken wollen. Daraus ließ sich eine höchst wirksame Lotion gegen wunde Haut gewinnen. Als sie nun Bernd sah, wollte sie gleich wieder umkehren, um ihn nicht zu stören, doch er hatte sie schon bemerkt.

»Miss Latterly?«

»Guten Morgen, Herr Baron.« Sie lächelte unsicher.

»Wie geht es Robert?« fragte er besorgt.

»Besser«, antwortete sie wahrheitsgemäß. »Ich glaube, er war so müde, daß er die ganze Nacht durchgeschlafen hat. Er will unbedingt, daß Miss Stanhope ihn wieder besucht.«

»War er denn so unhöflich zu ihr?«

»Nun ja, er hat sie verletzt.«

»Hoffentlich war er… nicht gemein zu ihr. Der eigene Schmerz ist keine Entschuldigung für die Verletzungen, die man anderen zufügt, vor allem dann, wenn sie sich nicht wehren können.«

In diesem einen Satz hatte er ausgedrückt, was seinen Status umfaßte, nicht nur die Überzeugung der eigenen angeborenen Überlegenheit, sondern auch die damit verbundene Verpflichtung zu eiserner Disziplin und die tiefe Ehrauffassung. Sie betrachtete sein Profil mit seinen wohlgeformten, kräftigen Knochen. Der Mund war halb verdeckt von seinem dunklen Schnurrbart, seine Züge waren markanter als die des Jüngeren, aber die Ähnlichkeiten waren nicht zu übersehen.

»Er hat sie nicht beleidigt«, versicherte ihm Hester nicht ganz wahrheitsgemäß. »Und Miss Stanhope verstand den Grund für sein schroffes Verhalten. Sie weiß aus eigener Erfahrung, was es heißt, zu leiden.«

»Ja, man sieht, daß sie ...« – er zögerte, suchte nach einer taktvollen Formulierung – »... gewissermaßen behindert ist. Wissen Sie, ob es an einem Unfall oder einer Krankheit lag? Natürlich hatte sie mehr Glück als Robert. Sie kann immerhin laufen, wenn auch vielleicht etwas unbeholfen.«

Sie studierte seine Miene. Wie sicher er sich war! Die Denkweise eines Mannes, der sich seine Urteile über andere bildete, ohne deren Welt an sich heranzulassen. Von Victorias Tragödie oder der ihrer Familie konnte sie ihm unmöglich erzählen. Falls er sie mißverstand, wäre der Schaden nicht wiedergutzumachen. Victorias Intimsphäre wäre zerstört und mit ihr die Ansätze von Vertrauen, das sie unter so vielen Mühen entwickelt hatte.

»Ein Unfall«, sagte sie. »Und dann eine stümperhaft ausgeführte Operation. Seitdem lebt sie mit ständigen Schmerzen, die mal mehr, mal weniger schlimm sind.«

»Das tut mir leid«, sagte er ernst. »Armes Kind.« Und damit war das Thema für ihn erledigt. Er hatte den Regeln der Höflichkeit Rechnung getragen. Daß Victoria irgendwann ein Teil von Roberts Leben werden könnte, kam ihm nicht in den Sinn. Sie war nichts als eine bedauernswerte Person, die einmal in einer Zeit der Not freundlich gewesen und danach wieder verschwunden war. Gelegentlich würde man sich mit einer gewissen Achtung an sie erinnern, aber das wäre alles.

Bernd schaute über die welkenden Blumen vor ihm zu den prächtigen Astern und den goldgelb in die Höhe schießenden Ringelblumen hinüber, die einen so grellen Kontrast zur nassen Erde und dem dunklen Laub boten.

»Etwas anderes, Miss Latterly: Sollten Ihnen zufällig Einzelheiten über diesen unseligen Streit zwischen Gräfin Rostova und Prinzessin Gisela zu Ohren kommen, wäre ich Ihnen dankbar, wenn Sie nichts davon Robert gegenüber erwähnen würden. Ich fürchte, die Angelegenheit wird noch zu einem Skandal ausarten, wenn sich der Prozeß nicht doch verhindern läßt. Ich möchte nicht, daß mein Sohn unnötig belastet wird. Meine Frau hat etwas romantische Vorstellungen. Damit kommt er wohl eher zurecht.«

»Ich weiß sehr wenig über diesen Fall«, gestand Hester. »Mir ist es ein Rätsel, warum Gräfin Rostova eine solche Beschuldigung vorgebracht hat. Ich weiß nicht mal, ob private Gefühle oder Politik dahinterstecken. Sie kommt mir nur sehr verwegen vor, da sie offensichtlich keine Beweise hat.«

Bernd stopfte die Hände in die Taschen und wippte auf den Füßen vor und zurück.

Hester faszinierte die Leidenschaft, die die Gräfin so weit getrieben hatte, aber noch näher war ihr Rathbone. Sie sorgte sich um ihn. Es wäre kein Beinbruch, wenn er auch mal einen Fall verlöre. Ja, insgeheim dachte sie, das könnte ihm sogar guttun, denn seit dem Ritterschlag war er zu selbstzufrieden geworden. Andererseits wollte sie nicht, daß er ausgerechnet jetzt wegen dieses absurden Falles gedemütigt wurde und überall in Ungnade fiel: unter seinen Kollegen, in der Gesellschaft und unter den gemeinen Leuten, die sich mit Gisela identifizierten und auf ihrer Seite standen. Niemand will sich seine Träume zerstören lassen.

»Warum sollte die Gräfin nur so etwas tun?« sinnierte Hester laut, wohl wissen, daß Bernd sie womöglich für unverschämt halten würde. »Wurde sie am Ende von jemandem vorgeschoben?«

Ein Windhauch raschelte durch die Bäume und wehte trokkene Blätter durch die Luft.

Bernd drehte sich zu Hester um. Quer über seine Stirn hatte sich eine tiefe Furche gegraben. »Daran habe ich noch nicht gedacht. Zorah ist eine eigensinnige Frau, aber so selbstzerstörerisch habe ich sie noch nie erlebt. Mir fällt kein vernünftiger Grund ein, warum sie eine solche Anklage erheben könnte. Sie konnte Gisela nie leiden, aber damit ist sie nicht die einzige. Gisela läßt niemanden kalt. Sie schafft sich entweder Freunde oder Feinde.«

»Könnte Zorah im Auftrag eines ihrer Feinde handeln?«

»Um gesellschaftlichen Selbstmord zu begehen?« Er schüttelte den Kopf. »Ich würde so etwas für keinen Menschen tun. Sie etwa?«

»Das hängt davon ab, für wen und aus welchem Grund ich gebraucht werde«, antwortete sie und hoffte, er würde ihr mehr über Zorah verraten. »Glauben Sie, daß sie selbst von ihren Vorwürfen überzeugt ist?«

Darüber dachte er einen Moment lang nach. »Es fiele mir schwer«, sagte er schließlich. »Gisela hatte mit Friedrichs Tod nichts zu gewinnen und alles zu verlieren. Ich kann mir nicht vorstellen, daß Zorah das entgangen sein sollte.«

»Kennen sie sich gut?« Hesters Neugierde war geweckt. Wie mochte die Beziehung zwischen diesen so grundverschiedenen Frauen aussehen?

»So wie sich wohl alle Frauen kennen, die jahrelang in ähnlichen Verhältnissen leben und sich in denselben Kreisen bewegen. Vom Charakter her könnten sie nicht verschiedener sein, aber in ihrem Leben gibt es doch einige Parallelen. Zorah hätte leicht Giselas Stelle einnehmen können, hätte Friedrich eine Schwäche für unmögliche Frauen vom Schlag einer Zorah und nicht einer Gisela gehabt.«

Er verzog auf einmal angewidert das Gesicht. Und mit einem Schlag erkannte Hester, wie sehr er Gisela verübelte, daß sie das Königshaus durcheinandergebracht und den Prinzen für sich in Anspruch genommen hatte, bis er am Ende sein Volk und seine Pflichten vergaß.

»Wegen eines anderen Mannes haben sie sich doch nicht gestritten, oder?« fragte Hester, die immer noch nach einem Grund suchte.

Bernd starrte sie überrascht an. »Gisela? Wohl kaum. Sie flirtet ständig, aber das tut sie mehr zur Bestätigung ihrer Macht. Sie hat nie jemanden wirklich ermutigt. Ich würde schwören, daß sie an so etwas kein Interesse hatte.«

»Aber vielleicht wollte Zorah ihn Gisela abspenstig machen?

Gisela muß ein bezauberndes Wesen, eine magnetische Anziehungskraft gehabt haben...«, Hester merkte, daß sie von Gisela in der Vergangenheit sprach, als wäre sie bereits tot, »...ich meine, ich stelle sie mir bezaubernd vor.«

Bernds Lippen strafften sich. Er wandte sich ab, so daß ihm die Herbstsonne voll ins Gesicht schien. »O ja. Niemand vergißt Gisela so schnell.« Seine Miene wurde wieder weicher, der verächtliche Ausdruck löste sich auf. »Aber auch Zorah vergißt man nicht so leicht. Nun, ich glaube, die Politik wird sich des Falles annehmen. Wir stehen vor den dramatischsten Veränderungen in unserer Geschichte. Unter Umständen sind wir bald kein eigenständiges Land mehr, wenn wir von Großdeutschland geschluckt werden. Wenn wir aber auf unserer Unabhängigkeit bestehen, drohen uns ein verheerender Krieg und womöglich die Tilgung von der Landkarte.«

»Das würde doch für politische Motive sprechen.« Hester wurde sich ihrer Sache immer sicherer. »Falls er getötet wurde, dann doch wohl, um zu verhindern, daß er zurückkehrte und den Kampf um die Unabhängigkeit anführte.«

»Ja...«, räumte Bernd zögernd ein. »Vorausgesetzt, er wollte tatsächlich heimkehren, was wir allerdings nicht wissen. Aber es kann sein, daß Rolf damals nur deswegen nach England kam, um ihn dazu zu überreden. Vielleicht war er dem Erfolg näher, als wir dachten.«

»Dann hätte Gisela ihn also doch töten können, bevor er sie allein zurückließ!« rief Hester in einem triumphierenden Ton, der sich dem Baron gegenüber eigentlich nicht ziemte. »Laufen nicht Zorahs Behauptungen darauf hinaus?«

»Ja, aber es fällt schwer, das zu glauben.« Er musterte Hester mit einem ernsten Blick, den sie nicht zu ergründen vermochte. »Sie kannten Friedrich nicht, Miss Latterly. Mir ist unvorstellbar, daß dieser Mann Gisela hätte sitzenlassen. So wie ich das sehe, wäre er nur unter der Bedingung zurückgekehrt, daß sie hätte mitkommen dürfen. Ansonsten hätte er rundweg abgelehnt.«

»Dann hätte ihn auch einer von Giselas Feinden töten können«, spekulierte sie, »ein leidenschaftlicher Befürworter der Vereinigung, der es als seine patriotische Pflicht ansah, Friedrich daran zu hindern, einen Unabhängigkeitskrieg anzuzetteln. Oder war es am Ende jemand, der sich heimlich mit einem der Fürstentümer verbündet hat, die die Vormacht über das neue Deutschland gewinnen wollen?«

Bernd sah sie an, als hätte er sie zuvor nie wahrgenommen. »Sie scheinen brennend an Politik interessiert zu sein, Miss Latterly.«

»An den Menschen, Herr Baron. Und ich weiß, wovon ich rede, wenn ich keinem Land einen Krieg wünsche.«

»Glauben Sie nicht, daß es Dinge gibt, die es wert sind, dafür zu kämpfen oder notfalls sogar zu sterben?«

»Doch. Die Frage ist nur, ob man das Leben eines anderen Menschen opfert, oder ob man bereit ist, das eigene dafür herzugeben.«

Bernd musterte sie nachdenklich, sagte aber nichts mehr. So pflückte Hester ihre Ringelblumen und ließ sich von ihm zurück ins Haus begleiten.

Victoria akzeptierte Roberts Entschuldigung und besuchte ihn zwei Tage später. Hester nahm an, daß sie sehr unsicher auftreten würde. Wahrscheinlich befürchtete sie, Robert würde sie erneut angreifen, sei es aus Angst vor dem Ungewissen, sei es aus Wut, die freilich auch nur ein Ausdruck seiner Angst war und sich gegen Victoria richtete, weil sie in seinen Augen weniger verletzlich als seine Eltern war.

Hester war im Zimmer nebenan, als sie durch die angelehnte Tür mitbekam, wie das Dienstmädchen Victoria zu Robert führte und sich dann zurückzog.

»Danke, daß Sie gekommen sind«, sagte Robert etwas kleinlaut.

»Ich wollte es ja selbst«, entgegnete Victoria und fügte schüchtern hinzu: »Ich teile so gerne Dinge mit Ihnen.«

Hester konnte Roberts Gesicht sehen. Er lächelte.

»Was haben Sie mitgebracht?« fragte er. »Sir Galahad? Setzen Sie sich bitte. Es tut mir leid, daß ich Ihnen nicht gleich den Stuhl angeboten habe. Sie sehen so durchfroren aus. Ist es kalt draußen? Soll ich nach Tee schicken?«

»Danke. Ja, es ist kalt, und nein, ich hätte den Tee lieber später.« Sie setzte sich vorsichtig, was ihr wegen der Röcke einige Konzentration abverlangte. »Galahad habe ich nicht mitgebracht. Den wollte ich für später aufheben. Dafür habe ich zwei andere Bücher dabei. Wie wär's mit etwas Lustigem?«

»Edward Lear?«

»Mir ist etwas Älteres eingefallen. Hätten Sie Lust auf Aristophanes?«

»Ich weiß nicht«, sagte er mit einem gezwungenen Lächeln. »Klingt nach schwerer Kost. Sind Sie sicher, daß er lustig ist? Bringt er Sie zum Lachen?«

»O ja!« versicherte sie ihm. »Er zeigt die Lächerlichkeit der Leute, die sich selbst allzu ernst nehmen. Ich glaube, man verliert sich, wenn man nicht mehr über sich selbst lachen kann.«

»Ach wirklich?« Er war überrascht. »Ich dachte immer, das Lachen sei ein bißchen frivol und habe mehr mit Flucht zu tun als mit dem wirklichen Leben.«

»Oh, ganz und gar nicht!« rief sie in schwärmerischem Ton. »Manchmal ist das Lachen wahrhafter als alles andere!«

»Halten Sie das Absurde etwa für real?« Nun wirkte er perplex, aber nicht kritisch.

»Nein, so meine ich das auch wieder nicht. Ich spreche nicht vom spöttischen Lachen, das die Menschen herabsetzt, sondern vom komischen Lachen, das uns hilft zu erkennen, daß wir ganz normale Menschen sind wie alle anderen auch. Lustig wird etwas, wenn es überraschend daherkommt, wenn es unverhältnismäßig ist. Wir lachen, wenn etwas nicht das ist, womit wir gerechnet haben, und wir plötzlich das Komische daran sehen. Ist das nicht auch eine Form von gesundem Menschenverstand?«

»So habe ich das noch nie gesehen.« Er sah sie mit leuchtenden

Augen an. »Stimmt, das ist wohl die schönste Art des Lachens. Wie haben Sie das entdeckt? Oder hat jemand es Ihnen gesagt?«

»Ich habe viel darüber nachgedacht. Ich hatte ja Zeit zu lesen und zu überlegen. Und das ist das Magische an den Büchern: Man kann all den großen Menschen zuhören, die es auf dieser Welt gegeben hat, egal in welcher Zeit und egal in welcher Kultur. Man sieht das, worin sie sich von uns unterscheiden, Dinge, die man sich nie hätte vorstellen können.« Ihre Stimme wurde immer eindringlicher und enthusiastischer. Hester konnte sehen, daß sie sich vorbeugte und Robert sie lächelnd betrachtete.

»Lesen Sie mir Ihren Aristophanes vor«, sagte er sanft. »Nehmen Sie mich für eine Weile nach Griechenland mit und bringen Sie mich zum Lachen.«

Sie lehnte sich zurück und schlug das Buch auf.

Hester beugte sich wieder über ihre Näharbeit, die sie nach Victorias Ankunft unterbrochen hatte. Wenig später hörte sie Robert zum erstenmal schallend lachen und gleich darauf noch einmal.

Da Robert nun wieder kräftiger wurde und nicht mehr rund um die Uhr gepflegt zu werden brauchte, konnte Hester in ihre Wohnung zurückkehren. Bei der ersten Gelegenheit schrieb sie Oliver Rathbone und bat ihn um einen Termin in seiner Kanzlei.

Er antwortete, daß er sich freuen würde, sie zu sehen, aber sie leider nur zum Lunch treffen könne, weil sein gegenwärtiger Fall einen enormen Zeitaufwand erfordere.

So fand sie sich gegen Mittag in seinen Räumen ein. Als sie zu ihm gebracht wurde, schritt er grübelnd in seinem Büro auf und ab. Sein Gesicht war gezeichnet von Erschöpfung und ungewohnter Besorgnis.

»Wie schön, Sie zu sehen«, sagte er lächelnd und schloß die Tür hinter ihr. »Sie sehen gut aus.«

Es war ein höfliches Kompliment ohne jede Bedeutung, das sie zudem nicht erwidern konnte, ohne zu lügen.

»Sie nicht«, sagte sie kopfschüttelnd.

Er blieb abrupt stehen. Mit einer solchen Antwort hatte er nicht gerechnet. Sie war selbst für Hesters Verhältnisse taktlos.

»Der Fall der Gräfin Rostova bereitet Ihnen Sorgen«, sagte sie mit einem matten Lächeln.

»Er ist sehr komplex«, entgegnete er vorsichtig. »Wie haben Sie davon erfahren?« Er gab die Antwort gleich selbst. »Wahrscheinlich Monk!«

»Nein«, antwortete sie steif. Sie hatte Monk schon länger nicht mehr gesehen. Ihre Beziehung war immer schwierig, außer in kritischen Augenblicken, wenn die beiderseitige Antipathie einer auf instinktivem Vertrauen beruhenden Freundschaft wich, die tiefer war als der Verstand. »Callandra hat es mir gesagt.«

»Oh.« Er schien sich darüber zu freuen. »Möchten Sie mich zum Lunch begleiten? Es tut mir leid, daß ich so wenig Zeit habe, aber ich muß heute noch die Verteidigung in dem Fall vorbereiten.«

»Das kann ich gut verstehen. Und ich gehe gerne mit.«

»Schön.« Er nahm sie am Arm und führte sie ins Vorzimmer, vorbei an den mit hübschen, bis zum Hals zugeknöpften Anzügen bekleideten Kanzlisten, die sich mit Federkielen in Händen über die Hauptbücher beugten, und weiter auf die Straße. Unterwegs plauderten sie nur über Belangloses, bis sie in einer abgeschiedenen Nische des Gasthauses saßen und ihr Mittagessen bestellt hatten – in Teig gebackenes Wild mit Gemüse und Essigsoße.

»Zur Zeit pflege ich Robert Ollenheim«, eröffnete Hester nach dem ersten Bissen das Gespräch.

»Ach ja?« fragte Rathbone zerstreut, und mit einem Schlag begriff sie, daß der Name ihm kein Begriff war.

»Die Ollenheims waren gute Bekannte von Prinz Friedrich«, erklärte sie und nahm sich etwas mehr Soße. »Und natürlich auch von Gisela und Gräfin Rostova.«

»Oh, ich verstehe.« Jetzt hatte sie seine volle Aufmerksamkeit, allerdings nur, bis er merkte, daß sie ihn durchschaut hatte. Er lief rot an. Um ihrem Blick auszuweichen, beugte er sich über seinen Teller. »Seien Sie mir nicht böse. Vielleicht bin ich etwas angespannt. Das Beweismaterial ist unter Umständen schwerer zu sammeln, als ich erwartet hatte.« Er sah wieder auf und bedachte sie mit einem bedauernden Lächeln.

Eine Frau ging so nahe an ihnen vorbei, daß ihre Röcke ihre Stühle streiften.

»Haben Sie schon etwas von Monk gehört?« erkundigte sich Hester.

Rathbone schüttelte den Kopf. »Er hat sich bislang noch nicht gemeldet.«

»Wo ist er jetzt? In Deutschland?«

»Nein, in Berkshire.«

»Warum in Berkshire? Ist Friedrich dort gestorben... oder getötet worden?«

Er sah kauend auf. Eine Antwort schien er nicht für nötig zu halten.

»Sehen Sie eigentlich einen politischen Hintergrund?« Sie bemühte sich um einen möglichst beiläufigen Ton, so als ob ihr die Frage eben erst eingefallen wäre. »Daß die deutsche Vereinigung und nicht ein Verbrechen aus persönlichen Motiven dahintersteckt? Wenn es denn ein Verbrechen war.«

»Durchaus möglich.« Er hatte sich schon wieder über seinen Teller gebeugt. »Wäre Friedrich in sein Land zurückgekehrt, um den Widerstand gegen die Vereinigung anzuführen, hätte er mit einiger Sicherheit seine Frau verlassen müssen, obwohl sie genau das befürchtete und er es nicht wahrhaben wollte.«

»Aber Gisela liebte ihn doch so sehr. Und außer Zorah hat das nie jemand bezweifelt.« Sie gab sich alle Mühe, nicht wie eine von einem begriffsstutzigen Kind entnervte Gouvernante zu klingen, hörte aber selbst den ungeduldigen und überbetont deutlichen Klang ihrer Stimme. »Auch wenn er zunächst ohne sie heimgekehrt wäre, hätte er doch nach gewonnenem Kampf um die Unabhängigkeit darauf bestehen können, daß man sie als

Königin akzeptierte – und keiner hätte es ihm verwehren können. Halten Sie es denn nicht für ebenso möglich, daß jemand anders – vielleicht ein Anhänger der Vereinigung – ihn tötete?«

Rathbone überlegte. »Meinen Sie, jemand, der von einem der anderen deutschen Staaten bezahlt wurde?« fragte er.

»Warum nicht? Könnte Gräfin Rostova ihre Beschuldigung auf die Anregung Dritter hin erhoben haben, in dem Vertrauen darauf, daß ihre Auftraggeber rechtzeitig zum Prozeß Entlastungsmaterial nachliefern würden?«

Darüber dachte Rathbone eine Weile nach. »Das bezweifle ich«, brummte er schließlich und griff nach seinem Weinglas. »Meiner Einschätzung nach gehört sie nicht zu den Menschen, die sich anderen unterordnen.«

»Was wissen Sie über die anderen Leute, die bei Friedrichs Tod anwesend waren?«

Er füllte wieder sein Glas. »Noch sehr wenig. Monk ist im Moment vor Ort und recherchiert. Die meisten von ihnen haben sich wieder bei den Wellboroughs versammelt. Ich nehme an, sie wollen ihre Verteidigung aufeinander abstimmen. Einer Dame aus hohen Kreisen dürfte wenig daran liegen, daß ihren Gästen Mord nachgesagt wird.« Ein sarkastisches Lächeln huschte über sein Gesicht, um sofort wieder zu verschwinden. »Aber Gräfin Rostova kann man damit nicht verteidigen.«

Sie betrachtete sein Gesicht aufmerksam und versuchte, seine tieferen Gefühle zu erkennen. Sie sah die rasche Auffassungsgabe, die ihn schon immer ausgezeichnet hatte, seine Geistesschärfe und eine Portion Selbstbewußtsein, die sie zugleich anzog und ärgerte. Und seine Augen verrieten ihr noch etwas anderes: daß ihm nicht nur der Fall selbst Sorgen bereitete, sondern auch die Zweifel daran, ob es der Wahrheit letzter Schluß gewesen war, ihn anzunehmen.

»Vielleicht weiß sie, daß es Mord war, hat aber die falsche Person beschuldigt«, sinnierte sie laut und überraschte sich dabei, wie sie ihn wohlwollend musterte. »Dann wäre sie zwar immer noch der üblen Nachrede schuldig, aber nicht aus böser Absicht, sondern aus einer falschen Einschätzung der Situation heraus. Oder hat Gisela Friedrich zwar Gift gegeben, aber ohne zu wissen, worum es sich handelte? Dann wäre sie technisch gesehen schuldig, moralisch jedoch nicht.« Sie hatte die Portion vor sich ganz vergessen. »Falls das bewiesen werden kann, zieht die Gräfin ihre Behauptungen sicher mit einer Entschuldigung zurück. Und aus Erleichterung, daß die Wahrheit endlich auf dem Tisch ist, verzichtet Gisela vielleicht auf Sanktionen und läßt die Sache auf sich beruhen.«

Rathbone aß stumm weiter. Und auch Hester machte sich jetzt hungrig über ihre Portion her.

»Natürlich ist das denkbar«, murmelte Rathbone nach einer ganzen Weile. »Aber wenn Sie Gräfin Rostova kennen würden, hätten Sie keine Zweifel an ihrer Sicht der Dinge oder an ihrer Integrität.«

Das glaubte Hester nicht so ohne weiteres, aber sie stellte belustigt fest, daß Rathbone sich von der Gräfin zutiefst hatte beeindrucken lassen, und zwar so sehr, daß er sich gegen alle Gewohnheit nicht mehr bedeckt hielt, was wiederum ihre Neugierde auf diese Frau um so mehr steigerte. Gleichzeitig kränkte es sie allerdings auch ein wenig. Rathbone schien ihr zu schwärmerisch.

Er zeigte eine bei ihm noch nie gesehene menschliche Schwäche, ein Loch in seinem Panzer. Soviel Naivität machte sie wütend. Sollte er etwa fehlbarer sein, als sie es je für möglich gehalten hatte? Und dann wunderte sie sich über sich selbst. Da hatten sich in ihr doch glatt Beschützerinstinkte geregt und nahmen von Moment zu Moment zu!

Offenbar war ihm weder klar, was für hohe Wellen diese große öffentliche Romanze schlug, noch welche Träume all der Außenstehenden damit verbunden waren. In gewisser Hinsicht hatte er ein behütetes Leben geführt: Herkunft aus gutem Hause, hervorragende Ausbildung, exklusive Universität, Referendariat bei einem der angesehensten Anwälte und schließlich die Ernennung zum Barrister. Er kannte das Gesetz so gut wie nur wenige und hatte gewiß gesehen, zu welchen Verbrechen Leidenschaft und auch Verkommenheit führen konnten. Aber hatte er auch das normale Leben mit seinen Schwierigkeiten, seiner Komplexität und seinen scheinbaren Widersprüchen am eigenen Leib erfahren? Das glaubte sie eher nicht, und seine mangelnde Kenntnis machte ihr Angst.

»Sie werden viel über den politischen Hintergrund in Erfahrung bringen müssen«, sagte sie ernst.

»Danke.« Sarkasmus blitzte in seinen Augen auf. »Daran hatte ich auch schon gedacht.«

»Auf welcher Seite steht die Gräfin?« beharrte sie. »Ist sie für die Unabhängigkeit oder für die Vereinigung? Woher bezieht sie ihr Geld? Ist sie in jemanden verliebt?«

Sie sah seinem Gesicht an, daß er zumindest die letzte Frage noch nicht bedacht hatte. Einen kurzen Moment lang weiteten sich seine Augen vor Überraschung, dann hatte er sich wieder im Griff.

»Ich nehme an, eine gütliche Einigung ist ausgeschlossen«, sagte sie ohne Hoffnung. Rathbone hatte bestimmt alles versucht, um die Gräfin zum Einlenken zu bewegen.

»Richtig«, bestätigte der Anwalt düster. »Sie will es mit aller Macht auf ein Urteil ankommen lassen, egal was sie das kosten kann. Und ich habe sie gewarnt, daß sie viel riskiert.«

»Dann können Sie auch nicht mehr tun.« Sie versuchte zu lächeln. »Ich habe in einem geeigneten Moment mit Baron und Baronin Ollenheim darüber gesprochen. Sie hat eine sehr romantische Sichtweise; er ist pragmatischer, und ich hatte den Eindruck, daß er nicht viel von Gisela hält. Beide waren aber davon überzeugt, daß sie und Friedrich einander anbeteten und er zu keinem Zeitpunkt in Erwägung zog, ohne sie heimzukehren, selbst wenn sein Land vom Deutschen Reich geschluckt werden sollte.« Sie nippte an ihrem Wein und sah ihn über das Glas hinweg an. »Wenn Sie beweisen können, daß es Mord war, hat ihn meiner Meinung nach jemand anders begangen.«

»Ich bin mir bereits all der Verzweigungen bewußt.« Er

sprach mit fester Stimme, fand aber trotz allem Bemühen nicht den optimistischen Ton. »Auch weiß ich, daß die Gräfin sich mit ihren Behauptungen äußerst unbeliebt machen wird. Keiner mag es, wenn seine Träume zerstört werden, aber manchmal ist das im Namen der Gerechtigkeit nötig.«

Es war eine tapfere Ansprache; doch allein schon die Tatsache, daß er sie überhaupt hielt, verriet seine Nervosität. Offenbar wollte er sich ihr anvertrauen, aber nur bis zu einem gewissen Grad.

Hester hielt Vorsicht bei dieser Frau für angebracht, die Rathbone so sehr aus der gewohnten Bahn geworfen hatte. »Sie scheint eine außerordentlich mutige Frau zu sein«, stellte sie fest. »Hoffentlich gelingt es uns, genügend Beweismittel zu finden, die die Eröffnung des Prozesses rechtfertigen. Immerhin sind wir insofern verantwortlich, als es in England geschehen ist.«

»Sehr richtig!« stimmte er emphatisch zu. »Wir können doch nicht kampflos zulassen, daß unser Fall in den Bereich der Legende abrutscht. Vielleicht deckt Monk ja einige hilfreiche Umstände auf... Damit meine ich ganz einfache Fakten, wie zum Beispiel, wer die Möglichkeit hatte...«

»Womit, glaubt sie, wurde er getötet?« fragte Hester.

»Gift.«

»Ich verstehe. Jedermann glaubt, daß nur Frauen so etwas benutzen. Aber damit ist doch nicht bewiesen, daß es eine Frau war. Oder daß alle in bezug auf Vereinigung oder Unabhängigkeit wirklich so denken, wie sie reden.«

»Natürlich nicht«, räumte er ein. »Ich werde ja sehen, was Monk in Erfahrung gebracht hat und daraus neue Erkenntnisse gewinnen.« Erneut versuchte er, einen hoffnungsvollen Ton anzuschlagen.

Sie lächelte ihn an. »Machen Sie sich jetzt noch keine Sorgen. Sie sind ja erst am Anfang. Schließlich dachte bis zu den Äußerungen der Gräfin kein Mensch an Mord. Unter Umständen erinnert sich jetzt mancher an das eine oder andere vergessene Detail. Und vielleicht rühren sich auch noch die Anhänger der Unabhängigkeit, die ebenfalls die Wahrheit wissen wollen. Vielleicht sogar die Königin. Sie wird ein Interesse daran haben, zu erfahren, was wirklich geschehen ist, und uns zumindest mit ihrem Namen unterstützen.«

Er blickte sie niedergeschlagen an. »Beim Beweis, daß ein Mitglied der königlichen Familie von Felzburg einen Mord begangen hat? Das bezweifle ich. So etwas ist ein gräßlicher Schandfleck, egal wie heftig sie Gisela abgelehnt hat.«

»Ach, Oliver!« Sie beugte sich vor und legte spontan die Finger auf die seinen. »Seit Menschengedenken werden immer wieder Könige von ihren Verwandten ermordet. Keiner, der die Bibel kennt, wird meine These so unglaublich finden!«

»Wahrscheinlich haben Sie recht.« Er entspannte sich und nahm sein Glas. »Danke für Ihre aufmunternden Worte, Hester.«

Nun hob auch sie ihr Glas, und sie stießen mit einem sanften Klirren an. Dabei sah er ihr mit warmem Blick in die Augen.

Dank einer kurzen Mitteilung von Rathbone erfuhr Hester, daß Monk aus Berkshire zurückgekehrt war. Einen Tag später suchte sie ihn in seiner Wohnung in der Fitzroy Street auf. Ihre Beziehung zueinander war von Anfang an schwierig, oft kritisch und am Rande eines Streits und immer von einer merkwürdigen Mischung aus Zorn und Vertrauen geprägt. Er konnte sie zur Weißglut reizen. Sie ärgerte sich über seine Vorurteile und kannte seine Schwächen. Und doch war sie überzeugt davon, daß er zu gemeinen Lügen und Grausamkeit nicht fähig war und notfalls sein Leben hergeben würde, um feige Verbrechen zu verhindern. Zugleich taten sich in ihm aber auch dunkle Abgründe auf, die Erinnerungslücken, vor denen er mehr Angst hatte als sie.

Es hatte Augenblicke gegeben – insbesondere einen bestimmten –, in denen sie geglaubt hatte, er liebe sie. Inzwischen war sie sich dessen nicht mehr so sicher, ja, wies diese Vorstellung sogar von sich. Aber ihre Freundschaft war unzerbrechlich und über jeden Zweifel erhaben.

Heute erfolgte ihr Besuch gerade noch rechtzeitig, denn Monk packte schon wieder für die nächste Reise.

»Sie können die Jagd doch jetzt nicht abblasen!« rief sie empört. Die Hände in die Hüften gestemmt, stand sie mitten im Empfangszimmer, das sie selbst entworfen und gegen seinen Widerstand durchgesetzt hatte, um eine behagliche Atmosphäre zu schaffen, in der es seinen Klienten und denen, die es vielleicht werden mochten, leichter fiel, ihm ihre Probleme anzuvertrauen. Es hatte lange gedauert, bis er ihr endlich geglaubt hatte, daß Leute, die sich körperlich unwohl fühlten, kaum die richtigen Worte für schwierige, vielleicht sogar peinliche Details fanden, wenn sie überhaupt wiederkamen.

Monk stand vor dem Kamin und starrte sie stirnrunzelnd an.

»Rathbone braucht Sie!« fuhr sie fort. Es ärgerte sie, daß man Monk das extra sagen mußte. »Die Chancen gegen ihn stehen noch viel schlechter, als er ahnt. Er hätte die Finger von diesem Fall lassen sollen, aber jetzt läßt sich das nicht mehr ändern, und es hat keinen Zweck, ihm Vorhaltungen zu machen.«

»Ich könnte mir vorstellen, daß Sie es ihm in Ihrer Gouvernantenmanier genau so gesagt haben.« Wie immer ließ er ihre Kritik nicht auf sich sitzen.

Sie gab nicht nach. »Haben Sie ihm Vorwürfe gemacht?«

»Ich habe ihm gesagt, daß es schwierig ist…«

»Und jetzt soll er allein weiterkämpfen?« Hester war so vor den Kopf gestoßen, daß ihr die Worte fehlten. Sie hätte Monk vieles zugetraut, aber daß er Rathbone in einer solchen Krise im Stich lassen würde, das konnte sie nicht fassen. So kannte sie ihn nicht. Das entsprach doch nicht seiner Natur. Er hatte verzweifelt und brillant gekämpft, als sie Hilfe gebraucht hatte, und genauso engagiert hatten Rathbone und sie sich für ihn eingesetzt. Konnte er so schnell vergessen?

Er wirkte sowohl wütend als auch zufrieden. Um seine Lippen spielte ein fast schon höhnisches Lächeln. »Und was, glauben Sie, sollte ich als nächstes untersuchen?« fragte er sarkastisch. »Machen Sie bitte einen Vorschlag.«

»Nun, Sie könnten noch sehr viel mehr über den politischen Hintergrund herausfinden. Gab es wirklich Pläne für Friedrichs Rückkehr? Glaubte Gisela, er würde ohne sie gehen, oder wußte sie, daß er sie nie verlassen würde? Hatte er darauf bestanden, daß man sie als Preis für seine Rückkehr akzeptierte? Wenn ja, was war die Antwort? Wußte Gisela Bescheid? Warum haßt die Königin sie so sehr? Was wußte der Bruder der Königin, Graf Lansdorff?« Sie holte Luft, nur um sogleich fortzufahren. »Wer von all den Leuten, die am besagten Wochenende in Wellborough Hall waren, hat Interessen oder Verwandte in anderen deutschen Staaten, die ebenfalls von der Vereinigung betroffen sein könnten? Wer war auf einen Krieg oder auf politische Macht aus? Wer hat noch woanders Verbündete? Was ist mit der Gräfin selbst? Wer sind ihre engsten Freunde? – Es gibt noch zig offene Fragen. Und selbst wenn bei Ihrer Mission andere Fragen aufgekommen sind, ist das ein Anfang.«

Er klatschte Beifall. »Bravo! Und an wen soll ich mich wenden, um all das herauszufinden?«

»Das weiß ich doch nicht. Können Sie nicht auch mal von selbst auf etwas kommen? Sprechen Sie doch mit den Leuten am Exilhof!«

Seine Augen weiteten sich. »Sie meinen den Hof in Venedig?«

»Warum nicht?«

»Und das halten Sie für eine gute Idee?«

»Aber sicher! Wenn Sie Freundschaft für Rathbone empfänden, müßten Sie mich nicht fragen, sondern würden einfach fahren!«

Er mußte an ihrer Stimme erkannt haben, wie sehr sie sich um Rathbone sorgte. Auf einmal bekam sein Gesicht einen ganz weichen Ausdruck, der schnell einem anderen wich – war es Überraschung, Bestürzung oder beides? – und sich auflöste, bevor Hester sich sicher sein konnte.

»Genau das hatte ich auch vor«, erklärte er schroff. »Wofür packe ich denn Ihrer Meinung nach? Soll ich so, wie ich vor Ihnen stehe, nach Venedig reisen? Oder halten Sie es nicht auch für klüger, wenn ich geeignete Kleidung mitnehme, bevor ich mich am Exilhof unter den Hochadel mische?«

Sie hätte es sich denken können, ja müssen! Sie hatte ihn falsch eingeschätzt. Auf einmal fühlte sie sich unendlich erleichtert. Die Wut und die Sorgen, die sie richtiggehend bedrängt hatten, fielen jäh von ihr ab, und sie empfand nur noch Wärme. Wie hatte sie nur zweifeln können?

»Ich bin ja so froh!« rief sie strahlend. »Aber natürlich benötigen Sie die richtigen Kleider. Wie reisen Sie denn? Mit dem Schiff oder der Eisenbahn?«

»Mit beidem.« Er zögerte. »Sie brauchen sich nicht so um Rathbone zu sorgen«, brummte er dann etwas unwirsch. »Er ist kein Narr. Und ich werde genug Anhaltspunkte finden, mit denen sich entweder eine vernünftige Strategie aufbauen läßt oder Gräfin Rostova zum Einlenken bewegt werden kann.«

Mit gelindem Erstaunen stellte Hester fest, daß Monk ihr ihre Anteilnahme an Rathbone verübelte. Er war eifersüchtig, und das machte ihn wütend. Zu gerne hätte sie gelacht, doch das hätte vielleicht hysterisch geklungen. Außerdem traute sie ihm zu, daß er sie so lange schütteln würde, bis sie aufhörte. Aber wie sollte sie sich so schnell beruhigen, wo doch die ganze Situation so unglaublich komisch war? Er würde das natürlich in den falschen Hals kriegen, was sie dann nur noch mehr erheitern würde. Am Ende würden sie sich entweder näherkommen und wenigstens für einen Moment alle Ängste und Barrieren abbauen oder aber in einen heftigen Streit ausbrechen und Dinge sagen, die zwar nicht so böse gemeint waren, aber weder zurückgenommen noch vergessen werden konnten.

Monk stand regungslos vor ihr.

Sie wollte es nicht darauf ankommen lassen und verkniff sich das Lachen. Seine Freundschaft war ihr zu wichtig.

»Ich bezweifle, daß sie sich entschuldigen wird«, sagte sie mit nicht ganz fester Stimme. »Aber zumindest werden Sie in die Lage versetzt, den Mordverdacht zu erhärten oder zu entkräften. Was glauben Sie eigentlich?«

»Ich weiß es nicht«, antwortete er nüchtern. »Es hätte Gift sein können. Im Garten der Wellboroughs wachsen Eiben, und jeder hätte unbemerkt ein paar Blätter abreißen können.«

»Und wie hätte diejenige Person sie zu Prinz Friedrich bringen können? Niemand konnte ins Krankenzimmer spazieren und ihn auffordern, ein paar Blätter zu essen. Abgesehen davon weiß so gut wie jeder, daß Eibenblätter wie Nadeln aussehen und giftig sind. Davor wird man ja schon als Kind gewarnt. Ich kann mich noch gut erinnern, was für eine schreckliche Angst ich als Kind vor den Eiben im Friedhof hatte.«

»Möglicherweise hat jemand daraus einen Aufguß gemacht und ihn in sein Essen oder ein Getränk gemischt«, brummte Monk. »Das hätte er in seinem Zimmer tun können oder, was wahrscheinlicher ist, in der Küche. Danach hätte er einen Bediensteten, der mit dem Essen zu Friedrich unterwegs war, ablenken können. Ein Kinderspiel! Wir dürfen aber nicht vergessen, daß Gisela die ganze Zeit bei Friedrich in ihrer Suite blieb. Wie alle Angestellten bezeugen werden, war sie die einzige, die nie in den Garten ging. Selbst in der Nacht verließ sie ihn nicht.«

»Hat ihr etwa jemand geholfen?« Noch während sie fragte, wußte Hester bereits, daß Gisela ein solches Geheimnis bestimmt keinem Menschen anvertraut hätte. Niemand hätte das getan.

Monk sparte sich eine Antwort.

»Wenn er überhaupt ermordet wurde, dann nicht von Gisela«, stellte sie leise fest. »Was wollen Sie jetzt unternehmen? Wie können wir Rathbone helfen?«

»Ich weiß es nicht.« Monk wirkte unglücklich und wütend zugleich. »Vielleicht genügt es Zorah schon, wenn wir beweisen können, daß es Mord war. Es kann ja sein, daß sie Gisela nur deshalb angeklagt hat, weil sie wußte, daß ihr nichts anderes übrigbleiben würde, als vor Gericht zu ziehen. Vielleicht sah Zorah keinen anderen Weg, einen Prozeß und damit eine öffentliche Untersuchung zu erzwingen.«

»Aber was ist mit Rathbone?« beharrte Hester. »Er hat sich

auf ihre Verteidigung eingelassen. Was hilft es ihm, wenn wir jemand anderen als den Schuldigen überführen?«

»Wahrscheinlich überhaupt nichts«, antwortete Monk verdrießlich und entfernte sich vom Kamin. »Aber mehr als die Wahrheit kann ich nicht herausfinden! Sie erwarten von mir doch bestimmt nicht, daß ich Beweismittel manipuliere und den Mord Gisela in die Schuhe schiebe, nur um Rathbone aus einer selbst verschuldeten Notlage zu helfen, weil eine russische Gräfin ihm mit ihren schockierenden Ansichten den Kopf verdreht hat.«

Sie hätte ihm böse sein müssen, nicht nur wegen seiner abfälligen Bemerkung, sondern auch weil er bewußt Zorah ins Spiel gebracht hatte, um sie eifersüchtig zu machen, und ihm das auch noch gelungen war. Doch einmal wenigstens verstand sie ihn auf Anhieb richtig, und zumindest sein Motiv war schmeichelhaft. Sie lächelte. »Finden Sie die Wahrheit heraus«, sagte sie leichthin. »Rathbone wird sicher das Beste daraus machen, und sei es auch nur, indem er seine Mandantin zu einer Entschuldigung für eine irrige Annahme veranlaßt und so alle Beteiligten vor einem Gesichtsverlust bewahrt. Die Wahrheit mag schwer zu verkraften sein, doch Lügen sind letztlich schlimmer. Vielleicht wäre Schweigen das beste gewesen, aber dafür ist es jetzt zu spät.«

»Schweigen?« fragte er mit einem bitteren Auflachen. »Zwischen zwei Frauen wie diesen? Und dabei kann ich noch nicht mal mit Gisela sprechen, weil sie niemanden empfängt.« Er trat auf sie zu. »Sagen Sie Rathbone, daß ich ihm aus Venedig schreibe..., falls es etwas zu sagen gibt.«

»Selbstverständlich. Ich besuche Sie, wenn Sie wieder da sind.« Sie wollte ihn noch bitten, wirklich alles zu tun, was er konnte, doch als sie den Ausdruck in seinen Augen bemerkte, hielt sie es für klüger, zu schweigen. Er würde ihr fehlen, aber das würde sie ihm garantiert nicht sagen.

5. Kapitel

Die Reise führte Monk zunächst nach Dover, von dort mit dem Schiff nach Calais und weiter nach Paris, wo er in einen luxuriös ausgestatteten Zug stieg, der ihn nach langer Fahrt in südöstlicher Richtung nach Venedig bringen sollte. Da Stephan von Emden zwei Tage vorher aufgebrochen war, reiste Monk allein. Allerdings wollte der Deutsche ihn bei seiner Ankunft abholen.

Das Unternehmen war gleichermaßen faszinierend wie anstrengend, denn abgesehen von einer Fahrt nach Schottland hatte Monk noch nie eine längere Strecke zurückgelegt. Sollte er Großbritannien jemals vor seinem Unfall verlassen haben, so war das in einem unzugänglichen Teil seines Gedächtnisses versunken. Erinnerungsfetzen schwappten in ihm hoch, wenn ein Erlebnis ein Echo aus der Vergangenheit auslöste, doch waren das stets nur Fragmente, die eher für Verwirrung als für Klarheit sorgten. Meistens handelte es sich um nicht mehr als einen Eindruck, wenn er beispielsweise im Vorübergehen ein Gesicht registrierte. War damit eine starke Emotion verbunden? Er wußte es nicht, wenngleich er dabei manchmal Freude, viel öfter aber Bedauern oder Angst empfand. Warum schien gerade der Zugang zu Schmerzen so viel einfacher zu sein? Hatte das mit seinem früheren Leben oder seiner Natur zu tun? Oder hinterließ das Dunkle einen nachhaltigeren Eindruck?

Während der Zug über das Land ratterte, grübelte Monk auch viel über den Fall nach, den er im Augenblick – möglicherweise vergeblich – verfolgte. Hesters Haltung wurmte ihn. Es paßte ihm nicht, daß sie Rathbone so gern mochte. Vorher hatte er nie einen Gedanken daran verschwendet, aber jetzt verrieten ihm ihre Anspannung und Besorgnis, daß ihr an ihm lag. Fast kam es ihm so vor, als könne sie an nichts anders mehr denken.

Nun, vielleicht waren ihre Sorgen auch berechtigt. Gegen alle Gewohnheit hatte sich Rathbone blind auf Zorah Rostovas Fall gestürzt. Er hätte zumindest vorab Nachforschungen anstellen müssen. Nach Lage der Dinge war die Verteidigung extrem schwer zu führen. Und je mehr Monk in Erfahrung brachte, desto pessimistischer wurde er. Im besten Fall konnten sie noch auf Schadensbegrenzung hoffen.

Außerdem hatte Monk ein schlechtes Gewissen, weil er in einem Komfort reiste, den er sich bei seinem Einkommen nie hätte leisten können. Auf Zorahs Kosten fuhr er in ein Land, das er, soweit er wußte, nie gesehen hatte und in dem er eine seiner Überzeugung nach hoffnungslose Mission antrat. Als Mann von Ehre hätte er ihr sagen sollen, daß er nicht wußte, wonach er überhaupt suchte, und abgesehen davon die Erfolgsaussichten als minimal einschätzte. Ihr wäre am ehesten geholfen gewesen, hätte man ihr geraten, sich eiligst zu entschuldigen und alle Untersuchungen zurückzunehmen. Aber das hatte Rathbone ihr bestimmt schon gesagt.

Das rhythmische Rattern der Räder und das beruhigende Schwanken des Waggons konnten einen fast hypnotisieren. Und der Sitz war wirklich sehr bequem.

Und wenn Rathbone ihr seine Dienste aufkündigte? Dann müßte sie sich einen anderen Advokaten suchen, was ein extrem schweres Unterfangen wäre und sie vielleicht doch noch abschrecken würde. Aber für so etwas war Rathbone zu stur! Er hatte ihr sein Wort gegeben, und sein Stolz verbot es ihm, sich auch einmal einen Fehler einzugestehen, und sei der Fall noch so hoffnungslos! Der Mann war ein Narr.

Aber er war auch – in gewisser Hinsicht – Monks Freund und darüber hinaus sein Arbeitgeber. Insofern hatte er keine andere Wahl, als diese herrliche Zugreise nach Venedig fortzusetzen, sich vor den im Exil lebenden Teilen des Königshauses als Gentleman auszugeben und eifrig zu recherchieren.

Der Zug fuhr im verblassenden Licht des Spätnachmittags über die neue Brücke in Venedig ein. Stephan holte Monk am Bahnhof ab. Es wimmelte von Leuten unterschiedlichster Nationalitäten. Vor allem Perser, Ägypter, Levantiner und Juden betrieben hier ihre Geschäfte. Rings um Monk toste ein Gewirr von noch nie gehörten Sprachen, und Gewänder aller Arten, Farben und Schnitte rauschten an ihm vorbei. Die Gerüche exotischer Gewürze und ätherischer Öle mischten sich mit Dunst, Kohlenstaub, salzhaltiger Luft und Abfällen. Monk fiel jäh ein, wie östlich Venedig schon lag. Hier liefen die europäischen Handelswege mit den Seidenstraßen und Gewürzrouten des Orients zusammen. Im Westen lag Europa, im Süden Ägypten und der afrikanische Kontinent, im Osten Konstantinopel und die alte Welt und dahinter wiederum Indien und China.

Stephan hieß Monk aufs herzlichste willkommen. Ein Dienstmann, der sich die ganze Zeit hinter ihm gehalten hatte, schulterte mühelos sein Gepäck und bahnte den zwei Männern einen Weg durch die Menge.

Zwanzig Minuten später saßen sie in einer Gondel und wurden über einen schmalen Kanal gerudert. Über ihnen beleuchtete die Sonne die marmornen Gesichter der Häuser, im Wasser unter ihnen lagen deren dunkle Schatten. Alles, was sich in den sich kräuselnden Wellen widerspiegelte, schien zu beben. Von überall her war leises Plätschern zu hören, und der Geruch von Salz, Abwässern und moderigem Gemäuer stieg penetrant in die Nase.

Monk schaute fasziniert von einer Seite zur anderen. Das war ja so anders als alles, was er sich je erträumt hatte. Vor ihm ragte eine Steintreppe aus dem Wasser und verschwand zwischen zwei Gebäuden. Eine andere führte zu einem Pier, der in einen Torbogen mündete. Das Spiegelbild leuchtender Fackeln tanzte auf der Wasseroberfläche. An langen Stangen vertäute Boote hoben und senkten sich mit den Wellen und stießen sachte aneinander.

Monk war von all dem gefesselt. Er hatte nicht gewußt, was ihn hier erwarten würde. In seinen Gedanken war er zu sehr bei den erhofften Ergebnissen seiner Mission und seiner Strategie gewesen, als daß er sich auf die Stadt selbst hätte vorbereiten können. Gut, er hatte die Legenden über Venedigs Ruhm und Untergang gehört. Er wußte, daß es eine alte und korrupte Republik war, das Tor des Handels nach Westen und Osten, eine Großmacht am Höhepunkt ihres Glanzes, bis die um sich greifende Dekadenz sie in den Ruin getrieben hatte. Das war also die »Perle der Adria«, »die Braut der See«, wo der Doge in einem Zeremoniell als Symbol für die Symbiose von Stadt und Meer einen Ehering in die Lagune warf.

Monk hatte aber auch von den Schattenseiten dieser Stadt gehört, deren verbrauchte Schönheit langsam, aber unerbittlich im Wasser versank und auf ihre Zerstörung wartete. Und er wußte, daß sie von der österreichisch-ungarischen Großmacht erobert worden war und er mit österreichischen Beamten und Soldaten zu tun haben würde.

Aber während die Sonne den Himmel und die mit Reliefs verzierten Dächer der Paläste in ein flammendes Rot tauchte und die Rufe der Gondolieri und das Klatschen der Wellen von den Mauern als Echo zurückgeworfen wurden, konnte Monk an nichts anderes denken als an die gespenstische Schönheit dieses Ortes und seine vollkommene Einzigartigkeit.

Ohne daß sie über mehr als das Notwendige gesprochen hätten, legten sie an einem privaten Pier an. Dieser führte sie zum Hintereingang eines kleinen Palastes, dessen Fassade auf einen der Hauptkanäle ging. Schon tauchte vor ihnen ein livrierter Butler auf. Er leuchtete mit seiner Fackel herum, in deren Licht die feuchten Stufen rosa und das dunkle Wasser zum erstenmal fast völlig grün erschien. Der Mann erkannte sie und führte sie eine Steintreppe zu einer angelehnten schmalen Holztür hinauf.

Monk fröstelte vor Müdigkeit, aber er war froh, daß er nun endlich in eine hell erleuchtete, warme Empfangshalle treten durfte, einen großzügigen Raum mit kaltem Marmorboden, in dem man sich aber dank dicker orientalischer Teppiche auf Anhieb wohl fühlte.

Als auch Stephan eingetreten war, rief der Butler nach einem Lakaien, der ihre Koffer holen sollte.

Monk wurde in sein Zimmer gebracht. Es war prunkvoll. An den hohen Wänden hingen aufregende Teppiche, deren ursprünglich leuchtende Farben zu immer noch wunderschönen Erdtönen verblaßt waren. Die tiefen Südfenster gingen auf den Canale Grande, dessen Oberfläche eine Vielzahl von Lichtern als sich kräuselnde Muster auf die Decke reflektierte.

Ohne weiter auf das Bett und die Stühle zu achten, stellte sich Monk gleich vor eins dieser Fenster und beugte sich so weit er konnte über den Steinsims. Noch immer glitten zahllose Barkassen und Gondeln in beiden Richtungen über das Wasser. Am Palast gegenüber beleuchteten Fackeln die mit Schnitzereien und Säulen verzierte Fassade, so daß der Marmor rot und braun wirkte, die Fenster dagegen schwarz. Vielleicht stand jetzt gerade auch jemand so wie er in einem dunklen Zimmer und schaute verzaubert hinaus.

Beim Dinner in einem großen Raum mit Blick auf den Canale Grande zwang Monk sich, wieder an den Grund seines Hierseins zu denken.

»Ich muß mehr über die politischen Allianzen und Interessen der Leute erfahren, die bei den Wellboroughs waren, als Friedrich starb«, wandte er sich an Stephan.

»Das kann ich Ihnen gern sagen, allerdings werden Sie wohl auch auf eigene Beobachtungen angewiesen sein. Meine Worte – und erst recht meine Meinungen – haben kaum Beweiskraft.« Stephan lehnte sich zurück und tupfte sich die Lippen ab. Sie hatten soeben den ersten Gang, Seehecht, beendet. »Zum Glück kann ich Sie in den nächsten Tagen zu allen möglichen Anlässen mitnehmen, bei denen Sie die richtigen Leute kennenlernen werden.« Seine Stimme klang optimistisch, doch seine Augen waren von Sorgen verschleiert.

Einmal mehr fragte Monk sich, warum dieser Mann zu Zorah hielt und was er über Friedrichs Tod wußte, da er so viele Mühen auf sich nahm, um zu beweisen, daß es sich um Mord handelte.

War er selbst darin verwickelt oder nur ein Zeuge? Wo stand er politisch? Was gewann oder verlor er, wenn Gisela für schuldig befunden wurde oder Zorah den Prozeß verlor? Vielleicht hatte er, Monk, Stephan sein Vertrauen zu schnell geschenkt. Normalerweise beging er diesen Fehler nicht.

»Danke«, sagte er. »Ich muß Ihnen für Ihren Rat und Ihre Meinung dankbar sein. Sie kennen diese Leute viel besser als ich. Auch wenn Ihre Meinung natürlich keine Beweiskraft hat, wird sie mir in jedem Fall die Richtung weisen und mir helfen, schlagende Beweise zu finden, denen sich dann auch die nicht verschließen können, die es lieber anders sehen möchten.«

Darauf entgegnete Stephan eine ganze Weile lang nichts, sondern sah Monk nur erstaunt, dann neugierig und zuletzt belustigt an. »Selbstverständlich«, sagte er anerkennend.

»Was ist denn Ihrer Meinung nach geschehen?« fragte Monk ohne Umschweife.

Der Himmel war inzwischen fast ganz dunkel. Nur gelegentlich spiegelten sich im Fenster der Lichtschein einer vorbeitreibenden Fackel und etwas matter deren Reflexion im Wasser. Die Luft roch nach Feuchtigkeit und Salz, und ständig war im Hintergrund das sanfte Murmeln der Wellen zu hören.

Stephan sah Monk fest in die Augen. »Ich glaube, es hing ein Mord in der Luft«, sagte er vorsichtig. »Es stand viel auf dem Spiel. Man kann sich tausenderlei Rechtfertigungen einreden, wenn es einem um das Vaterland geht.«

Ein Diener brachte ihnen gebackenen Fisch mit Gemüse. Mit einem Nicken nahm Monk eine großzügig bemessene Portion an.

»In solchen Fällen werden die normalen Werte wie Recht auf Leben gern hintangestellt«, fuhr Stephan fort. »Im Krieg ist es ja immer so. Man sagt sich: ›Das ist für mein Land, für mein Volk. Dem Großen zuliebe entscheide ich mich für das kleinere Übel.‹« Er beobachtete Monk noch immer. »Seit Beginn der Geschichte haben Menschen immer wieder so gehandelt und sind je nach dem gekrönt oder gehängt worden. Und die Nachwelt nennt sie an einem Tag Helden, am nächsten Verräter. Der Erfolg ist der höchste Richter. Es bedarf schon besonderer Menschen, die sich ihre eigenen Maßstäbe setzen.«

Monk staunte. Er hatte Stephan solch tiefe Einsichten in die Motive derer, die er nach außen wie flüchtige Freunde behandelte, nicht zugetraut. Sein Blick war weitaus schärfer, als er angenommen hatte. Wieder einmal hatte er ein voreiliges Urteil gefällt.

»Dann sollte ich noch sehr viel mehr in Erfahrung bringen«, entgegnete er. »Aber ein Mord aus politischen Gründen hilft uns in Zorah Rostovas Fall nicht weiter. Oder ist ihr Motiv hintergründig doch politisch?«

Stephan setzte schon zu einer Antwort an, überlegte es sich aber anders. Mit einem leisen Lachen spießte er ein Stück Fisch auf und schob es sich in den Mund. »Ich war mir vorhin schon ganz sicher, was ich sagen wollte, aber dann hat mich Ihre Frage nachdenklich gemacht«, erwiderte er. »Vielleicht habe ich mich getäuscht. Erst wollte ich verneinen. Zorah haßt Gisela aus rein persönlichen Gründen und glaubt, daß Eigennutz die Triebfeder ihres Handelns war: Stolz, Ehrgeiz, Luxus, der Drang, im Mittelpunkt zu stehen, Neid, Rache für verschmähte Liebe – alles menschliche Schwächen und nichts, das mit Vaterlandsliebe oder Staatsangelegenheiten zu tun hätte. Wie gesagt, vielleicht habe ich mich getäuscht. Jetzt glaube ich nicht mehr, daß ich Zorah so gut kenne, wie ich dachte.« Sein Gesicht nahm einen sehr ernsten Ausdruck an, seine Augen ruhten in denen von Monk. »Aber sie ist keine Heuchlerin. Dafür lege ich meine Hand ins Feuer. Was immer ihre Gründe sind, nichts daran ist verlogen!«

Monk glaubte ihm. Ob Zorah wirklich benutzt worden war, vermochte er nicht zu beurteilen; auch hatte er keine Ahnung, von wem. Nun, vielleicht fand er es in Venedig heraus.

Am nächsten Tag zeigte Stephan Monk die Stadt. Gemütlich gondelten sie von einer Wasserstraße zur nächsten, bis sie sich schließlich auf dem Canale Grande wiederfanden. Stephan zeigte ihm all die Paläste, erzählte ihm ihre Geschichte und gelegentlich auch Details über ihre Bewohner. Vor dem Palazzo Cavalli veränderte sich sein Ton plötzlich. »Henri V. von Frankreich lebt hier«, sagte er mit einem spöttischen Grinsen.

Monk war verwirrt. »Henri V. von Frankreich?« Soviel er wußte, war dort vor einem halben Jahrhundert die Monarchie abgeschafft worden.

»Monsieur le Comte de Chambord«, lachte Stephan und stützte sich mit gespielter Lässigkeit auf den Ellenbogen. »Der Enkel von Charles X. Die Linie des französischen Königshauses ist noch nicht ausgestorben, eine Tatsache, die sehr viele Leute hier lieber übersehen. Seine Mutter, die Duchesse de Berry, hat einen bettelarmen italienischen Adeligen geheiratet und lebt in großem Stil im Palazzo Vendramin-Calergi. Sie hat ihn 1844 praktisch für ein Butterbrot gekauft – Gemälde, Möbel und was sonst noch dazugehört. Venedig war damals spottbillig. '51 zahlte John Ruskin nur sechsundzwanzig Pfund jährlich für eine Wohnung hier am Canale Grande. Aber den britischen Konsul, Mr. James, kostet die Jahresmiete für eine Etage im Palazzo Foscolo einhundertsechzig Pfund. Ganz Venedig ist in der letzten Zeit schrecklich teuer geworden.«

Sie schaukelten sanft im Kielwasser einer größeren Barkasse. Von einer geschlossenen Gondel dreißig Meter hinter ihnen drang Gelächter an ihre Ohren.

»Auch der Comte de Montmoulin lebt hier«, fuhr Stephan fort. »In San Vio im Palazzo Loredan.«

»Und wo ist oder war er König?« fragte Monk, dem dieses Spiel langsam Spaß machte, auch wenn ihn Literaten wie Ruskin weitaus mehr interessierten.

»Spanien«, antwortete Stephan. »Zumindest behauptet er das. Es gibt hier alle Arten von Künstlern, Dichtern, Kriegsversehrten, politischen Exilanten und Flüchtlingen. Einige davon sind wahre Paradiesvögel, andere schrecklich langweilig.«

Venedig schien in der Tat der ideale Ort für Friedrich und Gisela und diejenigen zu sein, die ihnen aus welchen Gründen auch immer ins Exil gefolgt waren.

Eine Stunde später aßen sie auf einer kleinen Piazza zu Mittag. Passanten schlenderten plaudernd über den Platz; Monk hörte ein halbes Dutzend fremder Sprachen heraus. Hier und da lümmelten österreichische Soldaten herum, jederzeit bereit, zum Gewehr zu greifen, falls es irgendwo Anzeichen von Widerstand oder Aufruhr gab – eine bestürzende Erinnerung daran, daß Venedig eine besetzte Stadt war. Die Einheimischen mochten die Eindringlinge nicht. Doch es hieß gehorchen oder die Folgen zu spüren bekommen.

Die Straßen und Kanäle waren ruhiger, als Monk erwartet hatte. Er war den Lärm und Überschwang von London gewöhnt. Im Kontrast zu der ständig brodelnden Hauptstadt eines Weltreichs mit ihrem Prunk und ihrem Elend, ihrem blühenden Handel und ihrer Ausdehnung, aber auch ihren Armen und Unterdrückten in den überquellenden Elendsvierteln erweckte Venedig den Eindruck einer vom Ruhm früherer Tage zehrenden Ruine, die unter fremden Herrschern nach und nach in Hoffnungslosigkeit versank. Die Vergangenheit war noch als schmerzendes Monument allgegenwärtig, doch ihre Schönheit zerbröckelte. Besucher wie Monk und Stephan saßen in der Herbstsonne auf mit Marmor gepflasterten Plätzen und beobachteten andere Wanderer und Exilanten, die mit gedämpfter Stimme miteinander sprachen, während die Venezianer in nach außen hin apathischer Fügsamkeit ihren Geschäften nachgingen und die Österreicher lässig über die Straßen und Plätze einer Stadt stolzierten, die ihnen nichts bedeutete.

»Ist Zorah oft hierher gekommen?« fragte Monk. Um ihre Anschuldigungen besser zu verstehen, mußte er mehr über diese Frau in Erfahrung bringen. Bislange hatte er sie zu sehr vernachlässigt.

Stephan stieß mit seiner Gabel in eine gefüllte Tomate. »Ja, mindestens einmal jedes Jahr. Warum fragen Sie? Sie kennt sie alle seit über zwanzig Jahren.«

»Aber sie lebte doch nicht im Exil, oder?«

»Natürlich nicht.«

»Kam sie wegen Friedrich?« platzte Monk heraus und fragte sich im selben Moment, ob er zu unverblümt gewesen war, um eine offene Antwort zu bekommen.

Ein Grieche und ein Levantiner schlenderten vorbei, und der Wind wehte den Geruch von Lavendelöl und Lorbeer zu ihnen herüber. Sie führten eine hitzige Disksusion in einer Sprache, die Monk nicht einordnen konnte.

Stephan lachte. »Ob sie in ihn verliebt war? Sie können nicht viel über Zorah wissen, wenn Sie so etwas fragen. Sie war es vielleicht einmal vor langer Zeit, aber sie würde nie ihre Leidenschaft oder ihren Stolz an einen Mann verschwenden, den sie nicht gewinnen kann.« Er lehnte sich zurück und ließ sich die Sonne ins Gesicht scheinen. »Sie hat im Laufe der Jahre viele Liebhaber gehabt. Friedrich war wohl einer von ihnen, und zwar vor Gisela. Aber seitdem hat es andere gegeben, das kann ich Ihnen versichern. Zwei Jahre lang liebte sie einen türkischen Räuber. Und dann gab es noch einen Musiker in Paris; allerdings weiß ich nicht, wie lange das gedauert hat. Er war zu sehr auf seine Musik fixiert, um ihr genügend zu bieten. In Rom hatte sie auch mal jemanden, aber ich kenne seinen Namen nicht. Sie hat auch einen Amerikaner geliebt. Das dauerte eine ganze Weile, aber sie wollte ihn nicht heiraten.« Er lächelte noch immer. Um das immer lauter werdende Gerede um sie herum zu übertönen, mußte er jetzt die Stimme heben. »Sie liebt es, Grenzen zu erforschen, aber sie wollte nirgendwo länger leben. Es gab auch einen Engländer. Er tat alles für sie, und ich glaube, er hat ihr sehr viel bedeutet. Und natürlich hatte sie auch einen Venezianer. Er war auch der Grund für ihre vielen Besuche. Ich glaube, mit ihm war sie ziemlich lange zusammen.«

»Ist er noch hier?«

»Nein, er ist leider gestorben. Er muß älter als sie gewesen sein.«

»Und wer ist es im Augenblick?«

»Das weiß ich nicht. Vielleicht Florent Barberini, aber das ist alles andere als gewiß.«

»Er hat auch von Gisela geschwärmt…«

Stephans Züge spannten sich an. »Ich weiß. Vielleicht habe ich mich ja auch getäuscht.« Er nippte an seinem Weißwein. »Soll ich Ihnen ein bißchen über die Gesellschaft heute abend erzählen?«

»Gern.« Monk hatte plötzlich ein flaues Gefühl im Magen. Ging es unter den venezianischen Adeligen ähnlich förmlich zu wie unter den englischen? Würde er sich genauso fehl am Platze, ja ausgeschlossen fühlen wie in dem elitären Zirkel um die Wellboroughs?

»Aus Felzburg werden etwa achtzig Leute erwartet«, sagte Stephan nachdenklich. »Ich habe dieses Fest ausgewählt, weil viele darunter Zorah, Gisela und natürlich auch Friedrich kennen. Es werden auch viele Venezianer kommen. Danach werden Sie das Exilleben in Venedig vielleicht etwas besser verstehen. An der Oberfläche ist es sehr fröhlich, aufwendig und verfeinert. Blickt man aber tiefer, fehlt jede Zielgerichtetheit.« Ein mitleidiger Ausdruck trat in sein Gesicht. »Viele träumen von der Rückkehr nach Hause und sprechen auch davon, als stünde sie unmittelbar bevor, aber sie wissen, daß das nie der Fall sein wird. Die eigenen Verwandten wollen sie nicht mehr haben. In ihren Geburtshäusern leben längst andere.«

Monk konnte die Entfremdung auf Anhieb nachempfinden. In den ersten Monaten nach seinem Unfall hatte er sich ja auch einsam und isoliert gefühlt. Keinen Menschen hatte er gekannt, nicht einmal sich selbst. Er war ein Mensch gewesen, der nirgendwohin gehörte, ohne Ziel und Identität und seiner Wurzeln beraubt.

»Bedauerte Friedrich seine Entscheidung?« fragte er unvermittelt.

Stephans Augen wurden eine Spur enger. »Das glaube ich nicht. Er schien Felzburg nicht zu vermissen. Wo immer Gisela war, dort fühlte er sich zu Hause. Er verließ sich auf sie; sie war alles, was er brauchte.«

Eine Windböe fegte über den Platz, und der Gestank von Abwässern stieg ihnen in die Nasen.

»Ich bin mir nicht sicher, ob er wirklich König werden wollte«, fuhr Stephan fort. »Das Leben am Hof war natürlich glanzvoll, das Volk liebte ihn, und er hätte seine Aufgaben allesamt ohne weiteres bewältigt, aber die strenge Disziplin war ihm zuwider.«

Monk war überrascht. »Disziplin?« Daran hätte er zuletzt gedacht.

Stephan nippte wieder an seinem Wein. Hinter ihm sah Monk zwei Frauen mit sich bauschenden Röcken vorbeigehen. Sie steckten lachend die Köpfe zusammen und redeten auf französisch miteinander.

»Dachten Sie, Könige tun, worauf sie gerade Lust haben?« fragte Stephan kopfschüttelnd. »Sagen Sie, sind Ihnen die österreichischen Soldaten auf der Piazza aufgefallen?«

»Sicher.«

»Glauben Sie mir, im Vergleich zu Königin Ulrike sind sie ein undisziplinierter Haufen. Sie steht um halb sieben am Morgen auf, um die Banketts des Tages und die Feste am Abend zu organisieren. Sie schreibt Briefe und empfängt Besucher. Dann berät sie sich mit dem König, ermutigt ihn, gibt ihm Ratschläge. Die Nachmittage verbringt sie mit den Damen, die sie in ihre Richtung beeinflussen will. Am Abend zieht sie die prachtvollsten Kleider an, um beim Dinner alle anderen Frauen auszustechen. Bis Mitternacht unterhält sie sich angeregt mit ihren Gästen. Sie ist immer bis in die Haarspitzen konzentriert. Daß sie mal gelangweilt oder müde wirken würde, das gibt es bei ihr nicht. Und am nächsten Tag geht es genauso weiter.«

Mit einem schalkhaften Blitzen in den Augen musterte er Monk über den Rand seines Glases hinweg. »Eine meiner Cousinen gehört ihrem Hofstaat an. Sie liebt sie und zugleich graut ihr vor ihr. Sie sagt, es gebe nichts, was Ulrike nicht tun könnte oder würde, wenn sie es als nützlich für die Krone erachtete.«

»Friedrichs Verzicht muß sie zutiefst getroffen haben«, sinnierte Monk laut. »Aber zu einem schien sie nicht bereit zu sein: Sie konnte nie ihren Haß gegen Gisela verwinden, selbst wenn damit die Chancen für die Unabhängigkeit gestiegen wären.«

Stephan starrte in sein Glas. Die Piazza um sie herum war in sanftes Sonnenlicht gebadet. Das Licht hier draußen wirkte ganz anders als das auf dem Wasser tanzende Glitzern. Der Wind hatte sich nun wieder gelegt.

»Das überrascht mich allerdings«, brummte Stephan. »Es paßt überhaupt nicht zu ihrem Wesen. Ulrike vergibt nicht, aber sie hätte Galle geschluckt, wenn sie geglaubt hätte, daß der Krone und der Dynastie damit gedient gewesen wäre.« Er lachte auf. »Ich habe sie das ja schon tun sehen!«

Das Fest war ein strahlendes Echo der glanzvollen Renaissance. Monks Gruppe bestieg in der Abenddämmerung die Gondel. Auf dem Canale Grande waren sämtliche Barkassen und Anlegestege hell mit Fackeln beleuchtet, deren Flammen sich, von den Heckwellen der vorbeigleitenden Boote in Tausende von Funken fragmentiert, im Wasser spiegelten. Eine leichte Nachtbrise strich den Passagieren über die Wangen.

Der westliche Horizont lag noch aprikosenfarben unter einem zarten Blau. Die mit Schnitzwerk und Säulen verzierten Westfassaden der Paläste leuchteten golden. Durch die Fenster ihres Salons und Ballsäle schien das Licht einer Vielzahl von flackernden Kerzen.

Die Boote glitten lautlos dahin; die Gondolieri, Silhouetten im Zwielicht, standen schwankend am Ruder, um das Gleichgewicht zu halten. Sie riefen einander ständig etwas zu, bisweilen einen Gruß, meistens ein derbes Schimpfwort. Monk kannte zwar die Sprache nicht, ahnte aber, was der Tonfall bedeutete.

Sie kamen am Wassereingang an und traten auf den mit Fackeln taghell erleuchteten Pier. Es roch nach Rauch. Als ihnen geheißen wurde, weiter in den Palast gehen, löste sich Monk nur ungern von diesem Panorama. Auf dem Kanal herrschte pulsierendes Leben, das so anders war als alles, was er bisher gesehen hatte. Selbst im Verfall war das von Fremden besetzte Venedig eine Stadt von einzigartiger Pracht. Jeder seiner Steine atmete Geschichte. Es war eine der großen Wegscheiden der Welt. Monk geriet ins Schwärmen. Er stellte sich vor, Helena von Troja müsse im Alter ähnlich schön gewesen sein. Die Röte und die straffe Haut waren vielleicht dahin, aber die Statur, die Augen und das Wissen um die, die sie einmal gewesen war, waren ewig.

Stephan mußte Monk am Arm ergreifen und geradezu durch den großen Torbogen zerren. Über eine Treppe gelangten sie zum Hauptflur, der sich durch das gesamte Gebäude zog. Er war gefüllt mit lachenden und schwatzenden Leuten. Von zahllosen Lüstern flutete Licht herab, spiegelte sich in Kristallen, brachte Tischdecken und weiße Schultern zum Schimmern und ganze Bergwerke von Edelsteinen zum Funkeln. Die Kleider waren eine einzige Pracht. Jede Frau trug Sachen, die Monk zehn Jahresgehälter gekostet hätten. Seide und Samt waren zu bewundern, dazu Perlen, Spitzen und aufwendige Stickereien.

Monk fragte sich unwillkürlich, ob er vielleicht eine der legendären Gestalten des Zeitgeschehens treffen würde, die mit ihren Gedanken und Leidenschaften die Welt begeistert hatten. Unbewußt straffte er die Schultern. Er machte hier durchaus eine gute Figur. Schwarz stand ihm. Er war groß und kräftig und zeichnete sich durch einen eigenwilligen Charme aus, um den ihn andere Männer beneideten, denn viele Frauen fanden ihn anziehender, als sie eigentlich wollten. Er wußte nicht, wie er seine Ausstrahlung früher ge- oder mißbraucht hatte, aber heute abend fühlte er einen aufregenden Kitzel.

Natürlich kannte er hier außer Stephan keinen Menschen, bis er auf einmal ein vertrautes Lachen hörte. Er drehte sich um und erkannte Evelyns anmutiges, elfenhaftes Gesicht. Er freute sich unbändig, ja, ihm wurde ganz heiß. Der Rosengarten der Wellboroughs fiel ihm wieder ein und der sanfte Druck ihrer Finger auf seinem Arm. Er mußte sie ansprechen, sich länger mit ihr unterhalten. Es wäre eine ideale Gelegenheit, mehr über Gisela zu erfahren. Er mußte sie herbeiführen.

Fast zwei Stunden lang manövrierte sich Monk durch höfliche Vorstellungszeremonien und banale Gespräche, versüßt durch die vorzüglichsten Speisen und edelsten Weine, bis er es endlich schaffte, Evelyn im ersten Stock vor einem Balkon mit Blick auf den Kanal allein anzutreffen. Eine ganze Weile achtete er nur auf das Spiel der Lichter auf ihrem Gesicht, das Lachen in ihren Augen und das Lächeln auf ihren Lippen, bis ihm ein Gedanke jäh allen Spaß verdarb: Er könnte gar nicht hier stehen, würde Zorah Rostova es nicht bezahlen. Und Stephan, ihr Freund, der an die Lauterkeit ihrer Absichten glaubte, hatte ihn nicht ohne einen konkreten Zweck mitgebracht und allen möglichen Leuten vorgestellt. Allein wäre er nie hierhergekommen. Wer war er denn schon? Ein privater Ermittler, ein Schnüffler in den Sünden und Problemen fremder Menschen, geboren in einem Fischerdorf in Northumberland, Sohn eines armen Schluckers, der durch Arbeit auf allen möglichen Booten seinen Lebensunterhalt bestritt und außer der Bibel nichts las.

Monk riß sich los vom Gelächter, der Musik und der Farbenpracht. »Wie schrecklich, daß all das binnen weniger Stunden verlorengehen kann«, sagte er, den Blick auf den Ballsaal gerichtet.

Evelyn zog erstaunt die Brauen hoch. »Verlorengehen? Venedig mag verfallen, und neuerdings sind an jeder Straßenecke österreichische Soldaten… Wissen Sie, ein Freund von mir wollte einfach nur den Lido hinunterschlendern und wurde doch tatsächlich mit vorgehaltener Waffe vertrieben! Können Sie sich das vorstellen?« Ihre Stimme wurde schrill vor Empörung. »Aber Venedig versinkt nicht binnen weniger Stunden im Meer. Dafür gebe ich Ihnen mein Wort.« Sie kicherte. »Halten Sie uns etwa für ein zweites Atlantis? Ein Sodom und Gomorrha, das Gott in seinem Zorn zerstören wird?« Sie drehte sich so abrupt um, daß ihre Röcke Monks Beine streiften und die Spitzen sich in seinem Hosenbein verfingen. Er roch den Duft ihrer parfümierten Haare und spürte die Wärme ihres Körpers, obwohl ein guter halber Meter Luft zwischen ihnen war.

»Ich sehe kein Menetekel!« rief sie fröhlich und betrachtete das Farbenspiel auf dem Kanal. »Aber möchten Sie so freundlich sein und mir sagen, wie Sie darauf kommen?«

»Ich dachte an Prinzessin Gisela.« Er mußte sich zwingen, an vergangene Ereignisse zu denken. Die Gegenwart war zu aufregend, zu schwindelerregend für seine Sinne. Evelyn hatte ihn in ihren Bann gezogen. »Sie muß doch schon geglaubt haben, daß Friedrich auf dem Weg der Besserung war«, sagte er hastig. »Ging es nicht Ihnen allen so?«

»Und ob!« Sie sah ihn mit ihren großen braunen Augen an. »Er schien ja schon über den Berg zu sein.«

»Haben Sie ihn gesehen?«

»Ich nicht, aber Rolf. Er sagte, es gehe ihm viel besser. Er konnte noch nicht aufstehen, aber er saß aufrecht im Bett und redete und betonte, wie gut es ihm ginge.«

»Gut genug, um an seine Rückkehr zu denken?«

»Oh!« Sie zog die Silbe in die Länge, als hätte sie seine Gedanken durchschaut. »Sie glauben, Rolf sei gekommen, um ihn zur Rückkehr zu überreden, und Gisela hätte die zwei belauscht. Da dürften Sie sich gründlich getäuscht haben.« Sie lehnte sich gegen das Treppengeländer hinter ihr – eine aufreizende Pose, denn sie betonte ihre Rundungen. »Wer die zwei kannte, hätte nie geglaubt, daß er ohne sie gegangen wäre. Menschen, die einander so sehr lieben, trennen sich nicht. Er hätte ohne sie nicht überlebt und sie genausowenig ohne ihn.« Unten war das Gelächter erstorben. Ein wehmütiger Ausdruck trat in ihr Gesicht. Sie zeigte sich Monk halb von vorne, halb von der Seite. Er sah ihre leicht nach oben geschwungene, zarte Nase, die dunklen Wimpern und die glatte Wange. Ihr Blick war auf den Trubel unten gerichtet, wo alle wild durcheinanderredeten, während im Hintergrund Geigen und Holzblasinstrumente spielten.

»Mir ist gerade die Uraufführung einer von Verdis Opern hier im Fenice eingefallen«, sagte sie mit einem wehmütigen Lächeln. »Es ging darin um Genua und Politik. Ich fühle mich an das

Bühnenbild erinnert. Und an viel Wasser. Das war vor zehn Jahren.« Sie zuckte die Schultern. »Inzwischen hat das Theater zugemacht. Sie werden es noch nicht bemerkt haben, Venedig ist aufs Festland gezogen. Und zu den offiziellen Empfängen der österreichischen Regierung geht niemand hin. Ich weiß nicht, ob sie wegbleiben, weil sie die Österreicher so sehr hassen, oder ob sie Angst vor Vergeltungsaktionen der Nationalisten haben.«

»Vergeltungsschläge der Nationalisten?« fragte Monk neugierig. Er betrachtete fasziniert das Spiel der Lichter auf ihrem Gesicht. »Sie meinen, es gibt hier eine nationalistische Bewegung, die so stark ist, daß sie Kollaborateure bestrafen kann?«

»O ja!« Sie schüttelte resigniert den Kopf. »Natürlich betrifft das nicht uns, weil wir ja Exilanten sind, aber für die Venezianer ist das furchtbar wichtig. Feldmarschall Radetzky, der Generalgouverneur hier, sagt, daß er trotzdem Maskenbälle und Festessen veranstaltet und notfalls seine Männer miteinander Walzer tanzen läßt, wenn nicht genug Damen kommen.« Ein trauriges Lächeln huschte über ihr Gesicht. »Und als der österreichische Kaiser mit seiner Familie hierherkam, war die Stadt wie leergefegt. Sie fuhren mit ihren Prachtgondeln den Canale Grande hinunter, und niemand stand auf den Balkonen oder hinter den Fenstern! Können Sie sich das vorstellen?«

Monk versuchte, sich dieses Klima von Trauer, Bedrückung und Haß auszumalen. Auf der einen Seite gaben sich die hier im Exil lebenden Gestalten jede Mühe, mit ihren lächerlichen Ritualen wenigstens den Anschein von Pomp aufrechtzuerhalten, auf der anderen Seite segelte ein echter Monarch mit allen Insignien seiner Macht über diese glitzernden Gewässer, und es herrschte Totenstille, weil die Venezianer woanders ihren Geschäften nachgingen, Pläne schmiedeten, kämpften und träumten. Kein Wunder, daß diese Stadt etwas Trostloses an sich hatte.

Aber er war ja gekommen, um mehr über Friedrich, Gisela und Zorahs Gründe für ihre Beschuldigung zu erfahren.

Evelyn und er standen dicht beieinander. Ihr weiches Haar streifte sein Gesicht, ihr Geruch schien den ganzen Raum zu durchdringen. Um ihn herum wirbelten der Lärm und der Glanz, aber er fühlte sich wie auf einer Insel mit ihr allein. Es fiel ihm schwer, sich wieder auf seine Aufgabe zu konzentrieren.

»Sie wollten mir von Friedrich erzählen«, half er nach.

»Ach ja!« Sie sah flüchtig zu ihm auf. »Die Oper. Gisela wollte hingehen. Es hätte eine Sondervortellung werden sollen. Ursprünglich hätte fast der ganze venezianische Adel kommen sollen, aber dann sagten alle ab. Armer Verdi! Gisela hatte sich trotzdem den Besuch in den Kopf gesetzt, doch Friedrich weigerte sich. Er glaubte, wegen der Besetzung durch Österreich sei er den Boykott irgendeinem venezianischen Prinzen schuldig. Er fühlte sich der Stadt wohl verpflichtet. Immerhin war sie seit so vielen Jahren sein Zuhause.«

»Aber Gisela teilte seine Gefühle nicht?« fragte er.

»Politik bedeutet ihr nichts ...«

Oder Loyalität, dachte Monk. Oder Dankbarkeit einem Volk gegenüber, das sie bei sich aufgenommen hat. Mit einemmal trübte ein häßlicher Fleck dieses bis dahin so idyllische Bild.

Vom Ballsaal drang die Musik zu ihnen nach oben. Eine Frau lachte auf. Monk wurde Klaus gewahr. Er war in ein Gespräch mit einem weißbärtigen Mann in Militäruniform vertieft.

»Sie trug ein neues Kleid«, erzählte Evelyn weiter. »Ich erinnere mich daran, weil es ihr so unbeschreiblich gut stand. Es war auberginefarben mit goldenen Borten und raffiniert bestickt. Und der Rock war ein Gedicht! Sie sah noch schlanker darin aus, als sie es ohnehin schon ist. An diesem Tag rauschte sie mit erhobenem Kopf davon. In den Haaren trug sie goldenen Schmuck, und um den Hals hatte sie sich eine Kette mit Amethysten und Perlen gehängt.«

»Und wer begleitete sie, wenn Friedrich nicht mitging?« Monk versuchte, sich die Szene vorzustellen, sah aber immer nur Evelyn.

»Er ging dann doch. Sie hatte sich von Graf Baldassare begleiten lassen, doch kaum hatten sie in ihrer Loge Platz genommen, als Friedrich eintraf. Für alle anderen sah es so aus, als hätte er sich verspätet. Ich selbst hatte die Wahrheit auch nur rein zufällig erfahren. Ich glaube nicht, daß Friedrich überhaupt mitbekam, was gespielt wurde. Er war nicht in der Lage, zu sagen, ob die Sopranistin blond oder schwarzhaarig war. Den ganzen Abend hatte er nur Augen für Gisela.«

»War sie zufrieden, weil sie gewonnen hatte?« Monk überlegte, ob das ein Machtkampf, Eifersucht oder ein banaler Ehekrach gewesen war. Und warum erzählte ihm Evelyn gerade das?

»Sie kam mir nicht so vor. Ich weiß genau, daß sie kein Interesse an Graf Baldassare hatte, und er genausowenig an ihr. Er wollte nur galant sein.«

»Gehörte er dem Teil des venezianischen Adels an, der geblieben war?«

»Nein. Er ist später übrigens auch weggegangen. Der Kampf für die Unabhängigkeit hat viele weitaus mehr gekostet, als ich früher dachte. Graf Baldassares Sohn wurde von den Österreichern getötet; seine Frau ist gelähmt; sie hat auch einen Bruder verloren – er ist im Gefängnis gestorben. Ich weiß nicht, ob der Widerstand das alles wert ist. Die Österreicher sind gar nicht so schlimm, verstehen Sie. Sie sind tüchtig und gehören zu den wenigen Ländern in Europa, deren Regierung nicht korrupt ist. Zumindest sagt Florent das; und er ist zur Hälfte Venezianer. Allein schon deswegen muß es stimmen. Er verabscheut sie.«

Monk gab keine Antwort. Er dachte an Gisela. Sein Bild von ihr war sehr vage. Nun, er hatte ihr Gesicht noch nie gesehen. Es hieß, daß sie nicht wirklich schön sei, aber er stellte sie sich mit großen Augen und voller glühender Leidenschaft vor. Doch jetzt hatte Evelyn ihm mit ihrer Geschichte von der Oper seine Vision verdorben. Im Grunde war es nur ein Stilbruch, wenn Gisela darauf bestanden hatte, an einer Veranstaltung teilzunehmen, was allerdings in Friedrichs Augen eine schäbige Geste ihrem Gastland gegenüber darstellte. Eines vergnüglichen Abends wegen hatte sie sich ihm widersetzt. Aber statt auch einmal ihren Unwillen zu ertragen, hatte Friedrich am Ende klein beigegeben. Das konnte Monk auch nicht bewundern.

Evelyn reichte ihm lächelnd die Hand.

Er ergriff sie sofort. Sie war warm und zart, fast so wie bei einem Kind.

»Kommen Sie«, drängte sie. »Darf ich Sie William nennen? Ein wirklich passender englischer Name. Ich liebe ihn. Er paßt perfekt zu Ihnen. Sie sehen so dunkel und schwermütig aus und geben sich auch so ernst. Sie sind absolut entzückend!« Er merkte, daß er rot anlief, aber vor Freude. »Ich werde es mir zur Aufgabe setzen, Ihnen beizubringen, loszulassen und Spaß zu haben wie die Venezianer«, zwitscherte sie. »Tanzen Sie? Mir ist egal, ob Sie es können oder nicht. Zur Not lernen Sie es von mir. Aber zuallererst brauchen Sie Wein.« Sie führte ihn die Treppe zum Ballsaal hinunter. »Er wird Ihnen den Magen und das Herz wärmen…, und dann werden Sie London vergessen und nur noch an mich denken.«

Sie hätte sich die Mühe sparen können. Er dachte ohnehin an nichts anderes mehr.

Monk verbrachte einen Großteil dieser Nacht mit ihr wie auch die folgenden und den Nachmittag seines vierten Tages in Venedig. Dabei lernte er viel über das Leben am Exilhof, wenn das überhaupt die zutreffende Bezeichnung war, solange es zu Hause einen rechtmäßigen König und einen neuen Kronprinzen gab.

Auch ansonsten gefiel es Monk in Venedig überaus gut. Stephan war ein aufmerksamer Gastgeber, der ihm neben den berühmten Sehenswürdigkeiten auch allerlei kleine Gassen und Nebenkanäle zeigte, viel über die Geschichte der Stadt erzählte und ihm ihre Pracht und Kunst nahebrachte.

Wiederholt stellte Monk Fragen über Friedrich, Gisela, die Königin, Prinz Waldo und die Finanz- und Vereinigungspolitik des kleinen Landes. Daneben erhielt er ungeahnte Einsichten in die großen europäischen Revolutionen des Jahres 1848. Beseelt von einer in dieser Form noch nie dagewesenen Sehnsucht nach Freiheit, war sie von Spanien bis nach Preußen durch fast jedes Land gefegt. Die Leute hatten in den Straßen Barrikaden errichtet, Schüsse waren gefallen, woraufhin die Soldaten aus Panik zugeschlagen hatten. Allein in Frankreich jedoch schien die Revolution etwas Positives gebracht zu haben; in Österreich, Spanien, Italien, Preußen und den Niederlanden waren die Träume wie eine Seifenblase zerplatzt. Die alten oder noch schlimmere Unterdrücker saßen im Sattel, fester denn je.

An den Nachmittagen besuchte Monk Evelyn. Einmal ließ sie ihn kurzerhand abholen, bevor er selbst zu ihr fahren konnte. Sie wollte ihn also ebenso wie er sie. Darüber freute er sich unbändig. Ihm war, als wären ihm Flügel gewachsen. Sie war wunderschön, aufregend, lustig, und wie keine andere Frau, die er kannte, verstand sie es, den Augenblick zu genießen. Sie war einzigartig und wunderbar. Zusammen mit anderen gingen sie zu Soireen und Partys, ließen sich über den Canale Grande rudern und besuchten Bekannte. Sie lachten viel und badeten im strahlenden Licht dieses blauen und goldenen Herbstes. Auch wenn das Fenice geschlossen war, gab es genug kleine Theater, in denen sie sich Masken, Dramen und Opern ansahen.

Vor zwei oder drei Uhr ging Monk nie ins Bett. Er genoß es, bis zehn am Morgen zu schlafen, sich das Frühstück ans Bett servieren zu lassen, danach den Anzug für den jeweiligen Tag auszuwählen und sich in neue Entdeckungen und Vergnügen zu stürzen. An diese Lebensweise hätte er sich ohne weiteres gewöhnen können. Ihn überraschte nur, wie mühelos man da hineinrutschte.

Nach einer Woche traf er Florent Barberini zum erstenmal wieder. Sie kamen in der Pause eines Theaterstücks, von dem Monk herzlich wenig verstand, weil es auf italienisch war, ins Gespräch.

Monk hatte sich entschuldigt und war auf den Pier getreten, um den über den Kanal gleitenden Booten zuzuschauen und zu versuchen, seine Gedanken zu ordnen, vor allem was seinen Auftrag betraf, den er vernachlässigte, und seine Gefühle für Evelyn.

Er konnte nicht guten Gewissens behaupten, daß er sie liebte. Wieviel wußte er überhaupt über sie? Er vermochte es nicht zu sagen. Aber er liebte die Erregung, in die sie ihn versetzte, den beschleunigten Pulsschlag, das herrliche Gefühl, alles besonders intensiv zu genießen, sei es das gute Essen oder die Musik, den Witz und die Eleganz ihrer Konversation oder der Neid in den Augen der anderen Männer, wenn sie ihn gemeinsam mit ihr sahen.

Bei all dem vergaß er nie Klaus' wuchtige und etwas merkwürdige Gestalt im Hintergrund. Vielleicht war es gerade das Gefährliche daran, die Notwendigkeit, eine gewisse Diskretion zu wahren, was den Reiz ausmachte. Und Klaus durfte er nicht unterschätzen. Sein Gesicht hatte etwas an sich – vor allem wenn er sich scheinbar entspannte –, das andeutete, was für einen gräßlichen Feind er abgeben würde. Feige war Monk jedoch noch nie gewesen.

»Sie haben Venedig ja offenbar voll angenommen«, sprach ihn Florent aus dem Dunkeln an, wo ihn das Licht der Fackeln kaum noch erreichte.

Monk hatte ihn nicht bemerkt. Zu sehr war er in die eigenen Gedanken und die Lichter und Geräusche des nächtlichen Kanals versunken gewesen.

Er zuckte zusammen. »Ja«, antwortete er und lächelte unwillkürlich. »Diese Stadt ist absolut einmalig.«

Florent gab keine Antwort.

Unvermittelt spürte Monk Trauer im Gebaren des anderen. Und als er Florents dunkles Gesicht musterte, sah er zum erstenmal mehr darin als die lässige Sinnlichkeit, die ihn so anziehend für die Frauen machte, und erkannte in dem dramatischen spitzen Haaransatz mit den schönen Augen darunter die Einsamkeit eines Mannes, der den Kunstliebhaber nur spielte, aber in Wahrheit zutiefst unter der Schändung seiner Kultur und dem langsamen Tod seiner einstmals glanzvollen Vaterstadt litt. Er mochte seine Gründe gehabt haben, Friedrich an den Exilhof zu folgen, doch im Herzen war und blieb er Italiener und nicht Deutscher. Monk hatte sich von seinen glatten Manieren täuschen lassen und verkannt, was für ein tiefes Wesen darunter lag.

Jetzt fragte er sich, ob Florent auf seine Weise für die Unabhängigkeit Venedigs kämpfte und welche Rolle Friedrichs Leben oder Tod dabei spielten. In den letzten Tagen hatte er von der italienischen Vereinigung munkeln hören. Auch wenn einige Ignoranten darüber Witze rissen, gab es doch auch hier Bestrebungen, all die Stadtstaaten, faszinierenden Einzelrepubliken und Herzogtümer aus der Renaissance unter einer Krone zu sammeln. Warum nur hatte er nie darauf geachtet? Wie isoliert man doch sein konnte, wenn man, eingehüllt in die Sicherheit Britanniens und seines Imperiums, in einer Inselwelt lebte und gar nicht mitbekam, wie außerhalb ständig die Grenzen verändert wurden und ganze Nationen in Aufruhr, Revolution oder Eroberung versanken. Von derlei war Britannien seit bald acht Jahrhunderten verschont geblieben. Und maßte sich deswegen eine Arroganz und damit einhergehend eine Borniertheit ohnegleichen an!

Doch er war hier als Zorahs Gast. Jetzt war es wirklich höchste Zeit, daß er alles in seiner Macht Stehende tat, um ihre Interessen oder wenigstens die ihres Landes zu vertreten. War das vielleicht der eigentliche Grund für ihre absurde, selbstzerstörerische Anklage: den Mord an einem Prinzen aufdecken, damit ihre Landsleute endlich aufwachten und zu einem Mindestmaß an Treue zurückfanden, bevor es zu spät war?

»Ich könnte mich leicht in Venedig verlieben«, sagte er laut. »Aber es wäre eine hedonistische Liebe, keine uneigennützige. Ich habe nichts, was ich Ihrer Stadt geben könnte.«

Florent sah ihn erstaunt an. Seine dunklen Augenbrauen wölbten sich, seine Lippen zuckten. Er verkniff sich ein Lachen. »Das haben die wenigsten«, sagte er leise. »Es fällt Ihnen schwer zu glauben, daß all die Leute, die man hier antrifft, all die Träumer und Möchtegernprinzen, nur hergekommen sind, um hier ihr persönliches Affentheater auszuleben, nicht wahr?«

»Kannten Sie Friedrich gut?«

Das war keine Antwort, aber Florent hatte wohl auch keine erwartet. »Ja. Warum?«

Irgendwo auf dem Wasser sang jemand. Die Töne wurden von den Mauern als Echo zurückgeworfen und kehrten bald wieder.

»Wäre er heimgekehrt, wenn ihn Rolf oder sonst jemand darum gebeten hätte? Seine Mutter vielleicht?«

»Nicht, wenn er Gisela hätte zurücklassen müssen.« Florent beugte sich über die Steinmauer und sah in die Dunkelheit hinaus. »Und ihm wäre nichts anderes übriggeblieben. Ich weiß nicht warum, aber die Königin hätte Giselas Rückkehr nie erlaubt. Ihr Haß auf sie ist unversöhnlich.«

»Ich dachte, für die Krone hätte sie alles getan.«

»Das sah ich auch so. Sie ist eine bemerkenswerte Frau.«

»Und der König? Hätte nicht er Gisela in Kauf genommen, wenn Friedrich seine Rückkehr von ihr abhängig gemacht hätte?«

»Er und sich über Ulrike hinwegsetzen?« gluckste Florent. Allein sein Ton beantwortete schon die Frage. »Er ist ein sterbender Mann. Ulrike hat das Sagen im Lande. Das war wahrscheinlich schon immer so.«

»Und sein Bruder Waldo, der neue Kronprinz?« setzte Monk nach. »Ihm kann doch unmöglich an Friedrichs Rückkehr gelegen haben.«

»Das nicht, aber ich bezweifle, daß er Friedrich deswegen ermorden ließ. Er trat nur widerwillig an die Stelle seines Bruders, weil es eben keinen anderen gab. Und sein Zögern war nicht gespielt. Ich kenne ihn nämlich.«

»Aber den Kampf für die Unabhängigkeit wird er nicht anführen.«

»Er glaubt, daß ein Krieg ihnen nichts nützen würde, weil sie so oder so von Deutschland geschluckt werden.«

»Hat er recht?« Monk starrte sein Gegenüber unverwandt an.

Auf dem Kanal trieb eine Barkasse vorbei, auf der Musik gespielt wurde. Wimpel flatterten, und die Lichter von Fackeln glitzerten im dunklen Wasser. Die Bugwellen schwappten mit einem sanften Klatschen gegen die Steinstufen zum Pier.

»Ich glaube, ja«, antwortete Florent.

»Aber Sie wollen die Unabhängigkeit für Venedig!«

Florent lächelte. »Von Österreich, aber nicht von Italien.«

Jemand rief einen Namen. Der Laut hallte über das Wasser wider. Eine Frauenstimme antwortete.

»Waldo ist ein Realist«, fuhr Florent fort. »Friedrich war zeitlebens ein Romantiker. Aber ich denke, das liegt auf der Hand, oder?«

»Sie glauben, ein Unabhängigkeitskrieg wäre zum Scheitern verurteilt?«

»Ich meinte eigentlich Gisela. Ihretwegen warf er seine Pflichten über Bord und folgte dem Rufe seines Herzens. Was für eine Romanze! ›Alles für die Liebe und eine Welt verloren!‹« Seine Stimme troff vor Ironie, doch er wurde sofort wieder ernst. »Ich weiß nicht, ob Liebe zur Welt und die Liebe zu einem Menschen miteinander vereinbar sind.«

»Bei Friedrich, ja«, meinte Monk ruhig. Aber noch während er das sagte, merkte er, daß das wohl eher als Frage gemeint war.

»Wirklich?« entgegnete Florent. »Friedrich ist tot. Vielleicht wurde er ermordet.«

»Wegen seiner Liebe zu Gisela?«

»Ich weiß es nicht.« Florent starrte wieder aufs Wasser hinaus. Da, wo das Licht der Fackel hinfiel, war sein Gesicht weiß, der Teil, der im Schatten lag, wirkte schwarz. »Wenn er daheimgeblieben wäre, statt abzudanken, hätte er fraglos den Kampf für die Unabhängigkeit angeführt. Alle Pläne und Intrigen für seine Rückkehr hätten sich erübrigt. Und die Königin hätte von ihm nicht verlangt, er müsse seine Frau verlassen und eine andere heiraten.«

»Aber Sie haben doch selbst gesagt, daß er das nie getan hätte!«

»Er hätte es auch nicht getan, nicht einmal um sein Land zu retten.«

Florent sprach mit monotoner Stimme, als bemühe er sich um Objektivität. Gleichzeitig hörte Monk aber auch einen vorwurfsvollen Ton heraus, und als er ihm ins Gesicht sah, merkte er, daß Florent wütend war. »Eine solche Haltung wäre eines wahren Romantikers würdig«, meinte er. »Persönlich und politisch.«

»Und sie würde auch zu Einsamkeit führen«, ergänzte Florent. »Aber Friedrich vertrug keine Einsamkeit.«

Darüber dachte Monk mehrere Minuten lang nach. Hinter ihnen war Lachen zu hören. Eine Gruppe war aus dem Theater getreten und rief einer vorbeifahrenden Gondel einen Gruß zu. Vor ihnen plätscherte wieder eine Bugwelle gegen die Steinstufen.

»Und was sind Zorahs Gefühle?« fragte Monk, nachdem die anderen sich entfernt hatten. »Ich meine, in der Frage von Unabhängigkeit oder Vereinigung. Könnte ihre Anklage auch einen politischen Hintergrund haben?«

Florent überlegte lange, und als er seine Antwort gab, hatte seine Stimme einen nachdenklichen Klang. »Wie denn? Was würde das jetzt noch nützen? Es sei denn, Sie glauben, sie wolle andeuten, hinter Gisela stecke noch jemand anders. Das halte ich für unwahrscheinlich. Sie hatte zu Hause nie mit irgendwelchen Parteien Verbindungen.«

Monk schüttelte den Kopf. »Ich dachte eher, falls Zorah wußte, daß Friedrich ermordet wurde – wenn auch nicht notwendigerweise von Gisela –, dann beschuldigte sie Gisela vielleicht nur, weil sie glaubte, so ließe sich das Verbrechen am ehesten ans Tageslicht bringen.«

Florent starrte ihn entgeistert an. »Das ist denkbar«, sagte er langsam und sehr nachdenklich. »Darauf bin ich noch gar nicht gekommen, aber Zorah wäre so etwas durchaus zuzutrauen, vor allem, wenn sie Klaus verdächtigt.«

»Würde Klaus Friedrich töten?«

»Oh, ganz gewiß, wenn er das Gefühl hätte, nur so könne man Friedrich daran hindern, heimzukehren und den Widerstand gegen die Vereinigung anzuführen – der uns nur einen Krieg und früher oder später eine Niederlage eingebracht hätte.«

»Klaus ist also für Waldo?«

»Klaus ist für sich selbst«, entgegnete Florent lächelnd. »Er hat riesige Ländereien im Grenzgebiet, die im Falle einer Invasion als erste beschlagnahmt würden.«

Monk blieb stumm. Das dunkle Wasser des Kanals wogte gegen den Marmor in seinem Rücken, und aus dem Theater drang Gelächter zu ihnen heraus.

Der Herbst blieb warm und sonnig. Monk bemühte sich um Evelyn, weil es so angenehm mit ihr war. In ihrer Gesellschaft wurde sogar das Banalste zum Abenteuer. Und es schmeichelte ihm, daß sie ihn offenbar auch interessant und ganz anders als ihre sonstigen Bekannten fand. Sie wollte alles über ihn wissen und auch über London und dessen dunkle Seiten, die er so gut kannte. Er erzählte ihr genügend, um ihre Neugierde zu wekken, aber nicht genug, um sie zu langweilen. Das Thema Armut hätte sie abgeschreckt. Er hatte es einmal angeschnitten und sofort gemerkt, daß ihre Augen sich verschleierten. Es hätte Mitgefühl, wenn nicht sogar Schuldbewußtsein erfordert, doch sie war nicht bereit, sich ihr Vergnügen trüben zu lassen.

Da sie Klaus' Frau war, hatte er die Gelegenheit, das Angenehme mit dem Nützlichen zu verbinden. Er mußte ja so viel wie möglich über Klaus, seine Allianz mit Waldo und seine Beziehungen zu anderen deutschen Staaten herausfinden.

Er sah sie bei Dinnerpartys, im Theater und einmal bei einem prachtvollen Ball, den im Exil lebende spanische Aristokraten gaben. Dort tanzte er, bis ihm schwindlig wurde, und schlief am nächsten Tag bis Mittag. Danach verbrachte er einen trägen Nachmittag auf stillen Nebenkanälen, wo er bis auf das Klatschen der Wellen gegen die Mauern fast nichts hörte, unter dem Himmel der Gondel das Panorama der Stadt mit ihren herrlichen Türmen und Fassaden vorbeigleiten sah, das ihm vorkam wie ein kunstvoll besticktes blaues Tuch, während er mit Evelyn in den Armen auf dem Rücken lag.

Er sah den Palast des Dogen und die Seufzerbrücke, die zu

den Verliesen führte, aus denen die wenigsten zurückkamen. Er dachte daran, daß er bald wieder ins bereits winterliche London und in die Beengtheit seiner Wohnung zurückkehren würde. Nun gut, als unbequem konnte er sie wirklich nicht bezeichnen; sie war warm, sauber und behaglich eingerichtet; seine Vermieterin war eine vorzügliche Köchin und schien ihn ganz gern zu mögen, auch wenn sie von seinem Beruf wohl nicht allzuviel hielt. Aber an Vendig kam das alles nicht heran. Und Nachforschungen bei Tragödien, die zu Verbrechen geführt hatten, waren etwas ganz anderes als Lachen, Tanzen und bezaubernde Gespräche mit hinreißenden Frauen.

Später – er ging eine breite Treppe hinauf – durchzuckte ihn wie aus heiterem Himmel eine Erinnerung. Er erlebte es nicht zum erstenmal, daß er sich ohne ersichtlichen Grund mit etwas vertraut fühlte. So auch wieder jetzt. Für einen kurzen Augenblick war er nicht mehr in Venedig, sondern in London. Die lachenden Stimmen gehörten Engländern, und am Pfosten am Fuß der Treppe stand ein guter Bekannter, ein Mann, dem er unendlich viel verdankte. Er empfand Wärme, Geborgenheit und die tröstliche Gewißheit, daß die Freundschaft zu ihm einfach da war und keinerlei Fragen oder ständigen Anstrengungen bedurfte, um sie am Leben zu erhalten.

Die Erinnerung war so deutlich, daß er sich sogar umdrehte, in der Erwartung, hinter ihm stünde ... Und damit löste sich das Bild auf. Er sah kein Gesicht, das sich damit verbinden ließ. Was blieb, war das Wissen, daß sie einander vertraut hatten.

Er erkannte die wuchtige, etwas unförmige Gestalt von Klaus. Das Licht der Lüster über ihm fiel auf sein Gesicht, hob seine gebrochene Nase noch auffallender hervor, als sie ohnehin schon war. Die Leute hinter ihm sprachen in einem Wirrwarr von Sprachen miteinander: Deutsch, Italienisch, Französisch – nur Englisch war nicht mehr zu hören.

Er wußte, wen er eigentlich erwartet hatte: den Mann, der früher einmal sein Förderer und Freund gewesen war, und den man später um seinen guten Ruf, seinen Besitz und sogar seine

Freiheit betrogen hatte. Monk konnte sich nicht mehr daran erinnern, was geschehen war, nur daß es eine schreckliche Tragödie gewesen war und er in quälender Hilflosigkeit hatte zuschauen müssen. Dieses himmelschreiende Unrecht war der Grund dafür, daß er der Bank- und Geschäftswelt den Rücken gekehrt und statt dessen eine neue Aufgabe bei der Polizei angenommen hatte.

War er ein guter Bankier gewesen? Angenommen, er wäre in diesem Beruf geblieben, wäre er jetzt auch ein wohlhabender Mann und könnte die ganze Zeit wie seine neuen Bekannten leben, ohne auf Zorahs Geld angewiesen zu sein?

Warum fühlte er sich diesem Mann, der ihn das Kredit- und Bankgeschäft gelehrt hatte, so unendlich dankbar? Warum hatte er in dem Moment, in dem er sich auf der Treppe umgedreht hatte, die Gewißheit verspürt, daß Vertrauen und eine unzertrennliche Freundschaft sie verbanden? Diese Verbundenheit war tiefer als die eher allgemeine Beziehung, die er von früheren Erinnerungen schon kannte. Sie war etwas Besonderes, ja, Einmaliges.

Doch jetzt war der Moment vorbei. Er konnte sich nicht mehr erinnern, was das gewesen sein mochte, nur, daß er sich diesem Mann schuldig fühlte. War ihre Freundschaft so ungleich gewesen? War ihm mehr Geld, Freundschaft, Vertrauen gegeben worden, als er verdient hatte?

Evelyn erzählte ihm irgendeine Anekdote aus der Geschichte Venedigs von einem Dogen, der auf dem Weg zur Macht über Leichen gegangen war.

Er bekundete mit einer angemessenen Bemerkung sein Interesse.

Sie lachte, obwohl sie wußte, daß er nicht zugehört hatte.

Gleichwohl wurde er dieses Gefühl, etwas Wertvolles verloren zu haben, den ganzen Abend nicht mehr los. Doch je angestrengter er es wieder einzufangen versuchte, desto flüchtiger erschien es ihm. Und wenn er sich anderen Dingen zuwandte, kehrte es zurück und schwebte über allem.

Als er am nächsten Tag erneut über den Kanal trieb und Evelyns Wärme neben sich spürte, drängte es sich wieder mit Macht in sein Bewußtsein.

»Erzähl mir von Zorah«, bat er sie abrupt und setzte sich auf, als sie von einem Nebenkanal in eine der Hauptwasserstraßen abbogen. Eine vor ihnen vorübergleitende, mit Luftschlangen behängte Barke zwang sie zum Anhalten. Ihr Gondoliere balancierte mit selbstverständlicher Eleganz auf dem schwankenden Boot. Bei ihm sah das so einfach aus, aber Monk wußte, wie schwer es war. Mehr als einmal hatte er das Gleichgewicht verloren und war ins Wasser gefallen.

Evelyn war nicht minder unverblümt. »Warum interessierst du dich so sehr für Zorah?« fragte sie mit blitzenden Augen.

»Weil sie drauf und dran ist, einen Skandal auszulösen.« Die Lüge ging Monk leicht über die Lippen. »Du wirst unter Umständen zur Rückkehr nach London gezwungen. Das wäre an und für sich schön, aber nur, wenn dir nichts dabei passiert. Am Ende zieht sie dich noch mit hinein.«

Evelyn lächelte ihn an. »Mir kann nichts passieren«, verkündete sie im Brustton der Überzeugung. »Aber es ist entzückend von dir, daß du dir Sorgen machst. Bei uns daheim wird sie nicht so ernst genommen, wie du denkst, verstehst du?«

»Warum nicht?« fragte er in ungespielter Neugierde.

Sie zuckte die Schultern und kuschelte sich an ihn. »Ach, Zorah hat schon immer Anstoß erregt. Wer halbwegs klug ist, nimmt das zur Kenntnis und denkt sich, sie will bloß wieder auffallen. Wahrscheinlich ist sie von einem Liebhaber enttäuscht worden und will jetzt irgendwas Dramatisches tun. Sie langweilt sich immer ziemlich schnell, weißt du. Und das Schlimmste für sie ist, wenn niemand auf sie achtet.«

So wie Monk Zorah bisher kennengelernt hatte, konnte er sich kaum vorstellen, daß jemand sie übersah. Er konnte verstehen, daß manche sich von ihr eingeschüchtert oder peinlich berührt fühlten, aber langweilig war sie gewiß nicht. Nun, vielleicht nutzte sich Exzentrik auch mit der Zeit ab, wenn sie um des Effekts willen gelebt wurde. Aber war sie bei Zorah eine Pose? Es wäre eine enttäuschende Überraschung für ihn, wenn das stimmte.

»Glaubst du wirklich?« fragte er skeptisch und ließ die Finger über Evelyns weiches Haar gleiten.

»Ich habe keinen Zweifel. Schau doch über die Lagune, William. Siehst du die Santa Maria Maggiore dort drüben? Ist sie nicht herrlich?« Sie deutete über das blaugrüne Wasser auf die Marmorkuppel einer Kirche, die aus der Ferne aussah, als würde sie auf der Lagune schwimmen.

Die Szene kam Monk unwirklich vor. Hätte er nicht den Wind auf der Haut und das Schwanken des Bootes gespürt, hätte er glauben können, er sei Teil eines Bildes.

»Ihren letzten Liebhaber hat Zorah abgeschossen, als er sie verließ«, wiederholte sie ungerührt und sah mit ihren großen braunen Augen zu Monk auf.

»Und sie ist ungestraft davongekommen?« Monk konnte es nicht fassen.

»O ja. Es hatte alles seine Ordnung. Duelle werden in unserem Land akzeptiert.« Sie weidete sich an seiner verdutzten Miene und brach schließlich in Lachen aus. »Natürlich sind es normalerweise die Männer, die sich duellieren, und meistens mit dem Schwert. Ich glaube, Zorah hat sich bewußt für die Pistole entschieden. Sie war auch eine vorzügliche Fechterin, aber jetzt ist sie älter und wohl nicht mehr die Schnellste. Und er war ziemlich jung und sehr gut.«

»Und dann hat sie ihn erschossen?«

»Nein, nicht totgeschossen«, zwitscherte sie fröhlich. »Nur in die Schulter. Die Sache war furchtbar dumm. Sie kochte vor Wut, weil er bei einem Ball ständig mit einer viel jüngeren und sehr hübschen Frau herumturtelte. Das Ganze artete ein paar Tage später in einen bösen Streit aus. Zorahs Verhalten war wirklich abstoßend. Sie stolzierte mit Stiefeln und einer Zigarre im Mund in seinen Club und forderte ihn zum Duell. Um nicht als Feigling dazustehen, mußte er annehmen. Aber hätte er gewonnen, hätte er sich genauso blamiert.« Sie schmiegte sich an ihn. »Die Sache hat ihm unendlich geschadet. Ich fürchte, er hat sich zum Gespött der Leute gemacht. Und die Geschichte ist seither in den Erzählungen natürlich maßlos ausgeschmückt worden.«

Der Mann tat Monk ein bißchen leid. Er selbst konnte ja auch ein Lied von herrschsüchtigen Frauen singen. Eine äußerst unschöne Eigenschaft! Und wenn man dann zum Schaden auch noch den Spott hatte, erforderte es eine gehörige Portion Mut, gute Miene zum bösen Spiel zu machen.

»Und du glaubst, sie hat das mit dem Mord nur behauptet, um sich wieder in den Vordergrund zu schieben?« Er ließ die Finger sanft über ihre Wange und weiter über den Hals gleiten.

Sie lächelte. »Nicht ganz. Aber wenn sie heftige Gefühle hat, kennt sie keine Skrupel.«

»Was Gisela betrifft?«

»Und was die Vereinigung betrifft. Sie ist selten zu Hause, aber im Grunde ihres Herzens ist sie Patriotin. Sie liebt das Individuelle, das Außergewöhnliche und Extreme und die Freiheit zur persönlichen Entscheidung. Ich bezweifle, daß sie die Handelsvorteile und den Schutz sieht, die uns ein größerer Staat böte. Das mögen unromantische Vorstellungen sein, aber die meisten führen nun mal ein unromantisches Leben.«

»Und du?« fragte er und küßte ihren Hals. Ihre Haut war sanft und warm.

»Ich denke sehr praktisch. Ich weiß, daß Schönheit ihren Preis hat. Man kann keine großen Feiern, erbaulichen Kunstwerke, Theater, Opern oder Bälle haben, wenn das ganze Geld in die Rüstung fließt.« Sie fuhr mit den Fingern durch sein Haar. »Ich weiß, was es bedeutet, wenn ein Land erobert wir: Äcker werden zertrampelt, Dörfer zerstört, die Erträge verbrannt, und viele Menschen werden getötet. Es hat keinerlei Sinn, sich gegen das Unvermeidbare zu wehren. Da tue ich doch lieber so, als hätte ich es von Anfang an gewollt, und füge mich mit Würde.«

»Ist die Vereinigung denn unvermeidbar?« fragte er.

»Wahrscheinlich. Ich kenne mich mit Politik nicht besonders aus und schnappe nur immer wieder mal was auf.« Sie löste sich von ihm und sah ihm fest in die Augen. Aus ihrem Gesicht war jedes Lachen verschwunden. »Wenn du mehr wissen willst, solltest du mit mir nach Felzburg kommen. Wir brechen nächste Woche auf. Dann kannst du selbst herausfinden, ob es Pläne gab, Friedrich zurückzuholen, und ob ihn jemand ermordet hat, um das zu verhindern.«

»Eine hervorragende Idee!« Er küßte sie erneut. »Ja, ich glaube, das wird absolut notwendig sein.«

6. Kapitel

Rathbone riß Simms den Brief aus der Hand und brach das Siegel auf. Ein Brief aus Venedig. Das hieß, er mußte von Monk sein. Allerdings fiel sein Bericht kürzer aus als erhofft.

Lieber Rathbone!
Ich glaube, ich habe alle Mittel ausgeschöpft, mir hier in Italien Informationen zu beschaffen. Jeder schwärmt von Friedrichs und Giselas Romanze, selbst diejenigen, die nicht viel von ihnen – insbesondere von ihr – hielten. Je weiter ich in diesem Fall vordringe, desto unwahrscheinlicher erscheint es mir, daß Gisela ihn getötet haben soll. Sie hätte dabei nur verlieren können. Niemand glaubt, daß er sie verlassen hätte.
Allerdings halte ich es für möglich, daß anderen an Friedrichs Tod gelegen war, und zwar aus politischen Gründen. Ich denke insbesondere an Klaus von Seidlitz, da er sich von der Vereinigung offenbar persönliche und wirtschaftliche Vorteile verspricht. Friedrich hätte seine Pläne nur gefährdet, hätte er tatsächlich den Kampf gegen das Deutsche Reich angeführt. Andererseits kann sich niemand vorstellen, daß Friedrich ohne Gisela gegangen wäre. Abgesehen davon hätte die Königin sie nie geduldet, selbst wenn sie damit die Unabhängigkeit ihres Landes aufs Spiel setzte. Ich möchte in Erfahrung bringen, warum die Königin selbst nach über zehn Jahren noch einen so unversöhnlichen Haß gegen Gisela hegt, und das, obwohl sie ansonsten, wie mir versichert wurde, ein Vorbild an Pflichtbewußtsein ist und persönliche Gefühle dem Dienst an ihrem Land unterordnet.

Deshalb reise ich nach Felzburg weiter, um dort meine Recherchen fortzuführen. Es läuft womöglich alles darauf hinaus, ob es tatsächlich Pläne gab, Friedrich zurückzuholen oder nicht. Selbstverständlich werde ich Sie alle neuen Erkenntnisse umgehend wissen lassen, mögen sie Zorah nützen oder nicht. Im Augenblick fürchte ich, daß sie nicht den Hauch einer Chance hat.

Was ich über sie gehört habe, spricht nur teilweise zu ihren Gunsten. Sollte es Ihnen gelingen, sie zur Rücknahme ihrer Beschuldigung zu bewegen, wäre das vielleicht der beste Dienst, den Sie ihr als ihr Rechtsbeistand erweisen können. Falls Friedrich ermordet wurde – und das erscheint durchaus möglich –, umfaßt der Kreis der Verdächtigen eine ganze Reihe von Leuten, aber Gisela ist nicht darunter.

Mit den besten Wünschen
Ihr Monk

Fluchend warf Rathbone den Brief auf den Schreibtisch. Vielleicht war es naiv von ihm gewesen, aber er hatte wirklich gehofft, Monk würde neue Erkenntnisse gewinnen, die Gisela in ein anderes Licht rückten, über einen Liebhaber womöglich, eine leidenschaftliche Affäre mit einem jüngeren Mann, bei der ihr Friedrich im Weg gewesen wäre. Oder daß Friedrich dahintergekommen war und ihr damit gedroht hatte, sie zu verlassen.

Aber Monk hatte recht. Wenn überhaupt ein Verbrechen vorlag, dann hatte es einen politischen Hintergrund. Und worauf beruhte denn Zorahs Beschuldigung? Wohl eher auf Eifersucht, aber gewiß nicht auf gesicherten Erkenntnissen. Der einzige Rat, den er ihr ruhigen Gewissens geben konnte, war, ihre Behauptungen zurückzunehmen und sich in aller Form zu entschuldigen. Wenn sie Trauer über Friedrichs Tod geltend machte und Enttäuschung darüber, daß er den Unabhängigkeitskampf nun nicht mehr anführen konnte, regte sich vielleicht sogar Mitleid für sie. Der Schaden ließe sich womöglich noch begrenzen, aber ruiniert wäre sie trotzdem.

»Entschuldigen soll ich mich?« rief Zorah ungläubig, als Rathbone in ihr Zimmer mit dem exotischen Wandschmuck und dem roten Ledersofa geführt wurde. »Niemals!«

Das Wetter war merklich kühler als bei seinem ersten Besuch. Im Kamin prasselte ein gewaltiges Feuer mit wild tanzenden Flammen, die die Bärenfelle auf dem Boden in rotes Licht tauchten; der ganze Raum hatte etwas merkwürdig Anheimelndes und doch Archaisches an sich.

»Sie haben keine andere vernünftige Alternative!« ereiferte sich Rathbone. »Wir konnten keinerlei Beweise für Ihre Beschuldigung finden. Wir berufen uns auf bloße Annahmen. Selbst wenn wir ein konkretes Motiv nennen könnten, ließe sich damit keine Verteidigung begründen.«

»Dann entscheide ich mich eben für die unvernünftige Alternative«, sagte sie mit fester Stimme. »Muß ich annehmen, daß Sie sich soeben auf Ihre korrekte Weise von meinem Fall distanziert haben?« Sie maß ihn kühl mit einem herausfordernden Blick, der allerdings ihre Enttäuschung nicht zu verbergen vermochte.

Rathbone war verärgert und – wenn er ehrlich war – auch etwas verletzt. »Sollten Sie das wirklich glauben, dann hätten Sie sich getäuscht, Madam. Es ist meine Pflicht, Sie über die Fakten zu informieren und Ihnen meine wohlüberlegte Meinung über deren Bedeutung zu sagen. Danach nehme ich gern Ihre Anweisungen an, vorausgesetzt, es sind keine gesetzeswidrigen Äußerungen oder Handlungen damit verbunden.«

»Wie schrecklich englisch!« In ihrer Miene spiegelte sich Belustigung, gepaart mit Verachtung. »Sie müssen sich ja unmöglich sicher – und bequem – fühlen. Sie leben im Herzen eines Reichs, das die ganze Erde umfaßt.« Sie geriet immer mehr in Rage. »Egal welcher Erdteil, Ihre britischen Rotjacken haben dort gekämpft, haben die Eingeborenen unterworfen, sie, ob sie wollten oder nicht, zum Christentum bekehrt und ihre Prinzen gelehrt, sich wie echte Engländer zu benehmen.«

Sie hatte ja recht! Rathbone kam sich auf einmal entsetzlich künstlich und aufgeblasen vor.

»Sie haben vergessen, was es heißt, Angst zu haben«, setzte sie mit vor Erregung tiefer, rauher Stimme nach. Sie stand mit dem Rücken zum Feuer. »Sie brauchen keine Nachbarn zu beobachten und sich zu fragen, wann Sie geschluckt werden. O ja, ich weiß, daß Sie in Ihren Geschichtsbüchern über so etwas lesen. Sie haben von Napoleon und König Philip von Spanien gelernt. Ihr Land stand kurz vor der Eroberung, und Sie kämpften mit dem Rücken zu Wand. Aber Sie haben sie ja geschlagen. Sie gewinnen doch immer.« Ihr Körper spannte sich unter dem Seidenkleid an, ihr Gesicht war wutverzerrt. »Nun, wir werden nicht gewinnen, Sir Oliver. Wir werden verlieren. Vielleicht noch heute, vielleicht in zehn oder zwanzig Jahren, aber unsere Niederlage ist besiegelt. Das einzige, was wir in der Hand haben, ist die Art und Weise, wie wir uns ins Unvermeidliche fügen. Haben Sie eine Vorstellung davon, wie man sich in einer solchen Lage fühlt? Ich glaube nicht.«

»Im Gegenteil!« widersprach Rathbone. Sein Ton war süffisant, obwohl ihm nicht nach Triumphieren zumute war. Vielleicht brauchte er irgendeinen Schutz nach seinem Fehlurteil und der Erkenntnis seiner Verleztlichkeit. »Ich kann mir eigene Niederlagen äußerst lebhaft vorstellen und bin drauf und dran, eine vor Gericht zu erleiden.«

Noch während er das sagte, wurde ihm klar, daß sein persönlicher kleiner Mißerfolg in keinem Verhältnis zu den Niederlagen von Nationen stand, die ihre in Jahrhunderten gewachsene Identität und ihre Freiheit, gleich wie illusorisch beides sein mochte, verloren.

»Sie geben auf!« Es war eine verächtliche Feststellung, keine Frage.

»Ich stelle mich der Realität.« Obwohl Rathbone sich vorgenommen hatte, Ruhe zu bewahren, ließ er sich provozieren. Aber er wollte verhindern, daß sie das merkte. »Das ist die Kehrseite der Medaille. Wir haben keine andere Wahl. Es ist meine Pflicht, Sie über die Fakten und den erfolgversprechendsten Weg aufzuklären und dann mit Ihnen eine Entscheidung zu treffen.«

Ihre Augenbrauen schossen in die Höhe. »Ob ich mich vor der Schlacht ergebe oder bis zur Niederlage kämpfe? Was für eine nette Ironie des Schicksals! Felzburg steht nämlich vor genau demselben Dilemma. Was mein Land betrifft, spreche ich mich gegen die Unterwerfung aus, obwohl wir keine Gewinnchancen haben. Was mich betrifft, so wähle ich den Krieg.«

»Auch den können Sie nicht gewinnen«, warf er widerstrebend ein. Wie unwohl er sich dabei fühlte, ihr die Wahrheit sagen zu müssen! Sie war stur, naiv, arrogant und selbstgerecht, aber sie hatte Mut und einen ganz eigenen Ehrbegriff. Und vor allem kämpfte sie voller Leidenschaft. Die Niederlage würde sie verletzen, und dieses Wissen schmerzte ihn.

»Heißt das, ich soll meine Beschuldigung zurücknehmen, behaupten, daß ich gelogen habe, und diese Person um Vergebung bitten?«

»Es wird Ihnen nichts anderes übrigbleiben. Die Frage ist nur, ob Sie es jetzt in aller Diskretion tun oder später vor Gericht, wenn die Haltlosigkeit Ihrer Vorwürfe bewiesen ist.«

»Bei Gisela gäbe es keine Diskretion!« rief sie. »Sie würde schon dafür sorgen, daß jeder es erfährt, oder die Sache hätte für sie keinen Sinn. Aber das ist mir egal. Ich nehme nichts zurück. Sie hat ihn ermordet. Das steht fest, auch wenn Sie keinen Beweis dafür finden können.«

Es ärgerte ihn, daß sie die Verantwortung ihm aufbürdete. »Vor dem Gesetz kommen Sie damit nicht weiter!« Er merkte selbst, wie verzweifelt er sich anhörte. »Womit kann ich es Ihnen nur begreiflich machen? Es ist gut möglich, daß wir den Verdacht, daß Friedrich ermordet wurde, mit gewichtigen Indizien untermauern können. Die Symptome sprechen eher für Vergiftung durch Eibenblätter als für innere Blutungen. Vielleicht gelingt es uns sogar, eine Exhumierung der Leiche und eine Autopsie zu erzwingen.« Er stellte befriedigt fest, daß sie zusammenzuckte. »Aber selbst wenn das Ergebnis uns recht gibt, bleibt Gisela die einzige Person, die nicht an die Eiben herankam, denn sie wich nicht einen Moment von seiner Seite. Um

Himmels willen, Ma'am, wenn Sie glauben, daß er aus politischen Gründen ermordet wurde, dann sagen Sie es bitte, und opfern Sie Ihren guten Ruf nicht irgendwelchen haltlosen Behauptungen, die Sie nur aufstellen, um die Sache vor Gericht zu bringen!«

»Was schlagen Sie vor?« Sie bemühte sich um einen leichten Ton, aber gerade deshalb hörte sich ihre Stimme auf einmal brüchig an. »Daß ich Klaus von Seidlitz anklage? Aber er ist doch nicht schuldig!«

Sie stand noch immer vor dem Kamin. Ihr Kleid schimmerte im flackernden Licht der Flammen. Draußen wurde es dunkel.

»Sie wissen, daß Klaus es nicht war. Sie haben keinen Beweis für Giselas Schuld.« Er schöpfte wieder Hoffnung, gewann neues Selbstvertrauen. »Dann nehmen Sie doch den Vorwurf zurück, und wir ermitteln in aller Ruhe weiter, bis wir genug Anhaltspunkte haben. Und wenn wir soweit sind, gehen wir damit zur Polizei. Sagen Sie die Wahrheit! Sagen Sie, daß Sie glauben, daß er ermordet wurde, aber daß Sie nicht wissen, von wem. Sie haben Gisela genannt, damit endlich jemand auf Sie hört und Ermittlungen einleitet. Geben Sie Ihren Irrtum zu. Bitten Sie sie um Verzeihung. Verleihen Sie aber auch Ihrer Hoffnung Ausdruck, daß sie mithilft, die Wahrheit zu ermitteln. Das kann sie unmöglich zurückweisen, ohne den Eindruck zu erwecken, sie habe schmutzige Hände. Ich setze Ihnen den Brief auf.«

»Das werden Sie nicht!« wies sie ihn barsch zurück. »Wir gehen vor Gericht!«

»Aber das brauchen wir doch gar nicht!« Warum war diese Frau nur so begriffsstutzig? Völlig ohne Not stürzte sie sich ins Unglück. »Monk wird sein Möglichstes tun, die Wahrheit herauszufinden …«

»Gut!« Sie wirbelte herum und starrte zum Fenster hinaus. »Dann lassen Sie ihn weitermachen, und wenn das Verfahren beginnt, soll er für mich aussagen.«

»Er schafft es vielleicht nicht bis dahin.«

»Dann sagen Sie ihm, er soll sich beeilen.«

»Nehmen Sie die Vorwürfe gegen Gisela zurück!« drängte er. »Dann kommt es nicht zum Prozeß. Sie verlangt vielleicht Schadensersatz, aber ich kann mich für Sie einsetzen und…«

Sie funkelte ihn wütend an. »Weigern Sie sich etwa, meine Anweisungen auszuführen, Sir Oliver? Das ist doch der richtige Ausdruck, nicht wahr? Anweisungen!«

»Ich versuche nur, Sie zu bera…«

»Ich habe Ihren Rat gehört und abgelehnt!« fuhr sie ihm über den Mund. »Anscheinend gelingt es mir nicht, Ihnen begreiflich zu machen, daß meiner Meinung nach Gisela Friedrich ermordet hat. Aber ich bin nicht bereit, statt dessen jemand anderen zu beschuldigen. Ein Trick, der, wie ich glaube, auch gar nicht funktionieren würde.«

»Aber sie hat ihn nicht ermordet!« Seine Stimme wurde lauter und schriller, als er beabsichtigt hatte; diese Frau trieb ihn schier zur Verzweiflung. »Man kann eine Unwahrheit nicht beweisen. Und ich bin nicht dazu bereit, mich an solchen Versuchen zu beteiligen.«

Ihr Körper versteifte sich, ihre Miene wurde hart. »Ich glaube, daß es die Wahrheit ist. Und meines Wissens sind Sie Anwalt und nicht Richter, oder?«

Er holte tief Luft. »Es ist meine Pflicht, Ihnen die Wahrheit zu sagen, und die sieht nun einmal so aus: Wenn Friedrich tatsächlich mit Eibenblättern vergiftet wurde, dann ist Gisela die einzige Person, die über jede Minute Rechenschaft ablegen kann. Sie kann ihn nicht ermordet haben.«

Zorah reckte das Kinn und starrte ihn herausfordernd an. Doch auf seine Argumente wußte sie keine Antwort. Er hatte recht, und das mußte sie sich eingestehen.

»Wenn Sie sich von diesem Fall zurückziehen wollen, dann nehme ich Ihnen das nicht übel. Ihre Ehre wäre nicht befleckt. Offenbar habe ich mehr von Ihnen verlangt, als recht und billig ist.«

Ihm fiel ein Stein vom Herzen, und zugleich schämte er sich seiner Erleichterung.

»Was haben Sie jetzt vor?« fragte er leise. Die Spannung war von ihm abgefallen, doch an ihre Stelle war ein schaler Nachgeschmack getreten – das Bewußtsein, gescheitert zu sein, eine Gelegenheit verpaßt zu haben, und auch ein Gefühl der Einsamkeit.

»Wenn es so ist, wie Sie sagen, wird es wohl jeder andere Barrister mit Ihren Fähigkeiten und Ihrem Ehrbegriff genauso sehen«, erwiderte sie. »Ich werde überall den gleichen Rat zu hören bekommen. Und trotzdem werde ich allen dieselbe Antwort wie Ihnen geben müssen. Ich kann mir also die ganze Mühe von vornherein sparen. Es gibt nur einen Menschen, der von der Notwendigkeit der Verfolgung dieses Falles überzeugt ist.«

»Und wer ist das?« Er war überrascht, denn ihm fiel niemand ein.

»Ich natürlich.«

»Sie können sich nicht selbst vertreten.«

»Es gibt keine Alternative, die ich akzeptieren könnte.« Sie sah ihn mit einem teils belustigten, teils ironischen Lächeln an, das aber nicht ihre Angst verdecken konnte.

»Dann werde ich Sie auch weiterhin vertreten, es sei denn, Sie wollen das nicht mehr.« Die eigenen Worte entsetzten ihn. Das war doch sträflicher Leichtsinn! Aber er konnte sie unmöglich ihrem Schicksal überlassen, selbst wenn sie es selbst verschuldet hatte.

Ein strahlendes Lächeln breitete sich auf ihrem Gesicht aus. »Danke, Sir Oliver.«

»Das war sehr unbesonnen von dir«, sagte Henry Rathbone ernst. Er stand gegen den Kaminsims gelehnt da und wirkte alles andere als glücklich. Die Terrassentür war längst geschlossen, und im Kamin prasselte ein munteres Feuer. Oliver hatte ihm soeben gestanden, daß er Zorah auch weiterhin verteidigen wollte, obwohl sie sich kategorisch weigerte, ihre Beschuldigung zurückzuziehen, und damit ihren gesellschaftlichen wie finanziellen Ruin praktisch besiegelte.

Oliver war nicht bereit, die Einzelheiten ihres Gesprächs zu wiederholen. Im nachhinein sah es so aus, als hätte er sich von Gefühlen, nicht aber von seinem Verstand leiten lassen – ein Fehler, den er bei anderen oft beklagte. »Ich kann sie doch nicht im Stich lassen. Sie hat sich in eine äußerst heikle Situation hineinmanövriert.«

»Und du dich mit ihr«, hielt ihm Henry vor. Er entfernte sich vom Kamin, vor dem es ihm zu heiß geworden war, und setzte sich auf seinen Sessel. Aus der Jackentasche fischte er eine Pfeife, klopfte sie über dem Feuer aus, reinigte den Kopf und stopfte ihn mit frischem Tabak. Nachdem er sie angezündet und einmal gepafft hatte, ging sie schon wieder aus. Er schien das jedoch nicht zu registrieren. »Wir müssen uns etwas einfallen lassen, um zu retten, was noch zu retten ist.« Er sah Oliver mit festem Blick in die Augen. »Du hast wohl noch gar nicht begriffen, wieviel Staub dieser Fall aufgewirbelt hat.«

»Verleumdung?« fragte Oliver erstaunt. »Was soll daran so brisant sein? Und wenn Mord nachgewiesen werden kann, ist sie auch bis zu einem gewissen Grad rehabilitiert.« Er versank förmlich in seinem gewohnten Sessel auf der anderen Seite des Kamins. »Ich glaube, darauf muß ich meine Strategie aufbauen: Ich muß beweisen, daß ein Verbrechen begangen wurde. Im Schock und in der Empörung darüber, daß Friedrich ermordet wurde – wenn auch aus politischen Gründen –, wird man möglicherweise über Zorahs Anschuldigungen hinwegsehen.« Er schöpfte wieder frischen Mut. Hatte er vorhin noch das Gefühl gehabt, vor einer Mauer zu stehen, so sah er jetzt wenigstens einen möglichen Weg.

»Nein, an Verleumdung hatte ich nicht gedacht.« Henry nahm die Pfeife aus dem Mund, zündete sie aber nicht wieder an. Statt dessen schwenkte er sie zur Verstärkung seiner Worte rhythmisch hin und her. »Ich meinte vielmehr, daß jetzt auf einmal die Urteile der Leute über bestimmte Ereignisse und Personen und damit ein Teil ihres Weltbilds und ihres Selbstwertgefühls in Frage gestellt werden. Du überforderst die Leute, wenn du sie dazu zwingst, ihre alten Überzeugungen von heute auf morgen über Bord zu werfen. Sie können nicht so schnell umdenken und geben dir die Schuld für ihr Unbehagen, den Orientierungsverlust und die Verwirrung.«

»Ich glaube, du überschätzt das Ganze«, sagte Oliver mit fester Stimme. »Wenige Menschen sind so naiv, daß sie sich einbilden, eine Frau würde nie ihren Mann töten oder in der Königsfamilie eines Kleinstaats ginge es grundsätzlich anders zu als bei uns Normalsterblichen. Und den Geschworenen traue ich durchaus etwas mehr zu. Es werden per Definition Männer mit einer gewissen Welterfahrung sein.« Er lächelte. »Der Durchschnittsgeschworene ist ein Mann von Vermögen und Bildung, Vater. Er mag nach außen hin nüchtern auftreten, vielleicht auch ein Wichtigtuer sein, aber er hat wenig Illusionen über die Lebenswirklichkeit, über Leidenschaft, Gier und Gewalt.«

Henry seufzte. »Er ist aber auch ein Mann mit einem starken Interesse am Weiterbestehen der bisherigen Gesellschaftsordnung, Oliver. Er achtet die über ihm Stehenden und eifert ihnen nach. Ja, vielleicht will er auch mal einer von ihnen werden. Er mag es nicht, wenn das Bewährte, der Rahmen der Ordnung, in dem er sich bewegt, in Frage gestellt wird. Schließlich verdankt er ihm seine Position und seinen Wert, kurz, alles, was ihm den Respekt der unter ihm Stehenden garantiert.«

»Darum wird er etwas gegen Mord haben!« argumentierte Oliver. »Insbesondere gegen den Mord an einem Prinzen. Er wird verlangen, daß er aufgeklärt und gesühnt wird.«

Henry zündete zerstreut seine Pfeife wieder an. Auf seiner Stirn bildeten sich tiefe Sorgenfalten. »Er wird keine Anwälte mögen, die Leute verteidigen, die solche Vorwürfe gegen eine große romantische Heldin erheben«, verbesserte er seinen Sohn. »Und er wird Frauen wie Zorah Rostova nicht mögen, die den Rahmen sprengen, weil sie nicht heiraten, weil sie allein in alle möglichen exotischen Länder reisen, sich unangemessen kleiden, und weil sie wie wir Männer und nicht wie eine Dame reiten und Zigarren rauchen.«

Oliver starrte ihn verblüfft an. »Woher weißt du das alles?«

»Weil die Leute schon darüber reden!« Henry beugte sich vor, und wieder ging die Pfeife aus. »Menschenskind, merkst du denn nicht, daß sich der Tratsch wie ein Lauffeuer in ganz London verbreitet? Seit über zehn Jahren glauben die Leute an die Liebesgeschichte von Friedrich und Gisela. Wer läßt sich da schon gerne sagen, er hätte sich getäuscht? Da stempeln sie lieber den zum Bösewicht, der ihnen so etwas einreden will.«

Oliver spürte geradezu, wie sein Mut sank.

»Angriffe gegen Königsfamilien sind ein zweischneidiges Schwert«, belehrte ihn Henry. »Ich weiß, daß viele das versuchen, vor allem in Zeitungen und Pamphleten, aber die wenigsten davon haben sich bei den Leuten beliebt gemacht, auf die es dir ankommt. Ihre Majestät hat jüngst deine Verdienste um die Justiz gewürdigt. Du gehörst jetzt dem Adel an, bist Kronanwalt, aber doch kein Agitator.«

»Eben deswegen darf ich nicht zulassen, daß ein Mord nicht untersucht wird!« stieß Oliver trotzig hervor. »Ich bin der Wahrheit verpflichtet und habe nicht die Aufgabe, mich bei den Leuten beliebt zu machen.« Allerdings war ihm klar, daß er sich in eine Lage begeben hatte, die unmöglich ohne Würdeverlust sich auflösen ließe. Und sein Vater machte alles nur noch schlimmer. Er brauchte nur sein ernstes Gesicht zu sehen, um zu begreifen, daß er verzweifelt einen Ausweg für ihn suchte, ohne einen zu finden.

Oliver seufzte. Sein Zorn verrauchte. Zurück blieb Angst.

»Monk fährt jetzt nach Felzburg. Er hält einen Mord aus politischen Gründen für das Wahrscheinlichste. Seiner Meinung nach könnte ihn Klaus von Seidlitz begangen haben, um zu verhindern, daß Friedrich als Anführer der Vereinigungsgegner zurückkehrte, was leicht zu einem Krieg hätte führen können.«

»Dann wollen wir hoffen, daß er Beweise mitbringt«, brummte Henry. »Und daß Zorah sich zu einer Entschuldigung durchringt und du die Geschworenen milde stimmen kannst.«

Oliver blieb stumm. Das Feuer warf einen Funkenregen und fiel dann in sich zusammen. Er merkte, daß ihn fror.

Hester glaubte nicht mehr daran, daß Robert Ollenheim noch einmal würde laufen können. Der Arzt hatte mit seinen Eltern nicht darüber geredet, aber er hatte Hester auch nicht widersprochen, als sie in einem der wenigen Augenblicke mit ihm allein ihre Befürchtungen geäußert hatte.

Für eine Weile wollte sie dem Haus entkommen und ihre Gedanken sammeln, um gewappnet zu sein, wenn die Eltern die Wahrheit schließlich erfuhren. Sie wußte, daß es ein schwerer Schlag für sie sein würde, und spürte die eigene Machtlosigkeit. All die Worte des Trostes, die ihr einfielen, kamen ihr herablassend vor. Nun, letztlich konnte sie den Schmerz ja auch nicht mit ihnen teilen. Was kann man einer Frau schon sagen, deren Sohn nie wieder stehen, gehen oder rennen wird, nie wieder reiten, ja, nicht einmal ohne Hilfe sein Zimmer verlassen wird? Und was kann man einem Mann sagen, dessen Sohn nie in seine Fußstapfen treten, nie unabhängig sein, nie eigene Kinder haben wird, die den Fortbestand der Familie sichern?

Sie bat um ein paar freie Stunden, um eine persönliche Angelegenheit zu regeln, die ihr sofort gewährt wurden. Daraufhin fuhr sie als erstes mit einem Hansom in die Vere Street und fragte Simms, ob es möglich sei, sie für ein paar Minuten bei Sir Oliver anzumelden.

Sie brauchte nicht lange zu warten. Binnen zwanzig Minuten wurde sie in sein Büro geführt. Rathbone stand bereits in der Mitte des Raums. Auf seinem Schreibtisch lagen mehrere aufgeschlagene Folianten. Auch in der Hand hielt er ein Buch. Anscheinend suchte er ganz bestimmte Gesetzeskommentare. Er selbst wirkte müde. Um seine Augen und seinen Mund hatten sich Falten gegraben, und seine blonden Haare waren leicht verwuschelt – eine Nachlässigkeit, die ihm höchst selten unterlief. Seine maßgeschneiderten Kleider saßen makellos wie eh und je, doch heute sah er gebeugt aus.

»Meine liebe Hester, wie entzückend, Sie wiederzusehen!« rief er voller aufrichtiger Freude, bei der ihr gleich ganz warm ums Herz wurde. Er klappte das Buch in seiner Hand zu und legte es zu den anderen. »Wie geht es Ihrem Patienten?«

»Sein Gesundheitszustand hat sich gebessert«, antwortete sie wahrheitsgemäß. »Aber ich fürchte, er wird nicht mehr laufen können. Was macht Ihr Fall?«

Er sah sie bestürzt an. »Er wird nicht mehr laufen können? Dann hat er sich ja nur teilweise erholt.«

»Davon müssen wir leider ausgehen. Aber lassen wir dieses Thema! Wir können ihm nicht helfen. Wie läuft Ihr Fall? Haben Sie Neuigkeiten aus Venedig? Hat Monk etwas Nützliches in Erfahrung gebracht?«

»Wenn er tatsächlich erfolgreich war, hat er es bisher für sich behalten.« Er deutete auf den Besucherstuhl, setzte sich auf den Schreibtisch und ließ die Beine herabbaumeln. Seine Unruhe war offenbar so groß, daß er sich nicht einmal ordentlich hinsetzen wollte.

»Aber er hat geschrieben?« drängte sie.

»Dreimal, aber nichts davon ließe sich vor Gericht verwerten. Jetzt setzt er seine Recherchen in Felzburg fort.«

Hester war nicht nur über das Ausbleiben hilfreicher Nachrichten beunruhigt, sondern auch über seinen nervösen Blick, seine fahrigen Bewegungen. Ständig mußte er mit einem Stoß Papiere spielen. Es war doch sonst nicht seine Art, ohne Sinn und Zweck an etwas herumzufummeln. Wahrscheinlich war er sich dessen nicht einmal bewußt. Unvermittelt bekam sie eine entseztliche Wut auf Monk. Warum hatte er denn nichts Hilfreiches herausgefunden? Warum war er jetzt nicht da, um ihre Sorgen und das immer bedrückender werdende Gefühl von Hilflosigkeit mit ihnen zu teilen? Aber mit Panik war auch niemandem gedient. Sie mußte einen kühlen Kopf bewahren und logisch denken.

»Glauben Sie, daß Gräfin Rostovas Anklage aufrichtig gemeint ist?« fragte sie.

Er zögerte nur einen kurzen Moment. »Ja.«

»Könnte es denn zutreffen, daß Gisela ihren Mann ermordet hat?«

Er schüttelte den Kopf. »Nein. Sie ist die einzige Person, die keine Gelegenheit dazu hatte. Sie ließ ihn nach dem Unfall keinen Augenblick allein.«

»Keinen Augenblick?« fragte Hester überrascht.

»Anscheinend, ja. Sie selbst übernahm die Pflege. Ich könnte mir vorstellen, daß man einen schwer kranken Patienten nicht aus den Augen läßt.«

»So schlecht, wie es ihm ging, hätte ich jemanden an seinem Bett wachen lassen, wenn ich schlief«, erwiderte sie. »Und ich wäre auch in die Küche gegangen, um sein Essen selbst zu kochen und bestimmte schmerzlindernde Mittel zuzubereiten. Man kann auf die verschiedensten Weisen Abhilfe schaffen, wenn der Patient bei Bewußtsein ist.«

Er sah sie zweifelnd an.

»Mädesüß zum Beispiel«, erklärte sie. »Feuchte Umschläge damit sind ein wunderbares Mittel gegen Schmerzen und Schwellungen. Zimt und Ingwer helfen gegen Kopfschmerzen. Bäder mit Schlüsselblumenextrakt reinigen die Haut. Kamillentee ist gut für die Verdauung und einen ruhigen Schlaf. Und ein bißchen Eisenkrauttee gegen Nervosität hätte mit Sicherheit auch sie gut gebrauchen können.« Sie sah ihm mit einem breiten Lächeln ins Gesicht. »Und gegen Infektionen, die nach einem schweren Unfall immer drohen, gibt es natürlich den ›Vierdiebeessig‹.«

Ein Lächeln flackerte über seine Lippen. »Da muß ich fragen. Was ist Vierdiebeessig?«

»Vier kerngesunde Diebe wurden einmal gefangen, als überall die Pest wütete«, antwortete sie. »Man bot ihnen die Freiheit an, wenn sie verrieten, womit sie sich die Pest vom Leibe gehalten hatten.«

»Mit Essig etwa?« fragte er perplex.

»Knoblauch, Lavendel, Rosmarin, Salbei, Minze, Kreuzkraut

und Gartenraute. Das muß in einem ganz bestimmten Verhältnis gemischt und dann in Mostessig eingelegt werden. Ein paar Tropfen verdünnt mit Wasser genügen.«

»Danke«, sagte er ernst. »Aber nach Monks Information hat Gisela das Zimmer die ganze Zeit nicht einmal verlassen. Was immer sie brauchte, kam aus der Küche, oder der Arzt brachte es mit. Und die Annahme, sie hätte schon vorher für den Fall eines Falles einen Apparat zum Destillieren von Eibensaft raufgeschafft, ginge wohl doch etwas über das Glaubhafte hinaus.«

»Offenbar haben Sie das auch der Gräfin gesagt und ihr geraten, sich zu entschuldigen.« Hester stellte bewußt keine Frage. Damit hätte sie Rathbone nur beleidigt. Angesichts seiner momentanen Nervosität hätte sie es nie gewagt, anzudeuten, er hätte etwas übersehen, was eigentlich in sein Fachgebiet fiel. Jetzt war viel Fingerspitzengefühl gefordert. Ein unbedachtes Wort, und er ließ sie nicht mehr an sich heran.

»Ja, das habe ich.« Er sah auf seine Fingerspitzen hinab. »Sie weigert sich«, fuhr er fort, bevor sie etwas fragen konnte. »Ich kann sie nicht im Stich lassen, auch wenn sie wirklich töricht ist. Ich habe ihr versprochen, daß ich tun werde, was ich kann, um ihre Interessen zu schützen.«

Sie zögerte einen Moment, weil sie befürchtete, er könnte auf ihre nächste Frage keine Antwort wissen. Aber verzichtete sie darauf, würde er sich den Grund denken können. Sie sah es seinen Augen an, die auf ihr ruhten.

»Was können Sie tun?«

»Nicht genug.« Ein verzerrtes, selbstironisches Lächeln huschte über seine Lippen.

»Egal was?« Sie durfte nicht lockerlassen. Vielleicht mußte er mit jemandem reden. Mit den Soldaten auf den Schlachtfeldern hatte sie die Erfahrung gemacht, daß eine Angst, die man in Worte faßte, manchmal ihre Schrecken verlor. Je länger sie unausgesprochen blieb, desto übermächtiger, alptraumhafter wurde sie. Aber eine Schlacht war immer noch schlimmer. Voller Grauen und Mitleid dachte sie an die blutigen Felder nach jedem Gemetzel, doch sie mußte ihre Gefühle von damals vergessen, wenn sie jetzt leben und helfen wollte. Nichts an diesem Fall ließ sich mit der Vergangenheit vergleichen. Aber das konnte sie Rathbone nicht sagen. Für ihn war das hier Kampf – und Katastrophe.

Er sammelte seine Gedanken. Noch immer saß er auf dem Schreibtisch, aber er spielte nicht mehr mit den Papieren.

»Wenn wir beweisen können, daß es Mord war, lenken wir die Leute vielleicht davon ab, daß sie die Falsche beschuldigt hat«, sagte er langsam. »Leider weiß ich nicht viel über Prinzessin Gisela. Ich glaube, ich muß mehr über ihr früheres Verhältnis zu Zorah wissen. Ferner brauche ich einen Überblick über ihre momentanen Vermögensverhältnisse. Das würde mir eine Schätzung der Höhe ihrer Forderungen erlauben.« Er biß sich auf die Lippe. »Wenn sie Zorah so abgrundtief haßt, wie es umgekehrt der Fall ist, dann wird sie wahrscheinlich ihren Ruin betreiben.«

»Ich werde zusehen, daß ich selbst etwas in Erfahrung bringen kann«, versprach Hester eilig. Sie war erleichtert, daß sie etwas tun konnte. »Baron und Baronin Ollenheim kannten beide recht gut. Wenn ich es geschickt anstelle, erzählt mir die Baronin sicher eine ganze Menge über Gisela. Zorah ist ihr wahrscheinlich egal. Gisela hat ja gewonnen, und das dem Anschein nach mühelos.«

Rathbone runzelte die Stirn. »Gewonnen?«

»Den Kampf um Friedrich«, erklärte Hester ungeduldig. »Zorah war seine Geliebte, bis Gisela kam. Zumindest war sie eine ihrer Vorgängerinnen. Danach schaute er keine andere mehr an. Zorah hat also gute Gründe, Gisela zu hassen. Aber was sollte Gisela schon gegen Zorah haben? Seit Friedrichs Tod ist sie so deprimiert, daß es ihr wahrscheinlich gar nicht auf Rache wegen der Verleumdung ankommt. Wenn ihre Unschuld erwiesen ist, wird sie sich wohl erleichtert aus der Öffentlichkeit zurückziehen. Es dürfte ihr genügen, daß ihr Ruf als Romantikerin wiederhergestellt ist. Mehr noch, man wird sie als edle Heldin bewundern, wenn nicht sogar verehren.«

Mit einem Schlag hellte sich seine Miene wieder auf.

»Hester, Sie haben ein erstaunliches Einfühlungsvermögen! Wenn ich Gisela davon überzeugen kann, daß Nachsicht in ihrem Interesse läge und daß sie damit eine noch glanzvollere Rolle spielen würde, dann nur mit Ihren Argumenten.« Er sprang vom Schreibtisch herunter und begann, im Zimmer auf und ab zu schreiten. Jetzt wirkte er freilich nicht mehr angespannt, sondern freudig erregt. »Natürlich darf ich sie nicht persönlich ansprechen. Vielmehr muß ich das im Gerichtssaal zwischen den Zeilen sagen. Sie bräuchte es nur aufzugreifen …« Er hob beide Hände, wie um etwas zu erfassen. »Das ist es: Das Verzeihen als so verlockend darstellen, daß sie hellhörig wird; darauf aufmerksam machen, daß man sie in ewiger Erinnerung behalten wird, wenn sie die drei großen Tugenden der Frauen in sich vereint – Würde, Anmut und Mitgefühl –, weil dann die ganze Welt verstehen wird, warum Friedrich ihretwegen auf die Krone verzichtet hat. Andererseits muß ich aufzeigen, wie ihre Rache eine Frau vollends zerstören würde, die ja schon einmal gegen sie verloren hat und die, auch wenn sie sich nachweislich geirrt hat, stets eine glühende Patriotin geblieben ist, die selbstlos alles aufs Spiel gesetzt hat, um aufzudecken, daß Friedrich tatsächlich ermordet wurde und eben nicht, wie jeder dachte, eines natürlichen Todes gestorben ist.«

Er beschleunigte seine Schritte. Immer mehr Ideen fielen ihm ein. »Und ich kann subtil andeuten, daß sie ihr sogar dankbar sein muß. Ansonsten würde ihr Verhalten den Schluß nahelegen, sie sei bereit, den wahren Mörder entkommen zu lassen! Sie kann unmöglich wollen, daß die Leute das denken.« Er ballte die Faust. »Ja, ich glaube, wir haben jetzt den Ansatz einer Strategie.« Er blieb unmittelbar vor Hester stehen. Seine Augen leuchteten. »Danke, meine Liebe! Sie haben mir unschätzbare Hilfe geleistet!«

Hester errötete unter seinem Blick. Auf einmal war sie unsicher, wie sie reagieren sollte. Freilich durfte sie nicht vergessen, daß er ihr nur seinen Dank zeigte. Im Grunde hatte sich nichts geändert.

»Hester ... ich ...«

Jemand klopfte an die Tür.

Simms steckte den Kopf herein. »Mr. Bartlett möchte Sie sprechen, Sir. Er wartet schon seit zehn Minuten. Was soll ich ihm sagen?«

»Sagen Sie ihm, daß ich noch mal so lang brauche!« bellte Rathbone. Doch als er Simms' verblüffte Miene bemerkte, seufzte er. »Nein, sagen Sie ihm etwas anderes. Miss Latterly war ohnehin schon am Gehen. Entschuldigen Sie sich in meinem Namen bei Major Bartlett. Ich habe soeben wichtige Informationen über einen anderen Fall erhalten, bin jetzt aber bereit, ihn zu empfangen.«

»Sehr wohl, Sir Oliver.« Simms zog sich erleichtert zurück. Er legte in jeder Situation höchsten Wert auf Anstand und Höflichkeit.

Hester wußte nicht so recht, ob sie froh oder enttäuscht sein sollte. »Danke, daß Sie mich auch ohne Ankündigung empfangen haben«, sagte sie lächelnd. »Sobald ich etwas Wichtiges erfahre, melde ich mich wieder.« Sie wandte sich zum Gehen.

Er ging an ihr vorbei zur Tür und hielt sie ihr auf. Sie standen so nahe beieinander, daß sie den Stoff seines Jacketts und seine warme Haut riechen konnte. Dann verschwand sie im Vorzimmer, während er Major Bartlett begrüßte.

Auf dem Rückweg in die Hill Street nahm Hester sich vor, die Wahrheit über Robert bei der nächstbesten Gelegenheit auszusprechen, und, wenn sich keine solche ergab, eine zu schaffen.

Sie mußte nicht lange warten. Der Arzt stattete am frühen Abend seinen Besuch ab, und nachdem er Robert gesehen hatte, bat er Hester um ein Gespräch unter vier Augen. Im zweiten Stock gab es ein Boudoir, in dem sie sich ungestört unterhalten konnten. Hester schloß hinter ihm die Tür.

Der Arzt war sehr ernst, doch weder mied er ihren Blick, noch versuchte er, gekünstelten Optimismus zu zeigen. »Ich fürchte, ich kann nichts mehr für ihn tun«, sagte er leise. »Es wäre nicht richtig und wohl auch grausam, ihm falsche Hoffnung zu machen, daß er je wieder wird gehen können oder …« – er geriet ins Stocken und suchte nach einer einfühlsamen Formulierung für seine Diagnose.

Sie half ihm. »Ich verstehe. Er wird seine untere Hälfte nicht mehr benutzen können. Nur die Verdauungsmuskeln werden noch funktionieren.«

»Das ist richtig. Es tut mir leid.«

Obwohl sie es schon seit einiger Zeit wußte, wurde ihr erst jetzt bewußt, daß ein Teil ihrer selbst gegen alle Vernunft gehofft hatte, sie möge sich irren. Diese Hoffnung war jetzt gestorben. Sie hatte das Gefühl, von einem schweren Gewicht niedergedrückt zu werden. Ihr war, als wäre ein Licht für immer erloschen.

Der Arzt sah ihr sanft in die Augen. Diese Prognose mußte ihm ähnlich weh tun wie ihr.

Sie gab sich einen Ruck. »Ich werde ihm, so gut ich kann, dabei helfen, es zu akzeptieren«, versprach sie. »Haben Sie es der Baronin schon gesagt, oder soll ich das tun?«

»Ich habe noch mit niemandem darüber gesprochen, aber ich hätte Sie gerne dabei, wenn ich es ihr sage. Sie wird es vielleicht sehr schwernehmen.«

»Und Robert?«

»Ich habe ihm noch nichts gesagt, aber ich glaube, er ahnt es bereits. Die junge Frau, von der er erzählt hat, diese Miss Stanhope, hat ihn anscheinend schon teilweise darauf vorbereitet. Aber es von mir zu hören ist etwas ganz anders, als es nur zu ahnen. Sie kennen ihn besser als ich. Von wem wird er es sich noch am ehesten sagen lassen?«

»Das kommt auf die Reaktion seiner Eltern an«, antwortete Hester, der nicht klar war, wie fest die Ollenheims noch an ihre Hoffnung glaubten. Sie befürchtete, daß Bernd sich dagegen wehren und damit alles nur noch schwerer machen würde. Dagmar würde sich für sie beide der Realität stellen müssen. »Vielleicht sollten wir ihnen die Wahl lassen, selbst darüber zu entscheiden, es sei denn, das ist unmöglich.«

»Sehr schön. Gehen wir nach unten?«

Bernd und Dagmar warteten im großen Wohnzimmer auf sie, wo sie sich gemeinsam vor dem Kaminfeuer wärmten. Sie standen nahe beieinander, ohne sich zu berühren. Als Hester und der Arzt eintraten, legte Bernd jedoch den Arm um seine Frau. Sein Blick spiegelte den Kampf zwischen Hoffnung und Angst wider.

Dagmar las die Wahrheit schon an ihren Mienen ab. Sie schluckte. »Sie haben … schlechte Nachrichten?« Ihre Stimme brach.

Hester wollte schon sagen, daß es hätte schlimmer kommen können, wenn er zum Beispiel Schmerzen hätte, doch dann dämmerte ihr, daß sie den Trost schon gar nicht mehr hören würden. Sie waren untröstlich.

»Ja«, antwortete der Arzt an ihrer Stelle. »Ich fürchte, es wäre unrealistisch, daran zu glauben, daß er einmal wieder wird laufen können. Es …, es tut mir sehr leid.« Er hatte nicht mehr den Mut, die anderen Dinge zu sagen, die er mit Hester besprochen hatte. Vielleicht hatte ihm aber auch Bernds Gesicht verraten, daß er überfordert wäre.

»Können Sie … gar nichts tun?« fragte Bernd. »Ein Kollege vielleicht? Ich will Sie nicht beleidigen, aber sollten wir nicht eine zweite Meinung einholen? Einen Chirurgen vielleicht … Neuerdings kann man ja Menschen vor einer Operation betäuben … Da läßt sich doch bestimmt wieder … zusammenfügen, was gebrochen ist. Ich …« Er verstummte.

Dagmar schmiegte sich an ihn und umklammerte seinen Arm.

»Wir können gebrochene Knochen heilen«, antwortete der Arzt so freundlich er konnte. »Aber hier handelt es sich nicht um eine Verletzung, sondern um eine innere Krankheit, die den Nerv beschädigt hat. Und es sind die Nerven, die die Empfindungen leiten.«

»Kann er nicht gehen, ohne die Beine zu spüren?« rief Bernd. »Er kann es doch lernen! Ich habe doch schon Menschen mit toten Beinen laufen sehen!« In der Wut über die eigene Hilflosigkeit lief er rot an. Er konnte einfach nicht glauben, was er da gehört hatte. »Es wird seine Zeit dauern, aber wir schaffen das schon wieder.«

»Nein.« Zum erstenmal meldete sich Hester zu Wort.

Er blitzte sie an. »Danke für Ihre Meinung, Miss Latterly, aber diesmal ist sie nicht angebracht. Ich werde die Hoffnung für meinen Sohn nicht aufgeben!« Die Stimme brach ihm, und er rettete sich in seine Wut. »Sie sind als seine Pflegerin angestellt, nicht als Ärztin! Bitte lassen Sie sich nicht zu Meinungsäußerungen hinreißen, die nicht in Ihren Kompetenzbereich fallen.«

Dagmar schnappte nach Luft.

Der Arzt setzte zu einer Gegenrede an, wußte dann aber nicht, was er sagen sollte.

»Ich bin in der Tat keine Ärztin«, sagte Hester ruhig. »Ich habe verfolgt, wie viele Männer sich damit abgefunden haben, daß sie zeitlebens behindert bleiben werden. Haben sie erst mal die Wahrheit akzeptiert, tut man ihnen keinen Gefallen, wenn man ihnen eine Hoffnung vorgaukelt, die es nicht gibt. Das wäre sogar eher eine zusätzliche Belastung für sie.«

»Wie können Sie es wagen!« explodierte Bernd. »Ihre Unverschämtheiten lassen ich mir nicht bieten. Ich…«

»Das ist keine Unverschämtheit, Bernd.« Dagmar legte begütigend die Hand auf die seine. »Sie versucht nur, uns dabei zu helfen, das Beste für Robert zu tun. Wenn er wirklich nicht mehr wird laufen können, ist es nur anständig von ihr, daß sie uns reinen Wein einschenkt.«

Bernd riß sich von ihr los. Damit gab er ihr auch zu verstehen, was er von ihren Worten hielt – nichts.

»Willst du wirklich so schnell aufgeben? Ich jedenfalls werde das nie tun! Er ist mein Sohn… Ich kann nicht aufgeben!» Er wandte sich ab, um sein von heftigen Gefühlen verzerrtes Gesicht zu verbergen.

Dagmar wandte sich Hester zu. Der Schmerz, die Trauer waren auf ihrem Gesicht nur zu sichtbar. »Es tut mir leid«, flüsterte sie, um Fassung kämpfend. »Er meint es nicht so. Ich weiß, daß Sie mit uns so sprechen, weil Robert damit am ehesten geholfen ist. Bitte helfen Sie mir, es ihm zu sagen.«

»Natürlich.« Hester hätte Dagmar fast angeboten, es ihr ganz abzunehmen, aber dann war ihr klargeworden, daß Dagmar später das Gefühl gehabt hätte, ihren Sohn aus Schwäche im Stich gelassen zu haben. Für sie selbst war es notwendig, es ihm persönlich zu sagen. Ob Robert es so wollte, das war eine andere Frage.

Sie gingen gemeinsam zur Tür. Der Arzt folgte ihnen.

Bernd wirbelte herum, als wolle er ihnen noch etwas nachrufen, doch dann überlegte er es sich anders. Er wußte, daß er es allen mit seinen aufgewühlten Gefühlen nur schwerer machen würde.

Oben klopfte Dagmar bei Robert an. Als sie seine Stimme hörte, stieß sie die Tür auf und trat, gefolgt von Hester, ein.

Wie gewöhnlich saß Robert aufrecht im Bett. Sein Gesicht war jedoch kreidebleich.

Dagmar blieb mitten im Zimmer stehen.

Hester hätte es so gerne an ihrer Stelle gesagt. Sie unterdrückte den Impuls. Ihre Kehle war auf einmal wie zugeschnürt.

Robert starrte Dagmar an. Einen Moment lang glomm Hoffnung in seinen Augen, dann nur noch Angst.

»Es tut mir leid, mein Liebling«, begann Dagmar. Ihre Worte klangen heiser, weil sie mit den Tränen kämpfte. »Es wird nicht mehr besser. Wir müssen uns darauf einstellen und das Beste daraus machen.«

Robert klappte den Mund auf. Er ballte die Fäuste und sah sie stumm an. Es hatte ihm die Sprache verschlagen.

Dagmar trat einen Schritt näher und blieb abermals stehen.

Hester wußte, daß Worte jetzt nichts helfen konnten. Noch war der Schmerz zu überwältigend. Später würde mit Sicherheit Wut an seine Stelle treten, für eine Weile zumindest, danach Verzweiflung, Selbstmitleid, und schließlich würde er es akzeptieren und anfangen, sein Leben danach auszurichten.

Dagmar ging nun auf ihn zu, setzte sich auf die Bettkante, ergriff seine Hand und hielt sie. Er erwiderte ihren Druck, als konzentriere sich sein ganzer Verstand, sein ganzer Wille auf diesen einen Körperteil. Seine Augen waren geradeaus ins Leere gerichtet.

Hester entfernte sich diskret und zog die Tür hinter sich zu.

Am nächsten Vormittag sah Hester Bernd wieder. Sie saß im grünen Frühstückszimmer vor dem Kamin und schrieb in Dagmars Auftrag Erklärungen an Freunde der Familie, als Bernd eintrat.

»Guten Morgen, Miss Latterly«, begrüßte er sie steif. »Ich glaube, ich schulde Ihnen eine Entschuldigung für meine Worte gestern. Ich wollte Sie nicht verletzen. Ich bin Ihnen … zutiefst dankbar für die Fürsorge, mit der Sie meinen Sohn behandeln …«

Sie legte lächelnd die Feder beiseite. »Das habe ich auch nie bezweifelt, Sir. Ihr Kummer ist nur zu verständlich. Jeder würde so fühlen wie Sie. Bitte geben Sie sich nicht weiter damit ab.«

»Meine Frau hat mir gesagt, daß ich … barsch war.«

»Das habe ich schon vergessen.«

»Danke. Sie kümmern sich doch hoffentlich weiter um Robert? Er wird jetzt viel Hilfe brauchen. Selbstverständlich werden wir einen geeigneten männlichen Pfleger anstellen, aber bis dahin …«

»Wird er lernen, selbständig viel mehr zu tun, als Sie ihm zutrauen. Er ist behindert, aber er ist nicht länger krank. Die größte Hilfe wäre ein bequemer Rollstuhl, mit dem er herumfahren kann.«

Bernd zuckte zusammen. »Wie er das hassen wird! Die Leute werden alle … Mitleid mit ihm haben. Er wird sich …« Er konnte nicht mehr weiterreden.

»Er wird bis zu einem bestimmten Grad Unabhängigkeit erreichen«, vollendete sie für ihn. »Die Alternative wäre, im Bett zu bleiben. Das ist aber überhaupt nicht nötig. Er hat immer noch seine Hände, seinen Verstand und seine Sinne.«

»Er wird ein Krüppel sein!« Bernd sprach in der Zukunft. Offenbar weigerte er sich nach wie vor, die Gegenwart als real anzuerkennen, weil sie zu unerträglich war.

»Er kann seine Beine nicht mehr benutzen«, erwiderte sie vorsichtig. »Sie müssen ihm helfen, dafür die anderen Körperteile verstärkt zu gebrauchen. Gut, bestimmte Menschen werden ihn vielleicht bemitleiden, aber nur, solange er vor Selbstmitleid zerfließt.«

Bernd sah sie müde an. Er wirkte erschöpft. Er hatte Ringe um die Augen, und sein Gesicht war blaß. »Ich glaube ja gern, daß Sie recht haben, Miss Latterly«, sagte er nach einem langen Augenblick. »Aber Sie haben leicht reden. Ich weiß, Sie haben viele junge Männer gesehen, die im Krieg verstümmelt wurden und vielleicht noch Schlimmeres erlitten als Robert. Aber Sie sehen nur den ersten schrecklichen Schock und gehen dann weiter zum nächsten Patienten. Was Sie nicht mitbekommen, das sind die langen Jahre danach, die enttäuschten Hoffnungen, die Gefängnismauern, die sich um die Menschen schließen und die Lebensfreude und … die eigenen Leistungen zerstören.«

»Ich habe nicht nur Soldaten gepflegt, Baron Ollenheim«, sagte Hester sanft. »Aber bitte lassen Sie Robert nie spüren, daß Sie so schwarz für ihn sehen, sonst rauben Sie ihm den letzten Rest an Mut. Wenn Sie weiter so fest an Ihre Befürchtungen glauben, bewahrheiten sie sich am Ende tatsächlich.«

Er starrte sie an. In rascher Abfolge spiegelten sich Zweifel, Zorn, Verblüffung und schließlich Verstehen auf seinem Gesicht. Sein Blick fiel auf den Briefbogen vor Hester. »Wem schreiben Sie da? Meine Frau hat gesagt, Sie hätten sich bereit erklärt, ihr mit den vielen Briefen zu helfen, die wir jetzt abschicken müssen. Könnten Sie bei der Gelegenheit vielleicht auch Miss Stanhope danken und ihr mitteilen, daß sie nicht länger benötigt wird? Halten Sie eine Entschädigung für ihre Dienste für angemessen? Soviel ich weiß, lebt sie in äußerst bescheidenen Verhältnissen.«

»Nein, ich glaube nicht, daß so etwas angemessen wäre!«

sagte sie in scharfem Ton. »Außerdem hielte ich es für einen schweren Fehler, ihr mitzuteilen, daß sie nicht mehr benötigt wird. Jemand muß Robert dazu ermutigen, hinauszugehen und neue Lebensinhalte zu finden.«

»Hinausgehen?« Zwei rote Flecken erschienen auf seinen bleichen Wange. »Ich kann mir kaum vorstellen, daß er unter die Leute gehen möchte, Miss Latterly. Diese Bemerkung zeugt von Gefühllosigkeit.«

»Er ist gelähmt, Baron Ollenheim, aber nicht entstellt. Er braucht sich wegen nichts zu schämen…«

»Natürlich nicht!« schrie Bernd außer sich vor Wut. Hatte sie ihn vielleicht an einem wunden Punkt getroffen und richtig erkannt, daß er sich schämte, daß ein Mitglied seiner Familie von nun an behindert, seiner Manneskraft beraubt und auf die Hilfe anderer angewiesen sein sollte?

»Ich hielte es für klug, ihn zu ermutigen, auch weiterhin Miss Stanhope einzuladen«, sagte Hester mit fester Stimme. »Sie ist bereits mit der Situation vertraut, und es fällt ihm bestimmt leichter, sich ihr anzuvertrauen, als irgendwelchen Fremden – am Anfang zumindest.«

Darüber dachte er länger nach. Er sah entsetzlich abgespannt aus. »Ich will diesem Mädchen kein Unrecht tun«, murmelte er schließlich. »Sie ist genug gestraft durch ihr Äußeres und, wie mir meine Frau gesagt hat, die Umstände in ihrem Leben. Aber wir können ihr keine Dauerstellung anbieten. Robert wird einen ausgebildeten Pfleger brauchen und später, wenn er seine alten Freunde wieder empfängt, diejenigen unter ihnen, die bereit sind, sich auf die geänderten Umstände einzustellen«, er verzog das Gesicht, »spätestens dann würde sich Miss Stanhope ausgeschlossen fühlen. Wir dürfen weder ihre Großzügigkeit noch ihre Verletzlichkeit ausnützen.«

Er hatte sie gewiß nicht verletzen wollen, doch Hester erkannte in seinen Worten ihre eigene Situation wieder: In einer Zeit der Schmerzen und der Verzweiflung hatte man sie eingestellt, sich auf sie gestützt und ihr vertraut, um sie dann, wenn die

Krise vorbei war, mit einer Entschädigung und dürren Dankesworten zu entlassen. Weder sie noch Victoria war Teil dieses Lebens; sie standen auf einer niedrigeren gesellschaftlichen Stufe und durften nur in einem sehr beschränkten Sinne Freunde sein.

Außer daß Victoria nichts gezahlt werden sollte, weil man ihre Lebensumstände überhaupt nicht verstand.

»Vielleicht sollten wir die Entscheidung Robert überlassen«, sagte Hester unverblümter, als sie beabsichtigt hatte. Sie war wütend, weil man Victoria und auch sie so abspeisen wollte, und fühlte sich schrecklich allein.

»Na gut«, stimmte Bernd widerwillig zu. Was sie empfand, bemerkte er allerdings nicht. Ja, ihm kam nicht einmal der Gedanke, daß sie auch Gefühle haben könnte. »Fürs erste können wir es wohl dabei belassen.«

Bereits am nächsten Morgan kam Victoria wieder. Hester erblickte sie auf dem Treppenabsatz und winkte sie zu sich hinter eine in eine riesige chinesische Vase gepflanzte Palme. Sonnenlicht flutete durch die Fenster und warf helle Quadrate auf den gebohnerten Parkettboden.

Victoria trug ein dunkelblaues Wollkleid mit weißem Kragen. Vermutlich war es ihr aus besseren Zeiten geblieben. Es stand ihr außerordentlich gut, verlieh es doch ihren Wangen etwas Farbe und ihren Augen mehr Glanz. Die Nervosität vermochte es ihr freilich nicht zu nehmen.

»Er weiß es, nicht wahr?« fragte sie, bevor Hester den Mund aufbrachte.

Ausflüchte hatten keinen Sinn. »Ja.«

»Und der Baron und die Baronin? Es muß ihnen schrecklich weh tun!«

»Ja. Ich..., ich glaube, Sie können jetzt wertvolle Hilfe leisten. In gewisser Hinsicht haben Sie ja dasselbe durchgemacht, nur haben Sie den Schock und die Wut überstanden.«

»Manchmal.« Victoria lächelte, aber über ihre Augen senkte sich ein Schatten. »Es gibt Tage, da wache ich auf und habe das alles wirklich vergessen, aber nach wenigen Minuten ist es wieder da, und nichts hat sich geändert.«

»Das tut mir leid.« Hester war beschämt. Aber natürlich – jedes Mädchen hatte hochfliegende Hoffnungen und Träume von Festen und Bällen, Liebeleien, Liebe, Hochzeit und Kindern. Und wenn eine junge Frau mit einem Schlag begriff, daß ihr das alles verwehrt bleiben würde, dann war das genauso schrecklich wie jetzt Roberts Schicksal. »Ich habe fürchterlichen Unsinn dahergeredet«, entschuldigte sie sich. »Ich hatte geglaubt, man könne lernen, sein Schicksal zu beherrschen, und nicht bedacht, daß das Gegenteil der Fall ist.«

Einen Moment lang lächelten auch Victorias Augen, doch dann kehrte ihre Trauer zurück. »Meinen Sie, daß er mich sehen möchte?«

»Ja. Allerdings weiß ich weder, in was für einer Stimmung er ist, noch was man heute mit ihm anfangen kann.«

Ohne eine Antwort zu geben, setzte sich Victoria wieder in Bewegung. Den Rücken gerade durchgestreckt, ging sie mit wehenden Röcken weiter. Dort, wo die Sonne darauf fiel, leuchtete das Dunkelblau ungemein prächtig. Sie wollte so hübsch und anmutig aussehen, und doch stakste sie unbeholfen vor sich hin. Hester, die ihr nachsah, erkannte, daß sie heute besonders starke Schmerzen hatte. Plötzlich stieg so etwas wie Haß gegen Bernd in ihr hoch, weil er sie benutzen wollte, bis Robert besser zurechtkam, und sie danach keinen Platz mehr in seinem Leben haben sollte.

Victoria klopfte an und trat ein, als Robert antwortete. Wie es die Konvention erforderte, ließ sie die Tür offen.

»Sie sehen besser aus«, sagte sie. »Ich hatte schon einen Rückschlag befürchtet.«

»Warum?« fragte er. »Von der Krankheit bin ich kuriert.«

Sie wich ihm nicht aus. »Weil Sie wissen, daß es nicht mehr besser werden kann. Manchmal verschlimmern sich bei Schock oder Trauer die Symptome. Zumindest ist mit Kopfschmerzen oder Übelkeit zu rechnen.«

»Ich fühle mich auch schrecklich«, beklagte er sich. »Wenn ich nur wüßte, wie man kraft seines Willens sterben kann … Nur würde Mama dann alle Schuld bei sich suchen. Also ist auch das kein Ausweg.«

»Heute ist ein herrlicher Tag«, sagte sie in beiläufigem Ton. »Ich finde, Sie sollten in den Garten gehen.«

»In der Einbildung?« fragte er mit hohntriefender Stimme. »Wollen Sie mir etwa den Garten beschreiben? Sparen Sie sich die Mühe. Ich weiß, wie er aussieht, und möchte lieber nichts hören. Das wäre, wie Salz in Wunden zu streuen.«

»Ich kann Ihnen Ihren Garten gar nicht schildern, weil ich noch nie dort gewesen bin. Ich komme immer auf direktem Wege zu Ihnen. Aber ich dachte vielmehr daran, daß jemand Sie hinuntertragen könnte. Wie Sie ganz richtig sagen, sind Sie nicht sehr krank. Und es ist nicht kalt. Sie könnten wunderbar draußen sitzen und sich alles selbst anschauen. Ich würde Ihren Garten gerne kennenlernen. Wollen Sie ihn mir zeigen?«

»Soll mich etwa der Butler in der Gegend herumtragen, während ich Ihnen sage: ›Das hier ist ein Rosenbeet, dort drüben sind die Margeriten und hier haben wir die Chrysanthemen‹?« stieß er hervor. »Ich glaube nicht, daß der Butler so stark ist. Oder dachten Sie an zwei Lakaien, einer links und der andere rechts?«

»Der Lakai könnte Sie hinuntertragen, und Sie würden dann in einem Stuhl auf dem Rasen sitzen.« Trotz aller Wut und Verletzung weigerte sie sich, emotional auf seinen Ausbruch zu reagieren. »Von dort könnten Sie mir dann die Beete zeigen. Ich möchte heute nicht allzu weite Strecken zurücklegen.«

Danach herrschte Schweigen.

»Ach«, sagte er schließlich in einem ungleich sanfteren Ton, »haben Sie Schmerzen?«

»Ja.«

»Das tut mir leid. Ich hatte nicht daran gedacht.«

»Möchten Sie mir den Garten zeigen? Bitte.«

»Ich würde mich so …« Er verstummte abrupt.

»Denken Sie nicht daran, wie Sie sich fühlen würden!« fiel sie ihm ins Wort. »Tun Sie es einfach! Oder wollen Sie den ganzen Rest Ihres Lebens im Bett verbringen?«

»Unterstehen Sie sich…« Seine Stimme erstarb.

Wieder trat lange anhaltendes Schweigen ein.

Diesmal war es Victoria, die es brach. »Kommen Sie mit?«

Und tatsächlich betätigte Robert die Klingel an seinem Bett.

Hester strich sich die Schürze glatt und klopfte an.

»Treten Sie ein«, antwortete Robert.

Sie stieß die Tür weit auf.

»Wären Sie so freundlich, den Lakaien zu bitten, mir die Treppe hinunter zu helfen, Hester?« Robert biß sich nervös auf die Lippen und sah ihr mit einem teils ängstlichen, teils selbstironischen Blick in die Augen. »Miss Stanhope möchte, daß ich ihr den Garten zeige.«

Hester hatte Rathbone versprochen, so viel wie möglich über Zorah, Gisela und alles, was ihm sonst noch nützlich sein konnte, in Erfahrung zu bringen. Daneben reizte sie auch eine rein persönliche Neugier. Was mochte nur Zorahs verwegenen Beschuldigungen zugrunde liegen? Welche Emotionen mochten diese zwei so verschiedenen Frauen und den Prinzen angetrieben haben? Aber noch dringender als all das beschäftigte sie die Sorge um Rathbone. Er hatte den Fall mit den besten Absichten angenommen, um im Laufe der Ermittlungen zu erkennen, daß sämtliche Beweismittel die Theorie von Giselas Schuld widerlegten und nichts zur Verteidigung von Zorahs Verhalten vorgebracht werden konnte. Auf einmal deutete am Höhepunkt seiner jüngst mit dem Adelstitel gekrönten Karriere alles auf eine Katastrophe hin. Wie kurzlebig doch der Erfolg sein konnte! Seine Kollegen würden ihm nie verzeihen, daß er aus dem allgemeinen Verhaltenskodex ausgeschert war und eine Königsfamilie eines Verbrechens bezichtigt hatte, das sich durch nichts belegen ließ.

Und Zorah würde erst recht niemand verzeihen. Sie hatte gegen alle Regeln rebelliert. Es konnte kein Zurück mehr geben, weder für sie noch für ihre Verbündeten, es sei denn, es ließe sich nachweisen, daß sie nicht aus Eigennutz gehandelt hatte.

Es war im Haus der Ollenheims nicht leicht, auf Resonanz zu stoßen, wenn man sich über Zorah unterhalten wollte. Roberts Tragödie überschattete alles andere. Hester war frustriert. Rathbone ging ihr nicht mehr aus dem Kopf, und mit jedem Tag wurde seine Lage verzweifelter. Bereits Ende Oktober, also in weniger als zwei Wochen, sollte der Prozeß beginnen.

So unbehaglich ihr dabei zumute war, weil sie riskierte, sich durch ungeschicktes Vorgehen weitere Gespräche zu verbauen, mußte Hester versuchen, das Thema Zorah anzuschneiden. Dagmar saß im Licht der Nachmittagssonne vor dem offenen Fenster und besserte die Stickerei auf einem Blusenkragen aus. Allerdings war sie nicht ganz bei der Sache. Hauptsache, ihre Finger hatten etwas zu tun. Hester setzte sich in einigem Abstand auf einen Stuhl und nahm ebenfalls eine Näharbeit zur Hand, eins von Roberts Nachthemden, dessen Ärmel sich abzulösen drohte. Sie zog den Faden durch die Öse, stülpte sich einen Fingerhut über und machte sich an die Arbeit.

Wenn sie noch etwas in Erfahrung bringen wollte, dann war jetzt die letzte Gelegenheit. »Gehen Sie eigentlich zu dem Prozeß?«

Dagmar sah überrascht aus. »Prozeß? Ach, Sie meinen den gegen Zorah Rostova! Ich hatte gar nicht mehr daran gedacht.« Sie warf einen Blick durchs Fenster in den Garten, wo Robert in einem Rollstuhl saß, den Bernd ihm gekauft hatte. Weil Victoria heute nicht gekommen war, las er allein. »Ob ihn friert?« fragte sie besorgt.

»Wenn ihm kalt ist, kann er sich ja die Decke überhängen.« Hester kämpfte ihre Irritation zurück. »Und der Stuhl läßt sich wirklich gut fahren. Bitte verzeihen Sie mir, wenn ich so mit Ihnen rede, aber es ist besser für ihn, wenn Sie ihn so viel wie möglich selbst machen lassen. Wenn Sie ihn wie ein hilfloses Kind behandeln, wird er auch hilflos.«

»Es tut mir leid«, entschuldigte sich Dagmar mit einem wehmütigen Lächeln. »Natürlich schafft er das allein. Sie müssen mich für kindisch halten.«

»Überhaupt nicht!« rief Hester und meinte es auch so. »Nur für traurig und unsicher in Ihrem Verhalten ihm gegenüber. Ich nehme an, der Baron geht hin?«

»Wohin?«

»Zum Prozeß.« Und mochte es noch so gezwungen wirken, Hester durfte das Gespräch jetzt nicht abbrechen. Allzu deutlich sah sie Rathbones langes Gesicht mit den fröhlichen Augen und dem scharf geschnittenen Mund vor sich. Sie hatte ihn noch nie voller Selbstzweifel gesehen. Mit Entschlossenheit, Geschick und unermüdlicher Energie hatte er anderen Niederlagen bereitet, aber wenn ihm eine drohte, dann war das etwas ganz anderes. Seine Tapferkeit stellte sie nicht in Frage, doch sie wußte, daß er unterhalb seiner zur Schau getragenen Gefaßtheit zutiefst verunsichert war. Er hatte Züge an sich entdeckt, die ihm nicht gefallen konnten: Verletzbarkeit und eine gewisse Selbstgefälligkeit.

»Er wird doch sicher hingehen, nicht wahr?« bohrte sie nach. »Immerhin geht es ja nicht nur um das Leben und den Tod von Leuten, mit denen Sie verkehrten, sondern vielleicht sogar um die Ermordung eines Mannes, der Ihr König hätte werden können.«

Dagmar gab ihren Versuch auf, so zu tun, als würde sie nähen. Die Bluse fiel ihr aus der Hand. »Wenn mir vor drei Monaten jemand mit dieser Theorie gekommen wäre, hätte ich ihm gesagt, er solle keinen Unsinn reden. Sie ist ja völlig absurd!«

»Sie müssen Gisela sehr gut kennen«, half Hester nach. »Was für ein Mensch ist sie? Mögen Sie sie?«

Darüber dachte Dagmar einen Moment nach. »Ich glaube nicht, daß ich sie wirklich kenne«, meinte sie schließlich. »Sie gehört zu denjenigen Frauen, die sich wohl nie ergründen lassen.«

»Ich verstehe nicht...«

Dagmar legte die Stirn in Falten. »Sie hatte Bewunderer, Leute, die ihre Gesellschaft genossen, aber sie hatte wohl keine engen Freunde. Wenn Friedrich jemanden mochte, dann mochte sie ihn auch. Leute, die ihm unsympathisch waren, behandelte sie wie Luft.«

»Aber Friedrich hatte doch nichts gegen Sie!« Hester hoffte inbrünstig, daß sie sich nicht getäuscht hatte.

»O nein!« stimmte Dagmar zu. »Ich glaube, daß uns eine lose Freundschaft verband. Zumindest waren wir mehr als bloß Bekannte, bevor Gisela kam. Aber mit ihr war das anders. Sie konnte ihn sogar dann zum Lachen bringen, wenn er müde oder gelangweilt war. Ich schaffte das nie. Ich habe ihn bei Festessen erlebt, bei denen Politiker endlose Reden hielten und er mit glasigem Blick dasaß und so tat, als würde er zuhören.« Sie lächelte unwillkürlich. Für einen Moment verdrängte die Erinnerung die Gedanken an Robert. »Aber wenn Gisela ihm dann etwas ins Ohr flüsterte, leuchteten seine Augen auf einmal, und er nahm wieder Anteil. Es war, als könne sie ihn einfach durch einen Blick oder ein Wort mit ihrer Lebhaftigkeit und ihrem Lachen anstecken. Sie glaubte an ihn. Sie holte aus ihm all das heraus, was gut an ihm war. Sie liebte ihn wirklich.« Dagmars Blick verlor sich in der Ferne. Die Erinnerung und vielleicht auch eine Spur Eifersucht auf eine so perfekte Symbiose von Herz und Verstand ließen ihre Züge ganz weich erscheinen.

»Und er muß sie auch geliebt haben«, setzte Hester nach. Sie versuchte, sich diese Beziehung vorzustellen. Sie selbst schien sich ja gerade mit den Leuten, die ihr etwas bedeuteten, ständig am Rande eines Mißverständnisses, wenn nicht sogar eines Streits zu bewegen. Lag das an einem Charakterfehler von ihr? Oder suchte sie sich die falschen Freunde aus? So hatte beispielsweise Monk eine dunkle Seite an sich, von der sie sich regelmäßig ausgesperrt fühlte. Er wirkte dann geradezu unnahbar. Und doch gab es Momente, in denen sie genau wußte, daß er sie auf keinen Fall verletzen wollte, egal was ihn das kosten mochte.

Dagmars Stimme riß sie aus ihren Gedanken. »Absolut und vorbehaltlos«, antwortete sie wehmütig. »Er betete sie an. Man wußte immer, wo sie saß oder stand, denn selbst wenn er sich mit anderen unterhielt, wanderte sein Blick regelmäßig zu ihr hinüber. Und er war ja so stolz auf sie, auf ihren Charme, ihren Witz, ihre Anmut und Eleganz und ihren Geschmack für schöne Kleider. Er erwartete von allen, daß sie sich ebenso für sie begeisterten. Wenn man sie mochte, war er glücklich, wenn nicht, dann konnte er das nicht verstehen.«

»Gab es viele, die sie nicht mochten?« fragte Hester. »Warum konnte die Königin sie nicht ausstehen? Und Gräfin Rostova schien es in dieser Hinsicht ja auch so zu gehen.«

»Ich sehe beim besten Willen keinen Grund, außer daß die Königin ihn vielleicht mit Brigitte von Arlsbach verheiraten wollte. Gisela dagegen ermutigte ihn eher, alle Brücken hinter sich abzureißen.« Ein Lächeln huschte über Dagmars Gesicht. »Er war es ja gewöhnt, alles zu tun, was man ihm sagte. Das Protokoll am Hof ist sehr streng. Da gab es immer einen Minister oder Ratgeber, der ihn darauf aufmerksam machte, welche Haltung die richtige war, wie er sich korrekt zu benehmen hatte, welche Worte er mit wem wechseln, wem er Komplimente machen und wen er ignorieren sollte, was sich gehörte und was nicht. Gisela lachte nur über so etwas und meinte, er solle sich ganz einfach vergnügen. Als Kronprinz könne er doch tun und lassen, was er wolle.« Sie zuckte die Achseln. »Natürlich geht es so nicht. Je höher man steht, desto strikter muß man sich an seine Pflichten halten. Aber sie stammte nicht aus einer Adels- geschweige denn einer Königsfamilie. Deshalb fehlte ihr jedes Verständnis. Aber gerade darum konnte sie ihn wohl so verzaubern. Bei ihr erlebte er eine nie gekannte Freiheit. Sie machte sich über den Hof lustig, der sein ganzes Leben bestimmt hatte. Sie war witzig, ketzerisch und voller Lebensfreude.« Sie holte tief Luft und ließ sie mit einem Seufzer entweichen. »In Ulrikes Augen war sie verantwortungslos, egoistisch und eine Gefahr für den Thron.«

»Aber wäre sie nach der Hochzeit nicht irgendwann zur Vernunft gekommen?« fragte Hester. »Ich meine, als Frau des zukünftigen Königs.«

»Das weiß ich nicht«, antwortete Dagmar traurig. »Die Königin gab ihnen ja nie ihren Segen.«

Ein Windstoß wehte Laub von den Bäumen im Garten. Dagmar sah besorgt zu Robert hinüber.

»Hat Brigitte Friedrich geliebt?« fragte Hester hastig.

Dagmar wandte sich wieder ihr zu. »Das glaube ich nicht. Aber sie hätte ihn aufgrund ihres Pflichtbewußtseins geheiratet und wäre sicher eine gute Königin gewesen.«

Hester war frustriert. Gräfin Rostova mußte Gisela abgrundtief hassen, wenn sie eine solche Beschuldigung gegen sie vorbrachte. Aber damit war Rathbone nicht geholfen. Im Gegenteil, seine Erfolgsaussichten sanken mit jedem neuen Detail! Sie beugte sich vor. »Glauben Sie, jemand anders mit einem konkreten Motiv könnte sie aufgewiegelt haben? Kennt sie jemanden, der persönlich davon profitieren würde, wenn sie solche haltlosen Behauptungen aufstellt?«

»Das habe ich mich auch schon gefragt«, erwiderte Dagmar nachdenklich. »Ich habe mir das Hirn zermartert, aber keine Antwort gefunden. Wissen Sie, Zorah ist eine außergewöhnliche Frau, wild und ungemein willensstark. Einmal wäre sie fast umgebracht worden, weil sie irgendeinen übergeschnappten Revolutionär zu verteidigen suchte. '48 war das. Der Unglücksrabe hielt mitten auf der Straße eine verrückte Rede und wurde von der Menge angegriffen. Da kam Zorah herbeistolziert und schimpfte wie ein Droschkenkutscher! Sie deckte die Meute mit den übelsten Beleidigungen ein und schoß mit der Pistole in die Luft. Weiß der Himmel, wo sie das Ding her hatte und wie sie es zu benutzen gelernt hat! Aber das Absurdeste daran war, daß sie mit dem, was dieser Mann da verkündete, gar nicht einverstanden war!« Sie schüttelte den Kopf. »Und doch kann sie überaus freundlich sein. Für Leute, mit denen sich sonst niemand abgegeben hätte, hat sie rührend gesorgt und hat so wenig Aufhebens darum gemacht, daß ich nur durch Zufall davon erfahren habe.«

Gegen ihren Willen fand Hester diese Gräfin immer sympathischer. Aber warum nur? Zorah hatte Rathbone in eine unmögliche Situation gelockt. Sie hatte doppelten Grund, ihr böse zu sein: wegen der Raffinesse, mit der sie ihn so sehr betört hatte, daß er sein Urteilsvermögen verloren hatte, und wegen der Gefahr, in die er ihretwegen geschlittert war. Wenn sie sich selbst ruinieren wolle, so war ihr das unbenommen, aber einen anderen mit sich ins Verderben zu reißen, das war unverzeihlich!

Aber sie mußte sich wieder auf das Machbare konzentrieren. Ihre Gefühle Zorah gegenüber waren unerheblich. »Könnte sie in jemanden verliebt sein, der sie für seine Zwecke benutzt?« fragte sie.

Dagmar überlegte. »Zuzutrauen wäre ihr so etwas«, stimmte sie zu. »In der Tat wären blinde Liebe oder falsch verstandener Idealismus die einzigen Gründe, die noch einen Sinn ergeben würden. Vielleicht vertraut sie darauf, daß dieser Hintermann sie im letzten Moment rettet.« Ihre Augen nahmen einen weichen Ausdruck an. »Arme Zorah! Hoffentlich täuscht sie sich da nur nicht! Was ist, wenn sie tatsächlich ausgenutzt wird?«

»Aber zu welchem Zweck nur? Vielleicht haben wir den falschen Ansatz gewählt. Wir sollten uns überlegen, wem der Prozeß etwas nützen würde. Gibt es da jemanden?«

Daraufhin blieb Dagmar so lange stumm, daß Hester schon fürchtete, sie hätte die Frage nicht gehört.

»Wer könnte der politische Nutznießer sein?« präzisierte sie.

»Ich sehe niemanden. Ich habe mir den Kopf darüber zerbrochen, aber mir fällt niemand ein, der etwas davon haben könnte. Ich fürchte, es war nichts als ein dummer Fehler. Statt vom Verstand hat sie sich von Neid leiten lassen und ist ihrer blühenden Phantasie erlegen. So leid es mir tut, das wird ihr Ende sein.«

Wie Hester bald erfuhr, hatte Bernd eine ganz andere Meinung. Diesmal lenkte sie das Gespräch etwas geschickter auf ihr Anliegen. Sie war gerade bei strömendem Regen von einem Gang zurückgekehrt und strich sich an den Stellen, die der Umhang nicht verdeckt hatte, das Wasser vom Rock, als Bernd mit einer Zeitung in der Hand die Vorhalle durchquerte.

»Oh, einen schönen guten Tag, Miss Latterly. Sie sind ja naß geworden! Im Salon ist geheizt, wenn Sie sich aufwärmen wollen. Polly wird Ihnen sicher Tee und Gebäck bringen, wenn Sie sie darum bitten.«

Sie nahm das Angebot gerne an. »Danke! Aber störe ich Sie nicht?« Sie schielte auf die Zeitung.

»Aber nicht doch!« Er wedelte zerstreut mit dem Blatt. »Ich habe sie ausgelesen. Voller Skandalgeschichten, und das meiste sind pure Spekulationen.«

»Jetzt, da der Prozeß immer näher rückt, machen sich die Leute wohl so ihre Gedanken«, sagte sie hastig. »Es ist ja wirklich ein hochromantischer Stoff, und auch wenn diese Beschuldigung bestimmt aus der Luft gegriffen ist, stellt sich wohl jedem als erstes die Frage nach dem Grund.«

»Rache, könnte ich mir denken«, sagte er stirnrunzelnd.

»Aber womit kann sich Gräfin Zorah rächen, wenn sie verliert? Könnte es mit der Königin zu tun haben?«

Er sah sie verwirrt an. »Wie kommen Sie darauf?«

»Nun ja, offenbar lehnt die Königin Gisela vehement ab. Ist Zorah eigentlich eine Anhängerin der Königin?«

Bernds Gesicht nahm einen harten Zug an. »Nicht daß ich wüßte.« Er machte Anstalten, zum Salon zu gehen. Offenbar betrachtete er das Gespräch als beendet.

Hester eilte ihm nach. »Sie glauben also nicht, daß die Antipathie der Königin gegen Gisela in diesem Fall eine Rolle spielt?« fragte sie. Diese Theorie ergäbe in ihren Augen wenigstens im Ansatz einen Sinn. Ulrike hatte Gisela anscheinend nie verziehen, und jetzt gab sie ihr wohl direkt oder indirekt die Schuld an Friedrichs Tod.

Sie betraten nun den Salon. Mit einem etwas heftigen Zug an der Schnur neben der Tür klingelte Bernd nach dem Dienstmädchen.

»Andererseits«, spann Hester ihren Gedanken fort, »hätte er

vielleicht nie einen Reitunfall gehabt, wäre er nicht ins Exil gegangen. Und selbst wenn, zu Hause wäre er garantiert anders gepflegt worden. Vielleicht hat sich Ulrike da so sehr hineingesteigert, daß sie Gisela am Ende tatsächlich einen Mord zugetraut hat. Wahrscheinlich hat sie Gisela in den letzten zwölf Jahren kein einziges Mal gesehen und weiß nur das, was andere ihr berichten oder was sie sich selbst einbildet.«

Das Dienstmädchen erschien nun in der Tür, und Bernd bestellte zwei Portionen Tee und Sauerteigfladen mit Butter.

»Ich halte das für unwahrscheinlich«, brummte er, sobald das Mädchen die Tür hinter sich zugezogen hatte. »Es ist eine äußerst unschöne Angelegenheit, mit der ich zum Glück nichts zu tun habe. Es wäre mir lieber, wir würden darüber sprechen, wie meinem Sohn am besten geholfen werden kann. Er wirkt ja in den letzten Tagen weitaus aufgeräumter..., auch wenn ich nicht wünsche, daß er zu abhängig von der jungen Miss Stanhope wird. Sie ist nicht kräftig genug, um regelmäßig beschäftigt zu werden, und meiner Meinung auch nicht unbedingt der passende Umgang.«

»Warum haßte die Königin Gisela sogar schon vor der Hochzeit mit Friedrich?« drängte Hester verzweifelt.

Sein Gesicht erstarrte. »Ich weiß es nicht, Miss Latterly. Und es ist mir auch egal. Ich habe genügend Kummer mit meiner Familie, um mich mit den selbstverschuldeten Problemen anderer zu befassen. Ich wäre Ihnen dankbar, wenn Sie mich bei der Entscheidung für eine geeignete Dauerpflegekraft für Robert beraten könnten. Ich dachte, Sie kennen vielleicht den einen oder anderen jungen Mann mit einwandfreiem Charakter und freundlicher Art, der vielleicht auch einen Hang zu Literatur und Wissenschaft hat und Robert nicht nur betreuen, sondern ihm auch ein angenehmer Gefährte sein kann.«

Hester war enttäuscht – nicht nur Rathbones, sondern auch Victorias wegen. »Ich werde mich erkundigen, wenn Sie das möchten. Es gibt sicher den einen oder anderen jungen Mann, der sich hervorragend eignen würde. Wünscht Robert es sich so?«

»Wie bitte?«

»Hat Robert diesen Wunsch geäußert?« wiederholte sie.

»Was Robert sich wünscht, können wir nicht erfüllen«, sagte er traurig. »Aber einen Pfleger braucht er, Miss Latterly.«

Sie gab sich geschlagen. »Sehr wohl, Baron Ollenheim. Ich werde mich umhören.«

7. Kapitel

Monk trat die Reise gegen Norden weitaus vergnügter an, als sein Auftrag vermuten ließ. Evelyn saß im selben Zug, und er freute sich schon auf das nächste Stelldichein mit ihr. Sie war entzückend, elegant und so wunderbar feminin. Mit ihrem Witz, ihrer überschäumenden Lebensfreude steckte sie alle in ihrer Umgebung an und brachte Monk ein ums andere Mal zum Lachen.

Der Engländer verließ Venedig mit leisem Bedauern. Die Schönheit dieser Stadt war mit nichts zu vergleichen, und er würde nie wieder Licht auf sich kräuselndem Wasser sehen können, ohne sich an die Lagunenstadt erinnert zu fühlen. Doch gab es dort auch Trauer. Venedig war eine sterbende Stadt und dazu von einer fremden Armee besetzt. Der Blick war auf die Vergangenheit gerichtet; man war verunsichert, wütend, aber auch bereit, für die Zukunft zu kämpfen. Die Bevölkerung war dreigeteilt: in die Einheimischen, die deprimiert und voller Haß auf den Tag warteten, an dem sie zurückschlagen konnten; die jetzt fern ihrer Heimat stationierten Österreicher, die wußten, daß sie in dieser jahrhundertealten, erhabenen Kultur unerwünscht waren; und schließlich die ihrer Wurzeln beraubten Exilanten, die von Erinnerungen und Träumen zehrten, an die nicht einmal sie selbst mehr glaubten.

Als die Reisenden sich bei einem Halt im nächsten Bahnhof die Beine vertraten und Monk Evelyn traf, versuchte er, ihr von seinen Gedanken zu erzählen – vergeblich, denn sie wollte sich nur waschen und schön machen und hatte kein Interesse an ernsten Gesprächen. Außerdem stand im Hintergrund mit hochgezogenen Schultern der Hüne Klaus. Er plante bereits seine Besprechungen nach der Ankunft in Felzburg und fauchte mißgelaunt die Bahnarbeiter und seine Bediensteten an. Monk schien er gar nicht wahrzunehmen.

Evelyn verdrehte theatralisch die Augen und schenkte Monk ein bezauberndes Lächeln, als sei das Ganze nur noch lustig. Dann folgte sie – nach außen hin pflichtbewußt – ihrem Mann in den Waggon, allerdings nicht ohne Monk noch schnell einen Blick über die Schulter zuzuwerfen.

Und schon ging es wieder weiter in Richtung Norden. Monk schaute unentwegt auf die vorbeigleitende Landschaft hinaus. Irgendwann nickte er ein, nur um nach kurzer Zeit wieder mit einem Ruck hochzufahren. Eine Erinnerung hatte ihn geweckt. Zunächst wußte er nicht, wohin er unterwegs war. Er dachte an Liverpool. Seine Erinnerung hatte mit Schiffen zu tun. Einen Moment lang sah er nichts als riesige Überseedampfer, Masten vor stürmischem Himmel, gegen Dockmauern klatschende Wellen und den grauen Fluß Mersey. Mit der Flut glitten neue Schiffe herein. Vor ihm türmten sich Holzbuge auf. Er hatte den Geruch von Salz, Teer und Tauen in der Nase.

Er fühlte sich unendlich erleichtert wie nach einer gerade noch überstandenen Gefahr. Es war eine persönliche Angelegenheit gewesen. Und er war allein gewesen, bis jemand Kopf und Kragen riskiert und ihn gerettet hatte. Man hatte ihm in einer Situation Vertrauen geschenkt, in der er es gar nicht verdient hatte, doch diesem Vertrauen verdankte er seine Rettung.

Eine unbekannte Landschaft mit ungewohnten Bergen und Bäumen glitt an ihm vorbei. Das rhythmische Rattern und Schwanken beruhigte ihn. Es war so schön gleichmäßig. Aber was er da durch das Fenster sah, hatte nichts von der englischen Landschaft, die er kannte. Es war nicht grün genug und zu steil. Nein, das konnte nicht die Strecke nach Liverpool sein. Noch war er ganz benommen und konnte nicht richtig denken. Irgend jemandem war er unendlich zu Dank verpflichtet, aber wem?

Der Waggon hatte Trennwände zwischen den einzelnen Sitzreihen, so daß jeder Reisende für sich sein konnte. Dennoch sah

Monk, daß ein Mann weiter vorne eine italienische Zeitung las. Wo hatte er die nur her?

Monk richtete den Blick auf das Gepäcknetz über ihm. Dort waren seine Koffer untergebracht. Auf dem Aufhänger stand »Felzburg«.

Aber natürlich! Mit einem Schlag war alles wieder da. Er wollte Entlastungsmaterial finden, um Rathbone dabei zu helfen, Zorah Rostova eine Verurteilung wegen Verleumdung zu ersparen. Und das hieß, er mußte Beweise für Zorahs Behauptung finden, daß Gisela Friedrich ermordet hatte. Ein Ding der Unmöglichkeit! Gisela hatte weder einen Grund noch eine Gelegenheit dazu gehabt.

Eine schöne Suppe hatte er sich da eingebrockt. Aber jetzt mußte er alles tun, um Rathbone zu helfen, der sich gegen seine Gewohnheit völlig unüberlegt in diese Sache gestürzt hatte. Für einen Rückzug war es jetzt zu spät.

Und außerdem saß Evelyn von Seidlitz im Zug. Bei der Erinnerung an sie mußte er lächeln. Mit etwas Glück würde er sie beim Dinner sehen. Dann mußte der Abend ja vergnüglich werden. Mit ihr machte alles Spaß. Bestimmt würden sie in einem netten Ort mit einem guten Gasthaus haltmachen. Andererseits freute er sich nicht auf die Nacht auf seinem nur teilweise nach hinten klappbaren Sitz. In dieser Haltung würde er höchstens nur immer für ein paar Augenblicke einnicken. Er glaubte sich zu erinnern, daß man in den letzten fünf Jahren irgendwo einen richtigen Schlafwagen erfunden hatte. Konnte es Amerika sein? Nun, dieser Zug war mit nichts dergleichen ausgestattet, auch wenn ihm ansonsten jeder denkbare Komfort geboten wurde.

Merkwürdigerweise kam ihm all dieser Luxus selbstverständlich vor. Ein beklemmender Gedanke. Offenbar hatte er früher einmal genügend Geld verdient, um sich so etwas leisten zu können. Warum hatte er dann dieses Leben aufgegeben und war Polizist geworden? Es mußte mit dieser ominösen Schuld zu tun haben, in der er zu stehen glaubte. Doch er konnte noch so angestrengt grübeln, sie war und blieb hinter einem Schleier verborgen. Die Emotion war jedoch eindeutig: eine Verpflichtung, eine Angst, von der ihn jemand befreit hatte, dessen Freundschaft er eigentlich noch gar nicht verdient hatte. Aber wer? Der Mentor und Freund, an den er sich in Venedig so deutlich mit zunehmender Trauer erinnert hatte? Hatte er ihm diese Schuld je zurückgezahlt? Oder war die Erinnerung deswegen so deutlich, weil er das versäumt hatte? Hatte er sich davor gedrückt? Nur zu gerne würde er glauben, daß das nicht der Fall war. Er konnte sich gut vorstellen, daß er schroff, bisweilen sogar ungerecht gewesen war. Und ganz gewiß war er extrem ehrgeizig gewesen. Aber daß er ein Feigling oder Lügner gewesen sein sollte, konnte er sich nicht vorstellen. Und ein Mann ohne Ehrgefühl war er bestimmt auch nicht gewesen.

Wie konnte er es nur herausfinden? Es war nicht damit abgetan, zurückzugehen und die Schuld abzugelten. Wenn der Mann wirklich sein Mentor gewesen war, dann war es jetzt ohnehin zu spät dafür. Er war ja tot. Die Bilder davon waren ja schon vor einigen Monaten zurückgekehrt. Aber er mußte endlich die Zusammenhänge verstehen. Nur so konnte er sich von den quälenden Zweifeln befreien, selbst wenn sich seine Befürchtungen über sich selbst bewahrheiteten. In gewisser Hinsicht trafen sie ja auch zu, solange er sie nicht eindeutig widerlegen konnte. Einige Dinge hatte er ja schon über den Mann, der er vor dem Unfall gewesen war, in Erfahrung gebracht. Und nichts davon konnte er leugnen. Einen Teil bewunderte er durchaus, vieles aber nicht. Wenn er ihn mit den Augen anderer betrachtete, konnte er diesen Mann, den er als Teil seiner Person akzeptieren mußte, nicht vorbehaltlos mögen. Nein, dieses Rätsel durfte nicht ungelöst bleiben.

Der Zug hielt regelmäßig an, damit Kohle und Wasser geladen werden und die Passagiere ihre Bedürfnisse verrichten konnten. Nun, bis vor fünfzig Jahren hätte man dieselbe Strecke in einer Kutsche zurücklegen müssen, und das wäre ungleich langwieriger und unbequemer gewesen.

Wie Monk vorausgesehen hatte, hielten sie vor einem Gasthaus an, wo ihnen ein vorzügliches Abendessen gereicht wurde.

Klaus von Seidlitz kehrte ziemlich bald mit zwei ernsten Herren in Militäruniform in sein Abteil zurück, so daß Monk ein paar Minuten abseits der Gleise allein mit Evelyn verbringen konnte. Es war Nacht, aber er konnte ihr hübsches Gesicht deutlich sehen. Die Sterne in der klaren Bergluft, der Funkenregen aus der Lokomotive und die Fackeln der Arbeiter, die die für die Weiterfahrt durch Nordfrankreich nötigen Kohle- und Wasservorräte auffrischten, sorgten für genügend Licht.

Monk hätte so gerne stundenlang mit ihr geplaudert, sie über sich selbst befragt, ihr von seinen Erlebnissen und Beobachtungen erzählt und sie mit der Schilderung einer Wirklichkeit fasziniert, die es in ihrer Welt nicht gab. Und er hätte sie zu gern amüsiert.

Doch der Gedanke an Rathbone bedrückte ihn. Die Zeit zerrann ihm zwischen den Fingern, und bislang konnte er nichts von Belang vermelden. Wollte er tatsächlich im Luxus schwelgen – vielleicht sogar nicht zum erstenmal – und das auf Kosten anderer? Gehörte er am Ende zu dieser Sorte von Männern?

Er starrte in den glitzernden Sternenhimmel, vor dem sich die blassen Dampfwolken aus der Lokomotive langsam auflösten. Das Stampfen der Maschine schien weit weg zu sein, und er spürte Evelyns warmen Körper in seiner Nähe.

»Hat Zorah keine Freunde oder Angehörigen, die sie dazu bewegen könnten, diese verrückten Beschuldigungen fallenzulassen?« fragte er.

Er hörte Evelyn ungeduldig seufzen und ärgerte sich auf einmal maßlos. So eine wunderbare Gelegenheit bot sich ihm so schnell nicht wieder – und was tat er? Dieser elende Rathbone!

»Ich glaube nicht, daß sie Angehörige hat«, sagte Evelyn in scharfem Ton. »Sie tut immer so, als wäre sie allein. Soviel ich weiß, ist sie zur Hälfte Russin.«

»Magst du sie? Oder mochtest du sie, bevor sie überschnappte?«

Sie hängte sich bei ihm ein. Er konnte den Duft ihrer Haare riechen und spürte ihre warme Haut an seiner Wange.

»Sie ist mir völlig egal«, antwortete sie sanft. »Ich hielt sie immer schon für ein bißchen verrückt. Sie hat sich stets in die ungeeignetsten Männer verliebt. Einer war ein steinalter und potthäßlicher Arzt. Aber sie betete ihn an, und als er starb, war ihr Verhalten unmöglich. Sie ignorierte uns alle schlichtweg. Sie ließ ihn doch glatt verbrennen und verstreute die Asche von einem Berg in alle Richtungen. Danach ging sie auf eine lange Reise in irgendeinem lächerlichen Land. Ich glaube, sie fuhr den Nil hinauf. Dort blieb sie mehrere Jahre. Es heißt, daß sie sich in einen Ägypter verliebte und mit ihm zusammenlebte. Geheiratet hat sie ihn natürlich nicht! Na ja, eine christliche Hochzeit mit einem Ägypter ist wohl auch gar nicht möglich.« Sie brach unvermittelt in Lachen aus.

Monk fand Evelyn auf einmal merkwürdig penetrant. Ihm fiel wieder sein Gespräch mit Zorah in London ein. Sie war eine ungewöhnliche Frau, exzentrisch, leidenschaftlich, aber weder grausam noch – soweit er das beurteilen konnte – unehrlich. Sie war ihm sympathisch gewesen. Er fand nichts dabei, wenn man sich in einen wesentlich älteren Menschen oder einen Angehörigen einer anderen Rasse verliebte. Das konnte tragische Folgen haben, aber es war kein Fehler an sich.

Evelyn lächelte ihn an. Wie schön ihr Gesicht im Sternenlicht aussah! Und wie fröhlich ihre großen Augen lachten! Er küßte sie, und sie sank in seine Arme.

Nach mehrtägiger Reise kam Monk schließlich eines Mittags in Felzburg an. Er war müde und sehnte sich danach, zu laufen, ohne nach drei Schritten kehrtmachen zu müssen, und in einem richtigen Bett zu schlafen, in dem man sich ausstrecken konnte.

Leider hatte er keine Zeit, sich seine Wünsche zu erfüllen. Stephan hatte ihm bei der Abfahrt ein Empfehlungsschreiben für einen Freund mitgegeben, und gleich nach seiner Ankunft stellte Monk sich dort vor.

»Ah! Ich hatte Sie erwartet.« Der Mann, der Monk willkommen hieß, war viel älter, als der Engländer ihn sich vorgestellt hatte, nämlich bereits Mitte fünfzig. Er war ein hagerer grauhaariger Soldat mit Narben auf beiden Wangen, die vermutlich von Duellen herrührten, und militärisch zackiger Haltung. »Stephan hat mir geschrieben, daß Sie kommen. Was kann ich für Sie tun? Mein Haus, meine Zeit und meine Fähigkeiten, sofern ich welche habe, stehen Ihnen zur Verfügung.«

»Danke schön.« Monk war sich noch nicht sicher, was er suchte, geschweige denn, wie er es finden sollte, aber zumindest die Gastfreundschaft nahm er hocherfreut an. »Das ist wirklich sehr großzügig von Ihnen, Colonel Eugen.«

»Dann bleiben Sie bei mir? Sehr schön. Möchten Sie etwas essen? Mein Butler kümmert sich um Ihr Gepäck. War die Reise angenehm?« Es war eine rein rhetorische Frage. Und wenn Monk nicht alles täuschte, gehörte Eugen zu den Leuten, die jede Reise als angenehm bezeichneten, sofern man das Ziel lebend erreichte.

»Womit kann ich Ihnen dienen?« fragte Eugen, als die Suppe aufgetragen wurde. »Ich stehe Ihnen ganz zur Verfügung.«

»Ich muß die Hintergründe zur politischen Situation und möglichst viel über die Vergangenheit erfahren«, antwortete Monk offen.

»Halten Sie es für möglich, daß Friedrich ermordet wurde?« Ein verwirrter Ausdruck lag auf Eugens vernarbtem Gesicht.

»Auf der Grundlage der vorliegenden Indizien, ja«, antwortete Monk. »Überrascht Sie das?«

Monk rechnete mit einer schockierten oder wütenden Reaktion, doch Eugens Antwort ließ nichts außer verhaltener Trauer erkennen.

»Gisela Berentz traue ich so etwas nicht zu, aber ich könnte mir durchaus einen Mord aus politischen Gründen vorstellen. Wir stehen vor gewaltigen Umwälzungen in allen deutschsprachigen Staaten. Wir haben die Revolutionen von '48 überlebt ...« Er schlürfte zuerst einen Löffel Suppe. »Aber jetzt schwappt der Nationalismus in ganz Europa hoch, vor allem bei uns. Früher oder später werden wir wohl eine Nation sein. Manchmal überleben kleine Königreiche wie das unsere und dürfen aufgrund einer historischen oder geographischen Besonderheit unabhängig bleiben, aber normalerweise werden sie von den Großmächten geschluckt. Nun, Friedrich glaubte, bei uns könne alles beim alten bleiben. Oder zumindest dachten wir das. Graf Lansdorff verficht vehement diesen Standpunkt und natürlich auch unsere Königin. Sie hat ihr Leben dem Fortbestand der Dynastie gewidmet. Ihr zuliebe scheut sie keine Mühe, und kein Opfer ist ihr zu groß.«

»Außer Gisela zu verzeihen«, brummte Monk, die Augen auf Eugens Gesicht gerichtet. Es verriet ihm keinerlei Anzeichen dafür, daß der andere seine Ironie verstanden hatte.

»Gisela zu verzeihen hätte bedeutet, ihr die Rückkehr zu gestatten«, entgegnete Eugen, der nun seine Suppe aufaß und sich ein Stück Brot abbrach. »Das war nicht möglich! Wer Ulrike kannte, dem war das von Anfang an klar.«

Ein Diener räumte die Suppenschüsseln ab und trug Wild mit gerösteten und gekochten Kartoffeln auf.

»Warum sind Sie bereit, einem Freund bei Ermittlungen in einer Angelegenheit zu helfen, die für das ganze Land nur schmerzhaft sein kann?« fragte Monk und bedankte sich für seine großzügig bemessene Portion.

Eugen zögerte nicht einen Moment. In seine hellblauen Augen trat ein belustigtes Flackern. »Eine scharfsinnige Frage, Sir. Nun, weil ich meinem Land und seinen Interessen am ehesten dienen kann, wenn ich die Wahrheit kenne.«

Seine Miene verriet Monk aber noch mehr. Sie schien zu sagen: »Das soll aber nicht heißen, daß ich dulde, daß sie dann weiterverbreitet wird.«

»Ich verstehe«, sagte Monk langsam. »Und was würde Ihrem Land dienen? Tod durch Unfall? Ein Attentat durch einen gedungenen Mörder, am besten einen unbekannten, oder Ermordung durch seine Frau aus persönlichen Motiven?«

Eugen bedachte ihn mit einem kühlen Lächeln, doch in seinem Blick lag Anerkennung. »Es wäre ja nur eine Meinung, Sir, und was ich denke, ist weder von Belang, noch läge es in meinem Interesse, wenn Sie es wüßten. Felzburg ist derzeit eine gefährliche Stadt. Die Wogen schlagen hoch. Wir stehen an einem historischen Scheideweg. Vielleicht schlägt bald die Geburtsstunde von Deutschland – nicht so sehr als sprachlicher oder kultureller Gemeinschaft, sondern als Nation.«

Monk wartete. Er spürte, daß sein Gastgeber noch nicht fertig war, und wollte ihn nicht unterbrechen.

Eugens Augen leuchteten, und er konnte seinen Eifer nicht länger verhehlen. Das Essen vor sich hatte er vergessen. »Seit der Auflösung des Heiligen Römischen Reiches durch Napoleon sind wir nichts als ein paar Dutzend unabhängiger Kleinstaaten, nur geeint durch dieselbe Sprache und Kultur und die Hoffnung, daß wir eines Tages dieselben Träume verwirklichen, aber jeder auf seine Weise.« Er starrte Monk unverwandt an. »Einige sind liberal, in anderen geht es drunter und drüber, in wieder anderen herrscht ein Despot. Einige wünschen sich Pressefreiheit, während Österreich und Preußen, die zwei größten Mächte, die Zensur für ebenso überlebensnotwendig erachten wie eine kampfstarke Armee.«

In Monk regte sich eine Erinnerung. Nachrichten von Rebellionen in ganz Europa; Männer und Frauen auf den Barrikaden, Truppen in den Straßen, Proklamationen, Petitionen, die Kavallerie, die Zivilisten angriff, Schüsse auf die Menge. Kurzzeitig hatte es die verwegensten Hoffnungen gegeben. Doch dann hatte Verzweiflung um sich gegriffen, als die Aufstände einer nach dem anderen niedergeschlagen wurden und die alten Herrscher mit noch raffinierteren und gründlicheren Methoden der Unterdrückung zurückkehrten. Aber wann war das gewesen? 1848?

Er konzentrierte sich wieder auf Eugens Ausführungen.

»Kurzzeitig hatten wir eigene Parlamente. Mit den Vorstellungen von Freiheit und Gleichheit für die Massen kamen auch große Nationalisten auf. Auch sie wurden ausgeschaltet, wenn sie nicht schon vorher Opfer ihrer eigenen Unfähigkeit oder Unerfahrenheit geworden waren.«

»Auch hier?« fragte Monk. Nur widerwillig gab er preis, wie wenig er wußte, doch er mußte es erfahren.

Eugen schenkte ihm einen vorzüglichen Burgunder ein.

»Ja«, sagte er, »aber bei uns dauerte es nicht lang. Es gab kaum Gewalt. Der König hatte dem Volk schon vorher gewisse Reformen zugestanden, die Bedingungen der Arbeiter verbessert und auch ein Mindestmaß an Pressefreiheit eingeführt.« Ein, wie Monk meinte, bewunderndes Lächeln huschte über sein hageres Gesicht. »Ich glaube, das geschah auf Ulrikes Betreiben. Einige dachten ja, sie sei dagegen gewesen. Nun, wenn sie könnte, würde sie wohl am liebsten eine absolute Herrscherin wie Ihre Königin Elisabeth sein, Befehle erteilen und allen, die sich ihr in den Weg stellen, den Kopf abschlagen. Aber dafür ist sie dreihundert Jahre zu spät geboren. Und sie ist zu klug, um ihre Grenzen nicht zu erkennen. Sie plant langfristig. Sie sieht noch viele zukünftige Generationen auf dem Thron.«

»Aber es gibt doch keine Erben«, warf Monk dazwischen.

»Sie bringen es auf den Punkt«, erwiderte Eugen. »Wenn Friedrich ohne Gisela zurückgekehrt wäre, wenn er sich von ihr hätte scheiden lassen und sich neu verheiratet hätte, dann hätte es einen gegeben.« Er beugte sich vor. Sein Gesicht wirkte auf einmal grimmig. »Eins steht fest: Niemand aus der Umgebung der Königin hat Friedrich umgebracht! Wenn er ermordet wurde, dann suchen Sie den Täter bei den Anhängern der Vereinigung, die es nicht stört, wenn wir von Preußen, Hannover, Bayern oder einem der anderen mächtigeren Länder geschluckt werden. Oder suchen Sie nach einem, dem ein Amt oder Reichtum versprochen worden ist. '48 gab es Bestrebungen, den österreichischen Erzherzog zum König von ganz Deutschland zu krönen. Gott sei Dank sind sie fehlgeschlagen. Aber das heißt nicht, daß man es nicht wieder versucht.«

Monk schwirrte der Kopf.

»Und Prinz Waldo?« fragte er mit vollem Mund.

»Ich stelle ihn Ihnen vor«, versprach Eugen. »Morgen.«

Eugen hielt Wort. Sein Diener hatte Monks Abendanzug geplättet und in den Kleiderschrank gehängt. Seine Hemden waren alle frisch gewaschen und blütenweiß. Die Kragen- und Manschettenknöpfe lagen säuberlich neben seinen Toilettenartikeln auf der Kommode aufgereiht. Jetzt war Monk froh, daß er in der Zeit, an die er sich nicht mehr erinnern konnte, so eitel gewesen war, daß er sich von allem nur die beste Qualität geleistet hatte.

Er hatte sich gerade für seine in Achat gefaßten Goldmanschetten entschieden, als er sich ohne jede Vorwarnung in die Vergangenheit zurückversetzt fühlte. Genau dieselben Manschetten hatte er schon einmal ausgewählt. Vor einer Dinnerparty in London war das gewesen. Er begleitete den Mann dorthin, der ihn ausgebildet, gefördert und stets beschützt hatte. Daß Monk ungebildet war, ungeschliffene Manieren hatte, zu ungestüm und manchmal unhöflich war, hatte er großzügig übersehen. Mit unendlicher Geduld hatte er ihn nicht nur im Bankwesen, sondern auch in der Kunst, ein Gentleman zu sein, unterwiesen. Er hatte ihm beigebracht, wie man sich elegant kleidete, ohne protzig zu wirken, woran man einen guten Schnitt erkannte, wie man seine Hemden und die passenden Stiefel auswählte und sogar wie man seinen Schneider behandelte. Von ihm hatte Monk gelernt, welches Besteck man benutzte, was für einen Wein man auswählte, wann und wie man sprach, wann man schwieg und wann Lachen angebracht war. Im Laufe der Jahre hatte er aus dem Landjungen aus Northumbria einen Mann von Welt gemacht, der dieses natürliche Selbstbewußtsein an den Tag legt, mit dem sich die kultivierten von den gewöhnlichen Menschen unterscheiden.

All das brach über ihn herein, als er das kleine Schmuckstück berührte. Er war zwanzig oder noch mehr Jahre jünger und stand ausgehfertig im Hause seines Mentors. Der Anlaß war wichtig. Die Situation war brisant, und er hatte Angst. Er hatte mächtige Feinde, die es in der Hand hatten, seine Laufbahn zu zerstören, ja, ihn verhaften und ins Gefängnis werfen zu lassen. Man hatte ihn einer Schandtat bezichtigt, die er zwar nicht begangen hatte, aber er konnte seine Unschuld nicht beweisen – zumindest nicht restlos. Kalte Angst krampfte seinen Magen zusammen und ließ ihn nicht los. Ein Schrei stieg in ihm hoch, und er mußte alle Kraft zusammennehmen, um nicht vor Panik loszubrüllen.

Aber dann war ihm doch nichts geschehen. Dessen war er sich fast ganz sicher. Warum nicht? Wie war es verhindert worden? Hatte er sich retten können? Oder hatte ein anderer ihn befreit? Und um welchen Preis?

Sein Mentor hatte sein Leben im Gefängnis beendet. Man hatte ihn betrogen und mit falschen Beschuldigungen gebrochen. Monk hatte verzweifelt dagegen angekämpft – und verloren. Zuvor hatte er sich sporadisch nur an Fragmente erinnern können. Einmal hatte er das tränenüberströmte Gesicht der Frau seines Förderers vor Augen gehabt. Sie war verzweifelt gewesen, hatte aber keinen Laut herausgebracht.

Er hätte alles hergegeben, hätte er nur helfen können. Aber er hatte nichts gehabt! Kein Geld, keinen Einfluß, keine Fähigkeiten, die ihm von Nutzen hätten sein können.

Was danach geschehen war, wußte er nicht mehr. Alles, was er der Dunkelheit der Amnesie hatte entreißen können, war das Gefühl eines tragischen Verlusts und ohnmächtiger Wut. Er wußte, daß er aus diesem Grund zur Polizei gegangen war: Er wollte Unrecht wie dieses bekämpfen, die Betrüger und Mörder aufspüren und bestrafen und verhindern, daß anderen Unschuldigen ähnliches Unrecht zugefügt wurde.

Aber worin bestand die Schuld, an die er sich mit diesem klammen Gefühl erinnerte? Es mußte etwas ganz Bestimmtes sein und keine allgemeine Dankbarkeit für die Jahre, in denen ihm sein Gönner freundlich unter die Arme gegriffen hatte. Hatte er sie je abgegolten?

Er hatte nicht den blassesten Schimmer. Seine Erinnerung war in Finsternis getaucht, und er spürte nur einen Druck, ein alles verzehrendes Bedürfnis, die Wahrheit zu erfahren.

Der Empfang fand in einem riesigen Saal statt, den von der mit Malereien und Schnitzereien verzierten Decke herabhängende Lüster in ein glitzerndes Lichtermeer verwandelten. Es waren höchstens hundert Gäste geladen, aber die gewaltigen, pastellfarbenen und dezent mit Blumen gemusterten Röcke der Frauen schienen den ganzen Raum auszufüllen. Zwischen ihnen wirkten die Männer in ihren schwarzen Anzügen wie kahle Bäume in einer Blumenwiese. Diamanten brachen das Licht vielfach in alle Richtungen, wenn sich Köpfe und Handgelenke bewegten. Hin und wieder drang über das Plaudern und Lachen ein Klacken an Monks Ohr, wenn der eine oder andere feine Herr sich verbeugte und die Hacken zusammenschlug.

Die meisten Gespräche wurden natürlich auf deutsch geführt, aber überall dort, wo Eugen Monk vorstellte, wechselte man aus Rücksicht in die englische Sprache.

Die Leute unterhielten sich über alle möglichen Belanglosigkeiten: das Wetter, Theater, internationale Nachrichten und Klatschgeschichten, die neuesten Kompositionen und philosophischen Erörterungen. Den drohenden Skandal in London erwähnte niemand. Genausowenig wurde Friedrichs Tod angesprochen. Statt sechs Monate hätte er genausogut sechs oder zwanzig Jahre zurückliegen können, denn er hatte ja auf den Thron verzichtet und sein Land für immer verlassen. Vielleicht war er schon damals für seine Landsleute gestorben. Wenn jemand an Giselas oder Zorahs Schicksal Anteil nahm, so erwähnte er das mit keinem Wort.

Hin und wieder wurde die Konversation trotzdem ernst, aber dann ging es ausschließlich um die Aufstände von 1848 und die verstärkte Unterdrückung danach, vor allem in Preußen. Im Laufe des Abends beherrschten aber zunehmend die Themen Vereinigung oder Unabhängigkeit, soziale und wirtschaftliche Reform und der Ruf nach mehr Freiheiten die Gespräche. Vor allem aber war die Angst vor einem möglichen Krieg zu spüren. Gisela, Friedrich und Zorah wurden dagegen auch weiterhin nicht angesprochen. Nur über Zorah bekam Monk einmal zu hören, sie sei exzentrisch und eine glühende Patriotin. Wenn jemand ihre Beschuldigung erwähnte, so kam das Monk nicht zu Ohren.

Gegen Ende des Abends kam Eugen auf Monk zu und stellte ihn Prinz Waldo vor. Monk hatte mit einer schwächeren Ausgabe des älteren Bruders gerechnet, einer Verlegenheitslösung für den eigentlichen Thronfolger. Was er jedoch sah, war ein kräftig gebauter Mann von durchschnittlicher Größe mit einem fast schönen, wenn auch etwas zu breiten Gesicht. Sein Mund verriet wenig Humor, und sein Auftreten war betont vorsichtig.

»Guten Tag, Mr. Monk«, sagte er in fast akzentfreiem Englisch.

»Guten Tag, Sir«, antwortete Monk voller Respekt, sah ihm aber gegen alle Etikette in die Augen.

»Colonel Eugen sagt mir, daß Sie aus London gekommen sind«, bemerkte Waldo.

»Ja, Sir, aber die letzten Tage verbrachte ich in Venedig.«

In Waldos dunklen Augen blitzte Interesse auf. »Ach ja? Ist das ein Zufall, oder verfolgen Sie einen bestimmten Faden unserer unglückseligen jüngsten Geschichte?«

Monk war verblüfft. Mit soviel Scharfsinn oder Offenheit hatte er nicht gerechnet. Nun, er hielt es für das beste, ehrlich zu antworten. Schließlich hatte er keine Zeit zu verlieren.

»Ich verfolge einen Faden, Sir. Es liegen ernstzunehmende Hinweise vor, daß Ihr Bruder, Prinz Friedrich, nicht infolge seines Reitunfalls gestorben ist.«

Waldo lächelte. »Fällt Ihre Bemerkung unter das berühmte britische Understatement?«

»Ja, Sir.«

»Und was ist Ihr Interesse daran?«

»Ein juristisches. Ich arbeite im Dienst der britischen Justiz, bei der Beurteilung …« Monk überlegte fieberhaft, welche Antwort Waldo am wenigsten verletzen würde. Schließlich hätte der Prinz durch Friedrichs Rückkehr sehr viel gewinnen oder verlieren können, und zwar nicht nur, was die Führung des Landes betraf, sondern auch seine weiere Zukunft. Friedrich war für die Unabhängigkeit gewesen, Waldo dagegen setzte offenbar auf die Vereinigung. Er hätte den Thron verlieren können, aber vielleicht war er aufrichtig um die Sicherheit und den Wohlstand seines Volkes besorgt.

Monk starrte ihn an und suchte nach der richtigen Formulierung. Waldo wartete. Er mußte jetzt schnell antworten. Im allgemeinen Stimmengewirr war weiterhin Musik zu hören, dazu Gelächter und das Klirren von Gläsern.

Wenn Waldo tatsächlich glaubte, daß Sicherheit für seine Untertanen und Frieden für sein Land in der Vereinigung begründet waren, dann hatte er mehr als jeder andere einen Grund, Friedrich zu töten.

»... einer Verleumdungsklage«, vollendete Monk seinen Satz.

Waldos Augen weiteten sich. Mit dieser Antwort hatte er nicht gerechnet. »Ich verstehe«, sagte er langsam. »Ist das in England eine derart wichtige Angelegenheit?«

»Wenn die königliche Familie eines anderen Landes betroffen ist, dann ja, Sir.«

Monk bemerkte ein Zucken in Waldos Gesicht. Welche Emotion mochte sich nur dahinter verbergen? Er wurde nicht schlau daraus. In ihrer Nähe verbeugte sich ein Soldat in prächtiger Uniform vor einer Dame in Pink.

»Mein Bruder gab vor über zwölf Jahren seine Pflichten gegenüber seiner Familie auf«, erwiderte Waldo kühl, »und mit ihnen seine Privilegien. Er zog es vor, nicht mehr zu uns zu gehören. Gisela Berentz war nie eine von uns.«

Monk holte tief Luft. Er hatte wenig zu verlieren. »Sir, falls er ermordet wurde, dann stellt sich die Frage, wer ein solches Verbrechen begehen konnte. Bei der aktuellen politischen Lage ließe sich theoretisch über viele Verdächtige spekulieren, darunter auch diejenigen, die andere Ansichten als er vertraten.«

»Sie meinen mich.« Waldo sah ihm mit festem Blick in die Augen. Seine Brauen wanderten in die Höhe.

Monk war bestürzt. »Genauer gesagt, jemand, der Ihre Meinung teilt«, verbesserte er hastig. »Natürlich muß das nicht notwendigerweise ein Mensch mit Ihren profunden Kenntnissen sein. Aber der Beweis wird schwer zu führen sein.«

»Extrem schwer sogar.« Waldos Augen wurden auf einmal hart, als stünde er schon unter Anklage. »Selbst ein Beweis würde nur diejenigen überzeugen, die überzeugt sein wollen, und müßte einem langen, gewundenen Pfad folgen, bis er schließlich auch den gemeinen Mann erreicht.«

Monk wechselte das Thema. »Leider können wir den Prozeß nicht verhindern. Wir haben es versucht. Wir haben mit Engelszungen auf Gräfin Rostova eingeredet, ihre Behauptungen wieder zurückzuziehen und sich zu entschuldigen – bislang vergeblich.« Er wußte nicht, ob das stimmte, nahm es aber an. Zumindest ein Rest an Verstand mußte Rathbone noch geblieben sein – und ein gewisser Überlebenswille.

Zum erstenmal huschte ein Anflug von Belustigung über Waldos Lippen. »Das hätte ich Ihnen gleich sagen können. Zorah hat noch nie etwas zurückgenommen. Oder die Konsequenzen für sich selbst abgewogen. Feigheit kann ihr wirklich niemand nachsagen, nicht einmal ihre Feinde.«

»Kann es sein, daß sie selbst Friedrich getötet hat?« fragte Monk, einem Impuls folgend.

Waldo zögerte nicht einen Moment. »Nein. Sie ist für die Unabhängigkeit. Sie glaubt, daß wir wie Andorra oder Lichtenstein allein durchaus überleben können.« Er lächelte Monk fast verschmitzt an. »Wenn Gisela das Opfer gewesen wäre, dann hätte ich Ihnen mit Sicherheit eine andere Antwort gegeben…«

Monk war ganz benommen. Die vielen Möglichkeiten rasten nur so durch seinen Kopf. War es vorstellbar, daß Zorah Gisela hatte töten wollen, doch aufgrund eines grotesken Mißgeschicks Friedrich umgebracht hatte? Oder hätte es statt ihr jemand anders sein können? Rolf zum Beispiel, entweder seiner Schwester, der Königin, zuliebe oder aus eigenem Antrieb? Dann hätte ja nichts mehr Friedrich an der Rückkehr gehindert. Oder war es Brigitte gewesen, weil sie Friedrichs Frau und eines Tages Königin werden wollte? Oder gar Lord Wellborough, um einen Unabhängigkeitskrieg zu fördern, an dem er sich eine goldene Nase verdient hätte?

Monk murmelte eine höfliche, belanglose Antwort, bedankte sich bei Waldo für seine Gastfreundschaft und entfernte sich, über die Maßen aufgewühlt.

In der Nacht fuhr Monk abrupt hoch, als hätte ihn etwas aufgeschreckt. Er lauschte angestrengt in die Dunkelheit, hörte aber keinen Laut.

Die gleiche Angst hatte er beim Anlegen der Manschetten empfunden, ein Gefühl der Isolation, das übermächtig gewesen wäre, hätte er nicht das Gefühl gehabt, daß es irgendwo einen Menschen gab, der an seine Unschuld glaubte und bereit war, seine Sicherheit zu opfern, um ihm zu helfen.

Gab es jemanden, der Gisela beistehen würde, oder hatte sie nach der Heirat mit Friedrich auf die Freundschaft anderer verzichtet? Lebte sie wirklich nach dem Motto: Alles für die Liebe und die Welt verloren?

Aber bei Monks Mentor hatte es sich um eine andere Art von Liebe gehandelt, nämlich um eine bedingungslose Freundschaft, die man sich für das ganze Leben bewahrt. Und dieser Mann hatte seinen guten Ruf aufs Spiel gesetzt, um seinem jungen Schützling zu helfen, soviel wußte Monk inzwischen. Man hatte ihn wegen Unterschlagung angeklagt, und sein Freund hatte sich mit seinem Namen und seinem Vermögen für Monks Unschuld verbürgt. Ihm hatte er es zu verdanken, daß geforscht wurde, bis die Wahrheit an den Tag kam.

Während er schweißgebadet und fröstelnd in der kalten Nachtluft dasaß, wurde Monk klar, daß er diese Schuld nie zurückgezahlt hatte. Als er rehabilitiert war und sein Freund in Schwierigkeiten steckte, da war er nicht in der Lage gewesen, ihm zu helfen. Seine ganzen Besitztümer hatten nicht ausgereicht. Am Ende hatte sein Mentor alles verloren: Haus, Ehre, Leben.

Monk hatte seine Schuld nie zurückzahlen können. Und jetzt war es zu spät.

Mit einem Gefühl von Leere und Einsamkeit legte er sich wieder zurück. Er hatte einen unwiderbringlichen Verlust erlitten.

Was ihm auch gegeben worden war, er mußte es jemand anderem zurückgeben.

Am folgenden Nachmittag wurde Monk am Hof eingeführt. Er mußte erfahren, ob der Mordanschlag eventuell Gisela hätte gelten können. Freilich graute ihm davor, Rathbone darüber zu informieren.

Und doch erschien von allen möglichen Antworten seine erste Theorie, daß vielleicht Zorah Friedrich getötet hatte, als die am wenigsten schreckliche. Nicht auszudenken, was passieren würde, wenn es Prinz Waldo gewesen war, um zu verhindern, daß Friedrich das Land in einen Krieg stürzte. Oder wenn Rolf im Auftrag der Königin Gisela hätte ausschalten sollen, um Friedrich den Rückweg zu ebnen, und durch einen tragischen Irrtum den Falschen umgebracht hatte. Wie würden die britische Justiz und die ganze Gesellschaft dann reagieren? Wie würden sich die Diplomaten des Außenministeriums in Whitehall ehrenhaft von diesen Fallstricken befreien? Wie würde es mit dem Frieden in Europa aussehen?

Und wieviel von all dem wußte oder verstand Zorah?

Königin Ulrike war eine phänomenale Frau. Monk hatte schon viel über ihren eisernen Willen gehört, aber mit einer derart beeindruckenden Persönlichkeit hatte er nicht gerechnet. Als er sie beim Eintreten aus der Ferne sah, hielt er sie für großgewachsen. Ihr glänzendes weißes Haar war hoch aufgetürmt und oben um ein funkelndes Diadem wie eine Krone geflochten. Ihre Züge waren markant, ihre Augenbrauen zwei gerade Linien. Sie trug ein Samtkleid in den Farben Elfenbeinweiß und Austernbraun; der Reif unter ihren Röcken war so klein, daß sie fast natürlich zu fallen schienen. Mit durchgestreckten Schultern und geradeaus gerichtetem Blick stand sie in der Mitte des Raums.

Erst als Monk ihr vorgestellt werden sollte und näher trat, bemerkte er, daß sie nicht größer war als der Durchschnitt. Doch ihre Augen ließen ihn erstarren. Ein solch klares Aquamarin hatte er noch nie gesehen.

Dann wurde sein Name aufgerufen.

»Majestät.« Er verneigte sich tief.

Sie musterte ihn mit kühler Höflichkeit. »Graf Lansdorff sagt mir, daß Sie ein Freund von Stephan von Emden sind, Mr. Monk.«

»Jawohl, Ma'am.«

»Er lernte Sie im Haus von Lord Wellborough kennen, wo mein armer Sohn den Tod fand«, fuhr sie mit unbewegter Stimme fort.

»Ich hielt mich dort ein paar Tage lang auf«, bestätigte er und überlegte, was Rolf ihr gesagt hatte und warum sie gerade dieses Thema anschnitt.

»Wenn Sie mit Baron von Emden befreundet sind, dann kennen Sie womöglich auch Gräfin Rostova?«

Sein erster Impuls war, es aus Selbstschutz zu leugnen. Doch als er ihr in die klaren, kühlen Augen sah, verblüffte, ja, erschreckte ihn deren Wachheit. Dazu glaubte er, darin noch etwas anderes zu erkennen, entweder tiefere Emotionen oder eine Willensanstrengung, sie zu verbergen.

»Ich kenne sie, Ma'am, aber nur oberflächlich.« Bei einer solchen Frau bot nur die Wahrheit Sicherheit. Vielleicht wußte sie es ja ohnehin schon.

»Eine Frau mit zweifelhaftem Geschmack, aber unbestreitbarem Patriotismus«, sagte sie mit einem müden Lächeln. »Hoffentlich wird sie den Sturm um sie herum überleben.«

Monk schnappte nach Luft.

»Gefällt es Ihnen in Felzburg, Mr. Monk?« erkundigte sie sich, als wäre das erste Thema nur Small talk gewesen. »Jetzt haben wir die richtige Saison für Konzerte und Theateraufführungen. Ich würde mich freuen, wenn Sie auch Gelegenheit zu einem Opernbesuch hätten.«

Damit gab sie zu verstehen, daß das Gespräch beendet war.

»Vielen Dank, Ma'am. Ich werde gewiß begeistert sein.« Er verbeugte sich noch einmal und entfernte sich benommen.

Monk hätte sich unbändig auf den Abend freuen sollen, wurde doch ein Ball veranstaltet, zu dem ihm Eugen eigens eine Einladung besorgt hatte und bei dem er auch Evelyn wiedersehen würde. Doch allzubald mußte er nach London und in die Realität seines jetzigen Lebens zurückkehren. Welche Umstände auch immer ihn seinerzeit gezwungen hatten, in den Polizeidienst zu treten, der Luxus hier, die Unbeschwertheit, mit der er sich zu vergnügen wußte, hatten zu seiner Vergangenheit gehört, die er bestenfalls bruchstückhaft rekonstruieren konnte, zu der es kein Zurück mehr gab. Nun, zumindest für die ihm noch verbleibende Zeit hatte er sich vorgenommen, nicht mehr an die Vergangenheit zu denken. Was zählte, war die Gegenwart. Er wollte sie bis zur Neige auskosten.

An diesem Abend kleidete er sich sorgfältig, aber auch mit Genugtuung. Er überprüfte im Spiegel noch einmal, ob alles saß und lächelte sein Ebenbild an. In den schönen Kleidern machte er einen eleganten und entspannten Eindruck. Und sein Gesicht wirkte alles andere als schüchtern, vielmehr abgeklärt und leicht belustigt.

Er wußte, daß Evelyn ihn aufregend fand. Nun, er hatte ihr gegenüber gerade genug angedeutet, um ihre Neugierde zu wecken. Und weil er so anders war als ihre sonstigen Bekannten und sie bestenfalls raten konnte, was hinter der Fassade steckte, war er auch gefährlich. Das brauchte sie ihm nicht mit Worten zu sagen. Er wußte es ganz einfach. Es war ein Spiel, ein herrliches Spiel mit raffinierten taktischen Finessen. Und sein besonderer Reiz bestand darin, daß es um einen echten Einsatz ging – nicht Liebe, nicht um etwas, das für einen Menschen so unendlich kostbar und schmerzhaft sein konnte, aber um ein Gefühl, das er nicht so schnell vergessen würde, auch dann nicht, wenn er schon längst abgereist war. Vielleicht würde es von nun an immer dann aufleben, wenn eine entzückende Frau sein Begehren weckte.

Der Ball wurde in einem wahren Prachtpalast veranstaltet. Monk schritt die Treppe zum Portal betont langsam empor. Nur seine Würde verbot es ihm, zwei Stufen auf einmal zu nehmen. Dabei fühlte er sich so leichtfüßig und barst schier vor Energie.

Das Haus war lichtdurchflutet. Draußen loderten Fackeln in gußeisernen Ständern, drinnen konnte er schon durch die offenen Türen und die hohen Fenster Dutzende von Lüstern brennen sehen. Und an seine Ohren drang bereits ein vielfaches Stimmengewirr.

Er zeigte seine Einladung vor und eilte weiter durch die Vorhalle und die Treppe hinauf zum Empfangsraum. Oben angekommen, lehnte er sich zunächst über die Balustrade und ließ den Blick über die Köpfe schweifen. Ein Hüne mit dichtem schwarzem Haar überragte alle anderen. Monk war sich nicht auf Anhieb sicher, doch als der Mann sich umdrehte, erkannte er Klaus von Seidlitz' gebrochene Nase und sein breites Gesicht. Er unterhielt sich mit mehreren Militärs in glänzender Uniform. Zum erstenmal sah Monk ihn lachen, und plötzlich war er nicht mehr der lauernde, fast etwas griesgrämige Mann, als den er ihn in England empfunden hatte. Damals hatte sein Gesicht gerade in Momenten der Entspannung gefährlich, wenn nicht grausam gewirkt, jetzt war es zwar immer noch schief, aber auch liebenswürdig.

Monks Augen suchten weiter nach Evelyn, fanden sie aber nicht. Statt dessen bemerkte er Rolf. Ihm stand die Langeweile schier ins Gesicht geschrieben, auch wenn er natürlich höflich war. Vermutlich war er nicht um des Vergnügens willen gekommen, sondern um politische Kontakte zu pflegen. Auf wen setzte denn nun die Partei der nationalen Unabhängigkeit nach Friedrichs Tod ihre Hoffnungen? Vielleicht hätte er die eigentliche Macht ausgeübt, wenn Friedrichs Heimholung gelungen wäre. Vielleicht hatte er schon immer beabsichtigt, im Hintergrund die Fäden zu ziehen.

Wer würde nun die Galionsfigur sein, hinter der sich die Massen scharen, der sie ihr Geld, ihre Häuser, ihr Leben opfern würden? Solche Zuneigung wird nur denen entgegengebracht, die entweder aus einem Königshaus stammen, das Volk mit beispielloser Tapferkeit und Leidenschaft bannen oder als Symbol für all das stehen, wonach die Menschen sich sehnen. Dabei spielt es keine Rolle, ob sie diese Liebe tatsächlich verdienen oder ob sie auf purer Fiktion beruht. Sie muß nur einen Glauben an den Sieg beflügeln, den auch Niederlagen, Enttäuschungen, Verluste und Erschöpfung nicht ins Wanken bringen können.

Während er vom Treppenabsatz aus über die Köpfe der übrigen Gäste hinweg sein Gesicht betrachtete, wurde Monk immer klarer, daß Rolf diese Ausstrahlung nicht hatte. Und er glaubte, daß auch Rolf das wußte.

Wie weit gingen Rolfs Pläne? Bei seinem starren Blick, seinen breiten Schultern und dem durchgestreckten Rücken traute Monk ihm durchaus zu, daß er Gisela nach dem Leben getrachtet und alles darangesetzt haben könnte, Friedrich zu dem Helden zu machen, den er brauchte: den rechtmäßigen Erben, der reuig zurückkehrt, um sein Volk in der Stunde der größten Gefahr zu führen.

Nun waren eben seine Pläne tragisch fehlgeschlagen. Nicht Gisela, sondern Friedrich war gestorben.

»Mr. Monk?«

Es war eine leise, sanfte und überaus angenehme Frauenstimme.

Er drehte sich langsam um und erkannte Brigitte. Sie lächelte ihn an.

»Guten Abend, Baronin von Arlsbach«, sagte er eine Spur steifer als beabsichtigt. Er erinnerte sich, wie leid sie ihm im Haus der Wellboroughs getan hatte, weil Friedrich ihr einen Korb gegeben hatte, obwohl Hunderte gewußt haben mußten, wie sehr sich die königliche Familie eine Hochzeit zwischen ihm und ihr gewünscht hatte und sie auch dazu bereit gewesen war, wenn auch eher aus Pflichtbewußtsein. Aber er hatte sich geweigert und hatte dann sogar alles für Giselas Liebe geopfert.

Und Brigitte war immer noch ledig, ein höchst außergewöhnlicher Umstand für Frauen ihres Alters. Monk musterte sie diskret. Nein, schön war sie nicht, aber sie strahlte eine Heiterkeit aus, die ihrem Gesicht etwas Liebenswürdiges verlieh, und das war vielleicht beständiger als ebenmäßige Züge. Ihr Blick war unverwandt und klar, aber ihm fehlte Ulrikes Kälte.

»Ich wußte nicht, daß Sie in Felzburg sind«, sagte sie. »Haben Sie hier Freunde?«

»Nur neue Freunde«, antwortete er. »Aber ich finde diese Stadt ungemein aufregend.« Das war nicht gelogen, auch wenn ihn in erster Linie Evelyns Gegenwart erregte und nicht so sehr die Stadt. Selbst die Industriestädte im Norden Englands hätten ihn begeistert, wenn Evelyn dort gewesen wäre.

»Das ist das erste Mal, daß ich jemanden so schwärmen höre«, schmunzelte Brigitte. Sie war eine große, breitschultrige Frau mit einem üppigen Busen, die jedoch durchaus feminin wirkte. Monk bewunderte ihre makellose Haut und ihren überaus zarten Hals, der hervorragend mit ihren Juwelen harmonisierte. Um den Hals trug sie eine einzigartige Kette aus Rubinen und Perlen, die den Vergleich mit Giselas Schmuck gewiß nicht zu scheuen brauchte. Monk überlegte, daß Brigitte Gisela hassen mußte, nicht nur wegen der Demütigung damals, sondern auch, weil sie mit Friedrich den Mann fortgelockt hatte, der für die Unabhängigkeit gekämpft hätte, wohingegen Waldo ein Befürworter der Vereinigung zu sein schien. Und sie war ja auch in Wellborough Hall gewesen.

Monk schämte sich seines Gedankens, aber er konnte ihn doch nicht abtun, nur weil sie gemeinsam über dem Ballsaal standen und sie ein so heiteres Gesicht hatte!

»Ihnen geht es nicht so?« fragte er in neutralem Ton. Ursprünglich hatte er Erstaunen vorgeben wolle, es sich dann aber aus Sorge, überheblich zu wirken, anders überlegt. Ihr mußte mindestens ebenso klar sein wie ihm, daß Felzburg im Vergleich mit den übrigen großen Hauptstädten Europas eher als provinziell gelten mußte.

Doch offenbar konnte Brigitte Gedanken lesen. »Es hat einen ganz individuellen Charakter und ist voller Leben«, sagte sie. »Aber es ist auch altmodisch und mißtrauisch gegenüber der eleganten Lebensart unserer großen Nachbarn. Und weil es uns ein Greuel ist, im Schatten anderer zu stehen, ist es auch mißtrauisch allen Fremden gegenüber. Wie die meisten Städte haben wir zu viele Beamte, und jeder scheint mit jedem verwandt zu sein. Und typisch kleinstädtisch ist bei uns auch der ewige Tratsch. Andererseits sind wir gastfreundlich, großzügig und haben keine bewaffneten Soldaten auf den Straßen.« Sie sagte nicht, daß sie Felzburg liebte – das taten ihre leuchtenden Augen und ihr Tonfall um so beredter.

Wenn Monk Zweifel an Brigittes bedingungslosem Eintreten für die Unabhängigkeit gehabt hatte, so waren sie jetzt ausgeräumt. Plötzlich kam ihm der Begriff »aufregend« in bezug auf Felzburg unangebracht vor. Er hatte an Evelyn und nicht an die Stadt gedacht, und es war herablassend von ihm gewesen, höfliche Lügen über das Leben und die Bedingungen ihrer Einwohner zu erzählen.

Brigitte betrachtete ihn neugierig. Vielleicht sah sie ihm an, was er gerade dachte.

»Ich wünschte, ich könnte länger bleiben«, sagte er, und diesmal war es die reine Wahrheit.

»Müssen Sie denn abreisen?«

»Ja. Leider warten unaufschiebbare Geschäfte in London auf mich.« Das war zutreffender, als sie ahnen konnte. Er bot ihr den Arm. »Darf ich Sie um die Ehre bitten, Sie in den Saal begleiten zu dürfen?«

»Danke schön.« Sie hängte sich bei ihm ein, und sie gingen gemeinsam die Treppe hinunter.

Unten wollte Monk dem Lakaien schon seinen Namen sagen, doch bevor er den Mund aufbrachte, verbeugte sich der Mann tief vor Brigitte und nahm ihm die Einladung ab. »Baronin Brigitte von Arlsbach und Mr. William Monk«, verkündete er.

Schlagartig verstummte der Saal und alle drehten sich um – nach Brigitte allerdings, nicht nach Monk. Es gab beifälliges Gemurmel. Wie von selbst traten die Leute vor ihnen auseinander und bildeten eine Gasse, damit Monk und Brigitte hindurchgehen konnten. Die unterbrochenen Gespräche wurden erst wieder aufgenommen, als sie vorbei waren.

Auf einmal stieg Monk die Schamesröte ins Gesicht. Wie anmaßend er doch gewesen war! Anders als offenbar Gisela war Brigitte mit Sicherheit nie darauf aus gewesen, Königin zu werden. Doch ihr Volk hätte sie gewollt. Keine außer Ulrike wurde so verehrt wie sie, und ihre Beliebtheit war vielleicht sogar noch größer. Sein anfängliches Mitleid verschwand. Wenn eine Frau von einem Mann leidenschaftlich geliebt wurde, so verdankte sie das vielleicht einer von niemandem vorhersehbaren Laune der Natur. Von einem ganzen Land geliebt zu werden war dagegen eine Auszeichnung für die eigenen Verdienste. Wer es so weit gebracht hatte, durfte nicht geringgeachtet werden.

Im Nebenzimmer setzte Musik ein. Sollte er sie um einen Tanz bitten? Wäre es eine Beleidigung, wenn er das nicht tat, oder würde er sich damit schon wieder etwas anmaßen, was ihm nicht zustand? Monk wunderte sich über sich selbst. Sonst zauderte er doch nie. Er konnte sich nicht erinnern, sich je so unbeholfen gefühlt zu haben.

Brigitte wandte sich ihm zu und streckte ihm die freie Hand entgegen. Mit der selbstverständlichen Anmut und ganz ohne Worte gab sie so ihr Einverständnis zu verstehen und nahm Monk die Entscheidung ab.

Vor Erleichterung strahlend, führte er sie aufs Parkett.

Es dauerte eine halbe Stunde, bis Monk endlich Evelyn entdeckte. Sie lag wie Seide in seinen Armen, und ihre Augen waren voller Lachen. Sie tanzten, als wären sie allein in diesem riesigen Saal. Evelyn flirtete unverschämt offen, und er weidete sich daran. Die Nacht würde viel zu kurz sein.

Als er Klaus erblickte, widerte dessen Miene ihn fast an, so griesgrämig sah er drein. Wie sollte ein derart jämmerlicher Mann eine Frau wie Evelyn halten, die vor Freude und Witz sprühte?

Als er eine Stunde später erneut mit ihr tanzte, sah er, daß Klaus ein ernstes Gespräch mit einem, wie Evelyn ihm erklärte, preußischen Adeligen führte.

»Er sieht aus wie ein Soldat«, brummte Monk.

Sie zuckte die Schultern. »Das ist er auch. Fast alle preußischen Adeligen sind in der Armee. Das ist bei ihnen praktisch ein Muß. Sie sind schrecklich steif und förmlich und verstehen kein bißchen Spaß.«

»Kennst du viele von dieser Sorte?«

Sie zog eine Schnute. »Zu viele. Klaus lädt sie oft ein, zu uns nach Hause und sogar in unser Chalet in den Bergen.«

»Aber dir liegt nicht an ihnen.«

»Ich kann sie nicht ausstehen! Aber Klaus glaubt, daß wir uns in nicht allzu ferner Zukunft mit den Preußen verbinden werden und es darum das beste ist, sie jetzt zu unseren Freunden zu machen und uns einen Vorsprung zu sichern, bevor alle anderen sich bei ihnen einschmeicheln.«

So zynisch hatte Monk sie noch nie erlebt. Für einen Moment erstarb sogar ihr Lachen, und schon kamen Monk die Lichter um sie herum greller, die Geräusche lauter vor. Doch einen Augenblick später war das Lachen wieder in ihr Gesicht zurückgekehrt.

Klaus' Werben um die Preußen ging Monk nicht mehr aus dem Kopf. Dieser Mann war für die Vereinigung. Erhoffte er sich von einer erzwungenen Einheit einen Machtzuwachs für sich selbst? Friedrichs Heimkehr hätte das in Frage gestellt. Hatte etwa Klaus Friedrich ermordet, um das zu verhindern? Es war nicht von der Hand zu weisen. Je länger Monk darüber nachdachte, desto plausibler erschien ihm diese Theorie.

Aber Rathbone war damit nicht geholfen. Andererseits gab von den Möglichkeiten, die Monk bisher durchgespielt hatte, keine einzige Anlaß zu Hoffnung. Der einzige Mensch, der Zorah zu mögen schien, war Königin Ulrike. Ihre eigenartige Bemerkung fiel ihm wieder ein.

Um Mitternacht trank er Champagner. Dann plätscherte die Musik schon wieder weiter, und seine Füße bewegten sich fast von selbst im Takt. Da Evelyn nicht da war, forderte er die nächstbeste Frau zum Tanz und wirbelte alsbald mit ihr übers Parkett.

Es war fast ein Uhr, als er Evelyn wiederentdeckte. Unauffällig lenkte er seine Partnerin in ihre Nähe, so daß sie bei der nächsten Gelegenheit tauschen konnten. Evelyn wiederum hatte sich nicht minder geschickt von ihrem Mann entfernt. Lachend bedankte sie sich bei ihrem Partner und nahm Monks Einladung an.

Sie gingen in der Musik förmlich auf und ließen sich von ihr tragen wie Schaum von den Wellen. Er sog den Duft ihrer Haare in sich ein, spürte ihre warme Haut, und während sie auseinanderwirbelten und wieder zusammenkamen, sah er das Glühen auf ihren Wangen und das Lachen in ihren Augen.

Als sie schließlich – er wußte nicht mehr, wie viele Tänze später – erschöpft innehielten, befanden sie sich am Rande einer Gruppe neu hinzugekommener Gäste, von denen einige auch schon ein wenig getanzt hatten, während andere bereits Champagner tranken. Überall brachen sich die Lichter in den Gläsern und in Diamanten in Haaren, an Ohren und an Hälsen.

Plötzlich wurde Monk ganz warm ums Herz. Er mochte diesen unabhängigen Zwergstaat mit seinen Eigenheiten, seiner putzigen Hauptstadt und seiner festen Entschlossenheit, so zu bleiben, wie er war. Vielleicht war die Vereinigung mit den übrigen deutschen Ländern zu einer großen Nation wirklich das einzige Vernünftige, aber wenn sie tatsächlich vollzogen wurde, würde etwas Unwiederbringliches verlorengehen. Monk trauerte schon jetzt darum. Wie schlimm mußte dann erst der Verlust für diejenigen sein, denen dieser Staat Heimat und Erbe war?

»Der Gedanke, daß die Preußen hier einmarschieren und die Macht übernehmen, muß doch schrecklich für dich sein!« sagte er impulsiv zu Evelyn. »Felzburg ist dann nur noch eine Provinzstadt von vielen, und wird von Berlin, München oder einer anderen großen Reichshauptstadt aus verwaltet. Jetzt kann ich verstehen, warum ihr kämpfen wollt, obwohl ihr kaum eine Chance habt.«

»Ich nicht«, erwiderte sie mit einem Anflug von Ärger. »Das

wäre nur viel Aufwand und Leiden für nichts. Wir können ja jederzeit nach Berlin gehen. Dort macht das Leben genausoviel Spaß ..., vielleicht sogar noch mehr.«

Ein Lakai kam mit Champagner auf einem Tablett vorbei. Evelyn nahm ein Glas und führte es an ihre Lippen.

Monk sah verdattert von ihr zu Brigitte, die, den Mund zu einem steifen Lächeln verzogen, danebenstand. Aus ihren Augen sprachen jedoch Schmerz und Trauer. Sie zwinkerte schnell und atmete tief ein. Dann wandte sie sich zu einer Frau neben sich um und sprach sie an.

Das mußte Evelyn doch bemerkt haben! Sie konnte unmöglich so hohl sein, wie sie geklungen hatte.

»Wann kehrst du nach London zurück?« erkundigte sie sich mit schiefgelegtem Kopf.

»Morgen oder übermorgen«, antwortete Monk traurig.

Ihre großen brauen Augen weiteten sich. »Ich nehme an, deine Pflicht ruft dich?«

»Ja. Ich habe eine moralische Verpflichtung einem Freund gegenüber. Er steckt in enormen Schwierigkeiten. Ich muß bei ihm sein, wenn die Krise voll ausbricht.«

»Kannst du ihm denn helfen?« fragte sie in herausforderndem Ton.

Hinter ihr kicherte eine Frau los, und ein Mann sprach einen Toast auf irgend etwas aus.

»Ich bezweifle es, aber ich werde es versuchen«, entgegnete Monk. »Zumindest kann ich ihm zur Seite stehen.«

»Was hat es für einen Sinn, dabeizusein, wenn man doch nichts tun kann?« Evelyn starrte ihn unverwandt an. Ihre Stimme klang auf einmal spöttisch.

Monk verschlug es die Sprache. Er konnte nicht verstehen, warum sie da noch fragte. Für ihn war es schlichtweg ein Freundschaftsdienst. Man ließ Menschen im Unglück nicht allein.

»Was für ein Problem hat er denn?« setzte Evelyn nach.

»Er hat einen gravierenden Irrtum begangen. So wie es aussieht, wird er ihn teuer zu stehen kommen.«

»Dann ist er doch selbst daran schuld«, meinte sie achselzuckend. »Warum sollst du dafür büßen?«

»Weil er mein Freund ist.« Es war für Monk eine Selbstverständlichkeit, die keines weiteren Kommentars bedurfte.

»Wie lächerlich!« rief sie teils belustigt, teils wütend. »Möchtest du denn nicht lieber bei uns sein, bei mir? Am Wochenende fahren wir in unser Chalet in den Bergen. Du könntest mitkommen. Klaus wird sich die meiste Zeit um die Preußen kümmern, aber auch ohne ihn wird dir bestimmt nicht langweilig. Wir können in den Wäldern reiten, Picknick machen und wunderschöne Abende am Kamin verbringen. Du wirst garantiert den ganzen Rest der Welt vergessen.«

Das Angebot war wirklich verlockend. Er könnte bei Evelyn sein, lachen, sie in den Armen halten, ihren schönen Körper sehen, ihre Wärme spüren. Und wenn er heimreiste? Dann müßte er Rathbone mitteilen, daß seine Recherchen nicht viel ergeben hatten, außer daß Gisela als Täterin ausfiel, falls Friedrich überhaupt ermordet worden war. Und der Rest war ja noch niederschmetternder! Klaus könnte es gewesen sein, wahrscheinlicher war jedoch, daß der Anschlag Gisela gegolten hatte und Friedrich nur aufgrund eines unglücklichen Zufalls getötet worden war. Damit wäre aber Giselas Unschuld erst recht bewiesen. Die Hauptverdächtigen wären dann Lord Wellborough, Brigitte, oder – was noch schlimmer wäre – die Königin. Ja, auch Zorah hätte es sein können!

Monk konnte den Prozeß verfolgen und hilflos zusehen, wie Rathbone sich abmühte und trotzdem seinen Ruf und alles, was er sich über die Jahre so sorgfältig aufgebaut hatte, verlor.

Hester würde natürlich auch dort sein. Sie würde schlaflos vor Sorgen und Mitleid im Bett liegen und bis zum letzten Moment nach Wegen suchen, wie sie ihm helfen konnte.

Und wenn alles vorbei war und Rathbone mit Kritik und Hohn übergossen wurde, weil er so dumm gewesen war, sich mit den höchsten Kreisen anzulegen, würde sie ihm trotzdem zur Seite stehen. Mochte sie ihm privat noch so große Vorhaltungen machen, vor anderen würde sie ihn stets verteidigen. Sie würde ihn ermuntern, sich aufzurappeln und weiterzukämpfen, der Welt trotz der Verachtung seinen Wert beweisen. Je größer seine Not, desto verläßlicher würde Hester sein.

Voller Dankbarkeit erinnerte sich Monk an jene schrecklichen Stunden, als er nicht mehr ein noch aus wußte und sie ihn bekniet hatte, sich nicht kleinkriegen zu lassen, sondern seinen Mut zusammenzunehmen und weiterzukämpfen. Selbst in seinem dunkelsten Augenblick, in dem sie gewiß an seiner Unschuld hatte zweifeln müssen, hätte sie nicht im Traum daran gedacht, ihn fallenzulassen. Ihre Freundschaft ging weit über den Glauben an Unschuld oder Sieg hinaus und bewies sich in der Bereitschaft, in der Niederlage, und sei sie auch verdient, dazusein.

Was Ausstrahlung, Schönheit und Charme betraf, konnte sie Evelyn nicht das Wasser reichen. Doch mit ihrem unbeugsamen Mut und ihrem bedingungslosen Ehrbegriff erschien sie ihm auf einmal unendlich wertvoll, so wie eiskaltes, reines Wasser dem Wüstenwanderer, der nur Zucker im Gepäck hat.

»Danke«, sagte er steif. »Es wäre sicher wunderschön, aber ich habe eine Aufgabe in London … und Freunde, an denen mir liegt.« Er verbeugte sich in fast deutscher Manier und schlug sogar fast die Hacken zusammen. »Ihre Gesellschaft war beglükkend, Gräfin, doch jetzt ist es Zeit, in die Wirklichkeit zurückzukehren. Guten Abend … und auf Wiedersehen.«

Ihr klappte der Mund auf, dann strafften sich ihre Züge in ungläubiger Wut.

Monk ging zur Garderobe und verließ das Haus.

8. Kapitel

Auf der langen, öden Heimreise überlegte Monk hin und her, welche nützliche Nachricht er Rathbone überbringen könnte. Doch er konnte es drehen und wenden, wie er wollte, nichts sprach gegen Gisela, aber alles gegen Zorah.

Als einziger mildernder Umstand ließ sich anbringen, daß Friedrich tatsächlich höchstwahrscheinlich ermordet worden war.

Nach seiner Ankunft in London fuhr Monk zunächst in seine Wohnung in der Fitzroy Street und packte aus. Dann gönnte er sich ein dampfend heißes Bad und schlüpfte in frische Kleider. Auf seine Bitte hin brachte ihm seine Vermieterin eine Tasse Tee, auf den er die drei Wochen im Ausland hatte verzichten müssen. Danach fühlte er sich gefestigt genug, zu Rathbone in die Vere Street zu fahren. Ihm graute davor, aber er hatte keine andere Wahl.

Mit den üblichen Formalitäten gab sich Rathbone heute nicht ab. Als er Simms mit Monk reden hörte, öffnete er die Bürotür sogleich selbst. Wie immer war er tadellos gekleidet, doch Monk sah ihm die Abgespanntheit an.

»Guten Tag, Monk«, begrüßte ihn Rathbone. »Kommen Sie herein.« Er sah zu seinem Bürodiener hinüber. »Danke, Simms.« Dann machte er höflich Platz, damit Monk als erster eintreten konnte.

»Soll ich Tee bringen, Sir Oliver?« fragte Simms und sah zwischen den zwei Männern hin und her. Er wußte um die Bedeutung dieses Falles und der Nachrichten, die Monk überbrachte. Und Monks Gebaren hatte ihm bereits verraten, daß es keine guten waren.

»Oh…, ja bitte«, sagte Rathbone zerstreut. Er sah Monk an, nicht Simms. Sein Blick war auf seine Augen geheftet, und er las ihnen die Niederlage ab. »Danke«, murmelte er. Seine Enttäuschung war so groß, daß er es nicht schaffte, sich nichts anmerken zu lassen.

Er schloß die Tür, ging zum Schreibtisch und setzte sich.

Monk nahm ihm gegenüber Platz.

Anders als sonst schlug Rathbone die Beine nicht übereinander und lehnte sich auch nicht zurück. Sein Gesicht war gefaßt, sein Blick klar, aber es lag ein Ausdruck von Furcht darin.

Monk verzichtete darauf, die Geschichte in chronologischer Reihenfolge zu erzählen, denn damit hätte er Rathbone nur unnötig auf die Folter gespannt.

»Ich halte es für sehr wahrscheinlich, daß Friedrich ermordet wurde«, begann er. »Wir wären gut beraten, diesen Punkt vorzubringen und können ihn vielleicht sogar mit Glück und beträchtlichem Geschick beweisen. Allerdings ist Giselas Täterschaft völlig ausgeschlossen.«

Rathbone starrte ihn wortlos an.

»Sie hatte schlichtweg keine Gelegenheit dazu«, setzte Monk nach. Es tat ihm in der Seele weh, daß er das sagen mußte. Und wieder hatte er das Gefühl, dieselbe Situation schon einmal erlebt zu haben: jemanden, den man retten sollte, leiden und verlieren zu sehen und nichts dagegen tun zu können. Er schuldete Rathbone nichts, und niemand hatte ihn dazu gezwungen, sich auf einen so absurden Fall einzulassen – doch das war die Sprache des Verstandes, nicht des Herzens.

Monk holte tief Luft. »Friedrich war ihr Leben. Sie hatte keine Affären und er ebensowenig. Ihre Freunde und Feinde wußten gleichermaßen, daß sie einander anbeteten. Keiner ging je seiner eigenen Wege. Alles, was ich herausgefunden habe, deutet darauf hin, daß ihre Liebe in all den Jahren nie nachgelassen hat.«

»Aber die Pflicht?« drängte Rathbone. »War denn nicht geplant, ihn als Führer des Widerstands gegen die Vereinigung nach Felzburg zurückzuholen?«

»Gewiß ...«

»Und?«

»Und nichts!« ließ ihn Monk abblitzen. »Vor zwölf Jahren scherte er sich schon nicht um seine Pflicht, und es gibt keine Anzeichen, daß er sich seitdem geändert hätte.«

Rathbone ballte die Faust, daß die Knöchel hervortraten. »Vor zwölf Jahren drohte seinem Land noch keine Zwangsvereinigung mit den übrigen deutschen Staaten! Er hatte doch bestimmt einen Rest Ehrgefühl und Patriotismus – und auch Sendungsbewußtsein! Verdammt noch mal, Monk, er war zum König geboren!«

Monk hörte die Verzweiflung in Rathbones Stimme. Er sah sie in seinen Augen, an den roten Flecken auf seinen Wangen. Und er hatte nichts, womit er ihm hätte helfen können. Im Gegenteil! Alles, was er in Erfahrung gebracht hatte, machte es nur noch schlimmer.

»Für die Frau, die er liebte, verzichtete er darauf«, sagte er klar und deutlich. »Und es gibt nichts – absolut nichts –, das darauf hindeuten könnte, daß er seinen Verzicht auf den Thron jemals bereut hat. Wenn sein Land ihn haben wollte, dann hätte es auch seine Frau akzeptieren müssen. Die Entscheidung lag bei seinem Volk, und offenbar war er felsenfest davon überzeugt, daß sie zu Giselas Gunsten ausfallen würde.«

Rathbone starrte ihn an.

Das Schweigen lastete so schwer auf dem Raum, daß man meinen konnte, die Uhr schlage die Sekunden. Das durch die Fenster gedämpfte Rattern des Verkehrs auf der Straße hörte sich an wie aus einer anderen Welt.

»Was?« brachte Rathbone schließlich hervor. »Was soll das? Was sagen Sie mir da?«

»Daß in meinen Augen vieles dafür spricht, daß nicht Friedrich als Opfer vorgesehen war, sondern Gisela«, erklärte Monk. Er wollte sich schon über die Gründe für seine Hypothese auslassen, sah Rathbone aber an, daß er bereits verstanden hatte.

»Wer?« krächzte der Anwalt.

»Vielleicht Zorah selbst. Sie ist eine leidenschaftliche Kämpferin für die Unabhängigkeit.«

Rathbone wurde blaß.

»Oder irgendein Mitglied der Unabhängigkeitsbewegung. Schlimmstenfalls…«

»Schlimmstenfalls!« rief Rathbone mit vor Sarkasmus triefender Stimme. »Kann es denn noch schlimmer kommen, als daß es meine Mandantin war?«

»Ja.« Monk konnte ihm die Wahrheit nicht vorenthalten.

Rathbone starrte ihn ungläubig an.

»Graf Lansdorff. Der Bruder der Königin. Er könnte in ihrem Auftrag gehandelt haben.«

Rathbone wollte etwas sagen, brachte aber kein Wort hervor. Er war kalkweiß.

»Es tut mir leid«, murmelte Monk betreten, »aber das ist die Wahrheit. Sie können nicht kämpfen, ohne alles zu wissen. Wenn Giselas Anwalt etwas taugt, findet er es ohnehin heraus. Und wenn nicht, bindet sie es ihm auf die Nase.«

Rathbone glotzte ihn immer noch an.

Monk drosch ungeduldig mit der Faust auf den Tisch. »Und wie sie plaudern wird! Schließlich hat Ulrike sie rausgeworfen. Hätte Ulrike vor zwölf Jahren ihren Segen gegeben, dann wäre Gisela jetzt Kronprinzessin. Das hat sie bestimmt nicht vergessen. Zwischen den beiden herrschten klare Verhältnisse. Nur diesmal saß Gisela am längeren Hebel. Wenn die Felzburger Friedrich wiederhaben wollten, dann nur zu seinen Bedingungen – und das hieß mit seiner Frau.«

»Wirklich? Glauben Sie, er hätte darauf bestanden?«

»Sie etwa nicht?« fragte Monk zurück. »Auch wenn ihm so etwas nie in den Sinn gekommen wäre, was hätte denn die Welt gesagt, wenn er sie verlassen hätte? Überlegen Sie nur, was für ein häßliches Bild man dann abgibt: Ein Mann läßt nach zwölf Jahren Ehe völlig ohne Not seine Frau sitzen! Auf seine Pflicht kann er sich dann nicht mehr berufen, wo er doch ein mächtiger Mann ist.«

»Es sei denn, Gisela ist tot«, vollendete Rathbone seinen Gedanken. »Ihre Logik leuchtet mir ein. Aber natürlich! Die Königin hatte tausend Gründe, sich Giselas Tod zu wünschen, aber keinen einzigen, um Friedrich zu eliminieren. O Gott! Und der Lord Chancellor hat mich gebeten, die Verteidigung mit der höchstmöglichen Diskretion zu führen!« Er brach in bitteres, fast schon hysterisches Gelächter aus.

»Hören Sie auf!« fauchte Monk, den nun auch allmählich die Panik befiel. Zum zweitenmal in seinem Leben drohte er zu scheitern. Und Rathbone stand nicht nur ohne Argumente da, sondern verlor jetzt auch noch die Selbstbeherrschung. »Es ist nicht Ihre Aufgabe, die Königsfamilie von Felzburg zu verteidigen. Sie müssen lediglich Zorah schützen, so gut es Ihnen möglich ist ..., nachdem Sie ihr das zugesagt haben.« Sein Ton verriet nur zu deutlich, was er von Rathbones Entscheidung hielt. »Ich nehme doch an, daß Sie getan haben, was Sie konnten, um sie zu einer gütlichen Einigung zu bewegen?«

Rathbone funkelte ihn an.

»Überflüssige Frage«, lenkte Monk ein. »Aber sie war nicht dazu bereit. Nun, es sollte uns zumindest gelingen, die Geschworenen davon zu überzeugen, daß Mord jedem verantwortungsbewußten Zeugen als das Naheliegendste erscheinen mußte.« Er beobachtete Rathbones Gesicht. »Sie werden den Arzt in den Zeugenstand rufen und ihm harte Fragen stellen.«

Rathbone schloß die Augen. »Eine Exhumierung?« stöhnte er. »Der Lord Chancellor wird begeistert sein! Sind Sie sicher, daß wir das gut begründen können? Wenn nicht, werden sich die Behörden querstellen. Ob abgedankt oder nicht, Friedrich war immer noch Kronprinz eines anderen Landes.«

»Aber er wurde in England begraben«, entgegnete Monk. »Er ist hier gestorben, und damit unterliegt er dem britischen Gesetz. Außerdem ging er ins Exil und war damit staatenlos.« Er beugte sich weiter vor. »Vielleicht erübrigt sich aber eine Exhumierung. Allein schon weil sie wissen, daß wir sie erzwingen können, rücken der Arzt, die Wellboroughs und deren Bedienstete vielleicht mit weitaus konkreteren Antworten heraus als bisher.«

Rathbone stand auf und stellte sich vors Fenster. Ganz gegen seine Gewohnheit steckte er die Hände in die Hosentaschen, womit er den schönen Schnitt ausbeulte.

»Ich habe wohl keine andere Chance, als zu beweisen, daß es Mord war. Damit könnte ich wenigstens zeigen, daß Zorah nicht in böswilliger Absicht gehandelt, sondern sich nur schrecklich geirrt hat. Und wenn jeder Zweifel an Giselas Schuld ausgeräumt ist, wird sie sich ja vielleicht doch noch entschuldigen. Wenn nicht, kann ich nichts mehr für sie tun. Dann habe ich eben eine Verrückte verteidigt.«

Aus Taktgefühl enthielt sich Monk eines Kommentars, doch sein Schweigen war nicht minder beredt.

Rathbone wandte sich nun wieder Monk zu. Um seine Lippen spielte ein wehmütiges, selbstironisches Lächeln. »Vielleicht sollten Sie noch einmal Ihr Glück in Wellborough Hall versuchen und mehr Details in Erfahrung bringen. Der einzige Sieg, den wir jetzt noch erwarten können, bestünde in der Aufdeckung eines Mordes. Das brächte Zorah zwar keinen Freispruch, aber sie stünde in der öffentlichen Meinung etwas besser da. Und darum kämpfen wir schließlich auch. Gebe Gott, daß nicht die Königin die Mörderin war!«

Monk erhob sich. »Zwischen heute und Montag?«

Rathbone nickte. »Wenn es Ihnen möglich ist.«

Monk spürte, wie ihm die Zeit davonlief. Von ihm wurde mehr verlangt, als er schaffen konnte. Und seine Aufgabe machte ihm angst, weil er doch unbedingt gewinnen wollte. Wenn er scheiterte, verlor Rathbone sehr viel, vielleicht sogar die ganzen Früchte seiner Arbeit. Und nach einem so schwerwiegenden Fall wie diesem würde er seinen Ruhm nie zurückgewinnen können. Zorah war nicht eines beliebigen Verbrechens schuldig, sondern hatte sich an einem der gesamten Gesellschaft heiligen Tabu vergangen. Sie hatte die Gefühle und Überzeugungen sowohl des Adels als auch der einfachen Leute verletzt, die sich zwölf Jahre lang von einer Liebesgeschichte, einem wahrgewordenen Märchen hatten entzücken lassen. Nicht nur ein fremdes Königshaus wurde damit in den Schmutz gezogen, sondern auch das eigene. Zu Hause oder bei guten Freunden konnte man Monarchen ruhig kritisieren, aber ihre Fehler in einem Gerichtssaal vor aller Öffentlichkeit bloßzustellen, das war etwas anderes. Einem Mann, der das für nötig hielt und auch noch die Frau schützte, die diese Lawine losgetreten hatte, würde man das nicht so schnell verzeihen.

Und falls Ulrike oder jemand aus ihrem Umkreis – ob mit oder ohne ihr Wissen – hinter dem Mord stand, so wäre das eine Katastrophe. Rathbone wäre in aller Leute Munde, aber nur wegen dieses einen aufsehenerregenden Falles. Und niemand, der auf sich hielt, würde mit ihm in Verbindung gebracht werden wollen. Sein Ruf als Anwalt wäre nichts mehr wert.

Nein, Rathbone hatte kein Recht, ihm, Monk, zuzumuten, ihn vor den Folgen seiner Dummheit zu bewahren. Monk nahm sich selbst übel, daß er nicht dazu in der Lage war. In dieser Situation hatte er ja schon einmal gestanden. Und es schmerzte ihn heute genauso wie damals.

»Es wäre vielleicht ganz nützlich, zu erfahren, was Sie in den letzten drei Wochen herausgefunden haben, während ich durch halb Europa gejagt bin, nur um zu entdecken, daß Gisela völlig unschuldig ist«, sagte er in schneidendem Ton. »Das heißt, außer daß es Ihnen nicht gelungen ist, Gräfin Rostova zu einer Rücknahme ihrer Beschuldigung zu bewegen.«

Rathbone starrte ihn an. Erstes Verblüffen wich einem haßerfüllten Ausdruck. »Ich beschäftige Sie und nicht umgekehrt, Monk«, beschied er ihn kalt. »Falls es einmal so weit kommt, dann können Sie gern von mir Rechenschaft über meine Aktivitäten verlangen, aber nicht vorher.«

»Mit anderen Worten: Sie haben nichts Brauchbares geleistet!« bellte Monk.

»Wenn Sie sich nicht zutrauen, etwas in Wellborough Hall zu leisten, dann sagen Sie es mir jetzt«, parierte Rathbone. »Ansonsten verschwenden Sie bitte nicht das bißchen Zeit, das uns noch bleibt, mit Streiten. Machen Sie sich auf den Weg. Und wenn Sie Geld benötigen, wenden Sie sich an Simms.«

Monk fühlte sich zutiefst gekränkt; nicht so sehr wegen des Seitenhiebs auf seine Fähigkeiten – den hatte er voraussehen können und vielleicht auch verdient –, sondern wegen der Bemerkung über das Geld. Damit wurde er ja auf eine Stufe mit einem Händler gestellt. Und nichts anderes hatte Rathbone beabsichtigt. Er hatte ihn spüren lassen wollen, daß er gesellschaftlich und finanziell nicht auf der gleichen Stufe stand wie er. Zugleich verriet seine Reaktion das Ausmaß seiner Angst.

»Ich werde nichts herausfinden«, stieß Monk hervor. »Es gibt nichts herauszufinden!« Er machte auf dem Absatz kehrt und stürmte hinaus. Hinter ihm fiel die Tür mit einem Knall ins Schloß.

Allerdings mußte er Simms tatsächlich um mehr Geld bitten, auch wenn ihm das so sehr gegen den Strich ging, daß er fast darauf verzichtet hätte. Doch seine Lage zwang ihn dazu.

Erst als er wieder im Freien war, hatte er sich so weit beruhigt, daß er nachvollziehen konnte, unter welchem Druck Rathbone stand. Wenn er so tief sank, daß er Monk beleidigte, bewies das mehr als jedes Wort, das er hätte sagen können, wie verletzlich er im Augenblick war.

Monk entschied sich nicht bewußt, Hester aufzusuchen, vielmehr erschien es ihm als das Natürlichste, Rathbones Dilemma und seine eigene Wut und Hilflosigkeit mit ihr zu erörtern. Wenn alles über einen hereinbrach – auf Hester war immer Verlaß. Sie hatte diese ruhige Art an sich, mit der sie einen auffing.

Monk sah einen Hansom in der Vere Street, rief nach dem Kutscher und beschleunigte seine Schritte. Das Gefährt hielt auch sofort an. Im Einsteigen nannte er als Ziel die Hill Street, wo Hester zumindest noch vor seiner Abreise nach Venedig gearbeitet hatte. Es störte ihn, daß er ein so dringendes Bedürfnis nach ihr empfand, aber plötzlich konnte er nur noch an sie denken. Und nach der Affäre mit Evelyn sehnte er sich geradezu nach einer platonischen Begegnung.

Er ließ sich in seinem Sitz zurücksinken. Der Kontinent war aufregend gewesen – so viele Eindrücke, die völlig anderen Gerüche einer fremden Stadt, die ungewohnten Laute der exotischen Sprachen –, doch jetzt war es herrlich, wieder daheim zu sein und das Vertraute um sich herum zu haben. Ihm dämmerte, wie anstrengend es gewesen war, nur Bruchstücke zu verstehen, sich darauf konzentrieren zu müssen, wenigstens ein Wort aufzuschnappen, mit dem man etwas anfangen konnte, und aus dem Gebaren der Leute abzuleiten, worum es überhaupt ging. Ständig war er auf den guten Willen anderer angewiesen gewesen. Jetzt wußte er, welche Freiheit man in der vertrauten Umgebung genoß, welches Wissen und welche Macht sie einem gab.

Eigentlich wußte er gar nicht, was er Hester erzählen wollte. Er war noch völlig aufgewühlt und konnte kaum einen klaren Gedanken fassen. Nun, beizeiten würde er schon wieder durchblicken.

Der Hansom hielt in der Hill Street, und der Kutscher wartete auf sein Geld.

»Danke«, murmelte Monk zerstreut und drückte ihm die Münzen und zwei Pence Trinkgeld in die Hand. Dann überquerte er den Vorgarten und stieg die Stufen zum Haus der Ollenheims empor. Plötzlich fiel ihm ein, daß es Hester vielleicht gar nicht recht war, wenn sie unangemeldeten Besuch bekam, noch dazu von einem Mann. Am Ende bekam sie noch Schwierigkeiten, wenn ihre Arbeitgeber das falsch verstanden. Trotzdem ging Monk entschlossen weiter, klingelte energisch und wartete.

Ein Lakai erschien in der Tür. »Guten Tag, Sir?«

»Guten Tag.« Monk hatte keine Lust, Höflichkeiten auszutauschen, aber die Erfahrung hatte ihn gelehrt, daß man so in der Regel am weitesten kam. Er legte seine Karte auf das Tablett des Dieners. »Ist Miss Latterly noch in diesem Haus beschäftigt? Ich bin soeben von einer Auslandsreise zurückgekehrt und muß noch heute abend weiter aufs Land fahren. Ich würde gern eine dringende Angelegenheit, die einen gemeinsamen Freund berührt, mit ihr besprechen und sie vielleicht um ihren Rat bitten.«

Das war zwar nicht gelogen, aber seine Wortwahl legte den Schluß nahe, es handle sich um einen medizinischen Notfall. Nun, er hatte keinerlei Interesse daran, dieses Mißverständnis auszuräumen.

»Ja, sie ist noch bei uns, Sir«, antwortete der Lakai. »Wenn Sie bitte eintreten möchten, werde ich fragen, ob sie mit Ihnen sprechen kann.«

Monk wurde in die Bibliothek geführt, einen altmodisch, aber bequem eingerichteten Raum. Das Leder der Sessel zeigte Benutzungsspuren, und die Farben des Teppichs waren an den seltener betretenen Rändern leuchtender. Im Kamin brannte ein munteres Feuer. Monk hätte hier in Hunderten von Büchern herumblättern können, wenn er gewollt hätte, aber er war zu ungeduldig, um eins aufzuschlagen, geschweige denn, sich auf den Inhalt zu konzentrieren. So marschierte er hektisch hin und her und machte alle sieben Schritte abrupt kehrt.

Nach gut zehn Minuten ging die Tür auf, und Hester trat ein. Sie trug ein blaues Kleid, das ihr außerordentlich gut stand. Dazu wirkte sie frisch und aufgeräumt. Kein Vergleich zu ihrer Erschöpfung bei ihrer letzten Begegnung! Ihre Wangen waren leicht gerötet, und ihr Haar glänzte. Das gab Monk den Rest. War es ihr denn egal, daß Rathbone am Rande des Abgrunds stand? Oder war sie zu dumm, die Brisanz der Situation zu erkennen?

»Sie sehen aus, als hätten Sie frei«, sagte er schroff.

Sie warf einen Blick auf seinen perfekt geschnittenen Frack, sein makelloses Halstuch und die sündteuren Stiefel. »Wie schön, daß Sie gesund und wohlbehalten daheim gelandet sind!« strahlte sie. »Wie war es in Vendig? Und in Felzburg? Dort waren Sie doch, oder?«

Er ging nicht darauf ein. Sie wußte es ja ohnhin. »Was machen Sie noch hier, wenn Ihr Patient sich erholt hat?« fuhr er sie an.

Sie sah ihm mit ernstem Blick in die Augen. »Es geht ihm besser, aber es wird noch lange dauern, bis er sich daran gewöhnt hat, daß er nicht mehr laufen kann. Es gibt Tage, da ist es sehr schwer. Wenn Sie sich nicht vorstellen können, unter welchen chronischen Schwierigkeiten von der Hüfte ab gelähmte Menschen leiden, möchte ich nicht noch weiter in seine Intimsphäre eindringen und auf eine Erklärung verzichten. Bitte lassen Sie Ihre schlechte Laune nicht an mir aus, sondern erzählen Sie mir lieber, was Sie für Sir Oliver erreicht haben.«

Es traf ihn wie eine Ohrfeige. Jäh wurde Monk daran erinnert, daß Hester in seiner Abwesenheit mit einem der schmerzlichsten Schicksalsschläge zu tun hatte – dem abrupten Ende eines vielversprechenden Lebensbereichs und hoffnungsvoller Zukunft eines jungen Menschen. Aber noch schwerer zu ertragen war die freudige Erwartung in Hesters Gesicht, ihr Vertrauen in ihn. Und was brachte er ihr? Er mußte ihr gestehen, daß er nichts erreicht hatte.

»Gisela hat Friedrich nicht getötet«, sagte er leise. »Es war physisch nicht möglich, und sie hatte auch keinen Grund: Sein Tod hätte ihr mehr geschadet als genützt. Ich kann Rathbone nicht helfen.« Während er das sagte, schwoll sein Zorn auf Rathbone wieder an. Er verübelte ihm seine Verletzlichkeit, seine Dummheit, mit der er in diese heillos verfahrene Situation geschlittert war, und seine groteske Hoffnung, er, Monk, würde ihn da rausholen. Und auf Hester war er nicht minder ärgerlich, weil sie das Unmögliche von ihm erwartete und dann auch noch Rathbone so gern mochte. Er sah sie ihrem Gesicht geradezu an, diese unendliche Leidensfähigkeit!

Sie prallte benommen zurück, und es dauerte mehrere Sekunden, bis sie die Sprache wiederfand. »War es… wirklich nur ein Unfall?« Sie schüttelte den Kopf, als wolle sie einen lästigen Gedanken verscheuchen, aber die Angst ließ sich nicht aus ihren Augen bannen. »Gibt es denn nichts, womit Sir Oliver zu helfen wäre? Irgendeine Entschuldigung für die Gräfin vielleicht? Wenn sie geglaubt hat…, daß es einen Grund gegeben haben muß… Ich meine…« Sie verstummte.

»Natürlich hatte sie einen Grund«, erwiderte er gereizt, »aber keinen, der ihr notwendigerweise vor Gericht nützen würde. Es sieht eher nach einer alten Eifersuchtsgeschichte aus, über die sie einfach nicht hinwegkam. Und da hat sie geglaubt, Giselas Schwächung ausnutzen und die Rechnung begleichen zu können. Das ist der wahrscheinlichste Grund, aber er ist häßlich und sehr, sehr dumm.«

»Wollen Sie damit sagen, Friedrich sei eben doch infolge dieses Unfalls gestorben?« rief sie erregt. »Und um das herauszufinden, sind Sie drei Wochen lang durch halb Europa gereist? Ich nehme doch an, Sie haben das alles mit Zorahs Geld bezahlt.«

»Natürlich habe ich mit Zorahs Geld gezahlt«, entgegnete Monk. »Schließlich bin ich in ihrem Auftrag gefahren. Aber ich kann nur das herausfinden, was tatsächlich der Fall ist. Ihnen geht es ja auch nicht anders, Hester. Oder heilen Sie jeden Patienten?« Er fühlte sich verletzt und wurde entsprechend lauter. »Verzichten Sie auf Ihren Lohn, wenn einer stirbt? Vielleicht sollten Sie den Leuten hier ihr Geld zurückgeben, weil ihr Sohn nicht mehr laufen kann.«

»Das ist doch lächerlich!« Sie wandte sich frustriert ab. »Wenn Sie nicht vernünftiger mit mir reden können, sollten Sie besser gehen!« Sie wirbelte wieder herum. »Oder, nein!« Sie holte tief Luft und senkte die Stimme. »Was wir voneinander denken, ist doch völlig unerheblich. Später können wir noch genug streiten. Jetzt geht es um Oliver. Wenn dieser Fall vor Gericht kommt und er nichts zu Zorahs Verteidigung vorbringen kann, nicht einmal eine Entschuldigung, dann hat das schlimme Folgen für seinen Ruf und seine Laufbahn. Ich weiß nicht, ob Sie die jüngsten Zeitungsberichte gelesen haben – wahrscheinlich eher nicht –, aber sie stehen alle hinter Gisela und stellen Zorah als böse Hexe hin, der es nicht reicht, einer unschuldigen und vom Schicksal getroffenen Frau den Rest zu geben, sondern die auch noch an den Grundfesten der Gesellschaft rüttelt.«

Sie trat wieder auf ihn zu, ohne darauf zu achten, daß ihr weiter Rock gegen die Stühle stieß. »Einige munkeln sogar, sie würde sich ständig fremdländische Liebhaber nehmen und mit ihnen die grausigsten Dinge treiben, die man lieber nicht aussprechen sollte.«

Er hätte es sich denken können, aber irgendwie hatte er es dann doch verdrängt. Bislang hatte er sich nur auf die politischen Aspekte konzentriert. Natürlich mußten jetzt die wildesten Spekulationen über Zorahs Leben und Motive ins Kraut schießen. Eifersucht auf eine Rivalin bot sich da als erstes an. Er wollte Hester schon anfahren, daß nun mal niemand so etwas verhindern könne, doch dann verbiß er sich jeden Kommentar, als er ihre Verwundbarkeit, aber auch Hoffnung in ihren Zügen sah. Zur eigenen Überraschung empfand er ihre Gefühle nach, als wären es seine eigenen. Das Ganze hatte nichts mit ihrem Leben zu tun, und doch ging es ihr so nahe. Mit Leib und Seele kämpfte sie gegen das Rathbone drohende Unheil an und würde mit der gleichen Leidenschaft alles tun, um den Schaden zu begrenzen, falls er sich tatsächlich getäuscht hatte.

»Es besteht eine hohe Wahrscheinlichkeit, daß Friedrich ermordet wurde«, gab Monk widerstrebend zu. »Nicht von der bedauernswerten Gisela, aber von einer der politischen Parteien.« Er konnte sich nicht verkneifen, hinzuzufügen: »Vielleicht sogar vom Bruder der Königin.«

Sie zuckte zusammen, weigerte sich jedoch, aufzugeben. »Können wir beweisen, daß er ermordet wurde?« Sie sprach in der Mehrzahl, als sei sie genauso am Fall beteiligt wie Monk und Rathbone. »Es könnte uns weiterhelfen. Schließlich ließe sich aufzeigen, daß Zorah zu Recht von einem Verbrechen ausgegangen ist und die Wahrheit nur dank ihrer Anschuldigung ans Licht gebracht wurde, auch wenn sie sich in der Person geirrt hat. Wenn sie geschwiegen hätte, wäre der Mord an ihrem Prinzen für immer unaufgedeckt geblieben. Ein himmelschreiendes Unrecht wäre das gewesen!«

Der Anblick ihres erregten Gesichts schnitt ihm ins Herz. »Glauben Sie wirklich, die Leute ziehen es vor, daß alle Welt erfährt, daß der Prinz von einem Mitglied der königlichen Familie, wenn nicht sogar auf Anstiftung der Königin ermordet wurde?«

entgegnete er bitter. »Wenn Sie meinen, daß Zorah dafür Dank ernten wird, sind Sie noch einfältiger, als ich gedacht habe!«

»Die eigenen Leute werden es ihr vielleicht nicht alle danken«, sagte Hester kleinlaut, um dann doch gleich wieder frischen Mut zu schöpfen. »Aber einige doch. Außerdem sind die Geschworenen Engländer. Wir halten Mord immer noch für ein Verbrechen, vor allem wenn er an einem verletzten und hilflosen Menschen verübt wird. Und wir bewundern Mut. Uns wird nicht gefallen, was sie gesagt hat, aber wir werden verstehen, daß sie sich selbst überwinden mußte, und dafür werden wir ihr unseren Respekt zollen.« Sie sah ihm herausfordernd in die Augen.

»Das hoffe ich auch«, räumte er ein. Erneut schwappten warme Gefühle in ihm hoch. Mit welcher Leidenschaft diese Frau doch kämpfte! Dabei hatte sie Zorah nie gesehen und wußte bis auf diese eine Episode absolut nichts über ihr Leben! Es war Rathbone, der sie zum Nachdenken angeregt hatte und dessen Zukunft ihr angst machte. Bislang hatte er nie gemerkt, wie gern sie ihn mochte. Rathbone war ihm Hester gegenüber immer ein bißchen distanziert, bisweilen sogar herablassend vorgekommen. Und er wußte doch, wie sehr sie es haßte, von oben herab behandelt zu werden. Er hatte ihren Zorn ja selbst einmal zu spüren bekommen, als er zu arrogant gewesen war. Plötzlich fühlte er sich schrecklich einsam.

»Das müssen Sie allerdings!« Hester klang, als spräche sie sich selbst Mut zu. »Sie werden doch den Beweis liefern können, oder?« fuhr sie nervös fort. Zwischen ihren Brauen bildete sich eine steile Falte. »Es war Gift…«

»Natürlich war es Gift. Man hätte es wohl kaum für einen natürlichen Tod gehalten, wenn er erschlagen oder erschossen worden wäre.«

Sie ging auf seinen Sarkasmus nicht ein. »Und wie?«

»In seinem Essen oder seiner Medizin, nehme ich an. Ich fahre heute abend wieder nach Wellborough Hall und werde noch einmal gezielt nachfragen.«

»Ich wollte doch nicht wissen, wie er vergiftet wurde!« blaffte sie ihn an. »Selbstverständlich war das Gift in seiner Nahrung. Ich wollte fragen: Wie wollen Sie es beweisen? Wollen Sie die Leiche ausgraben und untersuchen lassen? Wie wollen Sie das durchsetzen? Die Gegenseite wird doch wohl alles versuchen, um es zu verhindern. Diese Angelegenheit berührt die meisten sehr stark.«

Nun, Monk hatte selbst noch keine Ahnung, wie er es beweisen wollte. Er war genauso verwirrt und besorgt wie Hester, nur waren seine Gefühle Rathbone gegenüber nicht so persönlich wie die ihren, was freilich nicht hieß, daß es ihm nicht leid täte, wenn Rathbone in Ungnade fiele. Sie waren ja Freunde und hatten gemeinsam viele, viele Schlachten gewonnen, einige davon unter den schlechtesten Vorzeichen. Stets hatten sie an die gleichen Werte geglaubt und einander blind vertrauen können.

»Ich weiß«, sagte er sanft. »Ich hoffe, ich bringe sie so weit, daß sie mir die Wahrheit sagen. Dann bliebe uns die Exhumierung erspart, die sich ansonsten angesichts der politischen Brisanz des Falles nicht vermeiden ließe. Ein bloßer Verdacht kann enormen Schaden anrichten. Da nimmt man viel in Kauf, um das zu vermeiden.«

Ihre Blicke begegneten einander. Schlagartig verrauchte Hesters Zorn. »Kann ich helfen?«

»Ich wüßte nicht, wie, aber sobald mir etwas einfällt, sage ich es Ihnen«, versprach er. »Über Friedrich und Gisela haben Sie nicht viel herausgefunden, oder? Ach, was frage ich Sie da? Wenn Sie etwas wüßten, hätten Sie es mir ja schon erzählt.« Ein mattes Lächeln flackerte auf seinen Lippen. »Sorgen Sie sich nicht allzusehr. Rathbone hat schon ganz andere Fälle aus dem Feuer gerissen. Sie trauen ihm nur zu wenig zu.« Sein Optimismus klang in seinen eigenen Ohren gräßlich aufgesetzt, aber er wollte sie doch nur trösten, selbst wenn es nicht mehr als eine Floskel war. Es tat ihm um ihrer selbst willen weh, sie so nervös zu sehen. Ihn ließ Rathbones Schicksal ja auch nicht kalt – bei aller Rivalität und Wut empfand er doch auch Freundschaft für ihn –; Hester dagegen dachte nur an Rathbone, sorgte und grämte sich und nahm andere, ihn zum Beispiel, kaum noch wahr, außer als möglichen Rettungsanker. »Er wird bestimmt tausend nützliche Informationen aus den Zeugen herauskitzeln«, brummte er. »Und wir wissen genug, um alle, die damals in Wellborough Hall zu Gast waren, zu einer Aussage zu zwingen.«

»Wirklich?« Ihre Miene hellte sich auf. »Aber natürlich! Sie haben ja recht! Ich war so mit seiner katastrophalen Fehlentscheidung beschäftigt, daß ich ganz vergessen hatte, wie brillant er im Gerichtssaal auftritt.« Sie stieß einen tiefen Seufzer aus und lächelte ihn an. »Danke, William.«

Was hatte sie doch alles mit so wenigen Worten verraten: daß sie nicht nur um Rathbones Verwundbarkeit wußte, sondern auch bereit war, ihn zu schützen; daß sie ihn bewunderte und wieviel er ihr bedeutete. Noch dazu hatte sie Monk mit solcher Inbrunst gedankt, daß es ihm geradezu einen Stich ins Herz versetzte, denn mit einem Schlag sah er ihre wahre Schönheit, die stärker war und um ein Vielfaches heller leuchtete als Evelyns Charme, der so schnell verblaßt war.

»Ich muß gehen«, sagte er steif. Er hatte das Gefühl, seine Schutzmaske sei ihm heruntergerissen worden und sie habe ihn genauso nackt gesehen, wie er sich wahrnahm. »Ich darf den Zug nach Wellborough nicht verpassen. Ich muß noch heute abend ein Zimmer finden. Gute Nacht.«

Sie konnte kaum eine Antwort geben, so abrupt drehte er sich um und stürmte zur Tür. Er riß sie auf und verschwand.

Nach einer mehr schlecht als recht in einem ungewohnten Gasthofbett verbrachten Nacht packte Monk am nächsten Morgen seinen Koffer und ließ sich in einer Kutsche nach Wellborough Hall fahren. Diesmal hatte er nicht die Absicht, Lügen über seine wahren Absichten zu verbreiten, egal wie Lord Wellborough reagieren mochte.

»Sie sind was?« rief Seine Lordschaft mit eisiger Miene und baute sich vor dem mitten im Morgenzimmer stehenden Monk auf.

»Ein Ermittler«, wiederholte Monk mit der gleichen Kälte.

»Ich wußte nicht, daß es so etwas überhaupt gibt.« Wellboroughs Nasenflügel blähten sich, als hätte er einen abscheulichen Geschmack im Mund. »Sollte einer meiner Gäste sich indiskret benommen haben, will ich es nicht wissen. Wenn dergleichen in meinem Haus geschehen ist, erachte ich es für meine Pflicht als Gastgeber, die Angelegenheit selbst zu bereinigen, und zwar ohne die Einschaltung von... wie auch immer Sie sich nennen mögen. Mein Lakai wird Ihnen die Tür zeigen, Sir.«

Monk sah ihm mit festen Blick in die Augen. »Die einzige Schlafzimmerindiskretion, die mich interessiert, ist Mord!«

»Da kann ich Ihnen nicht helfen«, entgegnete Wellborough. »Ich weiß von niemandem, der ermordet wurde. Auch hat es hier meines Wissens keinen Toten gegeben. Ich habe es Ihnen schon mal gesagt: Mein Lakai wird Ihnen den Weg zur Tür zeigen. Und kommen Sie bitte nicht mehr zurück. Sie haben sich unter falschen Angaben bei mir eingeschlichen. Sie haben meine Gastfreundschaft mißbraucht und sich meinen anderen Gästen aufgedrängt. Das ist unentschuldbar. Guten Tag, Mr. Monk. Ich nehme doch an, daß das Ihr richtiger Name ist? Nicht, daß das noch eine Bedeutung hätte.«

Monk rührte sich nicht von der Stelle. Den Blick weiter auf Wellborough gerichtet, sagte er: »Prinz Friedrich ist in diesem Haus gestorben, Lord Wellborough. Es wurde in aller Öffentlichkeit der Vorwurf des Mordes erhoben...«

»Der vehement abgestritten wurde«, fiel ihm der andere ins Wort. »Und kein anständiger Mensch in diesem Land hat auch nur eine Minute daran geglaubt. Wie Ihnen zweifellos bekannt ist, steht diese elende Person, die allem Anschein nach übergeschnappt ist, auch schon wegen Verleumdung vor Gericht. Nächste Woche oder so wird ihr der Prozeß gemacht.«

»Ihr wird nicht der Prozeß gemacht«, verbesserte ihn Monk. »Es handelt sich vielmehr um eine zivile Streitsache. Allerdings wird die Frage, ob es sich um Mord handelte, natürlich eine zentrale Rolle spielen. Insbesondere wird man die medizinischen Beweismittel bis ins Detail überprüfen.«

»Medizinische Beweismittel?« Wellboroughs Gesicht wurde immer länger. »Menschenskind, es gibt doch keine! Der arme Mann ist tot und liegt seit einem halben Jahr unter der Erde!«

»Eine Exhumierung der Leiche wäre in der Tat äußerst bedauerlich«, stimmte Monk zu und fuhr, ohne auf Wellboroughs ungläubiges Entsetzen zu achten, fort: »Aber wenn die Verdachtsmomente keine andere Lösung zulassen, wird man sie wohl ausführen müssen. Höchst betrüblich für die Familie, aber es darf nicht geduldet werden, daß der Vorwurf des Mordes ungeklärt ...«

Wellborough erstarrte. Seine Wangen waren auf einmal mit blutroten Flecken übersät. »Er ist längst geklärt worden, Mann! Niemand, der halbwegs bei Trost ist, würde für möglich halten, daß die arme Gisela ihrem Mann etwas zuleide getan, geschweige denn ihn kaltblütig ermordet haben soll. Das ist ungeheuerlich ... und völlig absurd!«

»Ich gebe Ihnen ja recht«, sagte Monk ungerührt. »Aber es ist nicht so absurd, Klaus von Seidlitz zu verdächtigen. Sein Motiv hätte sein können, Friedrichs Rückkehr als Führer der Widerstandsbewegung gegen die Vereinigung zu verhindern. Außerdem besitzt er immense Ländereien im Grenzgebiet, die im Kriegsfall brachliegen würden. Das sind handfeste Gründe, die jedem ohne weiteres einleuchten, auch wenn der Vorwurf, wie Sie sagen ..., ungeheuerlich ist.«

Wellborough starrte Monk an, als wäre er in einer Schwefelwolke aus der Erde gefahren.

Mit einer gewissen Genugtuung fuhr Monk fort: »Die andere nicht minder plausible Möglichkeit besteht darin, daß nicht Friedrich das Opfer sein sollte, sondern Gisela. Er ist vielleicht aufgrund eines Mißgeschicks gestorben. In diesem Fall kommen mehrere Leute in Frage, denen an ihrem Tod gelegen haben könnte. Zuallererst Graf Landsdorff, der Bruder der Königin.«

»Das ...«, fing Wellborough an und verstummte. Aus seinem Gesicht wich jede Farbe. Damit stand für Monk fest, daß er auch schon damals bestens über die Hintergründe informiert gewesen war.

»Oder Baronin Brigitte von Arlsbach«, setzte Monk unbarmherzig nach. »Und leider auch Sie.«

»Ich? Ich interessierte mich doch gar nicht für die Außenpolitik! Von mir aus kann in Felzburg regieren, wer will. Ob es in einem vereinigten Großdeutschland aufgeht oder für immer einer von zig Zwergstaaten bleibt, ist mir völlig egal!«

»Sie stellen Waffen her«, erinnerte ihn Monk. »Ein Krieg in Europa würde Ihnen einen lukrativen Markt eröffnen ...«

»Das ist eine Frechheit, Sir!« brauste Wellborough auf. Sein Kiefer war vorgeschoben, seine Lippen kaum noch zu sehen. »Unterstellen Sie mir das außerhalb dieses Zimmers, und wir sehen uns vor Gericht wieder!«

»Ich habe Ihnen nichts unterstellt. Ich habe lediglich die Fakten zusammengefaßt. Aber Sie können davon ausgehen, daß Außenstehende genau diesen Schluß ziehen werden, und Sie können nicht ganz London verklagen.«

»Ich kann den ersten verklagen, der das laut sagt!«

Monk ließ sich nicht einschüchtern. Er hatte längst Oberwasser gewonnen. »Gewiß. Aber es wäre teuer und nutzlos. Es gibt nur eine Möglichkeit, einen solchen Verdacht auszuräumen – man muß ihn widerlegen.«

Wellborough stierte ihn an.

»Ich kann Ihrem Argument folgen, Sir«, sagte er schließlich. »Ihre Methode und Ihr Verhalten empfinde ich nach wie vor als gleichermaßen widerwärtig, aber ich kann mich den Gegebenheiten nicht verschließen. Sie dürfen jeden Bewohner dieses Hauses befragen, und ich werde alle persönlich anweisen, Ihnen umgehend und wahrheitsgemäß zu antworten ..., unter der Voraussetzung, daß Sie mir am Ende jedes Tages detailliert Bericht über Ihre Ergebnisse erstatten. Sie werden hier wohnen und Ihre Nachforschungen anstellen, bis Sie sie zu einem zufriedenstellenden und unwiderlegbaren Schluß bringen. Haben wir uns verstanden?«

»Voll und ganz«, antwortete Monk und deutete eine Verbeugung an. »Ich habe mein Gepäck dabei. Wenn mich jemand zu meinem Zimmer bringt, werde ich sofort beginnen. Die Zeit ist knapp.«

Zähneknirschend griff Wellborough nach der Klingel.

Als erstes befragte Monk Lady Wellborough, nicht nur, weil die Höflichkeit dies erforderte, sondern weil er sich von ihr am meisten erwartete. Sie empfing ihn im Morgenzimmer, das im Louis-XIV-Stil eingerichtet war und für Monks Geschmack zuviel Gold aufwies. Das einzige, was ihm wirklich gefiel, war eine riesige Vase voller Chrysanthemen, die den Raum mit einem erdigen Geruch erfüllten.

Emma Wellborough kam herein und schloß die Tür hinter sich. Sie trug ein dunkelblaues Morgenkleid, das normalerweise vorzüglich zu ihren blonden Haaren gepaßt hätte, aber heute war sie zu blaß. Die Neuigkeit hatte sie zweifellos verunsichert. Ihre Augen flackerten besorgt.

»Mein Mann sagt mir, es sei nicht auszuschließen, daß Friedrich ermordet wurde«, erklärte sie ohne Umschweife. »Und daß Sie gekommen sind, um noch vor dem Prozeß herauszufinden, wer es war. Ich verstehe überhaupt nichts mehr, aber Sie müssen sich täuschen! Das ist ja zu schrecklich!«

Monk hatte sich auf ein unerfreuliches Gespräch gefaßt gemacht, weil er ihren Mann ablehnte und verachtete, aber zu seiner Überraschung mußte er feststellen, wie sehr sie sich von ihm unterschied. Sie hatte sich ihm eben angepaßt, sei es aufgrund der Umstände, mangels besseren Wissens oder weil ihre Abhängigkeit von ihm keinen anderen Weg zuließ. Wie auch immer, dieses Leben entsprach weder ihrem Willen noch ihrer Natur.

»Leider geschehen bisweilen die schrecklichsten Dinge, Lady Wellborough«, antwortete er fast emotionslos. »Prinz Friedrichs Rückkehr in seine Heimat hätte weitreichende Folgen gehabt. Vielleicht waren Sie sich über ihr Ausmaß gar nicht im klaren.«

Sie starrte ihn an. »Ich wußte nicht, daß er überhaupt zurückkehren wollte. Keiner hatte mir etwas davon gesagt.«

»Die Pläne waren wahrscheinlich geheim, wenn überhaupt schon eine Entscheidung gefallen war.«

Ihre Nervosität und Verwirrung hatte sich noch immer nicht gelegt. »Und Sie glauben, daß jemand ihn ermordet hat, um seine Rückkehr zu verhindern? Ich dachte, das wäre nicht mehr möglich, weil er sich doch für Gisela und gegen die Krone entschieden hatte.« Sie blieb kopfschüttelnd in der Mitte des Zimmers stehen und dachte nicht daran, sich zu setzen. Hatte sie am Ende Angst, dieses unangenehme Gespräch würde nur verlängert, wenn sie es sich bequem machte?

»Ich kann mir beim besten Willen nicht vorstellen, daß er ohne sie zurückgekehrt wäre, Mr. Monk, auch dann nicht, wenn er seinem Land die Vereinigung mit Deutschland hätte ersparen wollen, die sich über kurz oder lang sowieso nicht vermeiden läßt. Wenn Sie die zwei bei uns gesehen hätten, wären Sie gar nicht auf eine solche Idee gekommen.« Ihr Tonfall verriet deutlich, daß sie diese Vorstellung für lächerlich hielt. Zugleich war auch Bedauern, vielleicht sogar Neid herauszuhören. »Ich hätte nie gedacht, daß man sich so lieben kann. Manchmal war es, als sprächen sie mit einer Stimme.« Ihre blauen Augen richteten sich auf einen Punkt hinter seinem Kopf. »Wenn er etwas sagte, dann sprach oft sie für ihn zu Ende oder umgekehrt. Jeder verstand die Gedanken des anderen. Ich kann nur davon träumen, wie es wäre, in einer derart totalen Harmonie zu leben.«

Monk betrachtete sie und sah eine reifende Frau, die sich jetzt mit Mitte Dreißig mit dem Ende ihrer Träume auseinandersetzen mußte, eine Frau, die begriffen hatte, daß innere Einsamkeit wie bei ihr nicht notwendigerweise zum Leben gehörte, daß es Menschen gab, die das Ideal gefunden hatten. Und gerade, als sie das akzeptiert hatte, da wurde es ihr in ihrem eigenen Haus vorgelebt – von anderen.

Plötzlich trat ihm Hester vor Augen, und mit dem Gedanken an sie schwappte sein Vertrauen zu ihr wieder hoch. Sie war stur und kratzbürstig und konnte ihm bisweilen furchtbar weh tun. Und wenn er glaubte, die Schmerzen seien ausgestanden, dann stach sie schon wieder zu. Aber er kannte auch ihren Mut, ihre Aufrichtigkeit und ihr Mitgefühl. In dieser Hinsicht traute er ihr mehr zu als sich selbst, und er wußte, bei allem Zorn auf sie, daß sie ihn nie absichtlich verletzen würde. Trotzdem wollte er nichts derart Wertvolles wie sie besitzen. Es bestand die Gefahr, daß er es zerbrach oder verlor.

Freilich konnte auch sie ihm nie wiedergutzumachenden Schaden zufügen, wenn ihre Liebe zu Rathbone über bloße Freundschaft hinausging. Doch diesen Gedanken verdrängte er.

»Möglicherweise«, sagte er nach längerem Schweigen. »Aber aus Gründen, die Lord Wellborough Ihnen sicher erklärt hat, ist es von größter Bedeutung, daß wir die Geschehnisse im Detail rekonstruieren und Beweise dafür finden. Die Alternative wäre eine vom Richter angeordnete Untersuchung.«

»Das leuchtet mir ein«, gab sie zu. »Und Sie können mit unserer Mitarbeit rechnen. Ich habe unsere Bediensteten angewiesen, alle Ihre Fragen zu beantworten. Aber was soll ich Ihnen schon sagen können? Prinzessin Giselas Anwälte haben mich bereits gebeten, eine Stellungnahme zu Gräfin Rostovas Verleumdung abzugeben.«

»Selbstverständlich. Hatte Graf Lansdorff Gelegenheit zu einem Gespräch mit Friedrich unter vier Augen?«

»Nein.« Ihre Miene verriet, daß sie genau verstand, worauf diese Frage abzielte. »Gisela ließ keine Besucher zu ihm. Dafür ging es ihm viel zu schlecht.«

»Ich dachte an die Zeit vor dem Unfall.«

»Oh! Ja. Sie sprachen sogar ziemlich oft miteinander. Anscheinend näherten sie sich nach dem damaligen Zerwürfnis einander langsam wieder an. Am Anfang war die Atmosphäre oft gespannt. In den zwölf Jahren nach Friedrichs Gang ins Exil hatten sie ja praktisch nie miteinander gesprochen.«

»Aber vor dem Unfall verstanden sie sich wieder ganz gut, richtig?«

»So sah es aus, ja. Wollen Sie damit andeuten, daß Rolf ihn zur Rückkehr aufforderte und Friedrich einverstanden war? Wenn ja, dann wäre er aber nie ohne Gisela gegangen.« Sie hatte im Brustton der Überzeugung gesprochen, und endlich näherte sie sich dem großen Sofa, wo sie mit ungekünstelter Anmut ihre gewaltigen Röcke ausbreitete und sich niederließ. »Ich habe das aus zu großer Nähe miterlebt, um mich da zu täuschen.« Sie ertappte sich bei einem Lächeln und biß sich auf die Lippen. »Meine Meinung mag Ihnen gewagt vorkommen, aber Sie sind ein Mann. Ich habe sie doch mit ihm zusammen gesehen. Sie war eine starke Frau und extrem selbstsicher. Und er betete sie an. Er unternahm nichts ohne sie, und das wußte sie.« Ein Anflug von Belustigung blitzte in ihren Augen auf. »Es gibt viele kleine Zeichen, die einem verraten, ob eine Frau sich der Gefühle eines Mannes nicht sicher ist oder ob sie glaubt, sich um ihn bemühen zu müssen. Gisela liebte Friedrich. Bitte glauben Sie mir das. Aber sie wußte auch, wie tief seine Liebe zu ihr war, und daß sie keinen Grund hatte, an seinen Gefühlen zu zweifeln. Und selbst wenn sein Land ihn gerufen hätte, er hätte sie nicht verlassen. Ich würde sogar sagen, daß er sie brauchte. Sie war sehr stark, wissen Sie. Ich wiederhole mich, nicht wahr? Aber es stimmt.«

»Sie sprechen von Gisela in der Vergangenheit«, bemerkte er und setzte sich nun ebenfalls.

Ihre blauen Augen weiteten sich. »Nun ja, sein Tod hat sie all dessen beraubt. Seitdem lebt sie in vollkommener Zurückgezogenheit.«

Monk registrierte voller Überraschung, daß er nicht einmal wußte, wo Gisela jetzt lebte. Seit Friedrichs Tod war nichts mehr von ihr zu hören gewesen.

»Wo ist sie eigentlich?« fragte er.

Seine Unkenntnis erstaunte sie. »In Venedig natürlich.«

Er hätte es sich ja denken können, aber er hatte sich zu sehr mit der Vergangenheit beschäftigt, als daß er sich um Giselas momentanen Aufenthaltsort hätte kümmern können. Unwillkürlich fragte er sich, wer ihr dann die Nachricht von Zorahs Anschuldigungen überbracht hatte, tat den Gedanken aber gleich wieder ab.

»Wie wurde ihm eigentlich das Essen zubereitet, als sie ihn hier pflegte?« wollte er wissen. »Und wer brachte es ihm? Er aß doch immer in seinen Gemächern?«

»Ja, natürlich. Er war zu krank, um das Bett zu verlassen. Und sein Essen wurde in der Küche zubereitet.«

»Von wem?«

»Von der Köchin... Mrs. Bagshot. Gisela wich nie von seiner Seite, falls Sie darauf hinauswollen.«

»Wer besuchte ihn sonst noch?«

»Der Prince of Wales kam einmal zum Dinner.« Obwohl es sich um ein Verhör handelte und sie um ihren guten Ruf als Gastgeberin fürchtete, hob sie stolz die Stimme, als sie auf den britischen Thronfolger zu sprechen kam. »Er ging kurz zu ihm nach oben.«

Monk hatte auf einmal ein flaues Gefühl in der Magengrube. Ein weiterer Sargnagel für Rathbones Karriere.

»Sonst niemand?« bohrte er nach. Nicht daß er sich allzuviel davon versprach! Jedermann hätte ohne weiteres ein Küchenmädchen auf der Treppe abpassen und unbemerkt eine Flüssigkeit ins Essen oder in ein Glas träufeln können. Vielleicht war auch mal ein Tablett für ein paar Momente auf einem Seitentisch abgestellt worden; wenige Sekunden hätten genügt, um ein paar Tropfen Eibenblattdestillat dazuzugeben. Wirklich jeder hätte in den Garten gehen und Blätter ausreißen können, jeder außer Gisela.

Schwerer war es da schon, aus den Blättern oder der Rinde ein wirksames Gift zu gewinnen. Dazu hätten sie lange gekocht werden müssen. In der Küche wäre das nicht möglich gewesen, es sei denn in der Nacht, wenn alle anderen schliefen. Hatte einmal jemand am Morgen einen Topf vergeblich gesucht, weil er verräumt worden war? Solche Details wären nützlich zu wissen, würden aber keinen Aufschluß über den Täter geben.

Lady Wellborouth wartete auf die nächste Frage.

»Danke«, sagte Monk und erhob sich. »Als nächstes werde ich die Köchin und den Rest des Küchenpersonals befragen.«

Plötzlich wurde Lady Wellborough leichenblaß und wäre fast umgekippt, hätte sie sich nicht an Monks Arm festgehalten. »Bitte fassen Sie sie mit Samthandschuhen an, Mr. Monk! Gute Köchinnen sind schwer zu bekommen und legen jedes Wort auf die Goldwaage. Wenn Sie auch nur vage andeuten, sie könnte in ein...«

»Das werde ich nicht«, versprach Monk. Er unterdrückte ein Grinsen. Was war das nur für eine Welt, in der Adelige panische Angst vor dem Verlust einer Köchin hatten? Aber was wußte er schon über die Verhältnisse in diesem Haus? Am Ende hing womöglich Lady Wellboroughs Glück von der Laune ihres Mannes ab, die vielleicht von den Künsten der einzigen ihnen verbliebenen Köchin beeinflußt wurde. War das der Grund für ihre Angst?

»Ich werde sie nicht beleidigen«, sagte er noch mal mit Nachdruck.

Und er hielt Wort. Als er in die Küche kam, stand Mrs. Bagshot mit einem Nudelholz in der Hand vor dem großen, sorgfältig geschrubbten Tisch. Mit seiner Vorstellung von einer Köchin hatte sie so gut wie gar nichts zu tun. Sie war eine große, schlanke Frau mit hinten zu einem festen Knoten zusammengebundenem grauem Haar. Die peinliche Ordnung in ihrem Reich verriet viel über ihren Charakter. Dazu stieg Monk ein wunderbarer Geruch in die Nase.

»Nun?« Sie musterte ihn von oben bis unten. »Sie glauben also, daß der ausländische Prinz bei uns im Haus ermordet worden is', hm?« fragte sie wutschnaubend.

Er sah ihr fest in die Augen. »Ja, Mrs. Bagshot, das halte ich für möglich. Und wenn das stimmt, dann wurde er meiner Meinung Opfer eines politischen Anschlags einer seiner Landsleute.«

»Oh!« Sie war schon etwas besänftigt, blieb aber mißtrauisch. »Meinen Sie? Und wie hat er das angestellt, wenn ich fragen darf?«

»Das weiß ich nicht.« Monk bemühte sich sehr um einen verbindlichen Tonfall, denn diese Frau lauerte geradezu auf eine Gelegenheit, sich empört aufzuplustern. »Ich könnte mir vorstellen, daß er etwas in sein Essen gegeben hat, als es zu ihm gebracht wurde.«

Sie schob wütend das Kinn vor. »Und was wollen Sie dann noch in meiner Küche?« Damit hatte sie unbestreitbar recht, und das wußte sie auch. »Von meinen Mädchen war's keine. Wir haben mit Ausländern nix zu tun, außer, wenn sie als Gäste kommen, und wir bedienen alle Gäste gleich gut.«

Monk sah sich in dem großen Raum um. Der makellos saubere Herd hatte es ihm besonders angetan. Der war ja groß genug, um ein halbes Schaf zu grillen und für fünfzig Leute zu kochen, zu braten und zu backen. An der Wand dahinter hingen säuberlich der Größe nach aufgereiht blitzblank geputzte Kupfertöpfe. Das Geschirr war auf mehreren Anrichten aufeinandergestapelt. Monk wußte, daß es mehrere Speisekammern gab, eine davon ausschließlich für Wild, und Kellergewölbe jeweils für Fisch, Eis und Kohle, nebst einem Backhaus, dazu einem Raum für Kerzen, einen fürs Besteck, einen ganzen Flügel, in dem die Wäscherei untergebracht war, eine Kammer für Süßigkeiten, ein Stillzimmer und einen Abstellraum für alle möglichen Geräte, ganz zu schweigen vom Quartier des Butlers.

»Ein bemerkenswert ordentlicher Haushalt«, lobte Monk. »Alles hat seinen Platz.«

»Ham Sie was andres erwartet?« ereiferte sie sich. »Ich weiß ja nich', was Sie gewöhnt sin', aber wenn man in einem so großen Haus wie dem hier nich' auf Ordnung achtet, kriegt man keine Dinnerparty für so viele Leute zusammen.«

»Das kann ich mir gut vorstellen …«

»Können Sie nich'!« fuhr sie ihm voller Verachtung über den Mund. »Sie haben ja überhaupt keine Ahnung!« Sie wirbelte zu einem der Küchenmädchen herum. »He, Nelly! Haste die sechs Dutzend Eier gekriegt, die ich bestellt hab'? Wir brauchen sie morgen. Und den Lachs! Wo steckt überhaupt der Fischjunge? Der Kerl weiß ja nie, was für 'n Tag grade is'! Und mit solchen Dummköpfen muß man sich abplagen! Neulich bringt er mir doch glatt Scholle, obwohl ich Seezunge gesagt hab'! Will nur wissen, wozu so einer seinen Kopf spazierenträgt.«

»Ja, Mrs. Bagshot«, antwortete Nelly gehorsam. »Sechs Dutzend Hühnereier, wie Sie gesagt ham, und zwei dutzend Enteneier in der Speisekammer. Un' dann hab' ich noch zehn Pfund frische Butter un' die drei verschiedenen Käsesorten.«

»Na gut, dann mach dich an die Arbeit und steh nich' rum un' halt Maulaffen feil, bloß weil wir 'nen Fremden da haben. Das geht dich nix an!«

»Ja, Mrs. Bagshot!«

Die Köchin wandte sich wieder Monk zu. »Und was wollen Sie jetzt noch von mir, junger Mann? Ich muß mich ums Essen kümmern. Häng den Fasan in die Geflügelkammer, George, und laß ihn nich' hier rumliegen!«

»Ich dachte, Sie wollten ihn erst sehen, Mrs. Bagshot«, verteidigte sich George.

»Wozu? Glaubst du, ich hätte noch nie 'nen Fasan gesehn? Raus mit dir, bevor dir auch noch Federn wachsen! Dummkopf«, fügte sie halblaut hinzu. »Also schießen Sie endlich los!« blaffte sie Monk an. »Wir müssen nämlich arbeiten, auch wenn Sie nix tun.«

Monk ließ sich nicht zweimal auffordern. »Wenn jemand in der Nacht in Ihre Küche käme und einen Ihrer Töpfe benutzte, würden Sie das merken?«

Darüber dachte sie eine Weile nach. »Nich', wenn er richtig gewaschen wird und wieder genau dort aufgehängt wird, wo er vorher war«, antwortete sie schließlich. »Aber Lizzie kann Ihnen sagen, ob mal jemand Feuer gemacht hat. Auf 'nem kalten Herd kann man nämlich nix kochen, wenn Sie glauben, daß wer heimlich gekocht hat. Was soll es überhaupt gewesen sein? Gift?«

»Eibenblätter oder -rinde, um daraus eine giftige Flüssigkeit zu gewinnen«, bestätigte er.

»Lizzie!« schrie Mrs. Bagshot.

Ein dunkelhaariges Mädchen erschien in der Tür und wischte sich die Hände an der Schürze ab.

»Wie oft hab ich dir gesagt, du sollst das bleibenlassen?« fuhr die Köchin sie an. »Auf dem Weiß sieht man doch jeden Schmutz! Wisch dir die Hände gefälligst an deinem Kleid ab! Das ist grau und nich' so empfindlich. So, streng mal deinen Kopf an und überleg, wie das war, als der fremde Prinz bei uns war, der vom Pferd gefallen und gestorben is'.«

»Ja, Mrs. Bagshot.«

»Hat in der Nacht jemand an deinem Herd rumgefummelt, sich vielleicht was gebraten oder gekocht? Denk genau nach.«

»Ja, Mrs. Bagshot. Aber da war niemand. Das hätt' ich nämlich gleich gemerkt, weil ich genau wußte, wieviel Kohle noch drin war.«

»Und du bist dir ganz sicher?«

»Ja, Mrs. Bagshot.«

»Schön. Dann kannst du wieder zu deinen Kartoffeln gehen.« Die Köchin wandte sich an Monk. »Mit Kohle kochen is' ganz schön schwer. Als erstes braucht man Reisig und Holzscheite, um das Feuer anzukriegen, und dann gibt man langsam ein paar Kohlen rein. Aber das muß man im Gefühl haben. Alles auf einmal reinschütten bringt nix. Und die Luftklappe muß man auch richtig einstellen. Die feinen Lords und Ladies können so ein Feuer nich' anzünden. Und der, der Kohlen benutzt und nachher auch ersetzt, muß erst noch geboren werden.« Sie grinste ihn triumphierend an. »Sie sehen, in unserer Küche is' Ihr Gift nich' gekocht worden.«

Monk bedankte sich und ging.

Nach der Köchin befragte er die übrigen Bediensteten. Aus ihren Schilderungen ging ein plastischeres Bild von Wellborough Hall hervor. Monk verblüffte, welche Unmengen hier gekocht und verschwendet wurden. Solchen Luxus konnte er nicht billigen. Was hier an Fleisch und Gemüse verbraucht wurde, hätte für ein ganzes Dorf mittlerer Größe gereicht. Vor allem aber ärgerte ihn der Gleichmut der Männer und Frauen, mit der sie all das zubereiteten, abräumten und abwuschen, ohne je auf die Idee zu kommen, etwas in Frage zu stellen. Jeder einzelne Ablauf galt als Selbstverständlichkeit. Nun, er selbst hatte sich ja nicht anders verhalten, als er hier und später in Venedig und Felzburg zu Gast gewesen war.

Von den Bediensteten konnte ihm jeder einzelne bestätigen, wie glanzvoll, aufregend und heiter die Wochen gewesen waren, als Friedrich bei den Wellboroughs gelebt hatte.

»So eine schreckliche Tragödie!« schniefte Nell, das Stubenmädchen. »Und er war ja ein furchtbar schöner Mann. Was für Augen! So was hab' ich noch nie gesehen. Und ständig schaute er sie an. Da schmolz einem richtig das Herz. Und höflich war er! Bei allem sagte er bitte und danke, wie wenn wir die hohen Tiere wären.« Sie wischte sich die Augen ab. »Nicht daß der Prince of Wales nicht auch großzügig wäre, aber Prinz Friedrich war ein… vollkommener Gentleman…« Sie hielt erschrocken inne. Aus ihrer gutgemeinten Einschränkung war doch tatsächlich ein indirekter Tadel des englischen Thronfolgers geworden.

»Was Sie sagen, bleibt alles unter uns«, versprach Monk. »Und Prinzessin Gisela? War sie auch nett?«

»O ja… hm…« Sie sah argwöhnisch zu ihm auf.

»Nun?« half er nach. »Die Wahrheit bitte, Nell.«

»Nein, nett war sie eigentlich überhaupt nich'. Im Grunde war sie eine dumme Kuh!… Oh! Das hätt' ich nich' sagen dürfen…, wo die arme Lady ihn doch verloren hat. Es tut mir schrecklich leid, Sir, ich hab's nich' so gemeint.«

»O doch, Sie haben es so gemeint. Inwiefern war sie eine dumme Kuh?«

»Bitte, Sir, so was hätte ich nie sagen dürfen!« bettelte sie. »Sie kommt doch aus ganz anderen Kreisen und is' ne königliche Prinzessin…, die sin' nich' so wie unsereins!«

»Und ob!« rief er wütend. »Sie ist auf die Welt gekommen wie Sie und ich auch – nackt und mit einem lauten Schrei.«

Sie schnappte nach Luft. »Oh, Sir! Das dürfen Sie nich' über die besseren Leute sagen und schon gar nich' über Königshäuser!«

»Sie gehört doch nur deshalb einem Königshaus an, weil ein gutaussehender Prinz sie geheiratet hat!« schnaubte Monk. »Und deswegen hat er die Krone hergegeben und seine Pflichten vergessen. Was hat sie denn Nützliches in ihrem Leben geleistet? Was hat sie geschaffen oder gebaut? Wem hat sie geholfen?«

Sie starrte ihn verwirrt an. »Jetzt kenn' ich mich überhaupt nich' mehr aus, Sir. Sie is' doch 'ne Lady!«

Anscheinend genügte ihr das als Erklärung. Ladys arbeiteten nicht. Sie brauchten nichts zu tun, außer das Leben nach Belieben zu genießen. Das in Frage zu stellen war nicht nur unschicklich, sondern sinnlos.

Monk entschied sich für eine andere Taktik. »Mochten die anderen Bediensteten Gisela?«

»Es steht uns nich' zu, Gäste der Herrschaften zu mögen oder nich' zu mögen. Aber sie war nich' sehr beliebt, wenn Sie das meinen.«

So kam er nicht weiter. Er beschloß das Thema zu wechseln. »Wie war es denn mit Gräfin Rostova?«

»Ach, die war lustig, Sir. Kann fluchen wie ein Droschkenkutscher, aber sie ist anständig, sehr anständig!«

»Mochte sie die Prinzessin?«

Die Vorstellung schien sie zu erheitern. »Ham Sie 'ne Ahnung! Wenn Blicke töten könnten, wär' keine von den beiden mehr am Leben, das sag' ich Ihnen. Aber die Prinzessin saß am längeren Hebel. Gott, hat die 'ne spitze Zunge! Die ham sich alle gekugelt vor Lachen, wenn sie sich über wen lustig gemacht hat. Sie kannte die Schwächen der anderen und nahm sie gern aufs Korn.«

»Was war denn die Schwäche der Gräfin?«

Die Antwort kam wie aus der Pistole geschossen. »Ihr Techtelmechtel mit diesem jungen italienischen Herrn, Barber … irgendwas.«

»Florent Barberini?«

»Ja, genau. Sah aufregend gut aus, aber er behandelte die Prinzessin wie 'ne Märchenfee … Na ja, irgendwie war sie das ja wohl auch.« Ihre Augen wurden weicher. »Muß herrlich sein, sich so zu verlieben. Ich glaube, an den Prinzen und die Prinzessin wird man sich ewig erinnern – wie an Romeo und Julia oder Lord Nelson und Lady Hamilton – tragische Liebende, die die Welt aufgegeben ham und nur noch füreinander da sind.«

»So ein Unfug«, sagte Lady Wellboroughs Kammerzofe unwirsch. »Sie hat nur wieder so Groschenromane gelesen. Keine Ahnung, warum die Mistress so was zuläßt. Mit dem dummen Zeug wird den jungen Dingern nur der Kopf verdreht. Eine Ehe ist kein siebenter Himmel, wie meine Mutter immer gesagt hat. Es kann gut oder schlecht ausgehen. Die Männer sind aus Fleisch und Blut, so wie die Frauen auch. Sie werden krank und müssen gepflegt werden.« Sie schniefte. »Sie werden müde und miesepetrig, sie haben Angst, sie sind furchtbar unordentlich, und die Hälfte von ihnen schnarcht wie ein Sägewerk. Und wenn man mal verheiratet ist, kommt man nich' mehr raus. Die Gören sollten lieber erst mal denken, ehe sie lächerlichen Träumen nachjagen, die sie nur haben, weil sie dumme Bücher lesen.«

»Aber der Prinz und die Prinzessin waren doch bestimmt das ideale Paar?« drängte Monk, nicht weil er eine aussagekräftige Antwort erwartete, sondern weil er recht haben wollte.

Sie standen auf dem oberen Treppenabsatz. Unter ihnen brummte ein Diener etwas Unverständliches, woraufhin ein Stubenmädchen loskicherte. Über den Flur näherten sich eilige Schritte.

»Das kann schon sein, aber sie hatten ihre Streitereien wie alle anderen auch«, meinte die Zofe. »Vor allem sie konnte ganz schön keifen. Sie kommandierte ihn gern rum, wenn sie allein waren, und manchmal auch, wenn Leute dabei waren. Ihn schien das allerdings gar nich' zu stören. Er hörte sich lieber ihre Schimpfkanonaden an als Freundlichkeiten von anderen. Tja, so wird man wohl, wenn man vor Liebe blind is'.« Sie schüttelte den Kopf. »Ich dagegen würde mir von keinem so was bieten lassen. Dem würde ich schon meine Meinung geigen. Wer weiß, vielleicht hätte ich dann auch die Folgen zu spüren gekriegt.« Sie lächelte versonnen vor sich hin. »Na, vielleicht sind Leute wie ich einfach nich' für die Liebe gemacht.«

Von Streitereien hörte Monk zum erstenmal, sah man von diesem kurzen und offenbar folgenlosen Wortwechsel über den Theaterbesuch in Venedig ab, bei dem Friedrich sofort klein beigegeben hatte, bevor es zu einem richtigen Krach hätte kommen können.

»Worüber stritten sie denn?« fragte Monk geradezu unverschämt direkt. »Hatte es mit seiner Rückkehr nach Felzburg zu tun?«

»Wohin?«

»In sein Heimatland«, erklärte er ihr.

Sie tat den Gedanken mit einem Lachen ab. »Nein, nichts von der Sorte. Es ging nie um was Bestimmtes. Es war einfach nur schlechte Laune. Eheleute halt, die sich ständig in den Haaren liegen. Stritten über alles und nichts. Mir war das Ganze zuwider, aber ich bin ja auch nich' verliebt.«

»Aber sie flirtete doch nicht mit anderen Männern?«

»Die? Die flirtete schamlos. Aber nie so, als ob sie es ernst meinte. Das is' nämlich ein gewaltiger Unterschied. Jeder wußte, daß sie bloß Spaß haben wollte, sogar der Prinz. Aber wenn Sie glauben, sie hätte ihn umgebracht, weil sie auf 'nen anderen stand, dann zeigt das nur, wie wenig Sie wissen. Sie war das überhaupt nicht! Die haben es ja fast alle so getrieben. Was meinen Sie, was hier los war, als der Prince of Wales da war? Ich könnte Ihnen da so ein paar Geschichten erzählen, aber dann wäre ich meine Stelle los.«

»Ich möchte lieber nichts davon hören«, bemerkte Monk säuerlich. Er sah schon Rathbone vor Gericht – wenn auch gezwungenermaßen – peinliche Einzelheiten über den Sohn der Königin ausbreiten, die alsbald im ganzen Volk weiterverbreitet würden, damit man sich erst aufgeregt die Lippen lecken und nachher um so empörter entrüsten konnte. Allein bei der Vorstellung trat ihm schon der kalte Schweiß auf die Stirn.

Die übrigen Bediensteten bestätigten Monk, was er ohnehin schon wußte: Gisela hatte nach Friedrichs Unfall kein einziges Mal ihre Suite verlassen, es sei denn, um sich zu baden oder im Zimmer nebenan auszuruhen. Das Zimmermädchen war immer in Hörweite gewesen. Bei der Bestellung der Mahlzeiten hatte sie exakte Anweisungen gegeben, aber sie war nie selbst in die Küche gegangen.

Andererseits hatten sich alle anderen frei im Haus bewegt und hätten genügend Gelegenheiten gehabt, den Diener, der Friedrich das Essen brachte, abzulenken und unbemerkt Gift hineinzumischen. Zunächst hatte Friedrich nur Rinderbrühe zu sich genommen, später Brot mit Milch und ein bißchen Eiercreme. Wenn Gisela überhaupt etwas gegessen hatte, dann dasselbe wie alle anderen. Ein Lakai erinnerte sich, Brigitte auf der Treppe begegnet zu sein, als er mit einem Tablett zu Friedrich unterwegs gewesen war. Ein anderer hatte einmal das Tablett mehrere Minuten lang stehenlassen, weil Klaus im Zimmer gewesen war.

Damit wurde Rathbones Lage immer auswegloser und Zorahs Verurteilung um so wahrscheinlicher. Gisela konnte rein physisch nicht schuldig sein, und nichts wies auf ein plausibles Motiv hin.

Auch gab es keine konkreten Hinweise auf andere mögliche Täter. Der häßliche Verdacht gegen Brigitte und Klaus blieb gleichwohl bestehen, ein Umstand, der Monk vor nicht allzu langer Zeit wegen Evelyn betrübt hätte, was aber jetzt kaum noch zählte. Voller Sorgen brach er zur Rückreise nach London auf. Unablässig beschäftigten ihn Rathbone und die Frage, wie er Hester mitteilen sollte, daß er keine Ergebnisse vorweisen konnte.

9. Kapitel

Als Rathbone Ende Oktober am Tag vor Prozeßbeginn in seinem Club saß, gesellte sich der Lord Chancellor zu ihm.

»Guten Tag, Rathbone.« Kaum war der Lord Chancellor im Fauteuil versunken und hatte die Beine übereinander geschlagen, stand auch schon der Ober hinter ihm. »Brandy«, sagte er freundlich. »Hören Sie, haben Sie Napoleon Brandy? Bringen Sie mir doch ein Glas. Und eins für Sir Oliver.«

»Oh, danke!« Rathbone nahm überrascht an. Gleichwohl beschlich ihn schon eine dunkle Vorahnung.

Der Lord Chancellor sah ihn ernst an. »Häßliche Sache«, brummte er mit einem matten Lächeln, das seine Augen nicht erreichte. »Ich hoffe, Sie können sie mit der gebotenen Diskretion erledigen. Diese Frau ist völlig unberechenbar. Da kann man gar nicht vorsichtig genug sein. Zum Rückzug konnten Sie sie wohl nicht bewegen?«

»Nein, Sir«, gab Rathbone zu. »Ich habe wirklich jedes Argument versucht. Nichts hat geholfen.«

Der Lord runzelte die Stirn. »Sehr bedauerlich.«

Der Ober brachte den Brandy. Sie nahmen sich jeder ein Glas und nippten daran. Rathbone hätte ebensogut kalten Tee trinken können, so wenig genoß er seinen Weinbrand.

»Wirklich sehr bedauerlich«, wiederholte der Lord Chancellor und trank einen weiteren Schluck, um dann die Hände wärmend um das Ballonglas zu legen, damit das Aroma sich besser entfalten konnte. »Aber Sie haben doch sicher alles unter Kontrolle.«

»Selbstverständlich«, log Rathbone. Solange die Niederlage nicht besiegelt war, wollte er sie auch nicht eingestehen.

»Nun gut.« Offenbar ließ sich der Lord Chancellor nicht so leicht täuschen. »Ich nehme doch an, Sie können die Gräfin daran hindern, vor Gericht noch größeren Schaden als ohnehin schon anzurichten? Sie müssen sie irgendwie davon überzeugen, daß sie nichts zu gewinnen, aber um so mehr zu verlieren hat.« Er musterte Rathbone mit prüfendem Blick.

Ein Ausweichen war jetzt nicht mehr möglich. Und die Antwort mußte konkret sein.

»Sie muß auf die Zukunft ihres Landes Rücksicht nehmen«, erklärte Rathbone. »Sie wird nichts tun, womit sie seinem Unabhängigkeitskampf schaden könnte.«

»Ich finde das in keinster Weise beruhigend, Sir Oliver«, erwiderte der Lord Chancellor streng.

Rathbone zögerte. Er hatte schon überlegt, ob er Zorah wenigstens eindringlich bitten solle, Königin Ulrike nicht hineinzuziehen. Aber wenn sein Gegenüber noch gar nicht an diese schlimmste aller möglichen Katastrophen gedacht hatte, dann wollte er sie auch nicht heraufbeschwören.

»Sie ist eine glühende Patriotin«, entgegnete er. »Ich werde ihr klarmachen, daß bestimmte Vorwürfe oder Andeutungen den Interessen ihres Landes schaden würden.«

»Werden Sie das?« fragte der Lord skeptisch.

Rathbone lächelte.

Der Lord Chancellor erwiderte das Lächeln mit düsterer Miene und trank sein Glas leer.

Seine Worte klangen Rathbone noch am Tag darauf, als der Prozeß begann, in den Ohren. Ganz London erwartete den »Verleumdungsfall des Jahrhunderts«, und so war es kein Wunder, daß der Gerichtssaal lange vor der Eröffnung der Verhandlung durch den Richter zum Bersten voll war. Sogar auf den Stehplätzen hinten drängelten sich die Leute. Die Gerichtsdiener hatten alle Hände voll zu tun, die Gänge einigermaßen frei zu halten.

Bevor er den Saal betrat, versuchte Rathbone ein letztes Mal,

Zorah zum Nachgeben zu bewegen. »Noch ist es nicht zu spät«, drängte er. »Geben Sie doch einfach zu, Ihre Trauer hätte Sie zu unbedachten Aussagen hingerissen.«

»Ich bin zu nichts hingerissen worden«, sagte sie mit einem ironischen Lächeln. »Ich habe meine Worte sehr wohl bedacht und stehe dazu.« Sie trug heute die Farben Rot und Braun. Ihre Jacke schmiegte sich an ihre schmalen Schultern und ihren geraden Rücken, und ihr Kleid fiel in fließender Linie über die Reifen. Sie sah wunderbar aus. Die Wirkung war freilich verheerend. Absolut nichts erweckte den Eindruck von Schuldbewußtsein oder tiefer Trauer.

»Ich gehe ohne Waffen in diese Schlacht!« hörte Rathbone sich verzweifelt rufen. »Ich stehe immer noch mit leeren Händen da!«

»Sie haben Ihr großes Geschick.« Sie lächelte ihn mit vor Zuversicht leuchtenden Augen an. Ob der Optimismus echt oder aufgesetzt war, vermochte Rathbone aber nicht zu beurteilen. Wie immer schlug sie seine Warnung mit einer entwaffnend schlichten Antwort in den Wind. Keiner von Rathbones Mandanten war je so verantwortungslos gewesen oder hatte seine Geduld derart überstrapaziert.

»Ohne Waffe kann auch der beste Schütze der Welt nichts ausrichten«, protestierte er. »Und ohne Munition!«

»Sie werden schon was finden.« Sie reckte das Kinn. »Nun, Sir Oliver, ist es nicht an der Zeit, sich ins Getümmel zu stürzen? Der Gerichtsdiener winkt uns schon zu sich. Sehen Sie diesen kleinen Mann dort nicht? Gerichtsdiener ist doch der richtige Ausdruck, oder?«

Rathbone gab keine Antwort, trat aber höflich beiseite, damit sie vorangehen konnte. Er straffte die Schultern, zupfte sich zum x-ten Mal das Halstuch zurecht, womit er es allerdings eher verrückte, und betrat den Gerichtssaal.

Schlagartig erstarb das Getuschel. Alle starrten erst ihn und dann Zorah an. Erhobenen Hauptes, den Rücken durchgestreckt und ohne sich nach links oder rechts zu drehen, schritt sie über den schmalen Gang zum für die beklagte Partei vorgesehenen Pult.

Protestgemurmel wurde laut und legte sich gleich wieder. Jedermann wollte die Frau sehen, die es in beispielloser Niedertracht gewagt hatte, eine so ungeheure Beschuldigung gegen eine der Heldinnen der Epoche zu erheben. Die Leute reckten die Hälse und starrten sie haßerfüllt an. Rathbone, der ihr folgte, konnte die feindselige Stimmung förmlich riechen. Er zog für Zorah den Stuhl hinter dem Pult hervor, und sie setzte sich mit formvollendeter Eleganz.

Das allgemeine Getuschel und Geflüster setzte von neuem ein. Doch einen Moment später herrschte wieder Stille, als die Tür aufging und Kronanwalt Ashley Harvester sie seiner Mandantin, der verwitweten Prinzessin Gisela, aufhielt. Auf einmal knisterte der ganze Saal vor Spannung. Niemand wagte mehr zu atmen.

Rathbones erster Gedanke galt Giselas Größe. Sie war kleiner, als er erwartet hatte. Er hatte immer gemeint, die Frau, die im Mittelpunkt der zwei größten Skandale in der Geschichte einer Monarchie gestanden hatte, müsse von imposanter Statur sein. Tatsächlich sah sie so zierlich, ja, zerbrechlich aus, als dürfe man sie nur mit Samthandschuhen anfassen. Von Kopf bis Fuß war sie in Schwarz gekleidet: vom aparten Hut mit dem daran befestigten Trauerschleier, über das vorzüglich geschnittene Miederleibchen, das ihre grazilen Schultern und ihre Taille betonte, bis hinunter zum gewaltigen Taftrock, in dem sie fast wie ein Püppchen wirkte – unendlich zart und schutzbedürftig.

Ein Aufatmen ging durch die Menge. Unwillkürlich schrie ein Mann: »Bravo!« Und eine Frau schluchzte: »Gott segne Sie!«

Ganz langsam lüftete Gisela mit ihrer schwarz behandschuhten Hand den Schleier, drehte sich zögernd um und dankte den Leuten mit einem matten Lächeln.

Rathbone starrte sie neugierig an. Eine Schönheit war sie nicht – das war sie nie gewesen –, doch die Trauer hatte sie zusätzlich gezeichnet. Jede Farbe war aus ihrem Gesicht gewichen. Das Haar war unter dem Hut nicht zu sehen, aber man konnte ahnen, daß es schwarz sein mußte. Ihre Stirn war hoch, die Brauen gerade und die Augen groß. Mit würdevollem Blick starrte sie geradeaus nach vorne, aber ihre Züge, vor allem der Mund, verrieten Anspannung. Angesichts ihres tragischen Verlusts und der ungeheuerlichen Vorwürfe sprach es freilich für sie, daß sie überhaupt soviel Fassung aufbrachte. Wen konnte ihre Anspannung bei der Begegnung mit einer Frau, die sie mit ihrem Haß verfolgte, überraschen oder gar befremden?

Nach dieser einen knappen Geste nahm sie hinter dem Klägerpult Platz, wobei sie jeden Blick zur Seite, insbesondere in Rathbones und Zorahs Richtung, vermied.

Die Menge war so gebannt von ihr, daß kaum jemand auf Ashley Harvester achtete, der sich nun neben sie setzte. Auch Rathbone bemerkte ihn erst, als er schon saß, und das, obwohl Harvester sein Gegner sein würde. Vor Gericht waren sie einander noch nie gegenübergestanden, aber er kannte Harvesters Ruf. Er galt als ein Mann mit festen Prinzipien, der kompromißlos für seine Überzeugungen kämpfte und keinen Gegner scheute. Mit einem Ausdruck äußerster Konzentration und unerbittlicher Strenge auf seinem langen, hageren Gesicht saß er nun da und schaute starr nach vorne. Seine Nase war gerade, seine Augen tiefliegend und blaß, seine Lippen dünn. Von Humor konnte Rathbone keine Spur entdecken.

Der Richter war ein älterer Herr mit etwas befremdlichem Äußeren. Er schien nur aus Haut und Knochen zu bestehen, und doch wirkte er geradezu gemütlich. Auf den ersten Blick konnte man ihn für einen Mann halten, der eher dank seines Geburtsrechts statt eigener Leistungen in sein Amt gerutscht war. Als er aber mit sanfter Stimme um Ruhe bat, verstummte der Saal sofort. Das lag freilich vor allem daran, daß man sich in diesem sensationellen Fall kein Wort entgehen lassen wollte.

Rathbone sah zu den Geschworenen hinüber. Wie er seinem Vater prophezeit hatte, handelte es sich um wohlhabende Bürger – ein Kriterium, das für die Auswahl unabdingbar war. Sie trugen ihre feinsten Kleider: dunkler Anzug, steifer weißer Kragen, schlichte Weste, bis zum Hals zugeknöpfter Frack. Und natürlich hatte jeder seinen Bart sorgfältigst gebürstet. Immerhin standen sich ein Mitgleid eines Königshauses und eine Gräfin gegenüber, auch wenn es um einen Fall von äußerst zweifelhafter Natur ging. Und ganz gewiß war damit zu rechnen, daß eine große Anzahl englischer Adeliger den Prozeß direkt verfolgte oder aussagen würde. So setzten die Geschworenen dem Anlaß entsprechend ihre ernsteste Miene auf und starrten angestrengt nach vorne.

In der Galerie saßen die Reporter mit gespitzten Bleistiften in der Hand, vor sich leere Blätter. Keiner wagte sich zu rühren.

Das Verfahren begann.

Ashley Harvester erhob sich.

»Euer Ehren, verehrte Herren Geschworenen.« Er sprach präzise und mit einem leichten Akzent, der vage auf eine Herkunft irgendwo aus den Midlands schließen ließ. Er hatte wohl alles versucht, um die letzten Spuren seines Dialekts zu tilgen, doch in den Selbstlauten hatten sie sich noch gehalten. »Auf den ersten Blick gesehen ist dieser Fall weder dramatisch noch beunruhigend, hat doch niemand schwerwiegende Verletzungen erlitten.« Er sprach unaufgeregt und ohne Gesten. »Auch haben wir keine blutüberströmte Leiche, keinen übel zugerichteten Überlebenden eines Überfalls zu beklagen. Kein Geschäft ist in den Ruin getrieben worden.« Er deutete ein Achselzucken an, als gebe der Fall Anlaß zu milder Ironie. »Wir haben es mit nichts als mit Worten zu tun.« Er hielt, den Rücken demonstrativ Rathbone zugekehrt, inne.

Im Saal herrschte Stille.

In der Galerie schnappte eine Frau nach Luft und fing an zu husten.

Einer der Geschworenen blinzelte mehrmals.

Mit einem freudlosen Lächeln fuhr Harvester fort. »Aber andererseits besteht die Heilige Schrift ja auch nur aus Worten.

Der Krönungseid – nichts als Worte… wie auch die Eheschließung.« Er sprach ausschließlich an die Geschworenen gewandt. »Betrachten Sie all das etwa als Banalitäten?« Er erwartete keine Antwort, sah er sie doch deutlich auf ihren Gesichtern. »Die Ehre eines Mannes und einer Frau beruht auf den Worten, die sie sprechen. Alles, was wir heute und morgen vor diesem Gericht benutzen werden, sind Worte. Mein gelehrter Freund« – er deutete mit dem Kinn auf Rathbone – »und ich werden uns eine Schlacht liefern, und als Waffe werden uns nur Worte und die Erinnerung an jene besagten Worte zur Verfügung stehen. Wir werden nicht die Faust gegeneinander erheben.«

Jemand gab ein nervöses Lachen von sich und erstickte es sofort.

»Es ist nicht leicht dahingesagt, wenn es in unserem Neuen Testament heißt: ›Im Anfang war das Wort, und das Wort war bei Gott, und Gott war das Wort.‹ Auch gilt es nach dem fünften Buch Moses nicht zufällig als Todsünde und Blasphemie, den Namen des Herrn zu mißbrauchen.« Sein Ton schlug jäh um. Mit zornbebender Stimme donnerte er: »Den Namen eines Mannes oder eine Frau zu mißbrauchen, falsches Zeugnis abzulegen, Lügen zu verbreiten, das ist ein himmelschreiendes Verbrechen, und es erfordert die Wiederherstellung der Gerechtigkeit und Entschuldigung!«

Bei allem Widerwillen zollte Rathbone seinem Gegner insgeheim Beifall. Eine ähnliche Eröffnung hätte auch er gewählt, wäre er Giselas Anwalt gewesen.

»Einem Menschen seinen guten Namen zu stehlen ist schlimmer, als ihm sein Haus, sein Geld oder seine Kleider zu rauben! Einem anderen das zu unterstellen, was von meiner Mandantin gesagt wurde, übersteigt das Verständnis und die Bereitschaft zu vergeben. Wenn Sie die Beweise gehört haben, werden Sie meine Empörung teilen, daran zweifle ich nicht eine Sekunde.«

Er drehte sich zum Richter um. »Euer Ehren, ich rufe meinen ersten Zeugen auf, Lord Wellborough.«

Im Gerichtssaal wurde aufgeregt getuschelt. Fast alle reckten die Hälse, damit ihnen nicht entging, wie der Lord aus der Vorhalle, in der er gewartet hatte, hereinkam. Von imposanter Statur war er wirklich nicht, aber das machte er durch seine stolze Haltung mehr als wett. Und seine Kleider zeugten von Wohlstand und hohem Selbstwertgefühl.

Er erklomm die Stufen zum Zeugenstand und leistete seinen Eid. Dabei war sein Blick die ganze Zeit auf Harvester gerichtet. Weder der Richter noch Zorah schien für ihn zu existieren. Er wirkte ernst, aber in keinster Weise nervös.

»Lord Wellborough«, begann Harvester und trat auf die kleine freie Fläche vor dem Zeugenstand, der vor ihm aufragte wie eine kleine Kanzel, so daß er nach oben schauen mußte. »Sind Sie mit der Klägerin und der Beklagten in diesem Fall bekannt?«

»Ja, das bin ich.«

»Waren beide zu der Zeit des tragischen Unfalls und des bald darauf folgenden Todes von Prinz Friedrich, dem Ehemann der Klägerin in Ihrem Haus zu Gast?«

»Das ist richtig.«

»Haben Sie die Klägerin noch einmal wiedergesehen, nachdem Sie Ihr Haus kurz nach diesem Unglück verließ?«

»Nein, Sir. Prinz Friedrich wurde in Wellborough beerdigt. Soviel ich weiß, wurde in Venedig, wo der Prinz und seine Gattin den größten Teil ihrer Zeit verbrachten, ein Gedenkgottesdienst abgehalten, aber leider konnte ich damals nicht dorthin reisen.«

»Haben Sie die Beklagte seitdem wiedergesehen?« Harvesters Stimme war sanft, als sei er nur beiläufig an einem gesellschaftlichen Ereignis interessiert.

»Ja, Sir, bei mehreren Gelegenheiten«, antwortete Wellborough mit zornbebender Stimme.

In der Galerie richteten sich mehrere Reporter auf.

»Können Sie mir sagen, was beim ersten dieser Anlässe geschah, Lord Wellborough? Bitte schildern Sie es in der gebotenen Ausführlichkeit, damit die Herren Geschworenen, die ja nicht zugegen waren, die für diesen Fall relevanten Aspekte der Situation erfassen können.«

»Gewiß.« Wellborough wandte sich den Gesschworenen zu.

Die Miene des Richters verriet bislang nichts als unbeteiligtes Interesse.

»Es war eine von Lady Easton veranstaltete Dinnerparty. Wir waren etwa zwei Dutzend Personen am Tisch. Die Stimmung war sehr heiter, bis uns jemand – ich weiß nicht mehr, wer – an den Tod von Prinz Friedrich erinnerte. Schlagartig wurden wir alle ernst. Sein Tod hatte uns alle sehr betrübt. Ich und noch einige andere verliehen unserer Trauer Ausdruck. Einige äußerten ihr Mitgefühl mit der verwitweten Prinzessin, da sie wußten, wie innig sie und ihr Mann einander geliebt hatten. Aber es war nicht nur der schreckliche Verlust, der sie bekümmerte, sondern auch die Sorge um ihre Zukunft, da sie nun völlig allein in der Welt stand.«

Einige Geschworene nickten; einer schürzte die Lippen.

In der Galerie erhob sich beifälliges Gemurmel.

Harvester sah zu Gisela hinüber. Ihr Gesicht verriet keinerlei Regung. Sie hatte ihre Handschuhe abgestreift, und nun lagen ihre Hände auf dem Pult vor ihr. Sie waren klein, doch kräftig. Bis auf ihren goldenen Ehering und einen schwarzen Trauerring trugen sie keinerlei Schmuck.

»Bitte fahren Sie fort«, bat Harvester mit leiser Stimme.

»Gräfin Zorah Rostova war ebenfalls anwesend«, erklärte der Lord mit vor Abscheu belegter Stimme. Seine Mundwinkel und Augen zuckten auf einmal. War er etwa doch nervös?

Rathbone dachte an Monks letzte Reise nach Wellborough und überlegte, mit welchen Mitteln er sich Wellboroughs Mitarbeit hatte sichern können, auch wenn sich seine Bemühungen letztlich als mehr oder weniger fruchtlos erwiesen hatten.

Harvester wartete.

Im Saal herrschte Stille. Jeder Atemzug war zu hören. Die Korsettstange einer Dame knarzte.

»Gräfin Rostova behauptete, für sie bestünde kein Zweifel, daß für Prinzessin Giselas Zukunft gesorgt sein und ihre Trauer sich mit der Zeit schon legen würde«, berichtete der Lord. Seine Züge spannten sich. »Ich hielt das für eine taktlose Bemerkung und glaube, daß sich auch jemand in dieser Richtung äußerte. Aber sie erwiderte draufhin, daß ihre Bemerkung noch sehr mild sei, wenn man bedenke, daß Gisela Friedrich ermordet habe.«

Jäh schnappte der ganze Saal nach Luft. Aufgeregtes Geraune setzte ein und hinderte den Lord am Weiterreden.

Der Richter griff nicht ein, sondern wartete, bis sich die Gemüter wieder beruhigt hatten.

Rathbone spannte unwillkürlich alle Muskeln an. Seine schlimmsten Befürchungen bewahrheiteten sich also. Er warf einen Blick auf Zorah, ihre lange Nase, ihre weit auseinander liegenden Augen, den feinen, sinnlichen Mund. Sie mußte verrückt sein! Eine andere Antwort war nicht möglich. Konnte man in Verleumdungsprozessen auf Unzurechnungsfähigkeit plädieren? Aber nein, naürlich nicht. Es war eine Zivilstreitsache und kein Strafprozeß.

Er hatte einen Augenkontakt mit Harvester vermeiden wollen, aber unwillkürlich sah er zu ihm hinüber. Was drückten seine Augen nur aus? Klammheimliche Schadenfreude? Oder war es Mitleid, weil der andere wußte, daß er keine Chance hatte?

»Und wie reagierten die anderen am Tisch auf diese Behauptung, Lord Wellborough?« fragte Harvester, als der Lärm sich wieder gelegt hatte.

»Voller Entsetzten selbstverständlich! Es waren zwar einige darunter, die verlegen lachten, weil sie es für einen bizarren Witz hielten, doch ich gehe davon aus, daß die Situation ihnen derartig peinlich war, daß sie nicht wußten, wie sie sich verhalten sollten.«

Harvesters Augenbrauen wölbten sich. »Erklärte sich Gräfin Rostova näher? Brachte sie etwas zur Rechtfertigung ihrer ungeheuerlichen Anschuldigung vor?«

»Nein.«

»Nicht einmal ihrer Gastgeberin, Lady Easton, gegenüber?«

»Nein. Der armen Lady Easton war das schrecklich peinlich. Sie wußte nicht, wie sie die Situation retten sollte. Wir alle waren wie vom Donner gerührt.«

Harvester nickte. »Das kann ich mir gut vorstellen. Sie sind sicher, daß Gräfin Rostova sich nicht entschuldigte?«

»Im Gegenteil!« rief Wellborough aufgebracht. Er klammerte sich am Geländer des Zeugenstands fest und beugte sich vor. »Sie sagte es noch einmal!«

»Sie haben das selbst gehört, Lord Wellborough?«

»Natürlich habe ich es gehört! Es läge mir fern, Dinge vor Gericht wiederzugeben, die andere mir erzählt haben.«

Harvester ließ sich nicht aus der Ruhe bringen. »Sprechen Sie von derselben Dinnerparty oder von einem zweiten Anlaß?«

»Beides.« Wellborough richtete sich auf. »Sie bekräftige ihre Behauptung am selben Abend, als Sir Gerald Bretherton ihr entgegenhielt, das könne sie unmöglich so gemeint haben, aber sie versicherte ihm, es sei ihr voller Ernst...«

»Und wie reagierten die anderen darauf?« unterbrach ihn Harvester. »Gab es eine Diskussion, oder glaubte man, sie sei nur überspannt oder habe sich gehenlassen?«

»Man versuchte, mit ihr zu reden, aber eine Woche später wiederholte sie bei einer Theaterparty ihre Vorwürfe. Ich kann mich nicht mehr an den Titel des Dramas erinnern, aber bei dieser Gelegenheit behauptete sie erneut, daß Prinzessin Gisela Prinz Friedrich ermordet habe. Es war entsetzlich. Jeder tat so, als hätte er nichts gehört oder als sei es ein makabrer Scherz gewesen, aber sie machte keinen Hehl daraus, daß sie ihre Worte genau so meinte, wie sie sie gesagt hatte.«

»Ist Ihnen bekannt, ob jemand diesen Behauptungen einen Fetzen Bedeutung beimaß, Lord Wellborough?« Harvester sprach mit leiser Stimme, aber um so bedachtsamer und deutlicher. Er richtete den Blick auf die Geschworenen und dann wieder auf den Zeugen. »Bitte überlegen Sie Ihre Antwort sorgfältig.«

»Gerne.« Der Lord sah Harvester fest in die Augen. »Ich hörte mehrere Leute sagen, das sei ja wohl der böswilligste Unsinn, den sie je gehört hätten; aber natürlich sei kein Körnchen Wahrheit daran.«

»Hört, hört!« rief ein Mann in der Galerie unter lebhaftem Applaus.

Der Richter warf einen warnenden Blick in die Ränge, griff aber nicht ein.

Rathbone schob den Kiefer vor. Im besten Fall hatte er auf einen resoluten und zugleich feinfühligen Vorsitzenden hoffen können. Aber vielleicht war es naiv von ihm gewesen, überhaupt etwas zu erhoffen. Die Worte des Lord Chancellor fielen ihm wieder ein. War der Richter nur diskret, oder hatte er schon kapituliert?

Die neben Rathbone sitzende Zorah lauschte mit unbewegter Miene. Vielleicht hatte sie den Ernst der Lage noch gar nicht begriffen.

»Von denjenigen, die Prinzessin Gisela kannten, glaubte es kein einziger«, fuhr Lord Wellborough fort. »Und das waren die meisten, wenn nicht alle. Allerdings gab es auch Leute, die diese Beschuldigungen wiederholten, und die Dummen begannen, Fragen zu stellen. Und dann wurde der Klatsch von bestimmten Dienstboten weiterverbreitet. Das Ganze war unsäglich unangenehm.«

»Wem?« fragte Harvester ruhig.

»Vielen, aber insbesondere Prinzessin Gisela.«

»Haben Sie persönliche Bekannte, in deren Augen Prinzessin Giselas Ruf gelitten hat?« bohrte Harvester nach.

Wellborough verlagerte das Gewicht von einem Bein aufs andere. »Ja. Ich hörte bei verschiedenen Anlässen häßliche Bemerkungen. Und als die Prinzessin für einen kurzen Aufenthalt nach England zurückkehren wollte, war es ihr unmöglich, zumutbares Personal zu finden.«

»Wie schrecklich!« Harvester war die Anteilnahme in Person. »Haben Sie Grund zu der Annahme, daß das eine direkte Folge von Gräfin Rostovas Anschuldigungen war?«

»Ich bin mir dessen absolut sicher«, erwiderte der Lord kühl. »Mein Butler versuchte, Bedienstete einzustellen, damit sie ein paar friedliche Monate in ihrem Landhaus verbringen konnte, um der Hitze von Venedig zu entkommen. Sie wollte sich vom Leben in der Öffentlichkeit zurückziehen, was angesichts der Umstände nur zu verständlich ist. Aber diese unsägliche Angelegenheit läßt das nun nicht mehr zu. Kurz, wir fanden keine geeigneten Hausangestellten. Die dummen Gerüchte hatten sich längst wie ein Lauffeuer verbreitet.«

Im Zuschauerraum erhob sich mitleidsvolles Gemurmel.

Harvester schüttelte betrübt den Kopf. »Das ist ja schrecklich. Die Prinzessin konnte also nicht kommen?«

»Sie war gezwungen, bei Freunden zu wohnen, doch das machte es ihr unmöglich, ein Leben in der ersehnten Abgeschiedenheit zu führen, die sie nach dem tragischen Verlust so nötig gehabt hätte.«

»Danke, Lord Wellborough. Darf ich Sie bitten, sich nun meinem gelehrten Kollegen zur Verfügung zu stellen, damit er die eine oder andere Frage an Sie richten kann?«

Rathbone erhob sich. Er spürte förmlich, wie es im ganzen Saal vor Spannung knisterte. Er hatte sich die ganze Zeit den Kopf zerbrochen, was er Lord Wellborough nur fragen sollte, aber alles, was ihm eingefallen war, hätte seine Lage nur verschlimmert.

Der Richter sah ihn fragend an.

»Keine Fragen, danke, Euer Ehren«, sagte der mit trockenem Mund und setzte sich wieder.

So stieg Lord Wellborough vom Zeugenstand herunter, schritt durch den Saal und ging hinaus.

Harvester rief nun Lady Wellborough auf.

Im Gegensatz zu ihrem Mann verriet sie Nervosität. Als hätte sie sich nicht ganz entscheiden können, ob sie trauern sollte oder nicht, trug sie die Farben Schwarz und Braun. Nun, es ging um einen Todesfall und die Leugnung eines Mordes.

»Lady Wellborough«, begann Harvester in sanftem Ton, »ich brauche Ihnen nicht viele Fragen zu stellen, und sie alle beziehen sich auf Gräfin Rostovas Worte und deren Auswirkungen.«

»Ich verstehe«, sagte sie mit zitternder Stimme. Mit vor dem Bauch gefalteten Händen stand sie da. Ihre Augen wanderten zuerst zu Gisela und dann zu Zorah hinüber. Die Geschworenen sah sie nicht an.

»Nun gut. Darf ich Sie noch einmal zu der Dinnerparty im Londoner Haus von Lady Easton zurückführen, an der auch sie und Lord Wellborough teilnahmen? Erinnern Sie sich daran?«

»Ja, natürlich.«

»Hörten Sie Gräfin Rostovas Bemerkung über Prinzessin Gisela und über Prinz Friedrichs Tod?«

»Ja. Sie behauptete, die Prinzessin hätte ihn ermordet.«

Rathbone sah zu Gisela hinüber. Vergeblich versuchte er, ihrem Gesicht etwas abzulesen. Sie wirkte unbewegt, ja, unbeteiligt, als verstehe sie nicht, was gesagt wurde. Oder war es ihr am Ende egal? Alles, was ihre Leidenschaft geweckt, was ihr etwas bedeutet hatte, war unwiederbringlich Vergangenheit; es war gestorben mit dem Mann, den sie geliebt hatte. Was hier gespielt wurde, drang kaum noch zu ihr durch – eine Farce ohne Bezug zur Realität.

Harvesters Stimme zwang ihn, wieder zuzuhören. »Sagte sie es einmal oder mehrere Male?«

»Sie wiederholte es bei mindestens drei mir bekannten Anlässen«, antwortete Lady Wellborough. »Und ganz London redete davon. Weiß der Himmel, wie oft sie das noch behauptet hat!«

»Sie meinen, es wurde darüber diskutiert oder geklatscht, wenn Sie so wollen?« half Harvester nach.

Ihre Augen weiteten sich. »Natürlich! So etwas läßt doch keinen kalt. Man muß einfach darauf reagieren!«

»Die Leute erzählten es also weiter, ob sie es glaubten oder nicht?«

»Ja…, ja. Ich kann mir nicht vorstellen, daß die Leute so etwas glaubten! Wie denn auch? Das ist ja grotesk!«

»Aber trotzdem wiederholten sie es?« bohrte er nach.

»Hmm…, ja.«

»Wissen Sie, wo die Prinzessin sich damals aufhielt, Lady Wellborough?«

»Ja, sie war in Venedig.«

»War ihr bekannt, was über sie gesagt wurde?«

Sie errötete leicht. »Ja…, ich…, ich habe es ihr geschrieben.« Sie biß sich auf die Lippe. »Ich tat es höchst ungern. Ich brauchte eine Woche für den Brief, aber ich konnte doch nicht zulassen, daß so etwas unwidersprochen über sie verbreitet wurde. Ich konnte sie natürlich in Schutz nehmen und das abstreiten, aber es war mir nicht möglich, rechtliche Schritte einzuleiten.« Sie starrte Harvester mit eindringlichem Blick an.

Rathbone hatte das Gefühl, ihr sei sehr daran gelegen, daß Harvester ihre Gründe verstand. Kurz kam ihm in den Sinn, daß sein Gegner das Verhör mit ihr geübt haben könnte und sie sich nun vergewissern wollte, daß sie auch wirklich die richtige Antwort gegeben hatte. Aber selbst wenn das stimmte, hätte es ihn auch nicht weitergebracht. Für Zorah konnte er jedenfalls kein Kapital daraus schlagen.

»Sie haben ihr also ermöglicht, sich vor dem Gesetz zu verteidigen?« schloß Harvester. »Und das tut sie jetzt auch. Haben Sie eine Antwort auf Ihren Brief erhalten?«

»Ja.«

Beifälliges Gemurmel erhob sich in der Galerie. Einer der Geschworenen nickte bedächtig.

Harvester zog einen blaßblauen Papierbogen aus seiner Tasche und reichte ihn dem Gerichtsdiener.

»Euer Ehren, darf ich diesen Brief als Beweismittel führen und die Zeugin bitten, ihn zu identifizieren?«

»Antrag gestattet«, stimmte der Richter zu.

Lady Wellborough bestätigte, daß das der Brief war, den sie erhalten hatte, und las mit rauher Stimme den Inhalt mitsamt

Datum und der Anschrift der Klägerin in Venedig vor. Nur einmal sah sie kurz zu Gisela hinüber und erntete ein fast unmerkliches Nicken.

»›Meine liebe Emma‹«, begann sie etwas unsicher, »›Mit Worten läßt sich nicht fassen, wie tief Ihr Brief mich getroffen und schockiert hat. Am Anfang wußte ich kaum, wie ich die Feder zum Papier führen sollte, um eine leserliche Antwort zu schreiben.‹«

Ohne von dem Bogen aufzusehen, hielt sie inne und räusperte sich.

»›Lassen Sie mich, liebe Freundin, Ihnen zuallererst dafür danken, daß Sie mir diese schreckliche Nachricht überbracht haben. Es kann Ihnen nicht leichtgefallen sein, so etwas überhaupt zu formulieren. Manchmal scheint die Grausamkeit des Lebens noch das Maß des Vorstellbaren zu übersteigen. Nach dem Tod meines geliebten Friedrich hatte ich gedacht, von nun an gebe es nichts mehr zu hoffen oder zu fürchten. Für mich bedeutete er das Ende allen Glücks, Schönen und Wertvollen. Jetzt, so glaubte ich, könnte mich kein Schicksalsschlag mehr treffen. Wie hatte ich mich doch getäuscht! Ich kann Ihnen nicht beschreiben, wie mich das schmerzt. Allein schon der Gedanke, daß mir jemand, ein Mensch mit einem Herzen und einer Seele, zutraut, ich könnte den Mann, der für mich die Liebe und der Inhalt meines Lebens war, verletzt haben, bereitet mir unerträgliche Schmerzen. Ich bin außer mir vor Trauer.

Wenn diese Frau nicht bedingungslos alle Behauptungen zurücknimmt und gesteht, daß sie betrunken oder verrückt war, muß ich sie verklagen. Ich verabscheue diesen Schritt aus tiefstem Herzen, aber ich habe keine Wahl. Ich kann nicht dulden, daß derart über Friedrich gesprochen, daß unsere Liebe in den Schmutz gezogen wird. Ich bin zu ewiger Trauer und Einsamkeit verdammt und kann sein Leben nicht mehr retten, aber seinen Ruf als den Mann, den ich über alles geliebt und angebetet habe, werde ich bewahren. Ich kann, ich werde nicht zulassen, daß die Welt glaubt, ich hätte ihn verraten.

Ich bleibe für immer in Ihrer Schuld.

Ihre Freundin Gisela.‹«

Lady Wellborough ließ den Bogen auf die Balustrade sinken und sah Harvester in die Augen. Ihr Gesicht war kalkweiß. Sie rang um Fassung.

Aber um sie kümmerte sich niemand mehr. Praktisch alle Blicke waren auf Gisela gerichtet, auch wenn sie nur vom Profil zu sehen war. Einige Frauen schnieften, ein Geschworener starrte geradeaus und zwinkerte mehrmals sehr schnell, ein anderer schneuzte sich unnötig laut.

Harvester räusperte sich.

»Ich denke, wir können davon ausgehen, daß diese Entwicklung Prinzessin Gisela zutiefst erschütterte und ihr in der Trauer über den Verlust ihres geliebten Mannes zusätzlicher Schmerz zugefügt wurde.«

Lady Wellborough nickte.

Harvester forderte nun Rathbone auf, seinerseits Fragen an die Zeugin zu stellen, doch dieser verzichtete erneut.

Rathbone hörte die Leute überrascht miteinander tuscheln und bemerkte fassungsloses Staunen auf der Miene eines der Geschworenen, aber er hatte keine andere Möglichkeit. In einer so verzweifelten Situation wie dieser würde er die Lage mit jeder Frage nur verschlimmern, denn er böte Lady Wellborough die Gelegenheit, ihre Aussage zu wiederholen.

Der Vorsitzende unterbrach nun die Verhandlung für die Mittagspause, woraufhin Rathbone an Harvester vorbei eilig auf ein kleines Zimmer zusteuerte, um sich dort mit Zorah, die er mehr oder weniger hinter sich herzerrte, unter vier Augen zu besprechen. Hinter ihnen knurrte und fauchte wütend die sich langsam auflösende Menge.

»Gisela hat Friedrich nicht getötet!« rief Rathbone, sobald er die Tür hinter sich geschlossen hatte. »Ich habe nichts in der Hand, was Ihre Beschuldigung einigermaßen nachvollziehbar, geschweige denn wahr erscheinen ließe! Lenken Sie doch ein, um Himmels willen! Geben Sie zu, daß Sie sich von

Ihren Emotionen haben hinreißen lassen, daß Sie sich getäuscht haben...«

»Ich habe mich nicht getäuscht«, erwiderte Zorah müde. Ihre grünen Augen waren gleichwohl ruhig und ihr Blick fest. »Ich lasse doch nicht von der Wahrheit ab, nur weil sie unbequem geworden ist. Mich wundert, daß Sie dazu bereit sind. Ist das Ihr Mut mitten in der Schlacht, der Ihnen so großen Ruhm eingebracht hat?«

»Wer mit fliegenden Fahnen ins feindliche Feuer läuft, macht sich vielleicht einen Namen in der Geschichte«, entgegnete er schroff, »aber er opfert damit nur sinnlos sein Leben. Romantische Vorstellungen, schön und gut, aber in Wirklichkeit bedeutet Krieg nichts anderes als Tod, Qualen, Krüppel, weinende Witwen und Mütter, die ihre Söhne nie wiedersehen werden. Es ist höchste Zeit, daß Sie zu träumen aufhören und sich dem Leben stellen, so wie es ist.« Er hörte selbst, daß seine Stimme immer lauter und schriller wurde, doch er konnte sich nicht mehr bremsen. In seiner Anspannung ballte er die Fäuste mit solcher Kraft, daß ihn die Muskeln schmerzten, und ohne es zu merken, fuchtelte er ruckartig herum. »Haben Sie den Brief nicht gehört? Haben Sie die Gesichter der Geschworenen nicht gesehen? Gisela ist eine Heldin, das Ideal ihrer romantischen Vorstellungen! Sie haben sie mit einer Beschuldigung angegriffen, die Sie nicht beweisen können. Jetzt stehen Sie als die Schurkin da. Was ich auch sage, ich kann daran nichts mehr ändern. Mit jedem Gegenangriff verschlimmere ich nur Ihre Lage.«

Sie stand reglos vor ihm, blaß das Gesicht, die Schultern straff. Mit leiser und etwas zitternder Stimme sagte sie: »Sie geben zu schnell auf. Wir haben doch erst angefangen. Kein vernünftiger Mensch trifft eine Entscheidung, wenn er nur einen Standpunkt gehört hat. Wie auch immer, die Geschworenen haben die Pflicht, zu warten und auch uns anzuhören. Gewährleistet das Gesetz es denn nicht beiden Seiten, ihre Argumente vorzubringen?«

»Aber Sie *haben* keine Argumente!« schrie Rathbone, nur um

sofort zu bedauern, daß er die Selbstbeherrschung verloren hatte. Das war nur würdelos und brachte niemanden weiter. »Sie *haben* keine Argumente«, wiederholte er merklich leiser. »Das einzige, was wir jetzt noch erreichen können, ist, Indizien vorzulegen, die den Schluß zulassen, daß Friedrich ermordet wurde, auch wenn wir unmöglich beweisen können, daß Gisela die Täterin war. Sie werden Ihre Behauptungen früher oder später mit einer Entschuldigung zurücknehmen müssen, oder Ihnen droht eine empfindliche Strafe. Sie werden Ihren Ruf verlieren …«

»Ruf!« Sie lachte höhnisch auf. »Finden Sie nicht auch, daß ich ihn schon längst verloren habe, Sir Oliver? Alles, was ich jetzt noch habe, ist das bißchen Geld, das ich von meiner Familie geerbt habe, und wenn Gisela es mir wegnehmen will, kann sie es gerne haben. Meine Integrität, meinen Witz und meine Überzeugungen kann sie mir nicht nehmen!«

Rathbone setzte zu einer Widerrede an, erkannte aber, daß das keinen Sinn hätte. Zorah hätte ohnehin nicht auf ihn gehört. Vielleicht hatte sie das noch nie getan. Er wählte einen anderen Ansatz. »Nun, dann …«, begann er, um abermals abzubrechen.

»Ja?« fragte sie.

Er hatte ihr raten wollen, wenigstens bescheiden aufzutreten, wäre damit aber wohl auch nicht bei ihr durchgedrungen. So etwas entsprach einfach nicht ihrer Natur.

Der erste Zeuge nach dem Mittagessen war Florent Barberini. Rathbone war schon neugierig auf ihn. Nun, er war ein südländischer Typ und sah blendend aus, kam Rathbone allerdings etwas zu melodramatisch vor. Sein erster Eindruck war darum ein negativer.

»Waren Sie zu der Zeit von Prinz Friedrichs Tod in Wellborough Hall, Mr. Barberini?« begann Harvester ziemlich zwanglos. Er zog es vor, die englische Anredeform zu benutzen und nicht die deutsche oder italienische.

»Ja«, antwortete Florent.

»Blieben Sie danach noch einige Zeit in England?«

»Nein, ich kehrte zum Gedenkgottesdienst für Prinz Friedrich nach Venedig zurück, wo ich bis vor kurzem auch blieb.«

»Waren Sie ein treuer Anhänger von Prinz Friedrich?«

»Ich bin Venezianer; dort ist meine Heimat.«

Harvester ließ sich davon nicht beeindrucken. »Aber Sie kamen nach England zurück?«

»Ja.«

»Warum, wenn Venedig doch Ihre Heimat ist?«

»Weil mir zu Ohren gekommen war, daß Gräfin Rostova Prinzessin Gisela des Mordes bezichtigt haben soll. Ich wollte wissen, ob das zutrifft, und ihr in diesem Fall dazu raten, die Beschuldigung unverzüglich zurückzunehmen.«

»Ich verstehe.« Harvester verschränkte die Hände hinter dem Rücken. »Und was erfuhren Sie bei Ihrer Ankunft in London?«

Florent senkte den Blick. Seine Stirn war gerunzelt. Er mußte mit dieser Frage gerechnet haben, doch allem Anschein nach schmerzte sie ihn. »Daß Gräfin Rostova den Vorwurf offenbar in aller Öffentlichkeit vorgebracht hatte.«

»Einmal?« drängte Harvester und baute sich vor ihm auf. »Oder mehrmals? Haben Sie es mit eigenen Ohren gehört oder nur von Dritten?«

»Ich habe es selbst gehört.« Florent sah nun auf. Seine Augen waren groß und dunkel. »Aber ich kenne niemanden, der es glauben würde.«

Harvester legte die Stirn in Falten. »Woher wissen Sie das, Mr. Barberini?«

»Meine Gewährsleute haben es mir gesagt.«

»Und Sie sind sicher, daß Ihnen die Wahrheit gesagt wurde?« Harvester wirkte ungläubig, wahrte aber gerade noch den Rahmen der Höflichkeit. »Ihre Gewährsleute haben sich gewiß korrekt verhalten und sich öffentlich davon distanziert, wie man es wohl auch von rechtschaffenen Bürgern erwarten kann, aber sind Sie sicher, daß sie insgeheim nicht doch das Gegenteil denken? Hat sie nicht vielleicht doch ein leiser Zweifel beschlichen?«

»Ich weiß nur, was mir gesagt wurde«, erwiderte Florent.

Rathbone erhob sich.

»Ja, ja«, brummte Richter, bevor er etwas sagen konnte. »Mr. Harvester, Ihre Fragen sind rhetorisch und hier nicht angebracht. Wie Sie sehr wohl wissen, widersprechen Sie sich damit selbst. Mr. Barberini kann unmöglich wissen, ob die Gedanken der anderen mit ihren Worten übereinstimmen. Er hat gesagt, daß alle seine Bekannten die Vorwürfe nicht glauben konnten. Wenn Sie uns vom Gegenteil überzeugen wollen, dann müssen Sie es uns beweisen.«

»Euer Ehren, das habe ich auch vor.« Harvester ließ sich nicht im geringsten aus der Ruhe bringen. Rathbone hätte an seiner Stelle nicht anders reagiert. Wenn man wußte, daß man alle Trümpfe in der Hand hatte, konnte man leicht gelassen bleiben.

Harvester wandte sich lächelnd wieder Florent zu. »Mr. Barberini, ist Ihnen bekannt, ob Prinzessin Gisela durch diese Bezichtigung, abgesehen von emotionalem Leid, noch weiterer Schaden zugefügt wurde?«

Florent zögerte.

»Mr. Barberini?« mahnte Harvester.

Florent hob den Kopf. »Bei meiner Rückkehr nach Venedig hörte ich, daß die Gerüchte auch dort kursierten ...« Erneut verstummte er.

»Und ihnen wurde in Venedig genausowenig Glauben geschenkt?« fragte Harvester mit sanfter Stimme.

Schon wieder zögerte Florent.

Der Richter beugte sich vor. »Sie müssen nach bestem Wissen antworten, Sir. Sagen Sie nur, was Sie wissen. Aber Sie sollen, oder vielmehr, Sie dürfen nicht spekulieren.«

»Nein«, erklärte Florent so leise, daß die Geschworenen Mühe hatten, ihn zu verstehen. Im Saal erstarben abrupt alle Geräusche.

»Nein«, bekräftigte Florent. »Zwar dachten einige laut darüber nach, ob etwas an den Gerüchten war, aber es waren nur sehr wenige, vielleicht zwei oder drei. In jeder Gesellschaft gibt es ja die Leichtgläubigen und die Gehässigen. Prinzessin Gisela lebt dort nun schon seit einigen Jahren. Natürlich hat sie sich da als Dame der hohen Gesellschaft Feinde wie Freunde gemacht. Ich bezweifle, daß jemand den Vorwürfen ernsthaft Glauben schenkte, aber ihre Gegner griffen sie wohl bereitwillig auf, um ihrem Ruf zu schaden.«

»Haben die Gerüchte ihr geschadet, Mr. Barberini?«

»Sie waren sehr unerfreulich.«

»Haben sie ihr geschadet?« rief Harvester auf einmal mit donnernder Stimme. Er legte den Kopf zurück, um den über ihm stehenden Florent eindringlich ansehen zu können. Auch wenn er von eher schmächtiger Gestalt war, an seiner Autorität bestand kein Zweifel. »Weichen Sie mir nicht aus, Sir! Blieben auf einmal die Einladungen in bestimmte Häuser aus? Waren die Leute unfreundlich zu ihr? Wurde sie ignoriert oder beleidigt? Empfand sie es als peinlich, sich an bestimmten öffentlichen Orten unter ihresgleichen sehen zu lassen?«

Florent lächelte. Es bedurfte schon mehr als selbst des besten Barristers, um ihn aus der Ruhe zu bringen. »Ihre Kenntnisse der Hintergründe scheinen äußerst gering zu sein, Sir«, antwortete er. »Kaum war der Gedenkgottesdienst vorüber, zog sich Prinzessin Gisela in tiefer Trauer von der Gesellschaft zurück. Sie blieb in ihrem Palazzo, empfing nur höchst selten Besucher und zeigte sich nie am Fenster. Sie ging nirgendwohin, nahm keine Einladungen an und wurde nie in der Öffentlichkeit gesehen. Ich weiß nicht, ob ihr weniger Menschen Blumen oder Briefe schickten, als das normalerweise der Fall gewesen wäre. Und wenn ja, kann man über die Gründe nur spekulieren. Es hätten Hunderte sein können. Ich weiß, was ich gehört habe, nicht mehr. Wie immer ein Gerücht lauten mag, es wird immer welche geben, die es weiterverbreiten. Ugo Casselli behauptete einmal, er hätte bei Vollmond eine Nixe auf den Stufen von Santa Maria Maggiore sitzen sehen. Sogar das wurde von irgendeinem Idioten aufgegriffen!«

Die Zuschauer brachen in Gelächter aus, das sofort erstarb, als Harvester wütend in den Saal blitzte.

Aber Rathbone sah mit plötzlicher, vielleicht grundloser Erleichterung, daß der Richter grinste.

»Und Sie finden das witzig?« fuhr Harvester Florent an.

Florent wußte, wie die Frage gemeint war, spielte aber den Verständnislosen. »Erheiternd!« rief er, die Augen weit aufgerissen. »Beim nächsten Vollmond waren zweihundert Leute auf der Lagune. Das Geschäft lief wunderbar. Ich schließe nicht aus, daß ein Gondoliere das Gerücht in die Welt setzte.«

Harvester war zu klug, um nicht gute Miene zum bösen Spiel zu machen. »Sehr unterhaltsam.« Er zwang sich zu einem trockenen Lächeln. »Aber wohl eine harmlose Erfindung. Gräfin Rostovas Erfindung dagegen ist alles andere als harmlos, auch wenn sie gewiß mindestens genauso absurd ist, finden Sie nicht auch?«

»Was Absurdität betrifft, ist der Vergleich meiner Meinung nach schief«, widersprach Florent. »Ich glaube nicht an Nixen, nicht einmal in Venedig. Bedauerlicherweise kommt es aber gelegentlich vor, daß Frauen ihre Männer ermorden.«

Harvester wirbelte erbost herum, brauchte aber nicht mehr zu protestieren. Die Zuschauer nahmen ihm mit wütendem Gemurre die Mühe ab. »Schande!« schrie ein Mann, und zwei, drei andere sprangen auf. Einer ballte sogar die Faust.

Mehrere Geschworene schürzten die Lippen und schüttelten den Kopf.

Die neben Rathbone sitzende Zorah verbarg das Gesicht in den Händen, und er sah ihre Schultern beben. Sie schüttelte sich vor Lachen.

Harvester entspannte sich wieder. Er hatte es nicht nötig, zu kämpfen, und wußte das auch. »Ihr Zeuge, Sir Oliver.«

Rathbone erhob sich. Er mußte etwas sagen, zeigen, daß er den Kampf aufnahm. Er war ja schon mehrmals ohne Waffen in Schlachten mit ähnlich hohem Einsatz gegangen. Nun gut, der Richter würde merken, daß es ihm nur auf Zeitgewinn ankam. Auch Harvester würde ihn durchschauen, aber die Geschworenen nicht. Und Florent war ja fast so etwas wie ein freundlicher Zeuge. Offenbar betrachtete er das Vergehen als Bagatelle. Einmal hatte er Zorah angesehen, wenn auch nicht lächelnd, so doch mit einem warmen Blick.

Aber was sollte er ihn nur fragen? Zorah hatte sich geirrt und war die einzige Person, die das nicht wahrhaben wollte.

»Mr. Barberini«, begann er in einem weitaus selbstbewußteren Ton, als ihm zumute war, und schritt bedächtig über das Parkett. Hauptsache, er holte ein paar Sekunden heraus, obwohl ihm in diesem Fall alle Zeit der Welt nichts nützen würde. »Mr. Barberini, Sie sagen, daß Ihres Wissens niemand den Vorwürfen von Gräfin Rostova Glauben schenkte?«

»Soweit ich das beurteilen kann, ja«, antwortete Florent vorsichtig.

Harvester lehnte sich lächelnd in seinem Stuhl zurück und warf Gisela einen ermutigenden Blick zu, doch sie starrte gebannt nach vorne, ohne ihn wahrzunehmen.

»Und die Gräfin selbst?« wollte Rathbone wissen. »Haben Sie Grund zu der Annahme, daß sie ihre Beschuldigungen nicht für wahr hält?«

Florent sah ihn verdattert an. Mit einer solchen Frage hatte er offenbar nicht gerechnet.

»Keinen einzigen«, erwiderte er. »Ich habe keinen Zweifel, daß sie felsenfest davon überzeugt ist.«

»Warum sagen Sie das?« Rathbone war klar, daß er sich auf gefährliches Gelände wagte, aber er hatte ja kaum etwas zu verlieren. Es war immer riskant, Fragen zu stellen, auf die man die Antwort nicht kannte. Stets hatte er seinen Assistenten gepredigt, so etwas unbedingt zu vermeiden.

»Weil ich Zorah ... Gräfin Rostova kenne«, erwiderte Florent. »Wie absurd es auch klingen mag, sie behauptet nie etwas, wovon sie nicht hundertprozentig überzeugt ist.«

Harvester stand auf. »Euer Ehren, der Glaube an die Wahrheit einer Verleumdung ist keine Entschuldigung. Es gibt ja auch Leute, die fest daran glauben, daß die Erde eine Scheibe sei. Wie sicher auch meinem gelehrten Freund bekannt ist, bleibt sie trotzdem eine Kugel.«

»Auch mir ist das bekannt, Mr. Harvester«, versicherte ihm der Richter. »Und sollte Ihr Gegner versuchen, den Geschworenen das Gegenteil weiszumachen, werde ich sie informieren, daß das nicht der Fall ist, aber bislang hat er ja noch nichts dergleichen angedeutet. Fahren Sie fort, Sir Oliver, wenn Sie ein Argument vorzubringen haben.«

Durch die Galerie ging ein Auflachen. Jemand kicherte.

»Ich wollte nur festhalten, daß die Gräfin aus Überzeugung gehandelt hat, Euer Ehren«, antwortete Rathbone, »und eben nicht mit boshafter Absicht, um Schaden um seiner selbst willen anzurichten.« Da ihm nichts weiter einfiel, verneigte er sich und kehrte an seinen Platz zurück.

Harvester erhob sich noch einmal.

»Mr. Barberini, beruht diese Ihre Meinung über Gräfin Rostovas Aufrichtigkeit auf persönlichem Wissen? Ist Ihnen beispielsweise bekannt, ob sie irgendwelche Beweismittel in den Händen hält?« Die Frage selbst troff vor Sarkasmus, aber der Ton war gerade noch im Rahmen der Höflichkeit.

»Wenn ich von Beweisen wüßte, würde ich nicht hier herumstehen«, erwiderte Florent stirnrunzelnd. »Vielmehr würde ich damit sofort zu den zuständigen Behörden gehen. Ich habe aber nur gesagt, daß ich davon überzeugt bin, daß sie daran glaubt. Warum sie so gehandelt hat, weiß ich nicht.«

Harvester maß Zorah mit einem vernichtenden Blick und wandte sich dann wieder Florent zu. »Haben Sie sie denn nicht gefragt? Als Freund von ihr oder der Prinzessin würde man das doch gleich als erstes tun.«

Rathbone wurde innerlich ganz klamm.

»Natürlich habe ich sie gefragt!« rief Florent wütend. »Sie hat mir nichts gesagt.«

»Heißt das, sie hat Ihnen gesagt, daß sie nichts weiß? Oder daß sie Ihnen keine Antwort gab?«

»Sie gab mir keine Antwort.«

»Danke, Mr. Barberini. Ich habe keine weiteren Fragen.«

Kaum war die Verhandlung vertagt worden, stürzten die Reporter mit ihren eilig zusammengekritzelten Berichten aus dem Saal, damit sie möglichst als erste einen Hansom in die Fleet Street ergatterten. Auf der Straße drängten und stießen sich die Leute, die alle die Kontrahentinnen sehen wollten. Droschken und Kutschen wurden abrupt angehalten. Kutscher schrien durcheinander. Die Stimmen der Zeitungsverkäufer gingen im allgemeinen Lärm unter. Von den Nachrichten über China, Mr. Gladstones Problemen mit den Finanzen oder Mr. Darwins blasphemischen Vorstellungen vom Ursprung der Menschheit wollte niemand etwas wissen, wo sich doch unmittelbar vor ihnen ein ergreifendes Drama abspielte. Liebe, Haß, Treue, Opfer, Mord – und alles zum Anfassen!

Eskortiert von Harvester auf der einen Seite und einem kräftigen Diener auf der anderen, trat nun Gisela aus dem Haupteingang. Sofort brach die Menge in Jubel aus. Einige warfen ihr Blumen zu, Schals flatterten in der frischen Oktoberluft, und die Männer schwenkten ihre Hüte.

»Gott segne die Prinzessin!« rief jemand. Begeistert fielen immer mehr mit ein; erst waren es ein paar Dutzend, bald Hunderte.

Gisela stand still, eine kleine, zerbrechliche Figur von ungeheurer Würde. Allein ihr sich gewaltig bauschender schwarzer Rock schien sie zu halten, so steif und fest sah er aus. Mit der Andeutung eines Winkens dankte sie der Menge, dann ließ sie sich in die schwarz drapierte und mit schwarzen Pferden bespannte Kutsche helfen und fuhr langsam davon.

Zorahs Abfahrt hätte nicht unterschiedlicher ausfallen können. Die Leute drängten sich noch immer vor, begierig darauf, auch sie zu Gesicht zu bekommen. Doch die Stimmung hatte umgeschlagen. Auf einmal wurden die häßlichsten Beschimpfungen ausgestoßen. Auch wenn keine Gegenstände geworfen wurden, so schob sich Rathbone doch instinktiv in der Manier eines Leibwächters zwischen Zorah und die Meute.

Er stieß sie fast in den Hansom und kletterte eilig hinterher, um helfen zu können, falls die Menge den Weg versperrte. Doch nur eine Frau sprang vor die Kutsche und schrie mit sich überschlagender Stimme unverständliche Hetzparolen. Das Pferd machte vor Schreck einen Satz nach vorne und riß sie von den Beinen. Sie fing an zu kreischen.

»Aus 'm Weg, du dumme Kuh!« brüllte der nicht minder erschrockene Kutscher, dem bei dem plötzlichen Ruck die Zügel aus der Hand gefallen waren. »Tut mir leid, Ma'am«, entschuldigte er sich dann sogleich bei Zorah.

Im Innern wurde Rathbone gegen die Wand geschleudert, und Zorah stieß gegen ihn. Aber einen Moment später fuhren sie sanft los und ließen die schreiende Meute hinter sich zurück.

Ohne nach links oder rechts zu schauen, setzte sich Zorah rasch wieder auf. Die Röcke strich sie sich nicht gerade. Es wäre ein Eingeständnis gewesen, daß es Schwierigkeiten gegeben hatte, und das ging ihr wohl gegen den Strich.

Rathbone legte sich mindestens ein Dutzend Einleitungen für ein Gespräch zurecht, verwarf sie aber alle. So beschied er sich damit, Zorahs Gesicht von der Seite her anzusehen. Zunächst war er sich nicht sicher, ob es Angst erkennen ließ oder nicht. Plötzlich streifte ihn ein schrecklicher Gedanke: Hatte sie es am Ende so gewollt? War sie vielleicht süchtig nach der Erregung, die die Gefahr mit sich brachte? Immerhin stand sie im Mittelpunkt. Alle Aufmerksamkeit, aber auch der Haß, die Wut und die Aggressionen galten ihr. Nun, es gab Leute – wenn auch nur sehr wenige –, denen Ruhm, egal welcher Art, lieber war als alles andere. Ignoriert zu werden kam in ihren Augen dem Tod gleich. Für sie war das ein alles verschlingendes schwarzes Loch, vor dem ihnen graute. Bevor sie da hineinfielen, wollten sie sogar lieber verabscheut werden.

War sie verrückt?

Wenn ja, dann fiel ihm die Verantwortung zu, für sie und in ihrem besten Interesse zu entscheiden, bevor sie sich noch selbst zerstörte. Man hatte nicht nur eine moralische Verpflichtung gegenüber den Wahnsinnigen, sondern auch einen gesetzlichen Auftrag. Bislang hatte er Zorah als einen Menschen behandelt, der zu rationalen Urteilen fähig war und die Folgen seiner Handlungen absehen konnte. Vielleicht aber war das bei ihr schon nicht mehr der Fall. Vielleicht stand sie unter einem inneren Zwang, den er nicht bemerkt und an dem er infolgedessen als Anwalt und Mensch gescheitert war.

Er betrachtete ihr Gesicht. Verbarg ihre Ruhe nicht vielmehr eine Unfähigkeit, zu verstehen, was geschehen war, und zu erkennen, daß es nur noch schlimmer werden würde?

Er machte den Mund auf, wußte aber plötzlich nicht mehr, was er sagen wollte. So sah er hinab auf ihre im Schoß liegenden Hände. Sie waren zu Fäusten geballt und zitterten. Er musterte wieder ihr Gesicht, und jetzt erkannte er, daß der starre Blick, der vorgeschobene Kiefer nicht von Gleichgültigkeit oder Unkenntnis herrührten, sondern von einer Angst, die weit tiefer lag als die seine, und dem Wissen, daß das, was auf sie zukam, häßlich und schmerzhaft sein würde.

Er wandte die Augen ab und überlegte, wie es weitergehen sollte. Seine Verwirrung hatte zu- statt abgenommen, und er wußte sich keinen Rat, was seinen nächsten Schritt betraf.

Rathbone war seit über zwei Stunden zu Hause, als ihm sein Diener Hester Latterlys Besuch meldete. Einen Moment lang war er erleichtert, doch dann sank seine Stimmung wieder, als ihm klar wurde, daß er ihr nichts Gutes, ja, nicht einmal einen Hoffnungsschimmer ankündigen konnte.

»Bitten Sie sie herein!« sagte er schärfer als gewollt. Es war eine kalte Nacht. Da sollte sie nicht unnötig warten.

»Hester!« rief er freudig, als sie sich in der Tür zeigte. Sie sah reizender aus, als er sie in Erinnerung hatte. Ihr Gesicht hatte Farbe bekommen, und das stand ihr außerordentlich gut. Ihre sanften Augen drückten Anteilnahme aus, die ihm sofort einen Teil der Spannung nahm. Sogar seine Ängste fielen für einen Moment von ihm ab. »Treten Sie ein«, bat er herzlich. Er hatte bereits gegessen und nahm dasselbe von ihr an. »Darf ich Ihnen ein Glas Wein anbieten? Port vielleicht?«

»Noch nicht, danke«, lehnte sie ab. »Wie geht es Ihnen? Und wie fühlt sich Gräfin Rostova? Ich habe die häßliche Szene gesehen, als sie das Gericht verließ.«

»Sie waren auch da? Ich habe Sie gar nicht gesehen.« Er trat beiseite, damit sie sich vor dem Kamin wärmen konnte. Erst danach dämmerte ihm, was für ein ungewöhnliches Angebot das war. Normalerweise hätte er einer Frau nie bewußt den Platz vor einem Feuer überlassen, schon gar nicht vor seinem eigenen! Das zeigte nur, wie aufgewühlt er war.

»Kein Wunder«, meinte sie mit einem schiefen Lächeln. »Wir waren so eng zusammengepfercht, daß kein Blatt zwischen uns gepaßt hätte. Wen können Sie jetzt noch um Hilfe bitten? Hat Monk wenigstens ansatzweise etwas Nützliches herausgefunden? Was, um Himmels willen, macht er denn jetzt?«

Wie um ihre Frage zu beantworten, kehrte der Diener zurück und meldete Monks Ankunft. Nur verzichtete Monk darauf, in der Vorhalle zu warten, und war dem Diener so dicht gefolgt, daß dieser beim Hinausgehen fast mit ihm zusammengestoßen wäre. Aber er faßte sich sofort und ließ sich von Monk Mantel und Hut reichen. Beides war naßgeregnet.

Hester, die direkt vor dem Feuer stand, trat einen kleinen Schritt zur Seite, damit auch Monk etwas von der Wärme abbekam. Ansonsten gab sie sich nicht mit höflichen Floskeln ab. Sie fiel gleich mit der Tür ins Haus: »Was haben Sie in Wellborough Hall herausgefunden?«

Monk verzog irritiert das Gesicht. »Nur Bestätigungen dessen, was wir ohnehin schon wissen«, beschied er sie knapp. »Je mehr ich darüber nachdenke, desto plausibler erscheint es mir, daß der Anschlag Gisela galt.«

Hester starrte ihn konsterniert an. »Können Sie das beweisen?« rief sie wütend.

»Natürlich kann ich es nicht beweisen!« bellte er. »Könnte ich es, hätte ich nicht von ›erscheint es mir‹ gesprochen, sondern klipp und klar gesagt, daß es so ist.« Er trat näher zum Feuer.

»Aber Sie müssen doch einen Grund für Ihre Annahme

haben«, verteidigte sie sich. »Wie kommen Sie darauf? Wer war es?«

»Entweder der Bruder der Königin, Rolf, oder Brigitte«, antwortete er. »Sie hatten beide handfeste Motive. Gisela war der einzige Grund, der gegen Friedrichs Rückkehr sprach. Ohne sie wäre er nicht gegangen, aber die Königin hätte sie auf keinen Fall geduldet, obwohl er der natürliche Führer der Unabhängigkeitsbewegung gewesen wäre.«

»Warum nicht?« fragte Hester wie aus der Pistole geschossen. »Wenn ihr die Unabhängigkeit so viel bedeutete, dann hätte sie doch sicher Gisela in Kauf nehmen können! Aber auch wenn sie sie noch so ablehnt, diese Vorstellung ist einfach absurd! Königinnen ermorden doch keine Leute, nur weil sie sie nicht mögen. Diese Zeiten sind vorbei! So etwas glaubt Ihnen kein Geschworener!«

»Wegen der Erbfrage«, knurrte Monk. »Im Falle einer Trennung von Gisela – oder ihres Todes, hätte Friedrich wieder heiraten können, vorzugsweise eine Frau aus einer angesehenen Familie, hinter der das Land gestanden und die ihm Kinder geschenkt hätte. Damit wäre das Königshaus gestärkt statt geschwächt worden. Wer weiß, womöglich hat Ulrike Ambitionen auf den Thron eines vereinten Deutschlands. Auf alle Fälle ist sie energisch ...«

»Oh ...«, entfuhr es Hester. Das waren Dimensionen, die sie schier erschlugen. Mit besorgter Miene wandte sie sich zu Rathbone um und trat bewußt näher an ihn heran, als suche sie bei ihm Schutz. Doch dann reckte sie das Kinn und fragte Monk herausfordernd: »Und was hat Zorah damit zu tun? Ist sie über ein Mordkomplott gestolpert?«

»Seien Sie nicht albern«, brummte Monk unwirsch. »Sie ist Patriotin durch und durch. Wahrscheinlich hat sie den Plan mit ausgeheckt.«

»Ganz bestimmt!« spottete Hester. »Darum erhob sie auch ein solches Geschrei, als alles schiefging und Friedrich statt Gisela starb, damit auch alle mitbekamen, daß es Mord war und kein natürlicher Tod, wie die ganze Welt so schön glaubte. Sie will Selbstmord begehen, hat aber nicht den Mut, sich selbst die Kugel zu geben. Oder aber sie hat die Seiten gewechselt und will alles auffliegen lassen.« Sie redete in ihrer Empörung immer schneller. »Oder besser noch: Sie ist eine abtrünnige Doppelagentin! Und jetzt will sie die Unabhängigkeitspartei ruinieren, indem sie in ihrem Namen einen Mord begeht und sich dafür hängen läßt!«

Monk starrte sie angewidert an.

Unvermittelt schlug sich Rathbone an die Stirn. »Vielleicht ist das gar nicht so verrückt, wie es klingt!« rief er. »Vielleicht ist wirklich alles schiefgegangen, und Zorah erhebt gerade deswegen einen Vorwurf, von dem sie weiß, daß sie ihn nicht beweisen kann! Vielleicht will sie aus Liebe zu ihrem Vaterland eine vollständige Untersuchung erzwingen, damit die Wahrheit endlich ans Licht kommt, selbst wenn sie sich dafür opfern muß! Vielleicht hat sie erkannt, daß der Unabhängigkeitskampf nicht gewonnen werden kann und letztlich nur zur Unterwerfung ihres Landes, zur Auslöschung seiner Kultur führt!« Er hatte sich in Fahrt geredet. Der Gedanke erschien ihm immer plausibler. »Ist sie nicht eine Idealistin, der genau so etwas zuzutrauen wäre?« Er sah Monk mit bohrendem Blick an, der eine Antwort forderte.

»Warum?« fragte Monk bedächtig. »Friedrich ist tot. Egal, was passiert, er kann nicht mehr zurückkehren. Wenn Zorah oder die Anhänger der Einheit ihn ermordet haben, um genau das zu verhindern, haben sie doch ihr Ziel erreicht? Warum freuen sie sich dann nicht einfach über den Sieg?«

»Weil jemand anders die Fackel aufnehmen könnte«, entgegnete Rathbone. »Es muß einen Ersatz geben, auch wenn er vielleicht nicht gleichwertig ist. Aber fürs erste wäre die Unabhängigkeitsbewegung jedenfalls diskreditiert. Es würde lange dauern, bis sie sich rehabilitiert hätte, und bis dahin wäre die Vereinigung vielleicht schon ein *fait accompli.*«

Hester blickte von einem zum anderen. »Aber Friedrich *wollte* doch zurückkehren, oder?«

Rathbone wandte sich an Monk. »Wollte er?«

»Ich weiß es nicht!« Monk erfaßte die beiden anderen mit einem Blick, so nahe standen sie beieinander vor dem Feuer, das jetzt nur noch die beiden wärmte. »Aber wenn Sie der Wahrheit auf der Spur sind und Ihre Aufgabe mit dem gewohnten Geschick erledigen, wird sie sich über kurz oder lang abzeichnen. Jemand, vielleicht Zorah selbst, wird schon dafür sorgen.«

Freilich war Rathbone alles andere als beruhigt, als er am nächsten Morgen den Gerichtssaal betrat. Sollte Zorah wirklich ein Geheimnis hüten, das ihre wahren Absichten erklären würde, so ließ ihr bleiches, beherrschtes Gesicht nichts erkennen.

Er stand ein paar Meter hinter Zorah, die bereits Platz genommen hatte, als Harvester auf ihn zutrat. Jetzt, da er nicht zu den Geschworenen redete, sah sein Gesicht gar nicht mehr so verkniffen aus. Hätte Rathbone ihn nicht anders erlebt, hätte er es sogar für freundlich gehalten.

»Guten Morgen, Sir Oliver«, sagte Harvester jovial. »Na, immer noch kampfbereit?« Er wirkte fast mitleidsvoll und alles andere als herausfordernd.

»Guten Morgen.« Rathbone zwang sich zu einem Lächeln. »Es ist ja noch nicht vorbei.«

»Und ob!« Harvester schüttelte, ebenfalls lächelnd, den Kopf. »Ich lade Sie hernach zum besten Dinner von ganz London ein. Was, zum Teufel, ist nur in Sie gefahren, daß Sie einen solchen Fall angenommen haben?«

Er kehrte zu seinem Pult zurück. Einen Moment später kam Gisela herein. Heute trug sie ein anderes, aber nicht minder edles schwarzes Kleid mit gestuften Röcken und engem Mieder, das um Hals und Handgelenke mit einem schwarzen Pelz besetzt war. Zorah würdigte sie mit keinem Blick. Man hätte meinen können, sie kenne sie überhaupt nicht, so reglos war ihre Miene.

Um Zorahs Lippen spielte ein vages Lächeln, das sofort wieder verschwand.

Nachdem der Richter die Verhandlung eröffnet hatte, erhob sich Harvester und rief seine erste Zeugin auf, Gräfin Evelyn von Seidlitz. Voller Anmut stieg sie mit rauschendem, schwarz umrandetem zinngrauen Rock in den Zeugenstand. Bei all ihrem Glanz gab sie sich dem Anlaß entsprechend ernst, wenn auch nicht wirklich in Trauer, ohne daß ihre feminine Ausstrahlung gelitten hätte. Es gehörte enormes Geschick dazu, niemanden zu verletzen und trotzdem die eigene Pracht keineswegs zu verleugnen. Rathbone hielt sie für außerordentlich schön und stellte bald fest, daß es den Geschworenen nicht anders erging. Er konnte es ihren Gesichtern ablesen; sie hingen schier an ihren Lippen und glaubten ihr offensichtlich jedes Wort.

Evelyn erklärte, daß die Beschuldigungen trotz der Entfernung auch in Venedig und Felzburg die Runde gemacht hätten. Was Venedig betraf, so gab sich Harvester damit zufrieden, zu erfahren, daß nicht jeder sie als Unsinn abgetan hatte, und ging gleich zu den Reaktionen in Felzburg über.

»Natürlich wurden sie dort wiederholt«, sagte Evelyn und sah ihn mit ihren großen, schönen Augen an. »Klatschgeschichten wie diese werden bestimmt nicht so leicht begraben.«

»Ganz gewiß«, sagte Harvester trocken. »Mit welchen Emotionen wurde denn die Geschichte weitererzählt? Wurde sie – und sei es auch nur vorübergehend – für bare Münze genommen?« Er registrierte aus den Augenwinkeln, daß Rathbone Anstalten machte aufzustehen, und fügte mit einem dünnen Lächeln hinzu: »Vielleicht sollte ich es besser etwas anders ausdrücken. Hörten Sie jemanden die Meinung äußern, die Beschuldigung sei wahr, oder erweckte sein Verhalten bei Ihnen den Eindruck, daß er daran glaubte?«

Mit ernster Miene antwortete Evelyn: »Ich bekam mit, wie eine Reihe von Leuten die Nachricht genüßlich aufnahmen und sie dann mit Spekulationen gespickt weitergaben, als wäre sie eine Tatsache und nicht Verleumdung. Solche Geschichten werden ja immer aufgebauscht, vor allem von den Feinden der Betroffenen. Und die Feinde der Prinzessin haben sich die Hände gerieben.«

»Sprechen Sie von Bürgern Felzburgs, Gräfin?«

»Selbstverständlich.«

»Aber die Prinzessin lebt seit über zwölf Jahren nicht mehr dort, und ihre Rückkehr ist wenig wahrscheinlich.«

»Die Leute haben ein langes Gedächtnis. Einige haben ihr bis heute nicht verziehen, daß sie Friedrichs Liebe erwiderte und ihn – wie sie meinen – dazu verleitete, sein Land und seine Pflichten aufzugeben. Und wie so viele, die hoch aufgestiegen sind, hat sie Feinde, Neider, die sich an ihrem Sturz weiden würden.«

Harvester musterte Zorah, als erwäge er eine Nachfrage, um es sich dann aber anders zu überlegen. Dennoch war seine Absicht nur allzu deutlich, ohne daß Rathbone hätte Einspruch einlegen können. Es war ja nichts gesagt worden.

Harvester sah wieder zu seiner Zeugin auf. »Diese ungeheuerliche Beschuldigung könnte der Prinzessin also enormen Schaden zufügen, wenn sie von Neidern und anderen, die sie aus persönlichen Gründen seit Jahren hassen, weitergetragen würde. Sie haben damit sozusagen scharfe Munition bekommen, und das ausgerechnet in einer Zeit, in der die Prinzessin allein und besonders verletzlich ist. Ist das zutreffend?«

Evelyn nickte. »Ja, das ist richtig.«

»Danke, Gräfin. Bitte bleiben Sie noch im Zeugenstand. Sir Oliver wird die eine oder andere Frage an Sie richten wollen.«

Rathbone erhob sich, wenn auch nur, um das Feld nicht kampflos seinem Gegner zu überlassen. Er überlegte fieberhaft, wie er seine Schlußfolgerungen von gestern abend mit einfließen lassen konnte. Aber wie sollte das ausgerechnet bei einer Zeugin gelingen, die Harvester so umsichtig befragt hatte? Außerdem hatte er nur das Recht auf ein Kreuzverhör, aber nicht auf die Verbreitung von politischen Spekulationen.

»Gräfin von Seidlitz«, begann er nachdenklich und sah zu ihrem so ernsten wie bezaubernden Gesicht auf. »Prinzessin Giselas Feinde, die Sie erwähnt haben – sind das einflußreiche Leute?«

Evelyn wirkte überrascht und um eine Antwort verlegen.

Rathbone lächelte sie an. »Zumindest hier in England und, wie ich glaube, in fast allen Ländern haben wir sehr romantische Vorstellungen von den Menschen, die uns eine so große Liebe vorleben.« Er mußte äußerst behutsam vorgehen. Sobald die Geschworenen eine Äußerung als Angriff auf Gisela werteten, würde die Stimmung gegen ihn umschlagen. »Wir wünschen uns vielleicht, wir wären an ihrer Stelle. Vielleicht beneiden wir sie auch um ihr Vermögen; aber doch nur diejenigen, die früher einmal in einen der beiden verliebt waren, sind ihnen wirklich böse. Ist das in Ihrem Land nicht genauso? Oder in Venedig, wo die Prinzessin seit ihrer Hochzeit die meiste Zeit verbracht hat?«

Tiefe Falten bildeten sich auf ihrer Stirn. »Ähm … ja. Natürlich lieben wir unsere Geliebten …« Sie gab ein unsicheres Lächeln von sich. »Das ist doch auf der ganzen Welt so, oder? Wir bilden da keine Ausnahme. Aber trotzdem nehmen einige Leute Friedrich übel, daß er abgedankt hat. Das ist der Unterschied.«

»In Venedig, Gräfin?« fragte er überrascht. »Ist das den Venezianern tatsächlich so wichtig?«

»Nein … ihnen natürlich …«

Harvester stand auf. »Euer Ehren, welchen Zweck verfolgt mein gelehrter Freund mit diesen Fragen? Ich vermag keinen zu erkennen.«

Der Richter sah Rathbone bedauernd an. »Sir Oliver, Sie erkundigen sich nach Dingen, die uns bereits bekannt sind. Bitte gehen Sie zu etwas Neuem über, sofern Sie noch Fragen haben.«

»Sehr wohl, Euer Ehren.« Rathbone setzte alles auf eine Karte. Er hatte ja nichts zu verlieren. »Die Feinde, die, wie Sie vorhin andeuteten, Prinzessin Gisela schaden könnten, waren in Felzburg, richtig?«

»Ja.«

»Weil es den Venezianern egal ist. In Venedig wimmelt es, wenn Sie mir den Ausdruck verzeihen, von Angehörigen königlicher Geschlechter, die aus dem einen oder anderen Grund

Thron oder Krone verloren haben. Aber in der Gesellschaft gilt eine ehemalige Prinzessin weiter als Prinzessin. Wie auch immer, Prinzessin Gisela hat sich in die selbstgewählte Klausur zurückgezogen und nimmt keine Einladungen an. Ihre Freunde aber, und das ist das, woran ihr liegt, bleiben ihr treu ergeben.«

»Ja…« Evelyn stand die Verwirrung ins Gesicht geschrieben.

»Gehe ich recht in der Annahme, daß die Feinde, die ihr tatsächlich schaden können, nicht irgendwelche verflossene Bewunderinnen von Prinz Friedrich sind, sondern Leute mit Macht und Einfluß?«

Evelyn starrte ihn stumm an.

»Sind Sie sicher, daß Sie eine Antwort auf diese Frage wünschen, Sir Oliver?« fragte der Richter besorgt.

Sogar Harvester schaute verdattert drein. Evelyns Aussage würde Zorah doch bestimmt eher schaden als nützen.

»Doch, bitte, Euer Ehren«, sagte Rathbone.

Der Richter nickte Evelyn zu. »Gräfin…«

»Na ja…« Evelyn konnte sich jetzt nicht in Widersprüche verwickeln. Ihre Augen suchten Harvester, dann sah sie Rathbone voller unverhohlener Antipathie an. »Ja, einige von ihnen sind mächtig.«

»Politische Feinde vielleicht?« setzte Rathbone nach. »Leute, denen das Schicksal ihres Landes über alles geht? Leute, die verzweifelt für seine Unabhängigkeit streiten, oder aber Leute, die sich für seine Integration in ein großdeutsches Reich einsetzen, was den Verlust seiner Eigenständigkeit und natürlich auch der Monarchie bedeuten würde?«

»Ich…, ich weiß nicht.«

Harvester sprang auf. »Also wirklich! Will mein gelehrter Freund etwa eine Art Attentat unterstellen? Das ist doch kompletter Unsinn! Wer soll es denn verübt haben? Prinzessin Giselas angebliche Feinde etwa? Sie ist doch diejenige, die von seiner Mandantin beschuldigt wurde!« Er deutete mit verächtlicher Geste auf Zorah. »Er will uns nur Sand in die Augen streuen!«

Der Richter legte die Stirn in Falten. »Sir Oliver? Was genau wollen Sie von der Zeugin erfahren?«

»Ob es möglich ist, daß den Vorwürfen und Gegenvorwürfen hochbrisante politische Fragen zugrunde liegen, Euer Ehren! Es ist nun einmal so, daß das Schicksal eines kleinen Landes die Emotionen ausgelöst hat, die wir heute hier untersuchen, und nicht bloß eine seit langem bestehende Rivalität zwischen zwei Frauen, die einander hassen.«

»Eine solche Frage kann die Zeugin unmöglich beantworten, Euer Ehren!« warf Harvester dazwischen. »Sie ist nicht in die Gedankengänge und Motive der Gräfin Rostova eingeweiht. Das ist meiner Meinung nach niemand, mit Verlaub, vielleicht nicht einmal Sir Oliver.«

»Euer Ehren«, sagte Rathbone ruhig, »Gräfin von Seidlitz ist eine kluge Frau mit politischem Scharfsinn, die einen Großteil ihrer Zeit in Venedig und Felzburg verbringt. Ihr Gatte hat beträchtliche Interessen in vielen Teilen von Deutschland und kennt die nationalistischen Bestrebungen beziehungsweise die Aussichten für Vereinigung respektive Unabhängigkeit aus erster Hand. Er ist vertraut mit vielen mächtigen Männern des ganzen Landes. Darum ist die Gräfin sehr wohl politisch gebildet; ihre Meinung kann nicht ohne weiteres abgetan werden. Abgesehen davon habe ich sie gefragt, ob sie ein politisches Motiv für möglich hält, und nicht, ob sie die Gedanken der Gräfin Rostova kennt.«

»Sie dürfen die Frage beantworten«, sagte der Richter. »Ist Ihrer Meinung nach ein politisches Motiv in dieser tragischen Angelegenheit denkbar? Mit anderen Worten: Gibt es politische Themen, die vom Tod des Prinzen oder den Ereignissen in diesem Gerichtssaal berührt werden könnten?«

Evelyn war anzusehen, wie unbehaglich sie sich fühlte, aber sie konnte es nicht leugnen, ohne das vorher Gesagte zu entwerten und sich so der Lächerlichkeit preiszugeben.

»Natürlich gibt es politische Themen«, räumte sie ein. »Friedrich hatte abgedankt, aber er war immer noch ein Prinz.«

Rathbone wagte nicht, weiter in sie zu dringen. »Danke«, sagte er lächelnd, als hätte er etwas Bedeutendes zu Tage gefördert und kehrte zu seinem Pult zurück. Er sah Harvester belustigt grinsen und spürte Zorahs neugierigen Blick auf sich. Die Zuschauer wurden unruhig. Sie wollten mehr Drama, mehr Leidenschaft.

Am Nachmittag kamen sie endlich auf ihre Kosten. Harvester rief Gisela auf. Mit einem Mal konnte man förmlich hören, wie die Leute den Atem anhielten. Niemand sprach. Niemand wagte sich zu bewegen, als Gisela aufstand, das Parkett überquerte und die Stufen zum Zeugenstand erklomm. Als jemand das Gewicht verlagerte, knarzte ein Stuhl. Eine Korsettstange klapperte. Einer Dame fiel die Tasche aus der Hand, und auf einmal war das Klimpern von sich über den Boden ergießenden Münzen zu hören.

Einer der Geschworenen nieste.

Zorah musterte Rathbone kurz und sah wieder weg. Sie sagte kein Wort.

Gisela stand ihnen nun direkt gegenüber. Zum erstenmal konnte Rathbone sie anschauen, ohne wie ein Gaffer zu wirken. Hinter dem Gitter des Zeugenstands schien sie mit ihren schmalen Schultern noch kleiner zu sein, ihr Kopf mit der breiten Stirn und den dichten Augenbrauen dagegen wirkte eher eine Spur größer. Niemand konnte leugnen, daß ihr Gesicht auf eine starke Persönlichkeit hinwies, auch wenn seine Schönheit vielleicht mit viel Kunst und Raffinesse hervorgehoben worden war. Sie sah Harvester mit stetem Blick in die Augen und wartete, daß er das Wort an sie richtete. Doch zuerst mußte sie ihren Eid leisten. Sie sprach mit leiser und sehr angenehm klingender Stimme. Man konnte hören, daß sie die englische Sprache mühelos beherrschte und kaum einen Akzent hatte.

Harvester hatte sich offenbar über die angemessene Anredeform informiert und behandelte sie folglich der Etikette entsprechend nicht wie eine Kronprinzessin, die sie ja auch nie gewesen war.

»Madam«, begann er mit gedämpfter Stimme, die zugleich sein Beileid und seine Hochachtung vor ihrem legendären Ruf ausdrückte. »Wir haben vor diesem Gericht Aussagen gehört, wonach Gräfin Zorah Rostova bei mehreren Anlässen eine scheußliche Beschuldigung gegen Sie vorgebracht hat, was sie selbst auch nie abgestritten hat. Ihre Freunde wiederum haben beeidet, daß sie mitverfolgen konnten, wie Sie darunter litten und noch leiden.« Er streifte die Galerie mit einem Blick. »Von Gräfin von Seidlitz haben wir gehört, daß diese Beschuldigung Ihren Feinden in Ihrer Heimat, die Ihnen Ihre Ehe mit dem Prinzen bis heute verübeln, neue Munition gegen Sie in die Hand gegeben hat. Könnten Sie bitte dem Gericht schildern, wie Ihr Gatte starb? Ich verlange nicht, daß Sie sich mit gezwungenermaßen schrecklichen Erinnerungen über Gebühr quälen. Eine kurze Darstellung genügt vollauf.«

Gisela umklammerte mit ihren schwarz behandschuhten Händen das Geländer, als brauche sie eine Stütze. Es dauerte einen langen Augenblick, bis sie die Kraft für ihre Antwort gesammelt hatte.

Rathbone unterdrückte ein Stöhnen. Das war ja schlimmer als befürchtet! Diese Frau war perfekt. Sie hatte Würde. Ein tragisches Schicksal sprach zu ihren Gunsten, und sie verstand es, diesen Vorteil nicht über Gebühr auszunutzen. Vielleicht hatte Harvester ihr dazu geraten, vielleicht verfügte sie auch selbst über genügend Stilempfinden.

»Er fiel bei einem Ausritt vom Pferd«, sagte sie mit gepreßter, aber im ganzen Saal vernehmbarer Stimme. »Er wurde sehr schwer verwundet. Sein Fuß war im Steigbügel hängengeblieben, und das Pferd schleifte ihn mit, bis es festgehalten werden konnte.« Sie holte tief Luft und ließ sie langsam entweichen. Dann hob sie ihr kräftiges Kinn. »Erst dachten wir, er würde sich erholen. Es ist selbst für den besten Arzt sehr schwer zu erkennen, wie gefährlich eine innere Verletzung werden kann. Dann erlitt er plötzlich einen Rückfall und … war nach wenigen Stunden tot.«

Sie stand absolut regungslos da. Ihr Gesicht war eine Maske der Hoffnungslosigkeit. Man hätte meinen können, die Trauer hätte sie restlos ausgezehrt und sie kenne nur noch endlose Schmerzen und Einsamkeit.

Harvester wartete, bis auch der letzte die Tragik ihres Verlusts erfaßt hatte. »Und der Arzt sagt, daß innere Blutungen die Todesursache waren?« fragte er schließlich mit sanfter Stimme.

»Ja.«

»Nach der Beerdigung kehrten Sie nach Venedig in Ihr Heim zurück, das Sie mit ihm geteilt hatten?«

»Ja.«

»Wie erfuhren Sie von Gräfin Rostovas ungeheuerlicher Beschuldigung?«

Sie reckte das Kinn etwas weiter vor. Rathbone starrte sie an. Sie hatte ein bemerkenswertes Gesicht, und es strahlte eine einzigartige Gefaßtheit aus. Sie war gezeichnet von einer schrecklichen Tragödie, doch je länger er sie betrachtete, um so robuster erschien ihm diese Frau.

»Als erste berichtete mir Lady Wellborough in einem Brief davon«, antwortete sie auf Harvesters Frage. »Dann bekam ich auch Post von anderen. Am Anfang dachte ich, das sei in einem Augenblick geistiger Verwirrung geschehen, sie habe diese Worte nach – ich will jetzt nicht ausfallend werden, aber ich habe ja keine andere Wahl mehr – übermäßigem Weinkonsum gesagt.«

Harvesters Augen weiteten sich. »Welches Motiv könnte Gräfin Rostova Ihrer Meinung nach gehabt haben?«

»Ich möchte lieber nicht darauf antworten«, erwiderte Gisela mit eisiger Würde. »Ihr Ruf ist bei vielen nur zu gut bekannt. Aber ich interessiere mich nicht dafür.«

Harvester verzichtete darauf nachzuhaken. »Und wie fühlten Sie sich, als Sie davon erfuhren, Madam?«

Sie schloß die Augen. »Nach dem Tod meines geliebten Mannes hatte ich nicht für möglich gehalten, daß das Leben noch andere Schläge für mich bereithalten könnte. Nun, Zorah Rostova hat mich eines Besseren belehrt. Der Schmerz war fast unerträglich. Die Liebe zu meinem Mann war mein Lebensinhalt. Daß jemand sie auf solche Weise entweihen kann…, mein Schock läßt sich nicht mit Worten ausdrücken.«

Sie hielt inne. Im Saal herrschte völlige Stille. Niemand wandte die Augen von ihrem Gesicht, niemand empfand den Begriff der Entweihung als unangemessen.

»Ich möchte lieber nicht…, ich kann nicht über meine Schmerzen sprechen, wenn ich die Fassung nicht verlieren soll«, fuhr Gisela stockend fort. »Ich werde vor diesem Gericht aussagen, wie es meine Pflicht ist, aber ich werde meine Trauer und meine Schmerzen vor meinen Feinden oder vor denen, die mir übel wollen, nicht zur Schau stellen. Es wäre taktlos, das von mir…, von irgendeiner Frau zu verlangen. Erlauben Sie mir, meinen Kummer für mich zu behalten, Sir.«

Harvester verneigte sich. »Selbstverständlich, Ma'am. Sie haben für unsere Begriffe genügend gesagt, um jeden Zweifel an der Berechtigung Ihrer Klage auszuräumen. Wir können Ihre Trauer nicht lindern, aber bieten Ihnen unser zutiefst empfundenes Mitgefühl an und jede Genugtuung, die das englische Gesetz zuläßt.«

»Danke, Sir.«

»Wenn Sie sich noch Sir Oliver Rathbone zur Verfügung halten möchten. Es ist möglich, daß er Sie noch etwas fragen will, auch wenn ich nicht wüßte, was.«

Rathbone näherte sich Gisela. Er spürte den Haß der Leute in seinem Rücken. Mit der geringsten herabsetzenden Bemerkung dieser Frau gegenüber oder der harmlosesten Nachlässigkeit bei der Bekundung seines Mitgefühls konnte er seine Hoffnungen gründlicher zerstören als Harvester mit seinem taktischen Geschick.

Er stellte sich Giselas stetem Blick und fand ihre dunkelblauen Augen eigenartig starr, fast wie tot. Ob es an der Erschöpfung und Trauer lag?

»Diese vernichtende Beschuldigung muß ein Schock für Sie

gewesen sein, Ma'am.« Er gab sich Mühe, nicht allzu salbungsvoll zu wirken.

»In der Tat.«

Er stand in der Mitte des Parketts und sah zu ihr auf. »Ich könnte mir vorstellen, daß Sie nach diesem tragischen Verlust nicht in Vollbesitz Ihrer Kräfte waren«, fuhr er fort.

»Mir ging es nicht sehr gut.« Gisela starrte ihn mit kaltem Blick an. Sie wartete auf einen Angriff. Schließlich vertrat er die Frau, die sie des Mordes bezichtigt hatte.

»Fanden Sie in Ihrer Trauer Zeit, die politischen Ereignisse in Felzburg zu verfolgen?«

»Sie interessierten mich nicht im geringsten«, erklärte sie. »Mit dem Tod meines Mannes war die Welt für mich untergegangen. Ich wußte kaum, was ich tat. Jeder Tag war genauso wie der davor ... und der danach. Ich sah niemanden.«

Der Richter maß Rathbone mit einem strengen Blick; die Geschworenen wurden unruhig. Er mußte bald zur Sache kommen, oder es war zu spät. Und er spürte Zorahs Augen in seinem Rücken.

»Ist Ihnen je der Gedanke gekommen, daß Ihr Mann aus politischen Gründen ermordet worden sein könnte?« fragte er unverblümt. »Im Zusammenhang mit dem Kampf Ihres Landes um Unabhängigkeit vielleicht.«

»Nein ...« Ihre Stimme verlor sich. Gisela war eindeutig überrascht. Erst sah es so aus, als wolle sie etwas hinzufügen, doch dann bemerkte sie Harvesters Blick und überlegte es sich anders.

Rathbone zwang sich zu einem verständnisvollen Lächeln. »Aber angesichts einer so tiefen Liebe wie der Ihren kann ich mir nicht vorstellen, daß Ihnen nicht an einer Klärung dieser Frage gelegen wäre, nachdem sie nun ins Spiel gebracht worden ist, oder täusche ich mich da? Gesetzt den Fall, es war so, wünschen Sie sich da nicht dringender als alle anderen hier, daß der Schuldige überführt wird und den Preis für sein abscheuliches Verbrechen zahlen muß?«

Sie starrte ihn mit weit aufgerissenen Augen wortlos an.

Zum erstenmal erhob sich zustimmendes Gemurmel in der Galerie. Einige Geschworene nickten bedächtig.

»Natürlich«, gab Rathbone selbst voller Elan die Antwort. »Und ich verspreche Ihnen, Ma'am…«, er umfaßte mit einer Geste den ganzen Saal, »dieses Gericht wird alles in seiner Macht Stehende tun, um die ganze Wahrheit aufzudecken.« Er verbeugte sich vor ihr, als sei sie eine richtige Prinzessin. »Danke. Ich habe keine weiteren Fragen.« Er nickte Harvester zu und kehrte an sein Pult zurück.

10. Kapitel

»Die Zeitungen, Sir.« Rathbones Diener reichte seinem am Frühstückstisch sitzenden Dienstherrn die Morgenzeitungen mit der *Times* zuoberst.

Rathbone hatte auf einmal ein flaues Gefühl im Magen. Vor ihm lag der Gradmesser der öffentlichen Meinung. In diesem Stapel stand besiegelt, wogegen er ankämpfte, was ihm heute und bis zum Ende des Prozesses bevorstand.

Bis zum Ende des Prozesses? Nein, so bald gab es kein Ende. Die Öffentlichkeit würde ihn bis weit über den Abschluß dieses Falles hinaus damit verbinden.

Er schlug die *Times* auf und durchblätterte sie, ohne einen Bericht über den Prozeß zu finden. Aber es mußte doch einen geben! Ganz Europa schaute deswegen nach London! Dann endlich fand er den Artikel. Fast hätte er ihn übersehen, weil weder Gisela noch Friedrich in der Schlagzeile erwähnt wurden. »Tragischer Unfall – oder Mord?« hieß es lediglich. Es folgte eine Zusammenfassung der bisherigen Aussagen. Die Rolle Giselas schilderte der Verfasser mit extremer Anteilnahme. Bis ins Detail beschrieb er ihr aschfahles Gesicht, ihre erhabene Würde, ihre noble Zurückhaltung, weil sie sich weigerte, anderen Schuld zuzuweisen und die Emotionen der Menge für sich auszunutzen. Rathbones Hände fingen an zu zittern. Es war frustrierend! Diese Frau hatte ihre Rolle phantastisch gespielt. Ob es sich so ergeben oder sie es so geplant hatte, sie war die geborene Schauspielerin.

Rathbones eigene Versuche, die Situation auszuloten, bezeichnete der Reporter als verzweifelt. Das stimmte zwar, aber Rathbone hatte gehofft, es würde nicht so auffallen. Doch wenigstens eins beflügelte seine Hoffnung: Kategorisch wurde die Aufdeckung der vollen Wahrheit über die genaue Ursache von Friedrichs Tod gefordert.

Mit trockenem Mund und pochendem Puls überflog er den Rest. Was die Erläuterung der politischen Situation betraf, ließ der Artikel nichts zu wünschen übrig. Der Konflikt zwischen Einheit und Unabhängigkeit wurde genauso analysiert wie die Interessen der betroffenen Länder, die Gefahr eines Krieges, die Parteien und der Machtkampf. Sogar auf die Revolutionen des Jahres 1848 wurde verwiesen.

Die Reportage endete mit einem Lob auf das britische Rechtswesen und der Forderung nach vollständiger Aufklärung. Falls Prinz Friedrich tatsächlich ermordet worden sei, müsse die Wahrheit ans Licht gebracht werden, und sei sie noch so schwer zu ermitteln und schmerzhaft. Ein derart verabscheuungswürdiges Verbrechen dürfe nicht aus bloßer Rücksicht auf die Betroffenen, wer immer sie auch sein mochten, unter den Teppich gekehrt werden.

Rathbone legte die *Times* beiseite und wandte sich dem nächsten Blatt zu. Dieses legte den Schwerpunkt mehr auf den menschlichen Aspekt und wiederholte seinen Aufruf vom Vortag, wonach bei allen Emotionen um Politik und Mord nicht außer acht gelassen werden dürfe, daß es um eine Verleumdungsklage gehe. In einer Zeit tiefster Trauer sei eine so vornehme wie tragische Frau eines der schlimmsten Verbrechen bezichtigt worden. Das Gericht sei nicht nur dazu da, um die Wahrheit zu ermitteln, sondern auch und vielleicht vor allem, um die Rechte und den guten Namen der Unschuldigen zu schützen.

Harvester hätte nicht mehr gedient sein können, wenn er den Kommentar selbst geschrieben hätte. Ernüchtert legte Rathbone die Zeitung beiseite. Er stand immer noch am Anfang.

Die Morgenpost, darunter eine Note vom Lord Chancellor, konnte seine Stimmung auch nicht gerade verbessern.

Mein lieber Sir Oliver,
darf ich Sie zu dem Takt beglückwünschen, mit dem Sie einen äußerst schwierigen und heiklen Fall behandelt haben? Wir müssen hoffen, daß die erdrückende Beweislast die unselige Beklagte doch noch zu einer Rücknahme ihrer Beschuldigung veranlaßt.
Gleichwohl wurde ich im Palast von bestimmten Personen, die begründete Interessen an der Aufrechterhaltung unserer guten Beziehungen mit Festlandeuropa haben, insbesondere mit unseren Verwandten in Deutschland, gebeten, Sie auf die Besonderheit dieser Situation hinzuweisen.
Meiner Überzeugung nach werden Sie zu verhindern wissen, daß Ihre Mandantin die Würde und Ehre des gegenwärtigen Königshauses von Felzburg in diesen Fall mit hineinzieht. Und selbstverständlich habe ich den betreffenden Herren geantwortet, daß alle Sorgen diesbezüglich jeder Grundlage entbehren.
Ich wünsche Ihnen weiterhin Geschick bei der Verhandlung in dieser leidigen Angelegenheit.

Mit freundlichen Grüßen

Unterzeichnet war der Brief mit dem Namen, nicht aber mit dem Titel des Lord Chancellors.

Rathbone ließ ihn mit zitternden Händen sinken. Der Appetit war ihm gründlich vergangen.

Zum Auftakt des zweiten Verhandlungstages rief Harvester Dr. Gallagher in den Zeugenstand. Rathbone fragte sich, ob er die Vernehmung des Arztes auch schon geplant hatte, bevor gestern der konkrete Mordverdacht geäußert wurde. Vielleicht hatte er aber die Reaktion der Zeitungen vorhergesehen und sich entsprechend vorbereitet. Nervosität verriet er jedenfalls nicht. Allerdings war er ein zu guter Schauspieler, um sich anmerken zu lassen, was er lieber für sich behielt.

Gallagher dagegen wirkte extrem unruhig. Etwas unbeholfen

kletterte er die Stufen zum Zeugenstand hinauf und stolperte über die letzte. Vor einem Sturz bewahrte ihn nur das Geländer. Als er den Eid leistete, mußte er husten. Eigentlich tat er Rathbone leid. Wahrscheinlich war er auch schon während der Behandlung von Prinz Friedrich nervös gewesen. Bei einem so schweren Reitunfall mit ungewisser Prognose hatte er wohl von Anfang an damit rechnen müssen, den Patienten zu verlieren und für seine Unfähigkeit, Wunder zu vollbringen, verantwortlich gemacht zu werden. Und anders als ein Krankenhausarzt war er völlig auf sich allein gestellt gewesen. Im nachhinein wünschte er sich bestimmt, er hätte einen Kollegen zu Rate gezogen, mit dem er dann auch die Schuld hätte teilen können, wenn es denn eine gegeben hätte.

Schon vor der Vernehmung bildeten sich Schweißtropfen auf seiner kalkweißen Stirn.

»Dr. Gallagher«, begann Harvester und schritt bis zur Mitte der freien Fläche. »Es tut mir leid, daß ich Sie vorladen mußte, aber Ihnen sind sicher die Beschuldigungen bekannt, die, sei es in böswilliger Absicht oder aus tiefer Überzeugung heraus, in Zusammenhang mit dem Tod von Prinz Friedrich erhoben wurden. Da sie nun mal vor aller Welt geäußert wurden, dürfen wir sie nicht unbeantwortet lassen. Wir müssen die Wahrheit herausfinden, doch dazu sind wir ohne Ihre vollständige Aussage nicht in der Lage.«

Gallagher setzte zu einer Antwort an, mußte aber auf einmal husten. Er hielt sich ein Taschentuch vor den Mund, das er auch dann nicht aus der Hand gab, als der Hustenanfall vorbei war.

»Armer Mann«, flüsterte Zorah Rathbone ins Ohr. Es war ihr erster Kommentar zu einem Zeugen.

»Ich verstehe, Sir«, murmelte Gallagher schließlich. »Ich werde alles in meiner Macht Stehende tun.«

»Dessen bin ich mir auch sicher.« Harvester stand mit hinter dem Rücken verschränkten Händen vor ihm – seine Lieblingspose, wie Rathbone inzwischen wußte. »Ich muß Sie noch einmal zum Unfall zurückführen. Sie wurden zum verletzten Prinzen gerufen.« Das war eine Feststellung; jeder kannte die Antwort. »Wo lag er, und in welchem Zustand fanden Sie ihn vor?«

»Er war in seiner Suite in Wellborough Hall«, antwortete Gallagher mit starrem Blick. »Er lag auf einem Brett, das man hinaufgebracht hatte, weil alle befürchteten, im weichen Bett könnten seine Knochen zusätzlichen Schaden nehmen. Der arme Mann war bei vollem Bewußtsein und litt unter Schmerzen. Ich glaube, er hatte Beruhigungsmittel abgelehnt.«

Rathbone sah Zorah an. Mit versteinerter Miene verfolgte sie die Vernehmung, als wäre der Unfall eben erst passiert. Voller Sorge forschte Rathbone weiter nach Spuren eines schlechten Gewissens, vermochte jedoch keine zu entdecken. Dann drehte er sich zu Gisela um. Ihr Gesicht verriet keinerlei Leben, keine Anteilnahme, keine Angst. Man konnte tatsächlich meinen, ihre Gefühle wären abgestorben.

»Das hat er in der Tat«, sagte Harvester düster. »Wirklich eine schlimme Sache. Wie lautete Ihre Diagnose, Dr. Gallagher?«

»Mehrere Rippen waren gebrochen, ebenso das rechte Schlüsselbein. Das rechte Bein war zerschmettert – drei komplizierte Brüche.«

»Innere Verletzungen auch?« Harvester zeigte sich so betroffen, als wären die Sorgen so akut wie damals. Das Publikum gab mit lautem Gemurmel seinem Entsetzen und Mitleid Ausdruck.

Zorahs Reaktion bekam Rathbone aus nächster Nähe mit. Ihre Röcke fingen an zu rascheln, als ihr ganzer Körper sich verspannte und das Entsetzen und die Ungewißheit von damals zurückkehrten. Rathbone wollte sie nicht schon wieder ansehen, aber er tat es unwillkürlich doch. Ihr markantes Gesicht mit der zu langen und zu breiten Nase, den halb geschlossenen grünen Augen und den geöffneten Lippen verriet deutlich, wie aufgewühlt sie war.

Er hatte immer noch keine Ahnung, wieviel sie wußte, ob sie Friedrich geliebt hatte oder ob er ihr nur leid tat. Sie war genauso rätselhaft wie damals, als er sie kennengelernt hatte. Es war zum Verzweifeln mit ihr. Wahrscheinlich war sie mehr als nur ein bißchen verrückt, und trotzdem konnte er keine Schurkin in ihr sehen noch sie ablehnen.

Gallaghers Stimme riß ihn wieder aus seinem Sinnieren.

»Natürlich ist es unmöglich, das mit Bestimmtheit zu sagen«, erklärte der Arzt verlegen. »Er schien über den Berg zu sein, zumindest was seinen allgemeinen Zustand betraf. Allerdings wäre er wohl zeitlebens körperbehindert geblieben.« Er holte tief Luft. »Jetzt sieht es aber so aus, als hätte ich etwas übersehen. Vielleicht ist bei einer Bewegung oder bei einem Hustenanfall etwas gerissen. Manchmal reicht auch schon ein heftiges Niesen aus.«

Harvester nickte. »Aber die Symptome, die Sie beobachtet haben, stehen in Einklang mit den Folgen von Verletzungen, wie er sie nach diesem schweren Sturz erlitt, richtig?«

»Da-damals glaubte ich es.« Gallagher führte ruckartige Kopfbewegungen aus. Offenbar war ihm der Kragenknopf zu eng, doch er öffnete ihn nicht. Seine Hände umklammerten weiter das Geländer. »Ich habe den Totenschein nach bestem Wissen und Gewissen ausgestellt. Natürlich ...« Er verstummte abrupt. Jedermann im Saal konnte sehen, wie peinlich ihm das alles war.

Harvester sah ihn streng an. »Haben Sie Ihre Meinung geändert, Dr. Gallagher? Etwa unter dem Eindruck der Zeitungsmeldungen über Sir Olivers Mutmaßungen gestern oder schon vorher?«

Gallagher bot ein Bild des Jammers. Seine Augen blieben starr auf Harvester gerichtet, als fürchtete er, Giselas Blick zu begegnen, wenn er einmal aufsah.

»Nein ..., das nicht ..., vor allem wegen der Zeitungsberichte. Andererseits hat mich vor kurzem ein privater Agent aufgesucht, und seine Fragen waren ziemlich beunruhigend. Nur habe ich ihnen damals keine große Bedeutung beigemessen.«

»Ihre Gedanken wurden also von anderen beeinflußt? Könnte dieser Agent zufällig im Auftrag Sir Olivers und seiner Mandantin gekommen sein?« Harvester deutete mit einer fast verächtlichen Geste in Zorahs Richtung.

»Ich...« Gallagher schüttelte den Kopf. »Ich habe keine Ahnung. Er gab mir zu verstehen, es gehe ihm um den guten Ruf der Prinzessin und von Lord und Lady Wellborough.«

Die Menge brach in wütendes Gemurmel aus. Einer der Geschworenen schürzte die Lippen.

»Ach, wirklich?« fragte Harvester sarkastisch. »Nun, das mag ja sein, aber ich kann Ihnen versichern, daß er in keinerlei Verbindung mit Prinzessin Gisela steht. Und es würde mich wundern, wenn Lord und Lady Wellborough ihn beauftragt hätten. Ihr guter Ruf war nie gefährdet.«

Gallagher sagte nichts darauf.

»Wenn ich es recht bedenke, Doktor...« Harvester entfernte sich ein paar Schritte und drehte sich wieder um. »Glauben Sie immer noch, daß Ihre erste Diagnose zutraf? Starb Prinz Friedrich infolge innerer Verletzungen, erlitten bei diesem Reitunfall und möglicherweise verschlimmert durch heftiges Husten oder Niesen?«

»Ich weiß es wirklich nicht. Ohne eine Autopsie der Leiche läßt es sich unmöglich feststellen.«

Der ganze Saal schnappte nach Luft. In der Galerie schrie eine Frau auf. Einer der Geschworenen sah extrem mitgenommen aus, als wäre dies soeben vor seinen Augen geschehen.

»Kann man beweisen, daß eine Verletzung als Todesursache ausgeschlossen ist, Dr. Gallagher?« bohrte Harvester nach.

»Natürlich nicht! Wenn das möglich wäre, hätte ich den Totenschein nicht unterschrieben.«

»Natürlich nicht!« wiederholte Harvester voller Genugtuung und breitete die Arme aus. »Ach, noch etwas. Ich nehme an, Sie haben dem Prinzen regelmäßig visitiert.«

»Selbstverständlich. Ich ging jeden Tag zu ihm. In den ersten Tagen nach dem Unfall sogar zweimal täglich, als dann aber das Fieber sank und sein Zustand sich besserte, nur noch einmal.«

»Wie lange nach dem Unfall starb er eigentlich?«

»Acht Tage danach.«

»Und wer sorgte in dieser Zeit für ihn?«

»Bei jedem meiner Besuche war die Prinzessin zugegen. Sie schien sich um all seine Bedürfnisse zu kümmern.«

Harvester senkte die Stimme. Mit eindringlichem Ton fragte er: »Pflegte sie ihn, Doktor, oder wollen Sie sagen, daß sie ihm auch das Essen kochte?«

Schlagartig herrschte im Saal Stille. Sie dröhnte geradezu in den Ohren. Auch heute war das Gericht zum Bersten voll, und die Leute saßen dicht an dicht auf ihren Bänken. Stoff rieb gegen Stoff, das Tuch von Fräcken gegen den Taft von Frauenkleidern – aber trotz all dem hätten die Zuschauer in diesem Moment Wachsfiguren sein können.

»Nein«, sagte Gallagher mit fester Stimme. »Sie kochte nicht. Mir wurde zu verstehen gegeben, daß ihr das nicht liege. Und von einer Prinzessin erwartet man dergleichen ohnehin nicht. Soviel ich gehört habe, ging sie nie in die Küche. Ja, mir wurde gesagt, daß sie in all den Tagen bis zum Tod des Prinzen die Suite nie verließ, nachdem man ihn verletzt nach oben gebracht hatte. Sie war außer sich vor Sorge.«

»Danke, Dr. Gallagher«, sagte Harvester freundlich. »Sie haben sehr klar Stellung bezogen. Mehr habe ich im Augenblick nicht zu fragen. Sir Oliver wird sicher auch ein paar Punkte mit Ihnen erörtern wollen. Wenn ich Sie also bitten darf, sich ihm zu Verfügung zu halten.«

Gallagher wandte sich Rathbone zu, der nun aufstand und vortrat. Monk hatte ihm von den Eiben in Wellborough Hall erzählt, woraufhin er weitergehende Recherchen angestellt hatte. Freilich durfte er diesen Arzt nicht gegen sich aufbringen, wenn er nützliche Details von ihm erfahren wollte. Und er mußte vergessen, daß Zorah weit vorgebeugt lauschen und jedes Wort begierig in sich aufsaugen würde.

»Ich denke, wir alle können Ihr Dilemma nachvollziehen«, begann er mit dem Anflug eines Lächelns. »Sie hatten keinerlei Grund zu der Annahme, der Fall sei nicht so, wie er Ihnen geschildert wurde. Kein Mensch würde vermuten oder vorhersehen, daß in einem solchen Haus Dinge geschehen könnten, die nicht so sind, wie sie sein sollten. Hätten Sie dergleichen auch nur angedeutet, hätte man Ihnen Taktlosigkeit, ja, Unverschämtheit vorgeworfen. Aber im nachhinein weiß man vieles besser. Lassen Sie uns also im Lichte dessen und der gewonnenen Erkenntnisse über die politische Lage noch einmal untersuchen, was Sie gesehen und gehört haben, und erörtern, wie Ihre Interpretation jetzt ausfällt.«

Er legte, wie um sich zu entschuldigen, die Stirn in Falten. »Ich tue das nur ungern. Es kann für alle Anwesenden nur schmerzlich sein, aber Sie werden sicher einsehen, daß es für die Erkenntnis der Wahrheit unabdingbar ist. Wenn ein Mord vorliegt, muß er nachgewiesen und der oder die Schuldige zur Rechenschaft gezogen werden.«

Er sah bewußt die Geschworenen und dann Gisela an, die mit bleichem Gesicht, aber gefaßt neben Harvester saß.

»Und wenn kein Verbrechen verübt wurde, sondern es wirklich nur eine Tragödie war, dann müssen wir auch das beweisen und für immer das böse Gerede zum Schweigen bringen, das sich über ganz Europa verbreitet hat. Die Unschuldigen haben ohne Wenn und Aber ein Recht auf unseren Schutz.«

Bevor Harvester sich darüber beschweren konnte, er würde eine Rede halten, wandte er sich wieder dem Zeugen zu. »Dr. Gallagher, welche Symptome traten während Prinz Friedrichs letzten Stunden und unmittelbar vor seinem Tod im einzelnen auf? Wenn ich könnte, würde ich gerne die Gefühle der Anwesenden, insbesondere der Witwe schonen, aber es muß leider sein.«

Gallagher blieb einen Moment lang stumm. Anscheinend überlegte er, was er sagen sollte.

»Möchten Sie in Ihren Aufzeichnungen nachsehen, Dr. Gallagher?« bot ihm der Richter an.

»Nein, danke, Euer Ehren. Diesen Fall werde ich nie vergessen.« Der Arzt holte tief Luft und räusperte sich geräuschvoll. »An dem Tag, an dem sich der Zustand des Prinzen verschlechterte, wurde ich bereits vor der ohnehin geplanten Visite geholt.

Ein Bediensteter erschien bei mir an der Tür und bat mich, sofort mitzukommen, weil es Prinz Friedrich so schlecht gehe. Als ich ihn fragte, um welche Symptome es sich handele, nannte er Fieber, schlimme Kopfschmerzen, Übelkeit und innere Schmerzen. Natürlich ließ ich alles liegen und stehen und fuhr hinaus.«

»Hatten Sie damals keine anderen Patienten?«

»Doch, einen. Einen älteren Herrn mit Gicht, für den ich aber nichts tun konnte, außer ihm zu raten, keinen Portwein mehr anzurühren. Er hörte leider nicht auf mich.«

Nervöses Kichern ging durch den Saal, dann herrschte wieder Stille.

»Und wie beurteilten Sie Prinz Friedrichs Zustand, Dr. Gallagher?« fragte Rathbone.

»Weitgehend so, wie ihn der Diener geschildert hatte. Er litt unter schlimmen Schmerzen und hatte sich übergeben. Leider war das Erbrochene verschämt weggeschüttet worden, so daß ich nicht untersuchen konnte, wieviel Blut es enthielt. Allerdings hatte mir die Prinzessin versichert, es sei eine beträchtliche Menge darin gewesen. Sie befürchtete schwere Blutungen und war außer sich vor Sorge. Ja, ihre emotionalen Qualen schienen schlimmer zu sein als seine physischen.«

»Übergab er sich noch einmal in Ihrer Anwesenheit?«

»Nein. Sehr bald nach meiner Ankunft verfiel er in eine Art Delirium. Er war sehr geschwächt. Seine Haut war kalt und feucht. Sein Puls, sofern er sich überhaupt fühlen ließ, schlug höchst unregelmäßig. Ich gebe zu, daß ich von da an um …, um sein Leben fürchtete und kaum noch Hoffnung für ihn sah.«

Der Arzt war leichenblaß geworden. Sein Gesicht war ein Spiegel seiner Selbstvorwürfe, und er verkrampfte sich immer mehr. Rathbone konnte sich lebhaft vorstellen, wie Gallagher sich verzweifelt um Hilfe für den Sterbenden bemüht hatte, in dem Bewußtsein, bar aller Einflußmöglichkeiten zu sein und nur dem Todeskampf ohnmächtig zusehen zu können. Einen solchen Beruf hätte er, Rathbone, nie ergriffen. Er setzte sich weitaus lieber mit den Sorgen derer auseinander, die sich ungerecht behandelt fühlten. Sein Kampf fand vor dem – wenn auch höchst komplizierten – Gesetz statt, und er hatte immer die Chance zu gewinnen.

»Ich glaube, jeder hier kann sich Ihr Dilemma ausmalen, Doktor«, sagte er voll aufrichtiger Hochachtung. »Wir müssen dankbar sein, daß wir nicht an Ihrer Stelle waren. Was geschah weiter?«

»Prinz Friedrich wurde zusehends schwächer. Die Schmerzen schienen sich zu legen, aber er verfiel in ein Koma, aus dem er nicht mehr erwachte. Er starb um Viertel vor vier am Nachmittag.«

»Und aus dem, was Sie beobachtet und schon vorher gewußt hatten, schlossen Sie, daß er an inneren Blutungen gestorben war?«

»Ja.«

Rathbone nickte. »Angesichts der Umstände, wie sie sich Ihnen boten, eine natürliche Schlußfolgerung. Aber sagen Sie, Dr. Gallagher, lassen die Symptome aus heutiger Sicht nicht auch einen anderen Schluß als innere Blutungen, nämlich Vergiftung, zu? Durch die Rinde oder die Blätter eines Eibenbaumes zum Beispiel?«

Den Zuschauern stockte der Atem. Jemand gab einen unterdrückten Aufschrei von sich. Einer der Geschworenen starrte Rathbone bestürzt an.

Zorah rutschte unruhig auf ihrem Stuhl hin und her.

Gisela blieb wie immer regungslos. Ihr weißes Gesicht hatte nichts Lebendiges an sich. Es erinnerte eher an eine Marmorstatue.

Rathbone steckte die Hände in die Taschen und bedachte den Zeugen mit einem bekümmerten Lächeln. »Falls Sie Ihre Kenntnisse der Symptome in der letzten Zeit nicht auffrischen konnten, lassen Sie sie mich bitte – nicht für Sie, aber für dieses Gericht – aufzählen. Es sind dies Schwindel, Durchfall, Erweiterung der Pupillen, Magenschmerzen und Erbrechen, allgemeine Schwäche, Blässe, Krämpfe, Koma und Tod.«

Gallagher schloß die Augen, und Rathbone glaubte ein leichtes Schwanken zu bemerken.

Der Richter starrte ihn an.

Einer der Geschworenen verbarg den Mund hinter der Hand.

Gisela verriet weiter keinerlei Regung.

Eine Zuschauerin weinte leise vor sich hin.

Zorah wirkte unendlich bestürzt. Erlebte sie von neuem all das Leid und die Trauer, die sie damals empfunden hatte?

»Er hatte keinen Durchfall«, sagte Gallagher langsam. »Es sei denn, er war vor meinem Eintreffen eingetreten und mir verschwiegen worden. Auch sah ich keine Krämpfe.«

»Und eine Erweiterung der Pupillen?« Rathbone wagte fast nicht zu atmen. Sein Puls raste auf einmal.

»Ja...« Gallaghers Stimme war kaum mehr als ein Flüstern. Er mußte wieder husten. »Ja, die Pupillen waren geweitet.«

»Und ist das ein Symptom bei Verbluten?« Rathbones Frage enthielt keinerlei verschlüsselte Kritik. Der Verzicht darauf fiel ihm nicht schwer, denn er war sicher, daß jeder Arzt zu der gleichen Diagnose gekommen wäre wie Gallagher.

Der Zeuge stieß einen tiefen Seufzer aus. »Nein, das ist es nicht.«

Die Zuschauer schnappten nach Luft. Dann herrschte wieder Stille.

Der Richter biß die Lippen aufeinander und beobachtete Rathbone aufmerksam.

»Dr. Gallagher«, Rathbone brach das gebannte Schweigen, »sind Sie immer noch der Meinung, daß Prinz Friedrich infolge innerer Blutungen, ausgelöst durch seinen Sturz, starb?«

Die Geschworenen hefteten die Blicke erst auf Gisela, dann auf Zorah.

Zorah ballte die Faust und rutschte weiter vor.

»Nein, Sir, das bin ich nicht mehr«, antwortete Gallagher.

Ein Aufschrei gellte durch den Saal. Offenbar war eine Frau in Ohnmacht gefallen. Mehrere nahe beieinander sitzende Leute sprangen auf und machten eilig Platz.

»Sie braucht Luft!« bellte ein Mann.

»Hier, ich habe Riechsalz«, erbot sich eine Frau.

»Verbrennt eine Feder!« forderte jemand. »Und der Gerichtsdiener soll Wasser bringen!«

»Brandy! Hat jemand eine Flasche Brandy dabei? Oh, danke, Sir.«

Der Richter wartete, bis die Frau verarztet war, dann gestattete er Rathbone die Fortsetzung des Verhörs.

»Danke, Euer Ehren«, sagte der Anwalt und wandte sich wieder an die Zeugen. »Können Sie uns nach bestem Wissen die Todesursache angeben, Dr. Gallagher? Uns ist selbstverständlich bewußt, daß Sie so lange danach und ohne eine weitere Untersuchung nur noch Vermutungen anstellen können.«

Die Aufregung im Saal legte sich abrupt. Die ohnmächtige Frau war schon wieder vergessen.

»Ich... könnte mir vorstellen, daß es Eibengift war«, ächzte Gallagher. »Es tut mir schrecklich leid, daß ich das damals nicht erkannt habe, und bitte Prinzessin Gisela und das Gericht um Verzeihung dafür.«

»Ich bin mir sicher, daß kein vernünftiger Mensch Ihnen einen Vorwurf machen würde, Doktor«, tröstete ihn Rathbone. »Wer von uns wäre schon auf die Idee gekommen, nach Prinz Friedrichs Tod im Haus eines hochangesehenen Adeligen nach Gift zu suchen? Ich jedenfalls nicht, und wenn jemand hier das Gegenteil behauptet, dann würde ich Sie sofort dagegen in Schutz nehmen.«

»Danke«, murmelte Gallagher. »Sie sind sehr großzügig, Sir Oliver. Aber die Medizin ist nun mal mein Beruf und meine Aufgabe. Ich hätte auf die Augen achten und den Mut und die Sorgfalt haben müssen, die auffällige Erweiterung zu beachten.«

»Sie haben Ihren Mut jetzt bewiesen, Sir, und dafür sind wir Ihnen dankbar. Das ist alles, was ich zu fragen hatte.«

Harvester stand auf. Er war blaß geworden und wirkte bei weitem nicht mehr so gelassen wie am Anfang.

»Dr. Gallagher, Sie vertreten jetzt also die Auffassung, Eibengift sei die Ursache von Prinz Friedrichs Tod. Können Sie uns erklären, wie es ihm verabreicht worden sein könnte?«

»Es dürfte ihm ins Essen oder in ein Getränk gemischt worden sein.«

»Hat es einen angenehmen Geschmack?«

»Ich habe keine Ahnung. Wahrscheinlich eher nicht.«

»Ist es in den Blättern oder Früchten, ist es fest oder flüssig?«

»Es ist eine Flüssigkeit, die aus den Blättern oder der Rinde destilliert wird.«

»Nicht aus den Früchten?«

»Nein, Sir. Merkwürdigerweise ist die Frucht das einzige, was an der Eibe nicht giftig ist. Wie auch immer, Prinz Friedrich starb im Frühling, als die Bäume noch keine Früchte trugen.«

»Wurde es demnach destilliert?« hakte Harvester nach.

»Richtig. Niemand ißt die Blätter oder die Rinde.«

»Also hätte jemand Blätter oder die Rinde sammeln und dann eine beträchtliche Zeit kochen müssen, richtig?«

»Ja.«

»Aber Sie haben uns vorhin gesagt, daß die Prinzessin nie in die Küche ging. Hatte sie die fürs Destillieren nötigen Geräte im Zimmer?«

»Das glaube ich nicht.«

»Hätte sie es über dem Kaminfeuer tun können?«

»Garantiert nicht. Abgesehen davon wäre das sofort bemerkt worden.«

»War der Kamin in ihrem Zimmer mit einem Einsatz für Wasserkessel ausgestattet?«

»Nein.«

»Ging sie in den Garten, um Eibenblätter oder Rinde zu sammeln?«

»Das weiß ich nicht. Ich glaube, sie wich nie von der Seite des Prinzen.«

»Erscheint Ihnen die Annahme begründet, Prinzessin Gisela habe die Mittel und die Gelegenheit gehabt, ihren Mann zu vergiften, Dr. Gallagher? Und sehen Sie ein mögliches Motiv?«

»Weder das eine noch das andere.«

»Danke, Dr. Gallagher.« Harvester wandte sich dem Publikum zu. »Falls Gräfin Rostova nicht gerade einen wichtigen Umstand kennt, von dem wir nichts wissen, und weiterhin vorzieht, ihn vor den Behörden zu verbergen, erscheint es nur logisch, daß sie selbst nicht mehr daran glaubt und ihre Beschuldigung falsch ist. Und das weiß sie genauso wie wir!«

Am Abend des zweiten Prozeßtages besuchte Rathbone seinen Vater, der beide Verhandlungen im Gerichtssaal mitverfolgt hatte. Oliver wollte nur noch heraus aus der Enge der Innenstadt und alles, was sich vor Gericht abgespielt hatte, hinter sich lassen. So nahm er sich einen Hansom und fuhr bei böigem Wind nach Primrose Hill. Da auf der Straße nicht viel los war, kam er rasch voran.

Als Oliver kurz nach neun Uhr eintraf, saß Henry Rathbone vor dem prasselnden Feuer und las in einem philosophischen Werk, auf das er sich freilich nicht so recht konzentrieren konnte. Er legte es beiseite und sah auf. Sein Gesicht war blaß vor Sorge.

»Portwein?« Er deutete auf eine Flasche auf dem kleinen Tisch. Daneben stand nur ein Glas, aber im Glaskabinett waren genügend. Wegen des heftigen Regens waren die Vorhänge zugezogen. Diese schweren braunen Samtgardinen, die hier schon seit zwanzig Jahren hingen.

Oliver setzte sich. »Nein, danke«, brummte er. »Später vielleicht.«

»Ich war heute im Gericht«, erzählte Henry nach kurzem Schweigen. »Du brauchst mir nichts zu erklären.« Nach Olivers nächsten Schritten erkundigte er sich nicht.

»Ich habe dich gar nicht gesehen. Sei mir nicht böse.« Oliver starrte ins Feuer. Vielleicht hätte er doch einen Brandy nehmen sollen. Er hätte so herrlich angenehm in der Kehle gebrannt, zumal ihm wider Erwarten doch etwas kühl war.

»Ich wollte dich nicht ablenken«, erklärte Henry. »Aber ich

dachte mir schon, daß du vielleicht später darüber reden willst. Weißt du, ich bekomme ja nicht nur das mit, was vorne gesagt wird, sondern auch die Reaktionen der Leute.«

Oliver sah ihm in die Augen. »Willst du damit andeuten, daß die Menge hinter Gisela steht…, der armen trauernden Witwe? Das weiß ich doch schon. Und soweit ich es beurteilen kann, haben sie sogar recht. Monk nimmt an, daß es ein politischer Mord war. Seiner Meinung nach hatte der Täter eigentlich Gisela umbringen wollen, um Friedrich den Weg für die Heimkehr zu ebnen. Aber irgend etwas ging schief, und der Falsche schluckte das Gift.«

Henry Rathbone legte die Stirn nachdenklich in Falten. »Das kann schon sein«, brummte er. »Aber hoffentlich behauptest du nicht so etwas Dummes vor Gericht.«

»Ich halte es nicht für dumm«, widersprach Oliver heftig. »Im Gegenteil, ich glaube, daß er recht hat. Die Königin haßte Gisela bis auf den Tod. Aber mit der gleichen Leidenschaft betrieb sie Friedrichs Rückkehr, und zwar aus zwei Gründen: Er sollte die Unabhängigkeitsbewegung anführen und sich neu verheiraten, um den Fortbestand der Dynastie zu sichern. Ihr anderer Sohn hat keine Kinder.«

»Ich dachte, er hätte noch mehrere Schwestern«, murmelte Henry verwirrt.

»Die Krone wird nicht an die weibliche Linie weitergegeben«, erwiderte Oliver und machte es sich in seinem Sessel bequemer.

»Dann sollen sie eben die Verfassung ändern!« rief Henry unwirsch. »Das ist doch viel einfacher und bei weitem nicht so gefährlich wie ein Mord an Gisela. Und wer sagt denn schon, daß Friedrich der Unabhängigkeitsbewegung wirklich hätte nützen können? Es bedarf eines Wunders, daß ein Mann, der gerade die Liebe seines Lebens verloren hat, den Mut und die Entschlossenheit aufbringt, sein Volk in den Kampf zu führen. Wer weiß, vielleicht hätte er eine derartige Intrige sogar durchschaut!«

Oliver verschlug es die Sprache. So weit hatte er noch gar

nicht gedacht. Wäre Giselas Ermordung gelungen, dann hätte Friedrich doch in jedem Fall Verdacht geschöpft.

»Vielleicht stand nicht die Königin oder Rolf dahinter, sondern irgendein Fanatiker, der zu dumm war, um die Folgen vorauszusehen«, murmelte er zögernd.

Henry wölbte die Augenbrauen. »Kamen in Wellborough Hall denn so viele an das Essen des Prinzen heran?«

Oliver blieb die Antwort schuldig.

Das Feuer fiel mit einem Funkenregen in sich zusammen. Mit Hilfe einer Zange legte Henry mehrere Kohlen nach. »Wen wird Harvester morgen aufrufen?« fragte er dann und steckte sich geistesabwesend seine Pfeife in den Mund, ohne sie anzuzünden.

»Das weiß ich nicht«, murmelte Oliver, von der Erkenntnis seines Vaters noch benommen.

»Könnte Gisela vielleicht doch schuldig sein?« drängte Henry. »Hatte sie nicht doch eine Möglichkeit … und auch ein Motiv?«

Oliver war in Gedanken noch bei der vorangegangenen Frage. »Die Bediensteten«, sagte er. »Harvester wird morgen das Personal der Wellboroughs ausfragen. Und sie werden bestimmt beeiden, daß Gisela ihre Suite kein einziges Mal verließ.«

»Wäre das die Wahrheit?«

»Ich glaube, ja.«

Henry nahm die Pfeife aus dem Mund. Langsam mußte ihm an den Füßen unerträglich heiß werden, weil er so nahe beim Feuer saß, doch er nahm's nicht wahr. »Dann kann sie nicht schuldig sein«, räumte er ein. »Es sei denn, sie hätte von vornherein Eibengift gehabt. Doch dann hätte sie den Mord schon lange vor dem Unfall planen müssen. Aber eine solche Vermutung nimmt kein Mensch ernst, wenn man sie nicht lückenlos beweisen kann.«

»Ich weiß«, stöhnte Oliver. »Sie war es nicht.«

Danach trat Schweigen ein. Bis auf das Ticken der Wanduhr und das Prasseln des Feuers war kein Laut zu hören.

»Deine Füße brennen bald«, bemerkte Oliver jäh.

Jetzt erst merkte Henry, wie heiß ihm geworden war. Er zog sie mit schmerzverzerrtem Gesicht zurück. Im nächsten Augenblick hatte er sich schon wieder unter Kontrolle. »Und außerdem mußt du herausfinden, wer ihn umgebracht hat«, erklärte er.

»Entweder Rolf oder Brigitte, wenn der Anschlag Gisela galt, oder Klaus von Seidlitz, wenn Friedrichs Rückkehr verhindert werden sollte.«

»Das ist aber kein Beweis für deine Verschwörungstheorie«, mahnte Henry seinen Sohn. »Und mit Mutmaßungen kommst du bei den Geschworenen nicht weit. Ohne triftigen Grund weisen sie die Klage nicht ab.«

»Das ist ja auch unerheblich«, seufzte Oliver. »Die Klage lautet auf Verleumdung, und sie haben keine andere Wahl, als auf schuldig zu befinden, weil die Gräfin eben schuldig ist. Vielleicht kann ich sie davon überzeugen, daß sie nur deshalb zu diesem extremen Mittel gegriffen hat, weil sie entweder darauf aufmerksam machen wollte, daß er ermordet wurde, und es nicht wagte, jemand anderen anzuklagen, oder aber tatsächlich Gisela für die Mörderin hält – auch wenn ich mir nicht vorstellen kann, daß ihr auch nur ein Mensch glauben würde. Sobald man sie fragt, wie sie darauf gekommen ist, wird man gleich sehen, daß sie es selbst nicht weiß.«

Er ging zum Kabinett hinüber und kehrte mit einem Glas zu seinem Sessel zurück. »Ich wage es auch nicht, sie in den Zeugenstand zu rufen. Sie würde sich nur selbst dem Henker ausliefern.«

Henry starrte ihn erbost an.

»Es tut mir leid«, entschuldigte sich Oliver, der wußte, daß sein Vater Übertreibungen haßte. Er deutete auf die Karaffe. »Soll ich dir nachschenken?«

»Vielleicht kommt es tatsächlich soweit«, brummte Henry, ohne auf das Angebot einzugehen. »Sie kann durchaus am Galgen enden, wenn du nicht vorsichtig bist, Oliver. Du mußt beweisen, daß es Pläne für Friedrichs Heimholung gab. Aber selbst wenn dir das gelingt, wird sich die Frage stellen, ob nicht Zorah ihn getötet hat. Hatte sie eine Möglichkeit dazu?«

»Ja.« Nicht einmal der Portwein konnte das klamme Gefühl vertreiben, das sich in Olivers Brust breitgemacht hatte.

»Hätte sie sich Eibenblätter besorgen und Gift daraus destillieren können?«

»Mit Sicherheit. Außer Gisela hatte jeder die Möglichkeit. Wir wissen nur noch nicht, wie das Gift hergestellt wurde. Das ist das schwächste Glied in unserer Beweiskette. Die Köchin und ihre Helferin sind sich offenbar sicher, daß niemand die Küche dafür benutzt hat. Aber Zorah könnte es genauso gewesen sein wie alle anderen im Haus.«

»Hätte sie ein Motiv gehabt?«

»Das weiß ich nicht, aber es dürfte nicht schwerfallen, ihr einige zu unterstellen; von Eifersucht und Wut, weil Gisela Friedrich geheiratet hat, bis hin zu politisch motiviertem Haß, denn Gisela war schuld, daß Friedrich nicht als Führer der Unabhängigkeitsbewegung heimkehrte. Und sie hatte ja auch verhindert, daß er die Thronfolge antrat.«

»Die Antwort ist also, daß Zorah das plausibelste Motiv von allen hatte.« Henry schüttelte betrübt den Kopf. »Oliver, ich fürchte, du bist mit deiner Mandantin in eine äußerst heikle Lage geschlittert. Du kannst von Glück reden, wenn sie da noch den Kopf aus der Schlinge zieht.«

Oliver entgegnete nichts. Er wußte, daß sein Vater recht hatte.

Wie Rathbone erwartet hatte, verbrachte Harvester den gesamten dritten Prozeßtag mit der Befragung der Bediensteten in Wellborough Hall. Er mußte das schon länger vorbereitet haben, es sei denn, er hatte sie gestern sofort nach der Vertagung holen lassen. In diesem Fall hätten sie die ganze Nacht reisen müssen – vorausgesetzt, es verkehrten Nachtzüge in diesem Teil von Berkshire.

Ihre Aussagen bestätigten Rathbones schlimmste Befürchtungen. Einer nach dem anderen traten sie in ihrem besten Sonntagsstaat in den Zeugenstand und erklärten übereinstimmend, die Hände vor Nervosität ineinander verhakt und mit vor Angst bebender Stimme: Prinzessin Gisela hätte zu keinem Zeitpunkt die Suite verlassen, in der sie mit ihrem Mann, Gott sei seiner Seele gnädig, lebte; niemand hätte sie je auf der anderen Seite jener grünen Tür gesehen, und sie hätte sich ganz gewiß nie in der Küche blicken lassen. Die Köchin leistete einen Eid darauf; die Küchenmagd, die zwei Spülerinnen, der Bäcker, der Stiefelknecht, drei Lakaien, der Butler, die Haushälterin, zwei Stubenmädchen, vier Putzfrauen und zwei Lehrlinge taten es ihr gleich. Eine Kammerzofe sagte im Namen dreier weiterer Zofen, eines Kammerdieners und dreier Wäscherinnen aus.

Niemand hatte die Prinzessin Gisela außerhalb ihrer Suite gesehen, und es war praktisch ständig jemand im Haus unterwegs gewesen.

Andererseits standen unbestreitbar Eiben im Garten.

»Hätte jemand, der durch den Garten spazierte, an diese Eiben herankommen können?« fragte Harvester die Haushälterin, eine gemütliche, freundliche Matrone mit ergrauendem blondem Haar.

»Ja, Sir. Unter der Eibenallee ist es einfach herrlich, und sie bietet sich fast von selbst an, wenn man ein bißchen allein sein will, weil sie zur Stelle mit der schönsten Aussicht über die Felder führt.«

»Folglich war es nichts Aufsehenerregendes, wenn man dort spazierenging?« fragte Harvester.

»Nein, Sir.«

»Haben Sie je einen der Gäste dort allein gehen sehen?«

»Ich bin viel zu sehr mit dem Haushalt und den vielen Gästen beschäftigt, als daß ich zum Fenster rausschauen könnte. Aber an einem sonnigen Tag – und der Frühling dieses Jahres war herrlich – gingen die meisten Gäste irgendwann raus.«

»Außer Prinzessin Gisela.«

»Ja, außer ihr, armes Ding.«

»Die Gräfin Rostova zum Beispiel?«

»Ja, Sir. Die mochte lange Spaziergänge. Bei schönem Wetter hält sie bestimmt nichts zu Hause.«

»Und wie war es nach dem Unfall?« erkundigte sich Harvester. »Wurden die Mahlzeiten regelmäßig in das Zimmer des Prinzen gebracht?«

»Immer, Sir. Er kam nie raus. Manchmal bekam er nur Rinderbrühe, aber alles wurde raufgeschickt.«

»Wer brachte ihm das Essen? Ein Mädchen oder ein Lakai?«

»Ein Lakai, Sir. Die Tabletts wären zu schwer für ein Mädchen gewesen.«

»Und könnte ein Lakai auch mal einem der Gäste auf der Treppe begegnen?«

»Ja, Sir.«

»Hätte er ihm dann automatisch Platz gemacht, damit er vorbeikonnte?«

»Natürlich!«

»Wären sie trotzdem so nahe beieinandergestanden, daß der Gast heimlich etwas ins Essen hätte geben können?«

»Das weiß ich nicht, Sir. Die Töpfe müssen immer Deckel haben, und die Tabletts sollen zusätzlich mit einem Tuch bedeckt werden.«

»Aber möglich wäre es, Miss Haines?«

»Kann sein.«

»Danke.« Harvester wandte sich an Rathbone. »Sir Oliver?«

Doch Rathbone sah nichts, was Nachfragen gerechtfertigt hätte. Worin hätte er ihr denn schon widersprechen können? Er hatte bewiesen, daß Friedrich vergiftet worden war. Harvester hatte bewiesen, daß Gisela es nicht gewesen sein konnte. Andere zu bezichtigen hätte freilich keinen Sinn; es wäre ein verzweifelter Rundumschlag, und Rathbone war klug genug, um zu erkennen, daß die Geschworenen das zu seinen Ungunsten werten würden. Außerdem hatte er noch keinen hieb- und stichfesten Beweis in der Hand, daß es Pläne gegeben hatte, Waldo abzusetzen und Friedrich zu krönen. Aber ein solches Komplott würde niemand vor Gericht zugeben. Angesichts der gegenwärtigen Situation wäre es das Ende der Unabhängigkeitsbewegung, und zu diesem Opfer wäre kein Patriot bereit. Ob Zorah überhaupt damit geholfen wäre, das stand noch auf einem ganz anderen Blatt. Rathbone hielt es inzwischen für ausgeschlossen.

Harvester lächelte. Sein Plan war voll aufgegangen. Giselas Unschuld und damit die Verleumdung durch Zorah war nun erwiesen und der Mordverdacht statt dessen plötzlich auf Zorah gefallen – zumindest für die öffentliche Meinung. Vielleicht sogar bald vor dem Gesetz, wenn es Rathbone nicht irgendwie gelang, das Gegenteil zu beweisen.

Am Ende des dritten Verhandlungstages erwies sich Henry Rathbones Mutmaßung als richtig: der Schatten des Galgens türmte sich bedrohlich über Zorah auf.

Kaum hatte sich der Richter erhoben, stürzten die Reporter auch schon zu den Hansoms und schrien den Kutschern zu, sie schleunigst in die Fleet Street zu bringen.

Die Leute draußen reckten die Hälse und drängten nach vorne. Wie an den Vortagen gab es für Gisela Jubel, Segnungen, ermunternde Zurufe und Zeichen der Bewunderung.

Zorah hingegen schlug blanker Haß entgegen. Faules Obst und Gemüse flogen durch die Luft. Mehr als ein Stein prallte gegen die Wand hinter ihr. Erhobenen Hauptes, doch mit aschfahlem Gesicht und verängstigtem Blick bahnte sich Zorah den Weg zu der Kutsche, die Rathbone in weiser Voraussicht für sie bestellt hatte. Er hatte sich nicht darauf verlassen wollen, inmitten der aufgebrachten Menge nach einem zufällig freien Hansom zu suchen.

»Hängt sie!« schrie jemand. »Knüpft die Schlampe auf!«

»An den Galgen mit ihr!« kam aus der Mengo das Echo. »Hängt sie auf.«

Nur mit größter Mühe und nicht ohne Ellenbogenstöße nach allen Seiten gelang es Rathbone, Zorah zur Kutsche zu geleiten. Keuchend stiegen sie ein.

Zorah saß dicht neben ihm, als sie losfuhren. Die Pferde

scheuten, weil sie zu arg bedrängt wurden und einige Hände sogar am Geschirr zerrten. Der Kutscher wußte sich nicht anders zu helfen, als die Peitsche knallen zu lassen. Mit einem Ruck setzten sie unter dem Wutgeheul der Menge die Fahrt fort. Die zwei Passagiere wurden nach hinten geschleudert, und spontan legte Rathbone den Arm um Zorah und hielt sie fest. Sie schwiegen. Rathbone hätte ihr gern gesagt, daß ihr nichts geschehen würde, daß er sie und auch sich schon irgendwie retten würde, aber er hatte ja selbst keine Ahnung, wie. Außerdem hätte sie eine Lüge gleich durchschaut und wäre nur wütend geworden.

Sie sah ihn dankbar, doch ohne Hoffnung in den Augen an.

»Ich habe ihn nicht umgebracht.« Ihre Stimme ging fast unter im Rattern der Räder und Gebrüll der Meute hinter ihnen, aber gleichwohl war sie fest und entschlossen. »Sie war es.«

Rathbone wurde vor Verzweiflung ganz klamm ums Herz.

Auch Hester kehrte zutiefst deprimiert in die Hill Street zurück. Sie machte sich schreckliche Sorgen um Rathbone, doch je verzweifelter sie nach einer Lösung suchte, desto auswegloser erschien ihr die Lage.

Obwohl es ein milder Nachmittag war, fröstelte sie, als sie durch die Vordertür hereinkam. Heute fehlte ihr ganz einfach die Energie, die sie sonst immer auszeichnete.

Sie wollte allein sein und nicht mit Dagmar oder Bernd sprechen, die bestimmt schon vor ihr eingetroffen waren. Sie hatten ihre eigene Kutsche und waren sofort aufgebrochen, so daß sie das bittere Ende mit Zorahs und Rathbones Spießrutenlauf durch die haßerfüllte Meute nicht mehr mitbekommen hatten.

Hester ging in ihr Zimmer und legte als erstes den Mantel ab, bevor sie bei Robert anklopfte.

»Herein.«

Sie öffnete die Tür und sah zu ihrer Überraschung Victoria auf dem Besucherstuhl. Robert lag nicht im Bett, sondern saß im Rollstuhl. Beide wirkten entspannt, und da ihre Stühle recht nahe beieinanderstanden, schloß Hester, daß sie sich bis zu ihrem Eintreten ernst unterhalten hatten. Roberts Gesicht hatte draußen im Garten mehr Farbe bekommen. Die Spätherbstsonne und der Wind hatten ihm gutgetan. Sogar sein Haar, das ihm bei jeder Bewegung ins Gesicht fiel, glänzte. Allerdings war es höchste Zeit, einen Barbier zu holen.

»Was war heute los?« fragte er. Und noch bevor er eine Antwort erhielt, umwölkte sich seine Stirn. »Es sieht wohl nicht so gut aus, was? Ich erkenne es doch an Ihrem Gesicht. Kommen Sie, erzählen Sie uns alles.«

Hester spürte seine Warmherzigkeit. Mit einem Schlag stieg eine ohnmächtige Wut in ihr hoch, daß ein Mensch, den sie so sehr mochte, jetzt wahrscheinlich bis ans Ende seines Lebens ein an den Rollstuhl gefesselter Krüppel sein sollte, dem das verwehrt war, was seine Altersgenossen als Selbstverständlichkeit betrachteten – Beruf, Liebe und Ehe. Hester hatte auf einmal einen Kloß im Hals.

»War es wirklich so schlimm?« fragte Robert sanft. »Setzen Sie sich lieber. Soll ich nach Tee für Sie klingeln? Sie sehen ziemlich mitgenommen aus.«

Sie zwang sich zu einem Lächeln, das, wie sie gleich merkte, mehr als kläglich ausfiel.

»Sie brauchen mir nichts vorzumachen«, fuhr Robert fort. »Ist denn schon das Urteil gesprochen worden? Aber so schnell ist das doch nicht möglich, oder?«

»Hat die Gräfin sich etwa entschuldigt?« fragte Victoria erstaunt.

»Nein, nein, sie hat nichts dergleichen getan«, erwiderte Hester und setzte sich. »Und das Urteil ist noch in weiter Ferne. Sir Oliver hat noch nicht einmal angefangen. Aber ich sehe nichts, was ihm helfen könnte. Inzwischen deutet alles darauf hin, daß Zorah kämpfen muß, um nicht selbst am Galgen zu enden.«

Die zwei starrten sie entgeistert an.

»Zorah?« stöhnte Robert. »Aber Zorah hat ihn doch nicht umgebracht! Wenn sie es gewesen wäre, hätte sie einfach stillgehalten und nie von Mord gesprochen, wo doch alle an einen Unfall glaubten. Das wäre ja völlig absurd!«

»Vielleicht hält man sie für nicht ganz bei Trost«, meinte Victoria. »Es kann sein, daß man ihr Fanatismus oder Hysterie unterstellt. Alle sagen, daß sie extrem exzentrisch ist, daß sie sich wie ein Mann kleidet und sich an allen möglichen anstößigen Orten herumgetrieben hat. Und natürlich hält man sie für unmoralisch und verlottert.«

Hester verblüffte, daß Victoria sich so gut auskannte. Wie hatte sie das nur in Erfahrung gebracht? Doch dann fiel ihr ein, daß sie ja auch einen dramatischen Absturz in ihren Lebensverhältnissen erlitten hatte. Vor der Schande ihres Vaters war Victoria selbst eine junge Lady gewesen, und gerade deswegen hatte sie die Schattenseiten des Daseins um so bewußter und nachhaltiger erlebt als Leute wie Robert, die keine Not kannten.

Robert starrte sie an. »Wer sagt das?« fragte er. »Das ist total ungerecht!«

Victoria errötete. Gleichwohl antwortete sie mit fester Stimme: »Leute, die wütend sind, scheren sich nicht um Gerechtigkeit.«

Er runzelte mißbilligend die Stirn. »Warum sollten sie wütend sein? Zorah mag Gisela verletzt haben, aber noch ist kein Urteil gefällt worden. Und wenn es wirklich Mord war, egal wer der Schuldige ist, dann sollte man ihr dankbar sein, daß sie die Wahrheit ans Licht gebracht hat. Ich habe das Gefühl, die Leute tun genau das, was sie ihr vorwerfen: Sie ziehen voreilige Schlußfolgerungen und verurteilen einen Menschen ohne jeden Beweis. Was für Heuchler sie doch sind!«

Victoria sah ihn lächelnd an. In ihre klaren Augen trat ein sanfter Ausdruck. »Natürlich sind sie das«, sagte sie.

Robert wandte sich an Hester. »Und wie geht es Ihrem Freund Sir Oliver? Er muß sich doch entsetzlich fühlen, wenn es so schlecht für sie aussieht und er überhaupt nichts für sie tun kann.«

»Ich glaube, er hat noch keine Strategie«, antwortete sie offen.

»Um die Gräfin zu retten, müßte er beweisen, daß es jemand anderer war, aber wir haben nichts in der Hand.«

»Das tut mir leid.«

Victoria stand umständlich auf. Sie hatte Schmerzen, wollte sich aber vor Robert nichts anmerken lassen und streckte eilig den Rücken durch. »Es wird spät, und ich muß gehen. Nach all den Hiobsbotschaften sind Sie sicher müde. Ich lasse Sie wohl besser allein weiterreden. Vielleicht kommt Ihnen ja noch eine Idee.« Sie sah Robert an, zögerte kurz, blinzelte und zwang sich dann wieder zu einem Lächeln. »Gute Nacht.« Sie drehte sich abrupt um und humpelte zur Tür hinaus.

Hester verbarg ein Lächeln. Der Ausdruck in Victorias Augen, ihr Tonfall und die Färbung ihrer Wangen hatten ihre wahren Gefühle verraten. Sie hatte sie so deutlich erkannt, als wären sie ausgesprochen worden. Vielleicht sogar noch deutlicher, denn Worte können lügen.

Sie wandte sich Robert zu. Sein Mund war verkniffen, sein Blick verhüllt. Er litt. Er starrte auf seine Beine hinunter, die ihm der Diener auf einen Schemel gelegt hatte. Ein Fuß war leicht verkrümmt, doch er konnte ihn nicht von selbst durchstrecken. Hester sah das, aber ihm jetzt zu helfen, wäre eine Demütigung für ihn gewesen.

»Danke, daß Sie mir Victoria gebracht haben«, sagte er hastig. »Ich glaube, ich werde sie immer lieben. Ich wünschte, ich könnte ihr etwas geben, das sich mit dem vergleichen ließe, was sie mir geschenkt hat.« Er seufzte. »Aber ich habe nichts. Wenn ich laufen könnte! … Wenn ich nur stehen könnte!« Seine Stimme brach. Er kämpfte um seine Fassung, doch der Schmerz blieb.

Hester wußte, daß Victoria ihm nichts von ihrem eigenen Kummer gesagt hatte. Der ging nur sie etwas an. Doch wenn Robert weiter glaubte, er allein leide und sei nichts wert, verhinderte er am Ende noch ihr gemeinsames Glück.

Mit leiser Stimme fing sie an zu sprechen. Vielleicht beging sie einen nicht wiedergutzumachenden Irrtum, wenn sie Victorias Vertrauen brach, aber sie sagte es ihm.

»Sie können ihr Liebe geben. Kein Geschenk könnte so...«

Sein Oberkörper wirbelte herum. Wut und Frustration blitzen in seinen Augen auf, doch Hester glaubte auch Schmerzen und etwas noch Tiefergehendes auszumachen: Scham.

»Liebe!« stieß er bitter hervor. »Von ganzem Herzen..., aber das ist ja nicht genug, oder? Ich kann nicht für sie sorgen. Ich kann sie nicht schützen. Ich kann sie nicht lieben, wie ein Mann eine Frau liebt! ›Mit meinem Körper bete ich dich an!‹« Seine Stimme brach. Ungeweinte Tränen über seine Einsamkeit und Hilflosigkeit raubten ihm die Sprache. »Ich kann ihr keine Liebe schenken, ich kann ihr keine Kinder schenken!« stöhnte er schließlich.

»Auch sie kann Ihnen das alles nicht schenken«, entgegnete Hester sanft. Sie hätte ihm so gern die Hand gehalten, wußte aber, daß die Zeit dafür noch nicht reif war. »Sie wurde als junges Mädchen vergewaltigt. Die Folge war eine Abtreibung bei einer Engelmacherin. Die ging aber so dilettantisch vor, daß Victoria sich nie davon erholt hat. Das ist der Grund für ihre Behinderung und ihre ständigen Schmerzen, die manchmal unerträglich schlimm sind. Sie kann mit keinem Ehemann verkehren, und ganz bestimmt wird sie nie ein Kind bekommen.«

Robert wurde aschfahl. Er zitterte am ganzen Leib vor Entsetzen und ballte unbewußt in einem fort die Fäuste. Einen Moment lang dachte Hester, er würde sich übergeben. »Vergewaltigt?« keuchte er mit vor Abscheu entstelltem Gesicht.

Hester haßte sich bereits dafür, daß sie es ihm gesagt hatte. Jetzt verachtete er also Victoria. Wie so viele andere betrachtete er sie als unrein und nicht als Opfer. Als ob sie ihren Mißbrauch herausgefordert und verdient hätte! Wie hatte sie sich nur so täuschen können? Es war ein unverzeihlicher Fehler gewesen, es ihm zu sagen.

Dann sah sie, daß Roberts Augen in Tränen schwammen.

»Das hat man ihr angetan?« flüsterte er. »Und die ganze Zeit, die sie hier war, hat sie nur an mich gedacht! Wie... wie konnten Sie zulassen, daß ich so egoistisch bin!«

Jetzt ergriff Hester spontan seine Hand und drückte sie. »Das war kein Egoismus«, sagte sie eindringlich. »Sie konnten es ja nicht wissen, und ich hatte wirklich kein Recht, es Ihnen zu sagen. Dafür ist es zu persönlich. Aber ich ..., ich konnte es nicht ertragen, daß Sie glauben ...« Sie hielt inne. Der Rest blieb wohl besser unausgesprochen.

Auf einmal fing er an zu lächeln. »Ich weiß.«

Sie wußte nicht, ob er wirklich verstanden hatte, aber sie würde es gewiß nicht überprüfen.

»Ich werde ihr nicht verraten, daß Sie es mir gesagt haben«, versprach er. »Zumindest jetzt noch nicht. Es wäre ihr nur peinlich, nicht wahr?« Es war eine Feststellung, keine Frage. »Und meinen Eltern werde ich erst recht nichts sagen. Es ist ja nicht mein Geheimnis, und außerdem würden sie es wahrscheinlich nicht richtig verstehen.«

Hester wußte, daß er den Nagel auf den Kopf getroffen hatte. In Bernds Augen war Victoria Stanhope nicht der passende Umgang für seinen Sohn, vor allem nicht auf Dauer und schon gar nicht als Freundin oder vielleicht noch mehr. Aber fürs erste war sie unendlich erleichtert.

»Ist sie nicht die schönste Frau auf der ganzen Welt?« schwärmte Robert mit leuchtenden Augen. »Danke, daß Sie sie zu mir gebracht haben, Hester. Mein Leben lang werde ich Ihnen dafür dankbar sein.«

11. Kapitel

Rathbone begann Zorah Rostovas Verteidigung mit dem Mut der Verzweiflung. Am Anfang hatte er schlimmstenfalls damit rechnen müssen, es würde ihm nicht gelingen, ihr eine Blamage und eine empfindliche Geldstrafe zu ersparen. Er hatte gehofft, mildernde Umstände geltend machen zu können, indem er ehrenwerte Motive nachwies, obwohl sie sich natürlich getäuscht hatte.

Jetzt kämpfte er, um sie vor dem Strick zu retten.

Die Luft war zum Schneiden dick im hoffnungslos überfüllten Gerichtssaal. Die Leute hatten derart eng zusammenrücken müssen, daß man Stoff gegen Stoff rascheln und Korsettstangen knarzen hörte, wenn Frauen atmeten. Aus Hunderten von durchnäßten Mänteln strömte der Geruch nach feuchter Wolle, denn draußen regnete es in Strömen. Der Boden war überall rutschig von den vielen kleinen Pfützen, die sich unter den Mänteln und Stiefeln gebildet hatten. Die Fenster waren mit Kondenswasser beschlagen, und man hatte das Gefühl, die Luft sei längst aufgebraucht.

Die Reporter saßen Ellbogen an Ellbogen und hatten kaum Platz zum Schreiben. Gleichwohl warteten sie mit gezückten Federn und feuchtem Papier in den Händen auf die Eröffnung der Verhandlung.

Die Geschworenen saßen mit ernster Miene da. Ein Herr mit weißem Schnurrbart spielte unaufhörlich mit seinem Taschentuch. Ein anderer lächelte Gisela flüchtig zu, um gleich wieder wegzusehen. Niemand schaute Zorah an.

Dann wies der Richter den Verteidiger an zu beginnen.

Rathbone löste sich von seinem Stuhl und rief Stephan von

Emden auf. Der Gerichtsdiener wiederholte den Namen, seine Stimme versackte nahezu in dem überfüllten Raum. Das ansonsten übliche Echo blieb aus.

Alle warteten mit gereckten Hälsen auf den Zeugen. Ihre Augen folgten Stephan, als dieser eintrat, nach vorne schritt und die Stufen zum Zeugenstand erklomm. Da die Verteidigung ihn gerufen hatte, ging man davon aus, daß er zu Zorahs Gunsten aussagen würde. Die Feindseligkeit, die ihm entgegenschlug, war förmlich mit Händen zu greifen.

Als Rathbone nach der Vereidigung auf ihn zutrat, fühlte er sich so verletzlich wie bei noch keinem seiner zahllosen Fälle. Er hatte auch schon Mandanten gehabt, die sogar er verdächtigt hatte, und solche, an die er zwar geglaubt, deren erfolgreiche Verteidigung er sich aber gar nicht zugetraut hatte. Noch nie war er sich aber seiner Irrtümer, seiner Fehlbarkeit so bewußt gewesen wie jetzt. Das einzige, woran er vorbehaltlos glaubte, war Hesters Freundschaft. Das hieß zwar nicht, daß sie sein Urteil für richtig hielt, aber sie würde immer zu ihm stehen, und mochte er im Gerichtssaal untergehen. Wie blind er nur gewesen war, daß er ihre innere Schönheit so lange übersehen oder vielmehr ihren Wert verkannt hatte!

»Sir Oliver«, ermunterte ihn der Richter.

Das Gericht wartete. Er mußte beginnen, egal was er zu sagen hatte, egal wieviel oder wie wenig Wert es hatte. Ahnten die Leute überhaupt, wie hoffnungslos sein Fall war? Wenn er den Ausdruck auf Harvesters hagerem Gesicht richtig wertete, konnte er davon ausgehen, daß er es genau wußte. Seine Züge verrieten sogar ein gewisses Mitleid, wenn auch keineswegs die Bereitschaft, ihn zu schonen.

Rathbone räusperte sich. »Baron von Emden, Sie waren in der Zeit von Prinz Friedrichs Unfall, seiner scheinbaren Genesung und seinem überraschenden Tod in Wellborough Hall zu Gast. Ist das richtig?«

»Ja, Sir, das ist korrekt«, erklärte Stephan. Er wirkte ruhig und sah Rathbone mit seinen haselnußbraunen Augen ernst an.

»Wer war noch dort?« fragte Rathbone. »Außer dem Personal selbstverständlich.«

»Graf und Gräfin von Seidlitz, Graf Rolf Lansdorff...«

»Er ist der Bruder von Königin Ulrike, nicht wahr?« fiel ihm Rathbone ins Wort. »Der Onkel von Prinz Friedrich?«

»Ja.«

»Wer noch?«

»Baronin Brigitte von Arlsbach, Florent Barberini und Gräfin Rostova. Der Prince of Wales...« Er kam nicht weiter. Der ganze Saal brach in aufgeregte Schreie aus. Mindestens fünf Geschworene reagierten nicht minder heftig, und sogar der Richter zeigte sich betroffen. Auf seiner Stirn bildete sich eine tiefe Falte, und er beugte sich vor, als wolle er etwas sagen.

Die Warnung des Lord Chancellors dröhnte Rathbone wieder in den Ohren, und ihm wurde erneut bang zumute. Doch jetzt konnte er nichts mehr zurücknehmen. »Fahren Sie bitte fort«, sagte er mit rauher Stimme. Seine Kehle war wie ausgetrocknet.

»Der Prince of Wales und seine Begleiter waren zwei-, dreimal beim Dinner zu Gast, dazu die in der Nachbarschaft lebenden Colonel und Mrs. Warboys mit ihren drei Töchtern und Sir George und Lady Oldham mit ein oder zwei Töchtern, deren Namen ich vergessen habe.«

Harvester runzelte die Stirn, verzichtete aber bislang auf einen Einspruch. Freilich war Rathbone klar, daß er protestieren würde, wenn er nicht bald zur Sache kam.

»Überraschte es Sie, daß Baronin von Arlsbach und Graf Lansdorff zur selben Gesellschaft eingeladen wurden wie Prinz Friedrich und Prinzessin Gisela?« fragte er. »Es war doch bekannt, daß Friedrich daheim nicht mehr wohlgelitten war, nachdem er sein Land verlassen hatte, vor allem bei seiner Familie nicht und auch nicht bei Baronin von Arlsbach, die das Land sich als Königin gewünscht hätte. Oder stimmt das nicht?«

»Doch«, antwortete Stephan widerstrebend. Nicht nur wegen Brigitte, sondern auch aus persönlichen Gründen war es für ihn als Patrioten ein peinliches Thema, das er lieber nicht in der Öffentlichkeit erörtert hätte. Sein Gesicht verriet deutlich seine Empfindungen.

»Waren Sie also überrascht?« drängte Rathbone, während er innerlich den Lord Chancellor sich drohend nähern sah.

»Bei einer anderen politischen Konstellation wäre ich es mit Sicherheit gewesen«, antwortete Stephan.

»Würden Sie das bitte genauer erklären?«

Harvester stand auf. »Euer Ehren, die Gästeliste steht nicht zur Diskussion. Es ist bekannt, wer da war und wer nicht. Sir Oliver versucht nur aus Verzweiflung, Zeit zu schinden.«

Der Richter wandte sich mit ausdruckslosem Gesicht Harvester zu. »Es bleibt mir überlassen, zu entscheiden, wofür das Gericht seine Zeit verwendet, und ich möchte Sir Oliver einen gewissen Spielraum bewilligen, sofern er ihn nicht mißbraucht. In erster Linie geht es mir um die Wahrheit in der Frage, ob Prinz Friedrich ermordet wurde oder nicht, und falls ja, von wem. Wenn wir das wissen, können wir gegen Gräfin Rostova das angemessene Urteil in bezug auf ihre Beschuldigung ergehen lassen.«

Doch Harvester war alles andere als zufrieden. »Euer Ehren, wir haben bereits bewiesen, daß meine Mandantin, Prinzessin Gisela, die einzige Person ist, die nicht schuldig sein kann. Abgesehen von ihrer Liebe zu ihrem Mann und dem Fehlen eines Motivs, haben wir aufgezeigt, daß sie als einzige weder die Mittel noch die Möglichkeit hatte, einen solchen Mord zu begehen.«

»Ich war zugegen, als die jeweiligen Aussagen gemacht wurden, Mr. Harvester«, entgegnete der Richter. »Oder glauben Sie, ich hätte nicht aufgepaßt?«

Ein Auflachen ging durch den Saal, und einige Geschworene grinsten.

»Nein, Euer Ehren! Selbstverständlich nicht!«

Harvester hatte sichtlich die Fassung verloren. Es war das erste Mal, daß Rathbone ihn so durcheinander erlebte.

»Sehr schön«, brummte der Richter mit einem leisen Lächeln. »Fahren Sie fort, Sir Oliver.«

Rathbone verneigte sich zum Zeichen des Dankes, doch er hatte keine Illusionen über die Breite seines Spielraums.

»Baron von Emden, könnten Sie uns erklären, was die Gästeliste mit der politischen Lage zu tun hatte?«

»Als Prinz Friedrich vor zwölf Jahren zugunsten seines Bruder Waldo von der Thronfolge zurücktrat, damit er Gisela Berentz, die von der königlichen Familie nicht akzeptiert wurde, heiraten konnte, nahmen ihm das viele sehr übel. Noch zorniger war man jedoch auf Gisela.« Stephan sprach mit ruhiger, fester Stimme, die allerdings nicht die eigenen schmerzhaften Empfindungen verdecken konnte. »Insbesondere die Königin konnte diesen Schlag nicht verwinden. Ihr Bruder, Graf Lansdorff, wie auch die Baronin von Arlsbach teilten ihre Gefühle uneingeschränkt. Wie Sie wissen, hatten sich viele in unserem Land gewünscht, daß Friedrich sie heiraten würde, und wohl auch damit gerechnet. Diese Entwicklung war ihr also um so peinlicher, da alles darauf hingewiesen hatte, daß sie dem Ruf der Pflicht gehorchen und Friedrichs Antrag annehmen würde.«

Stephan wirkte bedrückt, doch er redete ohne zu stocken weiter. »Graf von Seidlitz dagegen reiste oft nach Venedig, das Prinz Friedrich und Prinzessin Gisela zu ihrem Hauptwohnsitz gemacht hatten, womit sie sich allerdings sämtliche Sympathien am königlichen Hof von Felzburg verscherzten.«

»Wollen Sie damit sagen, daß auch noch nach zwölf Jahren das Gefühl, verraten worden zu sein, immer noch so tief saß, daß man unmöglich mit beiden Seiten befreundet sein konnte?« unterbrach Rathbone.

Darüber dachte Stephan eine ganze Weile nach.

Der Richter beobachtete ihn aufmerksam.

Im Saal war bis auf gelegentliches Knarzen von Stühlen oder Rascheln von Kleidern kein Laut zu hören.

Gisela saß steif da. Einmal wenigstens verriet ihr Gesicht Gefühle. Ihre Lippen waren zusammengekniffen, ihre behandschuhten Hände geballt, doch es ließ sich nicht erkennen, was es war, das sie aufwühlte.

»Die Vergangenheit spielte nicht die einzige Rolle«, antwortete Stephan, den Blick auf Rathbone gerichtet. »Neue politische Gegebenheiten sind entstanden, die den alten Themen eine ungeahnte Aktualität verleihen.«

Harvester rutschte unbehaglich auf seinem Stuhl herum, wußte aber, daß ein Einspruch nichts bewirken würde. Man würde das Verhör nur um so ernster nehmen.

»Könnten Sie das bitte erklären?« bat Rathbone.

»Mein Land ist eins von einer Anzahl von deutschen Fürstentümern und Staaten mit einer gemeinsamen Sprache und Kultur. Seit einiger Zeit gibt es eine immer stärker werdende Bewegung mit dem Ziel der Vereinigung unter einem König und einer Regierung. Natürlich läßt sich bei einer solchen Vielfalt von Staaten keine Einigkeit erzielen. Die einen sehen Vorteile in einem Zusammenschluß, während andere bereit sind, für ihre Unabhängigkeit und Eigenständigkeit zu kämpfen. Mein eigenes Land ist in dieser Frage geteilt. Sogar die Königsfamilie ist darüber uneins.«

Jetzt hing der ganze Saal an seinen Lippen. Einige von den Geschworenen schüttelten den Kopf. Als Untertanen eines Inselstaates leuchtete ihnen das Bekenntnis zur Unabhängigkeit durchaus ein, mit dem Herzen vermochten sie die Angst, geschluckt zu werden, jedoch nicht zu erfassen. Kein Wunder, in England hatte es dergleichen seit fünfzig Generationen nicht mehr gegeben.

»Ja?« half Rathbone Stephan nach.

Stephan wollte offenbar die innere Zerstrittenheit seines Landes nicht in der Öffentlichkeit ausbreiten, doch er wußte, daß er keine andere Wahl hatte.

»Die Königin und Graf Rolf sind leidenschaftliche Anhänger der Unabhängigkeit, Kronprinz Waldo ist für die Einheit.«

»Und die Baronin von Arlsbach?«

»Unabhängigkeit.«

»Graf von Seidlitz?«

»Vereinigung.«

»Woher wissen Sie das?«

»Er hat kein Geheimnis daraus gemacht.«

»Hat er sie befürwortet?«

»Nicht direkt offen, aber er hat ihre möglichen Vorteile ins Gefecht geführt. Außerdem hat er sich mit hochrangigen preußischen Politikern angefreundet.«

Protestgemurmel ging durch den Saal. Allerdings rührte es wohl eher von spontanen Gefühlen her als von reiflichem Nachdenken.

»Und wie dachte Prinz Friedrich über dieses Thema?« wollte Rathbone wissen. »Äußerte er sich dazu?«

»Er war für die Unabhängigkeit.«

»So sehr, daß er sich auch dafür einsetzte?«

Stephan biß sich auf die Lippen. »Das kann ich nicht beurteilen. Aber ich weiß, daß Graf Lansdorff eigens nach Wellborough Hall kam, um mit ihm darüber zu sprechen. Ansonsten hätte er sich geweigert, mit Friedrich unter einem Dach zu leben.«

Der Richter beobachtete Rathbone mit vor Sorge verkniffenem Gesicht. Man konnte meinen, er würde ihn gleich unterbrechen, doch das tat er nicht.

»Leitete er das Treffen in die Wege, oder ging die Initiative von Friedrich aus?« fragte Rathbone, der genau wußte, auf was für ein gefährliches Terrain er sich vorwagte.

»Ich glaube, sie ging von Graf Lansdorff aus.«

»Sie sprechen von ›glauben‹. Wissen Sie es nicht?«

»Nicht mit absoluter Bestimmtheit.«

»Und warum war Graf von Seidlitz da, wenn er die Gegenseite vertritt? War vielleicht eine Art Debatte geplant, eine offene Diskussion?«

Stephan lächelte kurz. »Das bestimmt nicht. Es ist ja alles nur Spekulation. Ich weiß nicht, ob überhaupt Gespräche stattfanden, aber wenn Klaus von Seidlitz eingeladen wurde, dann wohl eher um den politischen Aspekt dieser Versammlung zu kaschieren.«

»Und Gräfin Rostova und Mr. Barberini?«

»Sie sind beide für die Unabhängigkeit. Aber da Barberini zur Hälfte Venetianer ist, war seine Einladung nur logisch, weil ja auch Friedrich und Gisela in Venedig lebten. So sah das Ganze nach einer normalen Gesellschaft aus.«

»Aber in Wirklichkeit war es trotz Feierlichkeiten, Dinners, Jagd, Picknicks, Musik und Theateraufführungen eine dem Wesen nach politische Veranstaltung, richtig?«

»Ja.«

Rathbone war bereits klar, daß Stephan nicht bestätigen konnte, daß Friedrich ein Angebot unterbreitet worden war. Darum fragte er erst gar nicht danach. »Danke, Baron von Emden«, sagte er und wandte sich zu seinem Gegner um.

In Harvesters Miene spiegelte sich eine kuriose Mischung aus Wut und Nervosität. Er schnellte hoch und stolzierte, die Schulter entschlossen hochgezogen, zum Zeugenstand hinüber.

»Waren Sie an dem Komplott beteiligt, Prinz Friedrich zurückzuholen, damit er den Thron seines Bruders usurpieren konnte, Baron?«

Rathbone konnte nicht gegen diesen abschätzigen Ton protestieren. Er selbst hatte zuvor nicht anders gesprochen.

»Mr. Harvester«, entgegnete Stephan lächelnd, »falls es einen Plan gab, Prinz Friedrich zu bitten, heimzukehren und den Kampf um den Erhalt unserer Unabhängigkeit anzuführen, war ich nicht daran beteiligt. Aber vorausgesetzt, er hätte nur dies und nichts anderes zum Inhalt gehabt und ich wäre eingeweiht gewesen, dann hätte ich mich gerne angeschlossen. Wenn Sie glauben, Usurpation wäre das Ziel gewesen, dann haben Sie damit bewiesen, wie wenig Sie von den Zusammenhängen verstehen. Prinz Waldo ist bereit, den Thron und die Unabhängigkeit seines Landes zu opfern und zuzusehen, wie wir von einer größeren Macht geschluckt werden.«

Er beugte sich über das Geländer. Sein Blick bohrte sich in Harvesters Augen, als wäre sonst niemand im Saal. »Es gäbe in Felzburg keinen Thron mehr, um den man sich streiten könnte. Wir wären eine Provinz von Preußen oder Hannover oder wie immer das Gebilde aus dem Zusammenschluß soundsovieler Staaten auch heißen mag. Kein Mensch weiß, wer dann König, Präsident oder Kaiser wäre. Wenn Friedrich tatsächlich die Rückkehr angeboten wurde und er darauf eingegangen wäre, dann nur, um den Thron in Felzburg zu retten, egal, wer darauf saß. Womöglich hätte er ihn gar nicht für sich beansprucht. Vielleicht hätte er ja auch den Kampf verloren und wir wären sowieso geschluckt worden. Vielleicht wäre es zum Krieg gekommen und wir wären erobert worden. Oder aber die anderen liberalen Kleinstaaten hätten sich mit uns gegen die Reaktionäre verbündet. Nun, wir werden es nie wissen. Er ist ja tot.«

Harvester bedachte ihn mit einem dürren Lächeln. »Baron, wenn das also der Grund der Veranstaltung in Wellborough Hall war – und ich bezweifle keineswegs, daß Sie das glauben –, dann werden Sie mir sicher ein paar Fragen beantworten, die sich zwangsläufig daraus ergeben. Angenommen, Friedrich hätte das Angebot abgelehnt, hätte dann jemand einen Grund gehabt, sich seinen Tod zu wünschen?«

»Nicht daß ich wüßte.«

»Und wenn er angenommen hätte?«

Stephan biß sich angewidert auf die Lippen, weil er gezwungen wurde, seine Überzeugungen vor aller Welt auszubreiten. Aber er zierte sich nicht. »Graf von Seidlitz unter Umständen.«

»Weil er für die Vereinigung war?« Harvester zog die Augenbrauen hoch. »Ist es denn so wahrscheinlich, daß Prinz Friedrich sie ohne weiteres verhindert hätte? In Ihren ersten Antworten klang das noch weitaus problematischer. Ich wußte nicht, daß er immer noch soviel Einfluß hatte.«

»Auf Dauer hätte er uns die Unabhängigkeit vielleicht nicht erhalten können«, erklärte Stephan geduldig. »Es wäre aber wohl zu einem Krieg gekommen, und genau davor hatte von Seidlitz Angst. Er hat zuviel zu verlieren.«

Harvester zeigte sich verwirrt. »Ist das denn nicht bei allen der Fall?« Und als wolle er seine Verwunderung mit den Zuschauern teilen, drehte er sich zu ihnen um.

Stephan holte tief Luft. »Selbstverständlich. Der Unterschied ist nur, daß viele von uns glauben, daß wir etwas zu gewinnen, oder genauer gesagt, zu erhalten haben.«

»Ihre Identität als unabhängiger Staat?« Harvester fragte nicht in spöttischem oder respektlosem Ton, sondern bohrte mit unbarmherziger Nüchternheit nach. »Ist sie Ihnen wirklich einen Krieg wert, Baron von Emden?« Er breitete verständnislos die Arme aus. »Wer verliert dann Hab und Gut? Wer stirbt? Ich halte den Wunsch, seinem Land einen Krieg zu ersparen, nicht für so schändlich, selbst wenn es natürlich ein gräßliches Verbrechen ist, deswegen den eigenen Prinzen zu ermorden. Zumindest könnte ich mir vorstellen, daß noch mehr Menschen hier den Wunsch nach Frieden gut verstehen können.«

In Stephans Gesicht glühte auf einmal die Leidenschaft, die er bislang hatte zügeln können. »Vielleicht«, räumte er ein. »Aber schließlich leben Sie alle hier in England, wo es eine konstitutionelle Monarchie gibt, ein Parlament, in dem offen debattiert wird, ein Wahlrecht, das es den Männern erlaubt, für die Regierung zu stimmen, die sie für die beste halten, und Sie haben die Freiheit, zu lesen und zu schreiben, was Ihnen beliebt.« Er sprach ohne Gesten, doch sein Blick umfaßte alle Anwesenden. »Sie haben Rede- und Versammlungsfreiheit und das Recht, Ihre Regierung und deren Gesetze zu kritisieren. Sie können Fragen stellen, ohne Repressalien befürchten zu müssen. Sie können politische Parteien gründen mit Zielen, die Sie selbst bestimmen. Sie können jeden Gott auf jede beliebige Weise anbeten. Ihre Armee gehorcht Ihren Politikern und nicht umgekehrt. Ihre Königin würde nie Befehle von ihren Generälen entgegennehmen. Sie sind dazu da, Ihr Land zu schützen und nicht über schwächere und weniger begünstigte Nationen herzufallen, und auf keinen Fall reißen sie die Herrschaft an sich, wenn Sie in großer Zahl aufmarschieren und gegen Ihren Staat, die Arbeitsgesetze, die Löhne oder die Lebensbedingungen protestieren.«

Im Saal war es mucksmäuschenstill. Hunderte von Augen starrten Stephan verblüfft an.

»Wenn Sie in einem der deutschen Staaten lebten«, fuhr Stephan mit vor Trauer rauher Stimme fort, »und noch in Erinnerung hätten, wie vor zehn Jahren die Armee durch die Straßen zog, während die Leute auf die Barrikaden gingen, weil die Hoffnung aufgekeimt war, daß auch wir die Freiheiten genießen könnten, von denen Sie so geringschätzig sprechen, und wenn Sie dann gesehen hätten, wie die Leute starben, wie viele Versprechen gebrochen wurden und Hoffnung in Verzweiflung endete, dann wären Sie bestimmt auch bereit, für die kleinen Freiheiten zu kämpfen, die Felzburg noch hat.« Er beugte sich über das Geländer. »Und im Gedenken an diejenigen, die anderswo im Freiheitskampf gestorben sind, würden auch Sie Ihr Leben hingeben…, für Ihre Kinder und Kindeskinder, für Ihr Land oder für die Zukunft, ganz einfach, weil Sie daran glaubten.«

Die Stille dröhnte förmlich in den Ohren, als er verstummte.

»Bravo!« rief jemand in der Galerie. »Bravo, Sir!«

Ein Dutzend Männer schlossen sich dem Ruf an und standen einer nach dem anderen auf. Immer mehr ließen sich von ihnen anstecken, bis schließlich gut hundert Zuschauer begeistert die Hände hochreckten und »Bravo!« schrien.

»Gott schütze die Königin!« rief eine Frau, und eine andere tat es ihr gleich.

Der Richter schlug nicht mit dem Hammer aufs Pult und machte auch sonst keine Anstalten, für Ordnung zu sorgen. Er wartete ganz einfach, bis die Aufregung sich von selbst legte. Als wieder Ruhe herrschte, fragte er gelassen: »Mr. Harvester, möchten Sie noch mehr von Baron von Emden wissen?«

Harvester stand da wie ein begossener Pudel. Offenbar hatte er sich nicht vorstellen können, was für einen Sturm der Begeisterung Stephans Aussage auslösen würde. Plötzlich drehte sich der Prozeß nicht mehr um trockene Politik, sondern um ein brisantes Thema, das jeden berührte. Die Stimmung hatte umgeschlagen, und er wußte nicht, wohin das führen würde.

»Nein, danke, Euer Ehren«, antwortete er. »Ich denke, der Baron hat auf bewundernswerte Weise dargestellt, daß die Emotionen bei diesem Treffen in Wellborough Hall sehr hoch schlugen und viele Felzburger tatsächlich das Schicksal ihrer Nation mit Prinz Friedrichs Entscheidung für oder gegen eine Rückkehr verbanden.« Er schüttelte den Kopf. »Nichts davon hat allerdings auch nur den geringsten Bezug zu Gräfin Rostovas Vorwürfen an Prinzessin Gisela und deren nachweisbare Unwahrheit.« Er sah Rathbone kurz an und kehrte an sein Pult zurück.

Den Zeitpunkt für seinen Seitenhieb hätte Harvester nicht geschickter wählen können, und das war auch Rathbone klar. Er hatte nichts zu Zorahs Verteidigung vorbringen können, ja, nicht einmal den unausgesprochenen Mordverdacht hatte er ausgeräumt. Wenn überhaupt, dann hatte Stephan unwissentlich alles nur noch schlimmer gemacht. Er hatte gezeigt, wieviel auf dem Spiel stand, und geschworen, daß Zorah an die Unabhängigkeit glaubte. Sie hatte sich nie Friedrichs Tod gewünscht, aber sie hätte durchaus versuchen können, Gisela zu töten, und dies als patriotische Heldentat gewertet. Jeder im Gerichtssaal konnte sich das jetzt vorstellen.

»Was, zum Teufel, machen Sie da nur, Rathbone?« wollte Harvester wissen, als sie sich auf dem Weg zum Mittagessen begegneten. »Das sieht doch jeder, daß Ihre Mandantin sich gründlich getäuscht hat!« Er senkte die Stimme und ließ zum erstenmal aufrichtige Sorge erkennen. »Sind Sie sicher, daß sie noch bei Trost ist? Können Sie sie denn nicht in ihrem eigenem Interesse dazu bewegen, alles zurückzunehmen? Nun gut, egal was sie sagt oder tut, das Gericht wird jetzt der Wahrheit auf den Grund gehen. Aber schützen Sie sie doch wenigstens, und raten Sie ihr, nichts mehr zu sagen, bevor sie sich selbst belastet … und Sie mit in den Abgrund zieht. Der Hinweis auf den Prince of Wales war übrigens unglücklich. Sie haben zu viele verrückte Zeugen, Rathbone.«

»Ich habe einen verrücken Fall«, stimmte Rathbone betrübt zu und setzte sich gemeinsam mit Harvester in Bewegung. »Aber wenn ich von Emden nicht nach der Gästeliste befragt hätte, dann hätten Sie sie sich von ihm besorgt.«

Harvester schnitt eine Grimasse. »Ich sehe schon das Gesicht des Lord Chancellors!«

»Ich auch«, brummte Rathbone. »Aber ich habe keine Alternative. Meine Mandantin läßt sich nicht davon abbringen, daß Gisela Friedrich getötet hat, und da ich keinen Grund habe, den Fall abzugeben, muß ich ihre Anweisungen ausführen.«

Harvester schüttelte den Kopf. »Das tut mir leid.« Er sprach mit echtem Mitgefühl. Schonen würde er ihn freilich nicht. Nun, an Harvesters Stelle, an der er jetzt für sein Leben gerne wäre, würde Rathbone nicht anders handeln.

Sie umkurvten eine Gruppe aufgeregt miteinander diskutierender Schreiber und traten gemeinsam in den kalten Oktoberwind.

Als die Verhandlung am Nachmittag wiederaufgenommen wurde, rief Rathbone Klaus von Seidlitz auf, dem nichts anders übrigblieb, als Stephans Aussagen zu bestätigen. Zuerst wollte er es nicht zugeben, doch er konnte nicht leugnen, daß er für die Vereinigung mit Deutschland war. Auf Rathbones eindringliche Fragen hin hielt er prompt ein flammendes Plädoyer gegen Krieg und Zerstörung und beschrieb drastisch die Verheerung, die die durch die Länder ziehenden Armeen anrichten würden, die Verschwendung von Acker- und Weideland, die Verluste für die Grenzgebiete, die vielfachen Verstümmelungen und die Trauer der Hinterbliebenen. Seine unförmige Gestalt strahlte auf einmal Würde aus, als er von seinen Ländereien und seiner Liebe zu den kleinen Dörfern und den Feldern sprach.

Rathbone unterbrach ihn kein einziges Mal und deutete danach mit keinem Wort an, Klaus könnte derjenige sein, der Friedrich ermordet hatte, um seinem Land einen solchen Krieg zu ersparen.

Nun, wenn diese Aussage etwas bewirkt hatte, dann die Gewißheit, daß es genügend Gründe für Friedrichs Ermordung gegeben haben könnte und sogar ein – wenn auch verunglücktes – Attentat auf Gisela nicht auszuschließen war. Hinter dieser

Affäre steckten Themen und Leidenschaften, mit denen jeder etwas anfangen, ja, mit denen man sich sogar identifizieren konnte.

Aber Zorah war damit noch in keiner Weise geholfen. Rathbone mußte das Verfahren verzögern, so lange er konnte, und hoffen, daß er bei seinem Herumstochern doch noch auf etwas stieß, das den Verdacht auf jemand anderen lenkte.

Er sah die neben ihm sitzende Zorah an. Sie war blaß, wirkte aber wenigstens nach außen hin gefaßt. Daß sie die Hände in ihrem Schoß so fest ballte, daß die Knöchel weiß hervortraten, bemerkte er als einziger. Noch nie war ihm so eindringlich bewußt gewesen, wie wenig er ihre wahren Absichten kannte. Sonst war er sich bei seinen Mandanten stets sicher gewesen. Natürlich war er auch schon getäuscht worden. Er war fest von der Unschuld bestimmer Leute überzeugt gewesen, nur um dann doch auf einen durch und durch verderbten Charakter zu stoßen.

Verhielt es sich mit Zorah Rostova auch so?

Er musterte ihr ausdrucksstarkes Gesicht, das je nach Gefühlslage von einem Moment zum nächsten häßlich oder wunderschön sein konnte. Sie faszinierte ihn, und er wollte nicht glauben, daß sie schuldig war oder sich getäuscht hatte. Oder hatte sie ihn geschickt betört? Ihm war ein einziges Rätsel, was sich hinter ihrer Fassade verbergen mochte.

Als Klaus gegangen war, beantragte Rathbone eine zweite Vernehmung Florent Barberinis. Der Richter gestattete sie ihm anstandslos und erstickte mit einem scharfen Blick in Harvesters Richtung jeden Protest im Keim. Die Geschworenen saßen kerzengerade auf ihrer Bank und warteten gespannt.

»Mr. Barberini«, begann Rathbone und näherte sich ihm bedächtig, »bei Ihrer ersten Aussage gewann ich den Eindruck, daß Sie die politische Situation sowohl in den deutschen Staaten als auch in Venedig aufmerksam verfolgen. Seit dieser Vernehmung sind neue Fakten aufgetaucht, die einen Zusammenhang der deutschen Politik mit Prinz Friedrichs Tod nahelegen, auch wenn wir noch klären müssen, ob es sich um vorsätzlichen

Mord handelte oder um ein tragisches Mißgeschick, während der Anschlag eigentlich Prinzessin Gisela galt…«

Der ganze Saal schnappte nach Luft. In der Galerie unterdrückte jemand einen Aufschrei.

Gisela zuckte zusammen. Harvester streckte schon die Hand nach ihrer aus, um sie zu halten, zog sie aber im letzten Moment zurück. Sie war keine Frau, die man berührte. Vom Rest der Welt trennte sie eine unsichtbare Absperrung, hinter der sie aufrecht dasaß und das Drama um sich herum nur am Rande wahrzunehmen schien. Es hätte gar nicht der schwarzen Kleider, des verschleierten Hutes, ihres Trauerschmucks bedurft – ihre Haltung, jede Faser ihres Körpers bezeugte ihren Schmerz: Sie hatte sich an einen für niemanden erreichbaren Ort innerhalb ihrer selbst zurückgezogen. Rathbone wußte, daß die Geschworenen dafür mehr als empfänglich waren. Es war geradezu ein Aufschrei über das ihr zugefügte Unrecht, und kein Wort der Welt hätte ihn übertönen können. Harvester hatte in der Tat die ideale Mandantin.

Zorah war das glatte Gegenteil. Sie war exotisch, farbenprächtig, voller Energie, fremdartig, und sie rüttelte an zu vielen als selbstverständlich hingenommenen Grundfesten der Gesellschaft.

Als sich das Gemurmel gelegt hatte, setzte Rathbone die Befragung fort. »Mr. Barberini, dieser Fall steht und fällt mit der Frage, ob man Prinz Friedrich tatsächlich bitten wollte, in sein Land zurückzukehren und den Kampf gegen die Vereinigung mit Großdeutschland anzuführen. Gab es einen solchen Plan?«

Florent zögerte nicht einen Moment. »Ja.«

Viele schlugen sich die Hand vor den Mund. Sogar der Richter beugte sich gespannt vor, und Zorah stieß einen gedehnten Seufzer aus.

Rathbone fiel ein Stein vom Herz. Er wollte Würde bewahren, konnte sich aber ein Lächeln nicht verkneifen. Seine Hände fingen an zu zittern, und seine Beine wurden auf einmal schwach. »Und…«, er räusperte sich, »wer war daran beteiligt?«

»In erster Linie Graf Lansdorff. Zur Seite standen ihm Baronin von Arlsbach und ich.«

»Von wem stammte die Idee?«

Diesmal zögerte Florent.

»Wenn Sie niemanden kompromittieren wollen«, half Rathbone nach, »oder Ihre Ehre es Ihnen verbietet, Namen zu nennen, darf ich Sie dann fragen, ob die Königin zugestimmt hätte?«

Florent lächelte. Er sah wirklich blendend aus. »Sie hätte es befürwortet, wenn Friedrich heimgekehrt wäre, um die Unabhängigkeitspartei anzuführen, vorausgesetzt, er hätte ihre Bedingungen erfüllt, und die waren unverrückbar.«

»Ist Ihnen bekannt, wie sie lauteten?«

»Natürlich. Ich würde mich an keiner Vereinbarung beteiligen, die nicht von der Königin gebilligt würde.« Mit einem Anflug von Galgenhumor fügte er hinzu: »Und selbst wenn ich eigenmächtig gehandelt hätte, hätte ein solcher Plan nie funktioniert.«

Rathbone wurde sichtlich lockerer. »Ich nehme an, die Königin ist eine Frau von beträchtlicher Macht?« fragte er.

»Von enormer Macht«, nickte Florent. »Sowohl politischer als auch persönlicher.«

»Und wie lauteten ihre Bedingungen, Mr. Barberini?«

»Daß er allein kommt«, antwortete Florent wie aus der Pistole geschossen. Die Geschworenen, den Richter und das Publikum schien er nicht mehr zu registrieren. »Sie war nicht bereit, Prinzessin Gisela in ihrem Land zu dulden. Sie mußte im Exil bleiben und von ihm getrennt werden.«

Ein Aufschrei ging durch den Saal.

Gisela hob den Kopf ein wenig und schloß die Augen. Sie weigerte sich, irgendwen anzusehen.

Harvester verzog den Mund, blieb aber stumm. Gründe, einen Einspruch zu erheben, lagen nicht vor.

Zorahs Miene blieb unbewegt.

Rathbone setzte nun alles auf eine Karte. Er wußte, daß er seine eigene Regel brach, keine entscheidenden Fragen zu stellen, wenn er die Antwort darauf nicht schon kannte, aber er hatte keine Alternative. »Und wurden ihm diese Bedingungen bekannt gemacht, Mr. Barberini?«

»Ja.«

Wieder gab es Unruhe im Publikum. Jemand zischte ein böses Wort.

»Sind Sie sich dessen sicher?« drängte Rathbone. »Waren Sie dabei?«

»Ja, das war ich.«

»Und wie lautete Friedrichs Antwort?«

Atemlose Spanung herrschte im Saal. In der letzten Reihe verlagerte ein Mann das Gewicht. Das Knirschen seiner Sohlen war bis zu Rathbone deutlich zu vernehmen.

Ein müdes Lächeln zuckte über Florents Lippen. »Er gab keine Antwort.«

Rathbone brach der Schweiß aus allen Poren. »Überhaupt keine?«

»Er verhandelte«, erklärte Florent. »Er stellte eine Menge Fragen, aber bevor die Diskussionen zu einem definitiven Ergebnis hätten führen können, geschah der Unfall.«

»Demnach lehnte er nicht rundweg ab?« fragte Rathbone mit lauter werdender Stimme, die sich trotz all seiner Bemühungen nicht mehr kontrollieren ließ.

»Nein, er stellte Gegenforderungen.«

»Und die lauteten?«

»Daß Gisela mitkommen mußte.« Florent vergaß unbewußt den Titel ›Prinzessin‹, womit er unterschwellig seine Meinung über Gisela verriet. In seinen Augen würde sie zeitlebens eine Bürgerliche bleiben.

»Ging Graf Lansdorff darauf ein?« setzte Rathbone nach.

»Nein.« Wieder zögerte Florent keine Sekunde.

Rathbone zog die Augenbrauen hoch. »Dieser Punkt stand nicht zur Verhandlung?«

»In keiner Weise.«

»Wissen Sie, warum? Wenn die Königin und Graf Lansdorff

wirklich so leidenschaftlich für die Freiheiten eintraten, von denen Sie vorher gesprochen haben, dann wäre die Duldung gewiß das kleinere Übel gewesen. Er hätte wie kein anderer die Kräfte bündeln können. Und als ältester Sohn des Königs und eigentlicher Thronfolger war er doch der geborene Führer.«

Jetzt hielt Harvester es nicht mehr im Sitzen aus.

»Euer Ehren, Mr. Barberini fehlt die Kompetenz, eine solche Frage zu beantworten, es sei denn, er kann beweisen, daß die Königin ihm die Vollmacht dazu erteilt hat.«

Der Richter maß Rathbone mit einem strengen Blick. »Sir Oliver, beantragen Sie die Vernehmung von Graf Lansdorff? Sie können Mr. Barberini nicht an seiner Stelle antworten lassen. Wie Sie wissen, würde seine Stellungnahme auf Hörensagen beruhen.«

»Sehr wohl, Euer Ehren«, antwortete Rathbone ernst. »Mit Ihrem Einverständnis möchte ich Graf Lansdorff aufrufen. Mir wurde zu verstehen gegeben, daß er nur ungern in den Zeugenstand tritt, was ich gut nachvollziehen kann, aber ich denke, nach Mr. Barberinis Aussage hat er keine andere Wahl. Der gute Ruf, vielleicht sogar das Leben einiger Menschen hängen davon ab, daß die Wahrheit ans Licht kommt.«

Die Enttäuschung war Harvester anzumerken, doch mit einem Einspruch hätte er den Eindruck erweckt, daß Gisela nicht die volle Wahrheit vertragen würde, was zwangsläufig eine Niederlage zur Folge hätte, wenn nicht vor Gericht, so auf alle Fälle in der öffentlichen Meinung. Inzwischen waren die gesetzlichen Aspekte ohnehin in den Hintergrund gerutscht. Es kam kaum noch auf Beweise an, sondern darauf, was die Leute glaubten.

Unter tumultartigen Szenen wurde der Prozeß vertagt. Die Reporter drängelten zum Ausgang und stießen auf der Straße kurzerhand Passanten beiseite, um nur ja als erste einen Hansom zu ergattern. Schon im Einsteigen brüllten sie dann den Namen ihrer Zeitung und verlangten, unverzüglich zur Redaktion gebracht zu werden. Keiner wußte mehr, was er von der Sache halten sollte. Plötzlich war alles wieder offen. Wer war nun schuldig, wer nicht?

Rathbone nahm Zorah am Arm und schleifte sie an den Zuschauerreihen vorbei zum Korridor und weiter in ein kleines Zimmer, von wo aus sie durch einen Nebenausgang das Freie erreichten. Erst als sie frische Luft atmeten, stellte er überrascht fest, daß sie mit ihm Schritt gehalten hatte.

Eigentlich hatte er erwartet, sie würde jetzt triumphieren, doch sie war die Zurückhaltung in Person. Das konnte er nun wirklich nicht mehr verstehen. »Fühlen Sie sich denn nicht bestätigt?« fragte er perplex, um sich sofort zu ärgern, daß er etwas gesagt hatte, aber jetzt war es zu spät, es zurückzunehmen. »Sie haben doch von Anfang an erklärt, daß Gisela Friedrich lieber umbringen würde, als ihn allein nach Felzburg ziehen zu lassen. Jetzt wissen alle, daß ihm die Rückkehr angeboten wurde, unter der Voraussetzung, daß er sich von ihr trennte. Was wollen Sie mehr? Jetzt läßt sich nicht mehr ausschließen, daß einer ihrer Sympathisanten ihn ermordete oder sie vielleicht sogar gemeinsame Sache mit jemandem machte, jeder aus Eigennutz.«

Wut gemischt mit Spott blitzte in Zorahs Augen auf.

»Gisela und Klaus etwa?« schnaubte sie. »Sie, um weiter als eine der großen Liebenden dazustehen, und er, um einen Krieg und finanzielle Verluste zu verhindern? Niemals! Ich habe sie mit eigenen Augen gesehen und weiß, was ich sage!«

»Dann haben Sie nichts in der Hand!« Er schrie sie fast an. »War es Klaus etwa allein? Denn Gisela kann es nachweislich nicht getan haben! Wollen Sie also Klaus anklagen? Oder womöglich die Königin?«

Sie brach in schallendes Lachen aus.

Er hätte sie ins Gesicht schlagen können.

»Nein!« keuchte sie, als sie sich endlich wieder beruhigt hatte. »Nein, ich habe es nicht auf die Königin abgesehen. Sie hat ja nichts damit zu tun. Wenn sie Gisela nach dem Leben getrachtet hätte, dann hätte sie sie schon vor Jahren umbringen lassen können, und zwar wesentlich eleganter! Nicht daß sie übermäßig um Friedrich trauern würde. Vor dreizehn, vierzehn Jahren hätte sie das noch getan, aber ich glaube, er war für sie gestorben, als er Gisela seiner Pflicht und seinem Volk vorzog.«

»Graf Lansdorff dann?« fragte Rathbone.

»Ich mag Sie, Sir Oliver!« Sie sagte das einfach so, als wäre es ihr gerade eingefallen. »Aber Sie täuschen sich. Gisela hat ihn getötet.«

»Unmöglich!« Rathbone war der Verzweiflung nahe. »Sie ist die einzige, die es nicht gewesen sein kann. Haben Sie die Beweise nicht mitbekommen?«

»Doch. Aber ich glaube ihnen einfach nicht.«

Eine weitere Diskussion war zwecklos. Rathbone ließ Zorah stehen und stapfte wütend nach Hause.

Am Morgen des nächsten Tages stieg Graf Lansdorff mit Todesverachtung, doch ohne ein Wort des Protests in den Zeugenstand. Seiner Empörung Luft zu machen wäre unter der Würde dieses hochrangigen Soldaten und Staatsmannes gewesen, der zudem der Bruder der gefürchtetsten Königin der deutschen Staaten, wenn nicht Europas war. Wer ihn hocherhobenen Hauptes und mit gestrafften Schultern kerzengerade dastehen und forsch in den Saal blicken sah, unterschätzte ihn bestimmt nicht.

»Hoheit«, begann Rathbone mit vollendeter Höflichkeit. Dieser Mann betrachtete ihn schon jetzt als seinen Feind, weil er es wagte, ihn in den Zeugenstand zu bitten und auszufragen wie einen gewöhnlichen Bürger. Rathbone war nur nicht klar, ob Lansdorff das Verhör wenigstens insofern erleichtert wurde, als er es nicht in seinem Heimatland über sich ergehen lassen mußte, oder ob das den Sachverhalt zusätzlich verschlimmerte. Allerdings gab es kein Gesetz, das ihn zu einer Aussage zwingen konnte. Vielmehr beugte sich Lansdorff dem Druck der öffentlichen Meinung. Es galt, sich selbst, den Ruf seiner Dynastie vor der Geschichte zu retten.

»Mr. Barberini hat uns gesagt, daß Sie während Ihres Besuchs in Wellborough Hall mehrere Unterredungen mit Prinz Friedrich führten, um die Möglichkeit seiner Rückkehr in Ihr Heimatland zu erörtern, wo er den Widerstand gegen die Vereinigung mit Großdeutschland anführen sollte. Ist das im Prinzip richtig?«

Rolf versteifte sich wie ein Soldat beim Appell vor dem General. »Im Prinzip, ja«, gab er zu.

»Enthielt Ihr Angebot auch Ungereimtheiten, irreführende Details?« fragte Rathbone in beiläufigem Ton.

Kein Laut war im Saal zu hören.

Gisela saß mit ausdrucksloser Miene auf ihrem Stuhl. Rathbone verblüffte, wie kräftig ihr Gesicht sogar in der Ruhe wirkte und wie ausgeprägt die Knochen waren. An ihrem Mund war nichts Weiches, nichts Verletzliches. Rathbone hätte gern gewußt, welche Verzweiflung sie so weit getrieben hatte, daß sie die Welt um sich herum gar nicht mehr wahrnahm. Es hatte wirklich den Anschein, als könne sie seit Friedrichs Tod nichts mehr berühren. War sie vielleicht gar nicht um ihrer selbst, sondern ausschließlich um seines Andenkens willen vor Gericht gegangen?

Rolfs Lippen waren nur noch ein dünner Strich. Er holte tief Luft. »Das Angebot war mit Bedingungen versehen und nicht absolut«, erklärte er.

»Welche Forderungen wurden gestellt, Graf Lansdorff?«

»Das ist Staatsgeheimis und darüber hinaus eine streng vertrauliche Familienangelegenheit«, erwiderte Rolf kühl. »Eine Erörterung in der Öffentlichkeit wäre extrem schädlich.«

»Dessen bin ich mir bewußt«, sagte Rathbone ernst. »Und wir alle bedauern, daß kein Weg an einer öffentlichen Diskussion vorbeiführt, wenn die Gerechtigkeit obsiegen soll. Verletze ich Ihre Gefühle, wenn ich Sie frage, ob Sie von Friedrich forderten, er solle sich von seiner Frau scheiden lassen und allein zurückkehren?«

Rolfs Züge erstarrten nun vollends. Man hätte ihn gut und gerne für eine Marmorbüste halten können.

Der Richter sah äußerst unglücklich drein. Siedend heiß fiel

Rathbone wieder der Lord Chancellor ein. Bestimmt hatte er auch dem Richter eine Warnung zukommen lassen.

»Das war die Bedingung«, sagte Rolf in eisigem Ton.

»Und bestand die Hoffnung, daß er sie erfüllen würde?« setzte Rathbone unbarmherzig nach.

Rolf starrte ihn verdattert an. Mit dieser Frage hatte er offenbar nicht gerechnet, und es dauerte einen langen Moment, bis er seine Gedanken gesammelt hatte. »Ich hatte gehofft, es würde mir gelingen, an das, was von seiner Ehre noch vorhanden war, zu appellieren, Sir.« Zum erstenmal fixierte er bei einer Antwort nicht Rathbone, sondern irgendeinen Punkt hoch über ihm am anderen Ende des Saals.

»Hatte er das Ihnen gegenüber vor Ihrem Aufbruch angedeutet, Graf Lansdorff? Oder hatten Sie aufgrund bestimmter Entwicklungen seit seiner Abdankung den Eindruck gewonnen, er könnte seine Meinung geändert haben?«

Rolf stand immer noch da wie ein Soldat beim Appell, verriet nun aber Anzeichen erhöhter Wachsamkeit, als seien die Kanoniere im Anmarsch. »Manchmal legt sich in der Liebe mit der Zeit die Besessenheit und weicht einem gewissen Augenmaß«, erklärte er deutlich angewidert. »Ich hatte gehofft, Friedrich würde angesichts der Not seines Landes persönliche Gefühle hintanstellen und dem Ruf der Pflicht folgen, auf die er von Kindheit an vorbereitet worden war und deren Privilegien er in den ersten dreißig Jahren seines Lebens genossen hatte.«

»Es wäre ein enormes Opfer gewesen …«, schlug Rathbone vorsichtig vor.

Rolf blitzte ihn an. »Alle Menschen bringen ihrem Land ein Opfer, Sir! Würde ein Engländer, den Sie respektieren, sich dem Ruf zu den Waffen etwa widersetzen und sagen, er würde lieber bei seiner Frau bleiben? Sollen doch die daheim mit den feindlichen Heeren kämpfen, die ihre Erde zertrampeln – er geht lieber in Venedig tanzen und läßt sich auf einer Gondel über die Kanäle treiben und tändelt mit irgendeiner Frau herum! Würden Sie einen solchen Mann bewundern, Sir?«

»Nein, das würde ich nicht.« Mit einem Mal ahnte Rathbone, wie entsetzlich sich dieser Mann vor ihm schämte. Friedrich war ja nicht nur sein Prinz gewesen, sondern auch der Sohn seiner Schwester, sein eigenes Fleisch und Blut. Und Rathbone hatte ihn gezwungen, das vor gewöhnlichen Leuten von der Straße, noch dazu im Ausland, zuzugeben. »Haben Sie ihm das auch in Wellborough Hall gesagt, Graf Lansdorff?«

»Ja.«

»Und wie lautete seine Antwort?«

»Daß wir Zugeständnisse machen und auch diese Frau akzeptieren müßten, wenn wir ihn wirklich so dringend für den Unabhängigkeitskampf benötigten.«

Eine Welle der Aufregung schwappte durch den Saal.

Einmal wenigstens reagierte auch Gisela. Sie zuckte zusammen wie unter einem heftigen Schlag ins Gesicht.

»Und waren Sie in Anbetracht der möglichen Auswirkungen seiner Rückkehr bereit, auf diese Bedingungen einzugehen?« fragte Rathbone, sobald wieder Stille herrschte.

Rolf hob das Kinn. »Nein, Sir, das waren wir nicht.«

»Sie sagen ›wir‹. Wen meinen Sie damit, Graf Lansdorff?«

»Diejenigen unter uns, die daran glauben, daß die bestmögliche Zukunft unseres Landes in unserer Unabhängigkeit begründet liegt, und zwar mit den Gesetzen und Privilegien, die wir derzeit genießen. Wer eine Allianz mit anderen deutschen Staaten wünscht, insbesondere mit Preußen oder Österreich, würde uns in eine dunklere Zeit zurückstoßen, in der jede Freiheit unterdrückt wurde.«

»Und haben Ihre Freunde Sie zum Führer dieser Bewegung ernannt?« erkundigte sich Rathbone.

Rolf starrte ihn an, als hätte er in einer unverständlichen Sprache gesprochen.

Rathbone trat näher heran. »Teilt Ihre Schwester, Königin Ulrike, Ihre Überzeugung?«

»Ja.«

»Und Ihr Neffe, Prinz Waldo?«

Rolfs Gesicht verriet fast keine Regung. Nur seine immer steifer werdende Haltung zeugte von Gefühlen. »Nein, der nicht.«

»Logischerweise, denn sonst hätte man ja nicht Prinz Friedrich benötigt. Wie ich gehört habe, gibt der Gesundheitszustand Seiner Majestät des Königs Anlaß zu großen Sorgen?«

»Der König ist schwerkrank«, bestätigte Rolf. »Er wird von Tag zu Tag schwächer.«

Rathbone dreht sich halb zum Saal um, ohne dabei den Grafen aus den Augen zu lassen. »Ihr Wunsch, Prinz Friedrich zurückzuholen, ist nur zu verständlich, Sir. Ich denke sogar, daß fast alle hier im Saal mit Ihnen fühlen und an Ihrer Stelle genauso gehandelt hätten. Nur eines will mir beim besten Willen nicht einleuchten: Warum ist Prinzessin Gisela am Hofe so sehr verhaßt, daß Prinz Friedrichs Rückkehr von der Scheidung abhängig gemacht wurde? Das ergibt für mich einfach keinen Sinn.« Er warf einen kurzen Blick auf Gisela. »Sie ist eine attraktive, charmante Frau, war stets eine treue, würdevolle und geistreiche Gattin und ist eine der erfolgreichsten Gastgeberinnen von ganz Europa. Ihre Unbescholtenheit ist nie in Frage gestellt worden. Warum wollen Sie dann möglicherweise um den Preis der Unabhängigkeit Ihres Landes verhindern, daß sie mit ihrem Mann zurückkehrt?«

»Sir«, antwortete Rolf, ohne sich aus der Habachtstellung zu lösen, »die gegenwärtigen Verhältnisse bestehen seit gut zwanzig Jahren. Bis auf Ihre Einblicke in die jüngsten Ereignisse haben Sie keinerlei Kenntnisse davon. Wenn Sie glauben, Sie könnten den Grund auch nur ansatzweise verstehen, so ist das lächerlich.«

»Ich muß ihn aber verstehen«, versicherte ihm Rathbone. »Und das Gericht nicht minder.«

»Das müssen Sie nicht!« rief Rolf. »Er hat nichts mit Friedrichs Tod oder Gräfin Rostovas Beschuldigungen zu tun!«

Der Richter sah Rolf unverwandt an. Auf seiner Stirn bildete sich eine tiefe Falte, doch sein Ton war noch unendlich geduldig, als er erklärte: »Sie gehören nicht zu den Geschworenen, Graf

Lansdorff. Sie sind hier Zeuge vor einem englischen Gericht, und was nötig ist und was nicht, das entscheide ich in Einklang mit den Gesetzen. Und diese zwölf Herren« – er deutete auf die Geschworenen – »werden beratschlagen und zu einem Beschluß über das, was sie für wahr halten, kommen. Ich kann Sie nicht zwingen, Sir Olivers Fragen zu beantworten, aber ich kann Ihnen dazu raten. Sollten Sie eine Aussage dazu verweigern, würden Sie Mutmaßungen über die Gründe Ihres Schweigens Tür und Tor öffnen. Auf Mord steht die Todesstrafe. Der vorliegende Mord wurde auf englischem Boden verübt und unterliegt dem englischen Gesetz, wer auch immer ihn begangen haben mag.«

Rolf wurde aschfahl.

»Ich habe keine Ahnung, wer Friedrich getötet hat oder warum. Stellen Sie Ihre Fragen.« Den Zusatz »Und gehen Sie zum Teufel« behielt er zwar für sich, aber er stand ihm ins Gesicht geschrieben.

»Danke, Euer Ehren.« Rathbone wandte sich wieder Rolf zu.

»Wußte Prinzessin Gisela von Ihren Verhandlungen, Graf Lansdorff?«

»Von mir nicht. Ob Friedrich sie informierte, weiß ich nicht.«

»Ihr Verhalten gab Ihnen keine Aufschlüsse?« fragte Rathbone erstaunt.

»Sie gehört nicht zu den Frauen, deren Gefühle oder Gedanken sich in ihrem Gesicht spiegeln«, antwortete Rolf kalt, ohne Gisela eines Blicks zu würdigen. »Ob ihre ...«, er suchte nach einem passenden Begriff, »... nach außen zur Schau getragene gute Laune von ihrer Ahnungslosigkeit herrührte oder von der Gewißheit, daß Friedrich sie nie verlassen würde, vermag ich nicht zu beurteilen.«

»Hatten Sie zuvor auch schon an ähnlichen gesellschaftlichen Ereignissen teilgenommen, Graf Lansdorff?«

»Nicht, wenn Prinz Friedrich dabei war. Ich bin der Bruder der Königin. Friedrich zog das Exil der Erfüllung seines Auftrags vor.« Rolfs Miene und unterkühlter Ton drückten seinen ganzen Abscheu aus.

»Können wir daraus ableiten, daß Gisela glaubte, daß Friedrich sie nie verlassen würde?«

»Leiten Sie daraus ab, was Sie wollen, Sir.«

»Hatten Sie die Vollmacht, Prinz Friedrich Zugeständnisse zu machen, Graf Lansdorff, oder lag die Entscheidung bei der Königin?«

»Zugeständnisse waren ausgeschlossen, Sir. Ich dachte, ich hätte mich deutlich genug ausgedrückt. Ihre Majestät war nicht bereit, Gisela in ihrem Land zu dulden, weder als Kronprinzessin noch als Friedrichs Gattin. Wenn Friedrich diese Bedingungen ablehnte, mußte ein anderer Führer für unsere Sache gefunden werden.«

»Wer?«

»Das weiß ich nicht.«

Das glaubte Rathbone Rolf nicht. Doch sein Gesicht verriet ihm, daß er nicht mehr darüber erfahren würde. »Die Königin muß von unversöhnlichem Haß gegen Gisela durchdrungen sein«, murmelte er nachdenklich. »Es scheint mir aber mit den Interessen ihres Landes unvereinbar zu sein, wenn sie persönliche Gründe in ihre politischen Entscheidungen miteinfließen läßt...« Es war eigentlich keine Frage, doch Rathbone hoffte, Rolf zur Verteidigung seiner Schwester zu provozieren.

Und er hatte Erfolg damit.

»Es ist kein persönlicher Haß!« blaffte Rolf. »Diese Frau ist als Friedrichs Gattin untragbar... aus mehreren Gründen – und kein einziger davon ist persönlicher Natur.« Er spie das Wort ›persönlich‹ voller Verachtung aus.

Rathbone drehte sich bewußt zur neben Harvester sitzenden Gisela um und starrte sie an. Sie war förmlich die Verkörperung der Trauer, das ideale Opfer. Ihr Anblick bewirkte mehr als jeder noch so berechtigte Einspruch ihres Anwalts. Logischerweise verzichtete Harvester auch auf einen Protest. Er wirkte empört, aber durchaus zufrieden.

Zorah saß kerzengerade auf ihrem Stuhl. Ihr Gesicht war bleich.

Rathbone wandte sich wieder Rolf zu. »Nun, ich könnte mir Gisela sehr wohl als Kronprinzessin vorstellen«, sagte er in unschuldigem Ton. »Sie hat Würde, Ausstrahlung und wird in der ganzen Welt bewundert, geliebt und beneidet. Was will man mehr?«

Rolfs Mundwinkel zuckten. Schmerz einhergehend mit Verachtung waren ihm deutlich anzumerken. »Sie beherrscht die Kunst der Verführung!« stieß er hervor. »Sie drängt sich mit ihrer Schlagfertigkeit überall in den Mittelpunkt und hat Geschmack für elegante Kleidung. Das ist alles.«

Ein empörtes Zischen ging durch den Saal. Ein Geschworener schrie vor Entsetzen auf.

»Also bitte, Sir!« protestierte Rathbone. Plötzlich raste sein Puls, und sein Mund war wie ausgetrocknet. »Das erscheint mir gelinde gesagt dreist und ungerecht, und im schlimmsten Fall von abgrundtiefem persönlichen Haß ge...«

Auf einmal verlor Rolf die Selbstbeherrschung. Er beugte sich weit über die Brüstung und funkelte Rathbone an. »Daß Sie ihre wahre Natur nicht erkennen, ist nicht Ihre Schuld. Das geht ganz Europa so – Gott sei Dank. Und mir wäre es am liebsten, es würde so bleiben, aber Sie zwingen mich, mein Schweigen zu brechen. Wie jedes Königshaus brauchen wir einen Erben. Waldo kann uns keinen geben, auch wenn es nicht an ihm liegt. Doch darüber kann und werde ich nicht mit Ihnen sprechen. Gisela ist auf eigenen Wunsch kinderlos geblieben...«

Plötzlich brachen tumultartige Szenen im Saal aus.

Harvester sprang auf, doch sein Widerspruch ging im allgemeinen Lärm unter.

Vergeblich schlug der Richter mit dem Hammer auf sein Pult. Die Leute schrien weiter durcheinander.

Rathbone sah erst Rolf, dann Gisela an. Alles Blut schien aus ihr gewichen zu sein. Ihre Augen hatten sich geweitet und wirkten hohl, aber er konnte nicht beurteilen, ob aus Angst, Entsetzen, Scham oder Trauer.

Der Lärm hatte sich immer noch nicht gelegt. Er wandte sich

Zorah zu. Sie wirkte genauso überrascht und verwirrt wie alle anderen.

Wieder drosch der Richter den Hammer aufs Pult, und endlich kehrte Ruhe ein.

»Graf Lansdorff?« fragte Rathbone mit warnendem Unterton.

Rolf war jedoch nicht mehr zu bremsen. »Hätte Friedrich sie aufgegeben, hätte er eine geeignetere Frau heiraten können, eine, die dem Land einen Erben geschenkt hätte. Es gibt genügend geistreiche junge Frauen mit adeligem Blut, unbeflecktem Ruf und ansprechendem Äußeren.« Er wandte den Blick nicht von Rathbone, doch sein verkniffenes Gesicht verriet, wie sehr ihm diese Aussage widerstrebte. »Die Baronin Brigitte von Arlsbach zum Beispiel wäre von Anfang an eine ideale Wahl gewesen. Die Königin flehte ihn an, sie zu heiraten. Sie hat wirklich alle erforderlichen Eigenschaften und wird vom Volk geliebt. Dazu stammt sie aus unbescholtenem Haus, und ihr guter Ruf ist in aller Munde.«

Er ignorierte die Leute, die mit den Augen im Saal absuchten, in der Hoffnung, Brigitte zu entdecken. »Sie ist eine Frau von Würde und Ehre und wird von allen, die sie kennen, geachtet, auch im Ausland«, fuhr er fort. »Aber er wollte unbedingt diese da haben.« Für einen kurzen Moment flackerte sein Blick zu Gisela hinüber. »Und wir haben keinen Erben.«

»Eine Tragödie, von der viele Dynastien betroffen sind, Graf Lansdorff«, sagte Rathbone mit einem verständnisvollen Nikken. »Auch uns in England ist sie nicht fremd. Sie werden Ihre Konstitution ändern müssen, damit auch weibliche Nachfahren auf den Thron folgen können.« Er achtete nicht auf Rolfs ungläubige Miene. »Aber Sie konnten bei Friedrich und Giselas Hochzeit nicht wissen, daß auch diese Verbindung kinderlos bleiben würde. Es ist ungerecht, Gisela – anders als Waldo – einseitig die Schuld dafür zu geben und zu behaupten, sie hätte eine Schwangerschaft verhindert.« Er senkte die Stimme. »Viele Frauen sehnen sich verzweifelt nach einem Kind und leiden unter ihrer Unfruchtbarkeit, auch wenn sie sich nach außen hin nichts anmerken lassen. Es ist nun mal ein sehr privater und zutiefst persönlicher Kummer. Warum sollte man ihn, noch dazu bei einer Prinzessin, vor der Öffentlichkeit zur Schau stellen?«

»Bei Waldo ist es ein Leiden, Sir«, entgegnete Rolf bitter. »Gisela hat sich bewußt so entschieden. Fragen Sie mich nicht, woher ich das weiß.«

»Ich muß Sie aber fragen. Es ist ein schwerwiegender Vorwurf, Graf Lansdorff. Sie können nicht erwarten, daß das Gericht Ihnen glaubt, wenn Sie keine Gründe nennen.«

Harvester sprang auf. Sein Gesicht war rot angelaufen. »Euer Ehren, das ist ungeheuerlich! Ich...«

»Richtig, Mr. Harvester«, sagte der Richter gelassen.

»Graf Lansdorff, entweder Sie ziehen Ihre Behauptungen über Prinzessin Gisela als unwahr zurück, oder Sie nennen Ihre Gründe dafür und erlauben es dem Gericht, selbst zu entscheiden, was es glauben will.«

Rolf nahm wieder die Habachtstellung ein. Seine Augen schauten über die Pulte der Anklage und der Verteidigung hinweg in die Galerie. Rathbone drehte sich unwillkürlich um und folgte seinem Blick. Auch der Richter und die Geschworenen spähten in dieselbe Richtung.

Rathbone erkannte Hester. Neben ihr saß in einem Rollstuhl ein junger Mann mit in der Sonne glänzendem blondem Haar. Dahinter befand sich ein äußerst elegant gekleidetes älteres Ehepaar – dem Blick nach zu urteilen, mit dem sie ihn ansahen, seine Eltern. Das mußte der Patient sein, von dem Hester ihm erzählt hatte. Wie sie ihm gesagt hatte, stammten sie aus Felzburg. Insofern war es verständlich, daß sie nach all dem Aufhebens der Zeitungen die Verhandlung verfolgten.

Rathbone wandte sich wieder seinem Zeugen zu. »Graf Lansdorff?«

»Gisela ist nicht unfruchtbar«, stieß Rolf mit zusammengepreßten Zähnen hervor. »Lange vor ihrer Hochzeit mit Friedrich hatte sie ein Kind aus einer unehelichen Affäre.«

Alle, Männer und Frauen, schnappten nach Luft. Harvester riß es von seinem Stuhl, doch da ihm nichts einfiel, setzte er sich wieder.

Gisela war wie vom Donner gerührt.

Einer der Geschworenen hustete.

Und sogar Rathbone hatte es die Sprache verschlagen.

»Sie wollte es nicht«, fuhr Rolf in schneidendem Ton fort. »Sie wollte es loswerden, abtreiben...« Wieder zwang ihn das Durcheinander im Saal innezuhalten. Die Zuschauer machten ihrer Empörung, ihrer Abscheu lauthals Luft. Eine Frau kreischte, ein Mann stieß wahllos die übelsten Flüche aus.

Der Richter hämmerte verzweifelt auf sein Pult, während Harvester benommen dasaß, als hätte ihn jemand ins Gesicht geschlagen.

Rolfs rauhe Stimme übertönte den ganzen Lärm. »Aber der Vater wollte das Kind und drohte ihr damit, sie im Falle einer Abtreibung bloßzustellen; wenn sie es aber austrug, wollte er es nach der Geburt zu sich nehmen und lieben.«

Auf einmal schluchzte der halbe Saal.

Die Geschworenen hörten mit versteinertem Gesicht zu.

»Sie brachte einen Sohn auf die Welt. Der Vater nahm ihn zu sich und erzog ihn unter größten Mühen ein Jahr lang allein. Dann verliebte er sich in eine Frau aus einer ähnlich angesehenen Familie, eine liebevolle und ehrbare Frau, die bereit war, den Jungen wie ein eigenes Kind aufzuziehen. Verständlicherweise hat der Junge die Wahrheit nie erfahren.«

Rathbone mußte sich räuspern, bevor er zu seiner Stimme zurückfand. »Können Sie das beweisen, Graf Lansdorff? Das sind schwerwiegende Vorwürfe!«

»Selbstverständlich!« Rolf kräuselte verächtlich die Lippen. »Glauben Sie etwa, ich würde sie sonst vom Zeugenstand aus erheben? Zorah Rostova mag töricht sein..., ich nicht!« Er hielt kurz inne, um mit klirrender Stimme fortzufahren. »Ihr zweites Kind hatte nicht so viel Glück. Sie wurde von Friedrich schwanger, und diesmal gelang es ihr, es abzutreiben. Offenbar kannte sie sich mit Kräutern aus. Das ist eine Kunst, die manche Frauen kultivieren. Unter anderem aus kosmetischen Gründen; aber sie können daraus auch Aphrodisiaka gewinnen und Mittel zur Abtreibung. Danach wurde sie krank und mußte zum Arzt. Ich weiß nicht, ob Sie ihn zu einer Aussage zwingen können, aber unter Eid würde er Sie bestimmt nicht anlügen. Die ganze Angelegenheit bereitete ihm großen Kummer. Aber wenn ihm die ärztliche Schweigepflicht den Mund versiegelt, können Sie sich an Florent Barberini werden. Er wird es Ihnen bezeugen können.« Er unterbrach sich abrupt.

Rathbone mußte konkret werden. Er hatte keine andere Wahl. »Aber das Kind, das sie auf die Welt gebracht hat, Graf Lansdorff? Giselas Sohn! Das läßt sich doch sicher beweisen?«

Rolf wandte sich mit fragender Miene an den Richter.

Dessen Züge drückten Bedauern, doch nichtsdestoweniger Entschlossenheit aus. »Es tut mir leid, Graf Lansdorff, aber der Vorwurf ist zu schwerwiegend, um als bloße Behauptung im Raum zu hängen. Sie müssen ihn belegen, wenn Sie es können.«

»Sie hatte eine Affäre mit Baron Bernd Ollenheim«, antwortete Rolf heiser. »Er nahm sein Kind zu sich, und als er heiratete, liebte seine Frau es wie ihr eigenes.«

Er war fertig, doch selbst wenn er noch etwas zu sagen gehabt hätte, wäre er nicht mehr gehört worden. Im Publikum brach plötzlich ein Sturm der Entrüstung los, bei dem man sein eigenes Wort nicht mehr verstand. Mit einem Schlag war die leidenschaftliche Bewunderung für Gisela in blanken Haß umgeschlagen.

Harvester wirkte wie der Augenzeuge eines tödlichen Unfalls. Aus seinem Gesicht war jede Farbe gewichen. Er machte Anstalten aufzustehen, überlegte es sich aber wieder anders und öffnete mehrmals den Mund, nur um zu merken, daß ihm die Worte fehlten.

Gisela saß da wie zur Salzsäule erstarrt. Was immer sie empfand, nichts davon spiegelte sich in ihren Zügen wider. Nichts, was sich als Bedauern werten ließe. Kein einziges Mal drehte sie sich nach Bernd Ollenheim um, obwohl ihr Rolfs mitleidiger Blick in die Galerie und die daraufhin eintretende Unruhe in der Menge verraten haben mußten, daß er da war.

Rathbone musterte Zorah. Hatte sie Bescheid gewußt? Hatte sie erwartet oder sogar darauf gebaut, daß Rolf es aufdecken würde? Mit offenem Mund, den sie nicht mehr zubekam, starrte sie vor sich hin – ein Zeichen, daß sie genauso unter Schock stand wie alle anderen, außer Gisela.

Es dauerte Minuten, bis der Tumult sich soweit legte, daß Rathbone sich Gehör verschaffen konnte. »Danke, Graf Lansdorff«, sagte er schließlich, halb an den Saal, halb an Rolf gewandt. »Wir wissen zu würdigen, daß diese Enthüllung für Sie sehr schmerzhaft gewesen sein muß, zumal Unschuldige betroffen sind. Jedoch erklärt sie uns Königin Ulrikes abgrundtiefe Verachtung für Gisela…«, auch er vergaß geflissentlich ihren Titel, »jetzt verstehen wir, warum sie ihre Rückkehr nach Felzburg, womöglich sogar als zukünftige Königin, auf keinen Fall dulden konnte. Wäre der Skandal bekanntgeworden, hätte das verheerende Folgen für das Land und den Thron gehabt. Das konnte sie auf keinen Fall zulassen.«

Er wandte sich nun wieder ausschließlich Rolf zu. »Graf Lansdorff, war Prinz Friedrich die Existenz von Giselas Sohn bekannt?«

»Natürlich«, antwortete Rolf düster. »Wir machten ihn darauf aufmerksam, als er seine Heiratsabsicht bekanntgab. Er hörte nicht auf uns. Er hatte die Gabe, einfach die Augen zu schließen, wenn er etwas nicht sehen wollte.«

»Und die spätere Abtreibung? Ich nehme an, sie ist der Grund dafür, daß sie seitdem nicht wieder schwanger wurde.«

»Ihre Annahme ist richtig. Jetzt kann sie keine Kinder mehr bekommen. Das wird der Arzt Ihnen vermutlich nicht bestätigen, aber es ist wahr.«

»Wußte Prinz Friedrich, daß sein Kind im Mutterleib getötet wurde?«

Ein Aufschrei ging durch den Saal. Eine Frau schluchzte.

Rolf wurde noch bleicher. »Das weiß ich nicht. Ich hatte es früh erfahren, sagte ihm aber nie Bescheid. Und daß sie ihm reinen Wein eingeschenkt hat, wage ich zu bezweifeln. Vielleicht hat er es von Barberini erfahren, aber auch das halte ich für unwahrscheinlich.«

»Sie benutzten Ihr Wissen nicht, um ihm die Trennung von seiner Frau nahezulegen? Ich muß gestehen, ich hätte das wahrscheinlich getan.«

»Ich auch, Sir Oliver«, stieß Rolf hervor. »Aber nur als letztes Mittel. Ich wollte keinen gebrochenen Mann zurückholen. Leider ergab sich dann nie die Gelegenheit dazu, und nach seinem Unfall wäre es zu brutal gewesen. Ob ich ihn später aufgeklärt hätte, kann ich Ihnen nicht sagen. Ich weiß es wirklich nicht.«

»Danke, Graf Lansdorff. Ich habe keine weiteren Fragen an Sie. Aber halten Sie sich bitte noch meinem Kollegen zur Verfügung.«

Harvester schwankte beim Aufstehen leicht, als hätte ihn eine Windböe gebeutelt, und räusperte sich. »Ich… ich nehme an, daß Sie diese ungeheuerliche Geschichte vor Gericht beweisen können, wenn man Sie dazu auffordert, Graf Lansdorff?« Er gab sich alle Mühe um einen forschen, wenn nicht sogar herausfordernden Ton, doch vergeblich. Er war sichtlich genauso entsetzt wie alle anderen im Saal. Als Mann, der seine Frau und seine Töchter mit stiller Hingabe liebte, war er zu betroffen, um seine Empörung zu verbergen.

»Selbstverständlich«, entgegnete Rolf trocken.

»Man wird es unter Umständen von Ihnen verlangen. Natürlich muß ich Rücksprache mit meiner Mandantin nehmen.« Es gab nichts, womit er Rolfs Aussage hätte entkräften können. Und den Bezug zu Zorahs Verleumdung in Frage zu stellen wäre schlichtweg lächerlich gewesen. Niemand hätte hingehört. Harvester war ein anderer Mann, als er sich wieder an seinen Platz setzte.

Der Richter sah Rathbone mit bekümmerter Miene an. »Sir

Oliver, so leid es mir tut, Sie sollten den Verdacht mit allen Ihnen zur Verfügung stehenden Mitteln erhärten. Wir ziehen Graf Lansdorff Zeugnis nicht in Zweifel, aber bislang haben wir lediglich sein Wort. Ich glaube, wir sollten diese Frage schleunigst erledigen.«

Rathbone nickte. »Ich rufe Baron Bernd Ollenheim auf.«

»Baron Bernd Ollenheim!« wiederholte der Gerichtsdiener.

Mühsam stand Bernd auf und ging mit schleppenden Schritten durch die Reihen zur freien Fläche vor dem Richterpult und erklomm die Stufen zum Zeugenstand. Dort angekommen, drehte er sich zum Publikum um. Er war kreidebleich. Seine Augen verrieten das ganze Ausmaß seines Kummers. Über Rathbones Kopf hinweg starrte er Gisela voller Entsetzen an.

»Möchten Sie Wasser, Sir?« fragte ihn der Richter sanft. »Ich kann jederzeit nach einem Glas schicken.«

Bernd gab sich einen Ruck. »Nein..., danke, Euer Ehren. Ich habe mich in der Gewalt.«

»Wenn Sie Hilfe benötigen, können Sie darum bitten«, versicherte ihm der Richter.

Rathbone hatte das Gefühl, einen anderen Menschen nackt auszuziehen. Doch er tat es nur, weil diese Frage ein für alle Male beantwortet werden mußte.

»Baron Ollenheim, ich werde Sie nicht lange aufhalten.« Er holte tief Luft. »Es tut mir leid, daß es nötig geworden ist, Sie in den Zeugenstand zu rufen, und möchte Sie nur bitten, Graf Lansdorffs Aussage zu Ihrem Sohn entweder zu bestätigen oder abzustreiten. Ist Gisela Berentz wirklich seine leibliche Mutter?«

Bernd brachte kaum den Mund auf. Seine Kehle war wie zugeschnürt. Nur mit Mühe sog er die Lungen voll. Stockend fing er schließlich an zu sprechen.

Im ganzen Saal herrschte betroffenes Schweigen.

»Ja«, ächzte Bernd. »Sie... ist seine Mutter. Aber meine Frau..., meine Frau hat ihn immer geliebt, nicht nur mir zuliebe, sondern um seiner selbst willen. Keine...« Keuchend holte er

Luft. Sein Gesicht war verzerrt. Die Erinnerung an damals und die Sorgen um seine Familie heute taten gleichermaßen weh. »Keine Frau der Welt könnte ein Kind mehr lieben.«

»Das bezweifeln wir nicht, Sir«, sagte Rathbone leise. »Und auch nicht die Schmerzen, die Sie damals und heute durchlitten haben müssen. Aber trifft auch Graf Lansdorffs Behauptung zu, daß Gisela Berentz das Kind zerstören wollte«, er benutzte den Ausdruck ›zerstören‹ bewußt, was ihm um so leichter fiel, da er noch Hesters Schilderung von Robert Ollenheim im Ohr hatte, »aber von Ihnen gezwungen wurde, es auszutragen?«

Ohrenbetäubende Stille herrschte im Saal.

»Ja«, flüsterte Bernd.

»Ich möchte Sie noch mal um Verzeihung bitten, daß wir Ihre Gefühle ans Licht gezerrt haben, die eigentlich niemanden etwas angehen«, entschuldigte sich Rathbone. »Und ich versichere Ihnen und Ihrer Familie meine aufrichtige Hochachtung. Ich habe keine weiteren Fragen an Sie. Wenn Mr. Harvester nicht noch etwas wissen will, können Sie gehen.«

Harvester stand auf. Er wirkte bei weitem nicht mehr so zuversichtlich. »Nein, danke. Ich glaube nicht, daß Baron Ollenheim uns etwas Relevantes zum zur Verhandlung stehenden Fall zu sagen hat.«

Es war ein tapferer Versuch, das Gericht daran zu erinnern, daß Gisela Zorah wegen Verleumdung angezeigt hatte. Inzwischen kümmerte sich freilich niemand mehr darum. Jetzt ging es um Gefühlskälte, Abtreibung und Mord.

Nach der Vertagung brachen Tumulte aus. Die Polizei mußte geholt werden, um Gisela zu ihrer Kutsche zu eskortieren und vor dem Volkszorn zu schützen, der ihr weitaus vehementer und bedrohlicher entgegenbrandete als gestern noch Zorah. Sie wurde beschimpft und mit Unrat beworfen, und einige schleuderten sogar Steine nach ihr. Als ein Stein über das Dach schlitterte und gegen die nächste Hauswand prallte, bekam es der Kutscher mit der Angst zu tun. Er schrie zurück und schlug mit der Peitsche nach den Zudringlichsten.

Rathbone brachte Zorah durch einen Nebenausgang in Sicherheit. Er fürchtete, daß sich der Zorn auch wieder an ihr entladen würde. Sie war schließlich diejenige gewesen, die all die Träume um Gisela herum zum Platzen gebracht hatte, und würde zeitlebens dafür gehaßt werden.

Robert Ollenheim hatte seine Eltern gebeten, ihn wenigstens eine Stunde allein zu lassen. So saß auf dem Heimweg nur Hester neben ihm in der Kutsche. Dagmar und Bernd hatten stumm und hilflos zugesehen, wie der Diener Robert auf den Sitz gehievt und dann Hester beim Einsteigen geholfen hatte.

Robert starrte regungslos nach vorne, als die Pferde den Schritt beschleunigten und durch das Gewühl auf den Straßen trabten. »Es ist nicht wahr!« stieß er ein ums andere Mal mit aufeinandergepreßten Zähnen hervor. »Es ist nicht wahr! Diese… Frau… ist nicht meine…« Er brachte das Wort ›Mutter‹ nicht über die Lippen.

Hester legte die Hand auf die seine. Durch die Decke über seinen Beinen und Armen hindurch spürte sie, wie er eine Faust geballt hatte. Es war kalt in der Kutsche, und ausnahmsweise hatte er nicht protestiert, als man ihn eingewickelt hatte.

»Das ist sie auch nicht«, gab sie ihm recht.

»Was?« Er drehte sich zu ihr um. Sein Gesicht war ein einziges Fragezeichen. »Haben Sie nicht gehört, was mein Vater gesagt hat? Er hat gesagt, daß diese Frau… diese Frau…« Er holte ruckartig Luft. »Sogar vor meiner Geburt schon wollte sie mich nicht haben! Sie wollte mich… zerstören!«

»Sie ist in keiner Weise, die etwas zählen würde, Ihre Mutter«, sagte Hester ernst. »Dieses Recht hat sie verwirkt. Dagmar Ollenheim ist Ihre Mutter. Sie hat Sie aufgezogen, geliebt und immer gewollt. Sie sind ihr einziges Kind. Denken Sie nur an all die Jahre zurück, in denen sie immer für Sie da war, dann wissen Sie, wie sehr sie Sie liebt. Haben Sie je daran gezweifelt?«

»Nein…« Sein Atem ging immer noch nur stoßweise, als presse ihm etwas die Brust zusammen. »Aber trotzdem ist diese andere... Frau meine Mutter! Ich bin ein Teil von ihr!« Er starrte Hester mit vor Schmerz weit aufgerissenen Augen an. »Ich bin ihr Sohn! Das läßt sich nicht ändern. Ich kann es nicht vergessen! Ich bin aus ihr hervorgegangen! Ich bin ihr Fleisch und Blut!«

»Sie sind aus ihr hervorgegangen, aber der Rest stimmt nicht. Ihr Fleisch und Blut gehören nur Ihnen allein, genauso wie Ihr Verstand und Ihre Seele.«

Ein weiterer entsetzlicher Gedanke streifte ihn. »O Gott! Was wird Victoria nur von mir denken? Sie wird es erfahren! Wenn sie es nicht in der Zeitung liest, wird sie es von einem Zeitungsjungen in der Straße hören! Man wird es ihr erzählen! Hester..., ich muß der erste sein, der es ihr sagt.« Die Worte sprudelten geradezu aus ihm heraus. »Bringen Sie mich zu ihrer Wohnung! Ich muß derjenige sein, der es ihr sagt! Sie darf es von niemand anderem erfahren. Wo wohnt sie überhaupt? Ich habe sie nie gefragt!«

»Ihr Zimmer ist in Bloomsbury. Aber Sie können jetzt nicht zu ihr. Sie müssen warten, bis sie zu Ihnen kommt...«

»Nein! Ich muß es ihr sagen. Ich kann es nicht ertragen, daß...«

»Sie müssen es ertragen«, sagte sie bestimmt. »Denken Sie an Ihre Mutter..., ich meine Dagmar, nicht die andere Frau, die kein Recht auf Sie hat. Überlegen Sie nur, was Dagmar jetzt empfindet. Und denken Sie an Ihren Vater, der Sie liebte, bevor Sie geboren wurden, der um Ihr Leben gekämpft hat! Sie brauchen Ihre Hilfe. Sie müssen wissen, daß es Ihnen gutgeht, daß Sie sie verstehen.«

»Aber ich muß vorher mit Victoria re...«

Sie drückte seine Hand. »Robert, glauben Sie etwa, Victoria würde nicht wollen, daß Sie gerecht, zärtlich und liebevoll zu den Menschen sind, die Ihnen Ihr Leben lang ihre Liebe gegeben haben?«

Es dauerte Minuten, bis seine Verkrampfung nachließ. Sie ratterten schwankend durch die langsam dunkler werdenden

Straßen. Die Lichter der Laternen, an denen sie vorbeifuhren, flackerten und verschwanden hinter ihnen im Dunst.

»Na ja…, es wird wohl so sein«, räumte er zu guter Letzt ein. »Aber ich muß sie noch heute abend sehen! Ich muß ihr eine Nachricht schicken! Ich muß es ihr sagen, bevor sie es von anderen hört, sonst habe ich vielleicht nie mehr die Chance, ihr zu sagen, daß ich sie liebe. Sie wird wissen, daß meine Mutter eine…, weiß Gott, was sie ist! Und ich bin Teil dieser Frau und will es nicht sein. Ich wehre mich so verzweifelt dagegen, daß ich mir fast wünsche, ich wäre nie geboren worden! Wie kann es so etwas geben, Hester? Wie kann es sein, daß man als Teil eines Menschen auf die Welt kommt, den man haßt und verabscheut? Das ist eine unerträgliche Ungerechtigkeit!«

»Sie sind kein Teil von ihr«, sagte Hester mit fester Stimme. »Sie sind Sie selbst und das, was Sie sein wollen. Was diese Frau auch getan hat, Sie können nichts dafür. Natürlich ist es schlimm für Sie, weil die Menschen grausam urteilen können. Und Sie haben recht, es ist ungerecht. Aber Sie sollten klug genug sein und sich nicht die Schuld dafür geben.«

Sie wartete einen Moment, bis eine Brauereikutsche vorbeigefahren war. »Kein Teil von ihr hat etwas mit Ihnen zu tun, es sei denn, Sie wollen es so«, fuhr sie fort. »Sünden sind keine Krankheit. Sie werden nicht von den Eltern auf die Kinder vererbt wie irgendeine Behinderung. Auch kann man keine Schuld weitergeben. Und das ist ja das Besondere an der Verantwortung. Man kann sie keinem Menschen abnehmen, wie sehr man ihn auch liebt, und man kann auch niemandem die eigene aufbürden. In dieser Hinsicht stehen wir alle jeder für sich da. Was immer Gisela getan hat – und sie kann Friedrich nicht ermordet haben –, Sie haben es vor niemandem zu verantworten, weder vor der Gesellschaft noch vor Victoria, noch vor sich selbst.«

Ihr Griff um seine Hand wurde fester. »Hören Sie mir doch zu, Robert! Sie sind jetzt selbst verantwortlich für das, was Sie tun, für die Art und Weise, wie Sie Ihren Vater und Dagmar behandeln. Sie sind dafür verantwortlich, wenn Sie nur noch Ihre Schmerzen sehen und sich von den Ihren abwenden.«

Er ließ völlig erschöpft den Kopf sinken. Da schlang sie den Arm um ihn und drückte ihn an sich, während ihre andere Hand ihm die Haare streichelte wie einem Kranken oder einem kleinen Kind.

Mit gedämpfter Stimme bat sie den Kutscher, langsamer zu fahren. Bernd und Dagmar sollten vor ihnen eintreffen.

Als sie in der Hill Street ankamen, hatte Robert sich etwas gefaßt. Schon wurde die Tür aufgerissen. Mit weißem Gesicht stand Bernd vor ihnen. Einen Schritt hinter ihm wartete Dagmar.

»Hallo, Vater«, sagte Robert ruhig. Sein Gesicht verriet wohl noch Spuren seiner heftigen Emotionen, doch das Laternenlicht gab sie nicht preis. »Möchtest du mir aus der Kutsche helfen? Trotz der Decke war es schrecklich kalt. Hoffentlich habt ihr im Salon schon kräftig eingeheizt.«

Bernd stutzte. Ungläubig sah er Robert in die Augen, dann stürzte er vor und legte unbeholfen beide Arme um ihn. Er tat so, als wolle er ihm nur helfen, aber im Lichtschein der Kutschenlampe schimmerten seine Tränen, und seine Hände zitterten.

Robert sah über ihn hinweg Dagmar an. »Es wird neblig, Mutter. Geh bitte schon mal rein, sonst holst du dir noch den Tod.« Er zwang sich zu einem Lächeln, das jedoch immer zärtlicher wurde und schließlich all die Erinnerungen an das Glück, die Liebe, die sie ihm gegeben hatte, in sich barg.

Nach ihm kletterte Hester aus der Kutsche und folgte den Ollenheims ins Haus. Die Kälte nahm sie nicht wahr, noch spürte sie, daß sie sich in den Pfützen die Rocksäume naß gemacht hatte und ihre Füße ganz taub waren.

Kaum hatte Victoria Roberts Brief erhalten, eilte sie auch schon zu ihm. Sie fuhr sogar gleich mit dem Boten mit, den man mit der Kutsche zu ihr geschickt hatte.

Robert empfing sie allein. Zum erstenmal war die Tür zu seinem Zimmer geschlossen, während Hester mit Bernd und Dagmar im Salon wartete.

Bernd schritt unentwegt hin und her. Sein Gesicht war blaß, und seine Augen richteten sich immer wieder auf die Tür. Unvermittelt starrte er Hester an. »Was wird sie tun?« fragte er. »Was wird sie ihm sagen? Wird sie ihn akzeptieren können, oder wird sie über seine ... Herkunft reden wollen?« Auch er brachte es nicht übers Herz, Gisela als Roberts Mutter zu bezeichnen.

»Wenn man bedenkt, was für ein Mensch ihr Vater war, wird sie ihn ganz bestimmt verstehen«, antwortete Hester leise, aber voller Selbstvertrauen. »Wird Robert das auch akzeptieren können?«

»Ja«, beeilte sich Dagmar zu sagen und lächelte. »Niemand ist für die Sünden seines Vaters verantwortlich. Und er liebt sie mehr, als er eine gewöhnliche Frau lieben könnte, die nie wirkliche Schicksalsschläge zu überstehen hatte. Hoffentlich bringt er den Mut auf, um ihre Hand anzuhalten. Und hoffentlich hat sie das Vertrauen, ihn anzunehmen. Glauben Sie, daß sie ja sagen wird?«

»Ja«, erwiderte Hester mit fester Stimme. »Ich glaube, sie wird es von sich aus tun. Aber falls sie Zweifel hat, werden wir ihr Kraft geben.«

Dagmar nickte. »Natürlich werden wir das. Ihr Glück wird anders sein als das der meisten, aber es wird in jeder Hinsicht genauso tief sein, vielleicht sogar noch tiefer.« Sie sah zu Bernd auf und streckte ihm die Hand entgegen.

Er blieb stehen und ergriff sie mit so festem Druck, daß sie zusammenzuckte. Doch sie machte keine Anstalten, sie zurückzuziehen.

Er lächelte Hester an.

»Danke.«

12. Kapitel

Am nächsten Morgen, einem Samstag, schlief Hester länger. Doch kaum war sie aufgewacht, ging ihr schon wieder der Prozeß durch den Kopf. Ein Ende war noch lange nicht abzusehen. In der Frage nach Friedrichs Mörder tappte man nach wie vor im dunkeln. Juristisch gesehen, wenn auch nicht moralisch, war Gisela die Geschädigte. Mit der Behauptung, sie sei des Mordes schuldig, hatte Zorah sie eindeutig verleumdet. Die Geschworenen hatten gar keine andere Wahl, als im Sinne Giselas zu entscheiden. Diese wiederum hatte jetzt nichts mehr zu verlieren und würde ihren Ruf selbst dann nicht mehr zurückgewinnen, wenn sie großzügig auf Schmerzensgeld verzichtete. Sie war ruiniert und würde vielleicht bald jeden Penny zusammenkratzen müssen, womöglich sogar bei anderen. Es konnte gut sein, daß von nun an ihr einziger Trost darin bestehen würde, sich an der Frau zu rächen, der sie ihr Unglück verdankte.

Zorahs Niederlage würde einen Gesichtsverlust für Rathbone bedeuten. Und damit nicht genug! Schlimmstenfalls drohte ihr sogar selbst eine Anklage wegen Mordes.

Hester stand auf und zog ihr bestes Kleid an. Es war aus schlichtem rostrotem Stoff geschnitten und hatte einen schwarzen Samtkragen. Nicht daß sie allzu großen Wert auf ihre Aufmachung legte, aber sie wollte heute Zuversicht demonstrieren. Darum frisierte sie sich auch möglichst schmeichelhaft und trug etwas Farbe an den Wangen auf. Fast kam sie sich vor wie ein Soldat, der sich noch einmal die Stiefel wichst und seinen roten Schal anlegt, bevor er in die Schlacht zieht. Auf die Kampfmoral kam es an; sie war der erste Schritt zum Sieg.

Um fünf nach elf traf sie in Rathbones Kanzlei ein. Monk war bereits da. Draußen war es kalt und naß, aber im Kamin brannte ein munteres Feuer, das zusammen mit den Lampen für eine behagliche Atmosphäre sorgte.

Monk, der heute ganz in Dunkelbraun gekleidet war, stand vor dem Kamin. Wie um einem Argument Nachdruck zu verleihen, hatte er beide Hände erhoben. Rathbone thronte mit übereinandergeschlagenen Beinen im größten Sessel. Seine hellbraune Hose saß wie immer tadellos, aber sein Halstuch war ein bißchen verrutscht und sein Haar auf einer Seite verwuschelt. Anscheinend war er sich dort mit den Fingern durchgefahren.

»Wie geht es Ollenheim?« fragte Monk. Erst jetzt bemerkte er ihr Kleid und die geröteten Wangen. Er runzelte mißbilligend die Stirn. »Ihrem Erscheinungsbild entnehme ich, daß er sich ganz gut dreinfindet. Armer Teufel. Es ist auch so schon schlimm genug, wenn man erfährt, daß die eigene Mutter eine Abtreibung versuchte, weil sie einen als Hindernis für ihre Ambitionen ansah, und dann gleich nach der Geburt weggab. Wie muß es dann erst sein, wenn das vor Gericht enthüllt wird und halb London dabei zuhört!«

»Wie nimmt die Baronin es auf?« erkundigte sich Rathbone. »Es wird ihr nicht leichtfallen, und dem Baron wohl genauso wenig.«

»Ich glaube, sie schaffen es«, sagte sie bestimmt.

»Sie sehen außerordentlich selbstzufrieden aus«, brummte Monk, dem das überhaupt nicht zu gefallen schien. »Haben Sie etwas Nützliches in Erfahrung gebracht?«

Damit erinnerte er sie schmerzhaft an das, was ihnen in den nächsten Tagen bevorstand.

»Nein«, gab sie zu. »Ich freue mich nur für Robert und für Victoria Stanhope. Ansonsten habe ich nichts herausbekommen. Und Sie?«

Monk setzte eine betretene Miene auf.

Rathbone war zu routiniert, um sich seine Gefühle anmerken zu lassen. »Es ist uns immerhin gelungen, den Geschworenen ein anderes Bild von Gisela zu vermitteln…«, begann er.

Monk stieß bellendes Gelächter aus.

Rathbone ignorierte ihn absichtlich. »Aber Zorahs Vorwürfe lassen sich damit nicht begründen«, fuhr er an Hester gewandt fort. »Wenn wir Zorah ihrerseits vor einer Anklage wegen Mordes bewahren wollen, müssen wir herausfinden, wer es war, und das auch beweisen.« Seine sonst immer so wohltönende Stimme war heute merklich gedämpft. Hester spürte, daß er mit der Niederlage rechnete. »Sie ist eine Patriotin«, murmelte er. »Und jeder kann sehen, daß sie Gisela haßt. Viele werden jetzt meinen, daß sie an diesem für das Schicksal ihres Landes so entscheidenden Wendepunkt einen Anschlag auf Gisela versuchte, aber einen tragischen Fehler beging und statt dessen Friedrich tötete. Ich glaube es fast selbst.«

Monk starrte ihn böse an. »Tatsächlich? Glauben Sie das?«

Hester wartete.

Rathbone blieb einen langen Augenblick stumm. Bis auf das Knistern im Kamin, das Ticken der Wanduhr und das Prasseln der Regentropfen gegen die Fenster war kein Laut zu hören.

»Ich weiß es nicht«, stöhnte er schließlich. »Eigentlich glaube ich es nicht, aber...«

»Aber was?« Monk wirbelte herum. »Was?«

Rathbone setzte schon zu einer beißenden Bemerkung an. Er war doch kein Zeuge, den man ins Kreuzverhör nahm! Doch dann überlegte er es sich anders und schwieg. Sein Nachgeben verriet natürlich auch den Grad seiner Verunsicherung, und das beunruhigte Hester mehr, als dies jedes Eingeständnis eines Irrtums vermocht hätte.

»Aber was?« fuhr Monk ihn an. »Menschenskind, Rathbone, wir müssen es wissen! Wenn wir dieser Sache nicht auf den Grund gehen, wird diese Frau am Ende noch gehängt! Friedrich wurde ermordet! Wollen Sie denn nicht wissen, wer sein Mörder war? Ich will es jedenfalls herausfinden!«

Rathbone beugte sich vor. »Natürlich will ich es wissen. Selbst wenn es Zorah war, die Wahrheit muß auf den Tisch. Solange ich nicht weiß, was damals in Wellborough Hall geschehen ist und warum, werde ich wohl nicht mehr ruhig schlafen können.«

Monk verlagerte das Gewicht und lehnte sich gegen den Sims. Die immense Hitze des Kamins schien er nicht zu spüren. »Jemand nützte die Situation aus und besorgte sich Eibenblätter oder -rinde. Daraus braute er ein Gift und flößte es Friedrich ein. Die alles entscheidende Frage ist, ob er es auf Friedrich oder auf Gisela abgesehen hatte. Wenn Friedrichs Rückkehr verhindert werden sollte, kommen am ehesten Klaus von Seidlitz oder vielleicht auch seine Frau in Frage. War das Gift für Gisela bestimmt, auch wenn sie es dann aus welchem Grund auch immer Friedrich gab, dann können es alle Anhänger der Unabhängigkeitsfraktion gewesen sein – Rolf, Stephan, Zorah ... und auch Barberini.«

»Oder Lord Wellborough«, ergänzte Rathbone. »Vorausgesetzt, er rechnete mit Krieg und Aufträgen für Waffenlieferungen an eine der Parteien.«

»Möglich«, brummte Monk, »aber unwahrscheinlich. Es gibt auch so genug Kriege. Ich kann mir nicht vorstellen, daß er ein solches Risiko eingehen würde. Dieses Verbrechen hatte eher mit Leidenschaft zu tun als mit Profitdenken.«

Hester hatte zuletzt geschwiegen und versucht, sich die Abläufe ganz konkret vorzustellen. »Wie soll das Ganze überhaupt vor sich gegangen sein?« meldete sie sich nun wieder zu Wort.

»Nichts ist einfacher«, erwiderte Monk unwirsch. »Der Diener, der das Tablett trägt, wird abgelenkt. Das Eibenkonzentrat hat man schon dabei. Eine Phiole oder ein Fläschchen genügt völlig. Das Gebräu wird in die Rinderbrühe oder etwas anderes gegeben, von dem man weiß, daß es entweder für Friedrich oder für Gisela, je nachdem, wen man vergiften will, bestimmt ist. Friedrich war zu krank, um dieselben Sachen zu essen wie sie. Meistens bekam er nur Sachen wie Tee oder Brei. Sie dagegen aß zwar nicht viel, aber normale Kost, wie das Küchenpersonal und die Diener beschwören können.«

»Haben Sie schon mal versucht, aus Rinde oder Blättern eine Flüssigkeit zu gewinnen?« fragte Hester skeptisch.

»Nein, warum? Ich weiß, daß es gekocht werden muß. Die Köchin hat glaubhaft versichert, daß das nicht in der Küche geschehen sein kann. In jedem Zimmer ist ein Kamin, und weil Frühling war, dürfte man noch geheizt haben. Jeder hätte also die ganze Nacht Zeit gehabt, so ein Gift unbemerkt zu brauen. So wird es wohl gewesen sein.« Jetzt erst spürte Monk die Hitze und entfernte sich vom Kamin. »Jeder hätte die Blätter pflücken können. Sie gingen ja alle irgendwann unter den Eiben spazieren. Ich doch genauso. Der Weg bietet sich geradezu an, wenn man frische Luft schnappen will.«

Hester wollte sich immer noch nicht geschlagen geben. »Worin?« fragte sie.

Beide Männer starrten sie entgeistert an.

»Na ja, wenn man etwas die halbe Nacht lang über dem Kaminfeuer kochen will, dann braucht man ein Gefäß«, erklärte sie. »Aber in der Küche wurden keine Töpfe vermißt. Oder glauben Sie etwa, jemand hatte einfach so auf Verdacht einen Topf mitgebracht?«

»Seien Sie nicht albern«, gab Monk wütend zurück. »Wenn er von Anfang an einen Giftmord geplant hätte, dann hätte er das Gift schon dabeigehabt. Einen Topf mitbringen – wie idiotisch!«

»Darauf wollte ich ja hinaus!« rief Hester entnervt. »Keine von diesen Theorien ergibt einen Sinn.«

»Sind wir denn sicher, daß das Verbrechen aus einem Impuls heraus begangen wurde?« warf Rathbone dazwischen. »Hätte Rolf nicht für den Fall, daß Friedrich seine Bedingungen ablehnte, nicht einfach Giselas Ermordung einplanen können?«

»Möglicherweise«, räumte Monk ein.

»Dann wäre er unfähig!« rief Hester voller Abscheu. »Und ein Dummkopf! Wozu sollte er Gisela töten, wenn völlig offen war, ob Friedrich sich erholen würde und wie seine Antwort ausfallen würde? Er hätte doch bestimmt abgewartet.«

»Wir haben ja nur Rolfs Wort dafür, daß Friedrich sich noch nicht entschieden hatte«, meinte Monk. »Vielleicht hatte er schon abgelehnt.«

»Vielleicht hatte Rolf bereits einen anderen Führer eingeplant«, überlegte Hester laut. »Und er brauchte Friedrich vor allem als Märtyrer…«

Wieder starrten die beiden Männer sie verwirrt an. Aber diesmal schien ihnen zu dämmern, worauf sie hinauswollte.

Monks Augen weiteten sich. »Sie könnten recht haben. Genau!« Er wandte sich an Rathbone. »Wer wäre nach dem Tod des natürlichen Erben die erste Wahl? Ein heldenhafter Politiker? Eine Gestalt, die alle verehren? Barberini? Brigitte?«

»Vielleicht… ja, denkbar ist es. Das Zeug dazu hätten wohl alle beide…« Rathbone fuhr sich mit der Hand durch die Haare. »O verdammt! Das führt uns zu Zorah Rostova zurück! Ich würde ihr die Kaltblütigkeit zutrauen, eine solche Tat zu begehen, wenn sie sich davon einen Nutzen für ihre Heimat verspräche…, und dann auch noch Gisela an den Galgen zu liefern!«

Monk stopfte deprimiert die Hände in die Hosentaschen. Ausnahmsweise verzichtete er darauf, Rathbone zu sagen, was er davon hielt, daß er eine solche Mandantin angenommen hatte. Ja, als Hester einen mitleidigen Ausdruck in seinen Augen bemerkte, kam es ihr so vor, als hätte er sich sogar den Gedanken an Kritik verboten.

»Was sagt eigentlich Zorah?« fragte sie. »Ich kenne sie noch gar nicht persönlich. Ist das nicht merkwürdig? Sie ist die Hauptperson, und ich rede ständig nur über sie, ohne sie je aus der Nähe gesehen, geschweige denn mit ihr gesprochen zu haben. Ebensowenig habe ich mich mit Gisela unterhalten. Ich habe immer mehr das Gefühl, überhaupt nichts über die Beteiligten in diesem Fall zu wissen.«

»So langsam glaube ich, daß es uns allen so geht!« rief Monk mit einem abrupten Auflachen.

»Ich werde versuchen, meine persönlichen Urteile zu vergessen und ganz rational an die Sache heranzugehen.« Rathbone griff nach dem Schürhaken und stocherte damit im Feuer herum. Als es knisternd in sich zusammenfiel, legte er mit Hilfe einer Zange ein paar Kohlenstücke nach. »Anscheinend hat mich meine Menschenkenntnis diesmal im Stich gelassen.« Er errötete leicht. »Am Anfang dachte ich wirklich, Zorah hätte recht, und Gisela hätte Friedrich vergiftet.«

Monk nahm Rathbone gegenüber Platz und stützte die Ellenbogen auf die Knie. »Lassen Sie uns das betrachten, was zweifelsfrei feststeht, und uns überlegen, was wir daraus ableiten können. Vielleicht haben wir bisher die falschen Schlußfolgerungen gezogen.«

Rathbone nickte friedfertig. Das hatte es noch nie gegeben! Widerstandslos ließ er sich von Monk einen Befehl gefallen – ein weiteres Zeichen für seine Verzweiflung. »Friedrich stürzte vom Pferd und erlitt schwere Verletzungen. Er wurde von Dr. Gallagher behandelt.«

Monk zählte die einzelnen Punkte an den Fingern mit, während Rathbone mit seiner Aufzählung fortfuhr.

»Er wurde von Gisela gepflegt. Niemand sonst hatte Zugang zu ihm, außer den Dienstboten, dem Prince of Wales…« Er schnitt eine Grimasse.

»Er schien auf dem Weg der Besserung«, ergänzte Monk. »Zumindest war das der allgemeine Eindruck.«

»Ein wichtiger Punkt«, stimmte Rathbone zu. »Damit stiegen die Chancen, ihn nach Felzburg zurückzuholen.«

»Nein, das stimmt nicht«, hielt ihm Hester entgegen. »Sein Bein war an drei Stellen gebrochen, zerschmettert, wie Dr. Gallagher sagte. Damit hatte Gisela praktisch gewonnen. Er hätte der Unabhängigkeitspartei bestenfalls als Symbol nützen können – und sie brauchten doch weitaus mehr! Von einem Behinderten, der ständig unter Schmerzen litt und schnell ermüdete, hätten sie nichts gehabt.«

Die zwei Männer starrten sie verblüfft an. Dann wechselten sie einen langen Blick. Rathbone sah aus wie ein geschlagener Mann, und selbst Monk wirkte auf einmal erschöpft.

»Es tut mir leid«, sagte Hester. »Aber es ist nun mal so. Die einzigen, denen an seinem Tod gelegen haben kann, sind die

Leute von der Unabhängigkeitspartei, denn damit hatten sie das Recht, sich einen neuen Führer zu suchen.«

Längeres Schweigen trat ein. Als das Feuer jäh aufflackerte, wurde es Monk zu heiß. Er stand auf und entfernte sich ein paar Schritte. »Aber offensichtlich war niemand mit ihm allein«, murmelte er schließlich. »Die Türen waren nie verschlossen, und die Bediensteten kamen und gingen. Alle bestätigen, daß Gisela die Suite nie verließ.«

»Dann muß das Essen auf dem Weg von der Küche zu seinem Zimmer vergiftet worden sein«, sagte Rathbone. »Aber das wissen wir ja längst. Es wurde Eibengift hineingemischt. Auch das ist bekannt. Es hätte jeder im Haus sein können, nur daß uns ein Rätsel ist, wie das Gift zubereitet wurde.«

»Es sei denn, der Mörder hatte es schon mitgebracht«, spann Monk den Gedanken fort. »Er muß angenommen haben, daß es auf einem so großen Anwesen wie Wellborough Hall oder auf dem nahegelegenen Friedhof ganz sicher Eiben gibt. Aber wie wäre es denn, wenn Rolf es mitgebracht hätte, in der Absicht, es zu benutzen, falls Friedrich ablehnte..., um dann Gisela die Schuld in die Schuhe zu schieben?«

»Alles falsch«, sagte Hester ruhig. »Das Gericht verlangt eine lückenlose Beweiskette. Gisela kann es nicht gewesen sein..., aber mit dem bißchen, was wir wissen, kommen wir nicht weiter.«

Wieder verstummten sie für mehrere Minuten. Rathbone starrte ins Feuer, Monk grübelte vor sich hin, während Hester von einem zum anderen sah. Sie wußte genau, daß bei beiden wie auch bei ihr unmittelbar unter der Oberfläche die Angst hockte – bedrückend und unbestreitbar real. Sie klammerten sich geradezu an ihre Überlegungen; in dem Moment, in dem sie davon abließen, müßten sie sich unweigerlich ihr Scheitern und die damit verbundenen Folgen eingestehen.

Hester stand auf. »Ich glaube, ich suche Zorah Rostova selbst auf. Ich möchte persönlich mit ihr sprechen.«

»Weibliche Intuition?« spottete Monk.

»Neugierde«, fauchte sie. »Aber wenn Sie beide schon bei ihr waren und immer noch klar denken können – warum sollte es mir dann anders ergehen? Weniger als Sie kann ich wohl kaum ausrichten.«

Zorah empfing Hester in ihrem ungewöhnlichen Salon mit dem Tuch an der Wand und dem lodernden Feuer, das sich in dem blutroten Sofa widerspiegelte und die Bärenfelle auf dem Boden fast lebendig erscheinen ließ.

»Wer, sagten Sie, sind Sie?« Zorah verzichtete darauf, sich zu erheben und musterte Hester nur mit beiläufigem Interesse. »Hätten Sie nicht meiner Zofe gegenüber Sir Olivers Namen erwähnt, hätte ich Sie nicht hereingelassen.« Sie sagte es in aller Offenheit, doch ohne jede Absicht, Hester zu verletzen. »Ich habe keine Lust, mich mit höflichen Floskeln abzugeben. Dazu fehlen mir die Zeit und die Geduld.«

Hester ließ sich davon nicht abschrecken. An Zorahs Stelle hätte sie dasselbe empfunden. Sie hatte selbst einmal unter Anklage gestanden, und dasselbe drohte ja auch Zorah im Falle von Rathbones sich immer deutlicher abzeichnendem Scheitern. Gelassen betrachtete sie das eigenwillige Gesicht mit den weit auseinanderliegenden wunderschönen grünen Augen, der zu langen Nase und dem feinen, sinnlichen Mund. Zorah machte auf sie den Eindruck einer Frau, die bei aller Fähigkeit zu verzehrender Leidenschaft zu intelligent war, um ihren Verstand davon trüben zu lassen.

»Ich habe gesagt, ich bin eine Freundin von Sir Oliver, weil das die Wahrheit ist. Wir kennen uns schon lange.« Hester hielt Zorahs forschendem Blick stand und unterband damit weitere Fragen.

Zorah musterte sie mit wachsender Belustigung. »Und Sie machen sich Sorgen, daß dieser Fall seinem Ansehen schaden könnte?« schloß sie. »Sind Sie ihm zuliebe gekommen, um mich zu bitten, alles zurückzunehmen und zu sagen, daß ich mich getäuscht habe, Miss Latterly?«

»Nein, das bin ich nicht«, entgegnete Hester in scharfem Ton. »Da Sie vorher nicht dazu bereit waren, sehe ich keinen Grund, warum sich das über Nacht geändert haben sollte. Aber wenn Sir Oliver Friedrichs Mörder nicht enttarnt, sitzen früher oder später Sie als Hauptverdächtige auf der Anklagebank. Wahrscheinlich früher.« Sie nahm unaufgefordert Platz. »Und ich kann Ihnen verraten, daß die extrem unbequem ist. So etwas kann man allerdings erst dann ermessen, wenn man selbst dort gesessen hat. Nach außen mag man ein noch so tapferes Gesicht aufsetzen, innerlich ist man verängstigt. So dumm, daß er nicht erkennt, daß seine Niederlage nicht nur einen Geld- oder Prestigeverlust bedeutet, ist niemand. Sie bedeutet das Henkerseil.«

Zorahs Züge spannten sich etwas an. »Sie reden nicht um den heißen Brei herum, Miss Latterly. Aber trotzdem kommen Sie doch Sir Oliver zuliebe. Was wollen Sie von mir?« Sie musterte Hester mit abschätzigem Blick.

Hester war nicht klar, ob Zorahs Verachtung ihrem schlichten und so viel konventionelleren, um nicht zu sagen banalen Kleid galt oder ihrer niederen Herkunft, die sie dazu zwang, ihren Lebensunterhalt selbst zu bestreiten. Sollte es sich aber um die Geringschätzung einer tapferen Frau voller Unternehmungsgeist für all diejenigen handeln, die zu Hause blieben und sich mit typisch weiblichen Tätigkeiten abgaben, so war sie ihr in jeder Hinsicht ebenbürtig.

»In der Annahme, daß Sie nach bestem Wissen die Wahrheit sagen«, erwiderte Hester, »möchte ich Sie dazu auffordern, Ihren Verstand statt nur Ihre Willenskraft zu bemühen und sich noch einmal auf die Geschehnisse in Wellborough Hall zu konzentrieren. Wenn wir keine neuen Details zutage fördern, beeinträchtigt das nicht nur Sir Olivers Karriere, der sich aufgrund einer Fehleinschätzung dieses äußerst unpopulären Falles angenommen hat, sondern dann steht Ihr eigenes Leben auf dem Spiel. Und – was Ihnen meiner Meinung sogar noch wichtiger ist – dann sind auch der Ruf und die Ehre derjenigen Männer und Frauen ruiniert, die für die Freiheit Ihres Landes kämpfen wollen. So, ich brauche jetzt Ihre Aufmerksamkeit, Gräfin Rostova.«

Zorah richtete sich langsam auf. Ihre Züge spiegelten ungläubige Überraschung wider. »Sprechen Sie andere oft auf eine solche Weise an, Miss Latterly?«

»In der letzten Zeit bestand kein Anlaß dazu, aber in der Armee habe ich in der Tat des öfteren meine Kompetenzen überschritten. Bei Notfällen ist so etwas unvermeidlich. Solange man Erfolg hat, wird es einem später verziehen. Wenn man scheitert, ist es noch das geringste der Probleme.«

Zorah kniff die Augen zusammen. »In der Armee?«

»Im Krimkrieg. Aber das hat nichts mit dieser Angelegenheit zu tun.« Hester machte eine wegwerfende Handbewegung. »Wenn Sie nun bitte die Güte hätten, sich noch einmal die Geschehnisse in Wellborough Hall vor Augen zu führen.«

»Ich glaube, Sie könnten mir gefallen, Miss Latterly«, sagte Zorah ganz ernsthaft. »Sie sind ja exzentrisch! Ich hatte keine Ahnung, daß Sir Oliver so interessante Freunde hat. Damit steigt er in meiner Hochachtung. Wie ich gestehen muß, habe ich ihn eher für trocken gehalten.«

Zum eigenen Ärger lief Hester rot an. »Wellborough Hall«, wiederholte sie im tadelnden Ton einer Lehrerin.

Gehorsam, wenn auch mit einem angespannten Lächeln, begann Zorah mit ihrem Bericht über die Ereignisse vom Tag ihrer Ankunft an. Sie würzte ihn immer wieder mit spitzen und teilweise ungemein witzigen Kommentaren, aber sobald sie auf den Unfall zu sprechen kam, verschwand alles Leichte. Sie wurde jäh düster, als hätte sie bereits damals gemerkt, daß am Ende nur Friedrichs Tod stehen konnte.

Mitten im Erzählen klingelte sie abrupt nach ihrer Zofe und bestellte, ohne Hester nach ihren Wünschen zu fragen, das Mittagessen, Toast mit Kaviar, Weißwein, frische Äpfel und eine Käseplatte. Als es gebracht wurde, vergewisserte sie sich mit einem kurzen Blick, daß Hester zufrieden war, und entließ die Zofe wieder.

Schon während des Essens setzte sie ihre Schilderung fort.

Immer wieder unterbrach Hester sie, erkundigte sich näher nach bestimmten Einzelheiten und verlange eine genauere Beschreibung eines Zimmers oder des Gesichtsausdrucks oder des Tonfalls einer Person.

Als Hester am Spätnachmittag ging, war sie völlig aufgewühlt von ungeahnten Eindrücken. Insbesondere über eine Möglichkeit mußte sie sich unbedingt bis ins Detail informieren, und darum beschloß sie, ihren alten Kollegen, Dr. John Rainsford aufzusuchen. Das war aber heute nicht mehr möglich, denn es war schon dunkel. Außerdem mußte sie zuallererst ihre Gedanken ordnen, ehe sie sie anderen erläuterte.

Auf einmal hing alles von dem Urteil ab, das sie sich über Zorah gebildet hatte. Wenn sie sich nicht täuschte, kam es jetzt ganz auf deren Erinnerung an einen unscheinbaren Umstand an. Den mußte sie aber unbedingt überprüfen.

Am Sonntag abend fand sich Hester wieder bei Rathbone ein. Zuvor hatte sie ihn über einen Boten gebeten, auch Monk zu sich zu bestellen. Bei ihrem Eintreffen warteten beide Männer mit kreidebleichem Gesicht. Ihre Nerven waren zum Zerreißen gespannt.

»Und?« platzte Monk los, noch bevor sie die Tür hinter sich geschlossen hatte.

»Konnte sie Ihnen etwas sagen?« fragte Rathbone genauso begierig und schluckte mit Mühe weitere Fragen hinunter. Es war ein Versuch, Hoffnung erst gar nicht aufkommen zu lassen, bevor Hester sie zerschlagen konnte.

»Ich glaube, ja«, sagte Hester mit Bedacht. »Es könnte Ihre Antwort sein, aber Sie werden den Beweis führen müssen.« Und dann erklärte sie ihnen ihre Theorie.

»Himmel!« ächzte Rathbone. Er schluckte und starrte sie bestürzt an. »Wie… abscheulich!«

Monk schaute von Rathbone zu Hester. »Ist Ihnen klar, was ihn der Beweis kosten wird?« fragte er mit rauher Stimme. »Das ist sein Ruin! Selbst wenn er gewinnt – das werden sie ihm nie verzeihen!«

»Ich weiß«, sagte Hester sanft. »Aber ich kann nichts für die Wahrheit, William. Außerdem *glaube* ich ja nur, daß ich darauf gestoßen bin. Was ist Ihnen denn lieber? Sie zu unterdrücken?«

Sie wandten sich beide an Rathbone. Dieser war aschfahl geworden, aber er zögerte nicht eine Sekunde.

»Nein. Wenn ich eine Aufgabe habe, dann der Wahrheit zu dienen. Manchmal verlangt die Gnade ein Opfer, aber das ist hier ganz gewiß nicht der Fall. Ich werde tun, was ich kann. Erklären Sie es mir noch mal in aller Ausführlichkeit. Bis morgen muß ich alles ganz genau wissen.«

So erläuterte Hester es ihm detalliert, gelegentlich von Monk mit einer Zwischenfrage unterbrochen, während Rathbone aufmerksam mitschrieb. Sie saßen beisammen, bis das Feuer fast verglüht war und der auffrischende Wind Laub gegen die Fenster wirbelte. Im Zimmer selbst erzeugten die von draußen hereinscheinenden Gaslampen braune und goldene Lichtflecken.

Am Montag morgen war der Gerichtssaal wieder gedrängt voll. Obwohl draußen Neugierige in langen Schlangen warteten, herrschte heute Stille. Sowohl Zorah als auch Gisela wurden von Wachleuten in den Saal eskortiert. Damit sollten sie besser geschützt werden; zugleich ging es den Behörden darum, einen Aufstand zu verhindern, falls die Emotionen hochzuschlagen drohten.

Auch drinnen waren die Leute ruhig. Die Geschworenen wirkten samt und sonders bedrückt, als graute ihnen vor der Pflicht, eine Entscheidung zu treffen, für die sie nach wie vor keine unwiderlegbaren Beweise erkennen konnten. Für einige von ihnen war in den letzten Tagen eine Welt zusammengebrochen. Was sie ein Leben lang geglaubt hatten, sollte auf einmal nicht mehr stimmen! Sie waren zutiefst verunsichert angesichts dieser Bürde, der sie nun nicht mehr ausweichen konnten.

Rathbone hatte unverhohlene Angst. In der Nacht hatte er

wenig Schlaf gefunden. Immer wieder war er hochgefahren, um dann eine Zeitlang im Zimmer hin und her zu gehen oder zur Decke zu starren und seine Gedanken zu ordnen, Argumente und mögliche Gegenargumente bei Einwendungen zu sammeln und sich zu überlegen, wie er sich selbst schützen konnte, denn der Zorn der Menge würde zwangsläufig auch ihm entgegenschlagen. Nur allzu lebhaft erinnerte er sich an die Warnung des Lord Chancellors. Und es fiel ihm nicht schwer, sich seine Reaktion auszumalen. Doch Rathbone wußte, daß er nicht anders handeln konnte. Zum erstenmal seit zwanzig Jahren hatte er keine klaren Vorstellungen von seiner beruflichen Zukunft.

Die Verhandlung war bereits eröffnet worden. Der Richter sah ihn an und wartete.

»Sir Oliver?« Seine Stimme war klar und freundlich, aber Rathbone wußte aus Erfahrung, daß sich hinter dem gütigen Gesicht ein eiserner Wille verbarg.

Rathbone mußte seine Entscheidung jetzt treffen, oder er gab den Fall aus den Händen.

Er erhob sich mit so heftig pochendem Herzen, daß er fast glaubte, jeder müßte sehen, daß er am ganzen Körper zitterte. Noch nie war er vor einem Gericht so nervös gewesen. Freilich hatte ihm auch noch nie eine Katastrophe so dicht vor Augen gestanden. Und was hatte er früher denn schon zu verlieren gehabt?

Er räusperte sich. Wenn er sprach, dann mußte er das mit klangvoller Stimme tun. Die hatte schon immer zu seinen besten Waffen gehört.

»Euer Ehren…« Wieder mußte er sich räuspern. Verflucht! Harvester wußte bestimmt längst, was für Ängste er ausstand. Er hatte noch gar nicht angefangen, und schon hatte er sich verraten! »Euer Ehren, ich rufe Gräfin Zorah Rostova auf.«

Ein erstauntes Raunen ging durch den Saal. Sogar Harvester wirkte verblüfft, wenn auch nicht erschrocken. Vielleicht hielt er Rathbone für dumm, vielleicht wußte er, wie verzweifelt er kämpfte.

Mit eigenartig eleganten Schritten marschierte Zorah über die kleine freie Fläche zur Treppe zum Zeugenstand. Man hätte meinen können, sie bewege sich in der freien Natur und nicht in einem öffentlichen Saal. Daß sie einen Reifrock trug und keine Reiterhose, sah ihr niemand an. Im Vergleich zur zierlichen Gisela wirkte sie unfeminin, doch andererseits hatte sie absolut nichts Männliches an sich. Wie an den anderen Gerichtstagen auch hatte sie sich mit den herbstlichen Erdfarben Rot und Braun gekleidet, die ihrer dunklen Haut schmeichelten, aber dem düsteren Anlaß nun wirklich nicht angemessen waren. Vergeblich hatte Rathbone ihr zugeredet, sich bescheidener zu geben. Nun, jetzt hätte es keinen Sinn mehr, sich anzupassen. Niemand hätte ihr das abgenommen.

Einen kurzen Moment lang sah sie zu Gisela hinüber, und die so verblüfften wie haßerfüllten Blicke der zwei Frauen begegneten sich, dann wandte sie sich schon wieder Rathbone zu.

Mit fester Stimme wies sie sich aus und schwor, die Wahrheit und nichts als die reine Wahrheit zu sagen.

Rathbone stürzte sich in die Vernehmung, bevor ihn der Mut verlassen konnte.

»Gräfin Rostova, wir haben von mehreren Zeugen gehört, wie sie die Ereignisse in Wellborough Hall sehen oder bewerten. Nun, Sie haben gegen Prinzessin Gisela die schwerwiegendste Beschuldigung erhoben, die man gegen einen Menschen richten kann: daß sie ihren Mann kaltblütig ermordet habe, während er hilflos ihrer Pflege anvertraut war. Sie haben sich geweigert, diese Bezichtigung zurückzunehmen, obwohl Ihnen eine Verurteilung droht. Würden Sie dem Gericht bitte erklären, was Sie über die Ereignisse in der fraglichen Zeit wissen? Beziehen Sie alles mit ein, was Sie in bezug auf Prinz Friedrichs Tod für relevant halten, aber vergeuden Sie nicht Ihre Zeit oder die des Gerichts mit Belanglosem.«

Zum Zeichen des Einverständnisses neigte Zorah den Kopf ein klein wenig und begann mit ihrer tiefen, klaren und einzigartig schönen Stimme:

»Vor dem Unfall verbrachten wir unsere Zeit mit den üblichen Zerstreuungen einer Landgesellschaft. Wir standen auf, wann es uns beliebte. Da es Frühling und gelegentlich noch recht kalt war, kamen wir oft erst herunter, wenn die Bediensteten eingeheizt hatten. Gisela frühstückte ohnehin immer in ihrer Suite, und Friedrich blieb meistens oben, um ihr Gesellschaft zu leisten.«

Zwei Geschworene verzogen amüsiert das Gesicht, bissen sich aber sogleich auf die Lippen und liefen vor Verlegenheit rot an.

»Nach dem Frühstück unternahmen die Herren einen Waldspaziergang oder Ausritt. Bei schlechtem Wetter unterhielten sie sich im Raucherzimmer, spielten Billard, gingen in die Waffenkammer oder zogen sich zum Reden in die Bibliothek zurück. Rolf, Stephan und Florent sprachen ziemlich oft miteinander. Die Damen gingen bei schönem Wetter viel im Garten spazieren, schrieben Briefe, malten, musizierten, lasen oder tauschten Erzählungen und Klatsch aus.«

Gemurmel erhob sich im Saal, vielleicht aus Neid.

»Manchmal machten wir zur Mittagszeit ein Picknick. Die Köchin packte uns alles in einen Korb, und ein Diener brachte es uns in einem Wägelchen. Wir ließen es uns auftragen, wo es uns gerade gefiel: an einem Flußufer, auf einer Lichtung oder auf einem offenen Feld im Schatten einer Baumgruppe.«

»Das klingt ja sehr reizvoll«, bemerkte Rathbone.

Harvester löste sich von seinem Stuhl. »Aber irrelevant, Euer Ehren. Die meisten von uns wissen bereits, wie die Wohlhabenden ihre Freizeit auf dem Land verbringen. Gräfin Rostova wird doch bestimmt nicht unterstellen wollen, daß diese Lebensweise zum Tod des Prinzen geführt hat.«

»Ich werde nicht zulassen, daß unsere Zeit über Gebühr verschwendet wird, Mr. Harvester«, brummte der Richter. »Aber ich möchte Gräfin Rostova noch etwas mehr Raum für ihre Schilderung zugestehen, damit wir uns ein genaueres Bild als bisher von diesem Haus machen können.« Er wandte sich an die

Zeugin. »Fahren Sie bitte fort, Ma'am. Aber vergessen Sie nicht, wir erwarten, daß es sich auf den Tod des Prinzen bezieht.«

»Das ist bereits der Fall, Euer Ehren«, entgegnete Zorah ernst. »Wenn ich noch einen Tag detailliert beschreiben darf, wird der Zusammenhang für jedermann erkennbar. Verstehen Sie, nicht ein bestimmter Vorfall im Haus war die Ursache, sondern eine Vielzahl von kleinen Begebenheiten, die sich im Laufe der Jahre zu einer gewaltigen Last anhäuften, die zu schultern der Wille fehlte.«

Der Richter wirkte etwas verwirrt, und die Geschworenen schienen überhaupt nichts mehr zu verstehen.

Harvesters Blick wanderte von Zorah zu Rathbone und schließlich zu Gisela. Die saß bleich und wie festgefroren auf ihrem Stuhl.

Der Richter nickte. »Fahren Sie fort, Gräfin Rostova.«

»Es war vor dem Unfall; ich weiß nicht mehr, wie viele Tage, aber das ist nicht von Belang«, erklärte Zorah, ohne jemand Bestimmten anzusehen. »Es war naß, und es ging ein heftiger Wind. Ich war früh aufgestanden und schon im Garten gewesen. Ich habe nichts gegen Regen. Die Narzissen waren wunderschön! Haben Sie schon mal nasse Erde nach einem Regenschauer gerochen?« Sie schien sich direkt an den Richter zu wenden, wartete aber nicht dessen Antwort ab. »Gisela stand wie immer spät auf, und Friedrich kam mit ihr herunter. Er ging so dicht hinter ihr, daß er ihr versehentlich auf den Rocksaum trat, als sie in der Tür zögerte. Sie fuhr herum und sagte etwas zu ihm. Ich kann mich nicht genau an die Worte erinnern, aber sie war verärgert. Die Situation war etwas peinlich, weil sich Brigitte von Arlsbach und Lady Wellborough im Zimmer aufhielten.«

Rathbone atmete tief durch. Er sah, daß die Geschworenen angewidert den Mund verzogen, wußte aber nicht, wem das nun galt. Wem glaubten sie? Zorah oder Gisela? Hoffentlich hatte Hester recht! Alles hing von diesem einen Umstand und den Schlußfolgerungen, die sie daraus gezogen hatte, ab.

»Bitte fahren Sie fort, Gräfin Rostova«, sagte er mit brüchiger Stimme. »Der Rest dieses typischen Tages bitte.«

»Brigitte ging zum Lesen in die Bibliothek. Ich glaube, allein war sie immer ganz glücklich. Lady Wellborough und Evelyn von Seidlitz verbrachten den Vormittag im Boudoir. Ich könnte mir vorstellen, daß sie plauderten. Sie klatschen für ihr Leben gern. Gisela bat Florent, sie ins Dorf zu begleiten. Das wunderte mich allerdings, denn es regnete, und sie haßt Regenwetter. Ihm geht es in dieser Hinsicht wohl ähnlich, aber er war zu sehr Kavalier, um abzulehnen. Nun, sie hatte ihn vor allen anderen darum gebeten, so daß ihm kaum eine andere Wahl blieb. Friedrich bot ihr an, mit ihr zu fahren, aber sie entgegnete spitz, daß Rolf ja schon um ein Gespräch mit ihm gebeten habe und er darum bleiben und ihm den Gefallen tun solle.«

»Es schien sie nicht zu stören, daß Friedrich sich allein mit Graf Lansdorff unterhielt?« fragte Rathbone mit gespieltem Erstaunen.

»Im Gegenteil, sie forderte ihn praktisch dazu auf!« antwortete Zorah mit einem dezenten Kopfschütteln, aber ohne eine Sekunde zu zögern.

»Kann es sein, daß sie den Grund für Graf Lansdorffs Anwesenheit nicht kannte?«

»Das kann ich mir nicht vorstellen. Dumm war sie noch nie. Ihr ist wie allen von uns die politische Lage in Felzburg und dem Rest von Deutschland sehr wohl bewußt. Sie lebt in Venedig, und Italien steht unmittelbar vor dem Kampf um seine Vereinigung und die Unabhängigkeit von Österreich.«

»Wir haben gehört, daß sie sich nicht für die Politk interessiert«, bemerkte Rathbone.

Zorah starrte ihn voller unverhohlender Ungeduld an. »Sich nicht für Politik zu interessieren ist nicht ganz dasselbe, wie zu verkennen, was vor sich geht und das eigene Überleben betreffen kann. Das, was sie ruinieren könnte, hat Gisela noch nie kaltgelassen.«

Gemurmel im Saal. Einer der Geschworenen beugte sich vor.

Rathbone zog die Augenbrauen hoch. »Sie ruinieren?«

Zorah stützte sich auf die Brüstung. »Wenn Friedrich ohne sie zurückgekehrt wäre, wäre sie nicht nur eine geschiedene Frau gewesen, vielmehr wäre sie vor aller Öffentlichkeit fallengelassen worden. Zum Leben hätte sie nur noch das gehabt, was er ihr von sich aus gegeben hätte. Aber seine Zuwendungen waren alles andere als sicher. Sein ganzes Vermögen stammt aus seinen Ländereien daheim. Viele davon liegen an der Grenze zu Preußen. Sollte es einen Unabhängigkeitskrieg geben, wäre Klaus von Seidlitz nicht der einzige, der einen Großteil seiner Besitztümer verlöre. Dessen war sie sich sehr wohl bewußt.« Ein eisiges Lächeln kroch über ihr Gesicht. »Nur weil eine Frau ihr Leben mit Vergnügungen verbringt, sich wie eine Göttin kleidet, Juwelen sammelt und mit anderen Reichen dem Müßiggang frönt, heißt das doch nicht, daß ihr die Herkunft des Geldes nicht bekannt ist und sie seinen regelmäßigen Eingang nicht aufmerksam verfolgt.«

Wieder entstand Unruhe im Saal. Ein Mann machte seiner Meinung mit einem häßlichen Kommentar Luft.

»Ist das Ihre Schlußfolgerung, Gräfin Rostova?« fragte Rathbone, ohne auf das Publikum zu achten. »Oder wissen Sie das aufgrund eigener Beobachtungen?«

»Ich habe Friedrich in ihrer Gegenwart davon sprechen hören. Sie wollte keine Details wissen, aber sie ist alles andere als naiv. Der Rest ergibt sich daraus zwangsläufig.«

»Und es störte sie nicht, ja, sie war sogar darauf aus, daß Friedrich und Graf Lansdorff eine Unterredung unter vier Augen führten?«

Zorah sah ihn verblüfft an, als verstünde sie Giselas damalige Reaktion selbst im nachhinein nicht. »Richtig. Sie forderte ihn dazu auf.«

»Und er? Führte er das Gespräch?«

»Selbstverständlich.«

Im Saal herrschte Stille. Jeder lauschte gespannt.

»Kennen Sie das Ergebnis des Gesprächs?«

»Graf Lansdorff erklärte mir, Friedrich würde nur unter der Bedingung zurückkehren, daß er Gisela als seine Frau und spätere Königin mitbringen könne.«

Einer der Geschworenen stieß einen Seufzer aus.

»Hegte Graf Lansdorff die Hoffnung, daß Friedrich zum Nachgeben bewegt werden könne?« setzte Rathbone nach.

»So gut wie nicht.«

»Aber er wollte es versuchen?«

»Natürlich.«

»Gelang es ihm Ihres Wissens?«

»Nein. Bis zum Zeitpunkt seines Unfalls war Friedrich unerbittlich. Er glaubte stets, daß das Land sie zusammen aufnehmen würde. Daran hatte er sein ganzes Leben lang geglaubt. Aber natürlich hatte er sich getäuscht.«

»Äußerte er je den Wunsch, Graf Lansdorff solle nachgeben?«

»Davon habe ich nie etwas gehört. Er sagte schlichtweg, daß eine Rückkehr ohne Gisela für ihn nicht in Frage käme, egal was das Land brauchte oder was die Leute für seine Pflicht hielten. Er glaubte, er könne sich durchsetzen.« Zorah sprach mit tonloser Stimme, doch unwillkürlich verzog sie voller Verachtung das Gesicht.

Harvester flüsterte Gisela etwas ins Ohr, aber da sie nicht reagierte, verzichtete er auf einen Einspruch.

»Ich verstehe«, sagte Rathbone. »Und der Rest des Tages, Gräfin Rostova?«

»Das Wetter wurde besser. Wir aßen Mittag, und danach ritten ein paar von den Männern aus. Gisela schlug Friedrich vor, er solle mitreiten, aber er blieb lieber bei ihr. Ich glaube, sie spazierten durch die Gärten und spielten später Krocket.«

»Nur er und sie?«

»Ja. Gisela bat zwar Florent, sie zu begleiten, aber er hatte das Gefühl, er würde sie stören.«

»Prinz Friedrich scheint seiner Frau ja sehr ergeben gewesen zu sein. Wie konnte da Graf Lansdorff oder sonst jemand im

Ernst glauben, er würde sich von ihr trennen und den Rest seines Lebens ohne sie verbringen?«

»Das weiß ich nicht«, antwortete sie mit einem dezenten Kopfschütteln. »Er lebt ja nicht in Venedig. Er hatte sie seit Jahren nicht mehr aus der Nähe gesehen. Niemand hätte eine solche Ehe für möglich gehalten, es sei denn, er wäre Augenzeuge gewesen. Friedrich schien kaum in der Lage, etwas ohne Gisela zu tun. Wenn sie das Zimmer verließ, spürte man, daß er auf sie wartete. Er fragte sie in allem um ihre Meinung, wartete auf ihr Lob und hing von ihrer Zustimmung ab.«

Rathbone zögerte. Kam die Frage zu früh? Hatte er sie schon genügend vorbereitet? Vielleicht nicht. Er mußte aber ganz sicher sein. Er spähte zu den Geschworenen hinüber. Sie wirkten verwirrt. Das hieß, er mußte noch warten.

»Sie spielten also den ganzen Nachmittag lang zusammen Krocket?«

»Ja.«

»Und die übrigen Gäste?«

»Ich verbrachte den Nachmittag mit Stephan von Emden. Was die anderen trieben, weiß ich nicht genau.«

»Aber bei Friedrich und Gisela sind Sie sich sicher?«

»Ja. Dort, wo ich war, konnte ich den Krocketrasen sehen.«

Harvester stand auf. »Euer Ehren, die Zeugin bestätigt doch nur, was die ganze Welt weiß, nämlich daß Prinz Friedrich und Prinzessin Gisela einander ergeben waren. Wir alle haben ihre Romanze, ihre Liebe und das Opfer, das sie sie gekostet hat, verfolgt. Wir haben uns mit ihnen gefreut und mit ihnen geweint. Und nach zwölf Jahren einer einzigartigen Ehe wissen wir, daß ihre Liebe nie nachließ. Wenn das überhaupt möglich ist, war sie sogar noch tiefer, noch umfassender geworden. Gräfin Rostova selbst räumt ein, daß Prinz Friedrich nie ohne seine Frau heimgekehrt wäre.« Er deutete mit ausladender Geste auf die im Zeugenstand wartende Zorah. »Sie hat gesagt, daß sie nicht verstehen kann, wie Graf Lansdorff sich so täuschen und weiter auf den Erfolg seiner Mission hoffen konnte. Sie hat bestätigt, daß er keine anderen Pläne hatte, Friedrich doch noch zum Einlenken zu bewegen. Prinzessin Gisela war physisch nicht in der Lage, ihren Mann zu vergiften. Abgesehen davon hatte sie keinerlei Motiv dafür! Die Verteidigung verschwendet unser aller Zeit, wenn sie mir meine Argumente beweist. Ich weiß das zu schätzen, aber es ist nicht nötig. Ich habe den Beweis ja schon selbst geführt!«

»Sir Oliver?« fragte der Richter. »Ihre Abschweifung ist doch gewiß nicht so sinnlos, wie sie aussieht?«

»Nein, Euer Ehren. Könnte das Gericht sich noch ein bißchen gedulden?«

»Ein bißchen, Sir Oliver. Ein kleines bißchen.«

»Danke, Euer Ehren.« Rathbone deutete eine Verneigung an und wandte sich wieder Zorah zu. »Gräfin Rostova, kommen Sie bitte zum Abend.« Er hatte gehofft, diese Frage würde sich erübrigen, doch jetzt hatte er keine anderen Waffen mehr. »Was geschah am Abend?«

»Es gab eine Dinnerparty. Danach vergnügten wir uns mit Spielen. Es waren mehrere Gäste gekommen, darunter auch der Prince of Wales und das Ehepaar, bei dem er nur wenige Meilen von Wellborough Hall zu Gast war. Das Essen war vorzüglich; es gab neun oder zehn Gänge und dazu eine hervorragende Auswahl an Weinen. Alle Frauen trugen ihre besten Kleider und Juwelen. Wie immer stellte Gisela uns alle in den Schatten, eingeschlossen Brigitte von Arlsbach. Andererseits war Brigitte noch nie auf Prunk bedacht, obwohl sie die reichste Person in unserem Kreis war.«

Während sie die Ereignisse in sich wachrief, war ihr Blick starr auf die holzvertäfelte Decke über der letzten Zuschauerbank in der Galerie gerichtet. Im Saal herrschte längst wieder Stille. Die Leute reckten die Hälse, um sich kein Wort entgehen zu lassen.

»Gisela sprühte an diesem Abend vor Witz«, fuhr Zorah mit gepreßter Stimme fort. »Sie brachte uns in einem fort zum Lachen, insbesondere den Prince of Wales. Er fand sie ungemein attraktiv und zeigte ihr das auch deutlich. Ganz offenbar genoß sie seine Aufmerksamkeit und wurde mit ihren Bemerkungen immer wagemutiger – aber nie vulgär; ich habe sie nie vulgär erlebt. Aber sie konnte ausgesprochen unverblümt bei den Schwächen der anderen sein. Sie spürte genau, wo die Leute verletzbar waren.«

»Das klingt ja ein bißchen grausam«, warf Rathbone dazwischen.

»Es ist extrem grausam«, verbesserte sie ihn. »Aber wenn man so etwas mit genügend Witz vorbringt, kann es sehr lustig sein – nur eben nicht für das Opfer.«

»Und wer war an diesem Abend das Opfer?«

»Meistens Brigitte. Das war wahrscheinlich der Grund, warum Stephan und Florent nie lachten. Aber die anderen wieherten! Ich nehme an, sie begriffen die Hintergründe nicht. Und der Wein floß in Strömen. Warum sollten sie sich auch um die Gefühle einer Baronin aus irgendeinem obskuren deutschen Fürstentum scheren, wenn eine der schillerndsten Gestalten Europas an der Tafel Hof hielt?«

Rathbone äußerte seine Meinung dazu nicht. Er hatte einen Knoten im Magen. Jetzt kam gleich der schlimmste Moment, doch mit einem Verzicht darauf wäre seine Niederlage besiegelt.

»Und nach dem Dinner, Gräfin Rostova?« Seine Stimme klang fast fest. Nur die in der Galerie sitzenden Hester und Monk spürten, wie ihm zumute war.

»Nach dem Dinner spielten wir«, antwortete Zorah mit einem leisen Lächeln.

»Was spielten Sie? Karten? Spiele? Billard? Farcen?«

Der Richter sah Zorah stirnrunzelnd an.

Zorahs verzog die Lippen. »Nein, Sir Oliver, es ging etwas physischer zu. Ich kann mich nicht an jedes Spiel erinnern, aber auf alle Fälle spielten wir Blinde Kuh. Wir banden dem Prince of Wales die Augen zu, und er fing mehrere Frauen. Wir purzelten recht oft gemeinsam auf einem der Sofas oder auf dem Boden herum.«

Harvester sprang auf.

»Ja, ja«, stimmte der Richter zu. »Ihre Absicht, Sir Oliver? Junge Leute treiben nun mal Spiele, die einigen von uns derb und fragwürdig erscheinen mögen.« Er versuchte, die Situation zu retten, vielleicht sogar Rathbone vor einem Fehler zu bewahren, und der Kronanwalt wußte das auch.

Einen Moment lang zögerte Rathbone. Noch war ein Entkommen möglich – und damit die Niederlage unausweichlich, nicht nur für Zorah, sondern für die Wahrheit.

»Ich verfolge damit eine Absicht, Euer Ehren«, versicherte er dem Richter hastig. »Der Rest des Abends bitte, Gräfin Rostova.«

»Wir spielten auch Schnapp dir den Fingerhut«, erzählte sie gehorsam. »Er war immer an extrem peinlichen Stellen versteckt…«

»Hatte irgend jemand Einwände?«

»Ich glaube, nein. Brigitte spielte nicht mit, und Rolf wohl auch nicht. Brigitte fiel ohnedies auf, weil sie den ganzen Abend nüchtern blieb. Gegen Mitternacht spielten wir dann Pferderennen.«

»Pferderennen?« fragte der Richter verdattert.

»Die Männer krabbelten auf Händen und Füßen herum, und die Frauen saßen rittlings auf ihnen.«

»Und so veranstaltete man Rennen?«

»Nun, um Schnelligkeit ging es nicht so sehr. Es wurde viel gelacht, um diese Zeit auch schon etwas hysterisch. Wir stürzten ziemlich oft.«

»Ich verstehe.« Die angewiderte Miene des Richters ließ erkennen, daß er tatsächlich verstanden hatte.

»Prinzessin Gisela nahm an dieser Belustigung teil?« drängte Rathbone. »Und Prinz Friedrich? Der auch?«

»Natürlich.«

»Gisela war also bester Laune? War sie restlos glücklich?«

Zorah legte nachdenklich die Stirn in Falten. »Das glaube ich eigentlich nicht.«

»Aber Sie haben doch gesagt, daß sie an... der Vergnügung teilnahm«, protestierte Rathbone.

»Sie war..., sie ritt auf dem Prince of Wales und... stürzte.«

Ein Auflachen im Saal, das sofort erstickt wurde.

»Betrübte oder ärgerte Prinz Friedrich die Aufmerksamkeit, die ihr zuteil wurde?« fragte Rathbone, dessen Lippen wie ausgetrocknet waren.

»Nein«, erwiderte Zorah. »Er genoß es, sie im Mittelpunkt der Heiterkeit und Bewunderung zu sehen. Eifersüchtig war er deswegen nie, und falls Sie nun glauben, er befürchtete, daß sie allzu willig den Avancen der anderen nachgeben würde, haben Sie sich getäuscht. Das tat sie nie. Kein einziges Mal habe ich gesehen, daß sie sich Männern gegenüber unschicklich verhalten hätte. Auch habe ich von niemandem Gegenteiliges gehört. Sie waren permanent zusammen und sprachen immer miteinander. Oft saß er ganz nahe bei ihr und berührte bei jeder Gelegenheit ihre Hand.«

Die Zuschauer rutschten unruhig auf ihren Stühlen herum.

Und der Richter und Harvester schienen ihren Ohren nicht zu trauen. Sagte die Angeklagte etwa zugunsten der Klägerin aus?

»Und doch sind Sie sicher, daß Gisela nicht glücklich war?« fragte Rathbone in dem ungläubigsten Ton, den er zuwegebrachte. »Wie kommen Sie darauf? Man sollte meinen, sie hätte alles gehabt, was eine Frau begehren kann.«

Wut, aber auch Mitleid jagten in raschen Folge über Zorahs Gesicht und verdrängten alle anderen bis dahin gezeigten Gefühle. »Ich sah sie allein oben auf dem Treppenabsatz stehen«, antwortete sie zögernd. »Das Licht schien ihr ins Gesicht, und ich stand unten im Schatten. Sie ahnte nicht, daß ich sie beobachtete. Einen Moment lang sah sie wie eine Gefangene aus, wie ein Tier in einem Käfig. Die Miene, die sie machte, war entsetzlich. Solch schreckliche Hoffnungslosigkeit habe ich noch nie bei einem Menschen erlebt. Es war abgrundtiefe Verzweiflung...«

Ungläubiges Schweigen breitete sich aus. Sogar der Richter zeigte sich betroffen.

»Dann ging hinter mir eine Tür auf«, berichtete Zorah fast im Flüsterton weiter. »Sie hörte das Geräusch, und dieser Gesichtsausdruck löste sich jäh auf. Sie zwang sich zu einem Lächeln und kam voller gekünstelter Lebensfreude die Treppe herunter. Und ihre Stimme war schrill.«

»Kannten Sie den Grund dieser Emotion, Gräfin?«

»Damals nicht. Ich sagte mir, sie habe vielleicht Angst, Friedrich würde am Ende doch noch dem Druck seiner Familie und der Pflicht erliegen und ohne sie nach Felzburg zurückkehren. Trotzdem reichte das nicht als Erklärung für diese Panik, die ich auf ihrem Gesicht sah, als ob sie… in einer Falle gefangen wäre und sich verzweifelt gegen etwas wehrte, das sie umklammerte und erstickte. Sie wäre die letzte Frau auf der Welt, für die ich Mitleid übrig hätte, und doch kann ich den Ausdruck ihrer Augen, als sie damals dort oben stand, bis heute nicht vergessen.«

Kein Laut war im Saal zu hören. Die Spannung war schier mit Händen zu greifen.

»Und der Rest des Abends?« half Rathbone nach.

»Wir tranken, spielten, lachten und machten gewagte Witze und grausame Bemerkungen über Leute, die wir alle kannten oder zu kennen glaubten. Gegen vier Uhr am Morgen gingen wir ins Bett, einige in ihr eigenes, andere nicht.«

Immer lauter äußerte das Publikum seinen Unmut, und die Geschworenen fühlten sich sichtlich unbehaglich. Sie mißbilligten, daß man sich derart abfällig über Höherstehende ausließ. Selbst wenn sie es nicht bestritten, so wollten sie doch nicht gezwungen werden, es sich einzugestehen. Einigen von ihnen stand der Schock geradezu ins Gesicht geschrieben.

»Und das war ein typischer Tag?« fragte Rathbone müde.

»Ja.«

»War der Ablauf jedesmal derselbe?«

»Bis auf ein, zwei Details verliefen mehr oder weniger alle

Tage so ähnlich«, antwortete Zorah. Sie stand immer noch stockgerade und mit erhobenem Kopf da, obwohl sie den Blick senken mußte, weil alles sich unter ihr abspielte. »Wir aßen und tranken, wir ritten aus oder unternahmen Fahrten mit Kutschen oder Gigs. Wir lieferten uns kleine Rennen. Es gab Picknicks und Partys. Wir spielten Krocket. Die Männer schossen Vögel. Ein- oder zweimal ruderten wir auf dem Fluß. Wir gingen im Wald oder im Garten spazieren. Die Männer spielten Karten oder Billard und rauchten. Und natürlich schlossen sie auf alles mögliche Wetten ab – wer beim Kartenspielen gewinnen würde oder welcher Diener auf die Glocke reagieren würde. Am Abend gab es musikalische oder theatralische Darbietungen, oder wir spielten Spiele.«

»Und Friedrich und Gisela waren einander immer so ergeben, wie Sie es beschrieben haben?«

»Immer.«

Harvester stand auf. »Euer Ehren, das Privatleben dieser Leute geht doch niemanden etwas an! Außerdem sind das unbewiesene und immer noch absolut irrelevante Behauptungen!«

Rathbone wartete nicht die Reaktion des Richters ab, sondern machte eilig weiter. »Gräfin Rostova! Haben Sie Prinz Friedrich nach dem Unfall in seiner Suite besucht?«

»Einmal.«

»Würden Sie uns bitte den Raum beschreiben?«

»Euer Ehren!« rief Harvester.

»Es ist sehr wohl relevant!« überschrie ihn Rathbone. »Ich versichere dem Gericht, daß wir einen entscheidenden Punkt erreicht haben!«

Das Hämmern des Richters ging in der Aufregung unter.

»Euer Ehren!« Harvester war nicht mehr zu bezähmen. Wütend baute er sich vor Rathbone auf. »Diese Aussage ist allein schon wegen der Umstände anfechtbar! Die Zeugin hat nur das Interesse, sich noch zu retten. Nichts von dem, was sie angeblich gesehen ...«

»Sie können nichts anfechten, bevor Sie es gehört haben!« rief

Rathbone erregt. »Es muß ihr gestattet sein, sich zu verteidigen.«

»Nicht, wenn …«

Der Richter hielt beide Hände in die Höhe. »Ruhe!« donnerte er.

Die zwei Anwälte verstummten.

»Sir Oliver«, fuhr der Richter in normalem Ton fort, »hoffentlich wollen Sie die ohnehin schon prekäre Lage Ihrer Mandantin nicht noch durch zusätzliche Verleumdungen weiter verschlechtern.«

»Euer Ehren, das habe ich gewiß nicht vor«, entgegnete Rathbone heftig. »Gräfin Rostova wird nichts sagen, was nicht durch andere Zeugen bestätigt werden kann.«

»Dann kann es nicht so wichtig sein, wie Sie behaupten« rief Harvester triumphierend. »Wenn andere Zeugen dasselbe sagen können, warum haben sie es dann nicht schon getan?«

»Bitte setzen Sie sich, Mr. Harvester«, forderte ihn der Richter streng auf. »Gräfin Rostova wird ihre Aussage beenden. Sobald Sir Oliver mit ihr fertig ist, erhalten Sie die Gelegenheit, Ihrerseits Fragen zu stellen. Sollte sie sich rufschädigend über Ihre Mandantin äußern, steht Ihnen das Mittel offen, das Sie soeben benutzen wollten. Fahren Sie fort, Sir Oliver. Aber verschwenden Sie unsere Zeit nicht, und zwingen Sie uns bitte nicht, moralische Urteile über Dinge zu fällen, die nichts mit Prinz Friedrichs Tod zu tun haben. Wir wollen wissen, ob Ihre Mandantin die ungeheuerliche Anschuldigung, die sie erhoben hat, begründen kann oder nicht. Ausschließlich dazu sind Sie befugt. Haben Sie mich verstanden?«

»Sehr wohl, Euer Ehren. Gräfin Rostova, würden Sie bitte die Suite beschreiben, die Prinz Friedrich und Prinzessin Gisela während ihres Aufenthalts in Wellborough Hall bewohnten?«

Überall war enttäuschtes Geflüster zu hören. Die Zuschauer hatten mit etwas weitaus Spannenderem gerechnet.

Sogar Zorah wirkte perplex, doch sie gehorchte.

»Sie hatten ein Schlafzimmer, ein Umkleidezimmer und einen

Salon. Und natürlich hatten sie ein privates Bad und ein Wasserklosett, das ich allerdings nie sah. Auch das Umkleidezimmer wurde mir nie gezeigt.« Sie sah Rathbone fragend an, als verstünde sie den Sinn des Ganzen nicht.

Er nickte ihr zu. »Würden Sie bitte das Schlafzimmer und den Salon beschreiben?«

Harvester wurde schon wieder unruhig, und auch der Richter verlor langsam die Geduld. Die Geschworenen wiederum schienen zu rätseln, wie es möglich war, daß der Prozeß von dramatischer Spannung zu totaler Banalität absinken konnte.

Zorah blinzelte. »Der Salon war recht groß. Er hatte zwei Erkerfenster, die nach Osten gingen, ich glaube mit Blick auf ein Stück Garten.«

»Euer Ehren!« Harvester sprang erneut auf. »Das kann doch unmöglich von Belang sein! Will mein gelehrter Freund etwa unterstellen, Prinzessin Gisela sei irgendwie aus dem Fenster zur Eibenallee hinuntergeklettert? Das wird nun wirklich absurd. Hier wird eindeutig Schindluder mit der Zeit und der Kompetenz des Gerichts getrieben!«

»Gerade weil ich die Kompetenz des Gerichts achte, verzichte ich darauf, meine Zeugin zu führen, Euer Ehren«, setzte sich Rathbone verzweifelt zur Wehr. »Sie weiß nicht, welche Beobachtung die kritische ist, die das ganze Verbrechen erklären wird. Und was die Zeit betrifft, so würden wir weit weniger verschwenden, wenn Mr. Harvester mich nicht permanent unterbräche!«

»Ich gestehe Ihnen noch fünfzehn Minuten zu, Sir Oliver«, warnte ihn der Richter. »Wenn Sie bis dahin nichts für diesen Fall Relevantes zutage fördern, werde ich Mr. Harvesters Einspruch stattgeben.« Er wandte sich an Zorah. »Bitte fassen Sie sich so kurz wie möglich, Gräfin Rostova. Fahren Sie fort.«

»Der Teppich war französisch, zumindest dem Muster nach. Wie auch die Vorhänge wies er mehrere Rot- und Rosaschattierungen auf. Es gab eine Reihe von Sesseln; allerdings weiß ich nicht mehr, wie viele genau. Sie waren in den passenden Farben gepolstert. In der Mitte des Zimmers stand ein kleiner Walnußholztisch. An der Wand gegenüber dem Fenster stand ein Sekretär. Ansonsten fällt mir nichts mehr ein.«

»Blumen?« fragte Rathbone.

Harvester stieß ein deutlich vernehmbares angewidertes Ächzen aus.

»Ach ja.« Zorah legte die Stirn in Falten. »Maiglöckchen. Das waren Giselas Lieblingsblumen. In der Blütezeit hatte sie immer welche im Zimmer. In Venedig hatte sie sie eigens für sich in einem Gewächshaus anbauen lassen, damit sie sie schon am Ende des Winters haben konnte.«

»Maiglöckchen?« wiederholte Rathbone. »Ein Strauß Maiglöckchen? In einer Vase mit Wasser?«

»Natürlich! Ohne Wasser wären sie schnell eingegangen. Sie waren nicht in einen Topf gepflanzt worden, wenn Sie das meinen. Sie hatte sie sich vom Gärtner schneiden und bringen lassen.«

»Danke, Gräfin Rostova. Ihre Beschreibung genügt mir.«

Der ganze Saal schnappte verdattert nach Luft. Erst hatten die Wogen so hoch geschlagen, und auf einmal passierte überhaupt nichts mehr. Die Leute sahen einander ungläubig an.

Die Blicke der Geschworenen wanderten von Zorah zum Richter und schließlich zu Harvester.

»Und das soll relevant sein?« rief dieser mit jäh anschwellender Stimme.

Rathbone wandte sich lächelnd wieder an Zorah. »Gräfin, es wurde angedeutet, Sie seien auf die Prinzessin eifersüchtig, weil sie Sie damals in Friedrichs Gunst verdrängte und Sie darum diese bizarre Form der Rache ausgesonnen hätten. Sind Sie eifersüchtig auf Gisela, weil er sie heiratete und nicht Sie?«

In rascher Abfolgte huschten die verschiedensten Emotionen über Zorahs Gesicht: ungläubiges Staunen, Verachtung, ein Anflug von bitterer Belustigung und – so plötzlich wie überraschend – Mitleid. »Nein«, sagte sie sanft. »Es gibt nichts im Himmel oder auf Erden, das mich dazu bringen könnte, mit ihr zu tauschen. Sie wurde von ihm erdrückt und war für immer in der Legende gefangen, die sie selbst geschaffen hatte. Vor der Welt waren sie große Liebende, Magier, die das erreicht haben, wovon so viele von uns nur träumen. Dem verdankte Gisela ihren Ruhm, ihren Status. Es definierte ihre Identität. Allein wäre sie niemand, wäre sie nichts gewesen. Egal, wie sehr er von ihr abhing, sich an sie klammerte oder aus ihr das Leben saugte, sie konnte ihn nie verlassen, durfte nie vor anderen böse auf ihn werden. Sie hatte sich einen Mythos geschaffen und war nun für immer darin gefangen; sie wurde leergesaugt, doch sie mußte permanent lächeln, ständig eine Rolle spielen. Damals auf dem Treppenabsatz verstand ich ihren Gesichtsausdruck nicht. Ich wußte, daß sie ihn haßte, aber ich verstand nicht, warum. Bis es mir gestern abend schlagartig klar wurde. Ich unterhielt gerade mich mit jemandem, als ich sie plötzlich als Gefangene in dieser Rolle sah, die sie sich selbst so großartig auf den Leib geschneidert hatte. Da begriff ich jäh, warum sie auf die einzige ihr mögliche Weise ausbrach. Sie war eine kalte, ehrgeizige Frau und bereit, die Liebe eines Mannes für ihre Ziele zu benutzen, aber dieses lebenslange Dahinvegetieren in einem goldenen Kerker würde ich keinem Menschen wünschen. Zumindest... glaube ich das. Schließlich machte dieser Unfall Friedrich zum Krüppel. Er hätte sich nie mehr frei bewegen, nie mehr ihr Begleiter sein können. Damit war das letzte Fenster in ihrer Zelle zugefallen, und sie war unwiderruflich zu totaler Gefangenschaft zusammen mit ihm verdammt.«

Stille im Saal. Niemand rührte sich.

»Danke, Gräfin«, sagte Rathbone. »Ich habe keine weiteren Fragen an Sie.«

Mit einem Schlag war der Bann gebrochen. Erst gab es nur dumpfes Gemurmel, dann brach ein Sturm der Empörung los. Die Leute waren verunsichert und bestürzt. Zu viele Träume waren zerstört worden, und das tat weh.

Harvester sagte etwas zu Gisela, die aber keine Antwort gab. Schließlich erhob er sich. »Gräfin Rostova, hat abgesehen von Ihnen sonst noch jemand dieses Entsetzen, diese grenzenlose Verzweiflung bei einer der beliebtesten und glücklichsten Frauen der Erde bemerkt? Oder sind Sie mit Ihrer erstaunlichen Beobachtung mutterseelenallein?«

Zorah sah ihm direkt in die Augen. »Ich habe keine Ahnung«, sagte sie ruhig.

»Aber niemand hat Ihnen je auch nur den verstecktesten Hinweis darauf gegeben, daß er ähnlich wie Sie dieses in guten wie in schlechten Zeiten zwölf Jahre lang bei Tag und Nacht währende Glück durchschaut und Anzeichen für die ihm angeblich innewohnende Katastrophe gesehen habe?« fragte Harvester in vor Sarkasmus triefendem Ton.

»Nein«, gab Zorah zu.

»Demnach haben wir nur Ihr Wort, Ihren messerscharfen Verstand, der Ihnen, und zwar Ihnen allein, die Sie im Augenblick als Zeugin, ansonsten aber moralisch als Angeklagte vor uns stehen und verzweifelt sind, die Erkenntnis dieses unglaublichen Umstands gestattet hat?«

Zorah hielt seinem Blick stand. Ihre Lippen kräuselten sich zu einem schwachen Lächeln. »Ich bin die erste, Mr. Harvester, werde aber nur noch kurze Zeit allein bleiben. Wenn ich etwas sehe, was Ihnen entgeht, so liegt das an zwei Vorteilen, die ich Ihnen gegenüber habe. Ich kenne Gisela weitaus länger als Sie; und ich bin eine Frau, was zur Folge hat, daß ich andere Frauen durchschauen kann, wie es Ihnen nie gelingen wird. Ist Ihre Frage damit beantwortet?«

»Ob andere Ihnen folgen werden, wird sich mit der Zeit erweisen, Gräfin«, erwiderte er kalt. »Hier und heute stehen Sie allein. Danke – wenn schon nicht für die Wahrheit, so doch wenigstens für eine höchst originelle Erfindung.«

Der Richter sah Rathbone fragend an.

»Keine weiteren Fragen, Euer Ehren«, erklärte dieser.

So wurde Zorah entlassen und kehrte an ihren Sitz zurück.

»Ich würde gerne noch einmal Lady Wellborough aufrufen, wenn es Euer Ehren recht ist«, beantragte Rathbone.

Mit bleichem Gesicht, das deutlich ihre Verwirrung und Angst verriet, trat Emma Wellborough nach vorne.

»Lady Wellborough«, begann Rathbone, »Sie waren während Gräfin Rostovas Aussage zugegen ...«

Sie nickte, und als sie merkte, daß das nicht genügte, bestätigte sie es mit zittriger Stimme.

»Ist Ihre Schilderung der Ereignisse in Ihrem Haus vor Friedrichs Unfall im wesentlichen richtig? Haben Sie so Ihre Tage verbracht?«

»Ja«, sagte sie sehr leise. »Aber ... aber es erschien uns nicht so ... so trivial, wie sie es hinstellt. Wir waren wirklich nicht so ... betrunken ...« Ihre Stimme erstarb.

»Wir fällen keine Urteile«, versicherte Rathbone ihr. Im selben Atemzug merkte er, daß das gelogen war. Alle in diesem Saal fällten Urteile, nicht nur über sie, sondern über ihre gesamte Klasse, über die Königsfamilien von Felzburg und auch von Großbritannien. »Das einzige, was wir wissen müssen«, fuhr er etwas heiser fort, »ist, ob Sie sich so die Zeit vertrieben und ob der Prinz und die Prinzessin tatsächlich auf sein Drängen hin permanent eine so enge Beziehung pflegten, wie es uns beschrieben wurde. Stimmt es, daß sie auszubrechen versuchte, um ein bißchen Zeit für sich allein oder mit anderen Menschen zu finden, aber durch sein Klammern und seine Forderungen daran gehindert wurde?«

Er sah ihr an, wie unangenehm ihr diese Situation war. War er zu weit gegangen?

Sie zögerte so lange, daß er den eigenen Herzschlag spürte. Sein Puls raste dahin. Er kam sich vor wie ein Fischer, der seine Beute nicht sofort an Land zieht. Bis zum letzten Moment konnte er noch alles verlieren.

»Ja«, gestand Lady Wellborough schließlich. »Ich beneidete sie. Für mich war ihre Ehe die größte Liebesgeschichte der Welt, das, wovon jedes Mädchen träumt ...« Sie gab ein abgehacktes Lachen von sich, das schnell erstickte. »Ein stattlicher Prinz ... Friedrich sah ja so gut ..., solche schönen Augen, und diese herrliche Stimme! ... Ein stattlicher Prinz, der sich leidenschaftlich in eine Frau verliebt, ihretwegen sogar zum Verzicht auf die Welt bereit ist, solange sie ihn nur liebt.« Tränen standen in ihren Augen. »Und dann davonsegeln und immer glücklich in einer so wunderbaren Stadt wie Venedig sein! Ich hätte das nie für ein Gefängnis gehalten, in dem man weder frei noch allein sein kann...« Sie hielt abrupt inne. Ein finsterer Gedanke schien sie zu überwältigen. »Wie... schrecklich!«

Harvester hatte sich erhoben, verzichtete aber auf eine Unterbrechung und setzte sich wieder stumm.

»Lady Wellborough«, sagte Rathbone nach kurzem Warten, »ist Gräfin Rostovas Beschreibung von Friedrichs und Giselas Zimmer zutreffend?«

»Ja.«

»Sahen Sie die Blumen mit eigenen Augen?«

»Sie meinen die Maiglöckchen? Ja, sie verlangte sie. Warum?«

»Das ist alles, danke. Wenn Mr. Harvester keine Fragen an Sie hat, können Sie gehen.« Er sah seinen Kontrahenten an.

Harvester schüttelte den Kopf. »Nein, im Moment sehe ich keinen Anlaß dazu.«

»Euer Ehren, dann rufe ich Dr. John Rainsford auf. Er ist mein letzter Zeuge.«

Dr. Rainsford war ein junger blonder Mann mit klugem, ausdrucksstarkem Gesicht, das sofort den Idealisten verriet. Auf Rathbones Bitte hin wies er sich als Arzt und Spezialist für Toxikologie aus.

»Dr. Rainsford«, begann Rathbone, »angenommen, Sie hätten einen Patienten mit den Symptomen Kopfschmerzen, Halluzinationen, kalte, klamme Haut, Magenschmerzen, Übelkeit, verlangsamter Herzschlag, der schließlich ins Koma verfiele und stürbe, wie lautete ihre Diagnose?«

»Eine ganze Reihe von Ursachen käme in Betracht«, antwortete der Arzt. »Als erstes müßte ich die Krankheitsgeschichte des Patienten wissen und klären, ob er irgendwelche Unfälle erlitten hat oder was er zuletzt gegessen hat.«

»Und wenn sich seine Pupillen geweitet hätten?«

»Dann würde ich eine Vergiftung vermuten.«

»Möglicherweise durch die Blätter oder die Rinde einer Eibe?«

»Durchaus denkbar.«

»Und wenn der Patient auch noch Hautflecken hätte?«

»Oh, dann kann das nicht die Eibe sein. Das klingt eher nach Maiglöckchen...«

Durch den Gerichtssaal ging ein Zischen. Der Richter beugte sich vor. Seine Züge waren angespannt, seine Augen weit aufgerissen. Die Geschworenen saßen auf einmal kerzengerade da. Harvester zerbrach, ohne es zu merken, den Bleistift in seiner Hand.

»Maiglöckchen?« sagte Rathbone mit Bedacht. »Sind die denn giftig?«

»Und ob! So giftig wie Eibe, Schierling und Tollkirsche. Und zwar alles: Blüten, Blätter und Zwiebeln. Selbst das Wasser, in dem die geschnittenen Blumen stehen, ist tödlich. Das Gift löst genau die von Ihnen beschriebenen Symptome aus.«

»Ich verstehe. Vielen Dank, Dr. Rainsford. Würden Sie sich bitte zur Verfügung halten, falls Mr. Harvester Fragen an Sie richten möchte?«

Harvester stand auf und holte tief Luft. Dann schüttelte er den Kopf und setzte sich wieder. Er sah mitgenommen aus.

Da beide Anwälte auf ein Schlußplädoyer verzichteten, zogen sich die Geschworenen zur Beratung zurück. Nach bereits zwanzig Minuten nahmen sie wieder auf ihrer Bank Platz.

»Wir befinden zugunsten der Beklagten, Gräfin Zorah Rostova«, erklärte ihr Sprecher mit blassem, betrübtem Gesicht. Als erstes sah er den Richter an, um sich zu vergewissern, daß er seine Pflicht ordnungsgemäß erfüllt hatte. Danach maß er Rathbone mit einem ernsten Blick, der seine ganze Ablehnung verriet. Schließlich setzte er sich wieder.

Niemand jubelte. Die Zuschauer hatten vielleicht nicht gewußt, wie die Verhandlung ausgehen würde, aber mit diesem Ende hatten sie nicht gerechnet. Die Wahrheit hinterließ einen schalen Nachgeschmack. Nach Triumphieren war keinem zumute. Zu viele Träume waren in den Schmutz gezogen worden und für immer zerbrochen.

Rathbone wandte sich an Zorah. »Sie hatten recht; sie hat ihn ermordet«, seufzte er. »Was wird nun aus dem Unabhängigkeitskampf? Wird man einen neuen Führer finden?«

»Brigitte«, antwortete sie. »Sie ist überaus beliebt, hat den nötigen Mut, die Überzeugungskraft und setzt sich mit bedingungsloser Leidenschaft für ihr Land ein. Rolf und die Königin werden hinter ihr stehen.«

»Aber wenn der König stirbt, wird Waldo auf den Thron folgen«, wandte Rathbone ein. »Ulrike wird dann einen Großteil ihrer Macht einbüßen.«

Zorah lächelte. »Glauben Sie nur das nicht! Ulrike wird immer mächtig sein. Die einzige, die ihr in etwa das Wasser reichen kann, ist Brigitte. Sie stehen auf derselben Seite. Trotzdem wird die Vereinigung kommen. Die Frage ist nur, wann und wie.«

Im Saal herrschte Aufbruchsstimmung. Die Zuschauer strebten unter allgemeinem Gemurmel zum Ausgang, als sich nun auch Zorah erhob. »Vielen Dank, Sir Oliver. Ich fürchte, meine Verteidigung ist Sie teuer zu stehen gekommen. Man wird Sie deswegen ganz gewiß nicht lieben. Sie haben den Leuten zuviel von den Dingen vor Augen geführt, die sie lieber nicht gewußt hätten. Sie haben den Reichen und Privilegierten einen Spiegel vorgehalten und ihnen, wie kurz auch immer, sehr viel mehr gezeigt, als ihnen lieb ist. Sie haben sie gezwungen, Teile von sich anzuschauen, die sie gerne ignoriert hätten. Und Sie haben die Träume gewöhnlicher Menschen zerstört, denen es gefällt, ja, die es sogar nötig haben, uns für bessere und klügere Menschen zu halten, als wir in Wahrheit sind. In Zukunft wird es ihnen schwerer fallen, unseren Reichtum und Müßiggang gleichmütig hinzunehmen. Trotzdem wird ihnen nichts anderes übrigbleiben, denn zuviel hängen auf die eine oder andere Weise von uns ab. Auch werden wir ihnen nicht vergeben, daß sie unsere Fehler gesehen haben.«

Ihre Züge wurden straffer. »Vielleicht hätte ich nicht den Mund aufmachen sollen. Vielleicht wäre es besser gewesen, wenn ich sie hätte davonkommen lassen. Womöglich hätte ich dann weniger Schaden angerichtet.«

Er ergriff sie am Arm. »Sagen Sie das nicht.«

Sie lächelte. »Weil es ein schwerer Kampf war? Und der Sieg uns zuviel gekostet hat? Das hat nichts damit zu tun, Sir Oliver. Der Preis und der Wert einer Sache sind zwei grundverschiedene Dinge.«

»Das weiß ich. Ich wollte Ihnen nur sagen, daß ich nichts davon halte, schweigend zuzusehen, wie ein hilfloser Mann ausgerechnet von dem Menschen ermordet wird, dem er mehr als allen anderen traute. An dem Tag, an dem wir so etwas akzeptieren, weil es unbequem ist, die Wahrheit dahinter anzuschauen, verdienen wir keine Achtung mehr.«

»Wie angemessen und englisch«, sagte sie in durchaus warmem Ton. »Diese Bemerkung paßt wie das i-Tüpfelchen zu Ihrer gestreiften Hose und Ihrem steifen weißen Kragen, aber Sie haben wahrscheinlich recht. Danke, Sir Oliver. Es war höchst unterhaltsam, Ihre Bekanntschaft zu machen.« Sie öffnete die Lippen zu einem breiten, warmen und strahlenden Lächeln, wie er es noch nie bei ihr gesehen hatte, wandte sich ab und rauschte mit wirbelnden scharlachroten und rostbraunen Röcken davon.

Ohne sie war der Saal dunkler. Rathbone wollte ihr folgen, doch das wäre eine Torheit gewesen. In ihrem Leben war kein Platz für ihn.

Monk und Hester standen nahe bei ihm.

»Brillant«, bemerkte Monk trocken. »Ein weiterer verblüffender Erfolg – nur diesmal ein Pyrrhussieg. Am Ende verlieren Sie mehr, als Sie gewonnen haben. Wenigstens haben Sie Ihren Titel schon. Jetzt würden Sie ihn nicht mehr bekommen. Ihre Majestät wird es nicht gerade amüsieren, daß Sie den Namen ihres ältesten Sohnes in einen Sensationsprozeß gezerrt und der Allgemeinheit vorgeführt haben, wie er und seine Freunde ihre Zeit – und ihr Geld – nutzen.«

»Das hätte ich auch ohne Ihren Hinweis gewußt«, erwiderte Rathbone säuerlich. »Ich wäre gewiß nicht so weit gegangen, wäre die Alternative nicht noch schlimmer gewesen.« In Gedanken war er freilich immer noch bei Zorah. Wie sie doch vor Lebensfreude sprühte, wie mutig und wie tapfer sie war! Vielleicht war der Einsatz für sie all die Kosten wert – und auch sein Gefühl des Verlustes jetzt.

Monk seufzte. »Wie konnte eine solche Liebe nur so enden? Er gab alles für sie auf. Sein Land, sein Volk, seinen Thron! Wie konnte die größte Liebesgeschichte des Jahrhunderts zu Desillusion, Haß und Mord führen?«

»Es war nicht die größte Liebesgeschichte«, entgegnete Hester. »Das waren nur zwei Menschen, von denen jeder das brauchte, was der andere ihm geben konnte. Sie wollte Macht, einen Titel, Reichtum und Ruhm. Er wollte permanente Bewunderung, Hingabe, jemanden, der ständig für ihn da war und sein Leben für ihn führte. Er hatte nicht den Mut, ohne sie zu stehen. Liebe ist tapfer, großzügig und speist sich vor allem aus der Ehre. Und um einen anderen Menschen lieben zu können, muß man zuallererst ehrlich zu sich selbst sein.«

Rathbone musterte sie. Ganz langsam breitete sich ein Lächeln auf seinem Gesicht aus.

Monks Miene verfinsterte sich. Äußerste Abneigung und gleich darauf Wut blitzten in seinen Augen auf. Man konnte sehen, daß er mit sich kämpfte – und verlor. Nach und nach entspannte er sich.

Zögernd legte er den Arm um sie.

»Sie haben recht«, sagte er widerstrebend. »Sie sind aufgeblasen, rechthaberisch und unerträglich – aber Sie haben recht.«

Andrew Taylor bei Goldmann

„Andrew Taylor ist einer der interessantesten, wenn nicht der interessanteste Krimiautor, den England derzeit hat."

The Spectator

Mehr Informationen unter www.goldmann-verlag.de

GOLDMANN